话说中华五千年

清史演义（上）

陆士谔 著

中国文史出版社

图书在版编目（CIP）数据

清史演义 / 陆士谔著 . -- 北京 : 中国文史出版社，2018.6
（话说中华五千年）
ISBN 978-7-5205-0291-7

Ⅰ . ①清…　Ⅱ . ①陆…　Ⅲ . ①章回小说 — 中国 — 现代　Ⅳ . ① I246.4

中国版本图书馆 CIP 数据核字（2018）第 113443 号

责任编辑：秦千里

出版发行：中国文史出版社
社　　址：北京市海淀区西八里庄 69 号院　邮编：100142
电　　话：010-81136606　81136602　81136603（发行部）
传　　真：010-81136655
印　　装：廊坊市海涛印刷有限公司
经　　销：全国新华书店
开　　本：16 开
印　　张：45.5
字　　数：967 千字
版　　次：2019 年 5 月北京第 1 版
印　　次：2019 年 5 月第 1 次印刷
定　　价：158.00 元

出版说明

《清史演义》,共一百四十回,清代陆士谔著。其内容首刊于《神州日报》,因引人入胜,一纸风行,遂于1929年由民众书局结集出版。

全书叙述爱新觉罗氏发祥于长白山,通过征战逐渐发展壮大,以至入主中原,建立清朝,直至宣统逊位的历史。作者对朝廷大事、皇权更替、君臣事迹、宫闱秘史以及社会生活重点叙述,取材丰富,正史稗闻,均网罗其中。时人李泰来说:

“二百六十八年中之遗闻轶事,不特记载详尽,足供将来史家参考。且于历朝皇室之关系及宫闱种种秘密之事实,尤能探迹索隐,殚见洽文。……而其叙事体裁,则妙在不偏不激、不私不阿,不附会以好奇,不穿凿以失真。……综而论之,亦可谓说部中之大文章矣。”

陆士谔(1878-1944),名守先,字云翔,号士谔,亦号云间龙、沁梅子等,江苏青浦(今属上海)人。一生行医,曾获得上海十大名医的称号。1906年以“沁梅子”出版《精禽填海记》,1908年又以同一署名出版《鬼国史》。据《云间珠溪陆氏谱牒》陆士谔小传云:“精于医,负文名,著有《医学指南》《加评温病条辨》等医书十余种,《清史》《剑侠》等说部百余种,《蕉窗雨话》等笔记二三种行世。”著名作品有《新中国》《续孽海花》《血滴子》。

天女佛庫倫
滿洲太祖努爾哈赤
范文程

洪承疇
孔有德
耿仲明

滿洲太宗
孝莊后
多爾袞
清世祖

吳三桂
陳圓圓
李闖王

明桂王
明唐王
明福王
明魯王

施琅
鄭成功
鄭經
鄭克塽

塞思黑
阿其那
清聖祖
允礽

年羹堯
清世祖
隆科多

清仁宗
清高宗
傅夫人
傅恒

清宣宗
林清
劉之協
齊王氏

李秀成
楊秀清
洪秀全
洪宣嬌

李蓮英
慈禧后
清文宗
慈安后

注：绣像左一应为醇亲王载沣

序言

青浦陆士谔先生所撰《清史演义》，始披露于《神州日报》，陆续登载。发刊未久，阅者争购，报价因之一增。有目共赏，其明证已数月以来风行日远，尤有引人入胜之妙。而爱读诸君经以未窥全豹为憾，或索观全集，或购定预券，无不介绍于神州报社，冀速遂其先观之顾。社友于是商之陆君，即将一二集先付剞劂，其余俟稿本修定逐加校雠，不久可赓续出版。盖是全书七集，凡百四十回，自爱新觉罗氏发祥长白，以及入关，而至于宣统逊位，二百六十八年中之遗闻轶事，不特记载详尽，足供将来史家参考。且于历朝皇室之关系及宫闱中种种秘密之事实，尤能探迹索隐，殚见洽文。闻举近支宗室所不能道，宦官宫妾所不能知，勋戚耆旧所不能详文，父老士夫所不能述者，靡不抉其微而扼处要。而其叙事体裁，则妙在不偏、不激、不私、不阿，不附会以好奇，不穿凿以失真。有时义正词严，俨然董狐之直笔，有时婉言多讽，颇得盲左之心裁。综而论之，亦可谓说部中之大文章矣。陆君固近时小说家之佼佼者，因乐观厥成而为之序。异日《清史》告成，庶与是书可互相印证焉。

李泰来并书

目　录

001　序言

001　第　一　回　清太祖志吞华夏　吉特妃出猎春郊

005　第　二　回　祭堂子七恨告天　殂清帝三军皆墨

009　第　三　回　邓袴子命丧辽阳　袁抚台书斥满帝

013　第　四　回　清太宗怒斩王皋　袁督师智收毛帅

018　第　五　回　虎跃龙骧辽天动战鼓　风凄雨冷燕市哭忠魂

024　第　六　回　炮尽矢穷卢督师殉难　花明柳暗洪经略降清

031　第　七　回　风驰雨骤大将征南　电掣雷轰睿王摄政

036　第　八　回　泣秦庭三桂乞师　伸大义睿王讨贼

040　第　九　回　酒绿灯红双心互印　莺亡燕去一怒冲冠

045　第　十　回　吴三桂大战一片石　摄政王安抵北京城

049　第十一回　羽檄传来南都立主　彩云飞去北国迎銮

053　第十二回　史阁部丹忱报国　摄政王壮志吞明

058　第十三回　争旧制使臣抗节　定新仪太后大婚

063　第十四回　清君侧左帅称兵　绍大统唐王监国

068　第十五回　平江南豫王获美妇　题邮壁宫女感黍离

073　第十六回　赐金冠艳孀成大礼　颁朱谕皇叔用机心

078　第十七回　平四川献忠伏天诛　破两粤双忠完大节

086　第十八回　李定国力扶明室　郑成功智拒清封

091　第十九回　郑延平再复父书　张苍水一拒清将

096　第二十回　破云南舆图成一统　殂顺治清史暂收场

101　第二十一回　万众高呼戴真主　三藩跋扈隐祸伏

105　第二十二回　萨郎中星驰告变　清圣祖锐意用兵

110　第二十三回　清圣祖狐绥卫女　郑延平虎据台湾

115　第二十四回　威扬海外异国来朝　衅起宫中同怀结怨

120　第二十五回　消寒社咏史积微嫌　畅春园疑案成千古

125　第二十六回　伸大义八侠志中兴　编密码九王思靖难

130　第二十七回　风摧荆树惨赋豆萁　春满上林喜咏鹑鹊

135　第二十八回　雍亲王以女换子　年将军当筵啮臂

140　第二十九回　一阵风引起十年话　新总兵断送故将军

145　第三十回　倪庶常奉旨卖字　张茂才入陕投书

150　第三十一回　究主使制府运奇谋　醒群迷圣君颁特谕

155 第三十二回 坤宁宫虢姨承恩 龙神祠尧母祈雨
160 第三十三回 清高宗一平西域 傅学士再定伊犁
166 第三十四回 思倾城圣君侧席 平回纥大将凯旋
171 第三十五回 玉碎香消贞妃殉主 花凄月惨圣主悼姬
177 第三十六回 批通鉴独抒卓见 巡江南遍阅名花
182 第三十七回 傅经略宣威南服 温将军耀武金川
188 第三十八回 谢振定赫怒烧车 管韫山谠言贾祸
193 第三十九回 林爽文起发天地会 柴大纪方守诸罗城
198 第 四 十 回 嘉庆帝受禅继大统 太上皇训政宣重光
203 第四十一回 地黑天昏白莲倡乱 花娇柳媚女将请缨
208 第四十二回 数奇命将军空百战 多情种红粉自千秋
214 第四十三回 获贼首懦臣得意 见上谕权相惊心
219 第四十四回 整纪纲和相被查抄 布德教小民蒙矜恤
224 第四十五回 衔恩命勋臣充蝶使 怜才士县令作冰人
229 第四十六回 起海盗朝士惊心 入鹾衙黄金失色
234 第四十七回 情海生波狂且受赚 大君有命宿将专征
239 第四十八回 台湾岛海贼受困 黑水洋良将丧身
244 第四十九回 歼巨寇海波不扬 运奇谋覆盆得雪
249 第 五 十 回 李文成潜身滑县 天理教大闹皇城
254 第五十一回 建奇勋帝子获荣封 捍大患书生歼巨匪
259 第五十二回 曹振庸巧意逢君 张格尔甘心谋逆
264 第五十三回 张格尔纵横西域 宣宗帝宵旰深宫
269 第五十四回 河清海晏乍庆升平 美雨欧风传来警信
274 第五十五回 著伟论儒士挽狂澜 弄小巧大臣窘番使
279 第五十六回 定新律黄爵滋上书 查鸦片林则徐赴粤
284 第五十七回 烧鸦片大扬国威 派钦差重翻旧案
290 第五十八回 琦中堂因循误国 清宣宗慷慨誓师
295 第五十九回 陷虎门关提督殉难 割香港山贝子和戎
300 第 六 十 回 王相国一死报君 裕钦差刑牲誓众
305 第六十一回 对月举杯将军起舞 登城痛哭提督多情
310 第六十二回 规宁郡智士献奇谋 支危局将军拼血战
316 第六十三回 刘韵珂附片保伊相 舒扆庵妙策用偷儿
321 第六十四回 战吴淞八忠殉国难 盟白下五口启通商
326 第六十五回 刘巡抚遗书责三帅 怡制台办案渡台湾
332 第六十六回 疆吏含冤被革职 金蝉脱壳约二年
336 第六十七回 徐广缙坐镇广州府 洪秀全起事金田村
341 第六十八回 莽英雄慷慨题诗 真名士从容破敌

346 第六十九回 一曲清歌新承恩泽 三更蕉梦快似登仙
351 第七十回 笞燕鞭莺气凛霜雪 降龙伏虎威比雷霆
356 第七十一回 恶风潮儒臣遭厄运 申军法名士进良言
363 第七十二回 长风破浪儒将请缨 烟雨满江元戎投水
368 第七十三回 陈辉龙殉命城陵矶 彭玉麟大破田家镇
373 第七十四回 圆明园四春争殊宠 勤政殿一女进谠言
379 第七十五回 杏花春奉诏宴群芳 叶相国高谈惊四座
384 第七十六回 广州城洋人耀武 长春馆相国扶鸾
389 第七十七回 长春馆仙人遭劫 镇海楼苏武狂吟
394 第七十八回 从容定难释俘囚 慷慨陈辞争和议
400 第七十九回 四钦差奉令承教 七先生立异标奇
405 第八十回 科场有弊柏相遭刑 劫数难违园神辞职
410 第八十一回 烽火连天乘舆北狩 旌旗蔽野敌骑西来
415 第八十二回 应妖梦圆明园遭劫 颁哀诏文宗帝大行
420 第八十三回 太后垂帘新翻政局 亲王议政重振朝纲
425 第八十四回 林夫人巧计保南昌 恭亲王忠心筹西域
432 第八十五回 剿捻军僧王殉难 游都市天子微行
437 第八十六回 丁抚台智斩安太监 慈安后妙选窈窕娘
442 第八十七回 浴日补天片言格主 移花接木一语立君
447 第八十八回 辞爵禄亲王乞骸骨 争统绪主事效史鱼
452 第八十九回 张之洞上书论继统 崇皇帝奉旨镇热河
457 第九十回 崇星使蹒跚误国 张洗马慷慨谈兵
462 第九十一回 废俄约曾使才长 谈球案左侯气愤
469 第九十二回 清韩难生俘大院君 丧越疆罢斥恭内阁
475 第九十三回 谅山踊跃鏖兵 学士仓皇夜遁
480 第九十四回 苏元春力摧劲敌 冯子材夜闯法营
485 第九十五回 颐和局特诏弃越南 拒通商片言误自主
490 第九十六回 袁项城轻骑赴宴 开化党露刃入宫
495 第九十七回 弹内监盛世发危言 建御园圣朝彰孝治
498 第九十八回 东学党倡乱全罗道 叶志超振旅牙山城
503 第九十九回 陷平壤左宝贵殉节 战辽海邓世昌成仁
507 第一〇〇回 丁汝昌孤舟拒大敌 徐邦道弱卒挫强军
511 第一〇一回 章高元力守盖平县 吴大澄失陷田庄台
515 第一〇二回 刘公岛丁军门殉难 春帆楼李伯相议和
520 第一〇三回 德宗帝变法图强 康有为上书论治
524 第一〇四回 颐和园旧臣群告变 宁寿宫太后再垂帘
528 第一〇五回 皇太后诏立大阿哥 毓巡抚信奉义和团

533　第一〇六回　徐学士一语丧家邦　刚中堂片言靖大难
537　第一〇七回　义和团大闹天津卫　聂提督殉难八里台
542　第一〇八回　救国难慷慨劾群凶　战列强涕泪告先庙
547　第一〇九回　玉陨香消珍妃坠井　素衣豆粥车驾西巡
552　第一一〇回　瓦统帅入居仪鸾殿　怀尚书清道北京城
558　第一一一回　李伯相北上议和　唐才常南中起事
563　第一一二回　太后忆旧泪横流　少年浇花交好运
567　第一一三回　高道士踵门谒管学　裕小姐奉诏觐慈宫
572　第一一四回　亲香颊慈宫宠慧女　颁珍馔圣后念勋臣
576　第一一五回　仁寿殿勃夫人入觐　慈宁宫裕小姐辞差
581　第一一六回　祈甘霖太后祷后土　宴外宾公主作主人
586　第一一七回　绘御容德菱代太后　争东北日本挑强俄
591　第一一八回　旅顺口俄将丧师　东京城日皇宣战
597　第一一九回　大清国颁诏守中立　小朝廷忍耻订同盟
602　第一二〇回　蒋式瑆上疏劾庆王　唐绍仪奉诏议藏约
606　第一二一回　安重根暗杀伊藤公　李完用手定合邦约
616　第一二二回　掷炸弹惊走五大臣　议立宪气倒老中堂
621　第一二三回　颁明诏圣君筹宪政　定官制贤相话沧桑
627　第一二四回　张尚书反对新官制　南昌令身戕天主堂
633　第一二五回　改藏约星使得优差　剿发匪女子明大义
638　第一二六回　争路约制府运机谋　办卫生警员闹笑柄
645　第一二七回　振贝子私娶杨翠喜　赵启霖疏劾庆亲王
650　第一二八回　瞿鸿玑多言遭严谴　谭鑫培奉旨吸乌烟
655　第一二九回　徐锡麟暗杀恩巡抚　陆征祥抗议海牙城
659　第一三〇回　镇南关小动干戈　二辰丸大启交涉
663　第一三一回　变出非常亲王监国　入承大统两帝兼祧
668　第一三二回　患足疾项城归隐　依宪法皇帝亲戎
673　第一三三回　汪兆铭行刺被捕　孙洪伊请愿未成
679　第一三四回　摄政王爷借外债　革命党人争救国
684　第一三五回　广尘留柬招靖庵　意洞回闽纠同志
688　第一三六回　温生才孤行误事　黄克强冒险蹈危
693　第一三七回　广州英豪遭厄运　黄花雄鬼泣秋风
697　第一三八回　争路权川人哭帝　变国体武昌起义
702　第一三九回　瓦解土崩人心去　宣誓告庙命难知
708　第一四〇回　降懿旨清帝卸政　定优待权归民国

第一回　清太祖志吞华夏　吉特妃出猎春郊

话说山海关外，沈阳之东，有一个部落，名叫建州卫，其人种系东鞑靼族，赵宋时代在世界上也曾大显过一番神通。我们翻阅古籍，有所谓大金国太祖皇帝，就是这一族里头的头等角色。自金国为辽邦所灭，这一族人民，流离奔窜，苦得要不的。吃得苦中苦，方为人上人。哪里知道经过二百多年之后，竟然产出一个豪杰来，把东鞑靼民族从地狱中直跳至天堂里。你道这豪杰是谁？就是中华民国年费四百万金供养的额外皇帝、宣统爷的老祖宗——姓爱新觉罗，名布库里里雍顺。这觉罗雍顺，生得骨相非凡，智谋出众，知道野蛮时代不借神权怪说，不足压服群侪，托言自己是天女佛库伦所生，果然番族人民全部信服，就拥戴他为本部酋长，此为满洲部落聚集的开始。

满洲部落聚集之后，不知经过几许年岁，几许代数，传到大明万历时候，又出了一位大豪杰。这一位豪杰，就是大清国三百年开基帝主，名叫努尔哈赤，英武盖世，智勇双全，把四周几个部落，智取豪夺，兼并得干干净净。于是满洲居然也是一个大国了。得寸进尺，竟然大举入寇中原，中原大大受了他两回亏。满洲国主战胜中原之后，竟也筑造宫阙，建立年号，做起皇帝来了，这便是大清国太祖高皇帝。太祖有子十六人，褚英、代善、阿拜、汤古代、莽古尔泰、塔拜阿巴泰、皇太极、巴布泰、德格类、巴布海、阿济格、赖慕布、多尔衮、多铎、费扬古。那十六人里头，要算皇太极、多尔衮、多铎三个最为骁勇。而皇太极尤为出众，机谋权变，众兄弟咸知弗及，没一个不佩服他。太祖非常钟爱，遂立他为皇太子。满洲国俗：立嗣传位，嫡庶长幼，原是不论的。皇太极的妃子博尔济吉特氏，是科尔沁贝勒塞桑的女孩子，轻盈妩媚，标致得要不得，与太子两个缠绵恩爱，不庸细说。

这吉特妃最喜欢骑射，每当风和日暖时候，跨着雕鞍，带着侍卫，在平沙浅草地方，走马如飞，或是采猎飞禽，或是射取走兽，玉艳花明，风流放诞，瞧见的人莫不魂销魄夺。

这一年暮春天气，塞外气候，还不十分和暖。吉妃忽地高兴，传令出猎。那四个贴身宫娥，含芳、蕴玉、补恨、消愁，急忙的伺候。含芳开箱，取出一件猩红织金银鼠斗蓬，蕴玉取出一双织旅小蛮靴。吉妃斜倚在炕上，略把左脚伸起，补恨跪下，早在蕴玉手里接过小蛮靴，替她徐徐换上，换好左脚，再换右脚。吉妃站起娇躯，略低粉颈，端详了一会子，双舒玉手，从含芳手里接过斗蓬披上。消愁捧着雕弓，补恨捧着箭袋，四个宫娥簇拥吉妃徐徐步出宫来。行近宫门，微扭柳腰，向当门那架玻璃屏风，回眸一顾，然后慢慢跨出门去。门外侍卫站立得雁翅一般，一个个蓝顶花翎，箭衣短褂，气势异常威武。瞧见吉妃出来，一齐上前请安，口里都说："奴才等请娘娘安。"吉妃连正眼也不觑，只把头儿点上一点。此时司马的太监，早把吉妃常骑的那匹雪花掩毛玉兔马配上绣鞍金镫，拉着黄缰，伺候在那里。瞧见吉妃出来，趋步上前，请一个安道："奴才请娘娘安，伺候娘娘上马。"说着，就递过鞭儿。吉妃跨上马，消愁、补恨忙把弓壶、箭袋替她挂上。小太监递上兵器，各人接了，行过中门，含芳等四人也都上了马，只都是笼着缰慢慢的走。一出外道宫墙的大门，众侍卫齐都上马。吉妃鞭梢只一扬，那玉兔马翻开四蹄，风卷似的跑了去。众人加上几鞭，逐电追风，一齐赶上。七八十匹马，走成一线，尘埃滚滚，宛似江湖海浪一般。吉妃在马上，把鞭梢一指道："前面尘头起处，是谁在校阅？"消愁道："怕是十四爷吧！主子昨儿封他为征南大先锋，听说就要出兵呢。"吉妃道："十四爷又要出兵吗？这孩子也很多事。"说着时脸儿上露出不很愿意的样子。

此时马行如箭，早到行营左近，只见红白蓝黄四旗兵士排列成一条甬道，马队兵士就在甬道中驰骤射巴。"帅"字旗下许多将官簇拥着一位少年。这少年头戴红缨大帽，上冠的是红宝石顶，插的是双眼花翎，穿一件蜜色起花团龙箭衣，外罩天青京缎短褂，扣着荷包忠孝带子，登着青缎粉底朝靴，眼如秋水，面若春花，豪气翩跹，英风潇洒，正在那里校阅骑射。这少年瞧见吉妃马到，慌忙跳下马，趋前请安道："多尔衮请嫂子安。"吉妃笑问道："你又要出兵吗？"多尔衮道："是，是。"吉妃道："你真好能干，真会办事，这么的困人天气，不在家里安逸，巴巴的出兵打仗，我这会子才知道你了。"说着，眼圈儿不觉就红了。多尔衮道："嫂子明鉴，人非木石，岂有不知好歹之理。但是这件事，主子差着，我也没奈何呢。"吉妃笑向含芳等道："你们听听，他这话说给谁也不信，明明是贪图着中原繁华，想去逛一会，自己在主子跟前讨的差，还说是没奈何呢。"含芳接口道："可不是呢，我们这位十四爷，惯会诳人。记得那年征中原回来，带回了三个美人儿。我问他可是房里头人，他回我是三爷的人，寄在那里的。我只当是真话，谁知过不上半月，我的爷竟和三爷拌起嘴来，原因就为这三个尤物。后来恼得三爷告诉了上头，把这三个美人儿，发配了兵士才罢。"多尔衮正要辩时，吉妃似笑非笑的道："怪道呢，这么奋勇讨差使出兵，原来是为这个。"说到这里，嗤的一笑就缩住了。多尔衮低着头，一句儿不言语。吉妃又道："中原女人都是狐媚子，很会迷人的。孩子家血气没有定，那种地方如何去得？停会子我叫你哥哥回主子，换别人去罢。"多尔衮下个半跪道："好嫂子，你一竟疼我的，就让我去了罢，我总遵你老人家教训，不去胡行乱走就是了。"吉妃笑道："你这种花言巧语，说给谁听谁还相信你？"多尔衮道："嫂子不信，我就设个誓你听。"吉妃道："罢罢，我还要去找猎呢，晚上闲了，再跟你讲话。"说着横波一笑，把缰绳一带，率着宫娥侍卫，风驰电卷地去了，这里多尔衮才能再事校阅。

却说吉妃带着众人，直到锁春山前。抬头瞧时，层叠峦叠，嶂势非常险峻，两边悬崖峭壁，中间一线羊肠。凉风扑面，松声聒耳，吹过来却一阵阵都是野花香味。山中游蜂浪蝶，好似欢迎使者一般，在吉妃马前，不住地往来飞舞。树林中各种野鸟，啁啁啾啾，也好像在那里唱欢迎歌曲一般。正是：千载画图山色里，四时歌曲鸟声中。吉妃等催马入山，兜过一个冈子，地形倒宽阔许多。吉妃笑道："这地方就可以行猎了。"含芳传令放狗，早有牵狗的小内监把十三四头卷毛矮脚关东猎狗一齐放出。口号一吹，这一群猎狗，风驰电卷，向四周丛莽森林而去。不多会子，就见獐儿兔儿狐儿狸儿，乱着奔窜出来。众侍卫操弓挟矢，一齐飞射，箭如飞蝗。可怜这一群小野兽，逃无处逃，躲无处躲，全都死于非命。吉妃扣弦微笑，很是得意。忽见松林里头一阵怪响，奔出一只大鹿来，直掠马头而过。吉妃左手执着雕弓，右手拔出雁箭，扣的定当，觑的真切，轻扭柳腰，飕的就是一箭。那鹿听得弓弦声响，奋开四蹄，向右边山坡逃窜而去。吉妃把马缰只一带，拍踢拍踢，直追上去。看看追上，拔出雕翎，又是一箭，谁知又射了个空。吉妃嗔道："这畜生这么可恶，我今儿倒定要拿住它。"打上一鞭，紧紧追上，扣上弦又是一箭呼的一声，箭到那里，离开鹿头只有三四寸光景，射进一株松树上。那鹿四脚如飞，翻山越岭，逃向山后去了。吉妃紧紧追赶，赶过山头，忽见两个梢长大汉，正在那里，拖一只死鹿，远远望去，好像就是自己追赶的那只鹿。想着时，马已行到，一看果然，遂问："这头畜生，敢是二位替我射死的吗？"二人见吉妃装束华丽，举动从容，晓得总是大来头，连忙叉着手，恭恭敬敬地答道："是，是。小的们不曾知道，这鹿是你老人家赶来的，倒不曾截住活的，万望你老人家不要见怪。"吉妃所他语言和顺，心中一喜，不觉斜笑秋波，把二人打量起来，只见二人都是猎户打扮，都有三十左右年纪，一个紫棠色脸儿的，生得虎头燕颔，猿臂狼腰，更是十分雄伟。吉妃道："瞧你们打扮，不像是此间人，姓什么？叫什么？怎么到这里来？不庸隐瞒，一一明白讲来。"那紫棠色脸儿的汉子回道："小人姓王名皋，大明国山东人氏。"吉妃道："你叫王皋，他叫什么？"王皋道："他是小人的朋友，姓邓，绰号邓袴子，小人等为家里头穷苦，居在中原，没有饭吃，驾着条船，到这里来猎点子野味。今儿上山得晚了，一头都没有猎着。行到松林左近，就碰见这头鹿儿，箭一般的从前山跑来。小人手痒，射了一箭，就把他射死，不知就是娘娘之物。"吉妃正待回话，宫娥、侍卫恰都寻到。吉妃笑向王皋道："你家里还有什么人？"王皋道："没有人了。"吉妃道："瞧你相貌，武艺必是不坏。"王皋道："略知一二。"吉妃道："不用回去了，就在我这里当一名侍卫吧。"王皋听说，喜不自胜，却不懂谢恩请安等礼节，呆蚩蚩向吉妃道："我蒙你老人家恩典，留了我，我这朋友如何呢？"吉妃道："自然都留在此，好在是总有用处的。"含芳、补恨见王皋、邓袴子呆头呆脑，仪注礼节一点儿不懂，抿着嘴，都暗暗好笑。吉妃笑向消愁道："咱们今儿出猎，总算获着大利，得了獐儿兔儿孤儿鹿儿不算，还猎得两只呆鸟。"说着横波一笑，随向众人道："劳了一整天，身子也乏了，咱们回去吧。"于是太监侍卫把所猎禽兽扎缚定当，都放在马背上，一声胡哨，簇拥着吉妃回宫而来。

才到宫门，忽报太子皇太极出宫来也。众侍卫分站两旁，同候了一会子，方见太子与贝勒多尔衮手搀手儿，联步并行而出。众侍卫趋前请安。太子一眼瞧见王皋、邓袴子，随问："这两个是谁？"吉妃道："是我新收的侍卫。"太子道："怎么这样的呆？"含芳接口道："我的小爷，两个南蛮，呆的时候果然呆，乖的时候，恐怕他比了乖的还要乖呢。"吉妃忙向她丢了个眼色，暗令她不要多话。太子追问道："你说他乖的时候，比了乖的还要乖，到底什么事他是乖的？"含芳道："打猎射箭他是乖的。方才山里头一头鹿,娘娘连射三箭,没有射中。王皋这南蛮,一箭就射中了,娘娘就为他箭法好,才把他带了回宫。爷不信,闲了试一试就知道了。”太子点了点头,笑向吉妃道:“你是得彩的,现在主子召我,计议军国大事,待议毕事回来,咱们烧喝鹿酒吃。”说着搀了多尔衮手扬长而去。欲知后事如何,且听下回分解。

第二回　祭堂子七恨告天　殂清帝三军皆墨

却说王皋、邓袴子，自被殊恩收为侍卫之后，吉妃非常宠任，每逢出猎，王、邓二人，总为前驱。王皋赋性朴实，对着吉妃，更是鞠躬尽瘁，劳怨不辞。因此吉妃待遇王皋，也自另眼相看。那些旧臣故仆，见王皋得着特别权利，未免怀了嫉妒之心，时时造出些胡言蜚语来诬蔑他。其巧不巧，这年吉妃怀了身孕，到十月满足，生下来的王子，那面貌却与王皋一般无二。因此这些小人们越发得了意，有天没日，乱道胡言，一似拿着什么真凭实据的。亏得太子爷皇太极，是个天生豪杰，豁达大度，这些细小节目，全不在他心上，不然，还当了得。那吉妃生下的小王子，名叫福临，聪明绝世，勇武超群。只有一桩奇异处，自小喜欢与王皋亲近，每逢啼哭得没奈何时，只要王皋来一抱，顷刻就会不哭。除了王皋，凭你宫娥、内监、奶妈子，再也哄骗他不住。好似他们两个人，前几世在三生石上约好似的。王皋待到小王子，一片忠诚，万般慈爱，那副忠厚恺切的功夫，也是往古无双，来今少有的。吉妃曾向含芳等道："王皋这个人我不过见他老实，看过一点子，外面的人就造出许多坏话儿来葬送他。全不想我是主子，他是奴才，名分攸关，要造谣言，总也要造得有点儿相像。像这种无根之言，说给谁也肯相信呢。"含芳等听了，自然附和一阵，不用多述。

一日，太子回宫，闷闷不乐，吉妃婉言慰问。太子叹道："我们这个国，早晚总要丧在叶赫手里。你我眼前虽是荣华富贵，到将来终不免做人家的奴隶。你想可伤不可伤呢？"吉妃道："这话说给谁，再也不会相信。我们为明国灭掉，再可说说，叶赫比我们不知要小到几多，弱到几多呢。我们不去灭掉他，已经够了，他如何能够灭我们呢？"太子道："原来你不曾知道，前年生子大兴土木，建造一所堂子。"吉妃道："堂子是祭神用的，我也知道。"太子道："那时工匠人等掘着一块石碑，上有一行大字道：'灭建州者叶赫。'"吉妃道："石碑上竟有这样的字句，奇怪极了。"太子道："主子为了此事，跟叶赫国势不两立，连出三五回兵。虽然都打着胜仗，奈明朝仗着天朝声势，常常帮助叶赫，欺压我们，因此我们两次出兵，征伐中原。"吉妃道："中原人难道杀不怕的？论理也该知难而退了。"太子道："就为不肯服输，中原人很喜欢摆臭架子，说我们跟叶赫都受过龙虎将军的封号，就应听受天朝命令。现在我们自相攻伐，便与上国威严有损。再者我们主子，称皇作帝，中原人心里也不很舒服。"吉妃道："十四贝勒不是拜了征明大先锋吗？看来今年就要大举。只要旗开得胜，马到成功，休说叶赫这点子弹丸地，就是中华十八省的锦绣江山，何难尽隶我们版图呢？"太子道："话何尝不是，只是主子昨晚得着一梦，颇非吉祥之兆。此番出兵，胜败还说不定呢。"吉妃道："梦里头事情，如何作得准。"太子道："准不准，等出过兵就知道了。明儿祭堂子，我要早一点子起身，四鼓你们就叫我，别像上回失了时，受主子的排喧。"吉妃道："叫含芳、蕴玉、补恨、消愁轮流着替你守更，总不会误事了。"太子笑道："也不用这样费事，上回都是你。"说到这里，便缩住口，附着吉妃玉耳，轻轻的说了两句不知什么。只见吉妃瞪了太子一眼，接着说道："干我甚事，我也不希罕你呢。"说毕，又轻轻啐了一口。当夜无话。

次日天色微明，太子穿衣起身，含芳捧上参汤，太子接来喝毕。蕴玉取出篦梳，替太子解散头发梳了一条油光时式辫。消愁、补恨捧上早点。这时，差不多已有五更天气，远远角声鸣动，顺着晓风，一阵阵递将来。太子道："了不得，主子御驾就要到了。"三口两咽，吃过早点，忙要袍褂穿好，随喊备马。宫娥内监，接递着传喊将去。霎时回说："马已备好，请太子爷上马。"太子带了十名侍卫，跨上马，出了宫门，迎着角声，急速前进。御道两旁的杨柳树，蒙着晓露，望去还不甚分明。一时行到，只见禁军卫士，站得斧截刀斩，齐整着要不的。众贝勒见太子驾到，都趋到马前来请安。太子问："御驾出发了没有？"众回道："快到了。"说着，外面报说："驾到。"就听踢拍踢拍，十来对对子马，缓缓而来，马上都是蓝顶花翎的三品侍卫，一个个手控强弩，腰悬利刃，雄纠纠，气昂昂，威武非凡。各贝勒、各将官，忙都按照方向站立。各侍卫马到辕门，齐都跳下马，雁翅般分站两旁。候了半天，才隐隐听得鼓乐之声，一对对龙旌凤旗，夹着鸾驾，徐徐过毕，方见一把曲柄九龙金黄伞，两个马夫拉着一匹卷毛嘶风黄标千里马，马上坐着这位满洲当代圣人，清国开基帝王，好副御容，龙颜虎目，鹰鼻狮口，望去宛似天神一般。太子率着众贝勒，趋步上前，跪成一线，口里报说："子臣等叩请父皇圣安。"清太祖在马上，只把头点了一点。跪的时候，众贝勒、众勋戚、文武各官、马步各将，合着侍卫太监黑压压跪了一地，宛如万朵乌云。太祖点头之后，千人鹄立，又似拱极众星。只见太祖吩咐道："奏乐！"司乐官按着国乐，鸣奏起来，雄厚悲壮，闻之令人思奋。众人跟随太祖，直到正殿。只见司礼各官都已按方伺候。点好香烛，叩过神，一个水红顶戴的读祝官，早把太祖御撰的那篇誓文，对神宣读。此时随祭官员虽众，却静悄悄的连咳嗽声息都没有。只听读祝官朗声诵读道：

> 天命二年，夏四月壬寅，满洲国皇帝臣努尔哈赤，谨昭告皇天后土之灵曰：我之祖父，未尝损明边一草寸土，明无端起衅边陲，害我祖父，恨一也。明虽起衅，我尚修好，设碑立誓，凡满汉人等，毋越疆圉。敢有越者，见即诛之。见而故纵，殃及纵者，谍明复逾誓言，逞兵越界，卫助叶赫，恨二也。明人于清河以南，江岸以北，每岁窃逾疆场，肆其攘夺。我遵誓行诛，明负前盟，责我擅杀，拘我广宁使人纲古里方吉纳，胁取十人，杀之边境，恨三也。明越境以兵助叶赫，俾我已聘之女改适蒙古，恨四也。柴河、三岔、抚安三路，我累世分守，疆土之众，耕田艺谷。明不容刈（yì收割）获，遣兵驱逐，恨五也。边外叶赫，获罪于天，明乃偏信其言，特遣使臣遗书诟詈（lì骂），肆行凌侮，恨六也。昔哈达助叶赫二次来侵，我自报之，天既授我哈达之人矣，明又党之，胁我还其国，已而哈达之人，数被叶赫侵掠，夫列国之相征伐也。顺天心者胜而存，逆天意者败而亡，岂能使死于兵者更生，得其人者更远乎？天建大国之君，即为天下共主，何独构怨于我国也。初扈伦诸国，合兵侵我，

天厌扈伦起衅惟我是眷。今助天谴之叶赫，抗天意，倒置是非，妄为剖断，恨七也。欺凌实甚，情所难堪，因此七大恨之故，是以征之。惟皇天后土，鉴察我心。谨告。

读毕祝文，太祖亲奠了三杯酒。司礼官焚着庭燎。按照仪注行毕礼，早已红日上升，天色大明了。太祖传旨校阅军马。马上天子，不同承平令主，他的举动龙骧虎跃，委实不可捉摸，说一声："校阅军马！"御鞭一指，踢壳踢壳，那匹黄标御骑早向校场跑来，吓得马步各将屁滚尿流，急忙回营预备。霎时尽角声动，各营将士严装趋集，排开队伍，骑兵步卒逐队开演。正是：

日暖柳营春试马，柳拂旌旗露未干。

校阅完毕，差不多天已将晚，太祖见所部兵士，都如生龙活虎，心下大悦，传旨休息三日，祭旗出发，随驾南征；一面令内阁大学士范文程，辅助太子皇太极，留守本国，谕毕回宫。

一过三日，太祖统率步骑二万，离了国门，浩浩荡荡，直向中原进发。太子率同留守各官，送出京城三十里方回。师行数日，所经都是平原旷野。霜剑悬寒月，旌旗卷晓云，了无事实可记。这日探马报说："离明边抚顺城池，只三十里了。"太祖叫扎住营帐，问众贝勒道："哪一个前去攻城？"十五贝勒多铎道："孩儿不才，情愿率领本部人马，攻取抚顺城池以博父皇一粲。"太祖还未回答，十四贝勒多尔衮摇手道："不可！不可！"太祖问他何意。多尔衮道："孩儿先有句话，要问父皇，父皇情愿常在满洲地方做主子，还是情愿到中原地方来做大皇帝？太祖笑道："这孩子不是傻了吗，中原皇帝，是万邦共主，天朝圣皇，何等光辉！何等荣耀！哪有不愿做之理？只怕咱们力量薄弱，办不到手是了。咱们在满洲地方，虽一般称着皇帝，终是自己哄骗自己，合了中国一句俗话，山中无虎，狗为王。细想去总没甚趣味。你有法子说出来，我总无有不依从。"多尔衮道："父皇想罢，咱们国势虽强，中原人眼里，却依旧把咱们当做夷狄，称做鞑子。中原人存了这个意见，如何再能够在他这地方做主子。"太祖跺脚道："这起南蛮子真可恶，我定把他们杀得寸草不留，才出这口恶气。"多尔衮道："父皇安着这个心，要做中原皇帝，恐怕就有点儿为难了。"太祖道："这又是什么缘故？"多尔衮道："中原人不肯服我们，就为我们喜欢杀人，杀得他们都怕了。要做中原皇帝，总先要叫中原人不怕我们，亲近我们。要他们不怕，要他们亲近，总先要行点子假仁义，兵法攻心为上，攻城为下，就是这个道理。"太祖拍手道："着，着，你这个主意，好得很，好得很，就照你这主意办。但是假仁假义，从何处下手呢？"多尔衮道："眼前景况，自然就应从抚顺入手。这抚顺的守将李永芳，是明朝一个游击，现在咱们先给他一封信，叫他投降；如果不听，再行攻城，岂不是仁至义尽了吗。"太祖应允，就叫随营文臣，写了一封信，其辞道：

满洲国大皇帝谕明抚顺游击知悉：尔明朝发兵疆外，卫助叶赫，我乃提师而来。汝抚顺所一游击耳,纵战亦必不胜。今谕汝降者,汝降则我兵即日深入,汝不降是汝误我深入之期也。汝素多才智,识时务人也。我国广揽人才,即稍堪驱策者,犹将举而用之,纳为婚媾。况如汝者,有不更加优宠,与我一等大臣并列耶?汝不战而降,俾汝职守如故。汝若战,则我之失岂能识汝?必众矢交集而死。既无力制胜,死何益哉!且汝出城降,则我兵不入城,汝之士卒,汝之百姓,皆得安全;若我入城,则男妇老弱,必致惊溃,亦大不利于汝矣。勿谓朕虚声恐吓而不信也,汝思区区一城,我不能下?何用兴师为哉!失此弗图,悔已无及。其城中大小官吏兵民等,献城来降者,保其父母妻子,以及亲族,俱无离散,岂不甚善?降不降汝熟计之,毋不忍一时之忿,违朕言,致偾事失机也。天命二年,四月谕。

太祖瞧过不错,加上封套,派人送进城去。李永芳是个没胆量汉子,一见书信,吓得没了主意。聚集阖城文武,商议了一夜,议出一条救急妙策,却就是:“谨遵台命”四个字。太祖得了抚顺,休兵三日。每天享受肥猪大羊的供养,差不多把穷城池的精髓吸枯了,方才拔营出发。望着广宁锦州,长驱前进。也是满洲国运当兴,所到之处,势如破竹。太祖拿定主意,并不派兵据守,得着一地,攻破一城,掳掠了个饱,就丢掉了,风驰雨骤,又往别处去了。大明朝廷接着边疆失陷警信,慌忙遣将派兵,等到救兵行到,满洲人影儿都没有了,东奔西走,糜饷劳师,苦得要不的。清太祖却安安稳稳,得了许多子女玉帛,每次出师,总是满载而归。多尔衮常常进谏,太祖笑道:“你孩子家懂得什么?咱们兵少,中原地大,要一处处都守起来,兵分势弱,咱们就要吃不住了。眼前且跟他扰几年,扰得他筋疲力尽,他们国里头必定会起内乱,到那时节瞧机会再想法子,岂不甚好?”多尔衮也自叹服。这年从四月里起兵,直到十月孟冬,方才收队回国。

话休絮繁。清太祖自这回得了滋味之后,每年不是命将,就是亲征,有回巴大胜,也有回巴不胜,胜了就掳掠一饱,不胜就摇尾求和,却总是胜的时候多,不胜时候少。而大明天下,已被他扰得民穷财尽了。这一年秋高马肥,清太祖检阅马步各军,又将大举。谁料天不从人,太祖忽然得着一病,医药罔效,竟然呜呼哀哉,伸腿去了。太子皇太极即了帝位,是为太宗文皇帝。于是颁发哀诏,令大小三军尽行挂孝。欲知新皇登极后,有何举动,且听下回分解。

第三回　邓袴子命丧辽阳　袁抚台书斥满帝

话说新皇登极后，颁发红诏，大封群臣，尊生母纳喇氏为皇太后，封吉特妃为皇后，立王子福临为皇太子，封皇弟多尔衮为和硕睿忠亲王，多铎为和硕豫通亲王。其余宗室勋戚，有封郡王的，有封辅国公镇国公的，有封贝勒贝子的，种种封号，不及细述。

当下清太宗朝罢回宫，吉特皇后早打扮得花枝相似，笑着迎道："我算着这时候早该回宫了。"含芳蕴玉忙取过红毯子铺上。吉特后才待行礼，太宗一把拉住道："我在殿上，被他们闹得够了，好容易退回宫，碰着你又要来闹了。"吉特后道："不相干，这是规矩呢。"太宗道："闹得乏了，咱们一块儿坐坐罢。"勾住吉特后粉颈，乘便歪在炕上，才喝了半盏参汤，消愁报说："六宫各妃嫔，要进来朝贺叩安，候爷旨意。"太宗道："你传我的旨意，说爷为遭着老爷丧事，伤心过分，身子病了，不能受贺，免了罢。"消愁答应一声，就出去传旨了。吉特后坐在太宗怀里，仰着头不住地打量。太宗笑道："做了这么多年夫妻，还不认识么，只管相瞧？"吉特后笑道："如今爷是皇帝了，我瞧皇帝呢。"太宗道："皇帝太子，有甚分别，人原是这个人，不过名目上两样是了。"吉特后笑道："这话不对么，我瞧爷脸儿上发出红光，宛似佛萨菩似的，怎么说还同前儿一样。"太宗听了欢喜。吉特后道："今儿是爷登基大好日子，我已关照内厨房，整备下一席精致菜儿，给爷庆贺，不知爷肯赏我这个脸么？"太宗笑道："好，好，只有一句话交代你，大家取乐，不可拘泥才有趣，要闹那仪注儿，我可就不敢领教了。"吉特后笑着应允。一时筵开玳瑁，褥设芙蓉，吉特后与太宗并肩儿坐着，浅斟低酌，逸兴遄（chuán 迅速，往来频繁）飞。含芳、蕴玉、补恨、消愁，四个宫娥，分侍左右，轮流着添酒递菜。吃到半酣，吉特后见太宗欢喜，乘便回道："王皋这奴才，跟了我这许多年，总算不曾误过事。现在爷逢着登位大喜，可否加恩升他个一二级，也让别的侍卫瞧了样，做事勤慎点子。"太宗道："我记不清这些人，他原是几等侍卫？"吉特后道："是三等。"太宗半晌没语，忽然道："这王皋可不是同福临差不多面貌的，是你那年打猎收留的不是？"吉特后见问。粉脸上顷刻泛起两朵红云来，低着头似应非应地说了一声："是。"太宗道："记得还有个姓邓的，不是同他一块儿来的吗？"吉特后又低低应了一声："是。"太宗道："那也不值什么，既是你赏识的，谅也不会错到哪里去，就拔升他做头等侍卫是了。"

当夜无话。次日一早，王皋就进来叩头谢恩，太宗着实勉励了几句话。从此，王皋便做了头等侍卫了，水涨船高，那身份便比从前大了好些。这些侍卫，知道他是吉特后所宠遇，事情都让他几分。独有邓袴子生性倔强，偏偏的不服气。这日，邓袴子又不知在哪里喝醉了酒，乘着酒势，站在宫门口骂人。偏有个不识势的侍卫劝他道："老邓我劝你安静点子的，好别叫王侍卫听得了，连我都担着不是。"邓袴子眼睛一楞，道："你们怕王皋，我偏不怕王皋。老实说王皋这小子，没有邓太爷帮助，怎会到这里来？他仗了什么功劳，就做到头等侍卫？那种鬼鬼祟祟勾当，想瞒谁呢？咱们好便好，不好就嚷出来，索性大家没有饭吃。难道他真个好拿出太上王行势来压迫我不成。”刚骂的起劲，恰值太宗回宫，众侍卫都替他捏着一把汗。谁料太宗宽宏大度，竟如没有听见一般。太监们气不过，奏请重办。太宗笑道：“这是醉汉，跟他计较什么，熬他几天，打发他起身就完了。”

却说邓袴子一宿醒来，昨日之事，早已全都忘却。忽见内监来传说皇后召见，邓袴子跟着太监，进了三五重宫门，直到寝宫门外。太监叫他站着，揭门帘先进去回过，然后招手儿叫他入内。邓袴子才跨进门，先闻着一股幽甜香味，便觉筋酥骨软，浑身不得劲儿起来，心里忖道：“可惜我没那福气，不然，早与王皋一样，也是头等侍卫了。”想着时，早已进了寝宫，但觉满屋中陈设五光十色，耀得人头目晕眩。南窗下是炕，炕上红地织锦龙纹条毡，靠东立着一个黄缎靠背，与一个引枕，都绣着五彩鸣凤朝阳，铺着绣金团龙大坐褥，旁边一金痰盂。那吉特后家常穿着红缎洒花小袄，蜜色龙缎长袍，端端正正坐在那里，手里拿着一杆宝石嘴赤金头湘竹长旱烟袋，吸着烟出神。消愁、补恨、含芳、蕴玉四个宫娥，屏息静气地分侍左右，见邓袴子进来，也不敢回。候了半日，吉特后偶尔想着要什么，回过头来，却瞧见了邓袴子。邓袴子慌忙趋步向前，请了个双安。只见吉特后道：“邓袴子，你来了这里几年了？”邓袴子道：“五七年了。”吉特后笑问：“想家不想家？”邓袴子道：“蒙娘娘天恩，赏奴才在这里做官，只是中原是奴才出身地方，每年听着雁鹅叫，心里总想回去，只是不敢回。”吉特后笑道：“我知道你想家呢，亏得叫你进来问问，不然，不白屈留你一辈子么？”回向含芳道：“把橱里那注银子取来。”含芳应着，一时取到，是六只宝银，估计约有三百多两。吉特后道：“皇爷嫌你嘴不好，侍卫差使，早晚就要开掉，还要重重办你。我念你是我这边的人，你受处分，连我也没有面子，暗暗替你缓了下来。现在给你这几锭银子，权充盘费，你快快收拾收拾，回家去罢。皇爷跟前，自有我替你设法搪塞。”邓袴子万分感激，接了银子，叩谢出宫。回到寓里，把行李收拾成一担，悄悄投中原大道而去。

只道跳出三教外，不在五行中，从此自由自在，快活逍遥。哪里晓得行不上十里路，才到松林左近，鸾铃响处，林子里早跑出五六匹高头大马来，马上骑的都是梢长大汉，手里都拿着兵器，腰里都悬着弓箭，截住去路。为首的大喝道：“邓袴子，留下脑儿再回去。”声音很熟，仔细看时，原来就是皇后宫中的侍卫古特班。邓袴子还当他们跟自己玩耍来的，随道：“古特班，你截住我，敢是要替我饯行么？”古特班两眼一翻道：“谁跟你饯行，奉皇后娘娘懿旨，特来取你脑袋儿。”邓袴子道：“我犯了什么罪，要杀我？”古特班道：“还用问么，你犯的罪，你自己知道。”邓袴子道：“我此番回国，也是皇后当面允准的，你要不信，我跟你一块儿去见娘娘。”古特班道：“娘娘吩咐，只要死的，不要活的。”说着，眉现杀气，眼露凶光，把朴刀只一挺，飞风般削将来。四五人一齐出手相助，邓袴子一边躲避，一边拔刀还敌。战了三五个回合，究竟双拳不敌四手，一个失错，肩窝上着了一刀，鲜血直涌，跌倒在地。古特班抢进一步，只一刀便结果了性命，割下首级，回向同伴道：“你们把这行李担挑了。”同伴们一面收拾担子，一面笑道：“打发邓袴子起身，竟打发他阎伯伯家去了，我们以后要算计人，就说打发邓袴子起身是了。”看官，这一句话，自从被这几位仁兄发明之后，直到如今，竟成了奉天一带地方的土语。

当下古特班回转京城，赶忙进宫复命。才到二道宫门，只见丹墀下站着十来个蓝顶箭衣的内监（清制太监不穿套褂），知道太宗在里头，古特班不敢惊动，正想找别的朋友闲话去，却见王皋抱着皇太子，喜冲冲进来。古特班迎着问了好，随道："哥，我拜托你一桩事情，停回子见着娘娘，替我回一声，说那桩事情，我已经办妥，请娘娘放心是了。"王皋道："你瞧我忙得什么似的，小爷又要我抱。现在袁抚台又差了个李喇嘛来，下什么书。他们都贪懒，又要我上去回，你就自己回一声罢。"古特班道："我的哥，趁你便，不拘几时回是了，我又不是要紧。"王皋笑着，抱了太子进去了。古特班见他去远，自语道："怪道邓袴子要讲话，瞧他两个面貌，竟似一个模子里做出来似的。"忽然，背后有人道："你独个儿议论谁，娘娘知道了，你可吃得住！"古特班吓了一跳，回头见是消愁，央告道："好姐姐，我不会说什么，姐姐一竟疼我的，娘娘跟前，尚望包瞒一二。"说着，请下安去。消愁笑道："快休如此，被他们瞧见，没意思的。你我这么交情，认真我还会葬送你么？"古特班听了，自然感激，再要讲话时，消愁道："你出去罢，我这会子还有事呢。有话你晚饭后到我房里来讲罢。"说着，低眸一笑。古特班听了，如奉观音佛语，诺诺连声而退。

消愁目送古特班去后，入寝宫来回吉特后话。掀帘进内，只见吉特后和太宗，正长篇大套地议论那军国重事。只听吉特后道："这袁崇焕有多大的本领，竟敢这么看轻咱们？"太宗道："你别看轻了他，袁蛮子这个东西，很是不好惹。从前老爷出兵打中原，很受过他几回亏，幸得彼时职分小，没有几多大权柄。如今袁蛮子是宁远巡抚了，位高权重，自然不把咱们放在心上了。"吉特后道："袁崇焕恁地怎样利害，明国这么大地方，光靠他一个儿，我看终是不济事。咱们自从老爷改做皇帝之后，也不过几十年工夫，就夺了中原几多地方，明是上天保佑我们。咱们靠着上天，又怕袁蛮子怎的。"太宗道："咱们跟中原开战以来，得的地果然不少。"说着，屈指算道："抚顺、清河堡、沈阳、辽阳、西平堡，一总倒也有八九十座城子。"吉特后道："咱们国势这么强盛，爷倒又怕起袁崇焕了，照我意思，大大出一回兵，给他点子利害，问他可再敢轻视我们不敢。"太宗道："老爷驾崩时光袁蛮子派李喇嘛、傅有爵等三十四人，到咱们这里来吊奠过。我因为要办朝鲜的事，不高兴跟他作对，给了他两封回信，哪里知道他竟狂悖起来了。"吉特后道："爷还是出去跟众大臣商议商议。"太宗道："多尔衮肚子里很有计谋，召他进宫问一声就是了。"随命太监召多尔衮。一时召到，请过安，太宗赐他坐了。然后把袁抚台来信，递给他瞧。多尔衮接来念道：

大明国辽东提督部院袁致书于汗帐下：再辱书杀，知汗渐息兵戈，伏养部落，即此一念好生，天自鉴之，将来所以佑汗而昌大之者，尚无量也。往事七宗，汗家抱为长恨者，不佞宁忍听之漠漠。但追思往事，穷究根因，我之边境细人，与汗家之部落，口舌争竞，致起祸端。作孽之人，即道逭（huàn 逃避）人刑，难逃天怒。不佞不必枚举，而汗亦所必知也。今欲一一辨晰，恐难问之九原，不佞非但欲我皇上忘之，且欲汗并忘之也。然汗家十年苦战，皆为此七宗，不佞可无一言乎。今南关北关安在，辽河东西，死者宁只十人，此离者宁只一老女，辽沈界内之人民，已不能保，宁问田禾，是汗之怨已雪，而意得志满之日也，惟我天朝难销受耳。今若修好，城池地方，作何退出；官生男妇，作何送还。是在汗之仁明慈爱，敬天爱人耳。天道无私，人情忌满，是非曲直，原自昭然。各有良心，偏私不得，不佞又愿汗再思之也。一念杀机，启世上无穷劫运；一念生机，保身后多少吉祥，不佞又愿汗图之也。若书中所开诸物，以中原之财用广大，帝亦宁靳此。然往牒不载，多取违天，亦汗所当裁酌也。方以一介往来，又称兵于朝鲜，何故我文武官属，遂疑汗之言不由衷也。兵未回即撤回，已回勿再往，以明汗之盛德。息止刀兵，将前后事情讲析明白，往来书札，无取动气之言，恐不便奏闻。若信使往来，皇上已知之矣。我皇上明见万里，仁育八荒。惟汗坚意修好，再通信使，则懔简书以料理边情。有边疆之臣在，汗勿忧美意之不上闻也。汗更有以教我乎？为望！

多尔衮摇头道："这袁蛮子好大的口气，非但不肯供纳岁币，倒还要咱们归还侵地，罢征朝鲜。辽阳、沈阳，咱们已都改为都城，筑造好多宫阙。辽阳是东京，沈阳是盛京，如何再好归还与他！咱们攻打朝鲜，也是满、韩两族的事情，与中原什么相干，也要他来饶舌。"太宗道："你看如何答复？"多尔衮道："依奴才愚见，竟也不必复他。派一支兵去，把宁远城子夺了来，岂不干净了当。"太宗笑向吉特后道："多尔衮真是吾家的千里驹，不论什么事，决断出来，他的见识，总是高人一等。"吉特后道："见识高人一等，那是禀性聪明之故。我爱他倒并不在这上头。"太宗见说，就问："你爱他是为哪一件？哪一样呢？"吉特后只是笑，并不答话。太宗连连催问。多尔衮见了这副情形，不知吉特后怀何意思，甚是着急。欲知吉特后如何回答，且听下回分解。

第四回　清太宗怒斩王皋　袁督师智收毛帅

却说多尔衮见清太宗催问得紧,倒替吉特后甚是着急,回看吉特后时,只见吉特后笑着,没事人似的,徐徐道:“也不曾见过你这的人,一句没要紧的话,着急得这样儿。你们自己弟兄,自小一块儿长大的,难道还不晓得,还要问我?”太宗道:“奇了,我称他见识好,你说你爱他并不在这上头,现在问你,你又说自小一块儿长大,总会晓得。我晓得了,还问你做什么?”吉特后笑道:“多尔衮这人,我爱他就是‘忠心’两个字,讲到聪明,还是第二着呢。要是聪明了不忠心,不如不聪明好得多么,怎么爷倒又不晓得起来?”太宗听罢大喜,随问多尔衮道:“老弟,你的见识虽好,只是俗语双拳不敌四手。咱们现在正办朝鲜的事,中原一面,只好跟他客气一点子;不然,两面都要照顾,很是费事呢。”多尔衮道:“今儿接到捷报,咱们先锋队已到汉城,朝鲜事情,看来就在这几天,可以办结。”太宗道:“那也瞧罢了,军务事情是说不定的。你出去传谕范文程,叫他写一封含混话的回信,明儿早朝呈我瞧过再发。”多尔衮应了几个“是,”就起身告辞而去。

次日,清太宗召见袁抚来使李喇嘛,说了几句模棱的话,就把复书给他带回。一面传旨征韩大元帅,叫他并力攻打,限日破城。不多几天,接到捷报,朝鲜王捧表求和,太宗大喜,就叫征韩元帅便宜行事。于是大明朝三百年藩邦,顷刻间变成满洲国属国了。大军凯旋,文武各官无不上表称贺。太宗喜欢之极,朝罢回宫,御容上还带有喜色。走进宫门,静悄悄不见一人,心下诧异,扬着声道:“人都到哪儿去了?”话声未绝,寝宫门帘一动,慌慌张张钻出一个人来,与太宗撞个满怀。仔细瞧时,不是别人,就是吉特后宠信的头等侍卫王皋。太宗怒喝一声:“站住!”王皋见太宗发怒,慌得愈发没做道理处,瑟瑟瑟身子抖作一团,却把身上佩刀,抖出了鞘,锵然一声落于地上。恰恰内监宫娥等都各走集,太宗喝令把王皋拿下,交令忠亲王严刑盘问。众内监不敢怠慢,把王皋鹞鹰抓小鸡似的抓着去了。早有宫娥报知吉特后。吉特后闻报,海棠春色,顿时变成梨花淡白。要替他恳情,又见太宗盛怒之下,不敢造次开口。隔不到五天,晓得王皋判定了斩罪,即日行刑,只得临风洒涕,暗自伤心。

到行刑这一日,吉特后推说有病,睡在床上,整整地哭了一天。含芳等虽知其故,限于体制,不便十分相劝,只好凭她玉容寂寞,春恨缠绵,窗前鹦鹉无声,枕上鸳鸯小梦而已,柳暗未央,花明大液。忽报:“老爷驾到!”宫帘动处,清太宗早走了进来。吉特后支着病体,勉强起身相迎。太宗道:“仔细头晕,别起来了。”于是紧行几步,就床沿坐下,执着吉特后玉手道:“好好的怎么又病了?”吉特后道:“昨儿晚上,贪赏风月,大约受了点子凉罢。”太宗道:“方才召太医进宫,怎么又不愿瞧呢?”吉特后道:“我素来怕吃药,这又不是大病,略养养就好了。”太宗道:“告诉你知道,今儿有桩奇事,真是咱们开国以来从未遇过的。”吉特后忙问何事。太宗道：“王皋这南蛮，临斩时，破口大骂，说出好些不干不净的话。我因听着难过，叫他们快斩。哪里知道斩掉之后，尸身竟不扑倒，直站在那里，很是怕人，弄得我没法想。后来听着多尔衮话，叫福临跪在尸身前，称了他几声老子，并应许他每逢大祭，先祭王皋，后祭皇陵，再于长白山上立碑纪念，才倒下的。你道这事奇怪不奇怪？”吉特后听说王皋被斩，宛如万箭穿心，那眼泪不觉流下来了。太宗见她如此，深悔自己做事莽撞，不免打叠起温柔功夫，千姊姊万姊姊地央告。吉特后见事已如此，只得罢了，只要求设祭立碑的事，不能反悔而已。王皋既死，清太宗绝了内顾之忧，于是检阅土卒，操练骑射，但等机会一到，立即入寇中原。

这日，太宗在机密房，正与内阁学士范文程、和硕睿忠亲王多尔衮、和硕豫通亲王多铎等几个文武功戚，商议军国大事。忽一个太监报道：“有三个明将，前来投诚，说是有紧要事情。”太宗眉峰一皱道：“带来多少人马？”太监回道：“据迎宾司员说是三个光身子，并未带领人马。”太宗道：“可有姓名？”太监回道：“现有名单呈上！”太宗接来一瞧，见开着孔有德、耿仲明、尚可喜三个名字，随问范文程道：“这三个人，你可认识？”范文程瞧过名帖，站起身回道：“微臣不曾认识过。”太宗点头无语。多铎道：“你是中原人，他们也是中原人，大家都是中原人，怎么倒又不认识呢？”文程道：“王爷有所不知，孔、耿、尚三人，都是显官，我是草莽一书生，名分上很是够不上，所以不能认识。”多尔衮道：“这三个既是明朝显官，怎会投奔咱们这里来，别是奸细么！”太宗道：“我看总别有缘故，喊进来一问就明白了。”太监领旨，霎时引进三人。跪拜毕，孔有德奏道：“我们三人，都是皮岛毛帅帐下的部将，因袁崇焕那厮妒贤忌能，用计害死我们毛帅，所以投奔贵国来。恳请大皇帝发兵替毛帅报仇，我们甘愿充当向导。”

原来登莱大海中群岛如星，内有一岛名叫东江，广衍数千里，形势非常便利。熹宗天启元年，太祖大举入侵，掠取沈阳、辽阳。辽东之三河等五十寨，及河东大小七十余城，无不望风归附。彼时沿海居民四散逃难，力量雄厚的，都坐着海船，逃向山东去了，剩下几个资斧不继的，只好投奔各岛暂时栖止。有一个仁和人，姓毛，名叫文龙，官居都司之职，此人却是个豪杰，奉命援辽，领着兵也到群岛。因见东江地势形胜，有险可恃，就在这地方，建起军府来，招集逃民，分布哨探，生聚教训，着实的有作有为。朝廷闻之大喜，下一道圣旨，马上升他为参将，并加副将职衔。文龙受恩感激，拣选岛中精锐，扬帆破浪，把满洲国的镇江城夺取了。捷报到京，加封左都督。文龙愈自奋勉，筑造海船，操练兵士，以固疆国；广招商贾，贩易有无，以兴市面；设卡征税，授地兴屯，以裕饷源。不多几年，东江一荒岛，竟然变成重镇了。朝廷知他能干，遂封文龙为平辽总兵官，挂将军印，赐尚方剑。文龙此时，兵强民附，势大官尊，心中自是得意。

崇祯元年，朝廷放了袁崇焕为蓟辽督师，东江各将就纷纷聚议道：“袁督师为人，很是利害，此番出京，听说赐有尚方宝剑，总兵以下官员，都可先斩后奏，咱们大家倒要小心一点子。”只见一人大笑道：“小心点子什么，咱们又不吃他的饷，好便给个脸子，他要是不识窍，要在我们这里扮鬼脸，呵呵，我可就要对他不起了。”随有两人附和道：“很对很划，我们这里除了帅父将令，就皇帝圣旨也不相干，何况袁督师！”众视之，起先发话的，是孔有德，后来附和的，是耿仲明、尚可喜。这三个都是毛文龙养子，性情桀骜，胁力绝人，岛中将弁没一个不惧怕他的。当下见孔有德这么说了，只好附他一阵，不庸细表。

过不多天，接到邻境滚牌，晓得督师老爷已经起马，约初月初旬，就要按临本岛。毛文龙传下将令，叫本岛海陆各将弁，赶忙预备，海船破坏的修理，旗帜缺乏的添置；各营中刀矛弓箭以及甲胄等，都要整理一新。这令一下，全岛海陆人员，顿时忙乱起来。竹木匠、铁匠、成衣匠整百累千，日夜赶活。毛帅每日赶天亮就起身，又要校阅骑射；又要操练海军；又要指示机宜；又要督催工匠。一面派人替督师收拾行辕，衾枕床帐，古董文玩，一应陈设的东西；又要自己去指点。因此忙得毛文龙茶饭无心，坐卧不宁，费尽精神。到月底总算都已齐备，又请了幕府中清客，到各处查检斟酌，凡有些微不妥之处，立即更改。于是毛文龙方略心安意畅。又在山顶置下一具西洋望远镜，叫孔有德、耿仲明等几个义儿，轮流执掌盼望，瞧见督师座船，立刻飞报不误。

六月初三黑早，文龙盥洗才毕，山顶上飞报下来，离岛二十里，有几十艘海船，冲波突浪，向着本岛进发，怕就是督师座船。文龙得报，随令海陆军弁列阵相迎。霎时吹起画角，马队、步队、长枪队、短刀队、强弩队、藤牌队，各队兵士依着次序，从行辕起，直排到海边。海里三五百号哨船，三四十号楼船，按着步位，列成一字，旗帜鲜明，戈矛锐利，映着晴空旭日，耀眼争光，几使人头晕目眩。文龙头戴赤金凿花盔，身穿锁子黄金甲，衬着红罗彩绣战袍，脚登战靴，身跨白马，腰悬宝剑，背负雕弓，率领本岛马步各将直到海滨。向海里将望去，水天一色碧沉沉，无际无边。忽见云水尽头，隐隐现出几支桅杆来，知道果是督师驾到。大家屏息静气的等候，渐渐望见船身，愈行愈近，只见十三四只高大楼船，衔尾而来，势若长鲸。桅杆上绣旗高扯，随风舒卷，那旗中都绣着个大“袁”字。冲波突浪，其行如箭，激得海中如万道金蛇一般，涌着旭日，不住的波光浮动。大炮三声，督师座船，早下锚停住。这里海陆军众，齐着声喊道：“东江海陆将士，迎接督师老爷。”这个声浪，顺着风，海面上荡将去，简直是山摇海倒。文龙跳下马，率着几员体面将官，乘坐哨船，径投督师座船来参谒。递上手本，差官传话出来，叫东江马步各将，都各回营，只请毛帅进见。文龙跟随差官过船，才踏上船头，早见袁督师轻装便服，迎出船头来也。文龙打恭相见，督师挽住手笑道：“咱们舱里坐罢。”同行进舱，文龙又欲行礼，督师止住道：“穿着甲，跪拜很不便当，免了罢。”当下就让文龙上坐。文龙不肯，督师道：“海外重寄，全仗贵镇。现在朝廷把东事交付了本部院，少不得常要请教请教。贵镇再要拘守礼节，反弄得大家不便。”文龙究竟是武夫，只道督师果是推心置腹，也就不再推让，向客位上坐下了。当下督师略问了防备的情形，海陆形势，别的话都没有提起。文龙请督师起岸，并说岛上已经备下行辕。督师笑道：“费事做什么，咱们自己人，不会客气的。我住在船里，很舒服呢。”文龙只得罢了，辞别回署，笑向众清客道：“都说袁崇儿怎么利害怎么利害，谁知竟是个和气人儿，很随和的，跟我有说有笑谈了好一回，一点没有上司的架子。”众清客自然附和一阵。

当下文龙叫备下二十多席精菜，三五十坛美酒，派孔有德送往督师船上去。一时回来，呈上督师名片，回说督师非常谦和客气。谈不到三五语，一个差官匆匆跑进，见了文龙，弯着腰回道："督师袁大老爷前来谢步。"文龙惊道："督师老爷来了么？"差官道："轿子现在辕门口。"文龙慌忙迎出，只见袁督师轻骑简从，只带十来个家人。文龙亲要上前扶轿，袁督师再三谦让，于是引着帅驾进中门到大堂。夫役们停下轿子，督师出轿，携着文龙的手，直到花厅坐定，笑道："贵镇又要费心，送下许多酒菜，倒使本部院却之不恭，受之有愧。"口里讲着应酬话，那两眼却不住地向四周打量。只见上面一个匾额，写着北魏体四个擘窠大字道："世外桃源。"向外挂着待漏随朝墨龙大画，两旁配着紫檀板对，却是云间平泉先生的遗墨，道是：

开塞伏全锋，屹尔干城万里；
海天撑半壁，巍然砥柱一方。

天然几上，一般也陈着古铟鼎青，铜镜、古瓷大花瓶底下都托着紫檀座儿，两旁排列着楠木儿椅，收拾得洁净无尘。暗忖文龙虽是武夫，倒也不俗。只听文龙道："督师老爷在岛敝上，总还要多盘桓几日。"督师道："本部院明儿阅过操，查察查察形势后儿歇一日。有什么要改变的地方，就跟贵镇商量商量，部署完毕，就要动身的。"文龙应着几个"是"，闲谈一回，袁督师告辞下船。文龙苦留留不住，只好罢了。

次日天色未明，海陆各军士都已齐集伺候。毛文龙全身披挂，率着部下各将，到水公馆迎接督师起岸。袁督师也穿着公服，锦袍玉带，威武非凡。旗牌中军，亲兵护勇，簇拥着到演武厅下轿。彼时台上早竖起一面三军司令的绣字大旗，台中设着公座。督师徐步升台，归了座。毛文龙在旁陪坐，海陆各将排班儿唱名参谒。虽是六月初旬，岛地气候，却还同初秋一般，众人穿着袍甲，并不患暑。只见海边涌出一轮旭日，映着碧波，异常好看。袁督师吩咐"开操！"这一声吩咐下去，顿时战鼓喧天，旌旗映日。千骑万乘海潮涌，飞扬浩荡震乾坤。海陆两军整整操了一日，袁督师赞不绝口。文龙见督师如此称赞，心下万分得意。这晚就留督师署内夜宴。席间谈起军制，督师意思，要把营制大大改编一番，另设监司专理械饷。文龙颇不为然，辩驳了几句。督师默然。停下半晌，督师又道："贵镇方才说办理军务，异常劳苦，朝中大臣又都不肯相谅，这个境况，正与本部院相同。但是你我既然出来替皇家办事，说不得就要任劳任怨了。贵镇既嫌办事困苦，何不辞掉官职，索性回家去逍遥自在？"文龙道："督师老爷教训的极是，文龙也久有此意。只是满洲事情，还没有办掉，眼前知道边务的人又不多，就要交卸，也没人接得下这副重担，只好熬几时，且等满洲灭掉之后。"说到这里大笑道："不是文龙酒后狂言，那朝鲜国国势非常衰弱，到那时出一支奇兵，取了来做个立命安身之所，才不负英雄一世也。"说罢狂笑不已。督师见文龙犴（àn）的利害，且不跟他计较，喝了几杯起身告辞而去。临行，执着文龙手道："本部院带来人马，明日拟借贵地，一校骑射，并恳贵镇陪同校阅，以便本部院就近请教一切。"文龙允诺。这里袁督师便暗暗点兵派将设下圈套。

一宵易过，又是明朝。毛文龙盥洗未竟，袁督师已派人催请过三五回了。文龙恚（huì怨恨）道："也有这么性急的人，天还早呢。"

说着时冠带已经完毕，骑马出署，带着护军，直奔山上来。行到山麓，恰与袁督师大军相遇。只见袁督师银冠金翅，玉带锦袍，立马而待。标下各将弁都顶盔着甲，露刃控弦，雁翅船翼辅左右，气象异常严肃。文龙暗暗惊诧，正欲下马参见，督师笑着止住道："时间不早了，咱们并马上山罢。"于时并辔偕行。文龙的护军，想要追随同走，却被督师手下各将弁圈拦在外，一步不能近，眼看主帅被他们簇拥而去。文龙跟着督师，行到半山，督师忽问："花名册上的将弁，怎么都是姓毛？什么毛有德、毛精忠、毛可喜？"文龙回道："那都是我们毛家小子孙。"督师冷笑不答。只见参将谢尚政躬身禀道："这里有座半山亭，督师老爷跟毛老爷，可要歇歇？"督师道："歇歇也好。"于是一同下马，进入亭中。观看一回山景，督师向文龙道："本部院明儿动身，不过来辞行了。贵镇是国家海外重寄，礼当受本部院一拜。"说着拜将下去。吓得毛文龙还礼不迭。督师挽着文龙手道："恢复事情，全仗贵镇。本部院一路考察，见可用的兵，很是不多。"说着重又上马前进。行到山顶，毛文龙正要伺候督师下马，督师忽地变色，把袍袖一拂，喝声："拿下！"左右应声如雷，早跳出三五个如狼似虎健将，把文龙拿捕下马。文龙大喊："我有何罪？"督师冷笑道："国家靡费钱粮，光为养你们这群狼子野心人儿不成？本部院这几天里推心置腹，沥胆披肝，要算开导的了。满望你回心转意，哪里知道依旧执迷不悟。再不然本部院钦承简命，替国家办事，眼看你飞扬拔扈，变成朝廷心腹大患么？"喝令摆香案，恭请尚方剑。文龙见势头不妙，忙着软求道："文龙罪诚该死，只求督师老爷开恩，念我这几年工夫，在东江地方，筚路蓝缕，不无微功足录。"督师冷笑道："你们不知王法久了，今儿做点子王法你们瞧！"此时香案已经摆好，督师三跪九叩首，请出尚方宝剑，喝令推出斩首。文龙还要恳求，督师道："不必讲了，今儿如果屈斩了你，本部院甘愿偿你的命。"袍袖一拂，众人把文龙推拥而出，霎时献首帐下。欲知后事如何，且听下回分解。

第五回　虎跃龙骧辽天动战鼓　风凄雨冷燕市哭忠魂

话说蓟辽督师袁崇焕斩讫毛文龙之后，随出告示，晓谕东江将士，只诛文龙一人，余均不问。一面传文龙家属，领尸归殓；一面具本奏明皇上。各事干好，自己穿着素服，备了盛席祭筵，到文龙灵前，奠酒哭拜道："昨天斩你，是国家法令；今天祭你，是本部院私情。"拜毕连连洒涕。众人见了，无不感叹。袁督师又把东江全镇分为四协，保奏文龙儿子毛承祚及副将陈继盛等分泛统领；又令毛有德等各复本姓。自以为恩威并济，再无什么不妥的地方了。哪里晓得孔有德、耿仲明、尚可喜等三个人，竟会偷偷儿投奔满洲，哭请报仇呢。

当下孔有德把毛帅屈死事情，详细奏诉太宗。太宗沉吟半晌，问道："袁崇焕是当世英雄，毛文龙也是一时豪杰，两个人无冤无仇，怎么会闹出这桩事故来？"孔有德碰头道："这里头还有一段公案。"太宗笑向范文程道："范蛮子，你会写字的，烦你拿纸笔来，把孔蛮子所讲的话，逐一写出，将来咱们也好做一个准备。"文程应了一个"是。"早有内监送上纸笔，文程接笔在手，听一句，写一句。只见孔有德道："袁崇焕这厮，九千岁跟他本不很对。自从崇祯爷登基，九千岁坏了事后，凡是九千岁不对的人，都提拔了起来，袁崇焕也趁这当儿里跳起，封为兵部尚书、蓟辽督师。受封这天，在平台召见，崇祯爷问他所抱的方略。崇焕回奏：'臣受皇上特眷，如果假臣便宜，只消五年功夫'。"说到这里，顿住了口，两个眼珠子，不住瞧着太宗。太宗道："怎么不说了？"孔有德道："这厮的话，很是放肆，臣可不敢奏闻。"太宗道："各忠各主，那有什么要紧，你尽直说是了。"有德道："袁崇焕说只消五年工夫，建夷可以扫除，全辽可以恢复。"太宗回向众人道："袁崇焕这蛮子，咱们倒不可不防备防备，你们记着。"众人连声应"是。"太宗又向有德道："后来怎样？"有德道："彼时给事中许誉卿私下问他，五年恢复全辽，究竟用何妙计？崇焕笑道：'哪里就能恢复，不过见圣心焦劳，聊以是相慰耳。'誉卿道：'你可糟了，皇上何等英明！到那时问起你来，看你用什么话去回复？'崇焕听了誉卿的话，宛如一桶冷水顶头浇下，打了一个寒噤道：'我可糟了。'于是又想出一番花言巧语来，蒙奏崇祯，什么'以臣之力，制全辽有余，调众口不足。忌能妒功之人，即不明掣我肘，亦能暗败我谋。'一派都是想脱卸的话。偏偏当朝的刘阁老，极力保举他，叫崇祯赐了他尚方宝剑，许他便宜行事。苦得他卸脱不掉，那股怨气，便都移到咱们主帅身上来了。"说到这里，碰头道："恳求皇上大兴义师，替毛帅报仇。某等三人愿为前驱，略尽犬马微劳。"太宗道："袁崇焕杀毛文龙，那是蛮子杀蛮子勾当，不与咱们相干。只袁蛮子口出大言，想来总有点儿能干，咱们不去，恐怕他倒要杀来。你们三个人，既然投降了来，总算是识时务的聪明人。现在就封你们为一等大臣，等立了功劳，再行升赏。咱们这里办事，可不比尔朝，有了功就赏，有了罪就罚，实事求是，一点儿情面不讲的。宗室勋戚满汉一样看待。你们不信，只要问这范文程。他也是你们汉人，还是老爷手里来的呢，到这会子也有十多年了，你问问他，咱们可曾亏待过他。”文程正在收拾笔墨，听太宗这么说了，随站起身道：“可不是嘛，我自从万历年间，投了这里来，蒙太祖高皇帝天恩，一竟言听计从，自己人一般看待。就皇上待的我，也跟亲王勋戚，没什么分别。君臣鱼水，真是旷古未有的知遇，百代难逢的隆恩！”太宗又向左右道：“这范文程，不是我当着面夸奖他，他那聪明，那智慧，那能干，我们这里，十个也赌不上他呢。我们国里各种制度，都是他一个儿心思才力创成的。我们原底没有文字的，他来了把蒙古字，合着国语，缀联成句造成一种满欧文字；我们兵制，原只有黄红蓝白四旗，他来了添设镶色四旗，变成了八旗，为左右两翼；又替我老爷想出了个覆育列国英明皇帝名目来，又造了太庙，筑了宫殿。到这会子，咱们已经做了两代皇帝了。想起来不都是他的功劳么。就是我待他偏厚一点，也是理所应当。你们三个，只要学着他做事，将来不怕没有好处。”孔有德等叩头而退。清太宗收降孔、耿、尚三将后，谋取中原之志益急，昼夜赶造弓箭，训练士马。

到这年十月里，各种篷帐兵器，都已置备齐集，遂令和硕睿忠亲王辅佐太子监国，自己亲统八旗劲旅，四国遗英，蒙汉各军，步马各将大举入寇。内阁大学士范文程，一等大臣孔有德、耿仲明、尚可喜，和硕豫通亲王多铎，皇长子贝勒豪格，以及各贝子贝勒、辅国公、镇国公、蒙古各台吉等众文武，尽行随驾出发。鸣鼓吹角，张盖扬旗，驰马嘶风，戈矛耀日。清太宗身穿织龙开襟袍，外罩黄缎绣龙马褂，戴着京缎纬帽，上冠红宝石没梁顶子，帽儿前面订着莲子大一颗夜明珠，外披着黄缎斗篷，脚登粉底乌缎靴，骑一匹卷毛嘶风千里黄标马，绣鞍金登，华丽非凡。左右夹侍的，都是宝石顶、双眼翎、黄马褂的亲王贝子。太宗执着御鞭，迎风一望，见大军整队前行，蜿蜒环曲，渡水穿林，不知几多远近，笑向左右道：“有了这样的兵势，就踏平中原，也不费什么手脚。”众人齐声附和。

师行迅速，不多几天，早到大明疆界，安下营寨。太宗带领众文武，出帐察看形势。只见两面都是高山，层峦叠嶂，险峻异常，缺口处恰筑着关城，旗戟隐隐。太宗指道：“这座关城，想来就是遵化州了。”范文程回道：“这不是遵化州，是遵化东北角一座关城，名叫洪山口，是进遵化第一个口子。”太宗道：“遵化共有几个口子？”范文程道：“照臣所晓得，这洪山口是一个口子，西北角上，还有两个口子，一个叫大安口，一个叫马阑关。”太宗点头不语。随即回帐，派太监传谕各营将领，都到御营会议，太监遵旨而出。霎时，满蒙汉军各将领，闻召都到，请双安见驾。此时御营地上，早铺下虎皮豹皮各种坐垫。太宗传下恩命，各各赐了坐。众将领谢过圣恩，才按了品职，一一席地而坐。太宗开言道：“咱们兴师而来，已经到了。这遵化形势，瞧去非常险峻，用什么法子，能够打破它，大家商议商议。”说着，两目中露出极威严的神光，向四周打了个圈儿，瞧得众人都凛然生惧起来。只见一人开言道：“奴才从前人贡明廷，边地上出入过好多回。洪山口这条路径，是很熟悉的。哪一位高兴进攻，奴才情愿充当向导。”众人瞧时，发言的乃是蒙古科尔沁台吉布林噶图。太宗点头道：“布尔噶图情愿充当向导，难得难得。但光是一个向导，也不济什么事。”道言未了，众中早跳起两位英雄来，一个面如冠玉，目若明星，望去只有十六七岁年纪的，便是太宗长子大贝勒豪格。这豪格年纪虽小，却是弓马娴熟，战策精通，是皇族小辈中数一数二人才。当下向太宗道："子臣愿领马步五千，夺取洪山口，为吾军发一利市。"才待允许，豫通亲王多铎起争道："出兵第一仗，须让我去，我是前辈呢。"豪格不肯，二人就在御前争论起来。范文程分解道："遵化州口子，好在不只一个。依我愚见，大贝勒同了布尔台吉去攻洪山口，豫亲王去攻大安口，两路夹攻，谁先攻破，就算谁头功。"太宗拍手道："好好，就照这么办，就照这么办。今儿休息一天，明儿你们两个人就出兵，总不要丢咱们满洲人脸是了。"豪格、多铎齐声应了两声"是。"当下散会，各自归营，一宵无话。

次日太宗升帐，早听营外马足奔驰，角声吹动，左右报说豫亲王、大贝勒各率马步，分头攻关去了。太宗叫请范学士。一时文程入见。太宗道："多铎太喜欢用意气，豪格究竟孩子家，没有见过大仗，我很是不放心。最好派谁去接应一下子。"文程道："诚如圣谕，依臣愚见，还是叫孔有德、耿仲明、尚可喜三个儿去一趟罢。"太宗停了半晌，才说了句："这三个人么？你保荐他，总不会差到哪里。只是这三个都是汉人呢。"文程见太宗有迟疑之意，也就不敢说什么了。太宗道："怎么倒又不响了？"文程请了一个安道："从来说知臣莫若君。微臣愚昧，窃以为皇上聪明天亶（dàn 实在），识拔的人，总没有差。圣意欲派谁就派谁，总比臣举荐的胜起十倍呢。"太宗正欲传旨，飞马报说："大贝勒攻破洪山口，明军杀伤无算，其余残卒，都逃向遵化去了。"太宗喜道："我知道咱们孩子不会丢脸，才叫他办这样的大事。"文程道："诚如圣谕，大贝勒原是国家奇杰，真是知子莫若父。"道言未了，飞马走报："豫亲王攻克大安口，我军大捷。"文程致贺道："旗开得胜，马到成功，足证我国家方兴未艾。"太宗传谕拔营进口，围攻遵化城池。

一声令下，万众遵行。风驰雨骤，早齐到遵化城下。多铎、豪格接旨，于是把遵化城池围得铁桶相似。忽报明山海关总兵赵率教领兵来救，离此只有二十里光景。太宗问众人道："谁去抵敌援兵？"大贝勒豪格踊跃道："子臣情愿讨这美差。"太宗把豪格肩儿一拍道："好孩子，你乏了，歇歇罢。"豪格道："南蛮都是不经战的，子臣只当玩耍呢。趁这战胜余威，吓也吓死他。"说着跳上马，率领本部飞一般去了。只听鼓声大震，喊声大举，宛如天摧地陷，岳撼山崩。太宗正在不得主意，一将骑着快马，执着红旗，流星似的奔进营来，高声喝报："大贝勒阵斩明军主将赵率教，敌人全军覆没，我军不伤一人。"太宗大喜。豪格回营，演讲战斗情形，指手画脚，非常得意。太宗传令宰杀牛羊，团饮庆贺。饮毕，率领马步各将，即行攻城。梯石并进，鼓声如雷，只一刻便攻破了三门，清兵蜂拥进城，遇见汉人，不管是军是民，刀斩斧劈，杀得削瓜切菜一般，满街上红殷殷地都是血水。那尸身横的竖的平的叠的，小街狭巷，几乎塞了个满。等到太宗下令封刀，十停中人早已杀掉五六停了。那遵化守城各官，巡抚王元雅、总兵朱国彦、粮台何天球、查库官李献明、知县徐泽、前任知县武起潜、教谕曲毓龄、中军彭文炳、守备徐联芳等八九个人，没一个肯投降，没一个不殉节。太宗不胜赞叹。满洲将士，本很剽悍，这一回又因养精蓄锐了五六年，又有孔、耿、尚三降将作向导，又是清帝亲自做元帅，风驰雨骤，所向无前。明朝兵将遇着他，宛似落叶碰着秋风，不堪一扫。

太宗攻破遵化之后，只一月光景，克蓟州，徇三河，下顺义，破通州，势如破竹，直薄北京城下。所破各城，尽行颁发告示，其辞道：

满洲国皇帝谕绅衿军民知悉，我国素以忠顺守边，叶赫与我，原属一国。尔万历皇帝干预边外之事，离间我国，分而为二，曲在叶赫，而强为庇护，直在我国，强欲戕害。屡肆欺凌，大恨有七。我知其终不相容也，故告天兴师。天直我国，先赐我河东地。我太祖皇帝，意图与民休息，遣人致书讲和。尔天启皇帝、崇祯皇帝，仍加欺凌，使去满洲国皇帝之号，毋用自制国宝。我亦乐于和好，遂欲去帝称汗，令尔国制印。给制，又不允行。以故我复告天兴师，由捷径而入，破釜沉舟，断不返旗。尔明君臣，不愿和好，而乐兵戈，今我兵至矣，用兵岂易事乎？凡绅衿军民，有归顺者，必加抚养；有违抗不顺者，不得不杀。非予杀之，乃尔君杀之也。若谓我国褊（biǎn 狭小）小，不宜称帝，古之辽金元，俱自小国而成帝业，岂有一姓而恒为皇帝之理乎！天运循环，有天子而废为匹夫者；有匹夫而起为天子者，此皆天意，非人之所能为也。上天既已佑我，尔明国乃使我去帝号，天其鉴之矣。我以抱恨之故兴师，恐不知者以为恃强征讨，故此谕知。

清太宗统率马步，直薄（bó 逼近）北京城下，就在城北土城关的东面，扎立大营，八旗劲旅，飞骑驰突，沙尘蔽日，声势滔天。吓得阖京文武都慌了手脚。亏得崇祯帝拿定主意，一面叫京营提督，督率本京马步，登城严守；一面颁诏各省，叫各总督、各巡抚、各总兵迅速来京勤王。这道圣旨，是用飞马八百里加紧递送的。于是宣大总督、蓟辽总督、宣府巡抚、保定巡抚、河南巡抚、山东巡抚、山西巡抚、及各总兵各提督无不纷纷起兵来救。

这日清太宗在御营中，聚集了众文武，正商议进攻方略，忽报一支明军如飞驰来，旗上大书“总兵官满桂勤王军”，现在德胜门外扎营了。太宗道：“谁去瞧瞧？”大贝勒豪格挺身愿往，跨上马引着三千铁骑，风一般去了。霎时战鼓喧天，炮声震地。探马飞报：“贝勒爷阵斩敌将三人，吾军大胜。”太宗喜甚。一时豪格奏凯回营。太宗接着询问，豪格回道：“今儿的仗，要不是老天保佑，咱们早败下来了。”太宗道：“你不是阵斩过三员敌将吗？”豪格道：“三员都是裨将，不足称道。只满桂这南蛮，异常勇悍，跟子臣交手五十多个回合，子臣几乎败在他手里。城头上明军，又是矢锐并发，石炮交轰，咱们的兵队，哪里再站得住脚。亏来亏去，多亏了后来的一大炮。”太宗道：“谁放的？”豪格道：“也是城上的明军。他们开放时候，原是要攻打咱们，哪里晓得恰恰打中了满桂的人马，连满桂自己都被打伤，一总伤掉三五百人马。子臣乘势袭击，才得了个大胜。”太宗道：“满桂呢？”豪格道：“被城里明军接了进城去，因此不曾擒得。”忽见多铎匆匆走入道：“袁崇焕到了，崇祯皇帝封他做大元帅，各省勤王军都由他一人调遣。”太宗惊问：“这事可真？”多铎道：“如何不真！袁崇焕率着祖大寿、何可纲两总兵，星夜赶进京来，所过各城，都留兵把守。才与满桂向在平台召见，就下了这道圣旨。”

太宗才待回答，遂闻角声吹动，一将飞奔入帐，报说："祖大寿率着铁骑，闯营来也。"太宗大惊，急率诸将出营观看。只见祖大寿横刀骤马，率着明军，左冲右突而来，要矫迅疾，宛似生龙活虎。八旗将士弯弓奋射，箭如飞蝗，哪里阻挡得住！祖大寿望见惊驾黄盖，晓得就是满洲皇帝，舞动大刀，直奔太宗。御营各将拼命杀出，才救住了。鼓声大震，喊杀连天，前后左右，各营兵将都到，围住大寿，混杀一阵，两军各有损伤。大寿见不能取胜，杀开一条血路，退回本营去了。太宗传旨退营五里，一面令多铎、豪格分头出哨，以防敌人再来袭击。当夜无话。

次日，御帐中又开军事议会，诸将毕集。太宗道："袁崇焕大营扎在城外东南角，竖立栅木，开挖濠沟，防备得非凡严密。要攻京城，总先要破掉这座大营，你们可有法子？"范文程道："袁崇焕这个人，明斗是很难取胜，除是用暗算，只可惜不很光明。"太宗道："管他光明不光明，只要与国家有益呢。先生你有什么好计？"文程附着太宗耳朵，轻轻说了三五句。太宗喜道："好了！咱们就这么着行，保管有效。先生你老人家，真是咱们的智多星咧！"说毕狂笑不已。文程道："此事叫谁去办？"太宗道："还叫谁，只好仍旧费你心了。"文程应诺，回到自己营里，叫当差的把高鸿中、鲍承先请来。这高、鲍二将，原也是汉人，由文程引进的。当下请到。文程道："有一件很好的差事，我替你们讨了下来。"二人起身谢道："全仗中堂栽培。"文程道："主子为了袁崇焕，忧闷异常，我因献了一条反间计，就叫你们两个去行。"二人听了一吓，起身道："这个，请中堂委派别人罢，我们两个，嘴笨口呆，恐怕行不去么。"文程道："怕什么，有我呢。前回拿住的两个太监，都不是交给你们看管的么？现在，只消在这两个太监跟前作耳语，假说'今儿退兵，是咱们主子的妙计。方才亲见主子单骑向敌，跟袁帅两个心腹将讲了许多密话，光景袁帅所约的事情，就要成功了'这几句话，讲的时候，须要做出怕他们偷听个样儿，总要使他们深信不疑才好。再到半夜里，叫人暗把这两个太监放掉了，就完结。就这点子事，你们会办不会办？"高、鲍二人喜不自胜，连说："会办，会办。"告辞回帐，就去依计行事。

隔不上几天，果然传说袁崇焕下了狱，祖大寿、何可纲领着兵，走向关外去了。太宗拍手道："蛮子中我计了。"遂令拔营直薄（迫近）永定门。明将满桂、祖大寿开城出战。满洲马步各军，势若江湖海浪，哪里抵挡得住！一阵恶战，只落得全军覆没。清太宗乘这一胜之盛，分一支兵，下固安，克良乡，自己统着大军，从通州东渡，把明国的要隘香河、永平、迁安、湾州通通夺了。直到明年五月里，才饱掠而归。附近各部落酋长，听说满洲皇帝大胜了天朝，都派专使入贺。太宗道："袁崇焕不死，咱们要过安逸日子，终还不成功。待他死了，你们贺我不迟。"范文程回道："袁公死期，我看总不远呢。崇祯皇帝很疑他。"忽报派在北京坐探明朝大事的探子回来了。太宗唤进一问，才知袁崇焕已于七月初五凌迟处死，首相钱阁老也得了充军之罪。北京士民，没一个不替他呼冤。太宗大喜道："从今后咱们可以长驱直入了。"

后人有吊袁督师墓七律一首道：

谁云世乱识忠臣，山海长城寄一身。

不杀文龙宁即福，空嗟银鹿亦成神。
遗闻玉貌如佳女，亡国天心胜醉人。
万古大明一堆土，春风下马独沾巾。

欲知袁督帅中计冤杀后，满洲国有何举动，且听下回分解。

第六回　炮尽矢穷卢督师殉难　花明柳暗洪经略降清

话说满洲国觑破中原，底蕴恃者强弩铁骑，竟如秋雁春燕，无年不寇，无岁不来，不知夺去了几许边陲要塞，杀掉了几许孝子忠臣。到崇祯九年四月里，西征察哈尔，又把蒙古各部落，通通攻服，得着了元朝的传国玺。于是太宗自称为宽温仁圣皇帝，改国号为大清，改年号为崇德。一般地筑造宫室殿陛，营建太庙天坛。更有那中华才子，忠臣范文程范老先生，像做诗朋友似的，吟成七个字，捻断几根须，想出了几个宫殿名号，正殿叫做崇政殿，台东的楼叫做翔凤楼，台西的楼叫做飞凤阁，后面正宫叫做清宁宫，前面大殿叫做笃恭殿。宫殿落成后，太宗领了许多红顶花翎的贝勒大臣，徐步赏览。见筑造得宏壮华丽，心里非常快活，遂向众人道："咱们满洲人都是大金遗族，想起从前金太祖、金太宗，法度详明，政治严肃，国势何等强盛！到熙宗赫拉及完颜亮的时候，染着汉人恶习，喝酒玩女娘，一味地贪图安逸。倘没有世宗整顿一下子，大金朝早早的没有了。后来哀宗失国，究竟为了酒色两个字。可知做到国君，酒色两个字，断断乎耽不得。"说着，把眼光向众人打了个圈儿道："你们听我的话，说得错了没有？"众人都还不甚在意，睿忠亲王多尔衮，心中有病，一个没意思，两颊就红涨起来，低下头一声儿不言语。

稗官家故套，有话即长，无事即短。满洲改号大清而后，得寸进尺，朔风乾峭怒云飞，铁骑纵横，长驱直入。崇祯九年七月入寇，八月东归；十一年九月入寇，到明年三月始出青山口。胡尘扑地，扬大漠之膻腥；强肤骄天，消南枝之霜霰。也是机会好不过，中原这时，恰有农民起义之难，李闯、张献忠等十三家七十二营，东扑西起，猖獗异常。几位执政大老，精神都注在农民起义身上，就把边务看得淡了。清太宗却趁这时机，悉力围攻锦州，环城列炮，百道猛攻。无奈锦州守将祖大寿誓死固守，急切不能下。太宗颇为忧闷。忽报："明朝放了洪承畴为辽东经略，洪经略调齐马科、吴三桂等八员大将，马步军一十三万，已出山海关，杀奔前来也。"太宗大惊，忙集诸将会议。豫通亲王多铎道："明蛮子凭他怎样，终是不济事。记得咱们攻取旅顺时，旅顺守将黄总兵，也是蛮子里头很利害的，屡败屡战，杀来杀去杀不怕，究竟送掉了性命。就最倔强的卢象升——卢蛮子，中原人称道他是什么经邦纬国，什么学问文章，崇祯叫他做督师，我道他总有点子本领显出来，谁料他不过唱了一出杨家将京戏！"太宗道："这卢蛮子真了不得，这会子提起了他，我心里还有点儿怕呢。彼时倘没有杨阁老、高太监跟他作对，咱们这会子怕也没有这么安逸了。"多铎道："那也是明朝的气数，有好人偏不用，用的偏都是坏人。"太宗道："中原皇帝，要一圣明，咱们哪里还能够得便宜。即如前年咱们三路进兵，一路由涞水攻打易州，一路由新城攻打雄县，一路由定兴攻打安肃。畿辅城池四十八座，通被我们攻克，连京师都震动的。杨阁老、高太监这一班人，吓得屁滚尿流，怂恿着崇祯，叫向咱们求和。这崇祯也真不好，杀伐决断一点子没有。又像要和，又像要战，一面叫杨阁老差人跟我们商量和局，一面又命卢象升督师勤王，弄得驴不驴，马不马，一场没结果。做主子的人，杀伐决断，原是少不来的。要和索性和，要战索性战。定了主意，臣下才好办事。崇祯这人，人家都称他英明，我就这桩事上瞧去，英明煞也有限。”范文程接口道：“诚如圣谕，崇祯这时光，要战恐怕不胜，要和又怕丢脸，没了主意，事情才弄坏的。”太宗拍手道：“呵呵，当初崇祯召见象升，问他方略，象升回说：‘命臣督师，臣意主战。’崇祯听了这两句话，脸就红涨起来，后来象升出兵，崇祯再三叫他持重。杨阁老、高太监又都跟他不对。象升从涿州进据保定，派将分道出。还没有打败仗，杨阁老已把他尚书衔参掉。巨鹿这一仗，他只有五千人马，被咱们围住一日两夜，战到个炮尽矢穷，还只是奋斗。手下部将，请他突围逃走，他也不肯，身中四箭三刀，还执着佩剑，拼命地斫（zhuó 用刀，斧等砍），直杀到力尽才死。像这种不怕死的好男儿，不要说是汉人，就咱们满人里头，倒也不曾见过。你们想罢，这么天下少有、古今稀闻的大忠臣，崇祯连恤典也没有颁赠他，昏瞶不昏瞶？糊涂不糊涂？”多铎道：“那时节卢象升兵单饷缺，自己知道必死，早晨出帐，四向拜道：‘我与将士同受国恩，独患不得死，不患不得生。’将士都被他感动，哭泣得头都抬不起来，所以直战到死，一个人也没有投降。”文程道：“高太监拥着关宁兵，相距只有五十里，象升派杨主事去求救，诀别道：‘死法场何如死战场，一死报国，我志犹恨未遂呢！’此时只要高太监赶快发兵，也不至于全军覆没。”太宗道：“过去的事，倒也不必提他，只是眼前那洪承畴，怎样抵挡？他与卢象升原是齐名的呢。”范文程道：“兵家胜负，全恃着一股气，气盛的就胜，气衰的就败。用谋设计，都还是第二为，咱们跟明朝开仗以来，攻无不克，战无不胜，气是盛极了。明朝人跟我们，不必交战，得一闻到咱们的声名，一瞧见咱们的影儿，就好吓得他毛发都竖起来，身子都颤起来，这就叫先声夺人。以臣愚见，皇上可以不庸虑得。”太宗大喜，遂不把明军放在心上。

一日，流星探马飞报：“洪承畴大军离此只有三十里了，前部先锋已到松山地界。”太宗传令豫王多铎留攻锦州，自己亲率铁骑前往迎战。大贝勒豪格道：“何劳父皇御驾，这几个南蛮，只交给子臣一办就完了。”太宗道：“你孩子家懂得甚事？范文程说：‘兵家胜负，全靠着一股气。’我亲往督战，咱们的兵，自然勇气百倍。明兵瞧见了我，也好吓得他丧气一团。你如何替得我？”说毕，就令拔营，鸣鼓吹角，一齐进发。只半日工夫，便早行到。太宗在马上望去，只见山势险峻，双峰插天，一边是松山，一边是杏山，冈峦起伏，蜿蜒无际。岭上林木蓊翳，阴森怕人。松山西麓，旗帐隐隐，知道就是明军大营。太宗道：“咱们就在这儿扎营罢，堵住了大路，省得他过来。”豪格道：“要堵住大道，除是跨山为营，一头傍着松山，一头傍着杏山，接尾叩头，结成长蛇一般。”太宗道：“自然跨山为营。”御营中军官飞骑传旨各军，霎时安营完毕。太宗扬鞭策马，巡视一周，见人健如虎，马矫似龙，甲仗鲜明，行伍整肃，依山据险，形胜非凡，心下喜甚。

是夜，星月交辉，凉风拂拂，御营旗帜，临风招飐（zhǎn 风吹颤动），飒然有声。太宗跟范文程露立帐外，筹商破敌事情。忽闻靴声响，回头见是孔有德匆遽（jù 急、忙）而来。太宗喝问做什么。有德站住，先请了一个安道：“回主子话，奴才拿住一名奸细。”太宗道：“拿住奸细么？在哪里？”说着瞪着双目，注定了有德脸儿，一手拈着嘴边这儿根黑而有光的燕尾须，静听有德回话。有德逼住身，低着头回道：“现在奴才营里，奴才审问过一回，洪承畴今晚要派人来偷营劫寨，先叫此人前来探看路径。”太宗道：“有多少人马过来偷营，可曾问明？”有德略顿一顿：“这个奴才倒也问明，怕有三五千人马呢。”太宗道：“光景你也不很仔细呵！”有德道：“主子明鉴，奴才可不敢欺诳。奸细这么回奴才，奴才也只好这么回主子。”太宗点头道：“退走罢！等一回，我自有旨意下来。”有德应着退出。太宗笑向文程道：“你看如何办法？”文程道：“依臣浅见，请大贝勒带领八千人马，到明军那里去闯营；孔有德、尚可喜各率步兵二千，伏在山腰树林里，邀击来军；皇上督率铁骑，往来策应；微臣跟随辅国公、镇国公各位公爷坚守本营。是否妥当，还祈圣裁。”太宗道：“好，好，就照你这法儿办。”挽住文程手进帐，传御营中军官，立往各营传旨。

各将接着上谕，立刻点兵上马，风一般去了。太宗佩着宝剑，跨上御驾，五七十位护驾大臣，簇拥着，马蹄杂踏，跑出营门。三千铁骑一斩齐地迎过驾，才待出发，一片喊杀之声，随风吹送，直到马前。太宗道：“了不得，前面开仗了，咱们快点子接应去。”御鞭一挥，三千铁骑逐电追风向前驰去。趁着月光，只见豪格一簇军马，绣旗招飐，往来冲阵，宛如生龙活虎，所挡无不披靡。太宗见豪格得势，就勒住马，不去助战了。鼓声响处，忽见两支人马，高扯明军旗号，从山径里直冲过来，旗上写着“大明总兵官吴三桂，大明副将官王朴。”太宗道：“你们的伏军，怎么还不出来？”这言未绝，山腰里鼓声如雷，孔有德、尚可喜率着步兵，从树林中飞跃而出，刀削剑剁剽悍异常，明军哪里挡得住！太宗笑向左右道：“一般的将官，在南朝不济，到咱们这里来就会强，即如孔、尚二人。你们瞧了，奇怪不奇怪？”说着吴三桂、王朴支援不住，早败下去了。

太宗传旨追击。八旗劲旅蒙汉健儿，一齐冲杀过去，万队奔腾，那股声势，宛如钱塘潮泛，冲得明军七零八落，直杀到天明，方才收兵。诸将共到御营报功，豪格报称：“明军被我往来截击，杀得回散奔窜，逼入海里死的不可胜计。从杏山迤（yǐ 往、向）南直到塔山，积死无数。”孔、尚二人报称：“吴三桂、王朴，追袭三十里外，现在二人带领残军，逃回中原去了。”太宗命范文程一一记写功劳簿上，随道：“洪承畴锐气已被咱们挫尽，现在逃入松山城里。战是料他一定不敢战的了，纵却断乎纵不得。你们听我这话儿，说得错了没有？”文程道：“洪亨九这人，可算得豪杰之士，纵却果然纵不得。”太宗道：“他肚子里学问如何？”文程道：“比臣总要胜起十倍。”太宗道：“怎么想个法儿，弄他降了咱们才好。”文程道：“天下无难事，只怕有心人。皇上有了这么一个心，事情总没有办不到的，不过机会有早晚罢了。现在先把这块子围困起来，困他几个月再瞧。”太宗点头应允，遂把松山城围得铁桶相似，粮草俱绝，商贾不通。

洪承畴与巡抚邱民仰、总兵官曹变蛟、祖大乐，副将夏承德等登城固守，誓死不降。清营招降的书信，每天总有三五通，缚在箭上，射进城去。承畴吩咐，不必开视，拾着了就用火烧掉，免得军心摇惑。一日，夏承德禀称：“城里粮食没了，恳求经略设法。”承畴怒他莽撞，喝骂了一顿。承德很为忿忿，暗道：“现在粮尽援绝，死守着孤城，眼见都没了性命，皆为义气两个字。暂时陪你几天儿，既然这么的摆臭架子，我可就不敢奉陪了。北朝皇帝，很是延揽英雄，南人投过去，没一个不重用，像抚顺的李永芳，东江的孔有德、尚可喜、耿仲明，在中原时，也不见十分得意，现在都是珊瑚顶，孔雀翎，挺腰凸肚，何等光辉！何等荣耀！我今儿要是投降了，明儿不就跟他们一般，做大清国一等大臣么。比了白受洪老头儿闲气，好起何止百倍！”当下就把这个主意，告诉了他儿子。他儿子年纪虽小，天良倒还未泯，回答道：“满洲虽强，究竟是鞑子。我们堂堂中原人，投降到他那里，究竟有点儿不值。再者中原人要都跟父亲一样，中原这个国，不早亡了吗？”承德笑道：“明朝亡与不亡，与你我什么相干！横竖不亡，也轮不到你我做皇帝。只要奉公守法，恁是谁来做皇帝，你我的富贵功名，终不会脱掉的。”他儿子听说有理，也就应允了。父子二人，密议定当，承德写下降书，就叫他儿子悄悄送到清营，约期内应。太宗大喜，随即发兵攻破，只一鼓便攻破了。邱抚台、曹镇台见大势已去，都服毒殉了节。祖大乐是乖人，跟着夏承德投降了。没有破城时，太宗传下上谕，城破后，别的都不要紧，只洪承畴这人，须要活的，不要死的。因此众将人人奋勇，个个争先。洪承畴才待悬梁自尽，早被夏承德背后一把，抢去了绳子，抱婴孩似的抱着见太宗。太宗劝他投降，承畴冷笑道：“要我死容易，要我降除是海枯石烂。哈哈，就海尽石烂，我也不能依从呢！”太宗向范文程道：“这件事情，我就交给你，你替我慢慢儿劝劝，劝得他回心转意，自有恩旨赏你。”

文程领旨下来，陪洪承畴到自己营中，陪着小心，百般劝说，亨翁长，亨翁短，说了无数的好话。怎奈这位洪老先生，冰霜铁面，一点儿情用不进，恁你辞锋如剑，舌底生莲，他终闭着双目，一声儿不言语。劝他吃饭也不吃，喝水也不喝，一连三日，都是如此。弄得能言善辩智足谋多的范文程，也没了法想。太宗闻知，异常愁闷。忽接红旗捷报：豫通亲王攻破锦州，明将祖大寿也投降了。又报：杏山塔山，相继攻破。太宗道：“洪承畴不肯投降，就得一百座城池，也没甚趣味。”文程道：“皇上这么爱他，他还这么固执，想来总是此老没福。现在咱们且班师，回到京里，再慢慢儿想法子。”太宗道：“自然要班师的，他不肯降，咱们就在这里陪他一辈子不成！”于是传旨，留几支兵，镇守新得城池，其余人马尽行随驾回京。

一到盛京，就叫把洪经略安置在上书房，派四名内监轮流伺候。洪承畴在这时，丹心一片，豪气千秋，一死而外，并无他念。在上书房闭目危坐，瞧那样子，宛似古院枯僧，荒村嫠妇（lí fù 寡妇）。大凡一个人存了要死的念头，必定把别的富贵利达，货利声色，一切可恋的东西，尽都捐掉，所以心里比了平时，反倒清净透彻。洪承畴绝粒废饮，起初也觉难过，后来得着一法，每逢难过时光，便把文天祥的《正气歌》像念咒般默默背诵。一诵《正气歌》，诸念尽绝，难过便也好了些。于是每天把这《正气歌》，当作件免苦功课，默诵个不已。

这日，承畴正在做功课，忽地一股奇异香气，触鼻而来。那香气从鼻子管透进，直沁到脑门里，觉着比一切花香脂馥都来得甜静。接着一阵脚步响，仿佛一个人走近身来。承畴这双尊目，自城破被擒后一竟没有张过。这会子被这奇异香气一触，触动了他老人家好奇之心，不禁张开眼来，瞧一个明白。不张时万事全休，张开一看，可就了不得，顷刻儿把这老经略吓得个魂飞魄荡。你道进来的，是个什么东西？原来是个沉鱼落雁，闭月羞花的绝色女子，眉如春柳，面似芙蓉，春融楚国之腰，香委甄家之髻。瞧她打扮,更是妖艳,穿一件桃花素缎绣凤小袄,外罩着密绿缎灰鼠里子、金绣龙凤长裲裆(liǎng dāng 指背心),沿下露出品蓝镶边的裤子。一双天足,穿着枣红缎京式旗圆。一手执着块红绉手帕子,一手提着把耀眼争光的银茶壶。承畴见了这样的女子,不觉突的一跳,暗道:这莫非是妖精么?世上女子,哪里有这么标致!连忙瞪起一双昏花老眼,趁着光亮,再仔仔细细打量了一会子,急问道:“你是谁?是人是鬼?到这里来,敢是要索我的老命吗?”那女子红潮晕颊,俊眼流波,对着承畴嫣然微笑,一句话也不回话。承畴愈加惊疑,连问不已。那女子笑容可掬的答道:“你问我吗?我虽不是鬼,比较起来,却与索命鬼也差不多。”承畴听了这种千娇百媚的声音,仿佛花外莺啼,林间鸟语,轻柔清脆,全身精神顿时健旺起来。不觉问道:“你到底是谁?谁叫你这里来的?你来做什么?如何不说个明白?方才那些话,真是个闷葫芦,越听越叫人昏闷。”女子听了,樱唇半启,皓齿微呈,低鬟一笑道:“先生难道还怕死么?我是什么人,来做什么事,先生都可不必问,先生喜欢死,就当我做催命无常(鬼名,迷信的人相信人将死时有“无常鬼”来勾魂);先生不喜欢死,就当我做救苦菩提。”承畴道:“你这人越说越奇怪了。你到我这里来,到底是做什么?也须说个明白呀。”女子道:“先生不用疑虑,实不相瞒,我此来特地要结果你的性命。”承畴惊道:“我与你往日无冤,今日无仇,为甚忽地要害我性命?”女子笑道:“你老人家在这里,饭也不吃,水也不喝,不是决计求死么?”承畴点头道:“不错,我是要死,是决计求死。”女子道:“你老人家抱着这么的志气,甘愿殉节,不愿偷生,果然可敬得很。只是绝食以来,差不多五六天了,依旧没个了局,倒落得活不得活,死不得死,又饿又渴,苦得要不的。我是个软心肠的人,瞧你这么活受苦,心里怎么不替你难过?因此煎得一壶毒药来奉敬你。这药毒性非常猛烈,一喝下肚,马上就见功效。你如果不信,试一试就知道了。”说着捧起银壶,凑在承畴嘴儿上就倒。承畴身不自主,接说:“不错不错,承情承情。”张开嘴尽力地喝。哪里知道,喝得过急了,咽喉里承受不住,咳呛一声,吐了个满地,连女子的蜜绿缎绣金灰鼠裲裆上,也湿透了一大块。承畴很是不好意思,不禁两颊通红。回看那女子,却没事人似的,笑吟吟地拿着手帕子,徐徐揩拭,一面说道:“这么看来,先生死不成功了,好似先生的禄命,还没有尽绝呢。”承畴道:“什么话?我立志求死,总要到死方休。”女子道:“那也随便先生。”说着又把银壶凑送上来。承畴接着,咕嘟咕嘟,一口气喝了个干净。那女子斜溜秋波,向承畴一笑道:“不信先生竟是个视死如归的君子,可敬可敬。只是先生家里,家属谅也不少,你在这里殉了节,把他们都抛撇了,致使夜夜金钗,深闺入梦。先生你的心肠,未免太残忍点子。”承畴低头半晌,叹了一口气道:“并不是我硬心肠,事到临头,我也叫没法儿呢。城亡兵败,身为俘囚,我要是还要想家,一定就要投降外国。要是投降了外国,那不更受万人唾骂了么!你替我想想,我这境界,为难不为难?”女子道:“先生说话很是,可惜还有一点儿差误。”承畴道:“差在哪里?”女子道:“照先生所说,是只知道一身,不知道国家了。”承畴愕然道:“我的死正为着国家,怎么你倒说我光为一身呢?”女子道:“先生你是聪明人,难道这点子还解不过来?你既然为着国家,尽忠出力,很应该耐着一时的羞辱,图一个恢复,才是正理。再者你先生在中原,也算是数一数二的人物。倘只仗这个‘死’

字,酬报国家,我不知先生这一死,在国家上头,究竟有何利益? 我方才说可惜有一点儿差误,就在此处。但是先生已经喝过了毒药,我又不是阻你死的人,不过就尊论差误之处,妄论一番罢了。先生却不要见怪。”承畴听得目瞪口呆,一声儿不言语。女子又道:“一样一个‘死’字,这里头却大有轻重之别。像你先生死了之后,中原英雄豪杰,都被你反激出来,继续你未了的志愿,这一死果然重若泰山,死得很是值得。但是你瞧瞧现在的明朝,还有谁出来办事? 你们中原人,要紧讲着党争,什么东林党咧,西林党咧,吵一个不了,闹一个不休,谁有功夫抗敌? 势必至长驱直入,破竹一般。日后宗邦沦丧,只落得铜驼荆棘,禾黍故宫,还不是先生一死的遗害么? 你这一死,就轻于鸿毛了。”承畴听罢,叹一口气道:“不信你们女子,竟有这样的见识,我也非常佩服。但是我智穷力尽,只好拚着一死,哪里还顾得这许多呢?”女子点头道:“为先生算计,却也死得干净。所以我并不来阻止你。但是我想人家死的时候,终不免有些嘱咐,况先生的一副肩膀,担过国家重任,难道到这临死时候,竟一些嘱咐都没有么?”

承畴被女子这几句话,勾动心事,一阵难过,那股酸楚气,从心窠里直冒上鼻子管,两眼中的泪,宛如断线珍珠,一颗颗滚下来,连咽带泣的道:“我本是多情的人,岂有没有嘱咐话儿? 胸中千情万绪,怕费了几日几夜,还说不了。现在我死在这里,教我向谁去嘱咐呢? 我只望死了之后,一点灵魂,飞还故国,倒还可跟心上人儿梦中相诉。万一魂兮无灵,我心头磊磊的遗恨,只好跟着白杨衰草,同埋在塞外了。”说到这里,不禁又呜咽起来。女子道:“先生且不要伤感,我只道先生没甚嘱咐,却不道先生满肚皮都是话。只为见不着家人,无从嘱咐。先生你眼前竟没一个好替你传话的人么?”承畴道:“眼前除你之外,还有谁肯和我讲话? 你虽是怜悯我的人,但是头回儿相见,如何就好把这嘱咐话儿,请你传达呢?”女子道:“我不想先生这样磊落豪爽,却还没脱迂儒习气。或者你先生还不相信我。如果信我,还有甚顾忌呢?”承畴道:“你这么热心,一辈子感激你不尽。我死了之后,还要结草衔环报答你呢。但不知你的话是真还是假?”女子道:“谁谎你,难道我没处撒谎,却要来谎你垂死的人么?”承畴见女子有嗔怒的意思,连忙谢过道:“我真昏瞶,唐突了美人,万望见恕。”女子见他这样,倒嗤的笑了出来。承畴道:“我这样垂死的人,还有你来哀怜着我,真是我生平第一知己。只是我心中要说的很多,只觉得千言万语,教我从何处说起。就是说了出来,怕你也要厌烦呢。”女子道:“你说罢,我决不厌烦的。我要厌烦,也不到你这里来了。”

承畴道:“这么我就说了。我心里要说的话,是分着家国两层。那国一边的事,谅你也不很明白,我也不便嘱咐。现在光把家里头事情,说给你听罢。我家里还有着老太爷老太太,劝他们两老,须知我做儿子的死在异域,也是分所当然,移孝作忠,古人是常说的。况家里颇有点子产业,他们两个人,尽可以敷衍过去。不要因着我哭哭啼啼,伤坏了身子,教我做儿子的,在地下都不安逸。就是我们太太,生平得我的好处却也不少,只是娇养惯了,稍有点子不适意,就要使性子。我见了她也有点子忌惮。这回得着我死信,一定闹个天翻地覆,叫老太爷老太太看开点子,不要挂在怀了。只有我那四位姨娘,咳,可怜从此堕入苦海了。”说到这里,眼圈儿一红,喉间宛如有一样东西塞住似的,一个字也说不出。

女子见承畴这个样儿，明知他动了心境，就故意挑拨道："现在先生这么地想念她们，不知这四位姨娘，在家里更怎样想念先生呢？也不知被太太磨折得怎样苦楚呢？"承畴听了，两行泪珠儿直流下来，哽着声说道："我的姨娘没一个不是从这千选万选中选出来的，并且定情的时候，也没一个不是指天誓旦，不说在天比翼，就说在地连枝。谁想变生不测，偏碰到这不情老夫，活剥剥拆散我鸳鸯旧侣，害得我花一般艳、月一般洁的姨娘，做了楼下绿珠，楼头关盼。你想，叫我如何处置呢？"说着把衣袖掩着脸儿，早又呜呜地哭起来。隔了半晌，才叹了一声说道："我也顾不得许多，索性放着她罢，她们究属女流，懂什么天经地义！只晓得宠养她的，就是一生知己。张三也好，李四也好，那些指天誓日的话，好算甚凭据。恳你日后传信她们，说我洪亨九并不是不疼爱她们，实因她们年纪轻，世界又不平靖，日子很不易过，倒还是各人放出眼光，拣一个心满意足的人，跟了他去，乐得后半世逍遥自在，做个快活的人。"说着，低了头不住地叹气。

女子听完，微微一笑道："先生的用意，果然不错。但姨娘里头，倘有不愿意嫁人的，你又如何？"承畴摇头道："断不会的，女人家水性杨花，有甚气节！听得我这样就死，有这样的遗嘱，怕喜还喜不了，仿佛狱里囚人，听着赦免的恩旨呢。"女子变色道："洪先生你太看轻了，女子和男子，有何异样？有身事二夫的女人，即有身臣二姓的男子，好好恶恶，终不能一笔抹倒。洪先生你认真这样轻看女子么？"承畴知那女子生心，忙分辩说道："你不要多心，我并不是安心诬蔑女人家。不过现在，想不出别的好法儿安置她们。这几句肮脏言语，却也是无可奈何的事，求你原谅点子才好。"便又叹道："我的本心，原要和她们住在一处，生生死死，永不相离。怎奈命运不济，我偏偏要死在此间，倘教她们守节，别说太太要跟她们呕气，就是她们心里，究竟肯守不肯守，我也不能揣测。倘或她们不肯，那就坏我名气，辱我门户，倒不如爽爽快快，做个方便的好。她们听了就走，人家也不会说她们失节，只说是遵依我的遗命。万一她们不走，那她的志气，我的声名，岂不是要增长起十倍。方才说那肮脏言语，就为这缘故，你如今懂得么？"

女子点头道："懂却懂得，不过先生到现在的时候，还用这样保全声名的心思。要保全自己的声名，就来诬蔑我们女子，在先生心上，倒还过得去么？"承畴听了，顿时面红耳赤，哑口无言。女子道："怎么又不言语了？讲呀！"承畴寻思半晌，忽地心有所悟，向女子道："你的盛情，我已感激不尽。但你心儿又巧，口儿又利，决不是寻常的人物，你莫非被人指使来探我隐情么？然而我的死期，已在旦夕，还顾甚隐情不隐情。只觉得你的高义，上薄霄汉，请你说个姓名。也教我镂心镌（juān 雕刻）肝，做个最后的纪念。"女子听了，横波展笑，眉黛生春，笑迷迷睃了承畴一眼，随道："方才不是向你说过，要是喜欢死，就当我催命无常，要是不欢喜死，就当我救苦菩提。先生你敢是忘记了么？"承畴起初，原立意要寻死，万万不肯活着的。自与那女子接谈后，聆了这番通明透僻的议论，见了这副浅笑轻颦的举动，不知不觉，把那要死的念头，渐渐消了下去，便深悔自己方才不该喝尽一壶毒药，少顷药性发作，定然性命攸关。欲知洪老先生性命如何，且听下回分解。

第七回　风驰雨骤大将征南　电掣雷轰睿王摄政

话说承畴已降，清太宗又新得了一位开疆良佐，创业谋臣，心下自是欢喜。只可怜洪老先生家里，还没有得着确信，只道他老人家同着邱抚台，一块儿尽忠报国，合家子号啕痛哭。忙忙的刊行状，送讣文，开丧受吊。一面延请高僧高道，招魂设祭，拜忏诵经。具叶梵声，通宵不绝。那些寅年世谊，有送祭幛的，有送挽对的，也有送祭文挽诗的。崇祯皇帝辍朝三日，赐祭九坛，并亲临洪府吊奠，临风洒涕，不胜嗟悼。赠荫赐谥，又饬地方有司建立专祠，春秋致祀。荣哀之盛，冠绝千秋。那地方官奉了圣旨，不敢怠慢，忙忙勘定地段，办齐木石，雇集工匠，正要动工建造，忽见街谈巷议，传说纷纷，都道："经略没有殉难，鞑子用美人计，叫鞑后送参汤经略喝，假称是毒药，经略原是好色之徒，被鞑后一阵鬼迷迷的，六神无主，就降了鞑子了。"地方官不敢隐瞒，就把传闻的话，奏达九重。崇祯只不过叹了两口气，也就丢开不究。

承畴在满洲，虽然得着太宗宠任，心里终还惴惴，怕的是明朝皇帝，天威震怒，加罪家属，逃不了个灭门惨祸。这日，密探报来，才知崇祯大度如天，家族安然无恙，自喜道："亏得没有殉难，不然，不白丢了一条老命！"既而想到崇祯待己的恩情，未降以前怎样，既降以后怎样，五中感动，不觉又洒出几滴天良眼泪来。正在洒泪，忽报圣旨下，慌忙摆香案接旨。只见那太监，并不曾负诏捧敕，笑吟吟进来，三五个小太监，手里各抬着几件小东西跟在后面。那太监直到厅上南面而立，宣旨道："奉上谕红珊瑚顶子一个、白玉翎管一支、白玉四喜般子一个、孔雀翎一支，颁赏给洪承畴。"宣毕旨，就把御赐各物交给清楚，茶也不吃，辞着去了。

承畴送过钦差，立刻更换衣服，入朝谢恩。轿子到东华门停下，承畴出轿抬头瞧时，见东华门额上，写着"文德坊"三字，点头道："怪道鞑子都称西华门做武功坊，东华门做文德坊，原来门额上有着这么几个字。"进了东华门，向内一条大甬道，是白石铺成的。甬道尽头，才是午门。门上一个朱地蟠龙竖额，额上三个金字，道"大清门"。大清门前就有几个晶顶蓝翎的三四等待卫，站在那里谈天。一进大清门，就见崇阁巍峨，层楼高起，金辉兽面，彩焕螭头，壮丽辉煌，笔难尽述。左边是飞龙阁，右边是翔凤阁，中间正殿就是崇政殿了。早朝已过，关闭得静悄悄地，三五个小太监在丹墀上耍子。承畴不去惊动他们，越过崇政殿，就是师善斋了。师善斋门口，站着两个蓝顶箭袍的太监。承畴陪着笑道："二位公公好。"两太监见是承畴，也忙陪笑相迎。承畴道："主子在师善斋不是？"太监回说："在月华楼上，跟范内阁两个瞧什么呢。方才孔有德送了一张什么图来，爷在霞绮楼，叫进老孔，问了好一回子话。这会子，又叫范内阁到月华楼，光景就为这张图哩。"承畴说："费公公神，回一声儿，说洪承畴谢恩求见。"太监道："什么话，这是咱们分内之事，说什么费神不费神。"说着回身上楼而去。

霎时下来，传说："爷传你进见。"承畴随着太监上楼，见太宗坐在炕上，范文程侧坐在下，案上摊着一张地图。太宗双睛奕奕，正在瞧那地图。太监抢上一步回道："回爷话，洪承畴传到。"太宗抬头，见洪承畴剃得精光的头，那三五根花白头发倒也梳成一条辫子，戴着红纬大帽，上顶红珊瑚冠子，后拖新赐的孔雀翎，蓝缎箭衣，天青缎外套，订着头品绣鹤补子，套着沉香朝珠，脚下尖头缎靴，两手垂着马蹄袖，举止雍容，不愧为新朝佐命。彼时承畴早跪下谢恩，站起身又请了个双安。太宗笑道："这副打扮，水红袍纱帽，好看多了。你们中原，别的话且不用讲，就那衣服，拖沓得要不的，如何再会强呢？"承畴应了几个"是。"太宗道："谢阁老坏事了，你知道没有？"承畴道："皇上问的，想就是谢升了。谢升，人极聪明，崇祯皇帝也很欢喜他，如何倒又坏了事？"太宗道："就为和议的事情。刀兵原不是好事情，一动刀兵，就大伤天地的和气。咱们这里几回派人到中原讲和，你们那兵部尚书陈新甲，到也很欢喜和议，跟咱们来往了好多书信。前回陈尚书差来那个职方郎中马绍愉，我也没有怠慢他，为的是两国讲了和，就好免去多少是非口实，省去多少兵马钱粮。哪里知道你们崇祯皇帝，并不是真心要和，把力主和议的谢阁老陈兵部，一并命掉了。陈兵部听说还要斫脑袋儿呢。你想想，你们中原有着这么一位不知好歹的主子，国家事情，要坏不要坏？"

承畴先应了几个"是。"然后道："皇上容奏，和议这桩事，崇祯倒也是真心，不过他就是要顾面子的不好。心里很是要和，面子上偏是要主战。谢升、陈新甲这一层上头，都没有体会到，所以就把事情弄差了。"太宗笑向文程道："老范你听此谕如何？"文程道："对得很。听说议和事情，陈新甲私告传宗龙，传宗龙又私告了谢升。谢升在崇祯跟前提起宗龙的话，崇祯就大大不好意思。谢升解说道：'倘肯议和，和也可靠。'崇祯默然。后来众御史见谢升，谢升就说崇祯意思要和议，众御史就交章参劾，说谢升逢君之恶。崇祯面子上下不去，才把他革掉的。陈新甲人办和事，崇祯原叫他不要泄露。这回马绍愉回国，把议和情形，报纳新甲。这一封密书，被他的家人当是捷报发了抄，闹的通国皆知。崇祯责问他，他又不肯认错，才把他下狱的。照这两桩事情瞧去，承畴的话，真一点儿没有错。"太宗道："周延儒又召用了，此人如何？"承畴道："周延儒是东林名士，此人召用，必定大有一番作为，我们倒不可不防。"文程笑道："亨九是东林党，一说到东林党，就这么的张扬。东林人物，别的我不知，这周延儒，我却知道他是声色之徒，一点儿没有用的。他在阁时，并没有把善政行出来，钻头觅缝，一味的讨主子好。知道崇祯宠幸田妃，他就买通了田妃宫里头太监，田妃爱什么，传信给他，立刻采办了贡进去。因此田妃在崇祯跟前，倒很替他说几句好话。一日，偏不巧，崇祯在田妃宫里，瞧见田妃脚上绣鞋精巧异常，不觉举起来一瞧，哪里知道，上面有一行细字道：'臣周延儒恭进。'崇祯就此鄙薄他，把他的相位撤掉。时人有诗咏此事道：

> 花为容貌玉为床，白日承恩卸却妆。
> 三寸绣鞋金缕织，延儒恭进字单行。

罢相归家，又娶了个富家寡妇。这寡妇原本嫁给一个寻常人，夫家出来打官司，从县里直告到道里，缉捕得严不过，这人家吃不住，就把寡妇送给了延儒。延儒倒白白的享受艳福,时人咏他这事,有'新来艳质可怜身,绣幕留香别作春'之句。你想这么一个人,崇祯召用来,济得甚事?"太宗道:"崇祯罢黜主张和议的人,是明明要跟咱们开战。咱们不杀去,他们必然杀来。先下手为强。我想就起马步三军,杀向中原去。你们瞧好不好?"文程道:"连年用兵,将士们似乎太劳苦一点子,就是供给粮饷,国力也恐怕有点儿来不及。依臣浅见,还是休兵息民,培养培养精力的好。"

太宗道:"你是主张缓进兵。"随向承畴道:"洪先生,你看如何?"承畴道:"臣主张进兵,中原现在内乱蜂起,李自成横行汴、洛,张献忠称霸凤、庐。朝里几位执政,都弄得心慌意急,脚乱手忙。要取明朝,正在此时。若待它内乱削平,国力充足之后,咱们虽然兵多将广,究竟没这么便当了。"文程道:"臣探听得明朝这会子,防守得非常严密,关内关外,并设两个督师,昌平、保定,并设两个总督,又有宁远、永平、顺天、保定、密云、天津六个巡抚,宁远、山海、中协、西协、昌平、通州、天津保定八个总兵,星罗棋布,处处设防。咱们进兵,还有甚便宜好占?"洪承畴道:"弹丸儿般一点地,派了这许多大官,事权如何能够专一?大明国的坏处,就在这上头。"太宗点头道:"究竟洪先生见识与别个不同。洪先生你来瞧,这一张地图,是孔有德叫人送来的。"承畴走近一瞧,见蓟州、河间、山东兖州、乐陵、信阳东原、安邱等,凡畿南各郡县,无不朗若列眉,并且某处若干人马,某处若干粮饷,某处兵强,某处将勇,都注写得明明白白。承畴瞧毕笑道:"有了这么一张地图,我们出兵,臣敢保得住战无不胜,攻无不克。"太宗道:"那也再瞧罢了。"于是议定出兵。正是:

聚米殿前,不殊持筹之马援;
推秤局上,无须决策于张华。

即日,拜豫通亲王多铎为靖南大将军,大贝勒豪格为一等大臣,李永芳、孔有德、尚可喜、耿仲明等为随征大臣,挑选八旗精卒三万,浩浩荡荡直向中原进发。前麾所指,神鬼为之心惊;列阵齐呼,风云倏焉色变。地越飞狐之险,人矜射虎之雄。豕突而前,狼贪弥甚。

且暂按下。却说清太宗自从命将出师之后,身子就有点子不适,头眩目昏,事也懒怠做。一应朝政,命和硕睿忠亲王多尔衮暂行代理。内阁大臣范文程、一等大臣洪承畴帮同办理军国重事。教睿忠亲王到寝宫回奏,面候旨意。连日接到南征捷报,知道多铎大破明军,蓟州、河间、兖州等八十八座坚城,尽皆打破。明国官吏,望风迎降,明室宗支鲁王以及各郡王人等,自杀的自杀,被擒的被擒,势如摧枯拉朽。正是:军声雷动,兵甲天来,虎威所震,螳臂何挡!军事虽然顺手,无奈太宗的病,一日重似一日。塞外又没有好大夫,太医院里几位御医,大都是中原江湖卖药之流,开出来药方与病症是毫不相关的,服下去非但没有减轻,反倒添重起来。宫里妃嫔人等,虽都异常着急,苦于权不相属,无能为力。睿忠亲王多尔衮,情关手足,虽当国事傍午,却每天总要进宫来问候两三回。一到黑夜,就在寝宫侍疾,每至鱼更三跃,才回邸第。吉特后见他往来劳瘁,叫他索性住在宫里头。在吉特后体恤宗亲,无微不至;而睿忠亲王,因为外面口碑不好，自己要避避嫌疑，究竟没有答应。

英雄独怕病来磨。太宗平日很是要强的。如今病到这般田地，心强力不足，无可奈何，就有些不如意事情，也只好眼开眼闭，付之一叹而已。病魔原是很奇怪的一件东西，与弱的人有缘，与强的人无情。与他有缘分，便承他情，频频光顾。所以身子软弱的，常被病魔缠绕，而自去自来，于生命倒也没甚妨碍。与他没有情分，平时虽然不敢前来亲近，但是不病便罢，一病便就要了你性命。因为没有情分的缘故，太宗身子是强健的，所以病到这么沉重。自壬午年冬季得的病，病过一冬，到来年正月里一年，肉都瘦干了。阖宫妃嫔人等，好不心焦。太宗在床上，眼巴巴只望多铎、豪格回国，连下三道上谕，专差飞驰到军，催促多铎班师。太宗向吉特后道："我能够见一见多铎、豪格，死也瞑目了。我弟兄一辈里，只有多尔衮、多铎最为聪明、最为能干，也最为忠顺。下一辈呢，豪格这孩子，脾气儿、性情儿，都还与我相像。他虽不是你所生，你们日后，切不可亏待他。至于福临这孩子，也是天数，既经立为太子，也不用说别的话了。你是聪明人，一应事情，自己总都明白，也不用我多嘱咐了。"吉特后一个没意思，梨花粉脸上，顿时推起两朵红云，变成海棠春色。太宗讲了一会子话，触动中气，喘作一团。消愁见了，慌忙爬上龙床，替他轻轻捶着。补恨倒上一杯参汤，试了试冷暖，用小银匙舀着，送到太宗唇边略喝了半匙，摇摇头就不要了。闭着眼，鼻息微微，似乎养神。

吉特后轻轻退出，才至寝宫外舍，软帘动处，含芳笑着招手儿。吉特后低问做什么，含芳走近身悄悄道："睿王爷找娘讲话呢，我因见爷正跟你讲什么，没有进来回，我那爷最会多疑的，所以我不敢。"吉特后道："多尔衮在哪里？"含芳道："睿王爷现在衍庆宫，等候你多时了，快去罢！"吉特后道："快去不快去，干你甚事，要你多讲！"说着，扶着含芳的肩就走。袅袅婷婷才行得四五步，忽见补恨掀帘追出，连喊："娘回来！娘回来！"吉特后停步问道："又是什么了？"补恨道："爷召娘呢！"吉特后嗔道："我有事，没得空呢！"扶着含芳头也不回，径向衍庆宫去了。

却说靖南大将军豫通亲王多铎，奉命入寇中原，铁马嘶风，金戈耀日，霜天吹角，雪夜搴（qiān，拔）旗。健将军之猿臂，弓劲乌号；慑强敌之狼心，剑寒龙吼。碰着明军，宛是秋风扫落叶，一卷而空。大明国的总督、巡抚、总兵、副将、各大员、各开府，平日威镇一方，尊严无比，画堂抵掌，慷慨激昂，一听到"鞑子杀来"四个字，不知怎样，腿子里就会颤起来，不是白昼弃戈，就是仓皇夜遁。因此，多铎这一支兵，旗开得胜，马到成功，驰骤纵横，如入无人之境。只两个月工夫，连下畿南、山东州县八十八座城池。多铎大飨士马，传令拔营回攻北京。正要出发，流星探马飞报敌情，口称崇祯帝特派周阁老出京督师，现在明军都在通州一带驻扎。那周阁老坐着八抬大轿，前呼后拥，旌旗戈矛，足有一千多里。公侯各爵爷，五营各都督，都各穿戴着蟒袍玉带，伏在道上迎接他，听候他的号令。多铎道："周延儒不过一个东阁大学士，哪能就有这样的威严？"探子道："崇祯帝这回共派两位阁老：吴阁老专办流贼，周阁老专办咱们。因为咱们兵强势盛，特赐周阁老'如朕亲行'金牌一面，尚方宝剑一口。出京之日，崇祯亲替他饯行，御赐三杯美酒。崇祯这么宠他，他的威势，所以比别人高一点。"多铎笑向众将道："周蛮子这么会摆架子，咱们就去打掉他这架子。"说着时，第二道探子又到，唤进一问，才知周阁老在军营中,每日不过与众清客斗纸牌,著围棋,饮酒娱乐,营里事情一概不问。多铎笑向众将道:“崇祯用这种人做阁老,怎么不要倒糟?”

忽报本国钦差传紧急上谕到。多铎穿戴公服,率同马步各将,开营跪接。宣读完毕,才知太宗身染重病,宣令班师回国。送过钦使,传令各将,把所掳子女玉帛,部署定当,立刻拔营东归。行到半路,又接着一道催促的上谕。于是大小三军,昼夜兼程而进。将入国门,第三道上谕,适又颁到。

这日,凯旋军离奉天京城,只三十来里路,多铎传令下马休息,吃点子干粮,再行走路。忽见两匹快马,一先一后,飞一般自东而西,跑到军前。那人滚鞍下马,口称“南征各将,跪听宣读红诏”。这一来轰雷掣电,众人都没有防备,不觉俱各一楞。多铎究竟老世故,就问那人道:“你说的甚样红诏,讲明白了,我们才敢行礼。”那人道:“大先皇帝已经宴驾(指皇帝驾崩),遗诏皇太子即皇帝位。新皇帝年在冲龄,叫和硕睿忠亲王摄行皇帝事,就封多尔衮为摄政王。”众人一听此话,俱各面面相觑。欲知后事如何,且听下回分解。

第八回　泣秦庭三桂乞师　伸大义睿王讨贼

却说靖南大将军豫通亲王多铎，连接太宗三道手诏，督率马步各军，拔营齐起，不分昼夜，赶回满洲。才到奉天，还没有进城，就接着新皇登极红诏，知道国政都由睿忠亲王一人摄理，心里虽然不很愿意，但事已成，争也没用。并且深知多尔衮手段狠辣异常，不准备周到，决然不敢这么行。自己才具又万万敌他不上，要是不答应，异日定然遭他毒手。沉吟一回，面子上便故意做出喜欢的样子，率同阖营将士，接过红诏。接着就是哀诏颁来。大贝勒豪格一见哀诏，那眼泪恰似断线之珠，滚将下来。于是多铎率同大小三军、马步各将齐声号哭。这哭声借着天风，扬将开去，简直是天崩地陷，岳撼山摇。号哭了好一会子，多铎停住，众将也都一齐停住，整队入城。先具着吉服，朝见过新皇。然后更换孝服，跟随御驾，到大行皇帝梓宫前哭临。那新皇帝，不过是个孩子，懂什么躄（bì）踊号泣，一应仪注，都不过任人摄弄而已。众贝勒里，大贝勒豪格是不用说了，其余如四贝勒叶布舒、五贝勒硕塞、六贝勒高塞、七贝勒常舒等也都十分哀戚，就是大贝勒韬塞、十一贝勒博穆博尔古，平日虽然失宠，究竟父子关于天性，对着梓宫，也竟哭得泪人一般。豪格想起太宗素日雄心壮志，虎跃龙骧，何等英雄！何等威武！只落得如此下场结果，俯仰今昔，愈益悲哀不已。此时飞龙阁中，请有一百名喇嘛高僧在那里日夜诵经作法事。一到奉安山陵吉日，用一百零八名舆夫，请出梓宫，驼象骡马，旌幡旗盖，亭幔辂（lù）仗，蜂簇而下，接接连连，足有三五里长。皇太后、皇帝、摄政王、各亲王、郡王、贝子、贝勒以及文武各大臣，无不亲行恭送。沿途都盖搭着芦殿，预备停站。正是輼輬（wén liáng 丧车）首辙，惨看白虎之抗旌，衮衮（天子丧服）委衿，悲起火龙之耀彩。

当下奉安完毕，范文程、洪承畴两个商议了好多天，才定出个庙号来，叫做太宗文皇帝，皇陵名儿就叫做昭陵。这时，满洲全国政权，都在多尔衮一个人手里。这多尔衮办事认真不过，万机旁午（hàng wǔ 交错纷纭）。日里办不完，焚膏继晷，竟然彻夜通宵地办去。皇太后吉特氏，悯他来往辛苦，特沛殊恩，就赐他在大内衍庆宫安歇。多尔衮被此殊荣，涕零感激，越发的劳瘁不辞。但凡掌权的人，总不能人人见好，有得着好处的人怀他恩，就有得不着好处的人怀他恨。何况多尔衮少年性情，一朝权在手，总不免意气用事。那些不得志的小人们，无风生浪，造出好些不尴不尬话来诬蔑他，渐渐吹到皇太后耳朵里。虽然，上天下泽，名分悬殊，究竟青年孀居，瓜田李下，终不免要避忌一点子。于是降下懿旨，教摄政王不必住居大内，每日未完政务，准其归邸办理。

这日，多尔衮在书斋中，正秉着烛批阅奏章。长史官进报洪承畴禀见。多尔衮叫请。承畴走进，请过安，坐下。多尔衮问他来意。承畴道："有件喜事，特来报知王爷。"多尔衮忙问："何喜？"承畴道："中原流贼势焰，非常利害。张献忠打破了四川，李闯打破了山西，崇祯皇帝慌得手忙脚乱，大明江山，看来早晚就要不保。坐山观虎斗，咱们正好收这一注大利呢。”多尔衮道：“老亨，你哪里得来的消息？”承畴道：“现有李闯檄文，是老臣托人抄录来的，王爷请听罢！”说着，随在靴统里摸出一张字纸儿，摆在案上。承畴便摇头摆尾，拉着文章调念将出来，只听他念道：

新顺王李诏：

明臣庶知悉，上帝监观，实推求莫，下民归往，只切来苏。命既靡常，情尤可见，粤惟往代，爰知得失之由。鉴往识今，每悉治忽之故。尔明朝久席泰宁，浸弛纲纪，君非甚暗，孤立而炀蔽恒多。臣尽行私，比党而公忠绝少，赂通官府，朝端之威福日移，利擅宗绅，闾左之脂膏殆尽；公侯皆食肉纨绔，而倚为腹心。宦官悉齿糠犬豕，而借其耳目，狱囚累累，士无报礼之心；征敛重重，民有偕亡之恨。肆昊天聿穷乎仁爱，致兆民爰苦乎侵灾。朕起布衣，目击憔悴之形，身切病疾之痛，念兹普天率土，咸罹（lí 遭受）困穷，讵（jù 岂）忍易水燕山？未苏汤火，躬于恒冀，绥靖黔黎犹应虑尔君。若臣未达，帝心未喻，朕意是以质言正告。尔能体天念祖，度德番几，朕将加惠前人。不吝异数，如杞如宋，享祀永延。用章尔之孝，有室有家，民人胥庆；用章而之仁，凡兹百工，勉保乃辟，绵商孙之厚禄，赓嘉客之休声。克殚厥猷，臣谊靡忒。唯今诏告，允布腹心，君其念哉。罔怨恫于宗公，勿占危于臣庶。臣其慎哉，尚效忠于君父，广贻谷于身家。谨诏。

承畴念得非常起劲，多尔衮一个字也不懂，忙道：“别念了！你那文话儿，听得人闷得慌，还不如老老实实讲了吧！你们汉人，最喜欢咬文嚼字，一句没要紧的话，必定要拖长了，堆砌上许多文话儿，才算雅致，其实有何用处！起先范文程也是这么着的，被我说了好几回，才改了。像孔有德等几个人，就没有这脾气儿，我倒很喜欢他呢。”承畴起身道：“王爷教训的是，这一篇是李闯的檄文。”多尔衮道：“我知道，上面讲点子什么话？”承畴道：“大约讲皇帝是很不容易做，崇祯并不是昏君，只因手下用的都是坏人，把事情弄坏，国中百姓，苦得要不的；又说自己起事，全为拯救百姓；结尾是叫明朝君臣投降的话。”多尔衮道：“李闯敢说这样大话，想来势焰必然不小。等他们明朝打掉了，咱们再慢慢收拾他。”承畴道：“王爷明算，正与老臣暗合。”多尔衮道：“咱们明儿就下教治兵，只愿早早取得中原。洪亨九，你也可以和家里人团聚了。”承畴道：“这个全仗王爷洪福。”当下辞退。

次日，多尔衮果然下教练兵，预备南征。过不多几时，接着探报，知道李闯举兵北犯，代州、宁武、大同、居庸相继沦陷。周遇吉力战身亡，杜太监举关降李闯军。现在北京被李闯军围困，紧急异常。多尔衮笑向承畴道：“老亨回家的日子不远了。”说着时，二道探报又到，报称：“北京城被李闯打破。崇祯帝煤山自缢而死，周皇后等尽都殉难，皇太子不知下落。现在明朝官吏，纷纷上表劝进，李闯不日就要即真称帝了。”众人都还不在意，洪承畴是受过崇祯恩典的，不觉天良发现，心里一酸，那泪珠儿扑飕飕直滚下来。多尔衮见了，十分赞叹，回向范文程道：“明朝的官，只要都像他那个样子,国也就保得住了。”文程道:“诚如王爷明训,有人自南朝抄得劝进表来,其中有句道:‘陛下问罪燕都,威行夷夏。吊民江左,泽及昆虫,比尧舜而多武功,迈汤武而无惭德。独夫授首,四海归心。伏念臣衰残无力,愿为放牧之牛。摩顶知恩,甘效识途之马。’做这劝进表的人,也是受过明帝恩典的,比起咱们洪亨老来,真是天差地远了。正应了古人两句话,叫做‘疾风知劲草,世乱识忠臣’。”承畴听了他们的唱和,一个没意思,顿时满脸通红。正在没意落场,忽报明山海关总兵平西伯吴三桂特差副将杨坤、游击郭云龙前来下书。多尔衮唤进来使,两人行过礼,呈上三桂书信。多尔衮令范文程拆开瞧时,只见上写道:

大明国山海关总兵平西伯吴三桂,谨泣血上书于大清国摄政王殿下:

三桂以蚊负之身而镇山海,思坚守东陲,而巩固京师也。不意流贼犯阙(què),奸党开门,先帝不幸,九庙灰烬。今天人共愤,众志已离,其败可立待。我国积德累仁,讴思未泯。各省宗室,如晋文汉武之中兴者,容或有之。三桂受国厚恩,欲兴师问罪。奈京东地小,兵力未集,乞念亡国孤臣忠义之言,合兵以灭流寇。则我朝之报北朝,岂惟财帛而已哉?将裂地以酬。不敢食言,惟殿下实昭鉴之。

文程照信讲说了一遍。多尔衮道:“要取中原,倒也是个好机会。只是李闯这个人,也不是好惹的。你们替我筹划筹划,怎样回复得好。”范文程道:“依臣愚见,还不如仍旧用以汉人杀汉人的老策,先把三桂招降,就派他跟李闯兵马交战,等他杀得气疲力尽,咱们乘势再一战,不就完结了么。”多尔衮道:“这计策很妙。你就替我写一封回信给他。”文程应诺,霎时回书写好,念给多尔衮听道:

大清国摄政王报书山海关总兵平西伯吴麾下:

向欲与明修好,屡行致书,今则不复出此。惟有底定国家,与民休息而已。夫伯思报主恩,不共流贼戴天,真忠臣之义也。伯虽向与我为敌,今勿因前故怀疑,昔管仲射桓中钩,后称仲父。伯若率众来归,必封以故土,晋爵藩王,国仇可报,身家可保,如山河之永也。流贼戕害明帝,腥闻秽德,薄海同愤。明之仇,亦我之仇也。当亲督仁义之师,沉舟破釜,誓不返旌,期必灭贼,拯民水火。顺治元年四月日。摄政王报书。

文程念毕,又仔仔细细解说了一番。多尔衮点点头,就教交付来使带回。于是下令:入关讨贼。命孔有德、尚可喜、耿仲明抬着红夷大炮,统率汉军,为前部先锋,豫亲王多铎、英亲王阿济格,各统劲旅万人为第二队,多尔衮亲统八旗马步各将为后应。正是:气驰星电,威振霾风。月明山海关头,云黯长白山下。满眼旌旗,动金笳而出发;横腰弓箭,控铁骑以长征。从外面瞧起来,满洲人这一支兵,也可算得仁义之师了。暂时按下。

看官，方才提起的那志兴楚国、饮泣秦庭的吴三桂，你道是怎么一尊神佛？让小子把他来历，慢慢补叙出来。这吴三桂，表字长白，南直隶高邮县人。他的老子吴襄，官为京营提督。三桂不过是个武举，靠着老子的福，在营里当着名都督指挥。后来吴襄失机下狱，就有人在崇祯跟前保举三桂，说他如何如何干练，如何如何英雄。崇祯原是好奇之人，就想抄袭虞舜殛（jí 诛杀）鲧（gǔn 夏禹的父亲）用禹故智，下一道特旨，超擢三桂为总兵官。崇祯十四年，跟随经略大臣洪承畴救松山，打了个大败仗，亏得逃的飞快，总算没有被擒。不然，也早与亨九先生，一块儿做了新朝佐命。这会子，秦庭乞救，也不庸费他的清神了。闯军气氛日恶，崇祯忧问廷臣。廷臣都与三桂父子要好，都道："欲平流寇，非重用吴氏父子不可。"于是起复吴襄，仍为京营提督，加封三桂为平西伯，钦赐蟒袍玉带，上方宝剑，命他出守山海关，恩遇之隆，莫与伦比。

这时，闯军气氛利害，一夕数惊，京里头各勋戚大臣，无不提心吊胆。田贵妃的老子田皇亲，名叫田畹的，有着数百万家计，家里盖着名园，蓄着声伎，金珠玉帛，锦绣绫罗，更是堆山溢海。这日，闻报太原失陷，晋王朱求桂被执，晋府历年聚蓄，尽被李闯掠尽，心中忧甚，不住地唉声叹气。忽闻一片丝桐声响，清越异常，从回廊水榭，吹送而来。问左右道："谁还在哪里作乐？左右回说："太君在凌波小榭教陈圆圆操琴呢。"田畹道："人家急得这么着，她们倒恁地闲说着。"便举步向园中来，走尽虎皮石甬道，从回廊中抄将去，早见凌波小榭四扇小窗儿开着，湘帘高卷，一个十八九岁女郎，临窗而坐，眉黛低垂，指环微动，屈春葱而挑拨，连玉腕以玲珑。韵出迟迟，恍听东丁檐马；声流细细，如闻银甲弹筝。阑质娉婷，蕙心敏妙，不是陈圆圆是谁呢！旁边坐着个中年妇人，正是自己结发妻子田太君。

田畹走进小榭，田太君早站了起来。田畹强笑道："太太倒高兴，教这小妮子弄这个。"田太君道："她聪明得很呢，只教一遍就会了。"田畹道："可惜这么一个好孩子，修得慧，没有修得福。不然，早抵了咱们贵妃娘娘这个缺了。"圆圆听说，推琴而起，笑道："皇亲太君这么疼我，如何还说我没福？"田畹道："我老了，没中用了，辜负你青春年少。"圆圆脉脉无言，咬着指甲儿，只瞧着太君。太君道："圆圆你把新学会的《朝天引》鼓一曲皇亲听。"圆圆应着，正要鼓时，田畹止道："不庸鼓了，我没心绪听琴曲呢。"太君道："皇亲，你这几天满脸都是心事，到底为点子什么？咱们贵妃虽然没了，皇上的恩眷，依旧一点儿没有减。"田畹道："恩眷虽隆，总要世界太平才好。现在流贼声势浩大异常，今儿接到惊报，太原又失陷了。晋邸累代精华，都被掠得干干净净。这里离山西又近，咱们积贮又多，贼要不来便罢，要是一朝有个什么，你我这半生心血，不尽付东流了么？怕你我两条老性命，还都要不保呢。"太君道："京城里头，兵马有到多少，满洲人来过两回，也不曾有什么，何况这几个毛贼？就是真要有什么，也是大数使然。你这会子就急煞，也没用。"回向圆圆道："圆圆，你听我的话说得错了没有？"圆圆道："太君的话，果然没有错。只是古人说得好，天定胜人，人定亦能胜天。咱们这会子，只要尽心竭力防备去，防备得周到，或者能够挽回天数，也未可知！"田畹道："你这话很有道理。我问你，你可有防备的法子，快讲给我听听。"圆圆听了，嫣然一笑。欲知陈圆圆如何回答，且听下回分解。

第九回　酒绿灯红双心互印　莺亡燕去一怒冲冠

话说陈圆圆瞧了田畹这副着急的样子，不禁低鬟一笑，随道："皇亲，你是明白人呀，从来说治世靠文臣，乱世靠武将，皇帝尚且如此，何况你我。现在只消拣选个巴靠得住的武将，跟他交好起来，到紧急时，也好有个依靠，省得急来抱佛脚。"田畹道："满朝武臣，谁是靠得住，谁是靠不住，我一点儿不知道，教我从哪里选择起？"圆圆道："宁远吴将军，所部都是精卒，朝廷靠他为北门锁钥，现方召见在京，皇亲结识了他，就不要紧了。"田畹道："你说的不就是宁远总兵吴三桂么？现在调升山海关总兵了。前儿在平台召对，皇上宠爱得要不的，敕封他为平西伯，并钦赐蟒袍玉带、上方宝剑各种东西。此人果然是个英雄。"又笑向太君道："太太，圆圆这妮子，眼力果然不错。咱们交结了吴三桂，恁是什么也都不怕了。"说到这里，忽又皱眉道："我跟他虽在一朝做官，平素间素无来往，这会子忽跟他结起交情来，也恐他不愿意呢？"圆圆道："咱们家里的女乐在这北京城里，也是数一数二的了。吴将军艳羡得很呢，你老人家去邀请时，只消说请他来赏鉴女乐，我晓得他一定喜欢的。"田畹沉吟不语。圆圆道："皇亲，你还有什么不知道，晋朝的召季伦，歌姬舞女，起初从不肯借给人看，等到玉石俱焚时，他这金谷园，到底何会关注。"田畹听了这几句动魄惊心的话，不禁毛发悚然，决然道："你的话是，我就去邀请他，我就去邀请他。"一边要冠带，一边传呼提轿。匆匆忙忙，乘着轿子去了。

不过一顿饭时光，就听人喧马嘶，闹成一片。步声杂沓，一个家人气喘吁吁奔进，报说："平西伯爷驾到，老爷传谕，叫姑娘们预备呢。"说毕，匆匆的就想走。太君叫住，问道："客来了么？"家人道："来了，老爷陪着在东花厅待茶。我还要到厨房去，传谕办酒。还要叫小么儿们点灯，还要叫他们开十年陈的竹叶青好酒。"话还未了，外面一片声喊传总管，那家人一边应着，一边道："姑娘们快梳妆梳妆，更换更换衣裳，老爷性急，怕又要来催了。"说毕，匆匆而去。太君道："也没见过这么慌乱，连回句话儿工夫也没有。"随向圆圆道："你回房去梳妆罢，省得急脚鬼似的，一趟一趟来催。"圆圆笑道："我就这么着了，浓脂抹粉，怪没趣味儿，还是家常装束，随随便便，倒还不失天然丰润。"太君道："既然你欢喜这么，就这么也好。"一面命小丫头，传语各姬人，赶快理妆，小丫头子应着去了。只见田畹急急走入，见了圆圆，诧道："怎么还不去更衣？"太君道："她说就这么了。"田畹皱眉道："就这么吗？怕长白不喜欢呢！"圆圆听了，桃腮上顿时烘起两朵红云，连嗔带笑地说道："皇亲，你老人家也太小心了，他是客，咱们是主人，天下那有客人强过主人的道理。喜欢不喜欢，由他罢了。"田畹忙道："好好，不换衣服也好，你快快出来罢。"此时众歌姬都已梳妆齐备，一个个明珰翠羽，华丽非凡。田畹道："你们都伺候着，我去陪他进花园来。那酒席就叫摆在桂花厅罢。"道言未了，家人入报："吴伯爷说，军务紧急，不及久坐，就要告辞了。"田畹听说，慌忙走了出去。一时总管进来向太君道："吴伯爷被老爷留住了，伯爷手下的各位将爷，也被府里清客让在西花厅喝酒了。所有带来的马夫轿班，都教账房赏发了银钱，让在厨房里吃饭了。现在老爷就要陪吴伯爷进园子里来了，请太太传话姑娘们伺候着罢。太太也该回避回避了。"太君道："也是，我才吩咐过呢，正要回房去了。"随向圆圆道："圆圆，你就领她们桂花厅去罢！"说着，扶了小丫头子，向上房而去。

这里陈圆圆同众歌姬，便似点水蜻蜓穿花蛱蝶，一阵风的吹到桂花厅。见楠木桌子上，玉杯象箸，都已陈设妥帖。楠木椅上，披着狐皮坐褥，火炉里烧着兽炭，暖烘烘阖室生春，"北地严寒二月尚未解冻故也"。暗忖：怪道都说妃子家富贵，请这么大客，酒筵都是咄嗟立办，要是差一点子的人家，如何能够。思想未已，家人报称伯爷进来。抬头瞧时，只见田畹陪着一位剑眉星眼虎步龙行的英雄进来，看去年纪不过三十五六，却生得英姿飒爽，豪气凌云，比着举步伛（yǔ 曲背）偻的田皇亲，真是悬天隔地，大不相同。圆圆一双莹莹的眼波，只注射在三桂身上，连田皇亲如何按席，家人们如何上菜，如何斟酒，都没的瞧见。直待田畹吩咐奏乐，同伴们扯她衣袖，方才觉着，于是跟着众歌姬，调丝弄竹，奏起乐来。

三桂此时，也无心于酒，两道电一般的眼光儿，射住了众歌姬，不住地品评衡量。只见这一个是艳影凌波，那一个是纤腰抱月，这个是梨颊娇姿，不愧春风第一，那个是柳眉巧样，何殊新月初三。看来看去，个个都是好的。忽见靠后一个淡妆的，脂粉不施，衣裳雅素，那副逸秀的丰神，令人见了，真可扑去俗尘三斛。在群姬里头，宛如朗月明星，高悬天表，显得两旁列宿，都没有光彩了。只见那人抱着个琵琶，侧着身在那里弹，慧心独连，妙腕轻舒。忽如蕉雨鸣朱，忽如松风入室。听得三桂出了神，执见玉杯儿，呆呆的忘记了喝酒。田畹道："长白，酒冷了，换一杯儿罢。"连说三遍，三桂才如梦初醒，瞿（jù 惊现）然道："不用换得。老皇亲，我问你，这位绝色女子，可就是陈圆圆姑娘？"田畹道："是的。上月进献给圣上，圣上没有收纳，暂时留在老夫家中。"三桂道："国色无双，洵（形容气势盛大）足倾城倾国。老皇亲拥着这样的祸水，难道倒不惧怕么？"说毕，狂笑不已。

家人送进邸报，田畹接来一看，顿时面色如土。三桂问是何事，田畹道："都是警报，代州总兵周遇吉、真定总督徐标，两道告急本章，都说贼势非常利害。咳，长白，倘或一日寇临城下，我这巨万家资，如何？如何？"三桂遽（jù 急忙）道："老皇亲，如果能把陈圆圆姑娘赠给我，我吴三桂保护尊府，当比保护国家，还来得要紧，还来得尽力。老皇亲，你意思怎样？我吴某边关上，现有雄兵十万，猛将千员，你有了我这么一支兵保护，就有十个李闯，也可高枕无忧了。老皇亲，你心中到底怎样？"田畹此时心慌意急，随口道："那总可以商量，总可以商量。"三桂急忙起身，向田畹深深一恭道："这么，拜赐厚恩，我就要告辞了。"慌得田畹还礼不迭。三桂随向手下人道："抬我的暖轿进来，就请陈姑娘上轿。"从来说天子三宣，将军一令。一声吩咐，暖轿早已抬进。三桂笑向圆圆道："如今咱们是一家人了。拜辞老皇亲，咱们走罢。"正是：

小姑无郎，偏怀赠芍；使君有妇，更欲征兰。喜英雄之人彀，求我婚姻；

惧福慧之难全，为郎憔悴。

当下陈圆圆辞别了田畹，竟情情愿愿坐进了暖轿，三桂亲自押着，只向田畹说得“再会”两个字，簇拥着一阵风似的去了。

这一来真是迅雷不及掩耳，把个田皇亲惊得目瞪口呆，半晌说不出话。且住，这陈圆圆在田府中，恩养了好多时，怎么一言之下，竟就情情愿愿，跟着三桂去了？原来圆圆原是苏州妓院里出身，在院子里时，三桂也曾慕名来访。一笑钟情，三生订约。因为边疆多事，没有遂得嫁娶的志愿。后来鸨母贪了田皇亲重币，就把她卖入田府中。正是：红豆吟成，春进相思之泪；军门盼断，秋回临去之波。圆圆在田府里头，没一刻不思念三桂呢！趁皇亲遑急当儿，就设了个脱身妙计，把身子脱卸了出来。可怜老皇亲蒙在鼓儿里，一点影儿也没有知道。

却说三桂劫娶圆圆到家，就令拜见了大老爷吴襄，并太夫人、夫人等。吴襄询知其事，惊道：“你胆子这么大，这件事，皇上闻知，还当了得！”三桂意思，原要带圆圆去边关的，现在见父亲这么说了，随道：“这么着罢，把她留在家里，我先到边上去，就有风波，也没甚把柄。等过几时再来接她，如何？”吴襄道：“这还像句话。”次日，三桂就到任去了。

三桂一去，李闯就来，北京城一破，帝后殉了难，城中大乱。文武各大臣，殉节的殉节，投降的投降。李闯久闻圆圆美丽，一破城，就向吴襄索取圆圆。吴襄不敢违拗，只得把圆圆献上。李闯大喜，命圆圆歌曲。圆圆曼声婉歌，唱的都是昆腔吴曲，一字数转，一转数音，柔和雍穆，不愧为雅颂正音。无奈李闯是陕西人，听了不懂，皱眉道：“脸儿生的这么标致，曲儿唱的这么难听，这是什么缘故？”随教不必唱了，一面传陕西婆娘，唱秦腔，李闯拍着掌附和。那几个陕西婆娘，直着嗓子喊唱，脖子里青筋，都一条条暴起来，唱得声情激越，凄楚异常。李闯非常得意，问圆圆道：“美人儿，你听咱们的曲儿怎样？”圆圆道：“此曲只应天上有，人间哪得几回闻。”李闯乐极，就把圆圆收入后宫，宠幸无比。

这时，城里头勋戚富豪，都被闯军抄掠尽净，那田皇亲自然也在其中。田畹见圆圆得着宠幸，吴襄全家无恙，心里不胜忿恨。遂百计千方，钻头觅缝，找出了一条路子来，认识了李闯的心腹人牛金星。田畹向金星道：“吴襄的儿子三桂身拥重兵，现在山海关，此人不降，怕为新朝心腹大患。”牛金星就把此言告诉了李闯。李闯道：“要他归顺，也很容易。”遂令把吴襄全家，通通拿住，逼令写信唤三桂投降。吴襄被逼不过，只得写了一封亲笔书信。李闯就派降将唐通，赍（jī带着）了书信，带银四万，前往山海关招降。随派部将率兵二万，赶往守关，并征召三桂进京。唐通到了山海关，三桂接着，问明来意。唐通交出吴襄书信，三桂拆开瞧时，只见上写道：

父字，三儿收目。汝以君恩特简，得专阃任，非真累战功历年岁也。不过强敌在前，非有异恩激动，不足诱致，此管子所以行素赏之计。而汉高一见韩彭，即予重任，盖类此也。今汝徒饬军容，徘徊观望，使李兵长驱直入，既无批吭捣虚之谋，复乏形格势禁之力。事机已去，天命难回。吾君已逝，而父须臾。呜呼！识时势者亦可以知变计矣。昔徐元直弃汉归魏，不为不忠；手胥违楚适吴，不为不孝。然以二者揆之，为子胥难，为元直易。我为尔计，不若反手衔璧，负钻舆棺，及今早降，不失通侯之赏，而犹全孝子之名。万一徒恃愤骄，全无节制，主客之势既殊，众寡之形不敌，顿甲坚城，一朝歼尽，使尔父无辜，并受戮辱，身名俱丧，臣子均失，不亦大可痛哉！语云：知子者莫若父。吾不能为赵奢，而尔殆有疑于括也。故为尔计，至属至属。

三桂瞧毕，沉吟不语。唐通竭力称说李闯如何仰幕，吴襄如何盼望，并降后如何如何富贵，滔滔滚滚，说一个不已。三桂道："我吴某是个血性男子，富贵功名，并不在我心上。倒是老父在那里，我要不降，就害了老父的性命。说不得只好耽着个恶名，暂时屈一屈节了。但愿老父无恙，我就奉身告退，择一块清净地方，陪着老父，骑驴湖上，啸傲烟霞，快活过下半世，于愿足矣。"说毕，随即升堂击鼓，集聚众将，把降顺的大意，申说一番。众将自然没甚话讲。

次日，李闯派来的守关将官，恰恰行到。三桂把一行关务交卸清楚，简率了精锐七千，同着唐通昼夜赶进京来，朝见李闯。这日，行到滦州地界，碰见了家人吴良。三桂唤他进帐，问道："咱们家里头，都安全么？"吴良见问，两泪双流，哭诉道："家中财产，都被查抄了去。"三桂笑向众将道："你们瞧这小幺儿，这么的不解事，这一点子小事，也经得这么的悲泣，我一到就要发还的。"又问："太老爷、太夫人都无恙么？"吴良道："告诉不得老爷，太老爷、太夫人、夫人都被捉去禁在牢里呢。"三桂笑道："那也不妨，我一到，马上就会释放的。"吴良道："但愿依老爷金口，能够如此最好。"三桂道："你路上辛苦了，后营歇歇去罢。"吴良叩谢，才待起行，三桂忽又想起一事，喊住问道："我那人儿怎样了？"吴良重又站住，回道："老爷问的可就是陈圆圆姑娘？"三桂急道："是陈姑娘。陈姑娘怎样了？"吴良道："陈姑娘倒很安全，现在宫里头，新皇帝把她宠得要不得。"三桂不听则已，一听时直怒得双睛突露，须髯奋张，顿足道："大丈夫不能保护一个女子，还有甚脸站在世界上做人！"叱令左右："把贼使唐通斩讫报来。"参将冯有威谏道："杀了来使，令贼知所防备。不如先率精锐，袭破关城，本军有了根据地方，再行图谋进取。"三桂道："你这话很对，就照你的法儿行。我方寸已乱，恁是一肚子神谋妙算，这会子再也想不出一点儿。"当时传下暗号，大小三军一齐回马，赶到山海关。只一鼓便袭破了关城，守将负伤逃遁。三桂与众将刑牲告天，歃血（shà xuè 古代举行盟会的时候，嘴上涂上牲畜的血以表示诚意）结盟。一面派副将杨坤、游击郭云龙往清国求救；一面复书绝父，其辞道：

不孝儿三桂禀复父亲大人膝下：

儿以父荫，熟闻义训，得待罪戎行，日夜励志，冀得一当以酬圣眷属。边警方急，宁远巨镇，为国门户，沦陷几尽。儿方力图恢复，以为李贼猖獗，不久即当扑灭，恐往返道路，坐失事机。不意我国无人，望风而靡。吾父督理

> 御营,势非小弱,巍巍百雉,何至一二日内,便已失坠?使儿卷甲赴阙。事已后期,可悲可恨。侧闻圣上宴驾,臣民僇(‌心侮辱)辱,不胜眦裂。犹意我父,素负忠义,大势虽去,犹当奋椎(同“捶”)一击,誓不俱生。否则刎劲阙下,以殉国难,使儿缟素号恸,仗甲复仇,不济则以死继之,岂非忠孝媲美乎!何乃隐忍偷生,甘心非义,既无孝宽御寇之才,复愧平原骂贼之勇。夫元直荏,苒为母罪人,王陵、赵苞二公,并着英烈。我父嚄唶宿将,矫矫王臣,反愧巾帼女子。父既不能为忠臣,儿安能为孝子乎?儿与父诀,请自今日。父不早图,贼虽置父鼎俎之旁以诱,三桂不顾也。大明崇祯十七年三月日,不孝儿三桂百拜。

那封复书,就叫唐通送到北京去。欲知李闯接到此信后,有何举动,且听下回分解。

第十回　吴三桂大战一片石　摄政王安抵北京城

却说唐通赍了三桂复书，回到北京，呈于李闯。李闯大怒，立命把降臣陈演、魏藻德、朱纯臣等六十多人，押赴东华门外斩首，一面起兵二十万，下令亲征。皇太子与吴襄，放在京里恐有意外，派人监着，同赴前敌。早有流星探马报知三桂。三桂向众将道："咱们这会子，势成骑虎，说不得大家都要辛苦一点子了。"冯有威道："满洲人答应帮助咱们，咱们有了这样的好帮手，还怕什么。"三桂道："那倒不然，从来说夷情叵测，怎知他怀的是什么意思？咱们究竟原要靠着自己。不过有了帮手，自己胆子壮一点子罢了。"说着，流星探马又报，满洲国慑政王亲率三路大军，前来相救。孔、耿、尚三汉将，率着汉军，赍着红夷大炮为前路，豫亲王多铎、英亲王阿济格为中路，摄政王亲统马步各军为后路。三桂听了，心下稍慰。从此流星探马，接二连三，探报的都是紧急军信。闯军前锋，离此三百里了，二百里了，一百五十里了。三桂下令，叫于关外扎几座虚营，把关里百姓驱入营中，充当军士。却把精军锐卒，尽挑上关，登陴（pí 女墙）固守。恰恰布置妥帖，传报闯军大至。三桂登关西望，尘头起处，闯军像江湖海浪一般，推涌将来，关外那座虚营顿时间踏为平地。关上见了，无不变色。三桂下关，聚集众将，商议抵敌方法。忽报关城被围，从一片石起，直到罗城，尽是闯军，东西两路都被截断。三桂向众将作揖道："今日的事情，总要诸位尽力了。请诸位不必看三桂分上，且看'忠义'两个字分上。"说着，故意做出激昂慷慨的样子。冯有威拔剑在手，慷慨发言道："国家豢养我们，为的是什么？今儿的事情，谁要不听主帅命令，我就同他拼一拼。"说毕，横目四顾，大有寻人欲斗之势。于是，众将齐声应诺。三桂下令出队，炮声起处，关门大开，六七十员上将，跨着怒马，执着武器，簇拥着三桂，风一般驰下关来。从来说一人拼命，万夫莫挡。吴三桂这支人马，是拼了命来的，排山倒海，声势非凡。无奈李闯手下，都是积年老将，百战余生。沙场见惯长征，云阵何妨酣战。凭你左冲右突，竟如铜墙铁壁，一动都没有动。李闯立马高冈，扬旗指挥，闯军蜂蒸蚁聚，把三桂困在中心。这时，山海关外，喊杀声、马蹄声、鼓角声、弓弦声、兵器碰撞声，合著天上的风声、山谷的回声，闹成一片，简直是天摧地陷，岳撼山摇。从早晨直杀到暮晚，方才收兵休战。众将没一个不汗透重衣，腿臂麻木的。解开战袍，有重伤的，也有轻伤的。三桂立传伤科大夫，与众将裹创医治，自己战袍也不卸，亲往各营抚慰看视，众将于是无不感泣。

当夜接到军报，知道满洲兵已到，扎营在欢喜岭上。三桂立命中军官，把此信传知众军。众军听得救兵已到，顿时喜气洋溢，一个个胆子都壮起来。次日黎明，关城下万众喧呼，斫墙凿壁之声，噼扑震耳。守关将士飞报闯军又来攻城了。原来李闯攻城，不用云梯冲石的方法，他新想出两种奇巧法子：专令甲士凿取城砖，取掉城砖，跟手穿掘窟穴，众军士持着畚锸（chā 挖土的工具），次第传土而出。每隔三五步，留一根土柱，等到窟穴凿成，缚一极粗极粗麻绳在竿土柱上，几万军士曳炬一呼，土柱一折，城子就崩掉了。再有一法，穿掘了窟穴，把火药埋藏其中，火燃药发，城子也要崩掉的。这两个法子，三桂久已闻名，不料今儿挨到自己地界上来，如何不惧？当下就向众将道："满洲兵驻在欢喜岭上，哪位前去催一催？闯军军势浩大，总要俟合了兵才好抵敌。"三桂侄子吴国贵起身道："我愿杀出重围，欢喜岭那里去一遭。"三桂大喜，写下书信。国贵选了二百精锐，开关大呼，杀开一条血路，奔向满营而去。国贵跨韵是关东名马，只一个时辰，早已回转本关。三桂问起情形，国贵道："我看满洲兵不很可靠，那多尔衮听了咱们危急情形，竟如没事人似的，嘴里虽然答应得很好，却一味喝酒唱曲，并没有像发兵的样子。"三桂惊道："似此如之奈何？"国贵道："敢怕是乘势打劫，先要咱们投降么？"三桂道："我再派人下一封书，说明打退了李闯，就投降他。"冯有威接语道："这话很对。主帅就写信，我替你走一趟罢。"冯有威去后，多尔衮依旧没有派兵来。三桂急甚，当下接二连三，连下了八回告急信，派了八回专使，摄政王才鸣鼓吹角，慢慢发动人马。

三桂登关眺望，瞧见大清国旗号，喜向部下道："这会子咱们才有了命了。"副将夏登仕道："咱们有了命，怕明朝江山，从此没了命了。李闯虽然不好，究竟是明朝人呢。"三桂怒遭："夏协台，你甘愿降贼么？我吴三桂没有把江山送给李闯，情愿送给满洲人。从来说君父之仇，不共戴天，我吴三桂是血性男子呢。"说着时，满洲人马将次到关。三桂传令开关，亲自提枪跨马，率一支人马，冲出重围，迎着满洲兵通名上去。满军前锋，是孔、耿、尚三汉将。孔有德道："摄政王车驾在后面呢。你把兵器除掉了，我派人陪你去见。"三桂应诺，有德就派一个参领，陪三桂到大队去。这里鸣着鼓角，不停步地进发，三桂跟随着参领，双马并进。先见过中队英、豫两亲王，又行一会子，才见绣旗招展，一簇人马缓缓而来，步武严肃，行列整齐，马步各军，虽个个像生龙活虎，却刀斩斧切，一点儿没有见差。参领通："这就是王爷大队了。"三桂慌忙下马，候于路侧。参领上去回过，一时传说："王爷请见！"三桂随着参领，步行而前。直到中军，见多尔衮早与一众红顶黄褂的亲王大臣，驻马而待。三桂就在马前拜将下去，嘴里称说："亡国孤臣吴三桂跪迎王爷虎驾。"多尔衮忙欲下马，犹未下马，满面春风地问："这就是平西伯么？"又嗔怪着参领："还不给我扶住了。"三桂已在地下，拜了数拜。多尔衮笑道："再不想咱们两个人，会在这里相见。"三桂哭诉李闯残暴情形，又称述自己志愿，欲为崇祯报仇。多尔衮道："足见贵爵忠义。本国兴兵，也无非为这'忠义'两个字。"左右大臣，就请三桂剃发。三桂沉吟不语。就听多尔衮吩咐道："你们快扶吴伯爷后营去，好好儿伺候。"左右答应一声，扶着三桂去了。霎时出来，已剃了雪白的头，梳了精光的辫，宛然满洲人了，不过身上依旧穿着明朝衣服。多尔衮执着三桂手笑道："如今咱们是一家人了。"三桂谢道："这都是王爷的恩典。"多尔衮道："等李闯的事情办完，也封你为王爵，那时咱们两人，就并肩儿了。"此时从人早把三桂坐骑拉上，多尔衮赐三桂上了马，与自己并辔偕行，一路攀话，询问些关中形势，探听些争战情形。

一时行到，那攻城的闯军，早被前两队满兵杀退，因此关外倒静荡荡地。吴国贵、冯有威等开关迎接。三桂陪多尔衮进了关，就召集部将，唱名参谒。一面宰杀乌牛白马，祭告天地。国贵捧着血盆，向众将道："大清国代咱们讨贼，代咱们皇帝报仇，就是咱们的大恩人，不服大恩人，就是不服本国，就是目无君上。主帅已经投降了，咱们大家，应跟主帅一块儿降顺，愿意的请上来歃血。”冯有威接语道：“谁要不答应，我就跟谁拼命。”众将于是齐声答应，一个个上来。歃毕，随即出贴告示，令军民剃发。那告示上面，把崇祯年号，一笔抹倒，大书着大清顺治元年四月的正朔。部署才毕，守关军士飞报，闯军在排阵了。多尔衮率同众将，登关一望，见闯军排成一字长蛇阵，从北山山麓起，直到海滨，足有三五里长。人人勇健，个个英雄。李闯银盔金甲，张着黄盖，跨着骏马，在山冈上正指挥部众呢。多尔衮向众人道：“贼势这么利害，咱们开仗，倒要小心一点子。”众人应诺。多尔衮随即升帐发令，教吴三桂尽率本部人马，攻闯军阵的右面；阿济格、多铎、孔、耿、尚三将率领北来诸军，攻闯军阵的左面；自己留着少些人马，守关观战。

军号吹起，人马一齐发动，像雁阵般分向两翼，包抄而前。战鼓擂得爆竹一般地急，人马跟着鼓声，如潮前进。走得沙尘蔽天，日色无光。一会子两军遇着，就开起仗来。枪挑箭射，斗得异常利害。只见山冈上令旗动处，闯军四面包抄，早把吴三桂一军，围了三五重。三桂率着部下，大呼冲荡，山鸣谷应，震得关城都翕翕欲动。多尔衮不觉看得呆了，霎时天起大风，豁喇喇豁喇喇把地上黄沙，尽都刮起。关外数十里地方，雾腾腾地，也辨不出哪一军是闯军，哪一军是清军。多尔衮跺脚道：“糟了！糟了！照这个样子，咱们不是自己杀自己了么？”左右道：“风在小下去了，王爷你瞧，那边一支高扯白旗的人马，不就是咱们英、豫二王的铁骑么？”多尔衮依着所指看去，果见英、豫二王，率着铁骑，从三桂阵右，直冲向敌阵中坚处去。风发潮涌，所向披靡。多尔衮喜道：“恁贼子如何强悍，也总要吃不住了。”左右道：“王爷你瞧，贼军阵势不是已经动了么，怕就要败下去了。”多尔衮见闯军阵果被满军冲动，再望到山冈上，见李闯的麾盖，不知哪里去了。这时，战场上人喧马嘶，闹成一片。闯众大败，争先逃遁，势若瓦解土崩。满汉各军整队追袭，直杀到四十里开外。多尔衮传下号令，叫吴三桂北追李闯，自己亲统各军，随后接应。三桂此时心雄胆壮，督率本部人马，星夜奔驰，所过各处，都张贴下顺治元年的安民榜文。

这日，行到北京地界，前锋报说贼众已闭城坚守。三桂下令安营。安营才毕，忽报李贼在城上，请伯爷答话，三桂挟弓负箭，率领诸将，直到城下。却不见李闯，只见数员闯军战将，挟着吴襄，并老母妻子等共三十多名，高高的站在雉堞里头。吴襄夫妇一见儿子，吴夫人一见丈夫，都不觉放声痛哭道：“合家子性命，都在你一个儿身上，你就降了罢。你降了，全家骨肉，依旧团聚；你要是不肯降，我们性命都休了。”这几句话，说得非常凄惨，城下军士听了，无不心伤泪落。回看三桂，却见他沉着脸，一声儿不言语。忽地抽一支箭，搭在弦上，向城上射去，挟着吴襄的那员闯军部将，应弦而倒。呼呼呼，一连几箭，真是箭无虚发。这几名闯军战将，一个个射得倒撞下去。吴襄在城上着急道：“你不降也罢了，射死贼将，不是激怒李闯，逼取我老命么？”三桂射死闯军战将，传令军士攻城。一声令下，石条云梯，一齐动手。才追得三五下，城上刀光闪烁，吴襄并眷口三十多名，尽作了刀头之鬼，血淋淋人头，一颗颗号令吊挂起来。三桂一见，顿从马上直跌下地，昏绝过去，不省人事。左右搀扶回营，灌救了半天，方渐渐醒转，捶胸顿足，痛哭不已。恰好满洲大队兵马赶到，三桂哭诉情形，多尔衮安慰了一番，随道："咱们打破了这座城子，捉住了李贼，将军的家仇国恨，就都可以报了。"三桂谢过，忽报城中火起，九门大开，闯军部众捆着金宝，掳着妇女，窜出平则门，逃向西安去了。多尔衮传令进城。三桂道："闯贼与我，势不两立。臣情愿督率精锐，亲往追他。"多尔衮道："从来说穷寇莫追，走了就丢开手罢了。"三桂道："闯贼害我故君，杀我父母，君父大仇，岂肯轻轻放过？"说毕，痛哭不已。多尔衮道："这是忠孝的勾当，我如何好阻止你。只有一句话吩咐你，此去须要看光景做事，追得着果然没什么说，追不着也就丢开手，不定管是要追着他。"三桂应诺。回到本营，一面点选人马，一面唤部将冯有威嘱咐道："你跟随摄政王入城安民，乘便替我搜访一个人踪迹，倘然访得，切不可难为他，快快飞马报我，自有重谢。"冯有威道："主帅将令，自无不遵。但不知要搜访的是谁。"三桂附耳说了三五语，有威领命去讫。三桂就领大小三军，拔营前进。

这日行到绛州地界，正在安营造饭，忽报北京冯将军飞骑报喜。三桂传进来使，那人见了三桂，叩头儿贺喜，随道："陈圆圆姑娘已经访得，冯将军派了十名使女，就在主帅旧府里头供养，前后门都派有护兵守卫，闲杂人等概不能够出入。"三桂喜道："冯有威真能干，别人做不到的事，他总无有办不到。"又向来使道："你叫什么名字？在冯将军部下，当什么职司？你路上辛苦了！还没有吃饭么？我这里就要开饭了，你等等咱们一块儿吃了罢。"那人见三桂这么的宠待，倒弄得跼蹐（jú jí形容畏缩不安）无地起来，应又不敢，不应又不敢。三桂觉着，忙道："不要紧，你尽管坐下来，我因为要知道北京近日情形，要问你几句话，坐下来好谈。"那人才告了罪，坐着半个凳子。三桂先问满洲人进了城，有何举动，然后渐渐问到家事。那人道："鞑子做事，倒很大方呢，一进城就令扑灭各处的火，然后出示安民，一点子没有骚扰。闯贼临走时，五凤楼、宫殿、太庙以及九城门城楼，通通放了把火，烧得满城通红。所有库藏各金银，大内各器皿，先几天叫银匠熔为大砖，刻着个孔儿，用绳子穿了，戴在骡马背上，悉数带了去。鞑王倒也并不在心上，向臣下道：'咱们进来，无非为救这几个百姓。'倒还下令为崇祯皇帝发丧，叫臣民举哀三天，鞑王还亲自去祭拜呢。"三桂道："京里是平静了？"那人道："起初几天乱得很，人民都忙着搜杀贼党。现在鞑王下了一个令，说剃发的就不是贼子，所以现在京中没一个人不剃发，事情也平静了。"三桂又问陈圆圆如何找着的。欲知那人如何回答，且听下回分解。

第十一回　羽檄传来南都立主　彩云飞去北国迎銮

却说吴三桂驻师绛州，得着陈圆圆访得的喜报，快活得忘了形，托了使人，同席闲谈，要勾探圆圆的始末缘由。原来李闯大败回京，原要把圆圆与吴襄眷属一同斩首。这个消息，传到圆圆耳朵里，依旧谈笑自如。李闯闻知，非常惊诧，遂喊来问道："我要杀你，你知道么？"圆圆道："知道的。"李闯道："你难道竟不怕死么？"圆圆道："那是大王的恩典成全我，我还感戴不尽，如何还敢怕？只是替大王一面着想，未免有点儿不值。"李闯道："我杀你怎么倒又有价值？你且说出这种道理来。"圆圆道："大王前回派人到山海关招降，吴将军不是已经降了么。"李闯点头道："不错，已经降了。"圆圆道："后来怎么又反叛呢？"李闯道："那个倒不仔细，光景听了满洲人指使么。"圆圆摇头道："鞑子倒并不曾指使，吴将军兴兵，为的就为大王面前一个人。"李闯道："谁呀？敢是就为你么？"圆圆道："吴将军兴兵，听说就为的是我。现在大王杀了我，我果然不值什么。但恐吴将军与大王从此结下死仇，一辈子不肯干休。大王为了我这么一个人，结着这么一个利害的仇家，岂不是不值？"李闯道："你的话很有道理，我不杀你了，带你同到陕西去，你愿意不愿意？"圆圆道："那就是我的福气了。但怕吴将军为了我穷追不已，大王反又要受累。"李闯道："依你便怎么样？"圆圆道："为大王计算，还是把我留在京里的好，吴将军得着了我，他心里自然欢喜。我趁他欢喜当儿就可以说的，他不要来追袭，这么大王就好安安稳稳平抵西安了。"李闯道："依便依你，只是太便宜了你们。"圆圆道："我也无非为大王呢。大王要是敌得过吴将军，杀我也好，留我也好，就我总没有不依从的。"李闯于是把圆圆留在京里。清兵进京，冯有威帮着安民，无意之间，竟搜访着了，就专差走报三桂。当下那使人就拣自己知道的回禀了三桂。三桂大喜。中军官入禀："人马歇息已满三时，请伯帅发令前进。"三桂听了，一声儿不言语。中军官站了半天，不见发落，只得弯着腰，又请一遍。三桂道："谁叫你来催问？我是三军的主帅，要行要止，难道自己不会发令，倒要你这中军官费神不成？"中军官无端碰了一个钉子，不敢回驳，逼住身子，连应几个"是"，慢慢地退出帐去。三桂忽地想起一事，向帐外叫中军回来。帐外护军，一片声地传着。中军官忙转回来，垂手侍立，听候发令。三桂道："咱们没有起马时，摄政王原教不要追赶。现在贼子已过潼关，那地方险不过，众将士辛苦了好多。时人纵不乏，马也要歇息歇息，我想还是回京，将息几时的好。你出去就传我令，人儿卸甲，马儿回首，一齐拔寨回京了。"三桂说一声，中军官应一声"是。"此令一下，合营将士都有些疑心。只是主帅军令，不敢违拗，只得收拾起行。

一到北京，安顿了军马，三桂穿着行装，入谒多尔衮。多尔衮道："正要发令召你，你倒回来了。"三桂问："有何大事？多尔衮道："史可法是什么人？你可知道？"三桂道："史可法字宪之，号道邻，祥符人氏，崇祯戊科进士，现官南京兵部尚书。王爷问及他，敢是他也投顺我朝了么？”多尔衮道：“投顺了倒就好了。他现在与高宏图、马士英等，拥立福王朱由崧为皇帝，建元宏光，定都金陵。长江一带以及湖广两粤，都听他的号召。这件事情，你看如何处置？再不然，我耗费了这许多钱粮，劳了这许多人马，好容易取得的锦绣江山，依旧双手捧还朱姓子孙不成？”三桂正欲答话，靴声响处，内监报说范阁老进来。只见范文程伛偻而入，请过安，多尔衮问他有甚事干。文程弯下身子，就在靴统里取出一卷子纸，向多尔衮道：“回王爷，南朝派人四处散布檄文，北京城里，也散了好多张呢。”多尔衮道：“这是摇惑人心的勾当，那还了得！你念给我听听，上面讲的是什么话儿。”文程应了一声“是”，展开那纸，朗声念道：

呜呼！故老有未经之变，禾黍伤心，普天同不共之仇。戈矛指发，壮士白衣冠。易水精通虹日，相君素车马，钱塘怒击江涛。呜呼！三月望后之报，此后盘古而蚀日月者也。昔我太祖高皇帝，手挽三辰之轴，一扫腥膻，身钟二曜之英，双驱诚谅，历年二百八纪，何人不沐皇恩？传世一十五朝，寰海尽行统历。迨我皇上御宇，十有七年于兹矣。始政诛珰，独励震霆作鼓；频年御敌，咸持宵旱为衣。九边寒暑，几警呼、庚呼、癸之嗟；万姓啼号，时切已溺、已饥之痛。虽举朝肉食之多鄙，而一人辰极之未迁，遽至覆瓯，有何失序？呜呼！即尔纷然造逆之辈，畴无累世休养之恩，乃者焰逼神京，九庙不获安其主，腥流宫寝，先帝不得正其终，罪极海山，贯知已满，惨深天地，誓岂共生。呜呼！谁秉国成，讵无封事，门户膏肓，河北贼置之不问。藩篱破坏，大将军置若罔闻。开门纳叛，皆观军容使者之流；卖主投降，尽宏文馆学士之辈。乞归便云有耻，徒死即系忠臣，此则劫运真遭阳九百六之爻，而凡民普值柱折维裂之会矣。安禄山以番将代汉将，帐中猪早抽刀；李希烈自汴州奔蔡州，丸内鸩先进毒。凤既于斩京口，剖尸之僇安逃？景亦毙于舟中，跛足之凶终尽，无强不折，有逆必诛，又况汉德犹存，周历末过，赤眉铜马，适开光武之中兴。夷羿逢蒙，难免少康之并僇。臣子心存报主，春秋义大复仇，业赖社稷之灵，九人已推重耳。诚愤汉贼之并，六军必出祁山。呜呼！迁迹金人，亦下铜盘之泪；随班舞马，犹嘶玉升之魂。矧（shěn况且）具须眉，且叨簪绂（zān fú），身家非吾有，总属君恩，寝食岂能安？务伸国耻，握拳透爪，气吞一路鼙（pí古代军队中用的小鼓）。啮齿穿断，声断五更鼓角，共洒申包胥之泪，誓焚百里视之舟。所幸泽纲张翼宗之旗。协恭在位，愿加恂(xūn)禹，挟兴汉之钺，磨厉以须二三子，何患无君。金陵成尊正朔，千八国不期大会，江左赖有夷吾。莫非王士，莫非王臣，吾请敌王所忾；岂曰同袍，岂曰同泽，咸歌与子同仇。聚神州赤县之心，直穷巢穴；抒孝子忠臣之愤，歼厥渠魁。班马叶乎北风，旗常纪于南极。以赤子而扶神鼎，事在人为，即白衣而效前筹，君不我负。一洗搀枪晦蚀，日月重光；再开带砺山河，朝廷不小。海内共扶正气，神明鉴此血诚。谨檄。

文程念毕，又按照文义解说了一遍。多尔衮道："专讲李闯的坏话，总算没有讲着咱们，尽他去就是了。"文程道："'金陵咸尊正朔，江左赖有夷吾'。这几句话儿，就怕降顺诸臣，因此生有二心呢。"多尔衮听了，点头道："你这虑也很有道理。"说着，就举目向三桂一瞧，吓得三桂流了一背的汗，连忙抢步请了一个安，道："王爷明鉴，微臣可不敢，微臣可不敢。"多尔衮笑道："长白，你是个忠孝的人，怎会干这种事情，我很信得过你，你放心就是了。"随道："归顺时，我原许过你王封。一片石那回事，你的功劳也不小。现在就封你做亲王。那名号儿我一时间也想不起，崇祯封你是平西伯，现在就叫平西王罢。那龙封诰命，我叫范老头写好了，再给你罢。"三桂跪下叩头道："朝廷如此恩典，叫三桂碎骨粉身，也难报答。"谢过恩，又献计道："南中立君，都为关内没有主子的缘故。依三桂愚意，最好迎驾入关，或是另设别法，总要绝掉关内人的巴望心思才好。"多尔衮道："迎驾入关，果然是好法子。你说另设别法，这别法如何另设呢？讲来。"三桂碰头道："微臣该死，不敢上陈。"多尔衮道："你安着什么心思，为甚不肯讲？"三桂见多尔衮见疑，忙道："微臣私意，王爷德高望重，做了中国主子，中国百姓就有福气了。"多尔衮大笑道："我要是爱做皇帝，也等不到这会子了。"随道："你路上辛苦了，家去歇歇罢！"三桂回到家里，作合自天，好述乍咏，与陈圆圆两个恩爱缠绵，自不必说。过了几天，少不得替吴襄开丧受吊，车来马去，客送宾迎，那种热闹情形，我也无暇去描写它。

且说多尔衮得着南中立君消息，心下万分不快，每日聚了多铎、阿济格、范文程等几个心腹人，商议处置妙法。多铎道："谅几个书癫子，干得出什么事，给我二万精兵，江南去玩一趟，包管扫得一个也不剩。"多尔衮道："咱们才到关内，北方百姓，也未必是真心降服，兵马一调开，怕就有意外事情。再者李闯没有灭掉，也是桩祸事。"范文程道："大军南征，闯贼定然乘虚而入。依臣愚计，不如写封信南中去，把史可法等几个人物，通通招安了。如果办得到，也免得举动刀兵。一面就听吴三桂法子，持派专员，到奉天恭迎皇太后皇上圣驾。"多尔衮道："那招降信你就写罢！"文程应诺，自去写信。多尔衮就命阿济格为迎銮大臣，孔有德、尚可喜为副大臣，即日起身，回盛京迎驾。此时文程招降信已经写好，呈与多尔衮，多尔衮令他念道：

道邻先生执事：

予向在沈阳，即知燕京物望，咸推司马。后入关破贼，得与都人士相接，识介弟于清班，会托其手勒平安。拳致衷绪，未审以何时得达。比闻道路纷纷，多谓金陵有自立者。夫君父之仇，不共戴天，春秋之义，有贼不讨，则故君不得书葬，新君不得书即位。所以防乱臣贼子，法至严也。闯贼李自成，称兵犯阙，手毒君亲，关内臣民，不闻加遗一矢。平西王吴三桂，介在东陲，独效包胥之哭，朝廷感其忠义，念累世之宿好，弃近日之小嫌，爰整貔貅（pí xiū 比喻勇猛的军队），驱余狗鼠。入京之日，首崇怀宗帝后谥号，卜葬山陵，悉如典礼。亲郡王将军以下，一仍故封，不加改削。勋戚文武诸臣，咸在朝列，恩礼有加。耕市不惊，秋毫无扰。方拟秋高气爽，遣将西征；传檄江南，聊兵河朔，陈师鞠旅，戮力同心，报乃君国之仇，彰我朝廷之德。岂意南州诸君子，苟安旦夕，弗审事机，聊慕虚名，顿忘实害，予甚惑之。国家之抚定燕都，乃得之于闯贼，非取之于明朝也。贼毁明朝之庙主，辱及先人，我国家不惮征缮之劳，悉索敝赋，代为雪耻。孝子仁人，当如何感恩图报？兹乃乘逆寇稽诛，王师暂息，遂欲雄据江南，坐享渔人之利，将诸情理，岂可谓平？将以天堑不能飞渡，投鞭不足断流耶？夫闯贼但为明朝祟耳，未尝得罪于我国家也。徒以薄海同仇，特伸大义，今若拥号称尊，便是天有二日，俨为勍（qíng 强）敌。予将简西行之锐，转旆东征，且拟释彼重诛，命为前导。夫以中华全力，受制潢池，而欲以江左一隅，兼支大国，胜负之数，无待蓍龟矣。予闻君子之爱人也以德，细人则以姑息。诸君子果识时知命，笃念故主，厚爱贤王，宜劝令削号归藩，永绥福禄。朝廷当待以虞宾，统承礼物，带砺山河，位在诸王侯上。庶不负朝廷伸义讨贼，兴灭继绝之初心。至南州群彦，翩然来仪，则尔公尔侯，列爵分土，有平西之典例在，惟执事实图利之。晚近士大夫，好高树名义，而不顾国家之急，每有大事，辄同筑舍。昔宋人议论未定，兵已渡河，可为殷鉴。先生领袖名流，主持诡计，必能深维终始。宁忍随俗浮沉，取舍从违，应早审定。兵行在即，可西可东，南国安危，在此一举。愿诸君子同以讨贼为心，毋贪一身瞬息之荣，而重国无穷之祸，为乱臣贼子所笑。予实有厚望焉。记有之，惟善人能受尽言，敬布腹心，宁闻明教，江天在望，延跂为劳。书不宣意。顺治元年五月日，摄政王手启。

多尔衮听了，并没有说什么。文程道："这封书信，派副将韩拱薇、参将陈万春送去，好不好？"多尔衮道："谁空着就派谁去，何必问我。你瞧我忙得什么似的，阿济格去迎驾了，转瞬两宫都要来了，我不要顶备预备的么？皇太后脾气儿不很好弄，你总也知道。"文程应了几个"是"，自去派人送信不提。

多尔衮因两宫銮驾不日到京，派人从北京起直到山海关，所有御驾经过各路，雇集民夫赶工填筑。大内宫殿，被李闯扰坏的，一例兴工修理，水木漆各项匠役，日夜加紧赶做。就派降臣金之俊为监工大臣。多尔衮每日除办了几件军国大事外，亲往各处监视察看，又把明朝的宫娥太监招集拢来，派往各处承值。所有宫里头陈设古董文玩、金银器皿，特派专员到四方去采办。足足忙了两个月，大致才算全备。

这日接到塘报，晓得两宫已经起銮。多尔衮又派豫亲王多铎，带领八旗人马巡察地方，按站关防。从此每天总有三五起流星探马，报称两宫临幸所至的地方。这日得报御驾离城只有三十里，多尔衮传齐满汉文武各官，一例穿着朝衣，出城接驾。一到城外，远远望去，护驾军士排列得刃斩斧截，肃着队伍缓缓而来。军士过完，接着便是随驾各大臣、各亲王郡王、贝勒贝子人等。龙旌凤扇各项仪仗，捧巾执拂各职执事太监，一一过完，才是两宫銮驾。多尔衮等连忙跪下，唱名儿迎接。早有太监传旨平身。于是随着銮驾进城。欲知两宫进京后，有何举动，且听下回分解。

第十二回　史阁部丹忱报国　摄政王壮志吞明

话说皇太后吉特氏见北京宫阙辉煌宏壮，崭敞异常，笑向左右道："究竟是天朝上国，比咱们那里，冠冕得多了。"左右齐声附和。吉特后道："瞧那窗棂金漆，好似完工得没有几时。"多尔衮应道："这都是奴才赶修起来的。"吉特后笑道："那倒辛苦你了。"多尔衮道："太后在上，奴才理应伺候。辛苦两字，如何敢当！"说着，一个太监急趋而入，回道："范内阁欲见王爷回要事。"多尔衮目视吉特后。吉特后道："有事你去罢。"多尔衮应了几个"是"，退了出去。

吉特后同着众人走进宫门，宫里承值的宫娥太监，排班儿叩头迎接。吉特后见各宫娥，一个个素口蛮腰，风鬟雾鬓，生得异常娇媚，触动心绪，忽地想起一事来，问道："王爷这几天可住在宫里是不是？"众人见问，你瞧着我，我瞧着你，一声儿也不敢回。吉特后向含芳道："这一起妖精，放在宫里头，我晓得总有事故闹出来。不然，你十四爷也不会这么安逸。"含芳道："我想王爷才得中原，总也要布置布置，太后也太多心了。"吉特后笑道："哪里有这么正经人儿！给我请他进来，我有话问他呢。"早有传事太监，应着出去，一会子同着多尔衮进来。多尔衮见太后面色不善，忙陪笑道："太后呼唤奴才，有何教训？"吉特后道："哎呀！王爷言重了。我如何敢教训王爷？王爷这几时享福么？"多尔衮见神色不对，忙请了个安，道："圣意高深，奴才愚昧，实在解不过来，还求太后明白宣示。"吉特后道："你既然要享福，尽享你的福是了，何必把咱们母子两个接来。现在也没有别的说，我和福哥儿依旧回奉天去，尽让你在这里赏心乐意。你可好？"多尔衮道："奴才就有不是，也总要求明白教训，情真罪确，死也甘心。似这么糊里糊涂地冤死了，也不过九泉多了一个糊涂鬼。要你申说明白后，我那魂子才得超生呢。"说着又请了一个安。

吉特后见多尔衮这个样子，心肠儿早软了下去。因向众宫娥一指道："这些狐媚子，要来做什么？你到底安着什么心？"多尔衮忙道："这个，原是传来伺候太后的。奴才受恩深重，要是有别的心思，马上天打雷劈。"吉特后道："伺候我么？多谢费心，我可用不着。我有着含芳、蕴玉、补恨、消愁，也尽够使唤了。那种妖精似的人，大明江山，为甚失掉的呢？"多尔衮道："太后不喜欢，奴才就把她们都放出宫去是了。"吉特后道："那还像句话。你替我去铸一块铁牌，竖在宫门口，上面写明敢有小脚女子入此门者立斩。"多尔衮应了一个"是"，随道："奴才就去赶办。"吉特后道："这个就当作祖制，世世子孙，都要遵守。"多尔衮应着出来，就传范文程写字铸牌。文程道："洪亨九翰林出身，书法甚好，依臣愚见，还是叫亨九写了罢。"多尔衮道："那也好！你方才说南中已有复书，史老头儿肯降么？"文程道："此老倔强得很，看来免不得要用兵了。"多尔衮道："你且把回信念给我听。"文程应诺，随开抽屉，取出一个红帖。多尔衮道："上面盖的是什么印信？"文程道："详看篆文，是'督帅辅臣之印'六个字，光景就是史老头儿的印信。”随揭开念道：

大明国督师、兵部尚书、兼东阁大学士史可法，顿首谨启大清国摄政王殿下：

南中向接好音，法随使问讯吴大将军，未敢遽通左右，非委隆谊于草莽也。诚以大夫无私交，春秋之义，今倥偬少之际，忽奉琬琰少之章，真不啻从天而降也。循读再三，殷殷致意。若以逆贼尚稽天讨，烦贵国忧，法且感且愧。左右不察，谓南中臣民，偷安江左，竟忘君父之仇，敬为贵国一详陈之。我大行皇帝，敬天法祖，勤政爱民，真尧舜之主也。以庸臣误国，致有三月十九日之事。法待罪南枢，救援莫及。师次淮上，凶问遽来，地拆天崩，山枯海竭，嗟乎！人孰无君，虽肆法于市朝，以为泄泄者之戒，亦奚足谢先皇帝于地下哉？尔时南中臣民，哀恸如丧考妣，无不拊膺切齿，欲悉东南之甲，立翦凶仇。而二三老臣，为国破君亡，宗社为重，相与迎立今上，以系中外之心。今上非他，神宗之孙，光宗犹子，大行皇帝之兄也。名正言顺，天与人归。五月朔日，驾临南都，万姓夹道欢呼，声闻数里。群臣劝进，今上悲不自胜，让再让三，仅允监国。迨臣民伏阙屡请，始以十五日正位南都。从前凤集河清，瑞应非一。即告庙之日，紫气如盖，祝文升霄，万目共瞻，欣传盛事。大江涌来楠梓数十万章，助修宫殿，岂非天意也哉！越数日，遂命法誓师江北，刻日西征。忽传我大将军吴三桂，借兵贵国，破走逆成（指李自成），为我先皇帝后发丧成礼，扫清宫阙，抚辑群黎，且罢剃发之令，示不忘本朝。此等举动，振古铄（shuò 光亮的样子）今，凡为大明臣子，无不长跪北向，顶礼加额。岂但如明谕所云感恩图报已乎？谨于八月，缮治筐篚，遣使犒师，兼欲请命鸿裁，连兵西讨。是以王师既发，复次江淮，乃辱明诲。引春秋大义，来相诘责，善哉言乎！然此为列国君薨，世子应立，有贼未讨，不忍死其君者立说耳。若夫天下共主，身殉社稷，青宫皇子，惨变非常，而犹拘牵不即位之文，坐昧大一统之义。中原鼎沸，仓卒出师，将何以维系人心？号召忠义，紫阳钢目。踵事春秋，其间特书。如莽移汉，肃光武中兴，不废山阳，昭烈践祚，怀悯亡国，晋元嗣基，徽钦蒙尘，宋高缵统，是皆于国仇未翦之日。亟正位号，纲目未尝斥为自立，率以正统予之。甚至如元宗幸蜀，太子即位灵武，议者疵之，亦未尝不许以行权，幸其光复旧物也。本朝传世十六，正统相承。自治冠带之族，继绝存亡。仁风遐被，贵国昔在先朝。夙膺（yīng 承受）封号，后以小人勾衅，致启兵端，先帝深痛疾之。旋加诛戮，此殿下之所知也。今痛心本朝之难，驱除乱逆，可谓大义复著于春秋矣。若乘我国运中微，一日视同割据，转欲移师东下，而以前导命元凶。义利兼收，恩仇倏忽，奖乱贼而长寇仇。此不惟孤本朝借力复仇之心，亦甚违殿下仗义扶危之初志矣。昔契丹和米，止岁输以金绘，回纥助唐，原不利其土地。况贵国笃念世好，兵以义动，万代瞻仰，在此一举。若乃乘我蒙难，弃好崇仇，规此幅员，为德不卒。是以义始，而以利终，为贼人所窃笑也。贵国岂其然乎？往者先帝轸

(zhěn 悲痛)念潢(huáng 积水池)池,不忍尽戳,剿抚互用,贻误至今。今上天纵英武,刻刻以复仇为念。庙堂之上,和衷体国;介胄之士,饮泣枕戈;忠义兵民,愿为国死。窃以天亡逆,闯当不越于斯时矣。语曰:树德务滋,除恶务尽。今逆贼未伏天诛,谍知卷土西秦,方图报复。此不独本朝不共戴天之恨,抑亦贵国除恶未尽之忧。伏乞坚同仇之谊,全始终之德。合师进讨,问罪秦中,共枭逆贼之头,以泄敷天之忿。则贵国义誉,照耀千秋。本朝图报,惟力是视。从此两国世通盟好,传之无穷,不亦休乎?至于牛耳之盟,本朝使臣既已在道,不日抵燕,奉盘盂从事矣。法北望陵庙,无涕可挥。身陷大戮,罪应万死。所以不即从先帝于地下者,实为社稷之故。传曰:竭股肱之力,继之以忠贞。法处今日,鞠躬致命,克尽臣节而已。即日奖率三军,长驱渡河,以穷狐兔之窟;光复神州,以报今上及大行皇帝之恩。贵国即有他命,弗敢与闻,惟殿下实昭鉴之。宏光甲申九月十五日

多尔衮皱眉道:“那么江南事情,就不很容易办了。老范,你可有法子没有?”文程道:“看来免不了用兵呢!”多尔衮道:“当初洪亨九也不肯投降,后来怎么倒又降了?史可法与老洪,听说是同年呢。你难道就没有法子了么?”文程道:“王爷明鉴。洪承畴的投降,一来全仗先皇妙算,二来微臣彼时天天进去跟他谈话。有一天,梁间尘污堕下,恰好落在他衣襟上头,他就举袖把尘污拂掉,然后再与微臣谈话。微臣密奏先皇,承畴不会死的,一件衣服,犹且舍不得,何况性命呢!以后果然降顺了。史可法这个人,可比不得亨九。”

说着时,内监入报洪承畴召到。多尔衮道:“叫他进来。”承畴走进,请过安,多尔衮赐他坐下,就把太后懿旨要在宫门口竖立铁牌的事,告诉了他。承畴听了,捧庇掇臀,着实颂扬了几句,随把铁牌写好。多尔衮看过不错,立交侍从,饬谕铁匠赶铸去讫,一面问他江南的事情。承畴道:“史可法果然公忠谅直,但光靠他一个人,也未见济事,何况宏光还不很信任他。”多尔衮道:“宏光真也昏极了,有这样的臣子,还不肯信任。”承畴道:“圣朝应运隆兴,明朝气数已尽,所以宏光这么的昏。臣有几个朋友,新从南中来,讲起宏光即位之后,一件事也不办,专心在女色上用工夫。医士修合媚药,雀脑蟾酥各东西,竟其一夕踊贵。时人有《纪事诗》道:

苑城春闭绿杨丝,江介军书醉不知。
清晓内珰催尚药,官虾蟆进小黄旗。”

多尔衮笑向文程道:“瞧不出他倒也是个风流天子。可见这一桩事情,无古无今,无夷无夏,没一个不喜欢的。”承畴道:“好色原是不要紧,只要不废事,像宏光拿国事交给了马士英、阮大钺,弄得一塌糊涂。时人有《纪事诗》道:

中书随地有,都督满街走。

监纪多如羊，职方贱如狗。
相公只爱钱，皇帝但吃酒。
扫尽江南钱，填塞马家口。

那马士英、阮大铖门上，又有人替他撰两副对子，一副道：

两朝丞相，此马彼牛，同为畜道；
二党元魁，出刘入阮，岂是仙踪？

一副道：

闯贼无门，匹马横行天下；
元凶有耳，一人直入中原。

瞧这两副对、一首诗，江南的昏乱，可想而知了。"多尔衮道："我就现在派一支兵下江南，你瞧好不好？"承畴道："吊民伐罪，正在这时光。"范文程道："李闯负固秦中，大军南征，独怕他乘虚东犯。最好出两支兵，一支讨李闯，一支下江南。再于大军所到的地方，先行出贴告示，晓谕绅民中原百姓，晓得我朝已经定鼎，不致再被他人蛊惑了。"多尔衮道："你这主意很好，即刻替我起一个告示底子，刊印它几千张。先派人四方去贴起来。"文程应诺，一时稿子撰就，呈于多尔衮。多尔衮接来一瞧，只见上面写着：

大清国摄政王谕尔绅民知悉：

昔者我国欲尔大明和好，屡致书不答，以致四次深入，期尔悔悟耳！岂意坚执不从，今被流贼所灭，事属既往，不必谕也。且天下者，非一人之天下，有德者居之；军民者，非一人之军民，有德者主之。我今为尔朝雪君父之仇，破釜沉舟，一贼不灭，誓不返辙。所过州县地方，能削发投顺，开城投款，即予爵禄；抗拒不遵，尽行屠戮。有志之士，正干功立业之秋。如有失信，何以服天下乎？顺治元年十月日。

多尔衮道："就这么刻了罢。"一到次日，内阁发出两道上谕，命英亲王阿济格为靖远大将军，吴三桂、耿仲明、尚可喜、孔有德为随征大臣，西讨李闯。豫亲王多铎为定国大将军，大贝勒豪格此时已经升为肃亲王，豪格与固山额真巴哈纳、石廷柱为随征大臣，南下江南。多铎、阿济格见了上谕，急忙入朝谢恩；一面筹备粮饷，简点人马，预备出发。

这日正要升辞请训，随征大臣吴三桂，忽地拜上一扣封折，并有一件附呈的东西。多尔衮阅毕，脸儿顷刻变起色来，站起身向众人道："没有事，散了罢！"说毕，带着内监侍卫,入内去了。一会子,一内监匆匆跑出,传谕道:“王爷叫范内阁、洪内阁进内问话。”文程、承畴答应一声,跟着内监,向内而去。阖朝文武见了这个不测风云,猜不透是祸是福,没一个不忧心惴惴。孔、耿、尚三将,吓得最为利害。探问三桂,三桂笑着说:“没有事。”偏不肯明白说出。有德央求不已。三桂道:“老哥你放心,我总没有恭着你是了。要是能够告诉人家,也不会拜密折了。”众人听了,愈加疑惑。豪格笑道:“你们别上他的当,我知道不会有事的。”阿济格也道:“吴长白很会捣鬼,你们只要事情不做错,尽让他捣他的鬼是了。”此时众文武都各散去,只孔、耿、尚三人,兀立在朝门等候。

有两顿饭时光,只见范、洪两老,一前一后,曲背弯腰的出来。三人忙着迎上。承畴诧异道:“怎么三位还没有退朝?”文程道:“我知道的,必是为了长白密折,道是与自己有什么关系,想要探一个究竟。”随问道:“我猜的错了没有?”有德道:“怎么我们肚子里事情,老先生竟似瞧见了似的。”说着,又陪笑道:“先生既然猜着,可否恳请就告诉了我们?也使我们早点子安了心。”文程道:“告诉你也不值什么,只是我跟王爷讲了好一会子话,身子乏不过了,须得家去歇歇儿,再好说话。你如有暇,停会子过我们家里坐坐,再告诉你罢。或是性急等不得,就问亨九也好。”有德道:“既是老先生身子乏了,我们怎好再惊动。说不得,只得到亨翁先生家去请教了。”承畴笑向文程道:“承情承情,承蒙作荐。”于是,有德等三人,直随承畴到家里。欲知三桂密折,所奏何事,且听下回分解。

第十三回　争旧制使臣抗节　定新仪太后大婚

说话孔、耿、尚三人，跟随承畴到家坐定，问起密折事情。承畴道："那是长白自己的事，旁人不庸问得。长白在本朝，不是已封平西王爵号了么。可笑宏光不识势，忽地又册封他蓟国公起来，叫左懋第送册命给长白。长白又不是傻子，大国的亲王倒不好，反去做小朝廷的国公。他就把宏光册命，原封不动，加一扣密折，奏闻朝廷。"有德道："原来这么一件事，我们瞧了王爷方才那副神情，倒着实的吓一跳。"承畴道："王爷是为别一桩事。现在宏光派左懋第、陈洪范、马绍愉到这里来议和，赍有黄金千两、白银十万、彩币万端，护送吏卒三千名，已到张家湾地界。"有德道："明朝人真也不自量力，到现在时势还有甚和可议，早点子降顺了就完结了。"说着，家人入报内院大学士刚林刚大人请老爷过去，议一件要紧事情。承畴道："知道了！"有德知他们有事，又说了两句话，便丢眼色与耿、尚两人，站起身告辞。承畴道："闲来坐坐！"说着，送将出来，直到仪门而止。送过客，就命套车到刚林府第，议了一会子事。

次日，文程来访，承畴延进书房。文程问起南使的事，承畴道："我想待以属国之礼，南使到时，把他安置在四夷馆就完了。好在英、豫两王的大军，都已出发，这一点子弹丸般的地方，早晚终是大清的。"文程道："叫他们住四夷馆，怕办不到吧？左懋第此番来，宏光叫他办四件事：一、要在天寿山特立园陵，改葬崇祯梓宫；二、只肯割山海外的地于我朝，北京直隶，都要索还；三、每年只肯赠我朝岁币十万；四、国书上只许我朝称可汗，不许称皇帝，使臣觐见要遵照大明会典仪注，不肯屈膝。叫他住四夷馆，你想办得到办不到？"承畴笑道："都是做梦的话，谁耐烦理他！他们还记是万历时光呢，这也不必提他。范老夫子，我告诉你一桩奇怪事情。"文程忙问何事。承畴道："昨日，刚林请我去议事，你道议什么事？"文程道："我又不在场，如何会知道？"承畴道："这刚林真是混帐不过。"说到这里，回头去望了一望，好似怕人听见似的，悄悄道："他说摄政王功高望重，皇太后青春年少，他竟要这么……"说到这里，便附着文程耳朵低低说了两句。随又放声道："范老夫子，这种话也是你我臣下说的么？他竟主张这个，你想他这个人，混帐不混帐？"文程淡然道："我当是什么，原来就是那桩事情，那也犯不着这么大惊小怪。"承畴道："什么话，上天下泽，名分攸关。"文程笑道："亨九，你还记是大明国么？这里是大清国呢！这件事依我说很好。"承畴道："大明大清，礼数总是一般的，我终不敢附和。"文程道："你真是食古不化。风土习尚，各国不同。像这种事，满洲原是很行的。"承畴道："我看就这么混几年也是了，何必正名定分，传流到后世？究竟不是好名儿。"文程道："后世的事情，谁管得？"承畴道："我终是新进，你是老前辈，你既然要这么，我也不便阻挡。"文程见他固执，也不便十分争论，坐了一回，辞着自去。

承畴送过文程叹道："总也算是饱学宿儒，怎么发出来议论，竟这么的荒谬！"忽报摄政王传老爷邸第问话。承畴一面要顶戴,一面叫套车。赶到王府,见门外歇着好几辆车子。径到书房,见范文程、刚林、金之俊都在。多尔衮歪在炕上,正跟文程谈天。承畴见过众人,随在下首椅上坐下。多尔衮向承畴道:“左懋第这个人,真是你们明朝的奇男子。”承畴道:“王爷怎么倒又赏识起他来?”多尔衮道:“他的行事,实是令人钦敬。昨儿到京,我就听你话,叫把他安置在四夷馆。副使陈洪范倒不说什么,他竟大不答应,跟我们再四争办,道理长得要不的。我听到了,随教改馆了鸿胪寺。最奇怪不过,我们遣派官骑迎他,他竟穿着孝服斩缞大经奔丧似的。问他吉礼穿戴凶服什么缘故?他回说国丧家孝,身犯重丧,应穿孝服。我们倒也驳他不倒。今儿刚林到鸿胪寺,责令他朝觐。他援引着旧制,一口咬定是宾主,不是君臣。反复折辩,声色俱厉,我们竟然奈何他不得。问他索取国书,也不肯交,倒把金币交了出来。听说他现在还陈设了祭礼,在鸿胪大厅上,率同来将士,哭祭崇祯皇帝呢!你去想罢,咱们这样的声势,他身入虎穴,竟然视同无物,他这个人利害不利害?”承畴道:“江南虽立,究竟是败亡之余。豫亲王兵势一振,就要灭亡的。我朝应天顺人,恁左某再倔强点子,哪里逆得过天去?”多尔衮道:“话虽如此,左懋第对到明朝,也总算交代得过了。要是做臣子的,个个怀着自便的心思,叫国家还靠谁呢?”承畴一个没意思,两脸涨得通红,坐在旁边,一声儿不言语。多尔衮又询问一回别的政事,闲坐一回,也就散了。

临散时,文程约承畴过宅小酌。承畴不敢推辞,跟随文程到家坐定,文程道:“老亨瞧见王爷神情么?他对你好似有不高兴的样子。”承畴着急道:“王爷不高兴,我还有性命么?但是,我不知哪一桩事,不合他老人家意思,连我自己也不知道。”文程道:“那桩事你不肯附和,刚林回了王爷,王爷就不高兴起来了。”承畴听了,深自懊悔。随道:“那都是我一时固执得不好,往后一切少不得要你老人家替我弥缝呢!”文程道:“那也不值什么,在一朝做官,帮句巴好话,原是同僚们应尽的职分。”承畴谢过,随问:“这件事情谁起的意思?”文程道:“原是上头的主意。只是上头虽有了这个主意,究竟开不得口。是含芳告诉公公,王公公转告刚林的。刚林为你是两朝元老,必定熟悉掌故,巴巴请你去商量。谁料你偏闹起书呆子脾气来,执拗得要不的。谁来与你多言呢。”承畴道:“我真该死!刚林也不好,没有告诉我明白。我要是知道上头意思,也不会执拗了。”文程道:“你还怪他呢!他告诉我,一开口就被你骂得狗血喷头。请问如何还好说明白?”承畴没语,歇了半日,笑道:“也是凑巧,亏得睿邸福晋过世了,不然,这件事如何好办?”文程道:“为了福晋过世,上头才想出这个意思来。”承畴道:“办便办定了,但是从何处入手呢?”文程道:“我早想定了,咱们几个人,聊衔上一个公奏,称说摄政王功轶桓文,德迈周召,我皇上宜报以殊礼。”承畴道:“‘殊礼’两个字,也关不到这件事呢。”文程道:“转下来就说摄政王是皇上的叔父,叔父古称犹父。摄政王待到皇上,不异亲父之待亲儿。王既以子视上,上亦当以父视王。窃谓皇上对王宜事以父礼。千古未有之勋德,非千古未有之典礼,不足酬报。这么一个公奏上去之后,上头批下来,自然是叫王大臣议复。等到议准之后,我们再上第二本公奏,称说父母不可异居。今闻摄政王新赋掉亡,而我皇太后又寡居无偶,秋宫寂寂,诚非我皇上以孝治天下之道。臣等愚昧,窃谓皇上既以父礼事王,宜请父母同宫合居,辰昏定省，以尽天子以孝治天下之至意。这一本公奏一批准，太后大婚典礼，就可以举行了。”承畴不胜佩服，随道：“太后大婚从来没有举行过，历代礼书上，也从没有这个仪注，倒是很为难的一件事情。要简略呢？殊非尊王的道理；要隆崇呢？又没个援引，没个比附，空里空洞，如何拟撰？”文程道：“仪注一层，我已与金之俊商量过，他的意思倒很好。”承畴道：“金岂凡原当了好多年礼部尚书，仪注这一门，肚子里是烂熟不过。但是这回事情是特创的，恁他再熟点子也不相干。”文程道：“他说比照大明会典上，皇帝大婚典礼，再加增一点子就是了。”承畴道：“真是好法子，亏他怎么会想出来的。”此时家人已把酒菜搬出，二人浅斟低酌，谈谈国政，论论文学，直到月上，方才别去。

次日，文程就提本，打头名不用说得是范文程，第二名内阁大学士刚林，第三名宏文馆大学士洪承畴，往下便是礼部尚书金之俊等一般人物了。多尔衮览奏大喜，随批王公、贝勒、六部、九卿议复。这一议，自然总议准的。文程等接着又是一本，奏请父母合居。多尔衮批令群臣再议。议复之后，内阁里就发出一道上谕来，其文道：

> 朕以渺渺之身，托诸兆民之上，抚有夷夏，克绍丕基。内赖皇母皇太后之训迪，外仗皇父摄政王之匡扶，得免陨越。惟是开基建极，皇父功多；而皇父至德让国，谦抑自持。朕衷弥深歉仄。崇德报功，古有明训。况以皇父德迈周召，功轶桓文，诸王贝勒，六部九卿，合辞吁请，佥谓父母不宜异居。孝亲尤贵养志，其言深洽朕怀。谨择于某月某日，恭请皇父母合宫同居，恭行大婚典礼。着鸿胪寺礼部谨敬将事，勿负朕诚心孝奉至意。钦此。

谕旨一下，各宫内监、礼部各官，顿时忙乱起来。

等到大婚这一天，满汉各官，一个个穿着花衣，捧着贺表，上朝称贺。恩旨下来，大赦天下。在京文武，加官一级，无级可加的，进勋阶一级，都给新衔诰命，新得各地方，蠲（juān 免除）免钱粮一年。明人张苍水先生有诗云：

> 上寿称为合卺尊，慈宁宫里烂盈门。
> 春官昨进新仪注，大礼恭逢太后婚。

大婚礼毕，两新人得意，自不必说。从此多尔衮办理国事，越发的尽职。一日接到英王折奏，知道西征军队非常得利，潼关天险已经攻破，阵斩敌将刘芳亮、马世耀，李闯困守西安，势已穷蹙。我军四面围攻，西安城池，旦夕可下。接着南征捷报也到，豫王前锋已经渡过黄河，沿河寨堡，望风归附。明将许定国、李际遇都已遣人约降。多尔衮大喜，随命传旨嘉奖。

过不到几日，英王奏报，西安攻破，李闯南走襄阳，我军两路穷追。传言闯王已被村民击毙，闯众大半投归明总督何腾蛟部下。明朝已封闯妻高氏为忠贞夫人，特为建立牌坊，题着“淑赞中兴”字样。多尔衮笑向臣下道：“明朝怎么再会兴得起！李闯是他的仇人倒待得这么好，真是恩怨颠倒。”说着时，豫王封奏也到。拆开一瞧，多尔衮皱眉道：“史可法竟这么利害，事情就难办了。”随问文程道：“范老，你看还有法子没有？”文程接来一看，见奏折上称说：“南中节节设防，前进颇非容易。阁部史可法，驻节在清江浦，总兵官王允成镇守岳州，黄得功镇守庐州，刘良佐镇守黄州，刘泽清镇守淮安，高杰镇守徐州。湖南湖北，又有何腾蛟、左良玉两支重兵，守得宛如铜墙铁壁，急切极难进取”等语，随回道：“江南派来的使臣左懋第、陈洪范、马绍愉，软禁多日，毫无降意。依臣愚见，不如纵放他们回去。江南见使臣归国，只道我朝有讲和的意思，防守自必然松懈一点子。那时趁势进兵，就可以得手了。”多尔衮道：“很好！”随传下上谕，命释放明使回南，内监传旨去讫。

忽报礼部尚书金之俊进来请安。多尔衮点点头，掌礼太监引进金之俊。之俊请过双安，多尔衮叫他坐下。之俊道：“故明长平公主有一本奏折，托臣代递。微臣不敢冒昧，先请请王爷的旨意。”多尔衮道：“这长平公主，不就是崇祯的女孩子么？之俊应了一声“是。”多尔衮道：“这个孩子，怪可怜儿的。她老子殉国时，怕她遭贼子污辱，把她连斫了两剑。可怜一个娇生惯养花朵儿似的公主，就此昏绝于地。那时亏了尚衣太监何新，把她救醒。她还说父皇赐我死，如何敢偷生？你们想想，到这当儿，她还说这些话，这个孩子孝顺不孝顺！知礼不知礼！何太监把她背负到嘉定伯府里躲避，贼众搜着了，也不敢污辱。咱们进了京，听到这件事，就叫把袁贵妃居宅，收拾了给她居住，又叫内务府按月送她花粉，资赡养她。”之俊道：“这都是圣庙的厚泽深仁。”多尔衮道：“说什么深仁厚泽，我不过可怜这个孩子罢了。你想也是个金枝玉叶，何等娇贵！现在弄得国破家亡，凄惨不凄惨？”随问这孩子奏的是什么事。之俊把本章呈上。多尔衮接来一瞧，见上写着：

> 九死臣妾，局蹐（jú jí 形容畏缩不安）高天。
> 愿髡缁（kūn zǐ 指剃去黑发）空门，稍伸罔极……

瞧到这里，就不高兴再瞧下去了，摇头道：“这孩子也真淘气，竟要作姑子去。”随问文程道：“范老，你看如何处置？”文程道：“王爷既然疼她，不妨就把她收了。”多尔衮听了，顿时变色道：“这是什么话！这也是你说的话吗？我疼她，我可并没有别的意思。金之俊，你就传我旨意，不准她出家。你给我访寻她旧配的驸马，访到了我另有旨意。之俊道：“回王爷，崇祯在时，长平公主原许了周显的。因为那时乱不过，没有成婚。现在周显恰在京里，不用找得。”多尔衮道：“那就好了。你就传旨周显，叫他依旧尚主。土由、邸第、金钱、车马，凡是会典上有的，回明我照例赐予，不得丝毫缺少。”金之俊应了几声“是！”自去照例办理。

这长平公主成婚后，终朝涕泣。挨到一年多，究竟哀伤成病而卒。这是后话。

却说宏文馆大学士洪承畴，听报释放明使南旋，大吃一惊，慌忙来见多尔衮。一见面就道：“王爷把明国使臣都释放了么？事情可就坏了。”多尔衮倒也一吓，忙问何故。承畴道：“这三个人里头，要算陈洪范最来的乖，左懋第最来的傻。洪范已经与臣背地里约好，情愿只身回去，说令南中诸将刘泽清、刘良佐等，献地归降。现在王爷把左懋第、马绍愉一同放了，他如何还能够行事？再者左懋第在这里住了几时，咱们的情形，他都知晓。这番回去，定然报给江南人知道。一知道虚实，就本来要降顺的，也要变了志愿。”多尔衮道：“这都是范老的主意，我上了他的当真不浅。没有你这一番话，几乎不误了我事情呢？”随道：“亨九，你替我派两个得力人员，快快追上去，无论如何，总要追上才歇。”承畴道：“追上了如何处置？”多尔衮道：“左、马两人，依旧押解回来，单放陈洪范一个儿回去。”承畴应诺，自去差办。多尔衷心中好生不快，歪在炕上出神。

忽报范阁老进来，多尔衮只当没有听得。此时文程已经跨进门，多尔衮虽也招呼着，只是淡淡的，没有起先那么亲热。文程道：“有一件事，好叫王爷得知。明朝的天启皇后，流落在乡间，里正报了县里，县里申报了府尹。听说李闯进宫时光，天启皇后第一个投降；李闯逃走之后，她又跟了个无赖少年，逃往乡间过活。现在带出去的金银珠宝通通用光，穷得要不的，才告诉里正，说自己是先朝皇后。”多尔衮正在没好出气，随道：“这种皇后，明朝的脸不给她丢尽了吗？真是混帐不过的东西！”文程道：“后来臣一打听，晓得这皇后是假冒的。天启皇后破城时早已殉国了。这假皇后原是魏忠贤养女，娘家姓任，宫里头都称她做任妃。”多尔衮道：“真的假的谁耐烦管她，她这种没廉耻东西，留在世界上白现世。你就传我旨意，把她赐死完结。”文程应了两个“是，是。”才待要走，多尔衮道：“老范你昨儿出得很好的主意，我几乎上你的大当。”文程听说大惊。欲知如何回答，且待下面再讲。

第十四回　清君侧左帅称兵　绍大统唐王监国

话说文程见多尔衮大有不高兴意思，连忙请一个安道："老臣有甚不到之处，万望王爷教训。"多尔衮道："你是三朝元老，还用我教训么？"随把承畴的话述了一遍。文程忙着谢过。早有人把文程碰钉子事情告知承畴。承畴万分过意不去，亲到文程家里慰问。文程却毫不在意，倒向承畴道："在一朝上做官，要是各存了意见，如何还好办事？亨九，我望你千万别存在心上才好。"几句落落大方的话，说得承畴十分佩服。文程又问："明使可曾追上？"承畴道："追上的，他们已经行到沧洲地界了。现在单于陈洪范一个儿同去，那两个却安置在太医院。"文程点点头，随道："我才得着一个喜信，因为王爷已经进宫，不便惊动，没有奏报得。"承畴道："敢是南征大军打了胜仗么？"文程道："却也差不多！兴平伯高杰不是他国一员虎将么？"承畴道："不错。高杰部下，都是关陕健儿，明朝四镇，要算他最强呢。豫王派人招他好多回，他都是严辞拒绝。其决绝书有杰猥以菲劣奉旨堵河，不揣绵力，急欲会合劲旅，分道入秦，歼逆成之首。哭奠先堂，则杰之忠血已尽，能事已毕，便当披发入山，不与世间事。一腔积愤，无由面质等语，真是个强项东西。"文程道："恁他再强项也不中用了。睢州总兵许定国，已把高杰用计诱杀，投降了我朝。"承畴道："几时的话？"文程道："才得的消息。"承畴道："豫邸有奏报来么？"文程道："奏报还没有。"承畴道："确不确，奏报一到，就知道了。"

说着，家人递进一封探报。文程拆开一瞧，不觉喜形于色，笑向承畴道："亨九，你瞧了，江南这地方，不久就是咱们大清国的了。"承畴接来一瞧，见上写着"探得南京新起一桩奇案，是为北来太子事情。该太子本在杭州，由鸿胪寺少卿高梦箕密奏，宏光派人迎到南京。先安置在兴善寺，旅勇卫营兵五百名保护。夜半忽然饬移大内，又忽然饬交锦衣卫。说是假冒的。三法司连日审问，不得要领。舆论籍籍，都道宏光君臣，灭绝伦理。有乘夜题诗皇城，为太子呼冤者，其辞道：

百神护跸贼中来，会见前星闭后开。
海上扶苏原未死，狱中病危已奚猜？
安危定自关宗社，忠义何曾到鼎台。
烈烈大行何处遇，普天同向棘圜哀。

史可法、何腾蛟、袁继咸、左良玉、黄得功、刘良佐各文武，都抗疏争辩，宏光都置之不理。逆料南中，不日必有乱事发现"等语，承畴看完笑道："果然是好机会。"当下散去。

次日上朝，文程便把探报上事情，奏知多尔衮。恰好豫王封奏也到，所言大略相同。多尔衮批下朱谕，饬定国大将军豫亲王相机进取。过不下半月，传来消息，都说左良玉借入清君侧为名,已经举兵东下,宏光君臣,慌得要不的。多尔衮询问范文程,文程道:“外面都是这么传说。但是派往南中的探报,还没有信来,豫王也没有奏报。”多尔衮道:“这么大的事情,谣言想总不会的。”文程道:“臣也是这么想着。”

当下退朝回家,门上报说礼部金大人来过两回,不知有什么事。文程道:“金大人讲什么没有?”家人道:“没有。”一个家人指道:“那不是金大人车子吗?”文程回头,见金之俊已在那里下车了。于是迎着一同进内。之俊道:“南中乱得要不的,左良玉反了,老前辈知道没有?”文程道:“略有点子风闻,怕不确么。之俊道:“确得很。我新从谢升那里抄得良玉起兵檄文在此,老前辈一瞧就知道了。”说毕,就把檄文呈上。文程接来一瞧,只见上写道:

盖闻大义之垂,炳也星日,无礼之逐,严于鹰鹯。天地有至公,臣民不可罔也。奸臣马士英,根原赤身,种类蓝面。昔冒九死之罪,业已侪妾作奴,屠发为僧,重荷三代之恩。徒尔狐窟白门,狼吞泗上,会当国家多难之日,侈言拥戴劝进之功。以今上历数之归,为私家携赠之物。窃弄威福,炀蔽聪明,持兵力以胁人,致天子闭目拱手。张伪旨以詟俗,俾臣民重足寒心。本为报仇而立君,乃事事与先帝为仇,不止矫诬圣德。初因民愿而择主,乃事事拂兆民之愿何由奠丽民。生幻蜃蔽,妖蟆障日,卖官必先姻娅。试看七十老囚,三木败类,居然节钺监军,渔色罔识君亲,托言六宫备选,二八红颜,变为桑间濮上。苏、松、常、镇,横征之使肆行,携李会稽,妙选之音日下。江南无夜安之枕,言马家便尔杀人。北斗有朝彗之星,谓英君实应图谶。除诰命赠荫之余无朝政,自私怨旧仇而外无功能。类此之为,何其亟也?而乃冰山发焰,鳄水兴波,群小充斥于朝端,贤良窜逐于崖谷。同已者性侔豺虎,行列猪狗,如阮大铖、张孙振、袁宏勋数十巨憝,皆引之为羽翼,以张杀人媚人之赤帜。异已者德并苏黄,才侔房杜,如刘宗周、姜曰广、高宏图,敌十大贤,皆诬之为明党以快,如虺如蛇之狼心。道路有口,空怜职方,如狗都督满街之谣,神明难期。最痛立君,由我杀人,何妨之句。呜呼!江汉长流,潇湘尽竹,罄此之罪,岂有极欤!若鲍鱼蓄而日膻,若木火重而愈烈。放崔魏之瘈狗,遽敢灭伦;收闯献之猕猴,教以升木。用腹心出镇,太尉朱泚之故智,殆有甚焉。募死士入宫,宇文化及之所为,人人而知之矣。是诚河山为之削色,日月倏焉无光,又况皇嗣幽囚,列祖怨恫?海内怀恩之人,谁不愿食其肉;敌国响风之士,咸思操盾其家。本藩先帝旧臣,招讨重任,频年痛心疾首,愿为鼎边鸡犬以无从。此日履地戴天,誓与君侧豺狼而并命。在昔陶八州靖石头之难,大义于今,迄乎韩蕲王除苗氏之奸,臣职如斯乃尽,是用厉兵秣马,讨罪兴师。当郑畋讨贼之军,意裴度蔽邪之语,谓朝中奸党尽去,则诸贼不讨自平。倘左右凶恶未除,则河北虽平无用。三军之士,戮力同仇,申明仁义之声闻。首严焚戮之隐祸,不敢妄杀一人,以伤天心;不敢荒忽一日,以忘王室。义旗所指,正明为人臣子不忘君父之心,天意中兴,必有间世。英灵扶翼皇明之运，泣告先帝，揭此心肝，愿斩贼臣之首，以复九京，还取阮奴之党，以报四望。倘惑于邪说，诖误流言，或听奸臣之指挥，或树义兵之仇敌，本藩于一腔热血，郁为轮囷离奇，势必百万雄兵，化作蛟螭妖孽。玉石俱焚之祸，近在目前。水火无情，追维心痛，敬告苦衷，愿言共事。呜呼！朝无正直，谁斥李林甫之奸；国有同心，内怀郑虎臣之志。我祖宗三百年养士之德，岂其决裂于佥壬。大明朝十五国忠义之心，正宜暴白于魂魄，速张殪虎之威，勿作逋猿之薮。燃董卓之腹，膏溢三旬，籍元载之厨，椒盈八百。国人尽快，中外甘心。谨檄。

文程瞧毕，随道："良玉手下，约有近百万兵马，这一下子，明朝就要吃不住了。之俊道："听说左兵从汉口起，直到蕲州。艨艟战舰，接接连连，共有三百多里路长短。马士英吓得要不的，急命阮大铖、刘孔昭会同黄得功，趋赴上江堵御，一面又撤掉淮扬的守备，把刘良佐、刘泽清尽调到南京来。史可法连疏告警，称说我朝兵势。朝中各官，也有主张不撤江北守备的，都被马士英一顿骂退。说道：'你们东林党，要连同左逆一起造反么？我姓马的，若死在左逆手里，情愿死在清兵手里。老实说，清兵到城下，还可以议和；左逆一到，你们人人都畅心遂意，只我与皇上倒糟罢了。'因此史可法在清江浦，一个儿干着急呢！"文程道："岂凡怎么晓得这一般详细？"之俊道："晚辈有一个同年，在南京做官，时常通信，所以消息还算灵捷。"文程道："贵同年是谁？何不索性招他降了本朝呢？之俊道："我这同年，终要降顺的，不过迟早一点子罢了。他姓钱，名叫谦益，点将录上，称为天巧星浪子钱谦益的便是。此人虽也托名东林，其实于富负功名，很是热中的。他的如夫人柳如是，原是中吴才妓。此番阮大铖起复，他为见好士英起见，将在家里设着盛筵，请大铖喝酒，就叫柳如是奉觞上寿。大铖赠以珠冠一顶。时人有诗讽刺他这事，其词道：

才人末路肠偏热，倩女欢场酒最腥。
博得金冠玻一顶，伽夫座上醉初醒。

文程道："原来就是钱谦益，此人很有点子虚名，怎么这么的不要脸！"当下散去。

次日，文程把南中内乱事情，回明多尔衮。多尔衮就叫拟旨，催促豫王进兵。拟好圣旨，才待要发，豫王捷报递到，颍州、太和、盱眙、泗州、亳州、淮安六七座城池，都已攻克，招降明将无算。现方围攻扬州，为规取江南计划。多尔衮大喜，从此红旗捷报，络绎不绝。今天报称扬州攻破，敌帅史可法殉节；明日报称瓜州克取，大军结筏渡江，南京文武献城投降，宏光出走太平。正是人心助满，天意兴清。疾雷乘破竹之威，投鞭断水；克日下坚城之保，击楫渡江。可怜限带如衣，莫禁胡军北渡；纵教使船如马，漫夸天堑长江。难醒沉醉福人，连宵羯鼓；销尽金陵王气，一片降幡。

多尔衮连接收到捷报，欢喜异常。向臣下道："如今南北成了一家了。豫亲王辛苦了一趟，也该叫他回来歇歇了。"承畴道："我看豫王还回不来呢。南京虽得，苏、松、常、镇、杭、绍、嘉、湖还不很平靖。宏光逃在外面,也不是个了局。如果召回了豫王,这善后事情,叫谁办去?”多尔衮向文程道:“此论如何?”文程道:“江南虽下,究竟是迫于兵势。豫王一召回,保不住那边生出什么枝节来,那可就费事了。依臣愚见,非但不召他回来,还应派几个人去,帮他办事。”多尔衮道:“这是什么缘故?”文程道:“苏州杨文骢、松江陈子龙,都已起兵拒守。那杨文骢,倒也罢了。陈子龙手下有一位谋士,姓陆,名庆臻,崇祯壬午举人,是陆文定公树声的后裔,此人很有点子干略,倒不能不防他一下子。再者江西、湖广各地方,军书还没有一轨,放着不管,终是朝廷大患。”多尔衮道:“依你便怎么?”文程道:“最好王爷降下两道旨意,叫豫亲王专管军务,苏浙等处有抗拒天兵的,得以便宜剿抚。李闯既死,湖广、江西一带,就命英亲王相机办理。再派一员大臣,到南京去专办善后事宜。似这么纲举目张,办理起来,天下就好平定了。”多尔衮道:“都依你。我就派你南京去,你可肯?”文程道:“王爷恩命,臣原不敢推辞。只是南中情形,臣没有亨九熟悉。”多尔衮点点头,当下就依文程所奏,一一传旨去讫。

过不多几时,英王奏报,左良玉已死,其子梦庚投顺;江西、湖广悉平。豫王奏报,苏、杭一带,都已削平;潞王朱常淓已降,宏光帝也已擒获。多尔衮下旨,令英、豫二王班师回京。范文程、金之俊等一班文臣,忙着撰颂辞,上贺表,干那粉饰升平勾当。正在兴头,忽报唐王朱聿键已在福州监国。鲁王朱以海已在宁波监国。多尔衮皱眉道:“像这个样子闹下去,几时能够平靖呢?之俊道:“怕是谣言吧。”多尔衮道:“哪里就是谣言。现有凭据你拿去瞧!”说着,掷下一张纸来。之俊接来一瞧,见是福州监国谕,其辞道:

> 孤闻汉室再坠大统,犹击人心;唐宗三失长安,不改旧物,岂其风俗醇固,不忘累世之泽哉。亦其忠义感愤,豪杰相激使之。然也,孤少遭多难,勉事诗书,长痛妖氛,遂亲戎旅,亦以我太祖驱除群雄,功在百姓。而勍敌鸷然,睥睨神器。为子孙者,诚不忍守文自命,坐视其陵迟也。二十年来,狂寇荐警,警未尝兼味而食。重席而处,北方二载,两京继陷。天下藩服,委身奔窜。孤中夜卧起,垂涕纵横。诚得少康一旅之师,周平晋郑之助,躬率天下,以授彤弓,岂板荡哉?今辛南安芝龙、定卤鸿逵二大将军,志切恢复,共赋无衣。一二文臣,以春陵琅琊之义,过相推戴。登坛读誓,感动路人。呜呼!昔光武昭烈,皆起布衣,躬承旧业。况今神器乍倾,天命未改。孤以藩服,感愤间关。逢诸豪杰,应即投袂。知明赫之际,神人叶谟,上天所眷,顾我太祖,绍其子孙,犹未艾也。书曰:与治同道,罔不兴。传曰:多助之至,天下顺之,得道者多助。自闰六月初二日,监国伊始,一切民间利病,许贤达条陈,孤将悉与维新,总其道揆,副海内喁喁之意焉。

金之俊瞧毕,随道:“圣朝定鼎,日月维新,这种故明藩服,不过是电光石火,就要灭绝的,王爷正不必为此烦恼。”多尔衮道:“一个宏光,费掉了国家几许钱粮兵马。一个才办掉,经不起又兴起两个来,讨厌不讨厌?”文程道:“开创原不是容易事情,太易了,子孙也要轻视的。想老臣初投太祖，那时国家只有宁古塔一块地方。自太祖到太宗，太宗到今上，不知开拓了几多倍数了。王爷是最圣明的，咱们那时的国势，尚且盛旺，到这会子，难道现在的国势，倒并不掉这个残明的庶孽？必是天心忌满，太祖太宗在天之灵，或者要借这两个残明庶孽，惊惊咱们，也说不定呢！”多尔衮不乐道：“照你这么说，必是我做子孙的干了什么不正经事情，才烦在天的二位圣人警戒了！”文程见多尔衮动了疑，慌忙辩道：“老臣所讲是指着万世，并没有指着现在。”多尔衮道：“指万世也罢，指现在也罢，只是这唐、鲁二藩，总要想个法儿，把他办掉才好。”文程道：“那总要慢慢再想法子，求治太急，也非治平之理。”多尔衮道：“你不要怪我，你不晓得皇太后望治的心比谁还要急，叫我又怎样呢！”众人见了他这个样子，要笑又不敢笑，只得说了几句附和的话，各自散去。

又过几日，两支凯旋军先后到京。金之俊暗自捏着把汗，暗忖英、豫二王都是天潢贵胄，手里又都掌着重兵，太后大婚的事，要是究问起来，定然闹出大大的乱子。于是天天到英、豫两邸，探问消息，倒也探听不出什么。一日，不知为了件什么事，特去拜会文程，商议处置。文程说起皇太后跟摄政王大拌嘴，昨晚摄政王归村歇宿，太后整整哭了一夜呢。之俊诧道：“他们两口子，一竟很恩爱的，怎么忽地拌起嘴来？”文程道：“这事说起来都由豫王而起，现在闹大了，他倒走开不管。含芳等都是奴才，劝也不中用。你我是外臣，越发不中用了。所以我才在豫邸，把豫王爷着实埋怨了几句。解铃还是系铃人，依旧叫他去和解，他倒也听我话去了。之俊听了，茫无头绪。欲知究系何事，且听下回分解。

第十五回　平江南豫王获美妇　题邮壁宫女感黍离

话说之俊听了文程的话，很是不明白，再三请教。文程道："豫亲王这回平江南，获着两个美妇：一个叫刘三季，原是富室孤孀，豫王自己收了；一个叫宋蕙湘，原是宏光的宫女。这两个女子，不但模样儿长得俊，文才也很过得去。之俊道："女子的文才，老前辈怎么倒也知道？"文程随在抽屉中取出两张有字的纸，向之俊道："你一瞧就知道了。之俊接来一看，见是一封家书，上写着：

母示付珍儿知悉：

我生不辰，叠罹险难。向日送尔河干，竟成长别，痛何可言！自七兽肆毒，掳我往松，幸叨假母慈复，寝食相依，且许送我归虞，令母子完聚。不期挂名眷籍，候遣省中，忽又送入掖庭，竟如坠崖之人，不能奋飞。嗟乎，珍儿！汝母至此，尚能隐忍以求活哉！所以苟延残喘，累遭窘折而不死者，尝与张媪言，汝是我一点血脉，若不相闻问，而泯泯以死，使汝抱无涯之戚也。前在松江，惊闻直塘一带，村落尽被兵燹，想七兽未遂所欲，故又发纵指使，以势而揣。汝家亦为破巢之卵，然究竟是真是假，尚不免将信将疑。今吾书至而汝有手书来，则吾知汝之幸不死于七兽也；吾书至而汝若无手书来，则吾知汝之不幸而竟死于七兽也。其生其死，决于片楮，专睇归鸿，自我愁思，若夫茕茕嫠妇，给事掖庭，凡所慰计，皆所素审。彼若辱我下陈，使以鞭棰，非口唾其面，即头撞其胸，虽粉吾骨不惧也。吾秉性高抗，不肯下人，拚却一死，彼且奈我何！珍儿珍儿，无为我虑。

随问："谁的家书，写得这么凄楚？"文程道："文笔还过得去么？之俊道："至性至情的话，一字一泪，一泪一血，还有什么说呢。"文程道："那一张儿，你也瞧瞧。之俊又瞧那一张，见是两首七绝：

风动江空羯鼓催，降旗飘飐凤城开。
将军战死君王系，薄命红颜马上来。
广陌黄尘暗鬓鸦，北风吹面落铅华。
可怜夜月箜篌引，几度穹庐伴暮笳。

文程道："你可都瞧见了，那封家书，就是刘三季写给她女孩子的；两首七绝，是宋蕙湘在客舍里头题壁之作。之俊道："那真奇怪不过。"文程道："什么奇怪？之俊道："可见得国家龙兴，良非偶然。从来圣人御宇，不有物瑞，必有人瑞，如祥麟、瑞凤、甘露、灵芝各种东西，都是物瑞。本朝龙兴辽沈，太祖太宗两代圣人的德化，超轶唐虞三代。所以天地灵秀之气，不钟于物，独钟于人；不钟于男子，独钟于女子。不然，开国以来，出现的几个女子，怎么都是往古来今有独无偶的呢。第一个当今皇太后，不用说得，是女中尧舜；平西王吴邸的陈夫人，又是个无双国色，吴邸不为她，如何肯向本朝借兵？现在这刘三季、宋蕙湘都是美才，都是殊色，又都被豫邸搜罗着。老前辈你想罢，这不是人瑞是什么？”文程笑道：“不过为本朝开国，平添一段佳话罢了。定说他是瑞，也未免过泥了。”之俊道：“皇太后与摄政王反目，倒底为点子什么？”文程道：“这回削平江南得着两个美女，豫王回京，就把宋蕙湘送了摄政王，不知怎样被皇太后知道了，大大的不答应。摄政王赌气，索性回邸歇宿，因此闹大了。皇太后大骂他短命没良心子，竟要他归政，叫皇上自己亲政。现在豫亲王等一众亲王贝勒，都在两面和解，不知和的下和不下？”之俊道：“这件事，论起来豫亲王也有几分错。既然得着了，何不两个都收了，何必拿来送人，闹出这种事情来。”文程道：“你不晓得这新福晋也很利害呢。豫王见她很有点子忌惮。之俊道：“这刘三季竟然升作福晋么？”文程道：“自然是福晋。”

原来这刘三季，是虞邑任阳人氏，诗书门第，礼乐家声，祖代一竟是业儒的。三季自小聪明，六岁上没了母亲，自己即会得装束。老子教她念书，过目了了，作诗学文，都很过得去。到十岁上，老子又没了，倚着兄嫂度日。他两个哥哥：大的名叫赓虞，规行矩步，是个正人君子，小的名叫肇周，却是深明世故之人。两兄待遇三季，倒都十分怜爱。三季年才垂髫，她聪明标致的声名儿，早已轰传四远。附近数十村庄，没有一人不知道她是国色。更有一桩奇异处，这三季非但貌样儿俏俊，性情儿聪明，并且很有杀伐决断，人家办不了的事，告诉她，经她一句话，就断得三面都平服。差不多把世界上女子所有的好处，都占全了。因此小小年纪，已经帮着两嫂，摒挡家政，治得井井有条。有个黄亮功，是虞邑的首富，胸无点墨，库满金银，年纪已有四十开来。闻得三季多才美貌，托人前来关说，要娶为继室。赓虞不答应，把媒人骂了一顿。肇周倒极力劝合，说姓黄的很有几个钱，这头亲事，错过很为可惜。赓虞固执不从，只得搁了下来。

事有凑巧，这一年，忽地得着一个谣言，说朝廷派使到江浙地方，采选民女。城镇村坊，有女之家，吓得赶忙办嫁娶，老少妍（yán 美丽）媸（chī 貌丑）贫富贵贱，不知错配了多少姻缘。恰恰赓虞又在山左作幕，肇周趁这当儿，就把三季配嫁了黄亮功。等到赓虞回家，生米已成熟饭，没法可想。三季见亮功年老态俗，心里很是郁郁。过了一年，生下一个女孩子，三季喜欢道：‘这孩子就是我的掌上珍珠’，因取名叫珍儿，怜爱备至。肇周的儿子刘七，因为亮功没有子嗣，终年寄育在黄家。三季初意，刘七有出息，想就把珍儿配给他，接续黄姓一脉。哪里知道刘七是个不长进东西，一味的好勇斗狠，每日跟着乡间无赖，东游西荡，一点子正事也不干。三季骂了他几回，只是不改。索性气出肚皮外，不去管他。把珍儿许给了直塘钱姓。那女婿温文尔雅，异常的讨人欢喜。三季做主，索性招赘了家来。刘七知道没甚想头，无赖的比前愈甚。三季恨极，发狠把他撵了出去。

这年黄亮功病故，刘七穿着孝服，执着哭杖，到柩前号哭，硬欲索分遗产。三季喊集家人,把刘七捆缚了,摔出门去。刘七怨恨填胸,大喊:“不报此仇,我不姓刘。不报此仇,我不姓刘。”过了几天,刘七果然领了许多无赖,涂脸执仗,前来抢劫。亏得防备严密,不曾损失什么。

跌一交,长一智。三季怕他再生出别的事来,忙与珍儿商议,搬家直塘去,避避风潮,就叫珍儿住在直塘,专管收入事宜。自己住在家里,专管发出事宜。细自金银珠宝,首饰衣服,粗至台凳椅桌,动用杂物,搬了五天工夫。粗粗完毕,正拟次日起身,到直塘去过安乐日子,哪里知道不情风浪,就在这夜里发起来。高杰部将李成栋新降清国,仗着新朝威望,纵兵大掠,所过城邑,无不残破。有一会子,掳着妇女十多船,路经嘉定,被嘉定乡民一把火烧了个完结。成栋恨极,立誓掠尽吴中美女,为报偿地步。接着攻破松江,就占据绅富大宅,把掳掠所得各妇女,都安置在里头。豫王发下将令,叫成栋率领本部,规取两粤。成栋临走,命心腹将率旗兵千人留守松江,其实全为保护妇女起见。

这时候,刘七恰投在旗下,当一名走卒,因说守将劫取任阳黄姓,自己愿充乡导。守将大喜,就派一名裨将,率兵五百,跟随刘七前往。三季正与佣妇张媪,在空屋里,秉烛闲坐,讲说家常。忽然炮声震天,墙坍壁倒,只见数百名拖辫子的强盗,照着灯球火把,执着剑戟刀枪,蜂拥而入。为首一个小子,剃得精光的头,拖着很长的辫,正是刘七。三季大惊。只见刘七冷笑道:“好姑妈,你今儿才认得你侄儿了。”一句话不曾讲完,早见一片声喊刘七。一个兵跑进来恶狠狠的向刘七道:“老爷问你话,怎么楼上下都是空的,一所空宅子。你诳老爷是首富,现在老爷唤你,你自己去回。”刘七惊得面如土色,指了三季,向那兵道:“哥,她就是主人,只要问她。我可不敢说谎。”于是拥了三季见裨将。裨将见三季淡妆素服,丰神逸秀,恍若神仙,向众卒道:“这是菩萨人儿呢!亏有了这个,不然,怎样回主将呢?”众卒道:“这厮劳我们白跑一趟,可恶得很,求老爷怎样治他一下子。”裨将道:“那我自有法子,你们先把菩萨人儿送到城里去。”众卒簇拥三季要行,张媪喊道:“要去须一块儿去,那是我多年老主人呢。”裨将叹道:“这老婆子,不过是个佣妇,就这么的义气。刘七这厮关系着血脉,总算是姑侄,倒这么的无良心。弟兄们,护着这主仆两个去罢!好好儿休吓着她们。”众卒答应一声,簇拥三季主仆而去。这里裨将喝骂了刘七一顿,叫把他捆缚了丢在空屋里头,临走一把火,连人连屋烧了个精光。

却说众卒拥三季到松江,守将见她貌美,笑向部下道:“那总要李帅才有福消受她,我如何配呢?”遂把三季主仆,安置在大宅子里头,每天好饭好菜地供养。这所大宅子里,掳来的妇女,共有二三百名,同业相嫉,同病相怜。众妇女同在难中,自然互相怜爱,三季思儿念婿,每日伤心哭泣,众妇女都来解劝。宅里有个老婆子,众人都喊她做妈妈的,是成栋雇来监察众妇女的。对待三季,格外假慈悲,常用好言慰劝三季。三季身在藩笼,有力没处使,只得且住为佳。

一日,饭后没事,三季与几个同难妇女小坐闲话。忽见那个唤作妈妈的,急匆匆进来,向众人道:“不好了,我们老爷坏了事,南京王爷令旨到来,查抄家产。所有本家眷属,都要提到南京去,听候本旗发遣。”接着,两个佣妇喘吁吁奔入,报说:“胡老爷进来提人了。姑娘们快快收拾收拾，怕就要动身呢。”就见一个蓝顶花翎的官儿，带着十多个兵役，大踏步进来，向众人瞧了一瞧，问道：“都在这儿么？”那个唤作妈妈的，就陪着笑回道：“胡老爷，本府女眷一总三百一十七名。”胡老爷就问有册籍没有。那妈妈笑回没有。胡老爷就命点名儿造册。那妈妈笑应两个“是”，于是就点起名来。胡老爷坐在中间，那妈妈侍立唱名。胡老爷逐一打量过，然后登记入册。点过的，站在东边；没有点过的，站在西边。姓名、籍贯、年岁、相貌，通通记上，载得异常详细。点毕，押下楼船，联帆并楫，直向南京进发。

江天万里，春色满舟。风又顺，船又轻，不消五七天，早已行到。船到南京，先差人上岸回过。霎时差官下船，传王爷令旨，李逆家眷发交黑都统承管，胡老爷诺诺应命。差官去后，胡老爷向众人道：“我带你们黑都统那里交割去。”众人道：“我们都是好人家眷属，你们这起鞑子，把我们掳到松江，养在一个宅子里，又用船载到这里来，这会子又叫我们去见什么黑都统白都统，到底安着什么心？要把我们怎样？”胡老爷笑道：“原来你们都蒙在鼓里。实对你们说了罢，你们都是李成栋家眷，头里掳掠你们的想必就是李成栋，不干我们的事。现在李成栋叛了大清，投了明朝了。豫王爷发怒，叫查抄他家产，家眷提到南京听候本旗发遣。”众人听了，方才明白。于是跟随胡老爷到都统府。门上回过，传出话来，都统今日没暇，叫胡老爷带他们马棚里歇一夜再问。胡老爷皱眉道：“马棚里肮脏得很，那所在如何好歇人？”门上道：“脏也罢，洁也罢，都统这么吩咐呢。”胡老爷忙应道：“是是，大爷讲的是。我引她们那边去是了。”门上听了，才不言语。

胡老爷回向众人道：“跟我来！”说着，举步先走，众人只得跟随上去。转了三五个弯，约摸已到署后，胡老爷站住身，道：“到了。”众人抬头，见两扇破败不堪的门儿，一扇倒了，一扇还支撑着，那木头露着枯灰颜色，好似表现自己久历风霜的样子。跨进门是一所荒园，颓垣破井，满地都是蓬莱。墙上的枯藤儿，兜着风兀自吱吱怪叫。那边十来间马棚子，门窗都没有，不过几根木头，撑着个屋面，刮着风摇摇欲坠。众人哭道：“这地方怎么好住人？”胡老爷道：“黑都统将令，谁敢驳回。好在我也陪你们在一块儿，不见得你们是性命，我不是性命。”众人无话，只得同到马棚里，见满地都是马粪，又没个凳子，风又大，烟尘瓦灰，纷纷下坠。众人脚又小，身子又乏，站在这地方，真是其苦万状。三季扶了张媪整整哭泣一夜。

好容易挨到天明。两个当差的慌忙奔入，传说：“王府总管老奶奶来了。胡老快快伺候，总管老奶奶奉王爷令旨选人呢。”说着时，总管老奶奶已带了一群媳妇儿、小丫头进来了。胡老爷慌忙迎接，打千儿伺候。老奶奶叫把众妇女分做了十排，一排一排挨着验看，选中的留着，选不中的留交本旗赏人。那老奶奶年纪虽高，精神倒好，评头品足，很是不嫌烦琐。选了大半天，选中三十名。小丫头子捧上点心，老奶奶吃过，重新查看一遍。这个太高，那个太矮，又挑去了一半，只剩得十多个人。于是叫小丫头拿眼镜来戴上，把这十多个人，唤到面前，细细地瞧，皮肤、头发、眉毛、眼睛、口鼻、指臂，没一处不验到，又隔衣扪乳，验其高低，只要些微不称，马上就剔掉。选到后来，只中得五个人。于是把这五个人引到一间很精致的房间里，倒上上好的茶，供上极精的点心，殷勤问讯，再验其声音。内有一人，发音微涩，老奶奶又叫剔去。一总选中得四个人，刘三季恰恰选在里头。老奶奶笑道："你们好福气，都是王府里人儿了。我已叫黑都统传办轿子，你们有底下人，不妨带进府去。"众人都不理会，三季听了，郁忿交加，心里一气，苦眼泪便似断线珍珠直滚下来。老奶奶道："哭什么，停会子见了王爷，管叫你欢喜。"说着时，当差的回说轿子齐了，请老奶奶示下。老奶奶道："齐了就走，还候什么？"于是都上了轿。

张媪跟着三季轿子，直到王府下轿。老奶奶进内回报。三季执住张媪手道："我一个寡妇家，受尽千羞万辱，不过想跟珍儿见一个面。现在到这个地方，想来要见她面，是不能够的了，我也只好死了。"说到这里，心里一酸，眼泪直流下来。张媪也陪着掉眼泪。主仆两个，正在抱头暗泣，老奶奶早出来传话道："王爷叫呢，你们快随我进来。"随又嘱咐道："你们初到府，不知道规矩，我来教导你们：见了王爷，是要磕头的。叫你们起来，就起来，千万别哭泣。恼了王爷，不是玩的。"当下引着四人进里头来。经过多少崇门峻户，越过多少补道琳宫，才到豫王起居之所。原来这王府，就是大明宏光帝的内苑，所以这么巍峨宏壮。太监打起软帘，众人进内，只见一个肠肥脑满的骚鞑子，盘膝坐在炕上。炕前桌上，满摆着酒肴，五六个内监，分侍左右。鞑子嘻着嘴正在喝酒呢。老奶奶道："快跪快跪！上面坐的正是王爷。"那三季只当没有听得，回视同难的三个女子，早已伏地恐后了。老奶奶催道："刘三季，怎么还不跪下？仔细王爷恼了，快跪快跪！"三季侧着娇躯，扑飕飕出眼泪，仍是不理。老奶奶怕王爷发怒，替她捏着一把汗，回瞧王爷倒很是和气。只见豫王多铎嘻着脸问道："你这女子，哪里人氏？几岁了？有丈夫没有？"老奶奶忙道："王爷问，听得么？快回快回！"三季放声大哭道："我是民间一个寡妇家，鞑兵掳了我来；我为舍不下亲生女孩子，没有死得。现在这么逼我，还要性命做什么？快快杀我！快快杀我！我好人家儿女，做奴婢决决不甘的。"说着向殿柱奋身就撞。欲知三季性命如何，且听下回分解。

第十六回　赐金冠艳孀成大礼　颁朱谕皇叔用机心

却说刘三季奋身向殿柱撞去，满图撞个脑浆迸裂。哪里知道背后有人抱住，只听道："快不要如此！快不要如此！"却是老奶奶声音。三季大号大跳，号跳个不住，把云髻跳散，万缕青丝直拖到地。三季的香发，原长到一丈有余，散在地上，宛如乌云相似。多铎见她洁如寒雪，艳若春花，本已十分怜爱，现在见了这长发委地的异相，不禁怜上加怜，爱上加爱。遂向总管老奶奶道："扶她回房，替我好好儿地劝解，别教她悲坏身子，要什么尽管回我。要有个短长，我是不依的。"老奶奶应了下来，就把三季陪到一间很精致的房间里，用好言解劝。多铎又派四名宫女来服侍，又命厨房做了极精致的菜送来。三季拼着一死，终日悲泣，饭也不吃，觉也不睡，瞧那矢志不移的样子，竟与太宗朝擒获的大明经略大臣洪老先生差不多利害。

老奶奶慌了手脚，私向张媪问计。张媪道："我们奶奶最疼的是珍姑娘，在松江时，听说李兵掠直塘，到这会子差不多快一个月了，一点子消息没有，也不知珍姑娘是存是亡？是安是危？心里头一竟惦着。现在要博她欢喜，除非派人直塘去，替她打听珍姑娘消息。心病须将心药医。或者为此回心转意，也未可知。"老奶奶道："这个我可不敢专主，须请王爷示下。"回过多铎，多铎应允，老奶奶就把此意告知三季。三季听了，才破涕为笑道："这一句话，还听得进耳去。"当下就写了一封书信，交给老奶奶。老奶奶乘便劝进饮食，三季也不推辞。

那一封信，是专差走马，飞送到直塘去。不一日，差弁回来，呈上复信。老奶奶转呈三季。一封是肇周的，且没暇看它。先拆那一封，见确是珍儿笔迹，为语无多，只写着"儿与母共命，母生则儿生，母死则儿死"几个字，不觉悲喜交集。事有凑巧，京讣到来，豫邸福晋忽喇氏已于上月廿八在奉天原籍暴病身故。多铎下教令，于本府正殿设下灵位，本旗妇女，均须素服哭临。三季是府里头人，少不得换穿孝服，随班举哀。多铎见她不施脂粉，淡扫蛾眉，通体穿着缟衣，那媚质幽姿，比了平时，更添出几分丰韵，不觉看得呆了。总管老奶奶起来请吃饭，才醒了过来。多铎道："这美人儿，不就是长发委地的么，好生管待着，错了一点半点，我可只问你讲话。"老奶奶忙应几个"是。"

从此多铎每天总有好多遭赏赐，不是首饰，就是衣服。三季正眼也不瞧，送到就叫搁下。老奶奶跪告道："府里规矩，王爷赏赐东西，是要叩头谢赏的。奶奶这么着，不是坏掉规矩么？"三季道："奴颜婢膝谁惯呢？我是不会的。"说毕，索性赌气上床睡去了。老奶奶回过多铎，多铎道："由她罢了，谁又要你多嘴。"

又过了几日，多铎召三季侍寝。三季大哭道："我是一个难妇，婢妾是万万不情愿做的。要我做婢妾，我情愿死呢！"说着大哭不已。老奶奶道："福晋已经没了，王爷属意奶奶，并不是婢妾呢，奶奶休误会了。"三季道："叫我侍寝，不是婢妾是什么？夫妇敌体，谁见有福晋侍寝王爷的？"老奶奶知道三季不肯苟且从事，回过多铎。多铎笑道:“这原是我的不是。”次日就派内监备着赤金凤冠,一品命服,赐与三季。三季虽然没有讲什么,却是亲手受了凤冠。瞧她样子还算高兴,多铎才放了心。就这夜里,张灯作乐,成了大礼。于是三季顿变了豫王福晋了。

这一回故事,文程一五一十,告诉了之俊。之俊赞叹不已。两人正谈论着,忽见软帘一动,一个家人一探头,文程喝问:“是谁?”那家人掀帘进来陪笑回道:“因见老爷跟金老爷讲话,家人不敢进来。”文程道:“有事没有?”那家人道:“也没什么事,听说太医院里头,杀死了一个人,上头正派人查办呢。”文程道:“太医院不就是明使左懋第住的所在么?谁又杀死了人呢?”那家人道:“听说为了遵旨剃头才闹出人命来的。凶手仿佛是姓左,家人也不很仔细。”

说着,门上递进名片,回说刚中堂来拜。文程慌忙出接,之俊就问那家人道:“上头派了谁查办?”那家人道:“怕就是豫亲王。”家人这个消息,是从豫王府那得来的,之俊再要问时,靴声橐橐(tuó 象声词),文程、刚林携着手进来了。之俊就站了起来。刚林道:“咦,岂凡也在这里!”于是大家坐下,只听文程道:“皇太后跟摄政王又好上了,那真是可喜的事情。”刚林道:“你也是本朝几代的老臣了,难道还这么不晓事么?他们两口子,不高兴就拌上一回嘴,高兴就好上一回儿。好了又拌嘴,拌了嘴又好,都是他们两人事情,干别人什么。”文程道:“我倒很惦着呢。要是摇动了他老人家,于国家根本上是很危险的。”刚林笑道:“你又傻了!皇太后何等圣明,哪里真会摇动?她不过气头上一句话罢了。”文程道:“这宋蕙湘怎么了?”刚林道:“大约赏了英邸么。”说到这里,忽然道:“别提这个,咱们讲正经事情罢。老范,左懋第这个人真是有志气,起初不肯屈节。现在宏光获住了,依旧不肯屈节。你想罢,江南没有平,也许有别的巴望,到这会子,还巴望点子什么?他依旧是老脾气,前天得着南京失掉的消息,哭得几乎死去。他的兄弟懋泰降了,他就不认他做兄弟。他向手下人道:‘我生为明朝臣,死为明朝鬼’。剃发上谕颁发之后,他带来的副将艾大选第一个遵旨剃发,他胆敢把艾大选杀掉。你想他这个人,可敬不可敬!明朝人要都像了他,咱们哪能够入关呢?”之俊道:“放着好好的官不做,倒去寻死,这种傻子,原是少的。”刚林道:“越是官儿大,越没良心。豫王告诉我,平江南时,明朝的勋戚文武,像赵之龙、徐允爵、钱谦益等,没一个不投降。倒是江阴典史阎应元、松江绅士陈之龙、夏允彝、陆庆臻,那种微末人儿,竭力地反抗。最奇怪不过,南京有个化子,叫什么冯小珰的,还做了诗寻死的呢。”之俊不信,文程道:“这倒是真话,那首诗我还记得,随念道:

三百年来养士朝,如何文武尽皆逃。
纲常留在卑田院,乞丐羞存命一条。

金之俊听了,面红耳赤,一声儿不言语。刚林道:“摄政王明儿亲自提审左懋第,大学士尚书都要到的。你到不到?”文程道:“那总要到的。”又谈了几句别的话,刚林辞去,之俊也就告辞。

一到次日,文程顶戴袍套,穿扮齐备,赶到摄政王府,各官已将次到齐。一时多尔衮坐在堂来，各官参见过。堂上发下令旨，就刑部狱里头提出钦犯左懋第。左懋第见了多尔衮，直立不跪。多尔衮问他为甚不跪，左懋第道："我是天朝使臣，你是番邦摄政，各不相属，何跪之有？"多尔衮道："本朝法令，臣民一律剃发，你独独抗拒不遵，到底存着什么心思？"左懋第道："要找断难可以，要我断发，断断不可。"多尔衮道："你自己不剃也还罢了，艾副将遵旨剃发，你倒害他性命，这是什么缘故？"左懋第道："艾大选是我带来的人，他违了我节度，我自行我的法。杀我的人，与你们什么相干。"多尔衮见懋第侃侃不屈，心里很是敬服。回问众官道："你们看这个人，应如何办理？"有一人越众而出道："左懋第为宏光而来，似乎赦不得。"众视之，乃是先朝会元陈名夏。懋第道："你是先朝会元，怎么也会在这里？"金之俊接语道："先生怎么这么的不知兴废？"懋第喝道："你怎么这么的不知羞耻！"多尔衮点头道："好个左懋第，我成全了你的志气罢！"随叫推出去，又命陈名夏出去监斩。一时名夏挥着泪进来复命。多尔衮问他为什么悲泣。陈名夏道："左懋第慷慨就死，瞧了不由人不伤心。他临死还题一首绝命词呢，其辞道：

漠漠黄沙少雁过，片云下面竟如何。
丹忱碧血消难尽，荡作寒烟总不磨。

多尔衮道："明朝臣子，都是这么忠义，看来天下还不容易统一呢。那唐王在福建地方，又称了皇帝了，建的年号叫什么隆武。这隆武比不得宏光，听说贤明得很。又有郑芝龙、郑鸿逵、黄道周、苏观生、张肯堂、何吾驺等一众文武帮着他办事。照这样子下去，一二年里头，未见得平的下呢。"文程道："老臣看来，都不足虑。郑芝龙原是海盗出身，只消许他点子富贵，就好招了他来。黄道周等几个，都是书呆子，会干什么事？隆武果然是个贤君，可惜长了志气，没有长本领，究竟济得甚事。再者鲁王在浙江地方自称监国，不听闽中号令，隆武也很气不过。他们一家人，先不能够一心一德，哪里像兴旺的气象！"多尔衮道："听说隆武在福建布衣蔬食，酒肉也不御，宫里头妃嫔也没有，时时跟朝臣讨论筹饷、练兵、报仇雪耻的事情，勤政爱民，尊贤礼士，比崇祯还要利害。你们想想，闽中有着这样的主子，讨厌不讨厌？要是江南就立了他，黄河以南的地方，咱们就休想了。"金之俊道："太阳一出，萤火虫哪里再有光亮？我国诞膺眷命，光宅万邦。恁他如何倔强，如何利害，天戈一指，就荡平了。倘说主子贤了，国就不会丧，崇祯又怎么亡国的呢？"多尔衮道："你们只会讲空话儿，没个替我分忧的人。昨儿洪承畴奏报到来，称说黄道周在江西地方招兵募饷，大有内犯的意思。如何说他是书呆子呢？"豫王多铎道："奴才回京时，就留博洛在那里，叫他帮着洪亨老，办理善后。奴才瞧博洛这孩子近来也大出息了，可否仰恳天恩，下一道上谕，就封他做征南大将军。唐、鲁两王的事，索性责成他一个儿去办。"多尔衮道："他一个小孩子家，这种大事，可办得了么？"多铎目视文程，文程会意，随道："从来说将门将种，博见勒自小就多谋善断。何况这几年跟着豫王爷出兵，越发的历练老成。唐、鲁二王，虽说是明朝庶孽，手下究竟都是乌合之众，老臣看来是很好。"多尔衮点点头。于是一面下上谕封贝勒博洛为征南大将军；一面叫把左懋第尸身备棺殡殓。大家散去，才出府门，刚林拖住文程衣袖道："老范，我问你一句话，方才上头并不曾问你，你怎么倒帮着豫王，推荐起博贝勒来了？"文程道："豫王爷新婚燕尔，不情愿出差，怕上头差派着，赶早的荐举人。我好不帮他忙么？"刚林笑道："我早知你们两个儿弄鬼呢。"当下一笑就走开。

文程回到家里部署了一回家事，吃过中饭，歪着炕上养神，忽报牛公公到。文程赶忙起身，牛太监已自进来。文程陪笑让坐，牛太监也不坐，随在袖里取出一封书信，交与文程。文程见上面龙蛇般的字，认得是多尔衮笔迹，慌道："原来是王爷手谕。"牛太监忙禁止道："请中堂悄悄儿瞧过了，咱们就一块儿进府去。"文程见他这么机密，知道总是很郑重事情。拆开一瞧，只写着"速来"两个字，很是狐疑。忙忙换了衣服，跟牛太监到府。

见多尔衮不似往常那么欢喜，脸上呆呆的好似有着什么心事似的。文程请过安，垂手侍立，也不敢询问。多尔衮叫牛太监到了外边去，随又把门关上，向椅子一指道："坐下了，咱们好讲话。"文程坐下，只见多尔衮叹气道："我在这里日子越发的难过了。赤胆忠心办事，人家只拿我当贼呢。"文程摸不着头脑，应又不敢，不应又不敢，只得含糊说了一个"是"字。多尔衮道："有人在谋我，你知道没有？"文程道："怕谣言吧。谁有这么大胆呢？"多尔衮道："还有谁，自然是咱们家人了。豪格这孩子，我待遇他，你是知道的。哪里知道他倒不怀起好意来，要谋害我。这才是知人知面不知心呢。"文程道："王爷待遇肃亲王，真可算得仁至义尽。想肃王爷原不过一个贝勒，今上登极，王爷念及他征战微劳，就与汉军各将一体封王。现在孔、耿、尚、吴四王倒都感恩知报，肃王爷是帝室近支，怎么倒安着坏心肠。这个消息，不确便罢，要是真了，肃王爷那还成什么人了呢。"多尔衮道："哪有不真之理，老范，你道我哪里得来的消息，这就是他老婆亲口告诉我的。你想想，这还有假的么？"文程道："果然如此，王爷就是开恩，天也要不容的！"多尔衮道："怎么想个法子，摆布他才是？"文程沉吟半晌，忽然道："张献忠是流寇里头最利害不过的，盘踞在四川，也不是个了局。现在东南事情，既派了博贝勒，何不就叫肃王爷去办张献忠的事。要是被贼子杀掉，那是最好不过的事，就打了败仗，也有国法的。万一张献忠竟被他灭掉，倒也为朝廷除一大害。咱们慢慢再想别的法子是了。"多尔衮道："兵权在手里，反起来便怎么？"文程道："派吴三桂跟了去，就可以监住了。"

多尔衮点点头，随起身开了门，牛太监送进茶来，多尔衮呷了一口，皱眉道："又泡这个来了！你给我把太后才赐的浙江贡茶泡两碗进来，给范阁老尝尝。"牛太监收杯自去，一时泡进两碗新茶来。多尔衮道："这是浙督张存仁新贡进来的武林茶，你尝尝味儿，怎样？"文程接来呷着，只觉清芳沁鼻，连赞"好茶！好茶！"多尔衮道："张存仁昨儿递到一扣封奏，称说剃发令下，民心惊骇，已服各地，复萌梗化，急宜开科取士。减赋蠲逋，以收人心安反侧。你看可行不可行？"文程道："倒也行得。"多尔衮道："那么就交给你办了罢。"文程道："各省的主考学政，总要恭请皇上钦派。"多尔衮道："请什么？那种事情，咱们从没有办过。你要叫谁去，就叫谁去是了。比不得驻防八旗，我还懂一点。"文程笑着，应了几个"是。"当下退去。

次日，上谕下来，命肃亲王豪格为靖远大将军，同平西王吴三桂等，即日出征四川。又一道上谕，派了几个汉臣，到各省去开科取士。又隔了几时，征南大将军贝勒博洛、五省经略内阁大学士洪承畴先后捷报到京。报称黄道周已被擒获，郑芝龙已允降顺。绍兴、金华、衢州、建宁、延平都已打破，鲁监国不知下落，有的说逃往厦门，有的说逃入南澳。隆武仓皇出走，听说逃往汀州去了，现方派兵追逐。接着报称，汀州攻破，隆武帝并皇后曾氏，都被乱箭射死，福建肃清。多尔衮向臣下道："博洛这孩子，抬举得究竟不错。只是豪格，太不成事。按照祖宗军法，我可不能宽纵呢。"欲知豪格究竟治罪与否，且听下回分解。

第十七回　平四川献忠伏天诛　破两粤双忠完大节

话说众臣听了多尔衮的话，不免都有些诧异，只范文程一个儿明白。豫亲王多铎道："王爷明鉴，打仗的事情，日子原不能够限定。何况这张献忠又是积年巨寇，现在又僭了号；四川地方又是险峻不过。豪格出兵以来，也没有打过大败仗，若说用军法治罪，未免太重点子。这个还求王爷斟酌。"多尔衮向文程道："此论如何？"文程道："豫王爷的话也是，现在这么着罢。"王爷先降一道严谕，把肃王爷申斥一番，如果还不知勉励，说不得只好按行军法了。多尔衮道："既然你们都这么说，那也只好先就这么行了。"说着，通政司又递上博贝勒奏报，多尔衮拆开瞧看，众人见他初看时，很露出喜欢的样子，忽地皱眉摇头，渐渐变了颜色，看到后来，忽又欢喜起来，猜不透是何朕兆。只见他向文程道："范老头，你过来瞧瞧。"文程就御案上瞧去，看那奏报，第一段，称说大兵略定兴化、泉漳诸郡，进逼安平，明帅郑芝龙军容还很烜赫，疑惧不肯遽降。给了他一封信，许他显官，才率五百人来降。芝龙的儿子成功，隆武赐过国姓的，拥着大队，盘踞海上，倔强得很。叫芝龙招他，倒回信把他老子骂了一顿，什么"从来父教子以忠，未闻教子以贰，今父不听儿言，倘有不测，儿只有缟素而已"等语。又飞檄远近，有"本藩乃明朝之臣子，缟素应然，实中兴之将佐，泼肝无地，冀诸英杰，共伸大义"之语。芝龙故部，都听他指挥。成功现佩着隆武封的招讨大将军忠孝伯印绶，往来岛屿，志颇不小。中段称明大学士苏观生等，在广州地方，拥立隆武的兄弟唐王聿鐭为皇帝，建元绍武；两广总督丁魁楚，广西巡抚瞿式耜，奉着桂王由榔，在肇庆地方，先称监国，后称皇帝，建立年号叫永历。末段称派兵南下，袭破广州，绍武被擒缢死，苏观生自杀，何吾驺降顺，永历闻风逃遁，听说已奔梧州等语。随道："博贝勒立了这么大功，最好封他一封，那才有赏必有罚呢。"多尔衮道："我想还叫他回京歇歇，你就草一道上谕，封他做端重郡王，叫他凯旋时就把郑芝龙带了来京。海盗出身的，哪里有什么好人！留在京里，省得他作怪。"文程应诺。忽见汉班中一个老头儿，曲背弯腰而出，向多尔衮道："回王爷，芝龙倒不消防得，倒是他的儿子成功，不很好弄。"多尔衮抬头，见是江南降臣钱谦益。因金之俊放了学差，派他暂署着礼部。遂问道："郑成功不很好弄，你又怎么会知道？"钱谦益道："微臣在南京时，成功恰在国子监念书，时常瞧见的，长得一副好仪容，明星般的眼珠子，冠玉般的脸蛋儿，又是倜傥，又是孝顺，真是个全齐的孩子。"多尔衮道："住了，他老子降了，他还倔强，怎么倒说他孝顺呢。"谦益道："成功原是倭妇翁氏所生。芝龙就抚之后，倭子怕他兵威，送还成功。那时这孩子名字叫森，还只七岁呢，東向望母，常常掩涕。因此亲友没一个不称赞他孝顺。叔父郑鸿逵非常器重他，称之为'千里驹'。先辈王观光，也向芝龙道：'此儿英物，非你所及。'成功开笔学习制艺，作洒扫应对进退题文。中有汤武之征诛，一洒扫也，尧舜之揖让，一应对进退也语，塾师也很奇怪他。十五岁考了诸生，岁补一等，食饩。有一个术士，见了他的品貌，大惊道：‘这位相公，骨相非凡，命世雄才，是个奇男子，并不是科甲中人物。’接来芝龙引他见隆武，一见倾心。隆武就抚他背道：‘恨朕无女妻卿，当尽忠吾家，不要忘记了。’遂赐他国姓，赐名成功，封为御营中军都督，仪同驸马都尉、宗人府宗正。后又赐他尚方剑，加封忠孝伯，招讨大将军。现在他不肯降，倒是我朝心腹大患。”多尔衮道：“且等他老子来了，再商量罢。”谦益献勤儿讨好，白遭多尔衮这么淡淡一句话，弄得同列倒都抿嘴窃笑，自觉没意思，退了下来。多尔衮又向文程道：“你再替我草一道旨给豪格，问他军事怎么了；广东、福建人家怎么一样办妥了呢？前一道上谕没有发，草好了就一同发了去。”文程先应了一声“是”，然后回道：“朝廷统兵大将，派在外面的，不光是肃王爷一个儿，现在严旨光责肃王爷，在知道的呢。原晓得朝廷至公无私；那起不明理的糊涂种子，保不住又要嚼舌根，说朝廷偏心了。像何腾蛟死，据着湖南顺承郡王勒克德浑攻打了好多时，也没见立什么大功，最好也下一道旨，申斥申斥。”多尔衮摇头道：“不用，勒克德浑我原要派人去调他呢。”过了两日，果然下旨，命定南王孔有德为定南大将军，到湖南去调勒克德浑回来，就叫平南王尚可喜、靖南王耿仲明同去。

却说靖远大将军肃亲王豪格，驻师汉中，正谋进取，忽然接到两道申斥的谕旨，叹道：“这回出兵，我早知道要收拾我性命呢。”不禁滴下泪来。左右忽报平西王进营回事。豪格站起身，三桂已经走了进来，瞧见豪格脸有泪痕，随坐下问道：“王爷为甚伤心？”豪格叹了一口气道：“一言难尽，你瞧了就知道了。”说着，就把两道严旨，递给三桂。三桂瞧过，笑道：“好叫王爷欢喜，我才得着个喜信呢，四川这一块地，看来就在这几天里可以打破了。方才有个贼将叫刘进忠的来投降，说起张献忠大杀蜀人，部将孙可望、李定国、白文选等谏了好多回，都不听，川里头人，没一个不怨恨他。这回他因刘进忠部下都是川人，又想掘个大坑，一古脑儿活埋死。不料这个消息，被管门人知道了，报知进忠，进忠就率领部下到营投降。他说献忠在顺庆金山铺地方，离此一千四百里，日夜趋赶，五天工夫可以赶到，他还情愿做向导呢。擒住献忠，四川不就平定了么。”豪格道：“就算四川平定，也救不了我的命。长白，这个人，总在这两年里头。你不信，往后瞧就是了。”三桂道：“这是什么缘故呢？”豪格停了半晌，叹道：“从来说家丑不可外扬，我还有什么说。”说着，又流下泪来。三桂见他如此，也不敢再往下问，随谈了一回别的事。豪格道：“降将的话，大半总靠得住的。”三桂道：“看来还不致有甚意外。”豪格道：“这么很好，长白你就叫他领了路先走，我随后赶来。咱们偃旗息鼓，偷偷的走，别太招摇了。”正是：

时方逐鹿，难长儿女之情；
志欲吞鲸，未短英雄之气。

当下大小三军，拔营而前。残月晓风，鸡声茅店，途中风景，也不及赏览。这日行到凤凰山，恰恰漫天大雾。豪格勒军登山，流星探马报称献忠高坐府堂，会众饮酒、连斩三探。豪格笑向部下道：“这贼子骄极了，他也料不到咱们这会子会到这里的。”遂令:“吹笳鼓角,满汉各兵,一齐冲杀前进。”此令一下,步骑各将,宛如狂飙骤雨。张献忠军没有防备,又蒙着大雾,正不知清兵来了多少,吓得东奔西窜。打仗这件事情,越是拼命,越保住性命;越是逃命,越丧掉性命。张献忠军才一逃,就被清兵左突右冲,杀得个尸山血海。献忠含了一嘴的饭,穿着半臂飞蟒,率同十多圈牙将,仓皇出视。恰碰着章京雅布兰,也是献忠气数已尽,被雅布兰一箭,射中在额上,跌倒在地。众牙将抢救不及,被清兵一阵乱刀剁为肉泥。张献忠部众大半投降。豪格一面派兵,分剿川南、川东、川西、川北,一面飞章到北京报捷。上谕下来,命总兵李国英为四川巡抚,平西王吴三桂留镇汉中,肃亲王豪格凯旋听赏。豪格接过上谕,就把地方事情交割清楚,率着本旗人马,回京复命。说也奇怪,升见这日,豪格还健得生龙活虎相似;赐宴回邸,不知怎样,就得着暴病薨了。京师人言籍籍,都说与多尔衮很有关。说书的生于二百年后,无从查考,不敢妄拟。

却说满洲入主中原而后,待到汉臣,总不免奴育隶视。众多降将不堪其辱,因此纷纷奉表永历,举旆归明。广东李成栋、江西金声桓、王得仁、大同姜瓖,先后反抗。又有明朝的旧臣瞿式耜、吕大器、姜曰广互相应和。张献忠余党同了明朝旧将李占春等,分踞川南川东。于是永历帝遂有云贵、两广、江西、湖南、四川七省的地方。郑成功在福建,张名振在浙江,也时常出没攻掠,倒很有中兴的气象。无如人心思汉,天不祚明。经清朝派了几支兵,派都统谭秦为征南大将军,同着都统和洛辉从江宁赴九江,会了耿、尚二王,专攻江西、广东;派郑亲王济尔哈朗,顺承郡王勒克德浑,会了孔有德,专攻湖州、广西;派端重郡王博洛,敬谨郡王尼堪,专攻大同;又叫吴三桂、李国翰分攻陕西一带;洪承畴留镇江宁,经略沿海各地。也不过一二年工夫,早打得落花流水,依旧没结果。李成栋金声桓头,廉颇虽已用赵,子房终难存韩。徒守殷顽,空传汉腊,只落得与白杨衰草,徒供后人凭吊而已。其中就是大同姜瓖,因为逼近京畿,多尔衮曾经亲自出征过。那时忻州、朔州、偏关、宁武、岢风、保德、雁门、代州、繁峙、五台、延安、榆林、河西、洮岷各州县,平阳蒲解潼各关,通通起兵响应。多尔衮兵到大同,也不曾得着便宜。后来经博洛、吴三桂、李国翰、洛硕、阿济格五六路的攻打,才打掉了。于是天下大半又归入大清版图。可怜那永历皇帝东奔西窜,靠着李定国、白文选等几个孤臣,守着些剩水残山,度那悲惨日子。

此时清世祖已经亲政,多尔衮、多铎都已薨逝。世祖为人,很是英明,因愤多尔衮摄政时举动僭越,行为荒谬,迹类反叛,下旨追削封号。又念多铎旧勋,敕封其子铎尼为信郡王。又特设议政大臣,以宗室近支各王贝勒贤明有远见者充当。内阁大学士范文程见世祖料理国政,这么精明强干,恐怕究起大婚旧案,自己也有不是,连忙上了一道乞休本章。世祖手诏慰留。到翌日上朝,世祖又当着群臣,着实夸奖了一番,文程才安了心。回到家里,儿子承谟进来请安。文程道:“东南海疆不靖,圣上很是焦心,我想趁这机会,就替你谋一个好缺。”承谟道:“儿子在京里很安逸,又何必离家背井。”文程道:“你现在是工部侍郎,能有几多出息?就姜瓖造反那一年,当了三个月粮台差使,过此何曾见你拿过大宗儿银子进来。现在家里头开销,一天大似一天,终不然要我老头儿一个儿支持不成!”承谟道:“老爷教训的何尝不是。只是圣上才亲政,儿子就谋着外任，万一有人参起咱们来，说咱们父子营私植党，可怎样呢？老爷不见洪承畴那么谨慎，上月还有人参他呢！何况咱们！”文程见说，只得罢了。承谟又道：“南京才有信来，儿子拆了，里头附着一大卷诗文，大半都是明朝孤臣临终绝命之作。这洪亨老也太不晓事，这种文字，上头知道了，岂不又要生出事故来。”文程道：“在哪里，拿来我瞧。”承谟只得递上。文程先瞧过信，然后瞧那卷子。只见上写道：

黄道周发自婺源之作：

火树难开眼，冰城倦着身。
支天千古事，失路一时人。
碧血题香草，白发逐钧纶。
更无遗恨处，搔首为君亲。

捕虎仍之野，投豺又出关。
席心如可卷，鹤发久当删。
怨子不知怨，闲人安得闲。
乾坤犹半壁，未忍蹈文山。

诸子收吾骨，青天知我心。
为谁分板荡，不忍共浮沉。
鹤怨空山曲，鸡啼中夜阴。
南阳归路远，恨作卧龙吟。

为世存名教，非关我一身。
冠裳天已定，得失事难成。
姓氏经书外，精神山海滨。
高悬崖上月，偏照夜行人。

残棋垂手已难工，又是论人成败中。
但说丹心无所用，一时张眼念臧洪。
续经溪口万重山，救尔尚差旬日间。
自是泰华须破碎，岭云终古不开颜。

余煌绝命词：

生为大明之人，死作大明之鬼。
笑指白云深处，萧然一无所累。

子房始终为韩，木叔死生为鲁。
赤松千古成名，黄蘖存心独苦。

臣年五十有七，回头万事已毕。
徒惭赤手擎天，惟见白云贯日。

去夏六月念七，今夏六月初八。
但严心内春秋，莫问人间花甲。

手著遗文千卷，尚传副在名山。
正学焚书亦出，所有心史难删。

慧业降生人文，此去不留只字。
惟将子孝臣忠，贻与世间同志。

张国维绝命词：

艰难百战戴吾君，拒敌辞唐气励云。
时去仍为朱氏鬼，精灵长傍孝陵坟。

傅冠绝命词：

白发萧萧已数茎，孽冤何必苦相寻。
拚将一副头颅骨，留取千秋不贰心。

华允诚绝命词：

视死如归不可招，孤魂从此赴先朝。
数茎白发应难没，一片丹心岂易消。
世杰有灵依海岸，天祥无计挽江潮。
山河漠漠长留恨，惟有群鸥伴寂寥。

文程摇头道："那种人怀了满肚子好文章，只落得如此结果，岂不可怜可叹。只是姜曰广、何腾蛟、瞿式耜，都很有文名的，怎么临死倒又不留只字呢？"承谟道："姜、何两人，没有瞧着，想来是没有罢。瞿式耜有的，连他临死的事迹都有，很长很长一篇呢。"文程道："在哪里？你翻给我瞧。"承谟应诺翻出，文程念道：

顺治七年冬十一月，王师既克广州，遂大举入严关。时明大学士临桂伯瞿式耜留守桂林。闻报檄赵印选，为战守计，不应再促之，则尽室逃。宁远伯王永祚迎降，卫国公胡一青、武陵侯杨国栋、绥宁伯蒲缨、宁武伯马养麟等，驰出小路勒兵，兵自溃，乃皆逃。式耜危坐府中，总兵戚良勋操二骑至，跪而请曰："公为元老，系国安危，身出危城，尚可号召诸勋，再图恢复。"式耜："四年忍死留守，其义谓何？我为大臣，不能御敌，以至于此，更何面目见皇上。遣调诸勋乎？人谁不死，但愿死得明白耳。"家人泣请曰："次公子从海上来，一二日即至。乞忍死须臾，一面诀也。"盖式耜次子元镝间关入粤，时已至永安州矣。式耜挥家人出，曰："毋乱我心，我重负天子，尚念及儿女邪？"俄总督张同敞自灵川回，入见曰："事急矣，将奈何？"曰："封疆之臣，将焉住？子无留守责，曷去诸。"同敞曰："死则俱死耳！"乃呼酒时饮。四顾茫然，惟一老兵不去。命呼中军徐高至，以敕印付之曰："完归皇上，勿为敌人所得也。"

是夜雨不止，城中寂无声。两人张灯相向，黎明有数骑腰刀挟弓矢入。式耜曰："吾两人待死久矣。"偕之出，见定南王孔有德。有德踞地坐，举手曰："谁为瞿阁部先生？"式耜曰："我是也。"顾曰："坐。"式耜曰："我不惯坐地，城陷求一死耳。"有德曰："甲申之变，大清国为明复仇，葬祭成礼。今人事如此，天意可知。吾断不杀忠臣，阁部毋自苦。吾掌兵马，阁部掌粮饷，一如前朝事何如？"式耜曰："我明之大臣，岂与汝供职邪！"有德曰："我先生后裔，势会所迫，以至今日。阁部何太执？"同敞厉声曰："汝不过毛文龙家提溺器奴耳！毋辱先圣。"有德怒，自起批其颊，叱左右刀仗交下。式耜叱之曰："此宫詹张司马，国之大臣，死则同耳，不得无礼。"有德遽命还其衣冠，因曰："某年二十起兵海上，南面称孤。投诚后，拥旄节，爵名王，公今日降，明日亦然矣。语曰：识时务者为俊杰，清自甲申入中原，五年之间，南北一统，至县县破，至州州亡，天时人事，盖可知矣。公守一城奸天下。屡挫强兵，能已见于天下。不转祸为福，建立非常，空以身膏原野，谁复知之？"式耜曰："汝为丈夫，既不能尽忠本朝，复不能自起逐鹿。称孤，为人鹰犬，尚得以俊杰时务，欺天下男子邪？昔少康光武，恢复中兴，天时人事，未可知也。本阁部受累天朝大德，位三公兼侯伯，常愿殚精竭力，扫清中原。今大志不就，自痛负国，刀锯鼎镬，百死莫赎。尚何言邪？"有德知不可屈，馆两人于别所，供帐饮食如上宾。

臬（niè 古代测日影的标杆）司王三元，苍梧道彭炏，皆式耜里人，说以百端不应，劝剃发为僧，亦不应。曰："为僧者，剃发之渐也。"两人日赋诗唱。式耜诗名《浩气吟》，其一曰：

藉草为茵枕土眠，更长寂寂夜如年。

苏卿绛节惟思汉，信国丹心只告天。

九死如饴遑惜苦，三生有石只随缘。
残灯一室群魔绕，宁识孤臣梦坦然。

其二曰：

已拼薄命付危疆，生死关头岂待商。
二祖江山人尽掷，四年精血我偏伤。
羞将颜面寻吾主，剩取忠魂落异乡。
不有江陵真铁汉，腐儒谁为剖心肠。

其三曰：

正襟危坐待天光，两鬓依然劲似霜。
愿仰须臾阶下鬼，何愁慷慨殿中狂。
须知榜辱神无变，旋与衣冠语益庄。
莫笑老夫轻一死，汗青留取姓名香。

其四曰：

年年索赋养边臣，曾见登陴有一人。
上爵满门皆紫绶，荒郊无处不青燐。
仅存皮骨民堪畏，乐尔妻孥国已贫。
试问怡堂今在否，孤存留守自捐身。

其五曰：

边臣死节亦寻常，恨死犹衔负国伤。
拥主竟成千古罪，留京翻失一隅疆。
骂名此日知难免，厉鬼他年讵敢忘。
幸有颠毛留旦夕，魂兮早赴祖宗旁。

其六曰：

拘幽土室岂偷生，求死无门虑转清。
劝勉烦君多苦语，痴愚叹我太无情。
高歌每羡骑箕句，洒泪偏为滴雨声。
四大久拼同泡影，英雄到底护皇明。

其七曰：

岩疆数载尽臣心，坐看神州已陆沈。
天命岂同人事改，孙谋争及祖功深。
二陵风雨时来绕，历代衣冠何处寻。
衰病余生刃俎寄，还欣短鬓尚肃森。

其八曰：

年逾六十复奚求，多难频经浑不愁。
劫运千年弹指去，纲常万古一身留。
欲坚道力频魔力，何事俘囚学楚囚。
了却人间生死事，黄冠莫拟故乡游。

同敞诗曰：

一日悲歌待此时，成仁取义有谁知？
衣冠不改生前制，名姓空留死后诗。
破碎山河休葬骨，颠连君父未舒眉。
魂兮懒指归乡路，直往诸陵拜旧碑。

留四十日，求死不获。式耜谓同敞曰："偷生未决，为苏武邪？李陵邪？人其谓我何。"乃草檄谕焦琏曰："城中满兵无几，若到旅直入，孔有德之头，可立致也。"降臣魏元翼，浙人，曾任桂平督粮道，以贪墨为瞿张所劾。至是，布逻卒获其檄，献之有德。十二月十七日丙申，数骑至系所。式耜曰："乞少缓，待我完绝命词。"援笔书曰："从容待死与城亡，千古忠臣自主张。三百年来恩泽久，头丝犹带满天香。"肃衣冠南向拜讫，步出门。遇同敞曰："吾两人多活四十一日，今得死所矣。"同敞出白网巾于怀曰："服此以见先帝。"行至独秀岩，式耜曰："吾生平爱山水，愿死于此。"遂同就义。同敞尸不仆，首坠地，跃而前者三。顷刻大雷电，雪花如掌，空中震击者亦三。有德股栗，观者靡不泣下。金堡时已为僧，上书有德，请葬忠骸，未报。而吴江义士杨艺，服缞绖，悬楮钱肩背间，叩军门号哭，请殓故主。有德叹曰："有客若此，不愧忠良矣。"许之。艺抚尸哭曰："忠魂俨在，知某等殓公乎？"忽张目左右视。艺抚之曰："次子来见邪？长公失所邪？目犹视，门下士御史姚端叩头曰："我知师心矣。天子已幸南宁，师徒云集，焦侯无恙。"目始瞑，遂具衣冠浅葬两人于风洞山之麓，端与阳羡清凝上人庐墓不去。

初式耜知桂林不守，遣其孙中书舍人昌文诣梧州陈状，辞世袭爵，永历帝授昌文翰林院检讨，赐式耜黄钺龙旌，节制公侯伯大小文武，甫撰敕文。而两粤省垣齐陷，昌文走山中，叛将王陈策，挟之至梧州。大学士方以智，时为僧于大雄寺，言于我镇将马蛟麟，曰："瞿阁部精忠，今古无双，其长孙来，君以德绥之，义声重于天下。"蛟麟厚遇之。魏元翼憾不已，构昌文于有德，将甘心焉。一日，闻铁索铿然，绕室有声，元翼伏地请罪。忽吴语曰："汝不忠不孝，乃欲杀我孙邪？"七窍流血死。有德尝以事，遣一弁祷于城隍神，恍惚见同敞南面坐，有德大骇，为双忠神位祀之，因厚礼昌文，迁式耜柩而改葬之。清凝上人亦迁同敞柩与夫人合葬焉。

文程道："死鬼会这么灵？也真是古怪不过的事。"承谟道："这种文字，儿子怕的是上头要不依。"欲知文程如何回答，且听下回分解。

第十八回　李定国力扶明室　郑成功智拒清封

话说文程听了承谟的话，笑道："上头度量，天空海阔，宽洪得要不得。昆山有个姓归的狂生，做了一支《万古愁》曲子，词意之间，很讥着本朝。圣上非但不怒，还叫乐工谱入宫商，歌着侑食呢。"承谟道："这才是圣明天子。"爷儿两个，又谈了回别的事。承谟又道："儿子打算上一个封奏，老爷瞧使得使不得？"文程道："为的是哪一桩？"承谟道："本朝定鼎以来，差不多也有八九年了，哪里有一天安逸日子过？不是东乱，就是西叛；平了这一头，那一头又闹起来。想起都为前明的宗室，什么亲王、郡王、镇国将军等，流落在外面，就被那种杀不尽死不完的匪徒，假名儿啸聚。儿子想请皇上下一道旨意，叫各省督抚，搜访前朝宗室，派委妥员护送来京，分别恩养。如果准了，岂不省掉多少是非口舌？"文程点头道："也是桩阴德事儿。想大兵所到的地方，逢城就屠城，逢屯就洗村，不知害掉几多生灵呢！"

承谟应着，偶尔回过头去，见门口一个人影儿一晃，喝问："是谁？"家人范进笑着进来，向文程请了个安，然后回承谟道："吴参领央小人回爷一声儿，要进来叩安，小人见爷跟老爷讲话，不敢惊动呢。"承谟道："谁呀？吴参领？"范进道："这吴参领原在府里当过差的。"承谟皱眉道："叫甚名字呢？"范进道："他叫小吴，在咱们园子里看过门的。去年还是老爷恩典，把他荐浙闽总督陈老的那里当差。也是府里情面，浙乱军功保案上，陈老爷开上他的名字，现在居然汉军正白旗参领了。此番奏凯回京，他专程进府，叩老爷和爷的安。还有好多绸缎珠宝，都是临阵俘获的，他得了不敢自用，要孝敬老爷和爷呢。"承谟再没有说什么。文程道："看不出这奴才，倒这么出息，得了意还惦着旧主子，好个有良心孩子。范进，你就叫他这里来见罢。"范进应诺，一时带了小吴进来。只见他头顶袍褂，参领打扮，倒也十分气概。一进门就左右开弓，向文程父子，请了两个安，随又跪下叩头。文程忙叫扶起，又叫范进挪了张椅子，放在炕床边让小吴坐下，小吴哪里敢坐。文程笑道："你如今作了官儿，也是朝廷臣子了，如何可以不坐？"小吴道："奴才微末前程，都是老爷和爷的恩典，奴才万万不敢放肆。"文程道："我要问你话呢，坐下好讲。"小吴应了两个"是，"才挨上半个屁股儿，算是坐了，随在怀中摸出张单子，陪笑递上道："奴才靠老爷和爷的福，打破舟山时得的，不好算什么。老爷留着赏人罢。"

文程接来一瞧，见上开着贡缎四十端，宫绸六十匹，金碗两个，玉杯两个，胡珠十粒，珊瑚树一株，笑道："你得了就自己留着了。"小吴道："奴才还有呢。"文程随问浙江平乱事情，小吴道："论起此事，都是圣天子的洪福。自从七月里，陈大帅跟张、马两帅，三路取舟山。张帅天禄出崇明，马帅进宝出台州、海门，陈大帅总督全军出定海。明朝的监国，也分了三路兵来抵拒，叫荡湖伯阮进独当蛟关，叫定西侯张名振率着张晋爵、叶有成、马龙三个总兵，阮美、阮骥两个英毅将军，遏我们南师，叫兵部侍郎张煌言、将军阮骏,率了顾忠、罗蕴章、鲍国祥、阮骍、郑麟五个总兵,断北洋的海道。”文程笑向承谟道:“舟山倒也有人呢。”小吴道:“不但守得严密,张名振奉了他的主子,还敢直捣我们吴淞呢。”文程笑道:“哪里敢这么行险侥幸,无非借名儿逃走罢了。不然,覆巢之下,岂有完卵呢?”小吴道:“陈大帅兵到定海,先在海口试船,却被明兵突阵,夺去楼船一只,战船十只,伤掉裨将十一员。他们来船,只得三只。已经这么利害,好来好去,就是上天照应。丙寅这一天,洋里忽然起了大雾,对面都瞧不见,陈大帅就叫冒雾行船。”文程道:“陈锦竟有这么的胆子,倒瞧他不出。”小吴道:“大兵行抵蛟门,雾就淡了下去,明兵守障的觉着了,正要开仗,洋面上忽地驶出三五十只海船,扯着大明荡湖伯阮旗号,船上水兵,趁着风势,飞掷火球。我们兵船,险些被他烧着,巧不过这时竟会转风,他们自己的船竟烧起来。阮进与岐阳王裔孙李锡祚都被烧死,三五十号海船,一号都没有剩。蛟门明兵,瞧见这个样子,胆子都吓破了,蛟门遂为我们所得。陈大帅随令进攻舟山,明将刘世勋、张名扬都很利害,打过几仗,我们都没有得着便宜。九月初一这一晚,天上忽然下起星来,陈大帅笑向左右道:‘星陨如雨,就是灭亡的征兆。’叫兵弁尽力攻打,明官金允彦、邱元吉到营投降,才知城中火药已尽。忽接探报,张名振回兵援救,兵船离城只有六十里了,潮水一涨,就要驶进口来。陈大帅就亲冒矢石,奋力攻打。经这一下,才把舟山攻破了。监国的老婆张妃连他的臣子什么大学士张肯堂、礼部尚书吴钟峦、兵部尚书李向中、吏部侍郎朱永佑等,大小官员一百多个,没一个肯降的。”文程叹道:“难得!难得!”

小吴道:“那张老头临死时,还写上一张字纸儿。陈大帅瞧见了,当作宝贝似的收藏起来。”承谟笑道:“蠢才,那总又是很好的诗句呢。”小吴道:“奴才托陈大帅的师老爷抄录一张在此,爷要喜欢,就拿去瞧罢。”随摸出一张纸来,承谟接来三瞧,见是一首七律:

虚名廿载误尘寰,晚节空余学圃间。
难赋归来如靖节,聊歌正气续文山。
君恩未报徒长恨,臣道无亏在克艰。
寄语千秋青史笔,衣冠二字莫轻删。

承谟递与文程,文程瞧过,叫与洪承畴寄来的,一起收着。一面又问小吴,小吴道:“张名振听到舟山城破,竟要投海自尽,经他主子亲自劝慰,才住了。”文程点头道:“真是个好男子。”小吴见文程欢喜,随又起身请一个安道:“奴才有一件事,要恳求老爷做主。”文程忙问何事,小吴道:“奴才家里遭了一件人命事儿。”文程皱眉道:“怎么又遭起人命事儿来了?”小吴道:“奴才家里,新得一个丫头。这丫头原是明朝王侍郎的女孩子,长的十分俏俊。奴才怜她是忠良后裔,待到她跟自家孩子差不多。”文程道:“王侍郎又是谁呢?”小吴道:“就是鲁监国的臣子兵部侍郎王翊。陈大帅三路取舟山,他在奉化地方,招兵勤王,被团练兵捉住,解到大营。陈大帅亲自审他,倔强得很,陈大帅传令乱箭射死。真是铁汉,箭射得刺猬一般,尸还不仆。直待被大斧斫掉脑袋儿,才倒下的。家里只有一个女孩子,照例没入勋贵家为婢。陈大帅恩典,就把此女赏了奴才。这女孩子,聪明得很,就不过性情儿烈一点。此番跟随奴才回京,却被御前侍卫刘老爷瞧见了,问奴才要。”文程道:“刘侍卫问你要这丫头么?”小吴道:“刘老爷要这孩子作妾去,奴才没法,只得跟这孩子商量。”文程道:“这丫头可曾答应?”小吴道:“答应了倒没有事了。她说自小儿许字黄宗羲儿子,找不到故婿,情愿终身不嫁人。”文程道:“好孩子,不愧忠良后裔。”小吴道:“奴才告诉她,刘老爷是皇上身旁的人,势焰熏天,谁敢拗他。你不肯,不就作难我么?谁料这孩子,听了奴才的话,竟拔出佩剑来,突然自刎而死。刘老爷晓得了,说奴才不舍逼死丫头,要跟奴才过不去。奴才急了,只得到府里来恳求老爷。”说毕,又请下安去。文程怒道:“也有这么混帐的人!你回去把这孩子殓了,就把她那口剑一并殓下棺去。刘侍卫这王八,我自有法子。”小吴称谢而去。内帐房缴进小吴送来各物,文程逐件瞧过,叫交明上房收着。

次日上朝,承谟拜上一扣封折。世祖阅过,大为欣赏,遂亲笔草一道谕旨,发交内阁颁行。文程乘便,把刘侍卫不法行为回过世祖。世祖道:“那还成什么事!”立命撵了出去。世祖道:“朕践祚到今,已经九年了,从前,国政都被多尔衮一个儿扰坏,扰得东南各省四分五裂。现在大局总算粗定,不过郑成功、张名振、张煌言在东南穷洋孤岛里头,孙可望、李定国、白文选在滇川毒瘴蛮烟所在。朕想且让他们苟延残喘。为了这一点子弹丸地方,兴师动众,劳民伤财,也很犯不着。昨儿西藏达赖,派使贡献金佛念珠,说起达赖要亲自来京朝见。朕想西藏原是咱们旧属,崇德七年,达赖、班禅都派喇嘛到盛京,献方物,并献上卦验,说我朝定当一统。当时太宗皇帝也很看重他。现在达赖亲自来朝,接待的礼数时,简陋不得的。朕想,就在京里特建起一所西黄寺来,做他的行辕,再授他金册印,封他为‘西天大善自在佛’,领天下释教晋迪鄂济达赖喇嘛。你们瞧行不行?”文程回道:“我皇上天纵神悟,夙觉大乘。自宜崇宏法教,普利群生。圣虑及此,生民有幸矣。”世祖笑道:“也用不着说上这么一大串文话儿,不过咱们入关以来,杀的人也真不少。做做功德,多少免掉点子罪过。”随下旨勘地建寺,一面命和硕亲王为接待大臣,以便达赖到时,照料一切。

忽报郑成功入侵,海澄、长泰、泉州相继沦陷,总督陈锦,为奴才库成栋戕害,现库奴奔降成功,漳州危在旦夕。又报李定国入侵,桂林失守,定南王孔有德阖门殉难。世祖大惊,急召议政王大臣,商议对御之策。霎时,诸王大集,世祖遂把闽粤两个警报告知众人。敬谨亲王尼堪道:“李定国是张献忠残卒,怕他怎的,奴才情愿率领八旗人马,到桂林去,活擒他来,献俘太庙。”世祖道:“广西地势险峻,李定国手下兵士又都是百战余生,十分利害,你休得太瞧轻了。”尼堪道:“奴才擒不得定国,一辈子也不回京,主子可就信我了。”贝勒屯齐道:“敬王爷出京,奴才情愿跟去。”世祖点头道:“既然这么,你们二人出外候旨罢。”二人谢恩而去。世祖遂问众人道:“尼堪讨差,你们瞧行不行呢?”众人也没有说什么。于是下旨,命敬谨亲王尼堪为定远大将军,贝勒屯齐为随征大臣,督兵进征楚粤。命洪承畴经略湖广、云贵、两广,自江宁移赴长沙;命都统卓布泰驻防江宁;命辰泰为宁南靖寇大将军;坐镇荆州,命李率泰为两广总督;又下旨命刘清泰为浙闽总督。

部署才毕，内侍跪报："郑芝龙率着小儿子郑渡，在朝门外席藁待罪，听候旨意。"世祖听了，脸上顿时露出不高兴样子，回向左右道："这老奸明明特来试朕的手段。"随道："叫他来！"内侍传了旨。芝龙父子，跟随进内。见便殿上侍卫森严，各内侍各王公，站得刀斩斧截，身上早毛起来，慌忙抓下顶戴，叩头儿见驾。世祖道："你今儿见朕做什么？你生得好儿子呵！"芝龙碰头道："罪臣养子不肖，上劳圣虑，自知该死！"世祖冷笑道："亏得不肖，要是肖了你，还成什么人呢？郑成功虽然倔强，朕倒很爱他，他是明朝的遗臣，并不是朕的乱臣贼子。隆武已死，他还是精忠不贰，做臣子的，不当这么样吗？像你守着仙霞关，咱们兵还没有到你就走了，闽人至今有谣言道：'峻峭仙霞路，逍遥车马过，将军爱百姓，拱手奉山河'。你自己想想，你如何比得上你儿子。"芝龙吓得只是碰头，一句话也不敢多说。世祖把他喝骂了个淋漓尽致。骂罢，喝声："去罢！"芝龙退出朝门，不住的挥汗。郑渡道："圣意高深，不知是祸是福？"芝龙回头见没人，悄向郑渡道："皇上爱你哥哥，不过要我招他投顺罢了。"父子二人，回家计议了一会子，就派心腹李德，到海澄去招成功，却把家信底子，先送与范文程瞧看。文程奏明世祖，世祖喜道："成功不负前明，必定不负本朝。如果来归，联不吝公侯之赏。"文程转告芝龙，芝龙也很欢喜。

此时浙闽楚粤，敌氛不靖，各地方军报，络绎赴京，每天总有十多起。又值西藏达赖来朝，一应供张，需人料理，因此京里各官，从议政王大臣、内院大臣起，到六部堂官止，没一个不手忙脚乱。这日，达赖赐斋太和殿，王公勋戚、满汉文武，都奉旨陪席。芝龙父子，恰与靖南王嫡孙奉恩将军耿精忠、平西王嫡孙镇国将军吴世璠、平南王世子尚之信、范侍郎承谟坐在一桌儿席间，只有范承谟议论纵横，讲说时务。只听他道："本朝待到臣下，真是泽厚恩深，像定南王阖门殉了难，除赐祭赐谥不算外，还把他生平战迹，宣付国史馆立传。定南王没有儿子，遗下一位小姐，名叫孔四贞，皇太后把她收进宫去，认作女儿，封为格格，那真是旷古未有的隆恩。做臣子的就几辈子肝脑涂地，也报不尽呢。"耿精忠接口道："汉人受着殊恩的，就只孔定南合我们三家。谁不知道一西三南，荣则同荣，戚则同戚。不想定南王竟然没于王事。想起祖父交情，怎不叫人难过。"说毕，不胜感叹。吴世璠道："李定国倒很利害。今儿衡州传来军报，说敬谨亲王中了伏，也遇了害了。"承谟道："头道军报是这么说，怕不确么。"尚之通道："不确最好，要是确了，那还成什么事。咱们大清国，自从与明朝交兵以来，就万历天启全盛的天下，也没有受过这么大亏呢。"承谟笑向芝龙道："长君成功，真是英雄。此番又派张名振入犯长江，声势倒很利害。昨儿军报来京，有名振金山《哭祭孝陵诗》一首，其辞道：

十年横澥一孤臣，佳气钟山望里真。
鹑音义旗方出楚，芜云羽檄已通闽。
王师桴鼓心肝噎，父老壶浆涕泪亲。
南望孝陵兵缟素，会看大纛祃龙津。

芝龙笑道："这都是逆儿不知轻重的勾当，总望侍郎与尊翁，在皇上跟前婉言善奏，能够赏他一官半职，把他招安了。老朽父子，感激不尽。"承谟道："这也不值什么，但恐长君不愿受抚，那就辜负圣朝美意了。"芝龙道："这个全仗侍郎栽培。"承谟道："不过费我几句话，原也不值什么。"当下无话。

次日承谟奏过世祖，世祖就下旨，封成功为海澄公，派了两位钦差，赍了敕印，到福建去招安。来往两个多月，依旧一场没结果。使臣复命，说成功托辞没有地方安插兵将，不愿受命。世祖道："只要他肯降，朕总无有不曲从。"就下旨，以福、兴、泉、漳四府，与成功安插旧部，再派钦差前去。芝龙也写一封家信，特派郑渡跟随钦差一同前往。又是几个月，两使臣回京，称说成功凶狡异常，险些不曾丧了性命。郑渡呈上回书。芝龙拆封一瞧，只见上写着：

父亲大人膝下：

儿只字不敢相通，惧有贻累也。修禀聊述素志，和议非本心也。不意海澄公之命突至，儿不得已，按兵以示信，继而四府之命又至。儿又不得已，接诏以示信。至于请益地方，原为安插数十万兵将，何以曰词语多乘，征求无厌。又不意地方无加增，四府竟为画饼。欲效前赚，吾父故智，嗟嗟，自古英雄豪杰，以德服其心。利不得而动之，害不得而怵之。清朝之予地方，将以利饵乎？儿之请地方，将以利动乎？在清朝罗人才以恐封疆，当不吝土地。在儿安兵将以绥民生，将必藉土地，今以剃发为词，岂有未称臣而轻剃发者乎？岂有彼不以实许，而此以实应者乎！岂有事体本明而可糊涂者乎！大丈夫做事，磊磊落落，毫无暧昧。若能信儿言，则于吾父为孝；不信儿言，则于吾君为忠。前诏使到省，儿嘱渡弟约期相见，盛设供帐于安平之报恩寺。乃二使不敢信宿，哨马四出，布帐山坡，举动疑忌。敕书委之草莽，且奉敕堂堂正正而来，安用生疑？彼既生疑，儿女能无疑乎？叶阿身为大臣奉敕入闽，不惟传宣德意，赤且奠安兆民。百姓如此困苦，将士如此蕃多，目睹情形，不相商榷，徒以剃发二字，相逼挟，儿一剃发，即令数十万兵皆剃发乎？一旦突然尽落其形，能保其不激变乎？二使不为始终之图，代国家虚心相商，而徒躁气相加，能令人无危惧乎？况儿名闻四海，苟且做事，亦贻笑于天下。吾父已入彀中，得全至今幸也。万一不幸，惟有缟素复仇，以结忠孝之局耳！他何言哉？不肖儿成功百拜。

芝龙顿足道："他这个样子，明是要逼取我老命了。"随向郑渡道："你到了那里，为甚不劝劝他？"欲知郑渡如何回答，且听下回分解。

第十九回　郑延平再复父书　张苍水一拒清将

话说郑渡听了芝龙的话，回道："我怎么不劝，劝他不醒，我还哭了一场呢。临走时，他也给我一封信，你老人家一瞧，就明白了。"随即摸出信来，芝龙瞧时：

> 四弟惠鉴：
>
> 兄弟分别数载，聚首几日，忽然被挟而去，天邪命邪！弟之多方规谏，继以痛哭，可谓无所不至矣。而兄之忠贞自待，不特利害不足动吾心，即斧钺亦不能移吾志。何则？决之已早，而筹之已熟矣。夫凤凰翔翔千仞之上，悠悠于宇宙之间，任其纵横所之者，超然脱乎世俗之外也。兄用兵老矣，岂有舍凤凰而就虎豹者哉？惟吾弟善事父母，勿以兄为念。胞兄成功手启。

芝龙叹道："早知他有这么能耐，我也不犯着在这里仰人家鼻息了。"郑渡道："刘制台给他言，应许他不解兵柄。不入朝他还不肯答应呢。两钦差到了那里，他面子上说是接旨，暗地里设伏据险，把水陆各军排了数十里的营帐，吓得两钦差逃命还不及，哪里还敢捧旨读诏。"

父子正说着话，门上飞报圣旨下。芝龙慌忙顶戴出接。那钦使走上中堂，南面而立，宣读道："奉上谕，同安侯郑芝龙枭雄桀黠，阳称归命，阴怀叵测，朕实寒心。郑芝龙着革去同安侯世职，安置高墙。钦此。"钦使读过圣旨，笑向芝龙道："本使奉上差遣，老勋藩须不能见怪。就请收拾收拾，伺候藩驾到了高墙，本使才好复命。"芝龙这时，真是哑巴吃黄连，说不出的苦。只得收拾行李，带领家眷跟随钦使，到高墙去了。从此一步路也不能多走，一句话也不能多说，行动举止，都有人监视着。

芝龙虽在高墙受苦，他的儿子郑成功，在海里头，挟着楼橹，凭着风涛，击楫扬帆，东冲西荡，却活泼得生龙活虎一般。取漳州，取仙游，取揭阳，取普宁，筑梧州城；又派兵到广东救李定国；借兵与张名振，取舟山；改中左所为思明州，分所部为七十二镇，设立储贤馆，储才馆，察言司，宾客司，印局，军器局。各项官职，仇亲兼适，赏罚无私，凡有便宜封拜，总穿着朝服，向永历帝座位，抗手焚疏，稽首九拜，因此海上各将，没一个不服他的明察，感他的忠义。正是：黍油麦秀，箕子亡国之悲；铁马金戈，放翁中原之梦。仗子房报韩之剑，焚世杰存赵之香。田横自居岛中，伍员不奔父命。志存恢复，事更难于崖山；节守孤臣，行不让乎孤竹。清朝虽然兵精粮足，竟然奈何他不得。因为北人不谙水性，一到船里头，就要头昏目眩。成功搴旗督将，踏浪如飞。因此清朝遣兵派将，出过三五回海，差不多没一回不是全军覆没的。世祖没奈何，只得再派人去招安郑芝龙，又写了一封很恳切的信，派家人谢表，跟随钦使到那里，满望他心回意转。哪里知道，谢表回来，依旧是一封空信。芝龙不敢隐瞒，奏闻世祖。世祖瞧那复信，只见上写着：

嗟嗟，曾不思往衣贝勒之时，好言不听，自投虎口，毋怪其有今日也。吾父祸福存亡，儿料之熟矣。前言已尽，但谢表日夜跪哭，谓无可回复，不得不因前言而申明之。盖自古治天下，惟德可以服人，三代无论矣。汉光武海阔大度，推诚窦融；唐太宗于尉迟敬德，朝为仇敌，一见而待以腹心；宋太祖时，越王俶全家来朝，二月遣还，群臣乞留章疏，封固赐之，皆有豁达规模，故英雄乐为之用。若专用诈力，纵可服人。而人本必心服，况诈力之必不能行乎。自入闽以来，丧人马，费钱粮，百姓涂炭，赤地千里，已验于往时。兹世子倾国来已三载，殊无希谋异能，一弄兵于白沙而船只覆没；再弄兵于铜山而全军歼灭。扬帆所到，而闽安便得。罗源殿后，而格商授首，此果有损邪？益邪？不待析而明矣。且姜镶、金声桓、海时行，岂非剃发之人哉？大丈夫磊磊落落，光明正大，皎如日月。宁效诈伪之所为，苟就机局，取笑当时，试思损无数之兵马，费无稽之钱粮，杀亿万之生灵，区区争头上数茎之发，大为失策，且亦量之不广也。诚能略其小而计其大，益地足食，插我弁众，罢兵息民，彼无诈，我无疑。如此，则奉清朝正朔，无非为民生地也，为吾父屈也。文官听部选，钱粮照前约，又非徒为民生计，为吾父屈也，将兵安插得宜，则清朝无南顾之忧，海外别一天地，儿效巢由严光，优游山林，高尚其志耳。儿志已坚而言尤实，毋烦再役。乞赦不孝之罪焉。

世祖叹道："真是忠臣，可惜没法子招安他。我不懂明朝忠臣，怎么这么的多？宏光的史可法，隆武的黄道周，永历的瞿式耜，都是没有批评的。就张名振、张煌言始终为着鲁监国。何腾蛟、郑成功，头起奉着隆武，后来奉着永历，也都是百折不挠。经不起现在又跳出什么孙可望、李定国来，帮着他们扰。光景升平日子，我是望不见的了。"说毕长叹。信郡王铎尼道："主子春秋正富，何必出此不祥之语。前天接到浙中探报，张名振已于上月得病身故，朝廷又除掉一个大害。自今只有孙可望、李定国、郑成功、张煌言几个人了。人总逆不过天，隔上四五年，这几个人都死绝了，就没有事了。"世祖道："四五年后的事，谁还知道？就拿目前而论，张名振临死，把所部并归张煌言，煌言又强盛了。再那永历帝，爵赏又是滥不过，孙可望封了秦王，李定国、白文选等都封了王。那些人受了他王号的哄骗，一个个替他出死力。这会子又新封郑成功为延平王，张煌言为兵部尚书，看来太平的福气，只好让小辈享的了。"贝子落托道："主上仁恩广被，待到明臣家属，就未免过于宽厚，所以他们敢这么的猖獗。像郑成功的老人，张煌言的老子，都没有治罪。依奴才愚见，只要把明臣家属，狠狠惩办一下，他们自然就不敢了。"世祖道："郑芝龙是投降来的，不用提起。那张煌言，我还要招安他呢。上月寄谕江督郎廷佐，叫他招安，不知办的怎么样了？这些人战又战他不下，除了招安还有别的法子么？"说着，两江总督郎廷佐封奏恰好递到，拆开一瞧，大致称说明臣张煌言不受招安的意思，结末还附着煌言复书，其辞道：

夫揣摩利钝，指画兴衰。庸夫听之，或为变色而贞。则不然，其所持者；天经地义，所图者国恨君仇，所期待者，豪杰事功。圣贤学问，故每膻雪自甘，胆薪弥厉，面卒以成功。古今来何可胜计，若仆者将略原非所长，只以读书知大义。痛愤国变，左袒一呼，甲眉山立，峗峗此志，济则显君之灵，不济则全臣之节。遂不惜凭履风涛，纵横锋镝之下。迄今余一纪矣，同仇渐广，晚节弥坚。练兵，海只为乘时，此何时也。两越失守，三楚露布，八闽羽书，雷霆飞翰。仆因起而匡扶帝室，克复神州，此忠臣义士得志之秋也。即不然，谢良平竹帛，拾黄绮衣冠，一死靡他，岂谀词浮说足以动其心哉！乃执事以书通，视仆仅为庸庸末流，可以利钝兴衰夺者。譬诸虎仆戒途，雁奴守夜，既受其役，而忘其哀。在执事固无足怪，仆闻之，怒发冲冠。执事固我明，勋旧之裔，辽阳死事之孤也。念祖宗之恩泽，当何如怨愤；思父母之患难，当何如动念。稍是转移，不失为中兴人物。执事谅非情薄者，敢附数行以闻焉。

世祖摇了摇头，叹向臣下道："朕看做皇帝，还不如做和尚的好。只要瞧西藏达赖，何等自在！何等尊荣！朕哪里比得上他。有了一日，脱卸了万机，择一处山明水秀的地方，焚香拜佛，悟道参禅，享受下半生清福，倒也很有趣味的。"群臣面面相觑，一句话也不敢回答。

忽报洪经略奏报到。世祖拆封一瞧，见奏的是明将孙可望，单骑归命，不觉大喜。随下旨孙可望着来京听封。原来孙可望，原名可旺，是张献忠的部将。献忠大杀川民，可望与李定国、白文选等，曾经跪地泣谏过，因此部众都很推服他。献忠伏诛之后，可望率领献忠余部，李定国、刘文秀、艾能奇、白文选、冯双礼等，雄踞云南，一方独霸，自称为平东王。那时云南有两个宝贝，一个是在籍御史任撰，一个是礼部主事方于宣。这任、方两宝贝，就倡议尊可望为国王。可望大喜，就叫他两个制起卤簿，定起朝仪来。真是山中无虎狗称王。拟定国号叫后明，以干支纪年，改制印篆为九叠，鼓铸钱币，叫做兴朝通宝，设立内阁九卿六部科道各官。就叫任撰为吏、兵两部尚书，方于宣为翰林院编修，李定国等都封了王。拆掉呈贡、昆阳两座城子，就把砖石建造四王府。又毁掉万余间民居，辟作演武场。收罗各路工技，归入行伍，隐然谋窃大号。无奈李定国等，都把他同侪看待，遇事分庭抗礼，不肯相下。可望乃叫心腹王尚礼，暗说艾能奇、刘文秀道："咱们兵多令杂，也不是久长之计。现在大众议定，推奉平东为主子，你们看是怎样？"能奇回称很好。文秀见能奇允了，也没有说什么。可望于是叫礼部择了日子，亲到演武场阅兵。

这日，校场上文武齐集，文官都穿着蟒玉，武将都穿着盔甲，马队、步队、大旗队、火器队、长枪队、短刀队、弓箭队、刀牌队密密层层，排列得如荼如火，但等可望驾到，即便升炮开操。遥望驰道两旁杨柳映着旭日，迎风飞舞，愈觉青翠可爱。正等候的不耐烦，忽见柳缘丛中，转进两匹关东骏马，马上坐着两员大将，飞一般驶来。接连十来对对子马，流星似的走成一线。对子马过完，就是一乘八抬八扶的暖轿，缓缓而来。那为首两骑，高喝着“王爷驾到！快快放炮升旗。”众人知道可望到了，一齐的伺候着。将台上放起三声大炮，旗鼓官忙把那面金绣的三军司命“帅”字旗升将起来。

霎时轿子到演武厅前落下。走出轿来，众人大吃一惊。原来轿子里坐的，并不是孙可望，是可望的义弟李定国。定国倒并不推辞，一升座，就传令开操。众将正在为难，恰恰可望行到。可望见“帅”字旗升了，心里大大不自在，查问谁教升的旗。旗鼓官禀称：“奉的李王将令。”可望怒道：“我没有令下，你就升旗放炮，你眼珠子里，明是没有我呢。”王尚礼道：“旗鼓官不遵号令，就请发令重重责他一遭儿，也好儆戒儆戒别的不知王法的人。”定国怒道：“这是什么话？我跟你是弟兄，你传得令，我也传得令。炮是我教他放的，旗是我教他升的。你责打旗鼓官，明就是给我没脸。”可望道：“别说责打旗鼓官，就责打你也不要紧。”两个人就在将台上争闹起来。众人忙着劝解，把定国劝了下来。可望升座道：“要我做主子，必定杖李定国一百棍子才可。不然，军法不能行，怎么约束诸将。”定国愈加不服，攘臂而起，大吼道：“你要打我，来来来！我就跟你见个高下。”白文选抱住道：“不要这样，有话总好讲。咱们弟兄，全靠着义气两个字。要是一决裂，散了伙，定然要吃人家暗算。”一面又向可望求恩，可望还是不依。王尚礼求请减责五十鞭。可望道：“便宜他，就五十鞭罢。”定国还要争闹，艾能奇、刘文秀都跪下道：“李二哥，大哥责了你，你就还责我们两个人，每人给你鞭责五十下，如何？”定国无奈，只得受了五十鞭子。责毕，可望抱住定国哭道：“我要建立军法，不得不如此！弟须谅我。”当下又令定国率领本部人马，到普洱去平沙定洲。定国心里虽然不服，因兄事可望已久，未便仓卒发难，领着本部兵马去了。

旗开得胜，马到成功，不多几天，定州万氏、沙氏，都被定国灭掉，兵强势盛，于是孙可望不能节度他了。到这时，可望独霸的念头，方才打断，慨然道：“我辈汗马二十年，破坏天下，张、李究竟何曾得着寸土？倒被清国享了渔人之利，想起来真是犯不着。我现在定要把中国江山，双手捧还给明朝，才显我姓孙的手段。”当下就备了南金三十两，琥珀四块，名马四匹，派当地绅士杨畏知、龚彝，贡肇庆进贡，并求封王爵。一面移书南宁明臣陈邦傅，声言不允封号，马上提兵杀出。陈邦傅吓极了，听了部将胡执恭计策，矫命封可望为秦王，填写了一张敕令，铸了一颗“秦王之宝”金印，就派执恭斋往云南。可望异常欢喜，叩头接旨，恭敬非凡。哪里知道杨畏知回来，说朝廷只许封为平辽王。可望骇道：“我已经封过秦王，如何又改封平辽王？”畏知道：“秦王是假的，是陈邦傅假传的圣旨。这平辽王才真是皇上恩典。”可望大怒，立传胡执恭问话。执恭道：“他说我们是假，他那平辽王敕命，又何尝真的？我晓得皇上敕命，封王爷不过是景国公，这平辽王是堵胤锡串的鬼戏。”杨畏知道：“廷议果然不许，堵大人一番苦心，才降下这个恩命。堵大人奉有恩命，原可以便宜封拜，这一道敕命，原与皇上亲笔差不多隆重。”执恭道：“我们大人，也赐有空敕，可以承制封拜的。堵胤锡的算是真，我们也好算真，我们的算是假。堵胤锡的也好算假。”正要发落，忽报勋国公高必正有信到来。可望诧道：“高必正是李闯部将，反正之后，朝廷封他为勋国公，平日与我素无交情，怎么这会子有起信来？”拆开瞧时，只见上写着：

> 本朝祖制，异姓从不封王。我跟随闯王破京师，逼死先帝，蒙恩宥赦，亦上公爵。尔张氏窃据一隅，封上公足矣。安冀王爵，自今当与我同心报国，洗去贼名，毋欺朝廷孱弱。我两家士，马足相当也。

可望大怒，随命把畏知、执恭一齐下在牢里，索性大大改章，设立起护卫队来，名叫驾前军，本部各军，悉加上行营两个字，自称不楮，或自称孤，文书下行，称为秦王令旨。各官上书，都改称做启，称到李定国、刘文秀等，都称为弟，弟安西，弟抚南。派兵袭破贵州，袭破四川，明朝的巡抚总兵各文武官职，通通杀了个干净。

这时，永历帝恰恰连吃败仗，广州桂林尽都失守，瞿式耜、张同敞尽都殉难，兵穷势绌，没奈何，只得派遣钦使，赍着金册金印，敕封可望为冀王。可望还不答应，永历帝逆他不过，只得降旨封他为秦王。孙可望于是派遣总兵王爱秀赍表一道，到广南迎驾；一面派李定国、冯双礼率步骑八万，出全州攻桂林。刘文秀、王复臣率步骑六万分出叙州、重庆，会攻成都。李定国一支，兵锋利无前，所到之处，宛如秋风扫落叶，沅靖、武岗、全州尽行恢复。清将孔有德因守桂林，守阵军士，瞧见定国兵到，吓的都溜跑了。有德怅然，奔入府中，谓妻子道："不幸少时投了军，漂泊在铁山鸭绿地方，原望跟着毛大帅博一个妻封子荫，留名万古，不料毛大帅忠不见信，被袁督师害掉性命，因此归命本朝。现在得着亲王的封爵，受着专征的重任，受恩深重。到这会子，除了一死报君，还有别的法子吗？"他妻子道："我与你同受皇恩，自然同死王事。"于是纵火自焚。阖家一百二十多口，尽都烧死。百姓献了城，定国专差飞骑报捷。使者回来，报称永历皇帝已经驻跸（bì 帝王车驾）在安隆地方。秦王奏封主帅为西宁郡王，冯帅为兴国侯，钦差不日到也。定国大喜。忽报衡州有警，立率步骑往救。阵斩清将敬谨新王堪尼，军威大振。一日流星探马报称刘、王二帅深入敌地，误中吴三桂奸计，打了个大败仗，王帅阵亡，刘帅已被秦王奏参革职。定国听了，很是叹惋。忽报秦王有使命到来。定国唤进，那人道："秦王要面会王爷，商议军国要事。恭请虎驾马上到沅州去，秦王候在那里呢。"定国喜道："秦王召我好极了！我本也很惦着他呢。"打发使者去讫，随传下号令，命各军防守要隘，自己轻骑简从，正要起行，忽有一将，匆匆奔入，缠住定国手腕道："任爷此去，定中秦王奸计，这是汉高祖伪游云梦故智，去不得！"定国大惊。欲知此人是谁，且听下回分解。

第二十回　破云南舆图成一统　殂顺治清史暂收场

话说定国正要起行，忽有一将入帐，大呼："去不得！这是汉高伪游云梦的故智。"定国瞧时，乃是左军都督王之邦。忙邀他坐下，问道："我与秦王，谊犹兄弟。今来召我，怎见他别怀奸计？"王之邦道："孙可望心怀不轨，所以迟迟未发，就怕王爷一个儿。现在皇上在安隆，不过担着个虚名儿，一应政权，都在可望一个儿手里。皇上的宫室何等卑陋！服御何等粗恶！每年的供养，不过八千两银子，六百石米粮。随驾各官的开支，都在里头，这也不必说它。那行营户部报销册上，写着皇帝一员，皇后一口，月支银米若干。王爷，你想想，这是哪一朝的礼数儿？"定国皱眉道："怎么荒谬到这个样子？我想总不至于如是吧。"王之邦道："这等荒谬，比这个加起十倍的，正多着呢。戎政司马吉翔、勇卫司庞天寿，恨吴阁老不肯谄附孙贼，交章参劾他。皇上知道吴阁老是忠臣，不去理会他。这两个奸贼，竟会公然具启孙贼，把内外各政，尽行收归两司办理，又叫武选司郎中古其品，画尧舜禅受图，献给孙贼。其品不肯，马、庞两贼，竟会借事害掉他性命。现在众奸日夜谋逼皇上禅位，孙贼怕你老人家不答应，还未敢造次。"说着，外面递进一封信来，定国拆开一瞧，叹道："秦王果然是赚我，我与他是弟兄，不便跟他对敌。"遂引着本部，走向广西而去。早有探马报知可望。可望大怒，亲率人马追赶。赶到半路，撞着清兵，吃了一个大败仗，回转来一肚皮忿气，全发泄在朝臣身上。弄得永历君臣，愈益惴惴不已。

一日，永历帝听得行宫门外，马蹄声络绎不绝。派内侍张福禄、全为国出去瞧看，回报秦邸驾前军飞鞭直过，并不下马。永历帝泣道："孙可望早晚必行篡弑，可怜朕躬，不知命在何时？"二人见说得伤心，不觉也陪着下泪。君臣三个，偷偷儿哭了一会子。张福禄道："吴阁老很是忠心，可惜手无寸柄。"永历帝道："听得西宁王李定国已走广西，军声大振，能够出朕险关，必是此人。意欲降一道密旨，叫他统兵入卫。你们俩，能够办理此事吗？"二人奏道："随驾各官，忠贞可靠的很是不少。像刑科给事中张镌，中军都督府左都督郑允元，大理寺丞林钟，太仆寺少卿赵赓禹，翰林院检讨蒋干昌、李开元，吏科给事中徐极，江西道御史周允吉，广西道御史朱议泥，福建道御史胡士瑞，兵部郎中朱东旦，工部郎中蔡缜，内阁中书易上佳，吏部员外郎任斗墟、林青阳等，见秦邸近日行为，都很忿怒，都可与谋。"永历帝道："你们二人，出去跟吴贞毓悄悄商议着行罢。千万小心，风声一走，咱们的性命就都没有了。"二人应诺。当下背地里，告知吴贞毓，贞毓密邀张镌等到家商议道："主上阽（diàn 临近）危如此，正我辈致命之秋。诸君中谁愿允当密使，到广西去走一遭？"青阳慷慨请行。贞毓大喜，就令蒋干昌撰了一道敕，朱东旦书就，福禄持入用过宝，递给青阳藏好。次日早朝，青阳就上了一个乞假归葬的本章，却悄悄驰向广西去了。一去遥遥，杳无消息。永历帝等候得不耐烦，于是再降一道密敕，派翰林院孔目、周官前去催促。怕马吉翔知道，先下一道圣旨，派他梧州去谒祭兴陵。也是明朝气数，这件事偏被马吉翔晓得了，转报可望，吴贞毓等十八个人，尽都遭害。正是：

尽瘁鞠躬今已矣，忠臣千载气犹生。

孙可望既害十八忠臣，又上封章一本，辞意之间，十分要挟。永历帝没奈何，只得优诏褒答。一日，忽报西宁王李定国统兵入护，秦王部将张总兵在田州打了个大败仗。现在秦王派白文选前来劫驾，要把两宫移到贵州去。永历帝吓得魂不附体，太后听到此事，由不得伤心哭泣。永历帝见太后悲伤，也大哭起来，从官无不凄咽，顿时满宫里哭声惊天动地。正乱着，白文选已经进宫，瞧见帝后悲泣，不觉也凄怆下泪。因跪奏道："皇上勿忧，臣愿誓死护驾。且缓一两天，西宁王一到，就好并力抵御孙贼了。"永历帝亲手扶起文选，道："卿真社稷躬臣，朕从此全仗卿家了。"文选道："孙贼悖逆如此，部下都很不直他。刘文秀也早通款西宁了。如果打起仗来，一定是一败涂地。"永历帝才放了心。

过不多几日，果闻金鼓喧天，守城将弁飞奏"西宁王兵到"。永历帝传旨开城延纳。霎时李定国、刘文秀并骑入城，径进行宫觐见。永历帝喜不自胜，亲书诏敕，封李定国为晋王，刘文秀为蜀王，白文选为巩国公。其余将士，一一都有封赏。定国就请永历帝驾幸云南。于是永历帝才脱去了羁绊，安安稳稳，临幸云南。定国就把可望府第改为行宫，给永历帝居住，把云南省城改名叫滇都。部署才定，惊报传来，说孙可望训练士马，修造营帐，不日称兵犯阙。永历帝大惊，召集心腹文武商议。李定国道："强敌没有灭掉，滇黔倒先战斗，不是反叫清国享受渔人之利么？依臣愚见，还是议和的好。"白文选道："王尚礼、王自奇、张虎都是可望心腹人，现在尚礼、自奇各拥着重兵。在辇毂下张虎那厮，尤为诡秘，日伺左右，祸且不测。既要议和，还是皇上亲派张虎到黔中去，免生反复。"永历帝允诺。当下就召张虎到后殿把议和事情，详细说了一遍，亲拔头上金簪赐之道："和变成功，卿功不朽，必当赐卿公爵，以为酬报，就以此簪为信，见簪如见朕也。"张虎得着这样的知遇，论理应如何感恩图报，谁料他到了黔中，非但不帮忙，还很挑拨了可望一番。这才叫画虎画龙难画骨，知人知面不知心。张虎向可望道："皇上赐我金簪，命我到此行刺，事情办就，许封臣为二字王。臣受国主厚恩，哪里敢变心。白文选受了国公封号，已经投顺那边了。"可望大怒，逆谋愈急。永历帝见张虎没有消息，又派白文选前来议和，可望拘住了文选，大起兵马，克期犯阙。

这时，可望部下马宝、马进忠、马维兴各将，都不以可望为然，心里头很是不服。群谋反正，计议已定，遂说可望道："使功不如使过，默观诸将，没一个及得上文选。征滇大帅非文选不可！"可望应诺。于是拜白文选为兵马大总统，马宝为先锋，起兵十四万征滇。命冯双礼留守贵州，自己亲督精骑策应。十八日，渡过盘江，滇中闻报大震。永历帝下旨削掉可望秦王封爵，命晋王李定国、蜀王刘文秀与白文选联师进讨。这时，定国、文秀手下兵士，只有数千名，甲仗还不很完备。遥望孙可望大营，整齐严肃，宛如泰山一般，不觉相顾失色。文秀议逃向交址地界去，定国要东渡沅江，经取土司。踌躇了两天,没有决定。忽报白文选率众来归,二人闻报诧愕。马蹄响处,文选已经单骑进营,一见二人,就道:"请两王快快出兵交战,我们暗里头都已约定,稍迟就怕事机要败露。"定国道:"不诳我们么?"文选立誓道:"要是诳皇上,负国家,一定身死万箭之下。"忽报马宝密使至。定国唤进,那人道:"我们爷叫拜上王爷,请王爷快快决战,再迟一两天,怕就要不得了呢!白爷走后,秦王原想收兵回黔中去。我们爷怕大事泄露,就激他道:'咱们兵马,比他们多至十倍,为了白某一个人就这么着,难道咱们都不是人么?'秦王悦道:'诸将如是,吾复何忧',遂令我们爷跟张胜两个带领铁骑七千,从间道走袭云南。我们爷所以差我来报一声信,要是迟一点子,王爷就不免要腹背受敌了。临走时,我们爷再三嘱咐,叫请王爷最好明儿就开仗呢。"定国呆了半晌,搓手道:"真真难死了人,叫我如何处置?"文选道:"事已至此,只有死中求生一法。"定国道:"开仗保的住必胜么?"文选怒道:"张胜已到云南去了。咱们退兵,他的精骑追上来,不鸟兽散也蹂做肉泥了。一般是个死,死在阵上,比死在路上,不好点子么!而况开起仗来,敌营里头还有内应呢。"定国听说有理,决然道:"我就听你话,一准开仗。"当下传令,明儿五鼓,拔寨齐起,跟孙可望开仗。

一到次朝,营中吹起画角,大小三军整队前进,两军合战。才交得三五合,大将李本高,马儿蹶倒,早被敌将一刀挥为两段。定国失色,才待退兵,早见本营中一支人马,如风发潮涌一般,向敌阵中冲荡而去,旗上大书"大明白文选"字样。定国驻马远视,见敌军阵脚冲动,后队已乱,于是挥兵大进。这时,可望部下各将开营欢呼,迎接晋王,呼噪之声,震天动地,真是迅雷不及掩耳。吓得可望只带着十多骑从人,落荒而走,逃到贵州。部将冯双礼接着,可望道:"威清是贵州的咽喉,威清有警,贵州就要不保。你带着本部人马,到那里防守。如果追兵到此,你就放三个大炮知照我,我好早早预备。"双礼嘴里答应着,心里算计道:"你这厮众叛亲离,明明恶贯已满,何犯着还帮着你闹呢。"可望逃进贵州城,席还没有坐暖,就听炮声轰然,连着三响。探马飞报追兵已到威清。可望大惊,挈着妻子,慌忙出城,一切辎重婢仆,都被乱兵掠掉。经过镇远、平溪、沅州,各地守将都闭门不纳。可望狼狈已极,逃到长沙,差人到洪经略军前,上书请降。洪承畴连夜动本奏明世祖,世祖大喜,降旨封孙可望为义王,立召进京,询问云贵情形。

可望降清之后,不多几时,双目尽都瞎掉。到顺治十七年,因病身死。那义王世爵,直到乾隆年间,被清高宗特旨削除,总算承袭了百年光景,这都是后话。却说可望未降以前,明朝内情,清国不甚知晓。分疆划界,节节设防,派四川总督李国英驻守保宁,经略洪承畴驻守长沙,大将军辰泰、都统阿尔津驻守荆州。又派尚可喜等分驻肇庆、广州各地。遇着明军来攻,方才出战,退出境外,也不穷追。因为川东云贵,地势十分险峻,孙、李、冯、白又都是百战余生,姑把这几省地方,置诸度外。现在可望降了,拎起袋底一倒,明朝的内情,尽都披露。于是那班清朝大忠臣洪承畴、吴三桂忙着献勤儿,先后上章奏请乘机大举。世祖览奏,下旨三路征明,派出几位将帅,一个是贝子洛托拜为宁南靖寇大将军,同了经略洪承畴,从湖南进发;一个是平西王吴三桂拜为平西大将军,同了都统墨尔根李国翰,从汉中四川进发;一个是都督卓布泰拜为征南将军,同了提督线国安，从广西进发。三路军约于贵州会齐。正是宝车骑任委金山，隆施诏册；耿都尉泉拜疏勒，密运韬钤。列阵齐呼，风云变色，前麾所指，神鬼效灵。军声如雷动，兵甲似天来。驱阱机深终絷逸围之兽，焚冈焰烈莫逃游釜之鱼。不到半年工夫，四川贵州各地，早都隶入清国版图。永历帝同着二三臣子，跼天蹐地，东窜西奔，苦得要不的。清世祖偏又不肯放松，特下上谕，拜豫亲王的儿子信郡王铎尼为安远大将军，总统三路人马，一面密谕诸帅克取贵州，如云南机有可乘，即乘势进取。兵马疲弱，则候铎尼进止。诸帅接到此旨，办事愈益奋勉。等到铎尼兵入黔境，吴三桂已从遵义飞驰六百里，扎营平越府、杨老堡地方。铎尼行文各帅。合兵入滇，一面叫贝子洽托，同了经略洪承畴，留守贵阳，办理粮台事宜，千军万马，风一般卷将来，李定国、白文选等，空焚世杰存赵之香，徒伏子房报韩之剑，天命已去，人谋胡臧，辉戈终难返日，衔石胡可填波。清兵一到，永历君臣就此遁向缅甸而去。黎侯寓卫，竟赋式微楚昭入随，终难复国。

明朝失势，清朝得意。捷报到北京，世祖就下圣旨，以云贵州广湖五省荡平，宣示中外，召铎尼、洪承畴等班师回命，命吴三桂留镇云南。俗语说的好，祸兮福所倚，福兮祸之媒。清世祖荡平云贵，正欲饮至策勋，南中警报雪片也似飞来。大明延平王郑成功，兵部左侍郎张煌言，联师北上，江阴、镇江、瓜州、仪征、江浦、芜湖、溧阳、池州、和州、宁国、太平、徽州、无为、当涂、敏昌、宣城、南陵、旌德、泾县、贵池、铜陵等四府三州二十二县，尽都失守，现在江宁被围，危在旦夕。世祖大惊，忙着聚集文武商议退敌之策。

原来郑成功驻师金厦，时时有恢复中原、再造邦家的雄志。一日聚集诸将，商议进取。吏官潘庚钟道："漳、泉沿边，民苦争战，并且偈（jié 勇武）于一隅，也难号召天下。藩主欲伸大义，莫如督率战舰，从瓜镇径取江南。金陵一破，闽、粤、黔、蜀的豪杰，自会闻风回应，中兴事业，就有指望了。"成功还没有答话，就有人反驳道："我们空国远征两岛，岂不危险？"众视之乃是藩标中军甘辉。庚钟道："甘将军，你的眼光儿未免太近点子，清朝所以不攻两岛，就怕滇、黔的牵制。如果滇黔削平，全力来扑，区区两岛，岂能独全？现在统率貔貅，入据长江，截其粮道。他们自救不暇，哪里还有工夫攻两岛？"工官冯澄世，参军陈永华，都称潘庚钟的计划很是。甘辉坚称不可。成功慨然道："我也久有此心。汉贼势不两立，清朝哪里肯忘记我？我当请旨黔中，会师北上。"于是遣杨廷世、刘九皋入黔请命；一面日夜操练兵马。从征甲士，检定十七万，五万习水战，五万习骑射，五万习步击。还选一万轻骠善战的往来策应。还选军中有力能举重五百斛的，披了铁铠，画着朱碧彪文，只留出两个眼珠子，都给与砍马大刀，站在阵前，专砍敌军马足，名叫铁人军，望去宛如神兵一般，就派左虎卫陈魁统辖铁人军。金厦两岛，只派前军提督黄廷，跟兵官洪旭、户官郑泰两个留守。不上一个月，水陆马步操练都已纯熟，于是择日祭旗出发。甘辉坚请等候滇中命令。成功道："会师也无非牵制他们兵势的计划，现在兵马云集，日费万金，难道倒好迁延观望，自老其师不成？"忽报张煌言到，成功接进。煌言道："听到王爷兴师恢复，特来相助。"成功大喜，当下就命中军提督甘辉为前部先锋，马信、万礼为第二队，亲统大众为合后，请张煌言为监军，祭旗鸣炮,扬帆北上。偏偏老天不做美,行到羊山,遭着飓风,雷鸣水吼,浪涌如山,撞沉了十多号巨船。于是只好到舟山暂时停泊,修理帆楫。忽接警报,清兵三路入滇,成功道:“势迫如此,何能再缓?”立令扬帆北进。所到之处,势如破竹。不过一月开来,长江一带,尽都竖立朱明旗号,听受成功命令。

封疆清吏聊衔上章告急。世祖忙着召集文武会议,议了半天,也并没有什么高妙的法子。世祖急极,下旨御驾亲征。次日临幸南苑,校阅六师。传旨满汉各王,尽都随驾。这日天气清朗,世祖驾到时,皇族各王公、满汉各大臣、马步各将弁,都已齐集。从早至晚,整整操阅了一整天。鼓角喧天,旌旗蔽日,八旗劲旅,驰骤往来,不异活虎生龙。世祖十分嘉许。操毕回宫,内监递进江南捷报,才知崇明总兵梁化凤,已用奇计把郑成功击走,镇江、瓜州尽都克复,并擒斩敌将甘辉、潘庚钟等十多名。现在成功已经退回海岛去了。世祖喜极,亲书上谕,拔升梁化凤为江南提督,并饬图形进览。

清朝入关到今,经过一十七个春秋,智取豪夺,得寸进尺,一半是人力,一半是天助,大难删夷,山河总算一统。几位善拍马屁的开国大忠臣,便商量着上尊号,进贺表,干那粉饰承平的勾当。内中要算洪承畴、金之俊最为起劲。这日,是顺治十八年正月初六日,之俊拟了一篇贺表稿子,自己看过,十分得意,遂袖着到洪承畴家里来就政。一见面就道:“亨翁,我有一篇文字,你瞧瞧可用不可用?”承畴先不观看,用袍袖把昏花老眼揩了两下,然后逐字逐句仔细瞧了一过,笑道:“好极了!落笔大方,颂扬得体。之俊道:“别是过奖么?”承畴道:“我倒是实话呢。本朝的大手笔,第一自然要推着范文肃公,太祖太宗的庙号,列圣的年号,本朝的国书,盛京宫阙的名儿,以及各王公封号,哪一项不是他老人家一手撰出来的。自从他老人家去了世,我接着办,终觉不甚妥帖。要找个帮手,一竟没有找到,却不道今天倒找着了。”之俊问是谁。承畴笑道:“还有谁,就是你。将来少不得还要借重呢。”之俊才待回话,听得一阵脚步响,两个家人匆匆奔入,报说皇上晏了驾,各位王爷、公爷、贝勒爷、贝子爷都入内哭临去了。承畴、之俊都吓一跳。正是:

> 龙骧虎跃,方矜射虎之能;
> 地拆天崩,倏召普天之痛。

下文三藩称变,二将争功,康熙皇南巡访父,年羹尧北上观光,立皇嗣移花接木,谋大统煮豆燃萁,烛影斧声,案疑千古代,神踪鬼迹,秘绝人寰。求香妃兴师征回纥,访生父御驾幸江南;千叟宴帝室庆升平,八卦教草莽兴革命。这些节目,具待下集书中,再行披露。诸君恕罪,小子告别,《清史演义》初集完。

第二十一回　万众高呼戴真主　三藩跋扈隐祸伏

前集书中，说到金之俊撰好贺表，正在洪承畴家里斟酌损益，忽地头顶上一个焦雷，报说世祖龙驭上宾，金、洪两人呆了半晌。家人问道：“老爷可要套车？”连问两遍，承畴才如梦初醒，向之俊道：“昨儿还好好的，怎么一下子就会这么？之俊道：“真是想不到的事！”承畴回头，问车套好没有，家人回已经传话出去了。承畴道：“金老爷是坐了车来的？之俊接口道：“我有车的。”于是，金、洪两人坐车到东华门，步行入内。听得里头哭声撼山震岳相似。两人忙忙赶进，随班号哭了一阵。退班出来，到偏殿里，见各王公勋戚已挤了半屋子。几个认识的，就过来招呼。才谈得三五语，一个内监匆匆进来，向承畴道：“洪阁老，我们王爷请你过去。”承畴认得是信郡王府里人，遂跟着同见信郡王。只见信郡王铎尼道：“大行皇帝宾了天，第一桩要紧事情，就是开读遗诏。中原的仪注，我们都不很熟悉。你是前明做过官的人，经过得多，就派你充捧册大臣好不好？”承畴一口答应。当下，铎尼又派了几位汉臣，请出大行遗诏。按着仪注，宣读过了，就册立皇三子玄烨为皇帝，是为清圣祖，拟定年号叫康熙，即以明年为康熙元年。

这清圣祖年龄通只八岁，八岁的孩子，懂得点子什么。一应朝章国政，都听铎尼、洪承畴等主持罢了。但有一桩奇怪处，这孩子年龄虽小，福泽倒很不小，登位得没有几时，就把大明朝永历皇帝，生擒活捉，中原的冠裳，大明的国号，从此烟消云散，影迹无存。

你道这是哪一位建的奇勋？原来就是两代勋臣，一朝柱石，平西王吴三桂吴大将军。先是永历皇帝遁入缅甸之后，李定国、白文选统着残卒，只在孟良木邦跟缅人哄闹，所以清朝倒并不把他们放在心上。几位议政大臣，议要裁兵节饷，世祖叫询问吴三桂。三桂复奏，有渠大魁不翦，三患二离一疏，略称：“李定国、白文选以拥戴为名，引溃家窥我边防，患在门户。土司反复，惟利是趋，一被煽惑，患在肘腋。投诚将士，轸念故主，闻警生心，患在腠理。滇中米粮腾踊，输挽耕作，因荒逃亡，养兵难，安民亦难，惟有剿尽根株，才可一劳永逸。”世祖遂派内大臣爱星阿为定西将军，率兵会剿。三桂独出奇谋，一面催兵前进，一面飞檄缅王，叫他献出永历帝来。顺治十八年十二月，三桂兵入缅境，扎营在旧晚坡。缅王吓得要不的，忙遣缅相锡真，持着贝叶文，到清营投降，一面派兵护送永历帝出境。永历帝自知不免，遂亲笔写信一封，叫人到清营投递，其辞道：

将军新朝之勋臣，旧朝之重镇也。世膺爵秩，藩封外疆。烈皇帝之于将军，可谓甚厚。讵意国遭不造，闯贼肆恶，突入我京城，殄灭我社稷，逼死我先帝，杀戮我人民，将军志兴楚国，饮泣秦庭，缟素誓师，提兵问罪，当日之本衷，原未泯也。奈何凭借大国，狐假虎威，外施复仇之虚名，阴作新朝之佐命。逆贼授首之后，而南方一带土宇，非复先朝有也。南方诸臣，不忍宗社之颠覆，迎立南阳。何图枕席未安，干戈猝至。宏光殄祀，隆武就诛，仆于此时，几不欲生。犹暇为社稷计乎？诸臣强之再三，谬承先绪。自是以来，一战而楚地失，再战而东粤亡。流离惊窜，不可胜数！幸李定图迎仆于贵州，接仆于南安。自谓与人无患，与世无争矣。而将军忘君父之大德，图开创之丰功，督师入滇，覆我巢穴。仆由是渡沙漠，聊借缅人以固吾圉，山遥水远，言笑谁欢，祇益悲矣。既失世守之河山，苟全性命于蛮服，亦自幸矣。乃将军不避艰险，请命远来，提数十万之众，穷追逆旅之身，何视天下之不广哉！岂天覆地载之中，独不容仆一人乎？抑封王锡爵之后，犹欲歼仆以邀功乎？第思高皇帝栉风沐雨之天下，犹不能贻留片地，以为将军建功之所。将军既毁我室，又欲取我子，读鸱玱之章，能不惨然心恻乎？将军犹是世禄之裔，即不为仆怜，独不念先帝乎？即不念先帝，独不念二祖列宗乎？即不念二祖列宗，独不念己之祖若父乎？不知大清何恩何德于将军，仆又何仇何怨于将军也！将军自以为智，而适成其愚；自以为厚，而反觉其薄。奕祀而后，史有传，书有载，当以将军为何如人也！仆今者兵衰力弱，茕茕孑立，区区之命，悬于将军之手矣。如必欲仆首领，则虽粉身碎骨，血溅蒿莱，所不敢辞。若其转祸为福，或以遐方寸土，仍存三恪，更非敢望。倘得与太平草木，同沾雨露于圣朝，仆纵有亿万之众，亦付于将军，惟将军是命。将军臣事大清，亦可谓不忘故主之血食，不负先帝之大德也。惟冀裁之。

此信去后，也不见什么动静。隔了两天，永历帝正在太后跟前定省，忽闻帐外呼噪喧天。内监飞报："缅将带兵进来，不知是何意思？"太后、皇帝，一齐失色。只见掌院太监，又进来报说："缅将闯入寝宫来也。"永历帝抬头，见那缅将穿着皮甲，佩着铜剑，满脸笑容地进来。见过驾，随奏："晋王兵到，敬请大皇帝起驾！"永历帝才要问话，缅将指挥道："快进来请驾起行！"随见七八十个缅兵，蜂拥而入，不问情由，把永历帝与太后中宫，迎神赛会似的就椅子上抬着就走。众妃嫔号哭跟随，始终不舍。

此时永历帝宛如在云里雾里，被他们抬着，也不知经了几多时，行了几多路，忽然畀（bì）入一坐营帐里头。众缅兵放下自去，另有一班鞑子般的人，上来服侍。永历帝问这里是什么所在，服侍的人回奏，是平西王前锋高得捷营帐。永历帝只叹了一口气。此时，三桂标下各官进见的，叩头跪拜，总算还守着规矩。一会子三桂进营，长揖不拜。永历帝问是谁，三桂见了永历天帝般的仪容，心里早惊悸起来，哪里还回得出半句一字。等到第二遍问时，不觉双膝跪倒，伏在地上，宛似犬儿一般。永历帝问之再四，三桂颤着声道："罪臣吴、吴、吴三桂。"永历帝道："原来你就是吴三桂，好个能干的人儿。朕今儿才认识你。你做事果然能干，只是太刻薄点子。"说到这里，叹气道："事到如今，那也不必说它了。朕原本是北人，要回到北边去，瞧一瞧祖宗的十二陵寝，然后就死。你能够照办不能够？"三桂颤着声应道："能够办到。"永历帝道："这么很好，你去罢！"三桂伏在地上，面如死灰，汗流浃背，哪里还能够动弹！手下人挽着出帐，三桂一面揩额上的汗，一面向手下人道："我在百万军中，杀出杀进，也没有什么害怕。今儿见了他，竟会这个样子，连我自己也不会知道。光景天威咫尺的话，不全虚的，从今后倒不敢见他了。"

次日，奏凯北旋。永历帝与东宫都骑着马，太后与中宫都乘着四人肩舆，宫眷都骑从。行不到十里，满汉各军，一齐都变起来，统兵官弹压不下，飞报三桂，三桂也慌了手脚。原来，满汉各兵，从没有见过真天子，现在瞧见永历帝这么的仪表，这么的气度，宛如西方佛祖，玉阙天皇，不由钦服得死心塌地。十多万人，不约而同地跪倒马前，高呼起"万岁"来。顿时山鸣谷应，动地震天，一片都是："万岁、万岁、万岁"的声音。三桂大惊失色，忙与心腹计议，把永历帝迎入大队，换乘软舆，一面用好言抚慰众兵，一场大祸，处置得雾解冰消。三桂初意，原要把永历帝活解北京，举行那太庙献俘典礼。自经了这回挫折，把那兴头顿时打灭，拜折北京，奏请将永历父子就地正法。

康熙元年三月，吴三桂回兵云南，就把永历帝安置在都督旧衙，派兵看守。那时有一个户部尚书龚彝，具了嗣肴，前来送饭。守门兵卒，不肯放他进去，龚彝大怒道："这是我的主子，君臣之义，南北皆同，何得阻我？"守门兵弁报知三桂，三桂叫放他入内。龚彝设宴堂上，行过朝拜礼，跪着进酒，永历帝痛哭不能饮。彝伏地哭劝，拜一个不止，就此触地而死。三桂闻知，也很感叹。四月十四，这日清圣祖上谕到滇，"前明桂藩朱由榔，恩免献俘，着平西王吴三桂传旨赐死，余照所请。钦此。"三桂接过上谕，立即升帐，点齐本藩马步各军，从都督旧衙起，直到篦子坡法场，排列得边墙相似。用两乘肩舆，把永历帝和东宫，抬到法场，传令用弓弦绞死。东宫才只十二岁，临死大骂三桂道："黠贼，我朝何负于汝？我父子何仇于汝？把我们收拾到这个样子。"这日大风扬沙，雷电交作，满汉军民，无不悲悼。吴三桂却很是欣然，一面叫把永历帝尸身，从葬在省城北门外，一面叫幕府中拟折复奏。

说部常套，有话即长，无事即短。清圣祖登基而后，虽未必五谷丰登，万民乐业，却因三桂殄灭了永历，西南方的忧虑是没有了。张煌言隐居南田，郑成功建邦台岛，东南方也没有人来缠扰。得过且过，总算是太平天子。从来太平天子，必定做出几桩风流韵事，来点缀历史。像隋炀帝、唐明帝，都是成例。清圣祖既然算是太平天子，自然总也逃不脱那个成例。而况圣祖聪明天亶，又乖觉又伶俐，轶类超群，几百个也不及他一个。生长宫闱，日夜跟宫女们混在一堆，又加母后怜爱，百般放纵，一任他蹂香蹦玉，叱燕嗔莺。因此虽在童年，那古怪刁钻淘气，比成年人还要利害。

一日，他不知又转出了一个什么念头，特到慈宁宫见太后。这位太后，是蒙古科尔沁部一等公定南将军佟图赖的女儿。蒙古人没一个不信喇嘛教的，圣祖进宫，见太后正跟一个喇嘛僧，对面坐着，讲经说法，谈得非常起劲。太监报：小爷进来。太后喜欢道："玄哥儿来得正好，你也来听听师傅的说法。"说着就把圣祖搂入怀中，一面抚弄他的脖子，一面静听喇嘛僧讲道。圣祖不耐烦道："这位师傅想必肚子饿了，传旨御厨房赐斋罢。"喇嘛僧见圣祖这个样子，也不敢再往下讲，谢过恩就出宫去了。圣祖向太后道："母后，儿臣有一件事情，要回你老人家。"太后忙问何事。圣祖道："这几天经筵讲官进讲的是《尚书》，儿臣听着倒很喜欢。"太后道："喜欢念书，果然是好，只是别太认真了，身子也要紧。咱们又不比百姓人家，靠着这个要应科第，不过认得几个汉字，能瞧瞧章奏罢了。”圣祖道：“母后教训的是！”顿了一顿，又道：“儿臣听那讲官说起中原的主子，从古到今，最好不过就要算着唐尧虞舜。那唐尧的好处，就在和睦九族的人，九族都和睦了，然后化及百官，化及万国，天下没一个人不被他的恩，没一个人不服他的治。儿臣现做着中原主子，儿臣想就学那唐尧的法子，先把九族的人和睦起来。母后瞧好不好？”太后道：“一家子人，原是要和气。你既然肯效法尧舜，那还有什么不好？”圣祖道：“恳求母后下一道懿旨，所有宗室格格等，准其随时入宫朝见，不这么，又怎么会和睦呢？”太后点头道：“还是你想得周到。”次日，果然降了一道懿旨。于是，睿邸、豫邸、肃邸各王邸的格格，镇国、辅国各公府的姑娘，都能随时入宫，陪着圣祖玩笑。大内里头，顿时热闹许多。圣祖朝罢回宫，就跟众格格谑浪笑傲，日子过得非常快活。

这一年是康熙八年，圣祖已经十六岁了。宗人府拜上一折，开具各邸格格年岁，请旨遣嫁。圣祖瞧见此折，心里先已不耐烦，暗想：女孩儿到了年长，为甚必定要嫁人，真乃不通得很。等到瞧那所开的名字，内有某邸七格格一名，笑道：“这宗人府真不晓事，七格格朕早纳为妃子多时了。”随提朱笔批道：“七格格已纳为妃，遣嫁一节，着毋庸议。钦此。”宗人府见此朱批，不胜惊诧，遂争道：“中原礼节，同姓不得为婚。七格格于皇上为父辈行，皇上称之为姑母，岂可纳为妃子？臣等宁死不敢奉诏。恳请收回成命！”圣祖笑道：“你这个人怎么这么的不通，中原人所谓同姓不婚，无非指着生我的母，我生的女，与同生的姊妹罢了。像姑母一辈，既不是我的母，又不是我的女，更不是我的姊妹，纳之有何妨碍？”宗人府听了这种精奇透辟的议论，哪里还回奏得出。在朝各汉臣，瞧见宗人府为难的样子，不约而同的慷慨陈词。你也面折，我也廷争，谏诤得非常尽力。究竟圣意坚定，诸臣瞎闹一会子，也就罢了。

这时候，圣祖虽然亲政，其实全国政权，一大半操在强藩手里，平西王吴三桂，开府云南；平南王尚可喜，开府广东；靖南王耿精忠开府福建。耿、尚两府，各有五十佐领，绿旗兵各有六七千，丁口各有二万，平西王藩属，独得五十三个佐领，绿旗兵有到一万二千，丁口有到数万。三个藩王里头，要算平西王功劳最高，兵马最强，朝廷待遇的恩礼，也最为浓厚。西府用人，吏兵两部，不得掣肘；西府用财，户部不得稽迟；西府有除授文武官吏的特权。因此天下官吏，一大半都是西选，各省督抚提镇，差不多有只知藩王教令，不识皇帝上谕的样子。平西王的儿子，入尚宫主就在北京供职，且政大小，朝夕飞报云南。所以在朝各官，听了“平西王”三字，也很惴惴。欲知其详，且听下回再解。

第二十二回　萨郎中星驰告变　清圣祖锐意用兵

话说三藩爵位既高，专政既久，自然而然流露出跋扈飞扬的样子。满朝臣子都知道他们必要闹事。加之老臣凋谢，这几年工夫，范文程、洪承畴等一班元老，都已先后辞世，执政的都是新进末学，哪里还在三藩眼里。也是合当有事，这一年，平南王尚可喜忽地拜发一折，奏请归老辽东，把广东藩邸事务，让于儿子之信管理。你道他为甚拜这一折？原来，尚可喜在广东，一点儿主都不能做，邸中大小事务，悉由世子之言独断独行，可喜苦得要不的。门客金光替他想出这一个主意，巴望圣祖钦召进京，就好当面陈奏。谁料部里头议出来，竟准其徙藩回籍。这个消息传到滇、闽两省，平西王吴三桂，靖信王耿精忠，兔死狐悲，心里都各不安起来。于是先后上折，奏请撤兵。圣筹叫大学士六部九卿会议，朝臣大半主张勿徙，只有户部尚书来思翰、兵部尚书明珠、刑部尚书莫洛等几个力请徙藩。再令议政大臣各王贝勒重议，议了多时，依旧主着两说。圣祖道："藩镇久握重兵，势成尾大，终要闹出事来，不过早晚差一点子罢了。眼前吴藩的儿子、耿藩的兄弟，都在京里头，趁这会子就徙，谅总不致有甚变动！"遂下旨准如所请。上偷传到云南，三桂大吃一惊，暗道："今儿夺得我藩地，明儿就削得我兵权。我这性命儿要存要取，自己还能够做得主么？"于是声言防备缅夷入寇，传齐藩标各将，天天下校场操演，一面派人看守各处驿站，无论公文私信，只许传进，不准递出。因此，滇中举动，京里头并不知晓。

隔不上两个月，北京放出两位钦差，来催问吴王动身日期，一位是侍郎哲可肯，一位是学士博达礼。三桂虽接着诏旨，却总推三阻四，不是说身子不好，就是说预备未周，今儿约明儿，明儿约后儿，到后来真也不能再约。这日，三桂绝早起身，传下教令，本邸各都统、各总兵、各佐领，齐集王府伺候。辰牌时候，升了帐。诸将排着，班打跧儿叩见。三桂向下一瞧，见红顶儿，蓝顶儿，晶顶儿，花翎儿，摇摇晃晃，挤满了一屋子，遂发言道："众位少礼，本藩今儿有几句话，要与众位谈谈，所以特地召众位到这里来。"说到这里，顿了一顿，把眼珠子向四下一瞧，随问道："众位现在都是朝廷一二品大员了，众位可晓得头顶上那前程儿，从哪里来的？"众人都道："这都是皇上的洪恩，王爷的栽培。"三桂摇头道："都不是。"都统夏国相抢上一步道："沐恩愚昧，还要恳求王爷指示。"三桂道："众位的前程，都还是大明朝皇帝的恩典。"众人听了此话，虽没有问难，脸上却都露出奇诧的形色来。只听三桂道："想我吴某，三十年前，是大明朝的平西伯、山海关总兵，因为遭着国难，才到清国借兵，替主子报仇雪恨。南征北战，十多年工夫，才争到这点子前程。饮水思源，不都是大明皇帝恩典么？"说到这里，便发一声叹道："谁料我们争到手前程，旧主子早不到哪里去了。"众人听了这几句话，心里一阵酸楚，眼眶里都几乎滴下英雄泪来。三桂道："我们受了旧主子如许恩典，现在要远徙辽东，理应旧主子陵前去告一声儿别。我已经备下牛羊三牲，叫人在永历皇陵前摆设了，众位肯跟我去叩祭么？”众人齐声愿去，应得异常悲壮。三桂道：“叩祭旧主子，须要改穿旧朝制服；穿着现在的衣服，旧主子见了要心痛的。”众人又齐声答应，这一声比得前更来悲壮。三桂回头道：“抬出来！”就见家人抬出十多只箱笼，当堂打开。蟒袍冠带，满满的都是明朝衣服。三桂第一个更换，众人挨次穿戴，顷刻间都变了明朝人。三桂率领众人，步行出城，到永历帝坟前，伏地大哭。众人全都大哭。各营的兵士，满城的百姓，都被他们这么一来，激动故宫离黍的念头，都各放声大哭。那悲痛声浪里头，还挟着忿怒的气息。

云南抚台朱国治，跟哲、博钦差听了这般哭声都各骇然。派人探听，报说是平西王哭祭皇坟。朱国治搓手道：“完了完了，我是封疆大吏，没处逃的。二人不妨自便。”二人都道：“这一层朝廷也曾虑到，眼前怕还不至于么。预计三藩兵马，按站起行，当在仪扬地方会集。”国治道：“瞧眼前的样子，怕等不到会集么。”二人道：“我们且去瞧瞧。”随乘轿望平西王府来。只见府门前排列着许多兵士，一个个弯弓露刃，怒目横眉，大有寻事的样子。下轿进内，见各将都穿着前明服制，晓得不妙，但已经来了，没奈何，只得硬着头皮进内。只见吴三桂高坐府堂，面前横列五七只方桌，桌上满满堆着金银珠宝绸缎衣服之类。瞧见二人，也并不起身相见。只听他向众将道：“清朝的天下，没有我吴三桂，永远不会得的。我们汗马血战，帮了他三十多年，这会子初初平靖，他就用不着我们了，一纸诏书徙我们到关外去。从来天威莫测，到了北京，或者再下一诏，解散藩众，也是说不定的。只可怜我们三十多年，同甘苦共患难的老弟兄，从此竟要分手了。”众人听到这里，一个个咬牙切齿，怒发冲冠。三桂把手向桌上一指道：“这点子东西，都是历年积蓄下来的，现在分给众位，做一个留别的纪念。将来解散之后，万一我有甚不测，众位见着东西，就如见着我自己一个样子。我吴三桂再有一句话，告知众位，现在的皇帝，跟我们原不是一种，从来说非我族类，其心必异，以后众位须格外要小心谨慎，免得遭人家疑忌。”话未说完，早见众将齐声道：“番子这么不知好歹，我们还是动手反了罢，免得受人家鸟气。”三桂急道：“众位快休，如此被抚台知道，你我性命都要休了。”胡国桂道：“什么鸟抚台，我去杀了他再说。”提着刀忿忿地去了。霎时提进一颗血淋淋人头来，大呼道：“朱国治已被杀死，我们就此反罢。”三桂大哭道：“我吴三桂从此被众位陷了！”也随下令把哲、博两钦差下在牢里，一面竖旗起事，自称天下都招讨兵马大元帅，推奉崇祯三太子为主。移檄远近，其辞道：

天下都招讨兵马大元帅吴，为檄告事，本镇深叨明朝世爵，统镇山海关。一时李逆倡乱，聚贼百万，横行天下，旋寇京师。痛哉！毅皇烈后之崩摧，惨矣！东宫定藩之颠跌。文武瓦解，六宫丝乱，宗庙丘墟，生灵涂炭，臣民侧目，莫敢谁何？普天之下，竟无仗义兴师。本镇居关外，矢尽兵穷，泪血干竭，心痛无声。不得已许虏藩封，暂借夷兵十万，身为前驱，斩将入关。李贼遁逃，誓必亲擒贼师斩首，以谢先帝之灵，复不共戴天之仇。幸而渠魁授首，方欲择立嗣君，更承宗社，不意狡虏再逆天背盟，乘我内虚，雄据燕京，窃我先朝神器，变我中国冠裳。方知拒虎进狼之非，追悔无及。将欲反戈北逐，适值先皇太子幼孩。故隐忍未敢轻举，避居穷坏，艰晦待时，盖三十年矣。彼夷君无道："奸邪高张道义之儒，悉处下僚，斗筲之辈，咸居显职。君昏臣暗，彗星流陨，天怨于上；山岳崩裂，地怒于下。本镇仰观俯察，正当伐暴救民顺天听人之日也。爰率文武，共谋义举。卜甲寅年正月元旦，推奉三太子。水陆兵并发，各宜凛遵诰诫。

贵州巡抚曹申吉、提督李本深、云南提督张国柱接到檄文，尽都起兵相应。彼时文报除了驿递，没有别的法子，所以京里头一点儿没有知道。

这日早朝未罢，圣祖正与明珠、索额图等一班大臣，讨论旗人守制事件。守门侍卫飞奏，有人骑马直闯午门。圣祖不胜骇异，忽见一个晶顶官员，形色仓皇，飞步奔上殿来。护驾侍卫慌忙阻拦。那人在丹墀上一绊脚，拍塌一交，跌倒在地，就此昏了过去。群臣尽都愕然，内中要算兵部尚书明珠最为镇定，先到那人身旁，打量一会儿，回奏："这是旅往贵州督理徙藩事件的户部郎中萨穆哈。"圣祖传旨，叫把萨穆哈救醒询问。于是，众内监忙用姜汤灌救，救了大半天，方才苏醒。萨穆哈只说得两句话："吴三桂反了，滇黔两省，尽都从贼。"却又昏了过去。圣祖忙传太医煎参汤给他接气，阖朝官员听到这个消息，尽都慌了手脚。萨穆哈喝过参汤，恢复了原气，才奏道："黔中得着消息，甘制台就要督兵拒守，怎奈标下各官都不肯听他号令。等到甘制台令箭出去，他那中军官，早构了衣服，竖了白旗，投从贼子多时了。甘制台知事不妙，连夜逃出省城，想檄调各地防兵，徐图恢复。才到镇远，碰着贼军，就被生生捉去，活活处死。微臣单马疾驰，昼夜趱行，一总走了十二天，才能够见着皇上。不知那边这会子扰得怎么样了。"圣祖道："这桩事情，我自有道理。你途中辛苦了，家去歇歇罢。"说着，外面送进一封湖广总督蔡毓荣八百里加紧奏报，也是报告云南乱事，与萨穆哈所报，大致相同。

圣祖问臣下道："这事如何料理？"大学士索额图道："势已至此，除了抚还有别的法子么？十多年不曾见兵革，八旗兵的弓马战阵，也都生疏了。吴三桂兵多将广，各省督抚提镇，大半又是他的心腹，倘然用兵，就怕国家不见得有利呢！"圣祖道："已经反了，如何还能够抚？"索额图道："那也很容易，只要把主张藩徙的人，立即治了罪，再派专使到云南，宣布德意，准他世守云南，不再迁徙，不就平靖了么！"圣祖回向众人道："此论如何？"明珠、莫洛等几个主张徙藩的，见此情形，无不震恐失色。圣祖道："徙藩这件事，原是我的主意，要治罪先就应得治我。"索额图吓得跪下，道："奴才不知忌讳，该死得很。"圣祖道："不必如此，你也无非为国家打算。"索额图谢过恩。只听圣祖道："做主子的，一味软弱，还能够办什么事！从来说天尊地卑，天之所以能够尊，就为它能生能杀。要是一味祥风瑞雨，没有霜雪雷霆，还有谁来尊它！朕计已决，不管敌的过，敌不过，总用兵痛痛地办就是了。"索额图道："庙算高深，固非奴才等所能窥测。这是耿尚两藩，与吴逆休戚相关的，倘或联络了一气，事情就难办了。可否恳恩两藩暂时缓徙，免得多所周搬。"圣祖道："这话也是。"于是一面派钦差到闽、粤两地，叫两王不必搬家；一面下旨削掉吴三桂官爵，把三桂的儿子额驸吴应熊收了狱。命都统巴尔布率满洲精骑三千，由荆州守常德，都统珠满率兵三千，由武昌守岳州。都督尼雅翰、赫叶席布根、特穆占、修国瑶等分防西安、汉中、安庆、兖州、郧阳、汝宁、南昌各处紧要地方，又拜顺承郡王勒尔锦为宁南靖寇大将军，大学士莫洛为经略大臣，总理军事。朝臣见清圣主胸有成竹，调度井然，都各暗暗喜欢。

谁料一波未平，一波又起，广西将军孙延龄，平南王尚之信，靖南王耿精忠，几个月工夫，一齐都变，各地告急本章，雪片相似。圣祖虽是雄才大略，究因乱地广阔，难于照料。派出去的将，奏报回京，胜仗总是小胜，败仗总是大败。云贵、川粤、湖广、陕西、江西、福建十多省地方，三五年里头，全都失掉。清圣祖焦灼万分。这日，正与议政王大臣在便殿上讨论平乱方略。忽报西藏达赖喇嘛有奏报至。拆开一瞧，都是替三桂游说的话，略称吴某穷蹙乞降，恳恩贷其一死，如果鸱张不服，也请格外施恩，免得兵连祸结。又报钦天监副官、西洋人南怀仁奏报火炮制成，请旨派员验收。圣祖叹气道："西藏达赖，深受本朝厚恩，谁料他倒不及西洋人忠义。"随命安亲王岳乐去验收火炮，一面严旨申斥达赖。

却说吴三桂初起时光，龙吟虎啸，云合风从，很有点子声势。平南王尚之信，靖南王耿精忠，定南王、女婿广西将军孙延龄都起相应。又派人西通达赖喇嘛，东联台湾郑氏，几乎成了约从的样子。可惜众心不齐，各人要紧图谋私利，你争我夺，自家窝里头先闹起来。清圣祖乘间用了个反间计，把耿、尚、孙尽都离掉，剪去三桂双翅儿，却就叫耿尚等还兵攻三桂。又派几员满洲骁将，节节进攻，步步为营，逼得三桂走投无路。虽也曾建过年号，即过帝位，虚名儿济不得实事，这短命皇帝，只落得忧愤而死。吴三桂一死，手下那班文武，都是没有远见的，主张进取，主张退守，纷纷不一，支援不到两年，一败如灰，烟消雾散。荡荡乾坤，依旧是大清世界，什么昭武皇帝，洪化皇帝，那尸身儿都被骚鞑子搬到北京，磨骨扬灰，治了个心满意畅。耿精忠、尚之信、孙延龄信了反间计，大家出死力帮着大清，攻打吴三桂。等到三桂灭掉，清圣祖知恩报德，一纸诏书，把他们召进京来，一古脑儿诛杀个尽净。于是大赦天下，特下一道上谕道：

> 当滇逆初变时，多谓撤藩所致，欲诛建议之人，以谢过者。朕自少时见三藩势焰日炽，不可不撤。岂因三桂背叛，遂诿过于人。今大逆削平，疮痍未复，其恤兵养民，与天下休息。

清圣祖聪明睿哲，他那圣德神功，说书的这张笨嘴，哪里称述得尽。更有一桩奇特处，他那风月性情，倜傥行止，那怕军书旁午时光，依旧我行我素，自在非凡。可知圣人自有真固，非俗子凡夫及得到的。吴三桂在衡州地方，即位改元，置百官，封诸将，这时光天下事情，乱得如麻一样。圣祖对着群臣，愁眉苦眼，装出一副宵旰忧勤的样子。等到一退朝，却偷偷换了衣服，溜出皇城，到各处私街曲巷，浏览春色。

一日回宫，小太监瞧见，跟随进来，伺候他换衣服。圣祖并不理睬，踱进乾清宫，歪在炕上出神，小太监伺候了半天，不见说要换，又不叫退出，只得捧着衣服，在旁呆立。总管太监李福全，进来请圣祖晚膳，瞧见这个样子，很为诧异。遂请道："爷可要开饭？"圣祖痴痴的，只是不答。福全又请一遍，还没有听，只得走近身旁再问。圣祖才如梦初醒道："你来做什么？"福全道："请爷晚膳。"圣祖摇摇头。福全道："各宫娘娘，各邸格格，都要侍席的。爷不吃，难道叫她们都挨饿不成？"圣祖道："传旨她们先吃罢，我还要等等呢。"福全无法，只得叫小太监传旨去吃。守门小太监进报："慈宁宫掌院传懿旨来也。"圣祖慌忙跪接。那掌院走进宫，就道："皇太后有旨，叫皇帝早点子安睡，被儿盖得严一点，春寒比不得冬天，凉了不当稳便。"掌院说一句，圣祖应一句，直等说完，方才起身。福全留掌院喝茶，就告诉他，爷身子不爽快，不过来请安了，烦转奏皇太后。"没有顿饭时辰，掌院又来传懿旨，立叫太医院入宫请脉。请过脉，药方儿皇太后还立等着要瞧呢！圣祖抱怨福全道："都是你大惊小怪，闹得皇太后都知道了。我又没有什么病，不过心里烦躁，略静养养就好了。"福全笑道："我的爷，我可吓怕了呢。不记去年那一回，爷服了金太医的什么步步娇药丸儿，召了五格格、七格格一块儿玩。说是试试药性儿，到后半夜把奴婢不曾几乎吓死。连接五六个人的气，我的爷才醒了过来。后来皇太后知道，把我叫去，狠狠骂了一顿，还交代以后爷有什么，立刻就要奏报，我如何敢隐瞒呢！"圣祖摇头道："从前的事，还提它怎的。停会子太医来了，咱们不要瞧罢，我身子很健呢。"福全道："但愿这样，只是奴婢瞧爷，没有往常的活泼。"圣祖道："我知道你误会了，人家心里头不如意，怎么误到身子上去。"福全听说，心里明白，点头道："那也怪不得爷，但是忧也没中用，劝爷想开点子罢。这贼子总有一天恶贯满盈的。"圣祖道："你讲的是什么？"福全道："爷不是为了吴三桂忧闷么？"圣祖笑道："吴三桂这逆贼，谁耐烦还去忧他。"福全道："我道爷为了吴逆，原来不是。奴婢愚笨，这却想不出了。"圣祖道："我另有一桩事情，比了吴逆乱事，难起十倍还不止呢。"福全惊道："这又是什么事？可否求爷告知奴婢？"欲知圣祖说出何事，且听下回再讲。

第二十三回　清圣祖狐绥卫女　郑延平虎据台湾

话说总管太监李福全，听圣祖说得这样郑重，倒很是一跳，遂道："到底什么事情，求爷说一个明白。"圣祖道："我今儿出宫游玩，在前门那里一条胡同里头碰见一个女子。福全，这一个女子，真是漂亮！真是标致！我从来没有瞧见过。我想随她进去，跟她讲几句话儿。这女子偏也作怪，秋水似的两个眼珠子向我一溜，微微笑了一笑，关上门儿进去了。我呆立了半个多时辰，她竟不走出来。福全你想罢，要是不办她，哪里对的过她这一番盛情美意！要是办她，我又想不出新奇法子。这一桩事情，又不便与廷臣们商议，你道难也不难？"福全才待回话，小太监报："太医院医官王武玉宫门候旨。"圣祖道："回他去就是了，我又没有患病。"小太监领旨去讫。圣祖又道："你可有法子？"福全道："我的爷，我道是什么军国大事，原来就为这一件事，那是很容易办的。"圣祖喜道："你会办得么，就交给你办。办得好，我自重重赏你。"福全听说，跪下叩头道："谢爷恩典，这个赏，奴婢知道，必定要领的。"圣祖喜极。福全道："奴婢还要问爷呢，这女子望去约有多大年纪？模样儿怎样？爷可还记得？"圣祖道："一辈子都不会忘记，这女子的年纪，瞧上去不过十八九岁么，模样儿最是俊不过，鸭蛋儿似的脸子，翠竿儿似的身子，眉如春柳，又翠又长，眼似秋波，又明又活，笑起来这两边有两个酒窝儿的。"说到这里，便把手向自己脸上一指。福全道："爷今儿这么高兴，此事看来已有八九分朕兆了。"圣祖忽又转着一个念头，跌足道："哎哟！这倒没有仔细。"福全道："爷又想着什么了？"圣祖道："这女子是姑娘便好，要是妇人，可就完了！"福全道："爷嫌妇人不要么？"圣祖道："这么天仙似的人不要，我还要谁？我为的是做了一国主子，夺娶民间有夫之女，道理上很是说不过去，所以着急呢。"福全笑道："爷要是这么想，不如打断这个念头，不要办了罢。"说得圣祖也笑起来。

一宿无话。次日一早，福全就出去打听。到夜回来，圣祖问他怎样了。福全道："我的爷，真真找死了人。我按照爷所说的地方，找了一半天，再没见有这个女子。"圣祖道："蠢才，你要访问人家的。"福全道："怎么不访问，连问过八九家，人家都回不知道，可怎样呢。别是爷记错了，不是前门吧。前门那几条胡同，今儿是走遍了。"圣祖道："没用的奴才，明儿跟我一块儿去。"夜饭后回到寝宫，值宫太监叩头问道："爷今儿钦召哪位娘娘侍寝？"圣祖摇摇头，独自解衣睡下。正是：

曾经沧海难为水，除却巫山不是云。

次日早朝也不坐，梳洗完毕，喝了一碗燕窝粥，就与福全两个，悄悄溜出宫门。转弯抹角，只拣私街曲巷而行，为的是防有上朝人员碰见，不很方便。走了好一会子，福全觉着有点子腿酸，问道："我的爷，还有几多路？咱们歇歇再走罢！"圣祖道："快到了，望也望的见了。”果然走不到半里，圣祖就指道：“这门口儿就是。”福全瞧时，见是三开间一所小宅子，粉墙外面，倒有三五株杨柳，在那里临风飞舞，门口珊瑚笺门条，标着“江左卫寓”四字。福全道：“原来是这里。”圣祖道：“你昨儿来过没有？”福全道：“前面找过，这里倒不曾呢！”圣祖道：“这会子可认识了？”福全道：“认识了。”随道：“爷，咱们回去罢。”圣祖道：“到了这里，又回去做什么？”福全走近一步，附着圣祖耳朵，说了几句不知什么。就见圣祖喜道：“我就依你，只是三天里头办不到手，你可仔细！”福全道：“咱们雇个车儿罢，再要走，两条腿子都要折了。”圣祖点点头。回到宫中，已有上灯时候。值宫太监送进一大叠奏章，略翻一翻，大都是请兵请饷的话，也无心细瞧，随叫发交议政王大臣议复。

这几天里头，清圣祖坐不暖席，食不甘味，绕室彷徨，宛似热锅上蚂蚁一般。好容易盼到第三天，才见福全兴兴头头的走进来。圣祖忙问：“可办成功了？”福全道：“这个差使，真不易当。用了许多的心思，经了许多的周折，才算有点子眉目。”圣祖听说，喜得眉飞色舞。忙道：“你这个人真是聪明，真有能耐。我早知我识拔的，没有错呢。”福全道：“爷休喜欢，事情还没有成功呢。”圣祖惊道：“怎么没有成功，你不是说已有眉目了么？”福全道：“才有得眉目，成不成还要做下去看呢。”圣祖道：“到底怎样？”福全道：“爷别性急，待奴婢细细的告诉。这家子姓卫，主人叫卫大胖子，倒是个武举人，现在前门大街开着片杂货铺，生意很是过得去。家里一妻一妾三口儿守着过日子，倒很安闲自在。爷瞧见的那个，就是他的妾，听说还是去年新娶的。”圣祖不耐烦道：“这种事情，打听它做什么。叫你办的事怎样了？你不是许我三天么？”福全笑道：“爷恁地性急，奴婢话还没有讲完呢。”圣祖道：“快一点儿讲罢！慢条斯理，谁耐烦！”福全道：“奴婢就到杂货铺会那卫大胖子，向他说明来意。这卫大胖子，真也坏不过。”圣祖道：“敢是他不肯么？”福全道：“他没有说是肯，也没有说是不肯。他说皇上天恩，不遗微贱，我真是感激不尽。”圣祖笑道：“那不是答应了么？”福全道：“他还有话呢，他说只是皇上所要是贱妾，我不便替她答应。我答应了，倘然她不肯起来，我又不能替她，皇上又不要我。这一件事，还须先和贱妾商量。她要是应允了，我万万不敢阻挡的。我的爷，你看如何处置才好？”圣祖道：“多赏他几个钱，总再没有不了的事。”福全道：“我瞧卫大胖子，家里还有饭吃，光是钱怕压不倒他吧。”圣祖道：“你看应当怎样？”福全道：“最好恳求天恩，赏他个一官半职。卫大胖子应得科举，做官想总是欢喜的。”圣祖道：“你这话真有道理，就命你传旨与他，要是依了我这件事，立刻拔他为头等侍卫。”福全道：“奴婢吃过饭，就去传宣恩命。”圣祖点点头。

当下福全自去吃饭不提。且说卫大胖子，名叫良臣，是江南常州人氏。老子手里，家本小康，只因他自幼欢喜习武，弯弓驰马，弄棒使枪，把家产花销了个尽净。虽然博得一名武举，寒来易不到衣，饥来换不动饭。亲戚故旧知道他穷了，瞧见他就掉过脸，不理他，良臣苦得要不的。谁料否极泰来，这一年忽地碰着一个乡榜同年，纠合他进京，合做点子买卖，预备应下科的春闱，并不要他拿出一个本钱来。良臣喜极，就带领老婆进京。大凡交着好运的人，无论做什么，总没一样不顺手的。良臣买卖一道是外行，却年年顺利，岁岁赚钱。不到五六年，手里着实可以了。那同年中了武进士，投在顺承郡王麾下,驰赴前敌替皇家效力去了。他虽依旧是个老举人,倒娶了个美妾。一家团聚,很享点子天伦乐趣。现在遭着这桩非常际遇,心中虽不愿意,无奈是天子隆恩,只得勉强奉诏。

福全复过旨,就当夜把卫氏一乘小轿抬进宫。谒过驾,圣祖特沛恩纶,就命她乾清宫侍寝。是夜圣祖同她颠鸾倒凤,百般恩爱,不消细说。圣祖见卫氏柳眉翠锁,杏脸红酣,体态轻盈,身材苗条,真是没一件不好,没一处不俏,越看越爱,越瞧越喜,不知要怎样宠待她才过得意去。正是:

回眸一笑百媚生,六宫粉黛无颜色。

从来说女无美恶,入后见嫉。何况卫氏花一般容貌,水一般性情,又加圣眷隆重,天恩优渥,合宫妃嫔人等,就不免因妒生怨,因怨成恨。当了面虽不敢怎么样,背地这诟谇谣诼你言我说,出好些有天没日的话。什么按着祖制,满汉不能联姻咧,又什么宫门口竖的铁牌咧,几个刁钻的,便放风说要奏知皇太后,请皇太后训示哩。醋雨酸云,布满皇宫内苑。六宫都总管李福全,怕闹出事来,自己也担有不是,慌忙奏知圣祖。圣祖闻奏,呆了半晌道:“这一层倒没有虑到。那起不知死活的糊涂种子,倘要真是这么闹起来,我也免不了挨一顿骂呢。”福全道:“爷挨一顿骂算什么,卫娘娘的性命,怕就要难保。再者若上头知道是我弄成功的,我也要粉身碎骨了。”圣祖踌躇道:“这便如何处置?她的命就是我的命,她要真有什么,我也不能够再活了。”

忽然小太监入奏一等公吴雅卫武递职名叩请圣安。圣祖正在没好气,骂道:“这也值得进来回说!我知道。就是不懂事的混账羔子,你兴头,你可仔细!”吓得小太监跪在地上,一声儿不敢响。李福全心里一动,走近身,把圣祖衣袖一掣,道:“爷,吴雅卫武来的正巧,或者菩萨爷可怜见咱们爷儿为难,暗地里神差鬼使,特叫他前来解救,也未可知?”圣祖诧道:“朕是中国的皇帝,他不过是个一等公,如何倒能救朕?”李福全道:“现在各宫娘娘,不是为爷宠了卫娘娘气不过,要在皇太后跟前搬弄是非么?”圣祖道:“她们无非恃着宫门口竖的那块铁牌儿,要断送我的命根子。老实告诉你吧,要真是这么胡行,她们也休想活着,我定把她们一古脑儿尽都赐死,我自己也拼着命不要。”福全道:“爷也不犯着这么短见。据我的糊涂想头,只要用着吴雅卫武包可安全无患。”圣祖大喜,问计。福全道:“吴雅卫武人很诚实,皇太后也很信他,爷何不把他密召到里头,叫他认了卫娘娘做女儿?这现成国丈,总没有不愿意的。然后趁皇太后欢喜当儿,索性回了说一等公吴雅卫武的第几女,聪明贤淑,堪备掖庭,儿臣已经选中,少不得皇太后发慈心,准许她进宫来住。太后疼爷,总没有不答应的。这么一来,合宫里谁还敢道半个‘不’字。爷,你瞧我这主意儿,可行不可行?”圣祖乐极道:“真好主意儿,你怎么不早说呢?”福全道:“奴婢也只才想起来,爷斟酌着行吧。”圣祖回头见小太监兀自跪着,遂道:“起来起来,快去传旨,叫吴雅卫武在南书房候着,我还有话问他呢。”小太监自去传旨。圣祖换好衣服,就叫福全跟着到南书房召见吴雅卫武,密谈了好一会子。次日回明皇太后,就说皇太后意思,钦选一等公女儿吴雅氏为妃,叫人带去见了皇后与各宫妃子人等。于是卫氏自此见了天日，堂皇冠冕，不似前遭偷偷摸摸了。圣祖不肯失信，果然下旨把卫良臣简授了御前侍卫。

这卫妃自康熙十七年五月里密选入宫，到这年十月里，却就生下一位皇子。圣祖非常的欢喜，亲题御笔，赐名叫做胤祯，排行恰值第四，因此宫监人等，都称胤祯四哥儿。众妃嫔见卫妃六月生儿，不免又造出许多诽谤的话儿，卫妃倒也捏着一把汗。谁料圣祖宽廓大度，听了那些谣诼一笑置之，并不细行根究，卫妃才放下了心。这哥儿胤祯，生得虎额龙睛，鸟嘴鹰鼻，骨相非常奇特。圣祖为他生了后三藩就此平静，说他福命好，所以比了别个儿子，格外的怜爱。暂且按下。

却说大明延平王郑成功自金陵败绩而后，收拾残兵，攻取台湾全岛，蓄锐养精，沉机观变，守汉家之腊，半壁乾坤；用天复之年，双悬日月。田横耻为亡虏，克用靡矢臣节。清朝气他不过，遣兵派将，起了好几回征帆，总不会得着胜利。成功卒后，他那儿子郑经，也能绍述父志，雄踞海上，睥睨神州。清朝奈何他不得，只得命大臣明珠、蔡毓荣到闽中，与耿靖南商议招抚的方法。明珠亲笔写了一封信，叫兴化知府慕天颜、都督佥事季佺，赍了清帝诏敕并书信，航海到台湾招抚。慕、季两人，见了郑经，说得个唇焦舌燥，郑经只开了明珠书信，清廷诏敕，依旧原封不动。向天颜道："本藩念生灵荼苦，过避海外。谁料贵朝还不肯相饶。现在也不必多说，能够照着朝鲜之例，不削发，不易服，我就何妨称臣纳贡，尽一点儿事大之义。如果办不到，那也只好再谈了。"遂复书明珠道：

盖闻麟凤之姿，非藩樊所能囿，英雄之见，非游说所能惑。但属生民之主，宜以覆载为心，使跂行啄息，润其泽，匹夫匹妇有不安其生者，君子耻之。顷自迁界以来，五省流离，万里丘墟，是以不谷不惮。远引建国东宁，庶几寝兵息民，相安无事。而贵朝尚未忘情于我，以致海滨之民，流亡失所，心窃憾之。阁下衔命远来，欲为生灵造福，流亡复业，海宇奠安，为德建善，又陪使所称，有不削发登岸置贸衣冠等语，言颇有绪，而台谕未曾详悉。惟谆谆以迎敕为辞，事必前定而后可以寡悔，言必前定而后可以践迹。大丈夫相信以心披肝见胆，磊磊落落，何必游移其说。不谷躬承先训，恪守丕基，必不敢弃先人之业，以图一时之利。惟是生民涂炭，恻焉在怀，倘贵朝果以爱民为心，不谷不难，降心相从，遵事大之礼，至通好之后，巡逻兵哨，自当调回。若夫沿海地方，俱属执事抚绥，非不谷所与焉。不尽之言，惟阁下教之。

郑经写好书信，派礼官叶亨、刑官柯平跟随清使，到福建报命。

明珠瞧过回书，随向闽督李率泰、靖南王耿继茂道："皇上一片好意，海贼只道咱们怕他了，竟敢这么的胆大。你们瞧他荒谬不荒谬？"李率泰道："从来生公说法，顽石点头。荒谬尽让他荒谬，咱们且尽咱们的事，免得用兵，究竟省事点子。"耿继茂道："咱们再写两封信去，你看如何？"明珠道："瞧那倔强样子，怕不是一纸空文哄得到的。"李率泰道："那也再瞧罢了。"于是耿李二人，又写了两封信，仍旧差天颜送过海去。

不多几天，天颜回来，呈上郑经复信。李率泰拆开瞧时：

盖闻佳兵不祥之器，其事好还。是以祸福无常倚，强弱无定势。恃德者昌，恃力者亡。曩岁思明之役，不佞深悯民生疾苦，暴露兵革，连年不休。故遂全师而退，远绝大海，建国东宁，于版图疆域之外别立乾坤，自以为休兵息民，可相安于无事矣。不谓阁下犹有意督过之欲，驱我叛将，再启兵端。岂未闻陈轸蛇足之喻，与养由基善息之说乎？夫符坚寇晋，力非不强也；隋炀征辽，志非不勇也。此二事阁下之所明知也。况我之叛将逃卒，为先王抚养者二十余年，今其归贵朝者，非必尽忘旧恩而慕新荣也，不过惮波涛，恋乡土，为偷安计耳！阁下所以驱之东侵而不顾者，亦非必以才能为足恃，心迹为可信也，不过以若辈叵测，姑使前死，胜负无深论耳。今阁下待之之意，若辈亦习知之矣。而况大洋之中，昼夜无期，风雷变态，波浪不测。阁下两载以来，三举征帆，其劳费得失，既已自知，岂非天意之昭昭者哉！所引夷齐田横等语，夷齐千古高义，未易齿冷；即如田横，不过齐之一匹夫耳，犹知守义不屈，而况不佞世受国恩，恭承先王之训乎？倘以东宁不受羁縻，则海外列国，如日本琉球吕宋广南，近接浙粤，岂尽服属？若虞敝哨出没，实缘贵旅临江，不得不遣舟侦逻。至于休兵息民，以免生灵涂炭，此仁人之言，敢不佩服！然衣冠吾所自有，爵禄亦吾所自有，而重爵厚禄永世袭封之语，其可以动海外孤臣之心哉！

李率泰笑向耿继茂道："这厮虽然倔强，讲的话倒还爽利。"继茂因索观看。率泰也取继茂的瞧看，只见上写：

日在鹭铜，多荷指教。读'诚来诚往、延揽英雄'之语，虽不能从，然心异之。阁下中国名豪，天人合征，金戈铁马之雄，固自有在。然顷辱赐教，谆谆所言，尚袭游说之后谈，岂犹是不相知者之论乎？东宁偏隅，远在海外，与版图渺不相涉，虽夷落部曲，日与为邻。正如张仲坚远绝扶余，以中土让太原，公子阁下亦曾知其意乎？所云贵朝宽仁无比，远者不问，以耳目所闻见之事论之，如方国安孙可望，岂非竭诚贵朝者，今皆何在？往事可鉴，足为寒心！阁下倘能以延揽英雄，休兵息民为念，即静饬部曲，慰安边陲，羊陆故事，敢不勉承。若夫疆场之事，一彼一此，胜负之数，自有天在。得失虽易，阁下自知之，毋庸赘也。

李率泰道："明大人披星戴月，走了几千里路程，只博他三封书信。郑经这厮，真也太会淘气。"明珠道："眼前由他放肆，回到京中，跟议政大臣、各王贝勒商议了，再想法子收拾他。"欲知明珠回京，酿出什么风云来，且听下回分解。

第二十四回　威扬海外异国来朝　衅起宫中同怀结怨

话说明珠蔡毓荣乘兴而来，败兴而返。回到北京，即便据实奏明朝廷。圣祖笑向臣下道："郑成功父子真似海上神仙，可望而不可即，咱们为了他，法子也想尽了。听从黄梧之计，掘掉他的祖墓，杀掉他的老子，又把沿海居民，尽都搬到内地来，严禁船只出海，闹了个烟雾腾天，依旧不济事。听从李率泰之计，檄调红毛夹板，督着降将，出过三四回兵，也没有得着胜利。像浙江的张煌言、广东的王兴，虽也屡次逆命，到后来究竟伏了王法，总没有郑成功父子这么难收拾。"贝子赖塔道："郑逆无非恃着穷洋大海，波涛险恶，明欺咱们不能够去。如果早早练就几万水军，又何至这么猖獗呢？"圣祖道："教练水军，不是一朝一夕就会成功的。眼前能够守住边境，不放他内犯，也就好了。"群臣见圣祖如此，乐得省事，遂把台湾郑氏，置诸度外。等到三藩起兵，耿精忠派使到台，求他起兵相应，许把漳泉两府割归郑氏，郑经才率众西上。谁料精忠忽地背起约来，于是耿、郑两家，结为不世之仇，你争我夺，打一个不罢，战一个不休。吴三桂做了几回和事老，哪里和解得了。弄到结末，都便宜了清朝，两家究何曾得着一民尺土！

彼时三藩殄灭，清朝就把全力来对付郑氏。双拳怎敌四手，郑经只得把所得七府之地，尽都弃掉，一帆风顺依旧逃向台湾而去。清将贝子赖塔，怕他再来缠绕，修书一封，与他议和，其辞道：

> 自海上用兵以来，朝廷屡下招抚之令，而议终不成，皆由封疆诸臣执泥。削发登岸，彼此龃龉。台湾本中国版籍，足下父子，自辟荆榛，且眷怀胜国，未尝如吴三桂之僭妄，本朝亦何惜海中一弹丸地，不听田横壮士逍遥其间乎？今三藩殄灭，海陆一家，豪杰识时，必不复思嘘已灰之焰，毒疮痍之民。若能保境息兵，则从此不必登岸，不必剃发，不必易衣冠，称臣入贡可也，不称臣不入贡亦可也。以台湾为箕子之朝鲜，为徐市之日本，于世无患，于人无争，而沿海生灵，永息涂炭，惟足下图之。

郑经见信，一口答应，不过要把海澄地方，留为互市公所。赖塔倒也并不在意，总督姚启圣力持不可，一桩好事又成画饼。

这姚启圣，是汉臣里头很有才干的，圣祖为满总督郎廷相不济事，把他调到这里来。启圣一到任，就把郑经杀败，漳、泉、金、厦各地，尽都收复。明清鼎盛时光，天下百姓最苦不过是福建人，里面要输清朝官赋，外面要应郑氏兵饷，敲骨吸髓，十室九空。等到耿、郑交兵，遍地烽火，躲都没处躲，逃都没处逃。现在虽说是平静了，却还驻着一王一贝子一公一伯，将军都统等一二品大员还没有算呢。王贝子的供应，道府自然问州县要，州县自然问百姓要。那各爵爷各将军所统的兵，都是皇家禁旅，满籍健儿。满洲人出名的叫骚鞑子,到了福建,住的是百姓人家房屋,吃的是百姓人家粮食,日间役使他们的子弟,晚上奸淫他们的妻女,扰得天地失色,日月无光。姚启圣趁这时光,便行出点子仁政,虽属买服人心的勾当,倒也亏了他呢。满洲兵奏凯北旋,子女玉帛掳掠去的,真是不少。启圣一面捐金购还,一面请王爷下令禁止,因此超生的,倒也有二万多人。福建人异常感激,都情愿为他效用。启圣于是遍派汉奸,各岛各屿,凡是郑氏势力所到的地方,没一处不有启圣耳目,台中举动瞬息皆知。这日接到谍报,知道郑经大败回去,日近醇酒妇人,把国政尽交与儿子克壓管理。克壓礼贤下士,声名很好。只是群小惮他明察,合伙儿谋他。逆料这两年里头,总要闹出事来。果然不多几时,又接谍报说郑经已死,克壓被杀,台湾人拥立郑经次子克塽为君,群臣互相猜忌,国内乱得要不的。启圣喜道:"这才是我吐气扬眉的日子。"于是拜折北京,保举水师提督施琅为大将,奏请直取台湾。圣祖准奏,立下圣旨,命施琅为靖海将军,督率水师征台。施琅原是成功部将,台湾地势的险易,海道的浅深,真是乌龟吃萤火虫,胸中雪亮。康熙二十二年六月里出兵,到八月里,才只两个月,台湾全岛已尽收归清朝疆土。从此汉官威仪,不复见于神州赤县了。

清圣祖接到捷报,就命文臣撰了一道谕旨,颁行天下,铺张扬厉,无非自己狂吹自己的牛皮。圣祖这一来,不过是想吓吓人,谁料竟被他吓出一个属国来。这一个国,国名叫做暹罗,在明朝时光,原是一竟服属中国的。洪武四年,进贡驯象六足龟,后来贡黑熊,贡白猿,真是年年不绝,岁岁来朝。明太祖曾命礼部员外郎王恒,赍诏往封,敕赐国王金印。明朝亡掉之后,暹罗国贡使,从没有到过中国。这会子暹罗国王瞧见了清圣祖那道谕旨,吓得忙着遣使奉表,到北京进贡。理藩院接过贡使,奏明圣祖。圣祖瞧那贡单上,载有白鼠三百头一项,不觉喜逐颜开,忙命理藩院把贡品进呈。理藩院见圣祖这么高兴,不解是何缘故。当下圣祖召见过贡使,赏收过贡品,立即传旨赐宴。众朝臣见柔远典礼,过于隆盛,不免都有点子纳罕。

这日回宫,已近午饭时候,卫妃接驾,笑奏道:"爷怎么这朝晚才回宫?刚才点的那两样菜,我怕御膳房弄的不干净,叫李福全亲去监着呢。"圣祖笑道:"难为你想得周到。我也饿了,叫他们搬来,咱们一块儿吃了罢。"卫妃道:"这个恩典,可不敢领了,爷自己请罢。"圣祖忙问为何。卫妃道:"我今儿斋呢。"圣祖道:"陪我吃点子也不要紧,菩萨未必就计较了。"卫妃道:"爷近来听了南怀仁的话,连菩萨都不信起来了。要晓得这三官菩萨,最是威灵显赫?信奉他的人,要是差了一点半点,马上就有报应到来,我如何敢破戒呢!"圣祖道:"真有这么威灵显赫,怕不见得么。"卫妃道:"如何不真!爷不信,我就讲一桩故事你听。"圣祖道:"你不要讲了罢,我是始终不信的。"卫妃道:"为甚不信?"圣祖道:"菩萨要真是威灵显赫,你早受着报应多时了。"卫妃惊道:"如何我还要受着报应?一年中正月七月十月,一月中逢一逢七逢十,都是全斋的,难道还不算作虔诚么?"圣祖笑道:"光斋着口是不中用的,你这斋只好算是半斋。叫是我做了菩萨,一定与你不依的。"卫妃嗔道:"好呀!我的爷,顺了你旨意,倒还打趣我,从今后可就不敢领旨了。"圣祖道:"讲一句儿玩话,也值得这么急!"卫妃道:"爷算是玩话儿,不要紧,奴才们听见,吵嚷开了去,闹得别宫里都知道,我还成什么人了呢!”圣祖道:“这又怕什么,大家都是过来人,谁又管了谁呢!”卫妃闻言,抿嘴儿一笑。

李福全进来请旨,问可要进膳,圣祖点点头,于是搬进御膳。圣祖硬要卫妃侍席,卫妃逆不过,侧坐相待,却只替圣祖剔筋出骨,自己并不进御。圣祖喝了几杯,脸上露出三五分春意,笑向卫妃道:“究竟是汉宫春色,比众不同。七格格在旗人里头,都说她是一个顶儿,现在我看来,给你拾鞋也不要。”卫妃道:“都是爷天恩,抬举我罢了。其实我自己倒也并不觉着怎么。”圣祖愈益欢喜,连干两杯,笑向卫妃道:“你这个人,福命真好,自从你进了宫来,三藩也平了,台湾也得了,今儿暹罗国也派人前来进贡,从今后咱们正好享受太平清福呢。”卫妃问暹罗国进贡几时的话,圣祖道:“就今儿呢。我为召见贡使,问了好一会子话,退朝就晚了。再告诉你,贡品里头有一样很可玩的东西,我知道你必定喜欢,已叫人替你留下。”卫妃问是何物。圣祖道:“白耗子三百头,你喜欢不喜欢?”卫妃道:“要这东西来做什么?”圣祖道:“你去年不是巴巴的差小太监到市上收买这东西么?还记得为了这个闹出一场人命来呢。”卫妃道:“爷还要提起,为了这个,不知呕了多少气,其实我也不过哄哄祯哥儿。难道我自己还要玩耍这个不成!”

说着,奶妈子抱胤祯进来请安。圣祖道:“孩子这么大了,别尽抱着,让他自己走走,活活血脉。”奶妈子笑道:“爷不知哥儿的脾气,比谁还难服侍,他要怎样,就只有依他,要走也不能够抱他,要抱也不能够叫他走。我们背地里笑说,究竟龙子龙孙,跟寻常人家孩子不同的。”卫妃道:“爷你可听见了,倒是做奶妈子的民妇倒有见识。那种脏了心烂了肺的什么主子娘娘,倒会嚼舌根诬人,什么带来的抱来的,偏我那位棉花耳朵的爷,会相信她。”圣祖道:“这是你自己多心,我何曾信过?”卫妃低头不语。

圣祖叫把暹罗国进贡的白耗子搬进宫,给卫妃解闷儿。福全传出旨去,不多一回,就见小太监一笼一笼抬进来,三十头一笼,共是十笼。那白耗子,雪一般的毛儿,朱一般的眼儿,巧小活泼,十分可爱。胤祯一见,就吵着要。圣祖道:“这是给你妈解闷的,怎么你就要了呢!”卫妃道:“赏了他罢。”圣祖笑道:“我来问他几句话。”遂问道:“你要这白耗子做什么?”胤祯道:“父皇赐了我,我就会把它教练成军队一般,可以冲锋打仗。”圣祖喜道:“咱们家孩子,究竟吐属不凡。好,好!我就赏了你罢。”胤祯喜得手舞足蹈,立叫小太监搬运自己宫里去。奶妈子道:“哥儿就是性急,恩还没有谢呢。”胤祯听说,立即爬下地,叩了几个头,跳跃着去了。

圣祖只道他孩子家,不过是句玩话。谁料胤祯回去,把十笼白耗子,一齐放出,四面拦了网子,扯起两面小旗子,竟真的训起阵法来。有不听指挥的,立即军法从事,用牙箸夹了把小刀子活活杀死。不到三天,十分中早杀了六七分。兔死狐悲,物伤其类,这东西虽蠢,死究竟也怕的。那余剩的二三分,便都不敢违拗,发下军令,或前或后,或左或右,竟没有错一点。胤祯乐得什么相似,叫小太监抬了,到卫妃宫里,献给他妈瞧看。卫妃也很欢喜,众太监宫娥,便都称赞祯哥儿巧妙,胤祯更是得意。忽见太监进报:爷进来了。卫妃携着胤祯,忙欲出迎时,圣祖已自走进。卫妃笑道:“爷来的巧,请瞧胤帧的玩意儿,倒也亏他治得这几头耗子服服帖帖。将来要是治起国来,怕比爷还要有杀伐决断呢。”圣祖道:“什么玩意儿,我瞧瞧。”随赴近桌边。胤祯便张了网子,笼子里放出耗子,扯起小旗儿,指挥着排列阵势,进退疾徐,丝毫不乱。圣祖道:“许多白耗子,只教成功这几头么?”胤祯道:“就只剩这几头了。”圣祖道:“还有呢?”胤祯道:“都因违犯军令,被儿臣处死了。”圣祖听了,心里大大不自在,暗忖:“小小年纪,手段就这么狠辣,将来长大,还当了得。”想到这里,不觉叹了一口气。卫妃道:“爷瞧瞧玩意儿,怎么倒又不高兴来了。”圣祖道:“我想小孩子家就喜欢这么作孽,怕将来难免要生事端。”

卫妃见圣祖批斥胤祯,不免就有了几分气。恰好小太监献茶进来,宫闱体制:天子驾临,茶汤一切都由妃子亲手敬递,小太监候了半日,卫妃只当没有瞧见。圣祖心里明白,随搭讪着想走。只见卫妃道:“自然我生的孩子,总不会有出息。性从娘出,只要瞧我,何等的不济事,嘴又夯,心又粗,伺候的又不周到。”圣祖站住道:“怎么又生气了?”卫妃道:“我哪里还敢生气,我在这里,穿衣吃饭,白混日子过,不撵我出去,已经是天恩高厚。我原比不上明媒正娶的主子娘娘,哪里还敢生气!”圣祖道:“我不过白说了一句话,你就说上这么一大串,这是何苦呢!”便回头喝胤祯道:“都是你这不肖惹出来的,还不替我滚出去!”吓得胤祯耗子笼也不拿,捧着脑袋儿溜出去了。卫妃道:“小孩子家吓不起,你就吓死了他爽快,横竖将来长大是没出息的。我看凭他怎样没出息,总比礽哥儿好些。就不过这孩子没福,投胎时光投错了个娘。要是别人生了,这会子早是堂堂正正的青宫太子了。”圣祖道:“这种话讲它怎的?”卫妃道:“怎么不要讲,这是我切心事情呢。”说到这里,眼圈儿一红,早又滴下泪来。圣祖很是不忍,顾不得天子尊严,只好低声下气,温柔了一会子,方才过去。

清圣祖妃嫔如云,风流无度,各宫所生子女,约有百名内外。卫妃没有进宫时光,要算七格格最被宠幸。子以母贵,因于康熙十四年,册立七格格所生的允礽为皇太子。胤祯生后,卫妃便怀不轨之心,常于枕边衾里,蜜话甜言,要圣祖改易太子。圣祖并没有应准,只随口回她一句再商量。在圣祖原不过一句寻常的话,说过也就忘记,谁料为了这句寻常话,后来竟会酿出非常波浪来。天有不测风云,人有旦夕祸福。这一年,卫妃忽地得着一个病症,巫医并治,攻补双投,哪里有点子效验。一日歹似一日,一天重似一天。挨到次年春分节上,双脚一挺,两眼一翻,竟尔仙逝去了。圣祖十分悼痛,特下朱谕:丧葬典礼,一应从丰办理。只可怜胤祯这孩子,从此失了依靠,东飘西荡,宛如无主孤魂。加之卫妃平日怙宠恃娇,起居行动,终未免作了点子威福。阖宫妃嫔,恨之切骨。现在便照着亲债子偿那句俗语,把从前在卫妃那里受的亏,一古脑儿都向胤祯算账。圣祖为他举动残忍,原也不很喜欢,经不起你唆一声,我挑一句,积毁销骨,弄得这孩子,日子异常难过。亏得胤祯赋性是坚忍的,主意是老透的,凭你怎么苛待,却总是和颜悦色,一点子不露怨恨样子。倒是卫妃的前夫,拔充头等侍卫的卫大胖子瞧了不忿气,背地里常常替他叫屈,碰见了胤祯,总诚诚恳恳,宽慰他一番。胤祯心里虽是感激,面子上不便怎样,只好淡淡的敷衍几句。卫大胖子体贴不到这一层,还说他不知好歹。胤祯也不去分辩。

却说清圣祖自卫妃去世后,心里闷不过,便借着大题目,出京玩了三五回。一回是北猎外蒙古，在外四盟多伦泊地方召集内外札萨克，广陈兵队，摆起皇帝架子，大大耀了一会子武，吓得各盟旗蒙王，屁滚尿流，尽都听命。南巡过两回，大排銮驾，大出风头，江浙两省名胜地方，没一处不游，没一处不到，害得人家办差咧，接驾咧，花得银子像水一般。圣祖是乐了，百姓是苦了。这些受过累的人，没处出气，便编造谣言，说顺治皇帝并没有死，因为看破红尘，逃在杭州做和尚。当今天子，两番南巡，就为找寻顺治老皇。在杭州什么寺里，爷儿两个曾经碰过面，老皇不肯认当今做儿子，当今伏在地上，跪有一个多时辰。这种不经之谈，一传十，十传百，顿时传遍了天下。又为了准噶尔的事，御驾亲征，出塞过三次。圣祖每回出京，总叫皇太子允礽代理朝政。胤祯虽也随驾出塞，立下许多战功，凯旋行赏，虽也博着个雍亲王封号，圣祖待他，却总是淡淡的。在朝文武，都替他不平，他自己倒也并不在意，青衣小帽，独个儿骑着马出京游历，一去总是几个月，有时竟终年不回京，也不知在外边干点子什么。皇太子和各亲王贝勒等，要紧着安富尊荣，谁有工夫管他的账。并且弟兄们各母异生，情义原本平常，胤祯不在，大家落得眼前清净。圣祖此时文字的兴致很好，成日家同着张玉书、陈延敬、朱彝尊等一班文臣，咬文嚼字，干那高雅的事情，自然更没工夫来查究他了。因此，胤祯自由自在，这几年里头，不知交结了多少英雄，认识了多少豪杰。瓜熟蒂落，就做成一桩惊天动地的大事业。欲知所做何事，且听下回分解。

第二十五回 消寒社咏史积微嫌 畅春园疑案成千古

话说清圣祖南收台湾，北服蒙古而后，海宇澄清，国家无事，便动了个偃武修文念头，召集了一班文臣，每日咬文嚼字，在故纸堆里求生活做。又开了两回博学鸿词特科，把所有前朝遗老，盛世逸民，一古脑儿都搜集了来，烹经煮史，很有兵气销为日月光气象。各亲王贝勒等，见圣祖这样，便也谬托风雅，争着罗致文士。汉大学士各部尚书等，更自不庸细说。顿时间相习成风，把那慷慨悲歌的旧俗，尽都变掉。

彼时众文士中有一个浙江人姓高名士奇的，圣祖最宠幸。因这高士奇生性聪明，最会看风把舵，迎合圣祖意旨。圣祖身旁各太监，没一个不和他交好，说笑谈论，万分和气，并没有时下念书人矫矫不群的习气。圣祖喜他诚实和气，由白衣特授中书。隔不上三年，就照翰林院从优给奖，升为翰林院侍讲学士。旋奉特旨，升授侍郎。文士显荣，可算得一时无两。一日，入值南书房，圣祖与他谈论诗文，因说到晚明文字都尚激昂慷慨，实系亡国预兆，可知作诗做文，工拙两个字，可以丢过一边，气局却不能不讲究。士奇笑道："这种事情，光景也是气数限定。像现在的人，就叫起作那种文字，神情意态，动笔时光竭力仿效晚明。及至做成功，拿给人家瞧，雍容大雅，一望而知是盛世之音。可知文章的气派，人力是勉强不来的。"圣祖道："你这话就与朱彝尊一个意思，彝尊也说晚明诗文最好不过。就是几章绝命词，声情激楚，凭是好手，也难摹仿他。"说着，就叫小太监向架上取下一册新抄的明臣绝命词来，递给士奇。士奇打开瞧时，只见上写着"马上吟"三字，下注明横州知州郑云锦被获时作。暗忖：题目儿倒新鲜。因瞧道：

昨朝刺史出见客，骑马城上点军册。
今夜穹庐作楚囚，不信雄心旋落魄。
熹微帐外独徘徊，依依斜傍霜华白。
茄吹倏动二人愁，声声催促营炊迫。
狞狰扶我上马行，簇簇护持无间隙。
天地宽大难可量，此时伸展不盈尺。
浓岗横抹断城腰，惨淡烟云天蹙额。
北风拂面任欺凌，古树栖禽惊振翮。
孤臣马上啸一声，晓山失晓颜如墨。
回首羊肠路渺漫，我军创病何狼藉。
犹喜人人不攒眉，各向虏儿雄咤叱。
朝廷豢养三百年，虽败志气不萧索。
河水萦环马足迟，羡煞一派寒光碧。

鸟声上下叫黄昏，斜阳落浦荒村僻。
此宵梦醒何处也，洒洒风雨穿古驿。

士奇道："据微臣糊涂主见，这种毁及本朝的文字，断断不能容留，还是烧掉的好。"圣祖笑道："那也何必呢，桀犬吠尧，各为其主。明朝人自应得讲明朝的话，像洪承畴，虽在本朝，立下许多功劳，究竟做过明朝官的人，道理上讲起来，究竟有点子勉强。前年子他出了事，他的子弟，替他刊行状儿，把天下著名的文士都请了来家，商量着拟稿子。拟了三天，依旧是张白纸。"士奇道："这却为何？"圣祖道："就为他一身做了两朝臣，前半世干的是明朝事情，后半世干的是本朝事情。前后相反，说了前头的是，后头的就要不是；说了后头的是，前头的又要不是；又不便丢了这半世，光说那半世的，你想难也不难？"士奇道："果然难得很，后来究竟做成功了没有？"圣祖道："后来来了一个江南名士，要了他二千银子润笔，只写了十四个字，那笔行状就成功了。"士奇道："十四个什么字，皇上记得，就赏给臣听听。"圣祖道："'死吾君者吾仇也，死吾仇者吾君也'，就只两句十四个字，放在中间当转笔用的。他们得了，那余外的就容易做了。"士奇道："果然是惊句，亏他怎么会想出来的。别是文襄有灵，在冥冥中指使他做的么。"圣祖道："那也过于不经了。总之做臣子的，大经除了'忠贞'两个字，别的都就不足贵。所以郑成功、张煌言那班人，朕始终没有把他当作乱臣贼子看待。洪亨九、吴梅村等，虽然聪明，比起郑、张来，究竟要差一点。"士奇叹服，因又瞧下去，见有《从西山义士游》一个题目，也是郑云锦做的：

虎豹山之兽，犹思文其身。皮骨蒸云雾，耐饥过七晨。须眉丈夫子，忠孝以成名。时数值阳九，血躯何用生。君不见苏武海上十九年，沙漠啮云与吞毡。又不见常山舌骂贼声不绝；又不见文山三载坐小楼，正气冲寒低斗牛。古人已往名存耳，时地各殊肝胆似。逍遥蹑步首阳山，义士一去不复还。惟有青青薇蕨随风长，岁久无人采自蕃。我居山巅拜孤竹，不茹烟火洗心腹。一日二日不食粟，慷慨能歌西山曲。三日四日不食粟，斥骂狱吏无休息。五日六日果何如，晓来曾把发鬓梳。整冠理衣行矍铄，作诗遂向壁间书。七日八日枯胃肠，忠魂直到白云乡。帝廷从陟降，渣滓委道旁。任教饥肉啄鸢鸟，到底何曾失故吾！人生自古谁无死，觉得死所几人乎？

士奇瞧毕道："可惜了美中不足。"圣祖忙问何故。士奇道："这种忠臣义士的遗作，总要墨迹才好。这个可惜已是抄本了。"圣祖笑道："墨迹我有呢，现收藏在宫里头，你要瞧，就叫人去取来。"士奇大喜。圣祖随向小太监道："你进去传旨李福全，叫他把外间楠木橱里中隔那一叠锦绫册页取了来。"小太监领旨而去，一时取到。圣祖命放在桌上，随手揭开，向士奇道："你瞧瞧，这是张苍水墨迹，那支笔不知有几多力气！矢矫雄健，写得一个个字，像龙蛇一般。"士奇屈一足在椅上，凑上身子瞧时，见是五首绝命词，署着大明部尚书张煌言名字。

义帜从横二十年，岂知闰位在于阗。桐江空击严光钓，笠泽难回范蠡船。生比鸿毛犹负国，死留碧血欲支天。忠贞自是孤臣事，敢望千秋青史传。

国亡家破欲何之，西子湖头有我师。日月双悬于氏墓，乾坤半壁岳家词。惭将赤手分三席，持为丹心借一支。他日素车东浙路，怒涛岂必尽鸱夷。

何事孤臣竟息机，鲁戈不复晚斜晖。到来晚节惭松柏，此去清风笑蕨薇。双鬓难容五岳住，一帆仍向丁洲归。叠山迟死文山早，青史他年任是非。

揶揄一息尚图存，吞炭吞毡可共论。复望臣靡兴夏祀，祇凭帝眷答商孙。衣冠犹带云霞色，旌旗仍留日月痕。赢得孤臣同硕果，也留正气在乾坤。

不堪百折播孤臣，一望苍茫九死身。独挽宠髯空问鼎，姑留螳臂强当轮。谋同曹社非无鬼，哭向秦庭讵有人。可是红羊刚换劫，黄云白草未曾春。

士奇道：“张苍水是前明鲁藩的遗臣，率着三百多名残卒，倔强了二十多年，伏法之后，皇上还这么贵重他的墨迹，九泉有知，臣知苍水也必感戴皇恩呢。”圣祖笑道：“那是你这么想罢了。朕是他的仇雠，他把朕恨还恨不了，还望他感戴么！”

话犹未了，小太监报：“明珠来了。”圣祖回头见明珠戴着斗篷，摇摇摆摆而来，因问：“下雪了么？”小太监回奏：“下了半日了。”圣祖道：“咱们要紧讲论诗文，连下雪都没有觉着。”明珠见过驾，笑着奏道：“奴才早上出猎，获了几头野鹿，不敢先尝，奴才叫奴才女人亲自收拾了，恳求皇上赏一个脸，也算尽奴才一点儿孝意。”说毕，退出门去，捧了个食盒进来。圣祖笑道：“难为你这么虔诚，咱们倒总要尝一尝。”说着，小太监早上前接了食盒，揭去盖，一股香气，直透出来，见是热腾腾一大碗鹿肉，配着八九样别的菜，还有两壶滚热的竹叶清酒。圣祖道：“咱们坐下一块儿尝个新鲜儿。”明珠道：“皇上天恩，奴才可如何敢放肆呢？”圣祖道：“横竖没人来，别拘礼，乐一乐。你们要是一拘礼，朕一个儿还有甚趣味儿。”明珠、士奇只得谢恩领旨。彼时小太监们调开桌子，安齐杯箸，圣祖居中，明珠、士奇左右侍席，浅斟代酌，真是君臣鱼水。喝了五六杯，圣祖道：“咱们外面去瞧瞧雪景儿。”于是一同到廊下，见对房屋瓦上，已积有三寸来高，天上仍是搓绵扯絮一般。圣祖忽地诗兴勃然，笑向二人道：“对此佳景，不可无诗。朕先吟一首，你们再和。”二人齐声领旨。圣祖遂吟道：“一片一片又一片，三片四片五六片，七片八片九十片。”只吟了三句，第四句再也续不下，只得重复念回去，连念过三五遍，第四句依旧没有来。虽然是玩意儿，未免也有点儿惭愧，急得额上汗珍珠般绽出来。明珠瞧见这个样子，要笑又不敢笑，要救又不能救，正在为难，只见高士奇笑着说道：“皇上这首雪诗，还有句极妙的结句，没有念出，我是知道的。”明珠道：“你知道么？”士奇道：“这一句就叫‘飞入芦花都不见’。”明珠道：“果然妙句。”圣祖笑道：“我的心思，怎么总被他猜着。他这个人，不知是什么做的！”说笑一回，二人的和诗，也就做好。因见圣祖站着，也就不敢先行进去。忽见圣祖道：“咱们这会子像个什么？”明珠道：“三官菩萨。”圣祖还没有讲什么，士奇赶忙跪下道：“高明配天。”明珠一个没意思，脸儿就红了，圣祖倒也并不介意。当下士奇就御题雪诗及二人恭和的诗句，一并誊了出来。圣祖瞧过，随命抬暖舆来坐了回宫。明珠、士奇送过御驾，也各自回私第。

士奇回到家里，就把恭和宸（chén）翰那桩得意事情讲给门客们听。门客笑道："怪道朱检讨要妒忌，原来先生给着这么的主知。其实各有各的福，朱检讨也太小器了。"士奇忙问："谁妒忌我？"门客道："还有谁？自然就是这位朱彝尊先生了。士奇道："这可奇了，我跟他河水不犯井水，怎么忽地妒忌起我来？就是这几年不次超迁，也是皇上的恩典，与他什么相干，别是你听错了么？"门客道："真而又真，门下还有凭据呢。"士奇因索观看。门客道："你先生瞧了，一定要恼的。朱检讨近来同翰林院里一班人，结了个消寒社，逢着九日，便会集了，喝酒做诗。初九那一社，彝尊做的诗，很讥刺着先生呢。"说着，随递过一张字纸儿。士奇瞧时，见是一首咏史诗，大意是说韩信哙伍的事情。门客道："彝尊嫌先生不是正途出身，官倒升得这么快。他这回词科考了二等，一竟当着老检讨没有出息，才发这牢骚呢！"士奇道："我不去碍他，他倒来找我。那也没有法子，少不得总要补报他这一番盛情美意，叫他提防着就是了。"从此两人有了嫌隙。

高士奇是深心人，背地里派下间谍，明侦密访。不到一个月，天罗地网，都已布置妥帖。可怜这心直口快的朱彝尊，还在梦里呢。圣祖脾气儿最喜欢吟诗作赋，在文人队里卖弄才情。无奈肚子里满装了酒肉，才思被酒肉气压住，一时间不易抽调，所以每有所作，总密令彝尊恭拟。这日，圣祖又不知叫彝尊拟了一首什么诗，费上半日工夫，念了个烂熟。次日，恰好高士奇入值，圣祖一见他，就道："朕昨晚喝喝酒，忽地动了诗兴，即席挥毫吟成一首七律，自己瞧过一遍，还算过得去。只是朕素昔诗思原是迟钝的，昨晚不知怎样脱口而出，竟捷得要不得。可知诗这件东西，作作也会熟的。"士奇道："可否恳恩赏给微臣读一遍？"圣祖道："朕就念给你听罢。"随念了一句。士奇道："皇上别念了，这首诗微臣都已知道。"随把底下的句子，一气念完，随问："微臣背得错了没有？"圣祖惊道："你从哪里见过来？"士奇道："昨儿朱彝尊念给臣听，也不知就是御作呢。"圣祖见说，臊得脸都红起来。原来高士奇买通太监，凡是朱彝尊进呈的文字，须先送给他瞧阅一过。圣祖还只道彝尊泄露机密呢，心中大不乐意。后来到底寻了他一个不是，把他罢职还家才罢。

圣祖即位以来，一竟安富尊荣，过着太平日子。虽然，吴三桂咧、准噶尔咧，动了几年刀兵，究竟乱不多几时就平了。没吃过生姜不知辣，把天下事情，瞧得非常容易，一切举动就不免纵情任性。圣祖三十多个皇子中，除二皇子允礽立为太子，四皇子胤祯已经失宠不算外，就是八皇子允祀，九皇子允禟最为聪明乖觉，模样儿也最整齐。圣祖待他们也比别个多疼一点子。康熙四十七年，皇太子不知为了桩什么事，触怒了圣祖，顿时降旨把他废掉，幽禁在咸安宫。经众王大臣再四求恩，隔上一年光景，才复立了。究竟存了意见，好不到头，到五十一年九月里，依旧废掉了完结。当时众皇子见太子未立，都各觊觎非分，便在圣祖跟前，格外的殷勤，格外的孝顺。知子莫若父，众人意思，早全被圣祖猜透，立定了主意，立太子这件事，索性搁起了，只字不提。众人设法窥探，谁应立谁不应立，究竟何曾会探出！那鄂尔泰、张廷玉等几个大臣，怕国本不定，生出事来，拣没人时节，也曾造膝密陈，叩请早定大计。圣祖回说："这要紧点子什么？我已经相准了，眼前也不必提出这个人名字，为的是怕生事，横竖将来大家总会知道的，现在还早呢。”鄂尔泰等见圣祖这么说，也就不便再往下问。大家私猜，以为圣意所属，总不是八皇子允祀，就是九皇子允禟。下朝回家，就与家人们谈话。这原是他们私意猜测，不防被跟班们听得，传到别个官员耳朵里，就有人兴兴头头，赶到允祀、允禟邸第献勤儿报喜信。二人究问根底，知是从鄂、张两人处得来的信，以为鄂、张都是朝廷大臣，这个消息，总不会再有错误，到底年轻识浅，允祀、允禟从此对着兄弟辈，就未免傲然自大，兄弟辈倒也不和他计较。暂且按下。

却说这一年是康熙六十一年，圣祖忽地得了一病，心内发闷，口中无味，到了夜里，浑身烧的火烫。太医院几个医官，轮流入内请脉，怎奈服下药去，不见动静。又征召京外名医，悉心诊治，到白露节上，又增添了气喘痰塞。众皇子都着了忙。圣祖病中嫌烦，要搬到畅春园静养，众皇子再三谏阻。圣祖道：“你们要我活，还是由我搬了去，我到那里，心里一清静，病自然就会好了。”众皇子没法，只得由他。谁料搬到园子里，病势果然就减轻了，虽不见得全愈，气喘却平了好些，痰也不致寒上来，众皇子都放了心。圣祖自己也道：“这老命儿看来是保住的了。”因冬祭期近，点派了几位皇子，到皇陵太庙各地方去代祭。

这日，圣祖才服过药，合着眼养神，忽听报说雍亲王胤祯入内请安来也。圣祖道：“他怎么会来？来做什么？不是催我的命么？我愿一辈子不见他呢。”说着，雍亲王胤祯已经掀帘进来，一见圣祖，就跪地大哭道：“儿臣不孝，不能够问安视膳，现在悔也无及。今儿见着父皇，甘愿侍奉汤药，稍尽儿臣的职分。但愿佛天保佑，侍奉得圣躬痊愈，儿臣死也甘心。”一边说，一边哭，一边叩头。圣祖没好气道：“哪里就会死了，病不死，被你这么一哭，怕就哭死了呢。”胤祯跪着道：“瞧见父皇病到这个样子，心里一酸痛，自己也不能做主呢。”圣祖道：“也不用这个样子，你要是真心孝顺，就应依我的话。我这病自己知道是不要紧的，万一真有什么，善后之事，我早已打点定当，你们只要不逆我遗命，也就没有别的牵挂了。”胤祯听说，才爬了起来，当下侍汤视药，递水递茶，服侍得异样殷勤。众太监见胤祯换了个人样子，把平素顽劣倔强的行为尽都改去，忽地孝顺起来，都各暗暗纳罕。谁料这夜戌时，畅春园里传出惊耗，说圣祖皇帝龙驭上宾，遗诏传位于四皇子胤祯。后人有满清宫词，咏此事道：

> 新月如钩夜色兰，太医直罢药炉寒。
> 斧声烛影皆疑案，是是非非付史官。

时康熙六十一年十一月十三日戌时也，圣幸寿终畅春园寝宫，享年七十一岁。欲知后事如何，且听下回分解。

第二十六回　伸大义八侠志中兴　编密码九王思靖难

话说圣祖已崩，四皇子胤祯哀恸号呼，大嚷大跳。众太监闻声走集，见理藩院尚书隆科多、御前侍卫卫良臣、六宫都总管李福全，都忙乱着开读遗诏。隆科多向胤祯道："老爷遗诏，叫四爷续承大统国事为重，四爷似不应过于哀恸。"胤祯才收了泪，少不得节哀顺变办理丧事。一应典礼悉照旧章，热闹繁华，不用细表。胤祯即了皇帝位，拟定年号，是"雍正"两个字，即以明年癸卯为雍正元年，是为世宗宪皇帝。

世宗才即过位，就有心腹臣子前来奏报说："外边谣言，闹得非常利害，都说皇上并非先皇遗体。这回遗诏上，原写是传位十四皇子，卫侍卫私下把"十"字，改写作"于"字，皇上实系谋篡而得。八皇子允祀，纠合了众位皇子，要与皇上不依呢。并为一谈，京内外都是这么说，皇上防着点子罢。"世宗道："十四皇子不就是允禵么，这厮自康熙五十八年，大行皇帝拜他为抚远大将军，派到青海去视师，直到如今，还在那里驻扎。这厮兵权在手，现在有这个谣言，倒不能不防他一下子。允祀等那几个酒囊饭袋，空拳赤手，我是不怕他的。这会子他们既然不知死活，少不得想个法子收拾他，叫他们候着就是了。"那人道："皇上休小觑了允祀，皇太后很疼他呢！"世宗笑道："皇太后总是妇人家，恁她怎样，总逃不过我的手，至多拼着个不孝顺名气儿，难道还有别的事情不成。"

一语未了，太监报："九爷奔丧来也。"只见允禟匍匐而入，直到灵前，稽颡（niè）泣血狠狠哭了一阵，接着允禔、允祉、允祺、允祐、允祀、允䄉、允禌、允祹、允祥、允禑、允禄、允礼、允祎、允禧、允祜、允祁、允祕陆续均到，只允礽、允禵，一个幽禁在咸安宫，一个奉差在青海，不能奔丧。众皇子原把世宗不放在眼里，现在见他仓促之间，忽登大位，心里都各忿忿。偏那不识窍的隆科多，仗了新皇势头，走到众人面前，大模大样地说道："皇上登基，众位爷都没有朝贺过，皇上虽然不理谕，究竟朝廷体制，错不得的。怎么今儿到了，不先见新君，倒都哭起灵来，平民家也有个尊卑，难道咱们帝王人家，连这个礼数儿不懂，那不都成了野人么。劝众位赶快皇上面前去行一个全礼，要是被御史们参了，说众位爷目无君长，皇上虽然仁慈，怕也不能保全了呢。"众人正在没好气，被他这一番话挑上了火，固山贝子允禟就跳起来道："我不懂礼，我是野人，你就参我去。"隆科多冷笑道："贝子爷！忙什么，我不参爷，横竖自有参爷的人，候着就是了。"随咕道："也有这么不知好歹的人，竟恼起我来，我无非为的是好，不然干我甚事呢。"允禟赌气道："我倒偏要做一个野人，看他们把我怎样！难道就会敲牙拔舌了不成。"说毕，急步起行，哭至世宗面前，拍的坐下，箕踞着两只脚，故意做出傲慢样子。瞧世宗时，低头默坐，倒并没见有恼怒的神气。众皇子只道世宗惧怕他们，狂的愈加利害。

过了几天，世宗忽地降下恩旨，加封贝勒允祀为和硕廉亲王，又派了他个辅政大臣差使。又派固山贝子允禟到山西大同查办事件。又下上谕把多罗恂勤郡王允禵调回京来，所有青海军事，就派心腹臣子川陕总督年羹尧为抚远大将军，接着办理。又派四川提督岳钟琪为奋威将军，参赞军务，帮同办理。上谕下后，别个还不理论，内廷侍卫卫良臣却慌了手脚，赶忙求见世宗，密奏道："皇上降这恩命，敢是没有知道他们么。这一班人，谁是靠得住的？一个个心怀不轨，没有权在手时时刻刻想生事，经不起封了他爵位，叫他办着事，大虫添了翅膀子，谁又能够制他呢。"世宗笑道："不用着忙，我都已算定了，他们里头，就只允祀、允禟最刁钻，行着头扰。这会子折掉一个，孤孤他们的势，那一个就容易收拾了。"卫良臣道："既是要收拾他，为什么又封他爵位？"世宗道："封了他，好叫他不疑心，你懂点子什么！"良臣才安了心。

原来世宗即位之后，深居简出，外面看来，果然端拱无为，其实朝野一切，无论小似豆芥，细比毫毛的事情，瞬息都会知晓。一日，有一个侍郎，聚了几位同僚，在私第里玩纸牌儿，玩到终局，忽地少了一张么六，找了大半日，影踪儿也没有，大家倒也不在意。次日早朝，这一班人都被叫起，世宗就问："你们在家，作何消遣？"众人都回："臣等生逢盛朝，太平无事，私第相会，不过围棋诗酒而已。"世宗道："倒也高雅。昨儿玩过什么没有？"那侍郎照直回道："玩过纸牌。"世宗笑道："你这人倒还老实，我赏一件东西与你。"随掷下一个小纸包，道："拾回家去拆看罢！"侍郎只道是什么极珍至宝，忙忙叩谢天恩。及至拿到家里，拆开一瞧，不觉大惊失色，原来里头包的，并非别物，就是昨日所失那张么六纸牌儿。又有一个某尚书，朝罢回家，夫人叫了头泡上龙井新茶来，尚书止住道："别这个了，龙井这东西贵得很，家常喝着可惜，就粗茶也使得。"次日召见，世宗特赐他龙井二斤，还谕道："尽喝这个，没了只管问朕要，省得人家笑你俭呢。"这两桩还是极平常的事。那时京城内外百姓，街谈巷议，只要稍稍诽谤着朝政，那发言的脑袋儿马上就要失掉。有时两个人行路偶语，一转瞬而一个人已经横尸在道，吓得朝野箝口结舌。从此一句话也不敢多说，一步路也不敢多走。

清世宗究竟不是天神地怪，怎么行出来事情，竟会这么神出鬼没？原来他手下蓄有一班来空去杳走壁飞岩的人，替他当差办事。这一班人，俗名叫做"血滴子"，都是五湖四海奇英异杰。世宗江湖上走了十多年，费尽心机，才收集了成功。血滴子的头领，世宗跟他拜过把子，弟兄相称，背了人，并不行君臣之礼。此人姓年名羹尧，原是个富家公子，自幼脾气喜要枪弄棍。他的老子年遐龄要他念书，连请五七个师傅，都吃他打的溜跑了，后来没人敢来应聘。年遐龄只得变了个法子，张贴榜文，招请师傅。果然被他招着一位名师，把羹尧教成文武全才，方才辞去。临走时，还赠了几句良言，说道："公子美才，不难际会风云，扶摇直上。但是得志之后，总要敛才就范，才望富贵始终。"年羹尧此时才艺冠绝一时，智勇推倒万世，哪里还把师傅语言存在心上。成年家轻裘肥马，在江湖上逛，英雄好汉，没一个不结识。没一个不要好。无论山东、河北、水泊、山陬，年羹尧一个令到，那班草泽英豪，无不奔走恐后。贩私走税，劫库掠官，各种违条犯法事情，也不知干了多少。京师大内，省垣官衙，以至各州县衙署，无不满布耳目，官中举动，瞬息皆知。世宗在潜邸，就知年羹尧的势力，于是单骑走访，虚心下交，并不以皇子自尊，与羹尧结了个生死弟兄。并独连巧思，造成一种极锋利适残酷的兵器，肇锡嘉名就叫血滴子。这东西外面瞧去，是个极平常的革囊，里面却藏有十来柄飞快小刀子，贯着个总机。只要偷向人背后，把革囊望他脑袋上一罩，把总机轻轻一拨，机动刀旋，那人的脑袋，就不知不觉，在革囊里了。再用化骨药水，弹上几滴，顷刻间化为血水，所以叫做血滴子。那班人极善夜行，走壁飞岩，如履平地。又会乔装改扮，巡役商贾乞丐，无般不像，无一不肖。血滴子练成之后，世宗笑向年羹尧道："我这一班兄弟，比了当今的童子军，强得多了。"羹尧道："当今也有豪杰队么？倒没有听得过。"世宗道："当今登基时，只有八岁，彼时大学士鳌拜专权，骄横得要不的。当今怕他有不轨的举动，就在宫中暗暗练就一队童子军。每逢鳌拜入宫奏事，童子军就跟他玩耍，有的牵他的衣裳，有的拖他的辫子，鳌拜被他们缠不过，有时还推了一下两下，童子军就滚在地上，撒娇啼哭，戏弄惯了，倒也毫不在意。一日，鳌拜又为了桩什么事，入宫奏当今。当今趁他不防，下令"拿抱"！一百多个童子军，一齐动手，竟把鳌拜拿住，就此下诏声明他的罪恶，革了职正法。当时明珠、王熙等一班大臣，都称颂当今雷霆不测，喜怒如神，天纵圣明呢。"羹尧笑道："王爷有了血滴子，真是先圣后圣，后先一揆了。"

彼时世宗因圣祖不甚疼爱，处心积虑，遍交部院大臣，使他们为自己游说。各大臣中，要算鄂尔泰、张廷玉最肯帮忙。世宗就托他们设法，替年羹尧谋了一个职位。从此凡有机密大事，世宗就邀鄂、张两人到羹尧署中，一同商议。一日，世宗见羹尧面含忧愁之色，问之再三，终不肯答。世宗道："咱们两个，情逾骨肉，什么事不可说！难道哥还不信我么？"羹尧道："这件事，告诉了王爷，也不见有济，反叫王爷添着愁闷。"世宗道："不论什么事，哥总要告诉我。你疼我，怕我愁闷，不知你不告诉，我更闷的慌呢。"羹尧道："我的爷，你道天下豪杰，都在咱们这里么？都死心塌地帮着你一个儿么？"世宗惊道："敢是也有人帮着允祀、允禟么？"羹尧笑道："王爷也太小觑人家了。难道那些英雄豪杰，除了王爷家，就没处可以投奔，没处可以安身立命，巴巴的不为着王爷，就为着王爷的哥哥弟弟？天下人可助的还多着呢。"世宗诧异道："除了咱们家兄弟，谁还可以有为？"羹尧道："怎么没有，明朝朱姓，国虽然灭了，却还有人死活想图恢复呢。"世宗道："怎么都是杀不怕的，张苍水、郑延平那么利害，尚且被当今灭掉。"羹尧道："也是各人各志呢。"世宗道："是了。你说罢，现在跟我们作对的，倒底都是什么样人？"羹尧道："一总有八个，称为南中八侠，内中一个是和尚，其余七人，都是郑延平余党。那班人的本领，比起我们来，怕是有强无弱。现在都在大江南北一带，干点子侠义事情。"世宗道："名字可都知道？"羹尧道："知道的，那个和尚，就叫了因。还有个女子叫吕四娘，她的老子吕留良，是个书癫子，人家都称他做晚村先生。一个姓曹名仁父，峨嵋枪法最是无敌，也会凑几句诗文。"世宗道："了因、吕四娘、曹仁父，已经是三个了，还有五个呢？"羹尧道："路民瞻、周涛、吕元、白泰官、甘凤池。路民瞻、周涛都会书儿笔画儿，民瞻所画的鹰，都题有'英雄得路'四个字，周涛画龙，也有点子小名气。独有那甘凤池最不好弄。"世宗忙问何故。羹尧道："他一个人，实有两个人呢。"世宗道："我不明白你这话。"羹尧道："凤池的老婆陈美娘，本领也非常利害。这陈美娘原是卖解老翁陈四的女孩子，那年美娘跟随陈四到南京卖艺，声言谁要胜了就配给谁为妻，凤池年少好胜，就与美娘角斗，大半日没有胜负，美娘轻盈迅疾，凤池精悍短小，真好一对儿。后来美娘飞起左脚，那双铁弓鞋险些勾着凤池眼珠子，凤池忙用口儿衔住鞋尖，美娘一笑，跌倒在地，就此成了百年好合，这不是一个人实有两个人了么。”世宗道：“这起没王法贼子，难道咱们就没法子收拾他么？”羹尧道：“也只好再瞧罢咧。咱们这会子也没暇理这个。”世宗道：“那倒不这么讲，乱臣贼子早除掉一日，世界就早清静一日。再者，那个位子早晚终是我的，又何必养痈遗患呢？”羹尧道：“不妨派几个人去，见机行事。”世宗道：“这么才好。”过不多几日，差去的人回来报说，八侠的首领了因，已被他们自己治死。了因艺高气傲，不把同党放在眼里，奸淫抢掠，无恶不作。七大侠恨他坏掉侠义上名气，商议收拾他，只苦本领敌他不过。后来决议，七个人合力算计他一个，六个明枪交战，一个暗箭伤人。究竟双拳不敌四手，了因就此送掉性命。羹尧告知世宗，恰值世宗急着谋承大统，没工夫管这小事，也就搁过了。到这个十一月，圣祖宾了天，世宗遵诏即位。众皇子因为变出非常，心里头未免都有点子不服，世宗忙乱着防家贼，亦没工夫理论此事了。

这日，世宗正与内监们计议，要把雍府旧第大加开拓，作为夏日避暑之所。忽闻壁上金钟镗镗镗乱鸣起来，知是血滴子回来复命，这金钟是个暗号儿。忙叫内监们退避出去，只见有个黑影像树叶般从屋檐上直落下地，掀帘而入，却是一个穿黑衣的人儿。世祖亲手闭上了门，那人才叩头儿见驾。世宗道：“外面可有新奇消息没有？”那人奏道：“九王爷要造反呢！”世宗惊道：“可是真的？”那人道：“虽没有拿到他凭据，形迹上很是可疑。”世宗道：“怎样可疑，你倒说给我听听。”那人道：“臣自从那日奉了恩命之后，暗里跟着九王大队，他行我也行，他止我也止，走过千几百里路，一步儿都没有轻离。每到黄昏人静，总换上夜行衣服，潜进行辕，到各处侦察一回，有时乔装着太监，混在太监队里，随机刺探。各地方官儿，迎的送的进谒的，臣也不敢轻易放过。怎奈他们都守着礼，并没有违条犯分的举动。”世宗道：“住了，照你这么说，允禟分明是个好人了。”那人道：“彼时臣也疑惑他是好人，或是自己本领不济，侦察的不曾周密。谁料一到大同，狐大仙就献出原形来了。这日有个令狐士仪，递进一个禀帖，劝他学前明永乐故事，兴师靖难。九王收了禀帖，虽没有别的举动，也不曾把这奸民交官究办，那不是反迹已着了么。”世宗道：“禀帖呢？”那人道：“已经被臣盗在这里了。”说毕呈上。世宗接过，略瞧一遍，喜道：“你这人真会办事，我也不派别人了，就把允禟交给你一个儿去办。”那人谢过恩，世宗开了门道：“你去罢。”那人才说得一声“领旨”，早连影儿都没有了。

过上几天，那人又来奏报：“九王果然要反了，京里各王跟他联络的，很是不少。如果动起兵来，内应怕有几个呢。”世宗道：“那几个名字你可记得？”那人道：“八王爷。”世宗点头道：“允祀这厮，我知道他，总有分的。还有谁？”那人道：“十王爷，十四王爷，余外的臣还没有探明。”世宗道：“允䄉也还罢了，允禵也附和他们，图谋点子什么呢？那真奇极了。”那人道：“这会子九王差人到十王府里下书，臣一路跟了他来，昨儿到京。白天里不投，挨到天黑才进府投书，臣也跟了他进去。隐身案下，听得十王爷正在抱怨皇上呢。”世宗忙问：“他抱怨我点子什么？”那人碰头道：“这个臣可不敢回奏。”世宗道：“无论怎样谤毁的话，原不是你说的，你尽管回我。”那人道：“十王爷说皇上不守礼，大行皇帝百日没有过，就没日没夜尽和女人们混帐，哪里像个主子。那时臣恨不得就用血滴子取他性命。因为不曾奉上谕，不敢擅行。”世宗道：“那还罢了，只是书信上讲点子什么话，你倒不曾盗了来。”那人道：“已在臣怀中了。十王爷瞧过摆在案上，趁他不见，就被臣取了来。”世宗接过一瞧，见前面讲的都是不相干的事情，只后面有两句可疑句子，是：“机会已失，悔之无及”。也断不定确系谋反。世宗失望道：“我当是什么真凭实据，原来就是这几句话。三人抬不过一个“理”字，我又怎好办他罪呢！”那人道：“还有呢，九王知道我们这班人在侦他，近来做事严密了许多。”世宗道：“这都是你做事不密之故，被他知道了。”那人道：“就为上回令狐士仪的禀帖，被臣盗了来，他才防备起来的，只是凭他怎么周密，总逃不了臣的手去。现在九王爷跟他府里人通信，写的都不是寻常字句，都是新编的密码字。”世宗忙问：“什么密码字？”那人道：“这密码字，编得巧的很，搜罗了些不相干的字，随便填上，他自己却留着底簿，可以查看，外面人见了，比外国字还要难认。”世宗道：“这可就费事了。”那人道：“九王爷与他儿子往来的信，都用这种字。臣也得了一封，只见瞧不懂。”世宗道：“拿给我看。”那人就在衣袋里摸出一封书信，递给世宗。世宗反复观看了大半日，觉看天书似的，半句也不懂，随问：“你从何处得来的？”那人道：“臣从九王爷府里头骡夫衣袜中得来的。”世宗道：“这话怎么讲？”那人道：“九王爷编造了密码字，还恐有失，往来书信，都缝在骡夫衣袜里头，也算得密之又密秘之又秘了，不道依旧被臣探了出来。”世宗喜道：“我这许多心腹人，就只你最为聪明，最为细密，我将来还要重重用你呢。”那人道：“都是皇上洪福，臣是不相干的。”欲知后事如何，且听下回分解。

第二十七回　风摧荆树惨赋豆箕　春满上林喜咏鹑鹊

话说清世宗连得血滴子奏报，知道群谋叵测，早晚必有乱事，立下手谕，密召鄂尔泰、张廷玉光华殿问话。一时召到，二人见世宗脸色不善，都捏着一把汗。叩头儿见过驾，只见世宗道："外面人合伙儿谋着我，你们大概不知道么？"二人齐道："臣等也有点儿风闻。只因底里不很仔细，关系重大，不敢妄奏。"世宗道："好个老成持重的见识！都像你们这么，必要他反成谋就，才来奏报了。等到反成谋就，我早被他们做掉了呢。"二人碰头道："臣等不知利害，该死！该死！"世宗道："也不必这么着，得了风声，就应回我，才像我的心腹人呢。"随问鄂尔泰道："你可得着什么消息？"鄂尔泰道："就前儿在朝房里头，廉亲王当着大众，说皇上这么闹法，天下定要闹坏，大清江山怕要不保呢。彼时恂郡王也很叹息，廉亲王又说要是废太子做了主子，决不会闹到这个地步。众人见他这么有天没日，也没个敢和他答话。后来朝罢分手，也就各自回家。"世宗又问张廷玉，廷玉道："廉亲王近来举动，很是沽名钓誉，京内外官员孝敬他东西，一概原礼奉璧，官名好得要不的。又闻他向亲信人称说，无论朝局如何变动，皇帝一席，决然不敢居的。或是推奉废太子，或是遵奉遗诏推恂郡王做，要是存着私心，如何对得过宗庙社稷。因此阖朝文武，谁不服他的德器！"世宗道："这贼子假义假仁，蓄志真不小。"廷玉道："昨晚廉亲王府里出了两件人命事情。"世宗道："谁犯人命？"廷玉道："就是廉亲王。廉亲王这几日招着恂郡王等一班人，在家里喝酒，喝得烂醉，便胡言乱语，议论朝政。长史官胡什吞、护军九十六，怕他招惹祸事，直言诤谏。谁料触怒了他，立喝家人把九十六活活打死，又把胡什吞剥光了身子，抽打五十皮鞭，推入冰堆里，几乎不曾冻死。"世宗道："有人提参，倒也是两条很好的款子。"随把自己所得消息，告知二人。鄂尔泰道："这么的胡闹，论理皇上再不能宽仁的了。只是这起贼子聚在一块儿，查办起来未免有点儿费事。照奴才糊涂主见，最好把恂郡王也调了开去，省得碍手碍脚。"世宗道："调他哪里去呢？"张廷玉道："圣祖奉安之后，陵上本该派人奉祀，何不就派了他呢？"世宗道："允禵这厮在京里也要作耗的，索性想个法子，一起弄了出去。单丝不成线，独木不成林，那一个就易办了。"鄂尔泰道："奴才想起来了，眼前有个好差使，就派了他去。"世宗道："眼前的差使，哪一宗呢？"鄂尔泰道："外蒙古的哲布尊单巴胡土克图来京朝贺，不是在这几天里就要陛辞了么？"世宗道："不错，哲布尊单巴此番一片虔心，亲自来京朝贺，还供了几尊大欢喜佛像。朕因他老远来，诚心不便辜负，已传旨把旧邸改为雍和宫，专供奉大欢喜佛。就把园子改为夏日避暑之所，都叫匠役在那里动工了。过一日完工之后，带你们同去瞻仰，就乘便逛逛园子。"鄂尔泰道："哲布尊单巴是佛爷，各盟长王爷见了他，都要行全礼，论起尊卑来，跟天子也不分什么上下。"世宗道："朕原客体相待呢。"鄂尔泰道："人家老远来了一趟，临走就应该派一位大臣送送，也使远方人见了，称赞咱们一声儿。皇上瞧这主意儿行的去行不去？”世宗道：“就你想派允禟去么？”鄂尔泰道：“奴才是这么想。”世宗沉吟未答。张廷玉道：“怕不行么，皇太后很疼他呢。”世宗道：“皇太后是不相干的，何况她老人家很喜欢菩萨，也决不敢出来阻挡。我怕的是他到了蒙古，万一号召起蒙兵来，倒又是个难题目。”鄂尔泰道：“这倒不会的，蒙古素来惧怕咱们。而况皇上礼待活佛，万分优渥，他们也不好意思叛呢。”世宗道：“这么很好！朕明儿就降旨。”廷玉道：“臣回家就拟参折，等他们两个一出京，就拜上来。”世宗道：“光你们两个参奏，也难就办，究竟是亲王呢。”廷玉道：“臣回去暗里授意同僚们，包管有一二十本参折，总不叫皇上为难是了。”当下退去。

次日，世宗果然就下两道谕旨，命允禵奉祀景陵，命允禟参送活佛回蒙。二人只得谢恩就差，先后出京而去。二人才一出京，张廷玉等一班大臣，联衔奏参辅政大臣廉亲王允祀，胪（lú陈列）列大罪四十款，词意之间，还连好多个人，固山贝子允禟、恂郡王允禵、固山贝子允䄉，都牵连在里头。世宗故意攒眉道：“朕的亲弟兄怎么倒有这么无知狂妄呢？这都是联不善训诲之故，就不必究罢。”众臣都道：“廉王等得罪社稷，皇上虽然仁慈，对着社稷，未免说不过去。恳恩把廉王等发交刑部当明治罪，以彰国法而安社稷。”世宗道：“既是你们都这么说，朕也难于专顾私情，且把他看管起来，待朕进宫，奏明皇太后再行办理。”

殿上君臣们这么议论，宫里早得了消息，就有几个太后的心腹太监忙把此事回明太后，说：“朝中闹着八阿哥谋反，九阿哥、十阿哥、十四阿哥，通通连在里头，皇帝下旨拿人呢。”太后听得十四阿哥牵连在内，急得两泪交流，道：“我这么年纪了，就只这一嫡亲骨血，难道还要保不住么？”众人劝道：“刑部还没有问，或者冤枉的，也说不定呢。”太后哭道：“你们不知允禵是个实心孩子，哪里吃得住他们这么算计，一定是有死无活。”说着又哭起先皇帝来。众人道：“这事论起来，先皇帝也有不是，既然要立十四阿哥，名正言顺立了什么不好，偏要弄那小聪明，写遗诏咧，贮放正大光明殿里呢。现在被人家夺了去不算，还要害掉阿哥性命。”太后道：“死过的人，你们也不必追怪他了。他自己也苦，死得不明不白。”众人道：“可不是呢。畅春园宫人都说，先皇帝病重时，皇上就进一盆人参汤，不知如何，先皇帝就崩了驾，皇上就登了位。”太后道：“不要讲了，你们再提这话，我的心就要碎了。”众人道：“偏有这等人，钻天穴地的要做皇帝。像世祖皇帝，做着皇帝，偏又丢了做和尚去。”太后道：“早知他要遭祸，在京时，就多召他进宫几回了。”众人忙问何故。太后道：“我们娘儿两个，也好多天未曾见面了呢。”众人听了，尽都伤心。太后道：“我就为这魔王疑心重大，允禵回了京，不敢召他进宫，就只跟着众阿哥进来过一回儿，当着众人，也不便说甚别的话。你们想我们娘儿两个，可怜不可怜？”众人道：“前儿皇上奏请召见十四阿哥，你老人家怎么又不准呢？”太后道：“那是他试我的心。难道我这么年纪，还吃人家试穿不成？”众人道：“我们那时听了太后的话，原都有些疑心，十四阿哥是太后亲生儿子，怎么倒说只知皇帝是我儿子，允禵不过与众阿哥一般，没有什么分外亲近之处。原来太后另有一层深意，我们不知，错都错疑了！”太后道：“别说亲生，就允䄉也很可怜的，吃他暗算，我疼他，我又不能做主，你们总也知道。”众人道：“怎么不知，还记得前儿皇帝叫十阿哥送活佛蒙古去，进来回太后，太后当面向他说，何必这么用心，皇帝不理，跑了出去，太后还气了一整天呢。”

说着，人报皇帝进宫。太后只得传旨，召见世宗。照仪注儿见过礼，就把八阿哥谋乱一桩事详详细细奏了一遍。随道：“子臣原想回护他，怎奈群臣众口一辞，都说不能轻纵，辞长理足，子臣也不能驳回，所以进来回太后，请请太后的旨。”太后道：“寻常百姓人家，爷死了，也都和和气气的。没的帝王人家，倒成年家闹得这么江翻海倒。你爷爷也都有弟兄的，何曾见这么闹过？兄弟们就有不是，也好教导他们，没得靠着皇帝势头，一古脑儿除尽的。”世宗笑道：“太后教训的何尝不是！怎奈他们冥顽不灵，再也不能够德化，不能够理喻。子臣何尝没有教导过，即位之初，子臣召他们到养心殿上，就披肝露胆哭着向他们说：‘我蒙皇考付托之重传了大位，这副担子可是不轻，不比前代帝王，继统序立，父子之间，各成其是，像禹汤那般善，桀纣那般恶，各行各的政，决不为了桀纣，就訾议到禹汤身上的。至于我和皇考，是非得失，实为一体，我行的政不错，皇考付托的就不错，我行的政错了，皇考付托的就错了，皇考六十多年圣德神功，真是超越千古，我又哪里敢苟且怠荒，坏掉他的令誉。我这个心，皇考在天之灵，总也知道。咱们兄弟，都是皇考遗体，都受过皇考生成顾复，数十年天高地厚的隆恩，自应仰体皇考之心，各抒忠荩，帮着我办事。我有想不到做不及的地方，就暗里替我想想做做；或是我一时错误了，就暗里规谏规谏我。同心匡弼，使我做成功一代令主，那便是咱们兄弟报答皇考罔极鸿慈了。’子臣这一番说话，当日养心殿承值的各太监，都听见的，太后不信，可以传来问呢。”太后道：“我也不必问得，俗语‘千朵桃花一树生’，总是自家弟兄，能够省事就省事点子罢。”世宗道：“谁又愿多事，情真罪确，不能救他是真的。”太后道：“我不信廷臣就会这么执法如山！”世宗道：“太后不知，皇子犯法，庶民同罪呢。”太后见世宗决意不肯通融，遂哭道：“我也没有别的话讲，现在你做主子，自然你要怎样就怎样。只是允禵是个实心孩子，你把他放在陵上已经怪可怜的了，这会子再别冤枉着。无论如何，总要恳求你保全他一条性命。他要是有什么，我也不会活的。”世宗见太后这个样子，心上老大不高兴，冷笑道：“太后别这么着了，安知不是太后惯上了他，才这样无父无君的。早要是不疼他，怕未必就会这么坏呢。”太后气得两眼直瞪，要说话，气搴（qiān）着再也说不出。世宗叹道：“可知及泉相见，郑庄公也是不得已的举动。”说着，头也不回踱了出去。众人都劝太后，太后道：“你们瞧瞧皇帝那么忤逆，这种日子，叫我怎么过呢？”众人道：“从来说逆子孝孙，皇帝虽然不好，弘历这哥儿，倒很知道好歹。万一大位传了他，你老人家就有福气了。像圣祖皇帝到木阑去秋狩，还奉了皇祖母同行呢。”太后道：“这种很远的话，知道我瞧得到瞧不到呢？”

却说清世宗回到自己宫中，连接血滴子密报，知道恂郡王允禵到了陵上，就有奸民蔡怀玺到院投书，劝他造逆，书上竟称允禵为皇帝。这封书恰巧被他的总兵官瞧见了，总兵官就要重办，请他的示。允禵倒说这又不是大事，可以酌量完结，一面把书上大逆的话，尽都剪去。固山贝子允禟才到张家口就托病不行，成日家焚香酿祷告文，上面累牍连篇，都写着雍正新君子样。世宗恨极，少不得讽示臣僚，令他们题本参奏。不多几天，题参本子，就雪片也似的来，各各胪列罪款，允禟大罪二十八款，允禵大罪十四款，允䄉是镇压之罪。在不知道的人瞧了，这种本子，固道允禵等情真罪确，万万不容宽宥，又谁知他大半都是罗织的呢。世宗瞧了题本，故意做出一副仁慈不忍的样子。在廷诸臣自然再三力请，世宗才下旨，把允祀、允禟、允禵、允䄉拿捕审问，连四人的家属、太监人等，一古脑儿捉将官里去严刑拷问。

从来说三木之下，何求不得，自然总是承招的。诸王大臣，承着意旨，异口同声，奏请把允祀等明正典刑。世宗且不发落，先下旨把允祀、允禟削去宗籍，改允祀名为阿其那，改允禟名为塞思黑。据通满洲语的人讲，阿其那汉语就是猪，塞思黑汉语就是狗，一字褒贬，无非把两人比作猪狗的意思。又教把四人分别拘禁，然后召集诸王大臣，故意泪流满面地道："阿其那、塞思黑、允䄉、允禵都是圣祖皇帝的儿子，朕的亲骨肉，亲手足，你们都是受过圣祖皇帝及朕深恩的人，现在所奏如此，如果情罪稍有不符，便是陷朕于不义，对着圣祖皇帝，更是获罪不浅。"众人回奏自然是："悖逆请罪，断断不容宽宥，众意佥同，恳求乾断"等一派冠冕话儿。世宗道："你们的话何尝不是，悖逆之徒不加惩创，人人都要胆大妄为，效尤作乱，朝廷就没有安逸日子过。但是情关手足，朕终有点儿不忍，待朕再降旨，询问各省督抚提镇，瞧了他们的回奏，再定夺罢。"

这时候，世宗面子上做着仁慈恺（kǎi）测的样子，暗地里却叫血滴子分往囚所，把阿其那、塞思黑害悼性命，只不曾割取首级。囚所看守大臣忙着奏报，只称二人俱伏冥诛。世宗故意做出惊诧的样子，向众人道："朕原想把二人禁上一年半年，慢慢感化他，再不料竟会伏上冥诛的。"说着嗟叹不已。众人道："二人罪恶滔天，伏了冥诛，也是自作自受。皇上又何必嗟叹！"世宗道："你们哪里知道朕的初志，原欲做成功十全令主，报答皇考深恩。现在出了两人的事，恁你黾勉到十分，也总灭去大半了。不知咱们弟兄，前世里有甚冤孽，弄到这个样子。"说毕，连连顿足。后人有咏史诗两绝，其一道：

阿其那与塞思黑，煎豆燃箕苦不容。
元武门前双折翼，泰陵毕竟胜唐宗。

其二道：

凤车龙辔拥旌旗，夹道嫔妃拜上仪。
报道青鸾衔诏下，一篇惨煞豆箕诗。

却说皇太后，自那日与世宗拌嘴之后，终日不茶不饭，差不多以眼泪洗面。这日，忽闻太监报称八、九两阿哥在囚所不知怎样都没了，八阿哥日间还很健旺，三餐饭都吃得好好的，临睡时还跟看守官员谈了半日天，谁料睡下就咽了气。九阿哥从西宁提解到保定，一路上谈笑自如，解送官员跟他谈起皇帝近来所办政务，九阿哥还笑说他从来原伶俐，自应如此。谁料到了保定制台衙门里，也就无缘无故的丧了性命。听说都是皇帝暗里叫人去害掉的。究竟不曾拿到凭据呢。太后道："了不得！他这么狠心辣手，我那十四阿哥，一定也要不幸了。”太监道：“十四阿哥倒还好好的。”太后道：“在他手里，这性命儿终难保。”太监道：“想个法儿，救了他也好。”太后道：“谁不愿救他。你也知道，我的话他是不肯听的。上回不是为了此事，和我拌上一回嘴了么！”太监道：“奴婢意思，这一条路不通，咱们就另换一条路走。”太后道：“你叫我走那一条呢？”太监见问，就退出门去望了一望，看没人，才进来悄悄道：“先皇帝的和妃娘娘，皇帝跟她不干净呢，两个人要好得什么似的。只要找着这条路子，托她悄悄向皇帝一说，不就完结了么。”太后道：“没人伦的禽兽，作出这种行止！还满嘴里皇考皇考，先皇帝知道，总也不会饶他。弟兄三十五个，谁不强过了他！偏那皇天没眼，放他会谋算成功。和妃这妖精，也真没廉耻，竟会顺从了他。从前，圣祖在时，我也谏过好多回，春秋高了，这种年轻妃嫔，少收几个，也好保养身子；太医也说清心寡欲，比吃人参燕窝儿百斤还要强多倍。怎奈圣祖总不肯听，也再想不到晏了驾后，会闹出这种丑事来。”说到这里，便叹一口气道：“从古到今，不曾有过的事，这会子都闹出来了，也不知祖宗作下什么孽，竟会生出这个禽兽来。”太监道：“太后倒别怪皇上，和妃娘娘模样儿俊不过，谁见了不动心？再者也不是什么要紧的事。外面传说唐乌龟，宋鼻涕，清邋遢。”又道：“清朝没有干净人，那是风俗如此呢！”太后道：“他一般也有皇后妃嫔，为甚要这么没上下？”太监道：“年轻人都是馋嘴猫儿似的，吃着碗里，瞧着碗外，太后倒不必管他们那种闲账。正经十四阿哥的事，咱们求求她去，要是和妃一答应，保管就没事了。”太后道：“我是堂堂国母呢，这种禽兽一般的人，我倒去求她，实是犯不着。再者他们都是一条藤儿上人，就求她也没用。我是决意不丢这个脸，要求你自己去求罢！”太监听了这一句话，就跪倒地，说了“领旨”两个字，翻身出外去了。太后忙着喝回来，地下宫娥太监，接连着喊。欲知此人回来与否，且听下回再讲。

第二十八回　雍亲王以女换子　年将军当筵啮臂

话说皇太后当下唤回那太监道："我已经苦得这个样子，你还要替我禽兽跟前去出丑，那不是怕我死得不快，催促我么？"太监道："奴婢见太后忧伤过甚，想不出个宽慰法儿，因念十四阿哥没什么，太后终会好点子的。你看这几日里头，总没好好的吃一餐，还要哭泣，一身肉都瘦干了。你老人家要有个好歹，还有谁疼十四阿哥呢？"太后哭道："我自己知道不过挨日子罢了，横竖这种日子，我也不要过，死了干净多呢。"众太监宫娥劝了好一回，方才过去。从来说忧能伤人，太后有了这么一位孝顺皇帝，天天拿这些不如意事来孝顺她，如何经受得起！到这年五月里，旧疾举发，不多几天，竟跟随圣祖升天去了。一应丧葬典礼，自然悉照旧章。世宗当着人，少不得擗踊哭泣，做出些哀痛样子。大事已毕，世宗就召心腹大臣计议道："阿其那、塞思黑俱伏冥诛，太后也崩了驾，只是大阿哥、二阿哥，一个残暴横肆，一个昏乱失德，虽然都已禁锢，保不住还有人想尊奉他们，干那不规的举动。圣祖皇帝原有过朱笔谕旨，朕若不讳，二人断不可留。这道谕旨，还存在宗人府里头呢，彼时朕因念及手足，心有不忍，所以没有遵行。现在他们一个恃着长，一个恃着做过太子，都想不安本分。你们瞧可要谕饬宗人府查读圣祖谕旨不要？"众人自然顺口儿都说："好。"世宗正欲下谕，宗人府张廷玉笑奏道："皇上此举，知道的果然不说什么，那起糊涂臣民不说皇上遵奉遗诏，大义灭亲，倒像咱们容不下人似的。依臣愚见，既然宽仁了那些日子，索性宽仁了下去，好在两人都是禁锢了的，虽有助乱之人，一时间料难兴妖作怪。"世宗听了，方才罢手。不料一到次日，咸安宫看守官就奏报废太子允礽忽感时疾，请旨定夺。世宗立即下旨，着太医院医官入咸安宫诊治，却故意做出关切的样子，连派重臣前往探问。无奈病势一天重似一天，服下汤药，毫不见效。世宗又下恩旨，准他的儿子弘晳入内侍奉。医官奏报病势危笃，又下特旨准照亲王例用黄舆仪卫。废太子病不到十天，究竟是死了。世宗十分痛悼，下旨追封为和硕理密亲王，特派大臣办理丧事，又亲往哭奠，封他的儿子弘晳为郡王。从外面看来，手足之间，也可算得仁至义尽了。那弘晳虽封郡王，究竟不敢居住京师，就在京西郑家庄，辟一所私第，住在那里逍遥快活，做一个圣朝隐士。后人有诗叹道：

思子无台异汉皇，皇孙终老郑家庄。
从今正大光明殿，御管亲书禁扁藏。

世宗当时果然志得意满，心悦神舒。谁料天子的威严，只能禁人家身子，不能禁人家口儿。早被人泛泛洋洋，传布了开去。不到一年，雍正皇帝谋父逼母，弑兄屠弟，遍天下没一个人不知道。亏得世宗赋性沉毅，并不因俗论悠悠稍改初志。这日，有人回："雍和宫工程完竣，请旨派员验收。"世宗随点派了怡亲王允祥，一时验毕复旨，奏称工程十分坚固。世宗道："我一竟忙着，没有去瞧过，今儿没事，倒要逛逛去。随叫唤鄂尔泰张廷玉来跟我一块儿走。"霎时召到二人，见世宗这么宠幸，心下自然欢喜。世宗道："可惜年羹尧不在眼前，他是朕的患难朋友。朕在潜邸，他没一天不到我家来，这会子改了雍和宫，他要是瞧见了，不知又怎样的感叹呢！"廷玉道："年大将军在西陲，军律最严不过，所以所向有功。"世宗道："好铁不打钉，好男不当兵，这班做兵的人，如何宽得一宽，就要闹乱了，哪里还能够打仗？年羹尧这人，朕与他从小儿共事到今，他的脾气，朕都知道，才派他去的呢。"说着，早到了雍和宫。只见崇阁巍峨，层楼叠起，后殿供着欢喜佛像，或是狰狞如鬼怪，或是美貌如仙女，有女有男，有人有兽，却都精赤着身子，做出种种欢喜法相，后人有诗道：

黄教由来国俗崇，雍和潜邸辟离宫。
须知我佛名欢喜，丈六金身色即空。

游毕回宫，皇后钮祜禄氏接着问道："爷要做好事么，巴巴的带了人逛庙去。"一语未了，皇子弘历进来请安。世宗因问："这早晚才下学么？"弘历道："下了好一会儿了。"世宗道："总是贪玩。下了学就进来才是。"因命传跟弘历的人来问话。弘历笑道："子臣原就要进来请安的，知道父皇在逛庙，不敢先见母后，才晚了一步儿。父皇教训过，子臣以后改就是了。"世宗喜道："好孩子，难为你小小年纪，就这么知礼。"皇后见世宗欢喜，随道："爷明儿闲了，也带他逛逛去。咱们的旧府改了雍和宫，他也没有瞧过呢。"世宗道："这地方也是他逛得的！"皇后忙问："为何？"世宗道："你见了也会知道的。"皇后知道有故，也就不言语了。

这位弘历皇子，说是皇后钮祜禄氏所出，其实内里有一段奇奥事故儿。后人有一首宫词，专指弘历的事，其辞道：

果然富贵亦神仙，内使传呼敞御筵。
不辨吕嬴与牛马，上方新赐洗儿钱。

原来世宗在潜邸时，折节下交文武大小各官，没一个不交好。彼时有一个海宁人，姓陈的，跟世宗最为莫逆。陈姓，原也是海宁大族，从前明到清朝，一竟簪缨不绝。听说他们的祖墓，是个很好的好风水，名目叫什么万福来朝，因四面环着湖水，来往船只，扬帆行驶，宛如一万只蝙蝠特来朝他那坟墓。一般看这坟地的人，曾许他家子孙贵不可言。只是数十年来，究竟也不曾应验过。这一年，陈家太太生了一位公子，陈老爷万分欢喜，赶忙择日举行汤饼会，发帖遍邀亲友。正忙乱着，忽家人飞报："雍亲王来拜。"陈老爷慌忙出接，迎到花厅，煮茗清谈。彼时亲友送礼的络绎不绝，雍亲王就问："府上有何喜事？"陈老爷道："没什么事，荆人昨晚举了一子。"雍亲王道："昨晚么，什么时辰呢？"陈老爷就说了时辰。雍亲王笑道："巧极了，怎么有这般巧得巧事！咱们家也添了一个孩子，日子时辰，都是同的，巧不巧呢！别是这两个孩子，约会了来的。”陈老爷道：“原来福晋也添了位皇孙，果然巧的很。将来我们那小犬靠着王爷合皇孙的福保不定有点儿造化呢。”雍亲王道：“小王斗胆，意欲请把新孩子抱出来瞧瞧，不知见允否？”陈老爷道：“那就是他的福气了。”说毕，亲自入内，抱了出来。雍亲王接过一瞧，见这孩子鼻直口方，五官甚是端正，乌溜溜两颗眼珠子，逼着人很是有神。笑道：“好个相貌，将来必是不错的。”随递还了陈老爷。又谈了一回别的事，告辞而去。临走雍亲王说：“小王回家告诉内子，怕内子也要来看呢！”

陈老爷回到房里，太太就问：“哪一家王爷这么不知忌讳，小孩子家，三都没有洗，嫩蕊儿似的，就抱出堂去？”陈老爷道：“这位王爷，就是当今的第四皇子雍亲王，我敢违他命么！你不知雍亲王福晋也生了一位皇孙，跟我们那孩子，同年同月同日同时，你道巧不巧？不过我们是儒素家风，他们是天潢贵胄，就这点子不同罢了。”陈太太道：“有这么的巧事，那真巧死了人。”一语未了，门上报：“雍亲王府差来四个太监，四个女人，说奉着王爷的话，要面回老爷，现在厅上等候。”陈老爷道：“这又是什么事呢？”说着出去。一会子进来，面上露着为难的样子。太太问是什么事，陈老爷道：“真真难死了人！王爷差人来，要把咱们孩子，抱家去瞧一瞧，就送还。”太太道：“王爷不是已经瞧过了么，才瞧过怎么又要瞧了？小孩子家，又不是西洋活宝，频瞧他怎么。”陈老爷道：“方才是王爷瞧，现在不是王爷瞧了。”太太道：“不是王爷瞧越发不必理他了。”陈老爷道：“是福晋要瞧，好不理她么？”太太道：“抱去是不行，请福晋到咱们这里来瞧了罢。”陈老爷道：“你说得好轻易的话儿，福晋跟你一样，才产了皇孙，如何好出门呢？”太太道：“竟没有法子回他么？”陈老爷道：“就是这个为难。我才对来人说，进来与你商量，你可有法子没有？”陈太太还没有回答，家人报称：“雍府太监叫回老爷，天可不早了，要回去复王爷命呢。”陈老爷皱眉道：“偏又是这么要紧，可叫人怎样呢！”陈太太道：“王爷总也要讲理的，没的人家小孩子，要抱去就抱去。不听他，可又拿我们怎样。”陈老爷道：“真是妇人家见识，一点儿不知轻重！理这个字，可也是向王爷家评得的？他们一恼，小则倾家荡产，大则性命儿都不保。你敢逆他，我可不敢。”陈太太道：“那就没有什么商量了，抱了去，给他瞧了就完了。”陈老爷道：“你答应了么？”陈太太道：“我要不答应，你又不容我不答应，没的说，只好答应了。”陈老爷道：“光怪我也没用，我也叫没奈何呢。”随命了五六个妥当家人，并三四个老妈子等，抱着新孩子，跟随王府来人，一块儿走。陈老爷亲送出大门，直望得瞧不见了，才始进内。

一时跟去的家人老妈子等回来说道：“奴才等陪送到二门，就不能进去。太监传王爷的命，叫奴才哥先回来拜上老爷，请老爷尽管放心。停会子，王爷亲自送哥儿回家，现在福晋还要喂乳给哥儿吃呢。”陈老爷道：“福晋也太要好了，放着自己孩子不喂，倒喂咱们家孩子。”此时合家人，心俱惶惶不定，陈老爷更似热锅上蚂蚁似的，从里到外，从外到里，一刻都没有停留。

隔不两个多时辰，陈老爷才想到大门口瞧望，忽见家人飞跑进来，报称王爷府里，派人抱送哥儿回来也。陈老爷夫妇，宛如得了凤凰一般，陈太太叫“快抱进来！快抱进来！”陈老爷早一步并成两步，奔出去接了。那太监还呈上王爷、福晋的见面礼儿，什么金寿星、金颗子之类。陈老爷随口谢了一声，也没暇细看，接了孩子，就进房来。那太监还说：“哥儿睡得正熟，老爷倒要轻一点子，小人儿家怕要吓呢。”太监去后，孩子恰好睡醒。陈太太抱来一瞧，见那面庞儿清秀了好些，诧道：“怎么一时间变了样子了。”等到替他换尿布儿，解开褓褓儿一瞧，不觉大惊失色，道：“哎哟！咱们家孩子，被他换了去也。”陈老爷怪问怎么了，陈太太道：“你来瞧瞧，都是你呢！”陈老爷走到床前，见这孩子的小人道儿没有了，原来男孩子早变了个女孩子。陈太太道：“我不依，你替我依旧换了回来才罢。”陈老爷道：“这是万想不到的事。事已成事，也不必说了。”陈太太道：“难道就此罢手不成？”陈老爷道：“快别嚷了！这是这孩子的福气，咱们家的晦气。你要嚷出去，闹得人家都知道了，怕还有非常大祸呢。”陈太太被老爷提醒，一想不错，也就不敢言语了。陈老爷又传齐家人老妈子等，吩咐道：“这一件事，大家不许张扬外面。要是有人知道，我只问你们几个人讲话。”众人齐应不敢。你道这孩子是谁？就是世宗第四个皇子，皇后钮祜禄氏所出的弘历。但是这件事，听说世宗不曾知道，都是钮祜禄氏一个儿所做。暂时按下。

却说世宗的心腹臣子年羹尧，自从那年拜为抚远大将军之后，旗开得胜，马到成功，把青海叛藩罗卜藏丹津部落，驱杀得四分五裂。捷报到京，世宗下诏，封年羹尧为一等公，岳钟琪为三等公，随饬岳钟琪搜剿余党，年羹尧仍回陕甘总督本任。这时，年公爷功高望重，威震中外，遥主朝政，手掌兵权，富贵威严，真可算得一时无两。年公爷任上请有一位西席先生，姓王，表字涵春，本地人氏。年公爷家法森严，待遇家人仆隶，往往军法从事。一日，公爷与涵春同桌吃饭，涵春无意间饭里头挑出了两颗谷粒，年公爷就查问谁淘的米，家人照实回禀是某某。年公爷起身入内，霎时间一个家人捧进一个盘来，盘里头盛着个血淋淋的人头。又一天，涵春要洗手，叫馆僮拿水来。馆僮捧盆不谨，泼湿了涵春衣服，偏偏被公爷瞧见，立喝人把馆僮的双手斫掉。因此，涵春对着公爷，很有点儿忌惮。平日没事，很不愿与他见面。也曾辞过几回馆，怎奈公爷执意不许。这日，又听得公爷请王命斩掉一个幕友，为的是那幕友不曾得公爷允许，私瞧了一封机密要信。涵春愈益惊怕，面见公爷，力求辞馆。年公爷笑道：“何必如此要紧，终不然我屈留了先生一辈子。小儿辈正赖春风薰沐呢。”涵春道：“不然，晚生也很愿尽点子绵力。实因大将军秋怒春喜，风雷莫测。晚生是山野鄙夫，没有见惯，未免有点不寒而栗。”公爷笑道：“羹尧虽然粗鄙，终不会无端开罪先生，尽放心。且侍儿辈稍有进益，自当备车奉饯。”涵春无奈，只得留下，从此把辞馆之念，丢向九霄云外。

过了两月有余，忽馆僮报称，今日大将军传谕厨房，叫备全席精菜，不知又要请哪个上客呢。涵春听了，并不在意。到上灯时，忽报“大将军到。”只见年公爷满面春风的进来，笑向涵春道：“今儿备几肴粗菜，与先生共饭，明日就送先生行也。”涵春自就馆以来，从不曾见公有过这样的笑容，随答：“大将军又何必这么费事？”公爷道：“也不费什么事，不过谈谈罢了。”说着，已到花厅，见紫檀桌上象箸银杯都已陈设定当，公爷请涵春上坐，自己主位相陪。承值家人雁翅般站立两旁，斟酒上菜，一点儿声息没有，严肃整齐，宛似行军临敌。公爷词锋原是很健的，喝了几杯酒，就谈吐风生起来，不过谈的都是春秋战国故事，后半句话涉到时务上头。酒至半酣，忽命老苍头引少公子进来，与涵春敬酒，涵春起过接杯。公爷笑道："先生尽坐着，小人儿家敬杯酒算什么。先生教诲了他这多年，日后倘有寸进，都是先生成全他的呢。"说罢，就喝公子过来，将起他衣袖儿，执住臂膊，只一口，早咬下了血淋淋一块肉。少公子痛得屏住气，一声儿都不敢哼。公爷挥手道："进去罢！"苍头就引着公子退了去，涵春惊得目瞪口呆。瞧公爷时，谈笑风生，依旧没事人一般。忙问："少君忤逆了大将军么？"公爷忙道："今夕只可谈风月，这件事请不必问，日后自会知晓。"涵春愈益惊疑，席散归寝，一夜何曾合眼。

次日起身，馆僮禀称车马都已齐备，桌上白银百两，是公爷送与师爷的程仪。涵春道："我还得公爷前去辞辞行。"一语未了，昨晚那老苍头引着少公子进来，一见涵春，少公子就请安道："家严因政务牵绊，不能恭送，叫学生致意师傅，就叫学生代送出城。"涵春忙说不敢。又道："我正要尊翁跟前去告辞一声儿，你来得巧，就陪我去罢。"少公子道："师傅不必了，家严正有事呢，去了怕也未必见。停会子待学生转禀家严是了。"老苍头也说："果然公爷正在办公事，还吩咐我们叫陪着哥儿送师爷出城呢。"涵春道："这么，恭敬不如从命，我就不去了。只是你们也不必送，有他们陪着，已经很妥当了呢。"少公子如何肯依。当下行李收拾定当，上车的上车，装担的装担，王涵春骑上马，少公子老苍头也都骑上了马，直送出城十里方才分别。

王涵春归心如箭，巴不得一步跨到家门，催马急行，途中风景，也没暇赏览。走了三五天，方才赶到，却又大吃一惊。原来涵春家屋舍，原本是荜门圭窦，简陋得要不得。这会子却见巍峨甲第，高彻云霄，兽户朱门，备极宏敞，门前还列坐着几个鲜衣华服的健仆。涵春疑是赶错了路，正欲询问，早见那几个健仆都前来，替自己解装，争着叩头儿称老爷。涵春愕然。才跨进门，又见自己的妻子满头珠翠，遍体绫罗，带了一大群小丫头、老妈子，一阵香风的迎出来，向涵春道："你今儿才回来么？可不把我们的眼珠儿望穿了呢。"涵春见了这富贵繁华的排场，听了这温柔绮妮的言语，真有点自己不信自己起来，不觉失声道："我今儿不是在梦里么？"欲知后事如何，且听下回分解。

第二十九回　一阵风引起十年话　新总兵断送故将军

话说王涵春回到家中，江山依旧，景物全非，不觉疑是梦境。他妻子道：“自从你去之后，就有人来替我们改造房屋，置备田产；又拨了许多老妈子小丫头子家人来，给我使唤；又月月送银子来，送衣服来。我初时也舍不得使，舍不得穿。后来见月月送来，积得多了，白搁着可惜，也就略使使穿穿了！”涵春道：“谁跟我们这样要好，可曾问过他？”妻子道：“怎么没有问，是一位什么年大将军，说是你的东家呢！”涵春道：“年大将军么？真也奇怪，这样的厚待，当了面，从不曾提起过半个字。”他妻子道：“或是大将军知道你廉洁，说明了，怕要推辞，故意这么秘密，也是有的。”涵春道：“你没有知道呢，大将军威福很是不测的。”随把当筵啮臂那件事向妻子说了。他妻子也很惊诧。涵春道：“耽了三年惊吓，也有这么一日，倒也是万想不到的。”他妻子道：“你说大将军威福不测，是祸是福，还不定呢。”涵春道：“别管他是祸是福，咱们眼前且乐一会子。”当下夫妻两口子，久别乍逢，亲密恩爱，自然不用细表。那些亲戚故旧，闻道涵春得意回家，忙都前来探问，沓来纷至，倒也十分热闹。

这一夜是涵春回家的第三天，夜色苍茫，天已一鼓，忽然门外大声喧闹。涵春夫妇从梦里头惊醒，涵春就披了件衣服，开门出去瞧看。才跨出房门，就见两个家人飞步进报，说：“外面来了两个化子，一男一女，一老一小，硬要闯进来。我们阻挡不住，那男花子满头白发，满脸白须，瞧去已有六七十年纪；女化子，只十二三岁的子姐儿呢。”涵春道：“半夜三更怎么还有化子？”家人道：“平日原是没有的。今儿这化子异样的古怪，敲门打户的，叫开了门，还指名要见老爷。他说与老爷是很要好的朋友。”涵春诧道：“我生平从不曾有过做化子的朋友。”一语未了，又有家人入报：“两个化子，已经赶进书房，声言老爷不出去，他们就要到里头来也。”涵春不及扣钮儿，走到书房，就灯光下瞧时，两个化子都很面善，只是想不起来。那老化子见了涵春并不言语，只一把拖住小女化子，捋起他衣袖，露出嫩藕般一弯玉臂，直送到面前，给涵春瞧。只见云肤上边，一块红玉似的瘢啮痕，宛然不觉失声道：“哟哎，你不就是年公子么！怎么这个样子？”老化子慌忙摇手道：“师爷轻声，防机关泄露呢。”涵春会意，就叫家人退去，亲手闭上了门，悄问道：“大将军没有事么？”这人道：“现在还没有事，只是消息不很好。从来说伴君如伴虎，何况当今是世界上第一个多心人，见大将军功高望重，面子上虽还好，暗里头却十分妒忌，大将军寒心得很。因师爷为人诚实可靠，才变个法子，密叫老奴伴送哥儿这里来，还恳师爷可怜大将军，把我们哥儿当作自己儿子一般看待，就感戴不尽大恩了。将来要是没事，大将军果然重重答报；万一有什么不测，我们哥儿也总不会忘记的。”说着主仆两个一齐跪倒在地。涵春还礼不迭道：“老管家年公子，快都起来！我王某受过大将军厚恩，这是分内之事。要是不尽心保护，天也不容我呢。”从此，年公子与老苍头就留在王涵春家里，涵春待到公子，慈爱疼顾，果然与自己儿子一个样子。

一夕，天静云间，月明如水，涵春在书房里对月饮酒，却叫年公子旁坐作文课，老苍头垂手侍立。忽然一阵风，吹灭桌上灯火，连作文课的那张纸，都吹出户去。老苍头吓得跌下地去，战栗道："血滴子！血滴子！"涵春点上灯烛，叫年公子拾起了纸，回瞧老苍头时，只见他面无人色，身子兀自瑟瑟瑟抖一个不定。涵春道："你为甚这个样子？"老苍头抖道："血滴子怕得很！"涵春一面扶他，一面问道："什么血滴子？我不懂呢。"老苍头定了一回神，才道："师爷别怪，我是惊弓之鸟，吓怕了的。"涵春道："一阵风也平常得很，有甚怕呢？"老苍头道："这一阵风与一张纸，老奴那年经着过，险些送掉性命。师爷也曾听人家讲过血滴子么？"涵春道："什么血滴子，倒不曾听过。"老苍头道："咱们大将军与当今名为君臣，其实是结义兄弟。"涵春道："奇怪极了，倒没有听见过。"老苍头道："别说师爷，就我们太老爷，也不曾晓得这件事。除了老奴知道的，怕没有几人呢。老奴在大将军家三十多年，大将军从小儿到大的事，别人不知，老奴却都知道。"大将军年轻时，专喜欢结交江湖豪杰。记得那一年，跟随大将军出门，恰恰遇着下雪，风狂雪大。咱们俩骑马，在羊肠山路里奔走，四面都是层峦叠障，峭壁危崖。忽听一声胡哨，三十多匹马从树林里奔出来，马上都骑着梢长大汉，手里都持着兵器，老奴吓得要不得。谁知道一班人瞧见大将军，都慌忙跳下马，也不管雪地里风地里，跪下磕头，苦苦邀留咱们上山。喝了两天的酒，临走还送了许多东西。从此一路所遇镖师剑客，水杰山豪，没一个不与我们将军要好。将军发了之后，常有鲜衣怒马的客人来衙投谒，师爷你道这一班都是什么人？"涵春道："是什么人？"老苍头道："是南北会党呢。"涵春道："当今与大将军，又为甚结义呢？"老苍头道："当今平素放荡得很，先皇帝很不以为然。先皇帝疼的，就是二阿哥，其次要算八阿哥、九阿哥、十四阿哥。当今彼时处心积虑，遍交部院大臣，叫他们替自己游说。那时大臣中如鄂尔泰、张廷玉等，都很帮当今的忙。但鄂、张都是文臣，不很得力。当今知道大将军是江湖里头魁首，缓急很是可靠，就折节下交，结成生死弟兄。那时节，当今天天咱们家来，老奴也见惯了广额阔腮，凹深深的龙目，勾弯弯的鹰鼻，穿着黑色衣服，帽子上钉有龙眼大一颗东珠，来时总是直闯大将军卧房，不待家人通报的。咱们大将军究竟替当今练成一队血滴子。"

涵春又问血滴子，老苍头便把血滴子的利害，解说了个明明白白。涵春道："当今要这血滴子来做什么？"老苍头道："我不是说过先皇帝不很疼当今，二阿哥、八阿哥、九阿哥、十四阿哥，倒都蒙疼爱么。当今结交大将军，编练血滴子，命意所在，不过如此。记得十年前，大将军在京供职，彼时先皇帝出狩热河，恰恰八阿哥病了。当今主张移还京师，众阿哥倒都不说什么，独二阿哥不答应，先皇帝就叫当今伴着病人。八阿哥病愈之后，二阿哥究竟废黜了，这都是大将军与鄂尔泰、张廷玉三个人暗里谋成功的。彼时当今有时不便出门，就与大将军手书商酌。这种宸翰奎章，都落在大将军手里。当今登了基，因为把柄儿落在我们家，很忌惮大将军；大将军也怕当今听谗信佞，不念前情，也密藏着不肯封还。为此，君臣之间倒都有了心病。"涵春道："从来说君疑臣必死。大将军倒很危险呢！"老苍头道："可不是呢！大将军荡平青海，班师回京，当今亲自出城迎接，赐宴太和殿。恰值盛夏天气，与宴各将士，戴着盔，穿着甲，站立在丹墀上,热得汗流直淌。当今瞧见就下恩旨道:‘天气热得紧,众将士暂可不必拘礼,把盔甲都卸了罢。’众将士兀立不动,宛如没有听得。当今连宣三遍,众将士只是不理。当今向大将军道:‘大将军叫他们卸卸甲罢。’大将军只把头一顾,顿时间卸甲如山。“当今就问众将士:‘朕的上谕,你们怎么倒都不听?’众将士回奏:‘军营中人,只知道大将军军令,不晓得皇帝上谕。’当今嘴里虽然称赞,心里很是不舒服,怕的是跋扈不臣。其实大将军忠得要不得,平日谈论古事,说到史可法、吴三桂等一班人,总笑他们不识天命,自己又如何肯反叛呢?”

涵春道:“大将军的军法,也太利害了。听说行军时光,提督总兵被他连诛过五七个,并且都为了极小的事情,那也未免过甚。”老苍头道:“我的师爷,告诉不得你呢,别说属员,连他自己宠幸的姨娘,平日宝贝得性命一般,也不知斩掉了几多呢!我们大将军就不过杀心重一点,办到事真是公不过,不论如何要好的人,犯了法从没有赦免过。那几个姨娘,都为了替属员说情被诛的。大将军曾说我自己犯了法,自己也决不肯轻饶自己。营里头人,大到主帅,小到小兵,都要遵守军法。”涵春道:“真可算得法重令行,威尊命贱。”老苍头道:“记得那一年大将军移营,恰值大雪天。推运粮车的小兵,手指上雪积有一寸来高,冗自走着。大将军颇有矜怜之意,随向他们道:‘去指!’谁料兵士都误会了,一个个取出佩刀,把自己手指儿截掉。就这一桩,可见大将军军令的利害。所以大将军的兵,战无不胜,攻无不克。”涵春道:“军法这么严峻,总再没有违令的人了。”老苍头道:“倒也不然,大将军有一晚拥着宠姬,在营里头做诗喝酒,得意非常。忽闻角声呜呜,声音儿很是悲壮。大将军笑向宠姬道:‘吹角的是谁?’宠姬回不知。大将军道:‘也是朝廷一品大员呢!’因自夸道:‘某一书生能使提督军门吹角守夜,念书人里头,也总算得可以了’。宠姬笑道:‘老爷休夸口,怕军门这会子也正与心上人乐呢,哪里还有工夫吹角?’大将军道:‘我的军令,谁敢不遵?’随取令箭,叫把吹角的喊来。果然不是军门,是一个参将,立刻下令,把提督参将斩决示众。”

涵春道:“大将军办事认真,怀怨的人总也不少。何不急流勇退,做一个骑驴湖上,啸傲烟霞的韩世忠?怕倒能够平安过下半世呢。”老苍头道:“老奴也曾劝过,怎奈大将军不肯听从。想起去年衙门里,那桩非常怪异事情,真是怕得很。”涵春道:“又是什么事?老苍头道:“大将军有一个鬃金双龙拜盒,里头所藏,都是当今的手谕宸翰。这拜盒安放在何处,我们都不知道,都是大将军亲自经手的。一日,廷寄到来,忽命把御笔一切谕旨,封固进呈,大将军遵旨封进。不料批本回来,大受申斥。这夜,大将军书房里失了窃,别的都不少,就不见了那个鬃金双龙拜盒,并一口将军常佩的宝剑。窗门紧闭,椽瓦不动,也不知这贼子从哪里进来的。阖署惶然,忙乱着要查检。大将军不许道:‘不必闹!一张扬,致使外边人都知道。这两件东西,衙门里人决不会偷的,偷了去也没用。’”

涵春道:“这贼子胆真不小,敢到大将军衙门里来偷东西。”老苍头道:“我的师爷,哪里是贼子,这偷东西的,怕就是来空去杳的血滴子呢。”涵春道:“住了,血滴子不是都属大将军统辖的么,怎么又偷起大将军东西来?”老苍头道:“血滴子头先原是大将军统辖的,大将军出了差,当今就自己统辖了。后来君臣之间有了猜忌,当今就反派血滴子来侦察大将军动静。其实这一个拜盒里头,已经没有什么了,所有朱谕,都已固封进呈。大将军经过这回变故,知道早晚一定更有不测事情生发,遂令心腹将弁,密密防备,衙署四周,戎装健儿梭巡往返,彻夜不绝。一夕,大将军秉独烛酌,执着肇自拟一张奏稿,停杯沉思,斟酌字句,看来是很费心思的。彼时,侍立在旁的,只有我与一个戈什哈。这戈什哈,也是大将军的心腹。我们两人见大将军面带愁容,吓得都不敢动,静听墙外梆铃传呼之声,往来不绝。辕门鼓吹停,传点恰报三更,我与戈什哈,眼注着大将军,大将军眼注着奏稿。忽闻背后一声怪啸,才一回头,就见戈什哈尸横地下,脑袋儿已经失掉,风起烛灭,将军的奏稿,也被怪风摄去。大将军大呼有贼,亲兵家将风奔雨集,四面搜拿,闹到大天白亮,哪里有一点影踪。”涵春道:“血滴子杀掉戈什哈,究竟为点子什么?我真懂不出。”老苍头道:“那无非是杀鸡吓猴子,惊吓大将军的意思。当今叫大将军封还的,原是潜邸时光往来手翰,都是极机密极重要东西。大将军却只把寻常朱批固封进呈,当今所以不答应呢。”

涵春道:“大将军聪明人,怎么这般的执拗。”老苍头叹道:“要是真有不测,和尚的话就准了。”涵春:“什么和尚的话?”老苍头道:“从前有一个相面和尚,相我们大将军,说是出世与众人不同,福命与众人不同,受福也与众人不同。前两句都已应了。现在这个样子,怕后一句也要应呢!”涵春道:“福命不同,也还罢了。出世总与众人一样的,怎么会不同呢?”老苍头道:“师爷没有知道,我们将军生下来果然就有点子异兆。我们老太太,年轻时利害异常,把我们太老爷管束得服服帖帖。因此太老爷官虽做到镇台,从不曾纳过一房姬妾。这一年,老太太娘家有事,回去了一个多月,太老爷趁这当儿,就与房里丫头偷上了手。老太太回来,倒也不曾看出。“谁料一度春风,珠胎暗结,这丫头已怀了身孕,肚子一天一天膨胀起来。起初还推是病,后来老太太见她言谈饮食,不像病人模样,喝令家法处治。丫头吓得照直陈供,老太太怒极,就命吊起了鞭打一百藤条,发出去配人。谁料这丫头受了鞭打之后,当夜就产下一个孩子啼声儿很是响亮。老太太不许留养,立命抱去活埋掉。“彼时老奴的哥哥,在府里管门,就把这孩子,抱向后园丢在猪圈。谁料圈里头母猪竟会喂乳给孩子吃。老奴的哥哥知道此孩来历不小,遂偷偷抱回家,雇了个奶妈子养着。师爷你道这孩子是谁?就是现在赫赫有名的陕甘总督抚远大将军一等公年大将军。”涵春道:“那真与春秋时令尹子文一个样子了。”老苍头道:“大将军六七岁时,还跟着我哥哥住在门房里呢。这一年来了个相面和尚,太老爷叫他相,他说太老爷是大封翁,贵不过差人主一级。太老爷抱出二老爷,和尚道:‘也是朝廷一品官,然而不足当此。’太老爷道:‘我只有此子,别无他儿,和尚别是看错了么?’和尚道:‘绕在门房瞧见一个孩子,好个相貌,将来定然位极人臣,三十岁就要执掌大权,贵在诸侯王之上,难道不是公子么?’太老爷就传我哥哥带进大将军来。和尚指为道:‘此孩相貌奇贵,倒不是公子,这却奇怪了。’太老爷询问我哥哥,我哥哥只得照直回禀,大将军父子才得完聚。大将军资质聪明得很,只是太会淘气,连打走五七个师傅,究竟请着了个名师,教成文武全才,十八岁上就点了翰林。二老爷虽是老太太所养,比了大将军十分中一分还不到,这才叫‘凤凰出在老鸦窝’呢。”涵春道:“原来有这么一段事故,我如何会知道?希尧倒是正出,大将军倒不是正出,只是大将军的生母怎样了？”老苍头道：“配了人哪里还有查考，不知在海北，还是在山南。大将军大发了之后，也曾寻访过，大海捞针似的，白闹一回罢了。”说着风吹庭树，飒飒有声，月影西移，时已夜半。回瞧年公子，已伏在桌儿止打睡儿了。老苍头道：“哎哟，咱们要紧讲话，哥儿已经睡熟了。”涵春道：“果然天已不早，我们各自回房罢。”当下无话。

年公子在涵春家耽搁了一年有余，年大将军就坏了事，犯的款子，是贪酷狂肆，胸怀不轨，几欲叛逆等，九十二条大罪经六部九卿都察院各道御史联名参奏。世宗大怒，下旨拿问。一夜之间连降十八级，充发边远省分，罚看城门。总算皇恩浩荡，念及微劳，免其一死。无如这位年将军，江山易改，本性难移，职位虽卑，强项依旧。他老人家在城门上，每到闭城下锁之后，凭你王孙公子，万叫不开。论到守法奉公，果然无私铁面。然而怀怨的人，很是不少。这一年，有一个新总兵，原是年将军旧部，因事进城，见了年将军，依旧照着属员仪注，叩头参谒。他老人家也坦受不辞，却被冤家执着把柄，又狠狠的参了一本。世宗原怕他死灰复燃，见了参折，立下上谕，赐令自尽。欲知后事如何，且听下回分解。

第三十回　倪庶常奉旨卖字　张茂才入陕投书

话说抚远大将军年羹尧被诛之后，兔死烹狗，鸟尽藏弓，在廷诸臣，未免都有点儿危惧。世宗知道众人惧怕，愈益风雷不测，喜怒无时的行起来。有时一道密旨，把千百里外的封疆大吏，忽地无端赐死；有时遣派血滴子，把监司大员的脑袋无端取了来；有时忽把州县微员、山林废吏，特旨召京问话。赏罚任意，陟黜随心。弄得世亲懿戚，满汉文武，对着皇帝，宛如阎罗老子似的，怕今儿不知明儿，明儿不知后儿，人人救过未遑，个个性命莫保。官场如此，百姓可知，草木皆兵，谈虎色变，谣言蜂起，万众讹传。有一年，福建地方忽起一种谣言，说当今因为钦天监启奏紫微星落在福建地方，特派钦差赴闽，凡是三岁以上九岁以下男孩子，都要搜来扑死。害得这一方百姓，流离转徙，男哭女号，都逃向别处去。天下之大，谣诼之多，诸如此种，言难尽述。

却说鄂尔泰此时已经外放了浙江抚台，一日，正在签押房披阅公事，忽巡捕官入报，外面来了一个翰林，自称从北京下来，有很要紧的事，要老爷亲自接他。鄂尔泰听了诧异，随问有名片没有。巡捕官道："沐恩也问他要过，他笑回不须名片，见了老爷，自会明白。"鄂尔泰疑惑道："这是谁呢？这么突如其来，却又不肯通名道姓？"随命请见。巡捕官应着出去。一会子又进来道："那人不肯进来，定要老爷开中门出迎呢。"鄂尔泰心里一动，暗忖：莫非是当今微行么？于是忙忙穿戴公服，开中门出接。谁料见面之后，并不认识。鄂尔泰愈益疑惑，随问："足下何人？来此何事？"那人道："咱们里头去谈。"鄂尔泰只得陪那人到花厅坐定。那人就悄向鄂尔泰道："兄弟奉有密旨，交付与公。不然，再不敢劳动台驾出接的。"说着，就在身边取出密旨，双手奉与鄂尔泰。鄂尔泰接来一瞧，见黄封朱字，钤有宸翰之宝，不觉大惊失色道："哎哟，我有何罪呢？"那人也惊道："又是什么？"鄂尔泰道："听到疆臣有罪，圣上总特派专使，密青旨赐死。现在先生衔命远来，兄弟怎么不要寒心。"那人道："怕不见得祸事呢。圣上发这密旨时，并没有恼怒的神气。"鄂尔泰听说，拆开封套，只见上写着："翰林院庶吉士倪修，字学未精，着交鄂尔泰发往涌金门卖字三年，再来供职。钦此。"鄂尔泰瞧罢密谕，顿时悟会过来，遂问那人道："贵姓可是倪？"那人回道："是。"鄂尔泰又问大名，那人回问："贱名是个修字。"鄂尔泰道："贵衙门定是翰林院了。"倪修道："吾公如何知道？"鄂尔泰笑道："有旨请先生涌金门卖字三年呢。"说着，就把密旨给他瞧看。倪修大惊失色。

原来，这倪修字敬齐，浙江人氏。未第时光曾在杭州涌金门卖字，清世宗微行到杭，见他所写的字，银钩铁书，很有笔力，十分欣赏，遂叫他写对联一幅。倪修当时并不识是世宗，信笔挥来，着成七言联语道：

秋英彭泽先生赋，春水沧浪孺子歌。

世宗见他秋字的禾旁写在右边，火字倒写在左边，随道："这个'秋'字，怕错了么？"倪修道："古体是这么样的。"因条举名帖，广引的征，异常渊博。世宗道："你老人家既然这么博学，为甚不去干功名，却在这里卖字？"倪修见问，叹了一口气道："论到时尚之学，自问也可去充数挂名，只是一贫如洗，万里神京，如何去得？"世宗道："有志观光，何必舍近求远！本省也很好呢。"倪修笑道："去年秋闱，已经侥幸。"世宗道："原来是一位孝廉公，失敬了。"随取出四五笏马蹄金道："我这一趟生意，总算赚了几个钱，就助给先生，充一个盘费就总够了。"倪修喜出望外，谢了又谢。世宗笑道："现在也不必谢，高发之后，能够不忘记我就好了。"倪修道："那是晚生断不敢忘的。"随问姓名，世宗道："日后总会知道，眼前且不必问。"倪修无奈，只得拜别上京。这年恰有会试，春闱文字，十分得意，高高的中了进士。他那书法原很可以的，殿试取了二甲，赐进士出身，授职翰林院庶吉士。卖字书生，顷刻间变成玉堂贵客，这都是康熙末年的话。世宗登位之后，忙乱着朝章国政，倒也不记得他了。这一年大考翰詹，偏是连考好，高高的取了第三名，照例转升，开单请旨。世宗见倪修名字，想起前年那桩故事，指名儿召见。倪修见了驾，世宗笑道："你的本领果然不坏，竟被你爬到翰林了。从今后涌金门地方再不必去卖字了。"倪修叩头道："微臣该死！彼时有眼不识，放肆异常。"世宗道："这又何妨，朕与你也可算得贫贱之交了。你那年那个'秋'字，讲得很有道理，朕今儿也有个字，写给你瞧。"说着随取笔写了一个字。倪修接到手中，见御笔写的是一个"咊"字，觉生平所读诸书，从未见过这么一个字，碰头道："圣学高深，微臣识浅，此字委实不认得。"世宗笑道："此字如何不识？就是和气的'和'字。"倪修道："'和'字如此写法，臣实未见。"世宗道："我也无非学着你，你把'秋'字的禾旁调了右边，我也把'和'字的禾旁，调了右边，一般的搬了一搬家。怎么你自己写的'秋'字就认识，我写的'咊'字就不认识呢？"倪修碰头道："皇上天语，使微臣茅塞顿开。只是微臣书读得少，'和'字写作'咊'字，委实没有见过，怕是讹体么。"世宗听言大笑，此日就给了他一道密旨，派他到浙江抚台衙门投递。

当下鄂尔泰把密旨给倪修瞧了，倪修惊得目瞪口呆。鄂尔泰道："本来当今的行事，都是天外飞来的，寻常人万万料不到猜不透。然而先生在京里，总有了什么不是，才受这风流小刑罚。"倪修想起前事，随一五一十告知鄂尔泰。鄂尔泰笑道："先生原也太固执，书读得少，不妨查一查字典，怎么当着面，就说当今写讹体。亏得当今天一般的度量，不然先生怕就要不得了呢。"倪修无语。次日就到涌金门设摊卖字，悬起招牌儿，大书特书道："奉旨卖字。"名目新奇，顿时哄动一杭州的人都来观看，又是翰林先生，又是奉旨的事情，请教的人络绎不绝。所入润笔，大有可视，倒比在京当穷翰林好起了十倍。晚上耽搁在抚署，与鄂尔泰诗酒唱和，也很逍遥自在。

一日，倪修卖字回署，见鄂尔泰满面愁容，问起才知世宗又新诛了几个大臣。鄂伦岱、阿而松阿都是国家勋戚，隆科多、苏努也是满洲世仆，鄂、阿两人，是明正典刑的，隆、苏两人，是暗伏冥诛的。鄂尔泰怕祸及自身，所以忧惧。倪修劝慰了一番，鄂尔泰心终未释。这夜三鼓，忽地廷寄到来，"广西巡抚着鄂尔泰调补，即日走马到任，不必来京请训，钦此。"接过上谕，不敢怠慢，立把浙江巡抚印信，交与藩司护理，收拾行装，带领家眷,按站长行,往广西进发。一路所经,自有地方州县办差供应,无庸赘述。

这日,才到湘江地界,忽有钦使飞马赶来,奉出密旨一封。鄂尔泰接过就要启封,钦差道:"上皇有旨,叫到任之后,才可拆看。"鄂尔泰没法,只得遵旨而行,心里终未免有点子惴惴。一到任,别的事都没暇干,先背着人,把密旨启封,一瞧,只见寥寥数语,写着道:"广西大盗王介横行,桂粤累旨缉拿,屡被漏网,限鄂尔泰到任三日内,务必捕获解京,不得有误!钦此。"这一个难题目,把鄂尔泰几乎急成了疯病。亏了幕府中有一位足智多谋的幕友,替他画出一条奇策,把王介捕了来,总算不曾误了钦限。立派干员,解往北京。

世宗大喜,传旨嘉奖,并赐给碧螺春茶叶二斤。鄂尔泰谢过恩,便将御赐珍品,分一半给那幕友。那幕友见这茶叶气味清醇,幽香沁鼻,觉与市门凡品大不相同,赞道:"洞庭碧螺,果然名不虚传。"鄂尔泰笑道:"老夫子知道么,此茶的嘉名,还是圣祖皇帝御赐的呢。"幕友道:"倒不曾听见过。"鄂尔泰道:"洞庭东山有一个碧螺峰,这茶叶就出在碧螺峰石壁下。"幕友道:"怪道叫碧螺春,原来有这么一个山峰儿。"鄂尔泰道:"这野生茶叶,土人本也不很重视,每年谷雨前后,提着竹筐采点子回家,供一家子一年的饮品。圣祖皇帝即位之后,那一年忽然茂盛起来。"幕友道:"必是圣祖德化感了地灵,才会这么茂盛。"鄂尔泰点头道:"想来总是这个道理。"随道:"彼时土人照例携筐上山,谁料采下的茶叶,筐子里竟存贮不下,要弃掉可惜,要回了家再来,路又遥远,有几个有急智的就想出一个奇妙法子,解开衣服,把茶叶都藏在胸前。众人都学着他,收拾完毕,提筐下山。茶叶得着人身热气,香气透发出来,刺鼻沁脑,众人都不禁道:'吓杀人香,吓杀人香。'"幕友道:"香怎会吓杀人呢?"鄂尔泰道:"'吓杀人'三个字,原是彼处地方一句方言,是'事出意外'的意思。于是遂把此茶定名'吓杀人香'。以后采茶,便都不用竹筐,都藏在怀中了。那时有一个姓朱的制法最精,色香味三者,能够永久不变。因此吓杀人香茶叶,在市上总要值到三两多钱子一斤呢。圣祖皇帝南巡,地方人士献上此茶。圣祖嫌他名儿不雅,才改赐今名的。现在定了贡额,地方大吏每年总要采办进贡,市间如何还有真物!"

幕友道:"原来有这么一段事故。听说那年圣祖南巡,在洞庭山地方,遇过一回刺,这刺客本领非常利害,然而当代圣人自有百神呵护。究竟何曾有济这件事确么?"鄂尔泰道:"怎么没有,那年我也在随扈,险些伤了性命。这会子虽然事过境迁,一提着心还寒呢。"幕友道:"怎样利害的事,能令抚军吓到如此田地?"鄂尔泰道:"记得那日,我与明珠、鄂伦岱,侍着圣祖赏览湖中风景。圣祖还指示我们,太湖七十二峰,就只东西两洞庭,景致最胜。我跟明珠要紧与圣祖谈笑,倒也没有觉着,忽听鄂伦岱怪叫起来,回头急视,只见湖面上一只小船,箭一般向御舟驶来,船上坐有一人,手执双刀,脚划双桨,圣祖也瞧见了,忙喝侍卫们放箭。百弩齐发,箭便似飞蝗般射去。那人舞动双刀,一支支都被他拨向水中,随流而去。众侍卫慌了,忙丢下弓箭,拿起长兵器拦护。小船已经追到御舟。"幕友道:"竟被他追到御舟,险极了!险极了!"鄂尔泰道:"小船与御舟高低差有七八尺,众侍卫剑戟如林,防护得何等严密!那人竟然视同无物,一跃就上了御舟,挟着飞风似的快刀,直奔圣祖。"幕友急问:"哎哟,着了没有?"鄂尔泰道："明珠急得忙把圣祖面前供的一株二尺高的珊瑚树，提起就打，那人用刀一挡，珊瑚树跌得粉碎。圣祖走得快，不曾削着。刃锋儿从我头顶上掠过，顶子翎管通通粉碎，险些削着脑袋儿，我就吓倒在地。"幕友道："险的要不得。亏是抚军洪福如天，要不换了别一个，早坏了事了。"鄂尔泰道："那人一心要刺圣祖，冷不防背后两个侍卫，用斩马刃尽力斫来，砍坏了脚骨，顿时被擒。圣祖亲自审问，根究主使，那人笑道：'什么主使，天下也有替人家办事有这么尽心的？这是我一个儿做的事，既然被你们擒住，治死我就完了。'圣祖问他：'有何仇恨，干此不端。'那人笑道：'没有仇，没有恩，不过想做皇帝罢咧！问他姓名，也不肯说。"幕友道："这万恶叛贼，自然总明正典刑的了。"鄂尔泰道："论理自应千刀万剐，磨骨扬灰。你不知道圣祖皇帝的仁慈，真是亘古罕有的，倒爱其英雄，恩赦不杀。"幕友道："造化了他。"鄂尔泰道："这逆贼自知罪大恶极，倒反投湖自尽了呢。"幕友道："这又为什么呢？"鄂尔泰道："无非是叛逆的念头。他说身子残废，再要行刺，定然不会成功。要是活着，又不愿做大清百姓。"幕友叹道："怎么也有这种鸮獍成性的人。"宾主两个谈了一回也就散了。自此鄂尔泰就在广西做官，一言表过。

却说清世宗即位，到今才只七八个年头，内诛管蔡，外戮韩彭，圣德神功，已经称述不尽。清朝体制，罪人妻孥相例是没入掖庭的。废太子允礽，虽蒙恩旨追封和硕理密亲王，究竟是先帝罪人，过于宽纵，未免对不过先帝。世宗于是衡情酌理，把理邸妃嫔年轻貌美的挑选了几个，收入宫中，供备使令。这原是极平淡极寻常事情，偏那些无知百姓，少见多怪，当作奇闻异事，都泛泛洋洋的传说。这一传就传到湖南一位迂夫子耳朵里，竟引起一件非常大案子，不知害了几多人，破了几多家。正是天下本无事，庸人自扰之。此人姓曾名静，湖南郴州永兴县人氏，行为固执，赋性迂拘。平素中了书毒，常想乘时奋起，干一番尊攘大事业。这日，听到世宗收了废太子妃嫔，勃然道："这禽兽夷狄，我可再不能耐他了。"遂与心腹门人张熙商议起事之策。张熙道："这件事光我们几个人，怕不能够吧。现在小人道长，君子道消，我们手无寸柄，别说不能起手，就起了手，怕也不会成功。"曾静道："怕什么，现有先圣所著的《春秋》，那襄头的微言大义，只消一阐发，人心就被激动了，多助之至，天下顺之。有天下的人帮助我，还怕什么？"张熙道："人心陷溺已深，光靠着口舌，怕有点儿不妥么！"曾静沉吟半响，忽然拍案道："我想起一个人来了，非他不办！非他不办！"张熙忙问何人。曾静道："此人是大宋岳武穆王后裔，现为总督，手掌兵权，你看好不好？"张熙道："师傅提的，想来就是陕甘总督岳钟琪了。果然是个好男子，只是他既然仕了清朝，怕不见得就肯帮我们么。"曾静道："这倒不然，雍正很疑忌他，他自己也很危惧。听说前年雍正为岳钟琪权柄太重，连下上谕，要削夺他的兵权，杀戮他的性命，岳钟琪得着风声，吓得不敢进京。雍正见他不来，疑得愈加利害。后来想起岳钟琪是朝中大臣朱轼保举的人，随派朱轼亲到陕西召他。岳钟琪不得已，只好与朱轼一同进京陛见。这日，向雍正道：'皇上用人莫疑，疑人莫用。'雍正见他亲身来了，疑已稍释，随道：'没有的话，朕因想念你，才召你呢。你在那里办事很好，朕心上很喜欢。你耽搁几天，仍旧回陕西去罢。'岳钟琪碰头道：'皇上天恩，臣可不敢奉诏。'雍正问他何故。"岳钟琪道：'臣在陕西，皇上忽然召臣,这会子忽又叫臣回任,臣知道皇上召臣,必有人说了臣坏话,叫臣回任,必有又人说了臣好话。皇上耳朵儿太软,心儿太活,臣实有点儿怕呢。’雍正道:‘你尽管去,朕从此不信人家的话就是了。’岳钟琪道:‘总要有人保臣,臣才敢去。’雍正就问朱轼,朱轼不敢保,又问六部九卿,六部九卿都不敢保,雍正道:‘他们不肯保,我来保你。你尽管去,有了什么,惟我是问。’岳钟琪只得谢恩出京。才过得四日,就有大臣参了一本,说岳钟琪与朱轼阴结党援,奸谋叵测。皇上屡此钦召,岳钟琪屡次逆命,其目无君上可知。朱轼一去,就翻然道:‘两人结为心腹又可知。今日回归陕西,朱轼是原保的人,理应保他,而乃故意推托,这明是朱轼脱身之法,他晓得岳钟琪将来必有变志,所以不肯保。’雍正闻奏,立派朝官吴荆山飞马追赶,务必追他回来。吴荆山追着岳钟琪,钟琪不肯转身,吴荆山就在路自刎了。岳钟琪到了任,就拜上一本,称说雍正许多不是。你想此人如何会心向清朝。派人去一说,保就成功了。”

张熙道:“师傅这些话语,都是哪里得来的?”曾静道:“是何立忠告诉我的。”张熙道:“现在咱们如何办法?”曾静道:“我想修书一封,先把大义的话,向他讲说明白。只是没个有胆量的人,敢到陕西制台衙门投这一封信。”张熙道:“师傅如果没人,门生不才,情愿走一趟。”曾静道:“你有这个胆量么?”张熙道:“那也没有什么,不过到他那里投送一投送是了。”曾静道:“谈何容易!圣道的隆替,华夷的剖别,都关系在这封书信上头,总要当面投递与他,要是落在别个手里,可就坏了事了。再者我们并无利禄的念头,只去献议,不必告诉他里居姓字。”张熙道:“门人知道,师傅就写信罢。”当下,曾静写好书信,封固定当,张熙才待接手,忽见曾静啪地跪下,向自己磕头。张熙忙用手扶,惊问:“师傅何故如此?”曾静郑重道:“此行关着天经地义,理应受我一拜。”说着连拜两拜。吓得张熙还礼不迭。曾静道:“我为圣道而拜!我为中国而拜,又何必还礼呢?”欲知后事如何,且听下回分解。

第三十一回　究主使制府运奇谋　醒群迷圣君颁特谕

话说张熙接了书信，收拾行李，即日起行，奔向陕西大道，晓行夜住，渴饮饥食，在路行程，非止一日。行到西安省城投了店，询明制台衙门所在，怀了书信，径去投递。这日恰值辕期，司道州县提镇游参各文武簇簇的轿马，挤满了辕门内外。张熙全都不管，高视阔步地直闯进去。门上兵弁拦住问话，张熙道："我有机密大事，面禀制军。"兵弁索取名帖，入内回过，一时传令进见。张熙跟着那军官，昂然而入，到一间陈设很精雅的所在，想来就是签押房了。只见炕上坐着一个五十左右年纪的官儿，威风凛凛，想来就是岳制台了。那官儿身旁，七八个当差的，雁翅般伺候着。只见那军官先到那官儿跟前，打千儿回道："张秀才传到。"那官儿也不言语，只把头略点一点。此时张熙抢步上前，连打三拱，口称："晚生张熙谨谒。"岳钟琪见他长揖不拜，心下很是纳罕，不免问道："方才巡捕官说你见我，有机密大事，不知是什么事情？"张熙道："晚生从湖南到此，戴月披星，走了千余里的路，无非为的是天经地义，古圣先贤的道理。不承望制军这么倨傲，令人望而却步。"因自叹道："只可怜辜负了曾师傅一片好意也。"说着站起身来，就要告辞。岳钟琪笑道："何必如此，从来文人求见，总是上那几条不痛不痒的条陈，或是把前人经世文章，东抄西袭，胡诌了一大篇，前来搪塞，想博个山林隐逸的保荐。我已经被他们闹腻了，疑你也是这一班人，既然不是，不妨把大作请出来瞧瞧。如果有一二可采的地方，本部堂是很虚心的，定当专章保荐。"张熙道："晚生要取功名，不等到这会子了。保荐一层，可以不必。"说着就把书信呈上。岳钟琪拆开一瞧，吓得面如土色，喝令拿下。当差人等不敢怠慢，立把张熙拿下。岳钟琪道："把这贼子交给中军，多派兵弁严行看管。这是谋反大贼，疏忽了我只问你要人。"当差的答应了两个"是"，把张熙簇拥而去，一面叫请藩臬两司，会同审问。这个法堂，森严利害，从来不曾有过，向外三个座位，中间是制台，左边是藩台，右边是臬台，两侍带刀戈什，执仗军官，刀斩斧截站成雁翅样子，阶下列着各项刑具。岳钟琪传令带上犯人，一时带到。中军官上堂报唱，谋反逆犯张熙带进，那两旁军弁差役，齐声呼喝，这一股威势，要是说话的见了，早已魂飞天外，魄散九霄。亏这张熙胆大包身，心坚如铁，只当没有瞧见，依然满面笑容。岳钟琪喝道："本朝深仁厚泽八十多年，何曾亏负于你？你这逆贼，胆敢到本部堂跟前献递逆书，劝本部堂谋逆。现在问你逆党共有几人？姓什么？叫什么？巢窟在哪里？到此献书，究竟奉谁的命？"张熙道："满夷入关，到处杀人，到处掳掠，仁在哪里？这几年来，抽粮抽饷，差一点半点，就要革职拿办，也不管官职大小，也不问情罪故误，泽在那里？我公大宋忠良武穆王后裔，令祖为夷而死，我公倒帮着夷人，死心塌地，替他办事，背祖事仇，很为我公不取。再者出着死力帮夷人，夷人见你情也还罢了，我知道非但不见情，倒还要算计你呢。何不翻然变计，自己做一番事业。上观天象，下察人心，这件事，成功的倒有八九分。”岳钟琪喝道：“该死的逆贼，谁愿听你那种逆话，你只快把同党几人，巢穴何处，此番到本部堂这里奉谁的差遣，供上就是，别的话不用讲。”张熙听了，只是冷笑，并不答话。岳钟琪喝令用刑。军弁番役答应一声，随把夹棍砰的掷于面前。一个军弁道：“快供了罢，大帅要用刑了。”张熙冷笑道：“你们大帅至多能够治死人家，我是不怕死的，凭他剑树刀山，拿我怎样呢！”岳钟琪拍案喝快夹，早走上四五个军弁，鹞鹰抓小鸡似的，把张熙提起离地二尺来高，套上夹棍，只一收，痛入骨髓，其苦无比。岳钟琪喝问：“招不招？”张熙咬紧牙关，一言不发。岳钟琪道：“不招再夹。”张熙熬痛不住，哎了一声，晕绝过去。军弁番役忙把冷水喷醒。岳钟琪问道：“谁派你来，可招供了？”张熙道：“我张敬卿只知道舍身取义，不晓得卖友求生。你要夹尽夹，我拼着一死就完了。”岳钟琪料难势逼，随命退堂。即邀两司到签押房，共同商酌。三个臭皮匠，抵过诸葛亮，究竟被他想出了一条奇谋秘计。遂换上一副面孔，把张熙请到里头，延为上客，满口称誉好汉子。张熙见他忽地改腔，心下很是纳罕，随问：“制军何其前据后恭。”岳钟琪道：“我与先生，素昧平生。今日忽蒙下降，叫人怎么不疑？开罪之处，尚祈原谅。”随命摆酒，与张熙压惊。席间虚衷询问，辞气之间，万分谦抑。张熙心终不释，岳钟琪因道：“我也久有此心，只不敢造次发难，一来兵马缺少，二来没有辅助的人。现在瞧了这一封书，这写信的人，我虽没有会过面，却信他是个非常人物，经天纬地的大才。能够聘他来做一个辅助，我的事就成功了。”又说家里也藏着一部屈温山集，所发的议论与这写信的人，无不相合。张熙嘴里随便答应着，心里终不肯信。岳钟琪又命当差的立请著名伤科大夫，替张熙医夹棍伤。这夜亲自陪他宿在书房里，摈去从人，细谈衷曲，披肝露胆，誓日指天，说不尽的诚挚。张熙究竟是个书癫子，人情的鬼蜮，何曾经着过，见岳钟琪这么对天设誓，泣下沾襟，只道果是真心，不觉把曾静里居姓氏，倾吐了个尽。

岳钟琪探出案情，顿时翻过脸，叫把张熙发交首县看管，一面飞章入告，一面移文湖南巡抚，拿捕曾静等一干人犯。风起水涌，电掣雷轰，把个世界几乎闹翻了。弄到完结，世宗还下了几道很长的上谕。说话的旁的也都记不起，只记内中很有几句精警句儿，是什么“逆贼等以夷狄比于禽兽，未知上天厌弃。内地无有德者，方眷命我外夷为内地主，若据逆贼等论，是中原之人，皆禽兽之不若矣。又何暇内中原而外夷狄也”等话。又把曾、张两人的口供，跟煌煌圣谕，汇成了一厚本，名叫《大义觉迷录》，刊行天下，颁发学宫。在世宗当时，固以为很得意事情，其实做了皇帝，与书癫子打笔头官司，也很不上算。曾张二人，亏得口才来得，弥天罪犯长弥天罪犯短，一百个认错，一百个请死，却把许多错误，尽推在死鬼吕晚村身上。世宗倒也英明，只把死鬼来出气，下旨将吕晚村戮尸示众，曾静、张熙倒都放过不问。看官试猜，这是什么用意？原来世宗久知晚村有个女孩子四娘，很不安静，想借此为一网打尽之计。谁料吕四娘比鬼还灵，差捕到后，只剩一所空屋子，询问四邻，都说一月之前，四娘奉着老母，不知往哪里去了。差捕等无奈，只得捕了几个不相干的邻舍，销差搪塞。

州县官照实申详，督抚飞章奏复，世宗跌足道：“这丫头不除掉，朕总要受她的害。但是州县官也太没有能耐，连拿个丫头都拿不到，成什么样子。”这夜也不选召妃嫔侍寝，独个儿卧在乾清宫，覆去翻来，一夜何曾合眼。次日上朝，也不很高兴。一连三日，都是如此。到第四日，忽地转出一个念头来，立召群臣道："州县为亲民之官，州县官好，天下就太平，州县官不好，天下就不太平。朕想了三日三夜，只有一个法儿，把天下州县官，尽都撤了任，就将部院笔帖式派去补缺，你们看是如何？"众人听了，无不随和称颂，内中只有一人，默然不答。世宗诧异，视之，乃是大学士张廷璐，随道："张廷璐为甚不答？"张廷璐回奏："皇上圣明天纵尚须竭心思三天三夜，况臣愚昧，何能骤省？也乞三日假，容臣回家细想。"世宗笑道："倒也说得有理，就依你三日，第四天回奏朕罢。"一过三天，到第四日清早，就传旨叫起张廷璐。廷璐入见，世宗道："第四天了，想准了没有？"张廷璐道："州县是亲民之官，民者百姓也。依臣糊涂主见，治百姓之官，总要做过百姓的人做方好。"世宗抛手道："妙得很！妙得很！你回家歇歇去罢。"廷璐退后，世宗召见群臣，就把廷璐的话，述了一遍。群臣又异口同声。颂起圣来。世宗笑道："不必称颂，这原是张廷璐的主意。"随问众人道："你们可知道，广东地方有个河泊所官儿么？"众人有回知道的，有回不知道的。世宗道："这河泊所官儿，一年有多少出息？"众人都不知道。世宗道："内阁里头有一个姓屈的供士，他很想这个官做，就把他补了出去罢。"众人领旨出来，都道："小小的供士，皇上怎么会知道他姓氏，又指名儿叫他补这个官？真又是天外飞来的奇事。"张廷璐道："我看内中必有缘故，还得我去问他。"众人道："屈供士是内阁当差人，你老人家问他，真是最妙不过的事。"

当下张廷璐走入内阁，把二十多个供士，一齐叫上，问道："你们里头，谁是姓屈？"

就见一个三十左右年纪，瘦长身儿的人，走上应道："供士姓屈。"张廷璐道："我问你，你在这几天里头，可碰着什么意外事情没有？"屈供士道："没有。"张廷璐道："你可想做广东河泊所官儿不想？"屈供士惊道："中堂如何知道？这是供士卑鄙的念头。"张廷璐笑道："恭喜！恭喜！圣上已有恩命，叫把你补出去呢。"屈供士大惊道："哎哟，我前晚会见的就是当今天子么。"张廷璐忙问："几时会见过当今？"屈供士道："前晚的话，提起此事，我真该死得很。"张廷璐道："前晚不是节日么？"屈供士道："正是节日。那天阁里头人员都回家过节去，只我一个儿留在这里，喝酒解闷儿。忽听脚步声响，闯进一个人来，面生得很，只当是哪一部部员。我那时正闷得慌，就邀他喝酒。那人并不推辞，坐下喝酒谈天，坐了大半天才去。"张廷璐道："谈点子什么话？"屈供士道："他问我'阁里人员都哪里去了？'我说今儿节日都回家过节呢。他问我：'你为什么不回去？'我说：'都走完了，上头有起事来，叫谁办理？'他问我：'在这儿当差，有甚出息？'我就回：'不过想当满三年差，放一个小官做做。'他问：'小官儿好么？'我道：'怎么不好，像广东的河泊所官儿，做着就是运气了。'他问：'河泊所官儿，有什好处？'我道：'河埠商船进出，都有孝敬的，做上一任两任，还愁没饭吃么。'那人问了我姓名，就起身辞去。再不料就是当今天子。如今想来，我真该死得很。"张廷璐道："怪道圣上问起你这个人，原来有这么一回故事，那也是你的运气。只要勤慎办事，将来怕还有出息呢。"屈供士大喜，次日领了文凭，就投广东做官去了。

世宗所行的事，神出鬼没，诸如此类，也难尽述。一年，乃是雍正十三年，世宗偶尔不适，太医院医官照例请脉开方，服下药去，就轻松了好些。虽不坐朝，那朝章国政，却天天召进王大臣去，面授机宜，亲行指示。一日，张廷璐、庄亲王、果亲王、鄂尔泰同被宣召至御榻前，请了安，世宗赐他们在脚踏上坐了，讲了大半天话。四人退出刚到午门，忽听脚声杂沓，三五个太监，气喘吁吁，奔出报说："皇上宴了驾。"四人听了，都吓出一身冷汗来。鄂尔泰道："才好好的，怎么就殁了？"张廷璐道："我们回进去瞧瞧。"于是四人返身进宫，到御榻前揭帐一瞧，哎哟！几乎不曾把他们吓死。后人有诗道：

重重寒气逼楼台，深锁宫门唤不开。
宝剑革囊红线女，禁城一啸御风来。

只见庄王道："这种凄惨样子，做臣子的何忍细看！快把罗帐放下了。"果王道："现在最要紧的是，先把本宫内监锁拿拷问，一个不要放走了。"众太监吓得都跪下道："这不干奴婢等事，奴婢等在这里当差，巴不得没事，哪里料得到今儿会有这飞来横祸？"鄂尔泰道："这也是真话，不能怪他们的。"庄王道："事情呢原来是天外飞来的，只是他们在内廷，太不成事了，也应整顿整顿。"鄂尔泰道："两位王爷这么主张，我也不敢驳回。只是内监原是备使令的，责他们保驾，似乎治非其罪。"张廷璐再也耐不住了，开言道："祸变非常，最要紧的是定乱。定乱的方法，莫如立君。立了主子，各样事情就都有头绪了。"庄、果二王点头道："你的话何尝不是。但是大行皇帝仓卒遇变，这传位大事……"廷璐不等他说毕，接口道："这倒不用王爷虑得，大行皇帝前儿曾亲书密旨，示我们两个。"说着，向鄂尔泰一指道："王爷不信，问他就是了。"鄂尔泰道："不错，这封密旨，还收藏在宫里头呢。"廷璐道："快快请出宣读，国不可一日无君。大统不正，人心不定。"庄、果二王齐道："这话很是。"随传总管太监，问他密旨藏在哪里。总管太监道："大行皇帝未曾谕及，奴婢没能知道。"廷璐道："大行皇帝当日密封之件，谅亦无多，你去找找，有外用黄纸固封，背后写一封字的就是密旨了。"总管太监应诺而去，霎时取到。大家接来瞧时，黄封朱印，体制隆重，确系御封密旨。拆开宣读，朱书御笔，寥寥数语。大略说是："皇四子弘历，天性纯孝，举止稳重，深肖朕躬，必能克承大统，着继朕即皇帝位。钦此。"庄王道："我们同到新主子跟前宣诏罢。"于是四人同到四皇子邸第，宣读遗诏。四皇子弘历遵诏即位，改元乾隆，即以明年为乾隆元年，是为高宗纯皇帝。

且住，清世宗偶患小恙，怎么一会子就宴了驾呢？据说当日浙江吕晚村奉旨戮尸之后，吕四娘侠女奉着老母，避居山东，尝胆卧薪，蓄志报仇雪恨。逃出去时，只两个光身子。彼时亏遇着了一个某孝子，分衣分食，时时周济。这一年老母因病身亡，四娘脱去了紧累，怀剑进京，就替老子报了仇。这桩事情，蒲柳仙《聊斋志异》上也曾载过，篇名儿记得就叫做《侠女》。又有人说世宗实被某宫女所刺。所以世宗以后，历朝诸帝，防范妃嫔的法子，严密异常。每逢妃嫔进御，必先一日叫内监去传知，到了这一晚，内监持了一条被儿，匍匐到那妃嫔寝宫里，展放开来，铺于床前地下。那内监爬进床下掩着面宣旨道："上谕钦召某娘娘。"那妃嫔脱光了衣服，精赤着身子，钻入被内，卷了个严密，然后应说："领旨"两字，那内监就抱着她直到寝宫。放下地，仍旧爬进床下，等候妃嫔上了床，然后将被退去。一到次日，仍旧用这老法子，送她回去。这两个所说，究竟前一个是，后一个是，宫闱秘密，年代久远，说话的也难悬拟。

却说高宗即位之后，尊母钮祜禄氏为皇太后，封兄弘晖为和硕端亲王，弟弘画为和硕恭亲王，弘瞻为和硕果恭亲王，已故弟兄也各追封赐谥。说也奇怪，高宗出身，原是接木移花，金牛石马，待到皇太后却孝顺得要不的，就是诸母兄弟，也非常和气，频频加恩，所以宗室觉罗，文武勋戚，倒没一个不歌功颂德。皇后富察氏也很贤淑，深得皇太后欢心。高宗待到后族，也是另眼相看，奏明皇太后，特准椒房眷属入宫请候省视，这原是至孝纯仁的善政，并不杂一点别的念头。皇后的母亲嫂子、姊姊妹妹，奉到恩旨谁不踊跃感戴。自此娘儿姊妹，不时聚首，捐掉了几许离愁别恨。高宗倒也不托大政务余闲常与她们一块儿玩笑解闷儿，或是围棋，或是抹牌，或是谱曲，要好得与自己人一般。这几位椒房眷属，都是青年玉貌，眉如秋月，娇若春花，见高宗为人和气，便也渐渐脱略起来，嬉笑无心，谐谑任意。高宗大度包容，概不计较。这椒房眷属中，有一位傅夫人，口才最是伶俐，模样最是标致，是皇后的同胞妹子。皇太后也很喜欢她，第一回见面，就赏了她一件俄罗斯进贡的织绒雪衣，还怕皇后拘管她，特叫内监传谕皇后，命格外的优容。皇后原本贤淑，奉到懿旨，自然无有不遵。亏得傅夫人达礼知书，虽奉恩旨，举动行止，倒也蹈矩循规。就是她的丈夫傅恒，在朝供职，也很小心谨慎，并不敢犯分越礼。因此宗亲懿戚，没一个不称赞他们。未知日后如何，且看下回分解。

第三十二回　坤宁宫虢姨承恩　龙神祠尧母祈雨

话说这一日，是皇后富察娘娘生辰。隔一日掌院太监请示高宗，高宗道："悄悄儿过了就完了，国孝还没有满呢。"太监回了皇后，皇后笑道："国孝期内做生日，自然没有这个理。皇太后、皇帝跟前两个头，总要磕的。"所以，这日绝早起身，淡装素服，到皇太后宫里叩过头，回来又向高宗叩头。忽报皇太后差人下懿旨，高宗忙着跪接。那人宣谕道："奉懿旨，今儿是皇后好日子，总要好好乐一天，难为她一竟孝顺，正了位不曾显辉过一遭儿，叫皇帝休太简省了。钦此。"高宗随到太后宫中谢恩，乘便奏道："太后疼皇后，替她做生日，子臣原不该说什么。但世宗国孝，一年还没有过，官署民间尚且禁止宴乐，大内里倒反庆贺生辰，怕于理上讲不过去。"太后道："我看是不妨的，究竟二十七天已过。况咱们并不传班子唱戏，不过娘儿们拥在一块儿乐一天罢咧。"高宗见太后这么高兴，也不便驳回，谈了几句，也就退出。回到皇后宫里笑道："偏你有这样的福气，太后会这么疼你。"皇后道："谁愿做什生日，她老人家这么高兴，无非哄哄她老人家罢了。"一语未了，慈宁宫太监又来传旨，说："庙里寿佛前头儿是要叩的，叫奶妈子抱了琏哥儿去罢。"高宗接过旨，立即遵行去讫。皇后道："皇太后这么费心，怎不叫人涕零感激。"

忽小太监入奏："富侯爷傅尚书都差人在宫门候旨，说娘娘千秋，拟遣眷属入宫叩祝。怕碍着国服，不敢擅行进来。请爷、娘娘的旨。"高宗道："难为他们想得周到。传旨他们，皇太后很高兴，叫他们进宫来是了。"小太监领去旨讫。一时富太君富夫人，傅夫人等一众椒房眷属，都坐轿入宫。却一个个都按品大装，见了帝后，都要按照仪注行礼。高宗忙传旨叫免，又都赐了坐。太监泡上茶，大家品着闲话。高宗道："嫂子妹妹快都卸了装，似这么冠服披风，拘拘牵牵，不是叫你们来作乐，倒是叫你们来受苦了。"皇后道："正是呢，大家换了衣服，疏散疏散，正不必拘礼。拘了礼，倒没趣味了。"高宗传旨摆宴。傅夫人笑道："我们寿礼都没有贡呈，倒先蒙恩赐宴。这不是我们来祝寿，倒像我们自己来过生日了。"高宗道："皇后跟妹妹原是同胞一体，就替皇后过生日，也是应当的。"当下筵开玳瑁，褥设芙蓉，浅笑轻频，心甜意洽。一时高宗高兴行起令来，呼三喝四，挨着位儿拇战。傅夫人自命为拇战老手，这一晚的拳，偏偏是她输的多，不胜酒力，便先逃席而去。众人都不在意，依旧珠摇玉动，翠舞红飞。高宗趁她们不备，也偷偷的起身跟了去，直到席散，连影儿都不见。皇后道："他们两个聚不得一块儿，聚了一块就有事故闹出来。不知又在哪里做什么了。"富夫人忙把别的话岔开，于是大家坐下抹骨牌儿，闹了一整天，才都散去。这日的骨牌，赌的原是东道，恰恰皇后赢的。次日富察太后等，备了盛席酒筵送进宫来，玩笑谈话依旧十分热闹。只傅夫人不曾来，高宗很是牵挂，便要叫太监去召。富察太后道："罢了！罢了！我们那三丫头，淘气得很，没事如何肯不来。昨日回去，不知怎样就头晕起来，今儿懒怠行动，我们才去瞧她，兀睡在床上呢。”高宗道：“了不得！快传太医瞧瞧去。”富察太后道：“傅恒已请了两个大夫了。”高宗见说，方才罢了。

却说傅夫人，从那日祝寿回去，就得了一个懒怠之症，喜酸思食，作恶呕吐，懒怠动作，经也就此停住。高宗初时限着急，天天饬太医诊治，开了方要进呈过才许煎服。后来太医奏报是喜，才安了心。却还时时派太监到傅尚书家看视。傅夫人要吃什么，立传御膳房做了赐去。后来分娩下来，倒是个男孩子，题名叫福康安，高宗非常怜爱。傅恒共有四个儿子，那三个都尚着公主，封为额驸，君臣相得，倒不及福康安。福康安虽没有尚主，圣主隆恩，倒封为忠锐嘉勇贝子。高宗还不惬意，要封他王爵，无奈福公没福，早早的就死了，高宗究竟追封了他一个郡王衔。后人有诗道：

家人燕见重椒房，龙种无端降下方。
丹阐几曾封贝子，千秋疑案福文襄。

这都是后话。当下皇后见高宗待到傅夫人，仁至义尽，心里未免不自在，侍宴承欢，未免不肯随人宛转。高宗心下明白，也不跟她计较。这日，不知又为了什么事，帝后二人又有些言语不和，皇后又在宫中独自垂泪。高宗事后追悔，又去温言抚慰，皇后才渐渐回过意来。高宗道：“咱们二人，不是今儿才认识起你，一竟很随和的。怎么这会子倒性气大了，每为了没要紧的事，就与我过不去。记得从前我有了什么，你倒肯让我一点半点。”皇后道：“还提起从前呢，从前是贫贱夫妻，爷把我当个人，凡事与我商量，现在爷是皇帝了，水涨船高，哪里还把我放在眼里。只是我自己想，虽然不济，究竟也替爷生了两个儿子。就是妃嫔宫女生了儿子，总也要耽待一二呢。其实我自己也不知趣，不遭黜辱，已经天恩高厚，还要跟爷争非论是，那不是自讨没趣么。”说着，小太监带永琏、永琮进来请安。高宗举目，见琮、琏两个，粉面朱唇，眉清目秀，真是双株玉树，一对璧人，再看看皇后，只有这两个亲生儿子，素爱如珍，又想夫妻素本恩爱，近来做事，自己实有对不过她的地方，因爱生愧，因愧生怜，就发出一个念头来，笑向皇后道：“你放心，我总将叫你享大福就是了。那些没要紧的事，都不要存在心上。恁她是谁，总不能够比及你呢。”皇后道：“那是爷的天恩，只怕我母子没福消受。”说着又滴下泪来。高宗道：“这种颓丧的话，讲它怎的，我们到园子里散散罢。”于是带了皇后，并永琏、永琮两皇子，到畅春园玩了一天。这夜高宗就宿在皇后宫里。次日朝罢，叫近侍内监都回避了，一个儿走入正大光明殿，亲提御笔，在龙纹黄纸上，写了永琏的名儿，封固定当，叫人安入匾额里头，这便是大清国建储大典。偏是这么人不知鬼不觉的秘密勾当，偏要贮放在正大光明殿里头，你道奇怪不奇怪。

却说高宗即位以来，五谷丰登，四方平静，把朝中这一班盛世良臣，闲的要不得。静极思动，便都上封奏谈时事，有主张文字的，奏请开馆修史，有主张武功的，奏请拓土开疆，也有奏兴土木，奏行巡狩的。瞧他们章奏，详征博引，典丽聿皇，都是绝大的大经济。遇着高宗这样旷代令主，自然君明臣良，相见恨晚了。当下下旨，先修圆明园。这圆明园，原是前明懿戚徐伟的别墅，距平则门约有二十多里路，亭台竹木，风景非凡。

圣祖赐名畅春园。世宗在潜邸,圣祖命于园之北隅,辟地筑屋,赐名圆明,为世宗读书之所。世宗登了位,就大加开拓,筑起琳官复殿,建成杰阁崇墉,巍峨宏敞。几驾二春而上。这会子高宗继述先志,竟把三园归一并建,工程浩大,创建非常,把银子花得像流水一般。里头景致,离宫别馆,月榭风亭,这种人力办得到的,不用说了,就是奇卉异草,巧兽珍禽,各种数千里外的东西,也责成地方官采办。将来一草之细,一石之微,无不饶有胜趣,穷奢极侈。别说文王之囿,齐宣之囿,万万不能比拟,就秦始皇阿房宫、隋炀帝迷楼,怕也没这么精雅别致。

这一年园工告成,高宗命驾往游。赤日当头,天气异常炎热。掌盖的忘记携了一柄九曲杏黄伞,偏偏高宗传旨叫张伞,侍从人等吓得目瞪口呆,一声儿不敢回奏。高宗道:“宝盖都会忘记,你们吃了饭,都在管点子什么?”忽听侍从中有人朗声答道:“典守者不得辞其责,应该问掌盖的。”高宗举目看时,只见此人长身玉立,粉面朱唇,约有二十来年纪,不觉大吃一惊道:“好生奇怪,到像在哪里见过的,何等眼熟,只是想不起来。”随问道:“你叫什么名字?当的什么差使?”那人跪下奏道:“微臣和珅,是满洲官学生,蒙恩赏在驾前当差。”高宗道:“怎么我不很看见你?”和珅道:“皇上看不见的多着呢,岂止微臣一个。微臣成年家只在宫门外伺候,近身差使,一件也当不着,自然皇上不认识了。”高宗见和珅人物漂亮,语言流利,心下很是欢喜,叫他抬起头来。和珅遵旨抬头,高宗把他估量一番,见他项间有指尖儿大大一块朱砂记,不觉大惊失色,脱口道:“你竟来了么!你竟来了么!”当下就带他到新园子里,陪伺游赏,赐衣赐饭,恩眷十分隆重。次日又下特旨,授他侍卫之职,朝中文武,无不纳罕。

且住,和珅不过是个官学生,一言称旨,也断不会宠幸得这么迅速。原来这里头,却有一段很古怪的事故儿。高宗在潜邸时,有一日入宫请安,路经某妃卧室,恰值某妃对镜梳妆。高宗见她发长委地,不禁动了羡慕的念头,偷偷步到她背后,用两手掩住她两个眼珠子。某妃不知是高宗,顺手儿用牙梳向后打了一下,不料竟打起一个青紫纹块儿。后来皇太后看见了,查问根由,高宗不能隐瞒,奏说是某妃打的。皇太后大怒,把高宗狠狠痛斥一番,又把某妃立行赐死。在皇太后当日,只道高宗与某妃总有什么暗昧勾当,又谁知这一段公案都是冤枉的呢!等到高宗知道,某妃已经气绝。高宗大大感悼,奔到灵前抚尸大哭,自己咬破舌尖,用指蘸着血,向某妃项间点了个记识,祝道:“你的性命,是我害了你,须知我也不能够自主。魂如有灵,快快投生人世。我们两人,如果再能够会面,我总不负你也。”现在瞧见和珅面貌,与某妃一模一样,又见他项间有这么一块朱砂记儿,不禁动了呆想,把和珅当作某妃转世,只管怜惜起来。朝中文武,如何懂得。

和珅自受高宗知遇,一年之中,连升六次,从官学生,直跃到侍郎,并赏在军机处行走,言听计从,恩遇之隆,莫与伦比。阖朝人士,谁不羡慕!这日诸臣召见,上头又独叫起了和珅,足问有一个时辰的话。退朝下来,大家争着探问消息。和珅道:“没有什么事,皇上为了二皇子的病愁闷,我解劝了好一回。”众人道:“提附二皇子,太医院老秦天天进去请脉,难道还没有愈么?”和珅道:“哪里就会愈,能够减轻点子,已经万幸了。”众人都问到底什么病症。和珅道:“起初是疟疾,现在变了伤寒,这几天病势很是利害。”众人道：“疟变疾，是病势不轻的。”闲谈一回，也就散去。

却说二皇子永琏，病得十分利害。高宗嫌太医院医官不济事，下旨征求民间医士入京诊治。还没有征齐，琏皇子早呜呼哀哉，归天去了。高宗十分悼痛，赐谥为端慧太子，丧葬一切，无不格外从丰。皇后富察氏悲伤惨痛，哭得死去活来，高宗温言劝解一时，如何劝解得转。直到后来，高宗许了她书写永琮名字，贮放殿额，才渐渐减了几分悲痛。谁料福无双至，祸不单行，七皇子永琮，忽又得着暴病薨了。富察皇后伤悼过甚，也就染病身亡。后人有诗叹道：

星霓苍龙失国储，巫阳忽有叫仓舒。
长秋从此伤尽落，云黯纤阿返桂舆。

皇后薨逝之后，高宗感伤思念，凄楚异常。特命内监，凡是皇后平日所御奁具衣物，一律不准移动，以备自己不时游幸，留做个纪念儿。后族十四个侯伯，格外加恩待遇。又撰了一篇御祭文，亲行祭奠。后人有诗叹道：

列戟通侯十四人，外家恩泽古无伦。
君五亲诔河洲德，检点祎笄倍怆神。

皇太后见高宗悲不已，怕他因此闷出病来，特把高宗传到慈宁宫，着实开导一番，并要替他立刻选立皇后。高宗碰头道：“太后虽有恩命，子臣不敢领旨。”太后道：“人已去世，念也无益，再者你待到她仁至义尽，也总算交代的过。难道为了她一个儿连国家社稷都丢掉不要了么？”高宗无语。皇太后道：“那拉贵妃，我看她倒很稳重，扶了正，省得再到外边去选人，不知你意思里头怎样？”高宗道：“太后选中的人，谅来总不会错的。”太后道：“你答应了就好了。”过了几时，果然特下懿旨，升皇贵妃那拉氏为皇后。高宗见是太后意思，不敢说什么，心里头终不很为然。却叫画工画成宫训图十二幅，暗寓教训的意思，每逢除夕，叫东西六宫悬挂瞧视，以资观感，平日收藏在景阳宫后面学诗堂内。这一番举动，虽没有说为是皇后，明眼的人，却一望就能知道。后人有七绝一首，咏此事道：

瑶星坤极蔼祥光，宫训图成十二章。
岁岁春朝重展视，云缣深护学诗堂。

这一年京师忽地大旱，从五月到七月两个多月，一滴雨都没有下过。圆明园里头各种花木，干枯了大半。高宗下旨修省，一面征求直言极谏，一面派遣大臣到龙神宫拈香祈祷，哪里有一点儿效验！和珅此时已做到工部尚书，便特上一折封奏，奏请设坛建醮，并禁止官民宰杀牲口。高宗大喜，立即批准。和珅退朝回家，与家人阔论高谈，非常高兴。和珅之妻荣氏听了，开言道：“天旱又不旱你一个儿，要你着急做什么。”和珅道："主子忧得这个样子，做臣子的不应替他分分忧么？"荣氏道："难为你这么尽忠报国，只是苦了我呢。"和珅道："怎么倒又苦了你呢？"荣氏道："我才点了一样菜，现在要斋戒，可就不能吃了。"和珅道："什么菜，巴巴的隔日就要点定？"荣氏道："是小炒肉。"和珅笑道："亏你不惭愧，一样小炒肉，也值得这么郑重。"荣氏道："这一样菜，是我新得来的法儿。从前只有年大将军家有这个烹调方法。"和珅道："什么方法？左不过肉里头，多加点子鸡汁罢了。"荣氏道："加了鸡汁，就不是完全肉味了，并且鸡汁也没有这么鲜味。这一样菜是要早一日吩咐厨房里，厨子便到猪圈中，挑选一头肥猪，就这头猪身上拣了一处最精的肉，活生生割下，切片油炒，其味之美，比了什么都要好吃。大约一头猪，总好割三五回，随割过随把刀伤药，替它敷上。"和珅道："年大将军家烹调法儿，你怎么又会晓得的呢？"荣氏道："李福家的，原是年府小丫头子，跟着十二娘姨学会了的。那一年大将军坏了事，姬妾们风流云散。十三姨娘嫁了一个秀才，这秀才听到小炒肉风味，就要十三姨娘做。姨娘笑道：'谈何容易！这也是酸秀才配吃的？拈斤估两，通只买一二斤肉，如何好做？'随把做法说了出来。秀才没法，只得罢了。后来逢着神社，秀才恰轮着当社长，就把社猪抬回家里，叫姨娘做。姨娘诧道：'我在府中，治的都是活猪，这杀死的猪儿，有甚鲜味呢？'秀才道：'这一头已经费事得很，哪里还找活的呢？就这么将就点子罢。'姨娘道：'那也没有法子想了，你先煮酒，待我做来。'一时做好，这秀才鲜得连舌头都吞下肚去。你想这么美味菜儿，才点了，偏你又禁起屠来了。"和珅道："那也不值什么，你尽管做，做好了，我也尝尝。"荣氏道："你不是说已经奉旨斋戒了么？"和珅道："又不请客，咱们自己人吃点子，谁又知道呢？"当夜无话。

次日果然做了一味小炒肉，两口儿正吃得香甜，忽报乾清宫掌院太监金国安进来降旨也。和珅大惊，忙要茶漱了口，穿齐袍褂，迎出厅前。金太监宣旨道："奉上谕，今日朕陪侍皇太后御园龙神祠拈香祷雨，着和珅随班伺候。钦此。"接过旨，和珅留金太监坐下问道："怎么上头发出此念，昨儿召见，还没有提及呢？"金太监道："原是太监起的意，虔诚得要不的。今儿爷传旨叫备辇，还受了一场教训，她老人家主张步行呢。"祷雨的木阑祠，是瑢哥儿恭拟了，爷亲笔改正的。"金太监去后，和珅就朝服入宫。见各王大臣、满汉大学士尚书人等都已齐集。一时高宗扶着太后，步行而出。和珅随班见过驾，就跟随两宫，到御园龙神祠虔心叩祷。果然至诚格天，这一晚就浓云密布，大沛甘霖。京师人民无不大悦。后人有诗道：

铁牌请到自邯郸，斋醮连旬诏设坛。
步祷深宫家法在，木阑词付近臣看。

欲知后事如何，且听下回分解。

第三十三回　清高宗一平西域　傅学士再定伊犁

话说皇太后步行祷雨，至诚格天，果然甘霖渥沛，京师人民无不歌功颂德。高宗叫把祷雨文敬谨收藏，为圣清一朝家法。从这一年经过了大旱，倒一竟年丰人寿，海宴河清，过着太平日子。

这一年，是乾隆十九年，边臣奉称："准部群酋自相吞并，阿睦撒纳兵败地丧，率众来归，请旨定夺"等语。高宗喜道："朕正愁没事做，恰好他来，真是巧不过的事。"随提笔批道："阿睦撒纳向化来归，深堪嘉尚，着即护送来京。钦此。"此旨去后，不过一月开来，阿睦撒纳就到了，传旨召见。这日，高宗临御太和殿，满汉各大臣尽都随侍，冠裳齐楚，翎顶辉煌，丹墀两旁，满站着带刀侍卫，气象很是严肃。理藩院大臣带进阿睦撒纳。高宗见他躯干雄伟，相貌狰狞，知道不是等闲之辈，暗忖：伊犁这一块土地，看来就着落在此人身上。阿睦撒纳叩头俯伏，倒也亏他，照着仪注不曾错误。高宗道："你与达瓦齐原是一个部落么？"阿睦撒纳道："不是，臣是拉藏汗之孙，丹衷之子，策妄那布坦的外孙子。十年前准部内乱，臣循着部血公论，拥戴噶尔丹小儿子策妄达什为汗，达瓦齐与臣原是同事，后来策妄达什遇了害，部众都推臣为汗。臣不愿做，转让给达汗齐。小策零的孙子济噶尔争夺汗位，发兵来攻，达瓦齐连打败仗。臣又替他划了个奇计，把济噶尔剪除，使他能够安居伊犁。臣自率部众，还兵雅尔，攻取都尔伯特，开疆拓土，原与他毫不相关，谁料他妒忌起来，竟发兵攻臣。弄得臣国亡家破，只得投奔大皇帝。"高宗道："归化本朝，你这个人总算还识时务。你们准部里头人，到本朝归化的，也已不少，前回达什达瓦死了，他的宰桑萨喇尔，率硕部众千户来降。达瓦齐之乱，杜尔伯特、台吉、三车棱等也率三千户来降，朕一一恩养，都与自己人一般看待。"阿睦撒纳道："大皇帝天恩，把臣收做一名小卒，伊犁有起兵事来，赴汤蹈火，在所不辞。"高宗道："准部共有多少户口？"阿睦撒纳道："原本是四个部落，现在都归并了，共计二十多万户，六十多万口。内分宰桑六十二个，新旧鄂拓二十四个，昂吉二十一个，集赛九个。"高宗道："宰桑就是管事官，我是知道的。鄂拓、昂吉、集赛，都是些什么？"阿睦撒纳道："鄂拓就是汗的部属，昂吉就是各台吉的分支，集赛是专办供养喇嘛事务的。"高宗道："准部人民，剽悍善战，如果统驭得人，倒也是很好的一支兵呢。"阿睦撒纳道："大皇帝如果要取伊犁，臣情愿充当前部。各盟台吉，都是臣的故旧，一见臣兵，定都解体。"高宗大喜，就降旨封阿睦撒纳为亲王，把他带来的两个台吉，也都封了郡王之职。阿睦撒纳异常感激。

次日会集群臣，商议出兵计划。群臣面面相觑，都不敢轻发议论。高宗见了，没好气向众人道："西陲逆准，猰㺄其性，封豕其能。这几年以来，覆青海，戕拉藏，逐土尔扈特，并都尔伯特，凶德彰闻。致我祖宗，旰食仄席，戍塞防秋，中国耗弊得要不的。皇祖皇考屡集廷议，皆有此贼不灭天下不安之谕。现在他们蛮触蜗争，正是咱们的好机会，正宜乘时大举，雪两朝之愤，复九世之仇。怎么你们都锯嘴葫芦似的，一个都不开口。”众人都道：“伊犁地势奇险，雍正九年，博克托领都为深入，受了大亏，臣等为此不敢主张。”高宗道：“现在时势，与雍正时候大不相同。阿睦纳撒，是彼处人，人情地势都很熟悉，他又情愿充当前部，如何又会吃亏呢。”只见一人越众道：“圣上明见万里，所论极是，天时人事相遇而来，趁此用兵，一劳可以永逸。”众视之，乃是孝贤皇后的妹婿，大学士傅恒。高宗喜道：“还是咱们俩合得来，你看出兵今年好还是明年好。”傅恒道：“忙不在一时，现在先预备起来，且待过了年，秋高马肥，再出兵也不迟。”和珅附和道：“傅恒之见，与臣相合。”高宗大喜，当下议定明年八月大军出塞。于是饬八旗兵士，逐日南苑操练，旌旗蔽日，金鼓喧天，剑影刀光，枪林箭雨，军容十分煊赫。正是：

万里横戈探虎穴，三杯拔剑舞龙泉。

隔不上一个月，热河都统奏报到京，称说准部骁将玛木特单骑来归。高宗询问阿睦撒纳，阿睦撒纳道：“玛木特是达瓦齐爱将，智谋出众，武艺胜人，如果来归，准部是没有人了。”高宗道：“等他到了，咱们再慢慢地商量。”说着，人回：“各省解到箭簇、箭杠、藤牌、衣甲等各种军用东西，工部验过不错，都已收入库了。蒙古各王公投书理藩院，都请从征，请他们代奏呢。”高宗笑问阿睦撒纳道：“人情这么踊跃，伊犁这一块土，看来是咱们的了。”阿睦撒纳道：“伊犁能够隶属清朝，濡沫大皇帝德化，也是伊犁人民的福气。”高宗大乐。

一日报说玛木特到京，高宗立刻召见，询问方略。玛木特指画准部形势如在目睫，并道：“秋深时光，咱们马肥，他们的马也肥。不如春月里，趁他们未备，就发兵出塞，倒可以一举成擒。不然，塞外地势广漠，万一得了消息先期逃走，咱们去倒扑了个空，我来他去，我去他来，事情几时能够了呢。”高宗道：“你要我春月里就出兵么？”玛木特道：“早点子出兵，便宜些儿。”高宗召问阿睦撒纳，阿睦撒纳也没甚异议。玛木特又献计道：“准部东境的额尔齐斯河，原与中国接界的。那中国一边杜尔伯特地，近接阿尔泰山，土质肥沃，很可以屯田备饷。”高宗深然其说，就授玛木特内大臣之职。

明年二月，下旨两路出师，北路一军、命班第为定北将军，阿睦撒纳为副将军，驸额科尔沁亲王色布腾、郡王成衮罗布、内大臣玛木特为参赞；西路一军命永常为定西将军，萨赖两为副将军，郡王班殊尔、贝勒札拉丰阿、内大臣鄂容安为参赞。两路大军，兵各二万五千，马各七万匹，粮各两个月。西路出巴里坤，北路出乌里雅苏台。都派副将军为前部先锋，浩浩荡荡，直向准部进发。正是马援聚殿前之米，张华推局上之秤。金玦分颁，牙璋大起。前麾所指，神鬼效灵。列阵齐呼，风云变色。军声如雷动，兵甲自天来。嘘气成春，融尽阴山之雪；行师如雨，洗清绝塞之沙。这两位副将军，都是准部渠师，建着旧纛前进，各部落望风崩角，势如拉朽摧枯。出塞二三千里，从没有开过一回仗。最奇怪不过，是那万里平沙的瀚海，竟会得着大雨，人马都不饥渴。都耿尉拜泉疏勒，薛将军安抵天山，巧不巧呢。自乾隆二十年二月中出兵，到五月初头，首尾不过八十日，两军已经会着了。西北两帅，把营扎在博罗塔拉河滨上。都派遣军弁往前哨探，一时回报："从这里到伊犁，不过三百多里路，达瓦齐听得我军压境，慌作一团，现在派遣亲信两宰桑，出外征兵，自己率了一万宿卫亲兵，走保格登山去了。"两帅齐问："格登山离这里有多少路？"那军弁回道："在伊犁西北一百八十里，地势很是险峻。现在达瓦齐在那里阻淖为营，倒很负固呢。"两帅传令，拔营前进。风驰雨骤，一瞬间，早渡过了伊黎河。正是险越飞狐，雄矜射虎。却贰师之赂，洗马临川；屯充国之田，驰车挽粟。吓得达瓦齐不战自遁。清兵如何肯舍，昼夜穷追，追得达瓦齐急急如丧家之犬，茫茫如漏网之鱼。因念乌什城回酋霍吉斯，平日跟自己要好，遂往相投。谁料福无双至，祸不单行，霍吉斯已接着法帅檄文，不敢藏匿，把达瓦齐缚送清营。两帅大喜，休兵三日，即便奏凯回京。

却说高宗连接两帅红旗捷报，乐得心怡志得，意畅神酣。笑向傅恒道："咱们两个见识，究竟高人家一等。兴师时，满朝人都说途遥地险，没什么便宜的，只有你赞助我，现在究竟是胜了，你这赞襄功劳，可也不小。"傅恒道："这是皇上睿谟，国家景运。臣有何功。"和珅超前道："取威定霸，拓土开疆，都是国家非常大喜事。皇上倒总要显辉显辉，才不负这回胜仗呢。"高宗道："你要我怎样显辉？"和珅道："准夷这一部落，仁庙宪庙也屡欲灭掉他。现在皇上绍述先志，成就了这大功，祖宗在天之灵，谅总也欢喜。俘囚到京，很宜行那献俘大礼，热热闹闹。赏赐微臣也见一个大世面。"高宗道："倒是你想得周到，这果然省不来的。"随饬工部备办一切。

这日，凯旋军到京，高宗大排法驾，临御午门楼。定北、定西两将军、两副将军，并从征各参赞，都戎服佩刀，押达瓦齐到驾前，叩头儿请旨。高宗瞧达瓦齐跪伏在地，瑟瑟缩缩，宛如一头临宰的绵羊，笑道："你也是一部之长呀！怎么见了朕，就这个样子了？"达瓦齐吓得一声儿不言语，只是叩头。高宗笑向左右道："瞧他那样子，也怪可怜儿。"随传旨赦其一死。达瓦齐叩头谢恩。

次日，论功行赏，首奖大学士傅恒襄赞之功，加封为一等公，封定北将军班第为一等诚勇公，副将军萨赖尔一等超勇公，副将军阿睦撒纳已封过亲王，晋封为双亲王，食亲王双俸。其余从征将弁，尽都加恩封赏，不及备叙。

阿睦撒纳受着高宗特别知遇，在理自应感恩图报。无奈他胸怀大志，居人篱下，终觉不很自在，就百计千方钻路子，想回准部去。探到和珅是高宗心腹，说的话十件有九件依从，于是虚心下气，结交和珅。不论什么心爱的东西，和珅说一声要，立刻就送过去。和珅觉着阿睦撒纳这个人，十分知趣可爱，就在高宗前，常常替他讲好话儿。阿睦撒纳又放出手段，遍交部院大臣，部院大臣也没一个不同他要好。阿睦撒纳知道时机已熟，这日就到和珅家里，托他替自己游说。和珅道："你这坏东西，想回旧部去，不是要反叛朝廷么？"阿睦撒纳大惊失色，忙起身辩道："这个我如何敢！我受着大皇帝天恩，感还感不尽，哪里敢萌异念。不过在这里，水土不很服，常常三灾五难病着，你老人家也瞧见的。想家去住一二年，无非是调养过子的意思。"和珅笑道："说一句玩话儿，就吓得这个样儿，亏你还算是准部英雄呢。"阿睦撒纳道："你老人家确是句玩话，在不知道的人听了，只道我真个有这么一颗心了，怎么不要吓呢。"和珅大笑。阿睦撒纳见和珅快活，随道："最好你老人家今儿就替我奏一声。"和珅道："那也只好瞧机会，碰的不巧，反要误事呢。”阿睦撒纳称谢而去。

当下和珅入朝，乘便就奏：“伊犁地势辽阔，民情强悍，夷地人员每因情形不熟，诸多误事。依臣糊涂主见，夷人地方，还得夷人去治。”高宗道：“倒是你提醒了我，前儿派出去几个人，他们当着朕，虽然不敢说什么，瞧他们样子，愁眉苦脸都似不很高兴，保不住背地里还抱怨呢。朕正想改个法儿，以后只把犯罪人员，充发那边去当差，余外的都不派遣，免得人家背地里抱怨。但一时也找不到许多罪员。现在你既然有主见，好极了，说出来，咱们大家商酌商酌。”和珅道：“阿睦撒纳心术倒很诚实，归化以来，办理各事，都还肯尽力。奴才想那边是他的旧部，派了他去，总比别个要强一点。”高宗道：“阿睦撒纳靠得住么？”和珅道：“大致还靠得住的。”高宗道：“天山南北路，朕的初意，原要分封他们。后来，傅恒说了准部天性好乱，蛮争蜗触，保不住又要多事，因此就搁下了。”和珅道：“卫拉原是四部，绰罗斯治伊犁，和绰特治乌鲁木齐，都尔伯特治额尔齐斯，土尔扈特治雅尔，这四个部落，各君各土，各子各民，原是不相统属的，倘然没有台吉汗，伊犁也再不会做四部盟长的。皇上既然不利他的土地，要与灭继绝，大大加一番恩。依奴才浅见，也不必再封盟长。”高宗笑道：“何消说得！谁又愿再封盟长，那不是又弄出一个吴三桂来了么？”和珅忙道：“阿睦撒纳忠厚得很，大非三桂可比。”高宗道：“吴三桂在朕手里，也不会反的。彼时皇祖也太把他抬高了，一半是宠坏的呢。”和珅道：“奴才听外面人讲吴藩造逆都是他宠妾陈圆圆的主意。”高宗道：“说起陈圆圆，朕还藏有一轴她的小影呢。花明雪艳，真不愧是个美人儿。”和珅道：“皇上珍藏之品，谅总不会错的。可惜奴才没福，不能够瞻仰。”高宗道：“那也没甚要紧，你要瞧，我就叫人去取来。”和珅叩头称谢。高宗随遣一太监去取。一时取到，打开同看，和珅赞不绝口。高宗道：“你既然赞她，就题几首诗词也好。”和珅道：“这个奴才可不敢。”高宗问他何故。和珅道：“吴梅村一篇《圆圆曲》，所有意思，都被他说尽了。奴才总凑了出来，也总压不过他那个去。”高宗道：“什么《圆圆曲》，朕倒没有见过。你可还记得？记得就念几句来听听。”和珅领旨，略思量一会，念道：

鼎湖当日弃人间，破敌收京下玉关，
恸哭六军皆缟素，冲冠一怒为红颜。
红颜流落非吾恋，逆贼天亡自荒宴。
电扫青巾定黑山，哭罢君亲再相见。
相见初经田窦家，侯门歌舞出如花。
许将戚里箜篌伎，等取将军油壁车。
家中姑苏浣花里，圆圆小字娇罗绮。
梦向夫差苑里游，宫娥拥入君王起。
前身合是采莲人，门前一片横塘水。
横塘双桨去如飞，何处豪家强载归。
此际岂知非薄命，此时只有泪沾衣。
薰天意气连宫掖，明眸皓齿无人惜。

夺归永巷闭良家，教就新声倾坐客。
坐客飞觞红日暮，一曲哀弦向谁诉。
白皙通侯最少年，拣取花枝屡回顾。
早携娇鸟出樊笼，待得银河几时渡。
恨杀军抵书死催，苦留后约将人误。
相约恩深相见难，一朝蚁贼满长安。
可怜思妇楼头柳，认作天边粉絮看。
遍索绿珠围内第，强呼绛雪出雕阑。
若非壮士全师胜，争得蛾眉匹马还。
蛾眉马上传呼进，云鬟不整惊魂定。
蜡炬迎来在战场，啼妆满面残红印。
专征箫鼓向秦川，金牛道上车千乘。
斜谷云深起画楼，散关月落开妆镜。
传来消息满江乡，乌桕红经十度霜。
敷曲伎师怜尚在，浣纱女伴亿同行。
旧巢共是衔泥燕，飞上枝头变凤凰。
长向尊前悲老大，有人夫婿擅侯王。
当时只受声名累，贵戚名豪兢延致。
一斛明珠万斛愁，关山漂泊腰肢细。
错怨狂风扬落花，无边春色来天地。
尝闻倾国与倾城，翻使周郎受重名。
妻子岂应关大计，英雄无奈是多情。
全家白骨成灰土，一代红妆照汗青！
君不见馆娃初起鸳鸯宿，越女如花看不足。
香径尘生乌自啼，屧廊人去苔空绿。
换羽移宫万里愁，珠歌翠舞古梁州。
为君别唱吴宫曲，汉水东南日夜流。

念毕随道："皇上瞧罢，有这样的珠玉在前，奴才哪里还敢下笔呢？"高宗道："叙事还算详明，我瞧也不见怎么。你家去慢慢儿做，总还能够强过他。"和珅领旨，少不得叫家下门客捉刀做了，来复旨搪塞，高宗自然欢喜。

这日降下恩旨，把阿睦撒纳等分封开去，共计封出四人，噶尔藏为绰罗斯特汗，沙克都为和硕特汗巴，雅尔为辉特汗，阿木撒纳为杜尔伯特汗。大学士傅恒再三诤谏，说阿睦撒纳外似诚实，内怀奸诈，纵虎归山，定为朝廷大患。高宗如何肯听。傅恒没法，眼看阿睦撒纳等四人，陛辞出京而去。才只三四个月，伊犁大臣奏报到来，果说阿睦撒纳大有反状。原来阿睦撒纳一到西域，就移檄各部落，自称准部总汗，把清朝所封的双亲王，副将军所赐的双眼翎，宝石顶，悉行丢掉，仍穿着台吉旧服，用着浑台吉菊形篆印，把降清一节事情，瞒得鼓一般的紧，只说自己统率满汉蒙古兵，来平此地，生杀与夺，独断独行。派驻伊犁的将军参赞，哪里在他心上。一面又派人到处流言，称说自己威望如何利害，准回诸部如何畏服。中国要边疆无事，非封自己为四部总汗不可。将军参赞瞧见他这种阴谋诡秘，知道早晚间必有祸事，忙着飞章入奏。高宗见奏，深自懊悔，立刻召傅恒商议。造膝陈辞，奏对十分称旨，就下恩命，派傅恒西征视师，筹饷调师，遣兵派将。劳了许多的手脚，费了许多的钱粮，总算把阿睦撒纳赶了俄罗斯地界去，伊犁全境，依旧隶入清国版图。高宗脾气，喜欢的是铺张扬厉，于是御制了一篇《开惑论》。又在太学里头，立碑勒铭。秏子跳入天秤里，总无非自称自赞。欲知后事如何，且听下回分解。

第三十四回　思倾城圣君侧席　平回纥大将凯旋

话说傅恒班师回朝，高宗召见，问了两个多时辰的话，所谈无非是战争情形，善后方略。问毕退朝，高宗十分欢喜。此时近侍内监都与朝臣相通，内中有一个裘得禄，是和珅的心腹，当下就到和珅私第里，告诉他道："今儿傅中堂陛见，奏对了两个多时辰，爷欢喜得要不的呢。"和珅忙问降了些甚么旨意。裘太监道："咱们爷降了好些旨意，老傅奏说天山北路是准部，天山南路是回部，准强回弱，回部一竟服属准部的。自从康熙三十五年噶尔丹打了败仗，回王阿布都实特自拔来投，圣祖遣人护送他到哈密，才脱去准部的羁绊。阿布都实特的儿子玛罕木特嗣了位，又被噶尔丹杀败，掳到伊犁，并将他两个儿子大和卓木、小和卓木拘在伊犁地方，叫领着回民垦地输赋，当那苦差使。前年王师定伊犁，就把大和卓木放回旧部，只留小和卓木在那里。行得好心，没有好报。阿逆之变，谁料小和卓木竟帮着阿逆，抗拒天兵。现在伊乱荡平，他竟逃回本部去了。"和珅道："老傅意思，无非要把全胜之师，移征回部。皇上心下怎样呢？"裘太监道："咱们爷倒也不见十分高兴，只淡淡地回他道：'既得陇何必再望蜀呢。伊犁整治得好，也已够了。'"和珅道："老傅讨了没趣儿也。"裘太监道："不承望老傅又讲几句话，恰碰在咱们爷心坎儿上。"和珅惊道："竟碰在皇上心坎儿上？哎呀！他这揣摩工夫真不坏。是什么话呢？你讲给我听听。"裘太监道："他说小和卓木的老婆，是回部中绝色女子，名叫做香妃儿。这香妃儿的妩媚风流，真是天上无双，人间少有。别的都不奇，她那玉体上，生有一种异香，每逢沐浴之后，水里头都是香味。宫监人等争着藏起来，所以小和卓木把她宠得要不得。咱们爷专在女孩儿身上用工夫，你总也知道。"和珅笑道："谁又不知当今是风流天子，不然老傅也不会这么红呢，多半仗着内眷的势力。"裘太监笑道："那个也不必提了，咱们爷听到香妃儿不假薰沐，遍体芳香，笑得眼睛一条线似的，嘴里不住地称有趣，大有不得不止之势。"和珅道："竟也有这种奇人！别说皇上，我听到也馋死了。"裘太监道："那也容易，你就讨差回疆去一趟，不怕不先弄到手。"和珅道："我可没这能耐呢。"裘得禄去后，和珅转了一夜的念头。次日入朝，就奏请兴师征回。高宗道："两和卓木，辜恩助逆原属罪无可活，但朕终不忍不教而诛。已饬将军兆惠，前往谕意，只要他们畏罪来朝，朕也很不愿多事。"和珅道："夷情叵测，就使回酋一时畏罪，总也要想一个妥善的法子。"高宗道："妥善法子难得很。你可有么？"和珅道："两和卓木来了，奴才想就把小和卓木留在京中，赏他一个官职，索性叫他连家眷带了来，免得再生反复。这是奴才一个儿的糊涂主见，可采不可采，还祈皇上训示。"高宗乐道："满朝文武只有你与朕意见相同，朕也这么想呢。且待兆惠奏报到了，再慢慢的想法子。"此时高宗锐意用兵，虽在隆冬，不忘习武。每日饬令八旗劲旅，在西苑较射，御前侍卫，也都张弓挟矢，往来驰射，飚发雨骤，气象异常威武。

这日，近侍奏称："一夜北风，西苑里三海都冰冻了。今年爷没有御过冰床呢，今儿用不用，请爷旨意。”高宗道：“下雪么？”近侍回奏：“是阴天儿，怕要下呢，这会子还没有下。”高宗道：“传旨他们预备起来，连太后的一并预备着。太后如果高兴，伺候她老人家，也乐一天儿。”近侍传旨去讫。高宗就到慈宁宫，奏请太后。原来这冰床是高宗独运匠心造成的样式，同轿子差不多，用八个人在冰上推挽着行走，其捷如飞，上面罽帱貂座，异常温暖，真是消寒第一妙品。当下高宗见了太后，笑奏道：“今年天气暖，三海昨晚才大冻，子臣已叫他们来下冰床，想请太后到那边乐一天，不知太后赏脸不赏脸。”太后笑道：“难为你一片孝心，年年陪我这么玩。只累的他们接驾送驾，寒冰冷冻天气，跪伏着也怪可怜儿的。”高宗道：“太后至仁极圣，泽及万物，子臣自当仰体奉行。只是跪接跪送，朝廷体制，国家仪注，臣民分所应为，倒也不必怜他。”太后点点头，随问：“今儿校射么？”高宗回了一个“是”。太后回向近侍道：“多带点子东西，我要发赏呢。”高宗道：“又要太后劳心，子臣如何当的起！”太后道：“箭射得好，赏点子东西，也叫他们高兴一点子。”当下高宗奉着太后到西苑里乘坐冰床，校阅骑射，乐了一整天。后人有诗道：

拖床碾出阅冰嬉，走队橐了五色旗。
黄幄居中奉慈辇，罽帱貂座日舒迟。

车驾回宫，已是上灯时候，近侍呈上兆惠由伊犁递来奏本一道。高宗拆封瞧时，大略说是“遵旨派遣副都统阿敏图前往招抚。大和卓木意尚恭顺，小和卓木很是倔强，耸令乃兄，起兵抗拒。大和卓木为弟所惑，现已率众守险，传檄各城，互相援助，回户数十万，无不风从。揣他们意思，无非因我朝新得准部，反侧未定，急切不能用兵，所以敢这么猖獗。抚局已变，是否可以进兵之处，奴才不敢自专，请旨遵行”等语。高宗瞧毕，心里倒着实踌躇，要不用兵，香妃决不会到手；要用兵，又怕将帅卤莽，不能生擒活捉，也是无益。这件事，又未便明降上谕，展转愁思，毫无善策。这夜连晚膳都没有好生吃，睡在床上，翻去覆来，直到天明何曾合过眼。

深宫宵旰，说话的这张笨嘴，实也形容不尽。早有裘太监报知和珅。和珅叹道：“君忧臣辱，要圣上这么焦劳，都是我们做臣子的过处。”裘太监道：“老和，你有法子，也替咱们爷分分忧。你们两个交情，原不能作寻常君臣论的。”和珅道：“人非草木，圣上这么疼我，真真杀身难报。现在法子倒有一个，但是大庭广众，未便陈奏。最好费你神，回去探探懿旨，圣上如果欢喜，我再单身陛见，密密的陈奏。你看如何？”裘太监道：“不好与你代奏么？”和珅道：“代奏怕不很便当呢！”裘太监笑道：“又是什么鬼鬼祟祟的勾当。想那一日，咱们爷跟你俩，在圆明园绿天深处，说是密谈军国大事，我没有知道，撞进来瞧见了，几乎不曾把肚肠笑断，事后还吃爷骂了一顿。其实你们胆也太大，门都没有掩，就这么，究竟又不是堂皇冠冕的事。亏是咱们两个有交情，不然，你老人家声名儿就不免要平常了。”和珅被裘太监说着短处，羞得面红耳赤，一语不发。裘太监道：“这有什么，我又没有同别个人讲过，你要如此，咱们俩倒又不像是知己了。”和珅道：“是了是了，天也不早，你也应回宫去了。托你的事，千万留在心上。”裘太监笑着自去。

不过顿饭时光，裘太监又骑着马来，宣召和珅养心殿陛见。和珅大喜，跟随裘太监入朝。行过礼，高宗赐他在脚踏上坐了，随问道："回子猖獗，裘得禄说你有希谋秘计，可是真的？"和珅回奏："奴才也不过是一得之愚，可采与否，还求皇上圣裁。"高宗喜道："有法子就好，你说给我听听。"和珅道："本朝士马精壮，粮饷充足，开起仗来，不愁不胜。就怕统兵将帅未喻圣意，一味蛮战，失之毫厘，差以千里。虽辟疆土，如获石田，皇上不是就为这个愁闷么？"高宗不觉前席道："和珅你这个人，真是聪明，真有能耐，朕的心事，被你一猜就猜着。"和珅道："奴才下见，偶尔上合天心，那也不值什么。"高宗道："这件事情，你可有法子处置么？"和珅道："依奴才糊涂主看，皇上尽下旨，饬兆惠开战。奴才私下再修一封信给他，皇上有甚不便明宣的旨意，由奴才详细关照他。皇上瞧奴才这主意儿，还好行么？"喜得高宗直立起来道："我的儿，你真是个可人儿。此事如果办成，都是你的功劳。"和珅道："国家天威，皇上洪福，这件事奴才知道，总会成功的。"高宗喜极，随下旨，饬兆惠相机进攻。这道上谕，却与和珅私信，一并发去。

只道天戈所指，小丑立就荡平。谁料两和卓木，很是得众，回部里头，无论是城是庄是堡，通通联成一气，人心固结，众志成城，利害得要不的。并且回城都依着山冈建筑，沙石柳条夹杂而成，坚固险峻，矢炮都攻不入。清军屡次进攻，屡次失利，损兵折将，不知丧掉几多人马。无奈高宗志在必得，添兵添饷，着着上前，死了一千，就调二千去，死了二千，就调四千去。这弹丸之地的回疆，恁是如何利害，螳臂终难挡车，挥戈终难返日，两和卓木只落得率领残卒投向邻部巴达克山而去。大清将帅，哪里肯舍，一面下令穷追，一面飞檄邀截。巴达克山不敢违拗，立把和卓弟兄杀死，并他的眷属，一齐献到大营。于是回部悉平，时乾隆三十八年也。自二十二年出师到今，先后共历七年之多，费去钱粮真是恒河沙数。

捷报到京，高宗听得香妃无恙，余者也就不在意了。倒是和珅看不过，密奏道："西征将士，栉风沐雨，血战七年，似不宜过于淡薄。"高宗道："你要朕封他们么？待回了京再封也不晚。"和珅道："皇上天恩，他们原也不敢计较早晚，但香妃还在营里头，万里护送，他们虽然不怎样，只要稍一大意，可就误事不浅呢。再者他们建了这点子微劳，早晚总要加恩的，也不争在这一二个月头上。"高宗笑道："倒是你想的周到，提醒了我，咱们就快点子封了他们罢。"说着，就提笔拟旨，忽又踌躇道："兆惠已经封过武毅谋勇一等公，按照祖制，已是无爵可加，叫朕封他什么东西呢？"和珅道："依奴才愚见，就加赏他一个宗室公品级鞍辔也好。但这个恩出自上，奴才不过献罢了。是否可采，尚祈圣裁！"高宗道："你这主意，斟酌损益，很有道理，朕就从你。"于是下旨，加赏武毅谋勇一等公大将军兆惠，宗室公品级鞍辔，封成勇伯靖逆将军富德为一等侯，其余出力将士，尽都加封赐赉。又下旨叫于京师大学及各处战争地方，尽都建碑勒铭，称述功德。到次年二月，王师凯旋，高宗又下特旨，叫于良乡城南三里，筑起一座将坛，坛上设着大纛，预备举行郊劳典礼。

这日，顺天府府尹、八门提督接着直隶总督咨文，知道凯旋军前锋已到保定地界，离良乡只有四站，忙着联衔会奏。高宗传旨起行，王公贝勒，六部九卿，满汉文武，尽都随扈出发。旌旗仪仗，整整齐齐，排列了三五里路。御驾所经各地，先一日饬人打扫洁净，铺下了黄沙，每逢十字路口，都有禁旅把守，禁止行人来往。所以数十里平坦大道，静悄悄的绝无杂众喧哗景象。车驾到良乡，凯旋军恰也行到。

兆惠、富德此番凯旋，若按站而走，本该出月到京，因接着直隶总督顺天府府尹飞咨，知道高宗筑坛设纛，亲行郊劳典礼，遂昼夜兼程而进。这日行到良乡地界，前队探马飞报中军，说高宗御驾已在将坛等候。兆惠、富德忙传将令，叫麾下将弁齐穿甲胄，肃队而行。走不到十里，只见尘头起处，五七骑关东骏马飞驶而来，为首两骑，是傅恒、和珅，兆、富两将军慌忙下骑厮见。和珅道："御驾将次升坛，我们奉旨来催请呢。"兆惠、富德忙又上马，与和珅等并辔前进。和珅在马上，问道："香妃一路长行，乘坐的是马还是轿，皇上很记念呢！"兆惠道："马不很稳，用的是轿子。"和珅道："那还罢了。派谁扶轿呢？"兆惠道："牛提督、马总兵，都是很老实、很细心的人。这种紧要差使，恁我怎样糊涂，总也不敢派年轻人充当。"和珅道："马牛两人有多大年纪？"兆惠道："大约总有五六十岁了么！"和珅道："陛见起来，这倒先要陈明的，皇上很不放心呢。"傅恒因问劳军礼单瞧过没有。兆惠道："前儿接到直隶总督咨文，是本月十八日，驾发京师二十日巳初抵良乡，午正升坛，行郊劳体，午末行抱膝跪见礼。后来怎么忽又改了？"傅恒道："原本定二十日举行的，后来钦天监奏，这日怕有风起，皇上因道：'咱们行郊劳礼，原是作乐事情，老天偏要刮黄沙，还有甚趣味儿？'才叫移前两天的。"说着，御前仪仗已经遥遥望见。

忽有两名太监飞骑传旨，口称："奉上谕，着大将军兆惠，靖逆将军富德，领队到坛听候郊劳，无庸下马。钦此。"兆富二人，接过恩旨，敬肃前行，将次到坛。和珅等都各下马步行。只见高宗率领满汉文武迎下坛来。兆惠富德只得遵旨就马背上叩头见贺。高宗亲扶二人下了马，一同升坛，向大纛行过四拜之礼，恩旨隆重，讲了好些慰劳话儿。然后升御黄幄，大将军等抱膝跪见。礼毕，传旨歇息。这夜车驾宿在良乡城内。次日回朝，高宗下一道上谕道：

> 霍集占兄弟大、小和卓木，负恩肆逆，自取诛夷。至其先世君长一方，尚无罪过，非准噶尔之比。所有喀城外旧存和卓等墓，仍令回户管守，毋得樵采污秽，以昭国家矜恤之仁。钦此。

看官，你道高宗为甚猫哭老鼠假慈悲，忽地下这一道恩旨呢？原来这香妃虽生了雪肤花貌的体态，却怀有玉洁冰清的烈志。落花有意，流水无情，高宗竟不能奈何她。特沛殊恩，无非要她稍驰故国之思，勉就新君之宠而已。兆惠捷报到京，高宗已叫人在西苑内，替她收拾一所寝宫，一应陈设，悉照回邦体制。香妃一到，就派太监宫娥迎入西苑寝宫内，敬谨伺候。又因御膳房饮食不洁，特在西苑内另起炉灶，选派回教厨子，专做回邦精菜，凡服侍香妃的宫监人等，一概不准私吃猪肉。体贴周到，礼遇隆重，在高宗也可算得仁至义尽。无奈香妃视若无睹，既鲜感激之意，亦无决绝之容，衣来就穿，食来就吃，内侍们称说上恩，只点点头儿，至多说一声儿"我知道"就完了。在西苑里，逛这边，游那边，高兴非凡，瞧见各种花草，有不知名的，就指问太监们，意态舒适，词旨娴雅，好似不知有亡国恨似的。

这晚高宗驾临，宫监们请她接驾，香妃才发言道："我可比不得你们，这种奴颜婢膝的事，我是不惯的。要来尽管来，我也不撵他。要摆架子，叫他别个跟前去摆，我可不愿瞧呢。"太监道："宫里头体制，是这个样儿。娘娘不接驾，爷只道我们没有教导娘娘，又要白受一顿教训，娘娘只当可怜我们。"说着跪下地去，不住地叩头。香妃不睬，太监没法，只得奏知高宗。高宗道："初到的人，原不能苛求她的。"说着时已进了寝宫。只见香妃倚窗而立，柳眉锁翠檀口含丹，端的好个模样儿。太监报说："皇帝爷驾到！"香妃连正眼也不觑，倚着窗，尽赏她的夜景。高宗只得搭讪着坐下，开言道："久慕芳泽，曷胜系念！今幸天假奇缘，咱们两个人得在此间相会。"香妃不理。高宗挨着窗，闻得一阵阵奇香，从香妃身上发出来，比一切花香药香都来的好闻，真叫人魂消魄醉，心动神迷。不觉又道："你既然到了这里，少不得总要从这里的体制，想家也是没用。你要什么，无论是吃的穿的玩的，告诉了我，总无有不依从。宫娥太监们不好，也只管告诉我。"香妃仍是无言。高宗道："你这么聪明的人，怎么如此执拗？朕是天朝大皇帝，比了回部酋长，总强点子。现在帝后三灾八难，常常病着，倘然出了事，朕就将你扶了正，你那时就是全国国母了，凭是谁，总强不过你去。"香妃听了此话，梨花粉脸上，顿时罩起一重浓霜，两泓剪水秋波，电光似的注定了高宗，瞧那神气，好似就有非常举动闹出来似的。高宗心中害怕，就起身道："朕回宫去了，你们好好儿劝她罢，劝的她回心转意，朕还重重有赏。"说着带领从人自去。

香妃在宫里头，跟宫监人等，倒也有说有笑，只是高宗一来，顷刻就变了脸，一种冷艳孤芳的神气，逼得人不敢动轻亵的念头。高宗见她这么忠贞，心里愈益敬爱，特选一班能言善辩的宫监，务要劝她回心。欲知香妃遵旨与否，且听下回分解。

第三十五回　玉碎香消贞妃殉主　花凄月惨圣主悼姬

话说那一班宫监，奉了高宗旨意，都到西苑里，拿不入耳之言，劝慰香妃。众说纷纭，群言络绎，香妃被他们苦缠不过，只得轻舒妙腕，从袖底里取出一柄寒浸浸冷森森七寸多长的匕首来，向众人只一掠，寒光四射。众人都吃一惊，忙问娘娘做什么？香妃道："谁是你娘娘，你们别糊涂油蒙了心。当我是什么人，我们回部女子，可比不得骚鞑婆，谁要势盛就奉承谁。我活着是回部的人，死了是回部的鬼。你们兵强将勇，可只能灭我的国，破我的家，杀我的人，我这颗心不向你们，你们又把我怎样？这一柄小刀子，是我的随身宝贝，我将来的结局收成，正全仗着它呢。"众人慌问："娘娘要寻短见么？"香妃道："国破家亡，久拼一死。但我这么一个人，就这么随随便便死掉，也很不值。总要寻一个机会，能够报答故主，才不枉了。如果骚鞑子强逼我，我可就称愿了。"众人大惊，都道："了不得，我们快夺掉她的刀。"正欲动手，只见香妃笑道："你们真都是傻子，打量我只有这一柄刀子么？老实告诉你们，这种刀子，我身上藏有几十柄呢，你们有本领都搜了去。再者你们如敢犯我，我先自己抹了脖子，你们可又怎样呢！"众人听了，面面相觑，只得照实回奏。正是：

力薄难填沧海石，心坚堪对岁寒松。

高宗闻奏，呆了半晌，向众人道："好个孩子，这么标致，又这么节烈。只可惜我没福消受，如果她肯回心，就不做皇帝，我也愿意呢。"众人都道："料不过是一时之气，日子久了，总也好了。"高宗道："但愿她这样就好了。"随饬西苑宫人道："小心伺候，委屈了那孩子，我是不依的。"宫人遵旨，自然要一奉十百倍的奉承。无奈香妃情念旧君，泪点关山之月；心伤故国，魂飞边塞之云。蝉鬓蓬松，蛾眉紧蹙，每逢良辰美景，终觉肠断魂消。高宗闻之，愈添愁闷。

这日，和珅入见，高宗谈起香妃的事，和珅道："臣有一策，可令香妃回心。"高宗大喜。和珅道："香妃时时想家，无非是怕睹他乡风景，只紧叫匠人，在西苑里，造几所回式房屋，市街庐室礼拜堂，一应俱全，使她瞧了欢喜，那一寸芳心，自然渐渐回过来了。"高宗喜道："你这计本很好，为啥不早点子向我说？"和珅碰头道："奴才不敢欺主子，这计策实是奴才门客想出的，奴才不过是拾人家牙慧。"高宗道："你这门客，叫什名字？有官职没有？"和珅道："此人姓冯，名文海，是个翰林院编修。"高宗道："想必是才智之士，你明儿带他进来见我。"和珅领旨而退。

次日，果然引了冯文海陛见。高宗欢喜，就赏了他一件貂褂。退朝下来，和珅向他道贺，冯文海道："都是协揆栽培之力。"和珅道："什么栽培不栽培，这是圣主旷代隆恩呢。本朝自从康熙年定了服制之后，三品以下官员，从不许穿着貂裘猞猁狲的。"文海道："门下也知道，这还是宜兴任葵尊侍卿奏定的呢。当时王阮亭先生还有一首七绝，嘲任侍卿，记得是：

京堂詹翰两衙门，齐夺貂裘猞猁狲。
昨夜五更寒彻骨，满朝谁不怨葵尊。"

和珅笑道："你知道就是。"又谈了一回别的事，文海起身要走，和珅道："我还有一句话嘱咐你，今儿的事，遇见令岳，别提起他。这个人很是多心，听到了一定又要唠叨的。"文海应了一个"是"，笑着道："家岳就是脾气不好，门下近来也不很去了。"和珅道："定省之礼不能缺的，你自己就没暇，也应叫尊夫人走走。令岳的书法，上头很喜欢呢。他要照应你，只消无意中帮上一句两句话就够了。"文海嘴里应着"是"，脸上却就红涨起来。原来冯文海的泰山梁尚书，并不是他夫人生身父亲，是干拜的干老子。这位冯太史，就有一桩惊人妙技，一年善用夫人，从没一回赔折过，可谓智赛陈平，才过周瑜。从前金坛于相国红的时候，叫他夫人拜于太太为义母，于相国失了势，就改认梁尚书做干老子，当时朝士作诗一首嘲他道：

昔年于府拜干娘，今日干爷又姓梁。
赫奕门庭新吏部，凄清池馆旧中堂。
郎如得志休忘妾，妾岂无颜只为郎。
百八牟尼亲手挂，朝回犹带乳花香。

和珅提及定省的话，文海羞恶之心一时触发，脸儿就红涨起来。和珅觉着，忙用别话岔开。冯文海去后，和珅就到上房，跟姬妾们闲话散闷。暂时按下。

却说高宗采了冯文海奇策，就下旨派了一位监工大臣，在西苑里大兴土木，筑造起回式房屋来。帝皇家办事，究竟银钱撒漫，不过一年，工程全都告竣。谁料香妃不瞧见回式房屋还可，一瞧看回式房屋，触动心事，愈益神伤肠断，哭得咽梗难言。高宗此时满肚子不自在，没处发泄，便都迁在献策的人身上。事也凑巧，恰有一个御史名叫管世铭的，参了冯文海一本，参的款子，无非是行为卑鄙，有站士林等几个字，正碰在高宗心坎儿上，立下一道上谕，把文海革掉了。和珅见了，也很寒心，忙上本子，自请议罪。岂知上头竟留中不发，和珅更慌了手脚，忙去找裘太监探听消息。裘太监笑道："你忙什么，咱们爷为了个香妃，闹得心都不在肚子里。这几日连太后跟前安都不去请，太后召了他好多回，都推说病着，哪里还有工夫与你计较。依我说你那本子，原也不必上。"和珅道："皇上病了么？"裘太监道："病是疾，西苑里却天天去的，我也曾劝过两回，说爷身子不大好，大可不必到那地方去，那人儿又不怀什么好意，爷万金贵体，自己也应保重保重。爷倒骂我，说我不懂事。说朕病了，那人儿就是灵丹妙药，见了她一面，病体就好，十去八九。我背地里还向同伴们议论，咱们爷不病，还吃那人弄病了呢。你想他痴不痴傻不傻呢？"和珅听了，十分叹息。正是：

医可病怀惟秀色，销残恨随付韶华。

裘太监去后，和珅就与妻子荣氏闲话，神气之间，很是舒适。荣氏道："老爷这几天，热锅上蚂蚁似的，走出走进，何曾有一刻儿定过，问你话，总是不回答，今儿怎么倒高兴起来，敢是又有那一省督抚谋调缺，孝敬了大宗银子来了么？"和珅笑道："太太的心，总在银子上，我是为管傻子参了冯二胖子，主子偏信管傻子，把冯二胖子革掉，心里才不自在呢。"荣氏道："革掉冯二胖子，与你什么相干！"和珅道："你又来了，冯二胖子是我保举的人，革掉他，明就是给我没脸，我怎么不要提防呢。"随把自己上本请罪，及裘得禄来家所讲一节，告诉了荣氏，荣氏才不言语。

却说高宗在香妃身上，花去的钱，很是不少，何曾随意过一日。究竟心不肯死，每日退朝之后，总要到西苑坐一时半刻。头起还瞒着太后，后来太后也知道了，连召几回，高宗总推病着。太后见召他不到，就亲降慈驾到乾清宫。高宗慌忙迎接。太后坐定就道："听说你病了，现在瞧你脸儿，还不似有病之人。"高宗红着脸答道："托太后福，已经好了。"太后道："好了最好，我心里很惦你，特来瞧瞧。"高宗道："太后这么高的春秋，为了子臣，这么操心，叫子臣如何当的起！"太后道："那种话也不必讲，咱们娘儿，又不是外人，你的心安了，我的心也安了。你心里有甚不自在的地方，尽向我讲，别闷在心里。你要肯听我这句话，就是你的孝顺，比别的什么都强。要不然，恁你怎样待我，我总不快意呢。"

高宗听了太后这一番诚恳的话，由不的天良感动，遂在皇太后前双膝跪倒，垂涕道："太后这样恩深，子臣还要隐瞒，天也不容了。"太后道："我的儿，有话起来讲。"高宗遂把香妃的事，从头至尾，说了一遍。太后道："既是这么倔强，留着也没用，不如成全了她的忠，赐了她死罢。"高宗道："子臣费了八九年的心，终不然成了千金买骨。这个还求太后天恩。"太后道："你既是不忍，依我还是放了她回去。要留在西苑里，你可不准再到那地方去。满蒙几百万女子，哪里挑不出一个两个，定要那蹄子。那蹄子难道是天仙活宝么？"高宗不敢答应。太后道："我的儿，你是一国的主子，祖宗基业，国家命脉，都在你一个儿身上。那蹄子怀着凶器，倘或有一点半点错误，你问问可对得起祖宗，对得起国家么？"高宗只得应了几个"是"。太后又喊跟随高宗的太监人等，吩咐道："皇帝要到西苑去，你们尽力谏阻，谏阻不住，就奏我，要是专讨皇帝好，私跟他到了那里，被我打听了出来，你们都休想活着。"众人都应说："不敢。"太后又坐了一回，才起驾去了。高宗送过太后，回向近侍道："这又是难题目，可叫人家怎样呢。"从此之后，虽不能够就此绝迹，却也不敢日日前去恭候了。

这一年恰巧园丘大典，先一日高宗就往斋宫斋宿，太后向左右道："西苑中那妃子，不除掉终是祸根子，趁皇帝斋去了，咱们就去收拾她。"宫监人等自然尽都附和。太后立传谕旨，宣召香妃慈宁宫召见，众宫监都窃窃私议道："成日间闹得天翻地覆，究竟怎样一个美人儿，咱们今儿也得饱饱眼福了。"正说着，只见一人奔入，道："来了，来了。"众人举目瞧时，见两名内监，引着一个奇装美人，袅袅婷婷走将来，人没有到，一股甜静香气，先刺鼻透脑扑将来。众人都不禁道："好香，好香。"正是：

引到彼姝，乍识春风之面；导来阿监，相惊秋水之波。

早有小太监入内奏知，太后道："到了，进来就是了，还等请么。"三五个宫娥打起帘子，小太监带香妃进了内宫门。此时太后家常只穿着织金南缎玄狐长褂，团龙江绸天马坎肩，雪白的绫子袜，配着天缎京式旗圆鞋，一头霜雪一般的白发，还挽着一个旗式髻，端然坐在炕上吸旱烟儿。香妃照例叩过头，太后叫她起来，她就委委屈屈站在那里，低头弄带。太后先问了她几句话，无非是年岁籍贯的套话，却闻着一阵阵甜香，薰得六十多岁老太后，不禁也动起心来，暗忖：怪不的皇帝着迷，果然香温玉软如宝如珍。遂问道："听到你不肯屈志，是不是？"香妃低低应了一声"是"。太后道："皇帝赏识你，也是你的造化，怎么倒又不愿意呢？"香妃道："皇帝是盛朝英主，贱妾是亡国遗姬，皇帝宫中自不少秦姬赵女，虽蒙天恩，何敢妄冀非分。"太后道："你到底安着什么心思呢？"香妃道："贱妾受过小和卓木殊恩，小和卓木既犯了罪被诛，贱妾也不愿独个儿活着。"太后道："你竟愿意死么？"香妃道："贱妾愿意死，不愿意活。"太后道："好有志气，我今儿就赐你死，好么？"香妃欢喜道："太后天恩，贱妾九泉有知，也感戴不尽呢。贱妾间关万里，所以忍辱到这会子，无非想得着机会，替故主报仇雪耻。现在不能如愿，这个身子，便是个赘旒。白活在世上有甚趣味，还是早早死了，好得多呢。太后肯赐我死，太后就是我的恩人了。"说到这里，不觉伤心哭泣。

太后见了十分感叹，回头向众太监道："传旨，掩了宫门，下了锁，无论是谁，都不要放进。"太监遵旨，把门掩讫。太后又传旨叫三五个壮年太监，带香妃后面去，用巾勒死。香妃叩头谢恩，随跟了太监，往后去了，举止娴雅，辞语从容，全不像就死的样子。阖宫宫娥太监，谁不叹息称赞。后人有诗道：

雉鬟生长大宛西，钿合无情宝剑携。
帝子不来花已落，红颜黄土玉钩迷。

却说高宗在斋宫，这日正要到天坛行礼，陪祭各大臣都穿了花衣，按品排列在斋宫门外，专诚恭候御驾。静荡荡，严肃肃，连一点咳嗽声都没有。忽见两名看守西苑的太监，喘吁吁奔进来。侍卫拦住道："奉上谕，斋宫重地，不洁净的人，概不准入内，二位请回吧！"那太监道："咱们有要事奏爷呢！爷心坎儿上人出了事了！"侍卫道："谁出了事？"那太监道："香妃娘娘。"高宗在里头早已听得，忙宣旨传这两人进内问话。两太监见过高宗，就把皇太后宣召香妃的事，说了一遍。高宗惊问："召她进去做什么？"那太监道："香妃娘娘赴召，奴婢等原都跟了去。谁料门上拦着，不放奴婢等进去。娘娘入宫之后，门就掩了，往后的事，奴婢等就不很仔细了。"高宗大惊失色，忙传旨备辇，立刻就要回宫去。各大臣都谏道："园丘大典，正今儿举行，皇上回了宫，这大事就此中止么？"高宗道："你们别阻我，我这会子自己的心，也不能做自己的主，哪里管得你们许多。"和珅抢上一步道："皇上既然有事，就钦派一位大臣恭代了吧。"高宗点头道："这么也好！”和珅道：“派谁呢？”高宗道：“你说谁就谁。”和珅道：“大学士傅恒如何？”高宗道：“也好。你别麻烦，我这会子心不在肚子里。”说着，又问：“车备了没有？”左右回奏已经备好。高宗也不待仪仗排列，就催着上车。于是太监侍卫人等，扶高宗上了御辇，簇拥着飞也似的赶回大内。也不待换坐软舆，就步行赶回慈宁宫来。

赶到宫门，见宫门紧闭，十来个太监排班似的站在两旁，见了高宗，都趋上请安。高宗喝令开门，太监笑回道：“爷，太后吩咐，谁也不许放进，奴婢可不能够做主。”高宗跺脚道：“不管谁吩咐，我要开，你就替我开！”太监跪下道：“奴婢可只有一个脑袋儿，爷须原谅我。”高宗怒道：“太后杀得你，我杀不得你么？偏你只遵太后的旨，不遵我的旨！”众太监听了，全伙儿跪下，一齐叩头。高宗白干急着，没法可想。清晨赶到，直等到晌午，只听得呀的一声，双门洞开，一个内监笑吟吟走出，向高宗道：“奉懿旨宣召皇帝进见。”高宗巴不得一步就跨到里头，急头头走入。见太后端然正坐，只得上前请安。太后道：“怎么就赶回来了？”高宗道：“听说太后召香妃……”太后不待说完，就道：“你要见她么？在里头呢。”高宗道：“子臣且去瞧瞧她。”掀帘进内，见香妃的香尸，直挺挺横在地下，异香不散，肤色如生，那梨花粉面，还含着笑容，宛似海棠睡去，全不见有惨死样子。心里一酸，两眼中的泪便似断线珍珠，扑飕飕直淌下来。正是：

徒嗟倾国难求，欲留不得；
眼看名花落去，无可奈何！

高宗此时不能够再顾什么，捶胸顿足，大哭了一阵。哭毕，随命太监把香妃尸身抬进圆明园，亲自动手，替他用香汤湔沁，洗罢之后，又抚摩了一会子，才叫用棺承殓。一应排场，悉照皇贵妃典礼。太后倒也不行禁止。只是高宗痛悼过甚，染成一病，服了一个多月药，才渐渐有点子起色。太后又怕他对景怀人，传旨把西苑封锁了，钥匙藏在慈宁宫，谁要入内游览，须先到慈宁宫请旨。高宗几回命驾，都是望门而止。

这日，和珅入见，高宗便告诉他：“想到西苑瞧瞧香妃遗物，你可有法子劝太后开这重门没有？”和珅低头半晌，随奏道：“从前圣祖皇帝，不是奉过皇祖母孝庄皇后到木阑大猎过么？”高宗道：“不错，那是有过的。”和珅道：“现在皇上也只要照这成例，奉皇太后大猎去。皇太后不答应。没的说，要是一答应，这门就开定了。”高宗道：“这是不相干的事，怎么你倒又并为一谈呢？”和珅道：“西苑左近，不是有一个昆明湖么？皇上只说是水猎，请皇太后那边去逛一天儿。到了那边，歇息的地方，除了西苑，还有别的所在么？皇太后自然而然会开掉这重门儿。到那时皇上尽可逛个尽情了。”高宗大喜。过了几日，果然到慈宁宫，启请太后，晁明溯水猎。太后正为香妃事情手段过辣，伤了高宗的心，不得不略假辞色，借此稍慰其怀，当下笑道：“我正想散散呢，昆明湖好极。明儿咱们早点子，总要玩上它一日才罢。”次日满汉文武，扈着两宫御辇，果然到昆明湖，大猎了一整天。后人有咏史诗道：

昆明湖水漾秋清，鸿鹊鸡静浴晚晴。

水猎罢时萧管进,珍筵纷错启慈宁。

傍晚收猎,太后又大颁金帑,赏给会猎各将士。得赏的人,无不欢声雷动。高宗至此才向太监道:“这里离城远不过,回宫是不及了,咱们哪里去宿一宵,请太后旨意。”欲知太后如何回答,且听下回分解。

第三十六回　批通鉴独抒卓见　巡江南遍阅名花

话说皇太后听了高宗的话，就问道："哪里去呢？"高宗道："西苑中房屋还洁净，叫人收拾收拾，就好住了。"皇太后道："也好。"于是特开西苑，两宫驻了跸。这一夜高宗凭物吊人，很洒了几点多情之泪。

次日回宫，已是晌午时候，总管太监呈上一张表文。高宗瞧时，原来就是《御批历代通鉴辑览》告成，正总裁傅恒等进的表。其文道：

原任经筵讲官、太保保和殿大学士、一等忠勇公、兼管吏部户部理藩院事务、管理三库事、御前大臣议政大臣、领侍卫内大臣、总理步军统领事、总管内务府大臣事臣傅恒等，奉敕编纂《御批历代通鉴辑览》告成。谨奉表上进者，倘恒等诚惶诚恐，稽首顿首上言，钦惟我皇上：法古绥猷，右文成化，稽帝尧而稽帝舜，考礼乐以等百世之王。监有夏而监有殷，秉权衡以定一中之统。刊历代廿二家之史，文订差讹；纪胜国三百载之书，编沿正续。广修明于旧典，取鉴无遗；阐义例于微言，折衷有待。惟作者之谓圣，体则史而义则经，洵焕乎其有文，指以千而言以万，成编既定，至教斯垂。原夫在昔，有邦若时稽古，因文见义，用布训于丹青，此事属辞，咸取裁于笔削。盖史使其记，必明取舍之宜，而鉴监于前，实具是非之迹，至编年以定体，尤提要而征之。涑水之表岁系辞，裒辑实原于汉纪。紫阳之列纲分目，指归悉本于鲁书。洎递嬗夫元明，亦间沿为著述。然而年芟益部，不同习氏之存刘，系出房陵，莫问昭公之在晋。合书地书人以表例，柄凿恒多，系岁阳岁阴以表名，盾予不免，难纠唐有作，文人之习相沿。而讥鄫无庸，史法之传渐失。乃在前明中叶，复有纂要一书，略具规模。倍多踳驳，鲁鱼错见，沿故牍之乖讹，臧否失宜，任詹言之芜漏。当发函于几暇，欲订毫厘，因付馆以编摩，载陈圭臬，纂排数载，苍萃群书，授青筒而肇锡嘉名，御丹毫而时抒精义。溯自分编以论次，逮兹削汇而观成。凡条目之攸纷，幸睿裁之悉禀。阐特权之论，觉管窥蠡测而无由。垂删定之文，实薄壤流涓之莫助，承素王而缵彝典，说明则道自可行。仰圣祖而绍前闻，揆一则心无不合。昭其经法，大旨备而悉奉指南，示以变通。旧例繁而不皆从朔，大用策而小用牍，若网在网，国为纬而年为经，咸指诸掌。审是非而绳悬悉准，具首尾而囊括无余，纪载之例綦严。宜事增而文省，见闻之辞各异，故远略而近详。或分注以备言，特书与附书并列，或后经以终义，事本与事末该披。牒月窟之舆图，悉河判重源之实考星经之次舍。知躔同五纬之诬，《国语》则遥证金源。按出之传讹始剖，兼世牒则远征蒙古却特之。受姓咸稽，以至正字审音，三苍并协，旁及释名辨物。五雅兼资，凡质实而辨疑，尽部居而州次，譬校仇于扫叶。作述之义昭如，揽体要于挈裘，兴替之端备矣。且夫正统偏安之办，尤属人心天命所关，即良史未协于大公，钦宸断独衷于至是。盖自缇油失职，恒缘讳饰为文。迨至光岳分区，浸以诋谋成习，名互称夫岛索，徒相嘲出聘之车，号已贬于孙臣。尚欲侈横磨之剑，总偏私之曲徇。致名义之都乖，况如丙子谶成宋祚随江湖并歇。庚申史就，元基与塞草同荒，乃或续景炎于南渡之余，更且摈至正于北迁之始，皆妄加其予夺，遂尽悖乎公平。惟至圣之制义，因心故定案必循名责实，削纪年于闰位，凛乎大命之难谌，改书寇于旧条，截然内词之莫假，实从古未发之义，于此心适得所同属。胜朝改玉之时，当圣代膺图之。会欣际六龙乘御大一统，已悉受周疆，特念五马仓皇。小朝廷尚仅留夏肄，殉黄巾于冀北，既大书春月之三擅白版于江东，遂并纪福王之一运。分甲乙，存残局，而国号斯加，事附闽滇，溯遗封而藩称非伪，是皆扩天地为公之量，覆载同符，因之冠星云有倬之。章典谟并璨，春秋之旨在居正。奉正义以无私，帝王之事集大成，勒成书于有永允矣。无偏而无党，粲然是训而是行。至特笔之所垂，统全书而咸贯。剑南之册未至，肃皇不改储称，上都之号犹存，怀邸难逃篡字。循莽大夫之例，望石城而冷哭褚公，冠周平章之名，对高庙而多惭，狄相莫不约群纷以炳义。本彝训以敷言，立纲常名教之大，防极微显婉彰而一致。信读书之贵得间，不啻引锥而画沙。审观人之必于微，乃如铸鼎以象物。盖扬黄钺以治万世，非天子莫操其权。而会民极以执两端，独圣人能见其大。昔者兰陵通史，繁华徒侈千篇，贞观《晋书》，论断只存四赞。咨忠臣而录袁粲，宁本亲裁侈盛事而补陈桥。何关之体，从未有定书法则轩镜心悬，著史评则尧文手勤。善者劝，而恶者惧，知衮钺之非空言。参于天而验于人，在方策以明大道。书成一百二十卷，尽善尽美而蔑以加事，纪四千五百年，举要举凡而得其当。臣等学惭闳览，才谢淹通，识故籍而有愧五难，论先民而粗闻十例。时政记言，起居记事，愿依左右史之班。伯恭知古，君举知今，难参大大贤之列属，操觚于虎观，滥厕分排，承执简于麟编，幸邀鉴定，惟子戛得其书矣。讵能赞夫一词，若皋陶见而知之，实叩荣于千载。从此名山藏副，定百家作史之谟，更欣秘殿刊成，阐奕祀传心之要。臣等无任瞻天仰圣，激切屏营之至。谨奉表恭进以闻。

高宗瞧罢，忽然高兴，想撰一篇序文，叫太监捧过文房四宝，磨好墨，拈上笔，只写了通鉴辑览序五个字，搜索枯肠，再也写不来一个字，只得叫太监收拾了。次日，和珅入见，高宗就问："你家里可有能文的人，朕要撰一篇通鉴辑览的序，不知怎样，文思终是不来。你有人不妨拟几篇进来，听朕选择。"和珅道："微臣门下，虽有几个文人，怕不大佳呢。"高宗道："朕也不光靠你一个儿，傅恒、阿桂，朕都要嘱咐他呢。"和珅叩头称是。隔不到五六日，高宗的御制序文，早已煌煌宣了出来，也不知是谁代的笔。

高宗自香妃去世以后，整日无情无绪，这也不好，那也不好，傅恒、和珅等几位休戚相关的大臣，百计替他解闷，哪里解的过来。皇太后也很忧闷。这日，傅恒、阿桂在御前闲谈，无意中说起南边风景很是可玩，当日圣祖皇帝二次南巡，遍处都留题句，实足为湖山生色。高宗听了心动，随道："咱们也南边逛逛去，好么？"傅恒、阿桂齐都怂恿。高宗道："皇太后心里不知怎样，总要请请她老人家旨意。"傅恒道："皇上孝思，皇太后总没有不欢喜的。"高宗随到慈宁宫奏知太后，果然太后异常欣喜。于是饬下内务府，派员到江西，督造龙舟，户、兵两部，飞咨各省督抚，修建行宫，派兵防护。高宗下旨，择定明年三月南巡。此旨一下，各省官员，顿时都忙乱起来，督抚饬司道，司道礼州县，修塘的修塘，浚河的浚河，忙得要不的。

一到正月，各省督抚奏本陆续到京，报称行宫御道尽都修竣。高宗又派大臣到各处蹑踏。转瞬二月中旬，高宗奉了皇太后，由紫禁城启跸，大开正阳门，离京向南而进，王公侯伯、贝勒贝子，尽都扈从。仪仗车马，排列了十来里路。留守各王大臣，却送三十里才回。

高宗在路，无非是逢山游览，遇水题诗，不过怡情悦性的勾当，了无新奇事实可记。这日行到山东济宁州地界，御道上黄沙也没有铺，行在芦殿也没有盖搭。高宗大怒，传旨查问。一时近臣回奏："知州颜希深因事他出，州里事没人办管。现在地方绅士请急赈，颜希深的妈，擅令开仓发粟，也不管朝廷法度。有这么糊涂的儿子，就有这么糊涂的妈。请皇上狠狠办她一下，也儆戒别个。"说着山东巡抚的参本也到。高宗正要降旨，忽报皇太后召。高宗过了船，见太后。太后道："我的儿，你知道没有，这里颜知州的妈，倒是位贤母，她儿子不在州衙，她就开仓发赈，救活了许多民命。"高宗应了一声"是"，随回道："太后不知，他妈虽贤，他做儿子的很糊涂呢。"随把供差不妥的事，说了一遍。太后道："妈这么贤，儿子总不会十分不出息。人家有事，也为的是公事，咱们将就点子也好。"高宗应了两个"是"。太后道："我已经差人去召她了。"说着颜希深的妈何氏召至。太后笑道："在哪里？就着她进来。"随向高宗道："我的儿别走，你也见见她。"高宗只得坐着。一时太监引进何氏叩见过两宫，太后赐了她坐，跟她攀谈起来。高宗暗暗打量，见何氏五端身材，慈善脸儿，奏对礼节颇合规制，很是纳罕。见太后与何氏，话说得很是投机。太后先问："你今年几岁了？"何氏起身回奏："臣妾七十三岁了。"太后道："牙齿耳朵都还好？"何氏道："托皇太后皇上洪福，都还好。"太后道："我比你小好多岁呢，耳朵还好，牙齿已缺掉了好多个，现在只嚼几样很烂的东西。"何氏道："臣妾草木之躯，何敢上比圣母！"太后道："没有的话，一般是个人，何分贵贱！"当下太后褒奖备至，赐了她一方匾额，特派两名太监，扶她上轿，送回州衙去。后人有诗道：

> 便宜发粟为扬仁，严妪何期白简陈。
> 凤艒暂停温诏下，中官宣进太夫人。

何氏去后，太后留高宗水殿共饭。母子两个，讲讲家常，谈谈国政，很是快活。忽一个内监从头舱进来，呈上奏本一道。高宗翻阅一过，才欲传侍臣拟旨，太后问什么事。高宗道:“济南府出了缺。”太后道:“就把颜希深升了,便得么?”高宗道:“谨遵懿旨!只是太便宜了他。”太后道:“我看他为这么一个妈,监在上头,总不至于误事么。”高宗应了一个“是”,就亲提御笔,拟下上谕,立刻发出去把颜希深升了。颜希深靠着妈的福,得着太后知遇,从此平步青云,不到数年,就升为河南巡抚。此系后话。

两宫在济宁驻跸一宵,启驾南下。那御舟行路,并不用樯帆桨橹,用黄丝绞成的两条纤索,民夫百人,穿着黄绸号衣,分引两端,沿堤前进。每一龙舟,用纤夫百名。宫眷侍从人等,大小龙舟五七十号,即纤夫一项,已经有六七千人了。龙舟未到之先,地方官员派遣兵弁衙役,分乘船只四处巡查,禁止民船出入。龙舟一到,两岸迎驾的人,蜂蒸蚁聚。有献诗赋的举贡生监,有预告的绅士,现任官员更是不用说得。高宗偶然赏脸,驻一日半日驾,这地方顿时就铲了个干净。光供一餐饭,山南海北各种山珍异味,那一样不要办到,两宫随从人等,又都是不肯将就的,花的银子真连水都不如。两宫安坐舱中,如何知道呢?

这日,侍臣奏称:“明儿到扬州了。”高宗道:“古人说:腰缠十万贯,骑鹤上扬州。扬州风景,必有可观。咱们到了那里,多逛他一两日。”次日行抵扬州,高宗叫太监传出旨意,两岸人民男的回避,女的不必回避。扬州知府接到这一道旨,立饬江、甘两县,派遣差役往四乡挨户传谕,叫民家女子打扮了齐整,都到江干迎驾,如违重究不贷。可怜扬州百姓无端遭着这个大劫,高宗却乐得要不的,凭栏闲眺,与二三侍臣品评扬州春色。高宗道:“南边女子比北边女子究竟好看一点子。”傅恒道:“六朝金粉,原很有名的呢。”高宗停了半晌,忽地叹一口气。傅恒忙问:“皇上何故发叹?”高宗附着傅恒耳朵,轻轻讲的几句不知什么,只见傅恒笑道:“这个很容易,传旨扬州府,立刻就可办到。”高宗道:“你真糊涂极了,这什么事,也能够冠冕堂皇的传旨。只好你私下向知府说知,叫他悄悄办了来就完了。”傅恒道:“臣可不敢,这差使求恩派别人当了罢。”高宗诧道:“这又是什么意思?”傅恒道:“皇后知道了,臣还有命么?”高宗道:“怕什么,有我呢。”傅恒笑道:“臣不过一句玩话儿!皇上放心,臣遵旨是了。”高宗道:“要办就办,朕可没那么好性。”傅恒道:“船快到码头了。”一时船埠码头运司知府等一众官员,都上来接驾。傅恒就传扬州知府到自己船里,问道:“这里可有窑子?”知府忙起身道:“回中堂话,卑府境内风俗,倒还醇厚。头起虽有几户私窑子,自从卑府到任之后,严严办了几下,现在已经差不多了。”傅恒知道他误会了意思,笑道:“谁有暇查究你政绩,我问的是为二十四桥自古著名,圣上途中寂寞,有好一点子的姐儿,唤几个来陪陪热闹。”知府应了几个“是”,告辞而去。傍晚时,送下晚膳来,果然选到十名花朵儿似的窑姐儿。高宗大喜,就叫她们唱曲侑酒,金樽檀板,大有小红低唱我吹箫雅致。散席之后,又特布殊恩,留她们御舟侍寝,左拥右抱,玉软香温,说不尽的快乐。正是:

春色上眉开意蕊,秋波窥镜逗心痕。

次日日影横窗,波光写影,高宗与十个窑姐儿,兀自搓稣滴粉,意悦神酣。忽闻后舱轰说娘娘不好了。高宗大惊,忙叫宫监出去探听。一时回奏说:“皇后娘娘不知为了什么，忽用剪子自把头发剪掉。太后知道了，传懿旨把皇后船中宫娥太监通通叫去问话，怕还要召爷呢。”高宗皱眉道：“怎么偏又有这种事？”随过船亲自瞧看。原来皇后那拉氏自从正位以来，恩遇很是平常，心里未免郁郁。昨儿扬州府送上窑姐儿宫监人等，偏又当作件新闻，纷纷备说，皇后听着，肚里没好气，又不便怎么，悲苦交加，整整地哭了一夜。次日起身，宫娥跪请梳妆，皇后道：“我这样的人，巴不得早死一天好一天，梳妆他怎的。你们想罢，我耽着个虚名儿，叫名儿是国母，现连个窑姐儿都不如了。这种日子，还活着做什么。”说着又哭。宫娥劝道：“娘娘金玉之体，自己也要保重保重。就是爷逢场作戏，也犯不着这么想不开。太后跟前爷跟前，安是总要去请的，不梳妆如何走得出？”一个宫娥打开奁镜，跪捧上来。皇后对着镜，瞧见自己花容月貌，想到被人厌弃，不禁怨愤填胸，叫宫娥拿过剪子来。宫娥只道她要修剪头发，授给了她。皇后接过剪子，向头上只一剪，乌云般的香发，早都剪了下来。众宫娥急忙抢救，已是不及。皇后只是哭泣。众宫娥跪下道：“娘娘这样，奴婢等死无葬身之地了。”说着，人报“爷进来了”。只见高宗踱进中舱，皱眉道：“你这样闹法，作死不作死！”皇后道：“我本愿死呢，死了倒能够超生了。”高宗道：“你要死，那是很容易的事，咱们家自祖宗以来，从没有过像你这么闹。你也知道咱们家风俗，最忌的是剪发。”皇后道：“我的爷，你肯降旨把我赐死，那就是爷的天恩高厚。我也不承望再沾爷的恩泽。”高宗大怒。

正闹得不可开交，太监轰说：“太后来了。”只听太后颤巍巍地道：“什么事，我来瞧瞧。”高宗忙着迎接太后进舱，见皇后乱发毵毵，心下未免不自在，查究根由，皇后又不肯诉说。太后道：“不拘什么，尽可告诉我，爷委屈你，我也好替你做主。现在这样，分明不是与你爷作对，是与我作对了，那不是我白疼了你一场么。从今以后，尽你们闹去，我可再不管你们事了。”说毕，扶着太监过船去了。高宗跟随过去，一时降下旨意，叫把皇后原船送回京师，谕旨中措辞说本应位立，因其继位中宫，所以格外优容。后来皇后薨逝，高宗下旨，叫照皇贵妃礼治丧，不得祔祀太庙。汉员上疏力争，究竟是留中不发。直到嘉庆四年，高宗宾天而后，始将此折封交内阁存贮。后人有诗道：

> 鬒云截去独含颦，不学文昭望孟津。
> 衈庙但虚椒屋礼，生前依旧俪中宸。

这都是后话。当下高宗驻跸两天，就开船渡宁，向金陵进发。欲知后事如何，且听下回再讲。

第三十七回　傅经略宣威南服　温将军耀武金川

话说高宗龙船渡江而南，直到金陵码头停泊，江宁将军、两江总督以及地方大小官绅都来迎驾。高宗奉了太后，启跸登岸，游览各处，登钟山，谒孝陵，御阅江楼，逛秦淮河，所有金陵名胜，没一处不游到，其中要算阅江楼风景最胜。凭栏一望，浩浩长江，茫茫春水，银涛雪浪，匹练似的向东流去，高宗不禁心旷神怡，回顾近侍道："这所在，总要题它一个匾额方好。"和珅道："圣上就赐题一个，如何？"高宗道："题几个字呢？"和珅道："三个字、四个字，都使得。"高宗道："最好是四个字。"沉吟半晌，随道："我想'长江一览'四个字还算贴切么？"和珅道："皇上圣明天纵，拟出的句子，恁出了赏格，也没个人能移易一个字。"说着时，纸墨笔砚，早都预备定当。高宗挥毫落纸，刷刷刷一气写了三个字，那第四个览字，笔画繁不过，一时记不清，略一停顿，墨就化将开来，纵笔写去，自己看了，似乎很不相像。原来"长江一览"的"览"字，错写作"觉"字，变成"长江一觉"了。正在为难，只见一个趋前跪下，道："皇上这几个字，写得好不过，赐给臣了罢。"说着，张手索讨。高宗见那人手掌中写有一个"览"字，不觉大喜，随道："好好，就给你拿了去罢。"那人叩头儿谢恩，就把那张错写的匾额收了去。和珅见了，心里未免不自在。原来那人姓纪，名昀，别号晓岚，是当世著名才子，官为翰林院侍读学士，最有捷才，善于应对，高宗平日也很喜欢他，当下见高宗错写了"览"字，智急计生，划出奇谋，救了此难。别人都还不在意，和珅自来小性，便有些不以为然。亏得纪昀生性聪明，为人圆活，在和珅跟前，伯揆长伯揆短，一味恭惟，哄的他快活了，才得无事。

高宗在金陵地方逛了三五天，觉得六朝遗迹不过如此，传旨启跸，向苏州进发。却说苏州城里，有一个乡宦，姓王，名绍曾，翰林出身，做过一任知府，守制在家。听说圣驾南巡，满想巴结一下子，无奈家居偪促，不堪驻跸关防。贴邻一座僧寺有所园子，名叫狮子林，亭台花木，颇极一时之胜。这狮子林，虽没有圆明园那般辉煌壮丽，巧小精致，倒也别雅风趣，其中一泉一石，一草一木，都不是贸然布置的。王翰林先几日便去拜那方丈，跟他商量道："圣驾南巡，想暂借宝园接一回驾，普天率土，同是王臣，大和尚谅无不允之理！"势利不过是和尚，听说天子驾临，自然趋承恐后，当下一口答应。王翰林就叫匠人开了一扇门，通到自己宅子里，又把僧寺的园门堵断了。园中一应陈设，书画古玩，都是僧寺中数代珍藏至宝。高宗一到，大为称赏。王翰林奏道："此处亭台花木，皆系僧寺之产，如果有一二可寓目者，恳即赐题为幸。"高宗道："怎么倒又是寺产呢？"王翰林道："微臣家舍卑陋，不堪驻跸，特向邻寺借此园林，供皇上一日。"高宗不待说完，就道："不用说了。如此园林属了寺僧，所有十方世界，俗子村夫，都跑的进，那种人懂点子什么。动得的动，动不得的也动，岂不糟塌了。这好地方，还是属了你，倒能够聚集些文人墨客，诗酒陶情，赏赏那些名花芳草。"王翰林听了这一番旨意，喜不自胜，忙跪下谢恩。可怜僧寺园林，被高宗轻轻一句话就送掉了。高宗爱那狮子林风景,召画师绘成一图,以备携带回京,修改那圆明园。

游过苏州,高宗笑向左右道:“闻得非常,见得平常。俗语‘上有天堂,下有苏杭’,没有到苏州时,只道不知怎样,逛过三五天,也不过如此。明儿到了杭州,又不知怎样呢?”和珅道:“《四书》上说登东山而小鲁,登泰山而小天下。皇上生长京师,又住惯了那仙宫似的圆明园,自然瞧不入眼了。”

龙舟行抵杭州,海宁陈阁老,早派两个儿子前来迎接。跪请圣驾临幸私第。高宗喜道:“难为你们大远的诚心。朕本要瞧瞧你们老人家呢。”于是在杭州逛了两天,传旨向海宁进发。此时陈阁老家里,各样都已备齐,戏班女乐,耍百戏,打十番,雅自调丝品竹,豪至走狗斗鸡,没一样不全,没一样不备。安澜园中,铺陈点缀,更是新奇精致。不要说别的,光是花灯里所点蜡烛,每夜就要费掉一百五十七斤,其余繁华奢侈,不问可知。从陈府大门直到码头,一条石街三五里路长,雇齐匠役,赶紧修筑,修筑得平坦如镜,整治得洁净无尘。十几名总管家人,坐着划子,在十里外往来探听。

这日,接到家人探报,说龙舟离此只有八九里,晌午时可以行到。陈阁老忙率领阖族有职男子,穿着顶戴朝珠,都到码头等候。陈太太率领阖族女子,都在大门等候。霎时龙舟抵埠,陈阁老等排班儿跪成一线,请驾起岸。高宗传旨叫免,陈阁老谢恩起身,恭引两宫黄舆到家。女眷等递职名请安,两宫传旨叫免。高宗奉太后临御五常堂,陈姓男女分左右上堂叩见,礼毕,换乘软舆入安澜园来。这夜两宫圣驾,就在安澜圆驻跸,后人有诗叹道:

巨俗盐官高渤海,毕闻百战每传疑。
冕旒汉制终难复,曾向安澜驻翠蕤。

陈姓家人瞧见了高宗御容,背地里就窃窃私议:“都说当今皇帝跟咱们太爷,像得脱了个形儿似的,若不是两个儿聚在一堆,咱们几乎认错了呢。怪不的外边人,都说皇帝是咱们家人!”一个道:“这话很有因呢。当日老太太生了一位哥儿,先皇帝抱去瞧瞧,暗里头换掉的,这哥儿就是当今。所以当今登了基,咱们太爷就告老了,为的是就怕旁人议论。”众家人私下窃议,只道无人知道,岂知高宗因爱月色皎洁,独个儿在水榭里凭栏玩月,夜深人静,外边家人讲的话,句句都听明白,不觉毛发悚然,忖道:“亏得太监们不在左右,要不然,那还成什么话呢。”次日,陈阁老进来请安,高宗很有不安的样子,随降旨意道:“你有了年纪,以后不必再行这个礼了。”陈阁老道:“君臣之礼,老臣如何敢废掉。”高宗道:“按照古礼,原有赐几杖的。朕就赐与你几杖,从此跪拜之礼可以免了。”陈阁老只得遵旨。高宗在安澜园中住了十来天,陈姓自阁老夫妇起,到总管家人止,没一个不得赏赉,恩眷之隆,莫与伦比。

这日,正与陈阁老同坐闲话,裘得禄送进一个本章来,高宗略翻一过,不觉变色道:“竟有这种事,咱们可要回去了。”陈阁老忙问何事。高宗道:“金川土司叛乱呢。”当下就召傅恒、和珅等一班大臣商议一会子,回明太后,启跸回銮,陈阁老目送过十里方回。

原来金川土司，在金沙江的上游，分大金川、小金川两个部落，其地处川滇西藏之间，山深林密，形势很是险峻。康熙五年，金川土司嘉勒巴率众内附，圣祖给了他一个演化禅师印信。世宗征西藏，嘉勒巴的庶孙莎罗奔率领部众隶将军岳钟琪麾下，从战有功，奏授金川宣抚司，莎罗奔于是自号为“大金川”，号旧土司泽旺为“小金川”，又把亲女阿扣配给泽旺为妻，就叫阿扣监住泽旺。莎罗奔一个儿操纵两个部落，到乾隆十一年，索性把小金川并吞了，夺了泽旺的印。四川总督一再檄谕，才归还了侵地。次年又出兵攻取革布什札、明正两土司的地。巡抚纪山派遣副将率兵弹压，莎罗奔非但不遵号令，还敢抗拒官兵，被他伤掉三五百人马。纪山奏请进剿，高宗特调云贵总督张广泗为四川总督，专任征剿事宜。张广泗领了三万大军分两路进兵，一由川西入攻河东，一由川南攻入河西。怎奈万山丛矗，溪河汹涌，深邃险峻，竟然奈何他不得。高宗又命大学士讷亲前往视师，又起故将军岳钟琪于废籍，以提督衔赴军自效。旁师靡饷了好多年，依旧没点子效果。下旨诛掉张广泗、讷亲，又派大学士傅恒为经略大臣。傅恒于军务上很有阅历，设谋运计，总算打了两个胜仗，博着个面子而回。这都是乾隆十四年的事。环大小金川的土司，共有九个，蛮争蜗触，世世为仇。朝廷因势利导，得以操纵驾驭。莎罗奔的侄儿郎卡是土司里头出类拔群的人才，悟出强弱原由，都系分合两字，遂与众土司释仇结约，联成一气，与先绰斯甲结为婚姻，又把女孩子配给泽旺的儿子僧格桑为妻。这么一来，两金川顿时强盛，诸小土司皆不敢抗拒。郎卡病死，儿子索诺木袭了土司位，更与僧桑格合纵联兵，一战而侵鄂克什土司；再战而杀革布什札土司；三战而攻明正土司。旗开得胜，马到成功，兵势十分利害。四川总督阿尔泰派兵往护鄂克什，岂知小金川僧桑格胆大包天，竟敢跟官兵对仗。偏这官兵不争气，连遭败仗。阿尔泰慌了手脚，星夜拜本到行在告急。

高宗得报，立即启驾回京。途中就与傅恒计议，傅恒先问皇太后意思怎样，高宗道：“太后一片慈心，总不过要宁边息武。只是狼子野心，不宜德怀。这回叛乱，始非前番宽大受降未甚惩创所致。”傅恒道：“皇上是决意用兵了？”高宗道：“如何还好姑息！小金川受过大恩，这回叛乱，偏是他起发，朕恨不得草剃禽猕，杀他个靡有孑遗。咱们那年创立的健锐营，还好用么？”傅恒道：“健锐营通只二三千人，就可用，也不够调派。”高宗道：“怎么办呢？这健锐营训练起来，又不是一日两日练得好的。”原来高宗因金川碉险难攻，遂于京师香山设立石碉，置造云梯，简选羽林佽飞之士，习练成军，赐名健锐营。当下傅恒道：“金川形势，臣也颇知一二，万山丛杂，石碉林立，碉外开濠掘沟，土兵死守在那里，这就是贼人的长处。从前我军所误，就在以卡逼卡，以碉逼碉。石壁千仞，贼在壁内，我在壁外，贼在暗里，我在明里，我军枪炮，都打在石壁上，于贼毫无所伤，贼人从暗击明，枪不虚发，我惟攻石，贼实攻人，客主劳逸，形势回殊，饷靡劳师，旷日持久。臣昔年身任经略，即主张不攻碉卡，间道长驱，所以出师未久，即能直捣巢穴。”高宗道：“既是如此，这次平叛，定要派出有勇有谋之人，统领健锐营，相机行事。你看谁能担当此任呢？”傅恒道：“依臣愚见，温福、桂林还算有韬略，可行与否，还待皇上圣裁。”高宗听罢，点头允可。

且说高宗等一路昼夜兼行，不日就回到了京城。高宗不待休息，急忙召集文武群臣，商议出师征剿金川叛乱之事。商议结果决定，如今大小金川形势已不比从前，唯今之举，只有大大征剿以示兵威。遂先罢了阿尔泰大学士及四川总督的职，以温福代为大学士、侍郎桂林代为四川总督，率军征讨四川。

诏旨下后，温福、桂林哪敢怠慢，辞别家小率领京中健锐营等骁勇之兵，师行间道，星夜赶往四川。到四川后，为东西夹攻之计，温福引兵出汶川，桂林率部众出打箭炉，两军分道前进，渐渐逼入小金川境地。偏是桂林部将薛琮深入死地，屡败无援，桂林又不敢奏闻上头，致使进剿缓慢，并有难以拔足之险。

高宗闻奏，得知实情后大怒，对内大臣阿桂道："金川不平，朝廷不能雪耻。朕因你有百战之功，朕就派你去四川讨剿，必能成功。"并赐扇一柄，绘兰于上，题曰："同心之言，其臭如兰。"阿桂叩谢领旨出京，疾趋赶奔四川代领其职。到川后，统领兵马刚到翁古尔垄山，只见山势极险，座座山峰如刀削斧劈一般，涧溪谷狭，水流湍急。隔溪有一座高山，名曰布勒山。僧格桑土司就筑垒于山上。阿桂随令军队扎营十里外，整顿兵马后，开始派兵攻两山，但因其壁坚势险，整整五个月仍未攻下。直到冬令水落，方使健卒夜渡溪水，攀树登山，跃入布勒寨。僧格桑不曾防备，尽被清军杀死。北岸清军直攻翁古尔垄山，僧格桑救了布勒不能保翁古尔垄。清军用飞炮南北两岸夹攻，僧格桑惊溃逃往大金川去了，小金川遂平复。

清军行文给大金川索诺木，要他将僧格桑执献于朝廷，索诺木不允。高宗得奏报，决定乘战胜之势，一举并灭，遂诏谕温福为定边将军，阿桂为副将军，并力合攻，一鼓作气平定大金川。当下温福等接到上谕后，率领兵马直入大金川境地。但见山高崖陡，林密草茂，哪里有路？人马只得攀藤而过。索诺木依险把守，且又熟悉地势，处处要口早经布置。温福等处处受阻，欲进不能。行到木里木地方驻军，令提督董天弼驻东面，守着小金川地。但那索诺木早已招了小金川头目归去，煽动小金川部众袭击清军。于是小金川部众先将董天弼一军攻陷，夺其大炮粮草，绝其四面水路。又很快迫到温福营中。温福由于毫无防备，死战一场，怎奈仓促应急，双拳不敌四手，中枪阵没，洒血疆场，兵士战死者三千人，溃者万余人，小金川复陷。

消息传到京城，高宗不胜哀痛，惊慌之余，忙下诏谕，令阿桂为定西将军，丰伸额、明亮为副将军，拼力讨剿。阿桂接旨后，感到责任重大，暗讨：对付金川叛众，只可智取，不可硬攻。遂与丰伸额、明亮等商议，决定趁小金川形势未稳之时，先夺小金川，再行攻取大金川。计议一定，阿桂自领一军转战美诺，连战皆胜。明亮亦所向克捷，小金川复平。接着进讨大金川，大金川自叛清以来，增加了防护，周围四百里要塞，坚垒有数十处，比小金川严密十倍。阿桂与丰伸额、明亮等人商议，分兵三路进攻：一路由阿桂自己带领，从小金川攻其东；一路由丰伸额、明亮带领，从党霸渡大金川上游攻其西北；另一路由富德带领，渡大金川下游，从革布什咱攻其西南。一切安排停当之后，阿桂指挥若定，连战七个月，先将沿路要塞一一打平。战到勒乌围左近地方，方是著名的险塞，索诺木精锐尽屯于此。索诺木占据了附近最高的山峰，死守不退，将石垒层层筑高。阿桂令健将海兰察乘夜率领死士六百人猱升而上，天明时跃入垒中，尽斩其众。各寨因主寨被攻破夺了气势，同时溃散。索诺木于是鸩杀了僧格桑，献其尸身及家族于军前，请停攻击。阿桂虑其反复无常，出尔反尔，恐有后患，不予应允，并下令士兵加强防守，拼力作战，立功有赏。这一来士气大增，乘胜进据了默格尔，离勒乌围只二十里。

明亮一路军亦逼近河岸，与阿桂军声息可通。原来，金川天气阴寒多雨，正值冬春之际，冰雪塞途，诸军冒雪从征，不免到处停留。至乾隆四十年四月，阿桂才与明亮联络上，沿途六战六克。攻勒乌，用大炮毁其垒墙，叛众穴地死守。索诺木之母逃往河西，欲收罗余众抗拒。阿桂遣精锐兵丁追之，索诺木及莎罗奔均逃往噶尔崖，索诺木之母遂降。阿桂设帐处之，让其写书信给索诺木，劝其子降。

当时士兵分道拼死作战，阿桂率兵丁逼近噶尔崖。明亮军队亦苦战累月，势如破竹。十二月，三路大军皆会于噶尔崖。兵多士壮，包围四十余日。恰值此时，索诺木得其母劝降书，始与莎罗奔带了家小以下二千余人出降。金川叛事悉平。

阿桂将索诺木等母子弟兄头目同献京师。高宗谒两陵、岱岳阙里，献俘庙社。上皇太后徽号，勒碑大学及两金川。升赏了一班征川的将士，又绘功臣五十人图像于紫光阁，阿桂居第一。又将索诺木母子弟兄及头目人等尽诛完结。

且说太后自南巡中途返京后，为金川乱事焦劳，很是郁闷，也懒怠做乐事。金川之乱平定之后，朝野上下一时尽享太平，皇太后的精神也好了许多。这日，天气格外晴好，太后早早地起身，洗梳完毕，接受各宫嫔妃请安后，吃过茶点，见外面阳光明媚，春风和煦，桃李缤纷，梨杏争艳，便来了兴致，传下旨意道："今儿天这么好，早点子召皇子们进宫来乐一会子吧。"随身宫监们答应一声，早忙不迭地去各皇子那里传旨了。不多时，皇子们陆续进得宫来，见过太后，与太后、宫监们玩耍起来，宁寿宫里顿时热闹起来。皇子们为给太后解闷，有的与太后下棋对弈，有的给太后讲听来的笑话，还有的与宫监们玩斗蟋蟀，宫内外一片欢声笑语。正玩得高兴，忽听报"皇上来了"，正说着，高宗从外面走了进来。众皇子见到高宗，忙都收敛了动作和欢笑声，恭恭怯怯地站立在那里。高宗见状道："你们陪太后说笑解闷，这原也是件好事，不必太拘礼。不过平时要好生跟师傅们读史诵经，不可贪恋玩耍。"众皇子唯唯称是。高宗随向太后道："太后近日可安好？皇孙们没有气着您吧？"太后忙道："好，好！各个都还孝顺听话，对我也关怀体贴，学业也都有长进了。这不，前几日弘昨这孩子给我画了一幅《岁朝画》，画中一老寿星居中坐着，子孙们绕膝承欢，那颜色鲜艳明亮，笔法也俊秀飘逸，实在好看我很喜欢，已打发人装裱好了收在宫里了。"高宗道："弘昨这孩子平时就喜欢画这描那的，人也敦厚，善解人意，还真个画出东西来了，不妨也让我瞧一瞧？"太后大喜，随命内监取出。高宗放开瞧时，果见颜色鲜明，笔法秀逸。太后问："你看如何？"高宗道："果然亏他。"太后道："你应许他题一首诗呢。"高宗遵旨，随道："容子臣带回宫去，明日缴卷如何？"太后道："你带回去是了。"高宗退去之后，太后又与众皇子乐了一回才散。高宗共有十七子：永璜，永琏，永璋，永瑢，永琪，永瑢，永琮，永璇，皇九子，皇十子，永瑆，永瑱，永璟，永璐，颙琰，皇十六子，永璘，除永琏，永琮，皇九子，皇十子，永璟，永璐，皇十六子伤掉外，现存的不过十人。皇太后每日必要召进宫里玩一会子。高宗奉旨留题，携带《岁朝图》回宫，少不得胡凑几句，写来搪塞。次日亲自捧着图，到宁寿宫缴卷。太后一见，就道："题好了么？快给我瞧。"高宗放开，太后瞧时，见题句中有"永绵奕载奉慈娱"之句，太后道："这句子很吉利，永字恰又是孙子们的字辈。"高宗道："既是太后称赏，这'永绵奕载'四个字，就做了子孙们字辈罢。"太后笑道："永绵奕载，四代我能够及身见着就好了。"高宗道："那也容易，大阿哥的孙子已经长的这么大，明儿娶了媳妇，怕不就生下皇玄孙么。"太后乐道："我也巴不得如此。"天子语言，真是玉牙金口，无言不应，过一二年，定安亲王永璜果然生了一位皇玄孙，高宗赐名叫载锡。于是御笔亲书了几块"五代五福"堂额，颁向雍和宫后室及大内景福宫、避暑山庄各处悬挂。这永绵奕载之后，就是溥毓恒启寿闿增祺八个字，溥毓恒启，是道光丁亥年续拟的，寿闿增祺，是咸丰丁巳年续拟的。后人有诗道：

长乐宏开饯岁筵，骈词吉语璨珠联。
一堂五世空前祀，此是乾隆极盛年。

这都是后话。

当下高宗因阿桂平叛有功，赏了他一个管理圆明园护军大臣之职。日长无事，便召他到"天下一家春"与和珅、纪昀等几个宠臣闲话解闷。一日，高宗无意中谈起年话说部，随道："天下各物，有用没用原没有一定的，像《三国演义》在汉人不过当是闲书，无非酒后茶余供人家谈笑罢了，一翻成国语，本朝将帅却就当作兵书战策呢。"和珅道："阿桂金川之役，分明就是诸葛孔明五月渡泸，七擒孟获。"阿桂道："那是天子威灵，将士戮力，我有什么功劳，怎敢比诸葛。"高宗笑道："你虽不是诸葛，我也幸非阿斗。"纪昀道："阿桂的先知，倒不让诸葛呢。有一日安营已定，忽下令迁徙。部下各将因天色已晚，尽力地谏阻。他反发下令箭，说违者立斩！部下没奈何，只得听从，心里头终不免怨诽。等到黄昏时光，天降大雨，原扎营所在水深丈余，倘然不早移徙，全营都变鱼龟了，神奇不神奇呢。"高宗问阿桂道："可有这件事？"阿桂道："那也不足为奇，臣因见群蚁移穴，知道地热将雨，才令移营的。"高宗喜道："我的儿，你真是我的诸葛亮也。"阿桂才欲回奏，忽听外面轰闹起来。欲知何事，且听下回分解。

第三十八回　谢振定赫怒烧车　管韫山谔言贾祸

话说高宗正与阿桂、和珅、纪昀在圆明园“天下一家春”谈天，忽听外面哄闹起来，忙饬太监探问。一时回说：“大学士程景伊出了缺，他的家人，齐送遗本到此。守门侍卫不许他进来，才做闹呢。”高宗道：“朕前儿派遣医官诊视，还说不妨的。怎么就没了呢？”太监呈上遗本，高宗倒也怆然。随向纪昀道：“程景伊在朝这许多年，寅畏小心，从没过一点儿错误。现在没了，朕想撰一副联语挽挽他，你就拟一副来。”纪昀略一思索，随道：“臣已拟就了，可用与否，尚祈圣裁！”高宗道：“这么快！念出来听听。”纪昀念道：

执笏无惭真宰相，盖棺犹是老书生。”

高宗道：“好，好！就这么着罢。”随向阿桂道：“汉人风俗，原与咱们满洲不同，汉人最重的是师生。康熙年间，大学士王顼龄没了，圣祖曾谕官员有系王某门生，着即持丧素服。现在程景伊没了，这个礼也行得么？”阿桂道：“皇上加恩程景伊，原无不可。但《礼记》上师生只服得心丧，素服持丧，未免太重点子。”高宗道：“《礼记》上没有，那也罢了。你回阁去叫他们拟几个谥法，候朕选用。”阿桂应着“是”，正欲告退，忽太监呈进一本奏章。高宗接来瞧看，才阅得三五行，已经怒形于色。阿桂、和珅、纪昀吓得面面相觑，一声儿都不敢言语。高宗瞧罢，就向阿桂道：“你瞧瞧，也有这种混帐的人，当朕是什么主子，胆敢上本尝试。”阿桂接过手，见是云贵总督奏本，奏的是边务事情，称说：“前云南按察使杨重英，自那年出防新街，为缅夷虏去后，音信杳然。现在缅人纵其随员知县某某两人归国，始悉该前按察被虏到缅，始终不肯屈服，缅王欲赘他为婿，譬说万端，他终不应蠖居边地，足迹未出阈门，似此殊忠奇节，实足震古烁今合无，仰恳天恩，下诏旌奖等语。”阿桂道：“论到杨重英，果然罪无可逭。广州杨氏是本朝汉军世仆，重英之祖文乾，父应琚累受殊恩，频蒙旷典。重英这么偷生怕死，非但有黍祖德，且大负圣恩。该督不为他请罪，倒替他独功，实属糊涂之极。”高宗道：“可见你有识见。杨重英自那年被虏了去，朕就降旨把他的家属治罪。现在瞧他这本子，徒是明说朕赏罚颠倒了么。”和珅凑趣道：“皇上只消下一道旨意，把他狠狠申饬一番，或就把这两个辱国的随员末法，那么一办，自然再没有人敢尝试了。”高宗道：“好极。”于是下旨，叫把两随员凌迟处死，并谕令滇督，日后重英归国，也照这个办法。

阿桂和珅平日见惯了，倒也不过如此，纪昀究竟是末学新进，心里很为不然，只是不敢说什么。退值之后，向阿桂道：“杨重英忠贞如此，怎么倒要办他？”阿桂笑道：“圣意要这么，谁敢阻止呢！”纪昀道：“我公身为大臣，一语即可回天，记得前年，舒公待新疆地方获了谴，有旨即行正法，来公闻之，伏阙泣求，保以人才难得，圣上也为心动，但云上谕发出已经三日，派人追回已是不及，来公叩头道：'皇上果然恩宥，当今臣子，飞骑往追！'苦苦哀求，才蒙皇上谕允。来公的儿子，绰号"来八百"，每天能行八百里，驰抵新疆。正法的上谕还没有递到，舒公就此得释。现在杨重英以忠受罪，我公怎么倒又坐视不救呢？"阿桂道："圣上脾气不好，我如何敢碰他。日子久了，你也会知道的。"纪昀听了，也不便再说什么，辞着要走。阿桂忽又想起一事，唤住道："晓岚，会试期近了，钦命题目，你可拟着没有？"纪昀道："再不要提这话，外面的习气，皇上都已知道。前儿在里头，皇上跟我谈起士习不端，拟题怀挟一科盛似一科，国家抡才大典扰的这个样子，成何体统！总要想一个法子，痛痛惩他一惩。这一回怕要大改章程呢。"阿桂道："怎样改呢？"纪昀道："圣意高深，何能猜测。"阿桂叹道："哪里都是圣意，全是和珅挑唆出来的。这和珅这么作孽，眼前虽是兴头，日后结果终是平常的，你我瞧着他是了。"两人谈了一回，也就散去。

一到场期，果然降下严旨，命亲王大臣，带领侍卫严行搜检，搜获一人，立赏一金。这一科应试举子，宛如待决的囚徒，褫衣袒亵，备受窘辱。钦命题下，曳白的人，多至二千余卷。于是下诏切责并裁灭各省的中额。在高宗自以为正本清源，很好的整顿法子，岂知士林中怨声载道，把恨都归在和珅一个儿身上。纪昀见此情形，私下发叹道："众恶所归，举国欲杀，其实和珅也坏不至此。"

这一日，和珅适患微疾，递折请假。高宗派了都总管裘太监前往瞧视。恰恰纪昀也在那里谈论病情，无意中谈到医生上头，裘太监道："现在太医院大夫，只有开方的能耐，没有治病的本领，请了他来，不过照例开一个方儿，服下去，与病是不相干的。"纪昀道："院里大夫倒没有外面的好，所以有许多人，倒都愿请外面大夫瞧呢。"和珅歪在炕上，听了此话，就问："外面有好大夫么？老纪你就荐一个与我。"纪昀道："陈御史医学很好，协揆总也知道，何不就叫他来瞧瞧。"和珅道："陈御史是谁？"纪昀道："就是海盐陈渼。"和珅道："那不是老王的门生么？"纪昀道："王中堂是陈渼座主，他们二人确有师生之谊。"和珅道："原来小陈也懂医理。"说着随传了一个家人，吩咐道："你拿我的名片，到大栅栏陈老义寓去，说我拜上他，今儿得暇，就请他来一趟。"家人应着去了，一时回说："陈老爷上复老爷，本该闻呼即到，因自己也病着，不能走路，叫小人请老爷安。老爷的名片，实在不敢当。依旧叫小人带了回来，明儿如果好点子，一早就坐了轿过来。"和珅道："这小子推说病着，敢是他瞧不起我。"纪昀道："陈渼为人素来诚实，推病谅总不会的，待晚生亲自去瞧他。"裘太监道："凭他怎样，在你我跟前托大，谅总没有这个胆。"

纪昀起身告辞，上了车就向陈御史寓里去。投帖入内，陈御史接进客厅。纪昀不及寒暄，就道："和相邀你，怎么托病不来？你这胆真也不小。"陈御史道："今儿的事，真也巧不过，方才和府人来，恰巧敝老师王公在此。敝老师听说和相邀弟诊脉，就问弟道：'这奸贼命合当休，你去开方，就替我药死他，为朝廷除掉一害。不然，休来见我。'年兄你想，这件事，叫我答应的好？不答应的好？左右为难。只好托病不去了。"纪昀道："怪道，我原说你不会谎话的，原来有这么一个缘由。只是和珅已经恼了，年兄你这前程，怕就有点儿难保了。"陈御史道："你要我哪有什么法子？"纪昀道："这桩事情，论起来,尊师于理上未免欠一点。同官非人,何难胪列奸私,上达天听,明正其揽权误国之罪,何必假手刀圭,作此诡诈的勾当。”

陈御史才欲回答,忽家人报“平老爷到。”随听得一阵脚步响,那平老爷已满面春风地走了进来,一见纪昀,就道:“晓岚也在这里,巧得很。”纪昀道:“平公满面得意,谅必有甚佳作?”平老爷道:“这几日文思不属,倒是谢老儿做了一篇很爽快文字。”陈御史就问:“谢老儿是谁?”平老爷道:“就是贵衙门的谢振定。”纪昀道:“谢振定是湖南人,现为巡城御史,此老还有兴做文章么?”平老爷道:“和相的家人,在京城里横冲直撞,虽说是奴才,差不多的主子,都要避让他几分,他竟敢捋虎须,狠狠惩治了一番,你道利害不利害?”陈御史道:“怎样惩治呢?”平老爷道:“今儿早上,谢老儿巡城,巡到荣市胡同,忽见行路车马纷纷避让。正在不解,一乘高车风驰而来,掌鞭的车夫虎形彪彪,大有不可一世的气象,挥鞭四击,路上行人被他击着的,都各抱头鼠窜,没一个敢跟他较量。谢老儿释问路人:‘谁的车这么有势?’路人道:‘这坐车的人非同小可,恁是谁,总没有他那么声势。’谢老儿道:‘王爷贝勒爷,总也讲个理字的。’路人道:‘王爷贝勒爷,希计么罕,这坐车的是大智胡同和府和伯爷家的管家大爷,王爷贝勒爷讲理,他可不跟你讲理!’谢老儿怒道:“一个奴才,也这么仗势欺人!’随喝令巡役扣住他的车。巡役上前,不料车上夫子竟敢动手,把巡役击了几鞭。和府管家大刺刺地道:‘多大的巡城御史,胆敢阻止咱老子车儿?回过咱们主子,怕你这小小御史,就要吃不住了呢!’路上闲人听了这几句话儿,都替谢老儿捏一把汗。”纪昀道:“临了这个界境,此老真大难为情。”陈御史道:“那也个甚为难,拼丢这个官,就不妨狠狠办他一办。御史虽微,究竟是朝廷命官,难道和珅为了一个家奴就好害掉谢老儿性命不成?”平老爷道:“你们两个人,真可算得本朝一对儿朝阳鸣凤了。谢老儿当下就喝巡役把和府管家捽下车,当街鞭责,打了个皮开肉烂,索性把他车儿,一把火烧掉完结。现在这件事满京城都传遍了,京城里人就替谢老儿起了个绰号,叫做“烧车御史”。你道他这个人胆子大不大?”纪昀听了,咋舌道:“此公戆甚,然而我殊服其胆。”平老爷道:“晓岚和如柳下,谢公介比伯夷;各行其是,各成其圣,也可算得异曲同工。”纪昀道:“别挖苦了,平公日前大喜,兄弟一点儿薄礼,可曾收到?”平老爷道:“正是忘记了,昨蒙宠贶,内有诗韵四册,每册上题有一字,合观是‘之子于归’一句,未识命意所在。”纪昀道:“这有什么难解,阁下姓平,之子于归,自应评上去人,难道别人可以代庖么?”平老爷一时悟会,不觉捧腹大笑。陈御史道:“晓岚很会诙谐,发言做事,都有趣味,怪不得人人见,人人爱他,那行子差不多就是王文靖公。”纪昀道:“王文靖公是康熙初名相,事业文章,人寰彪炳,我如何比得上他。”陈御史道:“王文靖挟智任数,满洲各大臣没一个不欢喜他,不是跟年兄差不多么?”纪昀道:“别的不要讲,谢老儿这回闹的乱子,你们瞧他应得什么处分?”陈御史道:“至多也不过斫掉脑袋,除了叛逆,总没有凌迟之罪。”纪昀道:“这倒不能讲的,像私史的案子,论极刑的不知几多人,吴愧菴,潘柽章,都是当时名士,怎么都遭凌迟呢,那潘吴两子的绝命词,我还记得。”随即吟道:

一半春光缧绁过,睡壶敲缺待如何?

莺声啼老听难到，柳絮飞残扑转多。
晛皖斜阳连雉堞，朦胧短梦迭绕岩阿。
不堪往事成回首，总付钱塘东逝波。

抱膝年来学避召，无端世纲忽相婴。
望门不敢同张俭，割席应知愧管宁。
两世先畴悲欲绝，一家累卵杳难明。
自怜腐草同湮没，漫说瞧虫误此生。

陈御史道："本朝待到文士，也未免过甚一点。即如丁未年，礼部尚书立启堂，摭拾了王渔洋、朱竹垞、查他山三家诗集，并吴园茨的长短句，奏请毁禁，几乎又兴大狱。倘没有管世铭再三谏阻，不知又要害掉几多好人呢。"纪昀道："渔洋的诗，果然没批评，至于世路上头，这位老夫子，究竟不甚明了。听说当时内大臣明珠寿辰，昆山徐大司寇请他做一首祝寿诗，他竟发脾气道：'曲笔以媚权贵，君子不为也。'拂袖而出，徐公竟奈何他不得。其实吟诗联句，不过文字因缘，就是风骨，也论不到这上头。"平老爷道："渔洋没后，门人私谥他为文介，就为他脾气儿古怪之故。"纪昀道："论到脾气古怪，现在的人也很不少，即如文端伯伍中堂跟和相是至亲。"陈御史道："不错，伍中堂小姐，是和珅继母，和珅称伍中堂外祖呢。"纪昀道："去年子伍中堂家里有急需，一时银钱不凑手。公子辈就问和相告贷了二千金。论到他们这种人家，一二千金，原是不在心上的，何况彼此又都是至亲。岂知伍中堂知道了，就把公子辈排喧道：'我于亲戚间银钱上素没往来，你们怎么私向和府借钱，坏我的家法？'吓得公子辈认过不迭，都道：'银子送了来亏得没有动，我们就原封送还他如何？'伍中堂道：'既向人家告贷，又退还人家，人家岂不要见怪。快写一张借据，把咱们的庄单，拣一张价值相当的送过去作抵。待提日有了钱，备齐本息取赎就是了。'公子辈只得从命。和相力辞再四，究竟外孙子扭不过外祖，照单全收了才罢。你道此公脾气，古怪不古怪？"陈御史才要答话，忽见家人送进一张知单来，回道："洪老爷请吃饭，老爷去不去？"纪昀就陈御史手里瞧时，见平老爷与自己，也都请在上头，笑道："稚存怎么也阔起来了？"陈御史道："稚存的老太太扶孤守节，教养他到这会子，稚存一身学问，都禀的是母训。现在他请人绘了一幅机声灯影图，遍求名辈诗笔表扬。你我至交，自然都邀在里头了。"纪昀道："原来又是个索讨诗债的。"随问道："你不去吗？"陈御史道："表扬潜德的勾当，如何可以不去，你总也不能推托呢！"纪昀道："我倒是怕做诗，你瞧上面所列的，武进管世铭、青浦王昶，都是当今大名士，我如何敢监竿呢？"陈御史道："你要不去，别说洪稚存不肯答应，就我陈渼也不肯放你过去。"随递过笔，叫他签了一个"知"字，接着平老爷也签了。

一到次日，纪昀坐车到洪稚存太史寓所，已经宾朋满座，见管世铭、王昶、陈渼、平公等几个熟人，都在那里。彼此见过，才谈得三五语，又报客到，进来两人，一个满脸油滑气的，认得就是前任云南布政使毕秋帆，一个须眉浩白的，是江南名士沈归愚。彼此见过。主人洪稚存取出那幅机声灯彩图，向众人拱手道："费神表扬。"众人接来瞧时，见绘着洪太夫人机房课子，母织儿读，一灯相对，景象很是凄惨。众人都不觉肃然起敬。洪稚存道：“予小子得有寸进，都是太夫人二十年茹苦含辛，教养所致。还记得那年从太夫人受仪礼，读至‘夫者，妻之天’句，太夫人恸绝良久，悲呼道：‘天乎，吾何戴矣！’后来念书，这一句就此废掉。”众人听了，齐声赞叹。当下众人有即席挥毫的，有默坐构思的，也有请带回家去，题了送来的。题好了诗句，便互相传看，互相称赞，这都是文人习，不用细表。

一时筵席排好，主人邀请入坐，浅斟低酌，谈笑风生。陈御史道：“本朝赏赉最重的是花翎，汉军人员得赏花翎的，真是寥寥可数。康熙年间，福建提督施琅平定台湾，论功第一，圣祖封他为靖海侯，世袭罔替。施公疏辞侯爵，恳照前此在内大臣之列，赏戴花翎。当时部臣都议道：‘在外将军提督，照例不能给翎。’圣祖因他功高，特旨赐戴。那时的花翎，这么珍贵，不像这会子，和府中十来岁哥儿，都拖着一条花翎了。”纪昀道：“伯揆和公，论到功德呢，多赏几条花翎，也自应当的。皇上春秋是高了，政事又繁不过，倘没有伯揆替他讲笑话儿解闷，怕早闷出病来呢。和府哥儿不配戴花翎谁配戴？”众人齐声附和。这个说：“尚书勋业超千古”，那个说：“吏部文章日月光”，无非都是称赞伯揆的话。别人还不在意，其中只有管世铭赋性耿直，疾恶如仇，瞧见众人阿谀谄媚到如此不堪田地，不禁忿火中烧，大声道：“诸君何必如此，我正有封事呢，明儿瞧着就是了。”这一个晴空霹雳，吓得合座高朋，目瞪口呆，身摇舌咋。稚存忙道：“诸君勿怪，管公已经醉了。”世铭道：“稚存你也这么说，我何尝醉，你才醉呢，你去想罢，光天化日之下，竟致豺虎狐鼠，同沐皇恩，不是咱们谏官的过失么？”洪稚存没法，只得敷衍着他。王昶、沈归愚都起身相劝，王昶问家人：“管老爷的车，套好了没有？”洪稚存也怕贾祸，忙叫家人飞出走去传话。一时回说车儿套好，众人就把管世铭劝了出去，眼看他上了车，才回席饮酒。纪昀道：“此老如此倔强，我殊殊服他。”平老爷道：“可与谢振定称为谏垣双璧。”稚存心里很是耽忧，听他们讲话，也并不插语，席散回房，一夜何会合眼。次早，正要派人探听，忽家人人报：“管老爷没了。”稚存大惊失色。欲知端的，且听下回分解。

第三十九回 **林爽文起发天地会 柴大纪方守诸罗城**

话说洪稚存因管世铭语言不谨，得罪了权贵，正替他担忧，忽报管老爷没了，惊道："昨儿好好的呢，得的是什么病?"家人道："光景是急病么，小的也不很仔细。"稚存叹道："这真是祸福无常，风云不测了。"说着，管府报丧条子也到。洪太史与管侍御是同乡，平日交情又好，因此一早就坐车过去，帮助经理丧事。管侍御做官半生，死下来除了几部自著的诗文集外，也没有什么别的家什了。还是洪太史兴了个头，替他沿门求助，捐了几两银子，把他的灵柩运送回南方，此系后话。

京中自管世铭死后，谏阻里头几个倔强人员，渐次消磨尽净，烧车御史谢振定奉旨罢职，回归湘乡去了，海盐陈渼外放了巩昌府知府。杀鸡吓猴子，满朝人士，瞧见这个时势，吓得箝口结舌，朝政的是非，人才的得失，半个字也不敢提及。每日照例上朝外，无非诗酒陶情，琴棋消遣而已。正是：

> 圣代即今多雨露，诸君何以答升平。

这一年是皇太后七旬万寿，高宗下了一道普天同庆的旨意，京内外满汉各官，顿时都忙乱起来，文自督抚司道，武自提镇游参，以及预告各大员，都各备办礼物，入都叩祝。外藩只西藏班禅活佛亲自来京祝嘏。此外如安南、缅甸、朝鲜、琉球、蒙古各盟旗、西域各部落，都只派使递表贡献。高宗叫礼部定出庆祝次序，一总排了五七日：第一日是宗室王公贝勒，第二日是懿亲国戚，第三日是在京文武，第四日是各省文武，第五日是外藩，第六日是致仕各员，第七日是各省耆民。又下特旨钦选三班九老，是文职九人，武职九人、致仕九人，都是须眉皓白，年在七旬以外的，就命在香山赐宴。贝子弘旿绘就香山九老图，进呈御览。后来八旬万寿照例钦选。九爷因旿贝子已经去世，就叫画苑艾启蒙绘成第二图，后人有诗道：

> 九爷香山礼数殊，瑶华妙笔手亲摹。
> 胪欢八秩重开宴，画苑能成第二图。

月盈则亏，日中则昃，盛衰哀乐，迭相循环。京里头千官祝嘏，万众嵩呼，正热闹繁华得要不的，岂知东南角一个海岛上，腥风血雨，已卷地掀天价起将来。高宗闻报，慌忙召集大臣，商议平乱大计。原来台湾海岛，自从康熙二十二年郑氏灭亡之后，隶归清国，备沐皇恩。无奈岛地肥沃，物产丰富，富庶之名，远闻京国。人怕出名猪怕胖，台湾一出了名，那些做官的人，都千谋百算钻路子，找门道，想到这儿来做官，千里为官只为财，何况台岛远在海外，天高皇帝远，自然任我所为，再没个人儿敢来问信。这么一来，台湾的政治,自然不问可知。康熙六十年,台湾知府王珍横征暴敛,百姓被逼不过,奉了朱一贵,揭竿起反。七日工夫,全台尽陷,朱一贵自称中兴王,建号永和,剪发改装,耳目倒也一新。可怜只兴头了一个多月,烟消雾散,依旧一场没结果。当时有童谣道:

头冠明朝冠,身衣清朝衣。
五月称永和,六月还康熙。

一贵之乱既平,圣祖下旨,特命满汉御史各一员,巡按台湾,察访民间疾苦,每年一回,在上头以为勤求民瘼,无微不至,其实多设一员官,国家多费一分开支,百姓多受一层朘削,于地方有什益处呢?台岛人民,大半都是客籍,客籍里头,多半是漳、泉、惠、潮人,禀性强悍,每为了虱大的事情,聚众械斗,拼到个你死我活。官兵弹压不住,只得掩耳盗铃,听其自兴自止。因此台地官兵,颇为民间轻视。

这一年,福建抚台杨景素,又想出一个新法子,叫把台岛山地割出番汉两界,把近山垦熟的田地,尽界生番,生番不知耕种,仍被汉人偷耕私种。地既化外,亡命之徒尤易藏匿,内中有一个姓林名爽文的,才智出众,胆略胜人。林姓原是大族,爽文被阖族推为领袖,划界令下,姓下也被划在界外。爽文投袂奋起,向众人道:"咱们家弟兄,可怜都变做生番了,咱们究竟都是清白良民,安分守己,耕自己的田,吃自己的饭,跟不讲理的番子野人,如何共的下?要是不愿意,除非躲到界内去。那些田庐屋舍,都是祖宗辛苦经营,几辈子挣下来的,一朝丢干净,对得起祖宗吗?对不起祖宗!再者也不能够活命呢!"众族人听了,脸上顿时都现出忿忿的样子。一人道:"咱们哪一桩得罪了官府,却把咱们治得这么苦。"林爽文道:"百姓与官府,哪有评理的地方。没有罪,做了百姓就是罪;官府要你怎样,你不肯怎样就是罪。别说要我们做生番,就要我们做牛做马做驴子,我们也敢不做了么。我所虑的,倒并不在这上头,现在我们这些人,划在生番界里,便都是生番了。官府当我们是生番,我们自己也当是生番,就有一怕,怕生番不肯当我们是生番,还当我们是汉人。生番不会耕田,不会织布,专靠劫掠过日子,咱们弟兄谅都知道,万一杀将过来,我们可怎样呢?"众人都道:"果然不错,那起番子都是蛮而无理的,我们如何敌的过。"有一人道:"我倒有一个法子,阖族弟兄联为一气,耕田时,一同耕田;御敌时,一同御敌,那就不怕他了。"爽文道:"防御的事情,不是一家一姓做的成功的,好在番界中,汉人不是咱们一家。为今之计,把界内汉人,通通联络拢来,立成一个会。会内的人,通通是弟兄,有难同当,有福同享,要能够始终如一,别说这几个生番,就官府也不怕他了。"众人齐声称妙。林爽文道:"办事只要齐心,咱们弟兄既是这么齐心,这件事我保得住一定办得成功。现在大家出去,把就认识的人邀来,张王李赵,愈多愈妙。"众人又齐声应允。过上几天,果然聚集了三五千人,结成一个会,名叫天地会,歃血为盟,就推林爽文做会首,立出几条章程,无非是祸福同受,彼此义气的意思。从此天地会在番人界中,声势一日一日振起来。别说界内汉人,就界外人民,被官府朘削不过,也争先恐后得缴钱入会。不到两三个年头,台南台北,竟有三分之二,都变了天地会世界。林爽文的号令,比了台湾巡按示谕,竟要强起十倍。

从知县衙门起，直到按台衙门，衙中应役差人，十个里头倒六七个是天地会人，官府举动瞬息皆知。官中虽也有些风闻，但是做官的人，只有赚钱的能耐，没有办事的本领，何况天地会声势赫然，保他不来缠绕，已是万幸，谁还愿老虎嘴边拔须儿呢。因此天地会横行无忌了十多年，竟没个人敢来问一声半句。

事有凑巧，这年朝廷新放了一位台湾总兵，姓柴，名大纪，军务上头很有阅历。一到任，听到天地会结党横行，心里就大大不然，饬弁邀请台湾府知府孙景燧、彰化县知县俞峻、彭湖副将赫生额、游击耿世文等到衙问话。台湾文武接到请帖，早都怀着鬼胎。见面之后，就见柴镇台道："圣明世界，容鼠辈这么横行，朝廷费俸银耗钱粮，终不然要我们这些文武来整天价打盹儿不成。"说到这里，两股的眼光注定了赫生额道："赫协台等、孙、俞两公都是文官，不必说，你我手下有的是兵，也好学着人家不闻不问么。闹出乱子来，姑息养奸的罪谁也推不去。赫协台你可怎么说呢？"赫生额起身道："镇台容禀，本协管的是彭湖……"柴大纪不待说完，就道："本镇也知道台湾彭湖，都是皇上家土地，总兵副将，都是皇上家官员，搜匪捕贼，都是皇上家事情，谁应办，谁不应办？再者彭湖是台湾的屏风儿，没了台湾，彭湖还守的住么？就拿彭湖论彭湖，你敢保彭湖地方，没一个天地会人么？"赫生额连声应"是"，一个字也不敢辩答。

孙景燧起身道："镇台大人今儿见责，论理我原不能辩驳，但是天地会不是一日一时成功的，历任文武，一竟这么容忍下来，倒也不曾见闹甚乱子。要责备，应把历任各官，通通责备，似不应光怪我们几个人。"柴大纪道："本镇蒙皇上恩典，到这里来做官，只晓得一心报主。孙太爷见怪，我也不暇计较。"赫生额道："林爽文虽然拜盟结会，逆迹究未昭著，调兵派将未免小题大做。照本协台见，暂可不必举兵，请孙太爷、俞老爷出一根朱签，派两名差役就好办了。"孙、俞两人一听此话，吓得面如土色，都道："天地会何等利害，我们如何敢拿他？"柴大纪道："凭他利害，总不过是个子民，二位都是父母官呀。"孙景燧道："林爽文懂得法度，也不会拜盟结会了。"柴大纪道："原来孙太爷也知道他不懂法度，那么方才搪突的地方，谅总可以见恕了。"随道："此事我已决计拿捕，赫协台耿游击，且都回泛地去训练本部，听候调用。"又向孙、俞两人道："到了那个时候，少不得也要借重呢！"府、县两人面面相觑，上了抬盘，又不便十分推卸，顺口儿应了几个"是"。

柴大纪送过客，就与幕宾商议这件事。幕宾道："此事论起来，镇军未免鲁莽一点子。"大纪道："怎么倒又鲁莽，敢是会匪不应拿捕么？"幕宾道："谁说不应拿捕，不过该会既然设立了这许多年，根深蒂固，各衙门里头难免不有贼人线索，万一漏了消息，贼人有了防备，可就费事了。再者府、县文官照理也应先与道台商量。"柴大纪道："这话很是，我明儿就去拜会道台。"

次日，柴镇台坐轿到兵备道衙门，道台永福接入花厅。大纪谈起捕匪事宜。这位道台，原是宗室哥儿，一点世情也不懂，你说长，他就长；你说短，他就短，大纪所请，永福无不全允。于是调兵三百，命赫协台、耿游击会同孙知府、俞知县同往拿捕。临行，柴大纪嘱咐道："本朝的法度，当今的脾气，众位谅多知道，记得那年清水教王伦起反，钦差大臣舒赫德攻破临清，削平大乱，只为逆首王伦未曾生俘，就被当今狠狠申斥了一顿。”赫协台接口道：“此事我也知道，那时我也在舒公部下呢。王伦已被参领音济图擒住了的，因为从人稀少，依旧被贼众夺了去，纵火自己烧死，所以舒公受这申饬。”柴大纪道：“你知道就好了，俗语吃一亏，学一回乖。此番出兵，这林爽文无论如何总要生擒活捉，你们也有体面，我也不至于受申饬。”赫协台道：“这不消镇台费心，能够生擒，谁又愿纵放了呢！”

当下赫生额督率三照人马，奋勇前进，恨不能活擒林爽文，踏平天地会。大军到处迅疾如风，岂知行近大理村，前哨飞报，前面山岙中遍览天地会旗号，路狭地险，怕有埋伏。赫生额闻报，勇锐之气顿时压到三丈，问道：“贼众瞧见咱们旗号不逃么？”哨探道：“没什么动静。”赫生额道：“糟了！糟了！我原望他闻声逃遁，不承望这贼子竟这么的胆大！”此时孙、俞两个文官，已吓得几乎跌下马来。赫协台究竟行伍出身，胆略非常，传令道：“既是前面有贼，咱们就这里扎营罢，好在还隔着五七个村庄，贼子总也不会冲过来。”随问：“这里是什么所在？”哨探回道：“此地名叫大墩，离贼巢约有五里之遥。”

安营已毕，赫协台与孙知府商议镇台跟前申报军情的方法。孙知府道：“镇台是傻子，知道咱们驻扎在此，定然不答应的，眼前只好哄他一哄。”赫协台道：“怎样哄呢？”孙知府道：“只说百姓畏罪，恳求大军不要入境，他们自愿把林爽文缚献到军，自然再无不信的了。”赫协台道：“哄骗的事情，只够瞒一时，日子久了，镇台责问起来如何回答呢？”孙知府道：“哄过一时，就不怕了。前面有的是村庄，咱们只消下一个令，责成村庄百姓，缚献贼首。”赫协台道：“百姓不肯从又如何？”孙知府道：“百姓从了，咱们几个人都是大大的军功，就可以封妻荫子。倘然不从，我还有绝杀的法子。”赫协台忙问：“什么法子？”孙知府道：“咱们现在不是有三百人马么，这一支人马打贼子虽然不足，杀百姓却是有余，只消把前面五七座村庄一把火烧光完结。”赫协台惊道：“无端焚毁村庄，镇台问起来，如何回答呢？”孙知府道：“这有什么难处，只说贼众负固抗拒，我军奋勇攻扑，冒死前进，焚毁村庄若干座，阵斩贼众若干名，不又是大大的功劳么？”赫协台道：“好便好，良心上未免说不过去。”孙知府道：“官场中要讲了良心，一辈子也不会发迹。”赫协台笑道：“事到临头，也理论不得许多。没奈何，只好对他们不起了。”

当下赫生额依照孙景燧方略，焚杀兼施。可怜大理村外数百人家，霎时间都化成灰烬。那些无辜人民，把官兵恨入骨髓，便都投入天地会，哭请报仇，愿当前敌。林爽文因民之怨，率领将士乘夜攻营，杀得尸横遍野，血流成河，差不多是全军覆没。爽文乘胜攻取了彰化城，诸罗、淡水相继沦陷。柴大纪退保府城，星夜派人到福建告急。省中接报，水师提督海澄公黄仕简、陆路提督任承恩、副将徐鼎士，先后派兵渡海援救，一面飞章入告。

当下高宗就在中和殿召集各议政大臣，商议剿捕大计。和珅的兄弟和琳、傅恒的儿子福康安，尽都预议，和珅、阿桂等几个老臣，更是不用说得。高宗先把福建巡捕本章给众人瞧阅一过，然后咨询意见。阿桂第一个奏道：“朝廷劳师縻饷，诛戮自己赤子，殊非皇上仁覆万物之意。臣主张的是抚，百姓生长太平，厚蒙恩泽，使非迫于万不得已，何至揭竿称乱？为今之计，只消严惩贪官，派员宣抚，台乱自然就平了。”高宗道:“照你讲来,又是官逼民反了?”阿桂道:“依臣愚见,如果官清吏洁,小民必不致乱。”高宗向众人道:“你们听阿桂之言如何?”和珅道:“阿桂此论,无非要见好百姓,为自己沽名钓誉。朝廷的威信,国家的治安,他原不曾计及。”高宗道:“阿桂原是个书癫子,一心爱民也是有的,说他端为自己不为国家,那也未免言之有过甚。”又向众人道:“你们看是如何?”众人惧怕和珅,都不敢答应,只有一人谔然道:“知臣莫若君,皇上圣明,岂有反不及和珅之理!”众人瞧时,见这发话的,不是别个,正是韩城王阁老。王阁老与和珅,原本平常的,今日王阁老到军机处,见和珅手里执着一幅水墨画,笑道:“贪墨之风,一至于此。”又一日,和珅拉住王阁老的手道:“状元宰相手果然好。”王阁老道:“吾手但会做状元宰相,不会要钱,有甚好处?”闻者凛然,王阁老依旧谈笑自如。当下和珅听了王阁老的话,心中未免不自在,当着高宗,又不敢怎样。商议完结,主剿的人居其大半。于是下旨,命提督常青为靖逆将军,前往台湾督师,又命浙闽总督李侍尧,调广东兵四千,浙江兵三千,驻防满兵一千,一同讨贼。

此时天地会声势滔天,福建派去的援军,败的败,逃的逃,投降的投降,受困的受困,只柴大纪这支兵,拔类超群,屡战屡胜,诸罗这一个县城,已经克复。林爽文悉锐来攻,柴大纪死力抵拒,总算不曾失掉。常将军听到贼势浩大,吓得不敢前进,张皇入告,奏请添兵六万。高宗下旨,革掉常青靖逆将军职衔,升柴大纪为陆路提督,参赞大臣,又放了福康安为经略大臣,驰赴前敌。一面密饬柴大纪,贼势利害,暂可不必交锋,捍卫兵民出城,再图进取。大纪奏言:“诸罗为府城北障,诸罗失,则贼尾而至府城,府城亦危,且半载以来,浚濠增垒,守御甚固,一朝弃去,克复当难。而城厢内外养民不下四万,实不忍委之于贼。惟有竭力固守,以待救援。”高宗览奏,心里大大感动,亲笔拟旨一道,颁向台湾去,其文道:

> 柴大纪当粮尽势急之时,惟以国事民生为重,虽古名将何以如兹?其改诸罗县为嘉义县,大纪封义勇伯,世袭罔替。并令浙江巡抚以万金赏其家,俟大兵克复,与福康安同来瞻觐。钦此。

此旨一下,从征将士,谁不踊跃感戴!欲知后事如何,且听下回分解。

第四十回　嘉庆帝受禅继大统　太上皇训政宣重光

话说柴提督忠贞自矢，力守孤城，一时上感天心，恩纶特沛，封为义勇伯。上谕到时，柴提督脸上顿时增起十二分光荣，愈益拊循士卒，协心守御。直至这年冬季，福经略救兵才到台湾，旗开得胜，马到成功，究竟天兵利害，五七天工夫，就解了诸罗之围。柴提督率众出迎，只见经略兵队健得如虎如熊，盛得如荼如火，旌旗剑戟，分队排开，好不整齐严肃。福经略坐在马上，头戴京式帏帽，冠着个红宝石顶子，插着支双眼孔雀翎，帽沿中间，钉有一颗莲子大小的东珠，一件团龙织金四开气袍，扣着玉带，并香袋忠孝带之类，外罩姜黄对襟缎褂，脚登青缎靴子，面如满月，目若明星，左手拢紫缰，右手执着锦鞭，缓缓而来。后面十来员大将，带刀翼护。柴提督慌忙抢步，唱名道："参赞大臣义勇伯，陆路提督柴大纪迎接经略大人。"说罢，随在马前请下安去，福康安见他不具手本，不行跪拜，心里已经不自在，随道："本大臣初临此地，情形不很熟悉，咱们并马入城，慢慢商量罢。"福康安这几句话，原是试他的，只道他总要推辞，总要身执櫜鞬，尽那下属的体格。岂知柴大纪此时屡受天褒，身封伯爵，倒也自大惯了，随笑回道："经略大臣吩咐，参赞自应敬遵。"说着，跨马引道。福康安奈何他不得，只得忍气同行。到了城里，把各项东西查检了一回，点头微笑，一个字也不批评，却暗地参了他一本，参的款子，是诡谲取巧，前后奏报不实。圣明不过是天子，朱批下来，福康安倒受了几句教训，真是出于意外的事情。这道朱批的措辞是：

> 柴大纪固守孤城愈半载，非深得兵民死力，岂能不陷？若谓诡谲取巧，则当时何不遵旨出城？其言粮食垂尽，原所以速外援，若不危急其辞，岂不益缓援兵？大纪屡蒙褒奖，或稍涉自满，于福康安前礼节不谨，致为所憎，遂直扬其短，殊非大臣休容之度。

从来说不怕官只怕管，经略是提督嫡亲上司，行止举动，如何逃得过经略之手，经略跟你找事，真是再容易不过的。这计不行，再用那计。到台湾全境肃清而后，究竟被他寻着不是，害掉了性命才住。

这天地会首领林爽文兴头不到两年，风流云散，依旧一场没结果，连地方官都坏掉不少。因为天地会闹事之后，地方官规避处分，化大为小，把"天地"两字，改作"添第"字样，恰恰犯了高宗之忌。高宗生平最恨的是改字，那年回疆之后，将军兆惠奏本上"回"字，都写作"狪"字，高宗下旨道："朕每见法司爰书以犯名书作恶劣字，辄令更改，而前此书回部者，每加犬作狪，亦全删去犬旁。此等无关褒贬，适形鄙陋，岂同文之世所宜有。"后来进呈《四库全书》，那书里头"夷"字，都写作"彝"字，"虏"字都写作"卤"字，这原是校书的怕触犯忌讳，格外小心的勾当，岂知恰恰犯了忌讳，下旨将四库馆诸臣交部议处。

高宗自平定台湾而后，武功恰是十次，自题一个别号，叫做“十全老人”。那班盛世良臣，便都歌功颂德，没口子的称颂圣明。高宗更自得意。这日，高宗与几个心腹臣子在南书房谈天。高宗道：“雄正年间，户部库里原有五六千万存银，自西北两路用兵，动支了大半，到朕即位时，查检国帑，已只二千四百余万，亏得理财得法，所以几回大事，没有遭过困厄。你们想罢，开辟新疆，花掉三千余万两，金川用兵，又花掉七千余万，这两笔账，已经一万多万了，普免天下钱粮四回，普免七省漕粮二回，巡幸江南六回，这几笔帐，不又是二万万两银子么！这会子国库里，倒存有七千多万呢。皇考交下来只二千四百多万，朕当了几十年国，花去三万多金，倒多了这点子，也总可以讲得过去了。”和珅道：“皇上临御以来，南平缅甸，西拓回疆，声威远播，凡天山之南北，葱岭之东西，无论城郭之邦，游牧之众，没一族不奉大清正朔，超唐宋，迈周汉，前无古人，后无来者，何止讲得过去呢！”高宗道：“不能这么讲，过分高了，后人也难于为继。朕万年后，不望怎样，恒愿子孙们守住这点子也罢了。”

纪昀此时已充经筵讲官，派在上书房行走，知道高宗最属意的是第十五皇子颙琰，当下就凑趣称颙琰许多好处。高宗叹道：“朕子十七人，只永琏，永琮，是孝贤皇后所出，人也聪明，脾气儿也好，偏偏都是短命，可怜孝贤皇后哀伤过度，也跟他们去了。颙琰这孩子脾气儿还好，论到聪明上头，比起琏、琮两个就差多了。”纪昀道：“皇十五子举止端重，宅心仁厚，苟非禀承德化，何能……”高宗止住道：“不必讲了，朕都知道。”纪昀知旨，就不敢再语。高宗忽又想起一事，问纪昀道：“朕前儿问你的典故，到底查得了没有？”纪昀忙回：“才查得了一半。”高宗道：“一半也好回奏了。”纪昀道：“达巷党人，就是项橐；燧人氏四佐，就是明由必育成博陨邱《滕王阁序》，都督阎公之婿，就是吴子章；赤壁赋上吹洞箫者，是绵竹道士；杨世昌陪坐者，是黄鲁直；卓文君之夫，是程郑子，名皋，病消渴结缡，五月而亡。臣所考得，就只这几条。”高宗道：“负了博学的盛名，怎么所闻所见，也不过如此。”纪昀道：“博闻强记，臣原不及彭元瑞。”高宗笑道：“彭元瑞这个人，你们再别提起他了，朕为你们都称他博学，上科会试，特出了个灯右观书的诗题，通场举子没一个知道出处，连正副总裁，都不晓得复命。这日朕就询问彭元瑞，朕想他那么博古通今，总无有不知道的，岂知元瑞也出了丑，竟也回奏不知道，竟被朕一难就倒。”纪昀道：“皇上圣学渊深，彭元瑞自然窥测不到。然此题出自何书，皇上总也训示他呢。”高宗笑道：“训示什么，命题这一晚，朕偶的灯右观书呢。”说罢大笑。纪昀等都捧腹不止。

正闹着，太监捧进奏本来，高宗接过，遂一翻阅，皱眉道：“怎么这么的巧？”和珅忙问何事？高宗道：“巧碰在一堆儿。”当下和珅就道：“真也巧不过的事情，现在时候，虽说是太平无事，但这三个地方，都是很要紧的。为地择人，倒也是件难事情。”高宗道：“你看派谁去呢？”和珅见众人都在，随跪下道：“举贤大事，一时不敢妄对，恳恩容臣回家细思。”高宗点头，随向众人道：“和珅做事，就是小心谨慎，一句寻常的话，总不肯轻易奏对，虽然也有差误地方，比了心粗气浮的，就强多了。”当下散去。此时满汉大员，得着这个消息都到和珅府中，说人情，送礼物，劳他荐引。和珅按定了主意，来者不拒，照单全收，等到礼物收齐，才悄悄荐了几个人。上谕下来，众人齐都败望。原来上谕上写的是：云贵总督着福康安补授，四川总督着和琳补授，湖广总督着毕沅补授。众人白花了这笔冤钱，苦得哑巴吃黄莲，没处诉苦。和珅却白白受用了，高宗如何知道。

却说高宗席丰履厚，享尽荣华富贵，威也使足，强也争足。秦皇汉武办不到的事，他都办到；汉祖唐宗享不到的福，他都享到，却还心不知足。贵不嫌极，想出个新奇法子，拟把大位传给了皇子，自己以太上皇训政，大权依然独操，名号格外尊崇。主意已定，遂下旨立嘉亲王颙琰为皇太子。这颙琰是皇贵妃魏佳氏所出，乾隆二十五年十月初六日，生于"天地一家春"，五十四年，高宗八旬万寿，封为嘉亲王，至是立为皇太子。先一日和珅探着消息，就到嘉亲王邸中报喜，这原是献勤讨好的习惯，都不过想要结新宠，为保全禄位起见。谁料皇太子见和珅平日奸邪贪墨，早已瞧不起他，只淡淡地答道："倒难为你，我知道了。"和珅撞了一鼻子灰，心里很不自在，面子上又未便怎么样，只得敷衍了几句话，方才辞退。皇太子随传进长吏官吩咐道："以后和珅来见，不必通报，只回他祖制皇子不能私通朝官就是了。"次日诏旨到来，皇太子接过诏，谢过恩，于是正名定分，嘉亲王府就改做皇太子府。

到次年正月里，高宗下诏禅位于皇太子，礼部定出仪注，繁华热闹，旷古无俦，真不愧熙朝盛举。授受礼毕，皇帝尊高宗为太上皇，一应政务，仍由太上皇训诲施行。新皇帝年号，由太上皇钦定，是"嘉庆"两个字，即以今年为嘉庆元年，是为仁宗帝。仁宗虽为皇帝，不过挂一个虚名儿，虱大的事情，都要恭请太上皇旨意。因此和珅等一班大臣，依旧享荣华，受富贵，逍遥得神仙相似。上皇倒也告诫过两三回，上皇向和珅道："咱们两人，想来必是前世的缘分，不论什么，都可以通融。但朕是老了，一日闭了眼，后来的人，怕不见得肯这么容忍呢。"和珅回奏："臣蒙上皇恩典，相伴了这么年数，臣与上皇，也可算得老伴儿了。上皇一日不讳，臣亦何忍独生！新主洪恩，无论是雷霆，是雨露，总也加不到老臣身上。"太上皇道："你竟要殉朕么，无论没这个理。就真个行了，后世也要议论呢。从古以来，只有殉国，没有殉主。你想想，你自己把自己当作什么人呀！"和珅道："老臣一片愚忠，只知报主，后世的议论，谁有工夫去计较呢。"上皇听了，自然欢喜。

清朝十二帝里头，论到福泽，要推高宗第一，艳福、口福、健福、威福、荫下福、儿孙福，没一件不占了个全。别的不要讲，只瞧乾隆朝六十年的治绩，何等隆盛！何等辉煌！刚一内禅，才一改嘉庆年号，天下就鼎沸似的闹起来，湖北、四川起发白莲教，各地愚民蜂起响应，河南、陕西、甘肃尽被蔓延，告急章奏，雪片似的到京来。高宗、仁宗吓得面如土色，忙召大臣计议。

原来这白莲教，本与汉末黄巾差不多的性质，无非借了持斋治病名儿，伪造经咒，惑众敛钱罢了。如果政治修明，德教严肃，何至于发生，亦何至于蔓延。白莲教首领姓刘，名松，安徽人氏，乾隆四十年时光，在河南鹿邑传教，被捕到官，问成军罪，充发甘肃省。谁料刘松百折不回，到了甘肃，依旧强聒不舍传他的教，又遣党徒刘之协、宋之清分往川陕湖北传徒授教，一日盛似一日，一年胜似一年。到乾隆五十八年，查点人数，已有三百余万。刘之协就想起事，先派教众四出流言，称说世界劫运将至，真命天子已经降生。吓得无知愚民争求解禳。刘之协奉了鹿邑王姓的孩子名叫王发生的，诡称朱明后裔，择下三月十一日，竖旗起事。究竟计略疏忽，又被官吏探知，铁锁锒铛，一古脑儿捉将去。只刘之协脚快，逃之夭夭，没有捉到。王发生因是个孩子，问成配发新疆之罪，其余叛众，不问首从，尽都斩首。大吏奏报到京，高宗下旨大索。这一道圣旨不打紧，乐得那班虎官狼吏，鼠役狐差，没口子的称颂圣明，一个个摩拳擦掌，执索持签，到四乡八处，挨户搜缉。只苦了无辜小百姓，倾家荡产，身死人亡，不知冤枉死了几多人呢。这一桩事情，已弄得百姓怨声载道，忿气冲天。又加乾隆末年，贵州、湖南、四川一带苗民逆命，朝廷命将征讨，大军所过，不无稍有骚扰，雪上加霜。官逼民反，白莲教乘机煽惑，于是一倡百和，骚然并走，而大难成矣。此时聂杰人、张正谋起自枝江宜都，林之华起自当阳，姚之富起自襄阳，教首林齐之妻王氏起自保康，郧阳、宜昌、施南、荆门、来凤、酉阳、竹山、邓州、新野、归州、巴东、安乐、京山、随州、孝感、汉阳、惠临、龙山数十州县，尽都回应，声势滔天，由楚省延及秦省，由秦省延及黔省，渐渐半个天下都变成白莲教世界。京中接着此报，如何不要吃惊！

当下高宗召集满汉大臣，商议征讨大计。高宗道："福康安、阿桂可惜都出了缺，现在出了事情，再没一个可靠的人了。"纪昀道："阿文成公，固是了不得的人才，不但立功绝域，武勇无双，就那正色立朝，规划各种大计，也是常人万万想不到的。如治河就改易仪封、考城的新道，筹饷就虑到运粮增兵的耗费，这都是关系着千百载利害的计划，除了他，别人哪里想得到。所以，海兰察那般权奇自负，见了阿公也服得五体投地。"和珅道："海兰察一勇之夫，自然易受圈套，阿桂的哄人法，何等精透。"纪昀道："海兰察的骄勇，果然没批评，就论到机警上头，倒也可以的。"和珅道："你怎么知道他？"纪昀道："海公盗马的事，公相没有知道么？"和珅回说不知。纪昀道："那年海公还在京里当侍卫，与蒙古郡王巴图两个很要好，巴王马有一头骏马，海公也有一头骏马，每到风和日暖天气，沙平草浅地方，两个儿就要走马比试。巴王身躯肥大，海公马身雄骏，较起来，巴王总要差一点。这年圣驾巡幸木兰，海公与巴王都扈着跸，巴王要跟他易马而骑，海公不答应，巴王笑道：'你不答应，晚上仔细着，我有本领叫人来偷马呢。'海公笑回：'那个悉凭王爷。'到了月上时候，巴王果然派人到海公营里偷马，只见那头骏马，独立在荒地里吃草，并没有人看守，那人大喜，腾身上马，才待挥鞭，忽听草中有人道：'烦你拜上王爷，请王爷防备着点子，我立刻就要来盗王爷的马了。'那人驰归，告知巴王，巴王传命防守营帐，内外何止数百千人，眼睁睁瞧定了骏马，连一瞬的甚儿都不敢。等了大半夜，毫不见有动静，众人都有点子倦意。忽闻帐外大呼：'偷马贼逃走了。'霎时间各帐齐呼捉贼，众人忙都出帐追赶。此时营里营外，喊声如雷，营中马匹尽都逃出。等到追回，那头骏马已经不见了。原来海公潜伏在巴王帐后，却叫跟去的人，四面大呼，诱引守兵出了帐，海公就盗马飞行。次日相见，巴王服他智勇，就把骏马赠给了他。"

和珅还要说话，高宗早已听得不耐烦，止住道："去世的人，凭是如何智勇，这会子终也没用。军务倥偬时，倒还有暇谈天，你们也太自在了。"和珅、纪昀应了两个"是"，也就不言语了。仁宗道："照子臣下见，教匪不过是内地乱民，凭他如何猖獗，总比不上外夷敌国,何必定要智勇双全的大将?”高宗道:“你把教匪瞧得太轻了,不见疆臣奏本么?”仁宗道:“疆臣习气,最喜的是铺张,铺张得利害了,自己好脱卸干系。教匪总不过是乌合之众,没有阵法,不知方略,只消派两个经过战阵的人员,平靖是很容易的。不过平靖之后,遭难地方,还要好好的抚恤呢。”高宗点头道:“你这见解,颇为有管,只现在,派谁去好呢?”仁宗道:“依子臣愚见,暂可不必派人,就责成那几省督抚,限日平乱。直到不得已必须派人时,都统明亮军略上头很有阅历,侍卫额勒登保也很骁勇,这两个人似乎都可以派遣。”高宗道:“倒是你提醒了我,额勒登保现在办理苗事,未便抽调,明亮很可以用得。”仁宗道:“明亮还可以用得么?”高宗道:“明亮是履亲王的女婿,记得那年老贵妃没了,移葬东陵,途中积潦没胫,舁夫都惮行走,明亮躬行泥淖,做舁夫的向导,有不从令的,鞭杖交下,在路数日,队仗整肃,宛若行军。履王叹道:“吾婿真将才也!后来金川之役究竟立了大功。现在急难之际,怎么竟忘了他?可知我老得竟糊涂了!”仁宗道:“毕沅、惠龄都是封疆大吏,贼在他界里头,似宜仍旧责他办理,这会子派了人去,他倒可以脱卸了。”高宗道:“这话也是。”随命军机拟旨,湖广总督毕沅、湖北巡抚惠龄专剿荆州之贼。西安将军恒瑞专剿当阳之贼。限日肃清,立俟奏凯。旨章拟得非常严厉。

白莲教起事而后,高宗、仁宗父子两人,宵旰忧勤,满望挽回大劫。欲知容易削平与否,须俟下回书中再行披露。

第四十一回　**地黑天昏白莲倡乱　花娇柳媚女将请缨**

话说白莲教倡乱而后，派遣党徒四出煽惑，无知愚民，靡然风从，因此蔓延得非常迅速。扑了东边，西边又起，闹的官军脚乱手忙，竟有点子应付不来。朝廷添兵增将，连放了三五位大臣，依然毫无功效。嘉庆二年，湖南苗事略定，太上皇特下诰旨，命领侍卫内大臣威勇侯额勒登保就移平苗之师，远征教匪。彼时派出的大将如都统德楞泰，将军明亮，总兵张廷彦，合了原有的督抚将军毕沅、惠龄、恒瑞、永保等，差不多已有八九位领兵。大帅官多令杂，你推我委，彼此不相统属，不相缓救，大兵到处，只知道责令地方官办差，勒富役贫，军令严于圣旨。各大帅在营里头镇日价喝酒打牌唱曲儿，消遣那清闲的岁月。那些兵弁更结队成群，到各城乡村落，奸淫掳掠畅所欲为。并且这几位领兵大臣，一个个熟谙兵机，深明韬略，老谋深算，都择定了教众不到所在，安营立寨。因此出师年余，连一名小卒都没有伤折过，一个教民都没有见面过。朝廷要责问，营里有的是老夫子，胸中兵甲，笔下风雷，何难捏无为有，立做一篇大捷的奏报，六百里加紧飞递到京，自然没有事了。好在皇帝自己并不前来察看这个谎，永远不会闹穿的，这便是各大臣征剿教民的丰功伟绩。

这日，恒瑞、惠龄又有捷报到京，高宗瞧过，就递给仁宗道："倒又打了个胜仗。"仁宗接过细瞧半晌，没有回奏。高宗道："你看如何？"仁宗起身道："照子臣看来，这里头的话，大半子不很可靠呢。"高宗愕然道："怎见它靠不住？"仁宗道："子臣一竟要回太上皇，因见太上皇身子不很好，闻知此事定然又要生气，因此缓了下来。"高宗道："住了，你也是主子了，国家的事，就是你的事，我这会子不过是帮着你理理罢了。我有想不到见不到的地方，你既然想着见着，虽是不便擅专，也应回我知道。"仁宗先应了一个"是"，然后奏道："这一班人，出师到今，算来也有一年多了，每一个月里，总有两三个奏报，从没有报过败仗，回回都是大胜。从来说胜败兵家常事，如何能够回回得胜？只此一端，可知就不实不尽了。"高宗道："这个你就疑差了，国家是节制之师，教匪是乌合之众，乌合之众，遇了节制之师，如何会不败呢。"仁宗道："子臣初时也是这么想，现在瞧来怕有点儿不合呢。"高宗忙问："不合在哪里？"仁宗道："官军既是无战不胜，教匪既是无战不败，早应扑灭多时了，怎么这会子还有许多教匪呢？愈扑愈多，愈败愈盛，天下也没有这个理呀。"高宗道："瞧惠龄前奏，称教匪自入了河南后，虏协日众，并不敢整队迎职，不过百十为群，忽分忽合，忽北忽南，以图牵制兵势，也是情所或有的。"

爷儿两个正谈的热闹，太监送进一本封奏，是御史宋澍拜上的。高宗接来瞧时，大旨奏称"惠龄奏歼楚贼不下数万，何以至今蜂聚景安，防禁南阳逾年？何以任贼横行秦承恩近屯兴汉？何以武关全陕门户曾不设备？岂非各分畛域怀观望，乞专简大臣督师三省，庶呼应灵而事权一"等语。高宗道："讲的倒也在理。"随向仁宗道："你看该批答他么？"仁宗瞧过，回奏道："子臣浅见，最好另降一旨把领兵各大臣申饬一番，不然太不成样子了。”高宗道：“也好，就传纪昀拟了罢。你有意思，你就当面吩咐他。”仁宗笑道：“子臣亲自拟一个如何？”高宗道：“那原不值什么，你喜欢弄，也省得假手他人。”仁宗执笔在手，即席拟成一旨，呈于高宗。只见上写道：

太上皇诰谕：

去岁邪教起长阳，未几及襄陨，未几及巴东归州，未几四川达州，继起至襄阳。贼始则由湖北扰河南，继且由河南入陕西。若不亟行扫荡，非但劳师縻饷，且多一日蹂躏，即多一日疮痍。各将军督抚大臣，身在行间，何忍贸无区画。若谓事权不一，则原以襄阳一路责惠龄，达州一路责宜绵，长阳一路责额勒登保、福宁。若言兵饷不敷，已先后调禁旅及邻省兵数万，且拨解军饷及部帑不下二千余万。昔明季流寇横行，皆由阉宦朋党文恬武嬉，横征暴敛，万民酿患，今则纪纲肃清，勤求民隐，每遇水旱不惜多方赈恤，且免天下钱粮五次，普免漕粮三次，蠲免积逋不下亿万万。此次邪教诱煽，不过乌合乱民。若不指日肃清，何以奠九寓而服四夷。其令宜绵、惠龄、额勒登保等，和奏用兵方略，及刻期何日平贼，并贼氛所及州县若干，难民归复若干，今疮痍轻重共十分之几，善筹安恤以闻。钦此。

高宗瞧毕无语。于是即交军机缮发出去。各路将帅接到此旨，吓得一身都是汗，行文会商，倒也忙乱了好一会子。无如贼势浩大，依旧不曾得着便宜。仁宗闻知，就向高宗请旨道：“领兵各员没一个忠心办事的，到营以来图得一天是一天，过得一日是一日，迁延坐误。照这样子闹下去，国家事情还好问么。瞧柯藩的本子，此番贼首姚之富由商州犯孝义，经秦永恩扼守秦岭，惠龄庆城复由山阳追击，贼不得逞，南走镇安与李全、王延诏两酋合掠洵阳，柯藩亲督乡营防守。这时候各员如果合力会剿，何难一鼓荡平？奈恒瑞、惠龄因循观望，仍被贼匪夺船逃去。至襄贼渡汉后五天惠龄才到，恒瑞还在途中呢。按照祖制，惠龄等这一班人儿失机之罪，是逃不了的。”高宗道：“不料这几个人，竟这么的不中用。”仁宗道：“这班人的鬼蜮行为，太上皇哪里知道。现在京的，谙达侍卫章京，谁不营求赴军自效，究竟何尝想替国家出力，不过图着冒功升官，趁乱发财罢了。那几个从军中回来的，无不营置田产，顿成殷富，这些人的钱都是从哪里来的？”高宗听得领兵将帅这么不成才，心中未免生气，随叫下旨诘责惠龄、恒瑞等追贼不力，防堵不严之罪，尽夺去世职孔雀翎，并着戴罪效力。

从来说勇将怕激，懦将怕罚，经这一道严厉的谕旨颁发之后，各路将帅果然整作了好些，虽未见立甚奇功伟绩，比了从前就差远了，也有编练乡勇的，也有檄调土司的。内中要算将军明亮、威勇侯额勒登保最为利害。这额勒登保，原是个满洲的珠轩户，乾隆中因为骑射精通，选入京中充当侍卫，随征廓尔喀、台湾，屡立战功。每回开仗他总鞭马陷阵，奋呼冲荡勇健非常。统帅超勇公海兰察见了，叹道：“真将才也。”遂赠他一部翻清《三国演义》道：“读此也可以略晓古人兵法。”额勒登保大喜，就把此书当作鸿中秘宝，日夜揣摩，居然揣摩了个纯熟。去年奉旨征苗，连战连捷，以军功封为威勇侯，并升为领侍卫内大臣之职。额勒登保手下两名汉将，都有万夫不当之勇，一个叫杨芳，一个叫杨遇春，川黔一带称到二杨名字，差不多没一个人不知道。

当下额勒登保召集部下各将商议道："白莲倡乱，遍地都是贼氛，累得太上皇、皇上这么宵衣旰食。咱们营里自统帅下至小兵，所穿所食哪一样不是朝廷恩典？现在扰得这个样儿，就是上头不责备咱们，自己也没脸儿呢。终不然朝廷花了钱粮，白养咱们一辈子不成。你们听我这话儿，说得错了没有？"杨遇春道："大帅训令，谁也敢不遵！只这现在贼势滔天，各路将帅都袖着手瞧热闹儿，光是咱们这一支兵，就尽力攻打，也平不了贼子。再者官兵利于合，贼兵利于分，本营马步通不满一万，也不够调遣呢。"额勒登保道："这还成什么话，人家袖手，人家自己丢脸，咱们难道好学人家样儿么？兵马一节呢，满汉合计也有八九千人，就近再招点子乡勇，也可以了。"杨芳开言道："大帅的计划果是万妥万当，但乡勇大都是本土农民，仓卒召募于军务上，似乎不很合用。据沐恩下见，大帅于黔中各土司颇有威信，土司的兵临敌阵的多。再者土司跟教匪语言不通，勾煽也非容易，如果檄调前来，怕比乡勇合用一点子呢。这是沐恩一个儿糊涂主见，是否可采还祈大帅钧裁。"额勒登保道："倒是你提醒了我，这法子很好。"

当下就叫本营文案起了几个札子，誊写清楚，盖上关防印信，派遣差弁分头递送前去。这一来不打紧，却就引出一位轻盈袅娜的女将军来。这位女将军姓龙，小字么妹，是黔中土司龙跃的妹子。龙姓原是黔苗豪族，吴三桂称兵时光飞檄群苗策应，龙跃之曾祖独不肯从，并起兵与三桂相抗。滇乱既平，圣祖嘉其忠勇，特赐总兵官为诸苗之长。到龙跃本身已经四代，世职逐代递降，只剩得个千总之职。这龙么妹生得雪肤花貌，琼鼻樱唇，模样儿是没批评的，却有一桩奇怪处，偏是这么千娇百媚，却没有风月情怀，偏怀着英雄志气，六韬三略无一不精，剑戟戈矛无一不晓。每当风和日暖天气，么妹蛮装窄袖结束得天人相似，跨着骏马，与二三蛮女驰骤较射，雄艳风流，真可称得一时无两。

这日额勒登保公文到来，龙跃不敢怠慢，检点兵马收拾粮饷，择定吉日出发。么妹闻知，就恳求龙跃带领同行。龙跃不许道："打仗的事情，可不是玩意儿，敌情变幻，刀剑无情，也是姐儿们去得的么？我因受了皇上家恩典，没奈何呢。不然这么热的天气，在家里凉快不好，倒要冒着暑翻山越岭地赶将去。妹子你很好地过着太平岁月，快打回这妄念罢。"么妹笑道："哥哥太把我瞧地小了，兵法上弓马上，妹子也曾揣摩过，练习过，虽不见得怎么，以现时将帅而论，自问也可以充得数了。人家得胜，妹子独遭败仗，那是再不会有的事情。哥哥不许我去，我也知道不过是怕我夺了哥哥的功。其实也是多虑，谁不知么妹是龙跃的妹子，山高遮不住太阳，我立了功，究竟仍旧是你的光辉，我难道还图什么荫袭不成？"龙跃道："上了战场，生死存亡都是说不定的，我无非为爱惜你起见。"么妹道："哥哥放心，妹子自问，恁如何不济，总也不至于丢脸。"龙跃知道么妹性甚执拗，力阻定然不成，随道："咱们再商量罢。"龙跃原是一时敷衍，想慢慢再想法子阻止她。谁料事有凑巧，出发之前二日，龙跃忽然得了一病，军情紧急，额大帅催促文书接二连三地来，势又不能稍缓，部下各将又没一个能当这重任，于是龙么妹遂代兄督队到额侯大营听调了。临行时光，龙跃嘱咐了好些话儿，么妹一一答应。

正是：

铁甲裹纤腰，金闺作烈士。暂别珠帷镜，槛绮梦催醒。抚将骏马长鞭，雄心激勉三军。呼娘子大增巾帼之光，号夫人足厌衣冠之气。

龙么妹这支人马，迅疾如风，行了半月开来，已与大军相接。这日行到南笼地界，此处离大营只有三十里。么妹下令："安营歇息一日，明儿晋谒大帅，听候调遣。"安营已毕，就派二十名巡逻队，四出哨探。一时报称："东南角上，有贼骑窥探，诸将都欲出营擒捉。"么妹道："咱们才到，敌情地势都不很熟悉，只能严守营门，不得轻举妄动。等明见过大帅，奉了将令，出战也未晚。"诸将听了，都笑么妹没胆子，要私自出营擒捕。么妹道："我是全营的主帅，谁违我令，我就斩谁。"说着把两泓剪水秋波迸出寒光，向众人打了个圈儿。众人被这明星般的目光一逼，顿时寒战起来，一个个低了头，不敢答话。

这晚月上之后，么妹带领侍婢，亲往各处巡视，但闻刁斗之声前后相应，查了一遍，见守得倒还严密。查毕回营，帐外檄声已报三鼓，举头瞧那月时，愈益晶莹澄彻，两三片薄云，映着月色，徐徐浮动，宛似轻霜薄絮似的，心中好不快然。遂令侍婢取宝剑来，趁着月色舞将起来。剑气生风，剑锋激电，么妹的慧心娇力，正全注在宝剑上。流星探马飞报军情，说额侯中了贼人诡计，被困在南笼地方，贼首王囊仙、七绺须前后夹击，情势十分危险。么妹道："那还了得！"随令拔队齐起，星驰往救。么妹身跨骏马，手舞银枪，十多员苗将，三百名苗军，紧紧相随，马前扯起三丈来高的红绸大旗，中间绣着个大"龙"字，飞驰而前，迅疾得像箭一般。霎时间早到战地。么妹飞骑陷阵，那股锐英气风直接辟易千夫，披靡万从。左冲右突，战到天明，贼人抵挡不住纷纷退避。么妹吹号收军，检点人马，只死两个，伤了五个，各苗将唱名报功，阵斩贼人首有四百五十七颗，生擒贼酋九名，阵降贼兵二百二十三名，所得马匹粮饷，不计其数。么妹吩咐："马匹粮饷本军收用，降兵编入本军，充当火夫。贼酋九名，首级四百五十七颗，解往大营听赏。"处置才毕，忽报："额侯爷差官求见。"么妹忙叫快请。只见进来了两个蓝顶花翎的差官。两差官见了么妹，都各一呆，随道："大帅派我们来请龙爷呢。"么妹笑道："原来大帅还没有知道我哥哥龙跃因为病了，派我前来代当差使的。"两差官惊道："昨儿晚上血战南笼救出我们大帅，难道就是姑娘么？"么妹笑道："不敢，是我做的事。"两差官相语道："谁料花朵儿似的人，竟有这么能耐，你我丈夫真真愧死了。"当下就传额侯令，请么妹到大营相见。

么妹到了大营，额勒登保也异常赏叹，待以宾客之礼。么妹询问贼情，随献计道："贼人经此挫折，业已丧胆。何不奖励三军，分道进攻，一鼓作气，南笼之贼不难立就扑灭。"额勒登保道："你这话深合兵机。我兵条条生路，不过拼命进战是一条死路；贼兵条条死路，不过拼命鏖战是一条生路。欲以我之长攻贼之短，只有出其不意攻其不备之一法。等杨芳、杨遇春到了，咱们就分道进攻是了。"原来这时光二杨正奉差在外，隔不上几时，果然二杨兵到。额勒登保定下方略，分兵八路，协力进攻。龙么妹的苗兵，虽然只有三百人，倒也当作一路。择定八月十五夜，八路兵马一齐攻扑。

到了这晚，天静无云，月明如画，轻飏掠须，拂拂生凉。么妹坐在马上，星眸似水，杏脸含春，笑向左右说："这起贼子，合该命尽，咱们今晚大家留心点子，总要多擒他几个活口，最好把著名的王囊仙、七绺须捉住了，也显显咱们苗人的能耐，要是被人家擒了去，咱们脸儿上都没有光辉的。"话犹未了，忽听号炮声响，众苗将道："了不得，人家抢了头阵去了。"么妹笑道："怕什么，迟早不争在这一刻儿。擒贼先擒王，拿住了王囊仙、七绺须，恁他们如何杀敌致果，也难跟咱们比肩儿子。"说罢，催马前进。忽前哨时称拿住两名贼子。解到马前，么妹停辔瞧时，见两贼都有三十上下年纪，都穿着白衣，见了么妹，不住地叩头求饶。么妹娇声喝问："你们两人姓甚名谁？在贼营中当什么差？这会子要往哪里去？要命的就照实讲，实讲了，我不杀你，我还赏你呢。不要有一字半句虚话。"说到这里，就把所备宝剑一掣，映着月色，一股冷森森寒气，直射向两人脸上来，吓得两贼没日子地喊"饶命"。么妹道："也没见过这么没中用的人，也要出来当贼子。放心罢，这脏脏东西，我要亲自动手杀起来，怕不薰坏了我么。快讲！"马前苗将齐声催喝，两贼只得供道："小的李福、王禄，都是王教首手下的听差。王教首为官兵不日前来攻打，特差小的两人，到川中王三槐总教首那里求救。这是句句实言，女菩萨慈悲放了我们罢。"么妹道："王教首是谁？"两贼回道："就是王囊仙！"么妹心里一动，笑向左右道："不料咱们的大功，就着落在这两个贼子身上。"随喝问："王囊仙所在地方，你们谅总知道。"两贼回"知道"。么妹道："你们引我去擒王囊仙，擒了王囊仙，我自重重赏你们。"欲知两贼肯从与否，且听下回分解。

第四十二回　数奇命将军空百战　多情种红粉自千秋

话说李福、王禄被龙么妹一阵子硬吓软骗，已是筋酥骨软，不由不答应。么妹本是谋勇兼优的，有了这么两个内应，自然临机决策，只半日工夫，就把王囊仙、七绺须都擒住了，军威大振，南笼就此肃清。陈云伯先生有长歌赞美道：

罗旗金翠翻空绿，鬟云小队弓腰束。
乐府重歌花木兰，锦袍再见秦良玉。
甲帐香浓丽九华，玉颜龙女出龙家。
白围燕玉天机锦，红尘蛮云鬼国花。
小姑独处春寒重，巫峡云间不成梦。
唤到芳名只自怜，前身应是桐花凤。
一卷龙韬荐褥薰，登坛娩婳自成军。
金阶台榭森兵气，玉砦阑干起阵云。
昔年叛将滇池起，金马无声碧鸡死。
水落昆池战血斑，多少降旗尽南指。
铜鼓无声夜渡河，独从大帅挽天戈。
百年宣慰家声在，铁券声名定不磨。
起家身袭千夫长，阿兄意气凌云上。
改土归流近百年，传家独赛云台丈。
雪点桃花走玉骢，李波小妹更英雄。
星驰蓬水鱼婆箭，月抱罗洋凤女弓。
白莲花尘黔云黑，九驿龙场堠烽逼。
一纸飞书起段功，督帅羽檄催军急。
阿兄卧病未从征，阿妹从容代请缨。
元女兵符亲教拿，拿龙小部尽描姪。
红玉春营三百骑，美人虹起鸦军避。
战血红销蛱蝶裙，军符花錾鸳鸯字。
秋夜谈兵诱屈凉，白头老将愧红妆。
围香共指花袅市，骠骑争看云鞞娘。
敌中妖女金蚕蛊，甲杖弥空胜白羽。
金虎宵传罗曼力，红下夜演天魔舞。
八队云旗夜踏空，擒渠争向月明中。
晋阳扫净无传箭，都让萧娘第一功。

春山雪满桃花路，铸铜定有铭勋处。
八百明驼阿槛归，三千铜弩兰珠去。
当年有客赋从戎，亲见猺仙玉帐中。
珠目毦脂翠人样，艳夺胭簪一角红。
军书更有花畔格，蛮笺小幅珍金碧。
谁旁相思寨甲居，铃名红军芙蓉石。
功成归去定何如，跳月姻缘梦有无。
惆怅金种花落夜，丹青谁写美人图？

额勒登保经此大胜，才待修本报捷，忽接德楞泰参赞公文一角，才知德参赞靠着乡勇之力，连获大胜，现在想出一个坚壁清野的法子，将军明亮深为许可，特行文书询问是否赞同，如果同意，拟即联衔会奏等语。原来德楞泰部下索伦劲旅通只不到三千，练就的乡勇倒不下二万余人呢。因为八旗兵士有了伤亡，例须奏闻朝廷，就是绿营也须咨照兵部，手脚是繁不过，比不得乡勇都是就地招集的，死也罢，活也罢，并没个人儿前来询问。所以每逢开仗，乡勇总是挡头阵，乡勇后面才是绿营兵，绿营兵后面才是八旗兵。败了，死的是乡勇；胜了，得功的是绿营八旗。

严如粒先生有《乡兵行》前后篇，前篇道：

红旗悠悠土城头，绕城画角云惨愁。
羽檄星驰募乡勇，大旗小旗森戟矛。
乡中豪侠子，亡命身未死。
乘时得入骠骑营，誓取功名如折矢。
夜宿沙场刁斗鸣，酒酣高唱气骄横。
黄巾十万势汹勇，来压军门云不动。
排弩架炮守垒营，将军有令须持重。
岂无中黄贲育士，军令森严禀相奉。
乡兵愤怒火出鼻，大呼陷阵万夫辟。
顷刻驱狼若驱羊，诸军鼓噪踵相继。
爬岩翻箐无处寻，岩悬削瓜箐屯云。
凭高负险侮我军，仰视坠帽徒怒嗔。
将军下令悬重赏，执擒贼者银千两。
几辈贪赏不顾生，前者顶縻后者上。
藤绳垒缚献军门，一军欢迎得好仗。
椎牛飨士军筵设，夜奏甘泉月三捷。
几番开库赏乡兵，谢恩叩头头有血。
归来就地作博场，俄顷千金如沃雪。
全日班师撤归里，中有一人注不上。

十年百战扫搀枪，两手依旧空男子。
悔要银钱不要官，哪有功名夸闾里？”

后篇道：

大红旗，小红旗，大小红旗共迷离。七里蜈蚣称健儿，五日十日道途壅，居人栗栗行人悚。听说前途撤乡勇，乡勇十人九顽劣。中有一人独悲咽，哀哀细从召募说：妖氛起荆襄，达州剧贼尤披猖。惭无颜面回故里，起名再吃乡兵粮。夔府作军探，湖北又湖南。最后随营过尧关，辗转黑河太巴山。老林百日无完衣，射见踵决血流啡，一馍二十钱，甜米斗二千。披得包谷作晚爨，青纲树泾烧不燃。昨到兴安城，粮船如鱼鳞。又见守营卒，个个衣履新。杀贼要乡勇，受赏偏说册无名。十年凯撒人已老，欲移新兵粮额少，赏金多被领旗抽，区区微劳谁见收。不收亦无愁，依然无面回乡里，甘心老向南山死。

照这《乡兵行》瞧去，当乡勇是最吃亏事情。谁料当时兴头的人很不少呢。就德楞泰此番战绩，一大半都是乡勇健将罗思举的大功。罗思举是达州东乡罗家坝人氏，智谋出众，胆略过人。他的用兵，全得力于“出奇制胜”四个字。嘉庆元年，白莲教首王三槐在丰城地方起事，屯聚数万，矛槊成林，吓得官军正眼也不敢觑视。丰城离罗家坝只三、五十里路程，王三槐派贼众三千人出掠，前锋已及罗家坝。此时坝中团勇点名儿虽有一万多人，却没一个临过阵的。执着兵仗排队了，远远瞧去，倒也不见什么破绽。一但叫他杀贼，十个人中总有九个腿子里吓得没了劲儿呢。罗思举当着团长，听报贼来，忙向众人道：“贼子来了，咱们都出坝抵御去。”连说三遍，也有应的，也有不应的。罗思举发急道：“团勇原是保护地方的，贼子来了不抵御，要乡团来做什么？咱们妻儿老小，田房财产，都在坝里头，贼子打进了坝，谁还保得住谁？这回开仗，还是自己保护自己呢。”经这么说了，才有数十个人，执着刀叉相从。出坝二三里，望见一簇贼人蜂拥而来，也不知有几多人数，白旗高扯，标着“白莲教”字样。众人见了，胆都寒了。罗思举道：“喊一声呐助助威，咱们就迎杀上去。”说毕飞步挥刀奋身直前。众人只喊了一声呐，早都溜跑了。等到遇敌奋斗，只剩了罗思举一个儿。罗思举交过十多个回合，回顾乡勇，并没有第二个人上来接应，心里没好气，忽然情急智生，想出一计，大呼道：“不过三五十个贼呢，快齐心扑掉他。”坝里乡勇听说贼少，勇气顿时奋起，争着奔出，万刀齐斫，万叉齐搠。贼众大骇，弃械奔逃。乡勇乘势追赶，获了个大胜仗，所获器械马匹，斩的首级，擒的活口，真是不计其数。

罗思举道：“今儿咱们得打胜仗，可知贼人的能耐也不过如此。头回怕，二回就不怕了。”众人都道：“咱们杀了这许多贼子，到哪里请功去？”罗思举道：“达州现有游击衙门，咱们就到那边报去，多少总得着点子赏。”于是众人扛了杀下的首级，押了生擒的贼子，跟着罗思举到达州游击衙门报捷请赏。这位游击姓罗，名定国，世务上参的精透，正患教事猖獗，上峰责问，听说罗思举来衙报捷，心中甚喜，顿时放出笼络手段，宰杀猪羊，把众人请了一顿饭，又把罗思举当着众人着实奖励了一番。罗思举见游击如此管待，觉着自己脸上增起无上光荣。罗定国道："王三槐没有擒住，终是地方大患，你老哥现在军威大振，贼子闻风丧胆，如果到丰城去劫寨，出其不意，攻其无备，贼子定然束手就缚。"罗思举道："照思举意思巴不得踏平丰城，活擒贼首。只怕乡勇未曾经过战阵，不很有济呢。"罗定国笑道："老哥也太谦了，罗家坝的乡勇，谁也不知！咱们老营务哪一件能够强过了你！必是老哥不放心，不妨先到那边探视一下子，可取则取，可止则止。"说到这里，便笑顾众人道："众位听我这话儿，说得错了没有？"众人齐声应"是"。罗思举本来喜事，现在见众情踊跃，自然更没甚么异议了。

这日，酒罢之后，罗思举独自一个扮作乡人模样，悄悄去了一日一夜，回报罗定国道："贼营戒备松暇，果然可以袭取。老爷带官兵五百，在外接应，我同三五十个死士，奋呼杀入贼寨，何难一举扑灭？"罗定国道："果然这么容易，好极了！只是我这里的兵，还要保守城池，离了去怕城池就要不稳。"罗思举道："老爷也太小心了，劫寨又不比别的事，一下子就成功了。成了果然不庸守得，就是不成，也不过费上一宵半工夫，哪里就耽误了公事。"罗定国道："营城规矩，你老哥原来还没有知道。咱们的兵马，没有上官军令，轻易是不得调动的，比不得你们，不受皇家粮饷，倒可以自由自在。"罗思举听了，知道定国没有讨贼的胆量，停了半晌，笑答道："老爷果然有老爷的难处，我罗思举定要仰劳老爷，原是我自己不知进退，只是赤手空拳劫营的事，如何做得成功？只求老爷赏我三五斤火药，拼这条贱命不着，定做一番事情出来给人家瞧瞧。"罗定国道："这个可以商量。"就叫人给了罗思举八九斤火药。罗思举藏了火药，也不跟同伴商量，独个儿趁夜里闯到贼营，掷下火药包。顿时烈焰熏天，浓烟匝地，八方四面都着了火。众教民从睡梦中惊醒，夺路奔走，颠崖坠谷，死者不计其数。思举趁乱里跳身逃回。因没有官军追击，便宜教民，只受了个虚惊。

然而，思举从此威名大振，远近乡勇咸来归附，自己练成一军，名叫罗家兵。四川总督闻之，并赏他一个七品顶戴，给札一道，归副都统佛住节制。这佛副都统，也是个公子哥儿，战略上平常得很。此时川中教民，最强的，川北要算罗其清、冉文俦，川东要算徐天德、王三槐。这日惊报传来，知道徐王两贼合兵来窥东乡，声势颇为利害。罗思举急禀佛住道："东乡城低壕浅，势难守御，趁他没有到，赶快的浚濠设栅，屯粮积草。一面行文求救，才能够巴望没事。"佛住笑道："忙什么，咱们现有着数万乡勇，贼子来了，只一鼓便杀他个片甲不回。"思举回营叹道："佛都统不听良言，必为贼人所败，只可惜我数年心血练就的罗家军，与他同为玉石。要真是这样，我哪里对得住我那面八卦旗呢。"原来，罗军号旗画有八卦为识，所以他这么讲。

当下思举正在嗟叹，忽报刘青天差人求见。思举大喜，立命请见。原来这刘青天，是四川省一个知县，姓刘名青，因为做官清正，众百姓替他起个绰号，叫做刘青天。教众所至蹂躏，并见了刘青，倒也并不相害。因此刘青时常出入教众营里，譬说利害婉言谕降，一片婆心，无非望生灵免遭涂炭。此时刘青奉了上宪公事，要到教民营中招抚王三槐，却先派人来见罗思举，请他暂缓征剿。思举见了来人，喜道："刘青天真是可儿，他也知道世界上有一个罗思举呢。”随向来人道：“我在这里也没甚事，倒不如跟了你去。你们老爷很识货，这种人跟他做伴儿，是很有趣的。”来人道：“老爷肯光顾，原是再好没有的事，只是咱们老爷不曾吩咐过，怕都统爷要见怪么。”思举笑道：“你怕佛都统见怪么？他要真是见怪，也该听我的话了。必料我是没有用的东西，在也没什么益，去也没什么损，再者咱们原不比绿营，食官家的粮，听官家的令，喜欢到哪里，就到哪里，谁也管不了谁呢。”来人见他满腔怨愤，知道无法阻止，只得答应了。

当下罗思举传令本部拔寨齐起，高扯八卦旗号，直赴刘青营里来。刘青的营扎在方山坪地方，两贤相遇，露胆披肝，投情合意，说不尽的要好。当下刘青道：“参赞德公爱才若渴，像老哥的本领投了他，定可以出人头地。”罗思举道：“侯门如海，德大人那么尊严，像我这种芥子似的人儿，要见他也不能够呵！”刘青道：“德公脾气还好，老哥倘然有意，兄弟愿为先容。此番招抚的事，德公倒也主张大半呢。”罗思举大喜。

这日，刘青入寨招抚，罗思举跟随前往。先到王三槐营里，复到罗其清营里。罗其清原是刘青部民，刘青一见就大哭道：“本县不德，致我安分良民失身邪教，这都是我刘青一个儿的错误。”罗其清听了，也不觉泪随声下，忙卸掉白袍伏地请罪。刘青亲手扶起道：“能听约束，就是好人。大帅跟前，本县总竭力替你们恳求。”其清谢过，当下设筵款待。酒到半酣，刘青笑指罗思举问其清道：“这位老爷你认识没有？”其清忙回“不认识”。刘青道：“跟你同姓呢，就是丰城劫寨的罗老爷。你们纵没有会过面，也应闻到他大名了。”其清道：“丰城劫寨那不就是一个人，赶走我们数万弟兄的罗思举罗老爷么？”刘青道，“正是这位老爷。”其青疾忙起身斟酒，口称“失敬！”随道：“八卦旗罗家军，谁也不知？！谁也不晓？！照罗老爷的功劳，就花翎红顶，也不为过。现在罗老爷前程还只是个烂铜顶子，倒是那些深居简出的什么钦差参赞，倒一个个妻封子荫，那些人何曾费过一点子心力？所有功劳，都是别人的，别人竭心竭力，他倒白白地享现成，这真是最不公的事情。”

刘青才欲答话，忽听外面人马行动声响，一阵过去，一阵又来，询问罗其清，只笑着不答话。刘青心中疑惑，要出帐瞧看，其清阻住道：“老爷放心，老爷是世家上第一个清官，恁再坏点子的人，总不敢在老爷身上有什么奸计，何况是我？”刘青心终不安，三回五次地要走，其清道：“我们这里，老爷是难得光顾的，一杯水酒，也不肯赏脸？”刘青道：“我到这里来，原不是为着饮食，参赞大臣立候我回话呢。如蒙厚爱，就抚之后，请到本县署中，痛饮一醉，如何？”其清道：“既然如此，罗老爷请暂留此，因为还有几件事，要与罗老爷商议呢。”刘青目视思举，思举道：“公请先回去是了。”其清送刘青去后，重复入席，与思举谈天，言语之间很有窥探军情的意思。思举知道他没有降意，设一个脱身法子逃回营来，却是个空营。正在不解，忽见两个乡勇自外而入，一见思举，就道：“罗老爷也回来了，好了，咱们走罢，刘老爷早走了多时了。”思举忙问：“刘老爷走了哪里去？”乡勇道：“你老人家原来还没有知道东乡早失守了，部统早被害了。刘老爷劝降时光，贼人一边跟刘老爷敷衍，一边就调人马打东乡。刘老爷回营得信，怕受暗算，立即拔队开去。”思举十分惊讶，又问：“开向哪里，你们可知道？”乡勇道：“刘老爷说过，是投德大人去的。”思举此时空拳赤手，一个儿也成不了大事，只得也投德恭赞营来。

参赞德楞泰听了刘青的话,倒很看重思举。这夜接到军报,知道石子坪香炉坪两处险要,已被徐天德、王三槐分兵据守。罗思举雄心怦然,入见参赞,请率领乡勇,飞腾绝壁,暗袭教营。德楞泰大大嘉许,并给了他十多斤火药。有志竟成,果然一战成功,杀得徐王两教首,弃营夜遁。德楞泰立赏了罗思举一个蓝翎千总。这一件事情,正与龙么妹肃清南笼同一时候。

当下额勒登保接到德楞泰公文,就向总文案舒举人房中来,商量个回复的稿子。不意才到门口,就听舒举人在里头拍案道:“真是第一个美人儿!第一个英雄儿!往古无双,来今少有,不知哪个有福的,能够消受她一辈子。我舒铁云生长中华,这艳福是没分的了。”说罢发叹。额勒登保听了几乎笑出来,随咳嗽了一声,走进道:“老夫子这么多情,真不愧风流名士。”舒举人红着脸,起身道:“晚生酒后狂言,不期被东翁听去。”额侯坐下,见案上摆着张才写的字纸儿,墨渍还没有干呢,随问:“这是什么?”舒举人道:“晚生见龙么妹那么英雄,那么美丽,情不自禁写了几首歪诗,无非想替她传流后世呢。”额侯道:“偏是多情种子,偏不能享受艳福,也是很不平事情。”舒举人道:“晚生这几首诗,也可算结成文字因缘,不辜负此情了。”欲知额侯如何回答,且听下回分解。

第四十三回　**获贼首懦臣得意　见上谕权相惊心**

话说额勒登保听了舒举人的话，笑道："那么情魔，亏你是老夫子呢！要是咱们当将帅的，就不行了。"舒举人听了，肃然谢过，于是宾主重谈公事。舒举人道："旬日之间，川黔两捷，军务呢，顺手很了。叵耐这班教匪，东流西窜，随地蔓延，终不是个了局。官兵收复了地方，还要招集流亡，办理各种善后的事，又未便跟着教匪追来逐去的赶。晚生为了这件事，千思万想，费尽心机，总没有个妥善的法儿。可巧昨晚想出一计，本来就要告知东翁的，因为里头稍有未妥的地方，现在德参赞既有公文来，那是很好的机会，这计策，正与他暗合，果然行了，教匪就此灭掉，也说不定呢。"额侯忙问："什么计策，这么的利害？"舒举人道："就是德参赞来文所说坚壁清野的法子，劝令各地乡镇百姓，筑造土堡，开掘壕沟，各自为守，贼人没处掳掠，没处煽勾，自然扑灭得就快了。"额侯喜道："果然妙计，费神起一个底子回复他，咱们准联衔儿会奏是了。"舒举人应着，当下就复了一道公文去。德楞泰立刻题本，因明亮是两朝老将，推他领了衔，大意称说："臣等自楚入陕，所经村庄皆已焚烬，盖藏毕已搜劫，男妇皆已掳掠，目不忍见。已扰者恤，未扰者尤宜提防。查各州县在城之民，有城池以为保障，其村落乡镇，仅恃一二隘口，乡勇或远不及防，或间道失守，仓皇逃避，不但衣粮尽为贼有，且备卫之火药器械，反以藉寇而资盗。而各贼所至之处，有屋舍以栖止，有衣食火药以济急，有骡马刍草以夺骑更换，有逼协之人为之乡导负运。是以自用兵以来，所杀无虑千万，而贼不加少。且兵力以保城为急，则村市已被虔刘，以保荆襄为急，则房竹安康，已难兼顾。为今之计，欲困贼必须卫民，莫若伤近贼州县于大镇，劝民修筑土堡，环以深沟，其余因地制宜，或十余村有一堡，或数十村为一堡，贼近则更番守御，贼远则乘暇耕作。如此以逸代劳，贼匪所至，野无可掠，夜无可楼，败无可协。如以大兵乘压其后，杀一贼即少一贼，灭一路即清一路。近日襄阳绅士梁有穀等设堡团守，贼屡攻不能犯。此保障之成效，至川东各属多有险峻山寨，只须令乡民临时移守其中，一如守堡之法，于以御贼安民，必可刻期扑灭"等语。似这么长规远略，以为必定可以仰邀宸允，不意朱批下来，竟说："筑堡烦民，不如专擒首逆，所请着无庸议。钦此。"各路将帅的兴头，被这一桶冷水浇得透体冰凉。不多几时，朝廷又特派勒保为湖广总督，宜绵为剿匪总统。这两位大臣，一味的贪财好贿，有功的不赏，有罪的不诛，将士愈益解体，匪势愈益猖獗。高宗闻之，心愈愁闷。仁宗再三劝解，说："这都是子臣没福，乾隆年间，一竟很太平，才一改年号，就乱起来了，那不全都是子臣失德的缘故？"高宗道："事情依旧是我管着，如何好说是你失德呢？"

这日，仁宗到圆明园给太上皇请安，见太上皇盘膝儿坐在炕上，闭着眼宛如老僧人入定似的，嘴里头喃喃念诵，一个字也听不清，不知诵的是何经咒。仁宗不敢惊动，又没有赐坐的恩命，只得垂手侍立。一时和珅进来，见仁宗站着，也只得垂手侍立。忽见太上皇问道："这两个是谁？"和珅应声答道："是徐天德、孙士凤。"太上皇听了，依旧喃喃的念诵，一时诵毕，才与仁宗、和珅讲话。太上皇说起要热河避暑去，仁宗道："今年不知怎么，这里天气比了往年要热好多呢，那边气候不知怎样？"高宗道："那边树木多，总好一点儿。"仁宗道："太上皇高兴，子臣理应随侍。但这会子教匪还没有平靖，军务旁午，子臣留在京里整理一切，也好使太上皇少劳劳心。"高宗道："你要整理，那边也好办事呢。你的意思我也知道，无非为扰乱当口，咱们走了，京里头人心不免就要摇动。其实都是小孩子见解，我正为白莲教扰乱，才要到热河去。外边人见咱们爷儿两个，还这么舒齐暇豫，不知咱们有怎么高深的庙算呢！年年逛的地方，为了乱事就停止，那不是自己先慌张自己了么，被白莲教听了去，扰的愈兴头了。"随问和珅道："你听我的话错了没有？"和珅自然随声附和。仁宗不敢回驳，只得也答应了，当下散出。仁宗忽然想起那件事，随叫住和珅问道："太上皇方才讲的什么话，我听不懂，你倒听的懂？"和珅道："皇上所问不就是太上皇喃喃诵念的话么？"仁宗道："不错，就是那话儿。"和珅道："那不是话，是个咒语，太上皇天纵多能，世界上所有各国各教的语言文字经典咒语，没一样不知道，方才诵的就是喇嘛教所有的喇嘛咒。"仁宗道："喇嘛咒有甚用呢？"和珅道："这喇嘛咒真是了不得，能在千里之外一刻之间，活生生把心上所恨之人立时咒死。不过行咒时光，喝问姓名须要旁人代答。太上皇方才喝问老臣，只道徐天德、孙士凤，都是白莲教首领，太上皇平日最恨不过的，才代答了这两个人名字。"仁宗道："喇嘛咒这么利害，你总也会的了。"和珅道："老臣也是太上皇教授的。"仁宗听罢嘿然。次日太上皇颁出诰谕，择定五月初九日启跸，出狩热河。

高宗耽安逸乐，一年四季住的都是福地。春天住的是圆明园，夏天住的是热河行宫，秋天住的是奉天故宫，冬天住的是京师大内。天下乱得江翻海倒，他老人家依旧没事人似的逍遥巡狩。其实他也有他的长处，虽然终年游逛，事情却依旧办理的，即如这会子住在热河，军报络绎，半夜里还常常批阅章奏呢。一夕，为了桩什么事，叫太监军机处去宣召军机大臣。太监走了一趟，回奏军机大臣都回家去睡觉了，一个都没有在那里。高宗听了没好气，随道："我还在办事呢，他们倒那么安逸，真都是福气人儿。"太监道："待奴婢到他们家里去传旨。"高宗道："不用惊动他们了，章京还有个巴么？"太监道："奴婢才到军机处，见那边静悄悄地，案上的灯儿也只黄豆大小的光亮，一个瘦子眯着眼，在那里瞧书儿，军机大臣回家的话，就是他告诉奴婢的，这瘦子是不是章京，奴婢也没有问及。不过那么一所大屋子，只剩他一个儿在那里呢。"高宗道："你去问问，是不是本署的章京？是，就召他来。"太监领旨而去，一时引了一个瘦脸抠腰的晶顶官员进来，叩头儿见驾。高宗道："你叫什么名字？"那人回奏："微臣吴熊光。"高宗道："你原衙门是哪一个？"吴熊光道："微臣原职是通政司参议。"高宗道："在军机处当了几多年数差？"吴熊光道："五年多了，微臣还是乾隆五十六年调到军机处的呢。"高宗道："事情总熟悉的了？"吴熊光碰头道："微臣因赋性愚笨，公事到手，每不敢轻率从事，所以错误之处，还不很多。"高宗喜道："能够这么就好。"当下就与他商议政事。也是吴熊光官运来了，奏对的尽都称旨，高宗十分喜悦。

次日，和珅入见，高宗就道："军机事情日繁，你有了年纪，未免有地方就要照顾不到,很该挑几个人帮助帮助。”和珅未及答话,高宗又道:“傅森、吴熊光这两个人,我看多还出息,都还能够办事,可叫他在军机大臣上行走。有了这么的好帮手,你也可以少费点子心思了。”和珅碰头道:“太上皇体恤老臣,无微不至,老臣自当感戴,但傅森、吴熊光两个,傅森也还罢了,吴熊光官才五品,于体例上似乎不很符合。”高宗道:“按照体例几品的官才能够在军机大臣行走?”和珅道:“至少须三品呢。”高宗道:“要三品么?那也很容易,吴熊光朕立赐他一个三品卿衔,那总可以了么。”和珅叩头道:“恩出自上,老臣何敢强争。只是太上皇这个恩典,怕倒害了他呢。”高宗忙问何故,和珅道:“吴熊光家里穷得很,军机大臣例须开轿,平白地添出这笔开支,叫他力量里哪里办得上?”高宗道:“那也容易,着户部赏给他饭银一千两,总也不致困苦他了。”和珅碰头道:“戴衢亨是状元出身,官为学士,已经是四品了,在军机当差的日子,也与吴熊光差不多,用吴不如用戴,还求太上皇圣裁。”高宗道:“派一个军机,偏就有这许多的讲究,状元咧,榜眼咧,难道今儿是殿试么?”和珅听了,不敢言语。于是下诰谕,吴熊光就在军机大臣上走。原来这吴熊光别号槐江,原是大学士阿桂识拔的,和珅与阿桂不很合得来,阿桂虽故,宿憾未消,所以竭力地阻止他。吴熊光自升在军机大臣上行走后,办事愈益勤慎。此时内外蒙古各盟旗王公、台吉都到避暑山庄祝禧瞻观,虽一般地唱戏赐宴,大家终为着乱事没有往常的高兴。

这日,仁宗率着和珅等几个大臣侍着太上皇正在讲笑话儿解闷,太监送进一本,六百里加紧的军报,是勒保奏来的。高宗瞧阅一过,不觉喜形于色,笑向仁宗道:“匪首王三槐擒住了,倒也亏他。”和珅道:“这都是太上皇、皇上的洪福。勒保不过靠福成功罢了。”高宗微笑不语,随传吴熊光,令拟旨封勒保为一等威勤公,并发花翎五支,蓝翎十支,白银一万,赏赉有功将士。

且住,这位勒公爷出兵以来,从没有与教众开过一仗,怎么白莲教首王三槐,倒被他生擒了呢?原来王三槐据守在安乐坪地方,地险兵强,声势很是浩大。勒保不敢攻击,无奈上头严厉不过,责备的上谕接二连三,再要按兵不动,前程定然不保。勒公生平最怕的是教众,最爱的是官,叠接严旨,心里头不免慌张,就与本营心腹商议征剿教众之计。众将都道:“开仗的前情,并不为难。前排儿在有乡勇屏风儿,死活胜败,都与咱们不相干。第二排是绿营,八旗兵在后面。吉林索伦兵,更在后面。咱们督队的更在后面,好在白莲教也驱难民充头阵,开一回仗不过是乡勇跟难民拼性命,咱们承是不相干的。打了胜仗,功劳都是咱们的,既是上头不肯相谅,开一仗也不妨事。”勒保道:“乡勇死了,自然是白送命,难道还有功夫替他议恤么?但怕头阵儿死尽了,冲动后阵,咱们也要带着呢。”一人道:“刘青这蛮子颇有点子虚名,白莲教倒都还信他的话,何不调他来营?派他来招抚去,办的得手,也省了一番手脚。”勒保道:“刘青已升为兵备道也是监司大员了,就调了他来,办的成功也难没掉他的功劳,再者上头原不叫我招抚呢。”那人道:“沐恩浅见,原不真叫他招抚,无非把白莲教首谎了来营,奏报上去只说是生擒的,上头又不亲来瞧看,这里谁不是大帅心腹,刘蛮子不经大帅手,还有谁敢替他代奏么?”勒保沉吟半晌,开言道:“事情呢很不妥当,急到临头没奈何,只好权把这法儿济一济了。”随命文案处老夫子,办了一角公文,加紧递去。

刘道台原是国而忘家公而忘私的，接到公文，立带乡勇百名，并本署文案刘星渠到大营听令。勒保接见部下，大为客气，先把刘青恭惟了一番，然后谈入本文，请他到教众将中去招抚。勒保道：“兄弟自问才具上平常的很，历来经办各事，终不免忠厚有余，刚断不足，即如教匪的事情，兄弟偏见，总以为营里头的兵是朝廷赤子，白莲教徒也是朝廷赤子，同系赤子，同系一家，又何忍干戈相见。就是派兵征剿，在朝廷原无成见，咱们办的妥当，朝廷总也欣喜的。”刘青道：“大帅一念好生，不知又替朝廷造到多少福气呢。”勒保道：“提甚福气，不过图省事罢了。对着贼人的威信，你比我要强多，现在依旧借重你到那边走一趟。同系朝廷的事，你老哥谅总肯辛苦的。”刘青道：“大帅吩咐，自当谨遵，不知大帅要招抚谁？”勒保道：“安乐坪的王三槐，你老哥从前到过他营里的。”刘青道：“现在贼人也坏的很，光是空言，怕不得肯信。”勒保忙问何故。刘青道：“就为前年，罗思举获住了王三槐的谍贼，知道三槐派人约会陈家山新起的贼子，同拒官兵，思举就冒了贼子白旗，趁夜里驰抵陈家山。声言白莲教众到此，联兵陈家山。贼不知道假冒，派众四百，鱼贯下山迎接。思举坐在垒门守候，下令会诵教咒的，释了器械，入后营见老师傅。后营早伏下刀斧手，两个服侍一个，尽都杀掉，贼众至死号呼：‘我们真是白莲教，不是红兵。’山上贼子瞧见，知道中计，慌忙奔遁。思举掩杀上山，歼擒到四千多人，就为这一回的事，贼子就不很信官兵了。”勒保道：“罗思举的事，与你老哥是不相干的，必是你老哥怕烦。倘说是威信不足，你老哥这么大名‘刘青天’三个字，谁不知晓？贼人会不信时，兄弟就不敢知了。”刘青只得答应。

当下就带了文案刘星渠，勒大帅又派一个都司相随，同到安乐坪白莲教住寨招抚。三槐听报刘青天到，亲率教众出寨迎接刘青。见了面，少不得披肝露胆，说出一大篇恳切的话。恁王三槐如何倔强，到此也自然而然的天良感动，情愿跟随刘青到勒帅大营里，不过要把刘星渠与那都司，留营为质，刘青应诺。当下王三槐只带四名从人，跟随刘青到营。勒保闻报，立即升帐，从中军帐直到营门，长矛队、短刀队、弓矢队、刀牌队，排列得严整非常。王三槐才踏进门，勒保就大喝：“拿下！”刘青再三争辩，勒保哪里肯听。刘青道：“这事关于职道一生信德，总要恳求大帅成全。”勒保道：“我办他难道办错了么？”刘青道：“论到王三槐罪，果然死有余辜，但此番来营，职道许过他不难为。现在大帅不肯宽恩，那不是职道失了信了么？”勒保道：“住了，我问你，你也是受过皇恩的人，到底朝廷要紧？还是你的信德要紧，难道为了你一句空言，连朝廷严旨缉拿的白莲匪首都不能拿办了不成？”刘青道：“大帅明鉴，大帅麾下的都司官跟职道的文案生，还都在安乐坪寨里，万一那边得着消息，怕这两人的命，就此不保了么！”勒保笑道：“他自丧他的命，又没有丧了你，与你什么相干？！”刘青见力争无效，只得垂头叹息而出。这便是勒公爷生擒教首的奇功传烈。别的不打紧，官兵从这回失信而后，激得白莲教愈益心坚意执，闹的比前利害起三五倍呢。高宗帝忧成一病，仁宗遍召名医，更番诊法，哪里有点子效验。延到次年正月，两眼一翻，竟自大行去了。仁宗怆地呼天，极尽为子之道。丧事粗毕，就命军机大臣拟旨一道，颁给四川、湖北、陕西各将帅，上辞道：

> 我皇考临御六十年，四征不庭，凡穷荒绝徼，无不指日奏凯。至内地乱民，如王伦、田五等，偶作不靖，旬日立殄，从未有劳师数年，糜饷数千万尚未蒇事者。自末年用兵以来，皇考宵旰焦劳，大渐之前，犹以望捷成什。迨至弥留，亲执朕手频望西南，似有遗憾。苦教匪一日不平，朕即一日负不孝之疚。内而军机大臣，外而领兵诸将，同为不忠之臣，迩年皇考春秋日高，从事宽厚，即始贻误军事之永保，严交刑部治罪，仍旋邀宽宥，其实各路纵贼何止永保一人。奏报粉饰，拼败为功。其在京谙达、侍卫、章京，无不营求赴军。其归自军中者，无不营置田产，顿成殷富，故将吏日以玩兵养寇为事。其宣谕各路领兵大小诸臣，戮力同心，刻期灭贼。有仍欺玩者，朕惟以军法从事。

这一道圣旨颁发下来，满朝大臣无不栗栗危惧。内中吓得最利害的，就是军机大臣大学士等和珅公爷。和珅向家人道："糟了糟了，我这老命儿，定然保不住了，面子上虽没有指定我，其实为我一个儿呢。嘉庆跟我平常得很，我也知道朝晚总落在他手里，不过想不到发作得这么地快。"家人劝道："当今素来孝顺，三年无改。恁他怎样，这一二年里总不会有事的，你老人家放心是了。或有想一个法儿，告了病回转享福去。当今宽仁，总也不来追究了。"欲知后事如何，且听下回分解。

第四十四回　**整纪纲和相被查抄　布德教小民蒙矜恤**

话说和珅见了上谕，心里异常恐惧，家人婉言劝解。和珅道："论起亲情戚谊，原不应这么无情。我两个儿子，都尚着格格做额驸，跟嘉庆是郎舅至戚呢。"话犹未了，门上飞报涉军统领衙门额老爷来拜。和珅大惊，忙问："他带多少人来？"门上回："敢怕有五七十名番役呢。"和珅吓得面如土色。二门又上报："额老爷已进了二门来也。"才待起迎，额森忒已是进来，满面春风，拉着和珅的手问好。和珅道："额公光降，定有见教。"额森忒笑道："没甚事，不过顺路儿瞧瞧公相。"说着坐下。管家献上茶，额森忒叙过几句寒温，却仰着头只管瞧字画儿。此时和珅心上，宛如十五个吊桶打水，七上八下。

忽又见门上小厮飞步入报："军机大臣、工部尚书那大人进来也。"和珅暗忖："那彦成是阿桂的孙子，平日跟我很是不合，今日到此，定然有凶无吉。"想着时，那彦成已经进来。只见额森忒抢上去请了安，便说："大人已到，随来的各位侍卫老爷就该带领番役把守前后门。"众官应了出去。和珅瞧见这个样子，顿时满面泪痕，泣求转奏乞恩。那彦成笑道："公相你也如此，做了十多年宰相，查抄的事情，在你手里不知经过多少，几曾见钦差倒替犯官乞恩过的。"说着，便转过脸道："有上谕，请公相跪听宣读。"和珅只得跪下。此时各房各门，都被番役守住，本宅上下人等，一步不能乱走。额森忒回道："请大人宣旨意，就好动手。"和珅偷眼瞧时，见众侍卫一个个撩衣捋臂，在那里专候旨意，叹道："我和珅不知抄掉几多人的家，坏掉几多人的官，谁知今儿竟会轮到自己身上。"只见那彦成站在上头宣旨道："奉上谕：和珅夺权罔上，误国殃民，辜负朕恩，着即革职，交刑部严行审问。钦此。"额森忒一叠连声叫："拿下和珅！其余看守。"

那彦成吩咐："侍卫带同番役，分头按房查抄登记。"这一言不打紧，把个巍峨尊严和相府，顿时鼎沸似的闹起来。最可怜是那一班娇妻美妾、艳婢佼童，平日快似神仙，尊如天帝，到这会子被侍卫押着，驱来赶去，宛如猪羊一般，披头散发，哭地号天，终没个人援救。至于那班豪奴悍仆，平日倚势凌人，凶得如虎如狼，这会子也都垂头丧气，那些威风不知哪里去了。

那彦成带同和珅，眼看司员报数登记。一时侍卫跪禀，称："在上房查出御用梁纬帽、红宝石顶，并织龙黄褂、四开气袍等各种违禁之物，不敢擅动，特来请大人的示。"那彦成叫另行放开。一会子，又禀称："在内帐房搜出借票两箱，房地契文五箱，都是违禁取利的。"那彦成冷笑道："公相也太有心计了，又要谋取皇位，又要剥夺民财，竟一网打了个尽。"和珅忙辩道："大人明鉴，这顶帽袍褂，原是预备进贡太上皇的。犯官虽然糊涂，也还知道朝廷法度。"那彦成道："契文借票呢，难道也是奉旨准行的？"和珅道："谅都是奴才们干的，犯官实是不知。"那彦成道："这个话尽公相自己御前去办罢，我实不敢回奏。"和珅央道："那大人，我与大人祖父，三世至交，这点子事情，还望推情照拂。"那彦成道："公相原谅，我今儿的事情是国事呢。"

此时查抄将次完毕，就有司员竟记喝报，只听报道：“赤金首登，共三千六百五十七件。珠宝俱金东珠八百九十四颗。珍珠一百七十九挂。散珠正斛，红宝石顶子七十三个。祖母绿翎管十一个，翡翠领管八百三十五个，蓝宝石带头一百二十三副。奇楠香朝珠八十七挂。沉香朝珠六百九十八挂。赤金大碗五十对。玉碗十对，金壶四对，金瓶两对，金匙四百八十个，金盆一对，金折盂一对，水晶缸五对，珊瑚树二十四株。玉马一只，高二尺，长三尺一寸。银大碗八百个，银中碗一千六百个，银碟三千二百个，银杯四千八百个，珊瑚箸四千八百镶，被金象箸四千八百副，银执壶八百把，翡翠西瓜一个，猞猁狲皮八十张，貂皮二百六十张，青狐皮三十八张，黑狐皮一百二十张，玄狐桶带十件，白狐桶子十件，洋灰皮三百张，灰狐腿皮一百八十张，海虎皮三十张，海豹皮十六张，西藏獭皮五十张，绸缎四千七百三十卷，纱绫一千一百卷，绣蟒缎八十三卷，猩红洋呢三十疋，哔叽三十疋，呢绒三十疋，各色布四十九捆，葛布三十捆，各色皮衣一千三百件，绵夹单纱绢衣三千二百件，御用纬帽二顶，织龙黄马褂二件，酱色缎四开气袍二件，白玉玩器八十件，碧玉玩器六十四件，西洋钟表七十八件，玻璃衣镜十架，小镜三十八架，铜锡等物七千三百余件，纹银一百零七万五千两，赤金八万三千七百两，钱六千吊。一应动物家伙横钉登记，以及房屋一千五百三十间，花园一所，俱详细开列，其房地契纸，家人文书，亦俱封裹。”

和珅心伤泪落，暗忖：“早知这么下场，平时也看破点子了。”只见那彦成问：“完了么？”众人回说：“完了。”那彦成道：“完了就好了，咱们也好回去复旨了。”额森忒禀道：“各重门户，都已贴下封条。男女人口都已押在下房里，已都派了人看守了。”那彦成点了点头，遂吩咐套车。于是大众簇拥和珅到刑部衙门交卸了，才入朝复奏。都察院各御史，见和珅坏了事，顿时锋芒起来，你也参一本，我也参一本，今儿说这个是和党，明见说那个是和党。不到一个月，朝里大官员，牵连罢职的，倒有一大半。和珅是仁宗有意作对的人，结案下来，自然总是从重治罪。彼时京中有句俗语道：“和珅跌倒，嘉庆吃饱。”就指这件事呢。

和珅伏罪之后，仁宗召集廷臣，狠狠训饬了一番。众大臣经过这回惊吓，虽不见得个个洗心革面，比了从前就好多了。恰值王三槐押解到京，仁宗敕令军机大臣会同刑部大理寺悉心审讯，王三槐口供，始终咬定是官逼民反。承审大臣不敢隐蔽，照直奏闻。仁宗览奏恻然，命暂缓行刑。遂下上谕道：

国家深仁厚泽百余年，百姓生长太平，使非迫于万不得已，安肯不顾身家铤而走险？皆由州县官吏朘小民以奉上司，而上司以馈结和珅。今大憝已去，纲纪肃清，下无不上达，自当大法小廉，不致为民累。惟是教匪迫协良民，及遇官兵，又驱为前行，以膺锋镝。甚至剪发刺面以防其逃遁。小民进退皆死，朕日夜痛之。自古惟闻用兵于敌国，不闻用兵于吾民。其宣谕各路贼中被胁之人，有能缚献贼首者，不惟宥罪，并可邀恩。否则临阵投出或自行逃出亦必释回乡里，俾安生业。百姓困极思安，劳久思息，谅必一见恩旨，翕然来归。其王三槐所供，川省良吏，自刘青外，尚有知巴县赵华，知渠县吴桂，其量予优擢，以从民望。至达州知州戴如煌，老病贪劣，胥役五千，借查邪教为名，遍拘富户，而首逆徐天德王学体等，反皆贿纵，民怨沸腾。及武昌府同知常丹葵，奉檄查缉，株连无辜数千，惨刑勒索，至聂人杰拒捕起事。其皆逮京治罪。难民无田庐可归者，勒保即督同刘青熟筹安置，或仿明项忠原杰招抚荆襄流民之法，相度经理。遍谕川陕楚豫地方，使咸知朕意。钦此。

这一道上谕，仁心慈意，溢于言外，不特清朝高文章。仁宪纯六帝不曾有这，就汉唐宋明也不曾见有这么仁慈恺恻的诏旨！清国十二帝，平心衡论，这仁宗帝人可算过得去的了。难道三代以下，真还从哪里去找寻尧舜么？

仁宗为人，不但宅心仁恕，办理大小各政也很有独见之明。彼时京师地方，有一桩冤狱，倘然遇着了好高骛远的高宗，矜智弄巧的世宗，镇日高掌远蹠，干那拓土开疆大事，没工夫管理民间细务，冤狱沉沉，这花容月貌美人儿，九烈三贞好女子，早吃那糊涂官吏断送了呢。究竟怎么一件事？原来京城大栅栏桐花胡同，有一个不才子弟，姓胡名惠生，他的老子也曾做过一个小小京官，苦吃俭穿，死下来倒也积有上千银子。奈这胡惠生不长进，文不读书，武不挑担，镇日的游荡，同着一班狐群狗党，赌钱喝酒，无所不为。上千银子哪里抵得住大挥霍，不到两年，就精光了。惠生虽是不成才，他的老婆谢氏，倒很贤慧，随着惠生茹苦含辛，从没有一声半句怨语，并且柳眉琐翠，杏脸含春，人品儿，又是头等的标致，旁人见了，都替她叫屈。她倒行无所事的，乐道安贫，靠着十个指头儿，贴补点子家用。

一日谢氏从娘家回来，见惠生与一个无赖站在途中，不知讲什么话儿。那无赖瞧见谢氏，两个贼眼珠注定了，一瞬都不瞬，那副贼态狼形，很是不雅。谢氏心中就不自在，回到家里，见破瓶罐塌了满地，没个人整理，想起丈夫不长进，未免自怨自艾。正在收拾，塌拉塌拉，一阵破鞋声，自外而来，料是惠生，抬头瞧时。果见惠生托着两吊青钱，笑嘻嘻地进来。见了谢氏，贼脱嘻嘻，不似往常的样子。谢氏心里没好气，遂作色喝问："你也回家来，我当你死在外面呢！"胡惠生见老婆发怒，不敢答话。谢氏始怒道："我才家来，路见你跟一个不成才东西鬼鬼祟祟干什么事，偏是这种不成才东西，偏有你这不成才东西，跟他成群作队的做朋友，见了我那一种贼形怪状，几令人呕死呢。你要像个人，这种不成才东西，赶早地绝掉了，要再与他往来，你也不要回家来，我也不愿再认识你呢。"惠生到此，哪里还敢开口，把两吊青钱，放在桌上，轻轻坐下。谢氏道："钱哪里来的？"惠生道："给你使的。"谢氏道："谢天地，今儿也使着你的钱了。但是这个钱哪里来的呢？"惠生道："给你使，你使着就是了，何必问呢。"谢氏道："偷来的，抢来的，我也使着不要问么？"惠生道："你放心，我总不会做强盗做贼子是了。"谢氏道："到底哪里来的钱？不说明我终不要使。我知道你再不会干正经事情的。"惠生嗫嚅道："你问我这钱么？"谢氏道："问你这钱从哪里来的？"惠生道："不用问了，我的钱就是你的钱，拿回家你使着就是。"谢氏心疑，盘问的愈紧，惠生见她面色不善，只得道："告诉了你罢，我这钱是赌赢的。穷得这个样子，真难道还有好朋友借给我么？"谢氏道："你往常赌钱，只有输，没有赢的，今儿怎么倒会赢了呢？"惠生道："光景是天可怜见罢了。”一宵无话。

次日一早，惠生就出门去，好似有甚紧要事情，没有干掉似的。到夕阳西下，才慢慢地回家，手里倒又托着两吊钱。问起他话，又是赌钱赢的，瞧他神气，愁眉锁脸有心事，偏不像赢钱样子。谢氏狐疑道：“这不成才东西，别是干那犯法事情，在做贼子么？怎么又只拿得两吊钱回家呢？就赌钱赢也没有赢得这么巧注，昨日两吊，今儿也是两吊，一个钱不会多，一个不会少。”思前想后，虑虑这样，虑虑那样，虑到后来，忽地心里一动道：“哎哟，这不成才东西，别是卖弄我么。前日路上那个贼子的那样子，很是可疑。要真是这么不成才，我可怎么好呢？”想到后来，决计道：“我何不如此如此，没事最好，要是有什么，防备着也就不怕他了。”随取出针线，将本身衣服，密密地缝起来。缝毕之后，又把裁衣剪子，磨了个透快。

夜饭过后，并不招呼惠生，倒向床上和衣而睡。惠生也不敢惊动她，自己解去衣服，吹灭灯火，睡在外床。睡有一个更次，忽听外面有人打门，惠生原没有睡着，喊谢氏道：“姊姊，姊姊！”喊了两声，不见答应，知道她香梦沉酣，睡兴正浓，喜道：“我这钱才不白赚人家呢。”随起身道：“我去溺了再睡。”拖着鞋轻轻地摸到外边来。谢氏的睡，原是假装的，听他出了房，疾忙起身，抢了剪子跟出去，见惠生隔着门问道：“谁打门？”外面应道：“我！”惠生道：“你不是沈金发么？”外面道：“老子姓名也是你称的么？你老婆怎么样了？应允不应允？要是不应允，老子只要你的狗命。”惠生一边开门，一边道：“你老人家不庸性急，我早安排妥当了。”沈金发道：“安排妥当了么？”惠生道：“我兄弟得了你赏赐，怎么不替你想法儿呢。”沈金发道：“你老婆已经答应了？”惠生道：“我们那一个性儿烈不过，我实不敢张口。”沈金发道：“没有讲过话，怎么好呢？”惠生道：“也是你老人家天赐奇缘，这会子她恰恰地睡熟着，里头没有灯，别开口，完了事就出来，谁又知道！我们那一个还当是我呢。”沈金发道：“花了钱还这么偷偷摸摸，也算老子晦气。”说着两人一前一后地走进来。

谢氏至此才知惠生果然把自己卖弄了，又见沈金发那么势焰，知道惠生定遭所逼，非出自愿，不觉把全股怨气尽发在沈金发身上。执定剪子，躲在房门后，屏息静气地等候，见黑憧憧一个人形儿进来，谢氏竭尽娇力，嗤的一剪子，正中在那人咽喉上。后边一个听见声响，飞步就走。谢氏还道是惠生，喊道：“你走哪里去？还不替我站住了。”

那人一直飞跑。谢氏心疑，忙点上灯，一照时，血泊里卧着一个人，不是别个，正是自己丈夫胡惠生。谢氏吓得全身乱颤，放声儿哭喊。邻舍闻声走集，见犯了人命，赶忙地到官府报告。

原来，沈金发是大栅栏地方一个著名无赖。这日正与胡惠生索讨赌欠，无意中遇见了谢氏，沈金发馋涎欲滴不住口地称赞。惠生不合谦了一句道：“平平得很，倒蒙老哥金奖。”金发跳起来道：“这雌儿是谁？你敢倒认识的么？”惠生道：“就是贱内，如何不认识。”金发呆了半晌，把惠生肩膀一拍道：“老弟，你有了这么标致老婆，还愁没钱使么？”惠生红着脸道：“老哥笑语了，标致又不能卖钱，如何会……”沈金发不等他说完，就截住道：“怎么不能卖钱，你肯卖我就作成你。”惠生未及答话，金发道：“欠我的钱不要你还，另给你大钱二吊，只要今晚让我宿一宵，总没什么不上算了。”说毕，给与惠生二吊青钱。惠生不肯接受，金发怒道："你不接我的钱，明就是瞧不起我。"惠生道："我原没有什么不愿意，但是我们那一个是块爆炭，轻易不很好讲话，受了钱也不肯，叫我也难。"金发道："那也不要紧，咱们弟兄什么不可通融，家去商量商量，肯了最好，不肯，难道我真要你还钱么？做哥哥穷虽穷，这几个钱却还不在心上。"惠生当是真话，接了钱欣然回家，才待开口，就被谢氏一顿排喧，吓得一句话也不敢说。次日遇见金发，告诉他为难情形，金发道："那可不能，你昨儿怎么受我钱呢。"惠生道："这钱是哥哥自己赏我的。"金发道："我为甚赏你，我赏你是要你办事呢。你到外面打听打听，施赈贫贱，可也是我沈金发做的事？"惠生道："待赢了还你如何？"金发道："那也不能。嫌钱少，加你几个倒可以，事情定要办到手。"说着又取两吊钱给惠生，道："赶紧办去，不成功不要见我。老子今晚到你家里宿呢。"合该有事，黑暗里进来，惠生走在金发前头，做了替死鬼，被谢氏一剪刀刺死。

当下众邻舍报告到官，宛平县知县不敢怠慢，霹雳火箭派遣差役把谢氏捉拿到案。谢氏哭诉情由，陈明误杀。宛平县又把沈金发拿到，当堂质审。沈金发道："小的与胡惠生要好朋友，日间玩话，果然讲过，晚上却没有去。"再三盘驳，矢口不移。衙中差役，又都替他称说，于是当堂释去。只把谢氏严刑拷问，判成因奸谋杀的罪名，定于秋后处决，案俟奸夫获到另结。一角文书，申详到府，府尹具本请旨。这种照例事情，历朝圣人，批下来多不过是"照所请，钦此"五个字。不意，仁宗竟然翻出新奇花样来，瞧了奏本，就降旨召刑部尚书侍郎大理寺卿到内廷问话。众官见召，骇汗奔走的趋入朝去。欲知仁宗帝如何翻案，且听下回分解。

第四十五回　衔恩命勋臣充蝶使　怜才士县令作冰人

话说仁宗召到刑部大理寺各官，就把府尹的奏本，交给他们瞧看，问道："你们瞧此案办理得如何？"众人回奏："奸虽无凭，杀实有据，置之极典，办理似尚妥洽。"仁宗道："依你们说来，好人果然做不得了？"众人愕然，请故。仁宗道："胡谢氏是烈妇呢，如何可以加刑？沈金发要强奸，胡惠生才卖奸，沈不行强，胡也不会卖奸，胡不卖奸，谢氏也不会杀人。谢氏原是要杀沈金发，不是要杀胡惠生。胡惠生的死，虽是谢氏杀掉他，其实是沈金发杀掉的。现在不办沈金发，倒办谢氏，谁还愿做好人呢？再者，奸夫的主名不曾得，倒先把人家置了重典，也不能够风示天下呢。依朕主见，很该把沈金发严严的办一下，把胡谢氏大大地旌一番，死的冤也伸了，生的气也出了，恶人的罪也伏了，好人的德也彰了。你们看，是怎样？"这一篇石破天惊的议论，吓得各官骇汗伏地，除了叩头再没有别的举动。仁宗亲提御笔下一道旨意，把此案翻了转来，府尹县令大受申饬，京城内外，谁不称颂圣明！

仁宗勤求民膜，体察人情，所办各政，诸如此类，也难尽述。照这么的行事，这么的存心，早宜身致太平，怎么白莲教倒一天一天盛起来呢？推究原因，大半为统兵将帅不得力的缘故。不信就把嘉庆四年八月以后情形，合了八月以前情形，参观比视。官兵一样是官兵，教众一样是教众，不过八月以前的经略大臣是勒保，八月以后的经略大臣是额勒登保，才换了一个经略，勇怯强弱，竟就这么天差地远。然而，剿抚兼施，攻堵互用，劳心尽力，究也忙乱了三四年，才办到个一时安静。彼时额侯营中，多亏了二杨之力。奇功导绩，杨芳比了杨遇春，还要利害。石荀河一役，七骑扫荡七千军，五箭射死五百人，都是杨芳一人之力。白莲教肃清之后，大裁乡勇，宁陕乡兵齐声哗变，星星之火，又几燎原。几位官高禄厚的什么总督钦差，都吓得什么相似。究竟还是杨芳出奇制胜地办服帖了，这都是后话。

却说当日额勒登保戡定教众，功劳伟大，特师回京。仁宗特派大臣出城迎接。额侯见过钦使，问了几件朝中近事。钦使道："侯爷鞍马劳顿，谅总要歇息一二日，再陛见了？"额侯道："皇上深念军务，兄弟主见，且不回家，先到朝房请旨，俟陛见后，再回私第。"钦使道："皇上怕候爷路途辛苦，请先回家歇息呢。"额侯笑道："咱们当军务的人，什么事没有经历过，行几百里路，哪里就这么娇嫩了。"钦使道："侯爷国而忘家，自然忘记辛苦。"额侯安顿下兵马，就同钦差入朝陛见。仁宗临御中和殿，特旨赐坐，问了好些话儿，都是清乡恤民等善后事情。仁宗大喜，当下赐了额侯一颗红宝石顶子。额侯谢恩回家，骨肉团聚，说不尽的天伦乐趣。次日亲戚朋友都来探门，额侯笑向亲友道："出兵六年，靠着朝廷的福，刀枪队里矢石丛中，出入一百多回，微伤都没有受着，今儿聚首，依旧是个完全人儿。"

正说着话，忽报圣旨下，慌忙开中门迎接。钦差不是别个，是乾清宫掌院太监吴惠。额侯知道吴惠是仁宗宠臣,轻易不很差出来的。只见吴太监面南而立,宣旨道:“奉上谕:额勒登保着为军机大臣兼议论大臣,钦此。”宣过旨,然后与额侯相见,讲了几句应酬话,方才辞去。众亲友齐声称贺,次日亲友们纷纷送礼,有送酒席的,也有送戏的,热闹得要不的。额侯得意非凡,对着宾客称述川陕战绩。额侯道:“兄弟行军半世,得力处全在小心两个字,每回开战,不求必胜,只求不败,整队出发,从不许稍有参差。所以仓卒遇敌,后队没有齐,就可叫前锋突击,总不使敌军有排阵的工夫。倘然到了深箐幽谷地方,限于地势不能布阵,就分队迭入,层层接应,遇了高山峻陵,就前后布置,分路旁攻。扎下了营寨,就分遣探马,四出哨探,以防不测。不比参赞德公,恃着才高气勇,电举飚发,常常的行险计。”众人听了,齐声称颂。额侯道:“额某原是东三省一个武夫,不意天恩高厚,竟派为军机大臣。本朝军机大臣就是宰相,出为经略,入作军机,本朝倒也不多呢。”一客道:“就有也都是文职兼武的。”

额侯正讲的得意,门上飞报圣旨下。额侯忙撤去筵席,迎接钦使。那钦使也不曾齐诏负敕,立在上面宣旨道:“奉上谕,有人参汝侵冒军饷,浮开保举,姑念川陵湖北著有微劳,恩免深究,前赐之宝石顶,着即收还,即缴来使带回。钦此。”宣过旨,茶也不喝,追取了宝石顶,跨马飞驰而去。

额侯送过钦使,进来满脸的不高兴。众亲友都把好言慰劝,额侯心终不快,饬家人到衙门请了病假,次日也不上朝,也不与家人们讲话,独个儿在书房里闷坐。忽报皇上差吴太监来探病,一会子又派太医院来诊治,又特地颁赐人参四两,赐药赐医,恩遇很是优渥。额侯原没什么病,见仁宗这么相待,躲了三五天,也就消假入朝了。见面之后,仁宗见他戴着红珊瑚顶子,随道:“你也太做人家了,前日赐你的宝石顶子,为什么不戴?”额侯当是玩话,叩头道:“臣不肖,辜负天恩。既蒙追回,哪里还敢私戴?”仁宗诧道:“朕没有降过旨意,谁敢追回你呢?”额侯把那日追回宝石顶情形,详细奏明。仁宗骇道:“辇毂之下,竟敢假传廷旨,玩弄大臣,棍徒的胆子倒也不小。步军统领衙门,也太不成样子了。”随向额侯道:“你在外面混了这许多年,阅历也不浅了,怎么会受小人的暗算?”额侯道:“臣也是一时疏忽。”仁宗道:“黜陟大事,岂无诏敕?上谕口传,就是大大的破绽。”随传旨顺天府步军统领,并各道巡城御史,限日破案,违干未便。此旨一下,满京城各员,都忙乱起来。然而大海捞针,哪里有个音息。

歇了三日,额侯才想派人到步军统领衙门去催问。忽报步军统领乌大人差人求见,说老爷的顶子,已经查得,棍徒也已拿住。额侯大喜,忙命带他进来。一时带进,那人打千儿见礼,说道:“我们老爷叫请侯爷安,说拜上侯爷,今儿拿住两个形迹可疑的人,搜着一颗红宝石顶子。问过一堂,死不肯认。我们老爷叫送给侯爷认视,是不是原物?还请侯爷的示。这两个人,可要解到府上?倘要解时,立派干役解送前来。”说毕,就呈上宝石顶子。额侯接来细瞧,见鲜红明透,确系钦赐原物。随道:“顶子不错,果然是原物,烦你上复贵上,说我道谢。只是这贼子我要瞧瞧,到底是怎么样人,请他派人解来是了。”那人应了两个“是”。又道:“小人斗胆,还要请一张侯爷的名片。好回去销差。”额侯应允,随叫家人给了他一张名片,那人叩谢而去。

不过顿饭时候,门上递进乌德明名片,额侯忖道:“老乌这么巴结,一个棍徒,也亲自送来”。随叫“快请”。乌大人一见面就问:“侯爷宠召,敢就为宝石顶的事?”额侯道:“兄弟没有奉请过呢,敢是尊管传错了话么?”乌大人道:“奇了,兄弟正在瞧阅邸抄,家人报道:‘侯爷专差持片来请,叫兄弟立刻到府商量要事。’兄弟才来的。”额侯呆了半晌,跌足道:“又中了棍徒计了。”乌大人不解。额侯把以上事情,述了一遍。乌大人道:“这起棍徒胆敢屡次戏弄大臣,太也不成世界。兄弟回去,总要狠狠的办一下。”额侯道:“丢开手罢了,谅都是没饭吃的人。东西已经查得,逼的紧了,倒又要生事呢。”乌大人道:“三格格不日就要下嫁,要生起事端来,都是我责任呢。”额侯道:“三格格下嫁么?额驸选中了谁?我怎么一点儿没有知道。”乌大人道:“额驸是索特那木多尔济。到那时行聘大使一差,总少不了你老人家呢。”额侯道:“那是皇上天恩,派谁就谁,这会子还不能说呢。”又谈了几句别的话,方才辞去。临走还恳额侯,仁宗跟前讲几句好话,免得再受申饬。

过上半个月,三格格下嫁日期愈近,仁宗降旨,把圆明园东偏一所小园子名叫含晖园的,赐与额驸居住。这含晖园有复道逶迤贯通圆明园。后来三格格薨逝,额驸照例缴进,就与成哲亲王的西爽村,都并入了绮春园。宜宗帝尊养孝和后,文宗帝尊养孝静后,都在这地方。庚申年洋兵入京,此园才被烧掉。后人有咏史诗道:

定昆池沼旧山庄,复道逶迤缭粉墙。
尊养两朝崇圣孝,含晖西爽并沧桑。

这都是后话。

当日,谕旨下来,派出两位行聘大使,一位是军机大臣、议政大臣、一等威勇侯额勒登保,一位是翰林院掌院学士王大儒。额侯见旨,十分奇诧。原来这位王学士生性佻侻,年轻时曾犯过一桩风流案子,满朝人士都不很瞧得起他,现在与勋劳卓著的额侯爷同被恩命,怎么不要诧异。其实仁宗的意思,无非取他夫妻齐眉,子孙满堂,富贵寿考吉利罢了。这王大儒,表字席珍,广东南海县人。二十岁学使按临,取中案首入学,才名大噪。同县陈监生致书敦聘,邀他到家教读。陈监生有个侄女,小字儿叫彩凤,原是个望门寡,花容月貌,蕙质兰心,模样儿,聪明儿,都是天下第一号。不知怎样,竟被大儒勾上了手,要好得蜜一般甜,火一般热。声名儿传到陈监生耳朵里,陈监生脾气烈得爆炭似的,一刻都不能忍耐,立派家人把男女两人双双捉获,解送到官,请知县尽法惩治。亏得知县就是大儒的受知恩师,非但不办他罪,倒还替他玉成了呢。大儒那篇供语,合那知县的批语,直到如今,艺林都还传诵。那供词的文是:

律固因罪以相加,法或原情而议灭。生性耽疏放,志笃夸修,午夜攻书,讵识桃红柳绿?丁年问字,常憎蝶浪蜂狂。弱冠采泮水之芹,帐下设陈生之榻。自宜居今,鉴古勿窥董子之园,岂容荡却踰闲,竟步长卿之辙?不意风流孽债,早结于五百年前,遂至云雨私情,修成于十五日内。遥忆仲春佳节,上巳芳辰效濠濮之观鱼,步兰亭而修禊。春光明媚,桃花映人面,甜而俱红，风日晴和，绿拂蛾眉而共翠。回头一顾，风情逼我上云霄，逆目交投，神魂随伊入肺腑，心乎爱矣。歌以询之，予既示以私衷，循亦忘乎公路。隐窥之子，秋波转而银海无尘。强挽侍儿，莲步移而玉环有韵。含情凝睇，欲语还羞。笑拈金雀之花，歌倚木鱼之曲。转询其字，则彩凤为名。旋诘其亲，则陈鸿是叔。乍听惊为淑女未可强求，既念喜属主人，或能撮合。维则楚岫云封，莫必高唐之有梦，蓝桥雾拥纵怀，玉杵而难投。知跨凤以何年，信乘鸾之无日，已捐妄想，顿涤烦肠，乃芸窗方，计燃藜而画阁。忽来止字，青鸾有信，敬屈先生红叶题词。冀后有命，由书齐斋向芝房，绕回廊而穿曲径，潜身入户，瑶台横一案之书，举步登楼，绣榻贮千金之体。私揭罗帏而偷观，芍药方浓，故弹绮枕，以惊回海棠睡足。斯时斯景，父台身履其境，将若之何？而狂生色胆如天，竟若此矣！由是灯前月夜，非止一朝。陌上桑中，已成半载。援张敞之笔，竟尔画眉，题薛氏之笺，偶然和韵。有时良宵过访，不禁倒履以趋，迎雅意相投，未免牵衣而并坐，始或馈槟款茗，旋即握雨携云。茉莉丛中，暂作鸳鸯之帐；太湖石上，权为翡翠之床。辗转方殷，人影昂昂突至。欢娱未几，履声橐橐随来。生固疑是主人，女亦惊为叔父。当场一叫，四壁回声。提解仁台，共罗法网。噫嘻！蜂蝶无媒交接，影何至断梗浮萍？鸾凤有意雨和鸣，全仗牙床锦被。夫女有家而男有室，本是人情；织为女而牛为郎，注成天牒。荀桃已箦实，紫绡之慕何来？梅已倾筐，红拂之奔安至？而儒则椿萱并谢，慕春燕之双飞凤，则叔婶俱存，悲秋鸿之孤唳。男女之婚嫁愆期，彼此之情怀燕。若按律均应治罪。开恍敢吁原情，诚使三星在上，秦楼之月重圆；两美当前，廉浦之珠还合。则他日之兰孙桂子，皆沐今朝之甘雨和风矣。供语非虚，陈情是实。

县官批语的文是：

勘得王大儒成童舞勺，名列东胶，弱冠谈经，位尊西席。不肃马融之范，转偷韩寿之香。启北门而荡，乃春心神迷处岫。跃东家墙而楼，其处于梦静阳台。书静花明，隐钻玉楼之春色；毡寒漏永，潜披绣户之薰风。士也不良昧，攀龙之素行。人而无礼愧相鼠之，有皮佻仯是矜廉隅。弗饬宜力加以笞扑，用垂戒于宫墙。陈彩凤年已及并，许嫁而遽亡所，托身犹待字，择偶而未得其归。会游绮陌遂诱狂童，路隔桃源爰设渔舟。而待渡墙宗柳径，不惊庞吠以招来。间字为媒，雅类宫人之题叶，执经适馆，竟同卓氏之奔琴。既不能节比松筠，复甚至行亏珠玉。隐情败露，辱及双亲，积节影闻，祸罹三尺。亦宜严加桎梏之戒，永绝燕昵之私。陈鸿抚哲兄之女，自可比儿，负痴叔之名，不为相士，知女心之匪石，归妹愆期。昧姆教之当严，闲家无则。紫燕衔泥来画栋，未知柳巷深情；杜鹃啼月出疏林，不谓花梢露冷。纵狂莺之颠倒，戏掷朱榴；任雏凤之翱翔，擅篱丹穴。应悔藩篱之勿设，古惭帏薄之不修。

遽而鸣官，竟匿食言之咎；公然解究，并忘引盗之由此直自毁声其名，而复隐惭其手足。自疏于防范，且更出于斡旋。本县当堂鞠询，尽得根由。据案推详，颇深怜恤。女貌固芙蓉如面，郎才亦锦绣为肠。当年共被谪谣言，此日应重偕凤侣。而时非七日，漫思偕鹊渡银河，境判层霄，妄冀乘槎登月府。宜乎风流道忽障云屏，而温柔乡顿成苦海也。欲为开释，先令输忱。五色彩笔强题笺，几致江郎才尽！一幅红罗遥掷衫，谁知倩女魂离？怜尔等情惨仳离，似不愿鸳鸯中散。岂予既身为父母，遂忍教鸿雁分飞？即直吐之供招，思曲全之方法，虽民犯必绳以宪典，例在男当责而女当离。而王道不外乎人情。还使内无怨而外无旷，用开一面之网，免褫青矜更推三宥之恩，特加红系。王生未聘，许作馆甥，陈女无家，归为内子。千里姻缘牵一线，朱丝原系自老人。两家风月早双清，绿字已早通媒妁。正名伊始，合卺在今。红锦裁云重奠雁，日丽华堂紫箫吹。月并乘鸾，星辉画阁。从此银台报彩，应知阊阖天开；玉烛调和，管教琅玕风静。怨耦转为嘉耦，黾勉同心；冰人判合良人，庶几偕老。种得宜男草茂，绕砌祥阴伫视。含笑花开，满庭香馥。因念日边之红杏，从今得傍云栽，而天上之碧桃，嗣后还滋露种。宰官既原情格外，叔婶毋遗诟闺中。少女得其士夫，非若薰莸之异昧，上宾齿于娇客，宛如笙磬之同音。倘以刘阮之误入天台，欲使参商之长离霄汉，则床第之言不踰阈，胡竟诉之公堂。宛邱之荡询有情，终无解于陌上。彰吾官法，适增玉女之羞；堕乃家声，谁作金龟之婿？法缘情灭，予不汝谴此谳。

这一对鸾交凤侣，倘不是多情县令，亲作冰人，哪里还能够配合呢？王大儒成婚以后，两口子缠绵恩爱，享尽家庭之福，连举三子，都很聪明俊秀。大儒苦志攻读，由博学鸿词科，得授翰林院检讨之职。官闲署冷，沉浮了十多年，磨练得资格深透，又叠过着国家庆典，循例转升，倒也被他爬到个掌院学士。三个儿子也都登科发甲，愈是庸人福愈厚，倒居然一门清贵。现在子又生孙，孙又生子，满朝文武论起福泽来，没一个比得上他呢。所以仁宗才派了他此差。欲知后事如何，且听下回分解。

第四十六回　起海盗朝士惊心　入鹾衙黄金失色

却说额侯爷、王学士同被恩命，举朝诧为奇闻。到格格下嫁这一日，仁宗为王学士没有翎子，仪仗上未免减色，又下特恩赏了他一枝花翎。仁宗共生五位皇子七位格格，惟三、四二位格格是皇后所出，所以格外的疼爱。这回三格格下嫁，一应排场费用，竟与皇子赐婚差不多体制，那是祖宗以来，头回儿破格的事。

国家真也多故，教众才平，东南疆吏告急的章奏，又络绎而来，称说海盗蔡牵，结连陆地会众，勒税抗官，志颇不小。恳即筑造战舰，配置大炮，以备派兵出海拿捕。仁宗大惊，忙召军机大臣、议政大臣商议应付之策。群臣闻召奔集。仁宗道："本朝自削平郑氏，大开海禁，已经一百多年，鲸鲵不波，航天万里，倒一竟很太平。到了朕手里，偏又这么多事。前年川陕教匪，乱的正利害，福州将军魁伦，两广总督吉庆，也曾奏称海盗猖獗，到处劫掠。彼时朝廷因注意办事教匪，没工夫远搜岛屿。后来不听见说什么，只道没事的了。不意这会子倒又闹起来，更平空里跳出一个什么蔡牵，可厌不可厌？！"额勒登保道："这都是安南国的不是，前年捕获海盗陈天保等，搜有安南国总兵及宝王侯敕印。薮奸诲盗，安南国的罪是推卸不去的。现在只消颁一道殷旨安南国去，把国王申饬一番，安南国不接济了，海盗就无能为了。"仁宗道："堂堂上国，捕几个海盗，还要叫属邦帮助，也太讲不过理去了。"勒保此时已复了职，也派为军机大臣，当下开言道："安南自旧阮与新阮交兵，旧农耐王阮福得了国，谨守朝廷约束，国内奸匪尽都逐出，伪总兵伪侯伯等，都还是新阮封的呢，与现在的安南王是不相干的。"那彦成道："剿捕海盗，全恃战舰，大炮现在官修，各舰笨窳，不能放洋。闽浙水师倒都雇着商船出海，殊非长久之计。最好先造战船，造了船，再能谈剿捕上头。"仁宗道："造船铸炮，果然是办匪要著，不知国库里有这注款子没有？这几年开支浩繁，川楚军需用帑万万，办理善后，又用掉三千多万。虽然开过几回捐，所收也只七千多万。通盘筹来，已经有绌无盈。所以这一件事情，总还要跟户部商量呢。"那彦成道："户部是仪王爷兼管的，仪王爷这几天偏又病着，总要他的病好了，才有法子想呢。"仁宗道："造船铸炮，也不是一日两日办的成的事，候他几日倒也不妨。先饬沿海督抚提镇相机剿捕才是正理，不然国家设官分职，作甚用呢。"那彦成道："现在的疆臣，太也不知振作，没事的时候，纵情诗酒，笑傲湖山，自命为盛朝吏隐；地方稍有不靖，就这么张皇入告，只图脱卸自己干系，全不想朝廷派他来干什么呢。"额侯道："这倒不能怪他们，倘然申饬了，未免就要隐匿不报，倒要弄成大祸呢。"仁宗点头。随即拟旨颁发，浙江巡抚阮元、提督苍保、定海镇总兵李长庚、广东总督长麟、巡抚孙玉庭、福建总督王德、金门镇总兵吴奇贵，叫他们将其剿捕。

议毕散朝，额侯回到家里，家人回："前儿诳咱们宝石顶子的贼子，外面已经查着了。"额侯忙问："谁查的？贼子是谁？现在哪里？"家人道："贼子姓贾，名叫贾五，是京中著名巨骗,徒党众多,骗术奇幻。查虽查着,要捕获他,可再也不能呢。”额侯道:“一个人有了这么才具,偏又不肯归正。”说着时,德楞泰来拜。接进闲谈,说起海盗蔡牵的事,德楞泰道:“这蔡牵是福建同安县人,为人很是奸滑,善捭阖纵横之术。自从安南驱逐了艇贼,歹人没处归束,都投奔了蔡牵,他的声势,顿时大张。于是,商船出洋的,都遭他劫掠。要免劫,出去时须缴税银四百两,回船时须缴八百两,才给与号旗,放行无碍。”额侯道:“照这样子,造船铸炮的款子,就令商民报效,谅也没有不乐从的,何必定要等候仪邸病愈。”德楞泰道:“皇上最爱百姓,怕不见得应允呢。”额侯道:“仪邸的病,听说是目疾呢,好多日子了,如何还没有好?”德楞泰笑道:“哪里真是目疾,怕是心疾呢。”额侯爷道:“好端端的人,怎么患起心疾来?”德楞泰回头瞧了瞧,见没有人,才悄悄道:“仪邸生性最爱的是钱,王府里黄的是金,白的是银,圆的是珠,花的绸缎锦绣,世界上东西,没有一件不有。他老人家却还整日整夜的忧穷,一个儿兼了内务府户部崇文门税关好几个优差,心里头终还不足,这回听说是往南边去了,外面却一个人没有知道。”额侯道:“奇了,到南边去干什么呢?”德楞泰道:“无非瞧见盐院浓厚,想去捞几个钱罢了。”额侯笑道:“这位王爷,真也太会想钱了。”一时家人开饭。额侯就留德楞泰在家便饭。饭后又谈了一回别的事,方才辞去。

原来仪郡王名叫永璇,是高宗第八个皇子,为人和气,遇士谦恭,平日跟朝士们有说有笑,并不以王位自矜。只有一件毛病,贪财好货,银钱这东西,总是不嫌多的。这回听到两淮盐院出息不坏,就请了个病假,悄悄地到南边来。

这日行抵扬州,找个寺院住下,吩咐家人们不许传扬泄漏。这所寺院,名叫天宁寺,是扬州第一所大寺院。住持僧慧宗,跟盐院他很要好。现在见来了一伙口操京腔的寓客,举止阔绰,行动豪华,询问从人,都说是某省道员入都陛见。瞧他那样子,又不像是道员身分。慧宗奔告盐院,盐院道:“别是京里头大员,奉旨查办什么事件么?”慧宗道:“僧人也很疑虑,昨儿晌午时候,先进来是两个体面官家,说他们主子路上患了病,要几间洁净房舍养病,香金多少,倒也不计。我就把方丈后面的三间精舍,收拾了让给他。俄而行李送到,大箱小笼,足有三五十件。部署定当,那主人才坐着暖轿,带着十多个仆从,簇拥将来。僧人出去迎接,那人下轿,只点头微笑,并不跟我讲话。拜过佛,就向仆从道:‘带来的绣幢呢?拿来张挂了,就见两个仆人,抬出一只大紫檀匣,取出一副陀罗锦的绣幢来,幢上诸佛菩萨,绣的活的一般,那点缀的树石山水,都是绿松珊瑚珠宝镶嵌成功的,华丽精巧,不是内府皇宫,哪里做的到?那人眼看仆人张挂好了,不交一言,就进房去了。今儿也没有出来过。”盐院道:“你何不从他仆人那里探探口气呢?”慧宗道:“也只好慢慢想法子,一时间怕不成功呢。”盐院道:“以后有甚举动,费你神就告知我。”慧宗道:“这不消大人吩咐。大人的事,就是我的事。”慧宗回到寺里,徒弟告诉他:“新来的大员,派遣仆从到古董铺看了许多古玩字画,本城古董铺得着消息,都派伙计前来兜生意呢。慧宗道:“成交了没有?”徒弟道:“也有成交的,也有不成交的,这位大人,很肯出价,但只要东西好,价钱贵贱,倒不在乎呢。”慧宗停了半晌,问道:“你们可晓得他的来历?”徒弟道:“他说是进京的道台呢。”慧宗道:“瞧他体统,哪里像是道台,怕是京里派出来的王公大臣呢,你们小心伺候着是了。”众徒弟自然诺诺连声。

仪郡王在天宁寺连住了十多日，也不游玩，也不拜客，整日静坐一室，足不出户，只收买古董字画。扬州各铺的奇珍异玩，差不多被他搜罗了个尽，花的银子，真是上万盈千。合寺僧人跟那盐院，猜不透他是何路数，倒都上了心事。这日又有一家古董铺派伙计送一支白玉如意来。一时看对了，问他价值，这伙计索价一千四百两银子。仪王道："东西真好，一千四百两也不贵。"随令家人收了，一面亲自开箱付他银子。这伙计十分欢喜，收了银子出外，才出房门，就见一个家人招手儿，示意古董伙计跟着他到外面。问有什么话，家人道："你做着好生意了，咱们主子诚实人，不解还价钱，你说多少就多少。现在咱们讲一个拆法，你应给我多少？"古董伙计道："你要多少呢？"家人道："照你这笔买卖，折一个对扣，也不为过。但是我素来心慈肠软，不肯过分于人，人家劳心劳力，也无非为将本求利，我要多扣了你，你虽然情愿，我心里头终是不过意。"古董伙计听了，欢喜道："你老人家能够体恤人家，谁还似你这么慈善呢？"家人道："现在我格外情让，只要得你六百两银子，对扣还不到，凭良心总再没有什么。"古董伙计骇道："我这一注买卖，通只赚不到二百两银子，你老人家倒要了我六百两，还说是心慈肠软，真是吃了人家心肝，还不知人家肉痛，你老人家也太狠了。"家人听了，没好气道："世界上也有你这么不知好歹的人，我为你花了本钱，才让你多赚几个钱，你拿八百两，我拿六百两，真是再公也没有的事。你非但不知感激，倒还说我心狠，既然叫我心狠，我就狠一狠，对折了罢，拿七百两银子来。"两个人争论起来，争得几乎打架。众和尚都来劝解，人声嘈杂，闹得鼎沸一般。仪郡王在内听得，派人查问，把古董伙计跟那家人一同唤到里头。问明情由，仪王道："我生平购物，从不许家丁需索陋规。"立叫那伙计收了银子去，一面喝令把那家人捆起来鞭责，连抽数百皮鞭，打得个皮开肉烂，众仆都替他求恩，才命放下，撵出去完事。

那家人身负重伤，不能走路，只得求向和尚，暂借一榻，调理伤痕。慧宗大喜，留他住下，待遇得非常周致，却乘机刺探他消息。那家人道："实不相瞒，咱们老爷不是别人，就是当今皇上的哥哥仪王爷。"慧宗大惊道："仪王爷到这里来做什么？"那家人道："师傅是出家人，说与你知道谅也不要紧。咱们老爷此番南下，奉有朝廷密谕，清查两淮盐务的积弊，改扮微行，就为怕风声泄漏呢。"慧宗报知盐院，盐院吓得面如土色，忙向慧宗问计。慧宗道："现在世界人情鬼域，凭一个人的话，这位王爷也断不透是真是假，大人倒不能不谨慎一点子，万一上了骗子的当，传布开去，又不是桩笑话儿么。"盐院道："仪王爷我是见过的，真和假一见便能分晓。倒是他深居简出，轻易不能够会面呢。"慧宗道："这倒不难，他的卧房，就在方丈后面。大人要瞧时，隔着窗悄悄一窥，谁又知道呢。"当下盐院依话跟随到寺，如法炮制地窥了个透明，见戴着眼镜，伏案写字的老头儿，不是仪王更是谁！盐院骇绝，拖着慧宗衣袖到方丈里，开言道："果然是八王爷！慧公，你看有什么解救的法子？"慧宗道："据僧人看来，总先要走通他家人的路子，好在受伤的那个，跟僧人很讲得来。大人肯屈尊时，就同去见见他好么？"盐院道："很好。"于是二人同到那家人屋子里。慧宗先替盐院道地说明缘由，那家人大惊道："师傅，这个你害死我了，咱们爷的脾气儿，你总也知道，为了六百两银子的小事，还把我打了个半死，现在漏泄他的机密，我还有命么？再者我不过是府里一名护卫，就是不撵出，在王爷跟前，也没有讲话的份儿，何况已经被撵，怎么还能替你们设法呢！”慧宗央告不已。那人道：“我指给你们一个人，你们去求他，他要是肯答应，你们的事情就有指望了。”盐院大喜，忙问是谁。那人道：“此人是府里的大总管，我们都称他做张老公的，他原在宫里当差的，还是那年当今恩准了王爷迎养太贵妃，他跟太贵妃出宫的呢。王爷很听他的话，你们只要跟他商量，他肯答应，就不要紧了。”盐院道：“深蒙指点，感激得很。但兄弟与张老公，素昧平生，少不得还要你老哥做介绍人呢。”那人应允，就叫本寺小和尚入内相请。

一时一个虎形彪彪的太监，自内走出。见了护卫，就道：“小齐请老子出来，有什么事？敢是要爷依旧收用你么？论起此事，原是你自己不好呢。”小齐道：“我的事哪里就敢烦你老人家。”说着，便向盐院一指道：“是这位大人呢。”张老公听说，回头把盐院估量一回，问道：“是谁？我不认识呢。”慧宗上前陪笑，替盐院代通姓名，并把来意婉转说明。张老公大跳道：“小齐，你真作死呀。你在府中当了这么年数差，越当越通透了，连爷的机密，都敢泄漏与人了。回了爷，瞧你能够活命不能活命！”小齐急道：“师傅，我被你们害了也。”慧宗忙替他解说，盐院也向张老公作揖求情。张老公道：“此事怕不易办呢。王爷已经访查明白，不日就要回京复奏了。两淮盐务积弊丛生，王爷奏本的稿子，已经草就，内有五弊十害八可虑的话。”说到这里，随把奏本朗诵了一遍。盐院吓得只是作揖，口口声声都是成全仰仗央求的话。张老公道：“我有甚不答应，不过费一句两句话，现在好人谁不乐做。倒是咱们王爷，不好容易讲话！你也知道的，我说了也未必中用。还是你们另想法儿罢。”说完话就想进去。慧宗赶忙拖住道：“张老公，慈悲慈悲吧，你不能讲话，谁还能讲话，王府里还有谁强过你老人家？你要肯慈悲，别说盐院大人，连各场的大使，各引的运商，都感激不尽你大恩呢。”盐院又再四央告。张老公道：“法儿呢，还有一个，怕你们不愿意行呢。”临院道：“只要能够免参，倾家孝敬都愿意。”张老公道：“你肯倾家，就好办了。咱们王爷在五台山寺里，许过一个愿，一竟要了，一竟没有了。就为分藩以来，府中食指浩繁，没有余钱干这件事。太贵妃也催过几回，现在你们如能代了此愿，王爷就是不答应，我有本领会请太贵妃止住他呢。”盐院大喜过望，忙问：“什么愿，交给我，我准替王爷代了是了。”张老公道：“那也不值什么。许的是铸十八尊赤金罗汉，每尊需金一万一千两，连耗费也不过二十万两金子罢了。”盐院听说，惊得呆了，既经答应，又未便反悔，少不得各引各场，互相摊派，把历年赚进的钱，呕出几个来。这一下竟把苏浙两省的金子，搜罗了个尽。仪郡王却安安稳稳，满载回京。

不过一月开来，抵抄上刊出，仪郡王已销了假了。仪王销假入朝，仁宗就把造船铸炮的事，向他商量。仪王见有利可图，自然竭力主张。于是特派司员到闽浙两省采木造船，又命钦天监的西洋人，绘就火炮图式，雇齐铁匠，鼓炉铸造。户部各司员听到海疆不靖，都兴头异常，纷纷到仪王府钻谋那粮台美差。仪王爷不动声色，人来即见，礼来即受，也不应允，也不回绝。弄得那班人更似热锅上蚂蚁似的，钻头觅缝的探听消息。这日仪王屏去从人，独传张老公进内，问了好一会子的话。张老公出来，大家围着询问。张老公笑道："也真可怜，那班人还都在梦里，咱们王爷早选定了人了，明儿五鼓就题本，你们瞧着是了。"隔上两天，上谕下来，海疆总粮台派了内务府司员阿勒德，那班花过冤钱的穷司员，除了抱恨叫屈，也没有别的法子了。张老公报知仪王，仪王笑道："那也听他们，我原没有要过他们东西，是他们自己送给我的。"话犹未了，小太监入报："乾清宫掌院吴老爷传旨宣王爷呢。"仪王慌忙更换衣服，跟随吴太监入宫。仁宗一见，就道："刘墉出缺了，你知道没有？"仪王道："没有知道。刘墉筋骨健得很，不听见患甚病，怎么就没了呢？"仁宗道："此人很有来历，未死之前，自己早知道死的日子。此回出缺，也是无疾而终的。朕念他立品方正，服官勤慎，从翰林院编修，到体仁阁大学士，数十年工夫，从不曾犯过错误。满汉大臣里头，像他那么的人，真是万中选一。明儿成殓，你带了十名侍卫，替朕前去祭奠。他的老子刘统勋没的时候，皇考当日原是亲临辍奠的呢。"仪王道："刘统勋是死在轿子里的，彼时他正坐轿入朝，谁料到了东华门，气就没了，所以皇帝格外的施恩。"欲知仁宗如何回答，且听下回分解。

第四十七回　情海生波狂且受赚　大君有命宿将专征

话说仁宗听了仪王奏语，随道："皇考敬重刘统勋，就为他为人正直。当时朝里头人，都称他包拯、海瑞。刘墉立朝，虽没有他老子那么锋厉，然而持正不阿，在现在大员里，已经是不可多得的了。"仪王道："外面人都说他不脱书生气。"仁宗道："这都是忌他的话。就说是书生气，书生比了猾吏，究竟要好一点。"仪王道："皇上卓见，远非奴才所能及。"领旨下来，就差人到内务府传话，预备御赐祭筵，及仪仗等物。次日晌午时候，十名侍卫都到王府伺候，祭筵仪仗尽都齐备，那翰林院撰就的御祭文恰也送到。于是仪王坐轿鸣金，到刘相府祭奠，行毕礼，接入客厅待茶。此时寅年世戚满汉文武，来的很不少，仪王一到，那几个有交情的，都进来敷衍。

军机大臣吴熊光，礼部尚书英煦齐先后进来。仪王一见吴军机，就称他代字道："槐江，你有喜信了，知道没有？"吴军机道："什么喜信？"仪王道："上头念你勤劳，要把你放出去。恰恰云贵总督出了缺，上头就把你名字填上了，大约明后日就有明文瞧见呢。"英煦齐听了，忙向吴军机道贺。仪王笑道："庆吊挤在一块儿，倒也难得瞧见的。"煦齐被仪王一说，顿时没意思起来。吴槐江忙用别话岔开，大家重新叙话，仪王道："上头谈起崇如（石阉字），说他很有来历，未死以前就知道死的日子。"煦齐道："那还是我奏闻的呢。"仪王道："你怎么倒又知道？"煦齐道："石庵为人，原古怪的很，讲的话，做的事，竟不像是时下人。"槐江道："你还议论他，他合你很讲的来呢。"煦齐道："他跟我原没甚不合，但照他那脾气，幸是遭遇圣明，倘碰了猜忌的主子，怎么还会有今日。总之一句，一个人太方正了，也是不合时宜的。即如他的书法，原是没批评的，和珅福康安盛的时候，几回求他的字，他当面虽没有回掉，究竟何曾写给了他？我问他，他说这种权奸，谁愿意跟他称兄道弟，写了东西，终不免要落款，我要跟这种人落了款，诸城刘三个字，就扫地了。"仪王道："皇上敬重他，也就为他的风节呢。"槐江道："石庵前知的事情，究竟怎样？"煦齐道："那句话，还在六年前呢。彼时我与他同值南书房，挑灯夜话，互谈身世。石阉向我道：'我将来那篇传，总要你作，当说刘某以贵公子，为名翰林，书名满天下，而自问小就则可，大成不能，年八十五，不知所终'云云，我那时也不在意，随口答应了他几句话。"仪王道："真也奇怪，他今年不刚八十五岁么？"煦齐道："可不是呢，二十三这一天，我去望他，他告诉我雍乾两朝南齐故事，原原本本，讲的很是详细。讲完之后，忽正色问我道：'煦齐，前年托你作的传，怎样了？'我回他尚未动笔。他就道：'别忘了，今儿已是腊月二十三，为日无多，不能再缓了，我已嘱梦瑛禅，镌了一个洞门童子的印记，你我就在这几日里要分手了呢。'到昨日朝晨，还照旧的喝粥写字，不意一过日中，竟会端坐去了。遗本稿子，还是他自己生前撰的呢，你道奇怪不奇怪？"仪王听了，惊奇不已。槐江道："这种事情，在别人呢，果然要算作奇事，石庵家里却就不足为奇了。因为他爹，他爷爷，都是这么着。石庵现在只算是克继祖德罢了。石庵的老子文正公没在轿子里，已经奇了；哪里知道他那爷爷，死得更要奇怪。”仪王道：“他爷爷是谁？通显过没有？”槐江道：“石庵的爷爷，名棨，字子璞，由进士知县，历官至大方伯，精参易理。在四川藩台任上，一日忽语诸子道：‘我夜诵屯之三，爻易象早示我以朕兆，趁现在还有一口儿气，快具本乞休，省得有误国家。隔不多几日，果然无疾而终。”仪王道：“照这么说，这无疾而终，竟成了刘家的世职了。”仪王俟大殓完毕，才回朝复命。仁宗悼念耆臣，特下旨赐了“文清”两字的谥法。

仪王回邸，接到惊报，忽说新派海疆总粮台内务府司员阿勒德被人谋毙。仪王诧道：“阿勒德作事，素来精细，怎么会遭着意外之变？”忙叫家人出去探听。原来阿勒德是满洲正白旗人氏，智谋出众，勇力绝人，论到他的才武，果然是没批评。只是生有僻性，专喜男色，不乐女娘。京城里头小旦，差不多被他沾了个遍。彼时京中小旦，色艺双全的，就要算着李素棠，阿勒德心痴意醉，常常觊觎非分。无奈落花有意，流水无情。李素棠倒并不把他放在心上。阿勒德每回来寓，素棠淡淡相对，总没一辞半语腑肺之谈，阿勒德很是不乐。

这日，也是合该有事，阿勒德走访素棠，才到寓门，劈面走出一个少年来，丰神潇洒，意气豪华，一望就知是非常人物。只见那少年背后，还有一个风流子弟，不是别个，正是李素棠。只见李素棠与那少年，一边讲话，一边走，缠绵恩爱，说不尽的要好。阿勒德不觉呆了，暗忖：世界上竟有这么美男子，比了李素棠，随珠和璧，真是一对玉人儿，能够思一个法儿，铁网珊瑚，把这一对玉人网了家来，终日相对，那个福比做了皇帝还快活呢。当下也不进去，独自回家，暗地里布置神谋秘计。

且说这少年姓金，表字春畦，浙江平湖人氏，生就的佻仫性。十四五岁就在外面惹草沾花的不老成，轻浮姐儿被他勾上手的，不知共有多少。恃着家财丰富，模样俏俊，整日整夜花丛里头混。老子娘怕他荡坏身子，恰值朝廷为川楚军事，特开捐例，有钱的人，花上几个钱，就能平步青云，谋到个一官半职，于是叫他背金入都，干那显亲扬名大事业。江山易改，本性难移。金春畦到了北京，依旧征歌选色，忙他的事，功名两字，哪里还在心上。北京时尚都行戏玩小旦的，春畦虽然乍到新来，习俗异人，却早结了一个肺腑知交，这知交，就是歌郎李素棠。两个儿情投意合，如漆如胶，说不尽的要好。春畦带进京的银子，不上几个月，都花光了。床头金尽，壮士无颜，没奈何，只得在法源寺里租了间房屋暂住，一面叫仆人回家取款，约定款子一到，就替素棠脱籍。

一日，忽得惊报，说李素棠暴疾身亡。赶到那里，已经棺殓。抚棺大恸，狠狠哭了一场。从此，屏迹繁华，绝意声色，只在萧寺里索居寂处。想着了素棠，不免短叹长吁，神伤泪落。不到两个月，却早闷成一病，药炉灯影，客况愈增凄惨。正是：

千里江关哀瘦信，九秋风雨病相加。

一夕，挑灯默坐，四壁虫声，响成一片。触景生悲，正在偷弹珠泪，独自伤怀，忽寺僧进报，有客奉访。春畦心里疑惑：我在北京交游甚少，这访我的谁呢？想犹未了，那客人早已跨进房，拱手儿见礼。春畦一边还礼，一边把那人细心估量：见那人紫棠色脸儿，三绺须儿，满脸油腔，全副滑气。一见春畦，拱手请问姓名。春畦通毕名字，转问那人。那人自言姓佟，旗下人氏，现在内务府供差，生平极喜交朋友，偶遇此间，听寺僧说有南客，果遇我兄。芝眉兰宇，不啻神仙中人，心里欢喜得很。春畦见他谈吐蕴藉，不觉倾倒起来，谈了一回，渐渐谈到声色上。姓佟的道："京师梨园色艺之盛，堪称天下第一，我兄也曾涉猎过么？"春畦见问，叹了一口气道："再别提起，兄弟再不愿涉足此中了。"姓佟的忙问何故。春畦道："一言难尽！"当下就把情恋李素棠，并素棠暴疾身亡，不胜美人黄土之感尽情倾吐，告诉了姓佟的。姓佟的笑道："不料我兄弟眼光竟这么的浅陋！天下之大，人才之众，一个李素堂算什么呢。"春畦惊道："难道还有胜过李郎的人么？"姓佟的道："那多的很，多的很。"春畦问："在哪里？"姓佟的道："不必他求，兄弟家里那个班子里，像李素堂这么的人，倒也挑得出两三个。"春畦道："可否带兄弟去瞧瞧。"姓佟的笑道："这儿原是玩意儿，不值什么。我兄喜欢，就跟兄弟家去是了。"

春畦大喜，当下随着姓佟的出门登车，所经途径，觉都是未曾阅历过的。一会子儿，行到一所府第，朱门轩户，僮仆如云，瞧那气派，并不像是寻常旗员。姓佟的殷勤延接，把春畦让入斋中，置酒相待。肴馔纷陈，却是咄嗟之间立办成功的。春畦见了，心里愈益惊诧。姓佟的执壶相劝，喝了三五杯酒，姓佟的开言道："佳客在坐，不可寂饮。"回向家人道："快叫凤奴出来，唱两支曲儿听听。"家人应诺，霎时引出一个丽人来，风鬟雾鬓，绰约多姿。姓佟的指向春畦道："这儿是兄弟新买的姬儿，小名儿叫做凤奴。"春畦举目一瞧，吓得魂不附体。你道为甚缘故？原来凤奴的面貌，与歌郎李素棠，生的竟一般无二，倘不是换了女装，竟要脱口呼出素棠来。只见姓佟的向凤奴道："这位平湖金老爷词曲上头很精明的，你好好儿歌一曲来，给金老爷下酒。"凤奴微微应了一声，就拍着檀板歌唱起来，却时时偷眼瞧春畦，秋波索注，泪睫莹然。春畦也不转睛地瞧看，见凤奴柔媚的态度，清脆的歌声，越瞧越真，越瞧越像，宛然是李素棠。想要询问一语，又碍著姓佟的在坐。正在狐疑，姓佟的起身斟酒道："快干两杯，别尽闷坐着。"春畦不能推却，连喝了四五杯，早已醺然醉倒。只听姓佟的吩咐家人道："金老爷醉了，你们快引他书斋中睡罢，要茶要水，好好的伺候。稍有违忤，我查着了，可就要不依的。"随有家人搀扶春畦到斋中，床榻衾褥，布置齐备，春畦和衣睡下。众家人见他睡下，都偷偷地溜了出去。

春畦醒来要茶，见人影儿都没有了，才待声唤，门环响处，一个人掀帘而入。春畦抬头，见进来的不是别人，正是席上相遇的那个凤奴。凤奴一见春畦，就道："别才数月，怎么就不认识？"辨色闻声，果然就是李素棠。春畦道："我原疑心是你，果然不会认错。李郎你为甚改成女装了呢？怎么倒又在这里？那日得着你凶耗，我的肠儿痛得一寸寸的断了。"素棠道："我原没有死，但活着的难过，比死还要利害。"春畦道："你怎么会到这里的？"素棠道："我被那厮劫闭在此，横遭强暴，惨不可言。现在的日子，宛如笼里头的鸟，有着翅膀子不能飞，有着双足不能走。我的金老爷，你替我想想，苦不苦呢？"说到这里，不禁流下泪来。春畦道："这姓佟的到底是什么人，竟把你摧残到这个样子。我金春畦不知道便罢，知道了总要想法子救你。终不然白瞧你埋没在这里一辈子不成？"随取帕子，替素棠试泪。

素棠乘势坐入春畦怀中，正欲诉说衷肠，忽见姓佟的怒吼吼奔进来，手里执着一柄钢刀，用刀尖指定春畦道："我当你是风雅文人，才这么的款待你。谁料你竟是个禽兽，胆敢调戏我的姬妾。"说到这里，睁出圆彪彪两个眼珠子，扬着雪亮的刀，大有举刀欲砍的样子。李素棠吓得早溜了出去，春畦双膝跪地，不住口的求饶。姓佟的道："你要我饶么？那也很容易。"说罢，把刀一掷，随有两个僮仆自外奔入，把春畦捺置在塌上，褫去了下衣。春畦此时，欲拒无能，欲避无术，只得忍辱含羞，任其无所不至。姓佟的真也可恶，轻薄完毕，偏还欲春畦喝酒。春畦此时身子已不能自主，勉尽一杯，觉着那酒微有药气味，不敢再喝。不意此酒，比什么都利害，一杯下肚，早醉到个人事不知。

比及醒来，下部已受了宫刑，大骇起坐，只觉四肢轻软，全身松懈，一点儿劲都不能做。春畦此时，心已灰绝。忽见门帘动处，一个人进来，向春畦道："不料你也会被他拖入在此的。我钻了圈套，就望你来救我，现在你也钻进了，更望谁援救呢？"说罢，抱头大哭。春畦也失声痛哭。原来这进来的，正是李素棠。哭了一会子，还是素棠劝住了。春畦道："这姓佟的恶棍，你我和他，前世里不知结下什么冤仇，被他摧残到这个样子。"李素棠道："你还当他真姓佟么？"春畦道："他不姓佟姓什么？"素棠道："他就是内务府司员阿勒德，满洲的大滑，勇力绝人，死党众多，酷喜猎渔男色。被他囚闭死的，前后已逾十人。现在后房还关着三个，连你与我，共是五人。"春畦听了，痛哭觅死。素棠道："你新被大创，一百日里，着不得风的，着了风就有性命之虞。"春畦哭道："身子已经废掉，活着也没什么趣味，还是早死干净。"素棠道："死也没中用，活着还好图谋雪耻。"春畦听说有理，只得暂时忍辱。隔了三五个月，创口是平了，头发是长了，阿勒德逼他改易女装。春畦跟素棠私谋行刺，又怕他的勇，不敢造次。

这年阿勒德谋着海疆总粮台，春畦进府已经二年多了。阿勒德新得红差，兴头异常。这日，从仪府回家，带了十多杆鸟枪，就叫家人送交春畦收下。春畦见了鸟枪，心生一计，暗与素棠商量，推说替阿勒德饯行，设了一席酒，两个儿轮流把盏，把阿勒德灌了个稀泥烂醉。春畦道："素棠，你我的奇辱大耻，这会子可以报雪了。"素棠取鸟枪在手，满装了弹丸，对正阿勒德心口，切齿道："阿贼，你今儿才认识我了。"说毕，轰然一响，可怜力大如牛的阿勒德，不过身子上多了黄豆大小五七粒弹丸儿，竟然呜呼哀哉，归天去了。春畦又把火药点着，那所大宅子，顿时烈焰腾飞烧将起来。春畦携着李素堂趁乱里逃出，奔到至戚某主政家，还想到官控告。某主政劝他剃发改装，回南完结。这便是阿勒德遇刺的新闻奇事。不过两日，满京城都已传遍。仪府家人，照实回过仪王。仪王见他孽由自作，也就丢开手不管。

此时朝廷造船铸炮，遣将派兵，忙得什么相似。广东抚台孙玉庭，又上了一道时务策，称说："从古但闻海防，不闻海战。粤洋三千余里，贼踪飘忽，兵分势单，终年在洋奔逐，讫无成效，不如专力防守海口，严禁岸奸。为以逸待劳之计，其官运盐船及贸易商船，皆配兵船巡护，是海防亦非置舟师于不用"等语。仁宗深为嘉许，下旨饬行。又特擢总兵李长庚为浙江提督，命他专办海盗。这时光，东南水陆将帅智勇双全的，就只有李长庚一人，海岛形势、风云沙线，没一样不熟，没一样不知。更有一桩惊人本领，操纵驾驶，踏浪如飞，恁是风惊浪骇，龙吼雷鸣，他把着舵，使着帆，心安意泰，竟然没事人一般。每与海贼鏖战，身先士卒，冒死奋登。打了胜仗，所有俘获，悉赏与有功将士，自己分毫不取。所以部下将士，无不争先效死。海贼听到李长庚三字，无不头疼脑涨。当时贼中有“不怕千万兵，只怕李长庚”之语。仁宗特旨拔擢，真可算得知人善任。

当下浙江巡抚阮元接到上谕，忙请长庚入署，先把恩命给他瞧看，然后向他道贺。长庚照例谦让了几句，阮抚台置酒相待，问他剿贼方略。长庚道：“海里头事情，如何能够预料，风势不顺，数十里宛如数千里，十天半月还赶不到，要是风顺势利，一半天就能赶千百里呢。所以海上用兵，无风不战，大风不战，大雨不战，逆风逆潮不战，除雨蒙雾不战，日晚夜黑不战，飓期将至不战，沙路不明不战，贼众我寡不战，前无泊地后无退路不战。”阮抚台道：“怪道用了这么年数兵，获住的海贼寥寥无几，原来有这许多讲究，我今儿才知道呢。”长庚道：“就是开仗，勇力无所施，刀矛无数用，全恃着大炮轰击。大帅想罢，海浪的汹涌何等利害，火炮的反震何等利害。船身簸荡，发出去炮子，能有几个打中呢？就是风顺势足，我顺风追逐，贼也顺风逃遁，无伏可设，无险可扼，又拿他怎样？到这时候，需用钩镰钩掉他的皮网，用大炮轰掉他的椗牙蓬胎，使他船伤行迟，我师围住攻击，杀得贼穷投海，才获住他一二艘。势又不能船船围击，那余外的贼船，早又飘然逃去了。再者海贼往来三省数千里，都是沿海内洋，至于外洋，浩瀚无边，无隙可依，无船可掠，贼也从不敢去。唯遇官兵追急，才有一二忘命贼船，逃向那边去。倘日色西沉，贼船直窜外洋，我师冒险无益，势必回帆收港，而海贼又逭诛了。海里头事情，原不比陆路，涛浪汹涌，起如升天，落如坠地，一物不固，即有复溺之忧。遇着了大风，一舟折桅，全军失色。到了那时候，虽然贼在垂护，亦必舍而收泊，等到桅柱修好，贼船已逃得没了影儿。扬帆穷搜，数日追及，桅坏帆裂，依旧是这个样子。所以兵船出海，经历四五个月，一个贼都没有获着，也是很寻常的事。大帅，这么的敌情，这么的地势，你道能够预料不能够预料？”欲知阮元如何回答，且听下回分解。

第四十八回　台湾岛海贼受困　黑水洋良将丧身

话说阮抚台听了长庚一番议论,叹道:“我们住在深衙内院,海上风云,如何会知道,更莫怪都察院那班御史了。”长庚道:“都老爷原都是书生,讲几句风凉话,我也没暇跟他们计较。大帅是长庚嫡亲上司,只要大帅肯作主成全我,事情就容易办了。”阮抚台道:“都是国家事情,谁该尽力,谁不该尽力!你要什么,明白告诉我,我总无有不尽力。”李长庚道:“剿捕海贼,最要紧的是战船,战船就是官兵的城郭,官兵的营垒,官兵的车马。船要是得力,战起来就勇,守起来就固,追起来就快,冲起来就坚。现在浙江的船,合用的颇不甚多。大帅肯成全时,上一个本子,请几万款子,交给长庚一手经理,那就受赐不浅了。”阮抚台道:“造船的事,上头已经派了仪邸,要是请款另造,怕于仪邸面子上过不去么?”长庚道:“请问大帅,国家要紧?还是仪邸面子要紧?”阮抚台道:“仪邸造的船,难道一艘都不能用么?”长庚道:“大帅还有什么不知,那种工料,放了洋,官兵的性命都被他送掉了呢。怎么还能够开仗?”阮抚台道:“咱们别动官中银子,大家捐几个钱出来,造几艘应用。等平了贼,再想法子,你瞧如何?”长庚道:“大帅尽筹,果然妙极。只是贼子这几年里头,造船购炮,认真异常,咱们造的船,总要比贼船强才好,不然还是没用呢。”阮抚台道:“贼子也造船么?哪一家船商替他制造?你告知我,我有本领封他的厂局,办他的工匠,把造成的船只通通充公呢。”长庚笑道:“闽浙两省船商,哪一家不替贼子造一艘两艘,要被咱们查得着,他们也不能再做这买卖了。贼子的计划,比鬼还巧,他又不亲自去定造,勾结了奸商,放洋时光,只说是商船,一出了口,就差人到衙门,报称盗劫,商船顿时变成盗船了。请问官府又拿他怎样呢?”阮抚台摇头道:“倒真没有法子。”长庚道:“再有一层,现在水陆兵饷,照例只发给三个月,也是大大一个弊害。”阮抚台忙问:“害在哪里?”长庚道:“大海捞针,全靠着机会巧。机会来时,一时半刻都不能错掉,错了一日,那怕你再费上一年半载的功,都是白费力,不济事。”阮抚台道:“那倒是实情实理的话。兄弟别的不能尽力,发饷小事还能够作一点儿主,以后就半年一发如何?”长庚起谢道:“全仗大帅成全。”

阮抚台虽然是个馆生,倒很佩服长庚。席散之后,就邀集本城官商,劝他们量力捐助。自己行头,先捐了一年的养廉。登高一呼,众山响应,霎时间捐薄上竟写集了十多万银子。阮抚台大喜。次日,邀请长庚到署,把捐薄给他瞧看。万事只要有钱!长庚领到这笔款子,顿时心雄气壮,狠狠的奋发有为,赶到福建,定造了三十艘大舰,又铸大炮四百尊,分置各舰。这大舰队取名儿就叫霆船,扬帆破浪,行驶如飞。头回儿放洋,盗首蔡牵就几乎被获。

这年三月,蔡牵窜扰定海,进香普陀。恰恰霆船掩至,万众齐呼,千弩并发,蔡牵没有防备,损失了好多兵将,解缆逃遁。长庚传令追袭,乘风破浪,昼夜飞驰。追到闽洋,望见蔡贼舰队,只离三五里远近,四百尊大炮,齐伙儿开放,连环不绝的轰击将去,只打得贼船蓬穿桅折。蔡牵窘极，忙差人到浙闽总督玉德那里乞降。玉总督信以为真，立派兴泉兵备道庆徕赴三沙海口招抚。蔡牵道："果许我降，请先调开浙师，李提台踞在上风，行止很为不便。"庆徕回禀玉总督。玉总督立下大令，饬长庚收港勿出。于是功败垂成，蔡牵遂得从容遁去。

李长庚三战三胜，只夺得贼船六艘而已。收兵回浙，谈起战事，不胜扼腕。阮抚台再三解劝，长庚慨然道："长庚受恩深重，七尺微躯，早已置诸度外，贼不死我，我必死贼。只是这回纵放了他，又不知要费掉国家几许钱粮，丧掉兵士几许性命呢！"过不多几月，惊报传来，果然说蔡牵协同粤盗朱渍，连艅八十余艘，入犯闽洋。玉制台饬浙江总兵胡振升督率水师二十四艘邀击，却被蔡牵一把火，烧得个全军覆没。长庚闻报，跺脚不已。

忽报圣旨下，慌忙摆香案迎接。那钦差站在上面，宣读道："奉上谕，浙江提督李长庚，忠勇性成，忘身殉国。在军两载，过门不入，又以捐造船械倾其家资。所有俘获，尽以赏功，故士争效死。且身先士卒，屡冒巵险。三月剿贼闽洋，围攻蔡逆，火器瓦石雨下，身受多创，鏖战不退。故贼中有'不畏千万兵，只畏李长庚'之语，实为水师诸将冠。李长庚着授为水师总统，所有闽浙水师，使归节制。钦此。"送过钦使，阖城文武都来叩贺。一时阮抚台也到，一见面就道："我不贺你得为总统，深喜朝廷得着一员大将也。"长庚谦称"不敢"。阮抚台笑道："不必过谦，水军各镇中，你不敢当大将，谁还敢当大将？"长庚道："大帅不知，官越高，责越重，忌的人也越多，以后事情，办下去正不知怎样呢。"阮抚台道："老哥素有干略，现在大权在握，得心应手，正好大大施展一番。要是官高胆怯，一味的怕事，殊有负朝廷恩意了。"长庚道："大帅教训的是，长庚也不敢怕事，只凭着一颗赤心，全身实力，报答朝廷是了。"

阮抚台去后，长庚就发下文书，饬闽浙各镇水师，昼夜操练，听候调遣。一时定出计划，令温州海坛二镇为左右翼，跟随本军，专剿蔡逆；金门、黄岩、定海、台湾诸镇，各守本港，俟总统追贼至境，出师策应。部署才定，忽报蔡牵、朱渍连樯入寇，已经进了定海洋面。长庚传令本部各舰，屯粮洗炮，连夜就要出港。此令一下，水军各将弁，顿时忙乱起来，装粮架炮，色色妥办。

已值初更时候，长庚率领将士，祭过海神，就令起碇扯满飞蓬，帆扬出港。但见月朗中天，波平如镜，水天一色，万里无云。大军舰队宛如数十条苍龙浴海似的，突浪冲波，向东驶去。只驶了一昼夜，已到定海洋面，远远听得炮声轰击，历落不绝。长庚道："了不得，前面开仗呢，快驶上去！"又行了一程，贼船桅樯，密布如林。已经瞧见的，估量去约有百数十艘战船，排成一字，烟硝弥漫，战得正酣畅呢。定海水军，看看要败下，众将不觉都有惧色。长庚道："海盗频年行劫，船中实货山积，大家拼点子辛苦，破了他，一辈子享用不尽呢。"众人听说，人人思发巨财，那勇气顿时就大奋起来。长庚手执令旗，扬帆直上。看看临近，把令旗只一挥，数百尊大炮，一齐轰发。顿时水吼烟腾，弹飞浪立。蔡牵没有防备，坐船上早着了两炮。风吹烟散，月光中露出李长庚旗号，蔡牵大惊，忙令还炮轰击。此时炮声雷震，炮子蝗飞，两军战舰在惊涛骇浪里，簸荡起落，一往一来的扑战。长庚传下将令，命左右两翼专攻朱渍，本部战舰专攻蔡牵，发毕令，扯足风蓬，乘着势突浪冲波，冲杀过去。百炮齐鸣，万弩竞发，霎时把海贼的长蛇阵，冲为两段。蔡牵抵挡不住，转舵奔逃。长庚下令追赶，矢炮连发，声如贯珠。蔡贼的两只副船，早被炮弹打成窟穴，不能行驶沉下海去。蔡牵心慌，忙令加蓬飞驰。忽一弹飞来，正打在蓬索上，砰的一声，竟断掉了。蓬没了索，宛如马没了缰，哪里还能驾驰！此时蔡牵的坐船，横在海中，逐浪随波的震荡。贼众纷纷投海，蔡牵大呼："我命休了！"道言未了，忽地风鸣水吼，电掣雷轰，倾盆大雨从海角上直卷将来。浪涛山立，鲸鳄奋兴，震得官兵战舰，荡撼飘摇，不能自主。长庚急令收港，蔡牵却趁这当儿，接索扬帆，逃了出去，长庚十分气忿。

这年冬季里，蔡牵又聚贼舰百艘，入犯台湾，并在鹿耳门沉舟塞港，阻断官兵来路，结联土匪攻打府城，自号为镇海王，很有割据称雄的意思。仁宗大惊，忙命成都将军德楞泰佩钦差大臣关防，调四川兵三千赴剿，将军赛冲阿为参赞大臣一同赴军。正欲出发，忽接捷报，说伪镇海王蔡牵，已被水师总统李长庚败走，台湾全境肃清。仁宗大喜过望。原来蔡牵在台湾地方沉船塞港，东南大吏没一个不恐惧失色，只李长庚闻而大笑，向部下道："蔡牵此举，真是飞蛾扑火，白送性命。咱们不出去，这个大功必被他人夺去。要是真被他人夺了去，咱们还有脸儿见人么？咱们水军号为天下第一，台湾又是福建所属的地，蔡牵又是总统专剿的人，来了这么的好机会，生生的放过，丢脸不丢脸？"众人都道："蔡牵据了地，僭了号，声势浩大，怎么统帅倒说他飞蛾扑火，自送性命呢？"长庚道："台湾形势，鹿耳门果是要口。但除了鹿耳门，还有南汕港，北汕港，安平港。现在他自己填塞了鹿耳门，这一路就省得咱们把守了，咱们只要往南汕、北汕两个口子，再派一支兵，由大港绕安平港攻进去，瓮中捉鳖网中搜鱼，不怕他飞了天上去。这不是蔡贼自己送死么？前几番由他猖獗，就为那穹洋阔海，没处遮拦。现在投了这绝地，就要逃走也不能了。"众人尽都释然。于时调兵出发，长庚亲自扼守南北二汕要口，另以小澎船五十艘，叫许松年、王得禄两总兵统率了，由安平港攻入。果然旗开得胜，马到成功，连开五仗，杀得贼众叫苦连天，投奔无地。水陆兼程，舟车并用，把蔡牵逼入北汕港内，四面围困，宛如猛兽落井，鸷鸟囚笼。似此谋无遗策，将皆用命，固不难一举成功。谁料贯未满盈，天不厌乱，竟会兴起飓风来，走石飞沙，撼山拔树，把鹿耳门所沉各船，掀翻漂荡，冲了个尽净。蔡牵率领贼众，夺门奔逃。官兵拼命追截，却只获着十多艘贼船。盗首蔡牵，依旧被他逍遥遁去。长庚叹道："今回的事，倘使闽帅玉公肯帮我的忙，预派数百水军守在鹿耳门外，蔡贼早歼擒了。本部兵士统只三千，又要搜剿，又要防守，实属不数调遣。"众人都道："玉公出身纨绔，见不到此也是有的。"长庚道："果然见识不到也还罢了。瞧他所为，很有妒功害能的意味。妒害我一个儿，原没什么要紧，却苦了朝廷与百姓呢。我得用的人，他偏要调去；我要造船，他偏不肯具奏。你们总也瞧见，蔡逆的坐船，高起我们五六尺呢。究竟船大的便宜，蓬高行速。若是我们的船跟他一高般大，也早追着他了。"众人道："圣上深居九重，海中情形，谅总不很明白，统帅何不具奏陈明呢？"长庚道："玉制台是旗人呢。从前柴大纪建了那么大功，封着伯爵，充着参赞，也总算红透了，只忤了福经略，弄得身败名裂，临了儿还送掉性命呢。"众人道："今上圣明，原不能比纯庙。统帅怕事，怕倒要受着处分呢。"长庚见说有

理,随叫本营办文案的,拟了一张奏稿,大旨称说:

> 蔡逆未能歼擒者,实由兵船所得力接济未断绝所致。臣所乘之船,较各镇为最大,及逼近蔡牵坐船,尚低五六尺。其余诸镇之船,更不为及。曾与三镇总兵愿预支赛廉,捐造大船十五号。海门队坛二镇,亦愿捐造十五号。而督臣以造船需数月之久,借帑四五万两之多,不肯具奏。且海贼无二载不修之船,亦无一年不坏之材料,桅舵折则船为虚器,风蓬烂则寸步难乃。逆贼在鹿耳门逃窜出,仅余三十船,蓬朽硝缺。一回闽地,装篷燂洗,焕然一新,粮药充足,贼何日可灭?

这道本章拜发之后,不过一月开来,圣旨下来,把闽督玉德革了职,拿京治罪。简出新名制台,名叫阿林保,也是旗人。只道同舟共济,从此可以一德一心,办理边务。不意一蟹不如一蟹。阿林保一到任,别的事不干,就打足了精神,谋去李长庚。旬月之间,密疏三上,早有人报知长庚,嘱为防备。长庚笑道:“新制台机心真也太重,其实何苦呢!就是玉公罢职,我也并没什么成见,当时拜本,不过为自己表白。新制台把我当作坏人,他那眼光儿就错了。”众人道:“旬日之间,参本三上,统帅倒不可不防他一下子。”长庚笑称不必。众人问故,长庚道:“诸位别问,瞧着就是了。”过了几日,上谕下来,果然把阿林保排喧了一顿,大旨说是:“阿林保莅任旬月,即专以去长庚为事,朕倘轻信其言,岂不自失良将!嗣后剿贼事责成长庚一人,阿林保倘忌功掣肘,则玉德即其前车之鉴!并着造大同安梭船三十艘,交与长庚,其未成以前,先雇大商船备剿。钦此。”长庚部下各将,瞧见此旨,无不称奇,都到长庚坐船,请问缘故。长庚道:“此事极易猜测,咱们在这里办了三五年的事,历任督帅抚帅,从没讲过咱们一句半语坏话。阿帅到此,没有满一月,倒参了我三个本子,难道历任各帅都没有他那么明亮么?再者太性急了,上头也要疑的。所以我说不必防备呢。”众人都很佩服。

忽报阿制台派人下书,长庚唤进,开函瞧看,并无别事,不过邀请自己入署喝酒而已。给了那人回片,随即乘轿赴宴。阿林保降阶相迎,礼貌之间,异常客气。酒至半酣,阿林保停杯在手,笑问长庚道:“李大人,我有一件事情要跟你商量。”长庚道:“大帅钧谕,长庚自当谨遵。”阿林保道:“大海里捕鱼,何时能够入网。”说到这里,双目注定了长庚,便不再讲下去。长庚道:“长庚愚笨,帅意高深,还求明白指示。”阿林保道:“我说的就是海里头事情。”长庚道:“蔡逆屡次逭诛,都为官军不肯齐心之故。如果闽浙水师,不分畛域,海疆早平靖多时了。”阿林保道:“怕也没有那么容易,我想海天万里,横竖没有佐证,倒不如弄一个假蔡牵杀掉了,就送到兄弟衙门来报验,兄弟马上具本入告,这么一来,省掉多少是非纠葛。那余外的贼子,都好归入善后案子办理了。李总统,你也可以受着上赏,我也可以得邀次功,比了穷年累月在鲸波鳄浪里争生活,不好起万倍了么?李总统,我这个法子,也无非是替你算计,你瞧行的去行不去?”长庚道:“多蒙大帅成全,只惜石三保、聂人杰的事情,长庚不会干,辜负盛情,未免抱歉。”阿林保道:“李总统休太执了,海上风波,异常凶险呢。”长庚慨然道:“长庚受恩深重，久视海舶如庐舍，凭他再凶险点子，终不敢稍存怯意，誓与贼同死，不与贼同生。”阿林保道：“难得总统这么忠勇！但兄弟此举，也无非为顾恤兵士呢。”长庚笑道：“兵士受了大恩，国家要遭受大累了。”阿林保变色道：“这么说来，国家就靠总统一个儿了？”长庚自知失言，忙着起身谢过。

席散回船，告知众将。部将王得禄道：“原是制台自讨没脸，统帅这几句话，堂皇冠冕，说得很是得体，制台也白受教训呢。”邱良功道：“亏回绝了他，要是答应了，可就上了他当了。”长庚忙问何故。良功道：“咱们办到了假蔡牵，制台找着把柄，不就好专章参奏么。”王得禄道：“此公心术，真也太坏，将来结果，我看也平常的。”长庚道：“坏也罢，好也罢，咱们只要对得住朝廷，对得住百姓，余外的也就不必管他了。”

从此，李长庚督同水师各将，修理船只，整治器械，旧的燂洗，新的制造，蓬索桅舵等一应要件，无不刻意讲求。到这年十月里，都已齐备，于是择日放洋，搜捕海贼。大小各舰，整队扬帆，掠波飞驶，迅疾得同箭一个样子。寻哨到广东洋面，果然与海贼相遇，奋勇攻扑，一下子就轰沉两条贼船，生擒贼首一名，叫做蔡天福，就是蔡牵的侄子。乘胜追袭，赶到大星屿，把蔡牵又杀了个大败。部将都请回碇，长庚道：“此番出兵，我原不承望生还呢。”恰恰福建水师提督张见陞也率舰至，于是邀他一同追赶蔡牵。追了三日，这日，追到黑水洋地方，瞧见蔡牵，只剩得三条海船。长庚挥旗奋呼，矢炮齐发，霎时蔡牵坐船的风蓬打掉。长庚驶船冲上，令兵士掷放火药包，乘风儿纵火。众兵士欢呼雀跃，只道灭贼即在目前，不意贼船艄尾上的炮，忽地轰发一颗弹子，直向长庚咽喉飞来，闪避不及，中弹跌倒。欲知性命如何，且听下回分解。

第四十九回　歼巨寇海波不扬　运奇谋覆盆得雪

话说李长庚督率舰队，围住蔡牵，火攻炮击，正拟一鼓歼禽，不意贼尾艄的炮忽然轰发，弹丸击中长庚咽喉，大喊一声，昏绝于地。赶忙施救，已是不及。三军失了元帅，顿时大乱。张见陞率领本部兵船，转舵先走，众兵舰纷纷退驶，于是历年积寇，又被逭诛。其实浙闽水军，十位贼众，如果少持半日，不难立奏虏功。可惜众将心志不齐，先自退驶，光景是蔡牵恶贯还没有满盈呢。闽督浙抚会奏到京，仁宗震悼，特下恩旨，追封李长庚壮烈伯，赐谥忠毅，并饬原籍回同县建立专祠，春秋两季按时致祭。又把长庚部将王得禄、邱良功升为提督，分统长庚旧部。诏书勉励他们同心敌忾，替主帅报仇雪忿。王、邱二将瞧见这道旨意，果然激发天良，督率了舰队，竭力尽心的搜捕。也是机会凑巧，福建制台调了个方维甸，军机处又有着大学士戴衢亨，戴方二公，都是很有远见的，文武一心，边廷同意，百请百允，得手应心。说也奇怪，李长庚费尽心力出尽汗，奈何他不得的蔡牵，竟就轻轻易易歼除了。古人"众志成城"那句话，可知是不错的。王邱二提督，歼除了蔡牵，就用红旗报捷，六百里加紧，飞递到京，那奏本的大旨是：

> 臣得禄，臣良功，于本年三月，会师合剿海贼蔡牵于定海之鱼山。乘风势顺利，奋呼轰击，烟硝蔽天，转战至绿水深洋，逼攻贼船。蔡贼扬帆思遁，经臣得禄臣良功四面包围，而悍贼破浪突围，炮弹密发如雹。臣得禄冒弹奋进，亲督水手兵弁，掷药发火，阻贼出路，激励将士，抢登贼舰。血战至夜半，风浪并怒，海水山立。将弁登者，均被贼众斫落下海，而贼舰又随浪戗出。臣良功攻险堵截，随潮奋战，环攻不已。逾绿水洋，见黑水，臣良功惧贼走遁外洋，奋身大呼，以己船骈于贼船东，闽船骈于浙船东，贼蓬与浙蓬结，浙蓬毁，贼以蒿扎浙船，决死猛战，矛贯良功腓。浙船毁碇脱出，闽船复骈于贼船。此时贼伙党各船皆为诸镇所隔，不能援救。贼酋蔡牵，仅余三十船，弹丸已罄，以番银作炮子，势愈猛悍。臣得禄亦受弹伤，忍痛奋斗，掷硝药火其尾楼，复以坐船冲断其舵。蔡牵自知无救，乃首尾举炮，自裂其船沉于海。积年巨寇，赖皇上成灵，将士用命，仅得歼除。

仁宗览奏，向廷臣道："为了这两个贼子，折掉几许将士，处掉几许生灵，想来都是朕躬不德所致。今后朕有不是，你们都应直言谏朕，君臣一体。太平了，大家才能过好日子。"随下旨封王得禄为二等子，邱良功为二等男。降毕旨，又向群臣道："海贼初平，善后计划，何者为先？大家替朕筹划筹划。"大学士勒保回道："盗贼之起，都是地方官吏不善所致，地方官史不善，都因监司失察，监司所以失察，都由于督抚昏聩。为正本清源计，莫如慎迁督抚。督抚贤而司道大员无不贤，地方官吏无不贤，盗贼怎么会起呢！”仁宗道：“这话很有道理，现在四川总督出了缺，要派人，一时没有妥当的人，你看派谁去好？”勒保道：“现在封圻大吏，才犹卓著的，就要算鄂督百某，调了他去也好。”仁宗道：“我看他去，还是你去好，潮广也是要紧地方，他也走不得。你方才讲的那番话，句句实情实理，你到那里办事，定是不错的。你保他人，我就保你。”勒保碰头辞谢。仁宗道：“勒老三，你不喜欢外任么？”勒保道：“外任内任，都是皇上恩典，奴才如何敢不喜欢！但奴才年来身弱多病，四川这种地方，汉夷杂处，办理稍一不当，未免有负天恩。”仁宗不待说完，就道：“不必讲了，四川原是你治过的地方，现在又没什么事，朕派你去，无非为你是熟手，难道真为你讲了那番话，就布治你不成！”勒保不敢再辞，领旨谢恩。即日治装出发，望成都而来。

历尽蜀道艰难，经尽风尘劳苦，行抵成都。文武官员，都出城迎接，勒保一一接见。一到行辕，自护督起，司道府县提镇参游，来辕谒见的，更是络绎不绝。勒保吩咐巡捕官，来谒的人，不论官职大小，均须即时通报。自己虽然风尘劳顿，即还打叠起精神，跟属员们敷衍。

你道他为甚这么和气，一点子没有上官架子？原来宦途风味，此公业已尝透。勒保头先本是个笔帖式，当差期满，外选了个知县，指省四川，尽先补用。无奈川中大吏，跟他不甚合意，随班进谒，常遭呵谴。候了一年余，虱大的差都没有当过。当光吃尽，穷得要不的。同班候补人员，没一个人瞧得起他，衙参时光嫌他衣衫褴褛，酒气薰腾，都远远地避过他。勒保很是抑郁，又没法子解除此难。

一日瞧阅邸报，见十年前的老友放了四川总督，大喜道：“这遭儿，我总可以出人头地了。”于是抖起精神，每日探听新制台行程。那盼望制台到省的心，比了饥儿望乳，大旱望雨，还要真。这日，得着喜信，知道新制台离城只有二十里，明儿朝晨，可到省城。勒保欢喜得什么似的。赶忙雇了个牲口，出境迎接。不意到了那里，新制台的行辕，森严煊赫，仆从人等，不肯替他通报。没奈何，只得赶回来。次日，阖城文武迎接新制台，勒保跟随各官，递手本禀见，又没有见着。新制台进了行辕，先是护督来拜，继而两司首道，继而首府，继而省县，继而候补各官，纷纷传请，独勒保的手本，递了上去，宛如泥牛入海，音信杳然。天气又暑，肚子又饿，站在太阳里，眼看车来轿去，官送官迎，又气又苦，又渴又饥，忿倒个要死。那些同班候补官，有劝他回去明儿再来的，有劝他回家吃饭的，也有秉性轻薄的，偏还要揶揄他，说：“老兄素来好酒善饮，今儿制台定要留你喝酒呢。”正在无聊，忽闻传呼：“请勒三爷！”勒保听了这一声，宛如牢中重犯得了恩赦，乐个得无可言说，赶忙的整着衣冠，捧着履历，疾趋而入。那同班的官员们听见了制台传呼，称行辈不称官名，无不称奇纳罕。勒保趋进了里头，看见制台光着头，穿着便衣，站立在檐前阶下，一见勒保就笑，指道：“你打扮得这个样子，不怕龌龊么？”勒保禀请行庭参礼。新制台扶住道：“别磕狗头了。”回顾家人道：“快给勒三爷把这狗皮剥去，好到后院乘凉饮酒去。”勒保这时光，越听骂，越快活。一时搬上酒肴，新制台拖他坐下，把酒话旧，把个勒保快活得成了仙相似。喝到三鼓，方才散出。一跨出行辕门是不好了，首府首县并那几个有差的红候补官，都在那里伺候。一见勒保，宛如得着凤凰蛋似的，你也来捧，我也来捧，搀手的搀手，攀话的攀话，说不尽的殷勤，描不尽的亲热。

首府道："两司首道都叫致意吾兄，他们候到薄暮回衙的。"从此勒保平步青云，竟被众人抬了上天去。衙参时光，逢迎欢笑刻不暇接，有让坐的，有攀话的，有送烟壶的，真是烈火烹油，着鲜花锦。其实勒三爷依旧是个勒三爷呢。所以他待到属员，一团和气，满面春风，无非是推己及人恕道的意思。

当下勒保择定初三日卯刻接印视事，护督董公把一应交代事情办理妥当，自回藩司本任去了。接过印，司道各官，又忙着递手本入贺。勒保设筵相待，席间，谈起这几日见客过多，闹得脑袋都涨起来了，可知是身子不济。从前在这里办军务，连夜不得睡觉，都不觉得什么，怎么这会子多见了几个客，就累得这个样子。臬台道："大帅原也太劳乏，那些州县班的候补人员，很可以不必见呢，身子也要紧的。"勒保笑道："深蒙见爱，但兄弟这里头也有个苦衷呢。"随把自己那时在省候补的境况说了一遍。藩台接口道："大帅高见极是，县班大半是可怜人儿，司里平日待到这一班人，也都另眼看待的。"勒保笑道："大家都是过来人，老兄想来总也经历过的。"董藩台笑道："司里受的辱，比了大帅还要利害。"勒保道："讲出来大家听听，咱们这会子，也算是温习旧书呢。"董藩台道："司里家况，原很清苦的。那一年宗师按临司里，侥幸得选了拔贡。进京朝考，背着铺盖，徒步而行，走到扬州，已经筋疲力尽。"勒保道："老兄原籍不是江宁么？徒步奔走，路程果然不少了。"董藩台道："彼时恰巧遇见一只船，也是进京应试的，司里就向艄公央告，恳他携带。艄公回司里，船是人家包定的，须与雇主商量。好容易答应了，司里就把行李卸在后艄。长途无事，不免把卷吟哦。艄公私嘱司里，舱里头是扬州巨绅蒋老爷的两位少爷，别高声朗诵，怕少爷嫌闹呢。话犹未了，舱中的人果然走出来呵问，问司里是什么人，闹一个不已。司里无奈，只得说出姓名，并告诉他入京应试。那兄弟两人听了司里的话，竟冷笑道：'你们瞧他，穷的这个样儿，差不多就是花子，却还要黄狗想吃天鹅肉，要应朝考，取功名。没有镜子，也应撒一盆尿照照这一张脸儿，像应朝考的人不像。'"勒保道："那种话儿下流的很！怎么应试的人讲出话来，会这么下流呢？"董藩台道："彼时那兄弟二人正喝酒作乐，被司里扰了他们的兴，才这么斥辱呢。"勒保道："穷途受辱，难堪的很！"董藩台道："诚如钧谕，司里气忿不过，背了行李起岸，走了几百里路，勉强赁小车进京。这回朝考，司里又蒙侥幸，得列一等，授为七品小京官。从此乡会试连翻侥幸，殿试蒙圣恩，得取一甲第三名，授职翰林院编修，数年京察，外放监司，循序渐升，至有今日。谁料狎侮司里的那位蒋大少爷，到去年才以知县来省候补。"保勒笑道："巧极了，老兄怎样回敬他呢？"董藩台道："这位蒋大少爷，想起前事，怕司里报复，吓的就要告病。经司里传他进衙，用好言抚慰，问他那位介弟，早已死掉多年。司里笑向他道：'韩信不仇胯下之辱，我岂不逮及古人，勉为好官，往事切勿介怀'，就把他挂了出去。现在还在署任呢。"勒保听了，很是赞叹。臬台道："方伯度量，比了程中丞宽宏多了。"董藩台忙问："哪一位程中丞？"臬台道："就是山西抚台程国仁中丞。"董藩台道："那是敝同年。不知敝同年有了什么事故？"臬台道："这位程中丞有一个异样的脾气，就是心热太过，专喜管理人间不平事务。听说他没有发时光，曾代亲戚打官司，直控到省里，口才辩给，当堂把臬台驳得无言可答。臬台忿极，向他道：'程国仁，程国仁，你能够对我的联，我就当听你的讼。'程答道：'舍讼论文我也不怕，但是丈夫不可食言。’臬台笑道：果然对的好，谁愿负约。但对得不好，可即起去，不必再在吾辕闹无理之讼了’。程笑回：‘谨遵钧命’，随请示上联。臬台瞧定程公道：

倒插杨柳，光棍无根生枝节。

程公也瞧定了臬台，随口应道：

横吹笛管，眼子有气作声歌。

臬台听了，既惊其巧，又恨其嘲，因大怒道：‘程国仁，程国仁，量你快马加鞭，不难追及我禄位呢。’程公道：“那也再瞧罢了。’后来程公发了甲，朝廷异常器重，几回要他出任封疆，他都苦苦的辞掉。这一年那位臬台以原职改任山西，程公闻知，就向军机处谋山西巡抚一缺。”勒保道：“谋这个缺，谅必为报复私仇了。”臬台道：“可不是呢，程公真也会玩，到省时光，故意倒跨着一个跛足驴子，缓着辔徐徐行走。那位臬台随众出迎，见了程公，很有点子不好意思，只得道：‘公真奇才，无惑乎上达得如此神速。’程公笑回：‘余无良马，无可加鞭。如此迟迟，不图登得追公于此。’”勒保道：“口舌争锋，殊失大臣风度。”随问藩台道：“董公以为如何？”藩台应了一声“是”，随道：“敝同年此举，度量未免太狭。”臬台道：“程公好利害，接印之后，上谢恩折，竟把参折一同拜发，那位臬台竟被他就此参掉。”勒保摇头叹息。

一时席散，送过客，才待回房歇息，门上送进一角公文，是湖广总督百公咨来的。拆开瞧时，原来为成都城里出了一个通盗的大窝家，咨请严拿移解，归案询办。勒保瞧过，立传首县，饬他密拿到衙，办文移解。一时拿到，首县回禀：“大帅指拿的李仲良，是本县附生，平日行止也还安分，百公飞咨拿捕，怕有错误么，还请大帅示下。”勒保道：“百公精明强干，总不会差到哪里去。拿住了就解去尽他办是了，咱们又何必另生枝节呢？”首县应了两个“是”，自去派遣干投递解不提。

却说这李仲良，有个哥哥，名叫伯贤，弟兄两人，各专一业，兄弟是念书的，哥哥却是经商的。仲良家里，广厦百间，良田十顷，诗书满架，奴仆成群，日子很过的去。然而他老子娘死下来，四只空手，两个光身。这家业都是伯贤手创的，伯贤因在外经商，家里一应事情，就托仲良代为经理，谁料仲良心怀不良，田园进出，契据上签的都是自己名字，把老兄一生心血创就的产业，张口全吞，伯贤还在梦里呢。以后数年，伯贤因年老力衰，把汉口两片铺子盘顶给人家，自己回到家里，就想享受那清闲之福。不意一进家门，问兄弟查阅账簿，仲良竟冷冷的答道：“家中各事，兄弟整理得秩序井然，又何必哥哥费心。”伯贤道：“我离了家这许多年，家里事情，从没有问过，一竟由兄弟代我操着心，既然回来了，少不得检点检点。虽然自家兄弟，原不计论到这上头，做哥哥心里究竟过意不去呢。”仲良道：“哥哥醉了么，田房一切，都是兄弟手创的产业，兄弟自己经管自己事情，如何说是代操心？”伯贤道：“兄弟休得戏我！”仲良道：“谁讲戏言，哥哥不信，只要瞧契据，立名签字的，不是兄弟是谁？倘说是哥哥的产业，哥哥自己怎么倒又不签名字呢？”伯贤再想不到同胞兄弟会安着这么坏的心肠！这一气非同小可，两个人翻了一会子脸，伯贤就拖了仲良到县里叫喊。县官问起情由，就说伯贤所控无凭，碍难审理。控府控司都是这么说法。伯贤气极，只得拼着副老骨头，再出来经营商业。时衰鬼弄人，精神一颓唐，商业也就萧条起来，做了三五年，一点子没有起色，郁闷吁欷，说不尽的苦楚。

这一日，遇着一个同行老友，谈起此事，那老友就劝他告状。伯贤道："告过，官不准，可怎样呢？"那老友道："为什么不到武昌制台那里告呢？制台百大人，真是清朝海瑞，再世包公，恁你怎样冤枉的事，到他案下，没有不伸雪的。"伯贤闻言心动。次日，果然托人写了一张状纸，过江进城，到制台衙门控告。百公阅过状词，喊进伯贤，略问几句，知道他祖父寒微，一无遗蓄，他老子没时，仲良年未弱冠，赖伯贤抚养，得以读书成人。随命退去，静候提审。一面传江夏县进署，把状纸交给了他，嘱他设法办理。江夏县接到公事，见案关隔省，事涉家庭，既难于传人，又无从察访。延了数日，竟然一筹莫展，只得上辕求教。百公笑道："这有什么难处，只消在盗案里头，填上李仲良姓名，说他是通盗窝家，不就完了事么。"江夏县大喜，于是如法炮制，申详到辕。百公立刻飞咨四川总督，不过一个月开来，已经移提到省。百公亲行提审，李仲良瞧见制台衙门那种威严，早吓得魂飞天外，魄散九霄。百公厉声喝问："秀才家应守名教，胆敢通盗窝贼，致富千金，情实可恶，法更难宽，快快实供，本部堂还能超你的生！"仲良吓得只是叩头，口口声声不敢通盗。百公道："不通强盗家产哪里来的？"仲良这时光只图苟全性命，哪里还有工夫计及别的事，忙道："家产都是胞兄伯贤手创的，现在治下汉口镇经商，可以传来询问。"百公道："都是实话么？"仲良指天誓日，口称不敢谎语。于时立传伯贤到案，把家产断归了他。谕令仲良，听兄随时瞻给，不准分外妄干。仲良叩头遵断，具结完案。欲知后事如何，且听下回分解。

第五十回　李文成潜身滑县　天理教大闹皇城

话说仁宗自戡定教众荡平海寇而后，亏得疆吏贤能，朝臣清洁，把天下整理得太平无事。不过嘉庆十四年冬里头，工部衙门有了一件私铸假印冒支帑项的奇案，领款项先后共有数百万之多，案中首犯，就是部中书吏王书常。这桩案子，要是办得认真，六堂官吏跟银库大臣，都有处分的，亏得刑部承审官不欲多事，只把王书常灭口了案。嘉庆十六年，京内外大小臣工奏请举行巡狩典礼，仁宗下诏西巡，驾幸五台山，赏览山光云气，不意上天示警，星孛紫微坦。钦天监密奏，按照星象，主有兵乱。仁宗很是不乐，随诏百官修省。阖朝臣子兢兢恐惧守到年终，幸喜没事。只道从此可以不要紧，不意过了这一年，直隶河南一带，竟起了一个谣言，说星象应在十八年九月十五日，京保河南通要受着兵灾，害得这几处地方人民，吓得什么似的。

你道这种谣言从哪里来的？原来直、豫地方新兴起一个教会，名叫天理教，一应条规跟天地会白莲教大同小异。教里头有两个教首，一个姓林名清，是专管直隶教务事宜的。一个姓李名文成，是专管河南教务事宜的。林、李两教首神通广大，直、豫两处人民被他诱煽入教的，不知凡几。藉这时天上现了星孛紫微坦的异象，李文成怦然心动，就与林清密议道："天象示异，人心惶惑，真是千载难逢的好机会。咱们聚集教徒，趁这时光起事，倒不难一举成功呢。"林清道："发难不难，成事真难。台湾的天地会，川湖的白莲教，教徒何尝不众？声势何尝不盛？到后来究竟白送了自己性命。"文成道："照你这么说，咱们办教也是多事呢。"林清道："这是怎么说？"文成道："怎么说，不想图富贵做皇帝，教也不必立，还是安安分分做百姓好多着呢。"林清道："你误会了我的意思了。我何尝不要发难，不过不肯轻举妄动，总要谋划定当，按部就班的做将去。"文成道："如何谋划呢？"林清道："我先问你，清朝入关到今，咱们关内人起反的共有几起了？"文成道："吴三桂、朱一贯、林爽文、夏逢龙、王三槐、王伦，先后怕也有六七起吧。"林清道："这六七起豪杰，声势都没有咱们大，兵力都没有咱们雄么？"文成道："吴三桂、王三槐何等利害，咱们如何比得上他？"林清道："吴三桂、王三槐成功了没有？"文成道："成功了，这会子怎么还是大清呢。"林清道："你晓得他们为甚都不成功呢？"文成道："想来总无非是兵力不敌罢了。"林清道："兵力不敌，还在其次。"文成道："第一是什么呢？"林清道："我问你，朱明天下为什么亡掉的？"文成道："谁不知道明朝被李自成攻破了京城，逼死了崇祯，就这么亡掉的。"林清道："可知要取天下，总先要攻京城谋皇帝，射人先射马，擒贼必擒王，才是正理。不这么办，恁你三分天下，得了二分，人家的心终不肯死。斩草不除根，来春必复发，事情怎会成功呢。"文成惊问："你敢是要在京发难吗？"林清笑道："除是不动手，要动手总要在京城里。"文成道："谈何容易！京里头满洲兵有多少！"林清道："这个原不能光恃血气之勇，总要慢慢的想法子。"文成道："用什么法子呢？"林清道："拼着几万银子，买通了太监，事情就易办了。”文成道：“太监买的通么？”林清道：“现在世界，有了钱什么事不成功？”文成道：“这么好极，事不宜迟，你就进京买内应去，我赶回滑县，办理发难的事。”林清道：“此事关系非小，总须机密为是。”文成道：“不消嘱咐，我知道呢。”于是二人分头干事。

文成潜身滑县，暗暗聚集教徒，置办兵器，制造旗帜，一面派人四出扬言：“嘉庆十八年九月十五日，地方应遭兵劫。”各事办妥，但等林清京中消息，即便竖旗发难。一日，接着林清来信，知道内应事情已有眉目，太监刘金、高广福、阎进喜都已买通。文成大喜。隔不多几日，林清亲来滑县与文成会晤。问起京中情形，林清道：“内廷事情，都已布置妥帖，大太监就这刘、高、阎三个，小太监也买通了一二十个，宫里头不愁没有接应。只是教徒们胆子太小，听说杀到宫里去，一个个就寒战起来。照这样子，如何会成事！”文成道：“胆大的一个都没有么？”林清道：“就我的心腹肯拼性命，共计不到三百个人呢。”文成道：“我这里倒有三五千人，都是不怕死的，可以接应你。”林清道：“这么很好。嘉庆不日就要出京呢。”文成道：“出京干什么？”林清道：“到木兰地方打猎，那原是每年照例事情。”文成道：“定期几时举行呢？”林清道：“刘太监告诉我出月初三就要出发的。”文成道：“趁嘉庆没有动身，咱们就动手，要是出了京，可就费事了。”林清道：“我的主意，倒是他动身之后动手的好。”文成道：“等他动了身动手，这是什么主意？嘉庆在外面，咱们就据了京城，他会号召各省督抚勤王的。彼时内无接济，外无援兵，死守着孤城，也是没中用。”林清道：“秋弥回銮，这里是必由之路，你就率领教徒，在这里劫驾，出其不意，攻其无备，必然可以得手。再派一二千人马到我那里接应，两面都可以成功，事情不就定了么。清朝制度，宗室王公，从不分封出外，北京一得，通通除了个尽，连什么中兴偏安等事情，都不会有的。你道好不好？”文成喜道：“林哥老谋深算，兄弟真是佩服你。但愿事成之后，你我平分天下，享受一辈子荣华富贵。”商议定当，林清自回京去。李文成召集教徒，指授机宜，规划方略，摩拳擦掌，但等御驾到来，立即竖旗发难。

人有千谋，天只一算。也是仁宗命不该绝，竟来了一位救星。这位救星，姓强名克捷，就是滑县知县，为人精明强干，作事审慎周详。一到任，听说县里有了天理教，心里异常疑心，就派心腹家人投入教中，探听消息。这日，那家人得了李文成劫驾的消息，慌忙入署报知克捷。克捷道：“我早知这起贼子朝晚要闹出事来，现在果然。”随叫取过笔砚，亲自动笔起了两张文书底子，立刻发出。一张递给卫辉府知府郎锦麒，一张递给河南巡抚高杞，报知李文成谋逆情形，立请派兵掩捕。谁料高抚台与郎本府都是贪图省事的，接到文书并不发兵，强克捷一个儿白干急。

风声愈传愈紧，时机愈待愈迫。强克捷向幕友道：“事到临头，我也顾不得许多了，论理原是抚台的事情，现在高抚台既然推开手不管，贼子又潜身在我的地界，说不得我只好动手了。我要是跟他们一个样子，异日闹出了大乱子，咱们河南一省的官吏，不都成了死人么？再者也对不起国家呢。”幕友道：“明府忠心为国，谁也不敢批评。但是一件，李文成蓄谋造得逆，党徒必是不少，咱们空拳赤手，如何好拿捕他？万一打草惊蛇，被他走掉了，倒也是件未完事情。”强克捷道：“这个不要紧，我亲率了民壮快班，到他那里掩捕，倒不怕他飞了上天去。我所虑是拿捕之后，贼党逼极生事，我这条命怕就难保呢。然而要救国家，也是没法。”众幕友尽都慨然。强克捷传下密谕，叫壮班皂班快班上灯时分，齐到衙门伺候。三班头儿接到此谕，不知本官办甚要案，都各纷纷窃议。

吃过晚饭，传齐伙役奔到县衙，恰恰上灯时分。霎时强克捷出坐，也不点卯，只问了一句：“人都齐了？”众人回：“都齐了。”克捷道：“你们跟本官出署办案去。”说了这一句，就吩咐提轿。那几个头儿就打千儿禀问：“什么地方去办案，请老爷示明！”强克捷道：“跟了本官轿子走，我行你们也行，我住你们也住，不必多问。终不然本官会带你们天外去！”说着时，轿子已经备好，克捷起身问快班头儿：“家伙带齐没有？”快班头儿回：“都带齐了”。众人伺候本官上了轿，跟着官轿一路飞行。

霎时听得轿里传出官谕叫站住，众人止步，官轿也停了下来。克捷出轿，向一所住宅指道：“把这宅子的前后门守住了。”众人不觉愕然。原来衙役里头很有几个与李文成联通一气的，现在见本官亲自临场，知道不能行使手脚，只有暗中叫苦。一时前门后户，都已把守定当，克捷带领众役，打门而入，逐室严搜。搜到柴间里，见李文成躲在那里抖。克捷喝令“拿下！”顿时上了铁链，扬州婆牵猢狲似的拖着就走。拖到县衙，立刻升堂审问。

这时光，各项大刑天平、夹棍、大杖，都已置备齐整。这李文成真也了得，所问口供，除了姓名、年岁、籍贯之外，竟然一字不招，一句不应。强克捷喝：“用刑。”文成冷笑道：“大老爷，你的本领不过能够治死我，我拼这条命不要，你又奈何我呢？你说我私立邪教，谋为不轨，那都是没凭据的话。不轨在什么地方谋？邪教在什么地方立？”克捷道：“你的邪谋逆行，都经本官亲自访明，难道会冤诬你么？既然不肯招认，说不得只好对不起；如果冤诬了你，本官甘愿偿你的命。”随把旗鼓一拍，喝令“上夹棍”，两旁皂班，齐和一声。瞧李文成时，依然面不变色。强克捷喝令“快夹！”三五个皂班，齐伙儿动手，替他退出鞋袜，套上夹棍。强克捷问：“招不招？”文成咬紧牙关，一声儿不言语。强克捷吩咐“收起来！”只一收，把个李文成早痛得昏了过去。松夹救醒，还是不招，重又收紧。

话休絮繁，李文成在滑县堂上，矢口不招，恼的强克捷发了火，喝令紧收加敲，经这么一来，李文成两个脚胫，齐伙儿夹断，昏绝倒地，不省人事。皂班禀知克捷，克捷道：“脚胫夹断，眼见是终身残废的了，虽没有治他死，谅不致再会兴妖作怪。”吩咐救醒了，钉矢收禁，一面起文书申详上宪。强克捷这一来，真是轰雷掣电敏绝不过的手段。天理教失去了首领，一时没做道理，几个二三等头目，便约期聚会，商议援救文成方法。有主张派人进京，报知林清的；有主张买通禁卒徐图拯救的；有主张反牢劫狱立即起事的。议到结末，主张起事的人，居其大半。于是定议九月初七日，直隶之长垣、东明，山东之曹县、定陶、金乡，河南之滑县，一齐竖旗起事。

到了这一日，五六处地方，齐伙儿发难。攻城杀官，反牢劫狱，乱得一团糟。滑县斗大的城子，不庸说得，早被天理教徒攻破。强克捷满腔忠愤，可手无一兵不能用武，只落得一瞑不视，殉了难完结。教徒进城，第一要紧，从狱中救出李文成奉为首领，各路兵马都听节制。文成向教徒道："你们此举，虽是义气，于大局上却误了不浅呢。"众人问故。文成道："咱们与林教首约的，原是九月十五日。这会子仓皇起事，林教首那里，谅总没有知会。"随问："你们可曾派人进京去？"众人回说："没有"。文成道："没有知会，咱们起事，林教头如何会知道？到了十五这日，他在北京动手，咱们不去接应，岂不误了大事？这里离京又远，飞骑送信，也已不及。你们瞧此事如何是好？"众教徒面面相觑，半晌没做道理处。文成道："光景也是天意呢，不然，这强克捷怎会跟我们这么作对。倘然我不经挫折，你们也绝不会有这么举动的。现在眼前只能顾眼前，大家齐心干去，成不成也说不定呢。"于是派遣教徒分头出掠。

不多几天，京中惊信传来，说林清大闹皇城，因没人接应，已被官兵擒获。京城教徒，伤亡殆尽。文成跌足道："是我害了他也。"原来林清在北京，文成被捕、教徒起事的消息，一点没有知道。到了九月十五，就派教徒二百名，带了兵器，混入内城，在各酒店里头等候，约定月上动手，分攻东华、西华二门。起义弟兄都要头扎白巾，以为记号。林清分派定当，就到皇城左近那片酒铺来，才跨进门，就见人起身招呼道："林兄，久违了。"林清惊道："二位怎么都在这里？"二人齐回："专程候你呢。"林清道："咱们里头去长谈罢。"于是同到里边，择了处雅座坐下。二人就问："事情干得怎样了？"林清回头瞧了一瞧没有人，然后悄悄道："大致都已妥帖，城中各酒店，我已埋伏下二百多人，月亮一上就可以动手了。"二人道："光只二百人，如何好办事？木子那边的接应，怎样了？"林清道："约好的事情，失期总不会的。"一人道："你接洽过么？"林清道："面却没有会过，京城地方这么的大，哪里找他去？"那一个道："没有接洽，我看总不很妥当。"林清道："怕了什么，期原是他约我的，如果要更改，早先期知照我了。没有信来，谅总没有变故。"先一人道："近来木子有信来过没有？"林清道："十日前教徒来京，带有口信，说他在滑县办理各事很得手，并嘱我不要失期误事。"

三个人正讲得兴头，不防一人自外而入道："你们干得好事，我到步军统领衙门出首去。"三人齐吃一惊，回头瞧时，都不觉喜形于色。原来头先两人，是高广福、阎进喜，后来的是刘金。这三个都是内廷太监，被林清买通的。刘金坐下，就问："今儿动手么？"林清点点头，就问他宫内情形。刘金道："你们到了宫里，别的还罢了，只有一个人难弄，倒不能不防他一下子。"林清忙问："是谁？"刘金向高、阎两人指道："他们也都知道，难道没有告诉你么？"高广福道："你讲的不就是二爷么？"刘金道："除了他还有谁？林教首，这位小爷真告诉不得你，他那本领，那心思，找遍天下也不会有第二个呢。"林清道："不信锦绣丛中也会生出英雄豪杰？"刘金道："这位小爷名叫旻宁，自小儿就英武不凡。记得那一年老佛爷在热河地方打猎，皇子皇孙尽都随扈，二爷只八岁呢。一日，老佛爷高兴，亲率诸王贝勒校阅弓马，二爷瞧得技痒，等侯王贝勒射罢之后，挟了小弓箭，连射两箭，都中着红心。老佛爷瞧见欢喜，拊他的顶道：'我的儿，你能够连中三箭，朕就赏你一件黄马褂'。这位小爷年纪虽小，希荣慕利之心倒很急切。听了他爷爷的话，竟息心静气的发了一箭，恰恰又中红心。侍从诸臣无不夸赞。他射中之后，放下弓箭，跪在老佛爷膝前，竟不肯起来。问他要什么，也不回答。老佛爷大笑道：'我知道了！'随命侍臣赏他一件黄马褂，仓卒间没有小的，就把大人穿的黄马褂，给他披上。人小衣大，裾长拂地，谢恩起身，竟然不能行走。老佛爷叫侍卫抱他回去的呢。林教首你想，这么小年纪已有这穿杨本领，如今加上了阅历，更是了不得。入宫之后，这个人倒不能不防他一下子。”林清笑道：“走马射箭，那不过是公子哥儿的习武，怕他怎的？咱们杀进宫，他吓也吓昏了，难道真敢跟咱们抵拒么？”高广福道：“别小觑了他，这位爷心思精细不过，功夫也好，恁你天崩地陷，海震江摇，他总没事人似的，一个儿静静的筹划，要他吓怕是不易呢。”林清道：“既然这么，我防着他就是了。”随又问了一回宫中路径、南北方向。

才待分散，忽见一个内监匆匆走入，向刘金道：“刘老爷，不好了，咱们事情被上头知道了。”四人都吓一跳，忙问怎样。那内监道：“常总管查门，查到咱们那里，朝晨进来的两位教徒，都被他捕了去。”刘金忙问：“捕了去，问过没有？”那内监道：“已解交了刑部，怕还没有问呢？”林清道：“没有问不要紧，今儿晚上好在就要动手呢。”高广福道：“既然捕了两个人去，动手倒愈早愈妙。”林清应允。

刘金等都辞了去，林清就出去找着了教徒，发令立时起事。此令一下，满皇城顿时大闹起来。二百名教徒分为两队，一队攻扑东华门，一队攻扑西华门，都首扎白巾，手拿白刀，大呼叫嚣，声势震天。随到朝门，就有人开门接应，东华门是刘金，西华门是高广福，天理教徒才到内廷就迷了路。此时当值各侍卫，各护军，得着惊信，都奔集拢来抵拒，短兵相接，拼命的奋斗。欲知林清能否得手，且听下回分解。

第五十一回　建奇勋帝子获荣封　捍大患书生歼巨匪

话说天理教徒杀入皇城，门多路曲，走不多几步，就迷住了。左旋右转，都是杰阁崇楼，琳宫阆苑，正不知从哪一路入去，也不知从哪一路出来，宛如陆伯言入了八阵图，刘姥姥进了怡红院，弄得神迷目眩，脑涨头昏。不防喊声大起，侍卫护军，八方四面杀将来。教徒虽然勇悍，究竟路径不熟，吃了亏，杀入东华门的那一支，被护军杀得四散奔逃；进西华门的，总算有能耐，瞧见官兵杀来，急急关门拒守，反客为主，倒被他支撑了大半日。

却说皇次子旻宁，正与诸弟在上书房读书，忽闻东南角上鼎沸似的闹将来，忙遣内侍探视。一时回报："不知哪里来的一群反贼，夺门闯宫，要杀入大内来，侍卫护军，正抵御呢。"皇次子道："了不得，贼子入了宫，娘娘格格都要吓坏了呢。"随向三个皇子道："三位兄弟，快回储秀宫去，瞧瞧皇母吓着没有？你们也不必再出来，就在那里陪侍皇母是了。"三个皇子应了一声，都起身入内而去。三位皇子才去，太监进报："总管太监常永贵，在苍震门杀死二贼，贼子不敢再走那条路，已改扑养心门来也。"皇次子道："快取我的撒袋鸟统腰刀来。"一时取到。皇次子吩咐众太监："快布梯子爬上墙头瞭望，瞧见贼子就报我知道。"贝勒绵志见了，就请道："二哥哥，兄弟也取一杆鸟枪来，帮助防守好么？"皇次子道："那么很好。"绵志就叫太监去取枪。忽听墙上太监喊道："二爷，贼子来了。"皇次子忙问："有几多人数？"墙上回："约十多个呢。"皇次子忙叫布梯子，爬上墙头瞧时，见一群教徒，头上扎着白巾，手里执着白刃，蜂涌而来，宛如送丧人相似。为首一人，手执大白旗，在那里指挥督队。众太监见了，吓得几乎跌下地来。皇次子却不慌不忙，把鸟枪装药上子。此时六七个教徒，已在养心门对面膳房的屋上纵身奋跃，大有辟门直入之势。皇次子按定鸟枪，窥的真切，轰然一枪，那为首的教徒，中了枪倒冲下去，直挺挺死在地下。那执白旗的挥旗大呼，喝令众人快快跳下攻门。皇次子又发一枪，执旗教徒哎了一声，中枪跌倒。此时贝勒绵志鸟枪也取到，哥弟两个联环轰放，把教徒打得退避不迭。接应官兵恰也行到，成亲王、仪亲王、内务府大臣先后入宫搜捕，在内膳房里头，又搜着两名教徒。忽报隆宗门外的教徒，手执松香火把，意图纵火攻门。皇次子道："那还了得！谁去捕他来？"仪王应道："我去擒他。"说着，就率着侍卫去了。众太监道："天要下雨了。"皇次子抬头看那天时，见西北角上推起一片黑云，霎时移过天中，把月光全都遮没，乌沉沉辨不出东西南北。一会子刮起大风，淘淘涌涌从西北直卷过东南去。再看那天，紫得愈加利害，那云昏雾暗之中，隐隐约约现出万道金蛇，周回乱掣，云气迷漫，风声怒吼，天低如盖，地滑如油。霎时电光一闪，霹雳一声，大雨倾盆而降，宛似匡庐瀑布，大海飞湍，白茫茫的一片平空直泻下来，夹着那闪闪烁烁的电光，隆隆殷殷的雷声，直震得人心骇目眩。太监飞报："中正殿门外的贼子，都被天雷击死，那尸身都在武英殿御河里氽呢。"皇次子道："贼子造逆，可见天也不容呢。”一时仪王、成王先后报称：“皇城内外，贼子都已搜尽，再没一个存留了。”皇次子道：“都不要问，等主子回来，亲自发落。”于是入内慰问母后。

皇后已吓得在佛前上香许愿，一见皇次子，就问事情怎么样了。皇次子道：“母后放心，贼子已由子臣同各位王爷搜杀尽净，天也助着咱们，大雷大雨，震毙的也不少。现在皇宫内外，一个贼子都没有了。”皇后道：“阿弥陀佛！这才放了心。主子那里，你总也修个本子去才是正理。”皇次子道：“子臣知道。”又谈了几句别的话，方才退出。

皇次子亲自秉笔，做了一个本子，大旨说是：“本月十五日午刻，子臣等在上书房，闻各处太监关门总管常永贵等获贼二名。将近未刻，以为无事，商同至储秀宫给皇母请安。闻有贼越墙从内右门西边入。子臣实出无奈，大胆差人至所内，取进撒袋鸟枪腰刀。惟时外兵未进，不料五六贼至养心门对面南墙外膳房上，从西大墙欲向北窜，子臣手足失措，大胆在宫内放枪，将一贼打坠，又有两三贼仍在墙上。一贼手执白旗似有指挥，子臣复将执旗贼打坠，余者方不敢上墙。子臣复至储秀宫奏明，请子臣皇母放心，切嘱子臣三弟不许稍离左右。子臣至西长街西厂一带访查，绵志、奕绍、成亲王、仪亲王、内务府大臣先后带领官兵进内，子臣嘱令将内膳房搜捕，复得贼二人，并派谙达侍卫在储秀宫东长街以防不然。子臣皇母同贵妃等，及子臣等并九宫主，仰赖皇父威福，均皆平安。伏祈圣心宽慰。”等语。天大祸事，雾解冰消。

这一道奏报，飞递到行在，仁宗喜逐颜开，立下谕旨，封旻宁为智亲王，增俸银一万二千两，并赐撒袋鸟枪，嘉名儿叫威烈枪，贝勒绵志，赏加郡王衔。一面下诏罪己，并责中外诸臣泄沓尸素，致酿汉唐宋明以来未有之祸。扈跸诸臣得着这个惊耗，监到行宫伏地请罪。仁宗道：“逆贼反进皇城，真是从古以来未曾见过的事。朕躬虽然不德，你们平日究竟太会享福，太不留心国事。前年天象告变，朕也曾一再告戒，但凡肯听从一二句，也决不会闹出这么大笑话来。现在朕要治你们罪，也属治不胜治。只要咱们君臣从今以后，一心一意，把民情国事常常存在心上，太平虽然不见得，像这么大的笑话也可以免了。”群臣听了，除了碰头称“是”外，再没有别的的话讲。

仁宗忽又想起一事，向众人道：“别个呢，情还可原，吉纶这厮真太不成事礼了，他是步军统领呢。贼子在京里闹事，他竟一点儿没有知觉，你们瞧他这个人，混账不混账！”尚书托津道：“吉纶糊涂已极，按照祖制，死有余辜。所望皇上宽恩，免其一死。”仁宗默然。群臣震惧失色，只道吉统领必要遭着大辟。谁料上谕下来，只把他黜掉了，派尚书英和为步军统领，此外别无处分，群臣无不称奇。仁宗向臣下道：“这回事情，究竟蒙着上天默佑。你们想罢，咱们才到尹玛图地方，才要放队进哨，偏偏山潦会暴发起来，弄得打不成功猎。孩子们先回京，却就是了这一回的难。倘然山潦不涨，爷儿们这会子正在猎场行乐呢，皇城里早不知扰得怎样了。”群臣听说，齐声称贺。仁宗不悦道：“请罪是你们，称贺也是你们，你们这一班人，真也太会玩笑。然而天下事不堪再坏，你们总也要留意一点子。”众人听了这几句话，一个个没意思起来，低头垂手一声儿不言语。

仁宗传旨回銮，自白涧地方启跸，十七日，驻烟郊，十九日抵京师，智亲王率同满汉文武出城迎接。仁宗一见智亲王，欢喜得什么相似，叫他到御辇前，携着他的手，问了好多话儿，随叫他跨着马，跟着御辇，一同进城。回到宫里，步军统领英和，奏报教首林清已在黄村地方捉获。仁宗道："叫他解进来，朕要亲自审问呢。"智亲王道："皇上万金贵体，何必亲自劳神？"仁宗道："朕要瞧瞧这叛徒这么胆大，究生得怎么个样子。"智亲王道："这几日连着刮黄沙，尘氛埃影，蔽日冲天，镇日价黑夜相似，满京城谣言蜂起，自宵达旦，惊扰不已。现在皇上回了宫，人心总可以大定了。"仁宗道："朕要亲自审问，也无非为镇定人心起见。"

这日，仁宗升御瀛台，提到教首林清，并通教太监人等，悉心审问，尽得谋反原由。随命刑部官员，把众逆绑赴菜市，凌迟处死，传首畿内。一面下旨，命陕甘总督那彦成佩钦差大臣关防，节制山东河南兵剿捕；陕西提督杨遇春为参赞大臣，帮同讨伐；又调满洲健锐火器营兵一千，西安徐州兵数千，赴军听候调遣。

这杨遇春在白莲教乱事时光立过大功的，忠勇鸷悍，满汉各将里没一个比得上他。当下接到上谕，立率本部人马，风驰到卫辉府，由运河西进，直逼道口教营。这道口镇，滨临运河，离滑县只十八里，粮食山积。李文成因为胫创发作，不能四出指挥，率领精锐死守在此。遇春一到道口，大呼突击，飞马而前，教众当者辟易，第一仗就获了全胜。正拟进军北岸，斫断浮桥，焚毁渡船，扼守咽喉重地，高抚台很不为然，钦差那彦成也主张候调山西、甘肃、吉林索伦兵到来，再行进战。小官逆不过大官，只得收兵回营。

仁宗闻知，下诏切责。那钦差、高抚台都受着排宣。那彦成向遇春道："老哥勇悍善战，贼人闻风破胆。从今以后，战阵事情，老哥便宜从事是了。"遇春道："深蒙大帅见谅，战场上事情，瞬息之间千变万化，事事禀承，原是万办不到的事。"那彦成道："我也知道呢。"遇春道："照参赞下见，道口镇的贼营倒很紧要，道口不破，滑县桃源都不能够克复，滑县桃源不复，本省怎会有肃清的日子，本省要是不肃清，山东直隶也永远不会有太平日子。"那彦成道："直隶开州之贼，上头早责成托津办理了。山东呢，又派了苏尔慎去，咱们只要顾全河南就是了。"遇春道："山东好在有着个刘青天，这刘青天虽然是个文官，开起仗来真拼命，听说比了武将还要利害呢。"那彦成道："你提的不就是山东盐运使刘清吗？真是个好官。从前白莲教乱时，他不过是个知县呢。王三槐等那么猖獗，见了他倒很服服帖帖。往返虎穴龙潭，宛如慈母训捷婴儿，真是史册上少有的事情。上头赏他清廉方正，拔升他四川臬台。勒总督跟他不甚合得来，参了他'民社有余方面不足'八个字，才改授今职的。"说着，辕门上递进一角军报公文来。拆开一瞧，那彦成笑道："才说起刘清，刘清的公文就到了。倒也亏他，连打三个大胜仗，山东的贼子办得差不多了。"

原来，刘清在盐运司任上，听报李文成发难，山东曹州教众闻风回应，连夜上院，求见巡抚同兴，请他发兵剿捕。同抚台很是不高兴，淡淡的道："老哥是盐官呀，干系不着自己，何必多费这么一番心呢。且待陈镇台有了文报，兄弟自有办法。"刘清道："大帅明鉴，运司总兵，同是国家官吏，办盐办匪，同是国家公事。司里在川省带兵剿匪，军务上略有一知半解。再者匪徒扰事，缓一日剿捕，就多一处蹂躏。日子愈久，蔓延愈广，剿捕也愈费事。不然，也绝不敢这么越职犯分的。"同抚台道："听老哥的话，定愿自己带兵办匪了。"刘清道："大帅果然无人可派，司里去充一回数，也无不可。"同抚台道："老哥愿去最好。但是今儿已是不及，点兵筹饷部署起来，至快总也要三五日呢。"刘清道："救兵如救火，治贼如治病。日子多了，怕就要费事呢。"同抚台道："我总替你干是了。"隔了三日，勉强凑足二千人马，交与刘清。刘清统率了，星夜拔营驰赴曹州去。无奈丞平日久，兵弁享福惯了，惯的身子都娇嫩起来，走不上四五十里路，足肿生泡，一个个连天叫苦，三步向前两步退后的不肯前进。刘清白干急没中用，催了两遍，军士们抱怨道："你老人家坐着马，舒服得很，哪里知道步行的苦楚。风又紧，兜着风走路，沙子揉进草鞋里，揉得满脚都是泡。一般都是父母皮肉，生在我们身上就这么的贱，生在你老人家身上，靴儿袜儿裹着不算，还要乘轿坐马，就那么的贵，可知兵不是人当的。"刘清在马上听得，随叫家丁拿一双草鞋来，立刻退去靴子穿上草鞋，跳下马向众人道："众位辛苦走路，我骑着马舒服，情理上原是很讲不过去的。现在我也穿着草鞋走，只愿众位脚步里紧一点儿，我就受惠不浅了。"说毕，领着队飞步前进。从此每日总要赶到八九十里路。走了两日，军士尽都感动，围住了刘清跪地叩头："请统领骑马，誓愿拼命杀贼。"刘清大喜。一到仿山地方，遇着教众，刘清身先士卒，陷阵冲锋，拼命的厮杀。教徒都是乌合之众，哪里经得过这么大仗，早被杀得四散奔逃。陈镇台闻知战事，赶忙前来策应，仿山早已平定了。乘胜克复了定陶，于是再战韩家庙，三战扈家集，又连获着大胜。每回开仗，都是刘运台领队冲锋，陈镇台倒在后面策应呢。荆溪周济山先生有《山东新乐府咏其事》，其辞道：

> 一听征鼙怒若雷，波驰鳞骸阵云开。
> 归来却入将军帐，更与将军共举杯。

教事平定之后，论功升授山东藩台，刘清因为跟大吏不很合意，又不耐薄书钱谷等琐细事情，自奏请改武职。奏旨改授登莱镇总兵。以书生而将兵，以循吏而杀贼，以文职而改武，自古到今，倒也不很多见呢。这都是后话。

当下那彦成接着军报，随把刘清三战三捷的事情告知杨遇春。遇春道："了不得，他一个文官倒立了这么大功，我们连个道口都没有打破，真真惭愧死了人呢。"那彦成道："参赞如果开仗，兄弟就率领本部人马替你策应。"遇春大喜，随点齐本部人马，掌号出队。自己绰枪跃马，直向军口驰去。微风拂髯，马走如飞。回瞧部下军士，健的都如生龙活虎。遇春督众前进，大呼奋攻，教众忙着抵御，战斗方酣，那彦成接应的兵到了，教众抵敌不住，弃营逃遁。杨参赞那钦差合兵追赶，乘势克复了桃源。那彦成要收兵，杨遇春道："不如趁此进围滑县，滑县一下，大事定了。"那彦成道："滑县就是古滑州的旧治，城墙坚厚，攻之怕不易下呢。"遇春道："贼首李文成在滑城中，擒贼必擒王，参赞如何敢畏难？"说着，流星探马飞报军情，称说："桃源贼首刘国明，偷入滑城，护李文成出收外党，西入太行去了。"遇春道："城里头没人，咱们正宜乘虚攻扑。"于是进围滑城，并力攻打，火炮云梯兼营并致，只二日就攻下了。军探飞报："贼首李文成因胫创大发，不能坐马，改乘轻车，率领余贼，避入辉县山司寨去了。"遇春道："趁他穷蹙，可以一鼓歼擒。稍一纵逝，怕就要变成明末流寇之祸呢。"那彦成道："此论很是，只老哥连朝苦战，不太辛苦吗？”遇春道：“遇春原不图享安逸呢。”于是督率本部人马，星夜风驰赶到那边，力攻智取，三五天工夫，早已攻破。李文成纵火自焚而死，余众牛亮臣、徐安国等尽被生俘，槛送京师。于是天理教众悉数荡平。仁宗下旨加那彦成太子太保，封三等子，杨遇春封三等男。又以强克捷首发逆谋勋绩伟大，赐谥忠烈，世袭轻车都尉，并饬于原籍及死事地方建立专祠。

国家真也多事，天理教才平，黄河又决起来了，冲坏仪封等县数千人口，河督封章入告，请款修堤。仁宗立饬户部拨款。户部尚书回奏：“库里存银已倾，无款可拨。”仁宗道：“连年用兵，把银子花得水一般。挨到正用，倒又没有了。大家想想，可有什么筹款的法子？”吏部侍郎吴璥请复开捐输。大学士董诰道：“贼起多由吏饕民困，倘再要开捐，是吏治重弊也。”廷臣齐声附和。仁宗饬群臣“从长筹划”。过上四五天，上奏章的倒很不少，不过一大半是空言，一小半又都是窒碍难行的。仁完下旨道：

> 开捐助帑，原非得已之政使，筹划有方，朕饷何乐是举。迩因军饷河工经费浩大，命诸臣筹裕，亦之策类皆空言无事实。最后英和一疏，极陈开捐之弊，而请复名粮，开矿厂事亦难行。中外大臣食君之禄，当思忠君之事。且有生财裕饷之方，但封章朝闻，则捐例夕罢。若徒为书生陈言，朕久已熟闻，无庸赘渎也。

欲知后事如何，且听下回分解。

第五十二回　曹振庸巧意逢君　张格尔甘心谋逆

话说仁宗降旨之后，朝内外大臣纷纷献议，有请增重京秤二两的，有请增加典息三分的。仁宗概行留中，遂开捐例。自十九年四月起，至二十年正月止，共开一年零一个月，名叫豫东例。自从天理教削平后，连着五六年虽未康乐和亲，倒也平安无事。

这一年，是嘉庆二十五年，仁宗帝闲极了，下旨巡狩栾阳，亲王贝勒尽都扈从。不意风霜辛苦，到了那里就染了一病。起初只道风寒小恙，服几帖药，疏散疏散就好了。谁料一日重似一日，病倒行宫，竟然不及回銮，风凄雨惨大行去了，享年六十一岁。遗诏传位于皇太子旻宁即位，是为宣宗帝。即以明年为道光元年，尊母喜塔腊氏为皇太后，封弟绵恺为惇亲王，绵忻为端亲王，绵愉为惠亲王。把仁宗梓宫卜葬昌陵完结。

宣宗恃着聪明才智，即位之初，励精图治，甚愿超尧轶舜，做成一代承平令主。第一倡行的，就是节俭两个字，衣经三浣，食无兼味，甚至朝服袍套，也必补上一二个补丁，方才心舒意服。在廷诸臣，穿戴得漂亮点子的，虽未必传旨申饬，心里却终不喜欢他。

此时汉臣中，有一个曹振庸，歙县人氏，赋性机警，最工揣摩，并且有一桩惊人本领，他肚子里虽然聪明透亮，待人接物，谦恭拘谨，一点瞧不出是聪明人，因此人家倒都不防备他。宣宗即位，振庸随众上朝叩贺。众人都不很留心，振庸瞧见宣宗朝服上补着补丁，心领神悟，体会到这一层意思。朝罢回家，卸去袍套，向妻子道："你开箱子找找，破烂的箭衣外套拿几件出来。"他妻子道："哪里还有破烂的，前儿那几件才做了，你穿着嫌不配，就叫连升拿到铺子里卖去了。你身上穿的，还没有到一个月呢。"振庸默然，随把才卸下的袍套，抢到手中，狠命的撕，蚩喽喽，蚩喽喽，撕破了两块。他妻子只道他是生气，忙着来抢，已是不及。振庸道："你夺我做什么？"他妻子道："老爷生气，也犯不着难为这衣服，撕掉了，依旧自己拿出钱做去。"振庸道："谁又生气呢，我撕，我自有我的意思。"他妻子道："撕掉衣服，也有意思，又是什么意思呢？"振庸道："你给我缝起来，我慢慢的告诉你。"他妻子道："撕掉了，又要缝，什么意思呢？"振庸道："什么意思？我要穿破旧衣服呢。"他妻子道："为甚好衣服不穿，倒要穿破旧的。"振庸道："你哪里知道，一生荣枯，都在这件衣服上。现在且别问，往后你自会知道。"他妻子道："老爷往常什么事不同我讲，怎么这会子倒又机密起来。"振庸见婢仆等不在眼前，才悄悄道："当今的脾气，最喜欢是节俭，最憎厌是奢华。今儿上朝，那件朝服，非但旧得不成样子，还补上三五个补丁呢。可怜那一班行尸走肉，没一个体会得到。所以我要赶忙换上破烂衣服，无非上体圣怀，博他一个欢喜是了。"他妻子道："别误会了吧？"振庸道："哪里会误会，坐朝受贺，君臣们第一遭会面，又不是寻常召见。我猜上头这么，断然是有意的。"他妻子道："既然这么，老爷，你那双套裤索性撕破了，我替你打一个掌，好吗？"振庸道："那么，总算是全套了。"他妻子道："全字怕不见得吧,那顶纬帽,还簇新的呢。”说话的当儿,那外套的补丁,已经补好。接着又补套裤。

翌日五鼓,穿扮定当,家人见了,都吓一跳,只道哪里跑出了个化子呢。振庸上朝,满望宣宗注意,谁料宣宗也只寻常询问了几句,并没有别的恩旨。连着数日,都是如此,振庸颇为失望。一日,独蒙召对,宣宗见他衣服上尽是补丁,问道:“你的衣服,竟也是补缀的。”振庸道:“臣因物力维艰,易作甚费,衣服套裤,类多补缀。”宣宗道:“你套裤也打掌吗?需费几何?”振庸道:“总要三钱银子呢。”宣宗道:“外间作物,价殊便宜。内务府打一双掌,须要库银五两呢。”振庸听罢愕然。宣宗忽问:“你们家里吃鸡蛋,每枚需银几多两?”振庸道:“臣少患气痛,鸡蛋这东西,从来没有食过,该价多少,臣实不知,不敢妄对。”宣宗道:“你家常吃点子什么菜?”振庸道:“臣家人素食的日子多。臣因从政在朝,每日所食,也只豆腐炒猪肝一品。”宣宗道:“需银几何?”振庸道:“那很便宜,西华门外茂林饭铺里,每炒一品,只需大钱五十八文。”宣宗惊道:“世界上也有这么便宜的东西。朕每日食鸡蛋四枚,每枚银子五两,已经二十两银子了。今后,倒也要学你,吃那豆腐炒猪肝了。”

朝罢回宫,宣宗就叫内监吩咐内膳房,做一品豆腐炒猪肝。中饭时光,做好呈上。宣宗尝着,果觉肥嫩适口,遂向内监道:“传旨内膳房,以后天天就做这一品,不必再用别的菜蔬。”内监领旨去讫。次日,内务府呈上单子,计开上供豆腐炒猪肝一品,每日用猪一头,每头价银十五两;屠夫二名,每日工食银一两;黄豆一斗,银三钱;豆腐工三名,每日工食银一两五钱;屠猪锅灶,制腐锅灶,召匠包制,需工料银五十六两四钱;盖搭猪圈一所,需银三两六钱。共计置办各物,费银六十两,每月常费银五百三十四两,请支银共五百九十四两整。宣宗大惊道:“怎么要这许多银子,叫他进来,我当面问他的话。”太监领旨,一时同了内务府大臣进来。见过驾,宣宗道:“朕不过要一味豆腐炒猪肝,你们就会浮开上这许多花账。照你的账,只一味菜,差不多就要二十两银子了。”内务府大臣碰头道:“奴才所开,均是实价,并无丝毫浮冒,皇上即可派员访查。”宣宗道:“西华门外茂林饭铺里有卖的,只需大钱五十八文呢。每日差一个太监,拿碗子到他那里买了,岂不省事?”内务府大臣碰头道:“市品恐不洁净,未便上供。”宣宗道:“朕倒不在乎呢,你尽办来是了。”内务府大臣无言而退。次日,上本复奏,声称:“奴才奉旨后,即派遣司员出西华门查访,据称遍访几处居民,咸称茂林饭铺闭歇已久,所有豆腐炒猪肝,委实无法采办。合即具本奏闻。”等语。宣宗没法,向左右道:“朕终不忍以口腹之故,累吾民日负银二十两也。”曹振庸却就此受了主知,不到半年,升为武英殿大学士,为汉大学士的领袖。

此时在廷诸臣知道宣宗励精图治,便争着上章言事,或是举人家房闱秘事,或是陈人家曲室密谈,一切细事琐闻,无不形之奏牍,总算得直臣遍地,言路大开,一派的圣明景象。宣宗初时,还虚衷延纳,后来愈闹愈不成体统,也就懒怠再去瞧阅了。无奈各部尚侍翰詹科道,凡有奏事权柄的,还兴头得要不的,今儿一本,明儿一本,闹得云烟缭绕,积牍盈尺,大有阅不胜阅,批不胜批之势。意欲惩戒一二,以警其余,又怕因噎废食,蹈沮格言路之弊。一日,振庸入侍,见宣宗面带忧容,因问道:“方今四海升平,兆民乐业,皇上为甚不快呢?”宣宗道:“朕躬广开言路,原要身致太平,不意廷臣所上奏本，类多毛举细故，无关宏旨。朕要批斥他们，又怕不知道的人说朕是拒谏。要尽都批阅呢，精力上实是够不到。”振庸道：“这个很容易处置，凡廷臣所上章奏，不必问他所言何事，只要细心查阅，摘出一两个破体疑误的字，交部议处，惩戒他一两个。这么一办，上本的人自必骇服圣衷周密，虽一二笔误，尚不肯轻易放过，况其有关系之大者，嗣后自不敢妄逞笔锋，轻上封事了。上无拒谏之疑，下杜妄言之患，这法儿似乎还可以行得。”宣宗大喜，立即如法炮制。从此科道两衙七八十位直臣，相戒不敢言事，都变做仗马寒蝉了。

一人作俑，相习成风。道光以前，殿廷试士大臣奉派阅卷，都是先取文词，后取书法，从没有为了一二个破体字，就抑置高文于劣等的。自振庸用了事，阅卷大臣仰承风旨，以为奏折尚且如此，何况士子试卷。于是寻瑕索垢，专究那一点之肥瘦，一画之短长。而乾嘉两朝，考据学博奥典丽之风，竟然扫荡无余了。宣宗垂拱深宫，又如何会知道！特下恩旨，命曹振庸军机处行走。于是曹军机献可替否，愈益的尽职。宣宗待他也愈益的宠伍，差不多无言不用，无策不从。京内外大臣见他这么得君，便都钻头觅缝的想法儿跟他拉交情。振庸要有甚吩咐，众人便似奉了观音玉旨似的，遵行恐后。亏他赋性谦抑，作事随和，接物待人，依旧是随随便便，倒并没什么熏天气焰。

一日，五鼓入朝，恰遇着大雪，轿子到午门，忽见一人顶载辉煌，冠裳齐楚，毕敬毕恭跪在雪地里正磕头呢。天上的雪，搓棉扯絮似的降下来，那人竟舒徐暇豫尽磕他的头，宛如没有觉着似的。振庸诧异道：“这不是个傻子吗，这么大的雪，跪着磕头做什么呢？”随叫家人去问。一时回称：“这个人姓谢，名儿叫仁寿，新选山东历城县典史，在这儿叩谢圣恩呢。”振庸笑道：“也有这么傻的人。”说着，早入了东华门，下轿进朝房待漏。

朝房里众多官员瞧儿见振庸，都起身让坐。忽有一人走近身，满面春风的问中堂好。振庸瞧时，不是别人，正是山东巡抚武隆阿，因事来京陛见的，随笑着敷衍了几句应酬话。忽然想起方才那一桩笑话儿，随向武隆阿道：“新选的历城县典史谢仁寿……”才要讲下去，一个太监自内奔出道：“爷升殿了，叫起曹振庸。”振庸听说，疾趋入内陛见。一时散值，各自回家，这件事也就忘记了。不意武隆阿误会了意思，回到省里就吩咐巡捕官：“新选的历城县典史谢仁寿上辕来，马上就回我，这是京里曹大军机心坎儿上人，留难了他，我可是不依的。”巡捕官诺诺连声。恰值藩台来谒，武隆阿接见之下，也把谢仁寿嘱托了藩台，自然满口应承。便宜谢仁寿，一跤跌入青云里，扶摇直上，步步高升，一岁之间，过班五次，典史老爷，竟变成黄堂太守了。隔上一年，武隆阿又进京陛见，会着曹振庸，就道：“谢典史已经保升做知府了。”振庸道：“谁是谢典史，怎么升的这么快？”武隆阿道：“就是谢仁寿，去年选出的山东历城县典归。”振庸道：“我不认识这个人呢。”武隆阿随把那年在朝房中堂面告新选典史的事说了一遍。振庸大笑道：“当日原为事属创见，无非闲谈着当作个笑话儿呢，不意吾兄误会，竟便宜了这厮。”说毕，彼此大笑。

忽闻回酋张格尔率领回众，在新疆地方竖旗起事，声势十分利害。振庸闻报，忙入朝来见宣宗，请旨征剿。原来回疆自高宗乾隆二十年戡定之后，各城都设立办事领队大臣。各办事领队大臣,都受喀什噶尔参赞大臣的统辖,并北路伊犁将军的节制,每年征收钱粮士贡,十分中只取一分,比了当时准夷之虐取,两和卓木之骚动,天差地远,大不相同。再派往回疆各官,都是保举的满员,降级的大吏,宽仁慈厚,回户赖以休息。不意日久弊生,保举的法子渐渐不行,派出去的官,不是内廷侍卫,就是口外驻防,这一班人员,都视换防为利薮,跟所属司员章京,狼狈为奸,服食日用,没一样不向阿奇木伯克征索。伯克借着供官的大题目,敛派回户,日增月甚,西域地方的赤铜普尔钱,一文要当内地制钱五文。各官尽力搜刮,喀什噶尔地方,每年敛得八九千缗;叶尔羌地方,一万余缗;和阗地方,四五千缗。再加上毡裘金玉缎布各种土产,赋外加赋,税外加税,几乎把回民膏血吃干了呢。搜刮来的钱财,匀派作十分,两分奉与办事大臣,那八分是章京跟伯克分肥的。各城办事大臣,都恃伊犁将军相距遥远,不能稽查,便都威福自专,淫刑以逞。而各司员各章京,狐假虎威,更自利害,甚至广渔回女,更番入直,奴使兽畜,苦得回户求生不得,欲死不成。于是张格尔乘机起事,声言替回部报仇雪耻,各地回众靡然风从。

回民素来柔懦,怎么敢这样猖獗呢?原来张格尔是大和卓博罗尼都的后裔,回部待到和卓子孙,宛如西藏待到达赖喇嘛,真是最圣洁最尊崇的人物,发出来的号令,就是观音佛旨,谁敢违忤不从!博罗尼都在乾隆时候,因反叛中朝伏了王法,他的儿子萨木克赦罕逃了拔克达山地方去。赦罕有子三人,第二个就是张格尔。张格尔自遭大难,恃着和卓之名,在各部落里头诵经祈福,混一口儿饭吃。嘉庆二十五年,南路参选大臣斌静荒淫失众,张格尔才纠集布鲁特回众数百,发难寇边。头目苏兰奇进来告密,章京绥善非特不奖赏,倒把他叱逐出去。苏兰奇愤极,逃出塞外从贼。亏了领队大臣色普征额大有干略,只一仗就生擒了一百多名回众,把张格尔只杀剩二三千人。回兵喀城,与斌静庆赏中秋佳节,斌参赞毒手狠心,叫把阵擒之人不必问供,齐都斩首灭口。上头闻之,特命伊犁将军庆祥查办。庆将军照实复奏,把斌静放纵家奴司员,凌辱伯克,交通奸利各种罪案,尽达了天廷。道光二年,宣宗下旨,把斌静拿京问罪,派永芹出为参赞。永芹也是庸禄之徒,除了吃饭拿钱,再没有别的能耐,致被张格尔纠了布鲁特回众,直撞横冲,不时的骚掠。内地各回户多做他的耳目,官中举动,瞬息皆知。这一年,领队大臣色彦图发愤为雄,自请率兵出塞掩捕张格尔。永参赞阻他不住,只得任其出塞而去。色彦图出了塞,巡哨到四百里外,张格尔的影踪儿都没有瞧见,满腔愤气无从发泄,尽迁怒在游牧回众的家族身上,纵兵杀掠,把游牧布鲁特妻子杀了个尽净。这一来激动良回众怒,回酋汰列克尽率布鲁特众,大呼追袭,把色彦图杀得个全军覆没,遂与张格尔联兵入寇,声势十分利害。永芹慌得手忙脚乱,立即修章入告。

当下振庸入朝,见宣宗面现怒容,一见面就道:“你也闻知了么?回子又闹事了。永芹这厮,真混账!真不会办事!”振庸道:“论起此事,永参赞未免过于糊涂。色彦图出塞,理应派兵接应,怎么放他独个儿孤军深入,倒受了回子的暗算。”宣宗道:“我为斌静不成才,才派了他去,谁料他也这么不济事。”振庸道:“事已成事,依臣愚见,还是派一个干练点子的人去替了他,把这事情收拾了,再论别的。”宣宗道:“倒是你提醒了我,派谁去呢?你替我想想。”振庸道:“伊犁将军庆祥驻在西域历有年数,回部人情风俗都很熟悉，臣敢保他往替永芹。”宣宗道：“庆祥走了，伊犁叫谁管理。”振庸道：“大学士长龄，公忠谅直，有勇敢为，可以去得。”宣宗点头道：“回疆的事，都坏在参赞办事领队各臣手里，也不止现任这几个历任大臣，都不是东西。这回长龄去，倒要叫他细细考察一下子。”振庸道：“本来太不成事体，总要重重办他一两个，边臣才有忌惮，边务才有起色。从来说战胜庙堂，皇上这么一办，也许张逆的事就此平静了呢。”宣宗道：“能够这么更好。”随叫振庸拟了一道谕旨：“新疆南路参赞大臣着庆祥调补，长龄着补授伊犁将军。钦此。”

长龄瞧见谕旨，猛吃一惊，暗忖：“我在京里很安逸，谁多嫌我，使促狭排布我出去？”忽门上传进曹振庸名片，说军机曹中堂拜。长龄忙着出迎。振庸一见面，就说上许多庆贺的话头。长龄未便冷淡他，只得跟他地北天南的敷衍去。振庸乘便刺探道：“中堂以上相之尊，出镇绝域，可知朝廷看重边地哩。”长龄连声唯唯。振庸坐了一回，告辞而去。长龄笑向家人道：“伊犁的事情，是曹振庸作成我的。”家人问故，长龄道：“我在军机处，好多事情碍他的手脚，排去了我，还有谁跟他争执，自然满心乐意的独断独行了。他方才何尝是真心贺我，无非刺探我口气。我要是稍有怨望，可就吃他的暗算了。”欲知家人如何回答，且听下回再讲。

第五十三回　张格尔纵横西域　宣宗帝宵旰深宫

话说长龄告知家人，家人都道："曹中堂机心也太重，咱们现在不必与他计较。"长龄道："谁又不傻了，跟他计较什么，上头正信他呢。"随要朝服穿了，入朝谢过恩，择定出月初三出都。亲友们得着此信，忙都备酒饯行。长将军因边务倥偬，一概谢绝。此番出都，并不按站而行，择请训时光奉有密谕，所以昼夜兼程的赶，不意赶到伊犁。

张格尔兵马，已非常利害，西域四座大城，喀城，英吉尔沙，叶尔羌，和阗，都已失掉。原来庆祥接了南路参赞之任，就叫司员把伯克阿布都拉唤来。这阿布都拉，原是伊犁地方的奸回，狡诈百出，偏偏庆祥会相信他！回中事情不论大小，都要询问他的。当下司员把阿布都拉唤到，见过庆参赞。庆祥就问："张格尔手下到底有多少人马？各地回众可都服他？你总知道的。"阿布都拉道："回参赞话，张格尔，李格尔，都是好事的人编造出来的。当日霍集占兄弟，大小和卓被巴达克山歼灭之后，他的孙子布拉登又被大军俘入了京师，和卓子孙早已灭绝尽净，年深代远。这会子，哪里又跑出张格尔李格尔来冒充和卓子孙。"庆祥道："照你讲来，是逆回没有后裔存留了？"阿布都拉应了一声"是"。庆祥道："怎么阿奇木王努斯咨报前任参赞永芹，又说张格尔确是和卓子孙呢？难道阿奇木王知道的倒没有你详细么？"阿布都拉道："那是阿奇木王的妄报，永参赞的妄信，以误传误，就误到这会子，参赞再也不要信他。"司员在旁也帮着他讲话，庆祥信以为真，遂不设备。一面修本奏劾阿奇木王努斯妄报逆裔有子之罪。

劾折拜发得没有几日，惊报传来，说逆回张格尔率领安集延布鲁特回众五千，由开齐山路突至回城，祭拜他祖宗和卓的坟墓。庆祥大惊，慌向左右道："和卓的坟墓，回子称做玛杂，离这里只有八十多里。张格尔到了那里，怕就要来抢城呢。"忽报协办大臣舒尔哈善、领队大臣乌凌阿求见。庆祥忙叫请会。二人进内，舒尔哈善道："参赞误信奸回的话，没有设备。现在张格尔哭祭先茔，很有攻扑喀城之势。如果有失，上头责问起来，如何回答呢？"庆祥道："此事都是阿布都拉一个儿的不是，兄弟闲了总要重重的办他呢。"乌凌阿接口道："参赞还要办他吗？他这时候怕在玛杂里，跟张格尔一块儿祭拜和卓呢。"庆祥惊道："怎么阿布都拉会与张格尔在一块儿呢？"舒尔哈善道："原来参赞还没有知道阿布都拉跟张格尔原是联通一气的，所以他力称和卓没有子孙呢。"庆祥道："已往的事也不必论了，倒是眼前怎么想个法儿救急呢。"乌凌阿道："先发制人，还是咱们先领一支兵，到那里去搜捕。天可怜见，侥幸打一个胜仗，保得喀城没事就好了。"庆祥道："这件事情，少不得总要借重二位了。"舒尔哈善道："都办的国家的事，说什么借重不借重。"庆祥道："二位要带多少兵去？"乌凌阿笑道："这里有几多人马呢，都提了去，剩座空城子参赞也难守御。随便抽调千儿百名，咱们出仗，倒也不在乎兵多呢。"庆祥无语。

当下乌、舒两人，点了一千二百多名兵士，配齐马匹器械，掌号出发。离了喀城，一直向玛杂杀去。这玛杂，就是和卓坟墓，周围五里多路，墙垣三重，形势颇为险固。两大臣军行迅疾，风驰雨骤，只半日就到了。张格尔闻报，就聚集回众演说道："我回族弟兄听了，须知玛杂不是我和卓一家的私墓，是我们回部全族的圣坟。鞑子蛮横，胆敢侵犯圣坟，可知他们眼里竟没有回族了。我们要是不能保护圣坟，我回祖谟罕谟德在天之灵也要赫然震怒呢。回济有言：斩魔即所以卫道，为卫道而死者，即得升天。我们弟兄须努力，战胜固足卫道，战死亦获升天。我回族弟兄果皆血战而死，我知回祖谟罕谟德在天上定然含笑相迎呢。自霍集占灭亡之后，鞑子虐待吾族，奴使兽畜，几不视为人类。我回族深怨积愤之气，上彻层霄。回祖谟罕谟德照鉴已久，此番开仗，我深信我回祖在天定然呵护，有胜无败，可断言也。"潮众听了他这一番话，勇愤之气顿时增起十倍，一个个摩拳擦掌，争欲平吞鞑子，扫尽满人。正这激昂当儿，舒乌两大臣恰恰下令攻扑，张格尔率领回众，开墙冲出，宛如一群猛虎，利害得要不的。遇者辄死当者靡。千二百名旗兵，不过半日工夫，差不多全军覆没。舒尔哈善阵亡了，乌凌阿率着十多名残军败卒逃回喀城。庆祥吓得面如土色。还是乌凌阿有点子主意，献计尽调各营各卡旗兵到喀城镇守。庆祥道："我现在已经没了主意，营里头各事，悉凭老哥调处罢。"乌凌阿道："公事总要参赞发的，不然，怎么调得动呢？"庆祥道："老哥自去与老夫子商议罢。"公事发去不多几日，各路兵马都已调到。

此时各城回子都已响应，旬日之间聚众万计。张格尔又派人联约敖罕，请他速派安集延万人前来接应，要他事成之后，四城子女玉帛，共派公分，还愿把喀城割隶给他。回众见张格尔这么举动，都很不解。张格尔道："苦军虽众，鸷悍善战，总要让人家一着。西域俗语，回兵百人，不如安集延一人。现在喀城鞑子虽然不多，深恐伊犁北路援军到来，我们就不免要受亏了。"回众才没有话讲。张格尔行军倒很谨慎，大队之前，派有马队哨探敌情，不时往来飞报。这日，接到军报，知道伊犁北路并无援军，喀城外面，扎有三大营，左是乌凌阿，右是穆克登布，中间大营，是参赞庆祥自守。浑河沿边，已有敌人哨探小队。张格尔道："早知伊犁北路没有援军，敖罕那里也不去联约了。"

忽报敖罕率领安集延一万至。张格尔惊道："敖罕行军，何其迅速呢！"自己约了他来，说不得只得排队出迎。两雄相见，大谈高睨。敖罕倒很披肝露胆；张格尔吞吞吐吐，言语之间很有猜忌的意思。敖罕道："本汗接到尊处求救的信，连夜点兵赶来，一来是为替我们回族报仇雪耻，二来就为尊约公分四城的子女玉帛，并那割隶喀城的事情。"张格尔道："话呢，原有这么一句，但是这会子，情势变迁，可不能再行那个约了。"敖罕愕然问故，张格尔道："喀城的鞑兵，我自揣力量里还能够吃的住，伊犁北路又没有鞑兵，可以不必再借重了。"敖罕道："咱们信奉回教的人，讲出的话，如何翻悔得？"张格尔道："我又没有立过誓，翻悔一会儿，也不在乎呢！"敖罕怒道："你要翻悔，尽让你翻悔，我也没工夫跟你计较。我现有一万安集延人马，你不割给喀城与我，我自己会攻取呢。"随点人马，把喀城四面围住，一鼓作气，尽力攻扑。不意城里守兵，抬枪弓箭十分利害，攻了三五天，一门都没有破。忽得军报，张格尔点兵派将，大有暗袭的样子。敖罕惊道："要是这样，吾军腹背都受敌了。"遂下密令，但等天黑，三军一齐退回本部去。这夜初更时分，敖罕率领安集延众，寨拔齐起，回向本部而去。才行得五七里，树林里一声鼓响，大队回兵一拥而出，为首一将大喊："敖罕留下首级再回去！"不是别个，正是那修书乞援的张格尔。敖罕大怒，挥兵接战，安集延虽然鸷悍，无奈归心如箭，没暇战斗，竟吃了个大败仗，有二三千名安集延，都降顺了张格尔。张格尔收为亲兵，遂还众攻城。也是贼运亨通，城里头的铅硝，恰恰为抵御安集延用了个倾尽，竟被他乘虚而入，连破四大城，乌凌阿、穆克登布，都在浑河地方力战而死。这都是长龄未到任以前的事情。

当下长龄就把西域军情，修本奏知宣宗。宣宗忧闷，密召曹振庸问计。振庸奏道："陕甘署督杨遇春在军务上颇有阅历，倘叫他率事陕甘之众，驰赴哈密，会同诸军专事征剿，张逆小丑，或不难一举扑灭呢。"宣宗道："杨遇春果然骁勇，白莲教天理教两番乱事，多半是他一个儿的功劳。你保他，朕很信的过。"随下旨，令陕甘总督杨遇春为钦差大臣，统陕甘只五千星夜驰赴哈密，会诸军进剿。所遗陕甘总督，即着陕西巡抚鄂山署理。又命布政使卢坤，署理陕西巡抚，驰赴肃州管理粮台事宜。命将出师，经营筹划，费了好一片心思，依旧没点子效验，宣宗很是焦劳。

这日，退朝入宫，本宫承值内监呈上一大叠章奏，大半都是西域军报。宣宗皱眉道："小鳅生大浪，这边务几时才了呢！"随命取过朱砚，随阅随批，阅了一整日。吃过晚饭，兀自秉烛批阅，承值的太监敖不住夜，站在两旁，早一磕一磕的打盹了。宣宗也不去责备他们，独个儿执着朱笔，一本一本的批阅。阅到一本，却是伊犁将军长龄请兵的奏本。留心看去，大旨称"逆酋已踞巢穴，全局蠢动，喀城距阿克苏二千里，四面回村中多戈壁，断非伊犁、乌鲁木齐六千援军所能克复。恳恩速发大兵四万，以一万五千人分护粮台，二万五千人进战，军事才有把握"等语，摇头道："长龄也太不晓事，调这许多兵，每日要多少饷呢？"执笔沉思，满拟撰几条方略，指授边臣，写了一两条，看看不很妥，随又删改。

此时壁上挂钟，铛然一响，早报子正二刻。一个太监匆匆奔入，奏道："贵妃娘娘请爷安寝。"宣宗不语。那太监又请一遍，宣宗点点头。太监退去，一会子又来催请。宣宗皱眉道："知道了。"那太监道："天寒夜短，请爷就启驾吧。怕贵妃娘娘自己来请呢。"道言未了，就闻衣裙悉索之声，一阵香风，皇贵妃早扶着了两个宫女走进来了，笑道："夜深了，爷还在弄什么呢？"宣宗搁下笔道："你来做什么？也应睡觉了呢。"皇贵妃道："我伺候爷呢，爷不睡，叫我一个儿怎么睡得稳。"宣宗道："别来缠我，我还有事呢。"皇贵妃道："有事明儿不好办吗？"宣宗道："你略等一会子，我拟好这道旨，就同你睡去。"这位皇贵妃原是宠惯了的，自宠怙娇，憨痴成性，见宣宗辜负春宵，一时性起，便伸出玲珑玉腕，把那章奏抢取到手，缕缕撕作纸条儿。宣宗嗔怪众内监为什么不来拦阻，吓得众内监叩头认罪不已。次日，下一道手诏，把皇贵妃遣出宫完结。后人有咏史诗道：

捧砚调朱玉漏迟，御前裂帛太憨痴。
才人一别披香殿，明月羊车系梦思。

皇贵妃因罪废黜，宣宗随到绮春园奏知皇太后。皇太后道："颐龄的女孩子钮祜禄氏，我看倒很出息，可就把她升了吧。"宣宗领旨。原来这钮祜禄氏，是承恩公颐龄之女，蕙心兰质，敏妙异常。小时光，颐龄在苏州做官，苏州风俗，闺中清玩，盛行的是拼七巧板儿。钮妃冰雪聪明，独标新制，做成几方小木片儿，拼出"六合同春"四个字，贡进宫去，以为妃嫔们新年玩具。后人有诗咏道：

蕙质兰心并世无，垂髫曾记住姑苏。
谱成六合同春字，绝胜璇玑织锦图。

钮妃承恩，封为皇贵妃之后，圣眷隆重。不多几年，就下恩旨，命她总摄六宫事务，这都是后话。

却说宣宗瞧了长龄请兵之奏，被皇贵妃扰乱文思，不能亲拟方略，遂召军机集议。决议命山东巡抚武隆阿率领吉林、黑龙江马队三千人出差助剿，特授长龄为扬威将军专理军务，又命将军德英阿为伊犁将军。曹振庸道："历朝兴办军务，粮台一差弊病最多。像乾隆时候，开拓新疆，军费一项，不知费掉几多呢。"宣宗道："现在的库款，哪里比得上乾隆时候，还要这么大刀阔斧的花，我可吃不住呢。"随命振庸草了一道上谕，道：

乾隆间创拓新疆，故用出征外域之例。嘉庆初川陕楚军需，未定章程，故多縻费。今回疆隶版图六十余年，城堡台站悉同内地，不得复籍词险远，其令总理粮饷大臣定则例、绘图说、备稽核。钦此。

又令户部呈进西域地图，检查运粮进兵各路。宣宗道："不明地势，举措无一不是错误。你看肃州的嘉谷关，离距阿克苏有五千多里路程，现在只在哈密设一处总粮台，如何管的周全？"曹振庸道："皇上明见万里，所谕洞中机窍。现在乌鲁木齐的屯粮，伊犁采买的现粮，他们转运都由阿克苏省内地走的呢。就是军械火药等，一切由内地运出去的东西，也都改由乌鲁木齐北路，越过冰岭，转入阿克苏的。比了吐鲁番库南路的水草，要便利多呢。"宣宗道："既是这样，就明降谕旨，准其增设台站，别再偷偷摸摸了。"曹振庸道："军兴最难筹饷，臣瞧视地图，见新疆地方铜山颇多，何不采取赤铜，铸造普尔钱，以济军用？再那伊犁乌里雅苏台地方的孳生牧厂，这几年来，孳生的驼牛马数也不少，咱们从没有用过，现在西域用兵，这驼牛马都是很合用的东西，何不提选它个几万？"宣宗大喜道："还是你能够替我想想法子。"随命缮旨发出，又叫他缮了几条用兵方略，一并发出。自这两道旨意发去之后，请饷的章奏，便不似从前那么紧急了。无奈宣宗平乱之心比什么还殷切，一个月总有三五道谕旨发往西域催促。西域军报虽也络绎不绝，所报军情却总是胜败无常，利害不一。宣宗道："军事没有起色，大致都为刑赏不明之故。"随饬长龄查察历任回疆参赞办事领队各臣，其有贪淫肆虐，劣迹著者，生的拘捕下狱，死的追夺恤典。于是斌静、色普征、额巴彦图等尽都获罪。

一日，太监送进西域奏报，拆开瞧时，不过是改变方略的举动，大旨称说："前奉诏令，大兵分奇正二路，以正兵由中路台站进，而奇兵由乌什草地绕出喀城，断其窜遁。惟是乌什卡伦之外，直抵叶尔羌，山沟险狭，戈壁数百里，所经布鲁特部落，半为贼煽，未可孤军深入，且官兵留防阿克苏四千，乌什四千，库车五百，并未到之延绥西川兵五千外，其进剿之步骑共止二万二千。如两路分进，相去二十余站，声息不通，且喀城蜂屯丑众，不下数十万，众煦漂山，非大兵全力中路，直捣喀城，反正为奇，难期万全无失。惟喀城边接外夷凡一十七卡，恐贼子因败循入，已潜谕黑回赴喀约众邀集。是否有当，伏祈训示遵行"等语。宣宗瞧毕，甚为欣慰。

恰值曹振庸入见，问道："圣容喜悦，西域谅有捷报到呢。"宣宗道："长龄能这么因时制宜，荡平的日子谅总不远了。"振庸道："长龄以上相之尊，将数万之众，荡此小丑，万料不到他旷日持久到这样地步。"宣宗道："你这么短他，调你回疆去，总比他好多了。"振庸碰头道："臣因望治过切，不觉言之过当，遭遇圣明罔识忌讳。"宣宗道："谁又怪你呢，不过朕心里才快活点子，你倒又来招朕，你自己忖去，该不该呢？"振庸叩头谢过，又讲了几句别的，方才退出。

回到私第，向妻子道："我做了这许多年的官，碰钉子还是头回儿呢。"他妻子道："上头正不高兴，老爷撞上去，自然要碰钉子了。"振庸道："上头倒很喜欢呢。"随把方才的事，说了一遍。他妻子道："得放手处且放手，得饶人处且饶人。老爷也犯不着跟他作死冤家呢。"振庸道："我是很随和的。"一语未了，门上投进那彦成名片。振庸诧道："他几时进京的呢？怎么我一点儿没有知道？"他妻子问："是谁？"振庸道："直隶总督那彦成。"随要衣帽穿了，急匆匆出去会客。足有顿饭时候，才喜容满面的进来。他妻子问道："老爷何事喜欢？"振庸道："你道老那来为什么事？"他妻子道："我如何知道？"振庸道："他要谋西域的军功呢。"他妻子道："敢是托老爷保他么？"振庸道："老那又要谋军功，又是怕打仗，跟我商量，最好等候长龄把十成事情办好九成，得有机会，他去接手办理善后。你道他这个人，心计利害不利害？"说着，一个家人急急奔入，报说："宫中有变"。振庸大惊，欲知何事，且听下回分解。

第五十四回　**河清海晏乍庆升平　美雨欧风传来警信**

话说曹振庸听说宫中有变，大惊失色。他妻子道："老爷也应问个明白呢。"一句提醒了振庸，忙问家人道："皇上没有事吧？"家人道："没有事。"振庸道："皇上没有事就好了。"随问家人："你哪里来的消息？"家人道："内庭侍卫王老爷家人讲的话呢。"振庸道："想总是逆回派遣刺客入宫行刺了？"家人道："倒不是行刺呢，王老爷家人说，他家老爷昨晚恰轮着班儿，在内庭值班，已经三鼓时光，乾清宫太监急出宣召，说有要事。王老爷不敢怠慢，跟随入宫，见圣上面色青黄，气得不成个样子。一见王老爷，扔给他一柄宝刀，手指一个太监道：'你跟他去斩一个脑袋来，速去速回，不得有误。'王老爷又不敢问，跟随了那太监，到一所宫里。那太监向床上指道：'就把此女快快斩了！'王老爷揭开帐子一瞧，见一个美人儿，侧身卧着，宛如春睡海棠，娇艳得莫可言喻。粉气脂香，扑人眉宇，心里委实不忍。上命差遣，没奈何，只得硬头皮，举起宝刀，只一砍，血花飞舞，早已香消玉散。提着美人头，回乾清宫复命。"振庸道："这又为什么呢？"曹太太听了，也不胜诧怪。后人有诗咏道：

中使传宣急召虾，乾清宫畔月笼纱，
龙颜一怒娥眉死，御剑封还带血花。

振庸次日上朝，潜心窥察，见宣宗谈笑自如，并没露有忿怒样子，心下纳罕。奏对了几件没要紧的事，才待退出，外面送进一封奏报，是回疆递来的。宣宗道："你等等，瞧他报的是什么事情。"振庸遵旨，拆开瞧时，见是长龄、武隆阿、杨遇春会衔奏的，头上几个字是奏为大军克复喀城，服获回酋事，随留心瞧下去。只见上写道：

臣等于二月初六日出师，十四日，至巴尔楚库台。该处为喀叶两城分道处，留兵三千，以防南路绕袭之贼。二十二日，至大河拐，我军深入半月，未遇一贼，而粮已垂尽，日食疲驼羸马，惟恐贼坚壁清野，不战而困我，争望杀贼因粮。是夜，始败其袭营之贼三千，次日，贼决河灌道，多掘沟坎，我师戈壁中转得水以济士马。午抵洋阿巴特，沙漠平旷，贼二万据横冈五六里。臣等会商，分兵三路进攻，臣长龄、臣遇春将中军，臣武隆阿将左军，臣杨芳将右军，三路进攻，贼据冈下，压者再，大兵分路夺冈。贼披靡，半遁回庄，半西窜。官军分路擒斩其半，尽得牲畜糗粮济师，士气百倍。二十五日，至沙布都尔回城，多苇湖树林，贼数万，临渠横列，决水成沮洳，骑难驰骋。乙后林中，各有伏贼，难绕袭。我军乃先令步卒冒险越渠，短兵鏖战，复麾骑兵绕左右浅渠横截入阵，适贼营火药自轰，我军乘之，射殪贼帅，夺旗鼓，众始溃败。

> 追逾浑水河三十余里，擒斩万计。复分败林中伏贼，及河桥援应之贼。臣等见河北左山右水，路狭箐深，恐有伏，乃议留兵扼桥，而循河南上。二十七日贼数万据河。瓦巴特回城，依冈背河，官军未至五十里，见牛羊蔽野，又逆贼探骑数百，见官军反却。臣等恐贼诱也，严令勿掠亦勿追，距贼营十里而止。夜遣吉林劲骑各五百，分探左右，间道绕出贼后。次日，压贼垒，我军川陕步兵居中，骑兵张左右翼进。贼佯退欲诱我兵登冈而反袭我，我兵枪炮迭前，而藤牌兵虎衣跃入。贼马惊，阵乱，冈后伏贼援应死战，而我千骑已绕出回堡后，突击其背，贼大溃，斩擒各半，复殪安集延二帅。追至洋达玛河，距喀城八十里。次日，整队至浑河北岸，距喀城十余里。贼率其众十余万背城一战，阻河列阵，亘二十余里。筑横垒蔽之，穴垒列铳鼓角震天，势张甚。臣等复遣死士数百，夜扰其营，欢嚣达旦。夜二鼓，西南风起，撼木扬沙，大雾晦，臣等熟商，雾晦中贼不辨我多少，又不虞我即渡，时不可失，乃遣索伦千骑绕趋下游牵贼势，臣遇春率亲兵骤渡上游据上风。前锋先扛炮轰贼，炮势与风沙势相并，若百十万兵摧压骤至，贼阵大乱。拂晓，我兵尽渡，风止雾霁，乘势冲入贼阵，贼土崩，橐舄遍地。乘胜进攻，先据汉城，次破回城，生擒张逆甥侄及安集延伪帅推立汗萨本汗并从逆伯克等，先后杀贼无算，生擒四千余人。惟逆首张格尔奔窜出卡，未获邀捕。谨将战胜情形具折，由六百里加紧驰奏。

宣宗摇头道："命将出师，原期歼除元恶，乃致临巢兔脱，长龄等太不晓事。前功尽弃，后患堪虞。"随向振庸道："你看如何处置？"振庸道："论他杀贼之功，似乎宜赏，还祈皇上天恩。"宣宗道："杀贼功微，纵寇罪大，功罪万难相抵。"随下旨，长龄夺去紫韁，杨遇春、武隆阿夺去太子太保、太子少保衔，仍着勒限捕获。并谕回部各酋，有擒献张格尔者，爵郡王，金十万。这两道圣旨去后，不过一月光景，回疆捷报络绎不绝。知道武隆阿卧病喀城，杨遇春督师前进，三月初五日，复英吉沙，十六日，复叶尔羌复和阗，出屯色勒库，拟掩捕张格尔。宣宗心始稍慰。

一日，长龄来一奏本，宣宗瞧过，怒形于色。廷臣见了，尽都震恐。宣宗道："不意长龄老悖昏谬，竟到这么地步！"随命军机拟旨，把长龄、武隆阿革职留任。军机大臣不知底里，还都替他求恩。宣宗掷下奏本道："你们自去瞧阅，该革不该革？"军机大臣拾起瞧时，大旨称："愚回崇信和卓，犹西番崇信达赖喇嘛，已成不可移之锢习。即使张逆就擒，尚有其兄弟之子在浩罕，终留后患，势难以八千留防之兵，制百万犬羊之众。若分封伯克，令其自守，则如伊萨克玉素普等助顺官兵，均非白回所心服之人，惟有赦故回酋回罗尼都之子阿布都里，乾隆中羁住京师者，令师总辖西四城，庶可以服内夷，制外患"等语。末附武隆阿一片，主张的与长龄差不多，有"西四城环逼外夷，处处受敌，地不足守人不足臣"等话。众军机面面相觑，一声儿不言语。宣宗道："他们要联弃地纵寇，他们果然做好人儿，国家却平添出无穷祸患来，昏谬已极。"曹振庸道："最好另派一个大臣去帮办，才可免去误会。"宣宗道："那也好，派谁去呢？"振庸道："那彦成还妥当吗?”宣宗点点头,随下旨命那彦成为钦差大臣,前往回疆帮办善后。

从此,朝朝晚晚,盼望好消息。一晚,天已三鼓,忽有飞骑投送捷报到军机处,却是长龄、杨芳用计诱获逆酋张格尔的事。此时军机章京都已散去,只有一个老章京,还在那里打盹儿。接到军报,知道是紧急事情,赶忙送进宫去。宣宗大喜,传旨报捷的人,赏他一个三品衔,并赏戴花翎。次日下诏,封长龄二等威勇公,杨芳三等果勇侯,都赏戴双眼孔雀翎,将士胡超以下都有赏赉,并实授杨遇春为陕甘总督。于是积年巨寇,一旦荡平。恭上皇太后徽号,勒碑太学。大军凯旋,郊劳受俘,悉如典礼。满廷臣工,颂德歌功,好一派承平景象。

宣宗自回乱平靖后,河清海晏,一竟很太平。虽赵金宠、李沅发先后称叛,不过如电光石火,一扑即灭,于大局上并无关碍。道光十一年六月九日,皇贵妃钮祜禄氏生了一位皇子,宣宗奏明皇太后,就册立钮祜禄氏为皇后,新皇子赐名叫奕詝。这钮皇后聪明和气,宣宗跟她很是恩爱。就阖宫妃嫔太监人等,也没一个不和她合的来。只是皇太后待到她,不知怎样,终是不大合适。因此,婆媳之间,明面上虽还没有什么,内里却早存了个心了。两宫嫔监见上头这样,便各讨各的好,各图各的宠,就不免互相刺探,互造流言,因此诽语流言布满了宫闱内外。流言愈多,感情愈恶,渐渐有不两立的势了。这一日,是皇后的千秋,皇太后特派太监赐了一瓶酒来。皇后谢恩饮讫,不知怎样,竟就崩了。宣宗万分哀悼,又不敢怎样。特下恩旨,赐谥孝全,后人有诗咏道:

> 如意多因少小怜,蚁杯鸩毒兆当筵。
> 温成贵宠伤盘水,天语亲褒有孝全。

却说中国自古迄今,边外各邦,开战讲和,凭你扰得烟云缭绕,都不过是匈奴、鲜卑、回纥、女真、河套等几个邦族,扰来扰去,总不脱长城内外一带地方。那几邦兵力虽盛,比较起声明文物来,就要差多了。所以无论扰得怎么样,咱们天朝大国的头衔,是扰不掉的。不意欧风美雨卷地东来,掀簸激荡,竟把我们四千多年世袭的老头衔,冲得云消雾散。看官,你道这一番话,从哪里说起?原来道光十九年,这一年,正因寰宇升平,四方无事,宣宗跟几个儒臣,在上书房里讲求文学。忽东南疆吏告警奏折雪片似的来,报说英人入寇。宣宗大惊,急召军机大臣问计。这英吉利,是欧罗巴列邦中之一国。欧罗巴洲与中国,远隔重洋,自古不通闻问。不过东汉时候,大秦国曾遣使一贡。范蔚宗作史,特列大秦一传。据说就是现在的意大利,从前的罗马。其实罗马人脑筋里,从没知道大秦两个字,犹之欧洲人称我们做支那,我们也没有知道呢。大秦一邦,究在何方,中国人从没有知道过。《后汉书》只说它是海西国,《晋书》只说它在西海之西,《魏书》上才说从条支西渡海曲一万里。方隅可纪,不过如此。

明朝永乐时候,三保太监七下西洋,才到红海东岸下碇,与欧罗巴洲只一海相隔。正德年间,法兰西踞了孟剌加地方,遣使来贡方物。后来乘倭寇之乱,纵横海上,占据了厦门。荷兰葡萄牙诸国,相继并至,中国人还都在梦里呢。直到万历年间,意大利人利玛窦、艾儒略从海外到中国,与朝士徐光启等相交为友,艾儒略撰一部书,名叫《职方外纪》,盛称欧罗巴洲土地之广博,形势之险要,物产之丰盈;洲中列国七十余,著名大国十有一邦,法兰西、意大利、荷兰、英吉利、葡萄牙、西班牙、俄罗斯都在里头。中国人才知中国而外,复有如许世界。

其实卧榻之旁,早被他人鼾睡多时了。查考明史,欧洲列邦跟我国通商最早者,首推法兰西。南洋孟喇加地方,被法人占据后,遵海而东,遍历澳门、粤东各地,遂于正德十三年,遣使来贡方物,请封诏。武宗赏了他银两,遣他回去。其人久留不去,夤缘镇守中贵得许入京。武宗南巡,其使火者亚三因江彬得侍帝左右,帝时学其语以为戏。御史邱道隆、何鳌连章参劾,都奈何他不得。从驾还京,住在会同馆,见了提督主事梁焯,不肯屈膝,焯大怒。江彬诟道:"他尝与天子嬉戏,肯跪汝小官吗?"明年武宗崩,亚三下吏,自言本是华人,为法人所使,乃伏法,绝其朝贡。是年七月,又携土物求市,守臣请抽税如故事,诏不许。嘉庆二年,遂犯新会之西草湾,官兵追捕,生擒二十四人,斩首三十五级,获其二舟并火炮等物,副使汪铉进之于朝,即所谓佛郎机(即法兰西)大炮者也。后来广江巡抚林富上言,粤中公私诸费,多资商税,洋舶不至,公私皆窘,因言许法兰西互市有四利,部议准行。于是法人又得入香山澳为市,得寸进尺,渐渐侵入濠镜地界,筑室建城,雄踞海畔,戍兵列炮,俨若敌国。濠镜在香山县南虎跳门外,先是暹逻占城、爪哇琉球、浡泥诸国互市,都在广州设市,归舶司管辖。正德中移于高州之电白县。嘉靖十四年,指挥使黄庆纳了贿,请于上官移在濠镜,年纳税金二万。法兰西混了进来,大兴土木,高栋飞檐,栉比相望。闽粤商人趋之若鹜。万历中破灭吕宋,尽擅闽粤海上之利,势益炽昌,又于隔水青洲山,建筑天主寺,高至七八丈,宏敞奇闳,非中国所有。知县张大犹,请毁其高墉,究竟没有办到。自法人占入濠镜而后,各邦闻风兴起,葡萄牙遂以嘉靖年至,荷兰遂以万历年至。万历三十五年,番禺举人卢廷龙入都上书,请尽逐澳中洋商,出居浪自外洋。当事不能用。其后粤督何士晋,派兵悉隳澳中城台,洋商始稍稍有所顾忌。

此时明廷因法人屡窥边境,增兵戍守澳门。法人畏逼,不敢久留,于是昔时兔窟之营,竟被葡萄牙发其笄而剪其绺矣。葡萄牙初到中国,只在舟山、宁波、泉州等几处地方往来贸易,嘉靖三十年始到澳门。现在见法人畏逼徙去,得着了机会,如何肯放手。遂纳贿澳中官吏,甘愿每年献上五百金,租居濠镜市廛。中国官吏有了银子,什么事办不到?!自然是谨遵台命。于是鹊巢鸠占,葡人遂扶老携幼结队成群而至。不过两年光景,计点门户,已有四百二十有余,丁口已有三千四百有余。孳育蕃息,月长年增,大有久居不去之势。喧宾夺主,弄得法兰西人自去自来,倒变了梁间春燕。谁料螳螂捕蝉,黄雀在后。葡萄牙人才得安居乐业,荷兰人早扬帆驾炮的前来争夺。此时欧洲各邦中,荷兰也是个强国,攻法兰西,攻西班牙,连战皆胜,遂由五印度夺葡萄牙市埠,扬帆入南洋,夺取马六甲地。万历二十九年,驾大舰,携巨炮,直薄吕宋。吕宋人悉力抵拒,攻不能克,转舵薄香山澳,濠镜大震。葡人于是筑炮台,造火器,筹备守御,并派人到粤中告急,请官兵策应。自称替天朝守海门,固外圉,其实都是为他自己呢。荷兰人求通贡市,当道不敢奏闻,只召其首领入城,羁縻之而已。荷兰人见没有法想,启碇扬帆,到福建之漳州,直抵彭湖屿,伐木筑舍;又侵入台湾,筑室耕田,久留不去。屡遣人要求互市，当道不许。荷人怨恨，乃掠渔船六百艘至澎湖，驱土人搬运木石，筑造城墉，一面分兵入犯厦门。滨海郡邑，尽都戒严，明廷大发兵征剿，连破其众。荷人大窘，求恳缓兵，容他运米入舟，立即退去。明将允许，遂得扬帆出湖，犹留其渠帅高文律等十二人，据高楼自守。被明将攻破高楼，悉数擒获，献俘于朝，澎湖之警遂息。然而台湾块土，依旧被他占据着呢。当荷兰警信紧急时候，濠镜葡商托言戍守防荷，请兵请饷请木石，文书往反，雪片相似。一面督众筑城，昼夜兴工，日建百丈。海道副使徐如珂遣中军领兵戍澳，向葡人道："垣墉不毁，我知道你们人少力弱之故，现在我们特来帮助你。"随即动手，不过两日工夫，粪除殆尽，葡人相顾叹嗟，从此也稍有戒心了。

万历九年，意大利人利玛窦，自彼国泛舟九万里至粤。二十九年，始至京师，与中朝士大夫相交为友。始言世界共有五大洲，亚细亚洲百余国，而中国居其一；欧罗巴七十余国，而意大利居其一。中国人闻所未闻，都不很相信。因利玛窦来自海外，又是洋人，所以称他的话，叫做海外洋谈。传流至今，每遇荒诞不经之说，都称做海外洋谈，就是这个缘故。利玛窦又称欧洲各邦，都崇奉天主教。汉哀帝元寿二年，庚申，室女诞耶酥于犹太，在世三十三年，宣扬教化，人生大事，首在敬天。爰追寻初祖，上溯鸿蒙，判十字以定四方，合气水火土四行之精，肇生万物。天外无神，故无偶像无祈祷，凡立庙设位，陈牲酒，施鼓乐，赞颂神明者，皆外道也。耶酥以天为父，自称神子，厌世上仙，代众生受苦以救万世。这种精奥奇秘的话，大学士徐光启等，倒都很肯相信。恰值郑世子朱载堉、金事邢云路奏请修改历法，徐光启遂把利玛窦荐入钦天监修历。于是阳玛诺、庞迪我、熊三拔、邓玉函、毕方济、艾儒略、龙华民、南怀仁、汤若望诸人，接踵皆至，皆言新法，皆助修历。欧人在华之势，顿时大振。内中只英吉利国，到崇祯十年才来中国。万历二十四年，英女主登位，欲与中国修好，曾遣三船具书币航海而东，不意行至中途，遇着了飓风，船货尽都漂没，所以来的独后。英船抵澳门，葡人大动醋心，在大府跟前说上好些坏话，大府不合听信，就酿出个小小风潮来。欲知何事，且听下回分解。

第五十五回　著伟论儒士挽狂澜　弄小巧大臣窘番使

话说广东大府，信了葡人的话，下令发兵开炮，驱逐英船，英人愤甚，乘潮扬帆，径逼炮台，鸣枪拒斗。岸上百姓，呼噪跳跃，助官兵声势，砖片石块，抛掷如雨。究竟手腕的力量，敌不过火器，英人一涌登岸。守炮台官兵亏得眼明手快，拔脚飞奔，没有受着亏。可怜那班呆笨的百姓，中弹跌倒，倒伤掉了五七个。英人夺占了炮台，四出骚掠，把附近官衙，一把火烧光，又掠取商船小艇。大府怕启边衅，被朝廷责问，再派人到英船慰谕。英船长道："咱们来此，本非寻衅，不过要跟各国一般，得在澳门、濠镜通商互市罢了。"随又献了许多礼物。大府应允，英商遂缴出炮台，鬻货而归。然而明朝人不知他是英吉利，只混称红毛人呢。

清兵入京，明臣尽都投降，洋人南怀仁在钦天监助修历法，也随班迎降。摄政王多尔衮，谕令原职办事。顺治二年，汤若望再至京师，上书言新法，并进西洋仪器，得旨令与南怀仁同入钦天监，依西法造历书颁行各直省。不料这时候，偏有一个不识时务的硬汉，起来跟他们作对。此人姓杨，名光先，安徽新安卫人，于畴（同类等同）人之学，很有心得。这年，见新历本面上，刊有"依西洋新法"五个字，心里很不为然，遂上书礼科，言春秋大一统，历书面上不应刊有西洋字样。礼科官员也没工夫替他代奏。康熙三年，新历颁行，竟被光先捉住一个破绽，遂在礼部衙门，告了一状，摘其推算本年十二月戊午朔日食交会之误，奉旨交吏部会审。于是汤若望等一班西洋历家，尽都黜掉，特授杨光先为监副，随转升为监正。光先自知但明推步之理，不明推步之数，辞了五回的官，都没有允准。康熙六年的历本，是杨光先推排的。一报还一报，也被洋人提了个破绽去，告到当官，为的是推错了一个闰月。杨光先推的是八年十二月当置闰月，南怀仁、汤若望告的是，雨水系正月节气，闰了十二月，二十九日值雨水，即为九年之正月不当闰，置闰应在明年二月。钦天监大臣照实奏闻，奉旨下光先于狱，拟出罪名，是监候斩，减轻一等，充发黑龙江。清圣祖待到西洋人，恩遇非常优渥。三藩之变，召见南怀仁于养心殿，命依水法造炮，以备边用。又因明季以来，历法疏舛，于是荟萃中西之同异，取其借根方对数，及以量代算之法，御制成两种书籍，一种叫《数理精蕴》，一种叫《历象考成》，南、汤两人，都同预编纂之列。把个杨光先活要气死。于是奋笔著书，把西法西教，批得一文都不值，其书名叫《不得已书》，大旨称说：

自利玛窦入中国以来，其徒党皆借历法以阴行其教于中土，今开堂京师宣武门外及各省，凡三十窟穴。而广东之香山澳盈数万人，盘踞其间成一大都会，以暗地送往迎来，而棋布党羽于大清十三省要害之地。其意欲何为乎？大清国卧榻之旁，岂容若辈鼾睡！光先之愚见，宁可使中国无好历法，不可使中国有西洋人。徐光启以历法荐利玛窦等于朝，以数万里不朝贡之人,来而弗稽其所从来,去而弗究其所从去,行不监押之,止不关防之,十三省之山川形势,兵马钱粮,靡不收归图籍而莫之禁。古今有此玩待外国人之政否? 世或以其制器精奇而喜之,或以其不昏不宦而重之,不知其仪器精者,兵械亦精,适足为我隐患也。不昏不宦者,其志不在小,乃在谤吾民而去之。如图日本取吕宋之已事可鉴也。诗曰:“相彼雨雪,先集为霰”;传曰:“鹰化为鸠,君子犹恶其眼。”今者海氛未靖,讥察当严。揖盗开门,后患宜毖。宁使今日詈予为妒口,毋使异日神予为前知。是则中国之厚幸也。

杨光先虽然这么大声疾呼,人微言卑,谁肯信他呢。

南汤诸人,既然得宠,遂请得圣祖特旨,西洋人在京师的,准许自行其教,惟不准传教于中国。自获着这道护符之后,开堂讲道,被劝入教的,累百盈千。圣旨上虽没有允准,地方官谁愿多事? 康熙九年,意大利王遣使入贡。十七年,召见于太和殿,宴赉遣归。

此时西人到中国的,只有两种,一种是传教的,一种是通商的,执业虽然不同,行派却是差不多,坚忍精毅,恁你迅雷暴雨,骇浪惊风,千挫百折,他终是谈笑自如,行无所事。工夫用得深,铁杖可磨针,自然被他入圣超凡,尝到了素愿才罢。别说传教的意大利人,就是那通商的荷兰人,赶到中国,法葡两邦祖鞭先着濠镜澳门,已没有他插足的地方,竟会转旆东征,夺占台湾一岛。风云不测,祸福无门,顺治十六年,明朝的遗臣朱成功大举征清,吃了个大败仗,回转来竟把旅台荷人通通赶掉,把台湾夺了去。做一个立命安身所在。这时光荷兰人苦得立锥之地都没有了,削尖了头钻,竟被他钻出一条路子来,赶到广东,恳求抚台代奏,愿备外藩修职贡。康熙十三年,遣使赉表到京,圣祖优诏褒答,部议五年一贡,贡道由广东人,诏改八年一贡,以示柔远。清兵征台湾,荷兰人又率舟师助战,百计千谋,无非为通商地步。台湾平靖,海禁大开,澳门、漳州、宁波、云台山,都设立了榷关,特准荷兰商船载货通商,于是荷兰遂得与葡萄牙并驾齐驱了。

好梦不长,盛筵易散。世宗登了位,欧洲人又狠狠经了一番挫折。世宗生性猜忌,对于至亲的骨肉,至顺的臣民,尚都不很相信,何况那异俗殊教的欧洲人! 即位之初,就下严旨,把内地欧人悉押送澳门安置;所有教堂,都改作公廨;又限止澳门洋人,只准住三十名,溢了额,即迫令随船回国。只北京那所教堂,为是圣祖特旨准立的,没有撤掉。高宗继述父德,传教禁令依旧没有放松。所有西洋传教人犯,悉拟永远监禁之罪。直到乾隆五十年十月,才下了一道恩旨道:

前因西洋巴亚里央等,私入内地传教,经湖广省究出各省传教之犯,业据刑部审拟监禁。第思此等人犯,不过意在传教,尚无别项不法情事。且究系外洋,不诸国法,永禁囹圄,情殊可悯。俱著加恩释放,交京城教堂安分居住。如情愿回洋者,着该部派司员押送回粤,以示柔远至意。钦此。

传教的虽然蒙了帝德,通商的尚未沐着皇恩。英吉利国见葡荷两邦在中国的商务,日兴月盛,随也扬帆载货而至。英商初意拼着资本,跟葡荷商人狠狠斗一斗。无如澳门定例，只有葡商输船钞不输货税，其余各国都是船货并税的。税重利微，不能争斗。要自己另辟一个码头，看对了舟山地方，跟官府商量，官府又不肯答应。英人苦得没法可想，回国哭诉国王。国王于是特派专使马甘尼到北京，来请通商传教，并请援俄罗斯往例，得在京师寄住。高宗下敕谕一道，其辞道：

尔国留人在京，言语不通，衣服殊制，无地可以置。若必似来京当差之西洋人，令其一体改易服色，则天朝从不肯强人以所难。至于尔国所奉之教，原系西洋各国向奉之教，天朝自开辟以来，圣帝明王，垂教创法，四方亿兆，率由有素，不敢惑于异说。即在京当差之西洋人等，居住在堂，亦不准与中国民人交结，妄行传教，所请尤不可行。钦此。

高宗虽没有允准，为是远人向慕，诚款可嘉，特命重臣伴送英使马甘尼由内地经历直隶、山东、江苏、安徽、浙江、福建至粤东，放洋回国。乾隆六十年，英人复具书币，由四班公司大班转呈粤抚，代为陈奏，词极恭顺。高宗签以优诏，英人一遣专使，两具书币，无非欲自立码头，特开商埠。奈中朝敕谕，只准循行旧例，不许另设新条，英人到此，也只好坚心忍耐，静候机会而已。

嘉庆七年，忽驶兵船六艘，停泊鸡颈洋，大有窥伺澳门之意。托言知法人欲取澳门，特派兵船代为戍守。葡人告知大府，大府派人到英船宣谕，不得逞志而去。十三年，英将度路利又率兵船从安南驶至，声言法兰西已取小吕宋，顺道将袭澳门，咱们特来助你守御。两广总督吴熊光、广东巡抚孙玉庭忙饬洋商传谕英人道："澳门非葡萄牙所有，乃我大清土地也。法人焉敢侵轶，就算果有其事，中国有边警，中国自能抵御，也不劳你们戍兵。"图路利并不答话，督兵登岸，占踞了市楼，吓得澳门商民罢市奔窜。督抚闻变，援照违抗封舱之案，立刻调兵守御。图路利见封了舱，遂率兵船三艘，闯入虎门，进泊黄埔，改乘了舢板船直趋会城，声言将劫十三洋行，以修逋怨。这时光，省河里亏有着个碣石镇总兵黄飞鹏飞炮拒敌，轰毙英兵一人，轰伤三人，英人才退了去。然而澳门洋馆，依旧被他据守着呢。四班公司大班喇佛恃着兵势，百般的要索，一要算清历年商欠，二因封舱停市，要把所办茶叶，净数退回。中国官府置之不理。喇大班正苦不得下台，巧巧本国第二班公司船恰又开到。公司船主听得封舱事情，埋怨喇佛道："犯中国而罢市，就占了澳门有什么用呢？"此时各国商人也因停了互市，怨谤沸腾。于是图路利转向葡人，索偿兵费洋银六十万。葡人畏他兵势，一口答应，英人才具状归诚，请照旧通市。粤中大吏意在弭衅，许他兵退开舱，图路利遂启碇出洋而去。仁宗闻之，以吴熊光畏葸示弱，下旨革职。

二十一年，英王复遣使臣分入粤东、京师。到粤东的名叫加拉威礼，到京师的是一正一副，正使叫罗尔美，副使马礼逊。加拉威礼一到粤东，就争论谒见仪注。因为旧制，贡使见制台将军，都要免冠俯伏，大吏高坐，堂皇坦受不辞。加拉威礼不肯行这个仪注，恰值制台蒋公进京陛见去了，护督董教增是个利气人儿，准许英使免行拜伏，只行免冠致敬的仪注，制台也起立相受。罗尔美、马礼逊到了天津，也蒙清仁宗十分优待，特派户部尚书和世泰前往天津宣恩赐宴。宴罢时候，和尚书告知英使，中朝体制，谢宴须行跪拜仪注。英使道：“敝国崇奉基督，从没有跪拜之礼。就是臣民觐见君主，也只免冠鞠躬。贵大臣钧谕，敝使实难从命。”和尚书道：“这可难了，中朝体制，难道为了你们就改掉不成？本朝应符受命，光宅万方，声教所迄，无论异方殊俗。如蒙古、西藏、新疆各地，靡不臣服恐后，就远如安南、缅甸、暹逻、廓尔喀各邦，也都受封朝贡，遵奉正朔。乾隆二十八年，尔国使臣入觐，也是遵依中朝体制的。你这会子，怎么可以独自改变呢？”英使执意不从。和尚书见无理可喻，随与从人等计议，要想一个法子把英使窘辱一场。就有人献计道：“英使入觐，总是贡单贡礼一块儿进呈的，咱们就从这里头窘他一窘可好？”和尚书道：“怎么窘他呢？”那人道：“你老人家陪了他们骑马先走，一切行李贡物，另叫人押着赶来。却密嘱押送人员，令脚夫故意慢慢的走。你老人家到了京，却就入朝奏报。上头要是临朝宣召，没有贡表贡单，瞧他们怎地觐见。”和世泰喜道：“此计甚妙！”

当下就如法炮制，陪了英使从通州起行，昼夜兼程，赶了一日一夜，才赶到圆明园。喘息还没有定，和世泰已入园奏报仁宗去了。一时传出圣旨：“英国使臣着于明晨在圆明园便殿陛见。”罗尔美道：“第服表文都在行李车上，行李车没有到，明儿怕赶办不及呢。”和世泰道：“旨意已下，谁敢再奏？”罗尔美道：“费神替我想想法子。”和世泰道：“哪还有什么法子？！除是你报了病，或者是还可以缓几天。”罗尔美道：“咱们信奉基督教人，从不会打谎语，恳求另想法子罢。”和世泰道：“除了这个，可再没有别法子。”罗尔美道：“那也悉从尊意，只是我没有病呢。”次日，清仁宗御殿传呼，和世泰才奏：“正使罗尔美猝感时疾，不能入觐。”仁宗道：“偏病的这么巧。也罢，就传副使入见罢。”和世泰道：“听说副使也病着。”仁宗怒道：“那还成什么体统！”随下旨，却其贡物，并着理藩院派员把英使押解回粤。事后询问廷臣，才知当日都是和世泰弄的鬼。于是下旨，把和世泰交部议处，又命酌收贡物，颁敕谕赐其国主珍玩，以答远忱。

英人派使进京，无非想把粤东商困上达天廷，谁料，为了觐见末节，意不能达到初愿，英人心中不无忿忿。此时英人在粤东经商的，派有大班一人总理商务。大班初来时候，原寓在洋行里，卸货完毕，就回澳门住冬。后来设立了个公局，索性久留不去。英商货物，要算鸦片为大宗。鸦片共有两种：一种叫公班，产自印度孟加拉地方；一种叫白皮，产自印度孟买地方。鸦片这东西，初起时光，原不过当作药材用的。自从流行到中国，大明神宗皇帝熬膏上枪吸上了瘾，一往有身家的人，便把它当作世外金丹，琼天玉液，你也吸，我也吸，销数就一年一年大起来。要晓得这个东西，最易误事。明神宗那么英明，上瘾之后，竟有二十五年没有坐朝理事。（神宗所吸鸦片，宫中名之曰福寿膏，事见《客窗摭录》）此物初入中华，原也照着药材上税，每一箱只纳税银三两。无奈英海居民争相吸食，废事失业的人，日多一日。粤中大吏瞧着不像样子，具本奏闻了天子，请仁宗下旨重申严禁，裁其税额。道光元年，粤中又发了一桩叶恒澍夹带鸦片的案子。宣宗下旨，重申前禁。于是洋舶到埠，先要行商出具所进黄埔货船并无鸦片甘结，方准开舱验货，此果行商容隐查出，加等治罪，所有鸦片趸船，都迁出零丁洋停泊。似此风行雷厉，总可弊绝风清。无如中国人本领，作币偷私，最是聪明不过，恁你再严厉点子的禁令，他自有本领，弄得浪静风平，一点儿没有痕迹。禁的人尽禁，卖的人尽卖。这时光鸦片趸船，移泊在穷洋绝岛里头，却自有一班内地奸民，替他往来传送。因此一禁，反把他的销路，禁的畅旺了。那包买的窑口，说合的行商，私受土规的关泛，包揽运载的蟹艇，倒都大发其财。

道光十六年，太常寺卿许乃济特上一折，恳请变通弛禁，大旨称说："近日鸦片之禁愈严，而食者愈多，几遍天下。盖法令者，胥役棍徒之所借以为利，法愈峻则胥役之贿赂愈丰，棍徒之计谋愈巧。臣愚以为匪徒之畏法，不如其骛利，且逞其鬼蜮伎俩，则法令亦有时而穷。究之食鸦片者，率皆浮惰无志，不足轻重之辈，亦有逾耆艾而食之者，不尽促人寿命。海内生齿日繁，断无减耗户口之虞。而岁竭中国之脂膏，则不可不早为之计。闭关不可，徒法不行，计惟仍用旧制，照药材纳税。但只准以货易货，不得用钱购买，应将纹银番洋，一体严禁偷漏。又官员士子兵丁，不得漫无区别。犯者应请立加斥革，免其罪名。该管上司及统辖各官，有知而故纵者，仍分别查议。似此变通办理，庶足以杜漏卮而裕国计"等语。宣宗览奏，下旨交疆臣会议。一时九卿台谏，纷纷上章抗议，内中要算内阁学士朱嶟、给事中许球奏驳的最为利害。宣宗于是下旨道：

> 鸦片烟来自外洋，流毒内地，例禁綦严。近日言者不一，或请量为变通，或请仍严例禁。必须体察情形，通盘筹画，行之久远无弊，方为妥善。着邓廷桢等，将折内所奏，如贩卖之奸民，说合之行商，包买之窑口，护送之蟹艇，贿纵之兵丁，严密查拿。各情节，悉心妥议，力塞弊源，据实具奏。至许球另片所称澳中情形，是否实有其事，著一并议奏。钦此。

各省疆臣接到这一道上谕，文书往还，商议了三五个月，才定出一个办法，奏请在大清律例里头，定出鸦片贩卖吸食罪名。于是禁烟政令，一日严似一日，一步紧似一步。愈逼愈紧，遂至逼出一桩非常大祸来。欲知什么祸事，且听下回详解。

第五十六回　**定新律黄爵滋上书　查鸦片林则徐赴粤**

话说鸦片着为例禁之后，在朝各官，一个个兴高采烈，你也一本，我也一本，奏请从严禁止。真是鲜花着锦，烈火烹油。嘉庆十八年，侍郎衔鸿胪寺卿黄爵滋又上一本，宣宗大为感动。其文道：

侍郎衔鸿胪寺正卿臣黄爵滋跪奏为请严塞漏卮以培国本事：

窃见近年银价递增，每银一两，易制钱一千六百有零，非耗银于内地，实漏银于外洋也。

盖自鸦片流入中国，道光三年以前，每岁漏银数百万两。其初不过纨绔子弟，习为浮靡。嗣后上自官府缙绅，下至工商优隶，以及妇女僧尼道士，随在吸食。粤省奸商勾通兵弁，用扒龙、快蟹等船运银出洋，运烟入口。故自道光三年至十一年，岁漏银一千七、八百万两。自十一年至十四年，岁漏银二千余万两。自十四年至今，渐漏至三千万两之多。福建、浙江、山东、天津各海口，合之亦数千万两。以中国有用之财，填海外无穷之壑。易比害人之物，渐成病国之忧。日复一日，年复一年，臣不知伊于胡底。

各省、州、县地丁钱粮，征钱为多。及办奏销，皆以钱易银。前此多有赢余，今则无不赔累。各省盐商，卖盐俱系钱文，交课尽归银两。昔之争为利薮者，今则视为畏途。若再三数年间，银价愈贵，奏销如何能办？税银如何能清？设有不测之用，又如何能支？

今天下皆知漏卮在鸦片，所以塞之之法，亦纷纷讲求，而实未知其所以禁也。夫耗银之多，由于贩烟之盛，贩烟之盛，由于食烟之众。无吸食自无兴贩，无兴贩则外洋之烟自不来矣！今欲加重罪名，必先重治吸食。臣请皇上准给一年期限戒烟，虽至大之瘾，未有不能断绝。一年以后，仍然吸食，是不奉法之乱民，置之重刑，无不平允。查旧例，吸食鸦片者，罪仅枷杖。其不指出兴贩者，罪杖一百徒三年。然皆系活罪。断瘾之苦，甚于枷杖与徒，故不肯断绝。若罪以死论，是临刑之惨急，更苦于断瘾之苟延。臣知其情愿断瘾而死于家，必不愿受刑而死于市。况我皇上雷霆之威，赫然震怒，虽愚顽之人沈溺既久，自足以发聋振聩。在谕旨初降之时，总以严切为要。皇上之旨严，则奉法之吏肃，则犯法之人畏。一年之内，尚未用刑，十已戒其八九。已食者竟籍国法以保余生，未食者亦因迥戒以全身命。此皇上止辟之大权，即好生之盛德也。

伏请饬谕各督抚，严饬府州县，清查保甲，预先晓谕居民，定于一年后，取具五家互结。仍有犯者，准令举发，给予优奖。倘有容隐，一经查出，本犯

> 照新例处死外，互结之人，照例治罪。通都大邑，往来客商，责成铺店，如有容留食烟之人，照窝藏匪类治罪。现任文武大小各官，如有逾限吸食者，照常人加等，其子孙不准考试。官亲幕友家丁，除本犯治罪外，本管官严加议处。各省满汉营兵，照地方保甲办理。管辖失察之人，照地方官办理。庶几军民一体，上下肃清。漏卮可塞，银价不致再昂。然后讲求理财之方，诚天下万世臣民之福也。臣为民生国计起见，谨据实以闻。谨奏。

宣宗下旨，把黄爵滋的奏本，交给各省督抚会议。众议佥同，都主张从重治罪。于是饬部臣重定新例，无论吸烟贩烟，都要斩首示众。黄爵滋见宣宗这么从谏如流，色舞眉飞，快活得莫可名状。当下又奏请特派钦差大臣到广东查办鸦片事务。宣宗道："查办不难，倒是这个人，一时不易觅。"黄爵滋道："臣保一人，定堪胜任。"宣宗问他保谁，黄爵滋道："江苏巡抚林则徐，精明干练，不畏强御，派他去查办，谅不致于误国。"宣宗道："林则徐朕原召他呢。前月来奏，称说已经动身，逆计行程，这几日也该到了。等他来了，咱们再谈罢。"君臣两个，又讲了几句别的话，方才散去。

这林则徐，字少穆，福建侯官县人氏，为人耿直，作事精勤。生平于鸦片一物，最是深恶痛疾。次日恰好到京。入朝面圣，奏对得非常称旨。宣宗下旨，给与林则徐钦差大臣关防，叫他驰赴广东，会同两广总督邓廷桢查办鸦片事务。林则徐受了恩命，不敢怠慢，陛辞出都，昼夜兼程。自十八年十一日动身，至明年正月廿十五日到省。此时邓廷桢已经奉到廷寄，雷厉风行，办理得十分认真。贩烟、吸烟各犯，锁拿到衙门的，累百盈千，把一府两县的监狱，几乎禁了个满。洋人见中国办理得这么利害，不觉也惧怕起来，都把趸船直放到零丁洋面寄碇。

林则徐一到省，就去拜会邓廷桢，问起禁烟情形。廷桢道："眼前省里烟犯差不多净了，鸦片趸船也都放了出去。内洋各口，都派了水师兵船轮流守堵，就是东路的洋船，也已心虚逃去。照眼前而论，似乎倒还没什么。"林则徐道："洋人性多诡诈，眼前呢，虽要避了去，难保他不勾串内地奸民暗中仍行售买。我看这么办法终是不很妥当。"邓廷桢道："我公有甚高见，不妨请教请教。"林则徐道："鸦片趸船共有几艘？"廷桢道："听说有二十二艘呢。"林则徐道："每一艘装有多少箱鸦片？"邓廷桢道："怕有一千箱上下呢。"林则徐道："邓制军，你想罢，一艘上千箱，二十二艘，就有二万二千箱了。这二万二千箱鸦片，洋人装了来，他肯抛弃到了大洋中去吗？非但不肯抛弃掉，也断然不肯装回国去。寄碇外洋，不过是避避风头，朝晚原要卖给中国的。咱们既然办得事，总要办到个一劳永逸，断不能仅顾目前因循塞责。邓制军，你听兄弟这一番话，说得错了没有？"邓廷桢道："依我公主见，要怎么办理呢？"林则徐道："照兄弟主见，总要叫洋人先将鸦片悉数缴销，才准他开舱做买卖。"邓廷桢道："这么办理，怕做不到吧。记得那一年，英国大班带了个洋妇来，住在公局里，东裕洋行的谢司事拍大班马屁，送了他一肩轿。谁料这大班夜郎自大，竟然不准行中人乘轿入馆起来。广东制台王公闻知此事，立拿谢某究治。英国大班竟然陈兵列炮，大有变乱之势。王公怕激变，究竟派遣通事察刚，理谕了个再三，才得无事。林星使，洋人携带家眷，原是定制不准的，犹且如是，何况如是缴销鸦片呢。”林则徐道：“所说畏威怀德，一味的柔原也是不行的。记得道光初年，粤城外面遭了火，烧成一片白地。英人要扩他的公局，托言修葺，侵占了好多里地方。被灾人民到制台衙门控告。制台李鸿宾置之不理，洋人非常得意。后来，众百姓趁李鸿宾入觐时光，在抚台朱桂桢那里告了一状。朱桂桢原是一盆烈火，批准之下，立把通事锁拿下狱，亲督了兵弁，把英人所筑房屋拆为平地。英人要挟了半年，究竟何尝得着便宜！可知对付洋人，原要刚柔并济的。”邓廷桢道：“英国新派了一个领事来，这领事的名字，叫什么义律，听说很刁顽呢。”林则徐道：“什么领事，这名目似乎没有听得过呢？”邓廷桢道：“英国四班公司的资本，都借自该国国帑。这几年贸易亏折，本利无偿，英王下令把公司解散。前任制台卢坤，怕公司散后统领无人，奏请饬令洋商寄信回国，仍援前例，派公司大班来粤管理贸易。该国君主钦奉中朝上谕，才设立起领事来的。”林则徐道：“原来有这么一回事。我也不管，现在我们尽行我们的事，他刁顽，我有本领对付他的刁顽。”邓廷桢见林则徐锐意实行，不敢十分阻挡，随道：“洋人的事，向由洋行司事交接的，咱们还是先把十三家洋行司事传来，发给他谕帖，叫他们传谕各洋公司罢。”林则徐点头称“是”，又谈了几句别的话。

林则徐告辞回辕，立请文案老夫子办了几角公文，咨会虎门水师提督、碣石镇总兵以及统带提镇各营，叫他们分路把守，先绝汉奸的接济。二月初四这日，林钦差、邓制台，合了广东巡抚怡良，在行辕大堂上堂皇高坐，传集十三洋行司事发交谕帖，令他传谕各洋人，把烟土存储实数开单报来。

各洋行接到谕帖，只叫得苦。关照洋人，洋人笑道：“你们中国官员，多不过要几个钱罢了。林钦差无风生浪，装模作样，也无非为那件东西，有甚大不了的事。咱们且拼掉几万银子，看再会有事吗？”司事道：“林钦差严正的很，银子怕买不到了呢。”洋人不信，立刻打了张五万两银子的银票，差人送去。不过一日工夫，差人回来，呈上原信，却是原信未动。洋人惊道：“中国官员竟也有不要银子的，可就坏了事了。”忙找义律商议。义律道：“理他做什么，中国人虎头蛇尾，过一会子就好了。”不意林则徐办事认真，一日三回的催令禀复。斧子吃凿子，凿子吃木头。义律被逼不过，只得乘舟来省，却仍旧僵卧在公局里不来谒见。

事有凑巧，恰有个奸商颠地乘间逃了去，林则徐大怒，随命出差拘治，一面援照违抗封舱的案子，移咨粤海关监督，将各国驻泊黄埔的货物一律封闭，停止贸易。又把洋人所用的买办，拿捕下监。经这么一办，洋人在船上既没有接济，又没有贸易，苦得个要不的。于是义律自愿据实呈缴，开上清单，共计烟土二万二千零八十三箱。林则徐笑向邓廷桢道：“邓制军，你看如何？”廷桢也不胜佩服，随命中军官传出大令，饬各洋船驶赴虎门，听候收缴。一面咨会提镇各营统带各标兵船，定于本月二十七日，齐集口门内外，关防查验。

到了这日，林则徐、邓廷桢都带齐执事，乘坐官船，前诣虎门监视。海关监督陪同稽查。各国洋人，没一个不俯首帖耳，唯唯听命。整整收了三五日，方才完毕。又令各洋人出具永不售卖烟土切结，上面写有“嗣后犯者，人即正法，货船入官”等语，辞严义正，威重令行。粤省官民无不齐声称快。

林则徐当夜就具折奏闻天子，其辞道：

钦差大臣林则徐、两广总督臣邓廷桢、广东巡抚臣怡良跪奏：

为英吉利等国洋人震慑天成，将趸船鸦片，尽数呈缴。现于虎门海口会同验收。恭折仰祈圣鉴。事窃照鸦片烟来自外洋，流毒中国，滋蔓既久，几于莫可挽回。幸蒙我皇上唤号大宣，干纲犹断，力除锢弊，法在必行。且荷特颁钦差大臣关防，派臣林则徐来粤查办。顾兹里大之任，虑非暗昧所胜。仰赖谕旨严明，德威震远，不独令禁行于内地，且使风声播及外洋。

复谕令臣邓廷桢益矢奋勤尽，泯畛域，下怀钦感，倍思并力驱除。在臣林则徐未到之先，已将窑户烟贩及吸烟各犯，拿获数百起，分别惩办。又派令水师船轮流守堵，水陆交严。东路洋船及在省奸民先后驱逐。

节经奏蒙圣鉴，臣林则徐于正月二十五日到省，已将会同筹办大概情形，先行具奏在案。维时在洋趸船二十二号，已经陆续关行，作为欲归之势。若但以逐回番界，即为了事，原属不难。惟臣等密计熟思，窃以此次特遣查办，务在永杜其源，不敢仅顾目前因循塞责。查洋人本属诡谲，贩卖鸦片者更为奸滑之徒。此次闻有钦差到省，料知必将该洋船发令驱逐，故先开动，退至向来所泊之洋面，以明其不敢违抗。其实每船内储存鸦片，闻俱不下千箱。因上年以来，各海口处之严防，难于发卖。而其奸谋诡计，仍思乘间觅售。非但不肯抛弃大洋，亦必不肯带回本国。即使驱逐于万山之外，不过暂避一时，而不久复来，终非了局。内地匪船，亦难保不潜赴外洋勾结售卖。必须将其趸船鸦片销除净尽，乃为杜绝病根。但洪涛巨浪之中，未能都有把握。因思趸船之存储虽在大洋，而贩卖之奸商多在省馆，虽不必蘉绳以法，更不可不谕以理而慑以威。臣林则徐旋译谕帖，责令众洋人，“将趸船所有烟土，尽行缴官，许以奏恳大皇帝天恩，免治既往之罪，并酌请赏犒，以奖其悔惧之心。嗣后不许再将鸦片带回内地，犯者照天朝新例治罪，货物入官”等语。与臣邓廷桢、怡良酌商，即于二月初四日，共同坐堂，传讯洋商，将谕帖发给，令其赍赴洋船，带回通事，以西语解释晓谕，令其即日禀复。一面密派兵役暗设防备查外洋。

各国自公司设局以后，每年派有四等职酋，常川守住洋行，专司其事。维时臣等传谕之后，各番皆观望于英人，而英人则又推诿义律。另有通晓汉语之洋人义瞻等四名，经司道暨广州府传至公所，面为晓谕。该义瞻等呈禀，尚属恭顺。当即商给红绸一疋，黄酒二坛，着令开导各商，速缴鸦片，未据即行禀复。

至二月初十日，义律由澳门进省。其时奸商颠地等，希图乘间遁逃。经臣等查明截回，谕责义律以不能约束之罪，并照旧时洋人违抗即行封舱之案，移咨粤海关监督臣豫坤，将驻泊黄浦之货物，即行封舱，停其贸易。又洋馆之买办工人，每为仇人暗递消息，亦令暂行羁禁。并将前派暗防之兵役，酌量加添。凡远近要隘之区，俱令严为防守，不许洋人往来。仍密谕弁兵不得轻率肇衅。在臣等以静制动，意在不恶而严。而该洋人怀德畏威，固已不寒而栗。

自严密防守之后，省城洋馆及黄浦、澳门与洋面趸船信息绝不相通，该洋人等疑虑惊惶，自言愧悔。臣林则徐又复迭加示谕，劝戒兼施。即于二十三日，据实禀复，情愿呈缴鸦片。维时距羁禁买办之期业已五日，洋船食物渐形窘迫。臣等当即赏给牲畜等物二百四十件，复向查取鸦片确数。经义律内各番反复推究，始据呈明，共有二万二千八十三箱。查向来拿获鸦片各外洋原来之箱，每箱计土四十四包，每包计三斤，每箱计重一百二十斤。日久晒干，亦约在百斤以外。以现在报缴销数核之，不下二百数十万斤。臣等犹恐所报尚有不实不尽，饬之在洋水师及商买人等，佥称外洋高大趸船每船所储，亦不越千箱之数，是趸船二十二只，核与所报销数不甚悬殊。即谕令驶赴虎门，以凭收缴。

除商明臣怡良在省弹压防范外，臣林则徐、臣邓廷桢俱于二月二十七日自省乘舟，二十八日同抵虎门。水师提督臣关天培在虎门驻扎，凡防堵洋船查拿私售之事，皆先与臣等随时商榷，务合机宜。自收缴之谕既颁，尤须严密防范。前趸船二十二只，除续驶赴虎门以外，臣关天培当即督饬将弁领带各营兵船，分排口门内外，声威极壮。粤海关监督臣豫坤亦驻虎门税口，照料稽查。当饬候补知府署南雄、直隶州知州余葆纯等，派大小文武员弁，随收随验随运随储。惟为数甚多，所载之箱，即须数十只剥船始敷搬运。而自口门运至内地堆储之处，又隔数十里，若日期过速，草率收缴，又恐别滋弊端。臣邓廷桢收至三日后先回省，臣林则徐自当常住海口，会同提臣详细验收经理一切。

容俟收缴后，查明实在箱数，与该洋人所报是否相符，再行恭擢奏报。并取具洋人，永不夹带切结存案，以杜其复萌偷售之心。惟该洋人贩卖鸦片多年，本干天朝法纪，若照例内所载："化外人有犯，并依律科斩之语，即予在正法，亦属罪有应得。惟念从前该洋人远隔重洋，未及周知，今既遵例全缴，即与自首无异，合无云恳天恩，免追既往，严禁将来。并求俯念各洋人鸦片起空，无资买货，酌量加赏茶叶。凡洋人名下缴出鸦片一箱，酌赏茶叶五斤，籍以奖其恭顺之心，而坚其悔过自新之念。如蒙恩准，所需茶叶十余万斤，应由臣等捐办，不敢开销。

至洋人呈缴鸦片如此之多，事属创始。自应派委文武大员，将原箱解京验明，再行销毁，以昭实在。是否有当，臣等谨会同具奏，并录谕洋人原稿，及洋人禀二件，恭呈御览。谨奏。

欲知此折到京之后，有何变动，且听下回分解。

第五十七回　烧鸦片大扬国威　派钦差重翻旧案

话说林则徐奏折拜发之后，不过一月开来，朱批早已奉到："所缴鸦片烟土，无庸解京，饬即在虎门外销毁完案。钦此。"邓廷桢道："咱们就这么销掉？还是出一张告示，叫洋人来瞧看瞧看呢。"林则徐道："那是总要的。"于是林钦差、邓制台、怡抚台，会衔出示。这一来，早轰动了合府的人，男女老少纷纷传说，一传十，十传百，都诧为奇事，作当异闻。

到了这日，来观的人，真是人山人海，连澳门各洋人，都来瞧看。林则徐、邓廷桢，排齐全副执事，乘坐绿呢大轿到虎门关外，监视瞧看。此时，一府两县已都在那里伺候了。林、邓两公出了轿，入演武厅坐定，各官上来参谒过。林则徐问道："预备了没有？"

众人回："都预备了，烟土二万二千多箱，都在海边，积叠成堆，销烟池修筑完工，盐巴石灰等，也都置备齐全，只候大人钧谕，即便动手。"邓廷桢向林则徐道："咱们出去验看一会儿，再叫他们动手罢。"林则徐点头称是，随起身踱出演武厅来。只见海滩上，两个长宽各十五丈的水池被人们围得个水泄不通，池旁堆着石灰、盐包和像小山一般的烟土箱。林则徐喜道："从此毒根儿被咱们拔除尽了。"水勇兵丁等，个个精神抖擞，都已预备停当，但等上头发令。忽见一个蓝顶官儿，手持大令，骑着马，从演武厅上飞驰而下，传令道："大人有令，立刻销烟。"此令一下，兵丁水勇把盐巴投入水池中，再把鸦片编号登记，劈箱过秤，逐个切成四瓣抛入池中，浸泡一段时间后，再投入石灰，水勇兵丁用力搅拌，盐水沸腾起来，鸦片在盐水和石灰的的作用下，终于化为一池池渣沫，随着退潮的海水流入大海。中国人民见状无不拍手称快，洋人狼狈不堪。

邓廷桢先行回辕，林则徐驻扎虎门，直等鸦片全部销毁完竣，方才回去。这一来上宣国威，下慰民望，洋人慑伏，没一个敢私发一句议论。林则徐回到行辕，一面具折奏闻北京，一面照会英国国主，请他约束商人，勿再运土来华。宣宗览奏，甚为欣慰，遂下特旨，授林则徐两广总督。邓廷桢调为闽浙总督。林则徐涕零感激，接印之后，办事愈益勤奋，传齐各洋行通事人等，谕令："洋船来粤，须先停泊澳门洋面，待查明船内并无夹带鸦片一斤，才准进口开舱。"通事人等，无不唯唯遵命。

这年秋季里，各国商船来粤，无不遵谕在澳洋停泊，听候中国委员查验。只有英商不遵号令，所有商船，都配着兵船护送，聚泊在尖沙嘴，不听查验。委员立刻禀明林制台，林制台怒道："那还成什么话，各国都遵号令，英人独敢违抗，明明恃着他船坚炮利。若不挫他一下子，各国效尤起来，天朝的法度，不就荡尽了么！"道言未了，惊报又至，报称英国火轮兵船吐密、哗伦两只，泊在口外，拦阻遵结各船，不叫进口。林制台大怒，随发令箭，令水师兵船出口驱逐。水师各将见林制台办事认真，谁敢因循偷懒，扬帆出口，立即开炮轰击。跟英船连开三仗，都是大胜。第一仗在九龙山，第二仗在穿鼻洋，第三仗在尖沙嘴。英人见林制台声势利害，只得退出老万山外。英领事义律写信回国，讨请救兵。轮船迅速，三五个月工夫，救兵已经调到，义律胆子顿时雄壮起来。行文照会，索偿烟价。林则徐忙与众幕友商议。一姓姚的幕友道："这事都是义律一个儿主意。听说烟土烧毁之后，义律应许各商，由英国国家照数赔偿，都写立了会单，叫各趸船回到英国伦敦库中交兑。这么看来，处心积虑，不是一日的事了。"林则徐道："澳门西字新闻纸上载说．咱们这件事，英王曾与上下两议院商量，两院都说，此项贸易本干中国例禁，曲原在我。律士丹衙门也递禀请禁印度人栽种罂粟。地尔洼人也在伦敦作鸦片烟罪过论，大旨称说'既坏中国人风俗，又使中国人猜忌，于英人通商大局反有妨碍。'照这么看来，英国国家似乎还没有联通一气呢。"那幕友道："自销烟的消息传入了外洋，茶丝两项日见翔踊，银铺利息，涨到六分上下。义律游说国王，称说鸦片兴衰，实于国计民生两有关系，英王颇为所惑。不然，义律不过是个领事，哪里调得到这许多兵船！"林则徐道："猖獗到这么田地，不停地贸易，天朝威灵扫荡无余了。"随命幕友回文照复，责其不守臣节。其辞道：

本大臣威震三江五湖，计取九州四海，兵精粮足。如尔小国不守臣节，即申奏天朝，请提神兵猛将，杀尽尔国片甲无存。其勿后悔。

一面具折申奏朝廷。此时边衅初开，内外诸臣都请闭关封港，并外洋各国一律停止通商，奉旨发交粤督议奏。林则徐见了交议的奏折，笑道："怎么他们这么不知外情，英吉利一国犯法，干众邦甚事！"遂亲自拟稿复奏上去，大旨称："罚不及众，必须示以大公。今以英人不遵法律，辄将恭顺之各邦，一例峻拒，未免良莠不分。设各邦禀问何辜，臣等即碍难批示。且自英人贸易断后，他国颇欣欣向荣。盖逐利者，喜彼绌而此赢，怀忿者谓此荣而彼辱。此中控驭之法，正可使其相间相睽，输忱内向。若概与之绝，转易联成一气，昔人所谓彼则聚而协于谋我者，不可不预为之防"等语。

奏折到京，"奉上谕依议。钦此"。林则徐奉到上谕，下令封港，调派师船，从广州到澳门大小各口，悉令封禁。又出赏格，购募渔船蛋户，有能出洋烧毁洋船，击毙西兵者，除资给军装兵械口粮外，仍饬地方官查明家属，以时周恤。从来说重赏之下，必有勇夫。渔船蛋户见了赏格，谁不争先踊跃。因此英人虽是船坚炮利，竟不能得着便宜。

林则徐又行文闽浙江苏等沿海省份，请他们协力防堵。闽浙总督邓廷桢、两江总督裕谦，敌忾同仇，都调水陆兵士到海口防御。英人在广东受了亏，火轮船、帆船向北飞驶，窥伺厦门。谁料闽督邓制台早遣水勇，乔扮做商民模样候在那里。瞧见英船驶来，偷偷的荡上去行近英船，大把火药，一齐抛掷。英人不曾防备，火轮船帆船，顿时都着了火。英人忙着施救，损伤已经不少。那水勇人等，荡着划子，早收进内港来了。水师统领把令旗一挥，兵船齐都开出，二百余门大炮，齐伙儿轰击。英人知道厦门有备，不敢驶入，转舵北行，到浙江地界。见舟山备御空虚，并力的攻击。舟山虽也有着文官武将，无奈四面都是海，地势孤绝，无险可守，支撑了一二天，究竟被英人夺了去。定海总兵张朝发，知县姚怀祥，壮志雄心，究也不过一瞑不视，完了他的孤忠亮节。等到抚台乌尔恭额率兵来救，舟山已经失陷多时。于是乌抚台具折北京，自请严加议处。这便是东南疆臣告急的警报。

当下宣宗聚集廷臣计议，忽报英国兵船已驶抵天津海口，直隶总督琦善有奏报至。宣宗大惊道："英人行军，怎么这么的迅速？"随取琦善奏本瞧时，大旨称："英人之来，无非为求抚起见。粤东烧烟之举，办理不无操切。春间，英人索价遭其诟逐，以致越境求抚"等语。宣宗道："瞧琦善的奏报，英人尚还恭顺。如果平反了烟案，谅总没有什么了。"廷臣自然齐声附和。随下旨着琦善来京陛见。

不多几日，琦善到京，宣宗立命召见。琦善造膝密陈，把过处都推在林则徐一个儿身上。并言："英人船坚炮利，其国远隔重洋，天朝兵力亦所难及。臣在天津宴其头目，许以代乞天恩，派遣重臣诣粤，平反烟案，该头目等无不涕零感激。声言恩旨朝下，洋船夕退。"宣宗道："天津口外的洋船都是轮船，另外还有别的船只吗？"琦善道："都是轮船。"宣宗道："共有几多号数？"琦善道："共有八艘。这火轮船的利害，真是从古至今不曾有过。冲波突浪，行驶如飞，风色的顺逆，潮汐的涨落，一切都可以不管。臣知道本国的水师，万难跟他们抵敌。趁这时光收抚了，免生意外许多周折。"宣宗点点头，随道："你下去候旨罢。"琦善叩头退出。次日下旨，命琦善驰赴粤东查办，随颁给钦差大臣关防。琦善请训出京，自赴粤瞿查办。那天津口外停泊的英船，见了恩命，果然悉数退出，转舵回南。见过山东抚台托浑布，顺着琦善意旨，具搞迎送如仪，英人非常得意。

却说林则徐在广东闻知琦善出京的消息，不觉拊髀叹道："琦中堂误尽苍生，他老人家一来，广东将士都解体了。"正说着，忽报有廷寄递到。林则徐忙摆香案叩头接过，然后开读。原来就是上月奏报拿获烟犯案的朱批，只见上写着三行半原字，道：

> 外而断绝，通商并未断绝。内而查获，奸犯亦未能净尽。无非空言搪塞。不但终无实济，反生出许多波澜。思之曷胜愤懑，看汝何以对联也。钦此。

众幕友瞧见朱批，都替则徐扼腕。则徐道："皇上明如日月，不过这会子被浮云遮蔽着，一时照不到这里罢了。"随叫幕友起了个请罪折稿，自己又精心构思，撰了一个附片，其辞道：

> 再臣渥受厚恩，天良难昧。每念一身之护咎犹小，而国体之攸关甚大，不敢不以见闻所及，敬为我皇上陈之。
>
> 查此次英人所感在粤，而滋扰乃在于浙。虽变动若出于意外，其穷蹙正在于意中。盖洋人所不肯灰心者，以鸦片烟获利之重。每岁易纹银出洋，多至数千万两。若在粤得以兴复旧业，何必远赴浙江？现闻其于定海一带，大

张招帖，每鸦片土一斤，只卖洋钱一元，是即在该国孟加拉等处所出之区，且不敷成本。其所以甘心亏折者，或云以给雇资，或云以充食用。并闻在洋外各埠货船雇兵而来，费用之繁，日以数万计。炮子火药，亦不能日久支持，穷蹙之形，亦可概见。又洋人过冬，以毡为暖，不着皮衣，盖共素性然也。浙省地寒，势必不能忍受。现有西信到粤，言定海阴湿之气，病死者甚多。大抵朔风戒严，自必舍去舟山，扬帆南窜。各洋商之在粤省，自六月以来，贸易为英人所阻，亦各气分不平，均由该国派来兵船与之讲理。是英人现有进退维谷之势，能不内怯于心，惟其虚憍成功。愈穷蹙时，愈欲逞其桀，肆其恫喝，再生秘计，冀得售其奸。如一切皆不得行，仍必帖耳俛伏。臣前屡次体验，颇悉其情。即此时不值与之海上交锋，而第守藩篱，亦更足使之坐困也。夫自古苗民逆命，无损于尧舜之教。我皇上以尧舜之治治中外，如鸦片之为害，甚于洪水猛兽。即尧舜在今日，亦不能不为之驱除。圣人治恶惩奸，实为天下万世计，而天下万世之人，亦断无有以鸦片为不必禁者。若谓西兵来浙，系为禁烟而起，则彼之以鸦片入内地者，早已包藏祸心。发之于此时，与发之于异日，其轻重当必有辨。

臣愚以为鸦片之流毒内地，如痈疽之流毒于人身也。痈疽生则以渐而成脓，鸦片来则以渐而致寇。原属意计中事，若在数十年前查办，其时吸烟者尚少，禁令易行，犹如未经成脓之疽，内毒或可消散。今则流毒已久，譬如痈疽作痛，不得不急挟脓番。而逆番滋扰浙洋，即与溃脓无异。然惟脓溃而后果其如法医治，托里扶元，待其脓尽之后，自然结痂收口。若因肿痛而别求消散，万一毒随内伏，诚恐患在养痈矣。溯自查办鸦片以来，幸赖干断严明，天威震摄，趸船二万余箱之呈缴，系英人义律递禀求收，有中西字原本可查，并有西纸印封可验。继而在虎门毁化烟土，先期出示，准令各洋人观看。维时各国求观之人，有攒为数千。言以纪其事者，大抵谓天朝法令，足以服人心。今西书且载文谕，外洋尽能传诵。迨后各国来船遵具切结，写明如有夹带鸦片一斤，人即正法，货船入官，亦以中西字为凭。具结之后，查验他国洋船，皆已绝无鸦片。惟英人不遵法律，且肆鸱张。是以特奉谕旨，停其贸易。未有浙洋之事，或尚可以恩施。今既攻陷城池，戕害文武，逆情显著，中外共闻，非惟难许通商，自当以威服叛。第议者以为内地船炮非外洋之敌，与其旷日持久，不若设法羁縻。不知洋人无厌，得一步又进一步。若使失威不克，即恐患无已时，且他国效尤，更为可虑。臣之愚昧，务思上崇国体，下慑洋情，实不敢稍有游移之见也。即以船炮而论，本为防海必需之物，虽一时难以卒办，而为长久之计，亦不可不先事预筹。且广东利在通商，自道光元年到今，粤海关已征银三千余万。收其利者必思预防其害，若前此以关税十分之一制造炮船，则制外亦可以裕，如何至尚形棘手。臣节次伏读谕旨，以税银何足计较？仰见圣主内本外末，不言有无，洵足以昭垂弈祀，但粤海关税，既比五省丰饶，则以通洋之银，量为防洋之用。从此制炮必求其利，造船必求其坚，似经费亦可酌筹。即裨益，良非浅鲜。

臣于洋务，办理不善，正在奏请治罪，何敢更献刍荛。惟事苟有裨于国家，虽顶踵损縻，亦复何敢自惜？倘蒙皇上格外天恩，宽其一线，或令戴罪前赴浙省随营效力，以赎前愆，臣必当殚竭血诚，以图克复。至粤省各处隘口，防堵严密，察看现在情形，该洋人似无可乘之隙，堪以仰慰宸怀。谨缮片密陈，伏乞圣鉴训示。谨奏。

自己瞧阅一过，随交给幕友们誊正。众幕友道："制军此片一上，定能拨开云雾，挽回天心。"林则徐道："朝内奸佞甚多，此片能否有效，也不可必呢。我也不过自尽其力罢了。"说着，巡捕官入禀，水师提督关天培禀见。林则徐忙叫快请。

这关天培，号滋圃，江苏淮安人氏。为人很有血性，生平有一种绝技，善识炮性，临阵发炮，高下远近，无不得心应手。前回英人入侵，他与林制台两个，手臂相连，把广东各口守得铜墙铁壁相似。英人不能得志，才转舵北驶的。当下投了手本，在提镇官厅静候。忽见巡捕官出来道："大帅请军门签押房相见。"关天培跟随巡捕官到签押房，才跨进门，早见林少帅满面笑容的迎下来。见过礼，归了坐，关天培道："朝廷派琦相来粤查人，鸦片的事情，怕要翻案呢。要是真个翻案，以后洋务还好办么？大帅对于此举，总有对付的法子。"林则徐道："琦静老误信了英人的话，上头又误信了琦静老的话。聚铁为山，铸成一错，弄到将来，不知究竟怎样的结局？我现在是待罪人员，除了静听查办，也没有别的法子。"随把奉到硃批，并自己上折请罪的事，说了一遍。关天培不胜叹息，随道："静老跟洋人不知前世里有甚缘分，义律在咱们这里受了亏，北行到浙江投书给张总兵，张总兵不受，再投书乌抚台，乌抚台也不受。一到天津，行文照会，上称英国宰相，照会大清国宰相，静老竟会接受的。彼时天津道陆建瀛密告静老：'该逆尚踞定海，逆情显著。托言请抚，实是据邑要我。不如趁此机会，销毁他的船只，羁住他的酋长，叫他们缴还了定海，然后再谈抚事'。静老偏不肯听，倒把义律等当作嘉宾贵客，设筵相待，并许他面圣乞恩，英人的气焰，才张大起来的。"林则徐道："想来也是国家的厄运，朝廷信了静老的话，派伊里布到浙江查办，这里是静老自己来。就这两位中堂，早把两省的码头断送有余了。"关天培道："浙江抚台乌尔恭已经拿捕进京，新任抚台是刘韵琦，这刘抚台不知怎样？"林则徐道："刘抚台过于好名，办事倒也肯尽力。现在疆臣里像两江总督裕公，提臣里像厦门提台陈公，并你滋翁，都是国家的金梁玉柱，将来有个缓急，都还仗你们几位支撑呢。"关天培道："天培一介武夫，蒙大帅如此褒奖。俗语'热血卖给识货的'，将来没事便罢，要真有个缓急，我关某一息尚存，总不容洋船闯进省河来。"

说着，外面送进邸报。林则徐接来瞧看，阅不多几页，不禁怒发冲冠。关天培忙问何故。林则徐道："滋翁，你瞧了也要生气的。"随把邸报递给关天培。关天培接来瞧时，见上面载着东抚托浑布奏报洋船过境一折，大旨称："义律、马利逊等自天津回南，过山东内洋，接见时，甚为恭顺，声称伊等此来志在乞恩。今蒙大皇帝鉴察，钦差赴粤东查办，不胜欣感。不敢在途滋扰，请以来船仅止五只，余船先抵何处？据称伊等初来，曾纠约孟雅喇国兵船四十只以为后援，嗣蒙恩旨，恐该国不知情由，误行侵犯，更属辜负天恩。故由天津起碇后，先拨船三只，由天津迅速回南，阻止前次兵船”等语，关天培瞧毕，怒得直站起来。欲知后事如何，且听下回分解。

第五十八回　琦中堂因循误国　清宣宗慷慨誓师

话说关天培瞧了邸报，怒得直站起来，向林制台道："骄蹇得这个样子，还说他是恭顺，托抚台不知具何肺肝？大帅想罢，义律的语意，明是说此行如邀允准，就回到粤省听候查办，不然，纠约的兵船在后面，就要张挂红旗滋扰了。堂堂大国，受他这么要挟，可耻不可耻？"林则徐道："义律路过江苏，听得裕帅出了重赏购他，吓得偃旗息鼓，一点儿声势都不敢使。不知托帅怎么就这么的不济事？"关天培道："现在的事情，也真难办，像定海镇台张朝发力战受伤，乌抚台还参他复谏撤守。等到奉旨收禁，张镇台已经伤重身故，这冤枉才大白了呢。我们做武官的，替国家出劳，原是分内的事情，但是朝廷赏罚两个字，原也缺不来的。"林则徐道："本省各口防守还算严密，静老来此，如果一切照旧，不更动我的制度，总还不致有甚意外。"关天培道："琦相主抚，朝廷怎么倒会听他？"林则徐道："你我在外，哪里知道朝里头的事？现在汉首魁东吴潘中堂是不管事的，一应政事，都在满首魁手里。这满首魁穆彰阿，跟琦静老是亲戚，两个儿非凡要好。静老有了这么的好帮手，自然容易得君了。"关天培道："奸佞专权，我辈不知死所了！"林则徐道："本省形势险固，虎门外有大角、沙角两座炮台，虎门内又有靖远、威远两座炮台，再有师船、大船、渔舟、蛋户快蟹、扒龙等许多船只，星罗棋布，只愿我林少穆蒙恩戴罪，不离掉此地，总还可以相助一臂。"两人激昂慷慨，谈论了一回国事，恰值厨房请示开饭，林则徐就留关天培在署中共饭。关提督去后，折片恰都誉竣，林则徐阅过不错，随穿朝服，叩头拜发。

隔不上一月，邻县滚牌到来，说钦差大臣大学士琦中堂定于某日到省，南番两县，赶忙的办差。到了这日，文自两司府道，武自提镇参游，都到码头伺候。霎时使节抵埠，炮台上放炮迎接。众文武正在递手本，唱名的当儿，忽见一个晶顶武弁，手持钦差大令，骑着马飞也似的来传令说："中堂有令，叫炮台官员不必升炮，怕洋人要生气呢。"众人听了，无不忿忿。一时接入行辕，众文武到辕参谒，琦善一概挡驾。众人都还不在意，臬台王廷兰早不耐烦道："琦中堂畏洋人如虎，视我们如狗。广东这地方朝晚断送在他手里。"

各官散去，接着林制台来拜，琦善接入。林制台先请过圣安，然后与琦善相见。琦善道："少翁，你这回的乱子，闹的真不小。洋人那么利害，你竟敢去招惹他，我真佩服你的胆。"林则徐道："照中堂意思，鸦片是不当禁的了？"琦善道："谁说不当禁？不过这东西，来既不是一日，去也不能一朝，总要行之以渐，才能有利无弊。再者吸鸦片的是中国人，卖鸦片的是外国人，咱们只要禁止中国人不吸。中国人果然个个不吸，外国人带了鸦片来没处销，也自然而然不会再卖了。"林则徐道："外国人不卖了，中国人就是要吸，没有鸦片，叫他拿什么来吸呢？兄弟是从根本上办起的。"琦善道："根本上办起，果然是再好没有。但是洋船洋炮都不是讲理的东西。一旦决裂了，试问广东兵力，能够制的住他们么？”林则徐道：“中堂放心，广东果然用到兵，倒还可以支援得去。各省调来的兵，约有一万七千余人，兵是有了。各库银款，怕也有数百万两，饷也有了。广西解来的木料，江西、安徽解来的火药枪炮，军装器械也可以将就了。讲到形势，大角、沙角、虎门三个横档，乌涌、猎德两个沙尾，都是要隘，都可以扼守。”琦善道：“能够这么最好。可惜这里守住了，外国人就不免到别地方去滋扰，祸结兵连，终非善策。”林则徐道：“中堂钧意，要怎么呢？”琦善道：“朝廷意思，主张的是抚，我也不过体贴朝廷。自己哪里敢主张什么？”林则徐知道口舌上争论是没中用的，随又谈了几句别的话，告辞回署。众幕友都问琦中堂怎样，则徐摇摇头，并没有说什么。

广东自琦善来了之后，一切政事都与林公相左。林公派在口门内外防守的师船、火船、渔船、蛋户快蟹、扒龙，琦善主张尽都撤去。林公不从，琦善心里很是不自在。不料这年冬里上谕下来，两广总督着琦善署理。琦善喜道：“从此林少穆不能管我的事了，我不懂少穆做了这么年数官，还不脱书生结习，可知这个人资质是很平常的。”说着，忽报：“英人义律从浙江到此，听说中堂做了制台，要进来贺喜。口外的守兵，偏不放他进来，请中堂的示下。”琦善怒道：“王法都没有了，连洋人敢阻挡！昏天黑地，广东的兵弁太也不成体统。快传我的令，叫他们不准难为，谁要难为了洋人，问他有几个脑袋儿！”那人答应才去，琦善又吩咐家人，快打我的大轿去迎接。正忙乱着，家人飞报：“义律自己并没有来，只派人投送一封信呢。”琦善道：“信在哪里，快拿给我瞧。”家人呈上，琦善戴上眼镜拆封瞧时，见上面先写着几句庆贺的话，后面说：“中堂到此作主，我们可以永远和好。只是沿海兵船密布，枪炮如林，很不像真心和好的意思。中堂如果真心跟我们和好，请把海口兵船尽等撤去，我们方能相信”等语。琦善道：“我这么披肝露胆，他们还不肯相信，那都是被林少穆一个儿扰坏的。好在我明儿接了任，就好照我的意思办。恁少穆再坏点子，总也不能掣我的肘了。”随命文案发出条告，定于明日卯刻接印任事。

次日黑早，督辕各官都已齐集伺候。琦中堂乘坐暖舆，排齐执事，直到督署大堂下轿。拜了印，把一应档案，点收无误。司道以下都来拜贺，琦善一一接见。当下就下令撤去海防各兵船。提台关天培、镇台李廷钰、臬台王廷兰，齐伙儿谏阻，都说洋情叵测，不能过于推诚。海防一撤，门户空虚，后患奚堪设想。琦善无奈，只得叫把兵船暂留三分之一，所有林公招募的舵工水勇尽都遣散。从此门户大开。义律乘舟游行，往来无阻。水师各将都请开炮轰击，琦善执意不从。

这日，接到义律照会，开列着两条款子，第一条是，索偿烟价银一千二百万，第二条是索取香港全岛。琦善皱眉道：“这种要索，叫我如何答应得下？”说着把照会反反复复地瞧看。过了一日，忽报义律派人前来下战书也。琦善大惊，忙命洋商前往传谕，叫他们耐心等候，不可滋扰。洋商回来禀称：“义律不肯遵命，他说开过仗再商量也未晚。中堂倘是真和我们好，早应俯顺我们的苦情，偿我们烟价，赏我们码头。须知我们万里经商，用到兵也真是不得已呢。中堂如果可怜我们，肯替我们作主，那是我们一辈子也感激不尽的。”琦善束手无策。

次日，是十二月十五日，琦善吩咐标下各弁，伺候拈香。才待起行，忽报：“洋兵人犯,三江副将陈连升在沙角炮台上,用地雷扛炮与洋兵对敌呢。”琦善道:“了不得,洋兵来了,谁招惹他的?快传我令,把虎门的兵,调进城来守御。要是省城有了怎么,叫我哪里对的住国家?”此时两司府道闻警都来,见琦善要把虎门的兵调进城,监谏道:“虎门是省城的门户,虎门失掉了,省城也守不住的。”王臬台道:“现在沙角炮台陈协台定然吃紧,大帅还是派一支兵去接应。”琦善道:“城里兵调空了,洋兵猝然到此,我这老命不就被你们送掉么?”众人听了,要笑又不敢笑。

正这当儿,飞骑走报:“陈协台轰毙洋兵四百余人,因没有援兵接济,弹药倾尽,被英人肉扑攻掉。陈协台并他的儿子陈举鹏、千总张清鹤都力战身亡,炮台失守。现在英人进攻大角炮台了。”接着又报:“大角炮台失守,守台官千总黎志安身受重伤,溃围出走。现在英兵进扑虎门了。”琦善搓手道:“事情闹到这个样子,叫我怎么处置呢?推原祸始都是林少穆烧鸦片烟招惹出来的,少穆这人,害人真是不浅。”王廷兰道:“大帅埋怨林少帅,也退不了洋兵。为今之计,虎门的守兵,万万单弱不得。关提台守在靖远炮台,李镇台守在威远炮台,要还有个差迟,省城可就难保了。”巡捕官入禀:“外面有个王哨官,自称从沙角炮台逃下来的,求见大帅,禀报军情。”琦善道:“着他进来。”一时巡捕官带进王哨官,叩过头,哭诉道:“陈协台尸身被洋兵抢了去,听说已经斫为肉浆。”琦善道:“洋兵为什么把他恨到这个样子?”王哨官道:“洋兵二三千来攻炮台,陈协台手下通只六百人,却人人拼命,个个争先,连用地雷扛炮击毙洋兵三四百人。协台父子,最为奋勇,杀敌最多,所以洋人把他这么的恨。”琦善道:“陈连升竟有这么能耐,可贵的很。”

说着,辕门上送进两角文书,一角是威远炮台总兵李廷钰的,一角是靖远炮台提督关天培的。拆开一瞧,不约而同,都是求请救兵。琦善跺脚道:“这不难死了我么?”王臬台道:“光景是虎门告急的文报么?”琦善道:“可不是呢,关天培、李廷钰都是不晓事的东西,催我添兵。添兵不要紧,洋人知道了,不要生气吗!洋人一生了气,这和局哪里再会成功?你想他们这种人,混帐不混帐?他们还当我是林少穆呢。少穆果然办得好,上头也不会派兄弟到这里来了。”王臬台道:“大帅欲为生灵造福,不恤屈国体以顺洋情,立意果然甚好。但英人既与咱们翻了脸,和局的事情,看来一二日里头,也未见谈的定。虎门是省城要口,兵单力弱,劳难扼守。提镇的话,也是真情。据司里愚见,现在且添几千兵去。果然英人恭顺,和局成功了,撤守也未为晚。”琦善道:“这事咱们再商量罢。”随喝退了王哨官,命幕友拟稿,把大角、沙角失守的事情,奏报北京。众官退出,谈起琦善,无不扼腕叹息。

次日,司道各官上辕探听消息,在官厅里候了许久不见传见。王臬台询问巡捕官,巡捕官道:“大帅在签押房与鲍通事商议什么呢?”藩台就问谁是鲍通事?巡捕官道:“这鲍通事是本地人,姓鲍名鹏,洋人的话他都知道,从前在本地充当西馆买办,跟义律原是认识的。为私贩烟土的案子,林制台要办他,才逃了山东潍县去。此番琦帅出京,访求熟习西语的人,潍县知县招子庸才把他荐给了琦帅,琦帅很是宠任他呢。”王臬台道:“堂堂上相,宠任一个私枭,真是奇怪不过的事。”随问:“虎门救兵可曾发去?”巡捕官道:“关提台连派了三回差官来,末一次说提台与镇台都在炮台上哭呢。大帅没法，才偷儿派了二百名兵去。”藩台道：“大帅与鲍通事商量点子什么，大概你总知道？”巡捕官道：“卑职也不很仔细，怕就为照会的事吧。关提台才来一角公文，说洋人掳去的官兵何一魁今儿释放回来，带上照会一件，限咱们三日里照复。怕就为这件事吧！”王臬台道：“照会里头，讲点子什么话？”巡捕官道：“这个，卑职可没有仔细。”

一时，制台传话“请见”，众人跟随巡捕进见。琦善道：“虎门救兵，兄弟已经发了去了。”藩台道：“大帅派了几多兵去？”琦善道：“兵呢，不多，只派得二百名。好在这几日里洋人绝不会生事。”王臬台道：“大帅怎么会知道？”琦善道：“已被我用缓兵之计缓住了。”众人都问：“怎样缓住的？”琦善道：“义律来一个照会，索偿烟价与香港码头，限我三日内照复。我现在复了他一个照会，并没有答应，也没有拒绝，只叫他耐心等候。这不是缓兵之计么？”众人听了，尽都暗笑。过了三日，果然平安无事。这一年是小年，转瞬腊尽春初，居然被他挨了过去。省城官民，因兵临城下，连年也不曾好生过。爆竹除旧，桃符更新，比了往年，要萧索许多呢。无如义律的照会，接二连三，雪片也似的来。琦善左推右诿，诿到这会子，再也诿不下去，只得订了个日子，与义律在莲花城地方会谈。这琦中堂也真可怜，他见义律所开条款，凶狠不过，要奏呢，事关割地，委实不敢具奏，要拒绝呢，又怕虎门有失。丑媳妇见翁姑，真是万分的为难。

这日，义律又申前请，索取香港码头，并烟价银一千二百万，并愿献还沙角、大角二炮台，再派人到浙江，缴还定海全岛。琦善道：“这个总可以商量。”义律道：“肯与不肯，一言而决，何必商量。”琦善道：“事关割地，本阁部堂何敢擅主。今儿回署，马上拜折。贵领事至多再候二十多天，定有回音到来。我看此事十分中倒有八九分成功呢。”义律道：“一定可以成功。”琦善道：“大致总可以成功。”当下义律陪琦善到沙角、大角两炮台，把各项炮位查阅一过，以便廷旨允准了，彼此立即交割。

琦善回到署中，就叫幕友起了一张奏稿，连夜拜发上去。隔不上一月，奉到上谕：

> 览奏曷胜愤懑，不料琦善怯懦无能，一至于此。该洋人两次在浙江粤东肆逆，攻占县城炮台，伤我镇将大员，荼毒生民，惊扰郡邑，大逆不道，复载难容。无论缴还定海，献出炮台之语，不足深信。即使真能退地，亦只复我疆土。其被戕之官兵，罹害之民人，切齿同仇，神人共愤。若不痛加剿洗，何以伸天讨而示国威？奕山隆文兼程前进，迅即驰赴广东，整我兵旅，歼兹丑类，务将首从各犯，通洋汉奸，捆槛送京师，尽法处治。至琦善身膺重寄，不能声明大义，拒纪要求，竟甘受其欺侮，已出情理之外。且屡奉谕旨，不准收受洋书，胆敢附折呈递，代为恳求，是何居心？且据称同城之将军都统巡抚学政及司道府县均经会商，何以折内？阿精、阿怡良等并未会衔，所奏显有不实。琦善着革去大学士，拔去花翎，仍交部严加议处。钦此。

原来宣宗接着琦善两炮台失守的奏报，知道主抚不是善策，幡然中悔。授钺誓师，命奕山为靖逆将军，隆文、杨芳为参赞大臣，饬即驰赴粤中剿办。所以谕里有奕山、隆文兼程前进的话。琦善奉到这道上谕，一盆冷水，浇向兜头，身子直凉了半截。向左右道:“完了!完了!义律问起我来,叫我如何回复呢?”忽报鲍通事求见。琦善道:“鲍鹏见我,洋人又不知要什么了?”说着,鲍鹏已经进来。一见面,就道:“中堂知道么,怡抚台前儿拜了个折子,与你老人家很有关碍呢。”琦善道:“敢是参我吗?”鲍鹏道:“不是参,却比了参还凶。”琦善道:“到底奏的甚么事?”鲍鹏道:“英领事义律为中堂允给了他香港,他就到那里,出告示晓谕居民,说香港已归英国管辖。一面照会大鹏营副将,叫他把内地营汛限日撤回。”琦善道:“那种事我也略有所闻。究竟义律太也性急了。”鲍鹏道:“怡抚台奏的就是这一件事。那张奏稿,我还设法抄录在此呢。”说着,从袋里摸出,递给琦善。琦善接来瞧时,只见上写着:

> 自琦善到粤以后,如何办理,未经知会到臣。忽闻外间传说,义律已在香港出有伪示,逼令该处民人,归顺彼国等语。方谓传闻未确,蛊惑人心,随据水师提督臣转据副将禀抄伪示,移咨前来,臣不胜骇异。惟大西洋自前明寄居香山县属之澳门,相沿已久,均归中国之同知县丞管辖,而议者犹以为非计。今该洋人竟敢将天朝士民占踞全岛,该处去虎门甚近,片帆可到,沿海各州县,势必刻刻防闲。且此后内地犯法之徒,必以此为藏纳之薮,是地方既因之不靖,而法律亦有所不行。更恐犬羊之性,反复无常,一有要求不遂之时,必仍以非礼相向。虽欲追悔从前,其何可及?伏思圣虑周详,无远不照,何待臣鳃鳃过计?但臣忽闻海疆要地,外人公然主掌,并敢以天朝百姓称为英国之民,臣实不胜愤恨。第一切驾驭机宜,臣无从悉其颠末。惟于上年十二月二十八日,钦奉谕旨,调集兵丁,预备进剿,并令琦善同林则徐、邓廷桢妥为办理,均经宣示。臣等晤见时,亦悉心禀请添募兵勇,以壮声威,固守虎门炮台,防堵入省要隘。今英人窥伺多端,实有措手莫及之势。现既见有西文伪示,不敢缄默,谨照录以闻。

琦善瞧毕,大叫一声,跌倒在地,不省人事。欲知琦善性命如何,且听下回分解。

第五十九回　**陷虎门关提督殉难　割香港山贝子和戎**

话说琦善瞧了怡抚台奏稿，大叫一声，昏绝过去。家人闻声奔集，喊救了大半日，好容易救了个苏醒，向鲍鹏道："你去罢，外面消息，托你探听探听。"鲍鹏答应自去。琦善叹息道："我这个功名，朝晚总断送在怡良手里。"过不多几时，果然奉到上谕：

> 香港地方紧要，前经琦善奏明，如或给予，必至屯兵聚粮，建只设炮，久之觊觎广东，流弊不可胜言。旋又奏请准其在广东通商，并给予香港，泊舟寄住。前后自相矛盾，已出情理之外。况此时并未奉旨允行，何以该督即令其公然占踞？怡良所奏，览之曷胜愤恨！朕君临天下，尺土一民，莫降国家所有。琦善擅予香港，擅准通商，胆敢乞朕格外恩施！且伊被人恐吓，奏报粤省情形，妄称地理无要可扼，军器无利可恃，兵力不坚，民情不固，摘举数端，危言要挟，更不知是何肺腑？如此辜恩误国，实属丧尽天良！琦善着即革职拿问，所有家产即行查抄入官。钦此。

琦善接到此旨，吓得面如土色。省中各文武，却无不喜形于色，都道："琦中堂到省时候，耀武扬威，何等声势！只一下子，就把林少帅参掉了。谁料这会子，自己也受了处分，却比林少帅还要苦。可见一个人在红头上威福也不可使尽了。"

此时将军参赞督率大军，昼夜兼程赴粤防剿。途次，又奉到一道很严厉的廷寄，其辞道：

> 英人种种不法，殊堪发指。前有旨令，杨芳先行赴粤会防，并令奕山等兼程前进。计已接奉遵行。该将军等到粤后，务即会集各路官兵一竟进剿。不可存一通商之见稍涉移更，不可因有缴还定海之事少加宽纵。钦此。

英领事义律办点子事情，真是精明强干，京省各地都派有侦探，在那里察侦军情朝政。因此中朝举动，英军瞬息皆知。这日，接到密报，知道琦中堂已经坏了事，靖逆将军贝子奕山，参赞大臣果勇侯杨芳，将次到省，中朝并没有和好的意思。当下就聚集众洋将商议道："中国皇帝恁他再凶点子，咱们兵也不怕他了。"众人忙问何故？义律道："今昔形势不同，从前林制台在这里，大角、沙角、虎门各口，守得铜墙铁壁一般，咱们兵虽然船坚炮利，要攻破他，究竟是不容易。自从琦中堂撤了守具，大沙两角被咱们得了之后，广东的门户已经大开，形势上差多了，怎么再能守御呢？论起此事，琦中堂倒是咱们英国的大大功臣。现在中国皇帝命将兴师，远水怎么能救近火？咱们趁他没有到，大家拼点子辛苦，驶驾火轮兵船，闯进虎门去，把虎门口子夺到了手，咱们兵强势盛,中国皇帝怕也要软下去了。到了那时,咱们再瞧光景行事,好歹总要把历年受的亏,翻他转来。”众洋将道:“靖远炮台的守将关天培,听说好生了得,驾炮轰击百发百中,就这一个人,咱们倒不能不防他一下子。”义律道:“双拳不敌四手,一个人有几多能耐?咱们船多呢,只要连樯而进,他放炮,咱们也放炮,好歹总要轰掉他完结。”众洋将齐声称善。

于是下令出发,火轮船打头,帆船压后,数十艘兵船,高扯红旗,叩头接尾,鱼贯而行,机声震地,黑烟蔽天。远望去宛如数十条孽龙,舞爪张牙,向虎门大扑而来。两岸守兵,瞧见这个声势,吓得早都呆了。关提台传令开炮,炮弁吓得只是抖,哪里还能够动弹!关提台瞧着生气,只得亲自动手,轰放了三炮,果然炮无虚发,可惜中的都不是要害。英船冒险前进,炮弹轰发如雨。有一个炮弹,嗤的飞来,正落在关提台面前,把身旁两个亲兵,直轰向半空中去。军士们见了,大喊一声,纷纷溃散。关提台下令禁止,哪里禁止得住。关提台见不是事,遂拔佩剑在手,大喊道:“我关天培力也尽了。”剑随声下,向脖子上只一抹,血花飞舞,忠躯扑倒。此时英军的舢板哨队早已到了,英军蜂涌上岸,乘势占据了炮台。靖远一失守,威远、横档等处炮台,闻惊自溃。总兵李廷钰、副将刘大忠,尽都败走。

英军乘胜长驱,直逼到乌涌地方。乌涌离省城只有六十里,守将祥福,是湖南镇筸总兵,同着岩山游击沈占鳌、守备洪连科,只统得镇筸兵六百名,守在那里。祥镇台瞧见英兵蜂涌而来,势如潮涌。左右皆有惧色,都劝镇台退避。祥镇台慨然道:“海氛不靖,我们做武官的,对于国家已经是很过不去。今儿的事,不是我杀洋人,就是洋人杀我。你们要去尽管去,我总不愿意偷生呢。”说着,奋身前进。沈游击、洪守备跟随着一同奋击。可怜排枪起处,祥镇台、沈游击、洪守备,顿时都没了命。英兵即占了乌涌,派遣舢板四出巡哨,把虎门内外所有中国兵船,当做赤壁曹兵,一火完结。

省城闻报,异常震动,众文武会议了两三回,依旧一筹莫展,一个个伸长了脖子,只望救兵到来。望到二月十二这日,好容易盼着了一个救星,你道是谁?原来就是果勇侯杨侯爷。杨侯爷是清朝的勋臣宿将,川楚之役,跟着经略额公,在疆场上不知立过多少丰功伟烈!这会子从固原提督任所接到廷寄,点齐马步,星夜赶来。广东文武接见杨侯爷,报知省城吃紧情形。杨侯爷道:“那不要紧,本爵自有法儿,可以对付他。”

当下杨侯爷进了城,先把省城兵册,点验一过,皱眉道:“有这许多兵,聚在一个城子里,不分点子到四边去守守,弄得外面炮台通通失掉,诸位在战略上也太疏忽了。”臬台王廷兰道:“这都是琦中堂主张的呢,省河里原也有几个要隘,乌涌以内迤东的要隘,叫猎德,叫二沙尾,西南的要隘,叫大黄滘,都有炮台,都本分兵驻守的。琦中堂要专守省城,才一层层的撤掉。”杨侯爷道:“就坏在这里头。本爵初意,原主张是以堵为剿,现在门户洞开,洋船可以直进省河,叫我如何堵法?”王廷兰道:“好叫爵帅得知,洋船初进内河,并不知内地的虚实,用一二舢板小船载着汉奸,探水而行。港门狭隘的地方,林少帅在任时光,原也曾载石沉船,钉桩塞港。奈这会子并没有一将一兵在那里守御。洋人到了那里,竟得舒徐暇豫,把木桩碎石陆续起去,坦坦荡荡地进行无碍。所以这一回的事,是直入无人之境,并不是如入无人之境呢。有时洋船搁了浅,数日不能动弹，一任他用火轮牵曳，咱们竟从不敢派一二哨水师去攻击的。”杨侯爷叹道：“可见广东的事情，全被诸位耽误了。现在谈到防守两个字，却也颇非容易。”

次日，杨侯爷正与众幕友商议出兵方略，忽接军报，称说“洋船高扯红旗，闯入省河来也”。杨侯爷大惊，急传众军到省河两岸防守。布置才毕，第二道军报又到，声称“闯入省河的洋船，被凤皇冈官兵迎头痛击，杀得大败而逃。现在已经没事了。”杨侯爷道：“现在刮南风呢，潮涨起来，洋船怕要乘潮而入呢。传令守兵，不得懈怠。”道言未了，第三道军报又至，报称：“大队洋船驶进来了，凤皇冈官兵死击不退。”杨侯爷着急，亲到河岸督防。但见一大队洋船，约有二三十艘，飞一般的进来。两岸守兵，拾枪火箭，飞蝗似的射去。洋船恃着坚厚，冒死深入，且行且拒，勇悍得要不的。杨侯爷叹道：“我自用兵以来，水战陆战，大小开过百余仗，从没有遇过这么的劲敌。可见林少穆这个人，真是了得！”当下令拼命抵拒，总算把洋船逐出了省河去。然而杨侯爷已经弄得满头都是汗了。

忽报美利坚国领事求见。杨侯爷道：“美利坚领事见我做什么呢？”巡捕官道：“标下也曾问过，他说是有新到货船，要呈请开舱呢。”杨侯爷道：“放着海关监督不见，倒来见我，我于这种事情是不管的。”一个幕友道：“美领事求见爵帅，别是替英人做说客吧。”杨侯爷恍然道：“这话对了，你看我今儿要见他不要见他？”那幕友道：“英人船炮利害，咱们跟他开仗，不定管是有便宜。美领事来的凑巧，咱们就卖给他一个人情，暂且羁縻着。要和要战，等候奕山、隆文到了再决罢。”杨侯爷喜道：“此计妙极，英人利害不过，胜他实是不容易。要是败在他手里，我的一世威名就扫地了。”随命请见。一时请到里头，见过礼，美领事先申说援例呈请开舱的事。杨侯爷道：“奉过上谕，恭顺各国均准照常贸易，这个可以商量。”美领事又谈到英人的事，杨侯爷道：“英人何尝真心求抚，攻城掠地，猖獗得要不的，本爵也难替他乞恩呢。”美领事道：“洋人背井离乡，漂洋过海，到中国来，难道专为生事么？也无非想做点子生意罢了。从前的事情，都为两面有了误会弄出来的。现在既然醒悟，缴还了定海，自不敢更有他求。不过通商那一桩事，是天朝二百年来，稠叠恩施，不得不代恳法外施仁，得使仍循旧制。”杨侯爷道：“英人坏得很，这种话哪字作得数？”美领事道：“义律现有笔据呢。”随取出一张洋纸，只见上面写着几行汉字。杨侯爷念道：“不讨别情，惟求恩准照常贸易，如带违禁之货，即将船货入官”等语。美领事道：“爵帅可瞧见了，英国的安分商人，实未随同滋事。倘准他商船入口，也好藉以制服他的兵船呢。”杨侯爷道：“既是贵领事这么讲了，本爵瞧贵领事份上，且替他上本乞恩，只叫他静候朝旨。这一个月里，万万再不能滋事呢。”美领事应诺自去。

杨侯爷遂与广东抚台联衔入奏。谁料上谕下来，竟把杨侯爷狠狠申饬了一番。恰好靖逆将军弈山、参赞大臣隆文先后到粤。杨侯爷诉知英国兵船的利害。奕将军道：“上头意思是主剿，这件事可难了。”隆文道：“林少穆很有能耐，还是请他来商量商量。”奕将军道：“这件祸事原是他惹出来的，解铃还须系铃人，跟他商量很好。”隆文就叫当差的拔片子去请，一时请到。隆文说起防剿为难事情，随即问计。林则徐道：“现在的情形，大不比从前，果然事情是难办了。但能够应时制宜，真心实力的办去，也未始不可挽回一二呢。”隆文道：“应时制宜，当从何处入手？”林则徐道：“为今之计，当先遣洋商设法羁縻，俾各国的船暂退稍远。一面雇齐人夫，密运巨石，把猎德、大黄滘等地方，乘夜填塞；一面调拨重兵，在两岸防守，仍于岸上多备沙袋，以为挡炮之需。这便是眼前救急的法儿。”隆文大喜，随令依计行事。

谁料此时各隘口的兵勇，都已撤退，木桩石块都被英人起了去。那省河里英人又派了舢板小船，往来游曳，牵制多端，有力没处使，竟然不能成事。隆文叹道：“少穆的计划不能行，可怎样呢？”奕山道：“且别管他，咱们下令闭港，狠狠跟他们拼一仗是了。”军令刚才传下，紧急的探报就接二连三的来，报说：“火输兵船衔尾进港，快到城下了。”一时又报：“洋船泊在十三洋行面前，河南官兵开枪轰击，被洋船上一炮轰死了大半，余外的都逃散了。”接着又报：“水师兵船被英人轰沈三艘。”奕山大惊，聚集两参赞商议退敌之计。议了一整夜，依旧是一筹莫展。

次日，是四月初二，忽报英人把火轮船分为两队，一队攻扑省城，一队分袭省城西面的泥城。奕山道：“了不得，这泥城是佛山镇的要路，要有个错失，佛山果也保不住了。”果勇侯杨芳道：“泥城上，我已经调派协将岱昌与戴罪留营的刘大忠守在那里。”说犹未了，流星探马飞报军情，报称：“岱昌跟刘大忠真也不济事，听得炮声就逃走，官兵都望风而靡。英人乘势放火，烧掉我们兵船六十多号。”奕山愈益着急。一时又报：“英兵上岸，劫掠十三洋行也。”此时，风声鹤唳，一夕数惊。靖逆将军奕山吓得在营里头，求天念佛。满城里文武大小各官，没一个不是呆呆的。只有营里头的兵，都各抖擞精神，干那逞乱发财的勾当。好在统兵大员也没工夫计较这个。

到初三这日，英人分股登岸，水陆交攻。城外所剩的几个防兵，一听得炮声，早逃得没了个影儿。英人舒徐暇豫把省城四面的炮台，尽都得了。中国兵弁却连轻伤都没有一个。这炮台的地势，却在省城后面的山顶上，俯瞰全城，了如指掌。英人据了炮台，就把火弹火箭，没昼没夜的轰射，打得城中墙坍壁倒，不知轰掉了几多房屋！阖城官民重足股栗，都吓得什么相似。将军参赞、督抚司道面面相觑，想不出一个免祸的法子。还是广州府知府余葆纯谋多智足，献了一个无上妙计。当下余葆纯道：“英人此来，既为索偿烟价，空言抚事，怕不见得成功呢。卑府浅见，前后总要依他，不如早早的依了他，省掉多少是非口舌。”众人听了，没一个敢答应，不过瞬眙顾视而已。

次日，炮子直穿入老贡院的前面，将军以下，都各皇遽失色。抚台道：“头痛救头，且叫余守缒城出去，探探那洋人口气。”奕山道：“战又战他不过，也只好如此了。”当下余葆纯缒出城外，见过义律，探问烟价多少。义律冷笑道：“二万多箱的烟土，贵府当时是目击的。我也不敢多要，按照时价计算，该几多就几多是了。”余葆纯道：“按照时价，该几多呢？”义律道：“半句虚话儿不说，总要现银一千二百万两呢。”余葆纯道：“还好减少点子么？”义律道：“贵府是局中人呢，怎么说出外行的话来？去年林制台烧烟，贵府也曾在场帮过忙。别人不知道也还罢了，你老人家是原经手呀。”余葆纯道：“钱呢，不是我拿出来的，我总无有不可以，只要上头肯答应就好了。”余葆纯回到城中，将军参赞商议了一下子，再叫他出城，跟义律磋商，许偿他一半的烟价。义律初就不答应，经美利坚人居间排解，费掉了无数口舌，才勉勉强强的答应了。和约款子最要紧不过就只两桩，一是偿还烟价银六百万两，一是把香港全岛割隶给英国。和约既定，余葆纯要求义律叫他把火轮兵船，退出虎门外去。义律道："退出虎门，那是很应当的事。但须贵国先行两件事，第一件，六百万的银子，叨光即行交下；第二件，贵国的将军参赞，须先退出城外，城里的兵尽都撤掉。这两件事行了，咱们立刻就起碇出口。"余葆纯无奈，只得把义律的话，照实回过奕山。奕山道："大的尚且依了他，何况这区区小事，依了他完结。"果勇侯杨芳、臬台王廷兰都怒得发指决眦，然而强弱异势，没奈何，只好吞声饮恨。

当下将藩运关三库的银子搜刮拢来，勉凑成六百万解交了出去，靖逆将军与隆、杨两参赞率领马步，退出广州城外，驻节于离城六十里之小金山。英国兵船才徐徐起碇，退出虎门口去。于是江翻海倒的世界，依旧变成了尧天舜日。

奕山深虑城下之盟，有伤国体，绞心沥血，想出了一个偷天换日的妙法，捏称初八日焚击痛剿，大挫其锋，续奏义律穷蹙乞抚，求准照旧通商，并出具永不售卖鸦片烟土甘结，并将所付六百万银子，作为追交商欠完案。将无为有，举重若轻，皇帝老子在京里，如何会知道呢？只臬台王廷兰恨恨不平，把广州军务情形，写了一封信给福建曾藩台，信里有四不可解二可惜三痛哭的话。曾藩台转呈于闽督颜伯寿。颜伯寿忿极，撰了一扣密折，附着此信，把山贝子等狠狠参了一本。宣宗见事已平靖，不愿再生波浪，因此把颜督的奏本留中不发。这原是圣天子大度如天的勾当，谁料洋人得着了甜头，安静不到两个月，掀波作浪，竟又生出大大风潮来。欲知何事，且听下回详解。

第六十回　王相国一死报君　裕钦差刑牲誓众

话说和约定得没有几个月，英人又掀波作浪，兴起一个很大的风潮。这件事情，和议之初，朝里有一位目光如炬的大臣，早已料到。这位大臣，为了此事，还把性命都丢掉了呢。此人姓王，名鼎，字定九，蒲城人氏，官居文渊阁大学士，为人耿直，疾恶如仇。山贝子奏请恩准通商，王中堂恰自东河查勘回京，闻得广东抚事，有割地偿银的举动，上章极言不可。宣宗询问穆彰阿，穆彰阿道："衅起烧烟，不得烟价，洋人必不肯罢兵。祸结兵连，终非生民之福。再者军用浩繁，兵端不息，所失怕不止此数呢。洋人军利，得了恤款，定然感激天恩，不致再有意外。只要贸易盛旺，关税定然起色，这五六百万银子，不过一二年工夫，就复了回来了。"宣宗点点头。王中堂知道穆彰阿蛊惑圣明，自请召对，侃侃力争。宣宗竟不能批驳他一辞半语，只得起身道："时光不早，朕该回宫了。"王中堂碰头道："请皇上听臣讲完了话再回宫。"宣宗不理，只顾走。王中堂一时急迫，不及顾君臣礼制，膝行上前，牵住宣宗衣裾道："请皇上听臣一言，臣今日所讲，都关系着国家隆替，夷夏消长。"宣宗绝裾而入。王中堂满腔忠愤，无处发泄。回到家里，闭着门，就草了一道遗疏，疏中句句是血，语语是泪，把穆彰阿的奸滑，和议之失策，说得淋漓痛快。写好遗疏，解下汗巾，竟悄悄的缢死了。无非想效着史鱼尸谏，一死悟君，挽回国家的危局。等到家人知道了，忙乱着灌救，哪里灌救得醒！

这个消息，传递入穆彰阿耳朵里，穆彰阿大吃一惊道："定九寻死，不干我事。这遗疏一上，我的官儿也要断送在他手里了。"搓手顿足，急得个走投无路。正在发急，忽报军机章京聂沄求见。穆彰阿道："人家不自在呢，偏又有客来了，这个客也太不晓事，回掉了他完结。"家人应了两个"是"，退了出去。一时又进来回道："聂老爷说，有机密要事，定要面回中堂呢。"穆彰阿沉吟道："机密要事，什么事呢？且请他进来。"一时家人引入。聂沄见穆彰阿，请过安，随道："王中堂出了缺，中堂知道么？"穆彰阿道："死了也罢了，只恨他临死还与我作对呢。"聂沄道："中堂所谈，敢就是为那张遗折么？"穆彰阿道："你也知道了。你想他这个人，可恶不可恶？"聂沄道："王中堂果然倔强不过。但是他这张遗折，万不能动你一丝一毫，你老人家安如磐石呢。"穆彰阿道："上头的脾气，大概你也知道，他死得这么可怜，无论如何，总也要看过一二分。本来有八分可信的，至此也要信到十分了。何况和议的事情，上头原是勉强答应的。"聂沄笑道："中堂深思远应，料的何尝不是？但这一张遗折总要奏了上去，上头才会知道。倘然有人从中揹住了，或是换掉了，上头没有瞧见，又怎么会知道呢？"穆彰阿道："天下哪里有这么好人，没有托他，就替我悄悄的弥补好了呢。"聂沄笑道："不敢过承金奖，就是晚生替中堂弥补的呢。"穆彰阿笑逐颜开，不觉忘了形，脱口呼道："我的儿，你真孝顺，我从今而后，格外的疼你。"聂沄听说，那副尊容，臊得猢狲屁股似的，红得怪可怜。穆彰阿觉着，随道："老夫一时乐极了，才把你自己儿子一般看待，你休怕臊。"聂沄道："那是我求之不得的事情，如何敢臊！”穆彰阿道：“你怎么揹住的呢？”聂沄道：“晚生是换掉的呢。晚生听得王中堂上了吊，知道其中必有缘故。慌忙奔去，见王中堂的儿子王伉捧着遗书，正在那里哭泣呢。晚生瞧阅一过，知道此疏一上，于中堂前程很有关碍。心生一计，就向他道：‘此疏一上，君家祸事到了。上头与尊翁，原不十分合意。何况此番和局，原是上头的意思，穆中堂不过是将顺上意。尊翁遗折上把穆中堂诋毁得不遗余力，这不是诋穆公，明是诋皇上，皇上一怒，君家怕就有非常大祸呢。’王伉这哥儿，经晚生这么一吓，果然不敢呈递遗折。晚生就在他家，提笔代拟了一张，把那张真的抽了出来，并嘱他们报了个暴病身亡，把缢死的事瞒了起来。”说到这里，便从靴统中摸出一张奏折道：“这就是定九相国的遗墨。”穆彰阿接到手，从头至尾瞧阅一过，咋舌道：“险的很！险的很！老聂，你这个恩，我一辈子也忘不了。也没别的东西谢你，来科会殿两试，一个会元，一个状元，我总叫他们留给你了。”聂沄乐得眼睛一条线似的，不住的打恭称谢。

原来这聂沄是泾阳选拔生，朝考一等，中了个户部主事，走了穆彰阿脚路，得入军机处充当章京。上科顺天乡试，又高高的中试了。所以穆彰阿便允他会状两元。谁料好梦不常，冰山难恃。到了礼部试期，穆彰阿给了他一个关节，遍嘱四位总裁，十八位同考官。偏偏同考官里头，有一个倔强御史，很喜弄左性，偏偏聂沄的卷子，分在他房里，竟被他藏了起来。定榜时光，四总裁相顾错愕，商量着按房搜求遗卷，搜到这一房，那御史道：“我于某夕不谨，致一卷为火所烬，榜发后，不得不自请议处了。”众人奈何他不得。会状两元，究竟没有谋得，这都是后话。

却说广东的和局，奕山当时并没有与义律约定沿海各省不能再事滋扰，好似广东自广东，中国自中国，全不相关的。所以和不到几个月，重又弃好寻仇。东南各省又受了近二年的兵祸，这都是承山贝子情照顾成功的。当和局未定时光，东南大吏原没一个不是主张征剿，闽浙总督颜伯焘、钦差大臣裕谦更是愤懑填膺，忠义发越。颜制台奏请移节厦门，增兵戍守。裕钦差原官是两江总督，宣宗知他办事忠勤，才把他改授为钦差大臣，驰赴浙江，办理洋务的。裕钦差在两江任上，瞧见伊里布步步退让，心里原很气不过。现在自己做了钦差，一权在手，便把令来行。听得广东议和消息，立即上章抗议，大旨称：“义律心怀叵测，缴还定海之说，恐受其欺。请饬寿春镇标官兵，仍行前进。”奉到上谕：

> 所奏极是，洋人攻踞定海之后，焚烧抢掠，荼毒生灵。凡我士民，志切同仇，人思敌忾。裕谦此次赴浙，以顺讨逆，以主逐客，以众击寡，必当一鼓作气，聚而歼敌。朕伫望该大臣迅奏肤功，懋朕上赏。钦此。

裕钦差奉到此旨，杀敌致果的精神，顿时振起十倍。可惜浙省洋面，并没有大帮敌船，只定海、镇海二口还有一两艘英船，时来时往，把个裕钦差恨得牙痒痒地，传令水陆各军，遇见英船，务须设法焚剿。擒获英船洋酋，从重奖赏。从来说重赏之下，必有勇夫。英船到浙江的，也算他倒运。船只是扣住了，人是擒获了，并且裕钦差用法利害，解到洋人,不问是兵是将,是商是民,一例剥皮处死。那剥皮的刑法,最是惨酷不过,用小刀先把那人脑袋上割裂成几条缝儿,就将水银倒下,周身轻拍,等到皮里膝外,没一处不灌注满足,才拎住割破的皮口,用力向下一脱,顿时活剥成个血人儿。论到人道主义,这原是很不行的事情。然而裕钦差此时只图快意,哪里管什么人道不人道?这几个月里,不知被他活剥掉几许洋人。怒还未泄,又令军民搜掘洋人尸首,架火焚烧。这种举动传布到广东,英人异常愤怒,誓必兴师报复。

粤中和局既成,奉到谕旨,饬把宝山、镇海等处调防的官兵,体察情形,酌量裁撤。裕钦差气涌如山,随向左右道:"中原从此多故,我辈不知死所了。"说着时,外面送进一角公文,是广东咨来的。拆开瞧时,见上面称说"英人将移兵入浙,报剥皮掘尸之恨。现闻有新到之火轮兵船,一俟齐备,即赴浙江。特此咨饬严防"等语。裕钦差道:"和局果然靠不住,但是上谕才令我裁撤防兵呢。我要遵旨,地方上定然失事,要保地方没事,怕又犯了违旨之罪。现在没奈何,只得具折请旨了。"随提笔起了一个奏稿,誊正拜发。大旨称是:"该洋人以通商为名,而通商有一定码头。奕山等既为吁恳天恩,自当筹及全局,与之要约坚定。为一劳永逸之计,断无仅令其退出虎门,仍复沿扰他省之理。现既闻有赴浙之谣,何以不向该洋人诘问明白?转行咨饬严防,以致沿海各省,讹传不一,风谣日甚。不但各省调防之官兵,未便请撤,即居民人等,亦皆同仇敌忾,舍其本业,而荷戈以待,实于国计民生两有关系。应请旨饬下靖逆将军奕山等,向该洋人严行诘问,究竟是否诚心乞抚?抑仍是得步退步故智?使各省有所遵循,臣不胜翘悚待命之至"。裕钦差以为这一道奏折到京之后,宣宗必定大发雷霆,把奕山大大的责问。谁料廷寄到来,竟然出于意料之外,裕钦差气得目定口呆,一句话都说不出。众文武都来慰问,裕钦差道:"你们来瞧,这一道谕旨,明明是穆彰阿手笔呢。"众人瞧时,只见上写着:

> 该洋人赴浙滋扰,既属风闻,从何究其来历?且果别有思逞,断无先将传播逗漏之理。着裕谦仍遵前旨,将浙江调防官兵酌量裁撤,不必为浮言所惑,以致糜饷劳师。钦此。

众人都道:"九重深远,外面的事情,如何会知道?咱们在外言外,且保全了地方,别的事情再议是了。"裕钦差道:"时势所逼,也只好如此。"遂命起节,直向镇海进发。才到镇海,就接着海船惊报:"英将濮鼎查、郭士利率领大帮战船,直扑厦门,颜制台调集水陆各营在鼓浪屿口,开炮抵御,连着轰沈英国五艘火轮兵船,大帮英船还不肯退呢。"裕钦差道:"了不得,洋人击厦门,不过是个名,他的主意怕还在咱们这里呢。"随飞檄定海总兵葛云飞、处州总兵郑国鸿、安徽寿春总兵王锡朋各统本镇兵五千,速赴定海扼守,以防英人内犯。自己统着江宁驻防劲旅并徐州镇标精兵,在镇海防守。一面移咨浙江提督余步云、浙江抚台刘韵珂,叫他们体察情形,相机筹办。

布置才定,惊报又来,称说:"厦门失守,英人攻入海口,舍舟登岸。厦门陆军大败奔溃,金门镇总兵江继芸为抢护炮台,被洋炮轰落海中而死,延平副将凌志、准口都司王世俊，都各力战身亡。颜制台收集残兵，退守同安去了。现在厦门乡民姓陈的，团结了五百名民团，正与英兵开仗呢。”裕钦差惊道：“厦门有警，此间更危了。”众人都不解。裕钦差道：“英人所欲得而甘心的，就只是我，厦门这地方不过是顺道打一个站罢了。现值南风，正海洋潮汐旺盛的时候，厦门离此又近，扁舟扬帆，朝发夕至，我怎么不要吃惊呢？”

不过多几日，三镇雄兵都已调到。定海镇葛镇台、处州镇郑镇台、寿春镇王镇台都翎顶袍褂，执着手本，诣行辕投到。裕钦差闻报，吩咐开中门亲自出迎。原来这葛镇台，名云飞，字凌台，浙江山阴人氏，道光癸未科武进士，积功升到总兵官，补受了定海镇。十九年，丁了外艰，上年定海之变，大府专折奏请夺情起复。葛镇台工韬娴略，擅长文词，实是一员投壶雅歌的儒将。他在镇署大堂上，自写一副对，其辞道：“持躬以正，接人以诚；任事惟忠，决机惟勇。”笔意很是遒劲。王镇台是直隶人，郑镇台是福建人。当下三位镇台见了这般优待，都吃一惊，辞道：“某等辱在麾下，怎敢当节帅这么殊礼！”裕钦差道：“国家多故，全仗诸位出力，我今儿并不是接总兵官，是接替国家出力的忠臣义士呢。”三镇台听了，尽都慨然。接到花厅，裕钦差命厨房特办盛筵，替三位镇台洗尘。一面杀牛宰马，厚犒三镇将士。酒至半酣，裕钦差向三镇道：“定海为全省屏藩，我把定海交给三位，全省的存亡，都在三位肩膀上了。”三镇台都道：“某等愿以死力守住定海一岛，某等要是有一口儿气，决不使英人踏上定海来。”裕钦差道：“人定胜天，我知道三位总守得住的。”随问：“三位定于何日赴防？”三镇台道：“今儿休息一日，明儿就出发呢。”裕钦差道：“如此甚好！”说毕，起身入内更衣。一时又出，取出三封秘缄，分授三人道：“这王封锦囊里，各有退敌妙计，三位到万不得已时候，才可开看。”三人欣然领受，席散回营。

一宵易过，一到次日黎明，三镇将士乘坐了海船，乘风破浪自向定海去了。裕钦差心中稍慰，向幕友道：“定海是有人了，这里的形势，还须亲自去察阅了一周呢。”当下先到金鸡山。金鸡山守将谢朝恩原是江苏狼山镇总兵，只见他纪律严明，行伍整肃，守御得颇为严密。裕钦差心里欢喜，携住谢镇台的手，一处处阅视将去。偶尔抬头，忽见对岸营头高扯着一面白旗，在那里临风招展。裕钦差惊问：“对岸是什么所在？”谢镇台回道：“对岸是招宝山。”裕钦差道：“招宝山炮台不是余步云守的么？”谢镇台应了一声“是”。裕钦差道：“也是国家的气运！”说了这么一句话，长叹一声，也就不言语了。阅视完竣，裕钦差道：“本山各口守的也还严密，只山后沙蟹岭没人扼守，这地方我看也很要紧呢。”谢镇台应了一声“是”。裕钦差道：“兄弟拟于明晨，到关帝天后跟前，祭拜誓师，少不得奉邀余提台与老哥到那里陪祭。凡是营里头人，不论大小官职都要到的。”谢镇台又应了一声“是”。裕钦差又问了几句别的话，也就乘轿回辕。当下传出军令：“本营大小将弁，明儿黎明齐集天后宫，听候誓师。”又派人去知照提台余步云。

次日，天才五鼓，裕钦差已经起身盥洗，略用一点子素点，穿齐公服，就坐轿望天后宫来。行到那里，见辕门口歇着无数轿马，知道众官督已到齐。钦差暖轿才进辕门，总兵、副将、参游、总把等众多武官，排班儿唱名迎接。裕钦差含笑点头，打冷眼里瞧时，只不见有余提台，心下奇诧。下了轿，就问谢镇台道："余提台还没有到么？"谢镇台道："余步云差有武弁在此，要禀节帅话呢。"随有提辕武弁上来打千儿见礼，回道："军门叫请节帅安。今儿誓师，军门原想来的，只因这几日交白露节，腿疾发作，不能够行礼，特差标下来回节帅一声儿。"裕钦差很是不自在，随向众人道："偏是誓师，偏是病了。我知道正真神明，远当不起余军门一拜呢。"众人都不敢回答。裕钦差问牲礼办齐了没有？中军官回都已齐备。裕钦差道："吩咐他们陈设起来，咱们拜神宣誓。"一时回说："牲礼都已陈设定当，请节帅上香拜神。"裕钦差向众人道："咱们殿上去罢。"裕钦差打头，镇协参游等随在后。走到大殿，尽见横排着三个大木架子，架上安着全牛全羊全猪，裕钦差点上了香烛，敬上了酒，恭恭敬敬向神像跪下，镇协各官都按照着品级，排班站立。裕钦差跪下，众人齐都跪下，顿时黑压压地跪了一屋子。裕钦差取出誓文，朗声念道：

> 道光二十一年七月日，两江总督钦差大臣并总兵文武谨刑牲洒酒，誓告于关帝天后之神曰：浙江洋面，以海镇为要口，定海孤悬海外，并非可守之地。镇海有虞，必至震惊数省。今与将士约，不敢以退守为词，离却镇海县城一步；亦不敢以民命为词，收受洋人片纸。知有不用命者，明正典刑，幽遭神殛。谨誓。

诵毕，叩头洒酒。众人听了誓文，尽都悚然。只狼山总兵谢朝恩、黄严中，镇守备王万隆、把总汪宗宾、解天培，外委林庚、吴廷江等五六个人，忠悃诚挚，虽没有开口，一瞧他的面貌，就知是敌忾同仇的。

祭告已毕，各自回营。裕钦差愀然不乐。幕友见了，询问何故？裕钦差道："外洋兵船，战是张挂红旗，和是张挂白旗。我见余提台所守之招宝山悬挂着白旗，估量不透他，所以约然誓师，觇他的向背。他果然心怀两端，临祭时光称有腿疾，那以后的事情，就不必问得了。"回营时光，道经学营，忽见泮池旁那块石子上，镌有"流芳"二字，不禁怦怦心动，道："万一不幸，请诸君告我老家人，就在这池中收我的尸身是了。"众幕友都把好言劝慰，裕钦差心始稍释。

这夜，废门传鼓，飞报军情，称说："葛、郑、王三位镇台在定海地方大破英师，轰断英船大桅杆，阵歼西兵三千，活擒洋将二员，英兵依势不敌，都退出口外去了。"镇海文武听得此信，都到行辕庆贺。裕钦差并无喜容，众人见了，无不称怪。欲知裕钦差为甚忧闷，且听下回分解。

第六十一回　对月举杯将军起舞　登城痛哭提督多情

话说钦差大臣裕谦，得着前军捷报，心里反倒愁闷，众文武都很不解。裕钦差道："定海孤悬海外，要真它当做长城，无非靠老天默佑罢了。"众人听了，都不肯信。却说葛、王、郑三位镇台，到了定海，商议防御之策。王镇台道："咱们三个里，晓畅兵机，熟谙韬略，就要算着葛哥。定海又是葛哥的旧治，上年英人来犯，葛哥曾经设计擒获过英国军师晏士打喇打屡等，谁还强的过葛哥。只要葛哥吩咐出来，我总没有不依从的。"郑镇台："这是呀。我们都听葛哥示下呢。"葛镇台道："惭愧得很，二位休过奖了。论到定海的形势，就只道头街的左右两山，差还可以扼守。上年伊中堂到此，兄弟曾上过海防十二策，伊中堂不肯听从。现在惊报迭来，筑城是不及了，只好依山傍海，筑一座土城子，咱们分泛驻守。郑哥守了竹山门，王哥守了晓峰岭，半塘一带，就归兄弟防守。"郑、王两镇台，齐声称妙。于是督率兵弁，赴筑土城，昼夜兼工，只三日夜，便已筑造完竣。这夜，三位镇台，连镳并马，沿着土城，察阅形势。只见东角上半轮明月，那光儿已经照上了旌头，秋风瑟瑟，吹得营头旗帜，不住的回翻飞舞，刁斗声断断续续，击打得异常悲壮。正是：

一千里色中秋月，十万里声半夜潮。

葛镇台睹此月色，心有所感，向郑、王两人道："云飞一介武夫，仰荷圣明夺情起用，艰危二字，果然万万不敢避，独恨此事未发之先，文武大吏，漠不关心。衅端既开，仓皇无措，迁延日久，群议蜂起，有的专矜意气，有的专便私图，既少切中窍要之论，也无公忠体国之心，忽剿忽抚，迄无定见，以致酿成目下的局势。职既难操必胜，防亦毫无把握，真到万不得已当儿，我也只好尽我的心力罢了。"郑、王两人，听了这一番议论，都各十分悲慨。葛镇台又从身上解下两柄宝刀，递给两人道："二位请瞧，这两柄刀上錾着的字就是葛某的心志呢。"二人接到手中，趁着月光瞧时，见两柄一尺来长的宝刀，柄上都凿有名字。一柄是成忠两个字，一柄是昭勇两个字，二人不禁都肃然起敬。葛镇台道："葛某有一桩事情，要奉托二位，不知二位肯应许我吗？"二人忙问何事。葛镇台道："葛某军务余暇，很喜拈弄笔墨，这几年来，积有几种草稿，都还没有发刊，是《制械要言》四卷、《制药要言》二卷、《水师缉捕管见》十六卷、《全浙险要图说》八卷，还有几卷诗词，都在营里头。如果葛某死了，替我把这稿子送到我家里，交与我妹子葛登收下，那就感不尽二位大恩了。"王镇台道："葛哥，你我同官同难，上仗国家威灵，下尽我们心力，能够一仗把洋人杀退，也说不定。只要瞧这十里连营里，军心豪迈，士气飞扬，哪里像打败仗的样子？万一不济，我们果然是后死，葛哥，你放心，你的事情，就是我们的事情。"三个人激昂慷慨，谈论了一会子。月影西移，听营中传梆，已经三鼓。瞧那月时,亮得愈益晶莹朗彻。葛镇台一时兴起,向二人道:“二位哥哥,兄弟有一末技微长,趁此月色,献给二位哥哥赏鉴赏鉴。”说毕,纵身下马,遂把马在一株杨树上拴了,揽衣而起,拔出成忠、昭勇两柄宝刀,飕飕飕舞将起来,左轮右转,宛似玉蟒缠身,银龙护体。瞧得郑、王两镇台,不住口的喝好。一时舞毕,郑镇台道:“葛哥有这么的本领,何愁洋人不平呢。”葛镇台道:“洋人专仗火器,我这短刀,有什么用呢?”郑镇台道:“咱们也有火器呢。跟洋人开仗,索性全伙儿用扛炮扛铳,一应刀矛弓箭,尽都捐了。”王镇台道:“那也不能偏废的。巷战依旧要用短家伙呢。”回营歇宿,一宵无话。

次日,三位镇台会集兵弁,就在土城上洗炮试弹,操演了一足日。从此鼓角喧天,炮统震地,没一日不操练。到十六这一日,黑早时光,瞭远台将弁专差飞报,说:“望到洋面上,有三四艘洋船,鼓轮而来,为头的那一艘,桅杆有三五丈高呢。”葛镇台为防务紧急,每晚睡觉原是衣不解带,一闻惊报,蹴被而起,骑着马,赶到土城,见王、郑两镇台早都到了。葛镇台走上瞭望台,见波涛汹涌里,三五艘火轮兵船,怒鲸似的驶将来,行的箭一般迅疾。葛镇台不禁怒发冲冠,传令开炮。炮弁人等,闻到军令,无不踊跃,震地轰天似的,连放十来门大炮。风吹烟散,望到洋面上,那艘宗桅洋船,早击断了桅子、击塌了烟囱退了去了。后面几艘,也着了七八个炮子,不敢上来了。此时旭日初升,阳光射在海面上,蜃氛薄雾全都消尽,望去分外真切,只见碧沉沉地,一艘洋船也没有。葛镇台直守过午刻,方才下来吃饭。这日总算平安无事。

次日大邦洋船,联樯入泛,枪弹炮子,雨点似的飞来,比了昨日,利害何啻十倍。三位镇台,同仇敌忾,督率兵弁,用扛炮扛铳,不住手的连环轰放。英兵却也厉害,冒死进行,毫没退缩的态度。葛镇台心中着急,亲自动手,放了七八炮,才把英兵击退。定海形势,重要的地方,全在东南西南两路。东南路有一座山,名叫观山,又叫东山的,居高临下,是个很重要去处。这地方离城只有得半里,对港就是五奎山。洋兵要是由南绕西而东,不免就要吃着紧,西南路冲要所在,地名叫竹山门,该处离头道街有五里之遥。三位镇台新筑的土城,就在这地方。当下英兵两次攻扑竹山门,见口内防守严密,不能得着便宜,于是改变方略,竟向观山进发。谁料强人更有强人手,葛镇台已经先行料到,派了个参将张玉衡守在那里。英将瞧见有备,不敢攻击,只把对港的五奎山占据了。张玉衡报知葛镇台,葛镇台笑向左右道:“宋太祖讲的,卧榻之侧,岂容他人鼾睡?这英人也太不自量了。”随命:“备马,待我亲到那里,瞧看一会儿。”行到观山,见五奎山的英兵,正忙乱着扎营呢。葛镇台笑道:“我有计可以破敌了。”随叫请郑、王两镇台来,霎时都到。葛镇台道:“洋人占据五奎,无非要攻击观山,海上风起,今晚定有重雾,先发制人,不如渡过港去,大杀他一阵。请郑哥哥辅助我,随着王哥,趁雾起时,悄悄渡到彼岸,纵火烧营,定能获一大胜呢。二位瞧此计,可行不可行?”二人齐声称妙。

这夜,果然天起浓雾,葛、王两镇台,率领健卒三千,偷渡过港,英人一点子没有觉着。葛镇台令军士掷火药包儿纵火,顿时烈焰飞腾,四面八方都着了火,三千兵士,齐声喊杀,夹着风声火声,那个声势,真不啻天崩地陷,海倒江翻。英人都从睡梦中惊醒,抢了兵器,冲杀出来。浓雾中,敌我不住,不知枉死了几多性命。中国兵因葛镇台吩咐过,只是喊呐,并不动手,等到天明雾散,才齐伙儿冲杀入去,所以受伤的很是不多。这一仗，葛、王二将，获着全胜，擒斩英将两员，阵歼英兵千人，声威顿时大振。于是特派专员，到镇海大营报捷。无如英国人的本领，强毅坚卓，百折不挠，瞧到尸裹马革，骨暴沙场，都是毫没要紧事情。将军虽勇，强敌难摧，光景也是气运使然呢。英人自那日受着大创而后，方略又变，只派少量海军，不分昼夜，东冲西荡，轮翻迭击，弄得葛、郑、王三位镇台，东防西御，应接不暇，到战了七昼夜，简直是心力交瘁。到十七这一日，再也不能支援了，三位镇台会在一处，正商议坚壁防御的法子。忽接惊报，说英人分兵三路，拼死进攻，晓峰岭、竹山门都十分吃紧呢。三位镇台大惊。葛镇台道："咱们心力都尽了，救兵未到，强敌又来，今儿这个关，怕不易过呢。"王镇台道："葛哥，你忘了吗？咱们出防时候，裕节帅给我们每人一个锦囊，说里头藏有退敌妙计，不到万不得已时候，不能开视。今儿这么的紧急，可以开视了吗？"郑镇台道："啊呀，你不提起，我几乎忘掉了呢。"当下三人取出秘函，折开封套，都聚精会神的瞧看。只道是怎么的秘计奇谋，可以救困经危，只见上面寥寥数字，却是裕节帅亲笔，其辞道：

有临阵逃避者立斩军前！

三位镇台，瞧过锦囊，尽都失色。于是各率本部，分头迎敌。王镇台驰赴晓峰岭，郑镇台驰赴竹山门，葛镇台督众扼守半塘，分付并众，整理扛炮扛统。这日英兵来势，比了前几日，格外的汹涌，不过顿饭时光，恶耗传来，说英人已用舢板小船渡兵登山，晓峰岭失陷，王镇台中枪阵亡，王镇台部下的寿春兵，还在那里死斗呢。葛镇台闻报，十分悲愤，随向众兵弁道："咱们弟兄是定海镇，咱们不能死战，别说对不起国家，也很对不起王镇台呢。"众兵弁都称："甘愿战死！"葛镇台道："战死最好，不死也没脸见人呢。"说着时惊报又到，报称竹山门已被英兵攻破，郑镇台中炮阵亡，处州协台托夫泰也战死了。葛镇台愈益悲愤，按剑四顾，大有项王慷慨悲歌的意思。只听众兵弁喊道："洋兵来了！"举目瞧时，见一大队英兵，钱塘江潮似的涌汹而来，葛镇台疾令开枪抵敌，一时哪里抵敌得住！这时候，两军的枪弹火箭，雨点似的互相激射，直杀得尸横遍野，血流成渠，葛镇台身中四十余枪，兀在那里拼命督战。英将恨极，趁他没有防备，飞步过来，高举枪刺，尽力一挥，削掉半个脑袋儿，才绝了气，那忠躯却还握拳透爪，直立在崖石间呢。参将张玉衡见镇台被敌人杀死，忠愤填胸，提起扑刀，奋命冲去，也被英兵一阵乱刀，剁为肉泥。于是定海全岛，扯起英国旗号，那些残兵剩卒，降的降，走的走，一霎间雾解烟消，驱除了个尽净。英人既得定海，休兵数日，即统得胜之师，从蛟门岛出发，进攻镇海。

却说钦差大臣裕谦，接着定海失守的惊报，就向众幕友道："现在镇海靠得住的兵，只有徐州兵一千，续调策应之兵还没有到。想起我曾祖义烈公，殉难之期，是乾隆二十一年八月二十五日，这会子，恰值着道光二十一年八月，遇着这劲敌，怕不是佳兆呢。"众幕友都用好言劝慰，裕钦差道："我倒并不是怕死，只忧洋人这一下子治不下，国家从此要多事呢。"随把朱批上谕及奏稿、文书等件，检点一过，封固定当，派一员武弁，送到嘉兴行馆去。部署完毕，又向众幕友道："君等书生，有寇至则去之义，如果洋兵到来，我须督兵临阵，君等可速避出城去，探听消息。打了胜仗呢，替我代草露布；打了败仗，费神就替我代办后事。"众幕友听了，尽都惨然。裕钦差道："我没有儿子，可以承祧我的。只有一个侄子、两个女孩子，大的已经嫁了，小的还在襁褓中呢。一个妾还可以守节，总要叫她同甘共苦，跟我太太互相维持，句句听太太的话才好。至于将来丧葬之费，署中廉俸及办公银两，除了年来军营赏恤外，还存着好多呢，尽可以敷衍了。倘有盈余，可就交我太太收用。我家中房产，仅堪糊口，都是我那兄弟掌管的，每年收进来顾一家的家用，切不可为了丧葬不敷，变产办理。所存的奏稿，就拜托君等代为刊刻，与从前刊的《勉益斋偶存稿》，一并交与我那兄弟，叫他存放在祠堂里。如果奉旨行查事实，可就把这两部书呈送国史馆。"众幕友听裕钦差说得凄楚，不觉都掉下泪来。裕钦差忽又想起一事，随把家人喊集，吩咐道："我有一句话，交代你们。我死之后，切不可即行殡殓，我知提台，必要借我为口实以退洋人，洋人在这里，在势也决没有久占之理，你们瞧着就知道了。"当下无话。

隔不多几日，就有军报，称英兵船已到口外，谢镇台在金鸡山上，开炮轰击呢。裕钦差忙令闭城坚守，一面穿扮了行装，亲自上城督战。才到城上，忽报提台余步云求见。裕钦差道："就请军门这里相见罢。"一时余提台翎顶辉煌、衣冠齐楚的上来，一见面，兜头就是一恭，开言道："步云有句很机密的话回节帅，请节帅把众人回避了，才好面禀。"裕钦差道："兄弟这里，都是上下一心的，军门有高见，不妨就请赐教。"余提台顿了一顿，才道："洋兵声势，厉害的很，节帅总也知道。"裕钦差道："厉害便怎么样？"余提台道："郑、葛、王三镇台，那么英雄，尚且全军覆没，而况镇海是个繁盛区处，阖县生灵，何止数百十万。本来呢，这句话，原不应我们当武官的人说的，因为这数百十万生灵的安危，都在节帅一个儿身上，不得不向节帅恳一个情了。"裕钦差道："军门主意，要兄弟怎么呢？"余提台道："恳求节帅瞧这百十万生灵分上，暂派外委陈志刚，到洋船上去羁縻羁縻。"裕钦差道："那种苟且旦夕的勾当，国体上头，很有关碍，兄弟可没这个能耐。"余提台讨了个没趣，下城而去。一会子又走上来，裕钦差不待他开口，就道："军门大人，你我都是极品大员呢。朝廷把这浙江交给了你我，洋人来了，就讲羁縻，也对不住天恩高厚。"余提台道："步云受恩深重，一死报国，分所宜然。但是家中妻子儿女，三十余口很属可怜，并且步云的女孩子，即系今儿出阁，尤望节帅推恩。"说到这里，余提台泪垂声下，不禁痛哭起来。裕钦差道："儿女情长，英雄难免，那也不能怪你。但忠义事大，这个志断乎不可夺的。"余提台没法奈何，只得掩泣下城而去。裕钦差叹道："事情就坏在军门手里。定海之役，葛、郑、王三镇台，血战到七昼夜之久，倘使军门派兵一旅，早往救应，也何至失事。就失事，也断不至这么的快。"言未了，军弁走报洋人攻打招宝山，已经起岸。一时又报，洋人从西北角攻入后山，官兵都尽逃散，威远城失守，大事去了。随见提标护印兵踉跄奔至，大喊道："军门大人，现无下落！"裕钦差大惊。接着又报，英人进攻金鸡山，谢镇台开炮抵御，正在酣战，不防英人别遣小队，从沙蟹岭绕出山后，两路夹攻。谢军遥见威远城失陷，军心慌乱，谢镇台因抢护炮台，被洋炮轰击入海，尸身无获。现在洋兵扑向镇海来了。忽报城中火起，想必伏有汉奸呢。接着洋兵已到城下。裕钦差知道事不可为，随下城，奔至学宫，望阙行过三跪九叩礼，向泮池里纵身一跳，效投江的屈子，做成殉贼睢阳，喝了三五口水，早已不省人事。家人余升、陆喜，忙着喊救，副将丰伸泰、千总马瑞鹏，随后赶到，帮着打捞。救起瞧时，幸喜还没有绝气，装入小轿，抢护出城。赶到宁波府，经知府郑廷彩，替他换上干燥衣服。忽闻洋人悬赏十万金，购求裕钦差尸身，余升等不敢停留，星夜雇船到余姚去，舟行四五里，方才气绝。这都是后话。

当下镇海失陷，文武员弁，尽都弃城逃走。余步云是逃回宁波提署去了。宁绍台道鹿泽长逃了慈溪去，还谎称跳入城河殉难，昏迷之际，被兵勇硬救起来的。独有县丞李向阳，字丹崖，号葵村的，从容赋诗，自缢于本署大堂之上。其绝命词，共是七绝二首，其一道：

有山难撼海难防，匝地奔驰尽犬羊。
整肃衣冠频北拜，与城生死一睢阳。

其二道：

孤城欲守已仓皇，无计留兵只自伤。
此去若能呼帝座，寸心端不听城亡。

此时风声鹤唳，草木皆兵。宁波得着镇海惊报，商民纷纷迁避，知府郑廷彩等都奔了上虞去，提台余步云单骑走出南关。所以二十九日，英国兵舰八艘，进逼府城灵桥门，连开大炮，竟没一个人理会它。英将郭士利，很是诧怪，舍舟登岸，督率了兵士，排齐队伍，戒备着进行。到宁波府城，只见城门洞开，空落落不见一兵一卒。郭士利还怕是诱敌之计，连放三排洋枪，依旧没人答应，才放胆闯进城去，奔上城楼，高扯起一面英国国旗。英兵见了，齐声呼唱万岁，于是浙东三座城子，旬日之间，都失陷了。欲知后事如何，且听下回分解。

第六十二回　规宁郡智士献奇谋　支危局将军拼血战

却说英兵东犯，定海、镇海、宁波相继沦陷。慈溪地方，英兵虽没有到，官民尽都迁避，只剩一座空城子。惊报传到杭州，抚台刘韵珂，忙聚集文武，商议防守之策。藩、臬两司齐道："英人既得宁郡，绍兴、杭州，都吃紧了。为今之计，莫如速派一员大将，扼守曹娥江，绍兴果然不要紧，本城军士的心，也要壮起许多呢。"刘韵珂听说有理，遂饬前任福建臬司郑祖琛，督兵防守曹娥江，一面飞章到北京告急。刘韵珂向众文武道："裕钦差血忱报国，果然可敬得很，但此公于战略上，未免太忽略了。本省的咽吭，是镇海不是定海，明朝人在威远城上，刻有石额，称为平倭第一关，其险可知。定海不过海里头一个穷屿孤岛，大仅弹丸，富非沃壤，明朝阳和经理沿海，并未收入内地。顺治八年，议政王大臣也曾奏过，舟山乃本朝弃地，守亦无益，不如叫副都统率领驻防旗兵回京。现在裕钦差有着葛、郑、王那样的良将，却把他都用到绝地上去，白白送掉性命，岂不可惜！"藩台道："定海吃紧时光，裕节帅上书谈兵，称说英人内犯，犯着兵家大忌，共有八桩，侃侃而谈，似乎很有见地呢。"刘韵珂笑道："这就叫纸上谈兵呢。正经要讲究将略，宜把定海当作外藩，只扎些少兵马，却把重兵都移在蛟门岛、招宝山、金鸡岭一带，三镇同心，将士用命，虽未必能够制敌死命，门庭堂奥之间，总也可以不要紧了。"藩台道："大帅既然有此特见，当时何不知照裕帅？"刘韵珂道："彼时我也没有想到。"又谈了几句别的话，方才散去。

过了几日，忽报有廷寄到，却是饬拿余步云，派员解送入都的事。刘韵珂不敢怠慢，立命武巡抚官，执着自己名片，请余提台到署谈话。一时请到，韵珂就把廷寄给他瞧看。余提台顿时面如土色，哀恳代奏乞恩。韵珂道："这个不干我事。听说是裕府家丁名叫余升的，在都察院里，把老哥告下，才有这道旨意。老哥到了京里，也可以辨白的，公是公非，各大臣也未必能够一笔抹杀呢。"余提台没法，只好低着头，听凭派员押解。韵珂就挑了两个候补州县宫，并抚标一员武弁，把余提台解向北京而去。

余提台到了北京，法庭对质，恁他舌底生莲，终解不脱临阵脱逃的重罪。案定，奉旨正法，那阵前殉难的将帅，都下特旨，优恤赐谥。裕谦赐谥靖节，葛云飞赐谥壮节，连那赋诗自尽的李向阳，也得着加赠知州衔，赏给云骑尉世职的恩典。这都是后话。

当下刘韵珂飞章北京告急，宣宗就派奕经为扬威将军，特依顺、文蔚为参赞大臣，驰赴东南征剿。又饬调陕甘兵二千赴浙。韵珂闻知，喜形于色，向左右道："将军参赞，一到浙城，我肩膀上，不知要轻去多少斤两呢。"随传令浙营各将，只防守浙西一带地方，浙东各地，静候大军筹划是了。谁料这位将军，一到苏州，金粉迷离，竟就迷住了。驻节在沧浪亭，镇日酒地花天，享受那人间艳福，敌务军情，全都置之九霄云外。报入杭州，刘韵珂大惊道："英人据守宁波而后，派遣洋兵，分守镇海、定海，声势连络，东至大洋，都是洋兵的哨队。咱们虽然划江而守，绍兴东逼慈溪，真是危险不过。洋兵要是闯过江来，连这里都吃紧呢。别的不打紧，省城有个好歹，我这功名不就送掉了吗？”忙叫幕友，做一角告急的公文，飞递苏州求救。奕经接到文书，皱眉道：“刘韵珂真也太不晓事，我这里兵力，这么的单弱，如何能够救他？”左右都道：“这是刘抚台想卸肩呢。如果洋人要过江，也不等到这会子了。”奕经道：“救危拯急，原是将军的责任。我已派人到淮、徐一带招兵，但等义男招齐，谁愿住在这里？早早干毕了，也好早早回京销差。”从此浙江告急文书，雪片似的来，奕经只是不理。刘韵珂急极，只得飞章入京。宣宗大怒，下旨责问将军参赞，叫他把按兵不发的缘故，明白复奏。奕经与特依顺、文蔚两参赞商议道：“你我率兵到此，通只三个月，兵力这么的单薄，虽然招了点子义勇，究竟济得甚事？偏上头这么性急，真真逼死人了。”文蔚道：“可不是呢。上头既然交给我们办洋人，就应宽假时日，照这么的催逼，我们就有破敌妙策，也不及布置呢。”特依顺道：“是呀。兄弟有一策，可以破敌，才要行呢。”奕经道：“参赞有计，定然高妙，说出来大家斟酌斟酌。”特依顺道：“我料英人在宁波，定然不能持久。”奕经、文蔚齐声问故。特依顺道：“古人说，千里馈粮，其军必败。现在英人远隔重洋，去国奚止万里，搬运粮食，艰难困苦不问可知。咱们只要等他粮食缺乏时光，鼓行而东，定可以获着全胜。”奕经道：“特参赞料敌如神，可惜上头急不过，不及等候敌师饥疲呢。”说着，军弁送入一个手本，奕经接来瞧时，见上面写着四品衔前任安徽泗州知州张应云。随问两参赞道：“这张应云是谁？”文蔚道：“张应云，名字熟得很，仿佛是个才智之士么。”奕经道：“才智之士，求见咱们做什么？”特依顺道：“也许是来献计么，吃紧的当儿，传进来问问也好。”奕经点点头，随命传见。一时军弁引入，见过礼。奕经问他何事？张应云道：“因闻浙东军务，朝廷很是注意，卑职有一小计，特来贡献。”奕经道：“很好，讲出来大家听听。果然可行，将来开起保案来，给你添上一个名儿。”张应云听了，并不叩谢栽培，倒落落的道：“保案也不敢望，卑职此来，不过是为着国家呢。”随道：“孙子论兵，最妙的是用间。自从洋舰入内地以来，一竟恃着汉奸做向导，所以所过城邑，宛如驾轻车就熟路，一点子力都不费。其实汉奸与洋人，并没什么恩义，替他奔走效力，不过贪图几个钱罢了。现在宁波当水深火热之时，地方绅民，没一个不延颈跂踵，盼望大兵早到。那班当汉奸的，又都是本地人，现在莫如用因间的洋子，洋人不难扫除净尽。”奕经道：“怎么叫做因间？”张应云道：“因间就是用敌人的间谍，为我间谍，将军肯悬重赏，招集这一班人，做我们的爪牙，我们起兵去攻城，密令他们预伏城中，内外相应，洋人如何再能站的住脚？将军瞧这个法子，还可以行吗？”奕经、文蔚，齐称妙计。特依顺道：“计策果然很好，这一班人，叫谁去招呢？”张应云道：“果然将军没人使唤，卑职自信，这点子事情，还可以效劳呢。”奕经大喜，立上一道札子，叫他办理间谍事宜，就留他在营里，帮办军务。这张应云真也能干，明招暗揽，不到一个月，宁波各地，所有汉奸，竟被他都招拢了来。应云回将军，请即拔营前进。奕经问：“都布置妥帖没有？”应云道：“都妥帖了。卑职已与宁波、镇海两处绅士约定，叫投洋各汉奸，分伏在各处，做大军的内应，并探得慈溪城里，已没有洋人踪足。咱们从绍兴进兵，包可以一举成功。”奕经喜道：“洋人内犯以来，太也眼里没人，咱们这一举，也替国家吐吐气。”正是瘈犬狂吠，海鸟群飞，卧榻之旁，竟有他人鼾睡。光天之下，公然魑魅横行，纵可汗为天骄，踞夜郎而自大。漆室女闻而啜泣，汪泣童誓以身殉。用激忠义之气，胜算独操；特张挞伐之威，良谋早定。

当下扬威将军奕经、参赞大臣特依顺、文蔚督率马步三军，于道光二十二年正月，在苏州拔队出发，径向绍兴而来。昼夜兼程，水陆并进，不多几天，早已到了。张应云又献奇计，请刻日渡曹娥江，先据慈溪以为战地。奕经于是传下军令，马步三军，立刻移营进发，一过曹娥江，就在慈溪东门外，安下营寨。

次日，奕经升坐虎帐，聚集各将听令。此时提镇、参游各武职，尽都韃櫜鹄候，没一个敢仰首舒眉，妄发一言半语。只听奕经道："宁郡镇邑，都已伏下了内应。今回出兵，大家拼出点子血汗，务须把这两座城子，夺了回来。临阵逃避，军法无情，你们可都知道！"说着，眼珠子向众人打了个圈儿，军威凛凛，军法森森，谁还敢言？奕经道："现在进兵的日子，我已拣定，是本月晦日，请大家记下了。"随道："段镇台过来听令。"总兵段永福，应着走出。奕经道："请你率领本军，拔队开往宁波，务须把洋人赶走，克复府城，才准缴令。"段永福接了大令，自率本部，拔队而去。奕经道："刘游击呢？"游击刘天保应道："标下在此。"奕经道："刘游击，本帅素知你勇悍善战，镇海的洋人，就交给了你。你须小心在意，休辜负本帅一番识拔的好意。"刘天保应着去了。又令参赞文蔚，统着大营兵，驻守长溪岭。金华协副将朱贵，统着陕甘兵，驻守西门外之大宝山，以为中路声援。又令张应云率着所募乡勇一千五百人，驻守宁镇交界之骆驼桥，以为南北两军策应，似此算无遗策，何难力破强英？誓日精忠，排山豪气。将军健猿臂，弓劲乌号；劲敌慑狼心，剑寒龙吼。无如孟明未济秦师，多鱼先漏齐策。弄到后来，依旧一场没结果。原来张应云所招的内应，有仍旧受着洋俸，替洋人作间谍的，早把这个消息，报知英将。英将濮鼎查大吃一惊，随向郭士利道："真是天佑吾英，鬼使神差的使我们知道，不然你我都不免要受他大亏呢。"郭士利道："我看此事，多亏是中国人，我们受了他的赐，倒不能不感激他呢。"濮鼎查道："你这话我不很明白。"郭士利道："这有什么难解之处？中国人心中目中，只有钱，没有国，才肯把本国军事的秘密漏泄给敌人，要是换了别一国，如何成功呢？"濮鼎查叹道："怎么东方人性情，都是这个样子。不记印度人吗？看来中国将来，与印度怕要差不多呢。"郭士利道："那都是后来的话。咱们且讲眼前，怎么想一个法子，防备他们。"濮鼎查道："中国人喜欢的是钱，咱们拼着花掉几万银子，投其所好，索性买他一买，把他们新招的乡勇勾结了，叫他们自己跟自己先杀起来。乡勇一倒戈，他们的兵就乱了，再起兵前去接应，又省军火又省力，你道好不好呢？"郭士利拍手道："端的好计。银子花了，终究在中国人身上要回来，连开几个胜仗，不怕他们不求和，那时节赔款军费，都有了着落。咱们这会子，只当寄在他那里呢。"计议已定，遂令汉奸到骆驼桥勾结乡勇。一时回报，乡勇受了银子，非常欢喜，都愿替大英国尽力。濮鼎查笑道："这才是中国人民呢。"忽报总兵段永福、游击刘天保，知道师期已泄，不及等待，分兵南北，杀奔前来。濮鼎查闻报，立刻部勒士卒，预备出迎，一面飞骑走报镇海守将，叫他同时拒敌。暂且按下。

却说扬威将军麾下，有一位屈居下位的豪杰，就是派守大宝山的金华协副将朱贵朱协台。朱协台，字黻堂，号绪曾，江南上元人氏。世代将家，他的祖父，是个循化营把总，父亲是个骑兵。金川之役，祖父阵亡了，父被炮子轰折左右臂，终身废弃。每因不曾建得大功，附髀叱咤，郁郁不已。一夕，忽梦金甲神引一头赤豹来，向他道："我是浑源山神。念汝忠孝，特以此豹赐汝。"醒回来却就生下了协台。及长，躯干丰伟，面如渥赭，年十七，入循化武庠。嘉庆五年，从征川、楚，阵擒猾贼赵天隆。经略额威勇侯，赏授了个六品顶戴，补榆林外委。这时光，有黄连巫贼，名叫冉学胜的，伏在密菁里，持矛突出，替赵天隆报仇。协台已被刺伤，却仍把那贼子擒住解营，由此勇名冠绝一军。十年凯旋，补定羌营外委，以数次从征，得升千总。道光二年，战雪山，奉旨赏戴蓝翎。六年平回疆，赏换花翎，遂由凉州守备、硖石都司、玉泉宁夏游击，升至西安参将，寻署察汉托洛亥副将。身经百战，杀贼盈千。不过在穷边极塞，署着一个副将，直到去年八月里，英人内犯，金华协台重祥殉了难，才奉简命，补了今职。朱协台少年时候，遇过一个相面的，相他虎头燕颈，面赤骨青，生不封侯，死必血食。所以每逢临阵，勇敢剽悍，濒危不顾。此时朱协台统率有九百名陕甘兵，在大宝山防守。廿七这一日，忽奉奕经军令，叫助攻镇海。朱协台率领本部，立刻起行，才抵妙圣寺，又接到文参赞公文，知道段、刘两镇，尽都失利，叫不必轻进，回防听令。只得重又折回，安下营寨，就率昭南、共南两个儿子，到山前山后，察看了一回。见山势雄峻，士气愤激，心下颇为欣悦，随向二人道："地利人和，总算都得了。"昭南道："大宝山地处要冲。洋人来时，首先受敌。咱们兵不满千，似不宜过于脱略。"朱协台掀髯笑道："汝父行年六十四岁了，结发从戎，身经百战，这里两只手里，不知结果掉多少英雄好汉，何况这几个毛洋人。我从前在额侯爷营，瞧见杨将军五箭射死五百贼，七骑扫荡七千人，心里非常羡慕。每恨遭不着机会，不能爽爽快快干一下，被杨将军独做了英雄去。洋人果然杀来，那就是我的老运来了，怕什么呢？"昭南道："洋人枪炮利害，父亲不可轻视。"朱协台道："洋人有枪炮，我难道没有枪炮？好孩子，索性告诉了你，你老子要剿灭洋人，不是今儿起的意。三年前，在参将任上时，就派人到安徽寿光山里，找寻那头奇兽，可惜没有找到。"昭南问是什么奇兽？朱协台道："那兽名叫千岁虤，人面一足，形状很怪异。它的油可以烧海，我要来焚烧洋船呢。现在那张图，还在营里头。"随向共南道："五儿，你总也见过的。"共南道："见是见过的，孩儿听颜心齐先生说，千岁虤就是《山海经》里的猾裸，烧海之说，究竟不知验不验？"朱协台道："怎么不验。我有了这东西，早赶到镇海去了。"说着时，色舞眉飞，好像真是烧了洋船似的。

这时光，慈溪一县，长溪岭、清道观、骆驼桥，结寨连营，星罗棋布，无处无兵，无地不守。论到忠勇果敢，却是朱营第一。这一日，是二月初四，天还黑早，朱协台正要传点开操，军探报来，说洋兵数千，从大西坝蜂涌上岸来也。朱协台立刻传令排队，向众兵弁道："洋人专仗火器，火器这东西，近了是不中用的，咱们现在只用火器做先锋，冲锋陷阵，依旧恃着短家伙。"众兵弁齐声答应。朱协台向三军司令旗指道："今儿开仗，这一面大旗，我亲自执掌，三军进退，都瞧我的旗号。谁违令，我就斩谁。"众兵弁又齐声答应。说毕，执旗在手，驰马直前，昭南、共南，各执大刀，护着老子，风一般奔将去。九百名陕甘兵，宛似一群猛虎，风驰雨骤，卷下山来。刀矛并举，铳炮交轰，喊声震天，烟尘蔽日，两军的枪弹炮子，雹雨似的互相激射。英人大骇，相顾道："不料中国人，也会这么血战的。"从辰初直战到申末，朱营兵弁，横冲直荡，无不一以当百。英兵死的，不计其数，却仍旧力战不屈。朱协台怒得眼中出火，口内喷烟，挥旗大呼，拼命的格斗。昭南谏道："洋兵越杀越多，父亲不如暂时休息，待孩儿杀出重围，到大营求救。"朱协台怒道："不必多言！今儿不是我杀洋人，就是洋人杀我。"忽报救兵到了，朱协台传令开阵迎入，不意救兵才一进来，就大声呼噪，反戈相向，队伍顿时大乱。原来这一支救兵，就是洋人买通的乡勇。朱协台怒极，下令搜杀。接着又报，火轮船已进丈亭江，洋兵都到了太平桥，山上营帐，都被飞炮火筒烧掉了。朱协台怒得嘴里喷出血来，回望山顶，烟焰障天，切齿道："好洋人，我朱贵就战死沙场，死了也不放你安逸呢。"说毕，把那三军司令大旗向土垒上一插，抢一柄大斫刀，拍马舞刀，直冲向英人阵里来。昭南、共南，谏阻不及，也把马一拍，紧紧跟了来。一人拼命，万夫莫当。三员虎将，杀进英阵，手挥刀落，切菜斫瓜相似，一霎间，早斩了数十颗首级。忽一颗流弹，射中左腿，把朱协台从马上直颠下来。忽见他大喊一声，重又跃起，夺取英兵长矛，左右荡决，英人尽都失色。究竟双拳不敌四手，被英人团团围住。朱协台与儿子朱昭南，直斗到体无完肤，才阵亡了。小公子朱共南，身受三枪，死去重复苏醒，部下九百人，竟至全军覆没。大宝山自朱协台阵亡后，山顶常有云气郁勃，隐隐闻鼓角之声，夜里灯火烛天，似有旌旗来往。洋人惊恐，逡巡退去。慈邑士民，感其忠烈，纠资特建一所朱将军庙。浙江学政吴钟骏，撰有《朱将军庙碑》，其辞道：（前段略去）

甬上元戎，吊斯鬈发。扬州都督，殉早衔须。留台多烽燧之虞，列堠少藩篱之固。公首收溃卒，次练乡屯。洴澼千金，智明越组。背嵬一队，勇习韩瓶。铁浮屠林立于重关，铜面具风生于百战。夫以公之奇赅在握，披靡无前。佐路伏波而驶驾楼船，随窦车骑而远临鞮海。仆蜻蛉碑以直进，扫蠮螉塞以穷追。溺水毛沇，旧是磨刀之地；卢山弓挂，曾开鸣镝之场。何难忽罔象，噎雄虺，刃剸飞廉，铤刳猛氏。然而炬烧雉尾，赤舌无灵。浪跋鳄牙，黄头解散。当盾墨磨成之日，是鞞刀誓死之秋。无何，大帅纳李祐之降，信张元之谍。池鹅夜击，思间道以成功；营鸽朝盘，猝衔枚而轻发。二十二年正月，议收复三城，檄公领陕甘兵九百人，攻取镇海。主客之地势既异，声援之犄角无闻。九节度出师，狐疑莫决；十团营结队，乌合为多。方其飞火焚旗，坏云压垒。犹策单骑而乞贺兰之旅，叩旌门而筹细柳之防。俄燕高重捷之孤军，势无后继；种师中之神弩，力尽重围。镞中三升，马经十槊。田横烈士，岛中皆效死之人；扬业将家，麾下少生还之卒。以二月初四日辰加于申，公阵亡于慈溪西门之外，春秋六十有四。次子昭南，以身蔽父，冒刃捐驱。卞氏壶盱，阖门喋血。葛家瞻尚，同日骑箕。呜呼哀哉！结蒲之肖状如生，刻木而归元未得。幼子共南，执于卫社，甫及成童，袒背受戈，躬陪行阵。幸免王熊之家，卒求鲍信之尸。归榇河州，厝兆新域。事闻，宸衷轸悼，禭赗加优。少府之储荣，颁于左藏，司勋之载世，及于云礽。诏加总兵，赐恤赐荫。补谕词臣，撰文遣祭。昭南有子纲，命于及岁，后带领引见。棠贻段笏，九重摇张掖之碑。尧守颜书，一制轸平原之裔。公亦可以栖真八表，瞑目重泉矣。

欲知后事如何，且听下回分解。

第六十三回　刘韵珂附片保伊相　舒垕庵妙策用偷儿

话说金华协副将朱将军父子殉了国，小公子朱共南，死后复苏，奔到大营告败，已是血人儿模样，营门军弁，大吃一惊。文参赞询知情形，吓得面如土色，忙令标下将弁，保护着自己，逃向曹娥江去。一面专骑知照扬威将军奕经，叫他一同逃走。不意奕将军消息灵通，早已逃走多时了。这一役，英人虽然获着胜仗，伤亡兵弁，累百盈千，事后埋葬尸身，连忙了五七天呢。英人相语道："自从内犯以来，这么的大创，从没有受过。"所以将军、参赞，舒徐暇豫的逃遁，英兵倒并不来追赶。文参赞逃到绍兴，见奕经已经先在。奕经一见文蔚，就问洋兵追来吗？文蔚道："参赞走时，洋兵没有见呢。"奕经咋舌道："见了就走不成了。这种事，险的很。"文蔚道："亏得朱贵死命的挡住了，不然我与将军，都要不免呢。"当下，奕经就叫文参赞守住绍兴，自己片舟一叶，悄悄向杭州去了。杭州抚台刘韵珂，为人很是圆滑，接见了奕经，询知致败的缘故，就悄悄奏了一本，声称："将军等密筹数月，一切布置区处，悉从隐秘。臣忝任封圻，尚不能深悉，遑问其他？"差不多把奕将军踢了一脚。奕经没有知道，还把他当做好人，同他商量恢复的事。韵珂道："将军意思要怎样？"奕经道："洋人这么厉害，战呢断断不能够再战，要恢复宁波，还是跟他和了罢。"韵珂道："时势如此，也只好这个样子。"奕经道："咱们会衔上一个本子如何？"韵珂道："本子还是各上各的好。总之这件事，我极力帮忙就是了。"奕经道："既然如此，我还得到海宁州去查看一下子，那边也是海口呢。"次日，奕经带领从人，自向海宁州而去，韵珂便叫幕友拟了一份十可虑的奏稿，把浙江情形，说得非常危险，却并无一辞半语，说及和定。结末一段，韵珂嫌幕友措辞不善，亲自提笔改削。改毕，目阅一过，颇为得意。其辞是：

> 凡此十者，皆属必然之患，亦皆属无解之忧。若不早为筹划，则国家大事，岂容屡误？现在将军赴海宁州，查看海口情形。参赞大臣文蔚，留住绍城，调置前路防守事宜。究竟此后应作何筹办，将军等似亦尚无定见。臣渥铁生成，若不将实在情形，直陈于圣主之前，后日倘省垣不守，臣粉身碎骨，难盖前愆。伏乞皇上俯念浙省事宜，实在危急，独操乾断，饬令将军等随机应变，妥协办理，俾浙省危而复安，即天下亦胥受其福。臣不胜迫切待命之至。

似这么的奏稿，面子上并不主张和议。意思里却句句主张和议，独操乾断，无非要宣宗速定和局。随机应变，无非要奕经等暂事羁縻。好在着笔甚轻，一点子痕迹不露，轻圆流利，巧妙绝伦。刘韵珂如何不得意？既而转念，这法子虽然巧妙，究竟还不很妥当。倘然皇上叫我办理和局，我这一身，不免要遭舆论抨击，倒不如另外弄出一个人来，自己好推卸干净。攒眉苦思，想了顿饭时候，竟被他想出一个最妥当的人来。随又提笔，做成一个附片稿子。其辞道：

> 臣前请将已革两江总督伊里布，政发江浙军营效力赎罪，未蒙允准，恩出自上，臣何敢复行渎请？惟念该革员之获罪，究属因公，且其按兵不战，究与偾事误国者有别。我皇上爱惜人才，凡中外获咎臣工，苟心迹可原，成荷弃瑕录用，或令戴罪立功，不知凡几。如周天爵、林则徐等，亦皆令其及时自效，仰见圣德如天，不使诸臣终身废弃之至意。伊里布与周天爵等，同系谴戍之人，情罪似无二致。且公忠体国，并无邀功近名之心。臣平生所见，只此一人。现在将军等差委需员，除带司员之外，又调取各省丞倅、牧令来浙委用，并令本省之举贡生监，查办事件，若老成谨慎，不贪功，不图利，如伊利布者，正可以备器，何况该革员为洋人所感戴，即其家人张喜，亦为洋人所倾服。若令其来浙，或洋人闻之，不复内犯，亦未可定。可否仰恳天恩，将伊里布发至浙江，在军营效力，赎罪之处出自圣裁，臣冒犯宸严，不胜战栗。如蒙皇上鉴其无他，伏望俯赐采纳，浙省幸甚，海疆幸甚。谨附片陈明。

这一个附片，并那十可虑奏稿，一齐交给当折奏的幕友，誊写清楚，即行拜发。宣宗接到此奏，焦灼异常，跟军机大臣商议一会子，随下旨授耆英为杭州将军，赏给伊里布七品衔，命其随同赴浙。又下一道密谕给奕经，道：

> 本日据刘韵珂奏，请将伊里布发至浙江军营，效力赎罪。
>
> 已有旨令随耆英前往矣。现在浙省剿办，既难得手，则防堵是第一要务，万不可再有疏失。该将军等，惟当激励众心，协力守御，不可因前次失利，稍存畏葸，致洋人乘机，更肆猖獗。耆英此来，已谕令该将军等，相度机宜，通筹大局。临时自必密商，至防堵保卫，是将军、参赞等专职，倘有疏虞，孟浪获咎，朕惟将军等是问。该将军接奉此次密谕，惟有默识于心，断不可稍露风声，致令在事员弁兵丁，群相观望，贻误事机也。将此密谕令知之。钦此。

密旨递发去后，不到半个月，宁波克复的捷报，竟破空而来。你道将军、参赞，果有本领能够出奇制胜，大扬国威吗？原来文蔚驻师绍兴，忧心如焚，一筹莫展，好在绍兴有的是酒，尽可浇愁解闷。一日，文蔚正与随营委员，在行辕里喝酒，忽报拿住一个奸细。文蔚叫解进来，左右答应一声，随推进一个獐头鼠目的小子。文蔚略问几句，喝令推出斩首。那人听说要斩，吓得什么相似，跪在地下，不住的叩头求饶。随员里有一个姓舒，名亶庵的，在浙省当过州县，本地地痞土棍，犯过案子的，差不多认识遍了。当下瞧见那奸细，认识就是本城著名积窃王三。舒亶庵心生一计，随向文蔚道："回参赞，洋人买通奸细，算计咱们，咱们也好买通奸细，转去算计洋人。"文蔚道："算了罢。奕将军不是为听了张牧反间妙计，才吃着大败仗吗？”舒垕庵道：“卑职的计策，与张牧不同。”随附耳说了三五语。文蔚笑道：“那也好，尽你去做罢。”舒垕庵随向王三道：“你是贼子呀，现在开一条生路与你，你可肯听我的话？”王三叩头道：“只要老爷救我的命，赴汤蹈火，我都可以去。”垕庵道：“我替你想，与其做奸细而死，不如做贼子而生。你能够偷洋人脑袋来，我有本领禀请参赞，赏你功牌、银两呢。”王三大喜道：“偷盗的事情，小的还会干。小的还有朋友，可以邀来，同做这事情。”舒垕庵道：“那很好，快去干罢，献了头来领赏。”王三拜谢而去。

次日，果然献了两颗脑袋来，文参赞立赏他二两银子。宁、绍两属的窃贼，得着这个消息，呼朋引类，钻穴逾墙，顿时宁波城里，伏了个遍，来营领赏，每日总有三五起。偷儿愈聚愈众，偷术愈变愈工，神出鬼没。这一个月里英兵失掉脑袋的，真是不计其数。每逢晚上，洋兵肩枪巡夜，两个儿磔格笑语，走不多几步路，后面的人，忽地没了声息。回头瞧时，却已失掉了脑袋，仆倒在地，大骇僵立，不知所措。俄顷之间，那一个的脑袋，又失掉了。有时偷儿装做洋人模样，皮靴竹杖，橐橐而来。洋人只道是伴当，走近身，才要与他讲话，不防那人突出白刃，竟被他就此结果性命。还有生擒活捉的，抄袭“背娘舅”故智，用布从后面突然套上，背到幽僻地方，箝住口，捆缚结实，缒向城外去。有时被别的洋兵撞着了，便向小街曲巷，拼命飞奔。洋人路径不熟，只得废然而返。还有一法，洋人结队巡城，众偷儿执着条很长的滕，伏在城脚下，听得皮靴声响，就撮口长啸。等候洋人倚堞俯视，就用长藤钩住他的头，用力一拖，洋人跌落城下，疾把棉絮塞住他的口，随捆缚了。城上洋人还当那一个是失足跌下的，都伸出头来瞧看，被偷儿一一钩跌下城，随捆缚了，讲笑奔去。城里洋兵，一天少似一天。洋将大惧，下令全伙儿撤退，另到浙西一带去骚扰，只留少些兵队，守住镇海、招宝山要口。三月廿六日，宁波洋兵排齐队伍鼓乐出城，下落火轮船，由定海驶出大洋而去。扬威将军奕经、浙江巡抚刘韵珂，先后飞章入告，不过两人没有商通，奏报的话，各不相符。奕经奏的是大兵进攻宁郡，洋人畏逼窜退，现在派员收复等，一派都是铺张的话。刘韵珂却称英兵于二十六日，鼓乐前导，整队出城。惟该洋人并未受创，忽尔退出宁郡，难保其不分窜他处，冀图一逞。

宣宗接到奏报，很是踌躇，出召军机大臣商议。这班军机大臣，一个个都是太平宰相，只会享福，不解救时，议了三五回，何曾议出半策一计？宣宗无奈，只得降旨叫沿海各省，妥为防备。这道谕旨，还没有颁发，吴淞戒严，嘉兴吃紧，乍浦失陷的惊报，已经络绎而来。副都统长喜、同知韦逢甲、佐领隆福、额特赫翼领英登布、骑校伊勒哈畚等，都殉了难。宣宗知道誓师命将，不过多送掉几条生命，于国家大局，毫无补救。时驱势迫，不得不翻然变计，于是下旨援伊里布为乍浦副都统。说也奇怪，伊利布一到乍浦，英兵竟立即退出浙江地界，转入江苏来了。

却说江苏地方，有一位英雄，姓陈，名化成，字莲峰，福建同安人氏，起身行伍。嘉庆时光，秘匪蔡牵，肆逆闽洋。化成隶在李长庚部下，勇敢的声名，已经遐迩咸知。长庚阵亡后，王得禄、邱良功接统其众，剿灭了蔡贼，军功保案里，陈化成名字，列在第一排。由此受知仁宗，积功递升，位至提督。道光二十年，自福建厦门提督，改调松江，莅任才六日，就得着定海的警报。陈化成不敢怠慢，督率提标兵弁，驰赴吴淞，相度形势，就在海塘高岸上，建设行营，盖搭帐房，就与众兵弁，同在布帐里住宿。宝山县请他入城，不肯答应，又请在炮台左右，筑造行馆，化成笑谢道："大令高情厚谊，兄弟非常感激。但提督是兵弁的首领，同食皇粮，同办国事。现在兄弟独个儿住在高房大厦里享福，他们却都在风地里，雨淋日炙的受苦，异苦同甘，良心上未免说不过去，兄弟可不忍呢。"宝山县见如此固执，也只得罢了。

这年七月里，忽有大洋船三艘，在吴淞洋面游弋，内有一只，竟直闯进内洋来。化成督率兵弁，开炮轰击，连着三炮，都中在洋船船尾上。洋船上也还轰两炮，都没有打到塘岸，转舵扬帆，逃遁了深水大洋去，须臾不见踪影。等到两江总督裕谦，得信来瞧，洋船已退去多时了。裕谦大喜，专折奏闻，有"洵属老成持重"的保语。陈化成与众兵弁，虽然同甘共苦，却是营规整肃，号令严明，犯了法一点子不肯通融，因此部下兵弁，无不畏威怀德。一日，海潮大涨，营帐里水深尺许，提标中军官入帐，禀请移营，陈化成不许。中军官道："将士身处湿地，怕有病呢。"陈化成道："当军务的人，性命都要不顾，怕什么病！再者我也不在燥地上，也不见就病了。现在吃紧的当儿，咱们移营燥地上，图安逸，风狂潮涨，洋兵来时，这海塘叫谁保护？"中军官诺诺连声而退。

到这年冬季里，朔风冽冽，降了一天的大雪，陈化成踏雪巡营，不辞劳瘁。到本年四月，接着乍浦失陷的惊报，更忙得茶饭无心，坐卧不遑，一面督率本营兵弁，修塘洗炮，严为防备，一面飞咨两江总督牛鉴，求请添兵。陈化成向左右道："不是我说句夸口的话，只要牛大帅肯一心一意，对付这几个红毛人，自揣力量，还吃的住呢。"过不多几日，流星探马，报称牛制台已到上海，带有河南、徐州、江宁兵三千，藤牌兵八百。接着牛制台公文也到，化成大喜，随即牌示军民、兵弁人等，无不勇气百倍。

到五月初六这日，化成绝早起身，正拟点卯开操，忽报："洋船来了，忙上炮台瞧望。只见四艘火轮兵船，高扯着英国旗号，由外洋一路探水而入。炮弁便欲开炮，化成道："离着还远呢，白费掉弹药做什么？"说着时，人报牛制台到，化成忙着出迎，迎上炮台。化成道："大帅来的巧，请瞧陈化成杀退红毛兵。"此时火轮船已近海塘，陈化成下令开炮轰击，炮兵炮弁，一齐动手，轰天个几声大炮，瞧火轮船时，兀自驶行无碍，光景是没有轰着。此时火轮船上也回炮相攻，炮子冰雹似的飞来，没有打到，都跌落在海里头，激得海水苍龙喷沫似的，直喷起来。牛鉴见轮船上桅杆，高出海塘有一丈多高，黑烟蔽天，枪炮相接，早惊得目瞪口呆，连呼："陈军门，咱们快打点保命的法子！"陈化成忙安慰他道："大帅别怕，有陈化成呢。"牛鉴道："不妨事吗？"陈化成道："不妨事，化成经历海洋五十年，这一个身子，在炮弹里，入死出生，比今儿厉害过十倍的，也不知经过了几多回。到这会子，却依旧好好的活着。大帅放心，今儿火攻，化成颇有五七分把握。只要挫掉他的锋芒，援兵一鼓而进，敌军不难尽数歼除呢。"牛鉴道："果然能够如此？"陈化成笑道："大帅恁地胆小，我陈化成从军半世，血战百回，难道今儿偏哄大帅一个儿不成！"随附耳道："请大帅静静儿的瞧着，你老人家一慌张，军心多要怯了，大势就去了呢。"牛鉴道："你叫我静静儿，你先给我把这洋人打退，枪林炮雨，瞧着怪怕的。倒要镇定我的心，不由我做主，可怎样呢？"陈化成道："今儿事情，都在我陈化成一个儿身上，好歹总要把洋人打退。”牛鉴见他说得这么根牢果实，才放了三五分心。

当下陈化成亲自动手，十多门大炮，齐伙儿轰放，连环迭击，果然把英人打退。化成笑向牛鉴道：“大帅瞧见了，可知化成不谎你呢。”牛鉴道：“那还靠不住，也许他明儿还来呢。”陈化成道：“怕什么？自古说水来土掩，将到兵迎。洋人所靠，不过是枪炮，咱们的炮，也不弱呢。”当夜无话。

次日，洋船又来攻扑，台上回炮轰射，两军整整战了一天，依旧不分胜负。到初八这一日，火轮兵船，接尾衔头，排阵而入，大有项王破釜沉舟的气概。陈化成知道敌势汹涌，今儿战务，不比前两天，遂聚集部下将士告诫道：“吾军杀敌在今朝，被敌人所杀，也在今朝，大家总要拼命。这么厉害的强敌，吾军破了他，吾军勇武的好名声，扬遍天下了。本朝待遇将士，恩礼非常优渥，战胜固当封侯，战死亦能血食。今儿的事情，阖营里人，生则同生，死则同死，陈化成愿与诸位共命。”说着，不觉滴下英雄泪来。众人听了，尽都忿激。中营守备韦印福、前营千总钱金玉、把总龚龄垣、左营外委千总许林、前营外委千总许攀桂、额外外委徐大华、内黄营外委姚雁字，不约而同，齐称甘愿死战。陈化成道：“得众位如此，愁何洋人不破呢！”遂下令开炮抵敌。欲知胜败如何，且听下回分解。

第六十四回　战吴淞八忠殉国难　盟白下五口启通商

话说陈化成下令开炮,第一个大炮,就轰中了英国的火药巨舰。化成立命赏银五十两。炮弁得了赏,轰放的愈益起劲,炮炮都中,弹弹都着,只听震天个一声奇响,那只火药舰早炸了开来,沉下海底去了。台上兵弁,欢声雷动,齐呼大清皇帝洪福如天!这里欢欣,那边愤激。三只象鼻头桅的兵舰,鼓轮开炮,直驶上来。化成亲自开炮轰击,炮声震地,硝烟蔽天。这时候的兵轮,都是木质,都是柏叶,哪里经的住炮子。恁驾驶的人,翱翔回避,早已七穿八孔,打成蜂窝儿模样。前头一只,吃不住,沉下海去了。后面两只,一只击碎了汽锅,一只击坏了轮叶,也都沉了水底去,海面上只露出一点子桅杆。三只船上的英兵,估量去怕也伤掉有三五百呢。那带外的兵船,便不敢再进,转舵回轮,渐渐都退了去。化成喜的额手称庆,向左右说:"英兵退了,吴淞可以没事了。也再不料这么的强敌,被咱们几炮,竟就会击走的。"诸人齐道:"这都是皇上的洪福,军门的高谋。"化成听了,喜形于色。忽报英兵绕出小沙背,攻扑东炮台来了。接着又报牛制台督兵接应,已到校场,提营兵弁,欢呼踊跃,都道:"咱们有了接应兵,还怕谁!"

化成见士气激昂,心下很是欢喜,正欲督兵前敌,忽见一个兵弁,踉跄奔至,报说:"不好了,牛大帅走了,徐州兵大溃,英兵已登了岸。"接着又报,东炮台失守。化成忙传大令,叫西炮台守将,死力抵御,如有差失,军法从事。一面亲率兵弁,来抢救东炮台。忽遇逃兵,报称:"牛大帅在教场点卯排队,原要前来接应,不意英舰飞炮注攻,弹如雨下,徐州兵首先哗溃,河南参将陈平川,率领藤牌兵八百,保护着牛大帅,拼命奔逃,才脱了险。牛大帅胆子真小不过,把顶帽外套,都换给一个小兵穿戴,自己倒扮做了小兵,那小兵倒坐在绿呢大轿里,充做大帅。真便宜他,好福气,做了半日的大帅。"化成焦急道:"这种没要紧事情,不说也罢。现在大局怎样了?"那逃兵道:"听说洋人攻打西炮台,韦老爷正开仗呢。"化成催兵前进,行了一阵,逼得近了,听得前面枪炮的声音,宛如催花羯鼓,残年爆竹,别訇不已。化成道:"了不得,我们紧行一步罢。"言未了,忽然枪炮的音声,寂然停止。化成大惊失色,在马上几乎跌下地来,左右问故,化成道:"西炮台失守了,吾军都逃散了。"众人还不信,接着流星探马,报称洋兵杀上西炮台,守备韦印福、千总钱金玉、许林、许攀桂、把总龚龄垣、外委徐大华,同时战死,西炮台失守。化成抚膺叹道:"垂成之功,败于一日,都坏在牛大帅一个儿手里。"随向左右道:"今儿不夺回这两座炮台,我陈化成誓不活着。"左右尽都感泣。说着催马前进,此时已近东炮台,只见台上英国旗号,随风飘荡,好似在那里自鸣得意似的。陈化成怒得气涌如山,目眦迸裂,连唤:"杀!杀!杀!"加上两鞭,那匹马风一般驶将去。台上英兵,觑的真切,趁冷里就是一枪。那弹子比什么还快,一着心窝,跌下马来,一瞑不视,归仁去了。外委姚雁字大呼道:"军门殉国,我们应替他报仇,有志的快随我来。"亲兵八十人,激于忠愤,齐呼:"情愿战死!"风驰云卷,飞一般奔将去。台上排枪齐声开放,下面也还枪攻击，愈逼愈近，肉薄仰攻，两军都弃下枪炮，用短兵鏖战起来。这一阵恶战，战有一个多时辰，天愁地惨，日暗云昏。姚雁字典八十名亲兵，无一生还，全军战死，后人有诗赞道：

当时曾记六君子，事后追识七忠臣。
士卒之死八十人，三泖沪渎无遗民。

姚雁字血战的当儿，亏了武进士刘国标，背负陈化成尸身，藏匿在芦苇中，总算是保全了。直隔了十余日，嘉定县陈延璜才遣人舁到畽城关帝庙殡殓，事闻得旨赐谥忠愍，从难七忠，也均赐恤如例，这都是后话。

却说牛制台与小兵易服逃难，逃入宝山城。那宝山县只道轿里坐的是大帅，向小兵纳头便拜，唬得那小兵还礼不迭。宝山县惊道："大帅重礼，卑职哪里当的起。"陈参将喝道："这哪里是大帅，大帅在这里呢。"宝山县听了不解，才欲问时，忽见城外火光烛天，众人哗说西炮台火药库烧了。随见两个衙役，踉跄奔至，告说不好了，洋兵入城来了。陈参将保住牛鉴，拥出西门，拼命奔逃而去。宝山县吓得屁滚尿流，直躲在坑厕间里，才保住了性命。当时江浙有童谣道：

一战镇海口，制台死，提台走。再战吴淞口，提台死，制台走。吴淞提台守镇海，五处码头弗会有。

英人既克宝山，休兵一日，随乘帆船，进攻上海。上海离宝山只八十里，乘风扬帆，半天就到了。不意上海的官员，比什么都要厉害，洋人没有来，早安排下对敌妙计，逃之夭夭，躲得影踪都没了。洋兵从新闸登岸，击枪排队，预备开仗。无如中国人不去理会他，空兴头了一会子，没个对手，无从大逞英能。没奈何，只得不费一弹，不伤一人，太太平平的进了城。濮鼎查问马利逊道："松江的兵，都被陈化成带了出来，本城谅必空虚，咱们不如领兵一支，把松江取了来。"马利逊道："这么很好。我愿带兵一千，立刻就去松江走一遭。"说毕，随点人马，星驰而去。满望旗开得胜，马到成功，不意记名提督尤渤，率着寿春兵，并力抵御，攻了两天，斗大的松江城，铜墙铁壁相似，一步都攻不进，只得折向上海。濮鼎查道："咱们在宁波时光，得着两种好东西，一种是浙江十一府志书，一种是长江形势图。现在松江既是守的严密，不如转入长江去，江阴、靖江、镇江，都是很好的好地方。"马利逊道："我们初到，似不宜遽入内江，轻造重地。"濮鼎查笑道："想参谋的雄心壮志，早吃那尤提台挫折了。不然，怎么这么胆小起来。"马利逊道："马利逊是英国人呢，英国人的心志，也是人家挫得去的？不过行军的事情，不能过于大意。咱们自浙江到这里，所遇劲敌，像舟山的葛云飞、郑国鸿、王锡朋，镇海的谢朝恩，慈溪的朱贵，吴淞的陈化成，不知伤掉多少人马。长江又是内河，水量浅深，也没有测量过，陷了进去，万一搁了浅，可怎样呢？"濮鼎查道："这是老成持重之见，很不错。"随派遣测量队，扮做中国人模样，乘坐小船，沿江上溯，一径测量将去。从江阴直探到安徽芜湖,河道阔狭,水量浅深,礁石有无,测探得明明白白。派出测量队,共有七起,先后回沪销差。绘图说帖,很是详细。濮鼎查问道:“沿江各口,竟没人把守吗?”测量员道:“我们每到了险处,总停了船,上岸察看,芦苇丛中,树林深处,搜抄个遍,没有一兵一将,才放胆前进。从江阴到芜湖,都是这个样子。”濮鼎查笑道:“中国人恃着长江天堑,固不虑我们会飞渡呢。”随向马利逊道:“今儿齐备齐备,明天就好出发了。”

正在得意,忽接探报,报称:“镇江绅士请道台周顼,在圌山上面,测度形势,商量堵截守御的计划。”濮鼎查惊道:“瞧阅地图,圌山这一段江面,很是狭隘,倘在这地方驻了兵,设了炮,咱们要过去,可就不容易了。”随向马利逊道:“先生马利逊,你可有甚法子?”马利逊道:“那用不着这么惊惶,他们不过在商议,究竟行不行,这会子也没有定呢。”濮鼎查道:“一句话提醒了我,很该派个人去探听探听,等回信来了再发动也不晚。”此时军中尚无电报,军报往还,全靠着汉奸走探。不多几天,确实消息,早已探到,知道周道台嫌绅士的计策需费过巨,没有用得。濮鼎查以手加额道:“不是上苍默佑,镇江怎会有这么的好道台。从此吾军溯江直上,不必忧了。”马利逊也笑道:“他们意思里,总道江面狭隘,轮船不能过去,哪里知道现在是夏季里,海洋潮汐正旺盛呢。”濮鼎查道:“中国人要是知道了天时地利,咱们也不会到这里来了。”说着,忽报:“派往无锡、江阴内地游弋的舢板小船,都被乡民狙杀驱逐,伤掉了好多兵士们,请统领快派大队去报复。”濮鼎查道:“内地港路叉歧,还是直进长江的好,叫他们快收转回来,我正要出发呢。”一面下令水陆兵士,都下了火轮船,大小轮船,共计八十余艘,出了黄浦江,向长江上游逆驶上去。汽笛狂吹,黑烟翳日,桅杆上英国国旗,临风飞舞,气势十分雄盛。

六月初九,舰队已抵靖江,濮鼎查下令围封港门,派遣陆军上岸,突入靖江城去。不意江城城池虽小,民气十分愤激。洋兵才闯进城,守城百姓,呼噪奔逐,砖石俱下,还击不及,一个弁目,竟被城上童子一砖击中头颅。脑浆迸裂而死。余兵逃回轮船,诉知濮鼎查。濮鼎查大怒,叫军船三只,攻打靖江。大队火轮,逆流上溯,向镇江而去。这三只轮船,鼓轮开炮,攻打了二日,并没有伤着靖江一丝一毫,倒被靖江人轰炸了个火药舱,伤掉好多兵弁。因为靖江人乖觉不过,开仗时光,都把身子伏在长堤里,这里打他打不着,那边打来,倒枪枪都中,所以受了大亏。英将见得不着便宜,只得收队追跟大队,也向镇江而去。

却说濮鼎查大队,鼓轮逆溯,六月十四,早抵镇江城外。只见岸上,扎有三五座营帐,高扯旗号,上写参赞大臣齐慎、湖北提督刘允孝字样,濮鼎查笑向左右道:“这种兵将,要与咱们对敌,真是螳臂挡车,不知自量了。你们瞧他,军人的气派,还没有像呢。”说着时,江边败将逃回,诉说开战情形。濮鼎查道:“瞧岸上那种兵队,还不如百姓呢。”随叫书记员,写了一封战书,派人上岸投递,限他二十四点钟里让出镇江全城,逾限不让,就要开炮攻打。

一到次日,濮鼎查下令把大小各炮,尽都驾起,装药实弹,听候军令。自己左手执着金表,右手按着指挥刀,但等二十四钟点一到,立刻下令开炮。炮弁上来请令,濮鼎查道:“只剩五分钟了,快预备起来罢。”霎时限期已到,濮鼎查口喝号令,把刀只一挥,十多门大炮，齐声轰发，撼地震天，宛如雷轰电击，那几座单布营帐，一着炮子，顿时就烧起来，烈焰横飞，不过顿饭时光，全都烧成白地。齐参赞、刘提督，抵敌不住，率领人马，直退向离城四十五里的新丰镇去了。濮鼎查下令陆军将弁，移炮上岸，攻打府城。镇江守将副都统海龄，偏是个不识势的硬汉，督众登陴，死力守御。攻打了两日夜，甚至用火箭射入城中，房屋着了火，阖城大乱。洋兵乘间架云梯扒城，才攻克了。常镇道周顼、镇江府祥麟、丹徒县钱燕桂，多亏没有破城时光先溜跑了，不会遭着兵难。海龄闻报洋兵入城，聚集妻妾儿女，慷慨道："咱们是旗人，一出世就食国饷，今儿的事情，别人可以逃难，咱们只可殉难，不能逃难。"随叫把门下了锁，发火焚烧，霎时烈焰飞腾，阖室自焚而死。

濮鼎查入了镇江城，随命扑灭了火，一面出示安民，招集流亡。此时瓜仪一带盐枭光蛋，闻知镇江失守，官吏逃亡，天高皇帝远，竟然无法无天，大肆劫掠起来。行商往贾，没一家不受他的累。濮鼎查闻知此事，立派火轮兵船，前往搜捕，搜着了，连人连船，一把火烧光完结，火光焰焰，映得满江通红。附近居民，眼顾色骇，吓得最厉害的，要算着扬州人。彼时扬州富丽繁华，甲于天下场运两商，因为事业伟大，吓得更是厉害，终朝岌岌，竟夜惶惶，越是惧怕，谣言越是厉害。这个说洋人将于某日到扬州，那个说洋人因军饷缺乏，要到扬州来搜刮呢。讹说朋兴，很有风声鹤唳，草木皆兵的气象。

此时有一个姓江，名寿民的，在扬州城里，开着一爿书画馆，很有辩才，交通也很众多，当下倡议道："扬州在军略上，并没什么紧要，不过贪图地方富丽，想来搜刮一下子。咱们与其事后受亏，不如事前先防备着，大家拼出几个钱，派一个人到镇江，与洋人当面讲明，叫他不要来扰。赎城款子，要几多，我们尽力筹献，洋人答应了，也免了一城的惊恐。"场运两商，听到此计，无不赞同。于是就派江寿民往镇江，商议赎城事宜。寿民见着马利逊，谈起此事。马利逊开口，就索价六十万银子，寿民道："扬州穷城子，六十万银子一时间向哪里筹去？"马利逊道："扬州是穷城子，这句话说给谁也不信，恁怎么富的地方，咱们得了，要立筹二三十万银子，也真毫不费力的事，何况是扬州呢？"寿民道："扬州这几年来，远不如前了，外面瞧着，繁华富丽，其实市面是空的了。六十万银子，简直无从设法。二三十万，还可以勉力筹划。"马利逊暗忖，濮鼎查定计，疾趋南京，原没工夫去扬州，平白地送这一笔银子来，落得答应了，卖一个人情与扬州人。当下一口答应，言明赎城款子，纹银三十万两，定约签字。江寿民回报扬商，扬商禀过运台但明伦，于是悉索赋敝，搜刮了雪花花银子三十万，解交镇江洋营。洋人大喜，当夜就聚集弁目兵众，按名放了赏。

次日清晨，八十余艘火轮船，齐伙儿启碇，逆流上驶，径向南京进发。轮行迅速，一两天工夫就到了。从观音门起，直到北河外下关，传烽举火，照彻城中。制台牛鉴，吓得呆鸟一般。还是藩台黄恩彤，有点子见识，献计道："兵临城下，居民异常惊惶，为今之计，第一当先安民。"牛鉴道："安民安民，我心里麻烦得什么相似，自己不能安，如何能够安人家？"黄恩彤道："安民的法子，该先出一张告示，称说洋人来此，为求抚并不为求战。百姓知道没有战祸，自然不会扰乱，再在城里办起保甲来，居民铺户，每五十家，立一道木栅，昼启夕闭，防的是奸民乘乱劫掠。"牛鉴道："城里头几个小百姓，咱们还管得下,我怕的就只洋人呢。大炮厉害不过,你可有解救的法子?”黄恩彤道:“对付洋人,司里也有个法子。”牛鉴忙问何计。黄恩彤道:“只要大帅行一个照会去,称说钦差大臣耆英,已经奉有谕旨,永定和好,不日即可到省,叫他们静静儿候着。洋人接了这个照会,未必好意思就翻脸。”牛鉴喜道:“端的好计。我就叫幕友办照会去,安民的事情,奉托了老哥罢。”于是分头干办,各行各事。牛鉴心终惴惴,怕的是洋人一朝翻脸。

到七月初三,幸喜盼到了一个救星。你道是谁?就是惯做和事老的伊里布伊大臣。牛鉴接见之下,就诉说省城吃紧情形。伊里布道:“不要紧。小价张喜,跟洋人很是合的来,明儿差他上洋船,探探濮鼎查口气,和约一切,等耆将军到了再谈。”牛鉴拱手道:“南京一城性命,全仗尊官几句话了。”伊里布道:“这个很容易。”次日,果然叫张喜到英船去传意羁縻,去了大半天才回。此时伊里布正与牛鉴商议军国大事,江宁将军德珠布也适在座。牛鉴听报张喜回来,就骂巡捕官道:“报什么?快给我请他进来!”巡捕官不敢置辩,走出门,咕噜道:“一个家丁,也要下请字,咱们大帅,真也太会客气了。”一时引入,张喜逐一请过安,才禀道:“家人到洋船上,传谕恩意,濮鼎查倒说,耆将军到省,未知何日,烦你回禀钦差制府,替我收拾好一个邸舍,咱们进城慢慢商量罢。家人回他,通好出自密旨,不是百姓能够干预的。等耆将军到了,包你总有好结果。”牛鉴点头道:“你这话回的很好,他们可怎样呢?”张喜道:“家人说了,那马利逊就扬扬的道,咱们兵士这么的多,饷道这么的远,正想到城里来就食,定要咱们等候耆将军,快快办三百万银子饷糈来,咱们自当遵命。家人见无理可喻,只得赶回城来请示。”牛鉴呆了半晌,才向伊里布道:“三百万银子,向哪里办去?”伊里布还没有回答,外面送进一封照会,说是洋船上送来的。牛鉴拆去封套,与伊里布、德珠布一同观看。此时往来文件,都用汉文,可以不用翻译。只见英人照会上,开着几条款子,都是很难照办的。第一条,索偿烟价、商欠、战费银二千一百万两;第二条,广州、福州、厦门、宁波、上海,请开为通商码头,准英人寄居贸易;第三条,有职英人,与中国官员,用平行礼相见。还有几条,是划抵关税,释放汉奸等细目。结末请钤用国宝,以昭诚信,并要求克日画诺。瞧毕照会,三个中竟有一个,怒的直跳起来,欲知此人是谁,且听下回分解。

第六十五回　刘巡抚遗书责三帅　怡制台办案渡台湾

话说牛鉴、伊里布、德珠布瞧毕照会，德珠布怒得直跳起来，只见他气吼谴道："这种照会，谁耐烦瞧它！还是点齐人赶快出城，决一死战，好的多呢。"牛鉴道："洋人就是猛虎，你捋了虎须，惹的虎性发作，你果然不要紧，我们不就被你害了吗？这个断断动不得。"德珠布道："牛制台直恁地怕事，据我意思，总要与洋人开一仗，就是不胜，也应闭城登陴，严严的守一下。"牛鉴道："闭城登陴，洋人要起疑心的，也不好。"德珠布道："牛制台照你这个样子，倒不如把南京城双手献给洋人罢了。大清国有你这么的大忠臣，也真是国家的隆运。"说罢，拂衣而出。牛鉴向伊里布道："老德这么倔强，咱们的事情，定被他败坏呢。"一时巡捕官入报："将军衙门传出大令，十三城门都闭锁了。"牛鉴大惊失色。原来，南京城各门锁钥，都是将军执掌的，制台遇有急事，必先遣人知照将军，索得将军令箭，才得开行。所以德珠布闭了城，牛鉴十分着急。牛鉴道："闹出事来谁担当？我可再不能忍耐了。"随叫幕友起折稿，参德珠布。忽报寿春救兵已到，在城下扎营呢。牛鉴道："寿春兵早不到，晚不到，偏这会子到了。洋人要是生了气，大炮一轰，一城的人，都没了命。"伊里布道："还得我去劝劝他，照他那么左性，恼的洋人发了火，事情真不好办呢。"于是伊里布亲自到将军衙门，软语婉言，百般劝说。德珠布却不过情，才答应下海朝巳开申闭，却自己把驻防的内城，闭锁得铁桶相似。城上架起红彝大炮，炮门正对制台衙门，好似立刻就要开仗似的，唬得满城百姓，逃避不迭。牛鉴闻知，更是忧闷。

直到初六这日，耆英到了，牛鉴才放了几分心。好在耆英也是怕事的人，三个人一鼻孔出气，把洋人照会，略略驳诘了几条，照复了去。隔了两日，洋人回文来了，驳诘的话半句不肯依从。耆英与牛、伊两人，正在没做道理处，忽报："洋兵已上钟山，在山顶上安设大炮。江面上洋船，也高扯红旗，大有立刻开战的声势。"耆英道："这便怎么处？"伊里布道："光景是为寿春兵到了，洋人动了疑心呢。"牛鉴道："别慌，我有一计可以解救此患。"耆、伊二人齐问何计。牛鉴道："我看还是派人去见洋人，告诉他所请各款，业已据情代奏，一俟奉到批回，即可永定和约。洋人见咱们说得这么入情入理，总也不致节外生枝呢。"伊里布道："差谁呢？还仍旧叫张喜去了罢。"牛鉴道："光是张喜，怕不郑重么？"耆英道："还是派几个大员去。"牛鉴道："我也这么想。藩台黄恩彤、侍卫咸龄、宁绍台、道鹿泽长，都可以派委。"耆、伊二人，齐称很好。当下随请了黄藩台、鹿道台、咸侍卫来，告知此意。黄恩彤等义不容辞，自然满口应允。

次日，午饭时光，黄藩台等已经回来，称说洋人并无异议。耆英道："咱们快缮一封奏折，飞驰请旨。"于是耆、伊、牛三人会衔具了封奏折，由加紧八百里飞递北京而去。宣宗拆阅封奏，十分震怒，随召集军机大臣，把折奏掷给他们，道："你们瞧耆英、伊里布、牛鉴，竟这么不懂事情，洋人不过多了几条轮船，几尊大炮，他们竟就怕的他鬼神一般，敬的他父母相似，放个屁也不敢驳回。像这种要求，都在情理之外，胆敢上章乞恩，把朕当作什么主子呢！”满大学士穆彰阿回道：“不意耆英等，竟都是呆鸟，兵兴三载，糜饷劳师，一点子功效都没有见。议和也未始不可，但是天朝体制，万不能稍事迁就。现在他们竟会应允钤用国宝，办理洋务，竟这么心粗气浮，殊属不知大体。请皇上密降谕旨，责令婉谕洋人，争回体制，其余无关得失的地方，也就大度包容，施一个格外之仁，免得兵连祸结。”宣宗见说有理，随道：“和了也好。只是福州，是省会地方，如何好通商？”穆彰阿道：“换给了他泉州如何？”宣宗道：“也只好如此了。”随令军机拟旨进呈。阖朝文武，听到这个消息，激昂慷慨，不约而同的上来谏阻。无奈宣宗帝最是爱民如子，生恐祸结兵连，百姓受苦，力排众议，把恩准和议的旨意，降了出去。

却说此时南京耆、伊、牛三帅跟洋将濮鼎查、马利逊，往来酬酢，要好得什么相似。自初九那日，王藩台等去过之后，牛大帅就发出一个意见，说咱们该选一个日子，亲自去拜会拜会。濮、马两洋将，究彼怎样厉害的人物，闻名不如见面，还是见一遭的好。”耆英道：“此举是少不来的，不然洋人怎知我们是真心主抚呢。”说着，回向伊里布道：“莘翁你看是不是？”伊里布应了一声“是”。牛鉴叫当差的，取了一本《时宪》书来，戴上眼镜，翻开细阅，恰好十五日是大好日，出行会亲友上梁破土，无不相宜，笑道：“巧的很，咱们就十五去了罢。”随把《时宪》书递给耆、伊两人。两人瞧了，自然也不说什么。于是先派张喜到洋船上去知会。当下张喜回来禀称：“马利逊说：‘咱们洋人，不懂中国仪注，钦差、制台，定要光降时，请行本国的平行礼，不然也不敢劳驾光顾呢。’”牛鉴忙问怎么叫做平行礼？张喜道：“洋人拜跪之仪，只在天主跟前行。觐见国主，也只有免冠鞠躬，平行礼，不过举手加额是了。”牛鉴道：“平行礼倒很简便，好好好，依了他们是了。”

到了这日，耆、伊、牛三帅，乘坐绿呢大轿，带领随从文武，到洋船拜会。濮、马以礼迎接，宾主十分欢洽。十六无事，十七日，三帅具了牛酒，亲诣下关犒师。不意大轿到轮船，濮、马忽辞不见，三帅弄得莫名其妙，回转省城，忙差张喜去探问。一时回报：“马利逊说，所定各款，丝毫不能通融，要是反悔，马上就要开炮。话已讲完，何必多见？”牛鉴道：“洋人脾气真难弄，好好儿的，怎么一下子就翻了脸，咱们又没有得罪他。”耆英道：“事情哪里料得定，也许有人搬了口舌，也是有的。”说着，外面送进廷寄来，耆、伊、牛三帅，跪接拆阅，不觉大惊失色。牛鉴道：“洋人知道了，一定要不答应，此事如何处置？”耆、伊两人你望着我，我望着你，望了许久，也想不出什么奇谋异计。末后耆英道：“牛制军，还是你想想法子。”牛鉴道：“恁我怎样，总僭不过中堂，我正听候中堂示下呢。”耆英道：“还讲这种话，现在是什么时候呢？”三个臭皮匠，赛过诸葛亮。你斟我酌，斟酌了大半天，竟被他们画出一条极妙的妙策来。你道是什么妙策？原来就是掩耳盗铃故技，把廷寄瞒住了，仍旧奏乞天恩，俯如前请。其中措辞，称：“钤用国宝，乃其本国主所借以觇向背从违者。若不奉允准，所议各条，一概不行”等语，一派都是要挟的话。宣宗知道他们不能够再战，只得降旨依议完案。耆、伊、牛接到朱批，快活得什么相似，遂照会洋人，约定本月十九日，在仪凤门外静海寺，议订草约。

到了这日，三帅率领同城文武，都到静海寺恭候。不过顿饭时光，那濮鼎查已乘坐绿呢大轿，护从兵弁二百名，整队来寺。见过礼，取出草约底稿，照牛鉴心意里，是谨尊台命，一口应允就完了。耆、伊两帅，究竟还要一点面子，检那末节细故没要紧地方，跟洋人磋磨商酌，敷衍了好一会儿，才把草约签了字。

二十一日，濮鼎查、马利逊，率领将弁，由西门进城，至上江考棚答拜。牛制台巴结洋人，传集四营兵士，摆队鼓吹升炮迎接。于是中外一家，一霎间开成五口通商之局，国势顿时大变了。和局既成，各省官吏，无不欣然色喜，只有浙江抚台刘韵珂，致一封长函给三帅，很有深思远虑的话头。

其辞道：

抚局既定，后患颇多。伏念计出万全，自必预防流弊，而鄙人不能不鳃鳃过虑者。查英人船只，散处闽、粤、浙、苏较多，其中称有他国纠约前来者。又闻粤东有新到洋船十只。倘该酋退兵之后，或有他国出而效尤，或即英人托命复出别事要求，变幻莫测，我未能深悉详情，又安能尽服丑类？此不可不虑者一也。该洋人在粤，曾经就抚，迨给予银两，仍复滋扰不休。反复性成，前车可鉴。此次议定后，或又称国主之谓言马、郭等办理不善，撤回本国，别生枝节，此不可不虑者二也。该洋人屡有前赴天津之谣，去年来投书之某某，今年擒获之郭酋义子陈禄，皆云虽给银割地，决不肯不往天津。而现索通市码头，又不及天津，殊为可疑。能杜其北上之心，方可免事后之悔，此不可不虑者三也。通商既定，自必明立章程，各有关口，应输税课。万一该洋人仍向商船奸阻，势必不能听其病业攘课，一经禁止，必启事端，此不可不虑者四也。通商之后，各省均照粤东定制，民人与该洋人狱讼，应听有司讯断。万一案涉洋人，抗不交出凶犯，又如粤东林维美之案，何以戢外暴而定民心？此不可不虑者五也。罢兵之后，各处海口，仍须设防，如策造炮台战船，添设兵伍营卡，本以防海，非以剿敌。倘该洋人猜疑阻扰，以致海防不能整顿，此不可不虑者六也。今日汉奸尽为彼用，一经通商，须治奸民，所有内地民人，现投该处者，应令全数交出，听候内地安插。否则介夫华洋之间，势必恃洋犯法，从此不逞之徒，又将陆续投洋，匪徒有害良民，万一该洋人庇护，官法难施，必寻衅隙，此不可不虑者七也。既定码头，则除通商地面，余皆不容泊岸，倘有任意闯入，以致民众惊惶，或取牲畜，或掠妇女，民人不平，纠合抗拒。彼必归采于官，而兴问罪之师，此不可不虑者八也。名曰通商，本非割地。现在已将定海城垣拆毁，建造洋楼，绵亘数里，西兵挈眷居住，大有据邑之意。忽各省均如定海，恐非通商体制，腹内之地，举以畀英，转瞬之间，即非我有，此不可不虑者九也。中国凋敝之故，由于漏银出洋。今各省内有洋船，漏银较前更甚，大利之源，势将立竭。会子、交子之弊政将行，国用民用之生计已绝。嗣后虽准以货易货，较前更须严禁，漏银出洋，犯者无赦，而蚄隙门，即在于此，此不可不虑者十也。至于议给之款，各省分拨，承示此项银两，须勒绅富捐输归款。浙省自军兴以来，商民捐助饷需，为数实已不少。宁郡为全省菁华，又被该洋人搜刮一空。去秋收成本欠，冬间复遭雪灾，各属饥民滋事，节经劝捐账，经体察绅富情形，实已竭蹶从事。若责以赂敌之款，功令捐输，势必不应。若四川省之议增量赋，江浙万不能行，必至忠义之心，渐成怨毒之气。故剿敌之银可劝捐，而赂敌之银不可劝捐。他省完善之地，或有可劝捐，浙省残敝之区，万难劝捐，惟有据实陈明，不敢妄有欺蔽，惟含容亮察之。

刘韵珂的话，离然切中时弊。无如丝已成线，木已成舟，三位大帅，只把他当作耳边风凉话儿，一笑置之罢了。

这日，三位大帅正在商议复奏的事，忽见巡捕官气喘吁吁的奔入，三个人不觉唬倒了两双。原来巡捕官走入时，已经面无人色，三帅瞧见这个样子，不知外面有了什么事，也都唬的呆了。只见巡捕官禀道："洋兵杀来了！"耆英道："没有的话，和约的事，桩桩件件都依了他，才议结，如何又翻悔？"牛鉴道："是怎么的事？"巡捕官道："这几日，洋船士兵弁人等，都上岸来游览，莫愁湖，报恩寺，没一处不有他们踪迹。今儿一洋兵队在南门外不知哪一村，瞧见了几个标致女娘，就上前去手搀手的调谑。这一来动了众怒，被众百姓拿住了，拳足交下，着实奉承了一顿。"牛鉴大跳道："那还了得！打洋人还是打我？王法都没有了。真混账，快给我拿！"巡捕官顿了一顿，又禀道："洋兵受了亏，回船纠合了大队，到那边去报仇了。"

牛鉴才待派人查问，忽传进藩台黄恩彤手本，牛鉴忙命请见。黄藩台走进，见过礼，牛鉴问他洋人的事怎样了。黄藩台道："不用大帅费心，司里已经处置妥当了。"牛鉴道："总要把那起瘟百姓，重重办一下子。"黄藩台道："南京民气，愤激的很，倒也不便十分压制呢。"牛鉴心里老大不自在，没好气的问道："敢是老哥反倒摧抑洋人不成！"黄藩台道："司里哪里有这个能耐。就有了这能耐，也没有这胆量呵！"牛鉴点头道："那也是实话，你怎样办理的？"黄藩台道："司里先到洋船上谢了罪，回来随即出示晓谕军民，只说外洋重女轻男，执手是其本俗，尔居民慎勿惊疑。致滋事端，大事化小，小事化无。经司里这么一办，两面倒都安逸了。"牛鉴听道才放了心。黄藩台道："洋人还要咱们办凶手呢。"牛鉴道："这原是老兄忽略，很该早早拿捕了。"黄藩台道："照眼前而论，百姓也不很可欺呢。好在洋人不懂什么事，司里已经分付江宁府，从府监里提出几名罪犯，栅锁了到洋船上去一会儿就是了。"牛鉴无语。

牛制台对于抚议这一件事，可以算得煞费苦心。谁料宣宗帝偏不赏他的功，酬他的劳，倒把他革职拿问，交给刑部治罪，究竟得了个斩监候处分。

有事即长，无事即短。英国自白门定约之后，得着商欠、烟价、战费银二千一百万，又得广州、福州、厦门、宁波、上海五处通商码头，心满意足，承他情总算几个月没有生事。到这年十一月，静极思动，竟又掀起滔天大浪来。原来上年定海、厦门，相继告陷时光，英人特遣偏师，窥伺台湾。此时台湾地方，文有兵备道姚莹，武有总兵官达洪阿，得着惊信，立率本部兵弁，开炮抵御。恰好副将邱镇功，手发一炮，击折了洋船桅索，那洋船仓皇奔逃，触在礁石上，立时粉碎。兵弁纷纷落水，却被清兵乘机擒获了黑人百余名，并刀仗、衣甲、图书等件。镇、道两员，商议了一会子，立即联衔入告。按照旧制，台湾原属闽省管辖。因为远在海外，特加兵备道三品衔，得与镇臣专折奏事。当下奏折到京，宣宗下旨嘉奖，并下特旨，嗣后有攻剿洋人折件，准有五百里奏报。如不获胜仗，即由六百里奏报。

九月，英兵再犯鸡笼。姚道台、达镇台两个儿智攻力战，把鸡笼口子守得铜墙铁壁相似。二十二年正月，英兵三犯大安港，见清军防守严密，知难而退。次日，洋船只在口外游弋，望见旗帜，再也不肯驶进港来。姚道台与达镇台商议着，用奇计诱它进口。于是密饬所募渔船广东水夫，与洋船上广东汉奸，操土音讲话。自愿充常向导，请他从土地公港进口。英人不知是计，触着了暗礁，一只三桅大船，就此搁浅不行。官兵乡勇，乘危邀击，遂得生俘白人十八名、红毛人一名、黑人十三名、广东汉奸五名。捷报到京，宣宗大喜，亲提朱笔，降一道恩旨道：

> 览奏欣悦，大快人心。该洋人上年窥伺台湾，业被惩创，复敢前来滋扰。达洪阿、姚莹，以计诱令洋船搁浅，破舟斩馘，大扬国威，实属智勇兼施，不负委任。允宜特沛殊恩，以嘉懋绩，达洪阿着加太子太保衔，姚莹着加二品顶戴，钦此。

不多几时，又颁到一道廷寄，是专命查问敌情的事。镇、道不敢怠慢，密侦严究，果然探出根由，据实复奏上去，称说："询得汉奸供称濮鼎查在定海遣酋目颠林、汉奸黄舟等以重资来台窥探，欲行勾结，寻即被获" 等语。此时闽督怡良，一恨镇、道飞章入告，大功不从己出；二怕台湾防守严密，洋兵定然逼入厦门。妒恨交攻，遂叫泉州知府沈某，写信去知照，只说洋人性好报复，使他一唬，暗地纵掉，就能功败垂成。谁料姚道台不上他的当，倒堂皇正大，复一封信给制台，其辞道：

> 差回奉到二月二十四日书，系念台疆，示以持守之大猷，不在争锋于海上，乃金石之论。惟洋人犯顺，于今三载，挟制要求，无所不至。某未娴军旅，勉力从戎，幸蒙圣训，指示机宜，未致贻误。乃荷天恩，迭被回畏寻常，曷胜惶悚！所有办理情形，具详公牍，诡邀垂鉴。昨又奉旨复讯洋供，已连日都同府厅再加研讯，具得其情。谨会同达镇军，据实复奏，并绘图说进呈。窃意洋人虽强，本亦乌合各岛黑人而来，与我争利者，红白人也。其人少，每船仅数十人，余皆黑人，愚蠢无知，惟仰食于红白人，工资口粮，所费甚巨。今闭市久，洋人之钱粮无所出，其所丧失，亦复不少。洋人以货财为命，两年以来，货皆贱价私售，折耗资本，不可胜计。情势亦必中绌，则求通市之心，自必益亟，特狡诈性成，乃更大为扬言云云。复以大兵前来，水陆并进，协令闽人在番贸易者，为之致书厦门郊行以给我；复择富饶之区，沿途骚扰以胁我。凡此无非急求所欲耳。且闻洋人孟加喇地方，屡为东印度旁国所败，虏其将士妇女千余，洋人必回兵往援。若我更坚持三月，洋人将内溃，惟诸将

迭经挫衄之后，沐于洋人威，未知能计及此否。台湾前获外人，已遵旨分别一一办理。泉州沈守，两次来函，深以外人性好报复为言。尝熟思之：彼性畏强欺弱，我擒其人，久而不杀，彼以我为惧彼，是明示之弱也。沈守又以舟山、厦门失守，为外人报复之证。试思洋人初至舟山，非有所仇也。近至上海，又岂有仇乎？外人垂涎台港已久，即不如是办，彼亦可以破舟丧资索偿于我。前所处置之洋人，无不可为报复之词也。不办徒自示弱，办之犹可壮我士卒之气。惟当安抚人心，益修守备，严拿奸民，尽心力而无懈耳。两军对仗，势必交锋，非我杀敌，即敌杀我。乃先存畏彼报复之见，何以鼓励士卒乎？愚昧之见，伏祈训示。

原来此时台湾获得洋囚，共有一百六十余名。会经奏准，倘遇大帮猝至，惟有先行处死，以除内患。所以姚道台信里这么说法。怡制台大惊，行文镇道，立逼着叫把洋囚解进省来。姚道台笑向达镇台道："制军的意思，不过要退掉鼓浪屿洋兵，其实是没中用的。现在察看该洋人势甚锐，而志甚骄，瞧厦门如囊中物，哪里肯为了这一百多名不甚爱惜的累囚，丢掉这必争之地呢？"达镇台道："可不是呢。送还了他，大未见收回，先倒示之以弱，不如办掉了，快快人心。"姚道台鼓掌称善。于是提取讯供，除颠林等九洋人、张、黄二汉奸，系奉旨禁锢外，其余黑、白洋人，不问老少，都将他一一办了。怡制台恨得无可言说。白下订盟之后，姚道台遵闻释放洋人，恰恰遇着海风，守候了二十多天，才到厦门。于是英人横加诬谤，说台中两次俘获，都是遭风难人，镇道乘危邀功，心实不甘，就在江、浙、闽、粤四省大吏前，投词诉冤。诸大吏怕兵端再起，立即上闻。宣宗下旨，着浙、闽总督怡良，渡台查办。欲知此案如何结局，且听下回分解。

第六十六回　疆吏含冤被革职　金蝉脱壳约二年

话说怡良初到台湾，原要把镇、道两员，传旨逮问，狠狠发一番威，行一番势。谁料台湾百姓，都不是好惹的，闻知怡制台过海办案，激昂悲愤，奔走呼号，大有一帅朝吴督摭击阉党的气概。趋从过处，路旁百姓，喧哄不已。乖人不吃眼前亏，怡制台按住火性，一声儿不言语。次日，传齐了达镇台、姚道台并府县各官，正问话时，忽听外面喊声，自远而近，宛如天崩地陷，岳撼山摇。怡良吓得目瞪口呆，不知如何是好。巡捕官踉跄奔入，报说："不好了，外面有许多百姓，每人手持细香一炬，闯进行辕来也。"怡良惊道："闯进来做什么？"巡捕官道："替镇台、道台喊冤呢。"随道："又喊起来了，大帅请听。"怡良侧耳听时，果然众口同声："都道制台大人好冤呀！达镇台、姚道台，都是我们这里好官呀。"怡良骇极，随向达、姚二人道："亏得兄弟没有难为二位，二位这么的得民心，真真是好官。"才讲得三句话，家人飞报，众百姓已经拥进二门。达镇台道："势已逼迫，请大帅坐出堂去，拊循遣散，不然怕要闹出事来呢。"怡良道："出去不要紧吗？"姚道台道："大帅出去，镇压一下子，怕就好了。不然，这一班无知百姓，怕倒要无法无天呢。"怡良道："出去便出去，只是你们不能离我半步，有个缓急，也好仰仗你们呢。"达镇台道："好好。"于是簇拥着怡良，坐出堂去。早见那长长矮矮胖胖瘦瘦的众百姓，海潮似的涌将来，人山人海，不异千军万马，香烟如雾，喊声若雷。怡良睹此情形，吓得一句话也不敢说。此时众百姓从辕门到大堂，黑压压跪了一行辕，亏得达镇台、姚道台再四拊循，再四劝说，说上无数的好话才把众人遣散了。瞧怡良时，还呆蚩蚩的坐在上面呢。镇、道两员，不胜好笑。恰好有廷寄到，才把他叫醒，拆开瞧时，只见上面写着：

> 倘此案稍有隐饰，不肯破除情面，以致朕赏罚不公不明，又误抚局，将来朕别经察出，试问怡良当得何也？凛之慎之。钦此。

怡良随把廷寄示给达、姚二人，道："二位的忠贞，兄弟也很知道，只是上意如此，兄弟也难为力。二位如果执定意思，不肯委屈，万一衅端再开，这个咎兄弟可不能担任呢。"姚道台道："大帅钧意，要职等怎样呢？"怡良道："识时务者为俊杰，大丈夫能屈能伸。照兄弟意思，二位不如递一张供状来，只说两次洋船之破，一系迎风击碎，一系遭风搁搁，实无兵勇接仗之事，不就完了吗？"姚道台还没有回答，达镇台早虎虎的答道："这么是大帅要我们欺天欺人，并欺自己了。"怡良道："我也无非为二位说法，从不从我原不能相强的。"达、姚两人，究竟是属员，恁他如何本领，哪里强得过上司？说不得只好就委屈点了，一任他殉情枉断，完了这糊涂公案。怡制台复奏上去，略称"此事在未费就抚以前，各视其力之所能为，该镇、道志切同仇，理直气壮，则办理过当，尚属激于义愤。惟一意铺张，致为借口指摘，咎有应得。达洪阿、姚莹不敢坚执前情，呈递亲供，求为奏明治罪”等一派圆滑的话。不多几时，廷寄下来，叫把达、姚两人，逮捕入都，交刑部会同军机大臣审问。达镇台倒也不说什么，姚道台满腹牢骚，无从发泄，因浙江刘抚台有镇、道此行非辱的话，遂写一封信给刘抚台，大发其郁勃不平之气。其辞道：

某与达镇军以杀敌效果，为外人谲诉，大帅相继纠弹。更有摭拾浮言为外人之助者，致干震怒，逮问入都，既负圣明特赉之恩，又辜上台知荐之德。惶悚离言，即当赴省候文就道，不得面辞，歉仄尤深。在泉州承明谕，原奏未尝不是，惟办洋人太急。再逾两月，则抚议成而事可免。又谓镇、道此行非辱，甚矣！大君子持论之允也。顾一得之愚，尚有未白于左右者。今当远违，率敢布其区区，辛垂察焉。今局外浮言，不察情事，言镇道冒功，上干天听。夫冒功者，必掩人之善以为己美，未有称举众善而以为冒功者也。鸡笼之地，距郡程十日，大安稍近，程亦五日，皆在台之北境。两次擒洋人，均非镇、道身在行间，惟据文武士民禀报之词耳。自古军中验功，皆凭俘馘、旗帜、铠仗，有则行赏，故人皆用命，非如狱吏以摘奸发伏为能。是以周师耀武，史有“漂杵”之文；项羽自刎，汉有五侯之赏。所谓兵贵虚声，宽则得众也。鸡笼之破，洋舟虽似冲卫礁；大安之破，洋舟虽云搁浅。然台中擐甲之士，不懈于登陴；好义之民，咸备于杀敌。乘危取乱，未失机宜。洋舟前后五犯台湾，草乌贼船，勾结于外；逆匪巨盗，乘机斁乱于内。卒得保守岩疆，危而复安，不烦内地一兵一矢者，皆赖文武士民之力也。第无以鼓舞而驱策之，焉能致此者？况当日各路禀报，皆称按伏计诱，所献虏囚、炮械、衣甲、图书，既验属实，复有绿营、旗帜、军衣、刀仗、浙抚营官印文、火药道库数册，实系骚扰内地之兵船。其时洋焰方张，蹂躏数省，荼毒我民人，戕害我大将。朝廷屡有专征之命，阃外曾无告捷之师。宵旰忧勤，忠良切齿。郡中得破舟擒敌之报，咸额手称庆，谓海若效灵，助我文武士民，歼兹丑类。亟当飞章入告，上慰九重焦愤之怀，且以张我三军，挫敌锐气。在事文武，方赏劳之不暇，岂为镇有不在行间，功不出己，遂贬损其词者。镇、道原奏，皆据禀报汇叙，未言镇、道自为。即文武原报，亦未没士民所获，士民亦未控文武攘其功者。怡宪渡台，逮问镇、道成算早定，一时郡民不服，其势汹汹，镇军惧变，亲自拊循慰谕乃散。翌日犹人持一炬香，赴钦使行营泣诉，而全台士民，远近奔赴，佥具呈为镇、道申理者，皆未邀洋案议叙之人也。虽宪批不准，然皆已受其词，在案可稽，则镇、道非有冒功之心明矣。鸡笼洋舟，到口三日后乃开炮，我兵亦开炮相持。大安洋舟，实为渔人所误搁浅。兵民因而乘之。当日陈词，初非臆逆，讵洋人就抚后，追恨台湾擒斩其人，遍张伪示，以为中华之辱，莫甚于此，计逐镇、道以快其私。大帅相继纠参，而台湾冒功之狱成矣。在诸臣创痛巨深，以为甫得休息，窃惧再启兵戎，谋国之意，夫岂有他？

正月二十五日，钦使渡台至郡。二十六日，传旨逮问，以所访闻，令镇、道具词。某与镇军熟计，洋人强梁反复，今一切已权宜区处，肤诉之词，非口舌所能折服。镇、道不去，而洋人或至，必不能听其所为。洋人或别有要求，又烦圣勤，大局诚不可不顾也。且诉出洋人，若以为诬，洋人必不肯服。镇、道天朝大臣，不能与洋人对质辱国，诸文武即不以为功，岂可更使获咎？失忠义之心，惟有镇、道引咎而已。盖未抚以前，道在扬威厉士；既抚以后，道在息事安民。镇、道受恩深重，事有乖违，无所逃罪，理则然也。且上年十二月初三日，镇、道见洋人伪示，即照录具奏，自请撤回查办。其折在口守风，钦使已奉旨渡台，乃追回抄呈怡宪舟次，缮折犹存。今已罪去，诚乃本怀。将来入都，亦必如前请罪，以完洋案。惟大君子有知己之感，区区微忱，不敢怀匿而去，幸惟亮察之。

宣宗帝真的圣明，知道达、姚两个，都是好人。但是要不办，洋人定然不肯答应；要重办，良心上未免说不去。于是想出一个两面光鲜的法子，只把他革职完案。后来宣宗驾崩，文宗即位，颁示腾书，才把此狱平反转来，这都是后话。

自从台湾案子断定而后，洋人气焰，一天高似一天，中国声威，一日倒似一日。华洋讼案，十桩里倒有九桩是华人输的。谁料盛极必衰，物极必反。道光二十三年，广州百姓，同仇敌忾，众志成城，竟有本领使洋人不敢越雷池一步，你道厉害不厉害？原来广东民风，素来强悍。道光二十一年，英人内犯，粤民激于义愤，在萧关三元里地方，与洋人开仗，连破其众，军威大震。于是遂练成一支团练兵，起初也不过南海、番禺两县，后来香山、新安等县，相继并起，绅民喋血，丁壮荷戈，蓬蓬勃勃，很有炎泽中兴、新野下江的气象。白门定约，五口通商，洋人便欲到广州城里，跟大府议事。绅士、耆老，得着此信，顿时激昂慷慨，发了狂似的。一面援引档案，递禀督、抚两院，称说乾隆中，定制以澳门为贸易之区，以黄浦为卸货之地。洋商交易事竣，仍押回澳门住冬，不得逗留省城洋行擅自出人。所以杜华洋之争论，立中外之大防，法至善也。现在洋人胆敢破我例禁，我粤人誓不相认。一面传递义民公檄，叫富者助饷，贫者出力，举行团练，按户抽丁。以百人为一甲，八甲为一总，八总为一社，八社为一大总。三丁抽一，除老弱残废及单丁不计外，旬日之间，城乡镇集，通国皆兵。大府闻知，暗地捏一把汗，要严禁，怕激变，又不敢。幸喜洋人乖觉，几回到省，倒都知难而退。

道光二十五年，偏有个不识窍的洋人，定要入城议事。这时光，制台是耆英，广州将军是伊里布，抚台是黄恩彤。这三位兄弟跟洋人都是很要好的，却不过情，就派广州府知府刘泽到洋船上知照，只说等晓谕了军民，再订期相见。不意粤人得着此信，顿时就闹起来。城厢内外，遍张揭贴，约称洋人入城，立即闭城起事。事有凑巧，次日，刘本府陪了一个洋人，打通回衙，拦路撞翻了一副油担，两个皂隶，全都滑倒，跌成油博士样子。刘本府大怒，喝令把卖油郎当街笞责。不意触犯了众怒，阖市的人，齐伙儿哗闹起来，都道："官府清道迎接洋人，我们小百姓，自该杀尽诛绝，索性送上去叫他杀。"顿时聚集了三五千人。刘本府见色势不对，丢下洋人，自顾自逃命。众人哪里肯舍，紧紧追赶。刘本府逃进衙门,众人也涌向衙门而去。刘本府躲在上房,再也不敢出来。众人抢进上房,刘本府急极,爬墙逃命,连跌带跳的逃了去,幸喜没有跌坏。那府太太、府姨太太、府大姐、府少奶奶等一大堆宝眷,号号哭哭,悲苦得死了人似的。众百姓闯进上房,瞧见箱笼物件,一齐动手,尽都搬出,铰掉了锁,搜出朝衣、朝帽、朝珠等物,哗道:“本府已经投了洋人,还要这大清服色来做什么?”一个道:“不如用火烧掉了,倒爽快多呢。”众人齐声称好,霎时烈焰飞腾,十来套衣服,都烧掉了。刘本府奔诉两院,泣请发兵剿捕。督院推抚院,抚院推督院,究竟不过出了一张安抚的告示,何曾拿办一人。众百姓愈益兴头,散布传单,声言焚劫城外十三洋行。那要求入城的洋人,瞧见这个声势,吓的早逃了去。从此粤民气焰,更升涨了十分,碰到洋人登岸,总要多方窘辱。洋人只道是大府发纵指示,常常贻书诮让,督、抚两院,深恐衅端重开,邀集绅士,商议消弭的法子。众绅士中,血性最厉害的,要算着许祥光,字宾衢的,是道光壬辰科进士。其余如侍郎罗惇衍、编修龙元僖、给事中苏廷魁,也都是满怀忠愤,一片冰心的。

当下督院耆英,就把本意称述一遍。罗侍郎道:“这是众怒,我们也没有法子。”许祥光接口道:“大公祖原来没有知道,咱们广东人,只有剿敌的能耐,没有讲和的本领。倘然大公祖下一个军令,能执干戈御外侮的,受上赏,治晚虽然不武,当先锋、当殿后都愿听从指挥。”督院见他们这么固执,只得叹息而罢。此时广州将军伊里布,竟至活活忧死。制台耆英知道住在这里,终非好兆,运动了首魁穆彰阿,得旨内召,于是一件湿布衫,遂脱卸在别个儿身上了。非但如此,他老人家临走,还撒下一堆很大的烂屎。英人因耆英是原议抚事的大臣,要求他定了入城之约,才可动身。耆英道:“这一件事,二年之后,包可践约。”英人又请他据情入告,他老人家也满口应允。耆督院走了之后,抚院黄恩彤也被人参掉,议和的几位仁兄,一时间风流云散。新任督院是徐广缙,抚院是叶名琛,这两位都是治世良臣,很随和的人儿。到了任,不助洋人,也不助百姓,凭你天翻地覆,海啸江腾,他终是心平气和,好好做他的官,享他的福。督、抚两人,比较起来,叶抚院更是了得,一味的好道,只爱诵济拜忏,叩佛礼神。他老人家最信奉的是吕岩、李白二仙,设立乩台,朝晚虔奉。每日除了焚香请仙外,余者也就不在他心上了。

却说广东自耆英去后,鸟飞兔走,转瞬已届二年。洋人行文照会,申请践约入城。督院徐广缙,置之不理。广东绅士,闻知此信,忙见督院道:“洋船每岁一来,悉索敝赋,也不够供给。现在广东人摩拳擦掌,都要替国家出力,大公祖投袂一呼,荷戈奔集的,定有十多万,还怕什么!”徐督院道:“难得众位同仇敌忾,兄弟很是钦佩。将来如果开仗,少不得总要借重。但是目下时候,还没有到呢。”忽报洋船泊在虎门口外,定要跟制台会议。徐督院道:“什么事,待本部堂亲到洋船上会他是了。”随发了一纸照会去,约定日子。到期,督院亲诣洋船,会晤英使。英使申请二年入城的事,督院道:“此事本署没有档案,碍难遵命。”辞别回城,遂邀抚院商议战守事情。欲知后事如何,且听下回分解。

第六十七回　徐广缙坐镇广州府　洪秀全起事金田村

话说督院徐广缙，从洋船回来，立邀抚院到署，商议战守事宜。叶抚院道："咱们不必张惶，一到辛卯日，洋人自然会退去。"督院惊问："何以知道？"叶抚院道："兄弟叩问过吕祖，吕祖在乩台上判明，所以知道。"徐督院笑道："吕祖是仙人，凡间事情，怕没工夫管理呢。"说着，巡捕官呈上名片，说团练董事许祥光来拜。督院忙请相见，随向抚院道："此公总为洋人入城的事。"一时引入，见过礼，许祥光就问："英使文翰要求入城，大公祖可曾应许？"徐督院道："没有呢。"许祥光道："没有最好。洋人性情，贪得无厌，就依了他，也总有别的枝节生出来。粤省虽然五方杂处，众心齐一，敌忾同仇，很可以振兴鼓舞。"徐督院道："宾翁所办团练，共有几多人马？"许祥光道："眼前只有十多万，捐集的款子，也只数十万。如果要开仗，还可以号召，还可以捐募。"徐督院道："眼前可以不必，万一洋人挟兵要求，到那时借重团兵，同事防守也未晚。"许祥光道："照治晚浅见，还是由团董出面，写一封信给洋人，狠狠的劝他一番，答应了最好，不答应，先礼后兵，咱们也没什么不是了。"徐督院笑问抚院："此策如何？"叶抚院连声称妙。督院道："如此很好。宾翁起了信稿，最好先给兄弟瞧一遍，再行遣发。"许祥光道："那一定要就正的。"当下辞去。次日，果然送了一纸信稿来，徐督院接来看时，只见上写着：

> 盖闻事不深思，终贻后悔。人无远虑，必有近忧。天下事有始意以为可行而其后终不能行者，有常情以为易行而其势又实难相强者，如贵公使与我大宪所议入城之事是也。前年贵国德公使，坚请入城之议，耆相国定约两年之期，此安知非相国深知其难，而姑缓其期，以为一时权宜之计乎？又安知非德公使明知回国，预存卸责之见，而欲诿其过于后来受代之人乎？不然，则入城之事，无待再计而决，何难即日举行，而必待至两年之后耶？或谓粤省通商二百余年，各国商人皆在十三行居住，城外既无间华洋，则入城又无分畛域。不知省会之地，民居稠密，良莠不齐，往往倚主凌客，遇事兴波。于是闲人之积愤生事者有之；土匪之乘机抢劫者有之。民情习俗，均非上海、福建之可比，此贵国人所共知也。今贵使胶执前约而不深思远虑者，不过欲以贵国体面，夸耀于人，以为入城则荣，不入城则辱耳。不知无端而招众怨，举足而蹈危机，是慕虚名而贾实祸，求荣反辱，智者必有所不为也。或又谓不许贵公使入城，乃素不安分之徒，藉以蛊惑众心，赖官绅有以弹压而开导之。抑知民情之真伪，非可徒托空言也。即如贵国所与交易之匹头、棉花等行户，皆安分业生之良民，彼以巨万之血本而谋利，若歇一日之业，即亏一日之资，何以一闻入城之议，遽停贸易，不约而同，谁使之然耶？今城厢内外，

家家团勇，户户出丁，合计不下十余万。而且按铺捐资，储备经费，合计不下数十万金，岂尽为防御土匪而设？苟非众志成城，何以一闻入城之议，踊跃乐从，不谋而合，又谁使之然耶？此皆民惟一心、众怒难犯之明证，固非官吏所能强而齐之，又岂刑法所能禁而止之也？乃外洋纷纷传说，有谓贵使如不能入城，必将与拂构怨，以图一逞。此尤不可信。何者？二十一年之结怨兴师，贵国有激而成，所关者大，实出于不得已。今为此小节，经动干戈，若只以现在香港二三千之众，而抗全城数百万之人，则众寡不敌。若遽调各港之兵，且科众商之饷，则因小失大，愚者亦不屑为。现在匪徒觊觎生心，动藉公愤为口实，万一酿成焚烧洋楼之事，殃及各国远人，玉石不分，咎将谁诿？黄竹岐赤柱之事，其前车也。若以为他处滋扰，可以挟制广东，俾罢入城之禁。不知省会之区，众流所汇，设有缓急，彼此相援，此又同仇敌忾之可信者。在贵使深思远虑，必无不先见及此而肯举轻妄动耶？我等绅士亦知贵使计必不如是之左，特恐不肖之徒，播造谣言，激成祸变，于以使其借端滋扰之谋，殊可寒心耳。

总之，作事贵循天理，尤贵顺人心。天视自我民视，天听自我民听，故民心之向背，即可验天心之从违。我大皇帝以中外为一家，怀柔远人，无分畛域。现在钦奉谕旨，亦以民心为重，盖顺民心即以顺天心也。且贵国来粤通商，历有所年，全靠地利人和，方能获利。近年生意冷淡，亦由民遭兵燹，财穷力竭使然。亟宜培养元气，充裕财源。贵使为国干城，各国航海而来，无不同深仰望。正当图远大之计，为外洋各商兴利于无穷，更不宜以此无益有损之举，而蕲蕲于荣辱计也。若能体察民情，相安无事，则我粤贤士大夫，必将敬礼有加，即乡曲愚民，亦必颂扬无已，荣莫大焉，固远胜于入城万万矣。是以钦差大臣徐，洞悉舆情，确见民心如一，公论同符，开心见诚，直言相告，其所以保护贵国之苦心，与夫顾全粤民之深意，至周且密也。何贵使未之悟耶？我等绅士，世居省城，因见停贸易者不乐其业，谋捍卫者不安其居。民情汹汹，势将激变，于贵国既为不利，于粤民亦不聊生。两败俱伤，隐忧殊切。特将实在情形，明白布告，贵使如幡然省悟，中止不行，我等绅士，必当开诚留公，劝谕各行户，照旧贸易。务使中外商民，共敦和好，尽释猜嫌，相待以诚，相交以信。并钦遵议旨，为贵国善谋保护之方，以期共享升平之福。凡此披肝沥胆，言出至诚，毕有明证，情无欺饰。贵使固可访察而知也。若仍固执己见，不听良言，必将专恃威力，妄启衅端，是不顾礼义，不讲情理，则非我等绅士所敢知者耳。

徐督院连声称赞，许祥光自然欢喜，当下就差人送了洋人那里去。不意这封信才发去，火轮兵船，就叩头接尾，闯入省河来。合城兵民，人人气忿，个个激昂，携炮装枪，争先赴斗。督院怕闹出事来，忙备单舸，径迎洋船，谕以众怒难犯，切勿冒冒贾祸。英公使文翰，与水师各将密谋，劫住了督院，再要求入城的事。正在商议，忽见省河两岸，团民义勇，呼噪的声音，动地摇天，撼山震岳。文翰唬得面如土色，向左右道："不料广东民气，这么的厉害，就是开仗，彼众我寡，也难定操胜算，只好将来瞧机会再要求罢了。"于是罢兵修好，不敢再提入城的话。督、抚两院，乘势与他立了一张不准入城的约，办理完毕，随即据情入告。不到一月，奉到一道很荣耀的廷寄，督、抚两院，都得着世袭罔替的爵贵，劳并辟土，功等开疆，真是圣主隆恩，兴朝异数。

上谕洋务之兴，将十年矣。沿海扰累，糜饷劳师。近年虽略臻静谧，而驭之之法，刚柔不得其平，流弊以渐而出。朕深恐沿海居民，有蹂躏之虞，故一切隐忍待之，盖小屈必有大伸，理固然也。昨因英人复申粤东入城之请，督臣徐广缙事迭次奏报，办理悉合机宜。本日又由驿驰奏，该处商民，深明大义，捐资御侮，绅士实力匡勷，入城之议已寝。该洋人照旧通商，中外绥靖，不折一兵，不发一矢。该督、抚安民抚外，处处皆抉摘根源，令该洋人驯服，无丝毫勉强，可以历久相安。朕喜悦之忱，难以尽述。允宜懋赏，以奖殊勋。徐广缙着加恩赏给子爵，准其世袭，并赏戴双眼花翎。叶名琛着加恩赏给男爵，准其世袭，并赏戴花翎，以昭优眷，发去花翎二枝，着即分别只领。穆特恩、乌兰泰等，合力同心，各尽厥职，均着加恩，照军功例交部从优议叙。候补道许祥光、候补郎中伍崇曜，着加恩以道员尽先选用，并赏给三品顶戴。至我粤东百姓，素称骁勇，乃近年深明大义，有勇知方，固由化导之神，亦其天性之厚，难得十万之众，利不夺而劳不移。朕念其翌戴之功，能无恻然有动于中者乎？着徐广缙、叶名琛宣布朕言，俾家喻户晓，益励急公亲上之心，共享乐业安居之福。其应如何奖励，及给予匾额之处，着该督等第其劳勋，赐以光荣，毋稍屯膏，以慰朕意。余均着照所议办理，该部知道。钦此。

督抚两院，得着这意外的爵赏，愉快之情，难以尽述。

却说宣宗帝即位到今二十九年，励精图治，勤政爱民，很愿身致太平，比隆尧舜。无如国家多故，广州条约，金陵条约，两回和战，开出非常变局，失掉无数利权，圣心不免悒悒。加之吴、楚水灾，川中番乱，所遭都是不如意事，积忧成疾，圣躬已经不豫。到这年十二月，皇太后又病故了。宣宗是纯孝的人，哀毁逾礼，病势又加重了几分。太医院医官，轮班入值，悉心调治，哪里有点子功效？延至道光三十年正月，宣宗自知不起，命召宗人府宗令载铨，御前大臣载垣、端华、僧格林沁，军机大臣穆彰阿、赛尚阿、何汝霖，陈孚恩、季芝昌，内务府大臣文庆，到圆明园寝宫御榻前，谕令到正大光明殿，取下金匣，公同启视。诸臣不敢怠慢，取下金匣，敬谨开看，见龙凤翔舞的杏黄缎上，御笔亲书"奕䜣"两个大字。原来宣宗共生九子，皇长子、皇次子、皇三子，俱早殇。奕䜣系钮祜禄氏所出，排行第四。皇五子名奕誴，皇六子名奕訢，皇七子名奕譞，皇八子名奕詥，皇九子名奕譓。宣宗平日，最爱的是奕訢，金匣缄名，几乎要书奕訢的名儿。有一回听说已经书就了，却被太监在阶下偷窥，见末笔一竖很长，猜定是"訢"字，遂到奕訢那里报了喜，闹的宫内外都知道了，宣宗心中很是不乐。

此时上书房众师傅里头，有一个滨州人姓杜名受田的，足智多谋，很想建立非常，干一番旋乾转坤大事业。事有凑巧，一日，宣宗恰命众皇子到南苑校猎。祖制，皇子念了书，奉命外出，临行时光，总要诣师傅跟前请假的。这日，皇四子到上书房请假，恰只杜受田一个儿在那里，作过揖，受田就问："阿哥到哪里去？"皇四子道："奉上谕南苑校猎去。"受田回头见没人，悄悄道："阿哥请过来，有几句很要紧的话嘱咐你。"随附耳道："今儿到了围场里，万勿发一枪一矢，并当约束侍卫人等，不得捕获一头生物，只坐观别人驰射是了。"皇四子道："这又为什么缘故？不得禽兽，上头问起来，拿什么话回答呢？"受田道："上头问时，阿哥只要奏称，时方春和，禽兽都有孕育，不忍伤害物命，以干天和，更不愿以引马一技之长，与诸弟争强斗胜。阿哥照我的话奏上，定能上契圣心。这是一生荣枯关头，切记切记，千万别忘了。"皇四子大喜，谨遵台命，到了围场，并不出手。

这日，皇六子奕䜣，猎得禽兽最多，据鞍顾盼，很是得意。见皇四子端然默坐，问道："哥为什么不出手？"皇四子道："我身子不爽快，不敢驰逐呢。"猎了一镇日，众皇子回宫复命，獐儿、兔儿、雉儿、雀儿，都有献纳。只皇四子空手而返，宣宗问他，他就照着杜受田的话回奏。宣宗大喜，不觉脱口道："这真有君人之度了。"于是决意立奕詝为太子，金匣缄名，䜣字遂变成詝字了。

当下群臣捧出御书，遵照祖制，册立皇四子奕詝为皇太子。延到正中午刻，宣宗御驾竟然大行去了，遗诏后世母奉配郊祀。皇太子即了皇帝位，是谓文宗。拟年号，叫咸丰，以明年为咸丰元年。大行皇帝卜葬山陵，拟上尊谥，是宣宗成皇帝，尊母钮祜禄氏为皇太后，封弟奕琮为惇亲王，奕䜣为恭亲王，奕譞为醇郡王，奕詥为钟郡王，奕譓为孚郡王。

文宗帝即了帝位，酬庸报德，第一桩要事，就是拔擢师傅杜受田，立升他为刑部尚书、协办大学士，大小政事，无不咨询，恩遇之隆，莫与伦比。杜受田知无不言，言无不尽，鞠躬尽瘁，倒也十分忠恳。几桩洋务冤狱，林则徐、达洪阿、姚莹，都亏了他，得以平反转来。文宗帝是道光十一年六月初九日生的，到今恰好二十岁，华年玉貌，正是春风得意时候。偏有那凑趣的内监，先意承志，知道文宗生长禁中，自小儿跟旗下女子厮混，定然嫌烦憎腻，倘选汉女入侍，定蒙刮目相看，苦于祖制森严，未由得献。皇天不负苦心人，穷思极想，竟被他想出一个新奇法子，只说圆明园地处郊外，天下多事，禁御间彻夜宜加严密，园中内监不敷分派，拟雇民间女子入内，以备打更守夜。一面派人到苏、浙两省，选购妙龄女子几十名，献入圆明园。文宗乐得什么相似，众汉女分居亭馆，各有专职。得幸最甚的，共有四人，都各赐有名号，什么杏花春、武陵春、牡丹春、海棠春，当时号为四春。后人有诗叹道：

纤步金莲上玉墀，四春颜色斗芳时。
圆明劫后宫人在，头白谁吟缃绮词？

文宗赋性虽是风流，听政很有特见，因此臣下起了他一个美号，叫做小尧舜。谁料命途多舛，即得位没有几个月，广西桂平县金田村，竟闹出大乱子来。倡乱的首领，姓洪，名秀全，广东花县人氏。蓄发易服，开堂传教，志颇不小。从来大乱之兴，都由天灾人祸，相拶相逼，逼迫成功的。广西这地方连年饥馑，官贪吏狠，百姓苦得要不得。洪秀全于是乘机而起。起先有一个姓朱名九涛的，倡设一个教会，名叫三点会，也叫上帝会。劝人入教，叩拜上帝，称上帝为天父，天父名叫耶和华。洪秀全与同邑人冯云山，首先入教，后来教众推举洪秀全为教主。秀全因势利导，伪死七日，谎造经文，谬称上帝长子是救世主耶稣，次子就是自己。千八百年前，因为世人罪恶滔天，派遣耶稣降生救世，现在又派自己入世救人。又说某年月日，天降大难，蛇虎伤人，人畜都要灭绝，解救的法子，只有入教忏悔，一时被诱入教的，累万盈千，声势十分浩大。贵平人杨秀清、韦昌辉，贵县人石达开，合了秀全的妹婿萧朝贵。这几个人，都是三点会里头的金梁玉柱，互相标榜，四出诱劝。入教的人，男称兄弟，女称姊妹，一例平等，并没有贵贱上下。道光末年，广西一带，提起洪秀全三个字，已是无人不知，没个不晓。地方官吏，知道这些人都是祸根了，放出霹雳手段，把洪秀全等一班人，拿捕下狱，办成个妖言惑众之罪，申报到省。碰着抚院郑祖琛，是个著名老佛，戒杀放生，视为因果。见此案株连太多，起了个不忍的念头，谕令全数释放，修德行仁，竟至酿成大祸。这里头光景也是天数，听说郑抚院从某省按察，任满回京时，在山东旅次，有一个二十年前的同学友，忽来拜访，传请入见。那人一揖之外，默无半语，问他话，唯唯而已，举茶送出，霎时间又来投刺，抚院颇为疑讶，转念此人或未娴官场仪则，不敢贸然直陈，也是有的。遂令家人导入，不意逊坐后，依然默默无言，等到送出，却又投刺求见。郑始拒不肯见，那人哓哓哀求，不得已，再命传入，作色道：“尔二次求见，默不作声，果为何事？”那人厉声道：“恭喜梦白，此番进京，包管升任广西布政使。然天下数万万生灵，都在你一个儿手掌中，你须留意！你须留意！”抚院见他语无伦次，不觉忿极，大声喝拿。家人奔集，那人忽然不知去向。抚院大骇，入都陛见，奏称旨，上谕下来，果然授了广西布政使。忆及那人的话，愈益忐忑不定，从此皈依三宝，镇日趺坐在静室里，佛号千声，喃喃不绝，一切政事，尽都不管。遂致盗贼蜂起，地方大乱。这年升授广西抚院，偏又慈悲，把洪秀全等几条猛虎，纵放归山，遂致酿成十三省糜烂的大祸。欲知洪秀全起事后，朝中有何举动，且听下回分解。

第六十八回　莽英雄慷慨题诗　真名士从容破敌

却说洪秀全起事金田村，抚院郑祖琛，恰为剿办土匪，驻扎在平乐府。接着警报，唬得只是念佛，连声道："佛天保佑！佛天保佑，这一遭儿，我可糟了。"亏得幕府中几位老夫子，都有定国安邦的上策，经文纬武的奇能，瞧见居停主人急得这个样子，忙都献策，解他的愁闷。内中有一个姓时名菊庵的，最是谋多智足，当下献计道："洪逆倡乱，晚生看来，毫不足患。"抚院道："老夫子不做官，不食禄，寇至则去，自然毫不介意。兄弟在官言官，在职守职，这个责任儿，哪里脱卸的去？"时菊庵道："晚生有一个奇计，能使广西地方，无论扰的怎么样，上头总问不着中丞一句话。"喜的抚院前席请教。时菊庵道："中丞赶紧办一个折子，到北京告急，只说贼势非常厉害，本省兵力单弱，难于防守，恳请简派大员，来粤剿办，一面自请交部严议。上头见中丞自己请罪，就有十分不自在，怕也要灭去九分九厘呢，处分一层，不用说是轻的了。钦差一派出，剿贼的担子，咱们也可以不用管得。中丞瞧这一个计划，好不好？"抚院大喜，随请他拟了一个折稿，瞧过不错，缮写一过，立刻拜发出去。这一道本章，是由六百里加紧，飞骑传送，不多几天，早到了北京。当值太监，见是加紧奏报，不敢怠慢，赶忙送入乾清宫。不意文宗不在宫中，询问左右，回说："乌雅太妃患了病，爷在那里问候呢。"原来乌雅太妃，就是醇郡王奕谖的生母。按照祖制，王子分封之后，太妃例应归府就养。现在醇郡王赐第在太平湖畔，就照例表迎太妃归第。文宗因太妃温良贤淑，特旨留宫，十分敬礼，后人有诗赞道：

太平湖畔启朱门，分府时承同辈恩。
表淑含和资母训，宫中兰膳礼常尊。

那太监见文宗不在，说明原委，留下章奏自去。一时文宗回宫，左右呈上。文宗翻阅一过，心里好生不自在，传出密谕，召协办大学士杜受田乾清门问话。文宗出御乾清门，杜受田行过礼，瞧见圣容愁戚，不敢开口询问。只听文宗道："郑祖琛这人，先生大概总也知道。"杜受田听了一怔，亏得他心机灵动，一转念就问："敢是广西地方，闹出了什么乱子？"文宗道："以人论人，他这个人，究竟如何？"杜受田道："郑祖琛做州县时光，很有能名，由州县而监司，由监司的方面，就平常了。光景他这个人，民命有余，封疆不足。"文宗道："这话就对了。只是做了巡抚的人，终不然还叫他做州县去。先生，你瞧他的章奏，广西竟被他酿成这么的大乱子。"杜受田瞧阅一过。文宗道："你看如何处置？还是依旧交给他办，还是另派别个去？"杜受田道："依旧交给他办，郑祖琛果然不足惜，只是广西的百姓都要糟了，殊非我皇上视民如伤之至意。"文宗道："派人去，你看派谁去好？"杜受田道："臣保举两个人，只是内中一个，要恳求皇上格外施恩。”文宗问是谁？杜受田道：“向荣、林则徐。”文宗道：“林则徐么……”杜受田道：“林则徐为不善办理洋务革了职，先皇帝也知其冤，所以革职未几，就赏给他四品卿衔，驰赴浙江军营效力。后经革职，发往伊犁。未到戍所，又命折回河东，不及数年，又下恩命，命他回京以四五品京堂候补。穆彰阿、耆英等，虽然再三阻拦，哪里阻拦得住。皇上起用林则徐，倒也算得是绍述先志。”文宗道：“穆彰阿、耆英，朕也知道他不是好人。”随令杜受田拟旨，授林则徐钦差大臣，迅赴广西剿办义众，调向荣为广西提督。一面颁发朱谕，大张穆彰阿、耆英的罪，把穆彰阿革职，永不叙用，把耆英降为五品顶戴，以六部员外郎候补。清朝自从世宗立设了军机处，一应上谕事件，统由军机拟稿。杜受田不曾在军机处行走，奉命拟旨，那真是非常际遇，旷代隆恩。因此朱谕下来，军机处大小臣工，都吃一惊。

向荣到了广西，征剿也不十分得手，林则徐请训出都，昼夜兼程，满望马到成功，旗开得胜。不意行到广东普宁县地方，得了一病，医药罔效，竟然骑箕去了。遗折到京，文宗很是震悼，特下恩旨，赠给太子太傅，赐溢文忠。又命前任两江总督李星沅为钦差大臣，驰赴广西办贼，命周天爵署理广西巡抚。那郑祖琛与广西提督闵正属，为了养痈贻患，究竟都得了发往新疆效力的处分。也是地方人民合该遭劫，李星沅与周天爵，各怀了意见，遇事龃龉，倒把起事民众置诸脑后。洪秀全趁这当儿，攻象州，攻永安，立国建邦，称王封爵，声势顿时大盛。

原来洪秀全攻破了永安州，建立国号，名叫太平天国，自称天王，部众称太平军。同难功臣，无不封王赐爵，封杨秀清为东王，萧朝贵为西王，冯云山为南王，韦昌辉为北王，石达开为翼王，洪大全为天德王，其余秦日纲、罗亚旺、范连德、胡以晃等，都封丞相、军师等职。封赏已毕，置酒高会，君臣欢聚，十分得意。洪秀全乘着酒兴道：“想我幼年时光，明月夜里，与同学友人骆秉章，在鱼池里洗澡，信口出一联语道：‘夜浴鱼池，摇动满天星斗’。骆秉章应声对道：‘早登麟阁，挽回三代乾坤’。现在骆秉章登科发甲，果然做了清朝的官。我仗着众弟兄之力，做成这点子事业，也可算得各遂各志了。”言毕大笑。众人无不称颂。石达开怅触壮怀，引动诗兴，连举数觥，唤从人拿笔砚来，即席挥毫，写成五律一首，掷笔长啸，大有搔首问天、拔剑斫地的气概。众人瞧时，只见龙蛟般的字，写着：

> 大盗亦有道，诗书所不屑。黄金似粪土，肝胆硬如体。
> 策马度悬崖，弯弓射明月。人头作酒杯，饮尽仇雠血。

洪大全道：“翼王豪气逼人，不愧英雄本色。”说着时，流星探马飞递军报，称说：“清朝已把李星沅调回湖南，改派户部尚书大学士赛尚阿为钦差大臣，由湖南督兵，直向广西进发。赛尚阿檄令提督向荣、副都统乌兰泰，分兵两路，攻扑永安州来也。向荣的兵在北路，乌兰泰的兵在南路，两路兵马，离此只有百里光景了。”洪秀全惊道：“向荣鸷悍耐战，咱们常常受他的亏，经不起又添上一个乌兰泰。乌兰泰是满洲骁将，这可糟了。”石达开道：“俗语说水来土掩，将到兵迎，怕他们怎的。”杨秀清道：“这话不错。咱们只准备抵敌，将骁不骁，勇不勇，都可以不必管。”洪大全道：“吾军铅药充足，粮草堆积如山，州城虽小，一两个月，总可以不要紧。”秀全听说，才放了几分心。

却说向荣、乌兰泰兵到永安城下，望见了城上旗帜鲜明，刀枪密布，气象很是整肃，知道不是等闲草寇，且不攻城，相度形势，安下营寨。乌兰泰麾下，有一个随营效用的知县，姓江，名忠源，字岷樵，湖南新宁人。广览兵书，深知战策，真可算得济世英雄，救时豪杰。忠源在都中时光，谒见湘乡曾国藩，曾国藩很有知人之明，当下就向人家道：“江某必当殉难国家，留芳千古。”时方升平，听者都不肯信。忠源闻之，益自勉励。这日，乌兰泰聚集本营文武，商议攻城之策。江忠源献计道：“城守严密，贼中定有能人。我军远来疲敝，肉薄攻扑，未见定有利益，不如因山结寨，绝其樵采，断其水道，把城子围困起来，不出三日，贼必自乱。到那时，知会向提台，两军合力，不难一鼓荡平。”乌兰泰大喜，随起了一角公文，立差军弁飞马到向营投递。不到半日，差弁回来，禀称向军门很是欢喜，叫标下拜上大人，说西北一带，由向军门担当，东南一路，请本营担当，分泛防守，有惊互相策应。”乌兰泰道：“这个自然。”

于是立传军令，把本营兵士，分作四班，日间两班，晚上两班，一班防守，三班休息，互相轮调，昼夜循环。倘遇贼人来犯，四班兵士，全都擐甲，两班御敌，一班策应，一班守寨。这种计划，都是江忠源定出来的。守过三天没事，到第四日，黎明时光，听得城里连轰大炮，江忠源向乌兰泰道：“长毛要出城了，咱们防备着罢。”话才说完，就见城门大开，冲出一大队人马来，有穿短衣的，有穿长衣的，衣冠不整，器械不齐，估量去约有一二千人。步伐规矩，全都不懂，闹闹吵吵，简直是乌合之众。乌兰泰笑道：“一直听说长毛厉害，我当是怎样的三头六臂，却原来是这种东西，真是闻名不如见面了。”江忠源道：“大人轻敌，中贼奸计了。听得长毛开仗，惯会驱役难民充当头阵，悍贼死党，都在后面，等候官军药尽弹倾，才一窝蜂的拼过来，为此官军常常受亏，大人切不可再中奸计。”乌兰泰道：“我也疑惑，据城杀官的长毛，怎么会这么不济。”随传下军令：“洋枪队不得轻行开放，只瞧中军红旗挥动，才许开枪。”天子三宣，将军一令。此令一下，谁敢不遵？于是官军严阵而待，静悄悄地没一个人敢喧哗乱动。望到敌阵，见那一班难民，三五成群，欢呼跳跃，乱闹了一阵子，见这里不睬，忽地纷纷四散。江忠源道：“真长毛来了。”道言未绝，就听敌阵中鼓声如雷，五七百个头扎红巾，手掮洋枪的人马，狂飚骤雨似的卷将来，虽然走得箭一般快，行伍步伐，并无丝毫错乱。后面三四十骑部将，簇拥着一个部酋，旗上大书“太平天国天德王洪”。只见那部酋，首扎黄巾，面如冠玉，态度潇洒，倒并不像个般人模样。乌兰泰诧道：“此人怎么也会作贼？”江忠源道：“这洪大全听说是贼营里军师呢，咱们想法子先擒住他。”说着时，两军相去，只有得数十步光景了。太平军先开排枪，乌兰泰把中军红旗只一挥，洋枪队扳动枪机，千枪并发，万子齐飞，势撼乾坤，声震霹雳。江忠源也披坚执锐，冲阵而前。一场恶战，直战了两个多时辰，才渐渐分出胜负来。这里如钜鹿兵交，尘起而金戈直指；那边似彭城战败，沙飞而白昼都昏。洪大全见机，疾忙收队回城。江忠源如何肯舍，率领本部人马，风一般赶将去。一军独出，万马齐奔，那个声势，真是荡日决月，转坤旋乾，洪大全只得回军又战。正在危急，一声炮响，城里冲出一支生力军，绣旗高扯，大书“太平天国翼王石”字样。江忠源见洪大全有了救兵，才收队回营，向乌兰泰道："倘没有石达开，卑职早擒住洪大全了。"乌兰泰道："忙不在一时，总要擒住了完结。"正是：

抵掌谈兵，笑彼军同乌合；
披坚执锐，喜我功奏鹰扬。

官军自从这日得胜之后，防守的愈益严密，洪秀全哪里还敢出城迎战？城围日久，粮食日少，斗米千钱，日子简直难过。且井水道断绝，虽开了几十口井，人多水少，哪里张罗的周全？群将聚谋，并力溃围，求一个万死一生的法子。当下议定，洪秀全、杨秀清、萧朝贵冲西门，冯云山、石达开、胡以晃冲北门，韦昌辉、洪大全、秦日纲冲南门，罗严旺、范连德冲东门，趁黑夜无月，大开四门，发一声喊，如饿虎饥狼似的扑将来，烽火连天，尘埃蔽野。不意官兵早已准备，两军枪声如爆竹，枪子似飞蝗，混战了一夜，依旧不曾越过雷池一步。回城点人，却不见了天德王洪大全，查问韦昌辉、秦日纲，秦日纲道："天德王与清军交战，坐骑被伤，颠下了马，抢救不及，被清军擒了去了。"洪秀全大惊，忙问众位王兄，有甚妙策解救天德王。只见一人笑道："天德王不用人救得，他自有奇计，会脱离此难的。"众人瞧时，发话的就是南王冯云山。洪秀全道："冯王兄，怎知天德王能够自脱？"冯云山道："天德王广有谋略，不是等闲之辈，虽遭患难，决不会束手待毙。这是一层。再者从这里解往北京，全州是必由之路。全州地方，我们有好多老弟兄，埋伏在那里，瞧见天德王遭难，定然起来邀截。天王想罢，那还怕什么呢？"洪秀全听云山这么说了，也只得罢了。

且说洪大全被擒之后，问过一堂，乌兰泰备了公文，连夜由水道解往北京刑部。临走时光，大全向押解官道："到了全州关照我，我还要起岸办点子东西呢。"押解官道："那可以，到了全州，关照你是了。"大全很是舒泰，坐在船中，宛如没事人似的，吃过饭，倒头便睡。睡醒了便与押解官谈天解闷，唇枪舌剑，绣口锦心，哪里像是囚犯的样子。只恨蓬窗四周被押解官用黑幔遮的乌乌地，不能赏览水程风景。听到搒人鼓枻，舟子扣舷，和着两岸的莺啼燕语，宛似霓裳共咏，钧奏洪宜，意境豁然。行了一昼夜，问押解官道："全州到了么？"押解官回快到了。大全很是得意。一时舟子回全州已到。押解官分付推开蓬窗，请大全瞧看。大全起身瞧时，见暮霹荒郊，夕阳古渡，山色青翠，雉堞参差，失惊道："哎呀，这哪里是全州！我的性命，不意竟断送在你们手里，天也命也！"随问："这里是什么所在？"舟子道："是长沙。"大全惊道："怎么行的这么迅速？"舟子道："我们用双橹昼夜轮班赶的呢。"大全叹了口气，从此低头默坐，不作一语，也没兴致再去赏那水色山光、花明柳暗了。牢骚抑郁，无处发泄，向押解官要纸笔来题了一阕词，英雄末路，说不尽的苦楚。这洪大全解到北京，自然是吉少凶多，有死无活。一言交代，无庸细表。

却说乌兰泰与向荣，本原心同意合，不异刎颈廉、蔺，自从洪大全被擒之后，同差异功，未免形相见绌。向荣就渐渐存了个意见，跟乌兰泰为了极小的事情，龃龉起来。江忠源两面调停，毫无效果，知道将帅不和，终没有好结果，借着一件事，率领本部人马，自投总兵和春去了。洪秀全侦知乌、向不和，快活得什么相似，遂设下计策，叫本城百姓，到向营献城。自己却写下一封降书，派人到乌兰泰军前，恳请缴械投诚。乌、向两军，各不相谋，各都准了。要寨守军，得着这个消息，顿时松暇了大半。不意一到夜半，全城悍将，并成一大股，大开南门，饥鹰饿虎似的扑将来。个个争先，人人拼命，瞥如掣电，疾若驰星。军声偕居屋齐飞，群山响应；杀气共江流俱涌，四野烟昏。地惨天愁，星昏月暗。可怜官兵不曾防备得，被太平杀得个四分五裂，宛如摧枯拉朽，沃雪浇汤。总兵长瑞、总兵长寿、总兵董先甲、总兵邵鹤龄，奋命血战，都各力竭身亡。副都统乌兰泰怒得眼中出火，鼻内喷烟，统率残兵，拼命追杀。不意山峡中，太平早伏下一支人马，一声鼓响，左有冯云山，右有石达开，千枪并放，万子齐飞。乌兰泰身中三弹，跌下马来，左右军弁，拼命抢救回营。延到次日，呜呼哀哉，成仁去了。

向荣收复了永安州，见是所残破城子，估量太平军也不见再会来扰，索性弃掉，引兵回到桂林。抚院邹鸣鹤，问知兵败情形，一面飞章入告，一面治兵守城。部署才定，烽火连天，旌旗蔽野，太平军又杀到了。向荣究竟有点子能耐，设奇运策，总算把省城保住了。太平军在桂林得不着便宜，统率兵众，解围而出，下兴安，陷全州，乘胜杀入湖南，来如骤雨，去似狂风，声势十分厉害。不意在蓑衣渡地方，搔着了江忠源，三战三北，所有辎重器械，尽都丢掉。南王冯云山，中炮身亡，洪秀全折去了一个膀子，失声痛哭，率领残败人马，逃向道州、江华、永明一带而去。好在太平军随处可以招集，随处可以掳掠，不多几时，声势依旧复了回来。于是掠地攻城，陷桂州，陷柳州，攻长沙，渡湘而西，攻破益阳，渡洞庭，陷岳州，雷轰电掣，宛如狂飙卷落叶，一点子力都不费。不过攻长沙时光，撞着和春、江忠源、向荣三个劲敌，不曾得手。西王萧朝贵，也在这当儿中炮身亡，些微受了点子小亏。其余军事，竟都是百战百胜，洪秀全扰的这个样子，欲知清廷有何举动，且听下回分解。

第六十九回　一曲清歌新承恩泽　三更蕉梦快似登仙

话说广西、湖南两省大吏，飞章入都，奏报贼氛厉害。文宗览奏，叹息道："师傅出了缺，谁再为朕分忧呢。"原来杜受田于本年七月里已故，文宗念及他拥戴奇勋，为之失声痛哭，亲往奠醊，撤朝三日，赐祭九坛，追赠太师，予谥文正，饰终之典，很是优渥。就现在境过情迁，还常常思念不置，随召军机大臣，令拟旨把钦差大臣赛尚阿革职拿问，湖广总督程矞采革职，留营效力。授徐广缙为钦差大臣，调署湖南总督，所遣粤督，就叫巡抚叶名琛升署。这时光烽火连天，贼氛遍地，一个洪秀全，已闹的焦头烂额。偏偏福无双至，祸不单行，台湾地方，又有一个甚么洪纪的，揭竿倡起乱来。警报到京，文宗皱眉道："偏是姓洪的，跟咱们作对。"圣衷很是不悦，回到宫里，不胜郁郁。忽闻皇太后有旨宣召，只得换上衣服，趋到慈宁宫，和颜悦色的问过安，垂手侍立，候听慈训。只见太后道："阿哥，我叫你来也没有别的事，皇后没了到今，差不多一年光景了，六宫没人主持，那也是很要紧的事情。我看众妃嫔里头，钮祜禄氏人品儿也齐整，性情儿也贤淑，把她册正了，倒也是桩好事，不知你意下如何？"文宗道："皇太后赏识的人，总不会错，子臣遵旨办是了。"又讲了几句别的话，方才退出，笑向左右道："偏皇太后这么的费心，说不得，只好干办了。"于是择定吉日，下旨册立贵妃钮祜禄氏为皇后。

这钮祜禄氏，虽然正位中宫，文宗待她，终是淡淡的，不见十分恩宠。乾清宫总管太监崔福，先意承旨，请文宗游幸圆明园，散散闷。文宗又到太后宫中请旨，太后道："我懒怠动，你先去罢。过掉十天半月，我再来。"文宗道："那么子臣先到那边去督众扫除，到那时再来迎请慈辇。"次日，驾幸圆明园，只见满园红紫，都已凋谢，只剩几枝傲霜残菊，兀自披着黄金甲，与西风宣战呢。文宗道："今年连菊花都错过了，不曾赏得，白辜负良辰佳节。"此时上林春色的领袖武林春、牡丹春、海棠春、杏花春等，羊车望辛，早已盼断秋波，不意椒房雨露，不到蓬莱。

文宗这夜，偏偏独个儿在桐阴深处住下了，一宿无话。次日，文宗起身，承值太监，伺候他盥洗完毕，才欲上朝听政。步出回廊，瞥见太湖石畔，一个女子，在那里掐取残菊花儿，玉腕玲珑，柳腰苗条，仿佛甚美。因为急于上朝，没暇端详仔细。这日朝上，并无大事，台湾匪乱，已由镇道督兵讨平。闽督季芝昌，专折报捷，浙抚黄宗汉，奏复查明布政司椿寿自尽，实系款库不敷，漕运棘手，并无别情。文宗阅过，就提笔批了几道："另有旨。""钦此，知道了""钦此"的照例话，再与军机大臣谈论了一回时务，随即退朝。卸下了朝服，衔着一杆旱烟袋，随意散步，走出回廊，见梧桐树下，八九个宫婢，蹲在地下，正收拾枯草呢。留心细看，偏不见方才那个女子，文宗心下疑惑，要指名呼召，偏又不曾知道她的名字。一时内监跪请用膳，吃毕饭，到别处逛了一回，终觉无情无绪，便带着小太监，循着山子路走回来。忽闻一派清歌，穿林渡水而来，那声音儿的清脆，宛似三春雏燕，九啭黄莺，文宗不觉住了脚，只听那歌声道：

月亮弯弯照九州，几家欢乐几家愁。
几家夫妇同罗帐，几个分离在外头。

文宗道："这是南边人调儿，谁呢？"小太监跪奏道："是兰儿。"文宗道："兰儿是谁？这个名字，没有听得过。"小太监道："是桐阴深处一名当值的宫婢。"文宗心里一动，暗忖莫非就是早上那个女子？一边想，一边走，虎步龙行，走的飞一般快，小太监哪里赶的上。文宗走入桐阴深处，没有坐下，就一叠连声，叫传兰儿。承值太监飞步往传，不多一回，就见带进一个女子来，果然就是早上瞧见的那人。见了文宗，叩头儿见礼，口吐莺声道："婢子兰儿，叩见万岁爷，愿爷吉祥万福。"文宗此时，提足了精神端祥她，只见她身量苗条。体格轻盈，杏脸含春，柳眉锁翠，那一双剪水秋波，灵动活泼，顾盼神飞，真足令人油然生爱。遂问道："你姓什么？几岁了？到了这里，共有几年？"兰儿道："婢子姓那拉，一十八岁了。在园里当差，已有三年。婢子是道光三十年五月进来的。"文宗道："方才那个歌儿，可是你唱的？"兰儿叩头道："婢子一时该死。"文宗道："这碍什么，朕听了倒很喜欢，只奇怪你既是咱们旗人，怎么倒会唱南边人的调儿？"兰儿道："婢子的父亲，蒙主子思典，在南边做官，婢子随任在那里，因此南边各样小调，婢子也略知一二。"文宗道："你老子叫怎样名字？"兰儿道："婢子父亲叫惠昌。先前在广东做知县，蒙恩调升湖北同知，又调升浙江协领。"文宗道："现在大概住在浙江了。"兰儿道："婢子父亲，去世已经四年了。"文宗道："你姊妹共有几人？"兰儿道："婢子上肩，共有两姊，都已出嫁，一个妹子还小呢。"文宗见她口齿清朗，应对如流，心下欢喜。随道："兰儿，你的歌调儿很好，起来起来，赐你坐在廓栏上，拣好的唱几个，替朕解闷儿。"兰儿见龙颜欢悦，天语褒奖，感激得五体投地，忙即头谢过了恩，站起娇躯，遵旨到芗栏上坐下，振起珠喉，曼声婉转的歌唱起来。文宗听着，觉比钧天九奏，月殿羽衣，还来得亲切有味，不禁连声赞妙。一会子文宗口渴呼茶，承值太监连忙倒上茶来，文宗见了没好气，骂道："谁要你们这些腌脏奴才倒，快给我滚了开去，好多着呢。"唬的众太监忙都退出。兰儿灵心慧质，早已解悟，一个没意思，粉脸上不禁臊的红红地。只见文宗道："兰儿，倒杯儿茶来。"兰儿没奈何，只得走进里边，倒了一杯茶，含羞带怯的送上。文宗就她手里喝了一口道："那余的赐你喝了罢，不用谢恩，你就喝。"一边说，一边伸手捏她的玉腕，只觉着肤滑如脂，柔同无骨，似乎六宫粉黛，都没有她那么温柔细腻。又见她羞羞怯怯，梨颊娇姿，不愧春风第一，柳眉巧样，何殊新月初三，不禁越看越爱起来。看官记清，这一晚，那拉兰儿，就承了恩泽。次日，文宗起身，已经日高三丈，朝房各大臣，都已等到个不耐烦了。正是：

春宵苦短日高起，从此君王不早朝。

原来这那拉一姓，就是叶赫国后裔。叶赫是满洲的邻国，风俗习尚，无不相同。两国世通婚姻，清太祖努尔哈赤的皇后，就是叶赫国主扬弩的格格，礼烈亲王代善、太宗皇太极，均系那拉后所出。清太祖因掘着一碑，上有"灭建州者叶赫"字样。又因叶赫不肯附己大起国兵，三征叶赫，破其国都，杀其国主，明朝派兵相救，已是不及。叶赫灭亡之后，大清皇帝念及婚姻，格外施恩，特命存其宗祀，因此那拉一姓，延绵不绝。圣祖时代的权相明珠，听说就是叶赫国主金台什的侄儿。道光季年，宣宗为诸皇子选妃，满、蒙大臣家的女孩儿，年岁及笄的，都送入宫中听选。有某侍郎的姑娘，已经选中，将要指配给皇四子了。宣宗忽询她姓什么，那姑娘回奏姓那拉，宣宗惊道："那拉是咱们的世仇，如何好配给皇子，万一异日做了国母，吾家必为所破。"遂罢指婚之事。这么看来，那拉兰儿得侍文宗，不可谓不是天意。那拉兰儿的老子惠昌，原是个穷旗员，时运不济，命途多舛，淹蹇困顿，一直不曾得着好际遇。在广东候补时，当光吃尽，时常断餐，苦得个不可言说。那时亏了个同僚汉员，盱眙人姓吴名棠的，仁心侠骨，倒常常的解囊相助。惠昌每向家人道："咱们要有翻身日子，吴寅兄的恩，再也不可忘记。"惠昌因为食口繁，境遇窘，镇日嗟卑叹老，待着儿女，哪里还有好面目。偏这兰儿，性情怪僻，言谈举止，向不犹人。不似她两个姊姊，随和温厚，令人可爱。因此惠昌夫妇，待到兰儿，平常的很。兰儿十四岁上，得着一场大病，孤衾寂寂，病体恹恹，受尽凄凉况味。父母姊妹，虽然时常看顾，穷得这个样子，饭都没有吃，哪里来闲钱延医服药，病中想吃点子东西，没钱买，只得空熬着。一夕冷雨敲窗，一灯如豆。兰儿拥着破被，倚着败枕，展转愁思，再也睡不去。想到将来身世，不禁黯然神伤，满眼抹泪，暗泣了一会子，觉着精神疲倦，朦胧睡去。不意才合上眼，便恍恍惚惚的一处地方，但见琼楼玉宇，桂殿兰宫，复道萦纡，琳宫合抱，壮丽巍峨，生平没有经着过。更兼红紫芳菲，满苑里都是四时不谢之花，八节常春之草。那枝头好鸟，啁噍磔格，和鸣得意，更足令人心旷神怡，正是：

春融胜日莺声丽，昼静疏帘燕语频。

兰儿欢喜道："这个去处真好，我就在这里住一辈子。虽然失了家也愿意，强似天天被父母拘管，姊妹欺侮，受那无谓的闲气。"正想念时，忽见回廊里走出一个女子来，荷袂蹁跹，羽衣飘舞，大异凡人装束。一见兰儿，笑迎道："贵客来了，可算得机缘凑巧。"兰儿听了一怔，暗忖我穷得这个样子，怎么此人倒称我做贵客。只见那女子道："贵客难得到此，可肯随我入内一游吗？"兰儿含糊答应，跟随了那女子，走到里头，只见珠帘绣幕，画栋雕檐，玳瑁为梁，珊瑚作柱，几案都美玉精金，雕缕如神工鬼斧。兰儿惊问："这里是甚么所在？"那女子笑道："不必问得，少停一刻，自会知道。"随见她向内叫道："贵客在此，你们快来陪侍。"一言未了，就见转出五个女子来，一个个明眸皓齿，雾鬓云鬟，行动举止，凌虚飘忽，大有神仙气概。那女子就向众女子道："这位是将来的国朝圣母，难得到此，大家过来见过了。"于是众女都向兰儿执手问好，谈话之间，异常亲热。一时小鬟捧上茶果，盘碗器皿，都系碧玉凿成，茶味清香，迥非凡品。饮过茶，那女子笑向兰儿道："筵席怕摆好了，咱们入席去罢。"随携手走入一复道，两壁张有锦障，呢缀珍玩，明珠如卵，光夺皓月，兰儿见了不胜叹羡。霎时转入一室，椅铺却尘之褥，案遮龙绡之衣，鼎号常燃，杯名自暖，种种陈设，陆离光怪，令人目眩神迷。那女子道："咱们各就各坐，不用推让，坐位前都贴有名字呢。"兰儿偷眼看时，果见每个坐位前，摆着一块赤玉牌子，嵌有金字，逐块儿瞧去，正是夏后妹喜，殷后妲己，周后褒姒，汉后吕雉，晋后贾氏，唐后武曌，末一位，才是自己名字。兰儿恍然悟会，不禁又惊又喜。才待入席，忽闻天崩地陷似的奇声奇响，睁眼一瞧，哪里有什么琼楼玉宇，绮席霞觞，依旧睡在破被儿里。街上梆声，恰报三鼓，回思梦境，历历如昨。暗忖：我一个贫旗弱女，竟梦与历朝皇后，同游同席，将来的身世，谅不致十分落寞，心里一喜，病势就灭去了大半。从此家里人待她就有什么委屈地方，一笑置之，也不跟人家较短量长了。父母姊妹，见她这个样子，倒都纳罕，说病了一场，倒把性儿改好了，又谁知她别怀深意呢。惠昌病没任所，亏得同僚帮了几百两银子，才得勉勉强强，扶柩回旗。不意才一回家，就奉到点秀女的谕旨，有钱的旗员，都好出钱卖免。惠太太没钱，只得把兰儿名字，开送进去，偏偏的选中了。吃得苦中苦，方为人上人，富贵逼人，竟被她受着这非常际遇。正是：

　　蜈蚣莫笑蛇无足，自有腾云驾雾时。

兰儿得幸之后，仗着聪明才智，提足精神，百般的殷勤，百般的奉承，枕边衾里，尽瘁鞠躬，一缕情丝，竟把文宗缚得个牢牢地。不到几天，恩纶特沛，就得了一个贵人的封号。帝德乾坤大，皇恩雨露深。三五个月工夫，那拉贵人，怀酸作呕，患起病来，饬令太医诊视，说是喜脉。文宗欢喜得什么相似，向那拉贵人道："如果生下一个皇子，朕立封你做妃子。"那拉贵人听说，疾忙跪地谢恩。文宗笑道："也没有见过这么性急的人，等封了之后，再谢也不晚。"那拉贵人道："万岁爷天语亲许，我知道这个名号儿，定要叨封的。"文宗道："你敢决定是男孩子吗？"那拉贵人道："似万岁爷这么的龙马精神，哪里会生女孩子。万岁爷自己还不知道吗？"文宗大喜。

自此文宗待到那拉贵人，愈益的宠幸，大有三千佳丽，宠在一身的情况，众妃嫔无不怨恨。皇后虽然贤淑，见她这么的行为，究竟也有几分不自在。清朝制度，宫里头妃嫔贵人，都有册籍，存在皇后宫里。皇帝夜幸某宫，御某人，该宫内监，立须回明皇后，注明册籍。皇后有权稽查阖宫妃嫔，倘有行为放诞，举止越礼，立可传来杖责。皇帝酣睡失时，皇后可以直造寝门，开读祖训。皇帝听到读祖训，必须披衣跪地，恭肃敬听，这是祖宗怕后人逸豫淫荒，杜渐防微的良法美意。

自从那拉贵人得幸之后，文宗早朝，常常失时，皇后为此心常郁郁。这一夜，文宗又在那拉贵人宫里，不知怎样，时辰钟已交辰末，还未见传旨上朝。皇后愠道："兰儿这狐媚子，把主子迷到这个样儿，我可再不能忍耐了。"随命请出祖训，率领宫娥、太监，径向那拉贵人宫里来。一时行抵寝门，皇后站住身，叫太监传话："皇后在此，请万岁爷听读祖训。"文宗听说："读祖训"三个字，宛如孙大圣闻着紧箍咒，脑袋儿都涨起来，忙慌披衣起身，叫人止住道："朕立刻上朝听政，请皇后快别开读祖训。"皇后见文宗这么说了，只得罢了。随道："妾原不要多事，爷这个样子，一来万金玉体，也宜保重。二来皇太后知道了，也要责备妾，妾可担不住呢。"内监转奏文宗，文宗道："皇后谏联，都是良言，朕句句依从是了。天已不早，朕要上朝了，请皇后回宫罢。”皇后听了没好气，知道文宗怕自己进去，要难为那拉贵人，冷笑道：“爷也太费心了，妾总不敢违旨呢。”说毕，率领从人回宫去了。那拉贵人私问文宗道：“皇后去了吗？爷替我讲一句儿好话，恳恳情。”文宗道：“你别怕，有我呢。她总不敢难为你。”那拉贵人随替文宗梳了一条辫，服侍定当，文宗坐了软舆，太监抬着，上朝去了。

那拉贵人对镜理妆，刚才妆罢，就见一个太监，匆匆走入道：“皇后召那拉贵人，到坤宁宫问话。”那拉贵人听说皇后见召，宛如顶门上轰了个焦雷，顿时面如土色，忙叫自己身边的小太监，到文宗那里去送信。小太监道：“爷在朝上，奴才不能够奏事呢。”那拉贵人急道：“你不会候在屏风后，等爷朝上下来奏一声吗？”小太监应着，如飞而去。你道那拉贵人为甚着急？原来这坤宁宫，是皇后的正宫，平常不很临御，每逢行大赏罚时，才一临御。这会子非时非节，特旨宣召，大概有罚无赏。偏偏文宗不在眼前，没人解救，又没法子不去，跟着那太监，一步挪不到三寸，蹭到这边来。才到宫门口，就见几个皇后身边的宫婢见了自己，都抿着嘴儿暗笑，瞧她们神气，很有菲薄的意思。先见那太监，入内回道：“兰儿来了。”只听皇后厉声道：“叫她！”那拉贵人听得这个声音儿，唬的早没了主意，只得壮着胆子挨进去，叩头儿见礼。偷瞧皇后，庄容正色，宛似西池王母、南海观音，不觉有点子不寒而栗起来，别朴别朴，只是磕头。皇后道：“好兰儿，你真有能耐，你伺候爷，伺候得爷连上朝时候都误掉了。我为你伺候的好，还要重重赏你呢。”随顾太监道：“快取宫杖来，把这狐媚子重责四十杖，问她下次还迷人不迷人。谁要到爷那里报了信，我就向谁算账。”那拉贵人唬得叩头求免。皇后道：“这是祖宗的制度，你要求饶，你先去求爷把这老祖宗定下的制度废掉了。”说着，一叠连声喊“快杖！”随见太监取出一根竹杖，足有四个指头儿阔狭，又走上两个太监，一个按头，一个揿脚。那拉贵人暗道：“完了完了，今儿我总不免了。”欲知那拉贵人受责与否，且听下文分解。

第七十回　笞燕鞭莺气凛霜雪　降龙伏虎威比雷霆

话说太监把那拉贵人按倒在地，才待行杖，只见一个太监跑入说："万岁爷来了。"一句话未了，只听得催花羯鼓似的一阵靴声，文宗虎步龙行，飞一般进来，道："皇后快别杖她，她已经怀了孕。这一杖，定要把胎打堕。"按那拉贵人的两个太监，瞧见文宗进来，早已松手溜掉。皇后忙下座迎接道："爷何不早点子告诉我，我要打她，无非为遵守祖宗制度，打堕了胎，关系一脉，我的罪孽就不小。万岁爷春秋虽盛，储宫不备，我岂可为呆守一条祖训，倒失去列祖列宗万世的遗意。"说罢，不觉流下泪来。文宗道："这算什么呢。兰儿过来，给皇后磕头赔不是。"那拉贵人正好趁此下台，忙膝行到皇后前，连碰响头，把方砖儿碰得蓬蓬的响。皇后道："兰儿，宫里头规矩，大概你也知道，上朝时刻，如何误得？横竖你宫里也挂着时辰钟，每日五点钟，就应把爷喊醒。"皇后说一句，那拉贵人应一声。虽然教训着，慈祥恺切，皇后的圣容，不似方才那么严厉了，训了半天，才命退去。那拉贵人又叩谢皇后免责之恩，方才退出。

文宗这夜，就宿在皇后宫里。那拉贵人这一胎生下来，倒是一位公主，抚养不到一年就殇掉。到咸丰四年，又怀了孕，文宗怜爱备至，就把她晋封做懿嫔。不意十月满足，产下来又是一位公主。直到咸丰六年三月里，生了皇子载淳，才晋封为懿妃，次于皇后只一级了。这都是后话。后人有诗叹道：

纳兰一部首歼除，婚媾仇雠箟脱弧。
二百年来成倚伏，两朝妃后侄从姑。

当下那拉贵人回到自己宫里，打鸡骂犬，生了一天的气。只可怜本宫的宫婢太监，战战兢兢，都唬的小鬼儿相似，却没一个人不遭着斥责。等到夕阳西下，偏不见文宗到来，宫庭寂寂，更觉无情无绪，步到回廊里，倚栏眺望，见满庭花草，都现憔悴可怜之色。忽地想起一事，把小太监传齐，问道："你们吃了饭，成日价干点子什么？知道我不责打你们，懒的越发不成样儿，连花儿都不浇灌。你们瞧这满庭花朵儿，憔悴得像个什么？"一个小太监辩道："我们每日朝晚浇两遍。我们朝晨浇花时光，娘娘还睡觉呢。"那拉贵人怒道："你倒来管我，我没人管，倒要你来管。"喝令掌嘴。那两个小太监，忙走过来，举起手才要打时，那拉贵人骂道："什么糊涂忘八崽子，叫他自己打，用你打吗？一会子，你再各人抄你打耳刮子，还不晚呢。"唬得那两个小太监，缩手退立不迭。那人果然左右开弓，打了自己几千个嘴巴子。贵人忽地要茶，一个宫婢忙把茶倒上，贵人就她手里喝了一口，觉着烫的慌，一扬手，就是一个耳刮子。那宫婢一让身，把只康熙窑细瓷茶杯，跌的粉碎。贵人骂道："有意烫了我不算，还摔掉茶杯儿，你打谅我不能责罚你呢！"随命交给总管，责打一百板子。总之一句话，这一日贵人宫里的人，没一个不遭着谴责。直到次日，文宗来了，才得和悦如常，暂时按下。

且说洪秀全攻破了岳州，搜着许多军械炮位，那炮的样式，很是奇古，秀全不识。石达开道："这都是吴三桂遗下的东西，上面都镌有'昭武元年'字样。"秀全叫填药装子，试放几炮，虽没有洋炮厉害，倒也好打个五七里远近。秀全喜道："天助我也。"遂留少些兵马守城，自率马步，星夜往攻汉阳，只一鼓便把汉阳城克了。渡军武昌，文武将吏，望风而靡，只抚院常大淳殉了难，武昌也为太平军所得。督院程矞采驻师衡州，得着警报，立即飞章入告。文宗大怒，下旨把程矞采革职遣戍，又命张亮基署理湖广总督。军机大臣都说："张亮基在湖南，办理土匪，颇为得手，湖南地方，怕离不了他呢。"文宗道："湖南有一个曾国藩也够了。"原来这曾国藩，字伯涵，号涤生，湖南湘乡人氏。生下时光，家人梦见巨蟒，蜿蜒入室；生下之后，宅后枯树，忽有青藤盘绕，枝叶苍翠，势若虬龙，人都以为异。及长，学究天人，才侔管、葛，真可算得无双国士，济世良臣。清朝倘没有他，廿二省的锦绣江山，再也等不到宣统三年，才奉申谨献，送还与中华民国了。曾国藩由进士出身，官至侍郎，咸丰二年，为丁了母忧在家里居读礼。此时文宗下旨，叫各省绅士，办理团练。湘抚张亮基奉到此旨，就到曾府拜会，请他遵旨办团，劝之再三，国藩始终没有答应，只说奉讳归家，不宜与闻军事。抚院知他是纯孝的人，不敢十分相强。谁知隔不上半月，廷寄到来，上面说的是丁忧侍郎曾国藩，籍隶湘乡，于湖南地方人情，自必熟悉，着该抚传旨，令其帮同办理本省团练乡民，搜查土匪事宜，伊必尽心，不负委任，钦此。抚院遵旨，修函专弁，又到曾府劝驾，国藩还不肯答应。绅士郭嵩焘帮着劝说，直说到舌敝唇焦，才勉勉强强的答应了。于是择定本月十七日，起行到省，国藩的老子曾竹亭，倒很欢喜，勉励他一番移孝作忠的大义。国藩兄弟，共是五人，国藩居长，次名国潢，字澄侯，又次名国华，字温甫，又次名国荃，字沅浦，又次名国葆，字事恒。到了这日，四个兄弟，见他哥哥入省办团，都不免有涎慕的意思。国藩却再三嘱付，叫他们在家读书敦行，好好侍奉父亲，自己便昼夜兼程，行到省城，已是十二月廿一日。会抚院规划一切，如何搜查匪类，如何团练乡民，抚院很是钦佩。

当下国藩就聘请了几个文武全备、学行兼优的绅士，来营相助。一个姓罗，名泽南，号叫罗山，是个理学名家，文章经济，都很了得。一个姓王名鑫，号叫璞山的，谈兵说剑，什么玉函金海，龙韬虎钤，也都参的精透。国藩得着这么的好帮手，办出来的团练，自然整齐严肃，轶类超群了。省城自曾国藩办了团练之后，巨奸大憝，畏诛屏息，地方就安静了许多。常宁、耒阳、衡山一带，土匪作乱，都经省城团练讨平。国藩又礼贤下士，广为延揽，三湘七泽的英雄豪杰，风起云涌，争来奔附，军势愈盛。所以文宗有湖南一个曾国藩也够了的话。

却说抚院张亮基接到升署总督的恩命，就向曾营借人。国藩笑道："吾公麾下，人才济济，怎么倒都不用？"抚院摇头道："人才虽众，都只有享福的本领，谁还有救时的能耐？"国藩道："江道忠源，所带壮勇，甚为可恃，蓑衣渡一仗，焚毁贼船，炮毙贼酋，贼人为之气夺。"抚院不待说完，喜的跳起来道："江岷樵果然是奇士，涤翁不提醒兄弟时，兄弟几乎忘记了呢，兄弟准把他奏调去是了。"到了临行这一天，国藩向江忠源道："岷樵此去，武昌克复，固在意中。只是我有一件事情，要拜托你，尚望推情许我。"

江忠源忙问何事。国藩道："南陔先生殉难武昌，忠骸尚未搜获，并闻他家二世兄、二少奶奶、孙少爷、小姐等，都被长毛所掠，恳你念及他死事惨烈，替我搜其遗骸，访其孤孽，不但我承你情，南陔在地下，也总感激你呢。"

江忠源道："这个不用先生吩咐，原是我们后死的责任呢。"江忠源跟随张亮基率兵前进，还没有到武昌，太平军已经掠得民船数千艘，搜刮丁壮妇女数十万，驱入舟中，顺流而下，旌旗蔽江，声势十分厉害。沿江守卒，望风而靡。十一日陷九江，十七日陷安庆，二月初十陷江宁，廿一日陷镇江，廿三日到扬州，铙鼓喧天，舳舻卷地，一下子就得了，何曾费过半点气力。安徽抚台蒋文庆、南京制台陆建瀛、将军祥厚等几位大臣，忠贯日月，义薄云天，也只有一瞑不视，报答了君恩高厚。

那洪秀全打破南京之后，原要率众北趋，攻打河南。为建立京都之计，忽有一个老舟子，献计于石达开，称说："北路无水乏粮，遇困莫解；南京龙蟠虎踞，帝王之都，弃掉可惜。"石达开回过洪秀全，秀全深然其说。于是就把南京为京城，改名叫天京。一面命林凤祥、罗大纲、李开芳，统兵北扰。警报传到长沙，曾国藩很是焦闷。忽报钦差琦善统率北方各路官兵，已到扬州城外。提台向荣统率大兵十万，已到南京城外。江南江北，共扎下两座大营。江忠源已经升为湖北臬台，奉旨赴江南大营帮办军务去了。国藩叹道："贼势方张，恁江岷樵有通天本领，怕也不能济事。"过了数日，江忠源有公文到来，主张赶造战船，挑练水师，肃清江面的大计划。国藩阅过，很为佩服。

这时光，曾国藩在长沙城里鱼塘口，建设行辕，执定治乱世用重典的法子，待到流氓匪痞，不免峻法严刑。好人果然受用了，坏人却把他恨的刺骨。国藩又喜欢拔擢真才，参劾庸吏，因此长沙城里，文武官民，倒有一大半说他坏话的。偏偏这一年，又拔擢了两个无名英雄叫塔齐布、诸殿元。这塔齐布原不过是个都司，诸殿元不过是个千总，巨眼识英雄，偏生的被他拔擢了。新抚院骆秉章，也是个著名人物，跟曾国藩意合情投，就把塔齐布奏委为抚标中军参将。长沙的绿营兵，很是不服气。国藩因长沙协副将清德疲玩无能，跟抚院会折奏参，请旨革职，保奏塔、诸两将，恳恩破格超擢，内有"该二人日后有临阵退缩之事，即将臣一并治罪"的话。谕旨下来，自然是有准无驳，塔齐布就赏给了副将衔，诸殿元就补用了守备。副将清德，革职拿问，绿营兵忿无可泄，号召朋侪，蜂涌到参将衙门，要把塔齐布活活处死。吉人天相，塔齐布匿在菜园里，总算没有被他们搜着。但是从此绿营兵与湘勇，敌国似的，小而口舌争锋，大而持械战斗，一个月里，总有到五六回。曾营名将，都很不平。国藩劝道："咱们营里，都是子弟兵，此番出来，上则尽忠君国，下则保卫桑梓，与这种粗野莽夫争闲气，很是犯不着。剿匪原是他们的责任，这会子，他们安然坐着，咱们奔东移西的办事，咱们已经十二分面子了。"众人听了，也没有别的说。

忽接江忠源告急公文，知道太平军围困南昌，土匪围困吉安，势很危迫。国藩踌躇道："本城兵力，不够调派，可怎样呢？"正在为难，忽报江忠淑率勇千人，从新宁到此。朱孙诒率勇千二百人，从湘乡到此。国藩大喜道："岷樵正危急，他兄弟恰就到了。"原来忠源有两个兄弟，忠濬、忠淑，都在新宁原籍。忠源从戎在外，国藩修书给他兄弟，叫他们招练乡勇。现在招练成军，才到长沙，恰值他哥哥告急。于是国藩下令，叫江忠淑率领本部人马,从浏阳赴江西,朱孙诒从醴陵赴江西,又派夏廷樾、郭嵩焘、罗泽南三将,率领精壮湘勇一千四百名,从醴陵继进。合计援救江西兵勇,共有三千六百人。

曾营兵队,出境开仗,这是破题儿第一遭。毒虎难斗地头蛇,究竟客军受亏。新宁勇行到端州,才得着个虚警,就唬得全军溃散。江忠淑自觉没有面子,重行招集,直到义宁地方,才勉勉强强的成了军。湘勇行抵南昌,与太平军开了一仗,阵亡营官四员,伤掉兵勇八十名,围城依旧不能解救。国藩闻报,很是不乐。又因长沙城里,绿营兵与乡勇,积不相能聚在一块儿,终非地方之福。遂与抚院商议,把曾营各将,尽都调开,塔齐布调了醴陵去,邹寿璋调了浏阳去,储玫躬调了郴州去。国藩自己,同着兄弟曾国葆,率领本部人马,避了衡州去。霎时间龙骧虎跃的乡兵,义胆忠心的儒将,风流云散,长沙城里连影儿都不留一个了。暂时按下。

却说太平军林凤祥、李开芳等引兵北犯,陷归德,攻开封,围怀庆,拔平阳,电掣雷轰,飙腾雨驰,兵威所振,简直是势如破竹。钦差纳尔经额率领八旗劲卒,奉诏讨伐,千乘雷动,万戟林行,声势倒也不弱。谁料才望见太平军旗号,那一班满洲铁骑,竟一溜烟跑了个光,纳钦差只带了十多个亲随,逃入广平府城,死也不敢出头。于是太平军就得在直隶地方,耀武扬威,横冲直撞了。警报传入北京,文宗大惊,忙召集议政各亲王、军机各大臣,商议对付的法子。众人到了朝上,你望我,我望你,没一个敢先发议论的。文宗道:“贼氛遍地,大祸临头,大家想想,可有什么解救的法子?”众人听了,宛如叫败的画眉,秋后的寒蝉,一声儿不言语。忽见一人道:“赏功罚罪,国之大经。纳尔经额偾了事,恳求皇上,狠狠惩治他一下子。就那晋抚哈芬,使长毛入境,这么的猖獗,平日防务废弛不问,可知度理衡情,似乎也不能宽恕。”众人瞧时,发话的是惠亲王绵愉。文宗点头道:“这原不能宽恕他们的,只是长毛闯入直隶,畿疆千里,烽火频惊,谁能替朕捍这大患呢?”惠亲王道:“奴才保举一人,可以当得住长毛。”文宗问是谁,惠亲王道:“此人是国家懿戚,爵封郡王,有万夫不当之勇。说起他名字,皇上总也知道,就是蒙古科尔沁郡王僧格林沁。”文宗道:“僧格林沁武艺原也不弱,只是你怎知他有万夫不当之勇?”惠亲王道:“僧格林沁家里,会拳棒的食客,常有二三十个。这二三十个拳客,都不是无名之辈,有精外家少林派的,有精内家武当派的,谁料跟僧格林沁对起手来,竟没一个对得上,僧格林沁的勇,不问可知了。”文宗笑道:“僧格林沁竟有这么的本领,朕倒没有知道呢。”惠亲王道:“上月他还做了一件很有味的玩意儿。有一个挑羊肉担的小贩,天天来往,总经过他的府门。这日,那小贩做买卖回来,把空担子歇在他邸门外石狻猊旁,蹲在地下,吸了两袋旱烟,就问管门人道:‘听得王爷武艺精的很,究竟如何?’管门的不睬,那小贩大怒,就把两个石狻猊旋向了北。管门人大惊,怕僧格林沁瞧见要责问,央告府里拳客,请他们移正。众拳客齐伙儿动手,蜻蜓撼石柱,哪里动得分毫。正在喧嚷,恰好僧格林沁回家,管门人不敢隐瞒,责言告禀了僧邸,僧邸就问那小贩住在哪里,管门人回没有问得,好在此人天天在这里经过的。僧邸道:‘明儿替我唤住他。’次日,那小贩经过,管门人立回僧邸。僧邸唤人,叫他把石狻猊移正,小贩应了一声,奔到门外,两手执住狻猊的足,移桌子似的,一会子就移正了。见他面色如常,毫不费力,僧邸连声称好,小贩很是得意。僧邸忽然问他:“你这羊肉,卖几多钱一斤？切二斤与我。”霎时切上，回共计大钱六十文。僧邸就叫家人拿钱来，家人取到，僧邸搓到手，只用两个指头儿夹住，左足向前，右足向后，运足了气，站立着，笑令小贩接去。小贩用力来取，弄得臭汗满身，依然一个大钱也不得到手。后来用绳子贯住了，拼命的拉，拉的绳子将要断绝，仍旧分毫不动。僧邸一松手，那小贩直跌了一丈开外，瞧钱时，差不多碎尽了。僧邸大笑，随赏了小贩十吊大钱、两匹布，那小贩欣然而去。照此看来，僧格林沁，足有万人之敌。”文宗道：“僧格林沁有勇无谋，怕不能够独当一面。你既然保举他，运筹决策，一切防守方略，还是你去。”惠亲王道：“奴才赋性愚鲁，军务战略，更非所长，贸然受任，必至辜负圣恩。恳求皇上，别简贤能。”文宗道：“不必推辞，朕深知你呢。”于是下旨，授惠亲王绵愉为奉命大将军，科尔沁郡王僧格林沁为参赞大臣，专任保卫畿疆之责。又命胜保为钦差大臣，桂良为直隶总督。又饬步军统领，加派员弁，盘查奸宄，捕缉匪徒，北京城顿时戒严起来。

此时烽火连天，贼氛遍地，各省军报，络绎到京，每天总有三五十起各地反寇。除太平军外，更有行踪飘忽的捻军，起灭靡定的土匪，习教诵经的教众，结党燔掠的幅匪，团练变成的团匪，种种民变匪乱，不一而足。只可怜玉貌绮年的风流天子，忙到个茶饭无心，坐卧不宁。又要批阅章奏，又要调度将帅，又要筹划方略，指示机宜。那一班议政王、军机大臣、大学士等，名为献可替否，赞画纶扉，遇着紧要关头，都不肯进言惹祸。就是文宗问着，也不过说几句滑圆话，探探旨意，大半是不关痛痒的。无论芥豆之事，总要圣天子乾纲独断，因此圣容憔悴，苦到个不堪言喻。

这日，朝罢回宫，那拉贵人献上茶来，文宗接来喝着。那拉贵人因问外边消息，文宗皱眉道：“好了，咱们早到园子里去罢。这里乌沉沉地，长久住下去，闷也闷死了。”说着时，太监捧进一个黄匣，听候旨意。文宗道：“摆着罢，朕也没心绪瞧，横竖没有好消息。”太监遵旨放下自去。那拉贵人劝道：“别这么忧闷，爷身子是要紧的。”文宗道：“你没有知道现在的武官，真不是东西，镇将备兵弁，畏葸成风，纵贼殃民，所在皆是。前因胜保勇敢有为，特给他康熙时安亲王所进的神雀刀，叫他副将以下，如有迁延退缩、贻误军情的，先斩后奏，谁知依旧不济事。”忽见总管太监仓皇奔入，飞报祸事。欲知后事，且听下回分解。

第七十一回　恶风潮儒臣遭厄运　申军法名士进良言

话说总管太监报祸事，文宗忙问："你这消息，从哪里得来的？"总管道："奴才的侄儿，跟随僧王爷出兵，写信回家，说僧王爷接着胜保咨文，才到赵北口地方，长毛已经打破深州，攻陷献县，闯入交河，从泊头渡河而东，攻下沧州，现在贼兵已临天津城下。"文宗随命取过封奏匣儿，揭掉盖，里面满满的一匣黄纸封儿，都是京内外大小臣工的奏折。文宗用小金刀拆开，一一瞧阅，阅到参赞大臣科尔沁郡王湍多巴图鲁僧格林沁一折，所讲的话，果然与总管所报，一般无二。文宗道："天津要是有了什么，京师也难保了。"说罢，忧形于色。那拉贵人婉言譬解，圣心终是郁郁。

从此警报迭来，静海县失守，杨柳青、独流镇相继沦陷。胜保督兵往攻，打了个大败仗，副都统佟鉴、天津县知县谢子澄，都殉了难。南边军务，安徽、湖北，尽都吃紧。新授皖抚江忠源，是南中名将，庐州失守，也被太平军害掉了性命。两湖总督吴文镕，又在黄州殉难，只有给事中袁甲三在临津关征剿捻国，总算得着个胜仗。文宗临朝而叹，向廷臣道："南中各军，只剩曾国藩一支兵了。这一支兵，要再有个好歹，大事从此去了。"大学士祁俊藻奏道："曾国藩这一支兵，怕也不见得靠的住呢。"文宗道："怎见他靠不住？"祁俊藻道："前番皇上降旨，叫他赶办船只，驶入大江，与江中源水陆夹击，他偏要等候船只造成、洋炮解到，又要设立水路粮台等许多周折事情。皇上责问了他，他又上章图谋脱卸，这种人哪里像是忠公体国的大臣？"文宗道："论到在籍人员，能够这么出力，已属可嘉。各省在籍人员，都能够像他，逆贼也不会这么猖獗了。"祁俊藻撞了一鼻子灰，站在旁边，一声儿不言语，文宗随令军机拟旨，催曾国藩迅速南下。一时拟就，文宗亲提御笔改了几句，立即颁发出去。

却说曾国藩在衡州，创办水师，刻意经营，精心擘划，遇着广东员弁，与长年三老会得行船的，博访周咨，不知更过几许图样，变过几回制度，才造成三种战船，大号战船，名叫快蟹，船上浆工二十八名，橹工八名，炮手三名，舱长一名，头工两名，舵工一名，副舵两名。中号战船名叫长龙，船上浆工十六名，橹工四名，炮手三名，舱长一名，头工两名，舵工一名，副舵两名。小号战船，名叫三板，船上浆工十名，炮手三名，舱长一名，头工两名，舵工一名，副舵两名。水师营制，每一营一艘快蟹，十号长龙，十号三板。快蟹为营官座船，长龙为正哨，三板为副哨。练成水师五千人，水师各将，成名标、诸殿元、杨载福、彭玉麟、邹汉章、龙献琛，都是一时俊杰，特派褚汝航为大总统。又练陆师五千人，派周凤山、储玫躬、林源思、邹世琦、邹寿璋、杨名声、曾国葆等，分营统率，特派塔齐布为先锋。国藩总辖水陆兵马，特设八所，委派干员，分科办事。八所是文案所、内银钱所、外银钱所、军机所、火器所、侦探所、发审所、采编所，整齐画一，布置得十分严密。这日廷寄到营，国藩谨敬开读：

上谕此时惟曾国藩统带炮船兵勇迅速顺流而下，直抵武昌，可以扼贼之吭，此举关系南北大局，甚为紧要。该侍郎应能深悉缓急情形，兼程赴援。钦此。

国藩会集诸将道："朝旨敦迫，我军不能再缓了。"众将齐称愿与逆贼拼一死战。国藩大喜，传令水陆兵马，悉从衡州起程，到湘潭聚齐。此令一下，人人奋勇，个个争先，大有灭此朝食的气概。当下点齐快蟹四十号，长龙五十号，三板一百五十号，雇用民船一百数十号，装载辎重，计米一万二千石、煤一万二千石、盐四万斤、油三万斤、炮五百尊、军械数千件、火药二十余万斤，其余应需之器物，应用之工匠，无不相随并走。拖罟一号，以为主帅坐船，水陆兵弁夫役，共计一万七千余人。鸣鼓掌号，一齐出发。帆樯林立，羽葆锈陈。冲开波浪千重，耀出旌旗一色。吕子明白衣摇橹，城郭潜窥；周公瑾赤壁鏖兵，舳舻迅扫。满期下濑乘船，破浪而荆、湘奏凯，不让凌烟画阁，策勋而褒、鄂称先。时咸丰四年，正月日也。不料地方劫运未终，粤贼恶贯未满，狂澜莫挽，弱水难浮。这里方击楫渡江，那边已投鞭断水。原来水师船只，驶到岳州湖畔，忽然北风大作，白浪滔天，波涛汹涌，抛锚收帆，哪里收得住，战舰粮船，互相碰撞，兵弁水手，被浪打入水中的，盈千累百，呼噪的声音，宛如天崩地陷，岳撼山摇，各将弁目骇心惊，都唬成傻子一般。国藩急令收港，等到风平浪静，检点船只，漂沉二十四号，撞损数十号，溺毙勇丁，八九百名。国藩叹道："两年心血，初次出发，就遭这么的大挫折，办事真不易容。这几条战船，造它时光，凡材料之坚脆，制度之广狭，帆樯楼橹之位，火器之用，营阵之式，下至米盐细事，哪一件不是我躬身验察，费尽心机，变尽方法，谁料一朝儿就丧掉这许多，可叹可叹！"

忽见一个晶顶军弁，进来回道："王哨官禀告军情大事，在外候传。"国藩道："传他进来。"军弁应着，引王哨官进舱，打千儿见礼，回道："陆师王统领，带领湘勇，才抵羊楼司地方，就与长毛碰着了。"国藩道："王璞山是吾乡杰士，碰见长毛开仗，胜负如何？"王哨官道："这一回王统领没有开仗，瞧见长毛旗号，他部下的兵勇，发一声喊，竟全部走了。王统领一个儿没法子，只得退回岳州来。"国藩道："王璞山不战而溃，这是什么缘故？"王哨官道："王统领退回来不打紧，不料后面长毛，乘势追赶，直杀到岳州城下。城外营盘兵勇，尽都逃散，五大人与邹统领、杨统领都退入城中。现在长毛把岳州城池，四面围困，攻打甚急。"国藩惊道："不料舍弟国葆，竟这么不济事。邹寿璋、杨名声，他两个平日何等自负，临敌仓皇，竟至一逃完结。这回事情，怪去怪来，都是王璞山一个儿不是。"随令王哨官回船听差，一面与幕府谋士，商议援救岳州之策。众谋士道："王鑫赋性左强，我等早知他要偾事。他所部湘勇，营制步伍，并不按照这里规矩，立异标奇，很有独树一帜的气概。大凡做统将的，骄傲两个字，是不能犯的，他此番的挫败，正坐骄傲太过之病。"国藩道："事已如此，诸君怪他也没用。咱们想一个法子，总要救出岳州城里的人才好。"众谋士道："为今之计，除了急调炮船，开赴岳州，可就没有别的法子了。"国藩道："事到临头，也只好这么办。"随升坐水帐，发下军令，调派快蟹、长龙、三板各船，昼夜兼程，开赴岳州，登岸击敌，只三天工夫，围城里的逃兵败将，果然齐伙儿救了出来。

国藩随即具奏陈岳州陆师败溃、水师遇风坏船情形，自请交部治罪。这一道折奏，刚才拜发，就接到崇通官军两道捷报，一道是胡林翼在上塔市地方，大破太平军。这胡林翼，表字咏芝，是益州人，原是个贵州候补道，应前任总督吴文镕之调，带领练勇六百，由黔赴鄂，军抵金口，就得着吴督阵亡、敌舟上犯的警信，林翼进退两难。正这当儿，接到曾国藩公文，饬令回军会剿岳州之敌，并许饷糈、军械，悉由湖南支给。林翼大喜，随率本部，退往上游，谒见曾国藩，抵掌谈兵，个中机要，国藩很是钦佩。林翼道："吴公督师黄州，其实是失策。眼前贼势这么猖獗，水师又没有练成，照职道下见，南北两省，只宜坚守省会，必俟水师办成，再图洗剿。"国藩击节道："这话说着了，鄙意何尝不如是，吴公也何尝不知道。怎奈事机不巧，鄂抚崇纶挟有意见，密劾吴公闭城株守，奉旨切责，吴公不得已才出外督师的。我这里还有吴公的复信呢。"说着取出，递给林翼，只见上面写的是：

> 吾意坚守，待君东下，自是正办。今为人所逼，以一死报国，无复他望。君所练水陆各军，必俟稍有把握，而后可以出而应敌，不可以吾故率尔东下。东南大局，恃君一人，务以持重为意，恐此后无有继者，吾与君所处固不同也。

林翼瞧毕，不禁洒出几滴英雄泪来，叹道"吴公尽忠，却被崇焕抚院断送了性命也。"国藩道："皇上圣明，惜左右大臣不懂军务，常常蒙蔽为可恨耳。蚊虻负山，精卫填海，你我做臣子的只要蓄着这个志，耐辛耐苦做将去，不怕不做成功。本朝德泽在民，我看长毛决不会长久的。"

当下国藩就把胡林翼在楚剿讨，暂未能赴鄂的缘由，具折申奏明白。谁料这一道折奏，未到北京，严切的上谕，已经降下：

> 本日据青麟奏称，探闻曾国藩带勇，已距金口百有余里，贵州道胡林翼随同前来，现复退往上游。贼船飙忽上窜，急须出其不意，顺流轰击。该侍郎炮船早入楚北，胡林翼何以退守？着曾国藩饬知该道，迅速前进，无稍迟延。钦此。

国藩把上谕给与林翼瞧看，林翼道："旨意严切，职道可不能留待我公了。"国藩道："不要紧，我当专折保留你。"恰接军报，说长毛由兴国上窜，打破崇阳、通城两座城池。国藩惊道："崇、通两邑，素多土匪，长毛与土匪联合了，事情就坏了。"随向林翼道："此任非君不可。君可率领黔勇，由平江往剿，我再调平江知县林源恩接应你。两匪联合，势必大炽，事不宜迟，快去快去。"林翼见说，督率本部，当夜就拔队，开赴崇、通而去。国藩具折陈明，并称胡林翼之才，胜臣十倍，将来可倚以办贼。折到北京，上头自然无甚话说。

林翼到了通城，与太平军开过几仗，互有胜负，专弁来营，求请援兵。国藩就派先锋塔齐布带同骁将周凤山率兵三营，星驰往救，这都是水师未遭风灾前的事情。林翼有了救应，军心大壮。初六日，在上塔市地方，与太平军开仗，前麾所指，神鬼效灵，列阵齐呼，风云变色，如尚父之战牧野；烈著鹰扬，比黄帝之战阪泉，威伸夔鼓。竟然得了个全胜。塔齐布在沙坪地方，也得着个大胜仗，先后差员报捷。当下国藩接到捷报，向众谋士道："我之初计，原要陆路进军，从崇、通着手，以次扫荡，进援武昌。自己统率水师，顺流东下，水陆夹击，江面不难一举肃清，不意事机变幻，竟至如此。"

说着警报又至，报称贼船连樯上窜，省城异常紧急。国藩忙下公文，飞调胡林翼、塔齐布回省防守，又命林源恩率兵扼守，防贼南窜。聚马援殿前之米，推张华局上之枰，帷幄运筹，自谓谋无遗策。不意强中更有强中手，太平军行军飚忽，早于此时舟师踞靖港，陆师扰宁乡，打破湘潭县城，并分股至朱亭、渌口、朱洲一带，把大河宿河里的民船，悉数掳掠。再到湘乡，把涟江里的船也掳了来，合计共有八九百号，结联成一大座木城。又在湘潭城外，掘濠筑垒，扎下五座大营，声势很是厉害。警信传到曾营，国藩焦灼道："贼人这么剽悍，胡、塔调到，怕也难于取胜呢。"众谋士都来劝解。国藩道："诸君不知，打仗全靠不怕死。现在军营兵勇，没一个耐战的，岳州一仗，交手不道一个时辰，就纷纷奔退，照这样子弄下去，江面如何会肃清？众营官又都不肯听我的话，即如扎盘一桩事，要算教戒的了。叫他们筑墙，总要筑到八尺高，三尺厚，掘壕总要掘到八尺阔，六尺深，墙门总要有内壕一道，墙外总要有外壕两道，壕里头总要密钉竹签，说得唇焦舌敝，谁依了呢？要治他们军法，我那兄弟先梗令，叫我还治谁？就是营制，我编定是五百人为一营，每营分为四哨，每哨分为八队，火器、刀矛，各居其半。别个都依从，王璞山偏要自作聪明，独标新异。这么的兵，这么的将，就叫孙武、吴起统率着，也难取胜，何况是我？"众谋士听了，都没有话讲。

见一人开言道："都是主帅过于仁慈的缘故，办军务原与家务不同，不能推情讲义。《尉缭子》上说吴起跟秦军开仗，不曾交手，一兵恃勇直前，斩获双首而返，吴起命缚出斩首。军吏道：'这是才士。'吴起道：'果然才士，非吾令虽才必斩。'《魏志》载邓艾遣儿子忠，与诸葛瞻战不利，艾叱将把忠斩掉，忠驰还更战，大破蜀军。照此看来，湘军不竞，都是主帅过于仁慈的原故。"众谋士见此人发言戆直，都吃一惊，霎时间舱中数十双眼睛的目光，都注集在这发言的一个儿身上。原来此人姓彭，名玉麟，字雪琴，衡阳查江人氏。他的老子，是个良善人，做过几任巡检，手里毫无积蓄，粗遗田亩，又都被亲族干没了去，玉麟境况，很是困苦。父没，他母亲向他、并他的兄弟麟玉道："族豪伺隙侵辱，此乡不可久居矣。你们都是男子，可以远出避祸，望你兄弟两个，努力自立，替你老子争一口儿气。"说罢泣下。此时玉麟已经十六岁了，没奈何只得到城里头，借窗读书，考书院，谋膏火，苟延着日子。怎奈书院膏火，是靠不住的东西，有时得着，有时不得着。天无绝人之路，忽听到协台衙门招考营书，玉麟大喜，投名往考，居然考取了。照例得补马兵，月有饷银到手，书院膏火，协标月饷，除了自己食用外，每月倒还余钱三四吊。于是迎母到城，怡然相聚。此时衡州知府某，素有知人之誉，一日诣协署商议公事，瞥见案头文书稿，字体奇秀，询问协台，协台道："是营书彭玉麟写的。"堂府道："此人当大贵，且有功名，请来一见。”协台随召彭玉麟进来，知府一见大悦道：“暇时可常到我衙门里来谈谈。”玉麟遂执贽拜知府为师，知府亲自课他文艺，纯摘庇谬，不少假借，然而奖辞评语，辄有“他日柱石名臣”的美誉。等到府考，众人道：“他定然总是案首。”不意放出案来，竟在第十。越日，县令告诉他道：“太守因君名位未可限量，不欲其速化也。”这一科应试学院。竟遭黜掉。明年学使陈坛，按临衡郡，见了玉麟文章，大加称赏，许为国士，取为附学生员。协台于是留他在署，充当教读。

道光末年，新宁愚民李沅发，为亡命瑶民所协，头乱破城，省吏发兵征剿，檄调衡州协标前往赴敌。玉麟短衣草鞋，荷枪从行。协台见了道：“彭公为甚不骑马？”玉麟道：“方往杀贼，安敢自逸。”协台闻言悚然，荐之于谷镇台，营里一切事情都同他商量。贼平，申详督院，督院瞧见衔名，列着生员，只道是武生，遂把他拔补临武营外委，赏给蓝翎。镇台要替他声叙，更请保将训导。玉麟道：“年幼学浅，不堪人师，来日方长，正当效力，眼前能够凯旋侍母，为幸多矣。”回到衡阳，清泉富翁杨子春，在耒阳开着一片当铺，因为年荒民乱，地方不很安靖，要聘一个文武兼备的人，前往经理，有人把玉麟荐给他。子春大喜，就请玉麟到耒阳，经理店务，玉麟慨然允诺。到了那里，见典物的人，纷至踏来，十分拥挤，心下奇怪。询问朝奉，朝奏道：“岁荒民贫，所以典物的人多，赎当的人少。”玉麟道：“当此凶年，不行赈济，倒去剥克贫民，子春豪士，当不出此。既然委了我来，少不得替他整顿整顿。”随命朝奉，凡来典东西的人，应典几多，就给他几多，不必收他东西，更不必给与票券。这一班人大半是无告穷民，很堪怜悯的。”朝奉道：“东家查问起来，咱们可都赔偿不起。”玉麟道：“不与你们相干，有事我一个儿担当是了。”朝奉无奈，只得照办。经这么一办，典东西的人，更是人山人海，五六个朝奉，简直应接不暇。不过五七天工夫，一片很宏畅的当铺，早已弄光完结。有人报知子春，子春道：“完了就算了，彭雪琴是贫士，就是问他要，也不见有钱还给我。”后来耒阳土匪蠢动，四出劫掠子春这片典铺，独独免掠玉麟，遂得封锁各物，还报子春。

曾国藩奉旨办团，征求奇士，衡阳常豫把玉麟荐给国藩，说他有胆略，可以倚任，一面叫他到曾营谒见。玉麟此时居着母丧，不肯出来任事。国藩闻之，愈益敬重，修函玉麟道：“乡里藉藉，父子且不相保，能长守兆墓乎？”玉麟感奋，投袂而起，遂入曾营，佐理军务。国藩大治水师，船分三等，编作十营，命玉麟为营官，统辖一营。其余九营，都是总把武员与新进人员，遇事不敢专达，都倚仗玉麟禀白。玉麟虽将一营，差不多水师全军，都是他一个儿统辖。所以玉麟虽是一员部将，倒常在主帅帐前仰首舒眉，论列是非，主帅也常常刮目相待。欲知彭玉麟说了这一番戆直话，国藩动怒与否，且听下回分解。

话说中华五千年

清史演义（下）

陆士谔 著

中国文史出版社

第七十二回　长风破浪儒将请缨　烟雨满江元戎投水

话说国藩听了玉麟的话，笑问众谋士道："非雪琴不能为此言，彭雪琴真是曾某良友。"众人见国藩毫无怒容，都很纳罕。当下国藩与众谋士计议战守方法，国藩道："逆贼陆走宁乡，水断靖港，我派储石友往救，白送了他性命。现在湘潭又被贼踞，塔军又未调到，事机危迫，间不容发。大家想想，有甚法子，可以解救此急？"谋士陈士杰道："这里上距湘潭，只有九十里，下距靖港，只有六十里。现值春水盛涨，北风时作，贼舟上下，瞬息可至，株守在此，殊属非计。"国藩道："我也知株守非计，现在朝旨敦迫，催我东下，你们看是如何？"陈士杰道："湖南未靖，我公似尚未能东下。为今之计，宜悉兵援救湘潭，即或不利，衡永一带，还可以保的住，保住衡永，不难图谋再举。如果不顾根本，只图进取，一败俱死矣。"国藩道："君言甚是，俟塔副将到了再商量。"士杰见国藩迟疑，知道一个儿争论无益，目视彭玉麟。玉麟会意，开言道："湘潭之宜救，一言可决，何必商量？就是要知照塔副将，也只速行一角公文去。"国藩召问水师各将，诸将都道："我们都愿即日西上，与逆贼决一死战。"忽军弁送进一角公文，是塔营送来的，折开瞧时，大旨称说："周凤山被贼人牵住在崇、通，一时恐不得抽身，塔齐布闻调即发，当从宁乡赶来，攻破湘潭，再回长沙，并请速派水师，到湘潭会剿。"于是国藩进剿之计始决，遂把十营水师，分为两队，叫彭玉麟、杨载福等督率六营，扬帆直上，攻打湘潭。国藩亲督四营，攻打靖港。

彭、杨二将，欢跃回船，传令舵工、水手，收锚解缆，立刻开往上游杀敌。此令一下，炮船上放起号炮，三板居前，长龙、快蟹居后，扯起风篷，冲破突浪，飞一般驶将去，旌旗戈戟，密布如林。各船虽然行驶如飞，却衔头按尾，队伍层次，并无丝毫错乱。行不十里，天色已夜，玉麟因急于剿伐，不令收帆，炮船上点起灯火，映着满江星斗，翻腾上下，宛如万千金蛇，在水中战斗一般，寒气森森，杀机隐隐，逼得人不堪注视。

忽闻岸上枪炮轰击之声，震天动地。玉麟喜道："塔齐布陆师到了。行师这么神速，塔公真是英雄。"随令舵工、水手加橹紧赶，赶了一程，遥望上游湘岸，旗幡隐隐，戈戟重重，数十里连樯并楫，似是敌舟，灯火掩映，照得天空江面，上下通红，旱寨连营，烟火不绝。湘军见了，都各心惊气夺。彭玉麟却面不改色，坐着三板小船，往来审度，大有志吞貔虎手杀蛟龙的气概。探了一回，忽地心有所得，随命回桨荡舵，拜会杨营官。这杨营官，名叫载福，是水师各将中出类拔群的人才，于风涛、沙线、驾驶、战斗各事，颇有阅历。当时称到湘军水师，彭、杨二将是齐名的。当下玉麟见了载福，就问："贼军虚实，君已知否？"载福道："贼船环列如城，势颇不弱，跟他开仗，总先要设法，冲开他的水阵。岸上炮火轰天，塔副将谅已动手，不知胜负如何。要是塔副将得了手，贼军气夺，咱们这里就容易了。"玉麟笑道："咱们开仗，要倚仗塔齐布时，水师将官，都变成酒囊饭袋了，丢脸不丢脸？咱们只讲咱们的，陆师胜负，且不必管他。"载福道："这话不错,别尽长他人志气,灭自己威风,咱们且想一个破贼的法子。”玉麟道:“贼势虚实,我已略知一二,破贼不难。但恐贼破后士卒自乱,仍旧被贼所乘呢。”载福道:“这为什么缘故?”玉麟道:“贼船虽多,都不是战舰,咱们船坚炮利,所以说破他不难。”载福道:“这话是了。贼破后士卒怎么倒又自乱呢?”玉麟道:“贼船里头,资货山积。我军士众,谁不眼红心羡?得胜之后,定然争相掳获,一贪掳怎么会不乱?贼人瞧见我军错乱,定然反旗袭击,到那时我军可就吃亏不浅。”载福佩服道:“老哥料敌如神,孙武、吴起,也不过如此。请问可有什么妙策,免掉这祸患呢?”玉麟道:“也没甚妙策,无非是用吾所长,藏吾所短。”载福道:“长呢,大家会用的,可以不必讲,这短倒不容易藏呢。大胜之后,众兵士要掳掠,禁之不可,听之不能,请问如何藏法?”玉麟道:“禁止兵士掳掠,自然是办不到的事,我看不如用火攻一策。咱们把六营水师,分为三队,炮船冲入贼阵,就掷火药包,纵火焚烧,火一烧东西是不能掳了。贼军心乱,自然也没暇与我们对仗。你瞧这个法子,可行不可行?”杨载福拍手道:“妙计妙计!老哥怎么想的来?咱们准这么行是了。”于是约会其余四营官,并力进攻。

玉麟回到自己船上,就差军弁遍告部下:快蟹、长龙、三板二号战舰舱长、兵勇、水手人等,都各装舱实炮,张帆驾桨,号令一出,立刻遵行,倘有违误,即按军法。众兵弁得着此令,一个个擦掌摩拳,准备开仗。又令三板小船,满载着火药包,并力前驶,驶抵敌寨,但看主将举刀,立刻掷药纵火。玉麟自己并不乘坐快蟹、长龙,只站在一只三板上,手执利刀,下令道:“今晚不打掉长毛,誓不收队!”随令开船。顺风扬帆,溯江直上,船如箭发,冲开锦浪,劈破绿波,激得船头浪花,实沫相似。将抵太平军寨,忽见寨门启处,十多只巡哨小船,飞桨顺流而下。船梢上都插着太平天国旗号,船头上都站着红巾头目,一见官兵,就高声喝问:“何处妖兵,到来送死!”玉麟并不理睬,破浪直前。对船上开放洋枪,左弦那只三板的舱长,中弹跌倒,全船慌乱。舵工、水手才待转舵奔逃,玉麟早已看见,立派军弁把那舵工斩掉,全军震悚。于是冒弹直进,霎时早抵太平军水寨。玉麟把刀一招,弁勇水手,争把火药乱掷上去,太平军寨一齐都着,火趁风威,风助火势,烟焰障天,烧得满江通红。左右两队恰也攻到,也都纵了火,左右中三路一齐都着。太平军冒烟突火的奔逃,却被彭玉麟、杨载福督率弁勇发炮开枪,不住手的轰击。官兵在暗地里,太平军在火光中,从暗击明,发无不中。周公瑾乌林纵火,杜慧度雉炬焚舟。

这一场恶战,直杀到天明,太平军战船七百多号,差不多烧了个尽。人逢喜事精神爽,打了胜仗,倒全不见疲倦。率师上岸,恰值塔齐布前来接应,问起情形,才知塔军昨夜抵此,跟太平军开过五仗,连战连捷。第一仗,踏破太平军营三座,烧毁木城一座,阵斩太平军六百多人。第二仗,烧毁太平军营两座,阵斩太平军七百人。第三仗广东太平军拼命出战,仍被塔营将士,冲杀尽绝。第四、第五两仗,又都是全胜。先后五仗,共计杀太平军四千多名。自从太平军起事以来,这么的大挫折,还是头回儿经着呢。

当下塔齐布道:“皇上洪福,水陆两军,都得着大胜。现在城中贼势,已经穷蹙,再不敢在城外筑垒了。咱们只要乘势打破城子,剿灭此股,靖江以下、朱亭以上的贼子,都易办了。”玉麟道:“说起靖江,我倒想着一事,湘乡是主帅家乡,怕贼子要分股去扰乱呢。”塔齐布道：“这倒不用忧虑，我早调一支兵到那里邀袭，贼人要是奔的去，恰恰投入网中。”玉麟喜道：“副戎布置得这么周密，此贼无能为矣。”塔齐布道：“我军连战连捷，贼人锐气已经大挫，这会子，水陆并进，不难一击而退。”彭玉麟深然此说。

正欲分队进兵，流星探马飞报军情，报称：“曾帅亲督水陆军队，攻剿靖江贼巢，两军接仗，才只半顿饭，陆勇纷纷奔溃，水勇也跟着奔窜，二千多人，差不多逃了个光，船炮器械，悉数丢掉。就是没有出队的钓钩子、水手、役夫，也都弃船逃遁。曾帅气得要不的，投江两次，都被左右救起。现在曾帅移驻在妙高峰寺，只留少些陆勇护卫。”彭玉麟向塔齐布道：“曾帅新败，我们当并力血战，打破此贼，贼焰一张，我们可不得了呢。”于是分队进攻，人人拼命，个个争先，一以当百，十可当千。太平军抵敌不住，弃城逃遁。彭、塔两将收复了湘潭，专弁飞骑，到长沙报捷。

却说曾国藩大败回省，驻营南门外妙高峰寺，舆论大哗，都说他是百败将军。国藩闻之，愁然不乐，叹向众幕友道：“古人用兵，先明功罪，有功必赏，有罪必罚，功罪既明，赏罚斯当，故能所向有功，每战必克。现在时事艰难，吾以义声倡导乡人诸君从吾于危亡之地，非有所利也，故于法亦有所难施，两次致败，都由于此。”众幕友听了，尽都慨然。说着，军弁递进湘潭水陆大捷的公文，国藩阅过，喜道：“赖有此耳。”于是连夜办折，奏保水陆立功人员，副将塔齐布、守备周凤山、同知褚汝航、知县夏銮、千总杨载福、文生彭玉麟、哨官张宏邦、训导江忠淑，都在里头。一面陈明靖江战败，水师半溃，实由臣调度乖方，请交部从重治罪。并请特派大臣，总统此军，臣未赴京之先，仍当力图补救。此折去后，不过半月开来，奉到两道谕旨。一道是：

> 屯聚靖江逆船，经曾国藩亲督舟师进剿，虽小有斩获，旋以风烈水急，战船被焚，以致兵勇多有溃败。据曾国藩自请从重治罪，实属咎有应得。姑念湘潭全胜，水勇甚为出力，着加恩免其治罪，即行革职，仍赶紧督勇剿贼，带罪自效。湖南提督鲍起豹，自贼窜湖南以来，并未带兵出省，累次奏报军务，仅只列衔会奏。提督有统辖全省官兵之责，似此株守无能，实属大负委任。鲍起豹着即革职，所有湖南提督政务，即着塔齐布暂行署理，该部知道。钦此。

第二道谕旨，不过是宽其既往勉以将来的话。国藩读过谕旨，泣向幕友道：“两番请罪，谴责革职，塔副将忠专敢战，竟蒙超擢。圣鉴之公明，天恩之高厚，真令人感激无地。”随命请塔齐布来，告知他恩意。塔齐布感激道：“这都是恩帅栽培之力，不然，标下这会子，还是营中一名走卒呢。”国藩勉了他几句尽忠报国的话，忽报广东水师总兵陈大人到。国藩喜道：“陈辉龙到了，就好了。咱们这里水勇。太也不成样子，成军没有几时，就逃去了许多。三月廿四、廿五，这两日里，成章诏营里，逃去百余人，胡维峰营里，逃去数十人。廿七这一天，何南青营里，又逃去一个哨官，将战船炮位，都弃在东阳港，舟中钱米、帆布等物，都被他抢尽。廿八这一天，各营又逃去三四百名水勇，不待初二开仗，然后逃光呢。”塔齐布道：“湘潭一仗，水勇是全胜的。”国藩道：“纪律终不很整肃，打了胜仗，也只晓得抢分贼赃，没一个回省的，抢了赃，都逃回县城去。湘乡河里，飘流的战船，不知几多艘，不都从湘潭逃回么？彭雪琴发功牌与水手，众水手见忽有顶戴，出于意料之外，于是自言，册上姓名，都是假的，应募时光，乱捏姓名，无非为逃走之后，没处追究地步，丧心昧良，竟至如此！咱们的水勇，简直没得一个靠的住，不然，我也不到两广去调人了。”说毕，随命请见。陈辉龙进营见过礼，国藩问他：“共带多少人来？”陈辉龙回：“共带水师四百名、洋炮一百尊。”国藩道：“我这里正添造战船呢。公来正好，可以助我整理一切。”

原来国藩练就的水师，经岳州的风浪、潭港的战事，两回损失，已经去掉大半。现在委派干员，在衡州、湘潭，设立两所船厂，雇齐匠役，赶造战船六十号，船身樯帆，一应物料，较前更加坚致。长沙地方，也设了一所船厂，专行修理旧船。所有水手、勇丁，奔溃过的，并不收集，特到衡、永一带，重行招募，规模重整，军容一新。所以向陈辉龙这么说，当下辉龙谦逊了几句，就在水师营中，帮办军务。那塔齐布自去提台衙门接印视事。过上四五天，广西巡抚委派的知府李孟群也到了。李孟群共带广西水勇一千名，国藩于是大治水军，日夜操练，刻期进剿。

忽接流星探马，报称长毛重又上犯，华容、塔州，尽都沦陷，洞庭西湖一带，龙阳、常德，岌岌可危。国藩大惊，忙调塔齐布，统带兵勇三千，驰赴岳州进剿。再命胡林翼、周凤山、李辅朝，督率勇队，由益阳进防常德。还没有出发，接报龙阳、常德，都已失陷。众将闻报，不敢怠慢，昼夜兼程，马步并进。谁料行抵龙阳，湖水忽地涨高四尺，帆船乘水攻营，周凤山等不及防备，小遭挫折。胡林翼见机，退回益阳，只得改道绕赴常德。这时光，湖北敌氛，很是厉害。汉阳的太平军，分股溯江，连陷德安、随州、江汉、安陆各城，荆门、荆州，尽都吃紧。经将军官文，狠命守住，太平军只得重又下窜，从宜都、枝江，一路南下，经太平口，入洞庭湖，与西湖股匪，合并为一队，声雄势壮。澧州、安乡各城，闻风奔溃。巡抚青麟，原职是学政，未娴军旅，临敌仓皇，见省城四面，都是敌踪，吓得突围出走，奔到长沙就饷，于是武昌也为太平军所得。国藩向众幕友道：“时事如此，吾军不能再待了。”立下文书，调集水陆将领，都到大营听令。不过一两日工夫，都已调到。国藩升坐中军营帐，传发军令，调拨人马。水师共是三帮，命褚汝航、夏銮、杨载福、彭玉麟，四人统率战船为头帮。国藩自已督率广西水勇为二帮。又叫陈辉龙率领广东战舰为三帮。陆师各将，也分三路：塔齐布为中路，驻营新墙；胡林翼为西路，趋攻常德；江忠淑、林源恩等为东路，由平江进剿崇、通。水陆大兵，共计六路，浩浩荡荡，傍湘东下。早有细作报知太平军营，众头领会议抵敌之策，都主张弃掉常、澧，专守岳州。于是把所掠船只，尽集在岳州河下南津地方，预备死命抵拒。

却说曾帅部下头帮水师舰队，连樯并帆，鼓棹浮江，行舟如箭。这日，离南津约十五六里，清风习习，吹动征帆，远眺君山，青翠欲滴。彭玉麟向杨载福道：“战舰如梭，出没靡定，咱们应分为两翼，包抄而入。”杨载福道：“好好。公从君山驰入，我从雷公湖驰入，两路夹攻，可获全胜。”说着时，见夏銮、褚汝航，已经鼓棹而前，势若鲸鲵，疾如鹰隼。杨、彭两舰队，张翼直前，不意太平军舰扼住南津，并不出战。彭玉麟手挥葵扇，令前锋小船，冲入港去。三板舱长得了令，立命水手，鼓棹飞驶，箭一般冲进去。港内太平军舰，见小船冲入，立即飞棹迎敌，三五只三板，只放了三炮，一齐回棹反走。太平军船争着追出，共有百数十号。玉麟大喜，督舟抄截，趁势放火，霎时火光烛天，江面上烧得火焰山一般。太平军众喧哗奔避，焦头烂额，投水落江者，不计其数，飞棹奔出的，都被官军获住。这一役，共烧掉太平军船百余号，夺获小船数十号，阵毙太平军众不计其数。太平军势不支，率众夜遁。官军遂克南津，彭玉麟手草露布军弁到大营报捷。

隔了五日，太平军又驾楼船巨舰，鸣炮扬帆，前来攻击，战舰蔽江，樯帆如林，那股声势，比了前番增起十倍。杨、彭二将尽力抵御，总算没有被他攻入。太平军退守雷鼓台，官军进攻，并不见十分胜利。众人拟退兵休息，杨载福向彭玉麟道："咱们战船，不满百号，贼众十倍于我，不用冒死出奇，怕不能免呢。"彭玉麟道："冒死前进，我也这么想。"于是下令长龙、三板，鱼贯冲阵。此令一下，众健儿一齐鼓棹，劈破绿波，冲开锦浪，激得船头水花喷沫相似。太平军阵中百炮齐鸣，千弹并发，那炮子雨点似的飞将来。杨载福冒弹直进，彭玉麟挥舟继进，高喝："退后者斩！"喝声未了，一颗流弹蚩的飞来，正打中在玉麟手指上，鲜血直流，早弹去了半节。玉麟并不回顾，连喝："快快驶向前去！"众水手尽都感愤，鼓棹愈急，舟行如飞。此时杨载福所坐的三板船，已经冲到太平军帅坐船，把火药包儿乱掷上去。太平军帅坐船，顿时着了火，黑烟直冒，红焰横飞。太平军船纷纷回救，霎时大乱起来。彭、杨二将，挥船冲杀，踏浪如飞。打仗这件事情，一仗气势，二仗阵法。太平军虽然众多，无如怯不敌勇，乱不敌整。彭、杨二将的战船，破浪冲波，活泼得生龙活虎一般。太平军舰断弦折舵，绝索毁樯，不知伤掉几多号数。战到结末，满江明月，只照着官军旗号，千百号太平军舰，影踪儿都没有一个了。角声呜呜，都是官军收队的令号。三湘健儿，鼓棹徐行，一个个挺着嗓子，唱着凯歌，脸上都现出非常得意的样子。欲知后事如何，且听下回分解。

第七十三回　**陈辉龙殉命城陵矶　彭玉麟大破田家镇**

话说官军收队进口，瞧见统领彭玉麟弹伤手指，血盈袖裙，兀自神采飞扬的跟杨载福两个说话。众兵弁见了他这一副神情意态，无不暗暗佩服。从此水师将弁，称到勇略胆识，就要推着彭、杨二将。等到曾国藩第二营水师到时，江面已经肃清多时了。捷报到京，文宗异常欣悦，叠下两道旨意，无非叫他乘此声威，迅速东下，力捣武汉贼巢，以冀荡平群丑的意思。国藩接到廷寄，向部下道："圣意焦灼，朝旨敦迫，我们可不能再缓了。"说着，忽报第三帮水师已到，国藩大喜。接着，军弁投进陈辉龙手本，立命请见。辉龙进舱，见过礼，问道："岳州克复，听说都是彭、杨之功，杨公已经会过，彭将军只是闻名，未曾见面。"国藩道："我们这位彭将军，原是个书生呢。君要会他，兄弟可以介绍。"随向亲兵道："请彭大人。"一时请到，会过面，谈起水战情形，陈辉龙面子上很是倾倒，心里却颇不为然。回到本营，众人问彭玉麟如何。辉龙笑道："长毛原没甚本领，竖子成名，也是他的运气。倘使本军当了头帮，这一场大功，也挨不到姓彭的了。"众人回道："我们幸没有当头帮，当了头帮，就打得长毛只船不反，也没有他那么威名。彭玉麟是书生，带的都是新军。你老人家是宿将，我们又都是老营务，在我们视为常事，在他们就要当作奇勋。"辉龙笑道："这话就对了。别的且别提，就以战船而论，他们都是三板小船，土造铁炮。我们是舵罟大舰，洋装铜炮，旌旗何等鲜明，军士何等活泼，精粗强弱，不用我们自己说，他们怕也知道呢。"说着，三板小船，飞报军情，称有大帮贼船，溯江上驶，已抵城陵矶下。辉龙向部下道："我去见曾帅，讨这个差使，替我们广军吐吐气。"众人听了，无不勇跃。

辉龙立刻过船见国藩，面讨此差。国藩见辉龙，意气飞扬，神情豪放，大有不可一世的气概，心下颇不为然。随道："吾军屡胜，敌军屡败。屡胜易骄，屡败必奋。何况长毛狡诈，波涛不测，此番出仗，务宜小心。我已咨请塔军门，进攻擂鼓台，以分贼势，万勿轻敌，切记切记！"陈辉龙嘴里勉强答应着，回到本营，笑向部下道："曾帅胆子真小，几个长毛，也值得如此费事。"随传令起碇出发，三五艘舵罟大船，衔尾起行，旌旗蔽日，炮声震天，船高气壮，望去宛如岛屿一般。湘军各将领，都乘了三板，前往观战，瞧见粤军这么的军容，这么的声势，无不爽然自失。只见舵罟大船，乘风波浪，徐徐行驶，数百门洋装铜炮，连环轰放，声振山谷，响彻云霄，弹似流星，光同闪电。贼船不敢抵敌，左躲右避，一味的奔逃。粤军欢声雷动，志得意满，都以为太平军灭掉，就在这一会子了。陈辉龙尽喝力追逐，十帆并进，百炮齐轰，势撼岳阳，气吞云梦，并不管水程远近，江面浅深，突浪冲波，一路追将去。

不意太平军船逃遁，全是诱敌之计。舵罟大舰，驶到中流，早被江底胶住了。十篙齐举，百桨同飞，宛如蜻蜓撼石柱，小鬼跌金刚，丝毫没有移动。太平军见了，一声胡哨，众战船飞棹奔集，如虎扑食，如蚁附羶，争向舵罟驶来。陈辉龙急极，迎既不可，避又不能，连轰洋炮，无奈敌船如箭，发出去的弹子，百不中一。两广水师知道没有指望，纷纷投江自尽。陈辉龙手执朴刀，挺立船头，兀自指挥迎敌。不意流弹飞来，正中心口，截倒船头，呜呼哀哉，成仁去了。游击沙镇邦一见，忿火中烧，大呼跃出。此时太平军船已到，红巾士众蜂涌上船。一人难敌四手，恁沙游击再勇点子，一阵乱刀，剁成三段。湘军各统将，瞧见情势危急，疾忙飞舸往救。忽然南风大作，江涛汹涌，太平军船势处上风，远则飞炮流弹，近则掷药纵火，红光一片，烟焰蔽江。官军走投无路，死于火，死于水，死于炮子枪弹，累百盈千，不计其数。彭玉麟、杨载福，闯出重围，单舸得脱。那褚汝航、夏銮，也在这一役里，丧掉了性命。彭、杨二将，回禀曾帅。国藩叹息道："陈镇台轻敌丧身，挫动锐气。然而塞翁失马，安知非福？诸君慎毋自馁。"

说着，忽见一个晶顶军弁，送进一角文书来，国藩拆阅一过，不觉喜逐颜开。众人都问何事，国藩道："塔军门在擂鼓台大胜，阵斩著名贼目曾天养。水师小挫，陆军大捷，真是国家如天之福。"随叫幕友追折奏闻，阵亡的请恤，称功的保升。廷寄到来，国藩照例开读：

> 览奏曷胜愤懑！曾国藩系在水路督战，于陈辉龙出队时，不能详慎调度，可见水上一军，毫无节制，即治以贻误之罪，亦复何辞！惟曾国藩前经革职，此时亦不必交部严议，仍责令督饬水师将弁，奋力攻剿，断不可因一挫之后，遂看望不前。钦此。

国藩向部下道："城陵矶贼势尚盛，此贼不破，东道终不能通。水师新遭挫折，我想改用陆军抄攻岸贼，岸上得手，水师不难一鼓东下，诸位以为如何？"众将弁无不称妙。国藩遂派骁将诸殿元，带领湘勇四营，衔枚疾走，星夜往攻。诸殿元接了令，拔队齐起，驰往城陵矶去了。又调塔齐布、周凤山、罗泽南率军继进，为诸殿元接应。似此算无遗策，稳可马到成功。谁料胜败无常，险夷顷刻。第一个军报，官军失利，诸殿元阵亡。第二个军报，贼酋从湖北纠集悍贼两万多人，从临淮陆路杀来，声势汹涌，大有直扑塔、周、罗三将营盘之意。这一股太平军，都是贼中精锐，百战余生，厉害得要不的。国藩自语道："塔、周、罗三将，总还支持得住。"一面飞咨飞札，叫他们三人小心留意。

从此流星探马，不住飞递军情。到二十六这一日，军报更紧，穿梭似的往来飞报。第一报，大股太平军已到，黄旗、红巾，满坑满山。他们拼死攻扑，官军拼死抵御。炮声震地，烟尘蔽天，战斗得正兴头呢。第二报，罗营将士，骁勇异常，头起长毛已经杀退。第三报，续到太平军，经周凤山、杨名声二将奋勇杀退，前后阵毙太平军七八百名。国藩向众幕友道："此股贼来甚多，必有屡次血战。东南大局，定与不定，都在这几日里头。但愿如天之福，陆路得获大胜，水路也可渐渐起色了。"众幕友道："国家洪福，吾公荩筹，将士用命，总无有不胜的。"

次日，军报寻常，并无新奇战事。一到二十八日，就不好了。太平军队大至，摇旗喊呐，声势震天。亏得塔齐布忠愤填胸，匹马双刀，往来冲突，那一股英风锐气，直堪辟易千人，披靡万众。无论本军敌军，见了他那么神勇，无不骇然，从早晨直战到夜分，足足战了五个时辰，太平军方才退去。国藩接到军报，喜道："塔军门这么神勇，贼人气夺矣。"二十九日辰刻，太平军尽率精锐，漫山遍野而来。塔齐布向罗泽南、周凤山道："贼势浩大，我军须分头迎敌，才克制胜。"泽南道："此计其是。咱们三个人，应分作三路，公打中路，周君打东路，西路的贼子，由兄弟担当。"周凤山道："很好很好，就这么出队罢。"于是掌号出队，大旗队、长枪队、刀牌队、洋枪队、抬铳队、马队，一线齐的出发，尘埃滚滚，杀气腾腾。行不数里，就见黄旗太平军，如蜂如蚁般扑将来。罗泽南喝令军士猛杀上去，随令督队军弁，齐装枪子，军士有返顾退下的，立即开枪打死。此令一下，谁敢怠慢，人人拼命，个个争先。太平军杀不过，败了去。泽南督队追杀，追不到二里，太平军札住阵脚，回戈再战，龙争虎斗，杀得个天愁地惨，月暗星昏。重又逃遁，再追再战，先后共杀了三回，直至筋疲力尽，才真败了。跌岩坠涧，死者不计其数。塔、罗、周三将会师追袭，直追到三十里外，不见敌踪，方才收队回营。立草露布曾帅大营告捷。国藩大喜，笑向众幕友道："得此大胜，陆师就有六七分可靠了。"众幕友道："既有六七分可靠，何不籍此声威，顺流东下，水师再捷，军事就有把握了。"国藩道："此计甚是。"当下就点派李孟群、杨载福、彭玉麟等一众水将，督率水师，扬帆出发。风顺水利，宛如得着神助，只半日工夫，早到了城陵矶。望见太平军船桅樯如林，黄旗飘荡，军容很是整肃。李孟群因老子李卿谷在湖北臬台任上，被太平军害掉性命，报仇心切，不顾利害，率领水师，扬帆驾炮，直闯上去，冲波突浪，舟行如箭。杨、彭等一众水将，鼓棹继进，气腾貔虎，锋刬蚊鼍，草木皆兵，风云变色。太平军初时还开炮抵拒，后见官军各将弁，矗立三板，冒弹急进，没一个俯伏避炮的，大惊失色，军心顿时乱起来，水手人等，纷纷扑水自溺。官军愈益得势，往来截击，直至天黑，方才队收。

次日出队，从城陵矶到螺山，从螺山到金口，数十里江面已没有一号太平军船、一名太平军了。国藩得报，下令水陆两军，乘胜进剿，收复武汉。从此一帆风顺，所向无前。列炬而全焚铁锁，洗兵而倒泻银潢。越夏口以撤藩篱，克武昌如振枯槁。不过五七天工夫，从湘湖到汉水，帆影上下，已经都是曾营旗号了。武昌、汉阳，全都克复。

捷报到京，文宗喜形于色，笑向军机大臣道："不意曾国藩一书生，乃能建此奇功。"大学士祁隽藻奏道："曾国藩不过是个在籍侍郎，无权无势，差不多是个匹夫。匹夫在闾里，一呼蹶起，从之者万余人，恐非国家之福。"文宗默然变色。侍郎彭蕴章，原与祈隽藻一鼻孔出气的。当下见文宗默然变色，知道圣心已动，随奏道："湘军太多，将来怕有尾大不掉之患。"文宗沉吟半晌，决然道："曾国藩理学工夫很好，有这么的理学工夫，难道倒不识君臣大义，那真是从来没有的事！"大学士文庆道："皇上天纵明圣，所见很是。曾国藩精忠纯正，臣敢保其无他。"文宗点头，随亲题御笔，就在原折上，批了二行半朱字：

> 览奏感慰实深，获此大胜，殊非意料所及。朕惟竞业自持，叩天速赦民劫也。另有旨。钦此。

又命军机拟旨特沛殊恩，赏给曾国藩二品顶戴，加恩赏戴花翎，并名署理湖北巡

抚。塔齐布赏穿黄马褂,并赏给骑都尉世职。恩旨去后,曾国藩拜折力辞。文宗原是英明天子,曲体下情,特下旨意:

曾国藩着赏给兵部侍郎衔,办理军务,毋庸署理湖北巡抚。钦此。

国藩接到此旨,感激得无可言说,遂与水陆各将,商发进剿方略。罗泽南道:“我军屡胜,名城迭克,贼人业已气夺。下游群寇,不难传檄而定。”国藩道:“贼中大有能人,传檄而定,怕未见得办的到。”彭玉麟道:“不出死力,必不能成大功。探得下游群寇,会集在田家镇,依山傍水,共列成五大屯,连舟断江,缆以铁索大锁,平布竹木,结为大筏,筏上大炮,密如列筍,筏前更有炮船五六千艘,环为大城。这么的贼势,不用死力血战,怕不易成功吧。”国藩道:“雪琴的话很是,大家辛苦点子罢。”罗泽南道:“能够血战,原是很好。我虑的就为将士久战劳乏,不能一鼓作气耳。”当下议定:水陆并进,塔齐布、罗泽南,率领轻骑,攻袭陆路贼营。彭玉麟、杨载福,督率水师,专剿水路贼船。水陆两军,分头并进。

却说彭玉麟、杨载福,解缆扬帆,直向田家镇驶去。才近蕲州江岸,两岸太平军,拼命轰放大炮,炮子雨点似的打来,哨官、军士,伤死相继。彭玉麟执旗指挥,冒弹直进,军气并无沮丧。不一会,早已逼进田家镇。杨载福笑指岸上,向彭玉麟道:“岸上旌旗,隐隐移动,贼军也会集拢来了。”彭玉麟道:“贼人布置井井,倒不可轻敌呢。”杨载福道:“公言甚是。广军陈镇台,不就为轻敌致败的吗!”彭玉麟道,“我想先与陆军约定期日,然后进战,你看如何?”杨载福深然此说。彭玉麟道:“兹事重大,须我亲自一行。”于是彭玉麟乔装改扮,偷过太平军营,从避径行向罗军营盘,去商定战期。不过三五日,早已办理妥当。回到水寨,调集部下各将,立即颁发命令,把水军分为四队。头队三板,悉令移去炮具,专备炉箅椎斧炭剪等应用东西。临行,下令道:“头队兵船上,无论兵弁、水手,不准仰头观望,顺流疾进,冲到筏下,鼓炉炽炭,务须把横江锁缆,悉行销断,违者立斩。”头队兵船,领命去讫。玉麟自率第二队,杨载福领率第三队,相继并进,为前军声援。只命第四队,留守本寨。

风顺水利,数千帆影,掠波而过,轻疾无比。头队驶抵竹筏,已听得半壁山中,枪炮轰射之声,山鸣谷应,地撼天摇,知道陆军已经开战。哨官孙昌凯,原是铁匠出身,放出老手段,鼓炉销锁。还没有销断,后面小船,瞧见筏下有隙可乘,尽力鼓棹,先行试探,隙大船轻,竟被它一挤而过。后船跟随挤入,一霎间挤进两船,两船的兵弁,齐声欢呼道:“铁锁开了,铁锁开了!”缆外水军,齐声附和,顿时喊声如雷。守筏太平军卒,大惊失色,拼命奔逃,自相践踏,坠水溺毙,累百盈千。彭、杨二队,恰恰行到,乘势袭击,掷火焚舟,把太平军杀到个入地无门,上天没路。火借风势,风助火威,焚烧了一镇夜,烧到天明,五六千艘太平军战船,变成了半江焦炭,浮尸顺着潮流,氽去飘来,尽是红巾长发。从此湘军水师,名闻天下。彭、杨二将收了军,正欲飞草露布,到曾帅大营报捷,忽接军报,知道昨夜陆军连战连捷,踏平敌垒,烧毁敌墙,先后共破营盘二十三座。沿江两岸,扫荡尽净,二百里内,已没有一个敌影儿了。玉麟大喜,笑向杨载福道:“如天洪福,东南大局,看来是不要紧的了。”随即申文报捷。

国藩闻报,兼程赶来,彭、杨二人接着,谈论了一番争战情形,喜溢眉宇,彼此十分快乐。忽报蕲州太平军,弃城夜遁。塔营兵马,已在南岸,攻破富池口敌垒,现与罗营合了军,渡向北岸去了。曾国藩道:“这里江面,既经肃清,咱们就好连艅鼓棹,直捣九江了。”彭玉麟道:“连接哨探禀报,现下大小贼船,都聚在九江城外,连艅直捣,诚为要着。”于是国藩行文陆军,刻期并进。也是大清洪运,水陆各军,所向克捷,大破莲花桥,克复广济城、双城驿、大河埔、夏新桥、黄梅县诸寨。这许多太平军,也都是五湖四海的英雄,两粤三江的豪杰,不知怎样,一遇见官兵,宛如鼠子碰见了猫儿,回合都没有,一哄就走了个光。九江形势,那么险固,只开得三回仗,也就轻轻易易克复了。

文宗连接捷报,圣心欣慰,迭下温谕,嘉奖曾营将士。将士得彼殊奖,自然愈益踊跃。不意军务上才得顺利点子,宫闱中又掀起绝大风波来。欲知何事,且听下回分解。

第七十四回　**圆明园四春争殊宠　勤政殿一女进谠言**

话说北京圆明园，是天下园亭中之魁首。所有各省名园，各地胜境，依摹仿造，玲珑剔透，巧夺天工，差不多把各地的景致，都占全了。北京人民，谁不企慕？无奈宫禁森严，不得入内游览，只得在园墙外徘徊瞻眺，瞧着十八座园门，聊以自娱而已。距离圆明园三里，有一个小小村庄，名叫梨云村。村上有一家小小人家，姓蒋，主人名叫发祥，世代务农。这蒋发祥虽是村庄人，却新近攀了一门子高亲，倚仗他令亲的腰子，在梨云村中，很是有声有色。你道令亲是谁？说出来唬人一跳，就是圆明园中杏花村馆的总管太监郭瑞福。你道他是什么亲戚？说出来更要令人一大跳。蒋发祥的妻妹，就是郭太监的夫人。他们两个儿，是襟兄襟弟呢。发祥有一个女孩子，名叫燕儿，豆蔻梢头二月初，正在妙龄时候，模样儿也还不俗。郭太监对了眼，就把她认为义女。村庄姑娘，升为太监小姐，连她老子娘脸上，也增起了无数光彩呢。燕儿趁郭太监散值回家时，便央告着带进园里去逛，郭太监怕有事故，从没有答应过。

这日蒋燕儿到她干娘家里请安，恰恰郭太监在家，燕儿又申前请。郭太监道："真不巧，这几天事情多，过一天，等我闲了，再带你逛罢。"她干娘便帮着她道："什么大不了的事，带进去逛逛，不过叫她见一个世面，也总算你在里头当差，叨了你这点子光。我不信你在里头当差，连带一个人逛逛都办不到的。"郭太监道："你哪里知道，这几天园里闹得不得了呢。四春娘娘急权夺宠，差不多把个园子都要翻过来，什么日子不好逛，偏拣今儿逛去。"他夫人道："她们闹她们的，咱们逛咱们的，河水不犯井水，碍什么？"燕儿道："园子里人多，带了去未必就认的来，何况我又是个女孩儿家。好干爷，就带我逛一会子罢。"郭太监初意原不肯依从的，经不起艳女娇妻，一再央恳，不由不意转心回，点头道："带便带你去，只是不要乱道胡言。"燕儿见郭太监肯带进园逛去，快活得什么相似，连应："我知道，我总听干爷的话是了。"郭太监道："你要进园去，第一先要改装。园里头除了四春娘娘外，都是旗装的，像你这个样子，一见面人家就要起疑的。"燕儿道："旗装么，这可为难了。"郭太监道："这有何难？你干爷是旗装老手，从前在太后宫里一竟梳头的。"燕儿道："怎好劳动你老人家。"郭太监道："一家人讲什么外话。"当下郭太监就替燕儿梳了个头，叫老婆开箱，取出一套旗服，装扮起来，猛一瞧时，宛然是内廷宫眷。他干妈笑道："亏得大姑娘没有缠过脚，不然怎么好穿这旗服呢。"

郭太监带了燕儿，套了车，径向圆明园来。不多一回，早已行到，只见一带粉墙，圆圆围着，宛如城子一般，墙上用雕砖砌就的游龙，夭矫宛蜒，渺无际极。骡车到明春门歇下，燕儿道："这么一所大花园，总不止一个门儿么？"郭太监笑道："告诉不得你，共有十八个门儿呢。这里是明春门，上首两座，是东楼门，铁门，下首两座，是蕊珠宫门、随墙门，那一边是大宫门，大宫门之左是左门，大宫门之右是右门，再过去就是东西夹门、东西如意门，再过去是福园门、西南门、水闸门、藻园门。这一边是北楼。"说着时已进了明春门，只见翠嶂挡路，花木萧疏，树角林梢，隐露出楼台亭阁。郭太监道："你今儿第一回到此，带你前面去走走。"燕儿跟随郭太监，傍花随柳，行到一个所在，龙楼凤阁，气象巍峨，不禁肃然起敬。郭太监道："外面这五间就是大宫门的朝房，靠东的一排房屋，是宗人府，内阁吏部、礼部、兵部、都察院、理藩院、翰林院、詹事府、国子监、銮仪院。东四旗各衙门，从直房东夹道进去，就是银库。东北角那一所是南书房，东南角那一所是档案房。靠西的一带房屋，是户部、刑部、工部、钦天监、内务府、光禄寺、通政司、大理寺、鸿胪寺、太常寺、御书处、上驷院、武备院。西四旗各衙门，从直房西夹道进去，西南角那一所是造办处，再南就是药房了。"随讲随行，又过了一座宫门，燕儿道："这又是什么门？"郭太监道："这叫出入贤良门。"燕儿笑道："咱们都做了贤良了。"郭太监道："那名儿还是乾隆爷御笔亲题的呢。"见左右两边，都植有青松翠柏，直房面前横有石桥一座。郭太监道："渡桥过去，靠东西这五楹是朝房，西南的是茶膳房，再西是翻书房，东南的是清茶房，是军机处。"燕儿道："咱们过桥去瞧瞧。"行过石桥，只见一所极巍峨极富丽的宫殿，金辉献面，彩焕螭头，庭植不老之松，陛绕长春之草。郭太监道："这就是正大光明殿。"燕儿见正殿共是七楹，东西配殿各五楹。郭太监道："正大光明殿后面，是寿山殿，东面是洞明堂，再里头就是勤政亲贤殿了。亲贤殿东面，是飞云轩、静鉴阁，北面是怀清芬，秀木佳荫。"举步进殿，逐一游览。郭太监向后指道："从秀木佳荫进去，就是生秋庭阁。东面那一所，是芳碧丛。"燕儿道："歇歇再走罢。"郭太监道："从这儿进去，还有保清殿、太和殿、富春楼，许多去处，都是很好玩所在。"

燕儿道："还有几多地方，干爷索性告知了我罢。"郭太监道："地方多的很，你游三天五天都游不了呢。富春楼之东，是竹林清乡，正大光明殿后面一个湖，名叫前湖，前湖之北一座殿就是圆明殿，圆明殿之后是奉三无私殿。再后是九州清晏殿，东边是天地一家春，旁边是乐安和。再西是清晖阁，清晖阁之前是露香斋，左面是茹古堂，是松雪楼，右面是涵德书屋。富春楼之北是御兰芬楼，后面是纪恩堂，再后面就是牡丹春娘姨的宫院，原名牡丹台，现在改名叫镂月开云。纪恩堂之后有一个池，池西北一座方楼，就是天然图画楼。北面是朗吟阁，再过去是竹蓬楼。东面是五福堂，五福堂之后，是竹深荷净。东南那一所，是静知春事佳。渡河而东，是苏堤春晓。从五福堂渡河而北，山阜旋绕，里面是碧桐书院，前面是正殿，后面是照殿。西面岩石上，是云岑亭书院，再西是慈云普护，慈云普护的前殿，恰恰临着后湖，名叫欢喜佛场。北面有楼三楹，上奉观音大士，下奉关帝菩萨。东面偏殿是龙王殿，祀奉圆明园照福龙王。慈云普护之西，临湖有楼三楹，就名上下天光，左右各有方亭六座。后面是平安院，从西折向南面，踱过桥，就是咱们娘娘的宫院可花村馆。西北角上是春雨轩，轩的西面是杏花村，村南是涧壑余清。春雨轩后面，东面是镜水斋，镜水斋之西北室，名叫抑斋，再西是翠微堂了。杏花村西，有碧兰桥，过桥是三楹坦坦荡荡，前为素心堂，后为光风斋月堂。东北是知鱼亭，再东北是萃景斋，西北是双佳斋。坦坦荡荡之南，五楹向南的房屋，名叫茹古涵今。茹古涵今后面，就是韶景轩，轩东是茂育斋，轩西是竹香斋，轩北是长春仙馆。再过去是绿荫轩，西廊后面是丽景轩。长春仙馆之西是含碧堂，堂后是林虚柱静，左面是古香斋，东面那个阁，叫抑斋。抑斋过去叫墨池云，后面是随安室。”

“从长春仙馆西南门迤逦行去，是园藻，园内五楹是旷然堂，堂后是贮清书屋。堂东池上一所，是夕佳书屋。北面是镜澜榭，东南是凝眺楼、怀新馆。西北是湛碧轩、万方安和。这万方安和，建在池里，形如卍字。向东驾有石桥，渡桥穿过石洞，是武林春色池，池上宫院，是武林春娘娘的寝宫。北轩名叫壶中日月长，东面是天然佳妙。南面那一所，题名叫做洞天日月多佳景。武林春色之西，是全璧堂，东南亭，小隐栖迟，堂从后面山口进去，东是清秀亭，西是清会亭，北是桃花坞。桃花坞之西，是清水濯缨室，再西稍北，是桃源深处。坞东是绾春轩，东北是品诗堂。万方安和之西南，是山高水长楼，此楼共有九楹，后拥连冈，前带河流，地势很是平衍，可惜是西向的。由此折北度桥，行进山口，便是一所梵刹，名叫月地云居殿。东是法源楼，再东是静室，西是刘猛学军庙。月地云居之后，从山径走入，是鸿慈永祐，再进去是安祐宫，前琉璃坊。坊的左右，各立石华表一座，东南西三处，复有石坊三座。渡过月河桥，是政孚殿，南向的是祐安门，门前石桥二座，左右井亭各一。走过五楹朝房，就是安祐宫。此宫正殿共是九楹，左右配殿各五楹，正殿中供有三龛，中间的敬奉康熙爷御容，左龛敬奉雍正爷御容，右龛敬奉乾隆爷御容。配殿之外，又有碑亭、燎亭各一座。鸿慈永祐殿后垣，西北角是紫碧山房。紫碧山房的前宇，名叫横云堂，东面岩洞中，是石帆室，东南是丰乐轩，北面是霁华楼，迤东是景晖楼，西池上是澄素楼，西北是引溪亭。”

“东垣外径，连冈三重，度桥而东，就是汇芳书院。院内几间房屋，也都有名儿。内宇叫杼藻轩，后面叫涵远斋，斋前西垣里，是翠照楼，东垣里是倬云楼，再东是眉月轩。楼南稍东是随安室，再东敞宇三楹，是问津处。逾西桥，有石坊一座，上题‘断桥残雪’四字。汇芳书院之南，是日天琳宇。这是西面前楼下的正宇，内分中前楼、中后楼上下各七楹，西前楼、西后楼上下各七楹，前后楼间的穿堂各三楹。中前楼之南，有天桥一座，与楼相属。天桥东南是灯亭，重檐八方，很是华丽。西前楼南是东转角楼，再西稍南是西转角楼。中前楼东垣内有八方亭，过去是楞严坛。楞严坛过去，另一所东别院，名叫瑞应宫。宫内前是仁应殿，中是和感殿，后是晏安殿。”

“日天琳宇迤东稍南，稻田弥望，河水周环。中有田字式的殿，凡四门，东北两面都有楼。北楼正宇是澹泊宁静，东是曙光楼。东殿门外，是翠扶楼，西殿门外，别垣内宇，是多稼轩，共是七楹。东临稻畦的，是观稼轩。后面是怡情悦目、稻香亭。再东稍北，是溪山不尽，兰溪隐玉。多稼轩西池的南面是水精域，西面是静香屋、招鹤磴池。后面东北是寸碧，西北是引胜。正北是互妙楼，从澹泊宁静踱河桥而西，是映水兰香，东南是钓鱼矶，北面是印月池，南面是知耕织、濯麟沼，西南是贵织山堂、祀蚕神、映水兰香。东北是水木明瑟，再北稍西，是文源阁，上下各六楹。阁西是柳浪闻莺，西北环池带河，为濂溪乐处。后面是云香清胜，东为芰荷深处，折而东北，是香雪廊，廊东是云霞舒卷楼、临泉亭。南面是花神庙，庙中正殿名叫蕃育群芳。东北是香远益清楼，楼西是乐天和，是味真书屋。再西面是池水共星月同明，庙东沿山渡过普济桥，经濂溪乐处迤北对河那一带，是多稼如云、艾荷香、湛绿室。东北的是鱼跃鸢飞，四面为门，各五楹。东为畅观轩，西南是铺翠环楼。楼南是传妙室，再南便是山口。”

“走出山口是多子亭，亭东一带都是禾畴。南北两岸，仿着农居村市，名叫北远山村。北岸石垣之西，是兰野，后面是绘雨精舍，西南是水村图。再西有楼，前后相属，前是皆春阁，后是稻凉楼。再西是涉趣楼，右面是湛虚书屋。由东北度桥折而西，是湛虚翠轩，再西是耕云堂，是石帆阁。西南临河是西峰秀色，河西是小匡庐，东是含韵斋。再东是一堂和气，再东南是自得轩。后垣之东，是岚镜舫，西面是花港观鱼。迤东两个船坞，一个叫江船坞，北岸是四宜书屋。这四宜书屋，就是安澜园正宇，东南是葄经馆，再东南是采芳洲，后面是飞睇亭，东北是缘帷舫，西南是无边风月之阁。再过去是涵秋堂，北面是烟月清真楼，楼西南是远秀山房，楼北度过曲桥，是染霞楼。四宜书屋之东，临池楼宇，是方壶胜境。南面建有两座石坊，北面是哕鸾殿、琼花楼。殿东是蕊珠宫，宫之南就是船坞。西北是三潭印月，踱过桥就是天宇空明，后面是澄景堂，东面是清旷楼，西面是华照楼。”

“从此西行，到澡身浴德，已抵福海西南隅了。澡身浴德之南，是含清晖，北是涵妙识，折而西向，是静香馆，再西是解愠书屋，西南是旷然阁，北踱河桥望瀛洲。望瀛洲之北，是深柳读书堂，过去是溪月松风、平湖秋月，再过去是流水音，此处已在福海西隅了。从东北出山口，临河是花屿兰皋，折而东南踱桥，两峰插云，风景很好。再东南是山水乐，山水乐之北，是君子轩，是藏密楼。福海中央殿前，是蓬岛瑶台，东是畅襟楼，西是神州三岛，东偏为随安室，西偏是日月平安报好音。东南踱桥是东岛，岛上有亭，题名瀛海仙山。西北踱桥是北岛，岛上有接秀山房。福海东隅正宇后，是琴趣轩，北面方楼，题名‘寻云’。东南是澄练楼，后楼是怡然书屋，稍东佛室是安隐幢，南面是揽翠亭。接秀山房之南，有一所依山临河的，名叫别有洞天，西是纳翠楼，西南是水木清华之阁，稍北是时赏斋，西是夹镜鸣琴，南是聚远楼，东是广育宫。宫前建有石坊，后面是凝祥殿，南面是南屏晚钟。再东踱桥，是西山入画，过去就是山容水态。西面是湖山在望佳山水、洞里长春、雷峰夕照的正宇，题名‘涵虚朗鉴’。”

“在福海东面，惠如春在其西北，寻云榭在其东北。正北是贻兰亭、会心不远。正南是临众芳，临众芳之南，一所宫院名叫云锦墅，墅中遍植牡丹。再过去是菊秀松蕤、万景大全，廓然大公。平湖秋月之西，是双鹤斋，再西是环秀山房，西北是规月楼，过去是临湖楼。东北上一所宫院，名叫绮吟堂，是四春里头海棠春娘娘寝宫。宫的北面，一条曲径，名叫采芝径，穿过岩洞，是峭菁居，西是披云径，径西是启秀亭。远去是韵石淙、芰荷深处。北垣门外，是天真可佳楼，西垣外是影山楼。水木明瑟东南，是坐石临流，再过去是面院风荷、碧桐书院。院西佛楼，名叫洛咖胜境。境南有桥跨池，东西九空，坊禊二座，西为金鳌，东为玉蛛。金鳌西南何向外室，名叫四围佳丽；玉蛛亭，名叫饮练长虹。再东渡桥，折而北，设有城关一座，名叫宁和镇。镇东是东楼门，镇北是同乐园。前后楼各有五楹，前是清音阁，东是永日堂。中有南北长街，街西是抱朴草堂，街北踱过双桥，是卫城，竖有坊禊三座。城南面是多宝阁，内是山门正殿，题额‘寿国寿民’。后面是仁慈殿，再后面是普福宫，城北是最胜阁、洞天深处、如意馆，再南就是垂天贶。中天景物，斯文在兹，后天不老，都是众皇子肄业的所在。全圆胜景，差不多都在这里了。我问你进来一天半日,可游的遍没有?”燕儿道:“哎呀呀,这许多地方许多名儿,别说游,记也记不清呢。”郭太监道:“别说你,在园子里住了三年五载,不认得路径的多的很,谁能够处处都游遍?即如我,没有到过的地方,不知有得多少呢。”燕儿道:“干爷,你引我杏花村馆去逛逛罢,别的地方,过一日再游。”郭太监道:“也好。”

爷儿两个,就从秀木佳荫起身,穿过多少曲径,抄过多少回廊,从平安院西折而南,踱过石桥,只见绿荫遍地,芳草媚人,枝头杏子,随风低拂。遥想杏花开时,灿烂缤纷,金勒马嘶,玉楼人醉,此间景物,定必豁目醒心。正在冥思默索,不提防一个旗装宫女,急步飞来,一见郭太监,就道:“郭总管,娘娘传你问话,快快进去,快快进去!”郭太监见那宫女形色仓皇,倒唬一大跳,忙问什么事。那宫女道:“娘娘在窗帘里瞧见你……”说到这里,缩住嘴,向燕儿一笑,一扭身奔回去了。郭太监心下大疑,回向燕儿道:“你站在这儿,等我入内回了话再来。”说毕,傍花依柳,走入院中去了。燕儿独个儿站在那里,瞧见满地花影,因风乱舞,一寸芳心,愈益忐忑不定。正这当儿,忽见郭太监笑容满面的出来,站在回廊下,向自己招手道:“来来来。”燕儿走上两步,问道:“干爷,引我里面逛去吗?”郭太监道:“你说这人,真是运气来了。你道娘娘传我进去做什么?原来就为是你。你我到这儿,娘娘在窗帘里,早已瞧见,问我那面生女子是谁,瞧她气派态度,不像是旗人呀。我只得照实回奏,并求娘娘洪恩恕罪。娘娘道:‘这也不值什么,瞧她模样儿,也还伶俐,传她进来,要是合我的意思,就把她做了我的宫眷也好。’你想这不是天大的喜事吗?”燕儿道:“果然很好,只可惜我宫里的规矩不很明白可怎样?”郭太监道:“谁生出就会的,慢慢学着就是了。”燕儿道:“我这么蠢的人,怎样娘娘慧眼,偏生看上了。”郭太监道:“快随我进去罢,娘娘等的不耐烦了。”

于是燕儿跟随郭太监,径投杏花村馆来,跨上丹墀,小太监打起杏黄缎帘,才一进门,就闻一阵香扑了脸来,刺鼻透脑,荡魄消魂,身子便似在云端里一般。心想此香这么厉害,料就是龙涎宫香了。郭太监紧步急行,走得飞快,燕儿紧紧追随,也没暇赏玩宫中景物。展眼之间,早到寝宫,只见十来个宫女、太监,雁翅似的站立着,鸦雀无声,炕上坐着一个丽人,想来就是杏花春娘娘了。只见她淡扫蛾眉,薄施脂粉,卓文芙蓉之面,小蛮杨柳之腰。江采苹明秀难描,赵合德温柔自裕。倚在炕儿上,手执金簪,正在拨弄金炉里香屑呢,那一副绮态柔情,真令人魂消魄醉。燕儿这时光,心里一爱,不由自主,扑翻娇躯就拜。杏花春笑问几岁了,你叫什么名字。燕儿照实奏复。杏花春道:“我留你在这儿做宫眷,你可愿意?”燕儿碰头道:“得蒙娘娘收为宫女,叠被摊床服侍娘娘一辈子,就是我的造化了。”杏花春道:“是真话么?”燕儿道:“怎么不真。娘娘这么神仙似的人物,能够守着一辈子,谁还不愿呢。”杏花春道:“你来了我就好了。从今以后,我也不怕她们了。”原来此时牡丹、武林二春,都有着极美丽极柔媚的宫眷,南朝粉黛,北部胭脂,荟萃一堂,引得文宗不时临幸,恩遇十分优渥。杏花春见她们得着殊宠,心下很是不自在,蕉心难展,蝶梦不成,时时泪泻红帛,夜夜魂销碧草。隔院笙歌,增人愁思。前檐鹦鹉,难诉衷肠。不能指桑说槐,未免打鸡骂犬。因此宫闱之间,海倒江翻,醋雾酸风,弥漫圆明全境。当下杏花春认识了蒋燕儿,提足精神,替她装饰,满望因花引蝶，一缕情丝，把痴峰的六足，牢牢绾住。命小太监到前面探听文宗举动，自晨至暮，盼断秋波。不意小太监回来，报称大事不好，万岁爷在勤政殿被一个听选旗女，出言顶撞。这旗女真也泼胆，把万岁爷说上一大串不好听的话，万岁爷怒得要不的，独个儿到天地一家春去了。杏花春一得此信，意懒心灰，顿时翠减红销，不胜憔悴。欲知后事如何，且听下回分解。

第七十五回　杏花春奉诏宴群芳　叶相国高谈惊四座

说话杏花春新收蒋燕儿为宫眷，满望感动君心，重承恩泽，不意妒花风雨，叠二连三，宫门寂寂，春梦迟迟，筝怨朱弦，烛啼红泪，不胜杨柳陌头之感。原来文宗因军报迭获胜仗，圣心大抒，下旨广选秀女。凡八旗女孩儿，年在十四岁以上，二十岁以下，都要报名听选。此时满洲八旗、蒙古八旗，报名入册的，累百盈千。文宗每朝，就在勤政清贤殿，亲自选验。这一夕，文宗宿在武林春院内，次日起身，日影移窗，时已不早。太监跪奏秀女齐集多时，静候万岁爷钦选。文宗点点头，用过早点，随命排驾到勤政殿，才到暖阁屏后，就听得殿上一股极清脆的声音，好似在那里排喧什么人似的。文宗奇诧道："宫禁重地，谁敢这么放诞无礼呢？"停住步，静心听时，只听那人道："谁没有家，谁没有老子娘，生捉活折，硬把人家弄到这个不见亲人的所在来。谁是铁石造成的？就铁石造成的，也要心伤泪落，何况是我？休说鞭笞，就是死我也不怕。现在天下乱得这个样子，长毛在江南称王作帝，兵微饷绌，京城里人衣食都不完全，每天喝着粥苟延性命。即以咱们而论，总算做到朝廷四品官，隔日之粮都没有，差不多要饿死。不听得选用将相，召见贤士，倒今儿选妃，明儿挑女的乐着。古书上说的无道昏君，现在的主子怕就是么。"文宗自出世到今，从没有受过这么的排喧，想到'无道昏君'的话，不禁毛发悚然，踱出屏风，坐上暖阁，举目向外面瞧时，见燕瘦环肥，站了一丹墀的女子，随问谁在这儿讲话？内监随即传旨。随见众女子里头，有一个穿蓝衣的，鹤立鸡群似的挺身而出，跪下奏道："是奴才讲的话。"文宗道："你讲点子什么？"那女子道："奴才等引见听选，久候不见圣驾，天寒身栗，欲出不得，总管老爷以朝廷禁令相责。奴才死罪，因言天下乱得这个样子，兵微饷绌，京城里人，差不多要饿死。不听得选用将相，召见贤土，倒今儿选妃明儿挑女的乐着。古书上说的无道昏君，奴才死罪，窃以拟论万岁爷，自知罪大已极，甘愿伏诛。"文宗半晌无语，既而道："你不愿意听选，送你回家就是了。"随令内监好好儿送她家去，不准难为她。后人有诗咏道：

> 女伴三旗结队偕，绣襦锦襆映宫槐。
> 纛牙未命南征将，选秀惟闻撂绿牌[①]。

文宗圣度汪洋，见这旗女的话，整直凯切，切中情事，十分嘉许，送了她回家后，随命罢掉选秀女之事。太监呈上黄匣，文宗拆封瞧阅，内有兵部侍郎曾国藩奏报军情一折，内称"十二月初十，水陆合攻湖口贼营，未获胜利。十二日，水师三板船驶入内湖，

---

① 满州语。引见不入选，名曰撂牌子。

焚去贼舟数十号，乘胜追逐，至大姑塘以上，奈贼人复于湖口殿下，筑垒增栅，以断吾后，致之三板船，不得驶出。吾军之在外江者，尽是快蟹、蟹龙等大船，掉运不灵，不能援救。贼率小艇，乘夜来袭，被焚战船三十九号，余船退回九江。不料贼人分船渡江，占据小池口，皖贼复上犯鄂境。二十五日，贼师来犯，吾军又遭大挫，被焚战船十余号。臣之座船，亦陷于贼，文卷册牍，尽都失散。臣部水师，屡获大捷，声威九震，自至湖口，苦战经月，忽有挫失，皆由臣国藩调度无方，请交部严加议处”等语。覆去翻来，瞧了二三遍，未免不很自在，也没心绪再去瞧阅别的章奏。

退朝下来，终很郁郁，因沿堤散步，随意走去。经过光风霁月堂，坦坦荡荡，踱过碧阑桥，便到了翠微堂，早有当值太监，报知杏花春。杏花春率领宫眷人等直迎出来，伏地迎驾。文宗步入杏花春馆，杏花春递上一杯茶，文宗就她手里，喝了两口，却不转眼的打量杏花春。见她汉装打扮，乌云似的芳发，梳成盘龙髻儿，鬓边插着支珠宝札成的蝴蝶。身穿妃色缎绣蝶灰鼠袄，青缎天马出风背心，西湖色绣蝶缎裙。金莲瘦削，玉腕玲珑，长眉入鬓，俊眼流波，真是没一件不好，没一样不俏。天颜怡然，笑道：“你也真可怜儿，这几夜寒衾冷落，未免辜负良宵，那都是朕的不是。”杏花春双颊微晕，似笑非笑的答道：“玉露甘霖，因是上苍恩泽，无如草木微躯，没福消受。难得上天体物施恩，五日一风，十日一雨，奴才正感激不尽呢。”文宗笑道：“你不怨朕吗？”杏花春道：“万岁爷，奴才有几句话，要奏怕爷恼，要不奏又不敢。今儿圣驾降临，得着这机会可就不敢不奏了。”文宗道：“什么话，你尽讲来是了。”杏花春道：“一日万机都要爷一个儿整理，爷就龙马精神，忙了一整天，也应将息将息。爷的身子，上承祖宗，下治万民，何等的重要！所以爷能够静静的将息着，奴才倒比了永夜承恩还快乐。就是别宫妃嫔，总也不会贪图一己欢娱，忍损万金玉体的。万岁爷，奴才这一番话，说得错了没有？”文宗笑道：“你倒自甘寂寞，不愿欢娱吗？”杏花春红着脸道：“奴才的话，句句从心胆里发出来的。万岁爷圣明，自己总也知道。”文宗细味其言，大为感动，随道：“不料你竟这么的爱朕，朕一竟糊糊涂涂，没有知道，怪不得外面人要骂朕做无道昏君呢。”杏花春道：“谁骂万岁爷，不怕天打雷劈吗！”文宗随把点秀女的事，说了一遍。杏花春道：“万岁爷把她惩治才是。小家子女孩儿，出口不知轻重，也还罢了。入选为秀女，他老子起码总是个四品官儿，四品官儿的女孩子，这么不知礼数，那真是笑话儿了。”文宗道：“四品官儿这句话，倒是你提醒了我。此女真是个好孩子，我爱还爱不过来，哪里忍惩治她，可惜她老子做了四品官儿，这一回撂了牌子，下回保不住不再把名字报入册来。要特旨免她，又从来没有这个例，想去想来，倒没有保全她的法子。你替我思想，有甚新奇的法子，可以永远保全她不再入选。”杏花春道：“爷果然要保全她，那是很容易办理的。”文宗道：“如何办理呢？”杏花春道：“只要查一查她老子，当的是什么官职，下旨降掉一级两级，下回自然不会再入选册了。”文宗笑道：“倒是你想的周到，就照你这么办罢。”杏花春道：“万岁爷，奴才新来一名宫眷，万岁爷还没有见过。”随命一太监带领她觐见。一时带入觐见过，文宗异常欢喜。这一晚，就宿在杏花春馆。

次日，文宗高兴，开一个群芳宴，点了菜，叫太监交给内膳房做去，传旨各宫妃嫔，都到杏花春馆领宴。又下特旨，各妃嫔团坐欢饮，不必拘牵礼节。此旨下后，六院三宫，妃嫔贵人，无不全到。只有那拉懿嫔，称病不至。文宗道："她不来也就罢了，咱们尽乐咱们的。"这日，珠团翠绕，粉气脂香，乐了一整日。文宗左拥右抱，宛如在众香国里似的。真是：

纸醉金迷深院镇，云团月护万花攒。天子无愁，佳人倾国。芳情脉脉，软语呢呢。鸾凤常隐帐中，嫦娥频呼月里。

并且情天做美，南北军务，十分得手。不唱懊恼之曲，何来长恨之歌？

这一年，江苏巡抚吉尔杭阿，克复了上海，擒斩小刀会首领刘丽川。僧格林沁攻破了连镇，阵擒太平军次目林凤样，乘胜进兵，连破高唐州、冯官屯，活擒太平军将领李开芳。京师解严，所有大将军、参赞大臣，尽都撤掉。僧格林沁特赏亲王，世袭罔替。西凌阿特赏三等男爵。只曾国藩一军，胜负不常，弱强顷刻。骁将塔齐布、江忠源、彭三元等先后出缺，派了察哈尔都统西凌为钦差大臣，荆州将军绵淘为帮办大臣，驰往湖北，也不见甚么动静。

到七月里，皇太后着了点子秋凉，得了个泄泻之症，文宗帝、恭亲王等，侍奉汤药，克尽子职。怎奈药石无灵，慈躬日渐沉重，心中繁闷，口内无味。黑夜作晓，白日常倦，神昏谵语，梦乱魂迷。如此诸症，不上一月，都添全了。这夜，灯火通明，文宗侍立在侧，太后昏迷之际，执住文宗手，只当是恭亲王，分咐道："我的儿，阿玛当时，原要立你为君，后来忽尔变卦，也是天命。我死之后，你须格外小心谨慎。"说到这里，忽地清醒过来，见站立的是文宗，不禁满面羞惭。文宗碰头道："太后放心，太后万岁千秋后，子臣待遇奕䜣，一如太后在日。"太后点点头，并没有说什么。过不多几日，驾返瑶池，皇太后大行去了。一切丧葬，悉如典礼，那也不应细表。

文宗于昆弟之间，克尽悌道，然而想到当年夺储情事，不免终有点子忿忿。太后宴了驾，不过十天，就下一道很严厉的上谕：

恭亲王奕䜣，于一切礼仪，多有疏略之处，着勿用在军机大臣上行走，并开去宗人府宗令正黄旗满洲都统缺。钦此。

在人檐下过，怎敢不低头。奕䜣此时，除了逆来顺受，也没有别的法子了。这都是咸丰五年的事。一到六年，各省军务，更是不顺手。三月里，瓜州、镇江的太平军，合攻扬州，扬州被他攻掉。曾营骁将罗泽南，又在武昌战没，安徽宁国府，又被太平军夺去。四月里，江苏巡抚吉尔杭阿，从上海率兵进攻镇江，在高资地方，血战而亡。五月里，江南大营，又被太平军打掉，向荣退保丹阳。挨到七月里，向荣竟至积劳殒命，清朝兵力，顿遭大挫。亏得南京太平军各王，自相残杀，讨饭的不容叫化子。杨秀清图谋篡立，要秀全封他做万岁。秀全没法，密召韦昌辉、石达开，叫他们想法子。韦昌辉愤火中烧，一到南京，就赶到秀清家里，不问长幼老小，一齐动手，诛尽杀绝。石达开赶到，已经不及。达开责问昌辉，昌辉恼羞变怒，竟要手刃达开。达开是聪明人，知道同类相残，必没有好结果，行了三十六着的上着，一走完结。昌辉大怒，围住翼王府，把达开家属全伙儿害掉。洪秀全见韦昌辉是个天煞星，留着定有祸患，密令秀清死党，把昌辉杀掉。旬日之间，南京城里，死掉两个大王，所以太平军的声势，倒也不见十分涨盛。清朝各将，都还能够勉力支撑。

谁料，一到九月里，广东地方，竟又掀起极大风波。原来两广总督叶名琛，为人倔强，素不把洋人放在眼里。洋官照会到来，碰他的高兴，有时略复三言五语，有时竟搁置不复，洋官很是不自在。然而惮他的威重，也不敢把他怎样。这一年平掉东莞匪乱，功高望重，朝廷迭沛殊恩，简为纶扉之任，先授协办大学士，继升体仁阁大学士，官愈做愈高，气愈老愈盛。

这日，饭后无事，名琛正在签押房焚香危坐，虔诵那《觉世真经》，忽见软帘一动，巡捕官探身而入，送进一角文书来。名琛正眼也不瞧，专诚诵他的经。那巡捕官直候他念毕了，才敢呈上。名琛接来一瞧，见是英领事巴夏里的照会，心里头没好气，拆开一瞧，原来是为一只张挂洋旗的划艇，被水师千总梁国定拿住了，捕了人去。照会援引条约，称说“舟人有罪，华官也应行文移取，不应擅行拘捕，何况并没罪过，请即开释”等语。名琛道：“怎么一回事？我没有知道呢。”巡捕官道：“中堂要明白这件事，只消传梁弁来辕一问。”名琛点点头，立命巡捕传去。一时传到，名琛叫入，梁国定行过礼，禀道：“划艇上十三名，都是逃犯。这一伙逃犯，仗着洋人腰子，高扯了洋旗，大剌剌地驶进省河来。中堂不知，近来省中划艇，都到香港去领洋票，领着了洋票，就算是外国船，偷私走税，无所不为，本国关卡，哪里敢问他一声半语。这一艇逃犯，标下原有几个认识的，这回上去查问，非但不服，洋人出场，倒说标下不应查问。标下气不过，就叫兵士们动手，拔掉了那面洋旗，拘获了那伙逃犯。”名琛摇头道：“本国官不应查问本国人，那不昏了天黑了地吗？就照和约，也不过知会他们一声是了。从没有明文，说本国官不应查问本国人的。”随问这十三名逃犯，获住之后，问过供没有。梁国定道：“问过几堂，已经有七个人，招供认罪。”名琛又问了几句别的话，随道：“你退下去。这一件事，本阁部堂自有办法。”梁国定去后，名琛就与幕友们商议，定出一个办法，叫把那没有认供的五名先行送交领事衙门，并告诉他七名实系匪党，已经认供，不能送还。不意派人去后，巴夏里执意不从。差弁回禀名琛，名琛道：“外国人真好精神，似这种小事，我也没那么大工夫，跟他们计较，就依了他，把那起水手，都移交了去，那总没有话讲了。”随叫幕友办照会，委派县丞一员，携了照会，把十三个水手，解到英领事衙门。见过翻译，言明来意，翻译接了照会，入内回话。那委员坐在会客室，候了个不耐烦，才见翻译出来，冷冷的道：“领事说，请你上复中堂。此事关系水师，本署未便接受，中堂的照会，费神依旧带了回去。”委员道：“这是什么意思？”翻译道：“领事这么吩咐，什么意思，我也没有知道。我还有事，可不能奉陪了。”说毕踱了进去。

委员此时宛如丈六金刚，摸不着头脑，只得回院，禀知名琛。名琛道：“听他是了。”随叫把十三名水手，依旧交给首县收禁。忽门上送进英领事照会，拆开瞧时，一派无理取闹的话，要求把梁国定送交英署，听候裁判。”名琛笑道：“这么不晓事的人，也出来充当领事，几曾见天朝官弁，倒听受外国衙门审判的，不必理他是了。”到二十三这一日,英领事忽遣通事来辕,声称领事说,限到明儿午刻,还不照办,定即攻城。名琛置之不睬,众幕友都替他捏一把汗。名琛却依旧谈笑自如,向众幕友道:“柏抚院到了京里去,后儿武闱,又要去校阅马箭。这几天事情真是多不过,我可摆布不来呢。”众幕友敷衍了他几句话。

二十五日黑早,名琛起身,先到吕祖案前拈过香,分咐提轿,排齐执事、清道旗、金鼓旗、飞虎旗、中军官、旗牌官、巡捕官、洋枪队、长矛队、大旗队,并銮驾执事戈什哈人等,威威武武,浩浩荡荡,排有一二里道子。一到校场,两司府县,提镇参游,已都在那里恭候了。接入演武厅落坐,名琛下令,应试举子,分队校射。此令一下,校场中怒弦鸣镝,盘马弯弓,众举子放出男儿好身手,风驰雨骤,拼命的争竞。但见秋柳远拂金鞍,衰草斜承玉勒。弓弯月满,矢激星飘,射中的神气飞扬,被黜的垂头丧气。正在校阅,忽闻轰天似的一声炮响,众人齐吃一惊,连着又是五六响,察那声音,自从东面来的。忽见一个晶顶武弁骑着嘶风快马,从树林深处,直驰过来,照着晨曦,帽影鞭丝,其行如箭,一瞬间早到了演武厅。那武弁滚鞍下马,忽地奔入,一见名琛,就报说不好了,洋兵开炮轰打猎德中流沙炮台,众官齐都失色。名琛笑道:“没有的事,不必理他,过一回自会没事的。吩咐省河兵弁,偃旗息鼓,不必跟他们开战。”广州府道:“回中堂话,这件事怕不复易了呢?今年六月里,佛山镇上,天忽雨血,七月里,飓风大作,连发三日三夜。六榕寺里的塔,还自唐朝建造的,塔脚下有白石鑿成的番夷四名,听说是术士制来压胜的,这个飓风也扫掉了。天变如此,人事可知。中堂倒不可不防呢。”名琛道:“我怕不知道,只是吕祖没有是兆呢。你们不知兄弟衙门里供的吕祖,最是灵验,兄弟天天扶一回乩,要真是有什么,吕祖早有朕兆示知了。兄弟经过的事,却番平乱,封爵入阁,乩召上都有预兆的。”众人见名琛说得这么活灵活现,没法子驳他,只得任其所为。名琛却没事人似的,校阅了一镇日。

日暮回署,军报传来,洋兵果然收队去了。名琛笑向幕友道:“如何?我说不要紧的,天下本无事,庸人自扰之。他们慌的那样儿,我正暗地里好笑呢。”幕友道:“洋船都泊在十三洋行码头上,怕不见得就这么罢手呢。”名琛道:“我决定洋人没中用的,且看明日情形,再筹抵拒的法子。

一宵无话。次日,炮声大震,军报络绎,报称洋兵攻扑凤凰山,炮台守兵,尽都溃散。名琛全不在意,传命提轿,还要到校场去考试武闱。两司府县,仓皇奔至,齐声谏阻。欲知叶名琛首肯与否,且听下回分解。

第七十六回　广州城洋人耀武　长春馆相国扶鸾

话说叶名琛还要到校场考试武闱，两司府县，竭力谏阻。名琛道："我在这里，也无济于事。"藩台道："中堂应派员到英领事衙门，问他起衅的缘故。"叶名琛道："外国人多是不讲情理的，我简直怕与他交涉。"说着，巡抚官送进手本，说雷州府知府蒋立昂求见。名琛道："蒋守来的凑巧，就叫他领事衙门走一遭罢。"随命传见。一时引入蒋知府，名琛授了他一番话，蒋知府领命自去。不过两顿饭时光，蒋知府回辕复命，名琛问他事情怎么了？蒋知府道："卑府到了那里，经通事引到里号，见有两个洋官，一个认得是领事巴夏里，还有一个，经巴夏里介绍，才知就是英国水师提督姓西的。卑府就把中堂的话向他们述了一遍，巴领事、西提督同声答道：'这一件事，须要入城面谈。传言误听，屡乖二国之好，费神回禀中堂，请他老人家定一个日子，咱们当趋辕面议。'卑府跟他辩论，巴领事竟不容卑府开口，向卑府道：'无论如何，非入城面谈不可，言尽于此，意尽于此，就烦上复中堂罢。'卑府只得赶回来，看来洋官意思，入城面议四个字，一口咬定不肯移的了。"名琛道："洋人不得入城，载在条约，如何可以变动？巴夏里真是无理取闹了。"随叫幕友起了一个照会，声明入城禁约，系徐前督与英国公使文翰两人所手定，循行已久，未便变动。照复了去，杳无音息。

到二十九这日，炮火轰天，喊声震地，洋船桅杆上的炮、海珠炮台上的炮，一齐轰发，那炮弹齐向着总督衙门，宛似飞珠走雹。两司道府提镇参将，文武各属吏，着急异常，突火冒烟，来辕求见。巡捕官入报，名琛笑道："他们赶来做什么？我很镇定呢。请他们这里坐罢。"一时引入，才待坐下，忽地一排炮子，破空而来，打在屋瓦上，滴粒粒，煞辣辣，奇声怪响，惊得众人目瞪口呆。瞧叶名琛时，依然面不改色，忽一颗流弹，蚩的飞来，打在几案上，烧成一洞。众文武走避不迭，叶名琛依旧兀坐不动。藩司江国霖、首道张百揆，力请名琛避居。名琛笑道："承蒙厚意，兄弟侍奉家君，住在这里安坦的很。家君毫无迁意，兄弟也未便过于勉强。"司道见劝他不醒，只得罢了。

到三十日午后，洋船发炮，愈益厉害，炮弹小者如拳，大者如槌，络绎飞来。制台衙门里的月台和西花厅，尽都打掉，名琛还不在意。忽报城外火起，名琛道："是民间失火？是洋人纵火？"差了三五个人去打听，约有顿饭时光，差去的人同来，禀称火在靖海门外，光景是洋人放射火箭，烧起来的。名琛步到廊下，仰首瞧时，但见黑烟迷漫天空，如云如雾，梁柱爆裂之声，噼噼啪啪，宛如年残爆竹，催花羯鼓。众家人瞧见这个声势，无不目骇心惊。名琛道："怕什么，洋人技步此耳。"

一到天黑，火光愈明显，照耀如同白昼，两司道府又来恳请，抚院柏贵，也派弁来辕迎请。名琛道："难得诸君厚意，但是兄弟还须请请家君的示。"众人齐道："谅老大人总没有不答应的，我们跟中堂进去恳请如何？"名琛道："这个可不敢。家君在长春仙馆里静养，长春仙馆是供奉吕、李二仙之所，诸君未会斋戒，进去怕有不便么。"众人道："既是如此，就请中堂转禀了罢。"名琛应允入内，一时扶了个须眉皓白的老者出来。众人认得就是名琛的老子叶志诜，上前见礼，道明来意。叶志诜道："诸位盛意，可感的很。然而还有一件事，要求诸位原谅。"众人忙问何事，叶志诜道："长春仙馆，设有乩台，敬奉的是吕洞宾、李太白两位仙师。"江藩台不等说完，忙接口道："老大人请放心，行辕中自然另备精舍，供奉仙师。"志诜喜道："这么诚好了。"江藩台随向名琛道："请中堂示，还是这会子就走，还是停会子再走。"名琛道："兄弟举止，关系全城耳目，眷属行李，可以先行，兄弟自己，复俟明儿再走。"众人齐问何故，名琛道："明儿恰是十月初一，原要到圣庙拈香的。拈过香，就到抚院那里，只说是会议要事，谁又知道了呢。"众人齐称妙计。江藩台吩咐南、番两县，速催夫役三百名，来辕伺候。两县应诺先去，两司道府，又讲了几句话，方才辞去。

次日，绅商伍崇曜来辕求见，门上回说中堂在抚院那里，知道他已经迁避定当。伍崇曜没奈何，折回抚署，投刺请见，巡捕官引入，名琛询问来意。崇曜道："英国新派了一个姓包的公使来。这包公使有一封书信给中堂，瞧他们行止，似乎很有转圜的意思。"名琛道："书信在哪里？"崇曜道："治晚带在这里。"随即递上。名琛拆封瞧时，大致称说壬寅请款，凡领事官有相商事件，得于地方官衙署相见。自粤东禁止入城以来，传言误耳，壅阏不通，请仍循江宁旧约，以通中外之好。名琛瞧毕，摇头道："入城之心，终不肯死。说去说来，总是这一句话，谁耐烦理他呢。"崇曜见名琛固执，也不敢再说什么，告辞退出。

这日，柏抚院办了菜，特请名琛父子午饭。坐好席，才待举箸，炮声大震。军弁飞报，洋兵攻城，城墙崩掉二丈有余，洋将率兵冲杀进来了。名琛道："咱们尽吃咱们的饭。"抚院勉强陪着，心慌手乱，焦急得什么相似。忽报军中副将凌操，督众抵御，被洋人一枪击毙，官兵大溃。大批团勇，赶来援救，只杀掉洋兵数十名。因为没有火器，依旧败了回来，现在洋兵已到制台衙门去了。抚院向名琛道："中堂洪福，要是迟迁一天，可就坏了事了。"道言未了，警报又至，靖海、五仙二门，齐都起火，百姓出来救火，都被洋兵击毙。抚院此时，坐不安席，食不甘味。叶中堂依然没事人似的，笑向他老子道："君子居夷俟命，读圣贤书，所学何事，怕也没中用。"志诜道："吾家数世为民，我也深信总不会有什么。"忽报团练绅士求见，名琛道："驱除洋人，都在这几个绅士身上。"立即吐哺出见。众绅士义愤干云，词意之间，很有敌忾同仇神气。名琛大言道："洋人启衅，志在进城。现在借端滋事，闹到这么田地，本部堂援引前约，反复开导，无奈洋人冥顽不灵，始终开导不醒。但是本部堂定必坚执前盟，不能曲从其请。你们不必惊疑，宜一心堵守，同仇敌忾。洋人见我们官民一气，上下一心，自然也不敢再争了。"众绅士见名琛如此奖励，自然万分勇跃。绅士去后，名琛笑向抚院道："广东人真好。看来洋人依旧要被他们驱掉呢。"

话休絮繁。从这日起，洋兵天天开炮轰城，领事巴夏里，却天天约了本地绅士，办论款事。几位绅士，如崇曜、梁纶枢、易景兰、潘世荣、俞文照、黄乐之等，忙得什么似的。这日，巴夏里又兴起一个主意，向众绅士道："兵连祸结，终非地方之福。我们执定要进城，中堂执定不能进城，事又难于转圜，现在我有一个两全其美的法子，只要中堂俯鉴微忱，答应了，就免得再动干戈，两国依然交好。”众绅士大喜，忙问办法。巴夏里道：“办则容易的很，只消议一个相见礼节，再在城外斟酌一个会议的公所，就请中堂到公所来会议一切。如此办理，两面都有了面子，都不伤感情，众位瞧可行不可行？”众绅士道：“我们瞧是很好，但不知叶中堂意见若何。”黄乐之道：“叶中堂执拗的很，还是先与江方伯商量商量。就是中堂面前，江方伯说起来，比了我们，总要好一点。”众绅士听说有理，于是径抵藩署，投刺入见，道明来意。江国霖喜道：“似这么通融，中堂定能俯允。”众绅士道：“可否费方伯神，中堂跟前，吹嘘一二。”江国霖道：“帮助几句话，原是无有不可的，只是话总要你们自己去讲。”伍崇曜道：“这个自然。”

当下江藩台与众绅士，乘了轿，齐投抚院来见叶名琛。名琛一见面，就问众位又来做什么。伍崇曜道：“洋人震慑中堂威德，不敢再次入城了。”名琛闻言，得意的很，笑向众人道：“我早料洋人是没中用，你们总不信。现在如何？你们一竟说洋人厉害，我告诉你们，洋人在这里的，不过千人左右，凭他怎样，一百个服侍一个，也总可以了。咱们这里，几十万人还有呢。外国的洋人，没有翅膀子，不见得就会飞来。这会子他们知难而退，可见就应了我这句话了。”说道，狂笑不已。伍崇曜慢慢的道：“回中堂话，洋人还有要求呢。”名琛道：“要求什么呢？”崇曜道：“巴夏里请在城外设一个公所，斟酌一个相见礼节，就请中堂出城会议。”名琛道：“定要见我做什么？我可不上他们的当。”江国霖道：“照司里看来，这一举与盟约政体，两无妨碍。巴酋只不过要谒见中堂一面，中堂何妨曲体洋情，答应了，免掉多少是非口舌。”名琛道：“洋情诡谲，到今日还有什么可信的。如果许他相见，遭了耻辱，我一个儿原没什么要紧，后来的事情，怕更不容易收拾呢。”江国霖见他这么说了，不便接口，众绅士也各默默无言，坐了一回，各自散去。名琛笑向左右道：“洋人诡计最多，这样不来，就换那样来。我执定主意，不去睬他，看他怎样。”道言未了，忽听山冈地陷似的怪响，连续不已，震得房屋翕翕欲动，一霎间报了四五处火起。

这日，洋人大炮，分五路攻打，炮声飚发，弹焰星攒，炮弹有重到八十多斤的。炮线所经，市廛房屋，不摧毁，就延烧，火光烛天，哭声震地，直到天黑，方随停止轰击。到了十一月，炮火昼夜轰发，弹药所至，立就焚烧，府县官但令居民去掉篷敞等引火之物，多蓄水浆而已。到十八这一夜，西关外忽地大火，风猛火烈，熊熊焰焰，直烧了一夜一日。亚美利加、法兰西、英吉利各国的商民房屋，尽变成一堆焦土。洋人疑是附近居民放的火，遂把西濠沿河居民铺屋数千家，也放了一把火，烧光完结。说也奇怪，洋兵自从西关外洋房烧掉之后，退屯海珠炮台，不复开炮轰城了。到二十六日，洋兵忽又退向大黄滘车峃炮台去，在内河的洋船，也都退向大黄滘去。军探报入省城，名琛喜道：“我早知洋人没中用，果然退了去也。”传报武昌、汉阳，都被湘军克复，九江也已合围。胡林翼经营武汉，曾国藩整率南昌，官军声势，重又盛旺起来了。名琛道：“长毛一平，就把平长毛的兵，调来办理红毛人，就容易了。”随命府县修理督署，即日迁回办事。

时光迅速，转瞬又届新年。叶名琛高兴异常，办了几席酒，柬请将军、都统、巡抚、两司提镇、道府各文武官员，来辕公宴。将军穆兑德讷道：“阅邸报，懿妃那拉氏，晋封为懿贵妃了。”名琛道：“宫闱封拜，不与政务相关，提起她做什么？”穆将军道：“叶赫那拉氏，是本朝的世仇，所以历朝妃后，从没有姓那拉的。现在懿贵妃恰是那拉氏，奇怪不奇怪？”名琛道：“太祖高皇后，不是姓那拉的么？”穆将道：“彼时叶赫国还没有灭掉呢。”贵抚台道：“君上的事情，不是臣下所能谈论的。去年秋、冬两季，洋人那么汹涌，省城那么危急，再想不到雾解冰销，依旧过着太平岁月。”名琛笑道：“诸位自己着忙是了，兄弟早知道不要紧的，兄弟彼时叩问吕祖，吕祖飞乩示兆，说洋人不久自会退去，已而果然。”江国霖道：“司里看来，洋人未见得就此罢手呢。西关外洋行烧掉之后，英人不胜其愤，驰回本国，哭诉国主。该国君主，已下议上下两院，上院里大臣，大半主张称兵，下院里绅士，不肯答应，英相巴米顿，为了此事，求请解职，还不知如何结局呢。”名琛道：“老哥知道的恁地详细。”江国霖道：“司里定有一份澳门月报，外洋事情，记载的倒还翔实。”名琛道：“英人哭诉国主，意欲何为？”江国霖道：“无非欲称兵滋扰罢了。”名琛道：“该国君主，上下两院，想来还在依违两可之间。”江国霖道：“英国制度，原跟咱们不同。大小政治，总要两院合议了，然后好行。上院都是大臣，下院都是绅士。这也是循例的举动。”名琛道：“循例不循例，我也不管。总之，无论如何，总不过是黔驴之技。”酒闲人散，各自回家，一席清谈，都已置诸九霄云外。名琛跟着老子，依旧在长春仙馆，参拜吕、李二仙，虔诵《觉世真经》。

落花无语，芳草有情。杜宇催春，布谷迎夏。一瞬眼已是五月初旬，一片承平雅颂声，炮雨枪林，血飞肉薄，早已视如隔世。不意到初十这一天，警报传来，说琼州镇总兵黄开广率领师船、红丹船一百余号，在三山地方，与洋船开仗，打了个大败仗。洋船直追到佛山镇，又退去。又报大蓉滘的洋船也退了去，不知何意。名琛道：“来也不足为奇，去也不足称怪，不必理他，一任他如梁间春燕，自去自来是了。”自从这一回之后，连接几个风报，称说洋船大至，洋人势将大举。名琛笑道：“谣言罢了，定不会有的事。”众人将信将疑。这一年，各处事情波谲云诡，奇异如鬼，纷乱如麻。曾国藩丁了忧，湘军少了个大将。怡良因病开缺，何杜清署理两江总督，江南又多了个庸臣。云贵地方，回民肆扰，总督恒春，堵截计穷，在署自缢而亡。太平军将领陈玉成屡扰湖北。袁甲三攻破邓、王、姚三圩，生擒捻首李寅等。湘军克复湖口、彭泽两县，张国梁克复镇江，德兴阿克复瓜州，偏是广东，倒又平安无事。于是文武官吏，没一个不佩服名琛的先见。

不意到了十月初一，忽有一个自称通事的吴全，求见叶中堂，称有要事告禀。名琛传他进内，问有什么事。吴全道：“英国卑大人，叫小的拜上中堂。明日，卑大人亲驾火轮船，驶入省河投送照会，请中堂派官到那里接取。”名琛道：“又投照会做什么？说我知道了。”次日，名琛派南海县县丞许文深，前往接受照会。原来英国议院主张和平，内阁主张武力，相持不下。内阁大臣巴米顿，至请解职。调和派进计，请先派公使到中国，重定盟约，如不得请，再行用兵也不迟。英君主深然其计，特简二等伯爵额罗金到广东议款，一面调派火轮兵船，分泊澳门、香港，以俟进止。又遣人告法兰西，约以联兵合从，法人倒也听命，所以重有照会的事情。

却说名琛派了许文深去，就换上公服，到长春仙馆，在二仙像前，焚上一炉香，虔虔诚诚，叩了四个头，默祷一回。督也灵验，仙乩大动，霎时间判出四句仙语，明明白白，清清楚楚，只见写的是：

十五日，听消息，事已定，毋着急。

名琛喜道：“我久知英人胆怯，不敢过甚。仙人有灵，过了十五日，定没有大事了。”忽报许文深求见。名琛道：“叫他签押房等着罢。”送过乩仙，卸去公服，又坐下喝过一杯茶，才慢慢踱向签押房来。家人打起软帘，名琛走入，许文深抢步请安，呈上英人照会，回道：“卑职乘船到省河鸡鸭滘地方，果见两只火轮船，高扯白旗，飞驶而来，一只是英吉利船，一只却是法兰西船。停轮相见，送过照会，果然就退去的。”名琛点点头，随拆开瞧时，见上面署衔大英国钦差全权公使二等伯爵额罗金，诧道：“怎么英国巴巴的派全权公使来。”随又瞧下去，见要求的共有三桩事情：一是入城见面，一是索取省河南岸之地，一是责备焚毁之洋房货财及通商事情。语气异常狂悖。名琛始道：“英人太瞧人不起，你去回复他，说我说，除了通商一事外，概不能从。那种不讲理的人，我也没那么大工夫，跟他们行文照会。他们要是听了最好，要是不听，随他是了。”许文深不敢说什么，诺诺连声而去。

次日黎明，英法两国兵船，连樯并楫，驶入省河来。汽笛呜呜，机声轧轧，那股声势，宛似山鸣谷应，虎啸龙吟。唬得近河百姓，纷然惊窜。兵船一到南岸，下碇停轮，洋兵整队登岸，驱逐居民，夺占屋宇，实行起照会中第二条款子来。阖城官绅，都有忧色，便齐到督署求见，恳请设法抵拒。欲知叶名琛有何神谋秘计，可以济变匡时，且俟下回书中再行详叙。

第七十七回　长春馆仙人遭劫　镇海楼苏武狂吟

话说阖城官绅，到督辕求见，巡捕官接了帖子去，半日不见出来。众人在官厅里，等到个不耐烦，藩台江国霖发话道："时势危急到这个样子，还装这么的架子。"话犹未了，就见巡捕官笑容可掬的出来，向众官绅道："中堂请众位大人西花厅相见。"随即执帖引导，众官绅鱼贯跟随。走入西花厅，还没有坐下，就听得一阵靴子响，当差的打起软帘，名琛进来，众官绅见过礼。有一绅士，猝然道："大祸到了，中堂知道么？"名琛瞧时，发话的是在籍布政司黄乐之，随笑答道："倒没有知道，什么事呢？"众人随把洋船闯入省河，登岸夺屋的事，说了一遍。名琛笑道："我当是什么，诸位巴巴的请过来，原来就不过为这点子小事，惊惶到这个样子，我看很是犯不着。"藩台江国霖、臬台周起滨齐声道："洋兵声势汹涌，战祸即在目前，恳请中堂速行设法抵御。"名琛冷笑道："诸位胆子未免太小，我没有那么大工夫跟他们玩。外国人有甚能为，无非虚张声势，唬人罢了，我可不上他的当。"众人面面相觑，意思之间，很是不信。名琛道："你们不信我的话么，那也不能怪你们，因为我从没有谈起过洋人那里，我派有一个细作在那里，此人姓张，名叫同云，伶俐精细，很是靠的住，洋人一举一动，他知道了，立刻就报信给我。现在洋人，外面虚张声势，内里穷蹙的很，所以我说不要紧。"江国霖道："中堂明见，原是万万不会有错误。但是小民无知，见洋人这么声势，未免惊惶错乱。司里下见，就是明知无事，防务上似乎不能过于大意。"名琛道："不必不必。"众人帮着江国霖，再三渎闻，名琛不禁发起火来，艴然道："你们不信我话，就你们去干。谁增兵，谁给饷，我可不管你们的事。"藩、臬两司齐声道："中堂何必这么着急，我们也无非为大局起见。究竟中堂是上司，我们是下属，恁是如何，我们总不敢与中堂闹意见。中堂说不必设防，自然总不会错的。"名琛道："你们不信，瞧着是了。一过十五日，包你没有事。"众人无奈，只得告辞而出。

到十一这夜，四更里，军探密报，洋人布置炮位，已定即日攻城。名琛毫不在意，依旧诵经谈道。次日，许文深入见，禀称："省绅意思，现在两军相持，似宜遣派绅商，赴船审探，特叫卑职进来，请中堂的示。"名琛听了，大大不自在，随问谁出的主意。许文深道："是伍崇曜说的。"名琛冷笑道："好绅士，竟要干私通外国的勾当。"随向当差的道："传粮道王大人，快快进见。"当差的答应一声，飞跑而去。霎时巡捕官送进粮道王增廉手本。名琛道："传他见我。"王增廉见过礼，见名琛气色不好，垂手侍立，不敢询问。只见名琛道："怪不得洋人要滋扰，咱们麻袋儿装铁钉打里戮出。本城官绅，先要到洋船上去送好消息，事情还好办吗？"王增廉不敢接嘴。名琛随向增廉道："烦你老哥，替我去传谕官绅、士庶，谁到洋船上就把谁按照军法办。"增廉应了一声，自去传令。此令一下，阖城官绅，谁不凛遵恐后。到午饭时光，英法两国送来一封照会，外面列有五位官衔，是总督、巡抚、将军，左右两都统，拆开瞧时，并无别语，只称："十三日，本军开炮攻城,官绅、军民人等,火速迁避九十里外。本军此番,定把广州城子,打为灰烬。尔官绅、军民,切勿自误。”言无数语,截铁斩钉,很是厉害。

柏抚台唬极,乘轿到督辕拜会,接谈之下,名琛依旧没事人似的。柏贵道:“洋人照会,中堂没有接到吧?”名琛道:“虚言恫唬,怕什么的。”柏贵道:“不似虚言吗?细作报来,说城外伪示贴遍了,称言一过十二个时辰,即行开炮,嘱咐百姓迁避。”名琛道:“不必理他。我知道洋人没有这么能耐。”柏贵道:“还有一个很确的消息,闻得英法两国,跟四国立了四十万金的决赌,言明二十四个时辰内,不打破广州城,无颜再至中国。倘然如限进城,各国应出犒军费四十万。”名琛听了,只是好笑。柏贵道:“中堂不记得去年么,兄弟陛见出都,在路得了洋人滋扰的信,昼夜兼程,赶到省,已是九月底边,瞧见事情闹得不堪收拾。那日早晨,中堂迁到敝衙,正午洋兵就入贵署搜索,这么险的事,如何还说他是虚言恫吓?”名琛道:“你我都是凡人,吕仙总不曾错的。乩台降谕,说过了十五就没事。今儿日是十二。”说到这里,便抡指算道:“十三,十四,十五,再过三天,就没有事了。”柏抚台没法,告辞退出。

广州官民,这一夜总还算是太平岁月,一到十三是不好了。黎明时光,炮声骤发,震天撼地,宛如百万雷霆,同时发作,烟霞四塞,火焰冲霄。炮子所经,摧墙壁,倒大厦,高房顿时灰烬。炮弹却也作怪,好似生有眼珠子似的,颗颗只向制台衙门打来。一瞬之间,早起了三五处火,长春仙馆也在劫数里头,烈焰腾腾,不可向迩。名琛到这时候,也曾发急,抢了吕、李二仙神像,仓皇奔出,烟雾迷漫,也辨不出东西南北,衙门四面,都着了火。正在走投无路,忽见一人冒烟突火进来,一见名琛,就道:“中堂别慌,西北角没有火,标下背你出去。”名琛道:“你是谁?”那人道:“标下是本署武巡捕官把总蓝瑸。”名琛道:“好好,你就背我出去罢。”蓝瑸低下身子,把名琛背上,放开脚步,向后飞奔,陡闻一声霹雳,上房里冒起火来,噼噼啪啪,梁柱爆裂之声,震心惊耳。原来又中了一个开花炮弹,亏得蓝瑸两脚飞快,离署早有三五十家门面,真是贫不择妻,慌不择路,急急如丧家之犬,茫茫如漏网之鱼。奔了半天,似觉炮声渐远,见面首一所高大房屋,名琛就问:“这是什么所在?”蓝瑸回是粤华书院。名琛道:“就这儿躲一躲罢。”走入书院,喘息未定,惊报又来,说洋兵登岸扑城,双门拱北楼已着了火也。名琛跌足道:“可惜可惜,拱北楼上,藏有书版片及铜漏一具。这铜漏还是元朝的东西呢。”忽见家丁许庆、胡顺,仓皇奔至。名琛问外面怎么了?许庆道:“千总邓安邦率领东勇千名,正跟洋兵血战呢。”说着时,南海县华廷杰、番禺县李福泰,相继都到。接着,府道两司,也来慰问。忽报邓安邦大败,东固炮台已被洋人夺去。名琛道:“怎么咱们的将官都是没中用的!”江藩台道:“邓安邦打仗,倒出力的很,洋兵被他杀掉的,很不少,很不少,实因孤军无援,才败下来的。”名琛无语。

此时军报络绎,十名多探子,飞马走报,往来不绝。一时报称洋兵在东固炮台上,移炮向城,连环轰放,百姓逃奔无路,闹得鼎沸一般。一会子,报称洋将卑大人,督率兵队攻扑北门炮台,被都统来存,用八千斤大炮,轰了三炮,洋兵死掉三百多名,卑大人也被击死。名琛大喜。忽见两名探子,仓皇奔入,报称大事不好,洋兵已经进了小北门,观音山顶,插有红旗三面。名琛怒道:“谁放他进来的,混账混账!”众人见了,都不禁好笑。名琛命一个戈什哈，拿了令箭，到新城外，调集潮勇，攻夺观音山，要是一鼓克复，立即赏银万两。戈什哈传令去后，不过顿饭时光，警报又至，报称潮勇遵调入城，洋兵已在莲墉左近，潮勇奋勇迎敌。洋兵并不接仗，退到上山，把土炮台上的炮，移了向内，复用大炮，阻住山径。潮勇仰攻，大吃其亏，大势瓦解。名琛到此，除了攒眉顿足，也没有别的法子了。

一宵易过，又到明朝。这日，洋人已在城上架起飞桥，往来瞭望，守御得十分完固。柏巡抚见事不妙，忙檄绅商伍崇曜、梁纶枢与洋人议和，往返辩论，茫无要领。到了十五，将军穆克德讷，传令在西北城上，插起白旗，大开西门，任令居民迁徙。将军、巡抚，又会衔出示晓谕军民，极言议和安民之事。告示上没有总督官衔，知道洋人十分恼恨总督呢。名琛闻知绅商往返议和，忙差人传话伍绅："议和也好，只是无论如何，洋人断不许他进城。"柏抚台摇头道："此老真倔强，到这会子还不肯心回意转，我真佩服他。"伍崇曜道："叶中堂真不晓事，一味的好道，扶乩请仙，忙得要不的。其实国家大事，仙人是不管的。我们苦得这个样子，他老人家倒还要讲那种话。即如今儿早晨，治晚上观音山，洋兵说公使在船上，赶到船上，公使又不肯见。见了威妥玛、巴夏里，往返辩论，跑到个筋疲力尽，讲到个舌敝唇焦，依旧不得要领。"柏抚台道："别的都不要紧，现在洋人索交总督，倒是件难事。堂堂制府，关系着国家体面，你看是不是？"伍崇曜道："瞧洋人意思，怕还要派兵搜捕呢？"柏抚台道："还是叫他到别处去避避风头。"伍崇曜道："叶中堂的脾气，怕未见得劝得转。"柏抚台道："也只好瞧他的运气罢了，我们总尽我们的心。"到了十八这日，府、县入见名琛，请他移居。名琛应允迁入左都统署。府、县都道："左都统衙门，同在一城，还是迁到僻远点子地方去的好。"名琛道："不要紧。"过了二十五日，总没有事情了。府县回禀柏抚台，柏抚台也只有摇头叹息而已。

到了二十一日，洋兵闯入藩台衙门，把藩库银子，搬了个光，共计二十余万两。又到南海县衙门，打开监狱，放出犯人，随叫他们分队引路，找寻叶名琛，先入将军衙门，劫了将军穆克德讷，同往见巡抚。相贵出见，也被洋兵劫了同上观音山。遇着巡捕张树蕃，一并劫了。又到左都统衙门，都统庆龄卧病在床，四个洋兵，强把他舁出。叶名琛躲在芭蕉树下，总算没有被他们搜着。两个家丁暗暗庆幸。许庆道："庆大人被洋人搜了去，咱们老爷幸喜他们没有知道，不然也糟了。"胡顺道："洋人都是坏东西，回来搜也说不定呢。"许庆道："我们还是劝老爷躲别地方去罢。"于是两家丁同到书房劝名琛。名琛笑道："我有吕、李二仙默佑，怕他们怎的。"话犹未了，忽闻门外一阵皮靴声响，胡顺道："不好了，洋人来了。"名琛忙着躲避。门帘掀处，十来个碧眼紫髯的洋兵，掮枪直入，威风凛凛，杀气腾腾，宛似佛殿金刚，道家天将。早有汉奸上前，把名琛搀住，笑道："叶中堂，洋大人特来迎接你，请你老人家观音山去盘桓几天。"说毕，押着就要走。名琛道："我是大清相国，体制可不能失的。"汉奸回过洋人，洋人应允。于是依旧用绿呢大轿，把名琛抬请上山，当夜就送到兵船上。武巡捕蓝瑸、家丁许庆、胡顺倒都义重如山，跟随而去。洋人挟了名琛，展轮鼓浪，把兵船直汩向白鹅潭地方去。这里绅士连袂上山，央恳洋人放回将军、巡抚，经理善后一切。洋人答称此事总可以商量，不过这会子，还议不到此。

这日，将军、巡抚、都统会衔奏劾叶名琛，参折才一拜发，抚院巡捕官就下山传谕司道府县，叫多备轿马仪从，到山迎接。军宪、抚宪定于明日陪同洋官，下山回署，地方官只得照办。到了这日，洋将率队下山，鼓乐前导，洋将的肩舆在前，军抚、都统的在后。一到抚辕，洋将先行入内，抚院轿到，洋将反倒降阶迎接，延请上坐，弄成反客为主的样子。抚院住在署中，洋人派兵防守，属员入谒，都遭盘诘，消息阻绝，举动很不自由。这时候，城坊内外，遍贴告示，上面列衔，是大清国某官、大英国某官、大法国某官或是府县并衔。巡抚谕令盖印张挂，示中大旨，不外"中外一家，业经和好，百姓不得再滋事端，及嗣后不得再呼鬼子。如遇洋人下乡，官民皆当以礼款待"等语，百怪千奇，也难尽述。

候补道蔡振武，于洋务一道，很有真知灼见，抚院委他专办议和事务，洋人很是欢喜。一日，洋人要在城里头择要驻兵，振武忙道此事容易，当饬南、番两县，为贵军前导，城厢各处，巡视一周，哪一处是要隘，就在哪一处扎营是了。洋人喜道："贵道盛情，敝军异常感念。贵国人都似贵道这么圆通，中外永不会有失和的事了。"振武得了洋人这几句奖语，真似猢狲头上装了金，只觉着地软如绵，身轻似燕，百节四肢，说不出的快活。立传南海县华廷杰、番禺县李福泰到公馆，告诉他洋人意思，要他们做前导。二人默然不应，振武夥之不已。李福泰道："大人原谅，巴结外国人，福泰可没有这个能耐，请委了别位罢。"振武道："叫我委谁？你们二位是地方官呀。"福泰道："大人原也知道福泰是地方官，几曾见过地方官引导洋人兵驻营的？地方官干了这种事，还有脸儿见百姓吗？"振武笑道："现在是什么时势，还这么头巾气，敢是怕姓名书入清史吗？"廷杰此时，再也不能忍耐，忿然道："名入情史，公且不能，何况吾辈？"振武顿时变色，端茶送客，引导巡城的事，究竟委了别一个州县才罢。

一日，廷寄到粤，洋人逼着柏抚台开读讲解。柏抚台没法，只得读给洋人听道：

> 叶名琛以钦差大臣办理洋务，如该洋人等非礼妄求，不能允准，自当设法开导。一面会同将军、巡抚等，妥筹抚驭之方。乃该洋人两次投递将军、巡抚、副都统等照会，并不会商办理，即照会中情节，亦秘不宣示，迁延日久。以致洋人忿激，突入省城，实属刚愎自用，办理乖谬，大负委任。叶名琛着即革职。钦此。

柏抚台读毕，向洋人道："你们瞧本国天子，圣明不圣明？"洋人答道："天子圣明，治当其罪。只可惜中国只有天子是圣明，佐治官吏，都未能够仰承圣意。即如本省的司道大员，住在城外，纵令百姓跟我们为难，贵抚院装聋作哑，从没有一言半语禁约他们。"柏抚台连忙谢罪。次日，广城内外，遍贴了抚部院会衔告示，禁止居民截路殴打洋人，中有"擅敢借词团练，应照叛逆治罪"等语，辞旨很是严厉。

这一年，洋兵就在广州过年。英人又特出计谋，约会法、美、俄三国，各遣属官一员，到江苏求见两江制台，恳他知照中朝宰相，开议疑事。一面下令把叶名琛押解外洋去。正月初四，武巡捕蓝瑸到广州城里，叩见抚院，呈上名琛手书，声称将行海外，令备衣服、食物，并求吕祖经一册、厨子一个、剃发匠一个、白米一十石、纹银一千两。柏抚院饬谕官绅照办去讫。初九这日，洋船开驶到香港，十五抵新加坡，十七抵孟加拉，二月初一登岸，住河边炮台。三月二十五，移到大里恩寺地方花园，住居在楼上。于是倔强不屈的叶相国，变成被流放荒岛的拿破仑了。亏得名琛是读过十年书，养过十年气的人，虽然做了楚囚，依旧作画吟诗，怡然自得。画上署名是海上苏武，诗作流传的，只有七律二首：

镇海楼头月色寒，将星翻怕客星单。
纵云一范军中有，争奈诸军壁上观。
向戌何必求免死，苏卿无恙劝加餐。
任他日把丹青绘，恨态愁容下笔难。
零丁飘泊叹无家，雁札犹传节度衙。
门外难寻高士米，斗边远泛使臣槎。
心惊跃虎笳声急，望断慈乌日景斜。
惟有春光依旧返，隔墙红遍木棉花。

名琛在孟喀威住了一年有余，得病身亡。英人敛以铁棺松椁，送回广东。广东人为之语道："不战不和，不守不死，不降不走。相臣度量，疆臣抱负，古之所无，今之所有。"这都是后话。

却说英、法、美、俄四国属官，由海道抵沪，探闻两江制台何桂清驻节在常州地方，遂改乘小船到苏州，求见抚台赵德辙，说明来意。赵抚台咨送到常，何制台据以奏闻。文宗立召满相裕诚，商议对付之策。裕诚道："俄罗斯一国，向来不准在粤通商，如有相商事件，可叫他照着旧例，原赴黑龙江，听候该处办事大臣妥议。英、法、美三国，现在广东既然派了新钦差，办理洋务，已有专员，宜叫他们回粤，静候查办。奴才下见，是否有当，伏乞圣裁。"欲知文宗准奏与否，且听下回分解。

第七十八回　**从容定难释俘囚　慷慨陈辞争和议**

话说文宗听了满相裕诚的话，沉吟半晌，有气没力的答道："也只好如此。但是这么办法，怕有事故生出来呢。国家这几年里忒也多事，曾国藩丁了忧，怡良患了病，东南这一方，已经不得了。云南的回子，又无法无天的肆扰。要是外国人再闹点子乱子出来，可就撑不住了呢。"说着，连连发叹，随命军机拟旨，颁发去讫。

这时光，英国专使额罗金，已从广东到上海，飞调宁波、上海驻泊的火轮兵船，联樯并楫，驶赴天津。法国兵船，击楫相从，只美利坚、俄罗斯，但派得领事、翻译二官，还可说是专心为好。次年三月，英、法、美、俄四国官员，在天津海口会议，先派各国领事，驾坐舢板小船，驶入大沽港，到直隶总督那里投文请款。碰着这位制台谭廷襄，原是得过且过的人，防守一切，毫不注意，只把洋人照会奏了上去。文宗下旨，命户部侍郎宗伦、内阁学士兼礼部侍郎乌尔焜泰驰赴天津，与直督谭廷襄商办洋务。宗、乌两钦差都是纨袴，叫他商办洋务，真是造屋请箍桶匠——全本外行。天津直沽河，离去海口二百里，名叫大沽港，设有炮台，是天津的门户。港外有沙洪一道，海舶进口，必须抄过沙洪，才得进口，偶一不慎，就要浅搁，形势十分险要。论理洋人船只，原不能径行驶入，无奈这位制台，要好不过，听到四国洋人投递照会，忙遣大沽武弁驾着小舟，前后引导，把洋船直引进口。从此洋船进出，游行无阻，每天总有好几起舢板船小火轮，探水游弋。谭廷襄因为议和当口，倒也不放在心上。过了二十多天，洋人路径是熟了，又拿千里镜远测炮台，防务虚实，也被他探了个详尽。

这一日，是四月初旬，红杏烟笼，绿杨风披，远树莺啼缓缓，隔溪鸠唤声声。对此美景良辰，不免赏心乐意。谭廷襄办了一席酒，邀请在城文武来署宴会。席间纵谈时事，很有兴会。户部侍郎宗伦道："株陵关倒克复了。"乌尔焜泰道："长毛纠合了河南捻匪，扑犯商城、固始，他们的计划，原要从光州六安，窥伺湖北的随枣。昨阅邸报，这一股贼匪，也被胜保、袁甲三破掉，固始的围也已解去。不过江西长毛闯入浙江，连陷江山、常山、开化等县。浙江官兵，比了别处，似乎要差一点。"谭廷襄道："长毛原没什么能耐，所有势焰，大半都是官兵助成功的，只要瞧上回的上谕，就明白了。上谕说的是，石逆所带贼党虽多，一经罗泽南痛剿，即连次挫败。可见兵力不在多寡，全在统领得人，这真是千确万确的议论。"

正说着，忽家人奔进，报称："英、法二国兵船，生足煤火，闯入大沽口来了。"谭廷襄惊道："美、俄的讲款船，原泊在口内呢，别是看错了么。"家人道："的确是兵船，现扯着英、法两邦旗号。"廷襄命家人再去探听，头班才去，二班探子又来。时势愈乱愈非，消息愈传愈紧。先报口内官兵开炮轰击，不分胜负。到后来报称前路炮台失陷，守台军弁游击沙春兀、陈毅、候补千总陈荣、经制外委石振冈、护军校班全布、增锦骁骑校蔡昌年、候补千总恩荣、把总李莹、正红旗鸟枪蓝翎长富广均、候补千总刘英魁等，一十二员裨将，尽都力战身亡。谭廷襄道："了不得，副都统富勒登太札营在北岸，守住后路炮台。现在前路有失，后路怕守不住了么。"道言未了，惊报又至，说富都统猝闻前军失利，兵勇全都惊溃，所有京营炮位，全行遗失。现在后路炮台也已失陷，富都统不知下落。谭廷襄大惊失色，连夜飞章入告。文宗震怒，下旨把直隶提督张殿先、天津镇总兵达年、大沽协副将德奎，革职拿问。特命亲王僧格林沁，带了钦差大臣关防，督兵驰赴天津防守。又命骁将托明为直隶提督，又命惠亲王绵愉为团防大臣，总管京师关防事宜。京师戒严，五城都设团防局。

僧亲王、托提督奉了恩命，不敢怠慢，星夜奔赴天津，一见谭廷襄，就询问洋人情形。谭廷襄道："洋人踞了炮台之后，仍旧说要修好，美利坚、俄罗斯二国，居间调停，一味的做好人。"僧亲王道："修好两个字，恐怕不见得靠得住。朝廷派了钦差，如果真心求抚，就好与宗、乌二使接谈呀，为什么又攻掉我们炮台呢？"谭廷襄道："宗、乌两钦差，行文照会了好多回，英人概置不见，只不过与美、俄两国往来而已。"僧王道："英人为什么不愿意见他？"谭廷襄道："为他不是宰相，不足以当全权重任。彼邦制度，简放公使，大都畀以全权，很有将在外不受君命的意思。做到全权公使，大半是五等爵爷，或是当朝宰相。又见白门议款，中国当局的也是相国，现在宗、乌二人，都不过是侍郎，人微言卑，他们所以不愿意会议呢。"僧王道："九重深远，外面的事情，原不很明白。制军既然知道，为什么不奏上去？"谭廷襄辩无可辩，只有连声"是是"而已。僧王立命幕友办折，把洋人情形奏知文宗。文宗下旨，立派大学士桂良、吏部尚书花沙纳，驰驿赴天津查验事件。

这时光，惠亲王绵愉、宗室尚书端华、大学士彭蕴章联衔保奏一个出类拔萃的人才，济变匡时的杰士。你知道此人是谁？原来就是已革大学士耆英，保他熟悉番情，恳请弃瑕录用。文宗帝原是毫无存见的，立即准奏，召令耆英入见，问他有无把握。耆英造膝密陈："奴才受恩深重，当此时势，惟有独任其难，有效与否，尚难自必。"文宗点点头，随道："一个人有一个人的主意，一个人有一个人的办法。你有法子，你不妨自展谟猷，不必附合桂良稍涉拘泥。"耆英应允。当下文宗赏给了耆英侍郎衔，饬赴天津办理洋务。耆英赶到天津，拜会桂、花二钦使，问起情形，桂良道："这里百姓，强悍的很。兄弟初到时光，此间军民，遍谒道左，力请督率团练，帮助官兵跟洋人开仗。经兄弟用好言抚遣，这里百姓狃于三年大挫粤匪，只道洋人与粤匪差不多厉害，纠合了盐枭、海盗，想要乘间抢掳，真是不知轻重。"耆英道："百姓懂点子什么，叶汉阳不是为了轻信百姓，被英人拿捕去的吗？现在，外国公使中堂可曾会面过？"桂良道："兄弟没有到时光，谭制军先已行文照会过。二十日，兄弟抵津，又行了一角公文去，邀请他们，一面饬府县备办行馆，供应一切。二十五日，洋官才到，把他们安顿在韩盐商宅子里，特派专员前往款待。二十六日，会晤一次，并没有谈论什么。次日，英国参赞哩国呔忽来见我，取出天津新议五十六条，叫我画押允行。兄弟回他慢慢商量，哩国呔咆哮异常，兄弟没法，只好置之不睬。耆公来的正好，就费神前去谈谈。耆公与洋人交好的很，比了兄弟，定然事半功倍。"耆英应允。

当下耆英看定风神庙做行辕，过了一宵，次日就是五月初一，耆英赍了国书，特到韩盐商住宅,拜会洋官。美俄两领事,倒也没有讲什么,英国参赞哩国呔,最是刁钻不过。当下冷笑道:“耆大人,你老人家此番光顾,是真心和我们好。假使和我们好,先请你讲一个明白。”耆英愕然道:“奉命议和,哪有不诚心之理?!”哩国呔道:“中国皇上原是诚心,只是你老人家惯会用手段谎骗人,我们倒有点子不放心。”耆英道:“我谎骗了谁来?”哩国呔道:“我们外洋人决不会冤诬人家的。你老人家在两广制台任内,曾经奏过皇上,说外国人只可以计诱,所以用好言哄骗,一味的奉承。这几个奏折,我们还藏着呢。”说到这里,随把耆英旧折取出。原来这几个奏折,还是广州失守时光,被洋人取去的。耆英瞧见旧折,一个不好意思,冰霜老脸,顿时烘起两朵红霞,恁有随、陆之才,仪、秦之辨,半句话也说不出口了,讪讪的坐了一下子,告辞而出。回拜桂良,称说英人跟我不很合意,万难效力,只好依旧仰仗中堂了。随把会晤情形,从头至尾,说了一遍。桂良皱眉道:“照此情形,吾公在此,英人反难就范,可怎样呢?”耆英道:“烦公上一个折子,奏请召回耆英以顺番情,我就能够走路了。”桂良道:“这个容易。”随命幕友拟稿,连夜拜发出去。耆英大为感激,回到行辕,随命收拾行李,催齐夫马,预备天明走路。家人道:“老爷此番出京,是奉过旨意的。皇上降旨,叫老爷出京,没有叫老爷回京,老爷好贸然回去吗?”耆英道:“不要紧,桂中堂已经出奏,朱批下来,总不过是‘照所请。钦此。’这几个字。”家人道:“见了朱批,走也未晚。”耆英道:“早走一天,舒服点子。”家人阻挡不住,只好听他。不意行到通州,奉到廷寄,饬令仍留天津,自行酌办。家人劝他折回,耆英不听,径行入都。一面致书僧亲王,声言初五日可抵军营。僧王大惊,立差军弁,把那封信送到巡防大臣惠亲王那里。惠亲王拆阅一过,怒道:“番情叵测,该员并未办有头绪,辄敢借词卸肩,实属罪有应得。”惠亲王道:“那是必不可少的。”随即拜折参劾,请旨饬下僧格林沁,将耆英拿捕到营讯明后,即在军前正法。不过一日工夫,奉到上谕:

> 耆英畏葸无能,大局未定,不候特旨,擅自回京,不惟辜负朕恩,亦何颜以对天下?是属自速其死。着僧格林沁派员即将耆英锁扭押解来京,交巡防王大臣,会同宗人府刑部,严讯具奏。钦此。

奉到这么严厉的上谕,耆相结果自然是凶多吉少。讯实奏闻,文宗法外施仁,传旨宗人府及刑部尚书宣示朱谕,赐其自尽。凶信传到天津,桂良、花沙纳,愈形焦灼。桂良叹道:“同是办理洋务的人,一朝失势,只落得如是结果。哩国呔偏又凶横,急切又不能成议,我们的前程,不知怎样呢。”忽闻外边江翻海倒似的哄闹,正在诧愕,两个家人仓皇奔入,报说:“不好了,本地百姓跟洋人口角斗殴,哩呔国在场帮助,却被众百姓擒住了,解到这里来,现在外面听候示下。”桂良惊道:“有这种事?反了反了!”站起身,三步并作两步,奔出瞧时,只见哩国呔背着两手,屈着两足,札成肉馄饨样子。两个百姓,用竹杠扛猪猡似的杠抬着,后面长长短短,老老少少,黑压压地都是百姓。万人一口,万众一声,都说:“请钦差大人快快扑杀!快快扑杀!”桂良知道不是事,忙遣员弁出来,先用好言,把百姓解散,然后再把哩国呔释放回船。

不意一波才平，一波又起，英公使额罗金行文照会，声言新款五十六条立时画了押，哩国忲受辱之事，一笔勾销，不然，还要提起重大的交涉呢。桂良忙与花沙纳商议。花沙纳道："五十六条里，最厉害不过就是三条。第一是增开牛庄、登州、台湾、潮州等处为通商口岸，再要在长江一带，选择三个码头；第二是洋人带眷属在京师暂行居住；第三是议偿商亏、军费各二百万两，等候款子交清，才把粤城交还。如果上奏，定遭廷臣攻击。"桂良道："事到临头也顾不得许多了。"花沙纳道："既是要出奏，索性连法国的四十二款，一并奏了罢。"桂良道："这个自然。"当下就叫幕友办折子，折稿拟好，经两钦差斟酌修改，才付誊清拜发。

说也奇怪，这一封折子，比什么都要厉害，才到北京，就朝议沸腾，谠言蜂起。通朝官员，自阁臣、六部、九卿起，至台谏、翰詹止，无不激昂慷慨，痛哭陈辞，奏请停止抚院，大张挞伐。内中要算殷兆镛一折，最为淋漓尽致，其辞是：

为和议贻祸至烈，伏求博采议论，力黜邪谋，早决其计，转危为安。事窃自洋人犯顺，无识庸臣俱求速和了事。国家苟安一日，彼即为一日之亲王、宰相，而社稷隐忧，不遑复顾。琦善、耆英、伊里布等，既误之于前，致贻今日天津之患。今之执政者，复误之于后，其贻更有甚焉者矣。近闻和议垂成，为赔偿兵资等款，以堂堂大一统之中国，为数千洋人所制，输地输银，惟命是听。而祸之尤烈者，莫若京城设馆，内江通商，各省传教三条。闻者锥心，虽妇孺咸知不可。臣意桂良、花沙纳，身为大臣子，稍有天良，必不忍尝试入奏，必不至坠其奸计也。古语云："毋滋他族，实逼处此。"宋太祖云："卧榻之旁，岂容他人鼾睡？"京师重地，外洋朝贡，犹且禁其出入，防其交接，礼毕遄返，毋许逗留，安有强敌世仇而听该酋置馆，杂居齐齿，吴越横行辇毂，羌夷布满街衢？自古及今，实未所闻。近惟琉球国都，英人盘踞滋扰，甚至闯入王宫，莫敢拦阻，此其患无俟臣缕述也。

长江自吴溯蜀，中贯天下之半，与海口情形不同。海口通商，已为失计，然辟之于人身，犹四肢瘫痪之疾也。内江华洋杂处，则疾中心腹矣。东南漕运，非海即河，大江为出入所必经，设一日江海并梗，何由而达？仕官、商贾之往来，章疏，文报之驰递，海非要道，江实通衢。洋人但以数船横截江路，则南北将成两界。维扬、汉口，盐纲疲敝，枭贩竞作，再得洋人为逋逃主，盐利必尽归番有，而官盐将废。不但此也，所占口岸愈多，声势愈大。与汉民交接事件愈烦，衅端亦易于起。地方官袒番则民拂。袒民则番拂，彼视虏一总督、宰相，如缚犬豕，其包藏祸心，已无所不至。辟犹养虎在牖，养盗在家，随时可以猝发。此议若成，大事便去，欲求为东晋、南宋之偏安，岂可得哉！至于传教一节，臣不知其所谓天主者何人。大率惑世诬民，隐蓄异志，不然，彼个尊天主，自行其教可耳，何必游历各省，仆仆不惮烦苦若是。近日之长发贼，亦奉天主教者也，煽惑勾结，已可概见矣。彼知舆地广轮之数，山川阨塞之形，兵卫之强弱，壤土之肥瘠，到处交结豪侠，赈恤贫穷，为收拾人心计。

该洋人蜂食海外小国，皆用此法，有明征也。

谋国者曰：通商传教，此时姑先许之，候各省军务完竣，然后举行。夫民困于锋镝久矣，贼焰虽炽，人心未涣，犹冀重享升平。若去一寇，复招一寇，天下将复何望？士民孰不解体？或曰届时，徐议所以拒之，臣恐积弱之余，万难发愤。现值兵临城下，大臣犹曰衅不自我开，相率靦颜忍耻，况许于前而拒于后，则直在彼而曲在我，谁肯为国家出力耶？或番有要约，不待贼平，递入内地，布置周密，与长发贼隐为犄角。否则击贼自效，别有要求；否则夺贼之城邑，而有之以为非取诸我也。种种棘手。

谋国者曰：不和则战。战果有把握耶？臣请诘之曰：然则和果有把握耶？夫和果有把握，从前反复，姑勿追论。第自今岁北窜以来，我之委曲顺从，不为不至，何以猖獗日甚？可见讳战求和，和愈难成，成则祸且不测。谓战必无把握，何以前年李开芳、林凤翔等北犯，凶焰数倍于洋人，卒至片甲不返？此无它，当时一意于战，故有进无退。今则一意于和，故反勇为怯也。现在僧格林沁兵威已壮，讲求战守，振作精神，洋人颇知畏惧。

近日天津人民争斗之事，该洋人亦避其锋。盐枭、海盗，有欲焚抢洋船者；有跪求钦差、总督，愿纠众打仗者。钦差总督不许，故未敢擅动耳。不得以偶经小挫，遂谓津民不足用也。试饬桂良、花沙纳等，忽专议和，会同谭廷襄，鼓励兵民，于文武属吏绅士之中，得如谢子澄其人者，统率之，悬购重赏，随宜设施，并令附近州邑，广募壮勇，听候调遣。一面明降谕旨，大张挞伐。顺天、直隶京官有愿回籍团练者，命设法办理。如此多方准备，一旦狡焉思逞，僧格林沁大兵扼之于前，各路乡勇蹑之于后，加以泄水塞土诸法，洋船欲进不能，欲退不得，而谓不足制其命者，吾不信也。闻英人谋主哩国吠，系广东嘉应州人，凶悍异常。每至桂良、花沙纳公馆，凌辱咆哮。臣不识桂良、花沙纳，坐拥兵卫，亦已不少，何至惧一哩国吠而不敢动？曾被津民擒住，钦差、总督，反为之解围，拟请饬令设法捕获，立即枭示，不必稽留讯解，以免疏虞。又闻广东九十六乡，民风骁勇，前年平红头贼，皆赖其力。洋人往搜军器，受伤而回。又纠南海、番禺两县，令乡民声言洋人入我界者，不论何人，登时杀死，遂不敢入。三月，罗惇衍、龙元僖、苏廷魁到彼团练，已有数万人，至今曾否打仗，有无捷报，意者朝廷未与主张耳。抑罗惇衍等恐如黄琮、窦绂之获咎耶？拟请优旨，出其锐气，克日大举。惟黄宗汉禀承执政主和之议，绕道迁延，请饬速往会剿，勿再徘徊观望，转掣绅民之肘，务使同心协力。天津洋船闻之，必有折回自救者，而我截其海口归路，虽未必聚而歼旃，要非孟浪以侥幸也。

谋国者曰：一战不胜，奈何？曰请添兵再战，战有胜有败，若和则有败无胜矣。曰胜之于此，而报复于他处，奈何？胜之于今，而报复于后日，奈何？曰始终不忘战而已矣。犬羊之性，但经惩创，往往不敢报复。观于道光年间台湾失利，惟有籍手耆英以报达洪阿等，而至今不敢垂涎台湾，其无能亦可见矣。

自古兵凶战危,原非得已,尽人事以待天,成败利钝,虽诸葛亮不能逆睹。谋国者动以事无把握,摇惑圣断,间执人口,沮丧士气,坐失事机,其意直以望风乞降为快。抑又何也?比年各省用兵,胜负无常,得失互见,诸臣何不以事无把握为虑,而亟欲櫜弓截矢耶?伏愿皇上通筹大局,深顾后患,知番欲之难期餍足,念事势之尚可挽回。左右亲贵之言,未必尽是,大小臣工之策,非尽无稽。执政诸臣,请放洋船内驶者,何人?请允西酋要胁者,何人?清夜思维,或亦自知狂谬,只缘畏罪怙非,阳作执迷不悟。皇上不忍遽诛,应请面加训示。俾各改心易虑,收效桑榆,否则难逃常宪。严谕桂良、花沙纳、谭廷襄等,非分要求,不得妄奏,事至则战,无所依违。他如奕山之以黑龙江外五千余里,借称闲旷,不候谕旨,拱手授人,此尤寸磔不容蔽辜。臣知皇上之必有以处之也。讦谋既定,涣汗斯颁,薄海懔然,咸知上意所在。庶臣民之志固,而蛮夷之风慑。天讨聿新,操纵在我。或战或抚,再行临机应变。臣非不知今所言者,皇上已厌闻之,特以势属忧危,情深迫切,濡泪渎陈。伏乞圣明洞鉴。谨奏。

欲知廷臣愤激上书,能否挽回大局,且听下回分解。

第七十九回　**四钦差奉令承教　七先生立异标奇**

却说众廷臣上折之后，静候朱批，候了多日，不见动静。御史殷兆镛、侍郎匡源、内阁学士文祥、尚书柏俊、尚书翁心存，会议联衔力争。殷兆镛道："这一回的和战，关系着中国存亡，怎么上头倒把洋人瞧的很轻？"柏俊道："大家全副精神，注在长毛身上，自然不把洋人放在心上了。"翁心存道："我看长毛的祸小，洋人的患大。想到国初龙兴，其时北部之尼堪外兰及扈伦四部，方二于明，世为仇敌。太祖、太宗，迭次征讨，才得无患。到圣祖平定噶尔丹，于是从黑龙江以西，尽喀尔喀四部之地，东西五千里，南北三千里，凡蒙古游牧之区，皆归一统。又派大臣与俄罗斯勘定边界，归我昔年侵地，黑龙江南岸，尽属中国，定市于喀尔喀东部之库伦。江石勒会议七条，刑牲为誓，于是东北数千里化外不毛之地，悉隶版图。高宗荡平准部，戡定回疆，西北穷塞之域，极于天山、葱岭，都变成中国疆土。总计前后大小用兵数百战，饷需万万，拓地之广，超轶前代。这就是所谓刷数世之侵辱，遗后嗣之安强呢。现在主张抚局的，不道说是息兵安民，汉高祖白登一蹶，遽议和亲，抚之不为不速，怎么高后、惠、文、景四世，都受匈奴莫大之患呢？"相俊道："这就是了。和亲之议，倡自娄敬。彼时樊哙请得十万人，横行匈奴，大臣以为可斩。乃孝武抗其英特之气，选徒习骑，择将命师，先后而昌诛之。师行十年，斩刈殆尽，名王、贵人，俘获数百单于穷遁漠北，究竟用了樊哙之计，才得一劳永逸。"文祥道："诸位通今博古，议谕风生。据我的糊涂主见，咱们旗人，都是军籍，打仗原本职。洋人在中国地方上耀武扬威，咱们旗人的脸，已经是丢尽了。"当下众人斟酌尽善，联衔上了个公折，石沉大海，依旧杳无音信。你道为何？原来文宗初时，原要以抚为剿，拊髀择将，意在僧王。后见耆英抵津，洋人不礼，才怃然失望。又因炮台未经修好，海防猝难整顿，一切战守机宜，诸形棘手，不得不忍痛屈从。所以廷臣奏折，悉行留中。过不多几天，准和的旨意，已经降下，并饬令洋艘，起碇回上海，一面派遣钦使，驰驿至江苏，商定税则事宜。于是四国洋人欢忭歌舞，先后起碇南下。

不意一波未平，一波又起。山穷水尽疑无路，柳暗花明又一村。两广总督接到钦差咨会，知道抚局已定，赶忙晓谕军民，戢兵俟命。广东的百姓，不比别地方，勇悍善斗，没事犹且寻事，现在见和事已定，省城不返，那股愤怒之气，真是指发抉眥。在驻粤城的领事，偏又不知趣，把天津和议款子，大张晓谕，揭示人民，派了四五名洋人，各地各城，分头赶去张贴。贴到新安乡，却被众乡勇鸣锣聚众，团团围住，告示撕得稀碎。贴示的洋人，斫了三刀，也早送掉性命。从人奔回省城，报知领事，领事大怒，立即起兵，攻扑新安。一面是节制之师，一面是乌合之众；一面是火炮洋枪，一面是竹矛石块。何消半日，新安早已攻陷，佛山大震。在籍侍郎罗惇衍，见番祸未艾，遂借巡缉土匪为名，声请缓撤佛山团练局。

铜山西倾，洛钟东应。广东这么一闹，上海洋人也顿时掀起波浪来。原来大学士桂良、尚书花沙纳、侍郎基溥、武备院卿明善，奉旨到江苏会议税则。此时南京、苏州，太平军世界，只有上海租界，还算是一片干净土。四位钦差，便都赶到上海来。一换码头，就行文照会，与四国订期商议。不意照复前来，声称："两广总督黄宗汉暨绅士罗龙苏二人，办事欠妥，于天津定和之后，仍行招勇。且遍出赏帖，谓为能送到领事巴某之首者，赏银三万两，甚至开炮伤毙我国兵丁，以致不得已攻陷新安，请问是何意见"等语。桂良皱眉道："事情这么难办，偏还要生出这么的波浪，那不艰死了人吗？"花沙纳默然不答。基溥见两正使愁眉锁眼，自己名位卑下，更不敢多所议论。倒是明善谋多足智，献计道："这一个照会，论理倒不能不复。"桂良道："如何措辞呢？"明善道："只消推说粤中因江西、两赣等处，均有贼踪，道途梗阻，以致天津知会没有达利，也未可知。这么照复前去，自然没有话讲了。"桂良道："此计甚妙。"如法泡制行了去。

不过一日工夫，洋人又来照会，声言必欲刻期商定税则，须先奏请撤回黄制台，及罢掉粤中绅士团练之兵。桂良摇头道："洋人真难相与，他们办的事，都是根牢果实，截铁斩钉，一点子不肯通融的。"花沙纳道："中堂高见，如何办理？"桂良道："有甚如何？洋人的事不依他总不得成功。"随即行文照复，内中措辞，无非是"谨遵台命"一句话。于是两面定期会议，英国所开条款，大半是哩国呔的意思，共是十条，名叫《通商税则》。其余三国，大略相同。议了一个多月，诸事妥当，英使臣额罗金才来上海。钦差大臣与四国使臣画过押，四国使臣各把英约赍回，守候国书，但等国书颁到，就至天津，呈请换约。桂良、花沙纳等，随把办管情形，据实奏闻。上谕下来，无非是"照所请钦此"五个字。

这时光，英人为约内有增设长江海口一条，要先到沿江一带察看形势，以定贸易口岸，立遣水师统领，驶驾火轮、兵船，由海入江，溯流直上，随处游弋，随处测量，直到湖北汉口镇，往返一个多月。法国的传教人员，也纷纷驶赴各省，测地建堂，谈经传道，悉赁内地民船，悉由内河行走，地方官哪里还敢诘问一字半语。几个识时俊杰，像浙江抚院胡兴仁等，闻报洋教士来谒，赶忙鼓吹升炮，迎入署中，设了盛筵款待呢。比了乾隆时光，洋官谒见关吏，例须伏地叩头，真有不胜今昔盛衰之慨。桂良见诸事都已妥洽，随叫花尚书等，北行回京复命，自己留居上海，督办善后事宜。

此时江路阻梗，遍地伏莽，花沙纳等虽是赫奕钦宪，颇难驰驱如意。没奈何，埋名隐姓，易服改装，杂在商民队里赶路。行入山东地界，就见许多异言异服的人，往来行走，心里不免奇诧。一落客店，店主人询问客官可是往黄崖山张圣人那里去的？花沙纳含糊答应，店主人顿时大献殷勤，问茶问水，送菜送酒，忙一个不了。并道："本店资本，也是山上的。凡是投奔张圣人张七先生的，食宿一切，概不取资。"明善智机灵动，随笑道："我们也不过是闻风乡慕，七先生究竟如何，倒也不很仔细。"店主人道："原来客官没有知道，这张圣人张七先生，真是我们这里的活神仙！"当下就把张圣人的始末缘由，备细讲述了一遍。花沙纳等听得目瞪口呆。原来这张圣人，名积中，字石琴，江南仪征人氏。他的哥哥积功，官至临清州知州。咸丰三年，奥匪之乱，合门殉难，积中就把儿子绍陵字道生的，嗣与乃兄为后。积中少时，也曾读过诗书，应过科举，怎奈命途多舛，时运不济，考去考来，终是不售。道光时候，扬州风物繁盛，买贸带粥。有一个术士周星垣,号称太谷先生,善能练气辟谷,明于阴阳奇赅之数,符图罡咒,役鬼隐形。又教人取精元牝,容成秘戏,遨游士商大夫间。士商大夫多心乐而口讳之。积中于是折节受业,悉心听讲,五六年工夫,尽得其术。太谷门徒寖盛,大江南北,无不有其徒足迹。两江督院百龄,最是嫉恶如仇,听到太谷左道惑人,怒得要不的,立饬府县,拿捕到衙,问成死罪,正法示众。此时太谷门徒,尽都避匿,只有积中益修师术,力行不倦,寝馈于《参同契》《道藏大全》《仙灵宝录》《云霄指掌》诸书,向众倡言:“太谷先生因濁俗相嬲求仙,所以自触法网,受了兵解。惟有坚持愿力,可以证道。”人家问他坚持愿力,究竟如何?积中道:“不必绝人逃世,不废饮食男女,现身住世,自能与天地同寿。”众人听了,无不欢喜。积中也很有点子小本领,风角占候,赐雨颇验,被惑的人,很是不少。他却偏会拿腔作势,住在城市中,不很跟人家交际。慕道的人,踵门伏地,叩颡流血,依旧坚拒不纳,只说来人没有善根,非造福济世不可。先叫那人放生施食,造作种种善事,却领门徒暗中侦察。待那人再来时,就说他某事吝财,某事惜力,道心不坚,太谷不愿收录,所讲的话,纤细必符,毫厘不爽。那人大惧求录,忌请益诚,积中坚执不许。又恐那人果然回去,阴令徒党恫吓怂恿,总令那人死心塌地才已。有时暗令党徒,扮作求道的人,辇金累千,献送到门。积中偏说他没有道根,不肯接受。再把绝色女奴,装扮得天人一般,珠翠辉煌,麝兰馥郁,送入膜拜。又说他尘障未除,偏令引出,却偏把市上的丐夫陋妇,积恶不过的人,招到里头,与之美食,一室趺坐。有时招入虬髯伧父,键户促膝,倾谈竟日。因此高门甲族的秀男美女,师事积中,错处房闼,没一个引为嫌疑的。

道光末年,淮南盐务变法,天下奇诡之士,都聚在扬州一地,如阳州周韬甫、长洲马远林、武进阙恭季之属。韬甫口如悬河,词倒三峡,公卿屣履到门,声势颇盛。积中虑为所毁,与游客栈。东平杨蕉隐、吴雪江等,怀刺往拜,曲意结纳。不意韬甫、恭季,依旧直言诋诃,斥积中为旁门左道。积中并不争论,发箧陈论《孟子》《大学衍义》《近思录》诸书,及门徒诵习讲贯。以媚韬甫。韬甫果然上他的当,逢人说项,到处游扬积中了。积中乃取《参同契》,附入圣贤绪论,从者益众。

咸丰六年,江表大乱,积中徙家北行,卜居于山东之博山县。知县吴某,恰是他的中表弟兄,相得益彰。于是积中势力,渐入山东地界。肥城县西北六十里,有一座山,名叫黄崖山。山麓有庄,名叫南黄崖,迤北里许名叫北黄崖,恰与长清接界。山形三面环拱,南北两峰对峙,凌霄插汉,怪险不可名状。中间平阳一片,约有百亩广阔,积中往测形势,随向众人道:“北方将乱,惟此间可以避兵。”遂在山上筑室建屋,率领徒众居之。事有凑巧,东省南境,捻冠屡警,避难的人,稍稍迁往,黄崖日就兴盛。他的表兄吴某,恰又调了历城县知县,上台企重,骤升首府,吹枯嘘生,咳唾可怖。偏生的推崇积中,誉不容口,从此官僚中也渐有信从积中的了。

积中托言防备捻匪,垒石为寨,引水环山,创设武备房,购办兵火弓弩甲仗,发号施令,俨然敌国。积中以神自诩,轻易不肯见人。凡自远方初来的人,安顿在文学房里,叫高弟吴某、赵伟堂、刘耀东等,转相授受。授读所判指南箴,五日一听讲,乡农不能诵习,任其去留。从归的人,悉袒右臂,比屋不准相过。每逢朝晡,餐馈丰腆,知宾执礼,端恭异常。而终日语默，不发一言。积中有两个女弟子，一名素馨，一名蓉裳，专屋列居，庄严得要不的，进谒的人，顿首九拜。如见积中，二女高坐不答。吴某等虽一般是弟子，也不敢跟二女分庭抗礼。据说素馨原是太谷孙妇，蓉裳嫁过姓吴的，都是少年寡妇。积中在山中建一所祭祀堂，以礼神明，每祭总在深夜，参拜升降，礼节繁缛。素馨、蓉裳，盛装挟剑而侍。旃檀燎烛，薰赫霄汉，数十里外，光亮照耀如火。乡人都称为张圣人夜祭，不是教中人，不能入窥也。黄崖地方，原很荒僻，近因从教的人，日增月盛，竟然变成大市，置田筑室，栋宇鳞次。积中资计日温，自肥城之孝里铺起，济南会城内外，东阿之滑口，利津之铁门关，海丰之埕子口，直到安邸、潍县诸处，都开有市肆，字号的名儿，都冠有“泰”字，如泰运、通泰来、祥泰亨之类。千里间指麾使令，奉若神明，远近都称张七先生。如吴某耀东等，并不举其姓，相说以七先生而已。

这张积中有一样惊人本领，凭你怎么水火的人一见面，一接谈，自会使你心悦诚服，从他的教。从了教后，如吃了蛊药似的，凭有如何祸患，竟会至死不悟。后来张积中约会捻党，竖旗起事，被官兵杀入岩中，合寨死斗，无一生降。官兵虽扯着协从罔治、投降免死旗号，教中人竟如没有瞧见一般。抚院奏牍中，称他素乏才名，只以伪托诗书，高谈性命，乃至缙绅为之延誉，愚氓受其欺蒙。其家本无厚资，来东不过十载，遂能跨郡连乡，遍列市肆，挟术诓骗。为收集亡命之资，从其教者，倾产荡家，挟资往赴。入山依处，不下百数十家，生为倾资，死为尽命，实未解所操何术，所习何教。而能惑人如是之深，他的本领，也就可想而知。当官兵入山搜捕之前，先行遣使招抚。积中复函与他的表弟吴太守，文辞也颇斐然可观，其辞道：

来函责我不肯出山辩白，甚合我心。但近日苦衷，有急欲为吾弟告者。兄平日淡于荣利，肆志读书，以世乱未平，隐居求志。无如韬光未久，而处士虚声动人闻听，相从执贽者不绝于门。其间虽多善良，亦有悍骜。兄既未能慎之于始，遂欲以德化之，使胥归于正，此兄实有交不择人之过也。然来东十载，何敢一事妄为，乃去岁以潍县之王小花，横加牵累，今年之冀宗华，妄被诬攀。然此事之来，若椒园伯平以一函相告，兄必挺身投案，绝无留难。两君猝以兵来，幸适出游，未遭毒手，不然，已陷于缧绁久矣。伯平雨亭，夤夜进兵，示人莫测，以致庄众格斗，伤损弁兵。兄自知大祸临门，一身不免，亟欲束身同败，不望雪我沉冤。奈及门桀骜之士，遂邀不逞之后，劫我主盟，苟全性命。兄禁之不得，逆之不能。数日以来，踯躅山隅，闷损无似。及大兵临境，兄欲出而剖白，无如伊等汹汹，不肯束手待毙。祸已至此，无可言说。本欲引剑自决，无如如门在外者甚多，闻予冤死，定不甘心，一旦逞彼凶顽，则各处生灵，俱遭涂炭。兄亟思乘机解散，但人数众多，虎豹豺狼之性者不少，须宽我日期。请暂将大兵撤出山外，俾得反复陈词，婆言解散。若一面进攻，一面招纳，则上宪不能示人以信，困兽犹斗，兄又何辞能劝谕诸同人耶？特约略陈其大概。

这都是后话。

当下花沙纳等，听了店主人的话，吓得目瞪口呆。花沙纳向明善道："这老头儿如此作怪，定然闹出乱子来。"明善道："幸撞在我们手里，可惜要紧复命，不得耽搁。不然办完了这件事，再走也不迟。"花沙纳道："那是抚院的职任，咱们犯不着替人家干事，给他一封书信，知照他一声就完了。"明善见花沙纳这么说了，事不干己，谁愿插身干预？不过临走时光，发了一封信给东抚。东抚接到钦差手函，不敢怠慢，立派干员入山密查。那委员到了山中，瞧见张七先生，须眉髯髯，言论娓娓，比户耕读相安，宛然世外桃源。据实禀复，抚院只当钦差是无中生有，毫不放在心上。

却说花沙纳、基溥、明善，行抵京师，已是冬月初旬。入朝面圣，一进朝房，众同寅都来问询。大学士柏俊、宗室尚书端华、肃顺、汉大学士翁心存，最为殷勤，执手问好，异常亲热。花沙纳道："我在路上，听到三河口湘军失力，李迪也殉了难，不知是虚是实？"翁心存道："怎么不确，曾涤生奏报也到了。他那介弟温甫名叫国华的，也死在这一役呢。这李续宾是罗山高弟，湘军名将，为人含容渊默，作事审慎精详。他所选的将士，都是知耻近勇，朴诚敢战的。每逢遇敌，人当其脆，己当其坚。每领粮仗，人取其良，己取其窳。屯军所在，百姓耕种不辍，万慕无哗。血战六年，克城四十，而口不言功。所以一听到他失事的消息，无远无近，无知无愚，无不失声痛哭。上头也十分震悼，特命总督照例赐恤，予谥忠武。他原官不过是布政使呢，这就瞧见恩眷之隆了。"花沙纳道："这么的好将，怎么又会吃败仗呢？"翁心存道："官文胡林翼会筹东征之策，陆师渡江，先皖而后及江南，水师先安庆而后及江宁，却把图皖的事情，交给了李续宾，请旨加他巡抚衔，专折奏事。不意安徽的贼酋陈玉成，爵封英王，绰号四眼狗，也是贼中骁将。两雄对垒，旗鼓相当，倒也辨不出雌雄，分不出胜负。不意陈酋又纠合了两员健将，一个是侍王李世贤，一个是捻酋张洛行，三条猛虎，扑一个英雄，如何能够幸免？这一役，陈、李、张三酋，从庐州杀出，抄袭官军后路，四面围剿，愈集愈厚。七营先陷，续宾知道不免，乘夜跃马入敌阵战死，湘军精锐，全都丧掉。"说着，忽听景阳钟鸣，轰传皇上升殿了，众人忙着入朝。欲知后事如何，且听下回分解。

第八十回　科场有弊柏相遭刑　劫数难逃园神辞职

话说众人在朝房谈话，陡闻景阳钟鸣，都不觉肃然起敬。忽见太监出传旨意，召了户部尚书郑亲王端华、刑部尚书肃顺、大学士翁心存进去，一时又叫起御史孟传金。候了顿饭时光，才召见花沙纳等。三人遵旨入朝，俯伏叩拜，仰瞻圣容，颇含慢意，敬谨奏对。真是天威咫尺，半句话也不敢多说。好在议约一切，事前都曾请旨，这会子，不过把会议情形，约略陈述一遍罢了。这日，大学士柏俊并没有召见，众人都很纳罕。

退值回家，未免纷纷猜测。次日，万众喧传，柏中堂坏了事了。花沙纳奇诧道："昨儿朝房碰见，还好好的，怎么就坏了事了？到底为点子什么呢？"来人入报明大人拜，花沙纳忙叫快请。一时明善走入，开口就谈柏俊的事。明善道："此事真是迅雷不及掩耳，事前一点子消息都没有，奇怪不奇怪？"花沙纳道："柏中堂究竟坏了什么事？他的恩眷，原极隆崇的。"明善道："这一件事，谈起来凭你怎么聪明的人，再也猜不透。起源是很小很小，小的跟芥子一般。"花沙纳道："芥子一般小，堂堂相国，如何就会坏事了呢？"明善道："今年科场，柏中堂不是派了正考官吗？"花沙纳道："不错。柏中堂是正考官，朱凤标、程庭桂是副考官。"明善道："今科中式举子里，有一个平龄，听说是唱小旦的，柏中堂没有检点，竟然中了出来。不意这会子，竟被御史参了。"花沙纳道："原来是为科场案。论理柏中堂也过于大意。但是唱小旦的事，考生履历上，总也不肯开写，考官又如何会知道呢？"明善道："现在御史参他，是该举人'朱墨不符，物议沸腾'八个字，上头特地派员磨勘。"花沙纳道："磨勘之后如何？"明善道："瞧今儿的旨意，柏中堂革了职还交部严议，想来未必是查无实据吧！"花沙纳道："柏中堂这么刚正的人，竟也被人参劾，真是想不到的事。参他的究竟谁呀？"明善道："还有谁？就是孟传金呢。"花沙纳道："怪道呢，昨儿上头巴巴的叫起他。这孟传金也真无理取闹！"明善道："姓孟的仗了好腰子，才敢干这惊天动地事情。"花沙纳诧问仗谁的腰子。明善走近两步，附耳道："这一件事，都是顺亲王、肃尚书授的意，不然，孟传金也不敢干呢。"花沙纳愕然道："端、肃两人，心术怎么这么的坏？"明善道："现在朝廷大权，都在他们两个儿手里，上头偏也相信，说一是一，说二是二。在朝的人，哪一个敢跟他们争执？偏这柏中堂，偏是鲠真，自仗资深望重，倚老卖老，从不肯让他一点半点。他们两个儿，久把柏中堂视作眼中之钉。无奈刚方正直，找不到错处，也难设法。现在好容易出了这个岔子，他们两个儿狮子搏兔，早已用尽全力了。"花沙纳道："照你说来，老中堂此回的事，定然凶多吉少，怕还不止革职的处分呢。"明善道："新疆去逛一趟，也未可知。"花沙纳道："重到如此，究竟是相国了。明珠、和珅，那么罪案，也只查抄遣戍。"明善点点头，随道："这两个儿如是得君，究竟所操何术？"花沙纳道："什么术不术，不过运气好罢了。当今圣质，过于英特，励精图治，巴不得把个国一朝儿就整理好才好。无奈部院诸臣，都是循序渐进的，当今瞧着，很是不洽意。他们两个，恰都是敢言自任的，对了当今的意思，自然就红起来了。”明善道：“此回的案子，听说都是顺亲王查出的呢。顺邸为了大福晋寿诞，传班子唱戏，偏这班子里的要紧角儿不在，传了三回还不到。顺邸怒极，末后传到，酒气薰蒸，已是不能唱戏了。顺邸问他，一个小小戏子，胆敢屡次抗传，你眼睛里究竟有本邸没有本邸？那人碰头道：‘小的不敢抗传，实因小的朋友中了一名举子。今儿待魁星开贺，小的也在那里贺喜，没有在家，不曾知道。’顺邸道：‘奇了，你的朋友，也会中举子。你那朋友姓甚名谁，干什么营生的？’那人道：“小的这朋友姓平，单名一个龄字。起初是清客串，现在也在赚包银了。’顺邸道：‘是不是唱戏的？’那人道：‘是唱戏的。’顺邸还不在意，当时告诉了众宾客，不过当一桩笑话，随便谈谈罢了。肃尚书足智多谋，这日恰也在座，节外生枝，就掀起这个浪波来。”花沙纳听了，不胜叹息。明善去后，花沙纳就派两名家人，到柏中堂府去慰问。一时回来复命，花沙纳问他见过中堂没有？那家人道：“见着的。小的就按着老爷意思说道：‘我们老爷叫拜上中堂。’我们老爷原要自己来的，因为路上感了点子风霜，不能走动，叫请中堂不要烦恼，吉人天相，想来总没什么的’。柏中堂神气很好，笑向小的道：‘多谢你们老爷惦着我，差人慰问，感激的很，等风波平静了，我还要亲来道谢呢。’又道：‘烦你拜谢你们老爷，嗣后请他不必差人来。我现在是待罪人员，在家静候查办，这个嫌疑是要避的。’”花沙纳听了，只得罢了。

这一桩案子，弄到结末，刑部尚书肃顺，按据刑律，坐柏俊以因家人求请撤换试卷，与同考官编修浦安、程庭桂之子程炳采等，均行处斩。程庭桂等遣戌奏上之后，廷臣都代柏俊乞恩，只说本朝二百年，从无处斩宰相之例。文宗偏信肃顺一面之辞，向群臣道：“朕只知道诛考官，不晓得杀宰相，尔诸臣切勿误会。”于是柏俊遂不能免了。窃议端华、肃顺，如此专横，将来收成，定无好果。按下不题。

却说这时光，南中军务，胜负无常，庐州官军失利，前署安徽巡抚李际群力战身亡。太平军翼王石达开，率领悍党，从江西南安取道崇义，扑犯湖南，破掉桂阳州。一到五月里，英法等国，来津换约，而意外风云，又纷然以起。原来此时，天津大沽港口，因军务紧急，设访戒严。桂良在沪，照会英、法、俄、美四国，换约之舟，须改由北塘海口行走，四国公使倒也并无异议。不意英俄两国的火轮船，一抵天津，突背前约，鼓轮突浪，直闯入大沽口来。海口守将，飞报直隶总督恒福。恒福赶忙遣使持约，趋令改道。英俄两使置之不睬。五月二十四日，英游驶入滩心，把截港的铁锁，用火药炸掉，蛮横得要不的。恒福手足无措，却不道竟恼起一位英雄来，此人就是赫赫威名、堂堂大将科尔沁亲王湍多巴图鲁僧格林泌僧王爷。当下僧王怒道：“洋人太瞧中国不起，不给他个厉害，如何会知道？”立饬海口官兵，严行防备，但俟洋船进口，立即开炮轰击。恒福意欲拦阻，僧王道：“不干你事，开了衅端，有我担当呢。”次日黎明时光，就有军探飞报，洋面上舢板火轮大小共有十三艘，高竖红旗，飞行挑战，已抵港口。咱们排列的铁枪，被他拉倒了十多架，将次逼近炮台了。僧王大怒，立传将令：洋船闯入了口子，海防各将全都处斩。此令一下，火焰轰天，炮声震地，早已开炮轰击了。僧王在天津，置处独酌，静待捷报。两名侍卫，左右轮流不住手的斟酒。僧王引着巨觥，只吃肥牛大肉，山珍海味，一应精细蔬菜，概摒不用。

这日，军探络绎报来，都是好消息。未及夕阳西下，已经雾解烟消，十三艘洋船，只逃脱得一艘，其余不是轰沉，就被击损，差不多是全军覆没。次日，英人又率步队，从陆路抄杀前来。僧王闻报，亲自出马迎战，手下三千骑，都是关外健儿，蒙古骁将，策马飞驰，真是气吞雷电，色变风云。洋兵见了，尽都骇然。霎时枪声如爆竹，弹子似飞蝇，两军拼命扑战。僧王冒弹直进，手下骑士，谁敢落后？千骑骤进，万刀齐斫，数百名英人，早都蹂做了肉泥，生擒兵目两名，奏凯而回。这一役僧王手下，只伤掉六七十名骑士，从战的两员大将，倒都因伤毙命，一员是直隶提督，一员是大沽协副将。捷报到京，文宗异常欣悦，随上谕道：

> 此次洋人受大创，全军覆没。我军士奋勇异常，遂操全胜之算，着僧格林沁先在捐输项下，提银五千两分别奖赏。所有在事文武员弁，另行查明保奏，阵亡之提督、副将等，均着交部从优议恤。钦此。

僧王奉到上谕，逐一遵办妥协，笑向恒礼道："洋人震慑天威，自当稍稍敛戢了。"恒福道："英人坚毅的很，此番败去，怕未必甘心呢。"说着，忽报美国公使船到了，属遵沪约，改道行走。僧王笑道："这都是一战的余威呢。"僧王久历戎行，于战术军略，很有经验，深惧英人兴师报复，所以战胜之后，海口防务，不取稍自暇逸。大沽口南北两岸石炮台，赶行修筑，都驻下了重兵。大沽后路名叫北塘的，地处海滨，也很险要。雇令匠役，开爬地道，埋伏火炮、地雷，振军经武，昕夕惶惶。似此谋无遗策，定能手到敌除。暂时按下。

却说文宗帝为东南俶扰，寇氛日恶，命将遣师，屡胜屡败，圣心已甚焦灼。漏屋偏逢连夜雨，破船频遇打头风。偏生的外患凭陵，洋人滋扰，慨左右无人，闵苍生之颠沛。住在圆明园里，对着那离宫别馆，月榭风亭，想到此园修建之日，正值乾隆极盛之年，海宇殷阗，八方无事。纯宗大驾南巡，湖山胜景，无不图画以归，饬匠仿建。吴县狮子林、钱塘小有天、海宁安澜园、江宁瞻园，殚精仿构，毕肖毕真。现在花鸟依然，亭台无恙。天下同此天下，园林同此园林。祖宗何其盛，子孙何其衰！抚今怀昔，能不黯然？

这日，军报传来，定远、天长、盱眙，被太平军陈玉成攻破，衡州、宝庆被围，庆远府失守。文宗叹道："东南军事，胜保、曾国藩、袁甲三，总算出点子力，然而贼势飘忽，胜负不常，天下事正不知何时才定！"这夜，独居寝殿，转辗反侧，直至更残漏水，才得朦胧睡去。不意才合上眼，就见一个白髯老者，扶杖而来。文宗叱问："何来野老，擅入宫禁！"老者从容跪下，不慌不忙的奏道："皇上别惊，老臣非他，乃是本园园神，护守此已过百年。今当离阙，特来陛辞。"文宗恍惚问道："你到哪里去呢？"老者道："老臣年迈多病，恳请天恩，乞归骸骨。"文宗道："别去了，朕加你个二品衔。"老者道："大数已定，臣不敢违天。"说罢，起身自去。文宗亲自追赶，拌了门阈，一觉醒来，却是南柯一梦。回思梦境，历历如昨，心中很是不适。

这日，大考翰、詹，就以宣室前席命题，殷忧之意，溢于言表。这年冬季，举行郊天大典，夜宿斋宫，念及国家多故，不禁悲从中来，放声大哭。侍臣凄恻，尽都陨涕。凡此种种，识者早知其不祥。一到次年，东南官军，果然连遭败仗，捻党张洛行、龚瞎子等，窜扰清淮，攻陷清江浦，太平军攻泾县、广德州、安吉、武康。杭州巡抚罗遵殿，城亡殉难。江南大营，又被太平军打掉，骁将张国梁，血战阵亡，统帅和春、湖北提督王浚、寿春镇总兵熊天喜，也都力竭捐躯。常州、苏州、松江，相继沦陷。苏抚徐有壬殉了难，江督何桂清逃了上海去，种种失意事，都到眼前来。文宗至此，亦惟有咨嗟叹息而已。

不意厄运未终，警报又到，英法两国，忽又连兵入寇。原来英人自上年覆败之后，回到广东，招潮勇数千，纠合法国连兵北上。一到天津，就派汉奸入内侦探，知道北塘埋有地雷，遂用小火轮、舢板等船，探水而行。六月二十日，舟经大沽口外，却被沙洪胶住了，不能动掸。洋人也真坏不过，深恐华军乘危攻击，张起白旗假称请款。这里僧亲王也传下军令，水陆将弁，不准挑战，但等洋船驶近，开炮轰击。这时光，副都统德兴阿，驻守北塘里面的新河。直隶提督乐善，驻守大沽北炮台；大沽南炮台，由僧王自己驻守，防守得异常严密。不意洋人诡计多端，胶住的船，一得着水，就改扯红旗，直闯入大沽口，分兵从北塘后路，进袭新河。德兴阿督兵拒战，连遭败仗，营帐器械，粮饷马匹，尽都掉。英人得着了新河，乘胜进兵，得机得势，只一鼓便占据了唐儿沽。

警报到京，文宗聚集众大臣，商议剿抚大计。廷臣大半主张痛剿，只顾亲王端华、宗室尚书肃顺，奏请罢兵议抚。文宗难违众意，随命大学士瑞麟，调带京兵一万，驰赴通州，相为犄角。瑞麟遵旨，点兵整队，即日离京而去。不意瑞相才抵通州，大沽已经失事。原来洋兵从后路袭击北岸炮台，乐提台奋勇迎敌，炮弹飞来，身子上打成个大窟穴，忠魂渺渺，列魄悠悠，成仁去了。兵弁丧掉主将，顿时大乱。倏忽之间，北岸炮台，竟为洋兵得去。僧亲王守在南岸炮台，严装列阵，宛如万里长城，兀然不动。洋人用千里镜登高瞭望，见炮台左右，密密层层，尽是帆布营帐，旌旗招展，戈戟森然。关东铁骑，在营盘四周，往来驰逐，行走如风。洋人虽然厉害，瞧见这个样子，未免也有一二分害怕，各守疆界，不相侵害。

不意郑亲王端华、宗室尚书肃顺，都是唬不起的，一闻北炮台失守，乐提台殉难，唬得屁滚尿流，怂恿文宗，罢兵议抚，并请召回僧邸。危辞巧语，说得文宗心动，下旨饬令僧王退守通州。一日之间，诏书数至。姜伯三奉御敕，岳武穆十二金牌。臣心如水，君命难违。僧王到此，不得不遵旨退兵，部下将弁，无不扼腕叹息。洋兵见僧军移动，额手道："从此可以长驱直入了。"僧军防洋人追袭，结阵徐退，才抵距离通州二十里之张家湾，军报传来，天津已经失陷了。僧王跌足道："政府误我，政府误我！"随即飞折奏闻。文宗召问端华："僧格林沁退了兵，洋兵非但不戢，倒把天津占据了，是何意思？"端华回奏："光景是咱们没有派遣全权大臣，洋人没有得着恩命，所以还不很安静么。"文宗道："此事桂良是原议大臣，原等他来办，瞧他奏报，好在这几天里就要到了。"端华道："既然如此，皇上索性降一道旨意，叫他径赴天津，办理抚事，不必来京请训了。"文宗道："倒是你提醒了我。"随即降下密旨，饬令桂良相机办理。桂良遵旨到津，与洋人开议抚事。英使额罗金、英参赞巴夏里，开出条款，异常厉害。第一请增军费，第二准在天津通商，第三要约各国公使，酌带洋人数十名，入京换约。这些条款，听说都是巴夏里的主张。桂相据以奏闻，文宗大怒，严旨拒绝。一面仍饬僧邸、瑞相坚守通州，以防内犯。于是京师戒严，五城都派有禁兵更番守卫，风声鹤唳，一日数惊。忽报英法联军听说和议不成，已从津门派兵北上，前锋已及何西务地方，京师大震。廷臣会议圆明园僻处京西，事势危迫，拟请乘舆移幸大内。群推恭亲王首先入告。恭王道："皇上偏信端、肃，咱们此举，未见得蒙恩准呢。"

当下众人联衔入告，措辞异常诚恳。无如此折上后，宛如石沉大海，眼见是留中不报了。廷臣谋再恳请，不意一到二十三日，讹言四起，都说圣驾将狩木兰，一时步军统领衙门果然派差四出，搜捕车马。次日奉到朱笔谕旨，内廷王大臣及奏事值日各堂官，入朝待命。巡幸的样子，愈逼愈真。于是六部、九卿科道，联衔谏阻，其辞道：

奏为迫切沥陈，仰祈圣鉴事：

本月二十四日，命内廷王大臣及奏事各堂官，阅看朱笔，有暂幸木兰之说。臣等传闻之下，实深惶骇。窃惟京师为根本重地，宗庙社稷百官万民之所在，皇上一旦为巡幸之举，则人心摇动，京师必不能守。且八旗绿营官兵，其父母妻子室庐坟墓，皆在京城，能保其无离散之心乎？万一六龙云驾，而兵心瓦解，此时欲进不能，欲归不得，皇上将何以处此？现在洋人犯顺，要求百端，其实西兵不过二万余人耳，其断不能扰吾疆土也明甚。若使乘舆一动，则大势一散，洋人借口安民，必至立一人以主中国。若契丹之立石敬塘，金人之立张邦昌，则二百余年祖宗经营缔造之天下，一旦拱手授之他人，先帝付托之谓何？皇上何以对列圣在天之灵乎！且一府一县之守令，闻警出城，地方立见溃散，况万乘之尊，都城之重，而可轻于舍去乎？臣闻嘉庆十八年林清之役，仁宗睿皇帝方幸木兰，闻警即日反跸。当日且闻警而还宫，此时已闻警而出幸乎？况现在洋人不及当日各路教匪之猖獗，奈何轻弃根本，自贻陨越耶？臣等谨按北宋牟驼冈之役，白时忠、李邦彦等请幸襄、邓，以避敌锋；李纲力主守城之说，遂以却敌。前明土木之变，徐埕主南迁，于谦曰："京师天下根本，一动则大事去矣。"遂立十八团营而京师安定，此不迁而存者也。金哀宗奔河北而亡，元顺帝奔和林而元亡，迁而亡者也，前史具在，迁与不迁，其效可睹。今日之事，万不至如前史之甚，独奈何出此下策，自十二金危哉！为此策者，必曰："圣驾时巡，仍派重臣监国，俟扫荡廓清，奉迎反跸。"殊不知皇上一出，都城无额手道，草莽生心，萧墙变起，种种危亡，翘足可待，又安往有扫荡廓清之日？况木兰一隅，又何足恃？我能往，敌已经能往。设洋人以劲旅相追，则以有所凭藉之京城，转以为未能抵御，岂不人心溃散？而能资其得力，此不待计而决者也。昨奉宣示诸臣，京城内外，传说纷纷，闾井惊惶，人无固志，恐滋内变，不可不防。仰恳皇上暂行还宫，激励将士，严筹守备，以固众志而释群疑。并求宸衷内断，不为浮言所惑，宗社幸甚。臣等受恩深重，未敢缄默。激切冒陈，自忘狂戆，敢乞皇上圣鉴，不胜悚皇屏营之至。谨奏。

此折上后，能否挽回天心，说话的演讲已及二十回，舌敝唇焦，例须休息。且俟五集开场，敲动鼓板，拍起醒木，再行叙述。

第八十一回　**烽火连天乘舆北狩　旌旗蔽野敌骑西来**

话说文宗接到六部九卿科道谏折，迟疑未决，忽内监呈上一折，是副都统胜保军衔拜发的。拆开一瞧，也是谏阻出狩木兰的，内有两句惊心动魄的话是："不可为一二奸佞所误，致失天下臣民之望。"不禁衷心感动，渐渐意得心回。原来这胜保，虽只是个副都统，勇敢有为，素为文宗倚重，曾经颁给过康熙间安亲王所进的神雀刀，副将以下，如有迁延退缩，贻误军情，许其先斩后奏，得君之厚，信任之专，僧、惠两王，犹且望尘弗及，阃外汉臣，更自不足论了。此番自河南被召回京，饬令会同贝子绵勋，调带一万八旗禁兵，驰赴通州助剿。在路得信，一时忠义奋发，拜了此折。当下文宗随令军机拟了一道旨意，其辞道：

> 近因军务紧要，需用车马，纷纷征调，不免啧有烦言。朕闻外间浮议，竟有于朕将巡幸木兰举行秋狝者，以致人心惶惑，互相播扬。朕为天下主，当此时势艰难，岂暇乘时观省？果有此举，亦必明降谕旨，预行宣示，断未有乘舆所莅，不令天下闻知者。尔中外臣民，当可共谅。所有军装备用车马，着钦派王大臣等传谕各处，即行分别发还，毋得尽行扣留守候，以息浮议，而定人心。钦此。

又命颁发内币银子二十万，赏给巡防弁兵人等，人心为之稍定。

到了八月初一日，警报传来，说洋兵自河西务径薄张家湾，离通州只有数十里了。文宗惊道："载垣才赴了通州去，桂良、穆荫也都在那里，洋人不等开议就进兵，是什么意思？"原来怡亲王载垣、军机大臣穆荫奉命赴通州，与桂良同议抚事。怡王爷、穆大臣到了通州，行文照会与英钦差额罗金，约期会议。额罗金偏会拿腔作势，自己不来，遣派参赞巴夏里，带了数十名洋人，入城议和。初二这日，怡王等与巴夏里相见，反复譬喻，曲意开导，巴夏里顽固异常，坚请仍循天津原议，并须邀同法国使臣，共事会商。怡王无奈，答应于次日在通州东岳庙大开会议。一到明日，地方官承办供帐，东岳庙里头陈设一新，外面兵卫森然，气象很是整肃。穆大臣荫、随员恒祺先到，辰牌时候，怡王爷、桂中堂也到。怡王一到，就问："英法使臣到了没有？"穆荫、恒祺齐回："尚未。"怡王道："瞧英人意思，未见就肯就抚。"才讲得一句话，门官飞步入报："英法使臣到了。"怡王等慌忙出迎。只见前导洋兵，整齐划一，宛似雁阵一般，落后两乘绿呢大轿，才是英法使臣。轿子抬进大殿方才歇下，出轿瞧时，法国的果然是正使噶啰，英国依旧是参赞巴夏里。见过礼，怡王就命开宴。英法两使坐了客位，怡王桂相坐了主位，穆荫、恒祺充当翻译。樽俎间谈到国事，法使噶啰倒都唯唯应命。酒过数巡，食供两套，巴夏里攘袂而起，向怡王道："今儿的事情，须面见大皇帝，以昭诚信。但是咱们国里，除了叩见大主之外，从无跪拜之礼。贵王大臣可以答应我们吗？”怡王默然不答。巴夏里又道：“远方慕义，要观光上国已经多时，然宾主之礼，不可不肃，咱们这回觐见，请用军容吧。”穆荫就问：“人数几何？”巴夏里道：“少了观瞻有碍，每国领带二千人，其余大队，悉留通州。”穆荫转告怡王，怡王听罢默然，脸上却露出很不然的意思。穆荫悄语怡王道：“外洋规矩，不回他就要作为默许的，王爷倒不能不回他一二语。”怡王道：“这件事情，须要请旨定夺，本邸未便专许。”穆荫转告巴夏里，巴夏里艴然不悦，停了半晌，转身向恒祺道：“疲乏要睡了，快拿卧具来。”恒祺没奈何，起身指派从人，排设炕榻，铺垫被褥。巴夏里见铺设定当，站起身，向怡王等道：“恕我放肆，只好睡着领教了。”说毕，随即歪下。恒祺、穆荫轮流着跟他辩论，巴夏里只装睡去了，并没一辞半语的回答，怡王、桂相面面相觑。还是穆荫谋多智足，想出个法子，请怡王等暂都退去，只留下恒祺一个儿陪着他。不意这一夜里，通州城中，就有无数奸细，到处窥伺。怡王闻报，立遣恒祺到洋营侦视。一时回报：“英使额罗金裹甲无待，瞧大势不很好呢。”一时军探飞报洋营掌号齐队，大有扑城之势。怡王道：“了不得！咱们这儿没有防备，洋兵杀来，可就糟了。”随写了一封密函，知会僧邸，叫他卷甲星驰，速速来城计议。

僧王大营，离城只三五里，一瞬间就到了。怡王接着，告知一切。僧王道：“别管他，先下手为强，咱们且把那什么巴夏里的，什么噶啰的拿捕了，一股脑儿解了京里去，再等他们来是了。”怡王道：“噶啰是法国使臣，一切举动，尚为恭顺，可以免其拿捕，只把巴夏里拿下就是了。”僧王应允，立刻传下军令：“所有英参赞巴夏里，并他的随从人役悉数拿捕，休叫走了一个。”此令一下，僧营军弁，无不勇跃，两个服侍一个，霎时间巴夏里并他的随从主人数十名尽都捆缚定当。一个蓝顶花翎的军弁抢步请安，喝报：“洋人尽都拿下。”僧王逐一验看，随命打入囚笼，立时起解。

这时光，副都统胜保奉旨督师，正与贝子绵勋在京师外城调集京兵，昼夜操练，但等洋人决裂，立即出兵征剿。这日，奉到廷寄密旨，大旨称：

> 据怡亲王载垣奏称，洋人猖獗，坚欲携带大队赴通，朕意与之决战。该副都统即日简练精兵，带赴通州以西驻扎。钦此。

胜保读过密谕，随即升帐，传齐马步各弁，发下军令，立时出发。马队在前，步队在后，抬枪铜炮，马刀钢叉，藤牌弓箭，金鼓大旗，依次而行，密密层层，宛似钢墙铁壁。从朝阳门而出，行到燕云寺，恰好天夜，胜都统传令扎营。次日起行，才到定福庄，探马飞报：“英法联军，已入通州，僧、瑞二军拒战失利，洋人长驱而北，我军马步队沿途溃散。”胜保大怒道：“什么洋人，胆敢如此猖獗！”催令速进。各将弁不敢谏阻，只得奉令前行。行到八里许，探马又报：“洋兵从郭家畈一带，分军为三路，东南西并进。现在西一路有僧王爷挡住，东一路有瑞中堂挡住，南一路恰向咱们这里来的。”胜保道：“僧、瑞两军挡了两路去，咱们更不要紧了。”这言未了，见前步队齐声发喊，胜保才待查问，炮声震地，烟雾腾天，枪弹炮子，横空飞坠，全军哗噪，都说：“洋兵来了！洋兵来了！”队伍顿是大乱。胜保怒极，喝令：“哗喧者斩！”一面挥令抬枪排队迎击。弁众仓促奉令，不及装子发药，敌弹破空飞坠，密如冰雹，猛若雷霆。中者死，着者伤，洞肋折肢，垒垒相望。胜保怒得要不的，正拟挥军猛进，跟洋人拼个你死我活，不意两颗流弹，连续飞来，不偏不倚，一颗中在左颊上，一颗中在右胫上，顿时痛彻心窠，眼前墨黑，天旋地转，晕倒在地。左右拼命抢救，搭在马背上，护着奔逃。蛇无头不行，军无帅自乱。马步各军，哪里还敢迎战，跟随病帅齐伙儿奔逃。洋兵真也不知礼让，咱们全他脸儿，避了他，他偏紧紧追来，并且卖弄他家伙好，枪炮之声，一路上轰放不绝。咱们逃到哪里，他们也追到哪里。胜营将弁逃入定福庄，喘息还没有定，枪炮横飞，轰说洋兵又到了。胜营将士，慌忙奔走，人不及甲，马不及鞍，狼狈得不可言喻。逃到朝阳门，见城外列有二十多座营帐，旌旗飘荡，戈戟森然，正是僧、瑞二军。原来僧王、瑞相，也在郭家畈那里遭了败仗。逃下来的三军聚会，同病相怜，谈到洋兵，无不变色。

这时光，京师大震，恭亲王奕䜣率领阖朝文武，到圆明园泣请文宗移幸大内，坚守京师。文宗道："尔等且自退去，这一件事，朕还要从长计较。"恭亲王道："国兵屡损，洋势嚣张，皇上一日不回，人心一日不定，最长计划，无过回京。"文宗沉吟未答。忽一人跪下碰头道："时势危造，奴才可不能不奏了，现在寇薄都城，各营皆溃，眼见京兵是靠不住的了，皇上回居大内，万一洋人犯顺，试问奕䜣等有无把握，可以必胜洋人？君忧臣辱，君辱臣死，苛非丧心病狂，必不忍陷君亲于危地！"众人瞧时，这发话的不是别人，正是宗人府宗令怡亲王载垣。文宗向众人道："你们瞧是如何？"领侍卫内大臣郑亲王端华、宗室尚书肃顺、军机大臣穆荫、景寿、匡源、焦佑瀛、杜翰、尚书陈孚思、侍郎黄宗汉等八九个人齐声道："奕䜣泣留皇上，是何用意？臣等愚昧，诚难猜测。载垣的话，未必尽是，而爱国忠君，溢于言表。皇上圣明，定能鉴别。"文宗点头道："原来他们要把朕来充做孤注，还是载垣提醒了朕。"随向恭亲王道："你们退去，朕自有旨意。"恭亲王再要争论时，文宗已竟退朝入内去了。恭亲王无奈，退到外面，向众人道："载垣与端华兄弟，把持朝政，狼狈为奸，三奸不除，国事终不可为呢！"众人都道："奸党措辞，十分巧妙，使皇上自易听从，诚不知他具何蛊术。"说罢，不胜扼腕。

恭亲王等回到京城，随与团防大臣大学士周祖培，商议团防事宜，忙乱了一镇日。次日午饭时光，警报传来，说洋兵攻扑京城了。恭亲王大惊，登城瞭望，果见洋兵扬旗整队而来。器械精利，步武整肃，前是马队，后是步军，层次井井。恭亲王叹道："怪道他们屡战屡胜，瞧他的军容，真是节制之师。"洋兵驰抵城下，扬旗鼓噪，把禁城围绕了三匝。阖城大惊，文武官员，都到恭亲王邸第，商议抵御之策。恭亲王道："贼寇临城，皇上驻跸海淀，不知曾否受惊？禁城被围，消息隔绝，哪一位前去探听一遭？"众人面面相觑。恭亲王道："看来这件事要指派的了。"忽报有朱谕到，恭亲王率同文武官员，照例开读，朱谕大旨：

> 乘舆于本日寅卯间，启跸出狩，六宫及诸王尽都扈从，在京王公文武万勿惊恐，钦此。

接过旨，就询问钦使："圣上北狩，事前竟毫无消息？"那钦使道："别说王爷在这里，就我们在那边，也没有什么消息。昨夜三鼓时候，郑亲王端华、宗室尚书肃顾称有急事，求请召对。召对之后，皇上就传宣启跸，好在车辆马匹，早已先自预备，仓促出狩，倒也并不慌乱。”恭亲王道：“端华、肃顺，自然随扈的了？”那钦差道：“军机大臣穆荫、匡源、杜翰也都随扈的。”此时文武众官，知道文宗北狩滦阳，心才稍定。忽报城里搬家的人，因各门繁闭，都用重贿买通司门的，私自启闭，怕有奸细混入。恭亲王询问众人有何妙策，周祖培道：“自各门昼闭之后，蔬菜米面，概不能入，百物顿时翔踊，照这个样子，怕要激成内变。”恭亲王道：“暂把西直门开放，以便运送食物，好吗？”众人齐声称善。恭亲王随即传命，开放西直门，任人出入。这日未刻，又有朱谕颁到：

着恭亲王奕䜣留守，仍督僧、瑞二军驻师海淀，钦此。

恭王不敢怠慢，立刻驰赴海淀，谨敬防守。次日，奉到行在廷寄：

恭亲王着为全权大臣。钦此。

英人探知恭王、桂相都驻在城外，知道城中无主，行文索取巴夏里，声言如不释放，立即攻城。京中文武大员，主见纷纷，恒祺主张释放，以平洋人之怒；胜保主张不释；黄宗汉主张索性杀掉，以舒公忿。王大臣等皆不能决。到了十一这日，由行在军机寄奉上谕，众人读罢，尽都纳罕。只见上面写着：

据胜保奏称，用兵之道，全贵以长击短。洋人专以火器见长，若我军能奋身扑进，兵刃相接，敌之枪炮，近无可施，必能十捷。蒙古京旗兵丁，不能奋身击刺，惟川楚健勇，能俯身蓦进，与贼相搏，洋人定可大受惩创。请饬下袁甲三等于川楚勇中，挑选得力若干名，派员管带，即日起程赴京，以解危急等语。洋人犯顺，奋我大沽炮台，占踞天津，抚议未成，现已带兵至通州以西，距京咫尺。僧格林沁等兵屡失利，都城情形万分危急。现在外军营川楚各勇均甚得力。着曾国藩、袁甲三各挑川楚精勇二三千名，即令鲍超、张得胜管带；并着庆廉于新募彝勇，及各起川楚勇中挑选得力数千名，即派副将黄得魁、游击赵喜义管带；安徽苗练向称勇敢，着翁同书、傅振邦饬令苗沛霖遴选练丁数千名，派委妥员管带，均着兼程前进，克日赴京，交胜保调遣。勿得借词延宕，坐视君国之急。惟有殷盼大兵云集，迅扫逆氛，同膺懋赏，是为至要。将此由六百里加紧，各谕令知之。钦此。

众人都道：“上头既派恭邸为全权大臣，又飞召南军跟洋人打仗，主抚主剿，上头似也未有定见。”户部尚书周祖培道：“英人来一个照会，限我们三日里交还巴夏里，如果到了十五，还不交还，就要开炮攻城了。”吏部尚书全庆道：“这个如何处置呢？”周祖培道：“恭邸已经照复了去，叫他退到天津，再行议和。”全庆道：“洋人答应了没有？”周祖培道："答应了倒好了，非但不肯答应，倒加了几句铁板注脚。洋人道：'议和两个字，等释放了巴夏里再谈。'恭邸又叫他退到通州，等换约后，就把巴夏里送还，洋人也不肯答应。这件事，看来很不易办呢。"众人正在谈论，警报飞来，洋人移营了。周祖培忙差家丁登城探望，一时回报，洋兵已经绕过德胜门，瞧他们样子，怕要窥伺海淀呢。周祖培很为着急，急按行在上谕，廷臣公同开读，才知文宗圣驾已经安抵密云之罗山。上谕所谕是：

> 留京王大臣，着豫亲王义道、大学士桂良、协办大学士户部尚书周祖培、吏部尚书全庆：义道、全庆，着在紫禁城，周祖培着仍在外城，桂良着城仍在外。钦此。

另有一道旨意，着军机章京曾协均等六人同赴行在。于是留京王大臣，遵旨分头干办去讫。

九月二十这日，洋人声言攻打海淀。恭王、桂相都在园中，吓得手足无措。亏得僧王自朝阳门移师北守，略壮了点胆子。恭亲王询问桂相，桂相也一筹莫展，口口声声，说是伺候王爷，静候王爷钧谕。忽报恒祺求见，立命传入。恒棋请过安，回道："遣城里头商人，备了牛羊千头到英军营里犒师，且请和议，英将答称：'和与战都是国家大事，不是你们商人办得到的。必竟要和议，须恭亲王爷亲自降驾，还可以商量一二。'瞧他们声势，很是不善，不如释放了巴夏里，平平他们的气。"恭亲王眼视桂相，桂相默然。恭王道："过两天再谈吧。"

这时光，风声鹤唳，一日数警。独是留京王大臣，从容坐镇，不激不随。原来他们都有一个消愁妙法，散闷良方，就是："挨日子"三个字，挨得一天，就是两个半日。不意挨到二十二这日，凶神照命，恶煞临头，再也挨不过去了。这日清晨，就听得联珠似的三排枪声，恭亲王忙遣侍卫到僧营询问。一时回报："洋兵自朝阳门移军，抄过德胜门，大有攻扑海淀之势，现在僧王爷、瑞中堂忙着调拨军马，预备迎敌呢。"说着时，忽闻西庙角上发起一股大声，动地摇天，撼山震岳，园中人役，无不骇然。接着枪炮之声，连续不已，那景象儿大有似乎迎年爆竹。忽一个内监仓皇奔入，报说："不好了，僧、瑞两军，一闻炮风，就溜了个光，僧王、瑞相，也禁压不住，现在洋兵，将次到了。"恭亲王大惊失色。欲知后事如何，且听下文分解。

第八十二回　应妖梦圆明园遭劫　颁哀诏文宗帝大行

话说恭亲王闻报洋兵杀来，僧、瑞两军，不战自溃，吓得半晌说不出话。忽报内务府大臣文丰求见。恭亲王跺脚道："什么？还要见我做怎么？回掉他，我不得闲呢！"太监入报："洋兵要进园来了，桂中堂已经避到广宁门去了。"恭亲王道："老桂真是坏东西，他腿也不知互我一声儿。"随命备马，带了三五个从人，奔出园门，加上两鞭，向长辛店一带奔去。随后大学士瑞麟、步军统领文祥恰也奔到。一位亲王，两位大臣，只好暂时屈尊，就在长辛店居住。暂时按下。

却说内务府大臣文丰求见恭亲王，太监回出话来，说是不得闲。文丰正在没好气，忽见脚步声历乱，侍卫人等轰传恭亲王爷、瑞中堂、桂中堂、文大臣都走了，咱们也各自儿散吧。文丰耳闻目见，都是全躯避难之徒，长叹一声，顺着花荫走去。正是镂月开云地方，楼阁重重，宫庭寂寂，那四春娘娘，早已随扈热河去了。文丰到此，惆怅沉香亭畔，艳想杨妃；徘徊濯锦江边，悲怀蜀帝。春宜一院，痛此际愁绝宫中；月落三更，慨往日痕留枝上。血点芳枝，魂销宝帐，不胜今昔盛衰之慨。正在凭今吊古，忽听得排枪声响，排枪过后，随一派西洋军乐之声，由远而近，渐渐进园来了。园丁飞报洋兵抢进则春门，直向正大光明殿来了。文丰闻报，不慌不忙，跪下地去，向北叩了九个头道："微臣无能，只有一死报国了。"叩罢头，向堂后池里只一跳，两个水旋花，沉下池底去了。洋兵进了圆明园，殉难官员除了总管内务大臣文丰外，还有清漪园外郎泰清，全家十六口，合室自焚；中营千总燕桂，全家十六口，同时遇害。

洋人僭居御园的消息，传到长辛店，恭亲王急极，忙与瑞、桂二中堂商议。桂良道："洋人不肯和议，大约为巴夏里未释的缘故。论到两国相争，不斩来使，怡亲王当时原也欠于斟酌。"恭亲王道："释放之后，不知他肯就咱们的范围不肯？"桂良道："推情度理，总比不释放好一点子。"恭亲王道："事到如今，除了这个，竟也没有别的法子。"于是一面照会英人，一面行文顺天府尹叫把巴夏里开释，就派恒祺陪送他回营，约定次日开议款事。谁料巴夏里拘着，洋人还有个顾忌，一朝放出，宛似苍龙入海，猛虎归山，咆哮搏噬，猛烈得无可言喻。这一夜，海淀地方，火光烛天，焚烧竟夕。恭亲王派人往探，说是御园左边的民房，被洋人纵了火。次日，军探报称，洋兵移营在安定门外，御园宫殿已被他们抄掠了个遍，狼藉到不忍言说。恭亲王此时，除了顿足浩叹，也没有别的法子。忽门上送进一角文书，却是洋官照会。拆开瞧时，要求全权大臣入城会议和约的事。恭亲王皱眉道："这又是很难的难题目。"桂良道："听说留京王大臣合词奏行在，请旨趋王爷入城速定抚议呢。"恭亲王道："上节旨意，究竟没有下，我总遵旨办事是了。"从此豫亲王等屡来催请，恭亲王切时不睬。后来催请的人愈变愈多，碍于情面，没奈何，移驻广宁门外之天宁寺，总算跟都城又近了一闸子。行止犹豫，进退维谷。正这当儿，忽地接到行在密谕，密谕大意：略称此时断难入城办抚，且令择地驻扎等语。

恭亲王喜道:“明见万里,真是尧舜之君。”从此恭亲王安居城外,每日只领恒祺等跟英人往来辩论。此时英法两国,开出条款,英国除八年所定五十六款照行外,续增九条;法国除八年所定四十二条照行外,续增十条:大意在加索赔款,多占码头,以及天津通商,京师寄住等事。恭亲王答应奏请圣裁,一俟奉到批回,即行订期换约。

似此有求必应,总无枝节可生。不意一波乍平,一波又起,怡王擒获巴夏里时光,所有巴夏里的从人数十名,悉数囚送刑部讯供,监禁大兴、宛平两县牢狱。这一班洋人,平日卫生一道,都是很讲究的。中国黑暗地狱滋味,哪里尝的惯,二十多天工夫,早监毙了十多名。此番和约成功,例须释放回营,洋将大怒,行文责问,就要渝盟兴师。恭亲王皱眉道:“洋人真不好弄,事到如今,说不得吞声饮恨。”立遣恒祺前往谢罪。洋人不肯答应,声言要攻打紫禁城,恭亲王大惊。这夜圆明园忽然火起,烟焰冲霄,火光烱天,熊熊炎炎,直红了半片天,愈烧愈厉害。烧到天明,火得了风势,更得飞扬拔扈,倒壁摧墙,厉害到个不堪收拾。恭亲王派人探视,回报是洋兵纵的火,守园丁役,排龙灌救,都被洋兵开枪打退。这圆明园真也广阔不过,从景山焚起,昆明湖一带,直烧了三日三夜。雍正、乾隆、嘉庆、道光、咸丰五朝百余年积蓄,数万里的收藏,刚被洋人小小一点火,就烧了个精光完结。前儿还是兰宫桂殿,凤阁龙楼,曾几何时,就变了数堆瓦砾,一片荒凉。只剩得颓垣破井,留在天壤间,徒供后人凭吊而已。最可惜是偌大一座园林,凿水堆山,植卉种木,一应布景,经营意匠,都是四海文人,两江才子。往后就有这个物力,要恢复旧观,人才消乏,可也万万不能够了。赫赫宗周,莽莽禾黍,光景也是天数呢。

当下恭亲王惊恐异常,忙遣恒祺到法国公使噶啰那里,请他居间排解。恒祺回来,说法使已经应允了,大致不过多花掉几两银子,没什么大不了的事。恭亲王听了,心始稍宽,法使英营去了三次,反复辩论,总算说了成功。回告恭亲王,要中国抚恤死者银子五十万两,恭亲王一口答应。照会英人,请定换约日子。英使照复前来,须俟恤款交清,然后立盟修好。于是搜括京师内外库,勉强凑足了五十万,特派恒祺解赴英营。英人答应准十一日,在京城礼部大堂换约。恭亲王立刻传谕该部备办供帐。

九月十一黑夜,恭亲王奕䜣率同大学士贾桢、周祖培、尚书赵光、陈孚恩、侍郎潘曾莹、宋晋等各带护卫入城,到礼部衙门等候。禁兵人等都在正阳门外排队站立。候到辰牌时光,才见洋兵整队而来。间以洋乐,声情激越,闻之令人气壮,公使参赞坐的是八人大轿,其余翻译人号都是四人轿。轿子到大门,恭亲王率同众官拱手相迎,公使额罗金、参赞巴夏里,就在轿中行了个免冠礼。出了轿,恭亲王陪着,分东西阶入内,陪到大堂,筵席早已设好,恭亲王与额罗金分左右入座。作乐上菜,樽俎之间,彬彬有礼。那张和约,就在席间调换了,礼成而散。次日,就与法国换约,一应仪注,悉与英国相同。不过法国公使噶啰,只坐得四人肩舆,却比额罗金稍逊了。条约中最要紧几款,是特许英法两国派遣公使领事常驻中国,赔偿英国银一千二百万两;法国银六百万两;除五口通商外,增设牛庄、登州、台湾、潮州、琼州、天津等为码头。恭亲王办妥之后,专折奏闻行在,不多几天,奉到上谕:

恭亲王奕䜣等奏互换和约一折，本月十一、二等日，业经恭亲王将八年所定和约及本年续约，与英法两国互换，所有和约内所定条款，均着逐款允准，行诸久远。从此永息干戈，共敦和好。彼此相安以信，各无猜疑。其约内应行各事宜，即着通行各省督抚大吏，一体按照办理。钦此。

英法换约之后，接着就办俄罗斯国换约事宜。约中最要的是一此后通商，不论恰克图及现准英法二国通商之各海口，悉听该国水陆自便；其通商条款税则事宜，概照英法办理；中俄两国边界，东自黑龙江及西疆交界之处，应各派大臣秉公查勘，以防异日争端。只有美国，已于上年钤印换约，约中词意，很为恭顺，通商居住都有限止，只不过转笔灵活，中国依旧没有得着便宜。如第五款限止京师居住；第六款说道：嗣后无论何时，但中国大皇帝愿与别国立约允准之处，以及在京师居住，或久或暂，应许美国来使一律照办，同沾此典；第十五款，限止贸易下，就接笔道：倘别国有按有条约更改者，即应一体均同；第三十款内载明现经两国议定之后，倘大清还有何惠政恩典，施及他国，或关涉船只海面通商往来等件，为此条约所无者，亦当准美国官民一体均沾。凡此重言絮语，不厌反复叮咛，无非预为道地，包扫一切，你道他乖不乖，巧不巧呢？和议既成，特下上谕，罢掉南中劝王之举。此时在京王大臣等联衔恳请文宗回跸。不意上谕下来：

本年天气渐趋严寒，朕拟暂缓回京。俟明春再降谕旨。钦此。

京外大臣，有奏请西行的，有请于陕代之间暂设行在，俟洋兵全行退出大沽口外，然后奉迎返跸的，文宗悉数留中。这其中原来有一个大大的原因，此时朝中执掌政权的，共是三位大臣，第一位是怡亲王载垣；第二位是郑亲王端华；第三位是协办大学士户都尚书肃顺。载垣、端华，都系咸丰初年袭爵为王，历任宗人府宗令及领侍卫内大臣等职；肃顺是端华的同母昆弟，由郎中供奉内廷，荐升至协办大学士。这三个人聪明相等，志趣相同，互相吸引，互相保卫，真是同保富贵，共用荣华，休戚相关，患难与共。肃顺更有一桩好处，礼宾下士，爱才如命，知名之士被他吸引的倒也不少。肃顺常向人道："咱们旗人都是混蛋，不很足忌，汉人明白事理的多。"他那管笔尖儿也很厉害，因此旗人跟他，更是不很相合。肃顺才高气盛，哪里放在心上，上年二月里，借着科场搜弊名目，杀掉大学士柏骏之后，胆职愈壮。又借铸钱局事情，兴起大狱，户部司员，尽都褫职逮问，京师自缙绅以至商店，株连破家的，不可胜数。威尊势盛，权重令行，所作所为，诸如此类，也难尽述。敌骑西来，乘舆北狩，一大半也是肃顺的尽筹硕画呢。

当下，文宗接到京内外大臣恳请回銮的章奏，召集随扈各大臣，共同会议。各大臣遵旨，都到避暑山庄行过殿见礼。怡王取出奉旨交议折件，递给众人阅看，随道："此事应准应驳，咱们从长计较，众位不妨各抒所见。"众人都道："我们伺候王爷，听候王爷钧谕。"怡王道："不是这么说，这是奉旨交议事情，自应大家发抒意见，从长计较。"众人还没有答话，就见肃顺开言道："此事从我看来，上头意思，是不愿意回跸呢。"顺王道："这话就对了，如果愿意回跸，批准了就是了，何必交议呢？"怡王笑向众人道："诸君听此论如何？"众人都道："王爷高见，某等万不能及。只有一桩奇异处，每逢王爷发出的议论，某等初听，总不很为然，等到细想了去，才觉头头是道，句句不错，可见一个人的聪明才智，原是勉强不来的。"顺王笑道："诸君自不思耳，圣上平素最不喜是大内里头祖制严重，规矩烦琐，起居一切，很是不方便，所以一年四季，都住在园子里。现在圆明园被洋人烧掉了，回銮之后，一来是居住不方便，二来是瞧见了颓垣败井，烬柱破砖，也要伤心呢。"众人尽都唯唯，只有太常寺少卿焦佑瀛是新由肃顺吸引，在军机大臣上学习行走，当下就迎合道："为了圆明园的事，圣虑十分焦劳，恳请回跸，是做臣子的不但不能分忧，反倒添忧。"怡王道："就在这里，圣心也很郁郁，因为东南军报不很利，宁国、严州相继沦陷，周天受又死了，经不起再添上这无谓的忧闷。"议了好一会，公决恳求御驾暂缓还京，文宗自然欢喜。从此文宗就在热河避暑山庄行宫总理万机一切。

此时英、法、俄、美等国，都派遣公使，驻扎北京，办理交涉。政府大臣事务纷繁，不暇兼顾，于是设立总理各国通商事务衙门，专管洋务。特命恭亲王奕䜣、大学士桂良、文祥入内办理。并于内阁部院军机处各司员章京内，满汉各挑取八员，作为司员定额。再命崇厚为办理三口通商大臣，驻扎天津，管理牛庄、天津、登州三口通商事务。从此北京、天津又多了两所洋务衙门了。

却说文宗帝聪明天慧，即位之初，励精图治，很欲大大干一番，无如民乱如毛，国家多故，用尽精力，使尽心思，依旧不得太平。奋发有为的小尧舜，当着这个时势，怎么不要心灰意懒！于是纵情声色，聊以解闷驱愁。女色这东西，究竟是断丧身子的，何况仓促出狩，月露风霜，未免失于调养。又闻海淀被焚，少了个悦性怡情所在，虽说是圣度汪洋，究竟有点子可惜。如此堆三聚五，凑四合六，竟然成功一病，睡梦不宁，茶饭懒进。初时还挣扎着坐朝听政，后来一天重似一天，卧在寝宫，竟不能动弹了。热河地方又没有好医生，开上方儿，无非是麦冬人参等腻补东西，投下去哪里有点子效验？怡亲王等几位王大臣趁着文宗有病，正好专断发行。因此休戚相关的，一个也没有。今儿挨明儿，明儿挨后儿，挨到咸丰十一年七月里，看看要挨不过了，壬寅这日，文宗自知不起，命召宗人府宗令载垣、右宗正端华、御前大臣肃顺、景寿、军机大臣穆荫、匡源、杜翰、焦佑瀛十八人到寝宫，托孤道：

> 朕躬不德，不堪奉祀社稷，得罪天地祖宗，以致外患凭陵，内乱蜂起，颠越播迁，以至于此。尔等千里追随，相同患难。朕与尔等，名是君臣，情过骨肉。现值乾坤震荡，天下鼎沸之秩，朕没于此，人心不无浮动。皇子载淳，年岁过幼，万机一切，均赖尔等竭力赞襄。苟能削平群寇，重致升平，朕死九泉，亦瞑目也。

众人听了，尽都感泣，当下承遵朱谕，册立皇长子载淳为皇太子。此时皇太子年方六岁。六岁的孩子，懂得什么，瞧见大众哭泣，也跟着哭泣，才罢，却又嘻笑如常。这日无事，到癸卯寅刻，文宗两眼一翻，双脚一挺，大行去了。怡亲王载垣、郑亲王端华等钦承遗诏，扶皇太子就柩前即了皇帝位，是为穆宗。尊皇后及生母皇贵妃那拉氏均为皇太后。旋上皇太后徽号，名叫慈安皇太后；生母皇太后徽号，名叫慈禧皇太后。新皇帝年号，拟定是“祺祥”两个字。新皇帝通只六岁，大小政务，悉由怡亲王等专断专行。因文宗托孤，曾有“赞襄”两个字，怡亲王等八个人，遂自号为“赞襄政务王大臣”。

哀诏颁发到京，留京王大臣等恸哭失声，恭亲王拜折恭慰新主大孝，并请来热河奔丧。怡亲王等私议道：“奕䜣系大行皇帝胞弟，于宗支最近，我等赞襄政务，两宫太后颇不为然。他一来此，怕与两宫协同谋我，我们可就危了。”郑亲王道：“所见极是，趁他没有动身，快降一道旨止住他。”于是立刻拟旨，只说京师地方重要，该王大臣留守责重，毋庸来热奔丧等语，才待颁发，忽见一人，匆匆奔入道：“我等祸事到了。”众人瞧时，正是赞襄政务大臣焦佑瀛。怡亲王就问：“什么祸事？”焦佑瀛道：“才得着一个很紧要消息，听说两宫皇太后有垂帘听政的举动。”怡王道：“你这句话从哪里听来的？”焦佑瀛道：“是家人告诉我的。”肃顺道：“谁的家人？”焦佑瀛道：“是我家里的家人。”郑亲王笑道：“焦佑瀛，你做了赞襄政务大臣，连一个家丁的话也会相信，我真替你惭愧呢！”焦佑瀛道：“王爷休要笑话，我那家丁他这消息，是从他哥哥那里得来的。”郑亲王道：“他哥哥又是谁？”焦佑瀛道：“他哥哥也是一个家丁，却在安太监家里当差的。”怡亲王问：“谁是安太监？”焦佑瀛道：“就是西太后身旁的安得海安太监。”众人听了，宛如顶门上轰了个霹雳，不觉都默了。欲知后事如何，且听下回分解。

第八十三回　太后垂帘新翻政局　亲王议政重振朝纲

话说载垣忽听焦佑瀛说垂帘消息，是从安得海那里得来的，吓得都呆了。端华心细，问道："这句话是不是安得海亲口说出的？"焦佑瀛道："安家的家丁，向我们那家丁说：'咱们老爷要得时了，太后垂帘之后，咱们老爷讲的话比什么都要灵验，差不多军机大臣、王大臣都没有咱们老爷亲近呢。你不信，瞧下去就是了。'"肃顺笑道："我当是什么，原来是这么一句没要紧的话，那不过下人们招摇的积习，亏你也去信他。"载垣道："太后临朝，本朝从不曾有过，就国初时候，世祖冲年践祚，也只有亲王摄政。"谈论一会，各自散去。

不意次日早朝，就有御史董元醇拜上一折，大意说皇上冲龄，未能亲政，暂请皇太后垂帘听政，并恳请近支亲王一、二人辅政等语。两宫皇太后阅过之后，立刻召见赞襄王大臣。载垣、端华闻说皇太后召见，都吃一惊。载垣道："两宫皇太后素不预闻政事，召见我们做什么呢？"端华道："也许为梓宫奉移的事呢。"跨进朝房，肃顺、景寿等六人都已到了。肃顺道："今儿的事情很奇怪，不知闷葫芦里到底卖点子什么药？"载垣道："我才与你哥哥谈论呢。"焦佑瀛道："怕就是垂帘的事情发动了吧？"正说着，忽见一个太监匆匆走出道："两宫太后升殿了。"八位赞襄王大臣慌忙趋入，行过礼，慈禧太后谕道："御史董元醇上一个折子，讲的话倒很切现在时势。叫你们来，大家商议商议，究竟可行不可行？"说到这里，回顾太监安得海，安得海会意，忙取折子递给怡亲王载垣。载垣接到手，就与端华等共同阅看。参阅两三行，就见他皱眉摇头，很露出不然的样子，霎时阅毕。慈禧后又问："按照目下时势，还可以行吗？"载垣道："奴才看来，不很妥当。"慈禧后道："怎么不妥当呢？"载垣道："太后临朝原非盛治，祖宗制度也不曾有过。"慈禧后道："垂帘听政，汉、唐、宋、明，一竟有的。本朝虽然未曾有过，因时制宜，也属不妨，何况祖制上也不曾有过明训，禁止垂帘。依我说是很好，很可以举行。"载垣碰头道："祖宗制度是万世遵守的，奴才愚昧，断乎不敢有所增损。"慈禧后道："这个不干你事，有我们主张呢。"八人齐声道："违犯祖制的事，太后就有懿旨，奴才等断不敢奉诏。"慈禧后不乐道："听你语意，明是料我们没有才，不够管理国政了？"载垣碰头道："皇太后圣德天才，奴才何敢轻谅！只有奴才愚昧，只知道谨守祖制，祖制所有，丝毫不敢减，祖制所无，丝毫不敢增。"慈禧后听了，秋波莹莹，瞧着慈安后，不作一语。慈安后道："这件事他们既然不答应，咱们慢慢再商量吧。"随谕退朝。

载垣见两宫退了朝，向众人伸了伸舌头道："险的很，险的很。"端华道："亏你争的厉害，不然，坏了事了。"载垣道："这都是要我们性命的事，如何不力争呢？"肃顺道："应该叫军机处拟一道旨，把董元醇那张奏狠狠驳一下，免得不知趣的人再来饶舌！"载垣道："这是一劳永逸的勾当，亏你提醒了我。"随传军机章京，命他照意拟旨驳还去讫。从此心安意泰，以为总没什事故发生了。暂时按下。

却说慈禧后退入寝宫，心里没好气，宫娥人等瞧见慈容不喜，都不免栗栗危惧。太监安得海装好一袋旱烟跪着奉上，慈禧后接来吸着，吸了两口，衔着嘴出神，待要吸时，火早熄了。安得海忙用纸煤向宫香上取火，跪下再点。慈禧后举眼，见是安得海，才不发话。吸完烟，起身道："随我东宫去。"安得海知道慈禧后要去见慈安后了，随携了旱烟袋，紧步跟随。一时行到。见慈安后正在那里瞧书呢，瞧见慈禧后进来，早站了起来，两宫见过礼，归了坐。慈禧说起垂帘一节事，慈安后道："赞襄王大臣不答应，怕不容易行吧。"慈禧后道："我也并不是揽权喜事，皇帝年纪轻，不过，他们这一班人哪一个是忠心赤胆？照这样子扰下去，锦绣山河怕有点儿靠不住呢。"慈安后惊道："天下竟要扰坏吗？"慈禧后道："那是一定的事，别的不要论，只要瞧方才的举动，他们这一班人眼珠子里，哪里还有咱们两个儿？依仗先帝临终吩咐过三五句话，专权罔上，擅断擅行，日积月久，势必成尾大不掉，到那时要收他的权，可就不容易了。"慈安后道："难道明珠、鳌拜之祸，咱们还要亲身遭着吗？"慈禧后道："依我看去，载垣等八人，比了明、鳌，有过之无不及。"慈安后道："可惜都是顾命大臣，不然，也好裁抑裁抑了。"慈禧后道："顾命不顾命是不能论的。本朝王大臣，功勋最高，威权最重的，莫如国初的睿亲王。生为皇父摄政王，没了之后，追尊为懋德修道广业定功安民立政诚敬义皇帝，谥号叫成宗，祔祀太庙，恩荣算得优渥了。才得近侍苏克萨等密告，说他私制帝服，藏匿御用珠宝，竟就撤去庙享，追去封典，抄去庭产，削去企爵。载垣等虽然是宗亲，跟睿王相比，怕终不及吧？"慈安后道："此事非常，应与近侍大臣商议了再行。"慈禧后道："除是密召奕䜣来，这里的人都是他们爪牙呢。"慈安后点点头，慈禧后见慈安后已经应允，随要过笔砚，亲拟了一道密旨，递与慈安过目，随邀一同钤玺。慈安道："先皇帝大渐之前一日，赐我们两人的那颗玉玺现在正好开用了。"慈禧道："那就是同道堂玉玺。"

当下两宫太后随把密旨用过玺，悄悄发出。不过一月间来，恭亲王奕䜣兼程赶到。疾雷不及掩耳，载垣等都吃一惊。不意奕䜣城府深沉，见面之后，一味谦恭和气，向载垣等道："某此来不过是奔丧哭临，政务一切，自问年轻望浅，断不能够胜任，所以并不愿预闻。"众人信以为真，便不把他放在心上。奕䜣恳请入觐两宫皇太后，肃顺只是冷笑，并无话答。忽见一人当众冒言道："恭亲王爷与两宫太后是叔嫂，在理应避嫌疑，并且太后居丧，更不能召见亲王。"奕䜣忙问："发话的是谁？"肃顺道："王爷不认识此人吗？他也是赞襄大臣，姓杜名翰的便是。"奕䜣听说，抬起眼皮，盯了他两眼。此时载垣等早都齐声附和，奕䜣知道不是口舌争得回的，索性闭口无言，片辞不发。遂回寓所，转展愁思，一筹莫展。忽报太监安得海求见，奕䜣唤入安得海造膝密陈，低言悄语的禀道："太后叫王爷乔装进见。"奕䜣道："乔装装什么呢？"安得海道："宫门左右侍卫人等都是载垣、端华的腹心，宫里头举动，一转瞬，他们全都知道。王爷要混进宫，除是乔装做女子。女子出入，他们还不很留意。"奕䜣听了一呆，半晌才道："女子吗？如何装扮呢？"安得海道："这个不用为难，奴婢会侍候呢。"奕䜣道："万一被他们看破，惭愧死了。"安得海道："这是太后旨意。衣服鞋袜一应东西，奴婢都带在这里了。"奕䜣道："既是上头旨意，没奈何，只好乔扮一回儿了。"

却说这一日，夕照衔山，轻风摅树。避暑山庄宫门外，忽来一乘油碧香车。四名美婢,忙着打车帘,扶下一位丽人来。虽是丰容盛发,并无翠羽珠珰。淡淡罗裳,浑讶凌波神女;珊珊玉骨,恍疑姑射仙家。众侍卫正在奇诧,忽见小太监传语:“太后有旨,请福晋立刻入见。”丽人微应一声,扶着美婢,风摆荷花似的走了进去。看官自然明白,这便是最眷宗亲,当今皇叔恭亲王奕䜣。奕䜣跟随小太监直到寝宫,东西两太后倒都在一块儿。奕䜣趋步上前,先向东太后,后向西太后,各请了两个双安。慈禧后斜溜凤目,向众宫娥太监道:“现在不用你们伺候,退出去吧。”众人领旨,全都退出,连安太监都退了出来。奕䜣在内,奏对点子什么话,因为关防严密,竟然无从探听。不过,这日奕䜣从避暑山庄出来,立把军机章京曹毓瑛传到寓里,密密切切,谈了一夜的话。次日,就到载垣、端华那里辞行,说即日就要回京,倏然而来,倏然而去。在稍有阅历的人,未免总要疑惑,无奈这班赞襄王大臣心高气傲,太不把人放在眼里,所以坦然不疑。

奕䜣走后,两宫太后随降懿旨,着行宫人员预备车马,即日回京。载垣等瞧见这道懿旨,顿时大跳起来,立刻入宫,恳请收回成命。慈安后道:“你们阻止回銮,敢是要我们在这里住一辈子不成?我们呢,倒也罢了,先皇帝梓宫,敢是较远不要奉安山陵了。你们都是先皇帝旧臣,受过先皇帝多少恩典?自问自心,对得过先皇帝,对不过先皇帝?再者,皇帝是天下共主,皇帝一日不回京,天下人民的心就一日不定,你们也对不过天下人民呢!”众人俯聆慈安后那一番慈谕,简直有不恶而严;仰瞻慈安后那一副慈容,简直是不怒而威。要奏驳几句,三人抬不过一个理,竟然半个字也没有了。没奈何,只得唯唯遵旨,退出宫门。大家商议回京之计,端华道:“咱们分做两起走吧,我和怡亲王爷等扈从两宫銮驾,先由间道回京,留肃顺、穆荫护送梓宫,远近联为一气,就有算计,也不怕他们了。”众人齐称妙计。计议已定,于是下令部署车马。

到了这日,两宫太后、皇帝以及扈从文武各大员,千乘万骑,浩浩荡荡,直向北京进发,一路平安无事。留京王大臣得着消息,早都迎出京来。两宫太后慈颜倒都欣悦。这日,不及进城,慈帷就在城外暂驻,不意驿马飞递到两封奏折,一封是大学士贾桢等联衔会奏,恳请两宫太后垂帘听政;一封是钦差大臣胜保奏恳简派近支亲王辅政。两宫太后阅过奏,留中不发。次日,启跸入都。才回大内,就发出两道上谕来,一道是布暴载垣、端华等罪状,一道是拿问的旨意,这两道谕旨,就是奕䜣在热河时先叫军机章京曹毓瑛草就的。

谕旨既下,恭亲王奕䜣手捧上谕,带领侍卫,径投怡亲王府来,恰好端华也在那里。门官入报:“恭亲王来此降旨。”载垣不胜诧愕,忙问端华:“什么事?你可知道?”端华道:“没有知道呢。”话犹未了,二门上小厮飞步进报:“恭亲王爷已进了二门来也!”载垣起身迎出,见奕䜣带领侍卫番役六七十,虎步龙行,瞧那神气儿很是起劲。抢步上前,请安相见。奕䜣大剌剌地不很理人,走进中堂,端华也只好起身相见。奕䜣笑道:“郑王爷也在这里,巧极了,省得本邸奔一程路了。”随道:“本邸无事不敢轻造,有旨请怡、郑二王跪听宣读。”端华道:“上谕大意,请你先行宣布,我等未便贸然跪接。”奕䜣道:“旨意无非说二位营私舞弊,罔上专权,结党横行,阻挠大计,朝臣侧目,民怨沸腾,着本邸拿捕等语。”载垣、端华拂然道:“吾辈未入,旨从何来?这道上谕,明明是你假传的。”奕䜣道:“二位不肯接旨吗?”载垣道:“上谕出于吾手,这是什么上谕?也要我们接！”奕䜣道：“本邸奉上差遣，二位既然不肯按旨，说不得只好放肆了。”说毕，沉下脸，向侍卫道：“奉上谕，锁拿怡亲王载垣、郑亲王端华。”众侍卫一齐动手，捉猪缚狗般把载垣、端华全都拿下。擒出府邸，拥到宗人府，交给宗令看管了，入宫复奏。

两宫太后又特派钦差驰赴热河，拿捕肃顺、穆荫。钦差领了密旨，昼夜兼程，行抵密云，恰与肃顺碰着。肃顺还在行辕里卧地，钦差带领侍卫毁门而入，就床上拖下来，上了锁，押解到京。两宫降旨，令廷臣议罪。一时议上，载垣、端华，拟赐自尽；肃顺拟斩立决；穆荫拟革职发往军台；景寿、匡源、杜翰、焦佑瀛，俱拟革职，永不叙用；尚书陈孚恩、侍郎黄宗汉都因依附奸党，拟请革职遣戍。朱批下来，自然是：“照所请，钦此”五个字。势焰薰天的赞襄王大臣，被这五个朱字，竟然会烟消火灭，你道厉害不厉害？

从此政局翻新，另换一朝人物。恭亲王奕䜣做了议政王，并军机处行走；大学士桂良、尚书沈兆霖、侍郎文祥、宝鋆，均在军机大臣上行走；鸿胪寺少卿曹毓瑛，在军机大臣上学习行走。两宫太后特降懿旨，命议皇太后垂帘的仪制。又命钦天监选择吉日，皇帝重行即位礼。于是择定十月甲子日，在太和殿重行即位礼。到了这日，穆宗公服临殿，文武百官，都来朝贺。特颁红诏，改祺祥年号为同治，即以明年为同治元年。这一个年号，暗寓两宫同治国政的意思。次日，穆宗降旨：“现在一切政务，均蒙两宫皇太后躬亲裁决，惟缮拟谕旨，仍应作为朕意，嗣后议政王军机大臣缮拟谕旨，着仍书朕字。”到了十一月初一，穆宗奉了两宫皇太后，在养心殿垂帘听政，批发谕旨，都钤用同道堂玉玺，后人诗道：

> 北狩经年跸路长，鼎湖弓箭望滦阳。
> 两宫夜半披封事，玉玺亲钤同道堂。

两宫太后同殿临朝，名为公决朝政。其实慈安后赋性忠厚，用人行政，万机一切，都由慈禧后一个儿专断。慈禧后真也精明强干，干办点子政事，真也没批评。即以东南军务而论，命冯子材督办镇江军务；命曾国藩统辖江苏、安徽、江西三省，并浙江全省军务，所有四省巡抚提督以下各官悉归节制；又拔沈葆桢为江西巡抚，左宗棠为浙江巡抚。知人善任，就是文宗当国，所举所措，也不过如此。慈禧后不仅才智过人，她那福泽，比了别人，也要胜起三五倍。东南军务，自两宫垂帘而后，日有起色，苏、皖、晋、鄂渐为削平，太平军中悍酋如英王陈玉成，被苗沛霖擒解胜保军营；翼王石达开，被土司擒解骆秉章军营；土匪教众也渐次剿灭。到同治三年六月，曾国荃打破南京，闭城搜杀，瓮中捉鳖，网里捕鱼，李秀成、洪仁达等尽被捕拿。积年巨患，一旦铲除，扰攘中原，复变成太平世界。捷报到京，两宫太后喜溢眉宇，特下上谕道：

> 本日官文曾国藩由六百里加紧红旗奏捷，克复江宁省城一折，览奏之余，实与天下臣民同深喜悦。此次洪逆倡乱粤陕，于今十有五年，窃据江宁亦十二年，蹂躏十数省，沦陷数当城。卒能次第荡平，歼除元恶，该领兵大臣等栉风沐雨，艰苦备尝，允宜特沛殊恩，用酬劳绩。钦差大臣、协办大学士两

江总督曾国藩，自咸丰三年，在湖南首倡团练，创立舟师，与塔齐布、罗泽南等屡建殊功。保全湖南郡县，克复武汉府城，肃清江西全境。东征以来，由宿松克潜山、太湖，进驻祁门，叠复徽州郡县，遂拔安庆省城，以为根本。分缴水陆将士，复下游州郡，兹幸大功告成。逆首诛锄，实由该大臣筹策无遗，谋勇兼备，知人善任，调度得宜。曾国藩着加恩赏、加太子太保衔，锡封一等侯爵，世袭罔替，并赏戴双眼花翎。浙江巡抚曾国荃，以诸生从戎，随同曾国藩剿贼数省，功绩颇著。咸丰十年，由湘募勇，克复安庆省城。同治二年，连克巢县、含山、和州等处。率水陆各营进逼金陵，驻扎雨花台，攻拔伪城。贼众围营，苦守数月，奋力击退。本年正月克钟山石垒，遂合江宁之围，督率将士鏖战，开空地道，躬冒矢石，半月之久，未经撤队，克复全城。残除首恶，贵属坚忍耐劳，公忠体国。曾国荃着赏加太子少保衔，锡封一等伯爵，赏戴双眼花翎。钦此。

又下旨锡封曾国荃部将李臣典一等子，赏他首先登城之功；萧孚泗一等男，赏他擒获李秀成之功；又颁发银牌四百面，赏给曾营将士，下旨道：

粤逆久踞江宁，负隅抗拒，实为从来未有之悍寇。此次水陆各军，于溽暑炎蒸之际，猛力环攻，迅克坚城，悍党悉除，渠魁就缚，非曾国藩运筹决策，督率有方，曾国荃等躬冒矢石，鼓勇先登，未由建此奇功，成乃丕绩。朝廷嘉悦之怀，实难尽述。除曾国藩等已加恩锡封外，其出力员弁兵勇，并着查明保奏，候旨施恩，发去银牌四百面，着曾国藩、曾国荃等择其功绩最著者，先行颁给，以励戎行给。钦此。

曾营将士接着此旨，很是欢忭，各路官军得着此信，勇气也增十倍。东搜西剿，把太平军余党杀得没处躲避。扶王陈得才，在楚豫边界服毒自杀；端蓝、成春等释甲归降，洪秀全儿子洪福瑱跟着堵王黄文金逃到湖州。李鸿章紧紧相逼，改走宁国。鲍超又死命相攻，充没何，只好走到浙江淳安地方。谁料浙将黄少春候在那里，大杀一阵，黄文金力战身亡。洪福瑱一个儿东奔西走，逃到广信地界，却被江西将弁席宝田轻兵追袭，在石城地方，又吃了个大败仗，逃向荒谷里。席宝田守住谷口，派兵搜出，把洪福瑱生擒活捉，解到南昌。巡抚沈葆桢飞章入告，上谕下来，叫把洪福瑱与先前捉住的天王之兄恤王洪仁政、天王之弟干王洪仁玕、黄文金之弟昭王黄文英，同在南昌正法。又下恩旨，赏沈葆桢一等轻军都尉、席宝田云骑尉、鲍超一等子爵。另有懿旨一道：

颁赏沈葆桢之妻林氏，珍饰四件。

殊恩异数，阖署的人无不纳罕称奇。欲知端的，且听下回分解。

第八十四回　林夫人巧计保南昌　恭亲王忠心筹西域

话说江西巡抚沈葆桢之妻林氏夫人，独蒙两宫太后特恩，颁赏珍饰，阖署人员，无不纳罕，这里头原来有一个大大原因。这位夫人，是林文忠公少穆的小姐，智谋出众，才略胜人。上年省城被围，抚台恰好出巡在外，阖城官民，都慌得手足无措。林夫人聚集抚标各将弁叮咛告诫，饬令登陴守御，辞意很是慷慨。诸将感愤，无不尽力。守了两日，忽报长毛开掘地道，要用滚地龙法攻城了。守城将弁，得着此信，无不骇然。林夫人知道军心惑乱，城池必然无幸，亲执兔毫，写成抚慰守陴将士文一道，命巡捕官发贴出去。其辞道：

> 闻贼用滚地龙法，欲陷城垣。古人有埋瓮听声之一策，今围城中缺少缸瓮，岂能束手听之！尔诸将士速各率所部，抢挖内濠一道，须深八尺，宽丈五，上盖松板，形同浮桥，可杜贼谋，可固城守。尔诸将士皆中丞旧部，为国宣力，其各奋义勇，共保封疆。张军长援师已过九江，城围之解，即在旦暮。杀贼之功，正此时也。勉之奋之，毋忽。

又咬破指尖，写了一封血书，派遣心腹，驰往张玉良军门那里乞援，其辞道：

> 南昌危在旦夕，贼酋纠众七万，百道进攻。氏夫幼丹住商薛，中丞离省，全城男妇数十万生命，存亡旦夕。将军昔以三千众而解嘉兴之围，奇勇奇功，朝野倾服。今闻驻节汉沔，跟南昌一衣带水耳。氏啮血求援，长跽待命。生死人而肉白骨，是所望于将军。江西抚署沈林氏咬指泣书。

张玉良，原是林文忠公部曲，接着血书，不禁大大感动。都率本部人马，星夜赶来。这里林夫人督同阖城官员，负士登城，帮助守御。军民感奋，守得愈益严密。过了两日，见城外尘头高起，喊声大震，攻城太平军纷纷调动，知道张军到了。林夫人传谕城上军士大呼助威。大小三军，得着此令，齐声大喊，如同山崩雷响，十里皆闻。太平军见了这个声势，尽都失色。又见张玉良军士人人拼命，个个争先，知道很难取胜，令旗一挥，六七万太平军拔寨齐起，退向别处去了。这一货事情，虽然没有题本上折，两宫太后早已传闻知悉，所以特颁珍饰。

当下沈葆桢夫妇感激涕零，循例上折谢恩。阖城文武僚属一得此信，忙都上辕叩贺，脚靴手板，忙乱到个发昏章第一。这夜沈葆桢办了一席酒，就在上房跟夫人庆贺。沈葆桢笑道："夫人两篇文字，博得四件珍饰，虽未便宜，也颇值得。"林夫人道："我这两篇，都是至性至情的说话，哪里算作文字？你要瞧文字，我有一卷摘录的《咏絮集》，闲了给你瞧着。”沈葆桢道:“现在天开文运,别说女子多才,就逆贼中也多会韵语的。此番忠、侍两酋被擒,在槛车里头,听说还慷慨赋诗,侍酋有半律道:

一片雄心终不死,百年杀运未全消。
仰天喷出腔中血,化作长虹亘碧霄。

忠酋有句道:

自分豹皮同死节,敢将瓶乳望生还。

林夫人道:“瞧忠酋的口供,是一个打柴的樵夫,如何也会歌咏?”沈葆桢道:“忠酋在苏州时光,每逢月夜,泛舟虎丘,觅句引杯,兴很不浅。有《感事诗》两律,传诵至今。其辞道:

举觞对客且挥毫,逐鹿中原亦自豪。
湖上月明青箬笠,帐中霜冷赫连刀。
英雄自古披肝胆,志士何尝惜羽毛。
我欲乘风归去也,卿云横亘斗牛高。
鼙鼓轩轩动未休,关心楚尾与吴头。
岂知剑气升腾后,犹是胡尘扰攘秋。
万里江山多筑垒,百年身世独登楼。
匹夫自有兴亡责,肯把功名付水流。

所以这一回,他与侍、酋两个唱和不绝。忠酋有句道:

报道哥哥行不得,前山现有鹧鸪啼。

侍酋和道:

杜宇不知天意思,不如归去唤声声。

林夫人道:“‘哥哥行不得’,好似长毛里一个什么王题过一阕词,也有这么一句的。”沈葆桢道:“那是伪天德王洪大全,在长沙时光题的,其辞道:

寄身虎口运筹工,恨贼徒不识英雄。漫将金锁缩飞鸿,几时生羽翼,万里御长风。一事无成人渐老。壮怀要问天公,《六韬》《三略》总成空。哥哥行不得,泪洒杜鹃红。”

林夫人道："贼中诸酋的诗气象雄伟，要算钱江第一，我最爱他《辛亥闰八月中秋杂感》两律：

一年两度过中秋，月照天街色更幽。
天象有星皆北拱，人情如水竟东流。
贾生痛哭非无策，屈子行吟尽是忧。
匏繁长安增马齿，等闲又白少年头。

荆棘茫茫寄此生，生还万里转伤神。
乡关路隔家何在？兄弟音疏梦自亲。
扪虱漫谈天下事，卧龙谁是草庐身？
西山爽气秋高处，纵目苍凉感路尘。"

沈葆桢道："钱江口气，还不及翼酋呢。翼酋石达开，有五首七律，听说是答复涤帅的，我记得是：

曾摘芹香入泮宫，更探桂蕊趁秋风。
少年拓落云中鹤，尘迹飘零雪里鸿。
声价敢云超冀北，文章昔已遍江东。
儒林人内应知我，只合名山一卷中。
不策天人在庙堂，生惭名位掩文章。
清时将相无传例，末造乾坤有主张。
况复仕途皆幻境，几多苦海少欢场。
何如著作千秋业，宇宙常留一瓣香。
投鞭慷慨莅中原，不为仇仇不为恩。
只觉苍天方聩聩，莫凭赤手拯元元。
三年揽辔归羸马，万众捍山似病猿。
我志未酬人亦苦，东南到处有啼痕。
若个将才同卫霍，几人佐命等萧曹。
男儿欲画麒麟阁，夙夜常娴虎豹韬。
满眼河山罗异劫，到头功业属英豪。
遥知一代风云会，济济从龙毕竟高。
虞帝勋华多颂美，惠王家世尽鸿濛。
贾人居货移神鼎，亭长还乡唱大风。
起自布衣方现异，遇非天子不为隆。
醴泉芝草无根脉，刘裕当年田舍翁。

林夫人道："长毛里竟有能诗解赋的人，真也难得！"沈葆桢道："李次青来信，说金陵洪逆宫门有联云：

虎竟三千，直扫幽燕之地；
龙飞九五，重开尧舜之天。

又有一联是：

独手擎天，重整大明新气象；
丹心报国，扫除外族陋衣冠。

那伪殿上一联，听说是洪逆手笔，其辞是：

先主本仁慈，恨兹污吏贪官，断送六七王统绪；
藐躬实惭德，望尔谋臣战将，重新十八省江山。

还有一联是：

维皇大德曰生，用夏蛮夷，待驱欧美非澳四洲人，归我版图一乃统；
于文止戈为武，拨乱反正，尽没蓝白红黄八旗籍，列诸藩服万斯年。

寝殿上一联，听说是忠酋手笔，其文是：

马上得之，马上治之，造亿万年太平天国于弓刀锋镝之间，斯诚健者；
东面而征，西面而征，救廿一省无罪良民于水火倒悬之会，是曰仁人。

夫妇两个正在谈文说艺，忽外面送进一角公文。沈葆桢拆开一瞧，不觉变色，叫起"哎呀"来。林夫人问："是什么？"沈葆桢道："乌鲁木齐失陷了。都统平治阖门殉了难，哈密、吐鲁番、呼壁图、库尔喀喇、乌苏等地方相继沦陷。你想这件事如何处呢？"林夫人道："这几处都是回子地方，敢是回子又反了？"沈葆桢道："回子阿浑妥得璘、索焕章先后都叛。阿浑妥得璘竟僭称为清真王。"林夫人道："光办几个回子呢，还不难，所怕的新疆逼近强俄，俄人倘然乘隙而入，可就费事了。"沈葆桢道："俄人素来恭顺，幸灾乐祸的事，怕不见得干吧？"林夫人道："这都是说不定的事，再瞧罢了。"

不言沈葆桢夫妇私下窃议，却说北京朝廷接着西陲警报，慈禧很是郁闷。慈禧后就到慈安宫里商派将帅。慈安后道："内地事情还没有办妥，塞外偏又出了这件事。光是几个捻匪，直齐豫苏皖五督已经扰得不得了。现在靠得住点子的人，通只三个：宗室里呢，奕䜣最为亲近，人也最谨慎；蒙古王大臣，就只僧格林沁；汉臣里老成练达，倒要算着曾国藩。奕䜣提过别算，僧格林沁人马虽多，正在剿办捻匪，总也抽调不出，只有曾国藩闲着，这件事还是交给他办了吧。”慈禧后道：“我也这么想，曾营各将，鲍超最为忠勇，除是调他去，别个怕未见办的下。”慈安后道：“你看谁妥当，就调谁是了。”慈禧后道：“鲍超请假葬亲，才准得他呢！”慈安后道：“这又何妨？降一道旨给他是了。”慈禧后点头称是。次日，军机处发下上谕道：

> 曾国藩奏提督鲍超遵奉前旨，请假葬亲一折，已明降谕旨，赏假两月，回籍经理葬事。现在甘肃军务未蒇，新疆回匪日益蔓延，非得勇略出群如鲍超者，前往剿办，恐难壁垒一新。着曾国藩传旨鲍超，令其俟假期一满，即行由川起程，出关剿办回匪。其旧部兵勇，及得力将弁，准其酌量奏调，随带同行。从前回疆用兵，杨遇春即系川省土著，立功边域，彪炳旗常。鲍超务当督率诸军，肃清西陲，威扬万里，以与前贤后先辉映。该提督忠勇性成，接奉此旨，必即遵行，以副朝廷委任。钦此。

此旨去后，曾国藩复奏到京，称说：“西路军务，宜先清甘肃，次及关外。湘勇离甘太远，不如川勇较近，宜用川北保宁、龙安两府之人，与甘肃风气不甚相远。又奏新疆之地，大漠苦寒，艰险异常，鲍超威严有余，恩信不足，倘出关以后，部曲离怨，必为回众所轻，一有挫失，全局震动，后人更视关外为畏途矣。且甘肃未平，遽谋新疆，则后路之操本不稳。鲍超历年苦战，臣岂忍忘其大功，而摘其小过！惟有仰恳圣慈，谕令鲍超，随同都兴阿、杨岳斌先清内匪，再行出关，不宜轻于一发，不独鲍超一军为然。自古有事塞外者，未有不慎于始谋者也”等语。这种迂谋缓计，两宫太后如何肯听？连颁三旨，催促霆字营赶速出关。所说君命难违，王事为急，鲍超虽然回了川，所都霆字营由总兵官娄云庆、宋国永分头统带，次第出发。不意行到半途，齐声哗变，都称不愿出关，分途乱窜。四川、江西、湖南都被扰累，果然不出曾国藩所虑。

三省督抚得着惊噩，立即飞章入告。不意宫廷里头，为了此事，竟生起一个小小风波来。原来慈安后赋性恬淡，素不喜欢管理闲事，名为听政，垂拱而已，慈禧后偏是能干，杀伐决断，敢作敢为。近侍诸臣见慈安后自甘退让，不免也存了个舍轻倚重的心思。遇有政事垂询，倘是慈禧后，便都献殷勤，说出许多主意，任慈禧后拣择施行；要是慈安后，便都沉默不语，回奏上来，总不过是句恭候懿旨的话。议政王、恭亲王，很是瞧不过，人前背后，常常发几句不平的话。众人如何肯改？这日，惊报到京，慈禧后刚刚病着，慈安后一个儿临朝，立召军机大臣计议，盈廷唯诺，竟没个人分忧解患。慈安后道：“汉人既是没中用，还是叫僧格林沁去了吧。”军机大臣齐声唯唯。恭亲王道：“僧格林沁办理捻匪很得手，调了出去，叫谁接他的手？捻匪四处窜扰，行踪飘忽，迁流无定，差不多就是明季流寇，似不宜过于轻视。因奏陈太后温厚仁慈，不肯发威动怒，廷臣不知感戴，倒都存藐视之心。即如今儿的事，西太后跟前要是这么着，早都受了申饬了！他们明欺太后仁厚，故意装聋做哑，难上头一难。”慈安后道：“那种事情，眼前也没暇计较，你看关外派谁去好呢？”恭亲王道：“明绪、保恒，都有扶危济变之才。穆图善人很忠勇，依奴才愚见，这三个人都可以用得。”太后道：“你保的人，总不会差什么，现在这么着吧。伊犁将军派了明绪去，乌鲁木齐都统派了保恒去，叫穆图善带兵出关，专办讨贼事宜。”军机大臣立即承旨拟谕，颁发出去。

早有人把恭亲王当廷发话的事报知慈禧，慈禧后心里很是不舒服。病愈临朝，恰好部臣复上一桩交议案子，议的是两广总督毛鸿宾，照例应得降二级调用的处分。慈禧后道：“那么两广总督就叫吴棠署理了吧。”慈安后不置可否，慈禧后就命拟旨。偏是恭亲王不识势，上殿争执，说：“吴棠现职不过是漕督，升了总督，似乎太骤！”慈禧后立刻沉下脸道：“李鸿章、左宗棠不都是不次超迁的吗？偏是吴棠就不行了？不用一个人，讲一句话，都要你干预，你也太操心了。谁不知你是议政王，必要三天五日找一个由头，跟我拗一回，是不是就算显扬你议政王声势？”恭亲王是懿亲重臣，这么大钉子，出世以来还是第一遭儿碰着，心里未免不舒服，罪也不谢，赌气出朝，回邸去了。慈禧后回向慈安后道：“奕䜣骄蹇已甚，不惩戒他一下子，日子久了，难保不闹出乱子来！”慈安后原是无可无不可的，随道：“惩戒惩戒他也好。”于是立下上谕：

恭亲王奕䜣，毋庸在军机处议政，并撤去一切差使。

此旨一下，京师顿时大震。淳亲王等先后陈奏，都说奕䜣虽经获咎，尚可录用，恳请开恩起复等语。慈安后善良不忍，就与慈禧后商量，把折交王公大臣详议具奏。不多几天，礼亲王世铎等复奉上来，都说：“奕䜣咎由自取，惟系懿亲重臣，应否往用，予以自新，候旨定夺。”只有给事中广诚一个折子，说得很是贴切，称说：“庙堂之上，先启猜嫌，根本之间未能和谐，骇中外之观听，增宵旰之忧劳”等语。两宫太后恻然心动，于是特降懿旨，宣示中外，大旨称：

奕䜣信任亲戚，不能破除情面。平时于内廷召对，多有不检之处。朝廷杜微防渐，正小惩大戒，曲为保全之意。奕䜣着加恩仍在内廷行走，并仍管理总理各国事务衙门。钦此。

又下旨：

着恭亲王奕䜣仍在军机大臣上行走，毋庸复议政名目，以示裁抑。

薄雾轻雷，依旧化成祥风甘露。这就叫帝德乾坤大，皇恩雨露沾。恭亲王自经此番磨折之后，寅畏小心，办理一行政事，自不敢倚老卖老。两宫太后见他勇于改过，心里也很欢喜。

这一年，又有一桩非常喜庆事，天开文运，二百六十五名进士里，一甲第一名竟是旗下人氏，这是开国以来从未有过的盛事。国初时光，汉满分榜取士，出过一个状元麻勒吉。满汉同榜之后，今科还是头回儿显辉呢！这一位状元爷，名叫崇绮。他那小姐，后来就是当今的皇后，当今殁后，皇后竟至殉节身亡。咏史的人有七绝一首道：

开国科名几状头，璇闺女诫近无俦。
昭阳从古谁身殉，彤史应居第一流。

这都是后话。

当下两宫太后见胪唱第一人是旗下人，慈怀都很欣悦。慈禧后高兴，传了个班子，邀请慈安后听戏庆贺。歌舞升平，一派盛朝气象。正在欢乐，败兴的警报雪片也似的来。报说："僧王追贼遇伏，在曹州地方力战阵亡。"两宫太后闻报大惊。欲知后事如何，且听下回分解。

第八十五回　**剿捻军僧王殉难　游都市天子微行**

话说僧格林沁骁悍善战，当时满蒙汉各将没一个比赛得上。他那雄心壮志，锐气英风，直堪涵盖千秋，推倒一世。力攻智取，虎步龙骧。铁骑所经，风云色变，金戈所指，山岳形潜。捻军首领张洛行、团民首领苗沛霖都是混世魔王，吞人恶煞。跳荡了不知几多年数，扰乱了不知几多地方。说也奇怪，经他老人家旌旗一指，竟似风卷残云，收拾了个净尽。杀人如草，用兵如神，楚豫捻党听到僧格林沁名字，无不魂飞魄散，心骇神惊。僧王逾益自负，不把捻军放在心上。得机得势，作福作威，获到捻党，不问首从，一概凌迟处死。忍心害理，峻法严刑，残酷到个要不得。苗沛霖被擒时光，沛霖有一班义儿，都是十四五岁的俊童。目秀眉清，粉装玉容，无愧人其如玉，直堪我见犹怜。碰着这位僧王爷，偏是心狠手辣，专喜煮鹤焚琴。审问明白，批下来总是"依例处死"四个字。僧王更有一个特异性，每逢犯人绑赴法场，便令当差的烫上很好的酒，坐看行刑，酌酒玩赏。那凌迟刑是寸割分碎的，受刑的人惨痛呼号，他老人家愈是快活，酒下的愈快。彼时苗氏义儿捆缚定当，押到法场，刽子手开刀，跪呈样肉，僧王见那样肉，竟有一寸左右阔狭，顿时大怒，喝把刽子手棍责五十。下令每剐犯肉，不得阔逾五分。受刑的人宛转哀啼，求恩速死。僧王赏心乐意，置若罔闻。自辰至午，才割得半条腿子。午牌过后，僧王爷酒兴阑珊，不无少有厌倦，特下恩命："受刑各逆犯，能够破口大骂苗逆，本王开恩，赏他拳大的一刀。"武健严酷，惨无人理，诸如此类，不一而足。捻党恨极，聚集同党，商议报仇之计。

此时捻党首领姓张，名宗禹，就是悍酋张洛行的儿子。众多头目，齐听号令。当下张宗禹道："遵王赖汶光，是太平天国遗臣，天国虽亡，雄心未已，兀在直鲁一带纵横驰突，此人真是个英雄。先生当时，原也受过太平朝恩典，现在要报仇，莫如与遵王联兵一处。遵王久战沙场，深通将略，跟他联了兵，咱们总不会吃亏呢！"众头目连声称妙。张宗禹随即修书一封，备了一盘珠宝，四色食品，特派心腹干员，驰往遵王那里通聘。赖汶光接信大喜，亲统大军，风驰而来。猩猩惜猩猩，好汉识好汉，两雄握手，相见恨晚。张宗禹请教用兵方略，赖汶光道："僧格林沁蛮横粗暴，竟是一头野牛，是宜智取，不宜力敌。他手下东三盟铁骑去来骠疾，驰突如风。咱们弟兄大半都是步队，在平阳旷野里跟他交战，自然要受亏了。现在莫如用我之长，攻敌之短。引他到山谷沮洳地方，山路屈曲，水道萦回，骑不得逞，马不得驰。那时节，一声炮响，伏兵齐起，不怕他飞了天上去。"张宗禹大喜，依计行事。从此设伏埋兵，用谋暗算，神出鬼没，声东击西。只拣崇山峻岭，浅泽深溪所在，跟官兵厮杀。

果然谋无遗策，计不虚行，僧营良将恒龄、舒通额、苏克金等都是勇冠三军、力敌万夫的，却都蹶掉在这里头。怒得僧王切齿咬牙，统率精骑，亲自赶来，誓与群敌拼一个死活。那霸王瞋目大呼，人马辟易，"魏武帝轻兵蹑敌，骑步仓皇"，那一股猛厉无前的气概，直令人望而却步。当下张宗禹、赖汶光计议道："僧贼积忿已深，势将拼命，万万不能邀击。咱们不如分军两路，各统一支，僧贼如果击我，你快快起兵，攻打他后面，僧贼回兵，你马上逃避，我就播旗喊呐的救你。总之咱们两支兵牵制僧贼，使他疲于奔命，接应不遑。等他气竭力弱，再用诱敌法子，诱他到崇山峻岭、曲径羊肠地方，四面围住，合力奋击，瓮中捉鳖，池内搜鱼，恁他掀波鼓浪，咱们也不怕了。"此计行后，可怜盖世无双的僧亲王东奔西逐，不得一战。总兵何建鳌、陈国瑞、内阁学士全顺叩马谏阻，都说："王爷万金贵体，捻匪山野蛮牛，驰突奔逐，很是犯不着！"僧王哪里肯听。

这日，接到军报："张、赖两贼，联兵一路，逃向山东去了。"僧王怒极，统率亲兵，飞马就追。传令大军跟随继进，昼夜兼程，赶了二百多里路。每到城乡，询问当地百姓，都说贼军过得没有几时。尽力追赶，却又不见踪迹。这日，行到曹州以西，天色傍晚，山路崎岖，冈峦起伏，地势很是幽峻。落日奄奄，微风习习，僧王心疑，传令前军探路。霎时，前军统领擒了两个樵夫，速送到马前，听候王爷发落。僧王喝问贼踪，那樵夫道："才见五七千人马，在前面山中，扎营散队，埋锅灶饭，我们不识字，不知是官是贼？"僧王道："那一定是贼队了。"随令加鞭催马，赶紧前进。所说："天子三宜，将军一令，三军之众，谁敢不遵。"斯时，暮霾横空，余霞散彩，饥疲的军士，被霾影霞光一映射，饥容菜色，愈显得真切。僧王志在克敌，军容饥饱，倒也毫不在意。行了一阵，忽见前军发起喊来，立遣裨将飞马探问。霎时回报，前面山路被树枝叠断了。僧王知道中计，立传将令："前锋作后队，后队作前锋，班马千军，立时回马！"此令方才传下，就听得山腰里雷轰似的一声怪响。前山后岭，左冈右坡，顿时拥出无数敌兵，摇旗呐喊，齐呼："僧格林沁，快快投降！快快投降！"万口齐声，山鸣谷应，宛似天摇地动，声倒江翻，正是：

一千里色中秋月，十万军声半夜潮。

僧王怒得口中出火，鼻内生烟，喝令冲杀出去。英雄末路，壮士穷途，恁你力可拔山，气能盖世，也难履险如夷，逢凶化吉！"蜀主奔回白帝，项王逼到乌江"，还有甚指望呢？当下僧格林沁被张宗禹、赖汶光围困数重，冲突不出。不意一到黎明，降兵尽变，"漏屋偏遭连夜雨，破船又遇打头风"。敌人乘机杀入，僧格林沁与总兵何建鳌、内阁学士全顺尽都战死。陈国瑞仅以身免，僧营全军败没。

噩耗到京，两宫太后异常震撼，降旨以亲王饰终典礼，从优议恤。予谥忠字，又加恩命配飨太庙，绘像紫光阁，命他的儿子伯彦讷谟祜承袭亲王世爵，并赏博多勒噶台王号。随询问："谁堪继任剿办捻匪？"廷臣众口同辞："此事非曾侯不能办理！"于是降旨：

钦差大臣、协办大学士、两江总督、一等毅勇侯曾国藩，着即前赴山东一带郡兵剿贼，两江总督着李鸿章暂行署理，江苏巡抚着刘郇膏暂行护理。钦此。

旬日之间，连下三旨，无非催促曾侯迅速启程的话。偏是性急，偏是迟慢，碰着这位曾侯，按部就班惯了的。复奏到京，声言："遵旨前赴山东剿贼，历陈万难迅速情形，金陵楚勇，裁撤殆尽，仅存三千人，作为护卫亲兵，此外惟调剩松山宁国一军，如楚勇不愿远征，臣亦不复相强。淮勇如刘铭传等军，人数尚少，不敷分拨。当酌带将弁，另募徐州勇丁，以楚军之规制，开齐兖之风气，期以数月训练成军，此其不能迅速者一。捻匪续年掳掠，战马极多，驰骤平原，其锋甚锐。臣不能强驱步兵，以当骑贼，亦拟在徐州添练马队，派员前赴古北口，采买战马，加以训练。此其不能迅速者二。扼贼窜北，惟恃黄河天险，若兴办黄河水师，亦须数月乃能就绪，此不能迅速者三。直隶一省，宜另筹防兵，分守河岸，不宜令河南之兵兼顾河北。僧格林沁剿办此贼，一年以来，周历安徽、河南、江苏、山东五省。臣接办此贼，断不能兼顾五省，不特不能至湖北也。即齐、豫、苏、皖四省，亦不能处处兼顾。如以徐州为老营，则山东只能办兖、沂、曹、济四郡；河南只能办归、陈两郡；江苏只能办能、徐、海三郡；安徽只能办庐、凤、颍、泗四郡。此十一府州者，纵横千里，捻匪出没最熟之区，以此责臣督办，而以其余责成本省督抚，则泛地各有专属，军务渐有归宿。此贼已成深寇，飘忽靡常，宜各练有定之兵，乃可制无定之贼。方今贤帅新陨，剧寇方张，臣不能速援山东，不能兼顾畿辅。为谋迂缓，骇人听闻，殆不免物议纷腾，交章责备。然筹思累日，计必出此，谨直陈跻荛，以备采择。"等语。又附片奏称：

> 精方日衰，不任艰巨，更事愈久，心胆愈小。折中所陈专力十三府州者，自问能言而不能行。恳恩另简知兵大员，督办北路军务，稍宽臣之责任。臣仍当以闲散人员，效力行间。

两宫太后瞧见了这种奏章，简直奈何他不得。只有叠下恩旨，命他节制直隶、山东、河南三省，旗绿各营，文武官吏，悉归调遣。稠叠施恩，无非要博他一个感恩图报。又命醇郡王奕让筹办京城防范事宜。

此时捻军酋长共有四人，小阎王张宗禹、平王牛洪统辖的是西捻；鲁王任柱、遵王赖汶光统辖的是东捻。东西两捻，此扰彼窜，弄得清朝将帅脚乱手忙，仓皇奔命。直到曾国藩任事之后，老谋深算，定出一个办捻的纲纪来，就四省十三府州地，设起四镇重兵：安徽以临淮为老营。山东以济宁为老营；河南以周家口为老营；江苏以徐州为老营；各驻大营，为四省之重镇；一省有急，三省往援。以刘铭传驻防周家口；张树声驻防徐州；潘鼎新驻防济宁；刘松山驻防临淮。以李昭庆马队一支为游击之师，从此各人各有了泛地。敌兵到来，各泛各负责任，不至像头前互相观望，互相推诿。游击的人，逐北追奔，到处有人接应，也不至官随敌走，飘忽无定，累月穷年，靡所底止了。李鸿章接着办捻，萧规曹随，并没曾有所增损。所以数年之间，东西两捻，渐次荡平。鲁王任柱，于同治五年十月，被刘铭传诛掉。遵王赖汶光，于六年十二月，被官兵在扬州地方生生获住。张宗禹、牛洪，直至七年六月，方始灭掉。赖汶光被擒受审，书有供状一篇，语气很是倔强，其辞道：

盖闻英雄易称，忠良难得，是亘古一理，岂今不然？忆余生长粤西，得伴我主天王圣驾，于清道光庚戌年秋，倡义金田，定鼎金陵，今已十有八载矣。但其中军国成败，事机得失，形势转移，予之学浅才疏，万难尽述。惟有略书数语，以表余之衷肠耳。忆余于太平天国壬子二年，始沐国恩，职司文务，任居朝班。于丙辰六年，值国家多故之际，正君臣尝胆之时，是以弃文而就武，奉命出师江右，招军以期后用。荷蒙主恩广大，赏罚由余所出，遇事先行后奏，其任不为不重矣。丁巳七年秋，诏命回朝，以顾畿辅。戊午八年春，我主圣明，用臣不疑，且知余志向，故命往攻江北，协同成天安、陈玉成佐理战守事宜，永固京都门户。受命之下，兢业自矢，诚恐有负委命之重，安敢妄怨有司之不从！且忠言逆耳，良药苦口，诚哉是言也。于辛酉十一年秋，安省失守。斯时余有谏议云："当兹安省既失，务宜北连张苗，以顾京左。须出奇兵，取进荆襄之地，不出半年，兵多将广之时，可图恢复皖省，俾京门巩固，此为上策。"奈英王等畏曾国藩如神明，视楚军为霸虎。是以英王不从余议，遂乱师渡庐，请命自守，复行奏加封余为遵王。遵命与扶王、启王等远征，广招兵马，早复皖省等情。此乃英王自取祸亡，累国之根也。又有忠王李秀成者，绝不知机，违君命而妄攻上海。不惟攻之不克，且失外国和约之大义，败国亡家，生死皆由此举。至辛酉岁底，余偕扶王、启王，勉强遵照，由庐渡淮。那时予知有渡淮之日，终无转淮之期，是以过五关，越秦岭，出潼关，于壬戌十二年冬，由郧阳而进抵汉中，一路滔滔，攻无不克，战无不胜，于甲子十四年春，由汉中而还师东征，图解京都重困。未果，以致京都失守，人心散离。其时江北所剩无所依归者数万，皆是蒙亳之众。其头目任化邦、牛宏升、张宗禹、李蕴泰等誓同生死，万苦不辞，请予领带，以致报效等情，此乃僧帅好戮无仁之所致也。诚可谓行一不义，死一不辜。如此思之，真千古不易之良言也。予视此情状，君辱、国亡、家败之后，不得已勉强从事，竭尽人臣之忱，而听天命。不料独立此间数载，战无不捷，踏雪披霜，以期复都于指日。孰意李鸿章者，智足谋多，兵精将广，且能仰体圣化，是以人人沾感仁风不已。余维才微识浅，久知独立难持，孤掌难久，是以于丙寅十六年秋，特命梁王张宗禹、幼沃王张禹爵、怀王邱远才前过甘陕，往连回众，以为掎角之势。当兹大势至此，无奈天数有定，夫复何言？古之君子，国败家亡，君辱臣死，大义昭然。今余军心自乱，实天败于予，予何惜哉！惟一死以报邦家，以全臣节。惟祈鉴核，早为裁夺是荷。

捻军既平，论功行赏。李鸿章以下，尽得加赏谋职。不意这么一来，竟会激起一个好大喜功的英雄来。你道是谁？原来就是陕甘总督左宗棠。左宗棠见猎心喜，慷慨上书，自请五年工夫，平掉甘陕之乱。两宫太后再无不许之理，立即批准，派他为钦差大臣。左宗棠欣然受命，调齐兵马，戈矛耀日，旗帜迎风，星驰电掣似的去了。

花开两朵，各表一枝。且说北京朝廷，大小政事都由两宫太后裁决后，当今天子，倒做了天下第一个清闲自在人了。这位皇帝，虽在冲龄，英明得要不得。此时慈禧宫里，最宠幸不过，就是太监安得海，阖宫人都称他做“小安子”，说一是一，说二是二，差不多就是慈禧后。宫廷里除了两太后，谁也不敢得罪他。穆宗却已知道他奸恶，戏嬉时光，常把小刀子斫断泥人首级。小太监问他缘故，穆宗道：“我杀小安子呢！”穆宗很喜欢便衣出游，安得海当了面并不谏阻，总秘密的奏知太后，使他受一顿教训。穆宗探知原委，恨得牙痒痒地，却又奈何他不得。

一日，穆宗在宫里，忽又不自在起来，这也不好，那也不好，走去走来，总是闷闷的。心里一昏闷，便懒在宫里，只想外头去鬼混，又怕太后知道，要受教训。近侍四名小太监偏又影儿似的寸步不离，到东随到东，到西随到西。私心默计，要溜出宫门，总先要这四个儿不阻挡。但是跟他们商量，定然不会应允，最好避掉他们眼珠子，不被他们瞧见。心生一计，随取案头瓶中供的两枝新贡进来绢扎花，向小太监道：“你们替我走一趟去，这一枝送到东宫里，这一枝送到西宫里，说是我献给太后的。”小太监道：“爷不用献得，太后一般也有着呢！”穆宗道：“我怕不知道，我献上去，尽我自己一点子诚心，快去快去！”小太监道：“我们都去了，谁伺候爷？还是到了东宫，再到西宫吧，留两人在这里。”穆宗道：“不用，我横竖不要什么，你们去了就回来是了。”小太监道：“爷可别走呢！记得上月，爷把我们支使开了，私自出宫，玩了一镇日，小安子知道，回过太后，害我们都挨了一顿好打！”穆宗道：“谁又走呢？你们放心去就是了。”小太监还不肯去，穆宗道：“蠢奴！载澄约着今儿打球，朕走了，岂不失掉他兴致？”小太监一想不错，恭亲王的儿子澄贝勒，原约今儿来宫打球呢。两个一班，接了绢花，分头去了。穆宗支使开了小太监，觑人不备，溜出宫门，径向闹市走来。候馆鸡鸣，旗亭酒熟，此间景象，自觉别饶风趣，圣心很为欣悦。信步行去，不知不觉，早到了一所僧寺，步入山门，逐殿随喜。随喜到罗汉殿，忽见一个汉子，全副苦相，满面穷腔，站在那里哭泣。心里很为诧异。欲知后事如何，且听下回分解。

第八十六回　丁抚台智斩安太监　慈安后妙选窈窕娘

话说穆宗微行都市，在僧寺里碰见一个汉子，全副苦相，满面穷腔，站在罗汉殿中哭泣。心里很为诧异，不禁上前问道："你干什么的？哭什么？"那人抬头，见是一位公子哥儿，随道："少爷，小人素来跟官的，因被主人撵了出来，没家可归。住在这儿，又遭和尚白眼，想后思前，不禁自嗟自叹。既碰见了少爷，那是我好运到了。万望少爷垂怜，赏小人一碗饭吃，一辈子忘不了大恩呢！"穆宗道："如尔辈以何处出息为最优？"那汉子道："最好是粤海关当一名捍子手，只是小人哪里有这般福气，随便哪里混一口饭吃，已经是恩典了。"穆宗道："那容易。"随向寺僧假了一副纸笔，问那汉子："你姓什么？叫什么名字？"那汉子回道："小人叫余登发。"穆宗攀笔一挥，写成一信。吩咐道："交到步军统领衙门去，自会有好消息。"余登发接了信，欢天喜地而去。步军统领奉到上谕，见这位捍子手是钦派的，不敢怠慢，为即予金治装，咨遣粤关承役。这是后话。

当下穆宗发放了那人，走出寺院，信步向琉璃厂来。瞧瞧这样，瞧瞧那样，字画古玩，骨董瓷玉，笔墨笺扇，一件件都瞧过。瞧到一种纸头，名叫玉版宣的，倒很合意。随询问价值，购办了五十张，一钱二分银子一张，共计银子六两。穆宗取出三粒瓜子金抵用，掌柜的见不是适用物，摇头不要。穆宗道："我没带钱，可怎样？"掌柜道："没带不要紧，我叫伙计跟随尊驾去取了吧。"穆宗点点头，起身就走。那伙计挟了纸，跟随着，抹角转弯，走了好一会，问道："尊客，到了没有？"穆宗道："快到了。"说着时，早到了皇宫内苑。穆宗直向午门大踏步走了进去。这一来把那伙计直吓得三魂出窍，六魄离身，丢掉纸头，转身就奔。穆宗拍手大笑，喊一个小内监，取了纸，笑着进宫来。才到乾清门，顶头撞见了安得海，安得海笑道："万岁爷好乐，市间有什么笑话儿？讲给奴才听听，赏奴才也乐一会子。"穆宗道："好奴才，别哄我了，太后等着你呢，快饶舌去。"安得海讨了个老大没趣，很是愤愤，少不得想一个法儿，报此微仇小恨。

有话即长，无事即短。光阴如箭，日月如梭。一瞬间早已是同治八年，这叫做闲中岁月，闹里乾坤，过得格外容易。这时光，大乱初平，天下无事。慈禧太后静极思动，因苏杭两织造进呈的衣服，不是尺寸不合，就是色样太古，慈心不无郁郁。叹向安得海道："国家费了许多钱粮，豢养这一班蠢奴，贡进来衣服，竟没一件合用的！"安得海道："现在绣工，倒是广东的好。苏杭两省，倒也不过如此。"慈禧后心动，随道："广东绣工果然好的，办他几件试穿穿也好。可惜这班人，心粗气浮，没一个靠得住的，叫我派谁去呢？"安得海道："倘不嫌奴才蠢笨，就奴才去一趟如何？"慈禧后道："你肯去，果然很妥当！"一语未了，小太监入报："万岁爷进来了！"随见穆宗笑吟吟进来，哄言道："臣儿教练成功一班小内监，掼的交真是灵活，太后高兴瞧瞧吗？"慈禧后道："长得这么大了，还那么淘气，你那师傅怎么不教导教导你？这几日宏德殿到吗？"穆宗道："宏德殿天天去的，倭师傅讲《大学衍义》；李师傅讲《毛诗》；翁师傅讲《礼记》；徐师傅讲《资治通鉴》。"慈禧后道："什么《大学》《通鉴》，我看只消认得几个字，略解点子文义，臣工们章奏瞧得下也就够了。"回向安得海道："你去关照各师傅，说我说：'万岁爷功课，除《四书》外，每日把世宗朱批上谕讲几条就是。'"安得海应着自去。慈禧后随向穆宗道："小安子我差他广东去，订织龙衣，你瞧好不好？"穆宗听了，很是欢喜。

过不多几天，安太监束装就道，得意扬扬，出都而去。满望春风无恙，明月常辉，织罢锦袍，归帆早挂。不料人情叵测，世路崎岖，一到山东，就生出滔天波浪来。一日，两宫太后坐朝听政，当值太监呈上一封山东巡抚丁宝桢四百里加紧奏折，拆开一瞧，慈禧后不觉花容失色，香泪如珠。忙问慈安后："此事还好弥补吗？"慈安后道："祖宗制度，内监原不得出京的。现在且交给王大臣公议，如果王大臣等不说什么，我总可以通融。"慈禧后没法，只得把原折发交下去。一时恭亲王、醇郡王先后复奏，都说祖宗制度，内监私出都门，即死毋赦。宜着丁宝桢严密拿捕，捕得即就地正法。慈禧后道："安某此行，实奉我命。我欲特旨恩赦，如何？"醇郡王道："祖制既有明文，安某自无生理，恩赦安某，即是蔑弃祖宗成法，奴才不敢领旨。"恭亲王道："有安某，即无祖制，以安某与祖制比较，哪一样重，那一样轻，太后圣明，岂有不知？"慈安后道："那也没有燕子的事，终不然为了一个太监，连祖宗制度都不顾了。"随命军机拟旨：

> 安得海矫旨出都，僭拟无度，招摇扇惑，属实罪有应得。着丁宝桢严密擒捕，捕得即行正法。钦此。

迅雷不及掩耳，弄得足智多谋能言善辩的慈禧后，除了回宫暗泣，竟没有别的法子。

原来丁宝桢上年入都陛见，穆宗微行过访，密诉安得海蛊惑圣慈各种罪案，不胜郁郁。宝桢大为感动，一时忠愤填胸，慷慨自任，愿竭愚忠，攘除奸佞。穆宗喜道："卿真是社稷功臣，天地祖宗，定然佑卿早成此举。"丁宝桢回到东抚原任，辗转筹思，苦无善策，拊髀扼腕，不胜慨然。一日，接见属员，问起近事，才知安太监奉命出都，将次抵境，在直隶地方，骚扰异常。宝桢怦然心动，暗忖："天赐机缘，千年难遇，我可再不能错过了。"密札沿边州县："安太监抵境，立即报我知道，如违参办不贷。"密札去后，不过三日，德州文县到来，报说安太监已经抵境，责令地方供张。宝桢得报，立即飞章，奏请拿捕正法。一面札饬东昌府程绳武追袭安得海。程绳武不敢怠慢，顶笠履屦，率领弁众，在炎天烈日里格马追逐，驱驰了三天，帽影鞭丝，车尘马足，前后相映，绳武终是胆怯，不敢下手。宝桢闻知，叹道："程守竖儒，几败我事！"檄调总兵王正起旧骑追袭，传语道："无论如何，务须把安太监擒住解省，是祸是福，我自担当。"王总兵听到此话，顿时雄心纠纠，杀气腾腾，统率本部人马，飞也似赶将来。

昼夜兼程，步马并进，赶到泰安。望见花簇簇一队人马，天马似的行走，立派军探飞马探视。霎时回报，前面确是安太监。王总兵立传将令，大小三军，赶速追上，众兵齐发一声喊，电掣雷轰，风驰雨骤，一瞬间早已追到。王总兵下令合围。这一个令不打紧，左旋右转，两面包抄，早把安太监困在核心，围得铁桶相似。安太监愕然问故，王总兵道："某奉载部法大令，特来拿你，知趣的快快跟我走！"手下将校，连声接喝，千人一致，万众一声，宛似岳撼山摇，江翻海倒。这一股听威，满望把安得海吓下马来，谁料安得海没事人似的，冷笑道："穷凶极恶做什么！别说你这无名小卒，丁宝桢来，也不在咱老子心上！咱老子奉的是皇太后懿旨，问你们要死要活？咱老子在都中，眼里有谁？当今皇帝，在咱老子跟前，也不敢大气儿呵一呵！丁宝桢这小厮，多大的前程！"一边说，一边挥着鹰毛扇，意态很是闲适。众兵弁面面相觑，都道："鸡子跟石子碰，总没有便宜的，咱们何苦没眼色！"王总兵道："咱们奉令而来，就有什么，自会有人顶受，你们放胆办事是了！"众人还不敢动手。王总兵发怒道："国有国法，军有军令，谁要违拘，我就治谁！"随喝："把这一干人拿下了！"此时王总兵眉现杀气，眼露凶光，众人无不凛然。只得乍着胆把安得海拖下马，并他从人一起扣住，连同马匹行李，都押赴省里来。安得海一路上大言不惭，声称："这会子尽你们作威作福，皇太后旨意一到，包管一个个死与我看！"众人听了，不觉都有点子发毛。

安得海没有解到，太原城中早已无人不知，没个不晓，两司道府，写了这一件事，先后上院谏阻，都说奏折虽上，旨意未下，不知上头主何意见，还是谨慎点子的好。丁宝桢微笑不答。过上两天，巡捕官送进王总兵手本，丁宝桢传出谕去，升坐大堂验看。抚部院的大堂，验时原不很坐的，威严无比，中军官、旗牌官、巡捕官、王命司、护印司、护敕司、刀斧手、捆绑手、刽子手、洋枪队、马刀队、钢叉队，齐齐整整，密密层层，雁翅般排开。正是叱吒风云变，呼喝鬼神惊。当下丁宝桢升坐大堂，王总兵櫜键入谒，回明原委。宝桢喝令："带上安得海！"一时带上。宝桢喝问："你是不是安得海？"安得海道："丁宝桢，你问我做什么？我便是安总管、安老爷，你这小子，原也不配认识你老爷。你老爷住的所在，你这小子站立的地方都没有呢！"丁宝桢也不去理他。随道："验明正身不误，中军官呢？"中军官应着上来，丁宝桢道："这是安得海正身，交给你带去严行看管，有了意外，本部院可只问你！"中军官连声："是，是。"安得海兀自在那里骂人，中军官道："安老爷，别骂了，且到小衙门盘桓几天再讲。"一把拖住，风一般去了。丁宝桢又提上他从人，逐一问过，计点共二十多人，发交首县暂禁。王总兵回道："安太监的辎重行李如何发放？请大帅示下。"丁宝桢道："都是些什么东西？"王总兵回道："好马三十多匹，内有几匹神骏的，一日可行六百里。"宝桢听了，向左右道："竟有这许多好马！"王总兵又道："黄金一千一百五十两，元宝十七个，雀卵珠五颗，珍珠鼻烟壶一个，翡翠朝珠一挂，碧霞朝珠一挂，碧霞犀数十枚，最重的有到七两，其余珍宝，不计其数。"宝桢传命："马匹留厩暂养，金银珠宝暂存库内。"太原文武，见宝桢做事明勇刚决，都替他惴惴危惧。宝桢却谈笑自如，宛如没有这件事一般。次日朝晨，上谕行到，果然是准如所请，从此闻势赫奕的安总管，捆赴法场，号炮一声，完结了终身大事。

复奏到京，穆宗异常欣悦。在乾清宫里，引吭高歌，不禁唱起戏曲来。一会子，传齐小太监，排下板登，教练掼交。掼交这技艺，年纪愈小，身体愈灵的掼也愈精，精于此道的，旋转如风，铮然有声，一口气可以掼交数十度。学习时光，却苦得很，叫小孩子横脸在板凳上，教练的人，用手擦摩他的肚腹，要圜转如环，才算合格。穆宗教练掼交，严厉无比，蠢笨的小太监被他强按死的，不知凡几。当下小太监们听到教练掼交，都吓得三魂出窍，六魄离身，又没法儿躲避，只得乍着胆应卯。亏得穆宗欢喜，皇恩浩荡，帝德汪洋，蠢笨的倒也仰邀殊眷，未蒙按毙。穆宗这么快活，他那生身母后慈禧后深宫寂寂，良夜迢迢，未免有情，谁能遣此？幸亏赋性素来豁达，现在这件事，虽属出于意外，木已成舟，挽回莫及，情过境迁，便也渐渐的好了。

近日国中各事办理也都就绪，陕甘回子叛服无常。自左宗棠入甘后，得寸进尺，气象很好。天津百姓殴毙法国领事，烧掉法国教堂，法国兵船鼓轮抵津，声势汹汹。这么天塌似的大祸，李鸿章运三寸不烂之舌，只三言五语，说得法人雾解冰消，唯唯而退。

穆宗此时已经十六岁了，丰裁俊美，气宇英爽，内外臣工得瞻天日，无不额手称庆。两宫太后便议替他提议婚事。这个消息才一传出，各满蒙世家，有女孩子的，便纷纷报名入籍，听候选择。两宫太后精心选阅，不到半个月，心里都各有了人。东太后选中了状元崇绮的女孩子，西太后选中了都统凤秀的女孩子。凤女年才十四，崇女年已十九，相持不决。于是两太后各派心腹宫眷前往女宅相看，这还是沿袭前明旧制。东后派的是礼亲王之女二格格，去了大半天，才回宫复奏道："相得崇女，面部长而略圆，洁白无瑕；两颊丰腴，形如满月；峨眉凤眼，龙准蝉鬓；耳大垂肩，其白如面；额形广圆，光可鉴人；胸部平满肩部圆；正背部微厚，腰部纤柔，双股如藕，双趺如雪；肌理腻洁，肥瘠合度；无痔，无疡，无疮疤、黑痣、雀斑及口鼻腋足诸私病。秉姿懿粹，夙娴礼训，有母仪之德，窈窕之容。"东太后喜道："果然不错吗？"二格格奏道："奴婢按照成例，引她到密室里，迫令她洗澡，逐体相看了去，一趾之细，一毛之微，也不敢粗心大意，轻易放过。"东太后道："声音儿呢？"二格格道："声音儿的清脆，奴婢真也形容她不出。"东太后道："我知道你细心，能够办事，果然不错的。"太监入报："西宫慈禧太后来了。"慈安后忙起身要迎，只见慈禧后已进来了，笑吟吟的道："凤秀的女孩子，已经相看过了，相单在这里，请太后过目。"慈安后接来瞧时，都不过是月貌花容、柳腰杏脸的套话。慈安后道："皇后统率六宫，母仪天下，据我意思，年长的好。"慈禧后道："凤女年纪虽轻，倒很贤明婉淑。"慈安后道："既是这么，就册封了她做贵妃吧！"慈禧后道："贵妃只并皇后一等，原无不可，但不知皇帝心里如何？"慈安后道："传皇帝进来，叫他自己定夺也好。"慈禧后暗忖："皇帝是我生的，谅来心志总与我相同。"一时穆宗入内，见过两太后。慈安后把崇、凤二女二纸相单，交给他瞧，随道："这两张单子，一后一妃，你瞧哪一个配做皇后？"穆宗笑道："何用问得，总是十九岁的合格呢！"慈安后笑问慈禧道："他也这么说，如何？"慈禧后道："那定是崇女的福气了！"于是定议立崇绮女为皇后。特下恩旨，封崇绮为一等承恩公，定了日子，命大学士瑞常、礼部尚书李鸿藻充纳采使，用束帛雁璧，骏马四匹，至承恩公第，为皇帝纳采。纳采之后，随即问名、纳吉、纳征、请期，典制崇隆，仪注繁重，不用细表。

到了大婚吉期，钦派满汉大学士、尚书各二员，迎皇后于承恩公第。是日，皇后穿着大礼服，头上黄缎头披，身上黄缎长袍，都绣着红牡丹金凤，长袍之外，再有一个披肩，却是红宝石穿就的，宝光四射，令人目眩心摇。顶上戴一枝金凤凰，左右两边翠绕珠团，尽是希世奇珍，旷代异宝，绣彩辉煌，翠珠耀眩，差不多是天仙下降，玉女临凡。

侍婢扶着，在阿鲁特氏祖庙拜辞。辞过庙，承恩公抱女登舆，传呼警跸，宫娥、内监、侍卫、执事人等分队排行，平荡荡，静悄悄，徐徐行走。霎时已到，凤辇径入宫门，至丹墀降舆。这时光，天子临轩，百官陪位，王公侯伯，六部九卿，文武各官，满汉各将，没一人不到，没一个不来，真是旷世大观，隆朝盛举。宫女扶皇后上殿，北面而立，礼部尚书手捧金册，朗声诵读，皇后俯伏跪听，两宫眷引皇后至帝前谢恩。皇后拜伏于地，久无闻响，宫眷附耳教导，皇后无奈，口称："臣妾阿鲁特氏，谨贺皇帝万岁！万岁！万万岁！"幽韵如微风振箫，清脆如娇莺初啭，满廷之人，无不动容。皇后兴起退立，文华殿大学士才捧皇后之宝，武英殿大学士手捧玺绶，坤宁宫掌院内监跪受玺绶，转授宫眷。宫眷以带皇后。皇后跪地，口称"臣妾谢恩"讫，天子退朝，皇后即位。群臣朝见皇后，都就位行礼，嵩呼毕，退朝。

皇后乘坐软舆，十二名宫女提着六对红纱宫灯前导，四名太监抬起软舆，缓步紧行，抬到中宫。四壁新论的黄金椒粉，夹着檀楠兰麝，扑鼻芬芳，香的人脑袋都晕起来。宫中陈设，耀眼争光，更使人神昏目眩。帘是明珠缀成的，几是青玉琢就的，沉香为床，镶以珊瑚，红罗为帐，饰以翡翠，上铺锦衾绣枕，下列玉架金盂，其他珍玩，十色五光，诸如此类，不可胜数。皇后下舆，由宫眷引导，入内鹄候。早有四员三品以上的宫仆宫你站一边，守护着金台绛蜡龙凤花烛。这四位护烛官，都是千挑百拣来的，一个个都是夫妇齐眉，子孙绕膝，很吉利很吉利的。忽见一个太监奔入道："万岁爷来了！"随见十二名太监，六对红纱灯，引进一个少年天子来。头戴红缨缎帽，冠着红宝石顶子，顶上无梁，帽后无翎，身穿四开襟龙袍，扣着金镶玉带，外罩青缎外套，脚登粉底缎靴，气宇轩昂，神彩焕发，端的是当代圣人，承平令主！顿时鼓乐喧天，笙箫叠奏，帝后行起合卺礼来。皇后从宫眷之教，奉觞帝前，口称："臣妾贺皇帝陛下万岁！"穆宗喜甚，亲酌金樽，还赐皇后。皇后赧然，勉尽一樽。双颊微酡，宛似朝霞映雪，又如雨后海棠。说不尽的娇艳。穆宗越瞧越爱，越爱越瞧，不禁乐极忘怀起来。欲知后事如何，且听下回分解。

第八十七回　**浴日补天片言格主　移花接木一语立君**

话说穆宗见皇后娇艳婉淑,愉快得不可言喻,一宿无话。次日黎明,率同皇后到东西两宫请安。西太后面谕:“今儿是好日子,凤秀家的孩子我已交代过,叫他家今儿送进来呢!”穆宗应了两个是,退了下来。这日册封凤秀女为妃,两宫太后隆恩懿旨,赏号慧妃。在慈禧后原是把移花接木手段,间断他新婚恩爱,不意穆宗竟是个多情帝主,跟皇后缱绻缠绵,依然难分难解。慈禧后很是不悦,面谕穆宗道:“慧妃贤明,宜加眷遇,皇后年轻,未娴礼节,中宫可以少去去!”穆宗嘴里应着,心中颇不为然,花前缱绻,月下温存,在所不免。慈禧后闻知,没好气。不意雪上加霜,慈安太后忽又发起归政的念头来,笑向慈禧后道:“寻常人家,儿子娶了媳妇,成了家,做婆婆的也要脱家呢!咱们连头合尾,管了十二年了,每日里提心吊胆,亏得祖宗默佑,不曾有乱子闹出来。这副重担子,现在我可不愿意再挑了,跟你商量,择一个日子,归给皇帝管理了。你看如何?”慈禧后道:“论理原是不错的,可惜皇帝年纪太轻,阅历太浅,咱们放了手,万一轻举妄动的干坏了,倒又对不起天地祖宗了。”慈安后道:“皇帝已经大婚,究竟不是小孩子了。奕䜣、李鸿藻都在军机上办事,一个是亲叔子,一个是师傅,果然举动轻妄,他们总也谏阻。再者,咱们虽是不问事,监察教训,原是不能少的。”慈禧后听了这正大堂皇的议论,没有回驳,只得勉强答应。

次日,降下懿旨,定于明年正月,举行皇帝亲政典礼。圣天子洪福如天,此旨才一颁布,恰又生起一件天大喜事来。云南回酋杜文秀,霸有五十三城,造禁城,拟王制,雄踞大理,虎视南中,已经十有八载。他的国界,西及四川,东至贵州,兵多将广,声势很是不小。朝廷遣将调兵,征讨了好多回,何曾得着便宜!自从那年专任了岑毓英后,得寸进尺,日异月新,虽未必马到成功,倒也能旗开得胜。曲靖、澄江、临安、赵州、蒙北逐渐收复。进军大理,不分昼夜,百道围攻。到这年十二月,用滚地龙老法,轰破外城,官兵一拥而入。文秀自知必亡,把子女托给了大司衡杨荣、大经略蔡廷栋,自己与爱妾数人,团坐一室,慷慨悲歌,服毒自尽。他的臣下,趁他没有气绝,弃之出城投降。岑毓英乘势进兵,一舜间,三重坚城尽破,纵兵大掠。降人数万,都被大军掘了大坑活活埋死。杨荣、蔡廷栋等尽被斩掉。只文秀之妻何氏女秋娘逃出覆巢,含辛茹痛,立志报仇。不意事机不顺,零落天涯,竟至抱恨以没。秋娘曾有一函书信,致给她情人,辞旨异常哀艳。其辞道:

> 妾家亡国破之人也。先君子早年,恫于满人之虐,因众志,倡义旗,保固一方,以待清宴。外抗边夷,内静狂寇,比于窦融、张轨,岂遑多让!妾生长深宫,略谙诗礼,亦俨然金枝玉叶也。昊天不吊,苗贼助凶,四十万人,一齐解甲。先君既抱恨泉路,弱女遂零落天涯。嗟乎!覆巢之下,岂有完卵,

所含辛茹痛，苟且偷生者，希冀手屠苗贼之脰，以复不共之仇也。不意薄命人命薄于纸，辗转风尘，所遭辄不如意。岂以平生志节犹存，未甘屈之下故耶？秣陵仓猝，沪渎流离，蹉跎之痛，遂及老母间关来粤，乃复逢君，欲述苦情，难于倾吐。畴昔一夕话、君忆之否？盖改弦易辙之志，于此决矣。果也雏儿浅躁，入我彀中，不幸诟起禧闺，事机不遂，老贼狡猾，遂动猜疑。记先君子方盛之时，苗贼亲来纳款，当时妾侍于侧，贼遽以秦箫为请。先君爱妾，不欲委之虎口，以少长相远为词，彼乃愤怒，中夜斩关而去。衅起于妾，遂致覆祀灭宗。嗟乎！此耻则西江不濯；此恨则万世不复。哀哉！天下丈夫，惟君尚能垂怜薄命，用敢略述腹心，使君知区区清白身，非甘心作河间妇者也。计书达时，妾魂当散为轻尘，魄当淹为虫沙久矣。天长地久，蒙耻饮恨，痛如之何！魂与笔销，无多赘述。

这都是后话。

当下全滇底定，捷报到京，两宫太后异常欣悦。此时已经腊尽春初，转眼新年。两太后撤帘，穆宗举行亲政典礼，加上皇太后徽号。从此慈安后静坐深宫，诵经礼佛，消磨那太平岁月；慈禧后则纵情诗酒，极意声歌，消遣之法，自各不同。这年考差，诗题是《江南江北青山多》。慈禧后偶而兴发，拟作一首，中有佳句道：

雨后螺深浅，风前雁往还。
舍连春树外，峰杂夏云间。

四海升平，八方无事。那些熙朝周召，盛世皋夔，静极思动，不免无中生有，想出点子事情来，点缀升平景象。便怂恿穆宗，修建圆明园。穆宗正苦大内里祖制严密，起居服食，都有制度，举动一切，不很方便。立刻准奏，批饬内务府估值兴工。几位公忠体国的大臣一得此信，疾忙飞章谏阻，哪里谏阻得住？众人都向奕䜣道："这件事，王爷不出场，怕不易挽回呢！"奕䜣道："论到现在的时势，国家的财力，这种不急之务，如何兴办得。同治八年，御史德泰奏请安户亩鳞次捐输复修，那时经我请旨，把他切责谪戍，上头也总纪得。怎么这会子又要动工呢？"众人都道："哪里都是上头意思，左右近侍，哪一个是好人？又不知哪一位闲极了，想出法儿来讨上头的好，上头年轻，听见玩的事情，自然总嘉许的。"奕䜣道："做我不着，入宫碰一回看。"随叩宫门请见。

太监飞奏穆宗："恭亲王爷有要事求见，现在宫门候旨。"穆宗道："什么要事？你大概总问过了。"太监道："奴才问过，恭亲王爷说须见了万岁爷面奏。"穆宗道："哪里是真要事！又不知在哪里听了些什么，又来折磨我了。"随命传他进见。一时引入，穆宗劈头就问："太监说你有要事，是什么紧要事情，这会子还要见我，明儿都不能等？就农工百职，忙了大半天，也总要歇歇了，王爷怎么倒又不乏呢？"奕䜣道："听说皇上降旨，要修建圆明园，真有此事吗？"穆宗道："你来就为这件事吗？我当是什么。若说这件事，你可白费心思了，连我也不能作主，这是太后意思，有本领你自去见太后。"奕䜣碰头道："以太后之圣明，皇上之仁孝，稍饰园居，果也无伤盛德。奈眼前时势，内患虽平，外难日亟，库空如洗，民不聊生，这么大的工程，如何能够兴办？圆明园是宪纯两庙所修，当时财力远过今日。且纯庙尔时明降谕旨，后世子孙，勿得踵事华饰，这会子兴工修建，工程简陋，无以备翠华之临幸。要全复旧观，国力又有所不足。奴才下见，还是少缓为妙！"穆宗听了这种不入耳之谈，心中异常不自在，倒下身躯，歪在榻上，一声儿不言语。奕䜣见他不答，更提足精神，长篇大套的讲说祖制。如何训俭、如何训勤，劳叨的不堪。穆宗再也不能忍耐，开言道："你熟祖训，于朕事还有说吗？"奕䜣见穆宗穿着黑色长衫，随道："皇上穿些黑衣，也非祥制所许。"穆宗道："朕此衣跟载澄穿的一个颜色，你不禁载澄，倒来谏朕，是什么道理？你且退去，朕还有旨意。"奕䜣没法，诺诺连声而出。穆宗随命取上朱笔，草了一道诏旨，封固定当，传旨大学士文祥速到养心殿陛见。

穆宗朝冠公服，坐出殿去，文祥叩头朝见。穆宗道："朕有一道旨意，着你发与军机大臣，共同拆阅，速速照旨行事，毋得有误。"文祥见御容不似往常，知道必有缘故，拆开一看，见写着：

奕䜣着革去亲王，赐令自尽。着文祥前往传旨监视。钦此。

廿二个朱字，吓得魂飞魄散，碰头道："此事非同小可，恳求天恩，收回成命。"穆宗拂袖起身，踱回宫里去了。

文祥没法，赶到军机处跟众大臣商议。众大臣道："这件事情，只有叩宫奏知太后，或者还有挽回的法子。"一句话提醒了文祥，立刻诣太后宫，恳请召见。慈禧后很是诧异，召入问道："我已经退了政，什么事，还混我？"文祥碰头，回明缘故。慈禧后道："皇帝真也淘气，这道朱谕，你交给了我就完了。"文祥呈上，慈禧后阅过，藏在袖中，随道："你去吧。"文祥叩头退出。一桩祸事，雾解烟消，而圆明园却已降旨饬匠估工矣。

满朝臣工，鉴于奕䜣之事，谁敢犯颜极谏。不意都察院里竟有几个吃了豹子肉、熊儿胆的御史，出来干那旋转乾坤大事业。一个姓沈名淮，一个姓姚名百川，先后抗疏力争。姚百川奏折里，有"三海系金元名胜，近在禁闼，便于宸游，不如酌量修理"等语。穆宗心动，特旨召见，问道："你家里总也有老母，老母偶尔高兴，要择一所地方，散散闷，儿子顺着，也是分内之事。现在太后要略修圆明园避暑，你们都不肯答应，设身处地，心里头安不安呢？"姚百川碰头道："三海风景很佳，路程又近，依臣愚见，圆明园不如三海。"穆宗随把朱笔递给姚百川道："你说三海好，就着你将三海风物细写将来，果然胜过圆明园，朕也可以宛奏太后。"百川遵旨，接了朱笔，就御案上草稿对答。穆宗见他马蹄袖置在笔杆上，挥洒很不自如，亲劳御手，替他上了袖口。百川风行海涌，运笔如飞，霎时写就。穆宗接来瞧时，见开着：殿有仪鸾殿、涵元等殿；阁有紫光等阁；亭有五龙等亭；台有瀛台等；廊有回云廊等；楼有翔风楼等；桥有金鳌玉蛛桥等；山有艮岳峰等；洞有紫云洞等；岛有琼笔岛等。其他树木花草，梵宇砖塔，无一不备，无一不有。随道："朕就把你所写的作为凭据，转奏太后，且候太后旨意。"百川碰头答："皇上如此，天下苍生之福也。”穆宗谕令退出。

次日，就降谕旨，命停止圆明园工程，酌量修理三海。都察院众御史瞧见此旨，没一个不钦佩沈、姚二人的胆识。姚百川道：“这都是皇上圣明，从善纳谏，我们有什么胆识呢？”众人都道：“吴可读不就为言事降调的吗？他奏的不过是请把成禄立正典刑，王大臣等就说他是刺听朝政，请旨究诘。不是皇后宽恩，怕就不得了呢！”

正在议论纷纷，忽见一人踉跄奔入，向众人道：“恭邸坏了事了，诸位没有知道吗？”众人听了，宛似顶门上轰了一个焦雷，吓一大跳。姚百川就问：“哪里来的消息？”那人道：“谕旨都下了，还问消息呢！”众人争问：“谕旨上讲的什么话？”那人道：“也没什别的话，不过说奕䜣着革去亲王世袭罔替，降为郡王，其子载澄着革去郡王衔贝勒。”众人道：“写了什么事？可知道？”那人摇头道：“这个连领袖章京都不仔细。才遇见孙莱山，也说不知道。大约是上头自己草的谕。”众人猜测了一回，也就散去。

姚百川回到寓里，一夜不曾合眼，苦思力索，想草一道谏议，挽回此事，奈原委未知，无从下笔。次日，在朝房里询问众人，依旧没得要领。遇见南书房行走的学士徐郙，言明已意，徐郙徐道：“恭邸处分，已经懿旨开复，亲王世袭罔替、郡王衔贝勒都已赏还。”姚百川不禁失笑。问起缘由，才知穆宗与载澄嬉戏，为了微言细故，拌起嘴来。穆宗发怒，摆出主子架子，把他爷儿两个革得干干净净。事后虽蒙太后赏还，奕䜣却从此禁管载澄不准他与穆宗共玩。

不知穆宗与载澄是欢喜冤家，一日不会面，就要俯念。这日，穆宗在宫，这也不是，那也不是，走去走来，终是不如意，又不好意思发使去宣召。无聊之极，独个儿踱向宏德殿来。不意李、徐、翁、广四位师傅一个都不在，只有侍讲王庆祺在沿窗那个桌子上倚着写什么呢。穆宗放重脚步，咳了几声嗽，王庆祺回头，见是穆宗，慌忙起身迎接。穆宗道：“众师傅呢？”庆祺回奏：“才家去。”穆宗道：“那也罢了。朕问你，外面可有散心的地方，在家里也闷的慌。”王庆祺是何等聪明的人，聆音察理，鉴毛辨色，早猜透了五六分。却故意道：“皇上想临幸那一方，当康乾极盛之年，四海平靖，八方无事。仁纯两庙，屡次南巡，皇上继绳先圣，也到南边逛一会子如何？”穆宗把折扇向庆祺头上一拍，笑道：“老王，你安心打趣朕躬吗？”庆祺垂手道：“微臣怎敢？”穆宗道：“要修一个园子，闹的天都翻转来，何况巡狩？朕不过想北京市上逛逛，你可能够参我不能？”庆祺道：“皇上天恩，微臣自应伺候。”穆宗道：“总要到怡情悦性所在，才有趣味。”庆祺附耳说了三五语，穆宗喜道：“你这个人真聪明、真知趣，咱们就此走吧。”庆祺道：“微臣还穿着公服呢，皇上也应更衣。”穆宗道：“亏你提醒了我，朕还有几句话交代你，咱们到了外面，只算是朋友，君臣的礼节，君臣的称呼，一概捐了。什么皇上微臣，叫了出口，朕可不依的。”王庆祺笑道：“天子友匹夫，乃是隆古盛举。微臣何幸，得以亲身遭遇。”当下穆宗入内更衣，王庆祺也派家人回家取衣。一时取到，穿扮定当，穆宗也已走出。庆祺见穆宗头戴瓜皮缎帽，正面钉着雀卵也大一颗东珠，玄色春纱夹衫，玄缎背心，白袜乌鞋，上下一身都是黑，愈显得精神奕奕，风度翩翩。不禁脱口道：“好漂亮的打扮！”穆宗道：“朕于颜色里就喜欢青色，又素净，又耐穿，偏偏奕䜣这东西见一回面，唠叨一回，现在你也叫好，可见不是朕的僻性了。”原来清朝人为避仁庙御讳，玄色改呼青色，所以穆宗这么说。当下王庆祺引导穆宗到娼寮妓馆里，啖那温柔乡滋味。灯红酒绿，纸醉金迷，沉溺到要不得。墙花路柳，究不比瑶草琼芝。不过一日开来，穆宗感着淫毒，就患起杨梅疮。初来起还不觉着怎么，愈发愈厉害，竟至不能动弹。没奈何，一切章奏，只得由军机大臣李鸿藻代行批答。延到十一月里，病势愈益凶险，特下诏旨道：

> 朕于本月，遇有天花之喜，心有内外着衙门陈奏新件，呈请皇太后披览裁定。钦此。

满朝臣工瞧见这一道谕旨，不免都有些疑心。忽一日，内廷传出懿旨，立召懿亲各王公、执政各大臣入内议政。一时，惇亲王奕誴、恭亲王奕䜣、醇亲王奕譞、孚君王奕譓、惠郡王奕详、贝勒载治、载澄、一等公奕谟、御前大臣伯颜讷谟奕、匡佑、景寿、军机大臣宝鋆、沈桂芬、李鸿藻、内务府大臣英桂、崇纶、魁龄、荣禄、明善、贵宝、文锡、引德殿行走徐桐、翁同龢、王庆祺、南书房走行黄钰、潘祖荫、孙贻经、徐郙、张家骧等闻召都到。候了一刻，只见一个太监出来道："太后已在养心殿西暖阁立等，众位王爷，众位大人，快进来吧。"众人鱼贯入内。到养心殿西暖阁，见只有几个太监在那里收拾什么，众人垂手鹄立。候了许久，才见慈禧后口衔烟管，身穿便服，徐步而来。行到御座，不坐下，就倚在椅背上受众人朝。见朝讫，慈禧后开言道："皇上大婚到今，女花男果，都没有见过，偏偏的有病了。万一不幸，皇族里头，该入承大统的为谁？"这一句话，便把众人问了个呆。因为进来时光，只道是商议他政。迅雷不及掩耳，劈头就是这一句，一时如何对得出？你望我，我望你，望了半天，声息全无。慈禧后道："这是要政，不妨各举所知回我。"众人都道："皇上春秋方富，疾病当瘳，奴才等愚见，皇嗣一层，眼前似可不必虑得。"慈禧后道："随便谈谈，也无妨碍。"都碰头道："这是万万不敢知的。"慈禧后道："皇上病势很不轻，我也无非为大家打算呢。"随顾奕䜣道："你看谁该继承？"奕䜣道："溥伦强明干练，以贤以长，溥伦似也该立。"奕誴道："亲疏总也要论的，溥伦族系太疏远了。"慈禧后道："不必提溥字辈，溥字辈没有该立的。"奕䜣道："这个奴才可不敢知了。"慈禧后道："奕譞长子载湉，今已四岁，我想叫他入继大统，你们看使得使不得？"众人都碰头道："惟太后圣裁。"慈禧后道："既是大家没什异说，载湉就应抱进宫来。"奕譞跪上一步道："奴才还有下情。"慈禧后道："你也不必说了，实告诉你们吧，皇上已经大行了。"霹雳一声，万雷齐发，众人一得此信，顿时伏地号哭起来。内有一位亲王，竟哭得晕厥过去。欲知是谁，且听下回分解。

第八十八回　辞爵禄亲王乞骸骨　争统绪主事效史鱼

话说众人骤闻穆宗驾崩，都不觉伏地号哭。一位亲王，竟至晕厥过去。众人瞧时，晕厥的不是别个，就是醇亲王奕環。众内监慌了手脚，没做道理处。奕䜣作主，叫人把他扶回邸第去。此时众人的哭被奕環一吓，竟就此吓住。慈禧后命众王大臣到东暖阁瞧视穆宗尸体。众人遵旨入视，不免又哭泣一回。忽一个内监跪向慈禧后道："东太后请太后讲话。"慈禧后点点头，起步踱了出去，众人也都散去。

只奕䜣还留在里头，向着总管太监张得喜查问穆宗病情。张得喜见没有人，才悄悄道："奴才告诉了王爷，王爷可别与人家说呢。提起咱们万岁爷，真是天下第一个可怜儿。这条性命，还是西宫太后害掉的呢！"奕䜣吓一大跳，忙问怎么一回事故。张得喜道："万岁爷原已经好点子，虽没有大愈，大夫叫过恭喜的了。前晚皇后来请安，诉说自万岁爷病了之后，受了多少的磨折，多少的气，说到悲苦处，不免伤心泪落。奇不奇，巧不巧，偏偏西宫太后撞了来，我要通报，太后摇手不许，退掉鞋子，放轻脚步，就在帐帏之外窃听。偏偏万岁爷说了一句得罪太后的话。"奕䜣道："万岁爷怎得罪太后？"张得喜道："万岁爷说眼前委屈点子不要紧，咱们年轻，不怕没有出头日子，全是忍耐她一两遭是了。"奕䜣道："这也不算是得罪呀！"张得喜道："太后一听此话，掀帘而入，大喝道：'我把你这烂了舌坏了心的枭獍儿狐媚子，剖开肚子瞧瞧你那肠胃到底是什么做的！治死了你，也给那起不孝孩子们做一个榜样！'一边说，一边就动手，抓住皇后头发，拖着就走。万岁爷顾不得病，爬下床。跪在冷地里，碰头儿求恩。太后不睬，把皇后直拖出外，万岁爷受了惊，经了冷，就这夜加重起来。回报太后，太后道：'忤逆透顶的孩子，就死尚嫌迟呢！'万岁爷闻知，又添了一层气，延到今儿，就大渐了。"奕䜣偶尔回头，忽见一个人影儿一闪，仿佛是个小孩子，问道："谁？"张得喜连忙赶出瞧看，不瞧则已，一瞧时，顷刻面如土色。奕䜣问故，张得喜道："王爷，奴才性命可没有了，西后宫中，最刁钻不过就是小太监李莲英。偏偏太后喜欢他，搬嘴弄舌，不知被他害掉多少人。方才那人背影仿佛是李莲英，定然听了去调唆太后。王爷，奴才还有性命吗？"奕䜣听说，脸上也变了颜色。这夜回邸，震悚恐惧，一夜不曾合眼。幸喜两太后忙着干新皇帝即位事情，没暇查究。

次日，奕䜣跟随众懿亲王公入朝，叩贺新皇帝登极，两宫太后明降旨意，称说皇帝龙驭上宾，未有储议，不得已以醇亲王奕環之子载湉承继穆宗显皇帝为子，入承大统，为嗣皇帝，俟嗣皇帝生有皇嗣，即继承大行皇帝为嗣，改元光绪，即以明年为光绪元年。又降旨封皇后为嘉顺皇后。此书一颁，自有一班希恩图宠之臣望风承旨，奏请两太后重行垂帘。只有醇亲王奕環，孤僻顽陋，满肚子不合时宜，非但不肯附和，倒上了一道乞休的本章，措辞异常愤懑，大旨说"是奴才侍从大行皇帝十有三年，时值天下多故，尝以整军经武，期观中兴盛事，虽肝脑涂地，亦所甘心。何图昊天不吊，龙驭上宾，奴才前日瞻仰遗容,五内崩裂。已觉气体难支,犹思力济艰难,尽事听命。忽蒙懿旨下降,择定嗣皇帝,仓猝间昏迷,罔知所措。迨舁回家,身战心摇,如痴如梦,到触犯旧有肝疾等病,委顿成废。惟有哀恳皇太后恩施格外,洞照无遗,曲赐矜全,要乞骸骨,为天地容一虚糜爵位之人,为宣宗成皇帝留一庸钝无才之子。使奴才受帡幪于此日,正邱首于他年。则生生世世,感戴高厚鸿施于无既矣"等语。懿旨令王公、大学士、六部、九卿会议。一时议上,诏准关去各项差使,以亲王世袭罔替,奕譞,还具疏恳辞,诏旨不准,慰再慰三,方才罢了。

话说醇亲王长子载湉,上继文宗,入承大统,正位北京,建元光绪,是为德宗,把御宇十三年的穆宗帝,一笔勾销。皇后见慈禧后如此作为,愈益心痛如割,泪下如珠。偏偏慈禧后训责备至,詈骂皇后道:"你这狐媚子!你媚死我儿子,你是安心做皇太后呀。"皇太不敢分辩,心里愈益凄苦,日夜悲啼,两目尽肿。一等承恩公崇绮入视,皇后涕不可抑。承恩公也泪下如雨,父女两人相拥大哭。崇绮泣奏道:"皇后如此悲痛,何不随了大行皇帝去?"皇后哭道:"我就要活也不能呢。"崇公才出宫门,宫内轰传嘉顺皇后崩了。此时两太后已经重行垂帘,嘉顺皇后崩了之后,丧事礼节,很为草草。不过赐了一个孝哲毅皇后的谥号。众臣工虽然不平,谁敢为这不干己的事情多言贾祸。就都察院各御史,也不过弹劾宏德殿行走侍讲王庆祺素行不孚等皮毛细故,事关国计民生,就都噤若寒蝉。

这日,奕䜣在邸,止与儿子载澄私谈朝政,忽报惠王爷来拜。奕䜣忙欲起迎,惠郡王奕详已经走了进来。一见奕䜣,就道:"哥知道吗?总管太监张得喜不知犯了什么罪,已经奉旨充发黑龙江去了。"奕䜣惊问:"真有这事吗?"奕详道:"谕旨都降了,如何不真?"奕䜣道:"也算他倒运。"奕详道:"比他倒运的多着呢,哪里就算倒运了?即如王庆祺,宏德殿行走,拥讲里头也算红的了,就被陈彝一个参折,竟地把功名丢掉。现在的时势真也难!"奕䜣听了,默然不语。奕详道:"今儿又有两个不识趣的受着处分。一个是御史潘敦俨,奏请表扬穆宗,以光潜德,上谕'孝哲毅皇后已加谥号,岂可轻议更张。该御史逞其意见,率行奏请,已属糊涂,并敢以无据之辞,登诸奏牍,尤为谬妄。潘敦俨着交部严议。钦此。'"奕䜣道:"那是他自寻苦恼,还有一个谁呢?"奕详道:"还有一个,就是内阁侍读学士广安。"奕䜣道:"奇了,广安素来很本分的。"奕详道:"他的奏折,我还记得起,哥要听,我就念给你听。"奕䜣道:"你就念吧。"奕详遂朗声念诵起来:

> 窃维立继之大权,操之君上,非臣下所得窃预。若事已完善,而理当稍为变通者,又非臣下所可缄默也。大行皇帝冲龄御极,蒙两宫皇太后垂帘励治,十有三载,天下底定,海内臣民,方将享太平之福。讵意大行皇帝皇嗣未举,一旦龙驭上宾,凡食毛践土者,莫不吁天呼地。幸赖两宫太后坤维正位,择继咸宜,以我皇上承继文宗显皇帝为子,并钦奉懿旨,俟嗣皇帝生有皇子,即承继大行皇帝为嗣。仰见两宫皇太后宸衷经营,承家原为承国,圣算悠远。立子即是立孙,不惟大行皇帝得有皇子,即大行皇帝统绪,亦得相承

> 勿替，计之万全，无过于此。惟是奴才尝读宋史，不能无感焉。宋太祖遵杜太祖之命，传弟而不传子，厥后太宗偶因赵普一言，传子竟未传侄，是废母后成命，遂起无穷斥驳。使当日后有诏命，铸成铁券，如九鼎泰山，万无转移之理。赵普安得一言间之，然则立继大计，成于一时，尤贵定于百代。况我朝仁让开基，家风未远，圣圣相承，夫复何虑？我皇上将来生有皇子，自必承继大行皇帝为嗣，接承统绪。第恐事久年湮，或有以善言引用，岂不负两宫皇太后诒厥孙谋之至意？奴才受恩深重，不敢不言，请饬下王公、大学士、六部九卿会议，颁立铁券。用作奕世良谟。谨奏。

奕䜣道："言人所不及言，倒也亏他。上头怎样呢？"奕详道："两宫懿旨是：

> 前降旨俟嗣皇帝生有皇子，即承继大行皇帝为嗣。业经明白宣示，中外咸知。兹据内阁侍读学士广安奏请饬廷臣会议，颁立铁券等语。冒昧渎陈、殊堪诧异，广安着传旨申饬。钦此。"

奕䜣道："只得着申饬的处分，也总算皇恩浩荡了。"哥弟两人讲了一会，也就散去不提。

却说德宗登位而后，母后垂帘，群臣用命，治理得国里头万民乐业，四海升平，居然十分隆盛。就不过这几年里，开了几个前人未发之端，遂致启出后世无穷之利。第一是借洋款。光绪二年，为了出关饷需繁迫，准左宗棠借洋款一千万两，这便是外债的开始。第二是赎路。英商筑造上海至吴淞铁路，总督沈葆桢照会阻止，不允。诏李鸿章与威妥玛妥商，以银二十八万五千两赎回，行止听中国自便。后来竟不曾筑造，这便是赎路的开始。第三是派遣学生。李鸿章、沈葆桢奏请于闽厂前后学堂选派学生三十名，分赴英法两国，学习制造驾驶。派道员李凤苞、洋员日意格为监督，这便是派遣学生的开始。这年，云南地方酿起了一桩交涉事情，是戕掉英国一员翻译官。朝廷先派李鸿章入滇查办，又命李鸿章为全权大臣，赴烟台与英国使臣威妥玛会商。亏得李鸿章有能耐，一阵舌剑唇枪，说得英人唯唯应允。不过订了三条约款：第一端，昭雪滇案；第二端，驻京大臣及各口领事与中国官员往来之礼，及审办案件交涉事宜；第三端，通商事务又有专款一条，是拟明年派员前赴西藏探路，请给护照的话。似这种得寸进尺远虑深思的计划，中国人眼光里，只当是过眼烟云，哪里肯存在心上？

不意外患乍平，内争又起。光绪五年三月，大葬穆宗毅皇帝、孝哲毅皇后于惠陵。辒辌首辙，惨看白虎抗旌，衮衮委衿。悲起火龙耀彩，繁华富丽，备极哀荣。两宫皇太后、皇帝、太妃、贵皇妃、各亲王、贝子、贝勒、各部大臣、文武各官、公侯各爵，没一个不送，没一个不随。人山人海，如火如荼。不意这随扈众人里，有一个小小京官，精忠贯目，至诚格天，竟干出一番泣鬼惊神的大事来。此人姓吴，名可读，甘肃皋兰人氏。起先原是个御史，为了请诛乌鲁木齐提督成禄，言过赣直，落了职。德宗登极，起用废员，吏部主事补了。可看见朝局纷更，深虑大统授受之间，横生变故，遂发起一个尸谏的念头，在蓟山马伸桥三义庙里饮毒毕命，一纸遗疏，恳请吏部长官代奏。其辞道：

窃罪臣闻治国不讳乱，安国不忘危。危乱而可讳可忘，则进苦口于尧舜，为无疾之呻吟；陈隐患于圣明，为不详之举动。罪臣前因言事忿激，自甘或斩或囚。经王大臣会议，奏请传臣质讯。及蒙我先皇帝典赐矜全，既免臣于以斩而死，复免臣于以囚而死，又复免臣于以传讯而触忌触怒而死。犯三死而未死，不求生而再生，则今日罪臣未尽之余年，皆我先皇帝数年前所赐也。及天崩地拆，忽遭十三年十二月初五之变，即日钦奉两宫皇太后懿旨：大行皇帝龙驭上宾，未有储贰。不得已，以醇亲王之子承继文宗显皇帝为子，入承大统，为嗣皇帝。俟嗣皇帝生有皇子，即承继大行皇帝为嗣，特谕。罪臣涕泣跪诵，反复思维，以为两宫皇太后一误再误，为文宗显皇帝立子，不为我大行皇帝立嗣。既不为我大行皇帝立嗣，则今日嗣皇帝所承大统，乃奉我两宫皇太后之命，受之于文宗显皇帝，非受之于我大行皇帝也。而将来大统之承，亦未奉有明文，必归之承继之子，即谓懿旨内既有承继为嗣一语，则大统之仍归继子，自不待言。罪臣窃以为未然。自古拥立推戴之际，为臣子所难言。我朝二百余年，祖宗家法，子以传子，骨肉之间，万世应无间然。况醇亲王公忠体国，中外翕然称为贤王。观王当时一奏，令人忠义奋发之气勃然而生。言为心声，岂容伪为！罪臣读之，至于歌哭不能已已。倘王闻臣有此奏，未必不怒臣之妄，而怜臣之愚；必不以臣言为开离间之端。而我皇上仁孝性成，承我两宫皇太后授以宝位，将来千秋万岁时，均能以我两宫皇太后今日之心为心。而在廷之忠佞不齐，即众论之异同不一。以宋初宰相赵普之贤，犹有首背杜太后之事；以前明大学士王直之为国家旧人，犹以黄竑请立景帝太子一疏出于蛮夷而不出于我辈为愧。贤者如此，遑问不肖；旧人如此，奚责新进？名位已定者如此，况在未定？不得已于一误再误中，而求归于不误之策。惟仰祈我两宫皇太后再行明日降一谕旨，将来大统仍旧承继大行皇帝嗣子。嗣皇帝虽百斯男，中外及左右臣工均不得以异言进，正名定分，豫绝纷纭，如此则犹是本朝祖宗来子以传子之家法。而我大行皇帝未有子而有子，即我两宫皇太后未有孙而有孙，异日绳绳揖揖，相引于万代者，皆我两宫皇太后所自出，而不可移易者也。罪臣所谓一误再误而终归于不误者，如此也。彼时罪臣即以此意拟成一折，呈由都察院转递。继思罪臣业经降调，不得越职言事，且此何等事，此何等言，出之大臣、重臣、亲臣，则为深谋远虑；出之小臣、疏臣、远臣，则为轻议妄言。又思在廷诸臣忠直最著者，未必即以此事为可缓言亦无益而置之。故罪臣且留以有待，洎罪臣以查办废员内蒙恩圈出引见，奉旨以主事特用，仍复选授吏部，迩来又已五六年矣。此五六年中，环顾在廷诸臣，仍未念及于此者。今逢我大行皇帝永送奉安山陵，恐遂渐久渐忘，忘则罪臣昔日所留有待者，今则迫不及等矣。仰鼎湖之仙驾，瞻恋九重；望弓剑于桥山，魂依尺帛。谨以我先皇帝所赐余年，为我先皇帝上乞懿旨数行于我两宫皇太后之前。惟是临命之身，神志瞀乱。折中词意，未克详明。引用率多遗忘，不及前此未上一折，缮写又不能正庄。罪臣本无古人学问，岂能似古人从容？昔有赴行死而不复成步者，人曰："子惧乎？"曰："惧。"曰："既惧，何不归？"曰："惧，吾私也；死，吾公也。"罪臣今日亦犹是。鸟之将死，其鸣也哀；人之将死，其言也善。罪臣岂敢比曾参之贤，即死，其言亦未必善。惟望我两宫皇太后、我皇上怜其哀鸣，勿以为无疾之呻吟，不祥之举动，则罪臣虽死无憾。宋臣有言："凡事言于未然，诚为太过，及其已然，则又无所及，言之何益？可使朝廷受未然之言，不可使臣等有无及之悔。"今罪臣诚愿异日臣言之不验，使天下后世笑臣愚；不愿异日臣言之或验，使天下后世谓臣明。等杜牧之罪言，虽逾职分；效史鰍之尸谏，只尽愚忠。罪臣尤愿我两宫皇太后、我皇上，体圣祖、世宗之心，调剂宽猛，养忠厚和平之福，任用老成。毋争外国之所独争，为中华留不尽；毋创祖宗之所未创，为子孙留有余。罪臣言毕于斯，愿毕于斯，命毕于斯。再罪臣曾任御史，故敢昧死具折。又以今职不能专达，恳由臣部堂官代为上进。罪臣前以臣衙门所派随同行礼司员内，未经派及罪臣，是以罪臣再四面求臣部堂官大学士宝鋆，始添派而来。罪死之臣，为宝鋆所不及料，想宝鋆并无不应派而误派之咎。时当盛世，岂容有疑于古来殉葬不情之事！特以我先皇帝龙驭永归天上，普天同泣，故不禁哀痛迫切，谨以大统所系，贪陈缕缕，自称罪臣以闻。

吏部堂官见了可读遗折，不觉都惊惶失色。事关承继大统，又未便壅于上闻，没奈何，只得替他代奏。两宫太后相顾嗟叹。慈安后道："小臣中竟有此人，可见大行皇帝恩德感人之深。"慈禧后道："此人虽然忠正，心地究竟是糊涂。"随命军机拟旨，把吴可读原折交王大臣、大学士、六部九卿、翰詹科道会议。军机遵旨拟上，慈禧后瞧时，只见上写着：

同治十三年十二月初五降旨，嗣后皇帝生有皇子，即承继大行皇帝为嗣。此次吴可读所奏，前降旨时，即是此意。着王大臣、大学士、六部九卿、翰詹科道将吴可读原折会同妥议具奏，钦此。

慈禧后笑向慈安后道："照此缮发下去行吗？"慈安后点点头。于是立刻颁发了去。欲知众王大臣如何议复，且听下回分解。

第八十九回　张之洞上书论继统　崇皇帝奉旨镇热河

话说众王大臣等奉到此旨，都到内阁会议。礼亲王世铎道："此乃奉旨交议事情，众位有意见，不妨说出来，大家斟酌斟酌。"众人都道："我等伺候王爷，正要请王爷的示下。"世铎道："继统的事情，与建储有什么分别？本朝家法，从不曾建过储，雍正七年，世宗宪皇帝明降谕旨，内有'建储关系宗社民生'的可易言。我朝圣圣相承，皆未有先正青宫，而后践天位。乃开万寿无疆之基业，是我朝之国本。有至深厚者，愚人固不能知也，等语。继统与建储，如果不甚分别，兹事体大，似非作臣子的所应参议。"众人听了，唯唯称是。于是众人公拟了一张奏稿，复奏上去，无非都是"我皇上缵承大位，天眷诞膺，以文宗之统为重，自必以穆宗之统为心。将来神器所归，必能斟酌尽善。守列圣之成宪，奉天下以无私。此固海内所共钦，而非此时所得预拟者也"等模棱语。散会回家，抚心自问，觉着今儿这一议，真有点子对吴可读不起，于是各抒意见，各用心思，你也上一折，我也上一折，反倒热闹起来。徐桐、翁同龢、潘祖荫、张之洞、黄体芳、李瑞棻都有奏折。却是张之洞的，最说得透辟，其辞道：

窃谓穆宗毅皇帝立嗣，继嗣即是继统。此出于两宫皇太后之意，合乎天下臣民之心，而即为我皇上所深愿也，乃万古不磨之义，将来必践之言。臣敬吴可读至忠至烈，然谓其于不必虑者而过虑，于所当虑者而未及至虑也。恭查为穆宗继嗣之语，于同治十三年十二月初五日、光绪元年正月十七日及本年闰三月十七日，三奉懿旨，炳如日星。从来人君子孙，凡言继嗣者，即指缵承大统而言，天子诸侯，并同一理。盖人君以国为体，诸侯不得祖天子，公庙不设于私家。苟不承统，何以嗣为？下至三代之世卿大夫，汉魏以至本朝之世爵世职，但云以某为嗣，即是绍封袭荫，故继嗣、继统毫无分别。遍稽群经诸史，从无异说。其分继统、继嗣为两事者，乃明代张璁桂萼之怪妄谬之说。高宗纯皇帝钦定《仪礼义疏》，早已辞而辟之矣。

今懿旨申命，至于再三，金匮宝录，何待他求。设有迷妄小人，舞文翻案，则廷臣中凡读书识字者，皆得执简而争，所谓不必虑者一也。前代人君授受之际，事变诚多，然就该主事所举二事论之：宋太宗背太祖而害其侄沂德王昭，非太宗子也；明景帝背英宗而废其侄太子见深，非景帝子也。若皇上以皇子嗣穆宗，名曰先朝之继体，实即今日之麟振，有何嫌疑？有何吝惜？以皇上仁孝之圣质，受两宫皇太后高厚之殊恩，起自宗支，付之神器，必不忍负皇太后，必不忍负穆宗！且夫遵慈命，孝也；笃天显，友也；使皇子广孝思于不匮，慈也；躬膺宝祚，而使大统名分归之于先帝，让也。无损于实，而四美具焉。中主亦能勉为之，况圣主乎？所谓不必虑者二也。该主事所虑赵普、黄珐之辈,诚难保其必无。然忠佞不齐,数年前曾有请颁铁券之广安矣。大小臣王,岂遂绝无激发?明世宗紊大统而昵私亲者,以兴献王已没,故得藉亲恩,恣为赵礼,群臣不能抗也。假使兴献王在,必尚能以礼自处,少加裁制。今醇亲王天性最厚,忠直恪恭,该主事既知其贤,万一果如所虑,他日有人妄进异言,醇亲王受累朝之厚恩,必能出一言以救正,所谓不必虑者三也。然竟如该主事所谓明降懿旨,将来大统仍归穆宗之嗣子,意则无可易矣,词则未尽善也。

缘前奉懿旨,谓生有皇子,即承继穆宗为嗣。若参以该主事之说,是一生而已定为后之义,即一生而已定大宝之传,合并为一,将类建储。我朝家法,以立储为大戒,高宗九降纶音,万分剀切。今若建之,有违家法,所谓未及虑者一也。前代储贰,谗构夺嫡,流弊已多,今被以绍统之高名,重以承继之形迹,较之寻常主器,尤易生嫌,所谓未及虑者二也。然此尚非其弊之最甚者也,天位授受,简在帝心,所以慎重付托,为宗社计也。帝尧多男,非止一索。圣意所属,知在何人。此时早定,岂不太骤?所谓未及虑者三也。今者奉命集议,伏读此次懿旨,'即是此意'四字,言简意赅,至坚至确,天下万世,谁敢不遵?无可移易者也。独圣意宜尊,家法亦宜守。

今日之事,约有二说:浅之为穆宗计者,则但如诸臣之议,并请一浑涵懿旨,略谓屡次懿旨,俱已概括。皇上孝友性成,必能处置尽善,似乎无所妨矣。然而生即承继,'即是此意'一语,字字当遵,托诸文辞,则可避建储之名。见诸实事,则俨成一建储之局。他日诞皇子,命承继,廷臣中为公为私不可知,皆必将援祖训以争之。则承继之事中止。此日以恐类建储,而承统之旨不能宣,是令皇上转多难处矣。

然则深之为穆宗计,而即为宗社计,惟有因承统者以为承嗣一法。皇子众多,不必遽指定何人承继。将来继承大统者,即承继穆宗为嗣,此则本乎圣意,合乎家法,而皇上处此,亦不至于碍难。伏请两宫圣裁,即以此意明降懿旨。

皇上亲政之初,循览慈训,感恻天壤,自必仰体圣意。再颁谕旨,只告郊庙,宣示万方,则固已昭于天壤,坚于金石矣。如此约有五利:守彝训,一也;待宸断,二也;无嫌疑,三也;无更变,四也;精择贤,五也。至于精择贤而利宏焉在两宫慈爱之念,惟期于继嗣继统,久远遵行,岂必急急焉指定一承继之人而后慰?即穆宗在天之灵,当亦愿后嗣圣德,永绥洪祚,又岂必斤斤焉早标一嗣子之目而后安?此固为我国家亿万年之至计。即使专为穆宗嗣子策之,似亦无善于此者矣。或谓礼制精深,动关名义,由此以承统为承嗣之说,安保日后无泥古聚讼者。

臣请得条举其说而预辨之:一曰礼为人后者,为之子,三代人君,凡继先君之统者,即为先君之后。虽无父子之名,而用父子之礼。皇上承继文宗之统矣,何以又别立后,不知父子之说,汉唐来久已不行,且皇上承继文宗显皇帝为子，已有明文，文宗有子，则穆宗无子矣。岂有御宇十三年、功德溥四海之先帝，而不为立后者？其不足辨一也。一曰礼嫡子则不得后大宗，不知此为臣庶言之，非为天家言之也。古来择取亲属入承大统，则本宗不敢私其嫡子，尊尊也。若后君为先君立嗣，则嗣君亦不得私其嫡子。

盖嗣君与先君，当日固有君臣之分者，亦尊尊也。然入承大统者，既承累朝之大宗，则本支应自为继别之宗，并不得以小宗论，于理于法，当别立嗣者也。嗣君既为大宗，则虽以子为先君后，于礼于法，不能别立嗣者也。然则就今日事势论之，将来皇子虽为穆宗之嗣子，仍无妨为皇上之嫡子，尊尊亦亲亲也。皇朝律令，对承继之文，则曰本生父母，他日称谓区别，圣心自有权衡。两宫以圣而行权，皇上以圣而制礼。一举而忠孝慈友之人伦备焉，尊尊亲亲之礼意赅焉。义协而礼起，何为不可？其不足辨二也。一曰《春秋传》云："君子大居正，故兄弟叔侄，辗转授受，每难帖然，不知从父从子，乃生衅隙。"若皇子承继先明，但存名义，岂判亲疏？其不足辨三也。凡此皆群经之精言，而实不切于今日之情事，设有迂儒引之以挠夫国是，佞夫藉以文其莠言，大智聪明，岂能惑哉？

今者往事已矣，惠陵永闷，帝后同归，既无委裘遗腹之男，复无慰情胜无之女，伤心千古，夫复何言？承继承统之说，不过于礼制典册之中存此数字空文，俾穆宗在天之灵爽，虽远而不远，几忘而不忘，庶可稍慰两宫翳闵之思，且伸皇上友于之爱。

夫吴可读区区一贬谪小臣耳，尚且昌言以发其端，致命以期其许，何况子道、弟道兼尽之圣主哉？昔汉景帝欲悦窦太后之意，至有千秋万岁后传梁王之语。梁王非有应嗣之分者也。宋高宗以太宗之后，乃闵太祖子孙零落，而以太祖七世孙为嗣，孝宗非有承统之约者也。皇上圣明，远在二君之上。窃谓今日者，惟在责成毓庆宫侍学诸臣，尽心辅导，培养天心，开陈至道。皇上孝悌之心，油然而自生，尊尊亲亲之等秩然而不紊。任贤去佞，内修外攘，则所以仰体两宫，上慰穆宗者，固不仅在继嗣承统一端而已也。即此一端而论，其沃心正本之方，亦在彼而不在此。伏惟皇太后与皇上，名分已定，恩谊日笃。皇太后观皇上所生皇子，无论承继穆宗与否，同为己子。君臣一德，共济艰难，此宗社之福，而臣民之愿也。臣恭绎懿旨中即是此意，妥议具奏，二语文义，是者，是其将大统宜归嗣子之意；议者，议夫继嗣继统并行不悖之方。臣工应命陈言，岂敢依违两可之游词。贻庙堂他日之筹虑，乃诸臣心知其意，而苦于恐涉建储，不敢发挥。故不便述此四字之文，而专驳吴可读之请，以为如此，便可不类建储矣。岂知圣意已经宣播，若不善为会通，乘此时画一长策，究其时势，转恐终必类于建储而后已。且懿旨上言预定下言，即是语意相连，今不为之疏解分明，以妥议具奏，始以无庸议置议，终传之四方。四海闻听，虽其所谓无庸者，系指原折而言，诚恐迂儒以文害辞，误疑两宫有游移之意，更恐他日谗佞附会，正藉此议为翻案之端。一言之微，语病甚大。窃谓此事关系至重，伏望两宫圣裁熟思，权衡至当，再降懿旨。臣愚，不胜大愿。谨奏。

西宫太后瞧见此奏，不胜叹赏。慈禧后道：“究竟念书的人，讲出话来，句句都有理。”慈安后道：“被他这么一说，到不能不另降一道旨了。”慈禧后道：“那是不能少的。”随传军机拟旨。一时拟就，两宫太后瞧时，上面写着：

前于同治十三年十二月初五日降旨，俟嗣皇帝生有皇子，即承嗣大行皇帝为嗣。原以将来继绪有人，可慰天下臣民之望，第我朝圣圣相承，皆未明定储位。彝训昭垂，允宜岁世遵守。是以前降谕旨，未将继统一节宣示，具有深意。吴可读所请颁定大统之归，实与本朝家法不合。皇帝受穆宗毅皇帝付托之重，将来诞生皇子，自能慎选元良，缵承统绪，其继大统者，为穆宗毅皇帝嗣子，守祖宗之成宪，示天下以无私，皇帝亦必能善体此意也。所有吴可读原奏及王大臣等会议折，林桐、翁同龢、潘祖荫联衔折，宝廷、张之洞各一折，并闰三月十七日及本日谕旨，均着另录一份，存毓庆宫。至吴可读此死建言，孤忠可悯，着交部照五品官例议恤。钦此。

满汉文武见了这道谕旨，纷纷议论，都说吴可读一条性命，换得这么一道旨意，总算不曾吃亏。一人道：“可读遗命葬在蓟州，他说出蓟州一步，即非死所，眷眷毅庙，耿耿惠陵，烈魄忠魂，自能千古。”一人道：“可读还有一封给他儿子的信。内称：‘先皇殡天时，即拟就一疏，欲由都察院呈进。彼时已以此身置之度外，嗣因一契友见之，劝余不必以被罪之臣，又复冒昧上言。且疏中援引近是情事，未尽确实，姑留以有待。今不及待矣，甘心以死，自践前日心中所言，以全毕生忠爱之忱。我所以迟至今日者，以国家正有大事，岂可以小臣扰乱宸听，故不遽引决，正为俟朝廷大事竣耳。’可见他慷慨捐躯，不是朝夕之间猝定的，安排了好久好久了。”正说着话，忽见一人匆匆奔入道：“不好了！日本国起兵攻打琉球，琉球人无力抵拒，一瞬间就灭亡了。现在日本把琉球夷为冲绳县了。总理衙门王大臣得着消息，就向日本使臣争论：咱们的属国，贵国何得恃强硬占？日本使臣并不回答。这件事可弄大了，现在王大臣都入朝请旨去了。估量去，怕要跟日本开仗呢。”众人瞧时，发话的不是别个，就是总理衙门七品章京谢同寿。众人道：“此话确吗？”谢同寿道：“瞧今儿的旨意，十分中就能料到八九。前任福建巡抚丁日昌，奉旨以总督衔专驻南洋，会同沈葆桢筹办海防，节制沿海水师。倘然不开仗，要办这海防做什么？”众人都道：“这一用兵，又不知要造化多少人呢。新疆事情，左宗棠俘获帛夏妻女并金相印父子，就得着二等侯的封爵，连他的部将刘锦棠，都得了个二等勇。”谢同寿道：“日本国力，可不比从前了，吞得琉球，他总有恃无恐，不然决不会这么轻举妄动。”众人听了，都不很信，当下无话。

流光如水，已届端阳。清朝制度，每逢佳节，懿亲国戚，都要入宫叩贺的。一等公崇绮，列在国戚里。孝哲毅皇后虽已崩掉，贺节的仪注，是不能免掉的，崇绮夫妇少不得备了几色贡品，入宫应一个景儿。宫中规矩，凡有品物入贡，无论国戚懿亲，投递职名贡单时，须先缴纳小费于守宫门内监名叫宫门费。崇绮当日照例送了二十两银子的宫门费。宫门上内监，不很如意。开言道："公爷，你老人家是两宫太后的亲家呀，就多赏几两，太后脸上，也得光辉光辉。"崇绮道："那是老例，咱们娘娘在日，也是如此。现在娘娘没了，我不减掉已经好了。"内监见他不肯增添，心上很不舒服，因见崇绮贡单上不过是几色绣物，几色香料，并没有奇珍异宝，想出一个法子，把他的职名贡单，排在第一呈上去，太后就要注目的。慈禧后生性很喜欢人家奉承，不论节贡年贡，贡物珍贵的就喜欢，贡物简陋，心上就不大高兴。那班内监就在这里做手脚。宫门费重的，贡品珍贵就替你列在前面，贡品简陋，就替你排在后面，宫门费轻的，贡品珍贵，反替你列在后面；贡品简陋，反替你排在前面。所以宫门内监把崇绮职名贡单排在第一。当下慈禧后瞧见崇绮贡单，都是不值钱的东西，心下大不为然。冷笑道："难为他想着，巴巴的贡这几色东西来。那几色东西，我知道定是人家送他，他嫌坏，用不着，转与我的。本来那蹄子的老子娘就不是好东西，他哪里会有好了？"这事，慈禧后生了半日的气。次晨上朝，恰好热河都统出了缺，军机开单请简，慈禧后瞧了一瞧，只把头摇摇，一个也没有圈出。提起朱笔，写了一行朱字道：

热河都统，着崇绮去。钦此。

军机自然遵旨。宣布了恩命，朝臣无不愕然。御史孔宪勋奏称："硕辅不宜远离，恳请收回成命。"慈禧后批斥"不准"。于是堂堂国戚，遂远谪西疆而去。欲知后事如何，且听下回分解。

第九十回　**崇星使踌躇误国　张洗马慷慨谈兵**

却说这一年，是光绪五年，上有女中尧舜，下尽虞阙皋夔。言路大开，直臣遍地。张佩纶、张之洞、李端棻、宝廷几位，不是都察院御史，就是开坊翰林，都是好笔仗，掀波起浪，撼天摇地。不知被他们为了多少的利，除了多少的弊。参掉多少贪官污吏，铲掉多少恶棍土豪。闹得鸡犬不宁，烟云缭绕。北京城里，替这起造言生事之徒，起了一个美号，叫做“清流党”。满朝文武，听得“清流党”三字，头也胀起来。朝廷初时虽很嘉纳，日子久了，也渐渐嫌腻生烦。恰好这日，翰林院侍讲王先谦上了一奏，称说宜防流弊，两宫很为嘉纳。特下旨意道：

> 近来颇有搀越陈奏，逞其私见，率意上陈，必至是非淆乱，渐开攻讦之端。甚至此唱彼和，议论纷腾，亦恐启党援之渐。于风俗人心，大有关系。嗣后不得以雷同附和之词，相率渎陈。钦此。

御史台一见此旨，顿时大闹起来。内中要算李端棻最为激昂慷慨，飞笔草奏，立刻做成一折，弹参王先谦莠言乱政。谁知拜发了上去，朝旨下来，竟斥他为措辞过当。李端棻撞了一鼻子灰，没处诉冤去。在两宫太后，以为言路诸臣，经这么一斥之后，总会谨慎点子。哪知水尽山穷，偏遇花明柳暗。朝中于此时适有一桩外交事情，竟致激起滔天大浪。

原来同治十年，西域叛乱，强邻俄罗斯乘乱而入，一举手就把伊犁占据了去，只说代替中国暂行保守。这时光，政府精神全注在回子身上，谁还有暇询问俄人？光绪四年，削平回乱。五年四月，特命吏部侍郎崇厚为出使俄国大臣，索取伊犁。赐与全权，许以便宜行事。可惜这位崇大臣，只有给人家便宜的本领，没有得人家便宜的能耐。新订条约十八款，第六款，俄既归还伊犁，中国愿给俄国银五百万卢布；第七款，伊犁既归中国，当以西河之西及麓山之南之地，以至于底克斯河，尽让与俄；第十款，除喀什噶尔及库伦两地已照先立和约，俄国立有领事外，今议定在嘉峪关、科布多、哈密、吐鲁番、乌鲁木齐，无庸付税；第十四款，凡俄商贩通货物，至张家口、嘉峪关、天津、汉口等处者，可过同州府、西安府、汉中府各路。其将中国货物运入俄国，亦由此路约文咨送到京。朝野骇然。修撰王仁堪、庶吉士盛昱，交章论劾，意气很是激昂。洗马张之洞大出风头，特上一疏，词倒三峡，笔挟风霜，说得十分厉害。其辞道：

> 新约十八条，他姑勿论，其最谬妄者，如陆路通商。由嘉峪关、西安、汉中、直达汉口，秦陇要害，荆楚上游，尽为所据。码头所在，支蔓日盛，消息皆通。边围难防，堂奥已失，不可许者一东三省，国家根本，伯都纳，吉林精华。

若许其乘船至此,即与东三省全地任其游行无异。陪京密迩,肩背单寒,是于绥芬河之西,无故自蹙地二千里。且内河行舟,乃各国历年所求而不得者,一许俄人,效尤踵至。不可许者二。朝廷不争税课,当恤商民,若准、回两部,蒙古各盟,一任俄人贸易,概免纳税,华商日困犹未也。以积弱苦贫之蒙古,徒供俄人盘剥;以新疆巨万之军饷,徒为俄人缓输;且张家口等处内地,开设行栈,以逐渐推广,设启戎心,万里之内,首尾衔接。不可许者三。中国藩屏,全在内外蒙古,沙漠万里天,所以限夷狄。俄人即欲犯边,迤北一面,总费周折。如蒙古全占,供其役使,彼更将重利以歆蒙古,一旦有事,音信易通,必撤藩屏,为彼先导。不可许者四。条约所载,俄人准建卡三十六,延袤广大。无事而商往,则议不胜议;有事而兵来,则御不胜御。不可许者五。各国商贾,从无许带军器之例。今无故声明,人带一枪,其意何居?若有千百为群,闯然径入,是兵是商,谁能辨之?不可许者六。俄人商税,种种取巧,若各国希冀均沾,洋关税课,必然岁绌数百万。不可许者七。新疆已经议定之界,又欲内侵,断我入城之路。新疆形势,北路荒凉,南城富庶,争硗瘠,弃膏腴,务虚名,受实祸。不可许者八。伊犁、达尔布、巴哈台、科布多、乌里雅苏台、喀什噶尔、乌鲁木齐、古城、哈密、嘉峪关等处,准设领事官,是西域全疆尽归控制。有洋兵斯有洋商,有洋商斯有洋兵,初则夺我权势,继则反客为主,至彼有官而我无官,彼有兵而我无兵。且各国通例,惟沿海口岸,准设外邦领事,若乌里雅苏台、科布多、乌鲁木齐、古城、哈密、嘉峪关,乃我境内,今日俄人作俑,设各国援例,将十八省腹地均布洋官,又将何以处之?不可许者九。名还伊犁,而三省山岭内,卡伦以外,盘踞如故,居高临下,险要失矣。割霍尔果斯以西,格尔海岛以北,屯垦无区,游牧无所,地利尽矣。金顶寺又为俄人市尘,现与约定俄人产业,不更交还,是伊犁一线东来之道必穿俄巢,出路绝矣。寥寥遗黎,彼必尽迁以往,人民空矣。掷二百八十万有用之财,索一无险阻、无地利、无出路、无人民之伊犁,将焉用之?不可许者十。俄人索之,可谓至贪至横;崇厚许之,可谓至愚至谬。皇太后、皇上赫然震怒,遣使臣,下廷议,可谓至明至断。上自枢臣总署王大臣,以至百司庶官,人人皆知其不可。所以不敢公言改议者,诚惧经变约,或召衅端。然臣以为不足惧也,必改此议,不能无事;不改此意,不可为国。

请言改议之道其要有四:一曰计决,二曰气盛,三曰理长,四曰谋定。何谓计决?无理之约,使臣许之,朝廷未尝许之。崇厚误国媚敌,擅许擅归,国人皆曰可杀者也。伏望拿交刑部,明正典刑,治使臣之罪,则可杜俄人之口。按之万国公法,既有不准违训越权之例,复有臣执全权可否,仍在朝廷之条,正与崇厚不遵密函、不请谕旨之罪相合。耆英之案,成宪昭然,故力诛崇厚,则计决。何谓气盛?俄人欺我使臣软懦,逼胁画押,施一偿百,意犹未厌。不料俄国斯覥然大国,乃至出此,不特中国忿怒,即环海各国,亦必不直其所为。为俄使不待定约,声明归国,外洋亦无此例。况凯汤德系署理公使,岂能径归?其为恫吓无疑,情形显然。尽可听其去留,不必过问,莫如明降谕旨,将俄人不公平,臣民公议不愿之故,布告中外,行文各国,评其曲直,兼属各国。将我国家情理兼尽之处,刊诸新闻纸。明谕边臣,整备以待。据众怒难犯之情,执万不可从之志。俄国虽大,自与土耳其苦战以来,师劳财竭,臣离民怨,近闻其国君有防人行刺之举。若更渝盟犯顺,图远劳民,必且有萧墙之祸,行将自毙,焉能及人?故明告中外则气盛。何谓理长?种种要挟,皆由伊犁而起。若尽如新约,所得者伊犁二字之虚名,所失者新疆二万里之实际。而每年尚须耗五百万饷需,以供边师防军建城开屯之用,是有新疆尚不如无新疆也。索伊犁而尽拂其请,则曲在我;置伊犁而仍肆责言,则曲在彼。况使臣画押,未奉御批示复,一如载书未歃血,岂足为凭?俄人理屈词穷,焉能生衅?故缓收伊犁则理长。何谓谋定?俄人而讲信义,兵端可以不开。若俄人必欲背公法,弃和好,设防之处,大约三路,一新疆、一吉林、一天津。左宗棠席屡胜之威,兵素强。金顺、刘锦棠、锡纶、张曜亦皆战将,以静待动,俄人必败。遏其归路,则彼将双轮不返。若出吉林边地,辽东山谷丛集,其地去俄二万余里,悬军深入,馈饷维艰,不能用众,特简兼资文武之将帅,畀以重权,资以巨饷。分南、北洋海防之费,为经略东三省之资。命左宗棠、金顺选籍隶东三省知兵之将官数人,速来听用,招集索伦、嫲津、打牲之众,教练成军。其人素性雄勇,习与俄斗,定能制胜。即小有挫衄,坚守数月,必委而去。天津一路,逼近神京。然俄国兵船,扼于英法公例,向不能出地中海,即强以商船载兵而来,亦非若西洋有铁甲等船者比。李鸿章高勋重寄,岁糜数百万金钱,以制机器,而养淮军,正为今日。若并不能一战,安用重臣。伏请严饬李鸿章,谕以计无中变,责无旁贷,及早选将练兵,仿照法国新式,增建炮台。战胜,酬以公侯之赏;不胜,则加以不测之罪。设使以赎回伊犁之二百八十万金雇募西洋劲卒,亦必能为我用。俄人蚕食新疆,并吞浩罕,意在拊印度之背,不特我之患,亦英之患也。李鸿章若能悟英使,辅车唇齿,理当同仇。近来之立功宿将如彭玉麟、杨岳斌、鲍超、刘铭传、善庆、岑毓英、郭松林、喜昌、彭楚汉、郭宝昌、曹克忠、李云麟、陈国瑞等或回籍、或在任,酌量宣召来京,悉令其详议筹策,分驻京、通、津站及东三省,以备不虞。山有猛虎,建威销萌,故修武备则谋定。

臣非敢迂论高谈,以大局为孤注,惟深观事变,日益艰难。西洋挠我政权,东洋思启封疆,今俄人又故挑衅端,若更忍之让之,从此各国相逼而来。至于忍无可忍,让无可让,又将奈何?无论我之御俄,本有胜理,即或疆埸之役,利钝无常。臣料俄人,虽战,不能越嘉峪关,虽胜,不能薄宁古塔,终不至掣动全局。旷日持久,顿兵乏食,其势自穷,何畏之有?然则及今一决,乃中国强弱之机,尤人才消长之会,此时猛将谋臣,足可一战。若再越数年,左宗棠虽在而已衰,李鸿章未衰而将老,精锐尽澌,欲战不能,而俄人行将城于东,屯于西,行栈于北,纵横窟穴于口内外通衢,逼胁朝鲜。不以今日捍之于藩篱，而他斗之于庭户，悔何及乎？要之武备者，改议宜备；不改议亦宜备。伊犁者改议宜缓，不改议亦宜缓。崇厚者改议宜诛，不改议亦宜诛。此中外群臣之公议，非臣一人之私见。独谋在疆臣；作气在百僚；据理力辩，在总理衙门；决计独断，始终坚持，则在我皇太后、皇上。

张之洞折子上去后，不过一天光景，上谕下来，着交大学士、六部九卿、翰詹科道议奏。众人见他得了个彩，愈加起劲，风发潮涌。你也一折，我也一折，主张的都是调兵开战，说的话都是锋利无比，十分动听。三五天工夫，朝廷收到请战奏折，计尚书万青藜，侍郎长叙、钱宝廉，司业周德润，少詹事宝廷，中允张楷，给事中郭从矩、余上华、吴聘之，御史孔宪瑴、黄元善、田翰墀、邓承修，员外郎张华奎，赞善高万鹏，御吏邓庆麟，侍读乌拉布、王先谦，编修于荫霖，御史叶荫昉，肃亲王隆懃、检讨周冠、员外陈福绶等二十三封。下旨一并付议，并命醇亲王奕譞一同会议具奏。这时候，满朝里发扬蹈厉，勇不可当，好似一个下马威，就能把俄国君臣吓走爪洼国去。偏偏俄国斯人吓不倒，调派兵舰，竟在辽海一带，出没巡哨。朝廷大怒，叠下了好些严旨，命沿边江海备兵。又命北洋大臣李鸿章在烟台大连湾整顿海军战舰；彭玉麟、李成谋整顿长江水师；派通政司刘锦棠帮办新疆军务；加吴大澄三品卿衔，饬赴吉林带办防务。起复刘铭传、鲍超、曹克忠等一班百战过来的老将。又下特旨，征求将才。一面因崇厚不候朝命，擅自回京，革职下狱，定了个监候斩罪名。千雷百霆，一时俱发。

在朝廷不过想大振国威，保全疆土。却不道这个消息，传到湖南地方，竟被它吓倒了一双人物，你道是谁？一个是前任出使英法大臣、侍郎郭嵩焘；一个是新任出使英法大臣、一等毅勇侯、大理寺少卿曾纪泽。当下纪泽请假修墓，还在原籍耽搁。这日，门上送进京里才寄到的邸报，拆开瞧阅，见了张之洞等几张奏折，又见了那几道很严厉的旨意，吓一大跳。暗忖：中国兵力，哪里够得上跟俄国开仗？书生误国，朝廷要是偏信这一班人，中原从此多事矣。想要抗疏争论，自揣望浅言微，未见定生效果。忽然想起郭嵩焘是个老前辈，跟他商量，或者有旋乾转坤的妙法也说不定。主意已定，袖了邸报，径投嵩焘家拜谒。嵩焘接进坐定，问道："老年侄来此何为？"纪泽道："近来邸报，年伯瞧见过没有？"嵩焘道："莫非为了伊犁事情吗？"纪泽道："原来年伯也瞧见过了。"随把袖中邸报，取置几上。嵩焘见了，暗暗称赞："公侯食肉家的纨绔哥儿，竟这么留心时事，一点子习气都没有，涤老可为不死了。"只听纪泽道："年伯看来，朝士的议论，是否可采？"嵩焘因要观纪泽器识，反问道："老年侄意思里怎样呢？"纪泽道："据小侄看去，这种书生之见，如何行得？即如香老折中，以二百八十岁金，雇募西洋劲卒一节，这是战国时光纵横家故智。目下东西列邦，君非战国之君，政非战国之政。各邦虽不尽民主，而政都由议院主持。军旅大事，尤必事心齐一，始克有成。咱们的使臣，就使辩如苏张，智如隋陆，也不能遍赴各国议院，说得他人人心肯，个个依从。就使心满意足，一说成功，也无非前门拒虎，后门进狼的法子。何况万国公法，两国开战，各邦中立，他们必不肯显违公法呢！"嵩焘听了，大大佩服道："究竟你们留学过的人，见解高人一等。京里这一班人儿都是混蛋，拿了几句《战国策》里的陈言谏语，当作救世金针，匡时利器，笑也笑死了人。咱们跟西洋构患以来，一总用了三回兵，头回广东，为的是禁烟，后来两回，一回在宁波，一回在天津，都为的是换约。措置虽均失宜，但彼时中外隔绝，一切底蕴，两不相知。激于廷臣谬论，愤然求战，也还罢了；现在信使交通，衡情处理，自有余裕，俄人狡焉思逞，又万非英法各国专以通商为事可比。衅端一开，构患将至无穷。国家平发匪、平捻匪、平教匪、平回匪，用兵三十年，财殚民穷，情见势绌，比了道光、咸丰时，气象又差多了，如何战得？纸上谈兵，说得锋芒是没中用的。”纪泽道：“他们知道什么邦交国势？张香涛辈，还把俄罗斯国当作西域回子呢。”嵩焘道：“俄人蚕食诸回部，拓土开疆，环中国一万余里，水陆均须设防，国力实所不及。即使俄人侵扰边界，犹当据理折之，不与交兵角胜。何况这一件事，原可从容辩论，耀兵构衅，很没道理。”纪泽道：“照万国公法，再没有全权大臣为了定约受诛的。朝廷把崇厚问成大辟，好似有意跟俄人过不去。这一层也宜斟酌。”嵩焘道：“崇厚也真荒唐，记得那年，在法京巴黎跟崇厚会面，我问他使俄机宜，只回我‘伊犁重地，此去定然争它回来’，当时颇怪其视事不易。不料这位先生，但博收回的虚名，竟把国事之利病，洋情之变幻，都不计较，你想他荒唐不荒唐？”纪泽道：“崇厚致误之由，实坐于不明西北地势，至被俄人玩弄到如此地步！小侄详查天山南北两路，所以号称肥饶者，正以河道纵横灌输之故。俄人所踞之西伯利部，一万多里都是荒寒之地。近来侵夺塔什干浩罕诸部，蓄意经营，不遗余力。前年瞧见俄国《新报》上，言其提督斯哲威尔探寻巴米尔郎格拉湖一带，报称喀拉库拉湖到阿克苏有通长不绝河源，深入俄国荒漠之地，为历来人迹所未到，举国相为庆幸。其睨视西域，蓄谋已深。伊犁一城，尤为饶沃。从伊黎河以南，哈尔海图产铜甚富，沙拉协和齐产铅甚富。北面有山，名叫空鄂尔峨博的，专产煤；名叫辟箐里的，专产金；名叫索果的，专产铁。从前，河南设有铜厂、铅厂，山北煤铁各矿，都没有开采，西洋人都视为上腴之地。伊犁所设九域，专驻兵弁，其膏腴并在河南山北。西至霍果斯，亦设有一城，跟伊犁不逾百里。所设额尔齐齐罕诸卡，都在五百里以外，这会子划分霍尔果斯河属之俄人，则伊犁一河，亦截去四分之三，而五百余里之屯卡，皆弃置之矣。划分特克斯河属之俄人，则旧设铜、铅各厂，亦与俄人共之。而特克斯河横亘天山之北，其南直接库车、拜城，风气皆致阻隔，所设屯卡，直达特克斯河源，皆弃置之矣。名为收回，其实不异割地。”嵩焘听到这里，不禁道：“老年侄西北地理这么熟悉，朝廷倘然派了老年侄去，倒还可以挽回一二。”道言未了，两个家人匆匆奔入道：“抚院派人立请曾侯爷，说京中来有电谕呢。”纪泽听说，吓了一跳。欲知何事，且听下回分解。

第九十一回　废俄约曾使才长　谈球案左侯气愤

话说曾纪泽正在郭嵩焘家里，慨论时局，忽报抚院专差来请，知有要事，立刻坐轿到院。抚院迎入，笑向纪泽道："恭喜侯爷，放了俄国钦差了。"随取出电报，给纪泽看过。抚院道："朝廷为伊犁事情，万分棘手，不是侯爷，不能了当此局。侯爷此去，正好大抒伟抱，为天下苍生造出无穷福泽。"纪泽谦逊了一回，辞回府第。

郭嵩焘已经得着消息，早来道喜了。纪泽一见，就道："小侄不才，谬膺重寄。此去方略，还要恳求老年伯不吝教诲。"嵩焘道："老年侄，像你这点子学问，还有点子见解，还愁什么；朝廷想到你，真才是知人善任。"纪泽道："老年伯且慢褒奖，现在的事情，做到一分是一分，此时殊无把握。目下小侄最患的是两层，朝论纷拏，轻言启衅，这一重浓雾不打破，小侄就殚竭愚忱，勉效驰驱，也难有济；第二，崇厚是全权大臣，小侄是寻常驻使，全权定的约，然要翻悔，寻常驻使，怕俄人更不愿意开议呢。"高焘道："老年侄这么想的周到，真是不错的。要打破朝中浓雾，我还可以相助一臂，我现在虽然告病，事关洋务，上一个折子，也不好算为越俎。"纪泽大喜。

郭嵩焘回家，当夜就起了个奏章，把世界大势，中外情形，衅端万不宜轻启，崇厚万不宜立诛，以及补救之方，处置之法，详详细细，宛宛转转，说得万分动听。誊写清楚，立刻拜发了上去。不多几时，谕旨下来：

> 郭嵩焘所奏，不为无见。前经总理各国事务衙门奏明，将俄国约章，分别可行不可行，咨行曾纪泽遵办。原就已定之约，权衡利害，以为辩论改议之地。第思俄人贪得无厌，能否就我范围，殊不可定。此时若遽责其交还伊犁全境，而于分界通商各节，未能悉如所愿。操之太蹙，易启衅端。若徒往返辩论，亦恐久无成议。曾纪泽前往俄国，当先将原议交收伊犁各节，关系中国利害，碍难檄准之故，据理告知，着其必须答复。如彼以条约不允，不能交还伊犁，亦只可暂时缓议，两作罢论。但须相机引导，归宿到此，即可暂作了局。惟不可先露此意，转知得步进步，别有要求。至旧约分界通商事宜，应修约章，本与交收伊犁之事不相干涉。俟事定之后，当再令左宗棠及总理各国事务衙门分别办理。此意亦可向俄人告知也。钦此。

嵩焘见朝廷纳谏如流，心上万分欢喜。

此时新钦差曾纪泽已经渡洞庭，抵汉口，换坐江轮到上海放洋去了。临走时光，特上两疏，第一疏，论伊犁列案子，共分划界、通商、偿款三大端。筹办之法，亦分为三，曰战、曰守、曰和。洋洋数千言，归结到力争划界，酌允通商二语。第二疏，就是申明前疏未尽意旨。内有"臣到俄之后，即当恪遵奏定准驳之条。硁硁固执，不敢轻有所陈，不敢擅有所许，齿雪咽旃，期于不屈而后已”等语。亏得朝廷圣明，瞧见纪泽奏折，句句实情实理，与张之洞等的一派空言，满纸骄气，不可同年而语，自然说一句听一句起来。

这位侯爷，真也有胆量有毅力，口里应得下，肩上挑得起。行抵俄都，知道俄国已经派遣前任驻华公使布策，航海来华催促定约，曾侯爷就要求俄外部调回布策，将此案在俄京议结。俄人应允。于是遂在圣彼得堡开议起来。曾侯爷秉着至诚，凭着公理，辩到个唇焦舌敝，谈到个水尽山穷。时逾一年，议经百次，总算工程圆满。议定条约二十款、专条一款、陆路通商章程七款。这真是国家洪福，社稷有灵。中国自从与外洋各邦交涉以来，这么满意快心的事情，还是破题儿第一遭呢！

曾侯爷大功告成之后，就把所历艰难，困苦情状，做成一折，奏明朝廷，其辞道：

臣于七月二十三日，因俄事遣使进京议事，当经专折奏明在案。八月十三日，接奉电旨，着遵叠电与商，以维大局。次日又接电旨：“俄事日迫，能照前旨争重让轻固妙，否则就彼不强中国概允一语，力争几条，即为转圜地步，总以在俄定议为要各等因。钦此。”臣即于是日往俄署外部尚书热梅尼，请其追回布策，在俄商议。其时俄君正在黑海，热梅尼允为电奏，布策遂召回俄。嗣此往返晤商，反复辩论，叠经电报总理衙门，随时恭呈御览。钦奉迭次谕旨，令臣据理相持，刚柔互用，多争一分，即少受一分之害。圣训周详，莫名感悚。臣目击时艰，统筹中外之安危，细察事机之得失，敢不勉竭驽庸，以期妥善。无如上年条约章程、专条等件，业经前出使大臣崇厚盖印画押，虽未奉御笔批准，而俄人则视为已得之权利。臣奉旨来俄商量更改，较之崇厚初来议约情形，难易迥殊，已在圣明洞鉴之中。俄廷诸臣，多方坚执，不肯就我范围。

自布策回俄后，向臣询及改约诸意，臣即按七月十九日致外部照会大意，分条缮具节略付之。布策不置可否，但允奏明俄君，意若甚难相商者。臣屡向热梅尼处催询各条，彼见臣相逼太甚，遂有命海部大臣呈递战书之说。臣不得已，乃遵迭次电报，言可缓索伊犁，全废旧约。热梅尼又欲臣具牍言明，永远不索伊犁，经臣严词拒绝，而微示以伊犁虽云缓索，通商之务，尚可以商旋。接俄外部照会，除归还帖克斯川外，余事悉无实际。爰据总理衙门电示，分列四条，照复俄外部，又与之逐节面争。热梅尼等嫌臣操之太蹙，不为俄少留余地，愤懑不平。布策又以通州准俄商租房存货，暨天津运货准用小火轮船拖带两事，向臣商论。臣直答以原约之外，不得增添一事。虽其计无可施，而蓄怒愈深矣。

臣日夜焦思，深恐事难就绪，无可转圜。适俄君自黑海还都，谕令外部，无使中国为难，于无可让中再行设法退让。但经此次相让后，即当定议，外部始不敢固执前议，于十一月二十六日，送来照会两件，节略一件。第一照会，言此次允改各条，中国若仍不允，则不得在俄再议，且将外部许臣商议之事，全行收回；第二照会，言交涉伊犁办法三条。节略中则历叙允改之事，约有七端。臣请逐款详其始末。

第一端曰交还伊犁之事。查原约中，伊犁西南两塞分归俄属，南境之帖克斯川地，当南北通衢，尤为险要，若任其割据，俄有归地之名，我无得地之实。缓索之说，诚属万不得已之举。否则祖宗创业艰难，百战而得之土地，岂忍置为缓图。臣奉命使俄后，通盘筹划，必以界务当重者，一则以伊犁喀什噶尔两境相为联络，伊犁失，则喀什噶尔之势孤。此时不索，再索更待何时！一则以伊犁东南北三界，均与俄兵相接，缓索后不与议界，恐致滋生事端。若竟议界，又嫌迹近弃地，而各虑其得步进步，伊犁虽系缓索，而他事之争执如故也。嗣因挽留布策，非将各事略为放松不可。遂舍西境不提，专论南境，相持不下，始允归还。然犹欲于西南隅割分三处村落，其地长约百里，宽约四十余里。臣检阅舆图，该处拒莫萨山口最近，势难相让。叠次厉色争辩，方将南境一带地方，全数来归。其西南隅，允照前将军明谊所定之界。

第二端曰喀什噶尔界务。从前该处与俄接壤者，仅正北一面，故明谊定界，只言行至葱岭靠浩罕界为界，亦未将葱岭在俄国语系何山名，照音译出，写入界约。今则迤西安集延故地，尽为俄踞，分界诚未可缓。崇厚原约所载地名，按图悬拟，未足为凭。臣愚以为非简派大员，亲往履勘不可。吉尔斯必欲照崇厚原议者，盖所争在苏约克山口也。臣答以已定界宜仍旧，未定之界可以勘。吉尔斯踌躇良久，谓此事于中国无益，非俄所求，既以原议为不然，不妨罢论。臣虑界址不清，则衅端易起，特假他事之欲作罢论者，相为抵制。布策又称原议所分之地，即两国现管之地，臣应之曰："如此，何妨于约中改为照两国现管之地勘定乎？"最后吉尔斯乃允写"各派大臣秉公勘定"，不言根据崇厚所定之界矣。

第三端曰埃尔巴哈台界务。查该界经明谊、奎昌等，分定有年，迨崇厚来，俄外部以分清哈萨克为言，于是议改。考之舆图，已占去三百余里矣。臣每提及此事，必抱旧界定论。吉尔斯知臣必不肯照崇厚之议，始允于崇厚、明谊所定两界之间，酌中勘定，专以分清哈萨克为主，所称直线自奎峒山至萨乌尔岭者，即指崇厚所定之界而言也。日后勘界大臣，办理得法，或不至多所侵占。

以上界务三端，臣与外部商改之实在情形也。

第四端曰嘉峪关通商。允许俄商于西安、汉中行走，直达汉口之事。总理衙门驳议，以此条为最重。迭议商务者，亦持此条为最坚。盖以我之内地，向无指定何处，准西商减税行走明文。此端一开，效尤踵至，后患不可胜言。外部窥臣着重在此，许为商改。及询以如何商改之处，则云须各大端商定，再行议及。臣亲诣布策寓所，告以事关大局，倘不见允，则余事尽属空谈。词意激切。布策言于吉尔斯，于是允将嘉峪关通商，仿照天津办理，西安、汉中两路及汉口字样均允删去不提。

第五端曰松花江航船至伯都讷之事。查松花江面，直抵吉林，瑷珲城订立条约时，误指混同江为松花江，又无画押之汉文可据，致俄人历年藉为口实。崇厚许以行船至伯都讷，在俄廷尤以为未满志也。现将专条径废，非特于崇厚新约夺其利，直欲为瑷珲旧约辩其诬。臣初虑布策据情理以相争，无词可对，故择语气之和平者，立为三策：一、径废专条；二、稍展行船之路，于三姓以下，酌定一处，为之限制；三、仍允至伯都讷，但入境百里，即须纳税，且不许轮船前往。布策均不以为然。适奉电旨，责臣松劲，于是抱定第一策立言，务期废此条约。布策犹纠缠不已，吉尔斯恐以细故伤大局，不从其言，遂允将专条废去，声明瑷珲条约如何办法，再行商定。

第六端曰添设领事之事。查领事之在西洋各国者，专管商业，其权还在驻扎中国领事官之下，故他国愿设者，主国概不禁阻。臣此次欲将各城领事删去，外部各官，均以为怪。随将中国不便之处，与之说明。吉尔斯谓领事之设，专为便商起见，系属宾主两益之事，中国既有不便，即仅于乌鲁木齐添设一员如何。臣因其多方相让，碍难再争。而总理衙门电钞编修许景澄折内，称科布多、乌里雅苏台、乌鲁木齐三处，毋设领事，其次争乌鲁木齐、乌里雅苏台两处等语。臣乃复见布策，恳其商改节略内始将乌鲁木齐改为吐鲁蕃，余俟商务兴旺时，再议添设。

第七端曰天山南北路贸易纳税之事。新疆地方辽阔，兵燹之后，凋敝益深，道远则转运维艰，费重则行销益滞。招商伊始，必限以行走之路，纳税之章，商贩实多未便。阅总理衙门来电，曾言收税为轻，臣因将原约内均不纳税字样，改为暂不纳税，俟商务兴旺，再订税章。查西例纳税之事，本国可以自主，日后商情果有起色后，伊犁等处，亦不妨逐渐开征，以充国库。

以上商务四端，臣与俄外部先后商改之实在情形也。此外又有偿款一端，凡商减之事，益于我则损于彼。热梅尼、布策等本有以地易地之请，臣称约章事只可议减，不可议增。彼遂谓中国各路征兵，显欲勾衅，俄遣船备边以相应，耗费卢布一千二百万元，向臣索偿。且言如谓未尝交绥，无索兵费之理，则俄正欲一战，以补糜费等语。臣答以胜负难知，中国获胜，则俄国亦须偿我兵费。彼之言虽极恃强，臣之意未为稍屈。旋据总理衙门复电，嘱臣斟酌许之，至多不得逾二百万两偿款，即可商定云云。臣见吉尔斯、热梅尼等始则争易兵费之名，继则争减代守伊犁偿款之数，久之热梅尼谓迟一年收回伊犁，又加还帖克斯川以代守费论，至少亦须加卢布四百万元，臣照会中，但允加代守费卢布二百五十万元，若并归伊犁西境，犹可略议增加。吉尔斯不谈西境，仅称连上年偿款，统算非卢布一千万元不可。臣嫌为数过多，吉尔斯笑曰："俄国岂以地出售哉？果尔，则以帖克斯川论之，岂仅仅值百万元乎？不过改约多端，俄国一无所得，面子太不光彩。假此以自慰耳。"臣察其意甚决，乃言热梅尼所说，仅四百万，何得又增百万？吉尔斯无词折辩。故节略内，仍以添偿卢布四百万元定数。查上年崇厚所议兵费偿款，卢布五百万元，合银二百八十余万两，此次俄国认出自华至英汇费，则金磅之价较贱，今前后卢布九百万元而统算之，约计银五百万两以内。

臣综观界务、商务、偿款三大端，悉心计较，与总理衙门来电嘱办之意，大略相同，即摘录照会节略大意，电请总理衙门代奏，并与外部说明，俟接奉电旨后，再行画押。一面与布策先行商议法文条约章程底稿，逐日争辩，细意推敲，稍有龃龉，则随时径赴外务部详晰申说。于和平商权之中，仍示以不肯苟且迁就之意。且以有益于中国，无损于俄人等语，开诚布公而告之。于崇厚原订约章字句，陆续有所增减。如条约第三条，删去伊犁已入俄籍之民入华贸易游历，许照俄民利益一段；第四条，俄民在伊犁置有田地，照旧管业，声明伊犁迁出之民，不得援例。且声明俄民管业，既在贸易圈外，应照中国人民一体完纳税饷。兹于第七条伊犁西境安置迁民之处，声明系安置因入俄籍而弃田地之民，以防迁民虽入俄籍，而成有占据伊犁田土之弊；第六条，写明所有前此各案，以防别项需索；第十条，吐鲁蕃非通商口岸而设领事，暨第十三条，张家口无领事而设行栈，均声明他处不得援以为例，以杜效尤；第十五条，修约期限，改五年为十年，章程第二条货色包件下添注牲畜字样，其无执照商民照例惩办，改为从严罚办；第八条，车脚运夫绕越捷径，以避关卡查验，货主不知情分别罚办之下，声明海口通商，及内地不得援以为例。凡此增减之文，皆系微臣与布策商草法文约稿之时，反复力争而得之者。较之总理衙门三月十二日所寄廷臣奏定准驳之议，虽不能悉数相符，然合条约章程计之，则挽回之端似已十得七八。此臣与吉尔斯、布策等商量条约章程底稿。于节略七端之外，又争得防弊数端之实在情形也。十二年十七日，接奉电旨：该大臣握要力争，顾全大体，深为不负委任，即着照此定约画押。约章字句，务须悉心斟酌，勿稍疏忽。臣告知俄外部，转奏俄王，此邦君臣，同深钦感。俄皇谕令外部允废崇厚原定约章，另立新约。又饬催布策速行缮约画押。臣因节略七端之外，所争数端，字句尚未周妥，日夜与布策语谈而笔削之。直至光绪七年正月初九日，始得将法文约章底稿议定。又彼此商定汉文俄文条约章程，各缮二份。而将先订之法文，缮正二份以资考证。逐条参酌，校对无误，于正月二十六日，与外部尚书吉尔斯、前驻京使节布策，共同画押盖印讫。电请总理衙门代奏，仰慰宸廑。

再微臣此番奉使，办事之难，较寻常出使情形，迥不相同。西人待二等公使之礼，远逊于头等；而视定议复改之任，实重于初议。原约系特派头等全权便宜行事之大臣所订，臣晤吉尔斯、布策诸人，咸以是否头等、有无全权相诘。臣答以职居二等，不称全权大臣。乃彼一则曰："头等所定，岂二等所能改乎？"再则曰："全权者所定，尚不可行，岂无全权者所改，转可行乎？"臣渥承眷遇，岂复希非分之宠荣，且西洋公法，凡奉派之公使，无论头等二等，虽皆称全权字样，至于遇事请旨，不敢擅行。则无论何等，莫不皆然。前大臣崇厚，误以私心自用，违旨擅行，为便宜行事之权，盖考之中国之宪章，各国之成例，无一而可者也。俄人亦未尝不腹诽之。及至与臣议事，稍有龃龉，则故以无全权非头等之说折臣，每言“使者遇事不敢自主，不如遣使前赴北京议约较为简捷”等语。臣亦知其藉此词以相难，非由衷之言也。但彼国既以无全权而相轻，微臣既不免较崇厚而见绌。此其难一也。

例之万国公法，使臣议约，无不候君主谕旨，不与外部意见相合，而敢擅行画押者。间有定而复改之事，亦不过稍有出入，从无与原约大相径庭者。往岁崇厚急于索地，又急于回京，遽定遽归，诸多未协。外部见臣照会，将约中要领痛行驳斥，莫不诧为奇谈。屡以崇厚违旨擅定之故晓之，奈彼闻所未闻，始终不信。此其难二也。

原约所许通商各节，皆布策驻京时向总理衙门求之多年而不可得之。崇厚甘受其绐，求无不应，一经画押，彼遂据为已得之权，再允熟商，彼即市其莫大之惠。吉尔斯贤于布策，而不明中俄商情，经臣布切敷陈，彼仍茫然不解。此其难三也。

泰西臣下，条陈外务，但持正论，不出恶声。不闻有此国臣民，只及彼邦君上者，虽当辩难分争之际，不失雍容揖让之文。此次廷臣奏疏，势难缄秘，传布失真之语，由于译汉为洋，锋棱过峻之词，不免激羞成怒，每谓中国非真心和好，即此可见其端。若于兹时，忍辱改约，则柔懦太甚，将贻笑于国人，见轻于各国等语。臣虽设词慰藉，而俄之君臣，怀憾难消，此其难四也。

自筹兵筹饷，迭见邸钞，而俄之上下，亦惴惴焉。时有戒心，遣兵船以备战，增戍卒以防边。臣抵俄时，彼已势成骑虎，若仍在俄议事，则前次之举动为无名，故欲遣使晋京议约，以归功于海部，无怪一言不合，俄使即以去留相要。维时留之，则挟要必多；不留，则猜嫌滋甚，更恐留而仍去。适示怯而见轻，此其难五也。

俄皇始命布策向臣询明中国意向，予限一月。满限之时，经臣援引总理衙门照会驻京署使凯阳德展限三月之意，复请外部婉奏俄皇，乃许添展两月，与臣议事。我皇上因俄事日逼，意在转圜，一切情形，许臣由电径达总理衙门代奏请旨，已属破格施恩。而事势无常，日期甚促，有时于立谈之顷，须定从违，臣于未经请旨之条，即不敢许之过骤。然既奉转圜之旨，又不得执之过艰，良皆自沪至京，无电线以资迅速，故虽由电请旨，非旬日所能往还。敌廷之询问益多，专对之机权愈滞。此其难六也。

犹幸我朝与俄罗斯通好二百余年，素无纤芥之嫌，未肇边疆之患。俄国自攻克土耳其后，财殚力竭，雅不欲再启衅端，加以圣明俯纳臣言，解放崇厚，以解其疑，办各案以杜其口，故其君臣悦服，修好输诚。布策诸人，虽坚执各条，不肯放松，而俄国皇帝与其外相吉尔斯，实有和平了结之意，故得从容商改，大致就我范围。此则列圣以来，怀柔之效，而我皇太后、皇上公溥慈祥之德，有以感动之也。

臣之私心过虑，诚恐议者以为俄罗斯国如此强大，尚不难遣一介之使，驰一纸之书。取已成之约而更改之，执此以例其余，则中西交涉，更无难了

> 之事。斯言一出，将来必有承其弊者。窃以为兵端将开而复息，关乎生民之气数，而气数不可以预知。条约已定而可更，视乎敌国之邦交，而邦交不可以常恃。臣是以将到俄以来，办事艰难情状，据实直言，不敢稍存隐饰，请旨密饬海疆暨边界诸臣。仰体圣朝讲信修睦之心，至诚以待邻封，息事以全友谊。庶几遐荒悦服，永叶止戈为武之休，海宇清平，益臻舞羽敷文之盛。

两宫太后异常嘉悦。慈安后道："曾纪泽办事精细，待人温厚，比了他老子还要胜。"慈禧后道："这回的事，除了他谁也吃不下。"随降谕曾纪泽奏进改订条约章程，着惇亲王奕誴、醇亲王奕譞、潘祖荫、翁同和会同总理各国事务王大臣妥核具奏。王大臣复核上来，自然总是请予批准。再后有别的商议，漫天大雾，化作轻烟，朝野臣民，无不额手称庆。

这日军机大臣左宗棠，正在恭亲王府谈论琉球案子。恭亲王道："日本竟也要学着西洋人，订立一体均沾的条约。上头意思，划分两岛，延存琉祀，还不很妥善。这件事倒难议呢！"左宗棠气愤道："多大的日本，乘我们有事时候，胆敢首先发难，灭我属邦！若不借此稍示国威，以后如何能驾驭群夷呢？"恭亲王道："照现在时候，兵衅怕不易开呢。"左宗棠才待答话，忽见恭府太监急吁吁奔入，报说："不好了，东太后崩了！"二人齐吓一跳。欲知后事如何，且听下回分解。

第九十二回　**清韩难生俘大院君　丧越疆罢斥恭内阁**

话说左宗棠在恭亲王府，正在谈论琉球案子，忽见两个太监，喘吁吁进来，报说："不好了，东太后崩了！"两人齐吓一跳。左宗棠道："这才好好的，朝晨召见军机，御容和怡，毫无疾色，不过两颊微赤罢了。王爷，你也被召的，怎么半日工夫，就崩了呢？"奕䜣道："这就叫天有不测风云，人有旦夕祸福。"左宗棠道："什么症候呢？照着向例，帝后有了疾，要传御医，须先传知军机，医方药剂，悉由军机检视，以昭郑重。这会子，太后患病，你我当军机的，一点子没有知道。"议论未了，忽报内廷有旨，立召枢府大臣入见。

奕䜣、左宗棠急忙遵旨赶入。见东太后已经小殓，西太后坐在矮凳上，态度很是从容，群臣依礼叩见。西太后道："东太后素来强健，这就几天里，也不曾见有动静，忽遭暴变，真是想不到的事。"群臣至此，除了顿首仰慰，也没有别的话。忽见一人碰头道："东太后急病，曾否传太医诊治。"西太后听了，顿时变色。众人瞧发话的不是别人，正是军机大臣、东阁大学士左宗棠。众人见西太后变色，都替他捏一把汗。停了半晌，只见太后向奕䜣道："召你们不为别事，就为办理丧事的事情。你们出去，大家商议商议。"左宗棠跪在地上，还想奏问别的话，西太后已经站起身，踱了进去。于是一同出外，商议丧事。左宗棠道："奇怪的很，怎么已经小殓了？照例后妃出了事，总要传戚属入内瞻视了才小殓，历朝都是这个办法。这会子，东太后家属没有奉召就小殓了，你道奇怪不奇怪？"众人见他言辞过于刚直，恐怕惹祸，都不敢接嘴。

左宗棠发了几句旁若无人的议论，回到家中，心中兀自沉闷。忽见家丁高升跟连发两个在那里窃窃私语。宗堂唤入，问他们讲点子什么，高升笑回："小的听得外面传说，东太后的命，是被人谋掉的。西太后前几天病，是托病，并不是真病，东太后不知，特地进宫探问。不意掀帘入内，眼见唱戏的小金儿睡在西太后龙床上，东太后大怒，立把小金儿逐出赐死。西太后跪了好半天，东太后心慈脸软，搁不住人情，应允她不追究。不意这日回宫，就大渐了。"偏连发说不是为小金儿的事，是为另一桩事情。他说："咸丰皇帝临没时光，曾给一道密旨东太后，交代道：'西太后如果不肯听话，可即宣旨赐死。'这道密旨，东太后一盈宝贝似的藏着。前儿西太后病了，东太后因为不忍，就把密旨给她瞧了，当场毁掉。不意西太后反倒疑忌起来，把东太后就此谋掉。小的跟他争论呢。"左宗棠道："这都是无稽之谈，你们不必信他，也不必讲他，都被老爷闻知了，你们都没了命呢。"两家丁喏喏连声而退。

左宗棠在枢府，言谈举止，每多不合时宜，枢府各大臣颇为嫌恶。混了半年多，究竟想一个法子，把他放了出去。风和日丽时光，似这种寒岁柏松，疾风劲草，原是不很贵重的。

此时年丰人寿，国阜民康，中国地方，了无新奇事实可纪，不意朝鲜属国，竟就酿出很大的乱子来。朝鲜国王李熙,本系宗藩支子,因为前王无嗣,入承正统的。国王的本生父李应正,封为大院君,总揽国事,威权无上。等到国王年长亲政,总揽朝纲。一朝天子一朝臣,大院君的党渐渐扫除净尽,另换一般新人物。这时光,王妃闵氏,用事执政的人大半都是闵族,应正心很怏怏。自有一班失意小人,推他出头,怂恿他跟闵族作对,都说:"你老人家不论如何不济,总是当今的本生老子,除当今外,谁还尊过似你?发一个令出来,谁还敢不遵?那班奸党,不过仗着王妃腰子,你老人家要出了场,他们哪里还站得住?"恰好这一年,兵士因缺饷哗变。叛官乱兵并了堆,举奉大院君为主,声言入清君侧。卷甲星驶,一霎时,就把京城攻下,逢官便杀,遇吏即擒。王朝用事各官,无论是闵非闵,悉数杀死。乱党计议道:"诸闵被诛,闵妃留着,终是祸根。索性一不做,二不休,斩草除根,省得来春复发。"此时大院君也难禁止,眼看众人杀入王宫,把王妃活活斫死,并矫命把国王幽闭在密室里头。乱兵四出焚掠,连日本使馆都遭在劫数里,伤掉好多个日本人。

这个警信报入中国,着急倒了一个疆吏,就是直隶总督张树声。张树声得着警报,连称不好,一边飞章入告,一边急调提督丁汝昌、道员马建忠火速往救,又调提督吴长庆率陆军到汉城,相继办理。吴长庆真也有能耐,软诱硬恫,一连哄吓诈骗,竟被他把应正诱骗到营。立派干员,解送到天津,听候张树声发落。所有乱党一百多人,悉数被捕,尽置于法,迅雷不及掩耳。张树声这桩事情,办理得非常得势。等到日本国派兵到来,乱事早已平静了。凭他如何厉害,也不过定了偿金开埠几款条约而已。李应正被俘到天津,树声据实奏闻,请旨惩治。皇太后深仁厚泽,特下恩旨,免其治罪,并降旨李应正着在保定安置。后因国王哀恳,释放回国,此系后话。当下吴长庆立了大功,张树声就奏保他率领所部留驻朝鲜。

一波才平,一波又起,朝鲜事情,刚才舒齐,越南交涉,又接踵而起。原来越南旧阮王,嘉庆年间,因与新阮争国,曾向法兰西借兵。当时原许灭掉新阮,即以巨金酬报。及至新阮灭掉,酬金只付半数。咸丰时光,又为杀害教民案子,与法国构兵,连遭败仗。到同治元年,谈和立约,割南圻之嘉定、边和、定样三省与法国。同治十一年,又开兵衅,再订和约,又割掉永隆、安江、河仙三省。于是南圻全为法踞,改嘉定为西贡,成为大险。上年九月,法人欲实行红河通商。逼越南驱除刘永福,并因和约内有代出资剿匪之条,驶兵船入东京。云贵总督刘长佑得着消息,飞章入告,大略称说:越南为滇粤之唇齿,国外之藩篱,法国垂涎越南已久,开市西贡,据其要害。同治十一年,复通贼将黄崇英,规取越东京、思渡、洪江以侵凉山,又欲割越南、广西边界地六百里,为驻兵之所。臣前任广西巡抚,即命师往援,法人不悦。吁告总理衙门,谓臣包藏祸心,有意败盟。赖毅皇帝察臣愚忠,乃得出助剿之师,内外夹击。越南招用刘永福以折法将沙酋之锋,广西两军,分击贼党,覆其巢穴,歼其渠魁。故法人寝谋,不敢遽吞越南,若将逾一纪。然法人终在必得越,得以窥滇粤之险,而舒楚蜀之路。入秋以来,增加越南水师。越南四境,皆有法人之迹。东埔人感法恩德,顺以六百万口,献地归附。越南危如累卵,势必不支。同治十三年,法军仅鸣炮示威,西三省已入于法。今复夺其东京,即不图灭富春,已无能自立。法人志吞全越,既得之后,必请立领事于蒙自等处，以攘矿山金锡之利，现已时有法人入滇境，以觇形势。倘法覆越南，逆回必导之内寇，逞其反噬之志。臣受任边防，密迩外寇，不敢闻而不告。慈禧后就命驻英法使臣曾纪泽与法廷辩诘。一面谕令北洋大臣李鸿章筹商办法，并谕沿边、沿江、沿海督抚密为筹办，这都是上年的事情。今年二月，忽得警报，法国兵舰已由西贡驶至海阳，势将扑取东京，立谕滇督相机因应。三月，又调曾国荃为两广总督。此时越南东京已被法人攻破。朝廷用张树声奇计，密令滇粤防军守于城外，以剿办土匪为名，借图进步。并令广东兵舰出洋，遥为声援。不意法军在越南依旧肆无忌惮。没奈何，只得命滇督刘长佑遣道员沈寿榕带兵出境，与广西官军连络声势，保护越南。

这时光，燕道滇粤，军报往返，络绎如电。一日，刘长佑飞奏：法人自破东京后，每日增兵，并忧重赏，以万金购刘永福，十万金取保胜州。刻下我防军统领提督黄桂兰驻师谅山。永福来谒言，方发兵赴北宁助守，保胜州有新部扼防，法人当不得逞。惟兵力单薄，恳求天朝援助等语。慈禧后询问各军机："刘永福是怎样一等人物？"李鸿藻回奏道："刘永福是广西上思州人。咸丰时光，广西乱得要不得，永福率着三百个男儿好身手，闯出镇南关，占据了保胜州。该地原是广东人何均昌据着的，永福恃强，逐掉均昌，占有其地。彼时永福所部，都以黑旗为号，名叫'黑旗军'。黑旗军勇悍善斗，听说法国人很忌惮他呢！"慈禧后道："越南王见他好，不见他好？"李鸿藻道："同治十二年这一年，法人攻破河内，法将安邺勾结了贼首黄崇英，谋占全越。黄崇英拥众数万，号称'黄旗'，声势很是厉害。越南王遣使招降永福，永福率领所部，越过宣光大岭，绕驰河内，一战而斩安邺。法人胆落，越南王要紧求和，命督师黄佐炎亟檄永福罢兵，封他为三宣副提督，管辖宣光、兴化、山西三省。遂在保胜州设卡抽税，越南王不能制，听其自行收税养兵。法人忌他，逼迫越南驱除，才酿出这回祸乱来。"慈禧后道："如此说来，这刘永福倒也是个好汉了。"随命廷臣，会议救越之策。

会议未竟，刘长佑奏报又到，略言山西有失，则法军西入三江口，不独保胜无障蔽，滇省自河底江以下，皆须步步设防。非滇粤并力以图，不足以救越国之残局，非水陆并进，不足以阻法人之贪谋。廷谕长佑密为布置。此时长佑已命藩司唐炯督率旧部，出屯保胜。粤监曾国荃，也命提督黄得胜统兵防钦州，提督吴全美统兵轮八艘防北海。广西防军提督黄桂兰、道员赵沃相继出关。

举朝才智之士，谈兵说剑，慷慨激昂，都想趁这当儿，显出惊人的本领，博着破格的殊荣。吏部主事唐景崧，自请赴越南游说刘永福来归。中旨发往云南，交督臣差遣。景崧奉旨之后，且不入滇，先到粤省，叩谒曾国荃，条陈方略。国荃甚韪其议，赠了他大大一分程仪。于是景崧径入越南，见了刘永福，摆出策士架子，那三寸不烂之舌，就滔滔滚滚，唱起苏张的旧曲子来。一总有三条妙策，上策言越为法逼，亡在旦夕，诚因保胜。传檄而定诸省，请命中国，假以名号，事成则王，这是上策；其次提全师击河内，驱法人，中国必能助饷，这是中策；如果坐守保胜，事败而投中国，怕中国不受，这便是下策。反复陈论，说得椎埋莽夫，抗手听约。刘永福笑道："微力不足当上策，勉为中策或者能够做的到。"景崧回报，曾国荃就奏派广西藩司徐延旭出关与黄桂兰、赵沃会筹防务。忽军探报称："刘永福卷甲星驰，在河内纸桥地方，跟法人大开一仗，阵斩法将李威利，法军大败，越南王已封永福一等男爵。"徐延旭喜道："这都是唐主政一说之功也。"随把永福战绩，奏陈朝廷，并留唐景崧防营效用。

此时法国已派专使来华，质问中国是否助越。中国当外交的，是赫赫有名的肃毅伯李鸿章。这位伯爷，就拿出油滑手段对付法使，告诉他中国调兵，无非是边界剿匪。法人不得要领，就扬言要发兵犯粤。朝廷得信，一面饬令广东戒严，一面令总理衙门致书法使，声言越南久列藩封，历经中国用兵剿匪，力为保护。今法人侵陵无已，岂能受此蔑视，倘竟侵我军驻扎之地，惟有开仗，不能坐视。一面下旨，命徐延旭饬刘永福相机领复河内。法军如犯北宁，接令接战。命滇督增兵防边，唐炯迅赴前敌备战，并接济刘永福军饷。调兵筹饷，办理得异常认真。

时势日危，军情日紧。警报传来，越南的山西省，已被法兵攻破，摇旗喊呐，势将攻扑琼州。朝廷大惊，忙命岑毓英出关督师，又派兵部尚书彭玉麟为钦差大臣，到广东督师。这彭玉麟是个中兴老将：名重幽燕，勋绩由来伟甚；貌同褒鄂，容颜半值衰余。沙场见惯长征，横秋意气；云阵犹能酣战，誓日精忠。朝廷请了他出来，总能够大抒伟抱，特建奇勋，替天朝吐一口儿气。不意才一到差，就上了一个封折，朝廷见了，大大失望。原来他这奏折，说的是据候补道王之春言，有郑官应者，幼从海船，遍历越南、暹罗。暹王粤郑姓，其掌兵政者皆粤人。与官应谈法越战事，皆引为切肤之痛。伊国与越之西贡毗连，尝欲出其不意，攻其不备，由暹罗潜师以袭西贡，先覆法酋之老巢。又英国属地曰新加坡，极富庶，粤人居此者十余万。拟悬重赏，密约两处壮士，俟暹国兵到时，举兵内应。先夺其兵船，焚其军火。此二端较有把握。拟密饬郑官应潜往结约，该国素称忠顺，乡谊素敦。倘另出奇军，西贡必可潜师而得。拟再派王之春改装易服，同往密筹，届时密催在越各军，同时并举。西贡得，则河内海防无根，法人皆可驱除，越南可保等语，一派都是书生纸上谈兵故套。

慈禧后立命军机降旨道：

据奏已悉，暹罗国势本弱，自新加坡、孟加拉等为英所据，受其挟制，朝贡不通，岂能更出偏师，自挑强敌？郑官应虽与其国君臣有乡人之谊，恐难以口舌游说，趋令兴师。且西贡、新加坡，皆贸易之场，商贾者流，必无固志。悬赏募勇，需款尤巨，亦虑接济难筹。法人于西贡经营二十余年，根底甚固，中国无坚轮巨炮，未能渡海出师，捣其巢穴。即使暹罗出力，而无援兵以继其后。法人回救，势必不支。况英法迹虽相忌，实则相资。彼见暹罗助我用兵，则猜疑之心益萌，并吞之计益急，恐西贡未能集事，而越南先已危亡。该尚书所奏，多采近人魏源成说，移其所以制英者，转而图法。兵事百变，未可徇臆度之空谈，启无穷之边衅。倘机不密，先传播新闻纸中，为害尤巨，该尚书所称言易行难者，谅亦见于此。钦此。

这道谕旨，颁发去后，不到一个月，警报又来，报称越南王阮福时薨了。法人乘丧进兵，攻克顺化海口，入据都城。越臣因嗣君不贤，公启太妃，改立故王堂弟阮福升为君，乞降于法，立了二十七条和约。那第一条就说中国不得干预越南的事，此外政权利权，都归法人。现在越王已谕诸将退兵，意思是要驱逐刘团。黑旗军士，异常扼腕。慈禧后闻报，立节召集枢臣，筹商战守方略。奕䜣道："军报虽是这么说，边臣章奏未来，此事怕不确吧。" 道言未了，内监呈上才到的两封奏折，一封是粤督张树声自请出关视师；一封是抚桂徐延旭，奏言"越人仓卒议和，有谓因故君未葬，权顾目前者，有谓因废立之嫌，廷臣植党构祸者，迭接越臣黄佐谈等抄寄和约，越诚无以保社稷，中国又何以固藩篱？请旨速定大计" 等语。慈禧后道："张树声既然自请出关，可就着他带了兵轮到富春去。" 军机遵旨缮谕去讫。

从此战报络绎，传来消息，却总是歹多好少。一时报称越南嗣王阮福升暴卒，国人立前王阮福时第三继子为王，就是辅政阮说的儿子。又报法人攻破兴安省，越南大吏巡抚布政按察各官都被法人拘到河内枪击毙命。山西失守，刘团溃散。慈禧后焦闷异常，枢府各大臣都是太平宰相，拨乱反正，不很在行的。

一日，恭亲王接着唐景崧从保胜递来一书，声言"滇桂两军偶通文报，为日甚迟，声势实不易联络。越南半载之内，三易嗣君，臣庶皇皇，类于无主，欲培其根本以靖乱源，莫如遣师直入顺化，扶翼其君。俾政令得所，以定人心，而清匪党，则敌焰自必稍戢。军事庶易措手，若不为藩服计，则北圻沿边各省，我不妨直取，以免坐失外人。否则首鼠两端，未有不归于败者也" 等语。说得颇中时弊。次日上朝，就把此意奏知太后。慈禧后道："据李鸿章奏，越南山西这一仗，滇军与刘团鏖战异常勇悍，终因器械未精，受了亏。现在北洋所购的新式枪，都很精坚适用，可叫他们照着原价领拨了去再筹战守吧。"

慈禧后为了战务，宵旰忧勤，批览章奏，指示机宜，都是一个儿的心思才力，调排这样，调排那样。奕䜣等一班枢府大臣，只会办几桩照例公事。关着军国要政，别说分劳分任，就当面咨询他，也是十问九不答的。回过来，总是"奴才愚昧，正欲恳请皇太后圣训"。因此慈禧后心里很是不惬意。恰好这日，又来了个大败的军报，却是北宁失守，黄桂兰、赵沃败奔太原。慈禧后叹道："要是大家肯尽点子力，何至闹成这个样子？一个个都是伴食宰相，叫商量也没处商量去。" 慈禧后才发得三五句话。明日早上，参折就是一大叠，都是众御史拜发的，你也参劾枢臣，我也参劾枢臣。慈禧后瞧了，立刻降了一道很严厉的旨：

> 恭亲王奕䜣等，始尚小心匡弼，继则委蛇保荣，近年爵禄日崇，因循日甚，每于朝廷振作求治之意，谬执成见，不肯实力奉行。屡经言者论列，或目为壅蔽，或劾其委靡，或谓其簠簋不饬，或谓其昧于知人。本朝家法綦严，若谓其何前代之窃权乱政，不惟居心所不敢，亦法律所不容。只以上数端，贻误已非浅鲜。若仍不改图，专务姑息，何以副列圣之贻谋？将来皇帝亲政，又安能臻诸上理？若竟照弹章，一一宣示，不能复议亲贵，亦不能曲全耆旧，是岂朝廷宽大之政所忍为？恭亲王奕䜣、大学士宝鋆入直最久，责备宜严。

> 姑念一系多病，一系年老，兹特录其前劳，全其末路，着奕䜣加恩仍留世袭罔替亲王，赏食全俸，开去一切差使，并撤去加恩支俸，家居养疾；宝鋆着原品休致；协办大学士吏部尚书李鸿藻，内廷当差有年，只为囿于才识，遂致力事竭蹶；兵部尚书景廉，只能循分供职，经济非其所长，均开去一切差使，降二级调用；工部尚书翁同龢，甫值枢廷，适当多事，惟既别无建白，亦有应得之咎。着加恩革职留任，退出军机处，仍在毓庆宫行走，以示区别。钦此。

照例召见枢臣，都是全班进的，也有独召首辅一个儿的。这日，独召领班章京一人入见，就命在御前草拟谕旨，拟毕，就命朱书发出，却是从来未有的创举。旋命礼亲王世铎、户部尚书额勒和布、阎敬铭，刑部尚书张之万，均在军机大臣上行走。工部左侍郎孙毓汶，在军机大臣上学习行走。又下严旨：徐延旭株守谅山，仅令提督黄桂兰、道员赵沃驻守北宁，该提督等遇敌先溃，殊堪痛恨。徐延旭着革职拿问，黄桂兰、赵沃溃败情形，着交潘鼎新查办。一面命湖南巡抚潘鼎新办理广西关外事务，接统徐延旭之众。雷厉风行，霎时间换了一番景象。欲知后事如何，且听下回分解。

第九十三回　**谅山踊跃鏖兵　学士仓皇夜遁**

话说慈禧后锐意振作，把军机大臣全数斥退，另换了一班新人物。又下特旨："军机处遇有紧要事件，着会同醇亲王奕谖商办，钦此。"不意国子监祭酒宗室盛昱、左庶子锡钧、御史赵尔巽，见了此旨，以为又得着了好题目，摇笔弄墨，做成极锋芒的文字，先后上书，奏请收回成命。慈禧后皱眉道："这一班人的心地，怎么这么的不明白？若不明谕宣示，怕他们要把醇邸误认做朝鲜的大院君了。"

随命军机拟道：

> 垂帘以来，揆度时势，不能不用亲藩，进营机务，此不得已之深衷，当为在廷诸臣所共谅。此次谕令醇亲王奕谖与诸军机大臣会商，本为军机处办理要政而言，并非寻常诸事。慨令与闻，奕谖已一再坚辞，当经曲加奖励，并谕俟皇帝亲政，再降谕旨。始暂时奉命，军机政事，枢臣亦不能诿御也。钦此。

明谕宣布后，众廷臣自然再没有话讲了。此时海氛日恶，警报频传。这日，又接着福建军报，法国兵舰八艘，窥伺厦门，随饬沿海边防，力筹守御。又命川督丁宝桢，去问前湖南提督鲍超，并察其能否出膺重任。命李鸿章促召在籍提督刘铭传，火速来京。又下特旨，命通政司通政使吴大澄会办北洋事宜；内阁学士陈宝琛会办南洋事宜；翰林院侍讲学士张佩纶会办海疆事宜。均准专折奏事，调兵派将。电掣雷轰，不意举朝敌忾之中，却出了一个力主和议顾全大局的大"忠臣"。你道是谁？原来就是中兴名臣合肥相国李伯爷。李伯爷老成持重，深虑衅端一开，一时难于收拾，恰好孽关税司美国人德璀琳毛遂自荐，自顾居间议和。李伯爷就把德璀琳好意，奏闻朝廷。慈禧后原不是好大喜功的霸主，准如所请，命李伯爷妥筹办理。随又降旨道：

> 李鸿章屡被参劾，畏葸因循，不能振作，朝廷格外优容，未加谴责。两年来法，越构衅任事，诸臣一再延误，挽救已迟。若李鸿章再如前在上海之迁延观望，坐失事机，自问当得何罪？此次务当竭诚筹办。如办理不善，不特该大臣罪无可宽，即前此总理衙门王大臣，亦一并治罪。钦此。

李伯爷接到这种恩威并济的旨意，怎不恐惶悚惧？于是与法国总兵福禄诺开议和款，纵横捭阖，用尽了心机，使尽了权术，才议成五条草约。一是中国南界毗连北圻，法国约明，无论遇何机会，并有他人侵犯，均应保护；二是中国南界，既经法国与以实据，不虞侵占，中国约明将北圻防营撤回边界，并于法越所有已定与未定各条约均置不理；

三是法国不向中国索偿兵费，中国亦应许以毗连北圻之边界，法越货物，听其运销；四法国将来与越改约，决不插入伤中国体面语，并将以前与越所立约关碍东京者，全行销废；五是两全权签押，三个月后，另订细款。看官们目光如电，总也不庸说话的逐条诠解。越南是中国属邦，现在变了法国保护国，还说不伤中国体面，这句话骗谁也不信。

不意草约到京，竟会奉旨允准，批令鸿章画押的。当时言路各官，风起云涌，参劾鸿章，竟把他比做秦桧、贾似道。亏得鸿章识量宽宏，毫不介意，这种无稽之谈，不过置之一笑罢了。山穷水尽疑无路，柳暗花明又一村。草约虽然议定，福禄诺临去时光，却又生发一桩事情来，声言派队巡察越境，驱逐刘团。李鸿章含糊答应了，并没有奏明。偏偏法使认真，行文总理衙门，诘问简明条约，法文与汉文为甚不符？于是朝旨责鸿章办理含混，着令竭力筹备自赎。一面饬外境各军，严行防备，如果法军前来扑犯，即当与之接仗。李伯爷力主和议，苦心维持，杀连既开，一个儿哪里维持得住？

这日，接着谅山军报，知道法将托名查边，率兵直闯谅山，行抵观音桥，桂军止住他，法将不理，两军开枪轰击，战了半日，把法军杀了个大败。主战诸臣得着此信，勇气顿增十倍。恰好川督丁宝桢奏称鲍超病愈，于是下旨谅山防营进规北宁。一面命鲍超带劲旅五营，赴滇助防。并令提督黄少春，率五营赴南关外助战。一面照会法使，责其先行开炮，应认偿款，并令告知法外部，赴速调回法兵。

彼时法国专使巴德，逗留在上海，复文到京，仍请开仪。于是改派曾国荃为全权大臣，陈宝琛为会办，邵友濂、刘麟祥随同办理，赴沪续开和议。曾国荃到了上海，开了十多次议会，议去议来，不得要领。法将孤拔统率兵轮，趁这当儿，竟攻扑起基隆来。

警报到京，朝廷始一意主张，即着曾国荃、陈宝琛回江宁办防。一面命岑毓英饬刘永福先行进兵，迅图规复北圻，岑毓英、潘鼎新统率关内各军，陆续进发，特赏刘永福记名提督，唐景崧五品卿衔。一面降旨宣告法人罪状，其辞道：

越南为我封贡之国，二百余年，载在典册，中外咸知。法人狡焉，思逞先据南圻各省，旋又进据河内，戮其人民，利其土地，夺其赋税。越南暗懦苟安，私与立约，并未奏闻，挽回无及，越亦有罪也。是以姑与包函，不加诘问。光绪八年冬间，法使宝海在天津与李鸿章议约三条，至饬总理各国事务衙门会商妥筹，法人又撤使翻覆。我存宽大，彼益骄贪。越之山西、北宁等省，为我军驻扎之地，清查越匪，保护属藩，与法国绝不相涉。本年二月间，法兵竟来扑犯。当经降旨宣示，正拟派员进取，力为镇抚，忽据该国总兵福禄诺先向中国议和。其时该国因埃及之事，汲汲可危，中国明知其势处迫逼，本可峻词拒绝，而仍示以大度，许其行成，特命李鸿章与议简明条约五款，互相画押。谅山保胜等军，应照议于定约三月后调回，迭经饬各防军，扼札原处，不准轻动开衅。带兵各官，奉令维谨。

乃该国不遵定约，忽于闰五月初一、初二等日，以巡边为名，在谅山地方直扑防营，先行开炮轰击。我军始与接仗，互有杀伤。法人违背条约，无端开衅，伤我官兵，本应以干戈从事，因念订约通好二十余年，亦不必因此尽弃前盟，仍准总理各国事务衙门与在京法使，往返照会，情喻理晓，至再至三。闰五月二十四日，复明降谕旨，照约撤兵，昭示大信，所以保全和局者，实属仁至义尽。如果法人稍知礼义，自当翻然改图。乃竟始终怙过，饰词抵赖，横索无名兵费，恣意要挟。辄于六月十五日，占据台北基隆山炮台，经刘铭传迎剿获胜。本月初三日，何璟等甫接法领事照会开战，而法兵已自马尾先期攻击，伤坏兵商各船，轰坏船厂。虽经官军焚毁法船二只，击坏雷艇一只，并阵毙法国兵官，尚未大加惩创。该国专行诡计，反复无常，先启兵端，若再曲予含容，何以伸公论而顺人心？因特揭其无理情节，布告天下。钦此。

战书宣布之后，法国公使就下旗回国。朝廷拊髀择将，选了个百战过来的大将，就是荡平太平军、戡定新疆的左宗棠左侯爷。当下特派左宗棠为钦差大臣，将军穆图善、漕督杨昌濬为帮办大臣。左侯爷调集旧部，按站起行。才抵浙江地界，流星探马，飞报祸事。报说："马江大败，张佩纶、何如璋闻警逃窜，港内兵轮，尽被法炮扫掉。"左侯大吃一惊。原来这张佩纶，是都中清流党党魁，一手好笔仗，说的话锋利无比，他那个笔头上，不知拨掉过多少红顶儿。因此无论内任外任官员，望见了他影子就要害怕。张佩纶还有一样惊人本领，谈兵说剑，激昂慷慨，恁你孙武、吴起，聆了他的议论，也要低头拜服。

朝廷放他为船政大臣，会办海疆事宜，原要试试他才具。佩纶一到福州，使出狂奴故态，搭起大将架子，狂到个要不得。好在这时光左侯没来，山中无虎狗称王，福建地方，谁还在他眼里？闽浙总督何璟，福建巡抚张兆栋，见佩纶意骄气盛，狂得厉害，乐得把军务推在他身上，自己好脱卸干净。豆芥之事，只要略关上一点子军务，就叫请张会办的示。督抚两院，排日上谒，竟同衙参一般。佩纶直受不辞，一应防务，毫不经意。看官，佩纶也是个知兵豪杰，为什这么大意？原来他暗里恃着一座泰山，就是全权大臣李伯爷。佩纶屡接伯爷手札，都说和约旦夕成功，万勿轻启衅端。李伯爷是洋务老手，佩纶如何不信？

这日，海弁入厂，飞报外海有七八只兵轮，高扯法国旗号，机声轧轧、黑烟冲霄的驶进口来。此时督院何璟，抚院张兆栋，前任船政大臣何如璋，都在座中。得着此信，全都失色。瞧张佩纶时，依旧没事人似的在那里谈笑。众人不禁佩服道："张公真是神人，大敌在前，视如无睹，要是差一点子的人，不知要慌到怎么样儿了。"何璟道："可不是呢，刘铭传与张公不是同膺特简的吗？刘公一抵台湾，封煤厂，逐法人，张皇得什么相似，谁都不如张公那么镇定。"张兆栋道："羊叔子轻裘缓带，诸葛公羽扇葛巾，名将风度，自异凡庸。"佩纶听了，很是得意，随命置酒开宴，传杯弄盏。正吃得香酣，忽报张管带得胜，缉得引港奸民，解在辕门请示。佩纶怒道："没眼珠子的王八，什么事，也来混报！人家正喝酒呢，扰乱酒令，看军法。"吓得那军弁诺诺连声，退了出去。众人知道佩纶是个兵学专家，定有神谋秘计，事关机密，谁敢多问？

喝了一会酒，忽闻辕门外哗噪起来，佩纶忙令军弁出现。一时回禀："水陆各管带求见大人，禀陈机宜。门上不肯通报，才闹呢。"佩纶唤入众管带，问他们有何意见，海军各管带道："法兵轮驶入马江，怕有奸计。咱们兵船，也应上煤生火，预备抵敌。"佩纶不语。又问陆军各弁："见我有何事？"众弁道："恳求大人发令，开炮打洋人。"佩纶冷笑道："你们知道什么？本大臣奉有密旨，不准先行发炮。你们倒要惹事吗？"众将弁道："打仗的事情，顾不得谁先谁后。敌情变幻，先下手为强。务恳大人发令。"佩纶怒道："国有王章，营有军法，谁要违令，我就斩谁！"海军各管带道："咱们十一艘兵轮都在一块儿，万一法人开炮，受亏可就不小。不如驶到口外去巡哨，既使有什么意外，也不至于全军覆没。"佩纶道："这里是船厂重地，兵轮驶了口外去，船厂叫谁保护？"众管带又请拨发军火，以备不虞，佩纶也不许。众将并愤愤退出，相语道："闽洋水师，早晚送掉在张佩纶手里。"

这一晚，幸喜没事。次日，就是七月初一，大雨滂沱，风势异常猛烈。张佩纶高兴，备了一席精菜，派家丁邀请何如璋等来辕赏雨。何如璋接到知单，回说就来。才待赴宴，忽报扬武兵船管带张成求见。如璋道："见我做什么？着他进来。"一时引入，张成一见面，就道："何大人，不好了！法将下了战书了。"如璋道："哪里来的谣言？没有的事，别信他。"张成道："战书现在标下身边，是法兵船专弁送来的。"说毕，呈上。如璋一瞧，见信面上写着蟹行西字，随道："知道了，你去吧。"张成去后，何如璋也就赴席。群贤毕至，高朋满座。这日兴致非常之好，彼此都喝得大醉，战书一桩事情，早忘记到爪洼国去了。

一宵容易，又是明朝。这日，阖埠商民，喧传已遍，都说法人立刻就要开战，各国领事商人，纷纷下船避难。海陆军弁，走报佩纶，请领军火。佩纶依旧不准。船厂里洋教习法人迈达告诉学生魏瀚道："咱们今儿是师生，明儿一开仗，就是敌国了。"魏瀚怕张大人军法厉害，不敢入告。

初三日清早，张佩纶一个儿在签押房独酌，忽报法国兵船升了火，都启碇了。接着法国照会送到，忙命翻译翻出，说是准于本日未刻开炮轰击。张佩纶至此，才着了忙，忙差人邀何如璋商议退敌之策。何如璋道："别慌，吾兄笔仗，素来可以，不如做一篇檄文，传布开去，法人就此吓走，也说不定呢！"佩纶道："不行，法人认识汉文的很少。"如璋道："这可没有法子了。"两个才子，商议了大半天，依旧一筹莫展。究竟张佩纶是个兵家，深通战策，广有权谋，竟被他思出一条无上妙计。只见他喜悦道："有了，有了。"何如璋倒被他吓一大跳，忙问："怎么了？"佩纶道："我想出一条计策来了，外国人最喜欢是诚实，索性开诚布公写一封信去，告诉他今儿万万来不及，请他宽限一日，明儿再见高下，你看行吗？"何如璋拍手称妙。随道："事不宜迟，要写就写。"当下张佩纶写了一封哀恳的信，叫翻译的译成法文，派人送向法军而去。法将孤拔真也不讲理，张佩纶派去的人，才上得船，已经下令开炮了。炮火轰天，硝烟匝地。这里，战船要启碇装药，哪里来得及。法舰上大炮震天似的轰来，不过一个时辰，福星、振威、福胜、建胜四艘兵船，都被击碎沉没。飞云、济安、扬武、则高、腾云五艘，见大势已去，忙都放火自焚，霎时闽江中火光冲天。伏波、艺新两舰，急得逃的飞快，总算没有受着大伤。马江十一艘兵船，差不多全军覆没。张佩纶听得法人炮声，早慌了手脚。旋见烟焰涨天，飞报福星沉没，接着又传振威被法舰挤断，福胜、飞云等都沉了。佩纶左思右想，原要尽忠的，无奈当不起炮火无情，只得头上顶着个三寸厚的铜盘，赤着脚，从船局后山而逃。急急如丧家之犬，茫茫如漏网之鱼。偏偏天公作对，大雷大雨，淋得张佩纶落汤鸡似的狼狈不堪言喻。天又昏黑路又滑，风猛雨烈，要歇息，没地方，这一个苦楚，真是有生以来头回儿遭着。天无绝人之路，正这当儿，恰碰着一个亲兵，佩纶道："来不得了，到哪里歇歇去？"亲兵道："鼓山脚下就有村庄，到了村庄就好了。"佩纶道："离这儿有多少路？"亲兵道："奔一程就到了。"那亲兵搀住佩纶，冒风冲雨，不管高低纡直，拼命向前奔走。偏那雷霆，不住的在佩纶头顶上轰动，好似上天也怒他闻警逃窜似的。只听亲兵喊道："好了！"佩纶倒吓一跳，忙问："怎的？"亲兵道："趁着电闪望去，前面已有村庄了。"佩纶暗道："天可怜见，这才得了命了。"想着时，已经入了村庄。那亲兵便挨着一家茅屋人家，举手碰门，碰了半天，才听得门内有人询问："碰门的谁？"亲兵道："咱们大人到此躲雨呢，快开开门。"内人听说是大人，索性不理睬了。亲兵大怒，就要打门进去。佩纶止住不许，随道："这里可有寺院？还是寺院中去歇歇吧。"亲兵无奈，只得再走。好容易找着一所禅寺下院，两人入内歇下。佩纶自瞧两脚，已满满的都是泡。询问和尚，知道这里离船厂已有二十多里路程。那亲兵说起彭田乡里有一家亲戚，大人何不就到那里躲一时，佩纶应允。此时天已大明，雨也止了。佩纶叫和尚代雇了一头牲口，随了那亲兵，投向彭田乡去了。

哪里知道，省城里这一日恰有廷寄到来，督抚两院，叫送交张大人。一时回张大人不知去向，上谕无从交送。督抚两院，都着起忙来，忙差干弁四出探访。谁要找到张大人，就赏谁钱一千。重赏之下，必有勇夫。不到一天，就有人报称张大人安居在彭田乡里。于是专派干弁，把廷寄送交了去。张佩纶住在彭田，左思右想，终难脱去干系。亏得自己笔底下来得，不难颠倒功罪，虚捏敌情，做一张离奇奏报，搪塞朝廷。他那奏报内有警句是："臣甫到闽，孤拔踵至，明不足以料敌，材不足以治军。妄思以少胜多，露厂小船，图当大敌，卒至寇增援断，久顿兵疲。军情瞬息万变，臣既制于洋例，不能先发以践言，复狃于陆居，不能登舟以共命，实属咎无可辞。"说得何等冠冕！何等堂皇！这便是马江大败的情形。欲知左宗棠得报之后，如何举动，且听下回分解。

第九十四回　**苏元春力摧劲敌　冯子材夜闯法营**

话说左宗棠接着马江败信，不胜惊诧。暗忖："张佩纶是当世杰士，怎么一碰着风浪，就会这么一败涂地？"不多几天，廷寄到来，却是编修潘炳年等由都察院代奏张佩纶、何如璋偾事情形，奉旨着令查办的事。左宗棠见了廷寄，猩猩惜猩猩，不免替张佩纶感叹了一会。公事公办，没法儿，只得委了两个属员，前往福建查办。忽军探入报："广东彭玉麟、张之洞都被传旨申饬，为的是出示晓谕沿海居民忠义报效，叫他们在海面上设法，将法国兵轮带水浅搁，并置毒食物中，新加坡槟榔屿华人一并遵行。上头嫌他措词既失正大，讹传反生事端，才申饬的。"接着又报："提台苏元春在关外大破法军，轰沉法舰一艘，阵斩法将一员，连战连捷，朝廷已伏旨赏赉了。"又报："提督方友升，总兵周寿昌，在郎甲地方跟法人开了一仗，因有教民充作法军向导，吾军打了个大败仗。"又报："刘永福派骁将黄守思、吴凤典，进规宣光了。"此时军书战报，络绎不绝。左宗棠振起精神，眼观四处，耳听八方，似这么的军报，每天总要接到十多起呢。一日，忽接台湾警报："法舰闯扰台南，澎湖危甚，刘铭传乞援北洋。李鸿章奏北洋舰小，不能抵挡巨舰，无从赴援。朝廷但勉铭传固守，放了他台湾巡抚。"惊道："少荃如何这么不晓事？澎湖一失，台湾就要难保了。"随做了个折子，拜发上去，力请援台。不多几天，上谕下来，饬南北两洋，各派兵轮五艘，在上海会集，命杨岳斌统率了援台。不意江督曾国荃竟然不肯遵旨。朝廷大怒，特降严旨：

> 台湾信息不通，情形万紧。曾国荃意存漠视，不遵谕旨，可恨已极，着交部严加议处。即着妥派兵轮与李鸿章派出之兵轮，迅赴福建，交杨昌炉调遣。该大臣等倘再迁延，致误战机，自问当得何罪？左宗棠、杨岳斌迅速赴闽，无稍迟延。钦此。

左宗棠不敢怠慢，立传大令，本部马步各军，拔营齐起，星夜兼程而进。才抵省城，警报传来，基隆失守，刘铭传退守沪尾。宗棠道："刘铭传是老营务，如何会有此失？"当时藩台恰好在座，听得宗棠这么说，随接口道："刘帅自己，原自守着基隆、沪尾是提台孙开华守着的。八月十三那天，法人攻扑基隆，帅头回原打的胜仗，不料营务处知府李彤恩三次飞书求救，刘帅退到了沪尾，基隆才失事的。"宗棠道："基隆、沪尾共有多少军队？"那藩台道："也不很仔细，怕有上万人马呢。"宗棠听在肚里，当夜就动笔起了一张奏稿，大致说是："法军不过四五千，我兵之驻基隆沪尾者，数且盈万，刘铭传系老于军旅之人，何至一失基隆，遂困守台北，日久无所设施？后详加访询，始知基隆之战，刘铭传已获胜，因知府李彤恩，以孙开华诸军为不可战，三次告急，铭传乃拔队往援，基隆遂不可复问。其实沪尾之战，仍孙开华诸营之功。知府陈星聚，请攻基隆，刘铭传谢之。狮球岭法兵不过三百,曹克忠所部八九营,因刘铭传有不许孟浪进兵之语,不敢仰攻台湾。诸将领多愿往攻基隆,刘铭传坐守台北,不图进取。恭译电旨,刘铭传仍应激励兵勇,收复基隆,不得怯懦株守,致敌滋扰。臣思刘铭传之怯懦株守,或一时任用非人,运筹未协所致。李彤恩虚词惑众,致基隆久陷,厥惟罪魁。请旨即行革职,递解回籍,不准逗留台湾,以肃军机。”这一个奏折拜发之后,不到十天,谕旨下来:

饬杨岳斌迅速赴闽援台。李彤恩先行革职,交杨岳斌查办。钦此。

此时派往查办张佩纶的委员已经回来,左宗棠素性爱才若渴,张佩纶是个名士,那复奏的笔头,自然格外轻松。不意朝廷疾恶如仇,批左宗棠夙负人望,乃意存袒护,蹈此恶习,着传旨申斥。张佩纶究竟得了个充发黑龙江处分。一日,左宗棠正在治理军书,外面送进一叠才到的邸报来。随手翻开,见刘铭传奏有一折,却是抗辩自己参劾李彤恩的事。留心瞧下,见上面写的是:“基隆、沪尾,驻军四千余人,左宗棠疏称数且盈万,不知何所见闻!基隆疫作,将士病其六七,不能成军。八月十三日之战,九营仅选一千二百人,尚有扶病应敌者。当孤拔未来之先,屡接警电,沪尾兵单,炮台尚未完工。无险可扼,危险不待言。臣先函致孙开华、李彤恩,如敌犯沪尾,臣即拨基隆之守来援。及法船犯沪尾,迭接孙开华、李彤恩、刘朝佑先后来信,俱称法船直犯口门,升旗开炮。臣与孙开华等早有成约,无用李彤恩虚词摇惑。左宗棠前据刘璈禀报,称孙开华所部并淮军士勇三路迎战获胜;此次又奏孙开华数营战胜,不独于台事未加访察,即奏报中亦自相矛盾。台北知府陈星聚,每见必请攻基隆。其人年近七旬,不谙军务。经详细告以不能进兵之故,该府随言随忘,复禀请进攻。臣手批百余言,告以不能遽进之道,该府复怂恿曹志忠进攻,并有危言激之。曹志忠一时愤急,遂有九月十四日之挫。陈星聚妄听谣言,谓基隆法兵病死将尽,即不复可守。我之所恃者山险,敌之所恃者器利,彼攻我,我得其长;我攻彼,彼得其长。且敌蛮据山傍海,兵船往泊其下,若不能逐其兵轮出口,纵穷陆军之力,攻亦徒攻,克犹不克。臣治身十余年,于战守机宜,稍有阅历。惟事之求实,不务铺张粉饰。若空言大话,纵可罔于一时,能不贻笑于中外?臣实耻之”等语。左宗棠见了,心里很是不舒服。

忽流星探马飞报军情,苏元春与法人在陆岸县地方开一仗,苏军又得大胜。援台之师,也已出发,不日就要到了。宗棠得报,自是欢喜。过了几天,忽报朝鲜有乱。提督吴兆有,听了同知袁世凯奇计,统兵直入王宫,代平其乱。援台之师,奉旨折回,随着丁汝昌改赴鲜朝去了。现在这里,另派了个吴安康来了。宗棠跺脚道:“偏这么的多事,怎么办的了呢?”说犹未了,警报又至,谅山失守,潘鼎新退驻南关。原来潘鼎新督师关外,意气自用,与诸将不很相合,独与苏元春异常投机。那苏元春真也争气,只作社一仗,阵斩法将四员,获了个全胜。鼎新便向诸将不住口的夸赞元春,诸将听了未免不服气。诸将里头有一位姓王名德榜的,原是湘中宿将,见鼎新夸赞元春,便向帮办冯子材不住冷笑,意思之间,很是渺视。一时退出中军帐,子材笑问德榜:“你听督办的话如何?”德榜道:“督办眼里,只有一个苏元春。既是这么,法兵杀来,咱们都不要动手,让苏元春一个儿去抵敌是了。”冯子材道：“那是国家事情，督办糊涂，咱们犯不着跟他一般见识。越是瞧咱们不起，越要建一番事业给他瞧。等立了大功之后，问他再敢小觑人不敢？”德榜听了，自是佩服。于是各赴汛地，防守去讫。

这日，法兵刚刚来攻丰谷，丰谷是王德榜汛地。德榜挥兵迎敌，战到夕照衔山，人困马乏。枪弹炮子，势将告竭。瞧法兵时，却还海潮似的涌来。德榜没法，只得列阵而退。经过谷松，见旗帜鲜明，营垒整肃，势堪却月横云，坚胜浇沙聚石。军士指道：“这是苏军门营盘。”德榜叹道：“咱们这么厮杀，他竟不来救应，不然怎么会败呢？”王德榜这一支兵，直退到景江地方，才得休息。忽闻大炮轰天，军探飞报：“法将乘胜进兵，现在攻打谷松苏营呢。”德榜道：“方才冷眼旁观，这会子也轮到自己身上来了，咱们也别去理他！”这一夕枪炮之声，响了一镇夜。到天明时光，军探报：“谷松营盘，被法人攻掉，苏营已退到威埔去了。”德榜叹道：“丰谷、谷松，被他连胜两仗，法人的气焰，又要增涨起来。”接着又报：“法军进逼谅山，潘督办退驻南关，龙州大震。”德榜道：“潘鼎新早晚总要坏事，谅山总难保守，镇南关有冯帮办在文渊，那是一条大虫，有他老人家镇着，总还可以不要紧。”过不多两日，警报传来，谅山失守，法人进逼镇南关，冯子材与法人在文渊地方镇杀一阵，战了个不分胜负。接营门上递进公文，是潘督办催促援救的札子，王德榜气愤道：“既是夸称苏元春，为甚不调苏元春去？”搁过札子，依旧按兵不动。这日共接到三道札子，征调援救，急如星火。德榜负气，索性不睬。次日，军探飞报法兵轰毁镇南关，提督杨玉斌力战身亡，潘鼎新退到海村去了。苏元春退驻在幕府地方，唐景崧、刘永福一军，屡战屡捷，屡得着优诏奖褒，现在也被法军冲动，退到牧马去了。德榜惊道：“一人的意见，竟至误及大局，我的罪可真不小！”立下军令，拔寨齐起，赶向海材来见督办请罪。行至中途，忽碰着一员蓝顶军弁，呈上督办公文，德榜拆封瞧阅，见写着：

奉上谕，王德榜着即革职，所遗营勇，着归苏元春统辖。钦此。

德榜笑道：“深感督办大恩，已把我的功名参掉。”当下随把本部花名册籍，并军器马匹等都交了那军弁。自己一肩行李叫一名老卒挑了，跨着一头疲驴笑傲湖山，自去访寻清风明月了。

却说帮办大臣冯子材，见谅山失守而后，法人步步进逼，时事日非，心上异常感愤，尝向部下道：“我自二十岁投军，身逢强敌，在枪林炮雨里，出生入死，大小一百多回。到这会子，眼看法人这么猖獗，这口气如何消的下？我如今已是七十多岁人了，靠着老天保佑，无灾无晦，耳目聪明，手足强健。倘然法人再要逞强，我这条命，可就跟他们拼掉是了。”一日，督办差官来请，说有要务面商。子材不知何事，立刻乘马到营。督办接见之下，满脸堆下笑来，开言道：“恭喜帮办，彭大人奏调你呢。”随把彭玉麟的公文给子材瞧看。原来彭玉麟因为钦廉防务紧急，专折奏调冯子材，朝旨命鼎新酌议。鼎新与子材素来不很相协，应允他调去，所以邀他到来，特行劝驾。当下子材看了公文，笑问鼎新道：“大帅钧指如何？”鼎新道：“兄弟看来，一般都是办皇上家的事，那边这里，都是一样，彭帅既然专折奏调，你老哥便不能不去。”子材道：“这里也很要紧，我可不能轻易离掉。”鼎新道：“你老哥不去，彭帅脸上，如何过的去？再者，彭帅也要见怪兄弟呢。”冯子材道：“论大局，这里比了那这似乎吃重点子。彭帅是很明白的人，决不会为此区区，会见怪大帅。”鼎新道：“老哥如此固执，我也不敢十分相强。但是彭帅那里，须老哥自己行文去回复。”子材应允。回到营中，立即行了一角文书去。一面督率兵弁，在镇南关里头，赶筑起一座长墙来。

这时光，关门既被法兵毁掉，逃亡难民，蔽江而下，广西全省大震。经子材筑了长墙，力为安辑，人心始定。一面命部将王孝祺率兵一支，在后面屯扎，成为掎角之势。一日，军中传说，法人将于某日抢关。子材闻言根究，才知这句话，自法营里传布出来的。暗忖：法人这么声言，定必先期兵至，兵法先发制人，后发制于人，倒不如率了精锐，出关去偷营劫寨。主意已定，一面通知督办，一面检点人马。潘鼎新听得，吓得三魂失两，六魄丢五，亲自赶来阻止。子材哪里肯听！鼎新道：“大虫头上拂苍蝇，惹了祸谁抵挡？”子材道：“法国跟咱们是敌国，不是友邦。无论如何，朝廷总不会怪我开衅呢。”说毕，腾身上马，下令出发。王孝祺八百洋枪队，作为先锋，自己一千刀牌队，作为后应，军号一起，风发潮涌似的冲出关去。潘鼎新见子材据鞍顾盼，精神异常矍铄，督着人马，径奔虎穴龙潭而去，惊得伸出了舌头，半天缩不回去。霎时就听得关外炮声轰天，枪声震地，噼噼啪啪，砰砰蓬蓬，宛似天崩地陷，岳撼山摇。鼎新自己不敢瞧，派令心腹军弁，登关瞭望。一时报说：“法营中火起，我军正在那里冒烟突火的冲杀。”鼎新奇诧道：“冯老头儿竟会胜的吗？”军弁回称：“望去不很真切，似乎是胜的。”鼎新道：“这也奇了，真是出人意外的事！我总怕法人是佯输诡败。”这一夕，鼎新没有回营，吊胆提心，直至天明才定。

角声报晓，晨光熹微。奏凯的军歌，趁着晓风，一声声吹到耳中来。军弁驰报：“冯军门得胜回营了！”鼎新才敢登关。但见冯字大旗，顺风飞舞，好似也在那里自鸣得意似的。千八百军士，整整齐齐，走成一线，行伍步伐，丝毫不乱，一个个雄纠纠，气昂昂，厮杀了一夜，并没见有倦疲的神气。一时望见冯子材跨着嘶风老马，扬鞭得得而来，晨飙拂面，白髯飘扬，愈显得老气横秋，英姿飒爽。鼎新平素跟子材原是不大相得，这时光，自己不知道自己竟会心悦诚服的迎下关来，握手慰劳，说了许多好话。子材却依旧落落的很，把在敌营中夺得的枪械马匹，一一都登了帐。各军弁杀敌斩首之功，也都记上了功籍，杀牛斩马，大犒士卒。

不意这里正在恒舞酣歌，那边已经厉兵秣马。法将受了偷营之亏，竟大起谅山劲卒，直扑镇南关。炮火轰天，鼓角动地，声势异常厉害。潘鼎新面无人色，向众人道：“这回可糟了！这回可糟了！”子材奋然道：“法人再入此关，我有何面目见粤人呢？咱们拚一个死，谁要不去御敌，我就斩谁！今儿的事情，不是我杀敌人，就是敌人杀我！”喝令本部人马站队出御。说罢，推案而起。众军弁见子材这个样子，感动天良，士气皆奋，都道：“咱们都愿跟随老将军死战！”千人一致，万众一声，如同山崩雷响，十里皆闻。霎时军中掌起军号，那班两粤健儿，江淮豪士，一个个激昂赴敌，慷慨登陴。子材手执快刀，亲自往来督阵。这时光，法军炮子猛烈异常，人着处血肉横飞，墙坍处烟尘蔽日。子材叫各统将当墙屹立，见有退后的，立刻飞刃斩掉。忽一个炮子从子材头顶飞掠而过，大帽上的珊瑚顶子翡翠翎管，都不知轰到了哪里去，子材却依旧没事儿人似的，在那里指挥监督。众人见了，无不骇然。法军自辰至午，攻势稍息，子材督率两个儿子，喝令开壁。三匹马风一般的冲出去，舞动快刀，逢人便砍，遇敌即摧，星驰风卷，所当辟易。诸将相语："冯将军是七十老翁，还这么奋身陷敌，我们守在这儿，羞也羞死了。"于是骁将王孝祺、陈嘉，率着部将潘瀛、张春发等开壁大呼，江湖海浪似的卷将去。这一来出于法人意料之外，不及开枪轰击，只好用着短兵，互相搏击，杀人如草，流血成川。这一场恶战，直杀得天愁地惨，日暗云昏。欲知胜败如何，且听下回分解。

第九十五回　顾和局特诏弃越南　拒通商片言误自主

却说冯子材率了两个儿子，开壁突出，奋身陷敌，王孝祺、陈嘉、潘瀛、张春发等众将尽都感愤，风卷潮涌似的杀出关来，冲动法军阵脚，就此鏖战起来。两军都用的是短兵器，技击功夫，法国人究没有中国人纯熟，战上十多个回合，看看要不支。不防旌旗招展，金鼓喧天，一彪人马，从斜刺里横扫过来，当头一将，头戴红缨大帽，身穿短褂，手舞双刀，泼风似的杀将来，大帽上顶儿翎儿，全都没有。你道是谁？原来就是已革提督王德榜。德榜自被潘鼎新参掉后，骑驴湖上，笑傲烟霞，原不屑预闻人世事。无奈部下军弁，不服苏元春管辖，纷纷告退，就找了来要他统带，甘愿戴罪立功，复转主将的原职。德榜没法，只得率领了赶来。恰遇两军鏖战，德榜道："孩儿们，咱们尽一回力吧。"随率千军万马，奋呼驰下，宛如风扫落叶，法军无不披靡。这一场恶战，愁云漠漠，惨雾凄凄，真杀了个天昏地暗。法人也很骁勇，两硬并一双，鏖战两日两夜。冯子材、王德榜一干骁将，浴血奋斗，在尸山血海里，冲入突出，浑身都染血腥，都变成红人儿模样。法兵大败奔溃。子材发令追袭。追到文渊，文渊法将见冯军来势汹涌，不敢抵御，弃城而逃。子材恢复了文渊，一面遣弁入关报捷，一面下令进扑谅山。把大军分为三路，王孝祺率领左路，王德榜率领右路，子材自督中路，三路兵马，云合电发，只半日便到了。先声夺人，势如破竹，法兵虽也抵挡一二阵，无奈这里的声势厉害不过，暗呜崩颓山岳，叱咤变色风云，别说战，就吓也吓炸了胆子。旗开得胜，马到成功，王孝祺攻破郎甲，进军贵门关，昔年所驻边界，全都恢复，关外肃清。自从中外开衅以来，这么的大胜仗，直是绝后空前的创举。法军受了巨创，全国震骇，致两倒其内阁。你想冯子材这个人，厉害不厉害？有了他老人家，连我这部清史演义，也会腾达出万太光焰来。这时光，越民创立的忠义五大团，连营结寨，二万余人，闻风兴发，都矗起冯军旗帜来，顿时冯子材大旗，竖遍了越境。

当下冯子材大营扎在谅山，流星探马，每日总有好几个单报到营。一日，接到浙江捷报，知道法国提督孤拔，驾驶兵舰，窥伺镇海，逼轰我们澄庆、驭远两兵轮，直闯入三门湾，被我军轰沉两船。提台欧阳利见扼守在北岸炮台，开放大炮，轰沉孤拔坐船，孤拔就此毙命。现在浙江洋面，已没有法船帆影了。接着又报法兵六千扑犯临洮府，六千人马，共分两队，一队趋珂岭安平，一队趋缅旺猛罗。滇督岑毓英，分兵三路迎敌，命岑毓宾、李应珍等扼守北路，王文山扼守南路，自率精卒挡中路，小战两回，都有斩获。法人受了小亏，合兵一处，猛扑临洮城。滇军奋力拒战，南北两军，回军夹击，阵斩法将五员，法军大溃，丢掉器械无算。子材掀髯大笑，立命赏银十两，军探谢赏去讫。子材传命置酒庆贺，本营各将，闻请都到。才待入席，急报法舰窥伺台湾，澎湖失守。子材闻报，推案而起，众人都吓一跳。只见子材气愤道："澎湖守将，这么不济事，还不快快砍了呢。"众人笑道："离了八九千里路，哪里砍去。"当下入席欢饮，猜拳行令，直喝了一夜的酒。

过了几日，军中忽起一种谣言，说法人已在天津地方，向李伯爷求和了。帮他讲话的，是英国人赫德。法人声言彼此撤兵，不索兵费，李伯爷已允替他代恳天恩了。似这种无稽之谈，冯子材听了，一笑置之，谁还去记在心上？不意一日，总督衙门飞递一角紧急公文到营，拆开一瞧，把个老将军白胡髭气得根根倒竖，众将士也没有一个不扼腕愤痛。原来所传并非谣言，朝廷已听李伯爷之奏，恩准法人议和签约，饬令各军，退出边界。当下诸将齐声嚷道："咱们不愿退兵，愿与法人决一死战。"冯子材道："这位李伯爷，真不晓事，眼前关外饷道已经大通，法军已经大挫，乘胜前进，越南的法人，何难一举扫掉？西贡吃紧，澎湖法军，自会退去。"诸将都道："将在外君命有所不受，恳求军门作主。"子材见了这激昂的士气，心下异常难过，随道："既是众位如此，待我回文制军，恳他飞章入告。"众人听了，才不讲话。谁料回文去后，过不到十天，又有电谕到来，其辞是：

> 桂军甫复谅山，法兵即据澎湖。冯子材等若不乘胜回师，不惟全局败坏，且恐孤军深入，战事一无把握。纵再有进步，越地终非我有，而全台隶我版图，援断饷绝，一失难复。彼时和战两难，更将何以为计？此时既已得胜，何可不图收束？着该督分电各营，如有电报不到之处，即发急递飞达，如期停战撤兵，不得违误，致生他变。钦此。

冯子材接到此旨，放声大哭，诸将也都号哭，于是下令拔营，退回关内。越民听得冯军要去，遮道哭留。子材哭道："我也不忍弃掉尔等，朝旨严急，莫由自主，奈何。"越民哭道："公去，谁庇我侪？"诸将士闻了此语，一齐痛哭起来。顿时间哭声震野，不复闻凯歌载道了。冯军退入镇南关，钦差彭玉麟，总督张之洞，早特委一个道员，在那里迎劳。子材一见委员，就涕泗交流的悲泣。委员道："老军门，不是为白胜了两仗，不曾得尺寸土地的悲泣么？"子材道："一战之劳，何足轻重，所痛越藩丧掉，滇桂两省，从此多事了。"那委员听了，也很愤然。

你道冯军既然获胜，李伯爷为甚急于要和，原来这时光国家多故，交涉纷繁。一波未平，一波又起。说话的不能双管齐下，只好花开两朵，各表一枝。李伯爷没有三头六臂，也只好了却一头，再办一事。法越事情闹得天翻地覆时候，朝鲜国里，又掀起绝大风潮来。杀了好些的人，流了好多的血，弄得日兵入宫，韩王蒙难，为甲午失和的张本。朝鲜这一邦从明朝到有清，一竟为中国的藩服，年年入贡，岁岁来朝。上回书中也曾约略提过。朝鲜与日本，并围东海，壤地相离甚近。明朝万历时光，日本丰臣秀吉大举入朝鲜，覆其八道，朝鲜几乎亡掉。明朝竭尽全国兵力，不能援救。亏得秀吉死了，八道渐渐恢复转来。清太祖龙兴关外，未定中原，先征朝鲜。朝鲜敌不过清兵，与太祖结为兄弟之国。等到清朝入主中夏，覆盖有四海，朝鲜又降为藩服了。日本与中国，虽系邻邦，素未通商立约。清初，明藩唐、鲁二王，凭着海隅，图谋恢复，屡次求援日本，日本国并不曾理他。自康乾两朝而后，中国商舶东趋的日多一日，日本于是在长崎地方，创设奉行三员，专管华商事宜。道咸而后，中国与泰西各邦通商立约，这时光日本还没有挨着呢。同治元年，日本长崎奉行，遣人附着荷兰船，载货到上海。介荷兰领事言，于上海道吴煦，请依西洋无约诸小国例，专至上海贸易，并设领事官照科完税，不敢请立约章。吴煦转禀通商大臣江苏巡抚薛焕，薛焕应允，于是日本人始得在上海通商了。同治三年，日商介英领事巴夏礼，恳请自报海关完税。七年，英领事代请准日商游历内地，给与护照验行。这都是日本大将军德川氏时候的事。

等到明治纪元，派遣外务权大丞柳原前光到天津，谒见直隶总督李鸿章，要求依照泰国诸国之例，订立约章，总署不肯答应。前光再四要求，鸿章被他缠不过，答应了下来。于是日本特派大藏卿伊达宗城为正使，柳原前光为副使，在天津地方，与李鸿章议定通商条约三十三款，内有一条，与西约大不相同，是禁止该国运货入内地。这是同治十三年的话。明年，前光复来要求改约，鸿章不许。日皇又派外务卿副岛种臣为全权大臣，力请改约。没奈何，只好答应。

十二年四月，约章改成，就在天津互换。此时又有一桩意外交涉，先是琉球船遇着飓风，漂抵台湾。一船的人，都被生番杀害，内中五十四个是琉球人，四个却是日本人。种臣换好约章，入都呈递国书，就叫前光到总理衙门，诉说生番的事。总署大臣毛昶、董恂，都是不知国际不识主权的，回答道："番民皆化外，犹贵国之暇夷，不服王化，亦万国所恒有，敝国不承其咎。"前光道："生番杀人，贵国舍而不治，敝国将问罪于生番，以盟好，故使某来告。"昶、恂齐答道："生番既系化外，伐与不伐，悉由贵国。"前光应诺而去。

同治十三年三月，日本以陆军中将西乡从道为都督，兴师征台。先命厦门领事照会厦门道，声言去岁副岛大使得请于贵国，今将兴师问罪于国贵化外之地，若贵国声教所暨，则毫不敢犯。"厦门道转呈闽浙总督李鹤年，鹤年复书拒绝，日人置之不睬。日军薄社寮澳登陆，熟番迎降，熟番原是生番的世仇，引导日军，进焚生番村落，深入至牡丹社，生番伏在丛莽里头狙击日军。日军路径不熟，很是受亏。于是退守龟山，创建都督府，开辟荒芜，实行屯田，为久驻之计。闽督飞章奏闻，朝廷大惊，下诏海疆戒严，征发旁午。命船政大臣沈葆桢为钦差大臣督率福州水师赴台办防务，戒毋轻动。另遣闽藩潘慰，台湾道夏献纶去见西乡从道开议退兵的事。潘藩台道行抵琅琊湾，见日兵露刃夹道而立，气象异常整肃，亏得彼时潘藩台自负为天朝大臣，不把日本放在眼里，坦然不惧。严词诘问，论辩了好多时光，议终不决。潘藩台拂袖而起，从道挽之道："敝国暴师海隅为贵国征讨，化外开辟荒芜，竟没有酬报吗？"潘慰道："如果马上退师，甘愿偿还兵费。"遂订立了三条草约。此时驻京日使，就是柳原前光，跟总理衙门开议十多回，缘不相协，势将决裂。闽抚王凯泰，率兵二万五千渡台湾，恰值龟山日军感受暑瘴，相继病死，正拟退兵。听得大军渡台，求和愈甚。特派内务卿大久保利通为全权大臣，来议和约，辩论番汉地界，两月未决。英使威妥玛居间做调人，劝中国偿还他兵费银三百万元。沈葆桢电奏力争，廷议不欲遽启战事，允给偿金五十万。九月，钤印换约，日军归国，行着凯旋礼，从此益把中国轻视了。

光绪元年，日本兵舰突入朝鲜江华岛，轰毁炮台，焚烧永宗城市，杀死韩军，掠去军械战俘，复派兵舰驻釜山要盟。你道日本为什么这么无理取闹？原来副岛种臣来华议约时光，乘间询问总署，朝鲜是否贵国属邦，如果是属国，就请主持朝鲜通商的事。总署回答："朝鲜虽我藩属，而内政外交，听其自主，我朝向不与闻。"这一句话，在总署大臣，不过为省事起见，不意日本人竟作为凭据，自遣兵舰，前往逼迫。一面特派开拓使黑田清隆全权大臣议合，井上馨为副，赴朝鲜议约。朝鲜敌不上日本，自然总是谨遵台命。那盟约劈头第一条，就是日本认朝鲜为独立自主之国，互派使臣。余下几款，即是开仁川、元山两埠通商，日舰得随时测量朝鲜海岸等，把大清上国，一笔勾销。政府大臣漠不关心，反笑日本没志气，甘与咱们藩属立约通商，自降身份，又谁知人家深谋远虑，别有用意呢？

这一年春里头，政府才派侍讲何如璋充日本使臣，创设横滨、神户、长崎等领事。到光绪三年，朝鲜为了天主教的事，跟法国有了违言，经日本驻釜山领事出来调停，总算没有决裂。法韩定约，约文中称中国为上国，声言所定各条，须候上国指挥，才能作据。日本一见此约，大大抗议，诘问朝鲜，交际政体，何得独尊中国？如果朝鲜为中国属邦，大损日本国体，日本断难承认。朝鲜王奏知北京，总理衙门致辩日本，反复千言，内有几句妙不可思议的妙语，是朝鲜久隶中国，其为中国所属，天下皆知，即其为自主之国，亦天下皆知，日本岂能独拒？日本人见了这种妙语解颐的奇论，一笑置之，毫不理会。

光绪五年，趁中国与俄国为了伊犁事情，辩论剧烈时光，起兵入琉球，一举灭掉，夷为冲绳县。政府诘问日本，日本索性不睬。此时泰西各邦因援日本通商朝鲜之例，要求通商朝鲜。中国谕饬朝鲜，相机因应，切勿都拒。于是遂与美国议订互市之约。伯爵李鸿章札派道员马建忠，水师统领提督丁汝昌，统率兵轮，偕同美国全权公使东渡立盟。朝鲜王先致国书美总统，自明为中国藩属，所以请中国立盟。经美使允许，当下就在济物浦地方订约签字。约成之后，朝鲜特派专使，赍了美约并致美国书，呈送礼部，转总理衙门备案。英法德三国，得着消息，都遣专使东渡，要求建忠依照美例，订约通商。建忠没法推却，只得与他们先后订约而去。

日本驻韩公使，行文朝鲜政府，诘问约文内容，朝鲜政府置之不答。叩问建忠，建忠又深守秘密，日人很是不悦。恰值朝鲜有大院君之乱，日本练兵教训崛本以下七人都被杀害，日本使馆，也被焚掉。日使花房义质只身逃归。日本政府闻警，立派海军少将仁礼景范统率兵舰，到朝鲜问罪。朝鲜大惧，电恳中国援救。北洋大臣张树声，札派马建忠会同丁汝昌，督率兵舰三艘，火速东渡。马、丁二人，一抵仁川，瞧见日军声势厉害，商议道："现在日舰都在仁川，济物浦地方又有陆军驻扎着，谣传花房义质要率师直入王京，果然如此，一者损国威，再者失藩封，张大臣派咱们来做什么呢？"马建忠道："我看还是迅速赶入王京，执住逆首。先下手为强，凭日本再厉害点子，也奈何我们不得了。"丁汝昌道："光是海军，兵力终嫌太弱，观察留在这儿，待兄弟内渡去恳请添兵。"建忠应允。汝昌内渡之后，树声立命提督吴长庆，率所部三千人援东，又命汝昌总战舰，巡洋舰七艘继进，水陆两军，于七月初四日航海，汽笛呜呜，黑烟袅袅，突浪冲波，只四天工夫，早到了朝鲜马山浦。疾雷不及掩耳，海陆军直薄王京，汝昌、建忠，听从长庆奇计，三个儿轻车简从，到城里拜候大院君。大院君带了卫队五百人，来营报谒。长庆密饬部将把韩宫卫队，悉数软看住了。一面大排筵席，邀请大院君入席笔谈。大院君心疑，要召从人还宫取衣，长庆取出朝旨，宣布其擅废国王；擅杀王妃；擅戮执政；擅踞王宫；擅焚使馆五大罪，喝令拿下。解到天津，奉旨幽禁在莲池书院里。吴长庆既平朝鲜之乱，留军汉城，长川驻扎。日人大失所望，花房义质要挟不遂，声言欲去。韩人既惧日本决裂，又怕建忠不从，只得一面慰留日使，一面到建忠跟前来请示。建忠准他特派全权，在仁川地方与日使磋议。韩人畏惧日本，终偿给日本赔款金五十万，开辟扬华镇为商埠，推广元山、釜山、仁川征程地，并宿兵王京，与长庆对庆军对镇，宛如公司保信的样子。

此信传到北京，朝士异常激昂，给事中邓承修、侍读学士张佩纶，先后疏请乘此兵威，征讨日本，责问夷灭琉球之罪。诏付鸿章详议。鸿章复奏，海军未备，渡辽远征，不很妥善。朝廷此时，很体任李鸿章，见鸿章说不妥善，也就算了。这便是中日韩三国酿祸的远因，寻仇的近果。比较起三国的人材，三国的手段，除朝鲜提开不计外，一智一愚，一蠢一狡直不可以道里计。欲知智愚狡蠢，从何分别，告罪暂停，下回再讲。

第九十六回　袁项城轻骑赴宴　开化党露刃入宫

话说朝鲜此时，国中共有两个党，一个名叫守旧党，大半是执政大臣；一个名叫开化党，大半是少年志士。守旧党主张倚靠中国；开化党主张倚靠日本。两党的人，一水一火，一泾一渭，永远不会和谐的。开化党里有名人物金玉均、洪英植、朴泳孝、朴泳教、徐光范、徐戴弼等都曾留学过日本，跟日本人感情很好。日本就使出外交敏捷手腕，鼓吹他脱离中国，应许帮助他独立自主，诚挚恳切，故意做出那义形于色的样子。那班年轻志士，有甚阅历，自然感激到个五体投地。

这一年是光绪十年，中国为了法越的事，闹得乌烟瘴气。开化党领袖金玉均聚集同志，商议趁这当儿，把在野守旧党，悉数除掉。朴泳孝道："守旧党仗的是清国腰子，现在清军驻扎在王京，咱们动手，怕就要受清军之害。不如先把清营三将，设计除掉，省得碍手碍脚。"金玉均道："清营三将，吴兆有、张光前倒都不足为虑，只袁世凯很厉害，怕不容易收拾呢。"朴泳孝道："那也再瞧罢了，我想就在邮政局里，设下盛筵，邀请三清将喝酒，两壁厢暗伏下刀斧手，掷杯为号，就席间取三将首级易如反掌，好在邮政局对门，就是日本使馆，就是有什么，日公使总也助我们一臂呢。"众人齐声称妙。于是发帖请客，定于十月十五日夜宴。清营接到请帖，吴提台、张镇台相语道："开化党跟我们素没交情，忽地邀我们喝酒，这里头怕有奸计。"吴提台道："项城袁公，素有见识，咱们且访访他，看他怀何意见。"

原来这位袁公，名世凯，字慰亭，河南项城县人氏。父名保庆，本生父名保中，从祖名甲三，做过总督，放过钦差大臣。捻军之乱，在皖豫地方，建立过非常战功，簪缨世族，诗礼家声。袁公少时，性喜任侠，为人鸣不平，慷慨好施与，以善为乐，寒士多依为生，士绅推戴，负一郡时望。段学士靖川，年已八旬，负知人鉴，一见袁公，就道："此谁家子？酷似李子和少年时，非凡品也。"己卯，乡试不第，袁公奋道："大丈夫当效命疆场，安内攘外，焉能龌龊久困笔砚间，自误光阴耶！"遂把平日所作诗文，付之一炬，应庆军统领吴长庆之聘，入幕襄办营务。长庆奉旨援东，部下颇事骚扰，袁公慨然道："王师戡乱，纪律如斯，遗笑藩封，玷辱国体，我当以去就争之。"入谏长庆，长庆感悟，立命袁公约束将士，阖营肃然。韩乱既平，韩王向长庆借将练兵，长庆就荐了袁公去。法越事起，朝命长庆分兵防金州，长庆拟檄袁公统率三营，留防韩京。袁公坚辞不肯，转让与提督吴兆有，仍愿专办营务防务。长庆无奈，只得奏派他总理长庆等营营务处，会办朝鲜防备，又把庆字营本军，委他兼带，作为坐营。袁公于是把练成的韩军，交于韩王派将接统，自己专心一志，整顿庆营。庆营兵弁，都是吴长庆患难弟兄，官多提镇，兵亦素骄，要他们服帖，比怎么都难。不意经他老人家接手之后，只数旬工夫，整齐划一，冠绝各营。你道他这本领，厉害不厉害？

当下吴张二人访袁公："开化党邀请喝酒，宜去不宜去？"袁公道："这一席酒，定有奸计。只是全辞不去，适足示弱，去总要去的。”兆有惊道：“你识破他是奸计，还敢去吗？”袁公笑道：“几个开化党，凭他如何圈套，究竟不是虎穴龙潭。便就是虎穴龙潭，袁某也未见得惧他呢。”二人阻道：“身履险地，不是玩的，不去为是。”袁公但笑不顾，问左右道：“什么时候了？”左右回：“夕阳斜挂树梢头，将次傍晚。”袁公喝令备马，怀械裹甲，只带从骑二十余人，径投邮政局而去。吴张二人，见了这个样子，都替他捏一把汗。

却说袁公等二十余人，鞭丝帽影，行走如飞，霎时已到。投帖闯入，主人仅到半数。朴泳孝降阶相迎，抬头见袁公行装打扮，蓝顶花翎，长袍短褂，白胖胖脸儿，乌奕奕眼睛，精神焕发，威武凛然，不觉打了一个寒噤，战兢兢接待着，勉强寒暄了三五语。只见袁公开言道：“既承宠招，就请赐饮吧，我还有事呢。”朴泳孝唯唯应命，摆上席菜，袁公立尽三杯，执住泳孝手道：“恕我放肆，今晚营里有要公，可不能等谕主人毕集了。”随说，随起身出席，泳孝的手，却执住不放。伏兵要动手，见泳孝被执，不敢。袁公拖泳孝直出局门，跨上马，还借着讲话，走了一箭路，才把他放掉，扬鞭得得，没事人似的回来了。开化党人相顾失色。袁公回到营中，吴张两人问起情形，无不佩服。

才隔得两日，洪英植等又发请帖，邀请王妃的侄子闵泳翊等诸贵戚，英、德、美、日诸驻使，中国商务委员道员陈树棠，税司穆麟等一众高朋，到邮政局开宴。诸宾都到，只日本公使竹添进一郎托疾不至。袁公在营闻报，暗忖：日使不到，其中定有别故。传令本营军弁，且别宽衣解带，一闻警报，立即出防，于是阖营中上自统领，下至小卒，一个个枕戈待旦。到三鼓相近，忽报邮政局火起。袁公出帐观看，见西南角火光冲霄，红得晚霞夕照相似。正要派人打听，探子飞奔走报：“开化党徐载弼，率领留日武备学生十二人，乱刀击刺禁卫大将军，闵泳翊受伤倒地，宾主哗散。闵宅家丁，已把泳翊舁到穆大人公馆，穆大人请了个美国医生，正替他医治呢。”袁公询问：“咱们的人，受伤没有？”探子道：“大概没有吧。”一语未了，外面跑进一个人，气喘吁吁，满头都是汗。袁公惊视，不是别人，正是商务委员陈树棠。树棠见了袁公，要讲话，张口结舌，半句也不能出口，挣了半晌，才挣出一句道：“大变大变，杀了人了。”袁公道：“只伤了姓闵的一个吗？”树棠道：“只伤了一个。”袁公道：“怎么一回事？”树棠道：“咱们正喝酒，忽闻局后火起，走出天井瞧看。徐载弼领着十多个亡命之徒，冲进屋来，手执雪亮倭刀，围住闵泳翊就戮。众人大乱，我就打洞里走了出来。”袁公听毕，不作一语，立出大令，命二百亲兵，一齐出队。随向树棠道：“待我亲自去走一遭。”举步开帐，马已带好，腾身上鞍，鞭梢一扬，督着二百亲兵，风驰电卷而去。无多时刻，早已赶到，但见门首大清黄龙旗，朝鲜太极旗，在月色里飞舞而已。前锋哨弁，闯进局门，静悄悄不见一人。回禀袁公，袁公道：“既然寂无一人，且到穆宅，瞧瞧闵泳翊去。”军士闻令，一齐回首，见日本使馆，双门紧闭，众人都不胜诧异。

行抵穆宅，哨弁禀称宅门首站有一人，不许我们入内。袁公催马前进，果见一个少年，持枪鹤立，气宇凛然。袁公勒兵稍退，问他姓名，才知是北洋派来的帮办税务人员唐绍仪。袁公随把来意说明，唐绍仪让袁公入内。见闵泳翊卧在榻上，伤势很重，骨头都见了，面色惨白，也没有别的话，只说“开化党杀我！开化党杀我！”而已。袁公略慰问几句，随出穆宅，勒兵径向宫墙一带巡哨。途中遇着好几队韩兵，急步疾行，好似赶赴哪里似的。饬人询问，都回奉召入卫宫禁的。袁公深信不疑。一时行抵宫门，门已紧闭，见宫内没甚变端，守到天明，也就收队回营了。

回到本营，席未坐暖，警闻又到，才知泳翊受伤之后，洪英植等驰入王宫，泣告韩王："清营兵变，闵泳翊被杀。"韩王、韩妃只当是真话，吓得要不的，洪英植道："请国王避到别宫去，咱们自有法儿保护你。"一众开化党不由分说把韩王、韩妃，直簇拥到景佑宫。韩王道："你们说有法儿，到底什么法儿呢？"金玉钧怀中取出洋纸铅笔，向王道："只要王动笔写几个字儿，就能够安如泰山了。"韩王道："写什么字呢？"金玉均道："字不必多，'日使入卫'四个字够了。"韩王迟疑未应。玉均抢上一步，执住韩王御手，不由分说，飕飕飕一阵画，竟画成'日使入卫'四字，立命心腹送交日使馆去。日使竹添进一郎，早已准备，接着手书，立率卫队三百，风驰而至，于是把韩王韩妃韩世子全伙儿拘禁了。一面矫诏召贵戚老臣闵台镐、赵宁夏、闵泳穆、尹泰骏、韩圭稷、李祖渊等悉数杀掉。又杀掉太监柳在贤。一到天明，开化党自己署官，洪英植为右相，朴泳孝为兵部，徐光范司外交，朴泳教为都承旨。一切政权，都在开化党手掌之中。

袁公闻报，就与吴、张两将，商议救护之策。两将齐称："没有北洋军令，不敢轻动。"袁公道："渡海请命，哪里来得及！不如致书韩王，声言往护，随后率兵入宫，还快一点子。"二人应允。当下具了一封公函，专弁送往韩宫。此时党人专权，入宫保护之事，如何肯答应呢？袁公道："事到如今，只好从权了。"吴、张二将定不肯从。一人逆不过两，没奈何，只得办了文书，立派泰安兵船，飞送北洋请示。不意一到次日，韩臣金允植、南廷哲来营哭泣，跪请救王；韩民十多万，不期而集，声势汹汹，势将作乱。袁公向吴、张二将道："再要袖手旁观，别说对不起国家，对不起韩人，也太对不起自己了。"

二人尚未回言，外面送进一角公文，却是韩议政府领议政沈舞泽恳求带兵救王的事，上面钤有议政府印信。袁公瞧完，递与吴、张二将，吴兆有道："咱们打一道照会给竹添，问他为甚率兵入宫，看他如何回复。"张光前道："很好。"袁公见他们这么主张，不便阻挡，打了一封照会去，泥牛入海，消息杳无。吴、张二将面面相觑，不作一语。忽报党人密谋劫王赴他岛，另立幼君，附日背清。袁公奋然起立，向二人道："我统兵防韩，若失其君，又失其国，咎将安归？且韩既附日，韩乱党定然断我归路，合兵来攻，何由归国？生死存亡，间不容发，我可不能再耐了。"吴张二人齐道："逼不得已，请再告急北洋，听候示谕。"袁公道："防韩交涉，系我专责。如因肇衅获咎，我一个儿去担当，决不累及诸君。"吴、张二人没法，勉勉强强，应了一声"也好"。于是请商务委员陈树棠函告各国驻使，一面出令调兵。袁公道："咱们三个人，别并在一起，应分三路进援，吴军门、张总戎，你们二位，都是百战过来的，谁任中坚，谁抄左右？"吴兆有道："张镇台年强力壮，这件事须得张镇台干去，我愿包抄左路。"张光前道："恁我怎样，总强不过军门大人。论官职，军门大人也在我前头呢。"二人互相推让，历久不决。袁公道："二位既然如此谦逊，我虽官系文职，说不得当仁不让，当督率本部，勉攻中坚，左路就请吴提台抄杀，右路就请张镇台抄杀。"二人大喜。

这时光袁公部下，大半分驻在马山浦，眼前通只四哨人马，闻令出发，倒都欢呼踊跃。袁公下令，韩王在内，本军不得开放大炮。一面密约韩国营官金钟吕等为内应。部署定当，袁公对众宣誓，声泪俱下。誓毕上马，未刻出营。先饬随员陈长庆手执名帖，乘马先行，兵队随后继进，如果途遇日兵询问，就告诉他请会竹添商量办法。马步各军，整队出发，严肃肃，静荡荡，霎时之间，早入了韩宫郭化门。才行得数步，就听得里头枪声砰然。袁公喝令将士猛进还攻。将士鼓噪奋进，扑到景佑宫，宫门已经紧闭。袁公喝令攻进去，千人万手，一瞬间早已排闼而入。不防韩党人退守在楼台上头，朴泳孝率领日人所练的韩军，暗伏在宫墙上，瞧见袁军拥入，一声暗号，辣辣辣开枪轰击，弹如雨下。袁公督队猛进，官弁兵卒，伤亡枕藉。哨弁崔继泽，见袁公站在危地，抢步上前，牵住衣袖，力请稍避。袁公怒喝道："我为统领，我不进谁进？再言退避者，立斩。"遂督亲兵数十人，拼命奋进。究竟俯击的便宜，仰攻的失势，顷刻之间，死伤过半。

正在危急，忽闻后队发喊。袁公回头，瞧见数十个日本兵挟着快枪，突由后面抄击将来。袁公急令后队作前队，前队改后队，奋力迎击。又命哨弁唐宗远，分兵绕由院后夹攻。两路轰击，党人抵挡不住，纷纷逃遁。袁公挥兵进蹑，忽见三五百个韩兵，风一般驰来，一见袁公，齐都跪下，原来就是袁公向日教练成功的韩兵。于是合力进战，声震屋瓦，杀到后院山坡下，忽见两个兵丁，扶着一人，仓皇走来，不是别个，正是防军提督吴兆有。兆有一见袁公，跌足号哭。袁公惊问："为甚如此狼狈？"兆有哭道："兵弁入宫受击，逃溃了个尽，现在叫我如何呢？"袁公笑道："你这个样子，难道敌人就能舍搜你吗？快请回营去收集残卒，别在这里乱我军心了。"说毕，依旧麾众前进。忽然天崩地陷似的一声怪响，烟尘蔽日，火焰冲霄。原来是地雷、格林两种火炮，一齐轰发，有两个小兵轰腾空际，直飞到数重以外。袁公离掉地雷轰发处所，只有几十步，也被震仆倒地，略受微伤，依旧率兵追赶。忽军探报称，日本兵都已赶回使馆去了。袁公见日色已暮，随也传令收队。此时袁公练成的韩军，跟日人所练的，几在那里开枪轰击呢。

袁公回到本营，一面收殓亡卒，一面叫人把美国医生阿连请到营中，医治伤痍。袁公问部下道："今儿出仗，张镇台的兵，怎么一个都没有遇见？"一哨弁笑回："张镇台率着他那贵部，都在宫西金虎门内高墙下面，躲着避弹丸，生恐敌人找来。一枪也不敢发，一步也不敢行，咱们如何会遇见的？"袁公叹道："淮军暮气，竟至如此，真是人家意料所不及的。"忽陈树棠来拜。袁公接着，树棠问："韩王在哪里？曾否找到？"袁公道："已经悬赏探查，还没有确实消息。"一语未了，韩官李应浚走入，哭向袁公道："国王已经遇害，恳求我公作主。"袁公惊问："此话何来？"李应浚道："宫中逃出的人，都这么说呢。"袁公道："世子呢？"李应浚道："也没有仔细问。"袁公又问："韩王有无庶子？"李应浚道："有一个庶子，为妃娘娘不容，匿养在民间，已经九岁了。"袁公道："庶子所在，你总知道的。"李应浚道："那也要查访起来，目下还不敢说呢。"袁公道："既是如此，你快去访来，国不可一日无君。访了来，先把他立为监国，以维系人心。"李应浚应诺自去。

忽报吴提台、张镇台到。袁公迎入，张光前道："公知韩王所在吗？"袁公道："没有知。"张光前道："韩民来我营报告，说见王在北门关帝庙内，被洪英植叫留日学生九人圈住着。"袁公道："咱们当迎他到营里来。"立派委员茅延年先去劝驾，随向吴、张二将道："可又要烦二位辛苦一回了。茅延年究竟是个文员，不很济事。"二人面面相觑，半晌不作一语。袁公笑道："迎王不比别的事，可以不必开仗，二位尽放心是了。"二人才敢答应，各跨上战马，带了五百军士，排齐队伍，撑起军号，耀武扬威，直扑向关帝庙来。一时行到，二人下马，茅延年迎着道："王倒没甚话说，倒是洪英植再三阻止呢。"吴兆有摆出将军架子，怒目而入。韩王见了清将，胆子顿时大壮，牵着茅延年衣袖，走入舆中。茅延年扶王入舆，随向吴兆有道："军门大人陪了朝鲜国王，请先回营去，我略部署部署就来。"兆有应诺，护着韩王肩舆，振凯而回。

回到营中，袁公已经先在。韩王下舆，执住袁公手，使翻译传话道："不意复得见君，虽然君也危险得很。"停了一回，又泣诉洪英植、朴泳孝逼胁的事情，挥泪陈述，哀动左右。才知洪、朴逼王更衣赴日本，王与王妃、世子泣求不听。洪英植动手亲把国王袍服脱去，换上白衣。刚才换好，宫外枪声大震，党人分出抵御。枪声愈逼愈近，王与王妃、世子，趁闹里逃出。洪、朴等接踵追到，依旧迫胁。亏得吴军往迎，得免于难。正说得凄楚，茅延年恰好回营，吴兆有问他："怎么这会子才来？"延年道："洪英植和一众留日学生，都被韩国卫士杀掉，徐载昌第三人也都取供正法了。"韩王留营二日，袁公派遣部将扫清宫阙，随送韩王还宫。韩王感极而涕，执住袁公手道："我公盛德，三韩君臣，自我之身，及我子孙，永远不敢忘记呢。"袁公道："某何敢居功，这都是本朝皇上柔远宏恩。贵王不忘雨露，守着'忠贞不贰'四个字就够了。"韩王道："断不敢稍怀贰志。"袁公道："贵邦虽奉中国正朔，而国内记载，多用崇祯甲申后第几年字样，殊非尊王之理。"韩王道："从今而后，当虔奉天朝光绪年号。"又请袁公住在偏殿楼下，与王居仅隔一墙，朝夕接晤，握手谈心。韩国各部大臣，每日必来白事，环绕左右，听候指挥。这时光，袁公在韩，差不多是日韩合邦前之日本伊蓝总监，威权无上。

一日警报传来，说日本兵已到仁川。袁公道："日公使竹添进一郎临走时光，纵火焚掉使馆，知道他总有枝节的，何况金玉均等这班乱党，都逃在那里呢。"忽门上呈进一封信函，却是日使竹添写来的，拆开瞧阅，大略说是率兵入宫，由韩王所请，接书未及启视，贵军已闯入，不得已应发小枪，以尽保卫之谊。袁公笑道："日人心虚，已经不打自招了。"随取笔墨，复了一封信去，略称："韩国乱臣劫君，杀戮无辜。军民啸聚，愤将寻仇，恐犯王宫，波及贵部。韩内外署大臣，请我军入卫，我军有保护之责，未便不理。辰刻致书贵使，日夕不报，事急难待，整队往候雅命。不图甫入宫门，枪炮并发，犹以为乱党抗拒。接来函，始知发枪炮者，贵使为之也"等语。复函去后，竹添无可置辩。山穷水尽疑无路，柳暗花明又一村。日本政府的外交，真也厉害。一边陆续发兵，一边向中国政府声告袁公妄启衅端，曲不在彼。政府未辨曲直，请旨简派吴大澄为朝鲜办事大臣，续昌为副大臣，来韩查办。日本也派井上馨为全权大使，开出五大条款，要求朝鲜：第一，修书谢罪；第二，恤日本被害人十二万元；第三，杀害日本大尉矶林之凶手应处极刑；第四，建筑日本新使馆，朝鲜出银二万元充费；第五，日本增置王京戍兵，朝鲜任建兵房。朝鲜强不过日本，中国又怕事，没奈何，只得谨遵台命。欲知后事如何，且听下回分解。

第九十七回　弹内监盛世发危言　建御园圣朝彰孝治

话说韩事结束，日本依然优胜，袁公愤甚，就在吴、续两星使前，请了个假，乘坐超勇兵轮，回到北洋。谒见李伯爷，痛陈治韩妙策，宜趁此机会，请旨责问韩王政治不修，迭生变乱之罪。选派监国，代执其柄。李伯爷不置可否，只说将来再瞧罢了。袁公又上书痛切陈言，请仿汉封建设相事，否则韩终非我有。今之论者，曰省事，曰省费；夫失今不治，待至事发，必倾中国全力而后可图。今日多事，即异日省事；今日多费，即异日省费。李伯爷老成持重，终不肯轻举妄动。

到了光绪十一年春季里，日本特遣宫内大臣伊藤博文、农务大臣西乡从道，到天津来议订朝鲜条约，朝命伯爵李鸿章为全权大臣，吴大澄为副大臣，跟日使开议。偏李伯爷会搭架子，直隶总督衙门里，自辕门到大堂，满满都是兵队，铜叉、马刀、长錨、大旗、刀牌、洋枪，密密层层，齐齐整整，好不威武。架子搭足，才请伊藤、西乡两使进见。两日使也真厉害，李伯爷虽是威严，开议约款，倒并不肯退让。一总议定三款：第一，两国屯在朝鲜的兵，都各撤还；第二，朝鲜练兵，两国都可派员为教练官；第三，将来两国如派兵至朝鲜，须互先行文知照。李伯爷是中兴名将，旷世英雄，无奈于国际法学，不很明白。订立了这共同保护条约，还向人家说朝鲜是我属国呢。

此时越南，朝鲜两大交涉，都已结束。朝廷锐意奋发，训饬封疆大吏，如有仍蹈旧习，瞻顾因循，一经查出，轻则立予罢斥，重则分别治罪。又划台另为一省，改福建巡抚为台湾巡抚，驻扎台湾。原有福建巡抚事，改由闽浙总督兼管。筹办海防，创设海军衙门，命醇亲王奕譞总理海军事务，沿海水师，悉归节制调遣；并命奕劻、李鸿章会同办理，善庆、曾纪泽帮同办理。先从北洋精练水师一支，此外沿海省份，分年次第兴办。君卧寝室之薪，臣鼓中流之楫；君臣一德，上下一心。不防英吉利国，趁这当儿，因利乘便，竟由印度派兵进据缅甸，一鼓就灭掉了。驻英大臣曾纪泽奉着朝旨，跟英外部交涉，说到个唇焦舌敝，究竟不能立君存祀，不过争到个所有贡例由英国驻缅大员，按期遣使贡献而已。

慈禧太后素性心高气傲，要把中国做成天下第一个强国。垂帘以来，频遭多难，迭丧屏藩，把那争强好胜之心，渐渐消磨了个尽。缅甸交涉结局后，就下谕自本年冬至大祀圜丘为始，皇帝亲诣行礼，并于明年正月内，举行亲政典礼。醇亲王奕譞、礼亲王世铎等一见此旨，先后上疏，恳请皇帝亲政后，太后再行训政数年。慈禧后鉴其心诚，恩谕允从。

这一年，北洋海军成立，李伯爷奏请巡阅，降旨派醇亲王到天津巡阅，总管太监李莲英随往伺候。李伯爷札委干员办差，当面吩咐："行辕里头，李总管房间，须要比众讲究，草饰了我可不依的。"委员应着，自去小心办理。糊裱墙壁，装饰字画，布置几椅，一应事情，无不亲自提调，办理得千妥万帖，才敢禀复李伯爷。李伯爷走来一瞧，摇头道："这种地方，如何好住李总管，如何好住李总管。"随喊委员问道："我为你是老公事，才把这件事交给你办，竟办得这个样子。你自己瞧瞧像什么？我当初怎么吩咐你来？"李伯爷说一句，委员应一句，俟伯爷说完之后，才慢慢辩道："这一间房间，比了王爷的，只差得一级，卑职已算格外讲究的了。"李伯爷怒道："王爷的差一点半点，倒不要紧，李总管的，如何差得？还不替我快换了。"委员诺诺连声，于是赶忙的调换。

原来这李莲英，是太后身旁第一个得宠太监。清制太监勿得越六品，宣宗酷好男色，有宠的内监恳求加衔，宣宗特制一种白玉顶戴赏给他。独这李莲英因为服勤，太后特恩赏给他二品顶戴。莲英人很机智，每能先意承旨，太后的汤药、喂饵、器玩、服饰一切物件，不消你开得口，早替你早早安排下了。莲英要是请了假，承值的内监，总不能如意，总要受着鞭挞。阖宫大小太监，虽然妒忌他，本领上，能耐上，没一个及得上，只好涕泣着求他销假。有一日，太后到恭亲王府去，路过莲英家，见门首贴着玛瑙漆门条，大书"总管李寓"四个字，触目惊心，不禁盯了他两眼。到了王府，莲英乘机请了几个钟头的暂假。一会子，回邸销假，面奏道："奴才在内廷当差，家里头事情，不很留意。不料小内监无知妄作，竟贴起总管字样来，奴才恨得什么相似，才把他们痛笞了个半死。恳求天恩，把这起没王法奴才，饬交内务府严办。"太后笑道："你已经办了，就算了，何必再交内务府呢。"莲英得宠太后，即此可见一斑。所以李伯爷这么巴结呢。

当下委员受了排喧，只得忍了气重新布置。到了这日，醇王、李监同时抵津。李伯爷兢兢业业的接待，到校阅时候，不过醇王安坐在前，李监随侍在后，其余礼节，毫不分主仆上下。事毕回京，恰遇着荒灾，御史朱一新上了一折，奏的是遇灾修省，预防宦寺流弊，内有李莲英随奕譞巡阅，恐蹈唐代监军覆辙。太后大怒，谕令明白回奏，旋命以主事降补。

这时光，四海艾安，八方无事，醇亲王是懿亲重臣，与国家体戚相关的，不免想出点子事业来点缀升平，歌舞盛世。好在海军经费，很是宽裕，拨调三千万金，就清猗园旧址，大加扩充，改名叫颐和园。一转移间，化无用为有用。到光绪十四年二月，园工告竣。慈禧太后率同德宗，临幸驻跸。琼楼玉宇，复道琳宫，说不尽的繁华，描不尽的富丽。时人杨小欧，有赋为证，其辞道：

大清国慈禧端佑康颐昭豫庄诚寿恭钦献崇熙皇太后，福丽天地，寿齐山河。皇上至孝，薄海讴歌，以为天子之母，应以天下养，孝养稍缺，其如苍生何？乃筑文王之囿。择地西山之坡，山曰万寿，园名颐和，是盖圣天子之所以养其亲，亿万年之所以乐其寿。鸠工庀材，经营结构，殿宇辉煌，山水碧秀，泉石拥翠，林木郁茂，百物效灵，天工俯就。以媚于天子，以娱待皇太后者也。园之中，开仁寿殿。阁启文昌，亭知春色，楼倚夕阳，霞绚之室，玉澜之棠，馆宜芸碧，榭沁藕香，藻绘呈端，恩风扇长。明目达聪，元音古乐，纵之皦如，以成始作。园曰德和，殿号颐乐，上下三层，整齐错落，景福高阁，乐寿华堂，亭含新意，岫挹芝苍，水木自清，仁风斯扬，养云轩外，含绿随香，意迟云在，川泳云翔，半山之坡了无尽意，瞰碧园朗凭临俯视，寻云写秋别饶风致。千峰拥翠，佛殿排云，众香宗树，智慧海滨，堂称介寿，阁耸宝云，云松巢密，湖山意真，鹂黄清听，畦绿成茵，窝中邵老，画里游人，盖至此，而仰太虚清无点尘者矣。尤复楼可借秋，门工邀月，秋水依稀，寄澜壮阔，舫对鸥盟，藻深鱼悦，以石为船，因贝成阙，是盖山色湖光共一楼，鬼斧神工皆叫绝者矣。若乃半水之座，寄澜之堂，荟桥虹拱，堂殿风凉，云岩烟屿，蔚翠霏香，可以泛桂棹，流琼觞，风流水面，荷净纳凉。其他玉带之桥禅宗之窟，庄严华丽，结构缜密，极天下之大观，非浅人所能窥万一。但见三伏无暑，四时皆春；阁峦若剑，草浅成茵；水湖镜清，山光媚人；鱼鸟驯伏，花木精神；金碧镜绣，纵横杂陈。光怪陆离，其殿堂也；深邃广敞，其阛阓也；环绕曲折，其垣墙也；文石铅砌，其康庄也；层楼叠阁，其戏场也；轮转波接，其舟船也；宝塔佛殿，如众香也；石恫寻丈，如周行也；湖光山色，浑相当也；玉泉香山，其可望也。于以避炎热、得清凉、觐外使、朝侯王、是乃化工大造。弦穹彼落，策河巅，辟上方，为之颐养圣德，万寿无疆者也。是用卑太极，陋未央，驾九成，傲建章，轶汉晋，薄齐梁，湘宫无宋，骊宫无唐，而何夸乎迷楼，遑足谕乎阿房哉！

慈禧后见园居壮丽，心下自是欢喜，从此大小政务，便都在园中裁夺施行。十月癸未，特降懿旨，副都统桂祥之女叶赫那拉氏立为皇后，侍郎长叙之十五岁女他他拉氏，封为瑾嫔，十三岁女他他拉氏，封为珍嫔。明年二月，德宗大婚，慈禧后举行归政典礼，雍容肃穆，那个排场，那个热闹，说出来人也吓得煞。归政后，第一桩要政，就是恭上皇太后徽号。欲知德宗亲政而后，有何举动，且听下回分解。

第九十八回　**东学党倡乱全罗道　叶志超振旅牙山城**

话说慈禧后归政而后，清闲无事，常驻在颐和园作乐耍子。德宗是纯孝的人，万机一切，依旧奏候慈宫懿旨，从不敢独行独断。好在这几年里，八方无事，四海升平。虽为了藏藩哲孟雄的事，跟英国开过交涉；为了帕米尔的事，跟俄国开过交涉，亏得社稷有灵，不久即和平了结。

这一年是光绪二十年甲午，自甲申法越之役到今，整整太平了十年，兵器销为日月光，好一派圣明景象。这时光恰有一桩天大的喜事，是当朝圣母六旬万寿。德宗知道慈禧素性喜欢热闹的，随降谕旨，本年十月初十日太后万寿，援照康熙、乾隆成例，着各省将军、督、抚、副都、统提、镇藩臬内，每省各酌派二三员来京庆祝皇太后万寿，并着于十月初一日以前到京，恭候届期随同祝嘏。又传内务府，叫他带领匠役，在颐和园里，打画图样，盖搭灯棚。并定造各式花灯，都要玲珑精巧，华丽别致。从大内到颐和园，沿途所经，饬令臣民报效点缀景物，建设经坛，传僧道唪诵寿生真经。届时皇帝率同中外臣王，诣万寿山行庆贺礼。又下恩旨，晋封妃嫔及宗室外藩王公，并加恩中外文武大臣。又命宫里传谕各总管执事以及各项杂役、太监、宫娥人等，报明衣服尺寸，叫织造府赶制新衣。种种忙乱，不及尽述。

不意一到五月，朝鲜地方，竟又掀起非常风浪，日本乘势进兵，助澜推波，酿成战祸，遂把万寿盛举，一盆冷水浇的烟消雾散。原来朝鲜国王，是个快活的人，如知耽乐，不解忧患，国政一切，悉任闵泳骏办理。闵泳骏贪愎怙权，百万聚敛，官职非贿莫得，差缺非钱不行，以致仓无一米，库没一钱，上下交困，寇贼纷起。有识的人，知道朝鲜这个国，早晚总要亡掉。驻英、法、德、俄钦使刘瑞芬，致书北洋大臣李伯爷，称说朝鲜毗连东三省，一有摇动，震撼边疆。宜乘其内敝，收其全国，改建行省，此系上策；如以久修职贡，不忍刑其土地，则约同英、美、俄列强，公司保护，亦足以保安全。此系次策。李伯爷很韪其议，商之总署。总署各大臣，都是喜欢省事的，自然不肯照行了。

光绪十五年，朝鲜为了年荒，禁止米谷出口。日本大起反对，行文照会，称说元山米商，折本十四万元，要求赔偿。朝鲜人惧怕日本，革掉卖米的官员咸镜道观察使赵秉式，应许偿还六万元。日人不肯退让，磋磨争论，至三易公使，争这赔款，挨到光绪十九年，究竟赔掉了十一万银元，方才完结。开化党重要人物金玉均、朴泳孝等都逃在日本，日人竭力保护，朝鲜人奈何他不得，派了李逸植、洪钟宇分往行刺。钟宇是洪英植的儿子，痛老子为玉均煽惑被诛，立志报仇，佯与他交欢。光绪二十年二月，钟宇偕玉均来游上海，同寓在东和馆，钟宇就动手把玉均杀毙。华官诘问朝鲜，朝鲜人回称玉均是叛党，钟宇是官员，请领回自办，华官应允。朝鲜人就把玉均戮尸泄愤，并用盐渍其首级。一面升抉钟宇官职，日人大哗，乃为玉均发丧。李逸植在日本行刺朴泳孝，没有刺中，倒被日官捕去治死。

为了这两桩事情，朝鲜人把日本更恨的厉害。于是东学党徒，遂揭竿而起。东学党也是朝鲜一种邪教，创始的人是叫崔福成，剌取儒家佛老论说，转相衍授。在同治四年时光，朝鲜禁止天主教，捕治教徒，并捕东学党乔某戮掉，党徒势脉，并不减杀。光绪十九年，党人诣王宫为乔某讼冤，恳请昭雪，国王不准。党人恳语愈坚，一时恼动了国王，下令捕治党魁。党人愤懑，思乱更急。到本年三月，借着国人怨日的机会，遂在全罗道古阜县地方竖旗起事，自诩能呼风唤雨，役鬼驱神，从者数万。扬言斥夷讨日，保国忠清，声势十万厉害。国王特派洪启勋为招讨使，假了中国两条船，一条是平远兵舰，一条是苍龙运船，从仁川渡兵到长山浦，在全州地方连开几仗，起初是胜仗，后来乱党逃入白山，朝鲜兵追过去，中了伏，杀了几个大败，几乎全军覆没。乱党从全罗直犯忠清，朝鲜兵望风奔溃，城池失陷，扬言直捣王京，朝鲜大震，商议求华派兵代剿。于是朝鲜王具折告急，一面知照中国驻韩钦使袁公。此时袁公已经升授道职，钦加三品卿衔。接到韩咨文。随电北洋大臣，请先派一船，载护商劲旅二三百人，到仁川保护商旅。

当下德宗接到韩王告急本章，聚集军机各王大臣商议，各王大臣都道："这件事，还是叫李鸿章斟酌着行罢。"德宗道："邻邦告急，救是一定要救的。何况中国兵力，很是雄劲。不多天，李鸿章、定安周历了旅顺等处，校阅过沿海陆军及各处台坞等工事，复奏都称技艺纯熟，行阵整齐，台坞等工，一律坚固，这会子，正好试一试。只不知先派海军，或是先派陆军？"军机大臣道："臣等愚见，似应派遣陆军，朝鲜乱党，都在陆地上。"德宗回过皇太后，皇太后不说什么，于是电谕北洋大臣李鸿章，着派妥员援韩。李伯爷就札委直隶提督叶志超，太原镇总兵聂士成，督率芦榆防兵东援。叶、聂两将，不敢怠慢，点齐士马，星夜兼程，赶向朝鲜而去。

李伯爷是谨守条约的人，电知驻日钦差汪凤藻，叫他告知日本外部，因为朝鲜请兵，中国顾念藩服，不得不派兵代剿乱党。不意日本外务卿陆奥宗光，复书前来，竟说："贵国虽指朝鲜为属国，朝鲜自己并不承认隶属中国。朝鲜与敝国立约，劈头第一号，固表明为独立自主之邦也。"汪凤藻电奏北京，政府各大臣面面相觑，竟想不出对付的法子。日本外交手段，真也敏捷，一面照复汪使，一面就派大岛圭介率兵八百，先入韩京。大队继续进发，前后共八千余人。也叫驻华公使小村寿大郎把出师平乱缘由，照约告知中国。总署大惊，复书日使，我朝抚绥藩服，因其请兵，故命将平其内乱。贵国不必特派重兵，且朝鲜并未向贵国请兵，贵国之兵，亦不必入其内地。小村回书称："接本国复电，本国尚未认朝鲜为中国藩属。现在遵照日朝两国济物浦条约及中日两国天津条约，派兵至朝鲜。兵入朝鲜内地，亦无定限。"瞧他照会，倒很理直气壮。政府各大臣，竟然奈何他不得。

却说驻韩钦差袁公，闻报叶提台军抵牙山，又闻日船载兵陆续来韩，分由仁川、釜山下岸沿途要害，分布驻守，知道两国必不免有冲突的事，随函告叶志超。外人多谓韩官贪虐，乱党无罪，请广行晓谕，示以宽大。只诛巨魁，胁从罔治。庶早日平定，不生他变。叶营依言行事，果然一纸告示，就把东学党惊得四散奔逃，叶军乘势克复了全州。袁公照会大岛圭介："韩事渐平，我兵拟即撤归，以避暑雨。闻贵国遣兵来韩，中国亦将增军。两军杂处，必生嫌隙，倘若宵小伺隙播弄，或西人亦增兵抗衡，以收渔利，不但日危，华韩亦损。宜彼此互撤，以归平和。”大岛口里虽然允诺，水陆两军，依旧增添不已。济远船管带方伯谦，驻在仁川，见日军逐日增多，恐中奸计，移船先去。此时汉城内外，满屯日兵，仁、汉华商，纷纷逃散，盲人瞎马，势已险极。北洋李伯爷偏是老成持重，屡电袁公，要他凭三寸不烂之舌，说退日军。袁公复电李伯爷，请调南北水师严备，简练陆师听调，并延驻华各国公使调处。又献议道：“遣师出疆，军律为重。事体得失，衅端息开，皆系乎此。宜先慎择知兵大员，以为主帅，水陆均听节制，免号令分歧，事权不一之弊，并遴派真通战时公法之员，以备因应。庶免蹉跌致误，且杜他国插手。”无奈李伯爷执定主见，要据约说退日军，怕增了兵，适为日本借口。不肯听从袁公计划，并电戒叶志超，切勿逼近韩京，擅启衅端。

此时日本既据入汉城，并在汉江口遍布水雷，以断华兵入汉之路。各城门都派了陆军把守，华人出入，都要检搜。又在城里高架大炮，那炮口直对着中国谬差衙门。谣言纷起，旅韩华侨纷纷内渡，势成骑虎，危险异常。袁公一个儿白干急，电告李伯爷。李伯爷偏又是爱和平，不忍寻仇弃好，满想樽俎折冲，销掉弥天杀运。这就叫宏深慈于不杀，济大忍于无刑。不意日本人比什么都要厉害。得着了机会，星驰电逐，一点儿不肯放松。恁你和平，恁你忍耐，自会有法子挑逗你开衅。声言“朝鲜内政不修，民乱不已，约两国各简大臣至韩，代为更革。驻日使臣汪凤藻复书日外部，大致说整顿内治，朝鲜自为之，中国不愿干预；贵国既认朝鲜为自主之国，尤不应预其内政。至彼此撤兵，请稽和约专条照行”等说。日本回书，只说中日两国，同心预其内治，则朝鲜足以安全。万不料中国概置不讲，而但要我国退兵，英政府善意调停，而中国谬执殊甚。若因此而启兵端，实惟贵国执其咎。”汪钦差电知北京，北京政府知道他敌强才弱，不能胜任愉快，随改命北洋大臣李伯爷跟日人磋议。日人索偿赔款三百万，李伯爷是老成持重深谋远虑的人，以为就赔他一些银款，总以不开战为上策。怎奈朝里上下官员，不知事势，定主张开战者多。一人倡议，百口附和，李伯爷一个儿，哪里抵挡得住。

一日，李伯爷在签押房看公事，忽想起了一件什么事，要差个人到上房去。恰好几个承值管家，都支使了开去，一个也没在眼前。只得亲自起身，经过穿堂，听得有人在窗外讲话，只听得一句是：“咱们大少爷，做了东洋驸马，外面都这么说呢。”李伯爷心里一跳，站住听时，只听一个道：“你这话从哪里听来的？”一个道：“外面都这么说，咱们老爷，不肯跟东洋开仗，就为有这么一重亲情在，不然，早翻脸多时了。”一个道：“怪着呢，我也听得人说，东洋小国，敢向中国索取赔款，明仗着有人帮忙，照你说来，这帮忙的人，就是咱们老爷了。”李伯爷心里，好生不自在，也没心绪再去听他，踱了上房去。暗忖：“谣言这么厉害，我的前程，倒很危险。现在举朝都主张开战，他们把日本太轻看了。殊不知中国的海军，面子上还不觉着怎么，实底里真靠不住。倘然当时不把经费拨去建造颐和园，总也完备点子。偏偏又是太后的事，醇亲王作主，谁能阻止他呢？这会子，他老人家伸脚走了，脱下这副烦重担子，要我一个儿，排好还好，要是不好，我这个人，不要被众人骂死了吗？”正在烦闷，外面送进一封电报，忙传翻译翻出，是驻韩钦使袁公折来的，只见上面写着：

北洋李伯相钧鉴：

如政府决议开衅，请先调回驻使，某一身报国，无所恇畏。惟惧辱使命，损国威，凯寒上。

瞧这电报，袁公的急迫，真是刻不待缓。但是李伯爷是人多事忙，瞧毕也就搁过。不多几天，袁公又来一电，报称："大岛圭介已经率兵入王宫，杀掉韩国卫兵，韩王李熙被掳。推大院君主持国政，韩臣闵泳骏等尽被流诸恶岛，事无巨细，悉由日本人专决。韩国已宣称独立，不认为中国藩属。"李伯爷见火已烧着眉毛，蛇已游及屁股，才电令袁公回国。

此时朝廷已下严谕，饬令备战，派出四支大兵，大同镇总兵卫汝贵率盛军十三营，从天津出发；盛京副都统丰伸阿统盛京军，从奉天出发；提督马玉昆统毅军，从旅顺出发；高州镇总兵左宝贵统奉军，从奉天出发；四支大兵，奉着朝命，祭旗出发，生恐海道梗阻，议由陆路从辽东渡鸭绿江入朝鲜。迂回曲折，日行百里。堂堂之阵，正正之旗，如果能够有征无战，值也算得王者之师。

李伯爷听得四支大兵，从陆路出发，惊道："叶、聂两军，孤悬在牙山，援军如此迂缓，哪里接济得着？"随调北塘防军，租了一艘英国商轮，名叫高升号的，装载着，星夜赴援。又命操江运船，满载军械，随同前进。中国的海军，自光绪十四年，完全成立，特简淮军骁将丁汝昌为海军提督。海军兵弁，大半都是闽人，只统帅丁提台一个儿是淮人。闽籍将弁，不很把他放在眼里，军令营规，视同儿戏。左右翼总兵以下，没一个住在船里的。每逢北洋封冻，照例改巡南洋，总在香港、上海两处，赌钱狎妓。这回朝鲜变起，李伯爷饬令济远兵舰，率了扬威、平远两舰，开往朝鲜弹压。济远管带方伯谦，虽是海军人员，一到大洋里，就要头晕呕吐，瞧见日兵大集，吓得魄散魂飞。乖人不吃眼前亏，开足轮机，冲波突浪的逃回来。李伯爷因念人才难得，学着秦伯用孟明手段，非特不参劾，一声半句申饬也没有，反把那几艘兵船召了回来，好使议和的事情，容易着手。到这会子事情已将决裂，朝鲜海口，都已下了水雷。老谋深算，才下札子，命济远、威远、广乙三兵舰，连樯驶赴牙山。

这日，李伯爷正与几位幕友，在签押房里筹划防务，外面送进一个警报，是高升号船被日舰鱼雷轰沈，操江船也被掠去。李伯爷怒道："日本真也不讲理，咱们让他，他竟一步步占上来。瞧这样子，是真要跟咱们过不去呢。好在万国公法，谁先开炮就谁差，恁他恃强，这一个差字终逃不去的。"忙叫幕友拟稿电奏朝廷。电稿拟好，才待拍发，警报又到，却是济远、威远、广乙三舰，在丰岛西北洋面，碰着了日本船，被日舰开炮轰击。广乙受着重伤，拼命逃脱，济远跟着奔逃，日舰吉野浪速，紧紧追赶。管带方伯谦急极智生，向众人道："别慌别慌，我有一个退敌妙计。"随令高扯起白旗来，原旧追赶。伯谦道："不要紧，我还有一粒救命金丹，再没有不济的。"吩咐改树起日本旗来，瞧日舰时，依然箭一般驶将来。方伯谦智穷力竭，慌作一堆，没做道理处。正在危急，忽闻本船上天崩地陷似的一声响，方伯谦吓极，忙向铁板最厚处躲避了，流了一裤子的溺。众人找寻管带，找了半天才找着，拉他出来，死活不肯，只问众人道："本船着了炮子，伤着没有？”众人道：“没有伤，也没有中过炮子。”方伯谦诧道：“方才响的是什么。”众人道：“是本舰水手发的炮。”伯谦惊道：“为什么发炮？”众人道：“日舰追逼不过，炮子够的着，才发的，现在日舰中了我们炮子，已经退去了。”伯谦方才放心，鼓动轮机，开回中国。电禀李伯爷，只说途遇日舰，开炮轰击，广乙大受痍伤，经本舰回炮，将日舰击退。李伯爷只当是真话，转电北京，朝廷下诏，与日本宣战。此时北洋大臣衙门里，军书旁午，文报络绎，李伯爷与幕中朋友，忙到个茶饭无心，坐卧不宁，暂时按下。

却说直隶提督叶志超，太原镇总兵聂士成，军驻牙山，忽得警报，高升号船被击沉，操江船被掳。聂士成向志超道：“海道既被梗阻，牙山绝地，势不能守。全州左江右山，形势险固，移营那里，一战而胜，可以据守待援，就是不胜，也可以绕道而出。”志超听说有理，才待传令移营，流星探马，飞报军情，说日兵已逼成欢。士成大怒道：“日人如此猖獗，眼睛里太没有中国人了。”随率本部五营，立刻出发，赶向成欢迎敌。叶志超率了本部人马，自趋向全州去了。

士成行到成欢，恰好日军前锋，整队而来。士成喝令开枪，顿时炮声轰天，硝烟蔽日。五营军士，齐声呼噪，日兵抵敌不住，纷纷逃遁。聂士成见日兵步武错乱，传令追杀。一声令下，万众遵行，电卷风驰，龙骧虎跃，把这小队日军，早不知冲到哪里去了。收队回营，随着兵弁，到叶军门那里报捷。一面设筵庆贺。正在作乐，忽报日军大队，离此只五里了。士成传令站队，一语未了，日军火炮，山崩似的轰将来。开花炮弹，好似生着眼珠似的，只向聂军所驻地方炸将来，物着处火焰冲霄，人着处血肉靡烂。欲知聂士成能否抵御，且听下回分解。

第九十九回　**陷平壤左宝贵殉节　战辽海邓世昌成仁**

话说聂士成打了一个胜仗，开筵庆贺，不防大队日兵到来，炮火轰天，烟硝蔽日，厉害得要不得。恼得士成性发，传令站队出营，开枪迎敌。众将弁得着此令，鸣起军号，一队队排出营来。一转眼，马队、步队、枪队、炮队，一营营，一队队，整整齐齐，严严肃肃，都已排列成就。炮队居中，枪队、步队，分居左右。一声令下，炮队推出车轮大炮，测准了，轰轰轰，不住手的轰放；那枪队、步队，靠有大炮掩护，左右包抄，风发潮涌似的冲将去。又派骁将，带领马队，往来策应。战有半日工夫，军弁报称弹药将尽。士成向前望去，见漫山遍野，都是日军，估量去，这点子弹药，未见杀的退，下令前队作后队，后队作前队，五营军士，一齐回首，结阵徐徐而退。士成亲自殿后，行伍步伐，半点没有错乱。恐怕日兵追来，先派八尊大炮，四百名快枪队，带足弹药，埋伏在山坳里，等候大军过完，才收军归队。

回到全州，不意叶志超已经先一日弃城而走。士成叹道："这么好的好地方，叶军门偏又不肯坚守。本部通只五营人马，如何挡的过日本万马千军？"忽流星探马，飞报军情，说卫汝贵、丰伸阿、马玉昆、左宝贵四支大兵，都在平壤会集，叶军门也奔了平壤去。士成闻报，传令本营步马，齐向平壤进发，为了兵单，怕途中撞见日军，未免要受亏，只拣小路行走。渡过大同江，到平壤，迂回曲折，共走了两日两夜。叶志超接着大喜。士成诉说开战情形，叶志超道："成欢之捷，我已告北洋。目前目后，总有恩命到来，你老哥不日就要高升了。"士成听了，倒也落落，并没半句感恩知己的话。

当下各营统领，互相拜会，忙乱了好几日，一日电局送来一封电报，却是嘉奖的恩命，叶志超拜为驻韩各路兵马总统，各路兵马尽听节制。聂士成升为提督，其余将弁，擢升的共有一百多名。本营军士，着赏银二万两。各路统帅，各营统领，得着此信，都到志超营中叩贺。志超得意非凡，大排筵席，款待诸将，并传了两个班子，演唱封侯拜帅晋爵加官等吉庆戏儿。大营里挂灯结彩，叶营各兵弁，一个精神焕发，高兴异常，热闹繁华，笔难尽述。

次日，叶营中竖起一面三军司命大旗，传出大令，划分泛地，派左宝贵、丰伸阿守城北一带；卫汝贵守城南一带；马玉昆守城东大同江东岸一带。又派左营分统聂桂林策应东、南两面，因为东南隅适当敌冲，防守格外郑重。志超自己镇守城西，把一万四千大军，尽聚在平壤一个城子里，深沟高垒，以逸待劳。这便是叶总统的无上妙计。朝鲜百姓，素来亲附中国，闻说大兵到此，快活得什么相似，献酒浆，献牛羊，献米麦，络绎不绝。谁料天朝大兵必是高不过，眼孔是大不过，这些东西，哪里值得他一视。分队四出，奸淫韩民的妻女，抢夺韩民的财物，还把年强力壮的人，掳到营中，充当杂役。经此大施德泽，三韩士民，自然感激涕零。各军统帅，各营统领，无计消遣，轮流着做东，今儿你请我，明儿我请你，醉中日月，闹里乾坤，过得比众逍遥自在。

一夕，盛军奉令出哨，那统领官才从席上回来，喝得已经差不多了，醉眼迷蒙的坐在马上，恁着马走去，东西南北都不管，兵从将令，众兵士只得跟随行走。巡了一程，众人忽地发起喊来，那统领喝问："做什么？"众兵都道："前面敌军来了。"统领放开醉眼，果然一段火光，势若长蛇，飞一般的来，大喊道："了不得，兄弟们开枪。"一排枪轰然开出，那边回枪也就来了。这时光两军枪子，此往彼来，蚩蚩蚩，来如雨点，去似蝗飞，直战了一夜。天明收队，才知彼此都误会了。这里是盛军，那边是毅军，白费了无数弹药，伤了无数军士。

一日，军探报称，大同江那岸，有日军小队在那儿侦探。马玉昆立派裨将吴德炎统马队五百去迎战。只半日工夫，吴德炎回营缴令，日军小队尽数残除。叶志超闻了，少不得扬厉铺张，到北洋大臣那里报捷。

八月十五这日，各统将正拟置酒高会，庆赏中秋，忽流星探马报称日军大队，已抵城北。玄武门山对过的那座山岭，已被日军占去，山顶上高扯着太阳旗号。叶志超惊道："日军这么迅捷，是从天上飞来的吗？"道言未了，军报又到，说日兵共分四大支：一支由王京西北而抵平壤东南，这一支是从大路来的；一支由王京西北到黄州，渡过大同江，分道至江西甑山，谋袭平壤的西南隅；一支由王京东北，至江东县渡过大同江，谋袭平壤的北面；一支由其本国航海从元山登岸，谋截平壤西北大道，断绝我军归路。这四支日军，约定十六日，都在平壤会集。叶志超吓得面无人色，随道："三十六着，走为上着，趁日军大队没有到齐，我要走回本国去了。"营弁进报高州总兵左宝贵求见。志超皱眉道："见我有什么事？"一时接进，宝贵道："日军来势很不弱，统帅可有对付的妙策？"志超道："对付的法儿还没有想到，老哥问到这一层，奇谋秘策，想早安排多时了。"左宝贵道："宝贵是呆笨人，日军到此，只有死命抵拒。敝军守在玄武门，谁要逃走，我就开炮打谁，统帅瞧我这计划，差了没有？"叶志超被大喝一惊，暗忖："我才要走呢，你这个计划，不是算计日本人，明明算计我一个儿了，"心里虽然这么想，嘴里到底不便说什么，随敷衍了他几句。宝贵回营，就出贴告示，驻平人马，不问何军何营，倘然北行图遁，本军立刻开炮轰击。各营军弁，瞧见这一道告示，无不骇然。宝贵笑问心腹道："我这一道告示，就防统帅一个儿。这里各将弁，只统帅的逃计早决。"一语未了，忽闻炮声隆隆，军弁飞报，日军到了大同江东岸，马提台督着部下，跟他们开仗了。宝贵道："日军分四路杀来，咱们这里，倒也不可松懈。"

这时光，流星探马，络绎不绝，枪声炮声，忽高忽低，砰訇不已。忽报日军大队扑来了，宝贵登城一见，见旭日旗随风飘荡，大队日军，蚁阵似的涌将来。宝贵喝令开炮，轰然一炮，顿时轰成一条血线。不意日本人比什么都厉害，再也不怕死，随缺随补。回上来的枪弹炮子，比打出去的，还要竖急猛烈。一转眼，城里早起了三五处火。恼得宝贵眼中出火，口内生烟，手执快刀，不住的往来督察，见有懈怠的军弁，立即飞刀砍掉，军士无不感奋。战了大半天，军弁报炮弹已尽，枪子每人只有三十枚了。宝贵道："哪怕它一枚呢，我今儿除死方休！"随令军士开枪轰击。忽一个炮子，轰的飞来，打中宝贵肩膀，忍了痛兀在那里指挥。第二个炮子又到，中在腿骨上，站脚不住，从城上直跌倒地下，还向众人道："放胆开枪，放胆开枪！"一时鲜血直涌，晕了过去，不知人事。日将挥兵大进，宝贵部下见没了主将，顿时大乱，夺路奔逃。人践人，马踏马，不知伤亡了几多士马。一转眼玄武门城上，就高竖起日本国旗来，日军大队，排齐行伍，入了玄武门。

警信报入平壤，叶志超道："亏得我没有出战，不然，这一条老命，早没有了。"忽一个军弁匆匆奔入道："马提台战的吃不住了，请统帅快快发兵去救。"志超道："救他也非上策，现在这么样吧。传我大令，叫他赶速退兵，退了兵，我自有万全良策。"军弁传令去讫。一会子，就听得角声呜呜，马营兵队尽数退进城来。马玉昆谒见总统，问道："统帅叫我退兵，有甚妙用？"叶志超道："日兵来势，汹涌异常，跟他战，万万战他不得。"马玉昆道："不战怎么样呢？"志超道："我另有一条万全之策，古人说的好，'知己知彼，百战百胜。'咱们的弊病，咱们自己还不知道。现在要图万全，还是赶快竖起白旗来。"马玉昆惊道："扯白旗，不是就投降了吗？"叶志超道："大丈夫能屈能伸，降一会儿也不要紧。"马玉昆道："堂堂天朝大将，碰着日本国兵马，还不敢开一仗，天朝的体面，不就丢尽了吗？别说对不起皇上，对不起国家，就对着朝鲜人，未免也自己惭愧呢。"叶志超听了，并无话说。只传令四城，高扯白旗，以救一城百姓性命。马玉昆痛哭而出。

此时平壤城上，白旗飘扬，军声寂寂，士气奄奄。各营将弁，一个个垂头丧气，说不尽悲惨，描不完的凄凄。只有大同镇总兵卫汝贵，趾高气扬，依然万分高兴，好似打了胜仗似的。你道为何？原来卫镇台的夫人，异常贤慧，见镇台奉旨出兵，就写了一封家信到营里，大致说是君起家戎行，致位统帅，家既饶于资财，宜自颐养，且春秋高，万望善自为计，勿当前敌。卫镇台依照夫人的话，碰到敌军，总想出法子来避掉不战。现在身处危城，四面都是敌军，正在没法摆布，恰好知趣的统帅，行了这救命的奇策，哪有不欢喜之理？当下志超扯了白旗，日军瞧见，果然止炮停枪，不来攻扑，特派一员干将，来营商议受降条件。叶志超要求率兵回国，日将不肯答应。志超没法，只得趁放率领诸将，弃城北走。不意这一着棋子，早被日人算定，却在山隘里，伏下精兵，等候华军行近，号枪一举，枪炮齐轰，枪弹炮子，猛过雹粒，密若飞蝗。志超心慌意急，众兵弁要回旋奔走，路狭人稠，哪里回旋得转？人马枕藉，伤掉无数生命。叶志超等一众统将，亏得拼命奔逃，逃出了山隘，计点人马，丧去了三千名左右。所有军储器械，公牍密电，悉数弃掉，没有带得。

叶志超率着万余残军，行抵安州。忽报朝旨已派四川提督宋庆营领毅军，从旅顺出发；提督刘盛休率领铭军，从大连湾出发；将军依克唐阿，率领镇边军，从黑虎江出发，三路大兵，约定了都在九连城会集。志超道："这三路大兵，早十天出发就好了。"聂士成道："安州山川险峻，可以固守。咱们不如守在这里，等候援兵到了，再图进取。"志超不听，率领残卒，忘命奔逃，三日两夜，共走了五百多里路，渡过鸭绿江，到了中国地界，才放了心。

此时宋庆等三统帅，都在九连城驻扎。那九连城与朝鲜义州，只隔得鸭绿江，一衣裳带水，由朝鲜渡江，第一座城池，就是九连城。叶志超入了国界，听说宋帅都在那里，便也赶向九连城来。宋庆接着，问起情形，惊道："老帅肯坚守五六天，咱们也赶到了。"志超无言可对。安下营寨，点过人马，少不得拜折北京，自请议罪。朝旨下来，叶志超革职，卫汝贵拿问，又下旨命宋庆为诸军总统。旨意颁到，兴头的兴头，丧气的丧气，各路统将，见宋庆差不多的行辈，差不多的勋绩，骤膺恩命，超为统帅，未免都有点子不悦。

这日，众将都在帐下窃议道："咱们都别响，且看老宋拿什么本领去打东洋。好在这一件事，监是他做总统的，一个儿干系。"忽流星探马，飞报祸事，报称海军提督丁汝昌，督率海军，在大东沟外海面，与日本兵船开了一仗子，丁提台打了个大败仗。

原来自方伯谦逃回之后，朝鲜海面已没有中国一艘兵船。纵横往返，都是日本兵船，湖南巡抚吴大澄闻而大愤，慷慨上书，自请赶赴前敌。朝命到威海卫察看炮台，又命商轮五艘载运铭军十二营，赴平壤，着丁汝昌率领海军全队十二艘翼护。八月十七日，行抵大东沟，陆军登岸之后，海军鸣笛展轮，就想回到旅顺来。不意日本海军全队，突浪冲波，恰在那里巡哨，两军竟然会见了。日舰上悬旗开炮，大有欲战之势，丁汝昌被逼不过，只得发号施令，把全队十二舰，排列成阵：镇远、定远两铁甲舰为第一队；致远、靖远为第二队；经远、来远为第三队；济远、广远为第四队；超勇、扬威为第五队；平远、广远开战后才到，遂把他作为游翼之师。丁汝昌坐在定远大战舰上，指挥全军，定远就为全军主舰。日本兵船十二艘，海军中将伊东佑亨为主帅。海里头开战，全恃大炮鱼雷做输赢。炮弹着处，烈焰烘腾；鱼雷炸时，浪激成山。这时光，辽海里千雷万霆，一齐轰发，烟硝如雾，迷漫得莫可辨认。一时超勇着了敌弹，火焰冲霄，莫可救治，支援不到一时，沉下了水去。舰队见超勇没沉，阵势渐渐乱起来。定远舰发出一大炮，击中了日舰西京丸，也顿时沉掉了。

却说致远舰管带邓世昌，是广东人。海军大半都是福建人，中国人省界的见解，差不多是国界。邓管带平日，不知受过同侪几多奚落，几多轻视。这会子，大思发奋为雄，吐一吐不平之气。连放大炮，连发鱼雷，战得异常尽力。假使致远酣战，各舰并力齐心，日本这点子海军，总也难操必胜。无奈各舰管带心里，横着一个省见的念头，宛如钜鹿诸侯，一个个旁观袖手，恁邓世昌六臂三头，终难敌千军万马。日舰吉野、浪速双战致远，一时药舱中禀称弹药双尽。邓世昌慨道："今日今时，是世昌尽命报国之秋，日舰吉野，是彼阵的中坚，拼掉了他，吾军也好少去一个劲敌！"喝令司机人，开足快车，尽力撞去。日本人比什么都厉害，见致远舰机声如雷，舟行如电，知道它是拼命，忙着驶避，一边驶避，一边发射鱼雷。眼快手快，一个鱼雷，中在致远船身上，顿时汽锅碎裂，渐渐沉下海去。不意邓管带死不放松，沉到水平线下，还轰然发出一个大炮来。日本闻着这一炮，唬得都呆了半边，相谓道："中国海军各将，都如邓世昌这么，咱们如何会胜呢？"济远管带方伯谦，目睹致远没沉。暗忖：拼命轰击，无补时局，还是留着有用之身，为后来地步吧。随命开足快车，向口内逃去。欲知济远逃脱与否，且听下回分解。

第一〇〇回　丁汝昌孤舟拒大敌　徐邦道弱卒挫强军

话说济远管带方伯谦，瞧见致远沉没，传令转舵开回旅顺去，心慌意急，转舵的当儿，船头儿撞在扬威舰上，把扬威的舵撞坏了。扬威受了伤，行的愈慢，被日舰追到，一炮轰沉。济远逃走之后，广甲也跟着奔逃。这时光海面上只剩镇远、定远、靖远、经远、来远五艘战舰。经远的管带官，中炮身亡，全舰顿时大乱。日人眼快，鼓轮驶来，乘势掳了去。丁汝昌在定远敌楼上，指挥战斗。见经远被掳，恼起虎性，喝令本舰大炮，格准了日本司令舰松岛轰击。此时烟迷若雾，浪涌如山，战舰在海面上颠簸不已。松岛连中炮弹，几乎沉掉。定远也着了五六炮，身受重伤，还拼命的扑斗。一时靖远、来远。敌不过日舰，逃出战域，也驶向太平地方去了。日舰五艘，围住镇远、定远，尽力轰击。一颗弹子，击中定远敌楼，丁汝昌伤了腰，跌倒在地，晕了过去。舰中没了主将，大家找寻管带官刘步蟾，请他暂权主帅。谁料刘管带听见炮声，已经吓得三魂失两，六魄丢五，这会子躲在铁甲最厚地方，瑟瑟瑟，战了一个不已。大家请他，躲在那，死也不肯出来。洋员汉纳根瞧不过，挺身而出，代他指挥拒敌，才把这场面蒙了过去。战到夕照衔山，洋面上起了海雾，日舰怕中国鱼雷激射，围解而去。定远、经远，才收队回旅顺来。

这一役，失掉兵舰五艘，致远、经远、超勇、扬威、广丙。所存定远、镇远、来远、靖远、济远、平远、广甲七舰，也都身受重伤，不能战斗。败报传入北洋，李伯爷懊丧道："我原说不要战，翁师傅欺日本国小，定要开战。这会子果然不得了，不得了。"说着，外面送进一角以文，却是丁汝昌申报海战失事情形。李伯爷瞧到方伯谦不战而逃一节事，不禁怒形于色，当下就具了一个折子。一面请把方伯谦军前正法，一面请把邓世昌特旨赐恤。不多几天，旨意下来，邓世昌赐谥壮节；方伯谦军前正法；丁汝昌革职留任。李鸿章拔去三眼花翎，褫去黄马褂。意旨严急，自然谨警遵办。隔不上几日，朝旨又下，命四川提督宋庆，帮办北洋军务。

却说宋庆大营，驻扎在九连城，得着大东沟败报，聚集各营统领商议道："九连城南倚鸭绿，东枕叆河，叆河的东面有一座山，名叫虎山，是个险要去处，这地方倒不可不防。再东就是安平河，逾河是苏甸，是将甸。九连城以西，是安东县，再西就是大东沟，现在海军失了事，咱们陆军倒不能不节节设防呢。"各统领都道："统帅讲咱的，是咱们听候统帅号令呢。"宋庆当下就派聂士成守虎山；刘盛休守江岸；依克唐阿守安平河口、长甸各隘；丰伸阿、聂桂林守安东诸城邑，各统领领命去讫。

这日，军报传来，说日兵大集义州，势将飞渡。宋庆传令，严备中路。谁料日人再也巧不过，渡扑中路，不过是句虚话，俟你严备定当，它却暗暗从上下两游，偷渡过了。支队从东路渡过安平河，依克唐阿听见日军炮声，吓得弃防就奔。人不及甲，马不及鞍，要紧逃命，军械文件，尽都丢掉，直逃到宽甸地方，才得安营造饭。中路人马守了一镇日，不见日军举动，军心渐渐懈了。这日侵晓，营中军士正在吃饭，忽闻炮声隆隆。

军探飞报："日军在南岸排列炮队，连环轰击，大队日军，恃着大炮保护，盖搭了浮桥，飞渡过来也。"接着又报铭军奔溃，诸军尽都遁逃。又报聂士成被日军围困在虎山，势将不支。宋庆大惊，忙派一支劲兵，飞行去救。只半日工夫，败报又到，虎山失守。聂士成退渡叆河，军士挤死的很不少。宋庆大惊道："诸军皆溃，聂军又不支，我守在这里，危险得很。"随令弃掉九连城，向北退去。才到凤凰城，军报递到，知道丰伸阿、聂桂林都奔向岫岩州去了。

从安平河口起，至安东沿鸭绿江境，尽都是日本兵队。宋庆暗忖凤凰城孤悬岭外，势难扼守。不如退扼大高岭，守住辽阳州，还有点子把握。拔寨齐起，赶了一日，赶到辽阳州。忽接朝旨，说旅顺吃要，饬令赶速回援。恰好聂士成兵到，随把大高岭防备，交给了聂军，亲提劲旅，回向旅顺而去。行到半路，警报败信，雪片也似的来。一会子，报称："凤凰城失守，日军越向宽甸，依克唐阿望风逃遁，宽甸军营，蒲石河军营，尽都溃散。"一会子，又报："日军分兵三路，扑向岫岩州，声势十分厉害，丰伸阿等都奔到析木城去了。"忽又报："日本第二军已陷金州，大连湾失守，旅顺吃紧。据在东边的第一军，分兵西出辽阳，与第二军相会，大高岭后路，已被遮断。"宋庆道："金川失陷，可我不能前进了。"随在盖平地方安了营，养精蓄锐，秣马厉兵，满望克复金州，进援旅顺。无奈日本兵厉害不过，出过三五回兵，开过几仗，一点子便宜没有得着。

一日，军报传来，丰伸阿、聂桂林被日军逼不过，退向海城去了。日人进扑海城，关外都戒严了。宋庆道："现在凤凰城西北，有聂士成大高岭之军；凤凰城东北，有依克唐阿之军；盛军统领吕本元、孙显寅，又守连山关，大致总还不要紧么！"道言未了，探马飞报："连山关失守，吕本元等逃遁无踪。"宋庆此时，被日军夹在中间，进既不可，退又未能，一个儿白干急。亏得大高岭聂士成守御得严密。依克唐阿久败思奋，移军草河口，屡次攻扑。日人抵挡不住，弃掉连山关，索性聚兵草河口，横断聂、依两军，拼命战斗。聂士成屯兵分水岭，以拊日军之背。依军自外夹攻，阵斩日中尉一员。凤凰城日军大队来援，也被依军击退。依、聂两军，乘增进扑，在国远堡地方大战一场，杀了个不分胜负。依军逼叆河驻军，日人趁夜来袭，白丧掉许多人马，依然没有得手。次日，堂堂之阵，正正之旗，在一面山地方排阵大战。右翼兵倒很踊跃，击死日兵很不少。左翼兵接仗得没有几时，就逃走了。右翼兵独力难支，只得挥旗而退。不意日人在半途里伏下精兵，一击鼓响，伏兵齐起，马队统领永山遇伏阵亡。在安东的日军，也已陷掉海城，辽西十分危急。败报传入北京，朝廷下旨，着依克唐阿移军援救辽阳。

此时各统帅里头，要数聂士成，最有识见，最为忠勇。行文各帅，自请率领精锐，突出敌后，往来游击，截其饷道，令彼首尾兼顾，可以一鼓攻克。各帅嫌他的计划太冒险，不肯听从。士成愤极，督率本部马步，自向通远堡雪里站一带布置。这日，日军行到，伏兵齐起，内应外合，差不多杀了个全军覆没。凤凰城日军大队到来，士成早预伏了兵，复在四边张了疑军，又把日军杀了个大败。

这时光，辽东的金、复、海、盖，都被日本所占有，山东的威海卫，也一并失掉。依克唐阿、长顺、宋庆、吴大澄等各将帅，屡战屡败，屡败屡逃，疆畿危迫异常。朝廷见诸帅中，还是聂士成靠得住，降一道旨意，调他入关，翊卫畿辅。一边命江苏臬台陈湜率领湘军二十营,代替士成镇守大高岭。亏得凤凰城日军单薄,不复出兵四犯,以凤凰城以北,倒没有什么战事呢。北洋李伯爷连接陈湜电报,皱眉道:“凤凰城那边没有战事,敢是日军都调向别处去了吗?别地方呢,还不要紧,我就怕他攻袭大连湾、旅顺。旅顺的形势,是海疆第一个险要去处。自从光绪六年,经营军港,创建炮台,经历十六年,方才成功。现在旅顺守将宋庆、大连湾守将刘盛休,都率所部出防九连城去了。提督姜桂题、程允和虽然替他镇守,无奈所部都是新招集的新兵,操练功夫,不很纯熟。就只总兵徐邦道的马炮队可靠一点。铭军分统赵怀益所部也是新兵,守在大连湾,倒也很危险。”急巡捕官递进手本,回称:“道员龚照玙禀见。”李伯爷惊道:“龚道是在旅顺营务处当差的,赶到这里来,想来旅顺总不妙了。”随命传见。

一时传进,见过礼,李伯爷就问:“旅顺失守了吗?”龚照玙道:“没有,只这旅顺的后路金州、大连湾都失掉了。”李伯爷道:“赵怀益这么不济事,可恶可恶。”龚照玙道:“回爵帅话,听说日军袭据了花园港,雇用汉奸,引导到貔子窝,运马阅炮,经历十二日工夫,方才舒徐。”李伯爷道:“咱们的海陆军,都到哪里去了?照你讲来,明明是无人之境了。”龚照玙应了一声:“是”。随又回道:“彼时总兵徐邦道,曾献议说金州有失,旅顺必不能守,请诸帅分兵往迎。诸帅因为各不相统,没一个理他的。邦道没法,只得率了本部人马,自去迎敌。”李伯爷道:“赵怀益在大连湾,难道也坐视不救吗?”龚照玙道:“听说怀益的部将,原也请过令,要到前边去备战。怀益不许道:‘我奉命守炮台,不闻赴后路备敌呢。’邦道到了,竭力请兵,怀益却不过情,派一员裨将,率领步队,跟随邦道而去。恰遇着日军大队,这伙兵单,看看支援不住,忙电怀益告急。不意怀益正在督饬部下搬运辎重渡海,预备作逃走计划,没暇理会他。邦道败了下来,金州重地,遂被日军得了去。怀益听得金州失陷,搜刮了饷款,就逃了旅顺来。日军乘虚而入,大连湾里面,大炮一百二十尊,炮弹枪械,不计其数,一点儿都没有搬出,都被日军得了去。”

李伯爷听龚道陈诉,半句也不回问。停了半晌,问道:“旅顺没有失守,你老哥为甚到这里来?”龚照玙道:“金州、大连,相继沦陷,旅顺的陆路,不是断了吗?”李伯爷哼了一声,冷笑道:“都像你老哥这个样子,旅顺地方,也不必派人镇守了,日军还没有到呢!”照玙见伯爷气,知不善,忙请了个安道:“卑职知罪。”李伯爷道:“知罪也还罢了,赶快回差去,不然,我肯原谅你,王法怕不能原谅你呢。”照玙应了几个“是”,只得依旧回到旅顺去。

哪里知道旅顺此时,局面已经大变了。诸帅惩于大连之失,督令兵弁,把粮饷器械,搬到到烟台去,军民人等见统帅如此举动,不禁都慌自起来,船坞工匠,掠夺了库款,争先恐后的奔逃,地方上乱得麻一般。六位统领,权侔力敌,各自只能顾各自。照玙见不是事,乘坐鱼雷艇,推说求救,逃向烟台去了。黄仕林、赵怀益、卫汝成这三位统帅,瞧见照玙逃去,乖人学乖人,跟着就走。你也跑,我也跑,若大一个好军港,变成白茫茫一片干净土。

偏有一个不识势的徐邦道,率了两队老弱残兵,回到旅顺,激昂慷慨,偏偏的要与国家出力,在姜帅跟前,恳请增兵。姜帅不准,又请给发子弹。姜帅被他缠不过,只得给了他点子。徐邦道誓师出援,行到土城子地方,碰着日军先锋队,开枪发炮,一阵恶战,杀得日军尸横遍地,血流成川。邦道大呼道:“国家洪福,咱们竟胜了。”随命冲过去。不意日军大队,漫山遍野的来,邦道虽然忠奋,究竟饥不敌饱,寡不敌众,战到天黑,人困马乏,只得率兵而退。

这时光,日本海军已经纵横海面,陆军已经分踞炮台,旅顺守兵,只恨爷娘少生两只脚,没命的奔逃。姜桂题、程允和、张光前三位统帅,都杂在乱军中逃走。于是旅顺军港,遂高扯旭日旗,变成日军国军占据地了。欲知旅顺失陷而后,中国有何举动,且俟六集开场,另行宣布。

第一〇一回　章高元力守盖平县　吴大澄失陷田庄台

话说旅顺既陷，张光前、徐邦道等都率领残卒，奔到海城来投宋庆。不意宋庆因失陷了缸瓦寨，退守田庄台，自己却住在复州。众帅奔到复州，与宋庆相见，诉说败绩情形。宋庆安慰了众人一番，命章高元、徐邦道、张光前三将把守盖州，亲自提军北援营口。千军万马，昼夜奔驰，途中并没有遇见敌军。

这日，行到太平山地方，宋庆测度形势，知道此处是营口的咽喉，随下令扎营把守。刚刚立下寨栅，军探飞报祸事，说日国攻扑盖平，章高元扼住盖平河，拼命鏖战。日将见不能逞志，变计绕攻凤凰山。张光前闻敌先溃，盖平城遂被日军占据了去。章高元与徐邦道合兵一处，想把盖平抢回来，不意连吃了两个败仗。邀请姜帅同去打仗，姜帅又不肯答应。现在诸军都退回营口来也。宋庆闻报，笑向部下道："不意章迂子也有这么一遭儿，我道他有多少能耐呢！"

你道宋庆为甚发这两句话？原来这里头却有小小一段故事。这章高元，字鼎臣，绰号叫"章迂子"。因为他每逢出兵，总是骑着马先行，恁是枪林弹雨，他都不管。有人劝他不要这么冒险，他回说靠着皇上洪福，我总不会死呢，因此人家都称他做章迂子。即此一端，此公的骁勇果毅，就不问可知了。这章高元是淮军后起名将，从发、捻两役，百战勋劳，才熬练到一个记名提督总兵之职。法越这一役，朝廷派他署理台湾澎湖挂印总兵，带了湘、淮军各千名，渡海防守台湾。这年七月里，法兵攻打基隆，守将孙开华出去迎敌，打了个大败仗，基隆就此失掉。彼时高元部下二千多兵，都派往各地分防去了，在麾下的通只五百人。一听到基隆失陷，他竟拔剑斫案而起，立刻拔营，扑奔基隆图恢复。部下见他迂的利害，谁还敢阻止？离基隆不到十里，他就向部下道："国家的疆土，被敌人夺了去，那是我们带兵官的耻辱呢！现在我与诸位约，今夜无论如何，总要把基隆抢回来。如果到天明抢不回，我情愿自刎身亡，不与诸位相见了！"这几句话，把五百军心，一齐感动，顿时鼓勇前进。将抵法军炮垒，就派两员部将，分兵由小径抄攻其后。高元亲率兵士百人，提着短刀，飞步直冲法营。途中遇着两个探事的法军，高元喝令捆了，只顾前进。这时光，法营中已经知道他来偷营劫寨，枪炮齐施，弹如雨下。海中法舰，也开放大炮助战。高元的帽檐，被炮弹击去了一半，左耳也被震聋，却因一心注念着恢复基隆事情，竟然全未觉着。袒臂大呼，风一般卷过去，奋力直斫，百刀齐起。法兵没有防备，顿时惊扰起来，自相践踏，死者不计其数。这一役法兵折去二千余，死掉兵官两员。那几名残卒，都凫水逃入法舰，法舰也于半夜里引去。高元恢复了基隆，檄报各处。各处将弁，听说他短兵进战，都为震栗失色。这一役的阵亡法兵，筑为京观，成一个巍然大冢，后来每年必有法舰到基隆来祭奠呢。

到了这一回，高元是奉着李伯相军令，带了广武、嵩武以及新募的福字军，一总八营人马，来援旅顺。才到半路，旅顺已陷。奉旨赴前敌，会同宋庆，协守牵马岭。高元到了牵马岭,跟日兵开了好几回仗,总是无战不利。日兵见他利害不过,只得藏锋退避。宋庆见他声威功绩,将出己上,未免存了个妒嫉之心。偏偏这高元不识势,还常到宋庆营中,请他合兵决一死战。宋庆不肯,并且把危祸来唬他。高元大呼道:"我章迂子岂是怕死的人,怎么不可一战呢?"宋庆恨极,给他一角公文,叫他弃掉牵马岭,去守盖平。

高元知道盖平是块绝地,无险可扼。但是宋庆是统帅,将令所在,不敢不遵,拔营出发,到了盖平。敌兵大股数万,四面来攻,炮声如雷,炮弹如雨。高元叫部下军士,休得妄动。军士听令,一个个怒蛙似的伏在雉堞里。日军放了无数榴弹,炸爆得飞霰似的,却不见一点动静,只道是一座空城,大着胆扑将来。不意才要扑到城根,城上千枪并发,三员将领,早已着弹跌倒。高元率领部众,乘势杀出城来,来复枪连珠似的射击。日军虽然忠勇,只杀得尸横遍野,血流成川,战斗力尽,只得约军退去。高元收兵入城,众将皆贺。高元道:"诸公休要快活,瞧今儿这么恶战,就可知日军是不易对付了。我知道敌人的大队,还在后面,这一回不过是他的先锋队呢。这盖平城弹丸墨子的地方,地势这么的平衍,我们又通只八营人马,恁你有孙吴般谋,贲育般勇,如何支撑得住?"众将都道:"这便怎么处?"高元道:"宋帅现驻析木城,那边雄兵猛将很不少,军火也充足,咱们快去求救。只要他派几营兵来,扎成一个犄角之势就得了。"众将齐声称善。当下高元就发了一角公文去求救,一面抚视伤卒,修筑城墉。

正在忙乱,就听得远远炮声,军探飞报大队日军来了。高元登敌楼望时,漫山遍野,都是日军,旭日旗迎风飞舞,那掮快枪的步军,两面包抄而来。高元知道来者不善,善者不来,这一回定是非常利害,赶忙传令,叫部下准备厮杀,一面再派人到宋营告急。此时日军攻城大炮,环城迭攻,猛烈得几乎把城都轰起来。但见黑雾迷漫,全城火起。高元督率部众,拼命搏战。杀了一日一夜,看看救兵还没有来。部将报说子弹没了。瞧那日本兵,却还海浪似的推来。高元虎吼一声,喝令部众,把来复枪齐上了枪刺,大开城门,索性冲杀出去,跟日人短兵搏战。一人拼命,万夫莫当!饿虎般一群壮士,把日军杀到个死伤山积。无奈彼众我寡,日本兵宛似江潮海浪,杀去了一阵又一阵,再也杀不尽,驱不退。瞧部将时,几员勇猛的战将,杨寿山、李仁党、李世鸿、贾君廉、张世宝,都阵亡了。八营兵士,一大半做了沙场勇鬼。剩下三营不到的残卒,一个个浑身浴血,怕得同活鬼一般。知道再战下去,必定同归于尽。高元长叹一声,拔出佩刀,将欲自刎。残众齐声大呼道:"你老人家死了,此仇谁能报复?不如留下此身,重谋一战。"高元没法,只得大喝:"弟兄们,随我冲出重围去。"众兵得令,一斩齐地冲出来,日将见了,人人咋舌,不敢追赶。日军于是才占据了盖平。

高元率众,行了二十余里,才觉着身子疲乏。力战时候,全神贯注,哪里还舍的着休息。于是席地坐了一回,吃了一点子干粮。探马报称,各路败军都在营中。高元道:"咱们也到营口去罢。"到了营口,见徐邦道、姜桂题等都在那里,高元大哭道:"高元不肖,竟把盖平失掉了。"徐邦道见他满肚皮愤懑不鸣,不禁心有所感,叫道:"章将军,你我权不自操,才无可布,我也一肚子冤苦,没处告诉呢。我在盖平河力战时光,我三回五次来救你,都被日军杀回来。恰遇着姜帅的铭军,邀他夜捣盖平,他老人家不肯。我独力难支，只得退回来。说明了，你才知道。可见此事，我也是没力没处使。”高元见他这么说了，也只好付之浩叹而已。章高元后来改官登州镇总兵，恰遇着德兵占据胶澳。高元又请死战，山东巡抚李秉衡不发弹药，又劾他退缩，朝旨又不许他开炮，高元气愤成疾，就此退而归田。这都是后话。

当下宋庆听说高元大败，不禁露出一种乐意快心的样子。乐犹未了，惊报又至，报说在队日军离此不过五六站路，瞧它样子，大有扑奔太平山之势。忙发公文，飞调徐邦道马玉昆火速前来相救。果然上将兵符，胜于天子诏旨。不到两天，徐、马两军都赶到。宋庆检点部众，并徐、马两军，共有一万二千人马，心里就壮起来了。向部下道：“此间山势这么雄胜，咱们扼住了，以逸待劳，就不怕日本兵了。”正说得快活，忽见一骑报马，飞也似跑上山，报说日军离此只有一站多路了。宋庆听了，吩咐军弁，快请徐、马两统领来营商议。军弁飞奔去请，霎时都到。宋庆就把日军来攻的话，告诉了徐、马两人。徐邦道道：“来不来的权在日军，准他来不准他来的权在咱们。马军门，我同你率着本部人马，迎杀上去，休叫他近前。”马玉昆回说：“很好！”随即掌起军号，排齐队伍，重炮队，快枪队，长矛队，短刀队，马队，步队，一斩齐地浩浩荡荡杀奔前去。宋庆镇守在本营里，叫探事军弁，流星似的探报军情。

傍晚时光，军弁递到军情紧报，说徐、马两军，已在一站外跟日军开仗了。一会子，第二起探马又到，报称徐、马两军，排了左右翼阵式，跟日军战得难解难分。现在两军的炮火，异常剧烈。宋庆听了，不免有点子慌张，恐怕被人瞧破，故意装出镇定的样子。这一夜，哪里敢睡？好容易盼到天色黎明，捷报到来，说日人已被杀退，我军大胜，徐、马两军唱着凯歌回来也。宋庆吩咐杀牛宰马，预备筵席，给徐、马两统领庆贺。

次日，日色过午，远远听得军号之声。军弁飞报徐、马两统领得胜回来也。宋庆率领部下，亲自出营迎接。只见两面徐字大旗，迎风猎猎，那得胜军一斩齐的步伐，军容异常严肃。徐邦道跨着高头骏马，亲自殿后。徐军之后，才是马军。还有许多阵上得着的枪炮旗帜，并俘获的敌人。徐邦道见统帅亲自出迎，慌忙下骑相见。才谈得三五句话，马玉昆也到。接到里头，开筵行酒，团坐畅饮，讲论些争战情形，很是雄快。不意才快活得一日，大队日军三路杀来，快枪重炮，没命的施放。这里的军马，一来精力没有回复，二来寡不敌众，三来弹药已将告竭，只得随战随退。于是太平山被日军占据了去。

宋庆失陷了太平山，与徐邦道、马玉昆商议所向。徐邦道主张恢复海城，马玉昆不置可否。宋庆道：“海城日军，很是利害，咱们这点子残军，战得他过么？”说犹未了，旌旗招展，金鼓喧天，一支兵马到来，旗上大书着一个“李”字。邦道喜道：“好了，湘军李光久到了，咱们有了帮手了。”原来自从平壤败后，朝廷深虑淮军不足恃，乃思改用湘军，于是湘将魏光寿、陈湜、李光久等，都蒙起用，先后募军北援。又授江督刘坤一为钦差大臣，督办东征军务，驻扎在山海关。湖南巡抚吴大澄，帮办军务，驻扎在田庄台。李光久是奉了刘坤一将令，前来接应宋庆的。

当下徐邦道见了李光久，称说日军的声势，并恢复海口的计划。李光久道：“海城是东省要地，军事所必争。老哥有志恢复，兄弟情愿助你一臂之力。”宋庆说：“你们先请,我随后来策应就是了。”于是徐邦道、李光久合兵一处,共向海城进发。这时光,日军在海城的,共只六千人。清军一边,依克唐阿,长顺,就有三万人马。攻过几回,不得胜利。提督唐仁兼,又领了驻奉兵一万六千人,前来助攻。现在李光久、徐邦道又到,最后宋庆统了四万大军,又来接应。先后五攻海城,终不能拔。

日军坚守海城,缀住中国大军,以便派遣海军,从海道去扰山东。不意这个计划,没有成就,早恼起了一位旷代英雄。这位英雄,就是湖南巡抚吴大澄。吴大澄怒道:“通只几千的日军,天朝这么许多兵将,还攻打不下,那还成什么话?”传出军令,令部下各将,预备行装,即日开赴海城,跟日军战一个你死我活。不意这里尚未出发,日军惊报,已经陆续传来。报称日军逼近辽阳,依克唐阿托词援救辽东,已经移兵宵遁,长顺也跟着走了。魏光寿在牛庄,打了个大败仗。李光久也已逃走。丧失兵士二千余,被虏八百余,失掉军械无数。大澄听了,心里不免有点子惊恐。

忽地连天炮响,探马报称:“日军杀来了。”大澄慌得没暇探听虚实,起身就跑。营弁询问:“哪里去?”大澄道:“哪里去?不走,还等死么?日本兵杀来了。”营弁都道:“宋军统在前面挡敌,谅还不要紧。全军的军资器械,都在这里。大帅走了,怕不妥当呢!”大澄道:“你们和我,也没甚冤仇,为甚定要置我于死地?”当下带了几名心腹,头也不回,跨马走了。这里三军无主,自然从风而靡,不等日本兵到,都逃入关内去了。

消息传到营口,宋庆着急道:“全军的军资,都在田庄台。田庄台一失,咱们可都糟了。”忙命部将蒋希夷守住了营口,自己亲提大军,来救田庄台。才抵辽河北岸,得着军报,“蒋希夷逃遁无踪。日军已到辽河南岸,就把所获的大炮,排列河岸上边,声势异常利害。”说犹未了,大声发自南岸,宛似千雷万霆,震得天地都翕翕欲动。炮子随风爆炸,着地地陷,着人人死。宋军驻扎不住,只得向西奔溃。日军乘势踏冰渡河,于是辽河以东,尽被日本占去了。欲知后事如何,且听下回分解。

第一〇二回　刘公岛丁军门殉难　春帆楼李伯相议和

话说中日两国自开战以来，中国的将帅，不知甚么缘故，无战不败，无败不逃，把辽河以东的地方，尽让给日本人占了去。偏这日本人不知感激，竟然一不做，二不休，陆军得了势，又调齐军舰，在大连湾齐队，预备袭攻威海。先把附近的登州、荣城都攻陷了。二十五艘兵舰，环列威海口外，声势十分汹涌。

此时威海卫统帅，依旧是海军提督丁汝昌。丁汝昌自旅顺失陷之后，朝廷把他革职逮问。经李伯相竭力保奏，才保到个戴罪立功。兵舰既弱，坐守而已。此时听到登州、荣城失陷之信，忙饬北帮炮台守将道员戴宗骞，南帮炮台守将刘朝佩，小心防守。公文没有行到，南帮的后路枫岭，已被日军夺了去，刘朝佩逃了北台去。丁汝昌惊道："日将行军，怎么这么的迅捷？北台如果再行失陷，那炮台上的巨炮，都是利害不过的，为害何堪设想！"忙下紧急公文，叫戴宗骞赶把大炮机件卸下。公文去后，偏偏宗骞不肯遵照。丁汝昌听了，只是白干急。军营里的事情，是瞬息万变的。日军得了南帮炮台，何消两日，北帮炮台，也被它得了去，宗骞奔了刘公岛来。

日军据了炮台，就把台上的大炮轰击澳内兵舰，另派鱼雷艇入口袭击。定远舰着了鱼雷，伤的很利害，驶去刘公岛，就沉下了海去。接着来远、威远两舰，也被鱼雷击沈。亏得来远舰管带邱宝仁，威远舰管带林颖启都在岸上冶游，不曾遭着劫数。此时鱼雷管带王登瀛，率领了十二艘鱼雷艇，拼命的逃出口去。不意日本兵船，冲波突浪，四面兜拿，竟然一艘都没有漏网，全数被拿了去。岛内存留各军舰，那些海军水手，吃不住炮火利害，都登了岸。鸣枪过市，声言向军门求生路。刘公岛里头，顿时大乱起来。军舰上各执事洋员，都瞧不过了，齐伙儿向丁汝昌求情，叫他姑许乞降，以安众心。不意这怕死贪生的部曲，偏遇着忠心耿耿一瞑不视的主帅。丁汝昌执定主见，始终不可。众洋员没奈何，只得跟兵船管带，暗地里商议，都到主帅船上去，求他投降。

这时光，汝昌驻在镇远舰上，众军士拥护了军统张文宣至汝昌那里，哗噪求恩。营务处道员牛昶炳同了各舰管带，只是哭泣，不作一语。汝昌勃然大怒，向众人道："你们到这里来都干什么？朝廷成年费了许多心思，许多钱粮，训练海军，才训到这点子成绩，不料你们竟然一战都不能！那不是丢我的脸，朝廷的脸都给你们丢尽了！"众人都道："军门大人，我们未始不愿力战，无奈家里都有着老母妻子，战死了没人奉养。没奈何，只得恳求军门大人，开一条生路。多少慈悲慈悲。军门要是肯投降，不光是我们本身沾恩，连我们家属都沾军门大恩呢！"汝昌喝道："吃了皇粮，这个身子，就是国家的了，如何还好念及家里？现在既是大众求我，我有一个死里求生的法子，你们听了我，不但可以免死，还可以建立奇勋，赶快开足了汽机，冲出去跟日舰拼一个死活。俗语说的好，一人拼命，万夫莫当，我们究竟还不止一个人呢！"众将泣告道："军门大人，我们跟你，究竟没有深仇积怨，为甚定要葬送我们？除了开仗，不论什么事，你老人家吩咐下来,我们总无有不依从。”汝昌道:“你们要我投降,还是快拿刀来把我杀了好的多呢!”众将哀求道:“数万的性命,全仗你老人家一言,救了我们,公侯万代。”汝昌只是不依。忽见德员瑞乃尔走进舱来,附着汝昌的耳道:“丁军门,兵心已变,势不可为。不如沉掉兵舰,轰毁炮台,徒手降敌,似乎还不要紧。不然,恁你如此忠勇,一个儿如何退得掉这许多强敌?”汝昌叹了一口气道:“汝昌身为统帅,连一战都不能够,深负朝廷厚恩,死有余辜!既是将士皆不欲战,你们都去降罢,我是万不能降的!”于是传令诸将,叫他们同时沉船,诸将都不奉命。又命各兵舰突围冲出,众将士都叫起来。军士露刃进舱,大喊道:“军门大人救命!军门大人救命!”汝昌瞧见这个样子,知道再也弹压不住,随道:“你们别噪,我自有办法,自能救你们性命。”说毕,转身入了自己房里去。半晌,不出来。众将士赶进瞧时,见海军提督丁汝昌,赫然仰卧床上,早仰药身亡多时了。众人惊喊:“丁军门殉难了!丁军门殉难了!”牛昶炳排众而入道:“别嚷,别嚷,殉难由他殉难,咱们商议大事要紧!”于是邀齐各舰管带,并各执事洋员,商议投降事情。群推英员浩威起草降书,仍托汝昌的口吻,誊名录过了,钤上海军提督的印,叫广丙管带程璧光赍了降书,乘坐镇边小艇,高悬白旗,诣日军乞降。日将受了降,就派人过护检点军舰器械,换上旗帜。一面把汝昌尸骸殡殓了,就派康济舰载送到烟台,交与中国地方官。从此中国海军扫地尽矣。

惊信传到北京,合朝大震。这一年,本是皇太后六旬万寿,依照乾隆朝故事,自颐和园至西苑,沿途分段点景,为了战事,尽都去罢。仅在园中排云殿受贺,颁发内币,犒赏前敌将士。后人有咏史诗道:

别殿排云进寿觥,慈怀日夕轸边情。
诸州点景皆停罢,馈饵频闻发大盈。

当时主战的几位大臣,瞧见这个样子,也不敢坚持到底了。北洋大臣李伯相,本来主张和议的,自然上章极论议和之便。朝廷虚衷采纳,特派侍郎张荫桓至天津,跟李伯相从长计议。李伯相就亲笔写了一封信,派税务司英员德璀琳,东渡日本,送交日相伊藤博文。德税务司到了神户,日官电达内阁,内阁回电,竟说私函不是国书,德璀琳不是中国大员。果然真心要和,请钦派大员前来,才能开议。德璀琳只得乘兴而来,败兴而返。日本人又声言议和须当割地,并赔偿兵费四万万元,由美国公使居间,通知此意。

中国这时候简直是不能战了,只得钦派侍郎张荫桓,巡抚邵友濂,为全权大臣。瑞良、顾肇新、伍廷芳、梁诚等,为参赞,赍了国书,到日本来会议。行抵广岛,日本命内阁总理大臣伊藤博文、外务大臣陆奥宗光为全权大臣,就在广岛县厅,互校敕书。日人说日人全权的敕书,不是全权通例,不肯开议。荫桓、友濂,据理力争,无奈战胜国的人强辞夺理,只得挂帆归国。朝廷只道是日人不肯议和,惶惧异常。这日,美国公使又到总理衙门,称述日人意思,说中国如果诚意求和,当派位望素隆之大员,畀以全权,仍可随时开议。意思之间,是隐指着北洋大臣李伯相。战败求和,说不得堂堂大国,只得迁就人家。

光绪二十一年正月十九日朝旨就派李伯相为头等全权大臣，到日本去议和。派了王文韶署理直隶总督。美国公使函告李伯相，言日本来电称：除了先偿兵费并朝鲜自主外，若无商让土地，及画押全权，使臣可以不劳枉驾。李伯相奏闻朝廷，朝廷降旨允准。李伯相才带了公子李经芳，及美员福世德，参赞罗丰禄、马建忠、伍廷芳等，行抵马关。日本的全权伊藤、陆奥两大臣也到了。就以春帆楼为会议处所，两国全权见面。伊藤一开口就说："回忆那年在天津地方，得瞻傅相仪容。那时傅相的威严，令人这会子想起了还要心悸。不料傅相今儿竟会屈尊到敝国来，贵足踏贱地。咱们两个人，竟会在这里相会，真是万想不到的事。"李伯相听了，满面羞惭，为了国家的事，说不得只好忍辱含垢。互勘了敕书，开议起正事来。伊藤博文先要把大沽、天津、山海关为质，才肯停战。李伯相不允，伊藤执持愈坚。李伯相请别攻大沽、天津、山海关三处，先行开议和约。伊藤不肯。没奈何，只得先行议约。

廿八这一天，李伯相从会议所回来，半路上遇着了刺客，伯相颧上中了一枪，伤势很是利害。这刺客名叫小山丰太郎，当场就被警察捕获。亏得伯相中了这一枪，日皇异常抱歉，遣医慰治。欧亚舆论，都派日本不是。十八个将军，抬不过一个理字去，伊藤只得答应了停战，不索质地。于是先订了停战条约，奉天、直隶、山东，暂时停战二十五天。两面开议和约，伊藤送来十款，限期四日议复。伯相一面电告总理衙门，言日款最要者：一、朝鲜自主；二、奉天南边各地，台湾、澎湖各岛，都要割弃；三赔偿兵费三百兆两。要索过奢，请密告英、俄、法三国公使调停。一面回复伊藤：一、朝鲜自主，须改日本所拟约文；二、奉天南境，断难割弃；三、赔款三万万，力难照办。伊藤复书，仍促速议。李伯相只允割让奉天之安东、宽甸、凤凰城、岫岩州四处地方，及澎湖诸岛，赔款只允一万万两。

此时伯相枪伤已愈，重到春帆楼会议。伊藤再交到约稿，于割地款内，减去了宽甸一地；赔款一项，减至二万万两，分作六期，共计七年偿清。伊藤道："这一回的约稿，减之再无可减，让之再无可让，敝国顾全和局，已经是无微不至。中国只有允不允两句话，请傅相别尽虚縻时日了。"伯相跟他反复辩离，伊藤执持愈坚，并限他四日答复。伯相电奏北京，得旨允准。于是两国全权，互签了草约。重展停战期二十一日，订明正约在烟台互换。约文大略：一、朝鲜完全自主；二、奉天南从鸭绿江溯江抵安平河口，至凤凰城、海城、营口，台湾、澎湖及所属各岛屿，均割让与日本；三、割让界务，限一年毕事；四、赔款二万万两，分八次交清；五、人民迁徙，限二年以内。逾期不迁，永为日民；六、辟沙市、重庆、苏州、杭州四口通商；七、换约后三个月内撤兵；八、暂占守威海卫，候赔款清偿后撤兵；九、俘虏不得虐待；十、本约批准互换罢兵；十一、定期在烟台互换。

和局告成，李伯相回到天津，就上折请了个病假，派遣伍廷芳赍和约全文进京。你道李伯相为甚忽地请假？原来这时光朝野上下，早闹得反沸摇天了。割地的消息，传到北京，朝士大愤。台湾臣民，争论尤力。等到李伯相议定了草章，中外诸臣的章奏，已经百十上了，异口同声，都是争论割地的。会试举子康有为等数千人，联名上书，慷慨激昂，比了宋朝的太学生陈东等，直堪后先媲美。朝意颇为所动，密旨叫李伯相改议。李伯相以全权签约，从无更改之理，深虑腾笑万国，坚不肯从。枢臣孙毓汶、徐用仪，主张赶快换约。主事何藻翔、罗凤华上书，请戮毓汶等以谢天下，朝廷也不去理他。伯相知道朝士不谅，自己一身将为众矢之的，所以到了天津，就托病不行了。

这一回的和局，英国人很袒日本。俄、法、德三国，却很是不平。日本据了辽东，俄国引为大害。俄、法、德三国的驻日公使，力阻其议。俄国的兵舰，已在日本长崎地方，及中国的辽东，不住游弋。日本国势，本来不能敌俄，这会子新战中国，哪里还有余勇去跟俄国开仗？正是强中还有强中手，泰山之上有青天。俄国人这么一来，日本没奈何，只好把已得的辽东地方，还归中国。三国公使密告总署，辽东倘不归还，切勿批准换约。此时朝廷意存犹豫，下旨命王文韶、刘坤一议决和战。文韶等复奏："沈阳、京师两地，所关重大，务策万全。以直隶言，如提督聂士成，总兵章高元、吴宏洽、陈凤栖等军，均堪一战，其榆关以迄辽沈诸军，未敢臆断。现在势成孤注，与未议约以前大不相同，乞饬下诸臣熟议。"朝廷于是决计签约，特派道员伍廷芳、联芳为换约大臣，赴烟台换约。日本换约使臣伊东美久治到烟台，声言更易割辽条约，未奉国令，《马关条约》未敢擅改。伍、联两大臣，也不跟他争论。此时俄舰十艘，泊在烟台地方，装煤洗炮，声势汹涌。伊东大惊，拍电东京请命。回电到来，叫从长磋商归辽条款，夜半就换了约。

这时光，王之春从俄国吊贺回来，路过法京，就游说法国干预和约，情愿把台湾质于法国。议还没有成，驻法钦使龚照瑗，密电告知李伯相。伯相惧破坏和约，电促伊藤博文赶快换约，一面奏请派使交割台湾。四月二十五日，朝命李经方为割台湾使，日本派桦山资纪为台湾总督，就在日舰中交割。不意台湾百姓，不愿隶属日本，公举巡抚唐景崧为台湾总统，建设内部、外部、军部三部，建号"永清"，泣电北京，誓愿死守，永为藩属。日本派遣海陆两军，征讨台湾，血战两年之久，才能够奠定，此是后话。

当下台湾虽然割掉，日军尚据守在辽东。俄、法、德三国严诘退兵，日人于是要索赎辽东费一万万两，竭力磋商，才减至五千万两，中国还不肯答应。议到八月里，还没有议定。俄、法、德三国公断为三千万两，日人要求赔款偿清后三个月始撤兵。朝廷仍旧叫李伯相与日使林董会议还辽约款。林董要约四条：一、偿款三千万两；二、俄法德永不得占东三省，中国亦不得割让；三、大连湾通商；四、大东沟、大孤山开为商埠。没有议定，俄、法、德三国严责的通告又至，问他辽东兵为甚不撤？日本没法，只得收了偿款三千万两，定了约。这年十月里，辽东兵尽数撤退，奉天南边诸城，尽交还与中国，重敦睦谊，永息干戈。不过疆土蹙损了数千里，人民担负了二百兆，十余年辛苦经营的海军，白白便宜了邻邦。这么的大创，据说宫里头早得着预兆的。甲午之前，德宗屡次梦见一个老人，问自己道："你几时还我旧物？"德宗不能回答，醒来告诉太后。太后道："如再梦见，告以驴儿年还你。"后来又梦见此老，仓卒之间，误说了"马年还你"，所以后人有诗道：

庞眉入梦是何缘，还我江山一据然。
后夜相逢人似旧，驴儿年改马儿年。

彼时创剧痛深，朝野上下，遭了这一回的激刺，都不胜的愤懑，人人有励精图治发愤为雄的意志。主事康有为，在京城里发起了一个强学会，倡言变法，朝士靡然风从，于是就结成了一个维新党。德宗帝连降刷新的诏旨，命中外大臣保荐人才；又命各省将军、督抚，就本省情形，将筹饷、练兵、恤商、惠工名节，妥筹办法，限一个月内复奏；又命胡焰燏棻督办津芦铁路。一班守旧官僚，瞧见朝廷举止，渐有倾向维新的样子，不免怀了个妒嫉心思。御史杨崇伊首先上折，奏将封禁康有为设立的强学书局，禁止士人讲求时务。恰好御史胡孚宸，奏请将强学书局改归官办，总理衙门也上章奏请，降旨准行。守旧官僚，愈益侧目。

看官，只因德宗帝愤于积弱，变法图强，竟然招出坍天大祸，几乎性命都不保！欲知后事如何，且看下回分解。

第一〇三回　德宗帝变法图强　康有为上书论治

话说德宗愤于积弱，锐意维新，朝臣中就分了新旧两党。维新党里头，要算户部尚书翁同龢，侍郎张荫桓，詹事府右中允黄思永，御史宋伯鲁、杨深秀，尚书李端棻，侍郎徐致靖，湖南巡抚陈宝箴，湖广总督张之洞，侍读杨锐，主事康有为、刘光第，中书林旭，知府谭嗣同，最为有势。那康有为的弟子举人梁启超，办理《时务报》，鼓吹变法，尤为利害。

道高一尺，魔高十丈。那一班守旧老臣，如何肯轻易放过？偏偏这几年国家多故，朝廷因索还辽东，俄国很出了一番力，俄皇加冕，特派李伯相前往庆贺。却暗地里订了一个密约，许俄人在东三省境内建筑铁路，并租借胶州湾为军港，随命驻俄钦使许景澄与华俄道胜银行订立了东三省铁路公司合同十二条。又把与缅甸接界江洪界之地，予了法国。这一块地，从前与英国议订《缅甸条约》时光，力争争来的。现在赠给了法国，英人大大不悦，屡有责言。没奈何，只得续订中英《缅甸条约》，改划界线，将工隆全地划归英国，并把那布喀相近三角地一段，永远租与英国，又添开梧州等口岸三处。俄法二国，都有了酬谢，连英国都得了意外的利益。只有德意志一国，独独向隅。

恰巧这一年山东曹州钜野县地方，出了教案。遇害的两个天主教士，恰恰是德国人。德人师出有名，借口曹州教案，遂派兵占据了胶州湾炮台。朝廷派了李伯相去交涉，说到个唇焦舌敝，德人说："不然呢，租借一百年。既是你伯相请过来，没奈何，瞧你老人家面上，让掉一年，就订了九十九年期限罢。"于是订立了胶澳租界条约四款，除九十九年期限外，还把胶济铁路建筑权，并傍路百里内的矿山，都允许德人开掘。俄人见德人租了胶澳，就来责问：胶州湾密约所在，如何贸然许给了德人？遂也援例强租旅顺大连湾，订约二十五年，凡西伯利亚铁路通过东三省地方，都许俄国派兵保护。英国人见了，便援了利益均沾之例，前来饶舌。中国无言可对，只得把广东九龙地方辟了租借地，又与它订立了中英《展拓香港界址专条》，才得没事。

经了这许多敌国外患，国人的激刺，更进了一层。维新的热度，更高起了十倍。于是贵州学政严修，奏请设立经济专科。总理衙门跟礼部会议，先行特科，次行岁举。共分六个科目，是内政、外交、理财、经武、格物、考工。特科由三品以上京官及督抚学政各举所知，咨送总理衙门，会同礼部，奏请试以策论。岁举每届乡试年分，由各省学政调取各学堂书院高等生，送乡试分场专考。中允黄思永奏筹借华款，请造自强股票，命户部速议。户部议印造股票一百万张，名叫昭信股票，按年五厘行息，二十年本利清偿。令京外王公、将军、督抚及大小文武官员，均领票缴银，为商民提倡。奏入，立即批准。又命开办京师大学堂，定制，武科改试枪炮。各省、府、厅、州、县、所有大小书院，一律改为学校。以省会为高等学，郡城为中等学，州县为小学，并命民间庙祠不在祀典者，一律改为学堂。又着各省督抚保举使才，乡会试及生童岁科各试，废去时文，改试策论。停止朝考，定乡会试随场去取之法。下诏定国是，宣示中外。外省大吏，办理新政不力者，均传旨申饬。

似这么雷厉风行，还不见什么效验。德宗临朝而叹，向臣下道："环顾老臣，持重有余，维新不足。朕欲厉行新政，竟少辅弼之臣。内而尚侍，外而督抚，迭经传旨申饬，依然沓沓泄泄。一人忧勤，万众嬉戏，难道祖宗的天下，中华的国运，就此挽回不转么？"忽一人俯伏殿陛，奏道："非常之事，必待非常之人。臣保举一人，必能辅佐皇上，成为维新之治。"德宗瞧时，见是翰林院侍读学士徐致靖。德宗问他保荐的是谁？徐致靖道："是工部主事康有为。此人是广东南海县人，于欧美的政教，世界的大势，无不研究有素。才具开展，堪以大用。"德宗听了，随问师傅翁同龢，"康有为为人如何？徐致靖保的不差么？"翁同龢道："康有为虽系新进，其才胜臣十倍，徐致靖保的不差。"德宗随命召见。

这康有为真也了得，謇謇谔谔，慷慨陈辞，差不多范雎之说秦王，贾谊之见文帝，把个德宗听得一会子变色易容，一会子前席咨询。当日就降朱谕，叫康有为在总理各国事务衙门行走。王阳在位，贡禹弹冠。内阁候补侍读杨锐，刑部候补主事刘光第，内阁候补中书林旭，江苏候补知府谭嗣同，都是康有为的同志，都蒙特擢，加赏四品卿衔，命在军机章京上行走。举人梁启超，赏给六品衔，着办理译书局事务。一班维新志士，遭遇圣明，悉蒙录用，于是发扬踔厉，任意而行，哪里还把守旧老臣，放在心上？

康有为感激圣明知遇，迭次上书，议论新政。德宗下旨嘉纳，大有禹拜昌言的气象。御史文悌气不过，上章参劾宋伯鲁、杨深秀、康有为，党庇诬罔许多罪款。偏是德宗信任新党，下旨斥其难保不受人唆使，不胜御史之任，着回原衙门行走。又下旨申谕变法不得已之苦衷，命诸臣精白乃心，力除壅蔽。又命神机等营，改练洋操。特设矿务铁路总局于京师，派文韶、张荫桓管理。从徐致靖的奏请，特置三四五品京卿，三四五六品学士。一面裁并冗官，詹事府、通政司、光禄寺、鸿胪寺、太仆寺、大理寺各衙门，湖北、广东、云南三省巡抚，并东河总督缺，各省不办运务的粮道，向无盐场的盐道，悉行裁撤。此外，京外应裁文武各缺，命大学士、六部、各省将军督抚，分别详议奏闻。一面广开言路，各省藩臬道府，凡有条陈，自行专折具奏。州县等官，由督抚原封呈递。士民上书，由本省道府随时代奏。似此厉行新政，守旧诸臣，早已侧目。

不意礼部衙门，恰于此时闹起一个风潮来。新旧两界，为了这一个激刺，生分得愈益利害。礼部主事王照，条陈变法事宜，呈请堂官代奏。尚书怀塔布、许应骙，侍郎坤岫、徐会沣、溥颋、曾广汉都竭力的阻格。维新党便把此事，密奏了德宗。德宗大怒，立刻降旨，把怀塔布等六人，悉行革职。王照不畏强御，赏给三品顶戴，以四品京堂候补。

这时光，京城里头，谣言蜂起，异说朋兴，都是守旧诸臣捏造出来的。有的说，康有为原本是信从洋教的，现在同了一班新政人员，日夜蛊惑皇上，要皇上也信从洋教，皇上惧怕太后，还没有行。有的说，康有为因皇上本性不昧，已向洋教士购了一丸蛊药，进献皇上，皇上服了这蛊药，就要昧却本性，无所不为，恐怕大清的江山，就此要断送了呢。

谣言传入内廷，皇太后听了，很不为然。这日，德宗入内请安。皇太后问了几句外面的事，随道："好孩子，你太能干了。祖宗定的法度，有什么不周到，要你废这样，变那样，忙到这个样子？康有为等这班妄人，我也没暇去恼他。最气不过，就是翁同龢这老头儿，官到极品，位到师傅，朝廷哪一样亏负了他，也这么的混闹？照理，皇帝年轻不懂事，你做师傅的竭力诤谏才是。诤谏不从，也可以进宫回我。现在非但不诤谏，倒领了头的闹。几曾见受恩深重的大臣，有这么行为的？"德宗稍稍辩护了几句，皇太后冷笑道："好好，越发有能耐了！叫你管了几年政治，磨练得连我都会顶撞了。本来呢，你眼珠子里连祖宗都没有，哪里还会有我？再停上几年，怕不颠倒要管教我了呢！"德宗唬得连忙跪下碰头。皇太后喝道："还不快退出去！你仔细着，停几天，我再跟你算账！"德宗唬得诺诺连声而退，才退到门口，忽又传旨喊回来。德宗只得回来，皇太后道："你跟翁同龢、康有为，赶快商议吃教去。"德宗跪下道："子臣不敢！"皇太后道："不敢吃教，还算你不曾忘记祖宗，去罢！"德宗回来宫里，心中很是不安。

次日降旨，协办大学土户部尚书翁同和，着即开缺回籍。又命二品以上大臣谢恩陛见，并诣皇太后前谢恩，外官一体奏谢。升了孙家鼐为协办大学士，孙家鼐谢恩陛见。德宗就把为难情形，向他略述了几句。孙家鼐奏道："臣有一法，可以上安太后之心，下悦群臣之意，新政不碍进行，富强亦能渐致。"德宗大喜，忙问何策。孙家鼐道："皇太后最恼的，就是康有为一个儿，群臣最忌的，也只康有为一个儿，皇上只消把他遣出了京，太后自然没什么话了。然后再慢慢推行新政，自然会做到富强地步。现在皇上雷厉风行的办新政，康有为在朝里，人家总道是康有为意思，因为忌康有为，连新政都有窒碍了。依臣愚见，康有为在京，于新政不惟无功，反倒有害呢。"德宗道："还是你想的周到。"随下旨命康有为督办上海官报，康有为拜了圣旨，向左右道："军机大臣忌我屡有陈奏，变法子撵我出京，他们好图眼前清净呢。"

不言康有为暗遭罢斥，却说朝中那班守旧党，自见礼部六堂官革职，军机四京卿特擢之后，愈益人人自危。那班满洲大臣，没甚才具，不过相对扼腕，自嗟运蹇而已。此时汉臣中有一个出类拔群的人才，就是御史杨崇伊。这杨崇伊当新政厉行之初，就把第一个维新人物翰林院待读学士文廷式，参了个革职永不叙用，是守旧党中最有干才的。当下就向众满臣道："皇上误信新党，妄变祖制，照这样子扰下去，祖宗栉风沐雨的天下，总要扰掉，咱们坐视不救，那就不是受稷之臣？诸位都是勋臣后裔，国家的世扑，难道竟然委心任运，不出来挽救挽救吗？"众满臣道："我们何尝不愿挽救！但是这件事无从下手，叫我们也难想法。第一主子先这么高兴，今儿裁官职，明儿办学堂，谁要说一句新法不好，不是革职，就是申饬，半句话也说不上。不知这姓康的用了什么蛊药，把好好的圣明天子，蛊惑得发了狂似的。"

正议论时，忽见一个满洲大臣匆匆入来，气急败坏的向众人道："大祸到了，你们还不知道么？"众人见了他那个样子，都吃一惊，忙问何事？那人道："我适从里头得着消息，说康有为劝主子剪辫子，主子已经准了。你想这件事行了，那不是大祸到了么？"众人听了，真个像坍天大祸就在目前一般，面面相觑，不作一语。有几个愁眉锁眼，有几个叹息咨嗟。杨崇伊愤然道："事急矣，我们快快想法子挽救罢，可不能够再缓了！"众人道："杨侍御有甚高见？说出来，我们大家斟酌斟酌。"杨崇伊道："我这一个法子，不但可以把这一班新党，一网打尽，并且我们大家，都可以安如磐石。只可惜关碍着一个人，还不十分妥当。"众人都道："不管他关碍的是谁，只图我们安逸就是了。"杨崇伊道："这关碍的倒不是等闲之辈，可怎么样？"众人忙问到底是谁？欲知杨崇伊说出何人，且听下回分解。

第一〇四回　颐和园旧臣群告变　宁寿宫太后再垂帘

话说杨崇伊道："你们要知道这一个人？这一个人呵。"说到这里，把大拇指一竖，随道："就是当今天子。"众人惊问："怎么要碍及他老人家呢？"崇伊未及回答，外面忽又奔进一个人来，报称："大事危急，维新党怂恿主子派兵围困颐和园，主子不肯。他们声言要矫旨行事，果然这么行了，老佛爷可就危险了。"崇伊道："这还了得！可知我前因参奏文廷式，说他遇事生风，广集同类，议论时政，交结太监文海的话，不是虚了。一个道，这班维新逆党，本来都是枭獍之徒，记得前年汪鸣銮、长麟，不是都为信口妄言，迹近离间革职的么？"众人都道："咱们别尽议论了。杨侍御，你快说挽天的法子罢。杨崇伊道："现在没有别法，只有赶快赶到天津，去见荣中堂，跟他老人家商议，恳请皇太后重行训政。这件事办到了，皇上都没有权了，哪里还能够顾及新党？"众人齐称妙计。杨崇伊道："事不宜迟，要办就办。"

于是大众各乘了驴车，直向天津出发。此时京津铁路还没有建筑，披星戴月，走了一昼夜才到。杨崇伊等就到总督衙门请见。荣禄接入，杨崇伊就把维新党谋逆的事，痛哭流涕，泣诉了一番，然后称说："我等为社稷起见，只得来恳求中堂，求中堂转奏皇太后，求她老人家再行垂帘，上顾宗庙，下救万民。皇上原是圣明，无奈被这一班没天地的新党，引诱坏了。现在事机急迫，女尧舜再要不出来，天下事怕就不堪收拾了呢！"荣禄道："果然他们要兵围颐和园么，那不是造反是什么？这班维新党，纷更变革，眼睛里没有祖宗也还罢了，怎么连皇太后都没有了？皇帝也真不懂事，做了主子，恁这班草茅新进，胡行乱做，也不禁止禁止！也不想想，倘然没有皇太后，你哪里就有皇帝做，至多不过一个亲王罢了。现在这个样子，人肯容你，天也不肯容！"杨崇伊道："中堂说的是，就恳中堂快到颐和园去。大祸一发，怕就来不及了呢。"荣禄沉吟半晌，附着杨崇伊耳，说了几句机密话，崇伊点了点头。于是荣禄亲自执笔，写了一个密折，付与崇伊，崇伊等坐了驴车，星夜赶向颐和园来。

行到时，天才过午。崇伊等都在宫门外下车，由左门而入。进了二道宫门，落了朝房，随有几个三等太监走入，崇伊起与为礼，随道："我们有机密大事，要面奏皇太后，还有天津荣中堂的密折。"为首的太监，不等崇伊说完，即道："甚么机密事，这么的要紧，老佛爷正在颐乐殿听戏呢。"崇伊道："此事果然要紧，不论请哪一位，替我去回一回。"那太监待理不理的道："老佛爷正乐呢，谁敢去麻烦！"崇伊知道他们要宫门费，随向同来的几位满大臣商议，凑集了十多两银子，送与那太监。那太监才有了笑脸，向杨崇伊道："杨大人，咱们都是自己人，还计较什么。老佛爷委实在听戏，你的事果然要紧，我去请李总管来。有什么话，跟李总管说了，就跟老佛爷说一般的。"杨崇伊道："这么最好，费心的很。"

候了好一会子，才见四个小太监至，口称"李总管至"。杨崇伊等连忙起立相候，随闻咳嗽一声，一个满面绉纹的老太监，穿着二品公服，红顶花翎，翩然而出。杨崇伊抢步请安，李总管忙着还安。相见之下，倒很和气。问杨崇伊等来者何事？杨崇伊就把荣禄的密折，并自己来意，备细述了一遍。李总管听了，既不恼怒，也不惊惶，依然没事人一般，安安详详的答道："众位就在这里候旨罢，我去回老佛爷。"崇伊拱手道："国家安危，全仗总管鼎力。"李总管笑了一笑，接着荣禄的密折，入内去了。

一会子，李总管出传圣旨："老佛爷着杨崇伊藕香榭陛见。"崇伊应了一声"是"，遂跟随李总管曲折入内。到了藕香榭，皇太后已先在那里了。只见皇太后身穿黄缎长衣，满绣着淡红牡丹花，黄缎头帔，满饰着珠玉花朵，左边系着珠缨，顶上戴着一支白玉凿成的凤凰。长衣之外，戴着一个明珠织就的披肩，形如鱼网。这明珠粒粒精圆，都是雀卵般大小，色泽无二。臂上套着三四副珠玉钏儿，指上套着五六个美玉戒指。右手指上，还罩着三寸长两个金护指。左手罩的，却是玉护指。连鞋子上都满系着珠缨，饰着各种宝玉。慈容严肃，凤目弈然。崇伊跪下叩头，行了朝见礼。太后道："瞧荣禄的奏，说维新党造反的事，你是知道的，到底怎么一回事，讲来！"崇伊道："微臣也是风闻，听说这叛逆的事，都是康有为、康广仁、王照、梁启超、杨深秀、杨锐、林旭、谭嗣同、刘光第等九个人蛊惑皇上的。宫里有一间密室，他们九个人，每天同皇上在里头商议新政。听说康有为整日劝皇上吃教剪辫子。皇上畏惧太后，不敢答应。康有为就引诱皇上干大逆的事。"太后道："他们引诱，你主子竟甘心从逆么？"崇伊道："听说皇上还没有答应。他们现在已预备矫旨径行了，说事情成了，皇上独蒙其福。事情不成，九人甘受其祸。"太后道："你这些话都确么？"崇伊道："微臣何敢谎太后？微臣初时，原不敢奏闻太后，后来一想，要真被他们胆大妄为起来，关系着天下国家，关系着宗庙社稷，很是不小。才到荣中堂那里商量了，冒死来此奏闻。"太后叫崇伊退去，又召见了几个满洲大臣。所奏的话，大同小异。太后信以为真，不禁勃然大怒，随发密电召荣禄带兵来京候旨。一面传旨禁卫军，预备军火，即行出发。

此时杨崇伊等还没有退出颐和园，即见太监出来传旨："老佛爷要幸禁城了。"随见禁卫兵纷纷站队，霎时，銮驾执事，都排列齐全。禁卫兵先发，次銮驾卤簿，卤簿完后，就是太后凤辇。辇系黄色，八名舆夫，畀之而行。凤驾的左右，有四名头品大员，乘马翼护。驾后四五十名太监，都跨马扈从。往常由颐和园到禁城，等到了万寿寺，太后总传旨休息的。此番因为回宫紧急，也没有传旨休息，星驰电逐，霎时已抵宫门。

守宫门太监，仓促入报。德宗听报皇太后驾到，宛如晴空里起了个霹雳，惊得全身都麻木起来。太监文海闯入道："老佛爷进来了，万岁爷还不快去跪接呢！"德宗听了，如梦初醒，慌忙奔出宫来。太后已经满面怒容的进来了，德宗连忙跪下。太后道："好孩子，你干得好事！起来，跟我走！"德宗不敢不依，太后直入德宗办公室，亲自动手，把所有的奏折、朱批并拟就的上谕，都搜出了，略略过目，冷笑道："这班没天地的维新党，背地里作耗，打谅我隔的远，都不知道呢。可知我身子虽在颐和园，我的心耳神意，时时都在这里。难道太宗世祖力征经营的天下，我就白放心凭你们就此扰坏了不成！"因喝命把德宗的贴身太监都传来，"叫李莲英派人看守，停会子我还要亲自问呢。"李总管跪应了一个"是"，自去派人看守德宗的贴身太监，一时回奏，遵旨办妥。

太后起身,直入德宗寝宫来。此时皇后也知道,率了珍瑾二妃并宫眷人等跪迎出来。太后也不理,径入寝宫,督同太监,满屋里搜检德宗之物。凡略带洋式的东西,一并命收卷起来,拿到自己宫里去了。皇后献上茶,太后也不吃。带领太监,起身回宁寿宫去。皇帝、皇后一直跟送出来,太后向皇后道:“好孩子,我白赏识你了,你还是我的侄女儿呢。人家养猫捕耗子,咱们的猫,只会咬鸡。他们作耗扰乱天下,你也不给我通个信儿?我也知道你无非要讨皇帝的好,博一个好好先生的美名儿。我今儿才知道你忠心!知道你孝顺!现在我也没工夫跟你计较,待我治了那没天良的不孝顺孩子,再来问你,去罢!”皇后只得退回来。

德宗一直跟进慈宁宫。太后道:“你过来,我问你,哪一桩事情待错了你,你竟要谋害我性命?就是平日管教你几句,一来是为祖宗的天下,二来也为的是你。不知怎么,就恨的你竟要干这叛逆的事!”德宗唬得跪下,连连碰头,口称“子臣不敢”。太后道:“你说不敢,你为甚叫人带兵围颐和园呢?”德宗道:“老佛爷明鉴,这些事子臣一些都没有知道。”太后道:“亏得你不知道,要是知道了,我还有命么?”随命把万岁爷的太监带上来,一面叫看黄布袋伺候。这黄布袋里头装的是竹板,样式大小不等,太后随身带着,专备笞责太监宫婢等。当下取出竹板,德宗的太监十二名,也都带上。太后严辞讯问:“康有为等每天见万岁爷,谈论点子什么?”太监等都回不知道。太后大怒,喝令行杖。李总管立命他们横卧地上,四个服侍一个,一个揿脚,一个按头,两个执了竹板,左右开弓,一起一落的打。打到了五十,太后嫌他们打的轻,喝令把行刑的太监,揿下重责。那几个太监,就不敢再用情了,飞起板子,拼命的扑责。顿时血肉横飞,殿陛上差不多下了一阵血雨。虽然打得这个样子,却连呻吟的声息都没有,因为惧怕太后威严,死忍着痛不敢响。打到三百板,才命停止。李总管瞧时,那瘦弱的四个,早已受刑不住死去了,其余也都重伤,不能够起立。李总管回奏太后,某某等四名,已都杖毙了。太后道:“死了拖出去了完结,还回我做什么?”又命还那其余八人,发交内务府严讯。

此时德宗还跪在地上,太后厉声问道:“你知罪了不曾?”德宗碰头道:“子臣知罪,恳求圣母慈恩!”太后叹了一口气道:“我初意只道这副重担子交卸了,可以不用管了。现在扰到这个样子,要放手不能够放手,可怜我活了这么大年纪,要过几年安逸日子都不能够。”说到伤心之处,不禁滴下泪来。

忽报直隶总督荣禄,在宫门外候旨。太后随喝德宗退去,命李莲英:“选派十名妥当的太监,伺候万岁爷,宫中不论何人,不奉我的命,不准与万岁爷相见。”李总管应了一声“是”,自去派人软看德宗去了。太后随即召见荣禄,密询了好一回。随下诏称皇帝有疾,不能视事,太后重行训政。一面命步军统领拿捕康有为等,把德宗幽禁在南海之瀛台;一面命中外大臣保荐精通医理之人。

一班新政人员,轻则罢斥,重则拿捕。侍郎张荫桓、徐致靖,御史杨深秀,京卿杨锐、林旭、谭嗣同、刘光第,均拿捕下狱。御史宋伯鲁革职,永不叙用。尚书李端棻革职,发往新疆。湖南巡抚陈宝箴,革职永不叙用。叫荣禄在军机大臣上行走,授裕禄总直隶总督。命詹事府等衙门照常设立,毋庸裁并。禁止士民上书言事,废掉官报局,停止各省改设学校,禁止报馆,严拿主笔;各项考试,仍用四书文试贴经文策问,并停经济特科，禁止结会，废掉农工商总局。把德宗三个月宵旰忧勤办成的新政，一举手铲除得干干净净。这些守旧臣员，见皇太后如此办理，皆感恩趁愿不尽。

暂且说不到后文，如今且说维新党首领康有为。这日，恰在外城朋友家谈天，忽报宫中有变，城门都关闭了，步军统领带了许多兵丁，正在各处拿人呢。有为大惊，忙派人出去打听，也再想不到会是这件公案。一会子，又一个朋友走来，见了有为，就道："长素，你还不走么？你的事犯了，令弟已被拿去，杨侍御林京卿等，都下了狱了。"有为道："怎么有这么的大变？"那朋友道："太后已经重行垂帘，新政悉数推翻，连皇上的性命，都不知怎么样呢！到这时候；山穷水尽，恁你足智多谋，也难远天浴日，三十六着，走为上着。"当下，康有为就找了一个外国朋友，悄悄出京，逃向香港去了。他的高足梁启超，亦步亦趋，也向日本一走完结。梁启超到了日本，办了一种《清议报》，把皇太后骂到个狗血喷头。皇太后虽然恼怒，竟然奈何他不得。康有为却建立了一个保皇会，遨游南洋群岛，募集款项，号召党徒，时常拍电到北京恫吓皇太后。忠肝义胆，居然是个帝室纯臣，这都是后话。

当下步军统领回奏，只拿了康逆之弟康广仁。康逆并康逆弟子梁逆，都已闻风远扬。刑部堂官奏请钦派大臣，会讯维新党人。太后道："这还讯鞫什么？提出去斩了完结。"随下谕旨，杨深秀、杨锐、林旭、谭嗣同、刘光第、康广仁六名，毋庸讯鞫，即行处斩。张荫桓发往新疆，严加管束。徐致静永远监禁。又下诏拿捕王照。

你道维新党为甚不审就斩？原来刑部尚书赵舒翘，平日最恼新党，拿捕了杨深秀等，太后召见，叫他严究其事。赵舒翘对道："这等无父无君的禽兽，杀却就是了，不必问供。"太后点了点头。赵舒翘有一个门生，在部里头当着提牢厅，因与杨锐、刘光第同乡，知道他们是冤枉的，恳求赵舒翘按律审讯，舒翅唯唯应允。

这日京中盛传维新党要处决了，此人大惊，慌忙走谒舒翘，力陈杨锐、刘光第，与门生同乡至好，此案实系冤枉，总要求老师奏请分别审讯。连连作揖，声泪俱下。赵舒翘悍然道："你所说的是友谊，我所执的是国法。南山可移，此案不可动。你赶快出去，旨意就要下了。"那人听了，只得恸哭而去。未几旨下，六个新党，从监中提出，押赴菜市口行刑，却都从容不迫，各赋绝命诗而死。后人称之为"戊戌政变六君子"。欲知后事如何，且听下回分解。

第一〇五回　皇太后诏立大阿哥　毓巡抚信奉义和团

话说皇太后二次垂帘之后，一切政事，悉照旧章，所擢用的，都是老成硕望。自朝廷以至闾阎，顿时现出一股静悄悄的气象，不似从前那般纷更扰乱了。此时老成硕望里头，有一位出色人才，名叫刚毅，由清文翻译，历官部郎巡抚，只于汉文一道，识字不多，好在他是旗人，汉文原是不足重轻的。精明强干，于搜刮一道最为精能。光绪甲午，太后六旬万寿，刚毅在广东巡抚任上，独出心裁，命巧匠制成铁花屏风十二面，又叫银元局总办赶造银币三万枚，亲自灌送进京，与皇太后祝嘏。太后宫里头规矩，无论投本觐见与进贡品物，都许致送宫门费的。这宫门费便是太监们大大一注进益，德宗每日问安一次，也要给与宫门费银五十两。后妃以下，以次递减。宫眷家里有钱的，都由家中津贴；家里没钱的，被太监逼得没奈何，都有因此致命的。恁是南书房翰林，那种清苦官员，每逢宫廷赏赉宝翰及代拟应奉文字，经太监传贤缴进，也要致送宫门费。倘然没有，物件就要被他沉没，恩眷也就疏了。

刚毅是何等聪明的人，知道宫门费送少了，邀不着恩眷的，重重送了一份宫门费，约有上万银子。得人钱财，与人消灾。太监就把屏风摆在御道里头。太后经过，太监跪奏："粤抚刚毅进贡十二面屏风，铁花很是精奇，老佛爷可曾赏览过？"太后停踪玩视，随命摆在寝宫里。太监随又奏道："刚毅知道老佛爷万寿，赏号繁多，特铸新币三万枚，以表敬意。"说毕，随呈上币样。太后瞧见银色光亮，花纹细致，很是欢喜，向左右道："瞧不到刚毅倒这么会办事，竟有这么的能耐，真是忠心，真好。"褒奖了好一回。次日召见，又狠狠奖励了几句。随命他在军机上行走，补了他刑部尚书。广东巡抚，另外放了别人。刚毅就此风云际会，得意非凡。只苦了广东的银元局总办，白白费掉了三万银元，一点子好处都没有得着。

刚毅到任这一日，司员循例参谒。谈论了几句公事，忽然谈到刑官起源的话，刚毅就向众司员道："皋陶就是舜王爷驾前刑部尚书皋大人。"那皋陶的"陶"字，却读了本音，司员听了，无不暗笑。过了几天，提牢厅报上狱囚瘐毙的稿件。刚毅不解"瘐"字意义，偏偏自作聪明，提起笔来，将"瘐毙"的"瘐"字，都改了"瘦"字，句句变成"瘦毙"；却还把众司员传上来，狠狠申斥了一番，并说他们都不识字。在军机时光，四川奏报征剿番夷获胜一折，内有"追奔逐北"一语。刚毅忽然大怒，说："川督如何这么不小心，奏折可以任意错讹到这个样子，我可不能够宽他了，拟请传旨申斥呢。"众人惊问何故。刚毅道："你们瞧这'追奔逐北'，作怎么解释呢？我知道他总是'逐奔追比'的讹句。总因逆夷奔逃，追逐过去擒获他，擒获住了，追比他往时掠去的汉人财物。如果当'逐北'解释，难道他保的住逃奔向夷人，不走东西南三方，独走北方呢？"

忽有一人大笑道："老哥自己错讹了，如何反说人家错讹？难道要不错讹的都变作错讹不成！"刚毅瞧时，讲这话的是毓庆宫师傅翁同和。随道："翁师傅，难道倒是兄弟错讹了么？我不信竟有‘追奔逐北’的话。”翁同和忍笑把文义解释了一遍，刚毅红着脸道：“谁都似你老人家博学？我有这点子学问，也早做了师傅了。”翁同龢道：“这原不能怪你，你老哥是旗人呢。记得那一日，我们在庙房里，议论军事，福山王公叹息道：‘牙山平壤，连遭败仗，事情急了，非起檀道济为大将不可。’王公原是暗指着董福祥呢。不意一位满御史听见了，就问我‘檀道济’三字，如何写法。我不知他的用意，就写给了他。不意次日这位都老爷竟然上奏请起用檀道济。又有一位御史上疏力保孙开华，他不知道开华已于数年前死去。还有一位京堂，也是旗人，他上奏说日本之东北，有两个大国，一个叫缅甸，一个叫交阯，壤地大于日本数倍，日本畏之如虎。请遣一个善辩的大臣，前往该两国，与之订约，共击日本，必可得志呢。可见你们旗人都是这个样子，你老哥倒也不必难为情。”刚毅道：“难道咱们旗人就都是不通文理的？宝竹坡、端午桥，怎么又都是博通今古的呢？”翁同和道：“别提宝、端两公。记得从前有个内务员司，外放了扬州盐院。一日丁祭，吏人循例预备。他就问祭谁，吏人道：‘祭孔夫子。’他听了不解，问塾师道：‘孔夫子是什么神？’塾师道：‘孔夫子就是圣人。’仍旧不解，问奏折师爷：‘孔夫子做过什么官？’爷道：“孔子为鲁司寇，摄行相事。’更不懂了，师爷只得道：‘司寇就是现在的刑部尚书。摄行相事，就是兼协办大学士呢。’他就恍然道：‘什么夫子圣人的闹不清楚，连孔中堂都不会说。’还有一个笑话，苏州潘祖荫做刑部尚书时，有一个满司员知道潘公喜欢文雅，就作了几十首诗，恭楷誊正，呈与潘公。潘公立时翻阅，见首章题目，是‘跟二太爷阿妈逛庙’八个字，不禁狂笑，冠缨几绝。旗人哪里有真通品？就是宝廷，也是出名叫做草包。他做学台时候，娶了个麻脸的江山妓女，所以有‘宗室八旗名士草，江山九姓美人麻’的联语。”刚毅听了，脸上红一块白一块，很是过不去。这会子，新政推翻，太后重行垂帘。刚毅趁这当儿，大施其报复手段，邀了荣禄，在太后前，说了翁同和许多的坏话。把同和办到个革职，发交地方官严行管束，方才逞心快意。

此时太后痛恨德宗，密谋废立。每日必召荣、刚二人，入宫奏对。荣禄主张先行练兵，刚毅主张先行筹款。为怕是疆臣不服，有了兵就可以居中驭外。于是下旨宋庆所部毅军，董福祥所部甘军，聂士成所部武毅军，袁世凯所部新建陆军，以及北洋各军，均归荣禄节制。荣禄拜了恩命，奏请分聂、董、宋、袁所部为武卫前、后、左、右四军。另募中军万人，派喀什噶尔提督张俊为武卫军翼长。命刚毅前往江南一带查办事件，整顿关税、厘金、盐课等项。江南查竣，即往广东筹款。刚毅这一副铁算盘，所至搜刮，共得着数百万两。

太后又命庆亲王奕劻管理各国事务衙门事务。这奕劻原不是近支宗室，怎么会爵封亲王，恩遇这么崇隆呢？却因乾隆皇帝第十七皇子的后代没人，就把他承继了过去，于是就跟咸丰皇帝、恭亲王、醇亲王辈，做了近支兄弟了。年轻时候，苦的了不得，亏得多才多艺，曾画几笔山水，还曾写几笔字，谋着个馆地，半事教读，半资奏画，勉强着糊口。咸丰四年，得补了个四品官。同治十年，升为三品。光绪十年，才升到了二品，在总理衙门当差。光绪十三年，云南的蒙自辟为通商口岸，这个条约，却是他签押的。光绪二十年二月里，封为郡王。二十四年，恭亲王逝世，他在总理衙门资格虽然很老，却因德宗嫌他圆滑，不甚信任。太后知道他跟德宗不很对，就特沛隆恩，收为己用，晋封了亲王，叫他管理总理各国事务衙门事务。于是外交全权，都在奕劻一个儿手里了。

太后又因端郡王载漪，训练虎神营，卓有成效，特予议叙。朝中大臣，见太后这么作为，无不歌功颂德。称颂得最恳挚的，要算着载漪。这载漪，是惇亲王之子。惇王是宣宗之子，文宗之兄，于宗支最为亲近。穆宗逝世，继承皇位，载字辈，原是载漪最长；溥字辈，则是溥伦最长。因彼时太后别有用意，选立了德宗。载漪不得继承，虽因国法森严，不敢稍存怨望，但是觊觎之念，无时或息，不过不得着机会，不敢形诸言语罢了。

天幸德宗，为了变法图强，遭了太后之忌。载漪得着这机会，快活得什么相似，便百计营求，竭力的谋这皇帝位子。知道太后信任的人，宫里头是总管李莲英，朝里头是荣禄、刚毅、弈劻。他便卑躬屈节，低首下气的跟他们交结，无非要他们在太后跟前讲自己的好话。众人见载漪这么随分从时，便也都欢喜他。有几个知道他根由底细的，便更可怜他。

总管李莲英，本与德宗怀有夙嫌。因为莲英有一个妹子，生得十分美丽，并且性情慧黠，举止轻佻。莲英带他入宫，朝见太后，太后很是欢喜，挽住手，从头到脚，从脚到头，不住地打量，笑道："真好，真是俊不过！你十几岁了？你叫什么名字？"回奏道："奴婢十六岁了。尚未有名，求老佛爷恩赐一个名儿罢！"太后欢喜道："好孩子，头回进宫，亏你这么懂规矩。你没有名儿，家里头人，本来叫你什么呢？"回奏道："奴婢在家，人家都称做大姑娘的。"太后道："大姑娘，我很喜欢你常在这里呢，你可肯跟我作伴，做我的宫眷？"李大姑娘忙跪下道："这是老佛爷恩典，奴婢受福不浅。"太后喜极，挽住她的脖子，不住嗅她两颊。随向李莲英道："你妹子，不必叫她出宫了，她也很愿意跟我作伴呢。"李莲英忙跪下谢恩，太后异常欢喜。每逢吃饭，总叫她侍食的，并且怜念她脚小，特下恩旨，许她随时侍坐。

六旬万寿时候，太后的妹子，醇亲王福晋，进来朝贺，太后特赐她坐位。福晋不敢坐，太后道："我不是为你，你不坐，李大姑娘不敢坐，她是汉人小脚，不能久站呢！"福晋怒极。但是太后旨意，不敢不遵，略坐一会子，推托身子不好，退了出来。一时开戏，传旨赏醇王福晋入内听戏。福晋托人回奏，身子不快，不能陪侍。太后道："偏是我好日子，偏是她病了，怎么病的这么凑巧？方才我瞧见她还好好的，难道这会子连听一出戏都不能够么？真是愈老愈娇嫩了！寻常人家，姊妹们逢着好日子，也要乐一日呢。"说着，很是有气。就有人把太后发怒的话，告诉了福晋。福晋无奈，只得重行进宫，见李大姑娘坐在太后身旁，有说有笑的，正在讲说戏里头故事呢。福晋上前叩见太后，太后道："你大好了？"福晋道："还没有大好，因为老佛爷恩赏听戏，挣扎着来的。"太后点了头，也不说什么，自携着李大姑娘手，听戏讲话。福晋见太后待李女这么亲热，待自己这么冷淡，相形之下，不免心里头，有些不忿之意。听不到两出戏，推托更衣，又回邸去了。德宗侍在太后身旁，瞧见她妈这个样子，究竟母子天性，从此就存了个回护醇王福晋的心思。

李莲英送进他妹子来，原是要效着李延年故事。太后喜欢她伶俐，倒也有收纳之意。示意德宗，德宗伪装不解。一日，太后明非旨意，说李大姑娘很贤慧，很温柔，如果收了她，我也可以舒服好些呢。德宗碰头道："老佛爷明鉴，我朝家法，满汉不得通婚。不然，像李大姑娘这般德容，子臣早已请旨了。"太后见他拿出这么大题目来，只得叹了口气，作为罢论。李莲英大失所望，因此常在太后跟前，有意无意，总讲德宗几句坏话。现在见载漪为人和易，就常常替他揄扬。

大凡一个人的爱情，伸于此必屈于彼。太后于德宗既然日远日疏，于载漪自然日亲日近，于是废立之谋，日益紧急。载漪的儿子溥俊，太后想把他嗣给穆宗，继承为皇帝。此时李伯相已被逐出总署，闲居在贤良寺里头。太后怕废掉德宗，各国要不答应，叫荣禄到贤良寺，跟李伯相商议，叫他密询各国意思。李伯相道："外国人最讲究是体制，我现在闲废了，就去拜会，他们也不过用私人资格相接待。问到国家大事，也未见得肯回答呢。倘然放了我外省总督，各国必然来贺，我当乘间询问他们是了。"荣禄回奏，太后道："这话也是。外省总督，叫他到哪一省去呢？"荣禄道："康有为、梁启超创设着保皇会，势派很是不小，广东是该逆出身地方，不可不防，李鸿章资格老练，还是派他广东去了罢。"太后准奏，立刻下旨，放李伯相为两广总督。一面立端郡王载漪之子溥俊为大阿哥，起用穆后的父亲承恩公崇绮为师傅，迎溥俊入居宫中，命大学士徐桐一体照料。

果然各国使臣都到贤良寺来庆贺李伯相，接见之下，伯相就说："敝国现立大阿哥，行将立为皇帝，君等入贺否？"各国使臣都说："我们未曾洞悉内情，不知所贺。不过现在的皇帝，做了二十多年君主，历与我们立约。现在又立了一个皇帝，把他置身何地呢？"李伯相听了默然。

各国使臣退后，李伯相就到荣禄家里，把各国隐示不认废帝之意，备细说了一遍。荣禄转奏太后，太后大怒道："外国人在这里，通商传教，也还罢了，怎么管起我们家事来？废掉中国皇帝，又不是废了外国的皇帝，要他们认不认，真是很没来由的事。"荣禄道："疆臣意思里，不知怎么样，老佛爷也应传个电报去探问探问！"太后道："倒是你提醒了我，我这几天竟然气昏了。"随命拟了电谕稿子，拍了个通电出去。

不过一日工夫，各督抚的回电，陆续到了。江督刘坤一，第一个反对。大致称说君臣之分已定，中外之口宜防，扶危定倾责任公等。其余各省，有依违两可的，也有微持异议的。太后瞧一个电报气一回，正在气一个不已，外面又送进一个电报来，却是上海绅商经元善打来的，一派都是反对的话。太后怒道："连一个经纪人都骂起我来了，那不是昏了天黑了地么！"罢犹未了，保皇党的公电又到，声言义师已集，不日提兵勤王，上安宗社，下救万民。太后气得浑身抖起来，随传荣禄入宫，叫他致电江督，严拿经元善。一面通电南洋闽浙广东督抚，悬赏十万两，缉拿康有为、梁启超。荣禄遵旨办讫。

太后叹道："本朝待到洋人，总算仁至义尽了，不知怎么洋人偏要跟朝廷作对。康有为、梁启超是本朝的逆犯，他们偏要庇护。废立是朝廷的家事，他们偏要求管账。我白做着一国的主子，桩桩件件，都要听候洋人示下，可耻不可耻？"言次，不胜愤懑。此时朝中大臣荣禄、刚毅、徐桐、启秀、赵舒翘、崇绮、英年等，亲贵大臣载漪、载澜、载勋等，听得太后这么的讲，无不扼腕嗟叹。载漪自以为立刻要做皇帝的父亲了，被外国人凭空阻掉，恨得他牙痒痒。

修撰骆成骧奉旨典试贵州，到老师启秀那里去辞行。启秀向他道："等我回来时光，京里没有洋人了。"彼时只道他不过一时愤激之谈呢。不意一到五月里，竟得了一个报仇雪恨的好机会。这一个机会不来，中国也再不会孱弱到这个地步。

原来甲午年中日之役，津郡惊扰，官民迁徙。此时北乡挖掘支河，获着一块残碑，字迹迷漫，只有二十个字，还瞧的清楚。其文道："这苦不算苦，二四加一五。红灯照满街，那时才算苦。"又像俚语，又像谶语，大家瞧了，都不很懂。到了这一年，山东忽地起了一个大刀会，为首名叫朱红灯，声言保清灭洋，专跟教堂教民为难。偏遇着巡抚毓贤，最是仇视洋人，非但不禁，还竭力的庇护，出示改为"义和团"，拳党都扯起了"毓"字黄旗。于是教士教民，遂没有太平日子了，掳掠教民，焚毁教堂。东昌、曹州、济宁、兖州、沂州、济南一带，都是拳党的势力范围。法国钦使严词责问总署。朝廷下旨，把毓贤调了内用，放了袁世凯为山东巡抚。袁公到任，点将派兵，狠狠的痛剿，擒获了朱红灯，斩首示众。义和团事势顿时大衰。山东境里不能容匿，便都窜入直隶来了。

拳党都自称为"义和神拳"。这义和拳，据说就是亲卦教的遗脉，旧名叫做义和会，所以有乾字、坎字、震字、坤字种种名色。坎字拳为林清的余党，乾字拳为离卦教孽生文的余党，所以都尚红色。后来乾字拳中又新创出黄色一派。震字拳是山东王中的余党，王中是乾隆年间被杀的。坤字拳不详所自。坎字乾字，授法各殊。坎字拳传习时光，叫习术的人，焚香叩拜，拜后直立不动，忽地跌倒在地，一会子起立，跳跃持械而舞，就算法术习成了。乾字拳则叫习术的人，伏地焚符诵咒，诵毕咒语，紧闭着口，只准从鼻子里头呼吸，霎时口吐白沫，就大呼神降矣，立即起跃持械而舞，所诵的咒："奉请志心归命礼，奉请龙王三太子，马朝师，马继朝师，天光老师，地光老师，日光老师，月光老师，长棍老师，短棍老师。"要请神仙某，随意呼一个小说人物，孙悟空、猪八戒、黄天霸都可以。还有一个咒，是："快马一鞭，四山老君，一指天门动，一指地门开，要学武艺，请仙师来"。还有一咒，是："天灵灵，地灵灵，奉请祖师来显灵。一请唐僧猪八戒，二请沙僧孙悟空，三请二郎来显圣，四请马超黄汉升，五请济颠我佛祖，六请江湖柳树显，七请飞镖黄三太，八请前朝冷于冰，九请华陀来治病，十请托塔李天王，金吒木吒哪吒三太子，率领天上十万神兵。"练术分浑功清功，浑功只消练一百日，清功总要练到四百日，浑功可避枪炮，清功可以驾雾腾云。但是练术的人，利于速成，竟没有一个肯练清功的。还有女拳，叫什么"红灯照"，都是十多岁的女孩子，穿着红衣红裤，左手持红灯，右手持红巾一方，红折扇一柄，年幼者头挽双丫髻，稍长者盘着高髻，浑身上下，红得同火炭一般。据说持扇自扇，能得渐起渐高，上蹑云际，变成明星一颗，其光晶晶，或近或远，或上或下，都能够随意。拳民把洋人教士教民，称为"大毛子""二毛子""三毛子"名目，碰见了杀死无赦。此时坎字拳蔓延于沧州、静海一带，乾字拳蔓延于深州、冀州、莱州、定兴、固安一带。欲知朝廷持何宗旨，且听下回分解。

第一〇六回　徐学士一语丧家邦　刚中堂片言靖大难

上回中，既将义和团创乱缘由，略已表明，此回则暂不能写矣。如今且说山东巡抚毓贤，被调入都。一到京城，即去走谒端王载漪，庄王载勋，大学土刚毅，盛夸义和团忠勇可恃，朝廷抚而用之，洋人不足灭也。载漪道："洋人实是可恼，不论什么事，都要他干涉，诛尽杀绝，实不为过。无奈他们的枪炮，利害不过。那种兵船，铁山似的一座，在海里头，飞一般行驶，这几个义和团靠得住么？"毓贤道："怎么靠不住？义和团会的是神术，呼风唤雨，驾雾腾云，一念咒枪炮都可以不燃。洋人靠的不过是枪炮，枪炮失了效力，还有什么能耐？义和团中，最利害不过就是红灯照。这红灯照起头是个老孀妇，设坛授法，集了几十个闺女，环侍受法，只消四十九日工夫，就学成了。学成之后，称为太师姐，可以转教其他女子。红灯照会得腾身空际，抛掷红灯，焚烧洋人房屋，呼风助火，顷刻可以烧尽。"载漪道："这都是你亲眼瞧见的么？"毓贤道："那是万目共睹的。毓贤天胆也不敢欺诳王爷。"刚毅道："我看倒不会错的。有盛必有衰，洋人今日，已经是盛极了。何况他们的教，都是没有天地祖宗的。天怒人怨，到这恶贯满盈的日子，自然生下一班奇人来收拾他。王爷倒不必怀疑呢！"载漪默然不语。毓贤道："今上失德，人心已离。大阿哥天与人归，偏偏洋人不答应。所说圣天子百神呵护，诸天菩萨，特召他降世下凡，帮助圣天子驱除妖孽，也说不定呢。"载漪点头道："还是这几句，讲得有点子道理。"载勋道："听得洋教士诱人吃教，惯把人家眼珠子挖去做药，这种事情，真令人恼得毛发都竖起来。"载漪道："这种事情，谁有工夫恼他？横竖是百姓的眼珠子，又不挖了我们的。我所最恼的，就是大阿哥的事。老佛爷降了莫大的恩典，偏要他们来阻挡。不把他们寝皮食肉，这口怨气，再也不会消的。"刚毅道："老佛爷也很恼洋人呢。记得上月，我得南边回来，把梁逆所著的清议逆报，进呈了老佛爷。老佛爷怒道：'倘不是洋人庇护，这两个逆贼，早都伏法多时了。洋人不除，终是中国的大害。'我就奏洋人敢于如是强横，都靠着汉奸私递消息之故，教民就是汉奸。目下要务，第一捕治教民。乾隆时光，吃教原本要立斩的。老佛爷叹了口气，向我道：'吃教的都不是好人，悉数诛戮，原不是足惜。只是国家威力，不比祖宗时候，洋人庇护着，叫朝廷也难。'我就回奏：'只消大张挞伐，洋人知道了天朝利害，自然不敢庇护了。'老佛爷道：'且等荣禄来商议了，瞧机会再办就是了。'现在既然有这么的好机会，咱们同去见老佛爷，请她下一道旨意，王爷看是如何？"载漪道："很好，明儿早朝，咱们就狠狠奏他一奏。"

忽一个包衣人进来报道："裕制台奏报义和团拆毁保定铁路，副将杨福同在奉命往剿，在易州地方，被戕身死。朝廷下旨，已叫聂士成相机剿抚了。"刚毅道："了不得，这如何剿得？荣中堂怎么这么不解事，聂士成是他的部将呢！"载漪还没有回答，又一个家人进来道："各国钦使，都到总理衙门来责问。庆王爷没法对付，已允他们奏请旨意了。”载漪道：“事情急迫，等不及早朝了，咱们就入宫去罢。”于是端王载漪，庄王载勋，大学士刚毅，同入宫求见。毓贤就在宫门口探听消息。见他们入内，足有顿饭时光，一个太监匆匆出来，毓贤迎上去询问。那太监道：“有旨意召见庆王爷呢。”不多一回，就见庆王随着那太监入宫去了。整整候到天晚，才见庆王出来，接着载漪等也出来了。毓贤迎上问道：“事情怎么样了？”载漪道：“咱们家去说罢。”载勋、刚毅，一齐上车，依旧同到端王府。

大家坐定，载漪道：“老佛爷已被我们说得心动，不意奕劻到来，说上洋人许多利害，老佛爷心又活了。我们跟奕劻，辩论了好一回。老佛爷说，明儿早朝，叫众大臣议了再办罢。你看此事如何办理？”刚毅道：“此番的事真奇怪，小李跟我们这么的交情，也不肯帮帮忙。”载漪道：“你不要错怪他，他又不是大臣。这种军国大事，难道好列在我们里头议论的么？至多暗中助我们一臂就是了！”载勋道：“老佛爷也很恼洋人，不过怕兵力上敌不过。最好找一个老佛爷平素敬信的人，帮我们一句话，这事就成功了。”毓贤道：“回王爷，我倒想起一个人来了。”载漪忙问是谁，毓贤把大拇指一竖道：“是徐中堂。”载漪道：“是不是徐桐这老头儿？”毓贤道：“是的。徐中堂从翰林历官到大学士，他的理学工夫，却是数十年如一日。现在这么大年纪，还天天的诵《太上感应篇》，填写功过格，就这一层，已非他人所及了。这位先生，痛恨新学如仇。他的门生李家驹，为做了大学堂提调，严修为请开经济特科，他竟把二人的名字，榜在门上，不准他进见。他的宅子在东交民巷，他为恨见洋楼，每逢出城拜客，不走正阳门，总是绕道由地安门出去的。太后为他是耆臣倾望，每次召见，总是改容敬礼。遇为大政，总要询问他的，如果得他一言，皇太后自然再不会犹豫了。”刚毅笑道：“亏你想的到，两位王爷不便去，我和你去拜他就是。”载漪道：“还是你们爷儿两个辛苦一趟罢，八十多岁的人，我也不便请他到家来。”

刚毅、毓贤，随坐车到东交民巷徐桐宅里，投了贴子进去。随见徐桐的儿子徐承煜迎接出来，带笑陪话，说家严正在诵《感应篇》呢。刚毅道：“不要紧，咱们都是自己人。”承煜陪着，同到书房坐定。刚毅把来意说明，随道：“令尊跟前，全仗侍郎鼎力。”徐承煜一口应允。一会子，徐桐出来，承煜道：“刚中堂、毓中丞请过来，是要你老人家在太后跟前帮一句话。”徐桐问是什么事，刚毅道：“这是端王爷的意思。”随把洋人教民如何专横，百姓如何怨愤，义和团如何忠诚可靠，法术如何灵验，奕劻如何反对，太后如何迟疑的话，从头至尾，备细说了一遍。徐桐怒道：“庆亲王是国家懿亲大臣，怎时也偏着洋人，敢是他也吃了教不成？这件事，我去见太后，定要力争的。”毓贤道：“全仗中堂。”徐桐道：“国家的事情，作臣子的理应尽力的。”刚毅、毓贤，又谈了几句别的话，自去回复载漪去了。

次日早朝，众大臣齐集。载漪、刚毅，又复启奏。太后召对毓贤，毓贤力保义和团可用，并言机会难得，人心易失。太后向刚毅道：“国家的兵力，制得住洋人么？”刚毅道：“就奴才所知，董福祥一军，忠勇精悍，已足制洋人而有余了。”太后道：“先派人去察看察看，义和团果然可用，抚之未晚。如果不济，就下旨痛剿，省得闹出乱子来。”随命兼管顺天府事刑部尚书赵舒翘，偕了府尹何乃莹，驰往涿州解散。刚毅奏道：“奴才求皇太后赏差，解散义和团的事，还是奴才亲自去的好。”太后道：“赵舒翘人也很把稳，如果他办不了，你再去也未晚。”刚毅见太后如此，也不敢说什么了。太后又问荣禄：“你看义和团靠得住么？”荣禄回奏：“端王爷赏识得，谅总不会错到哪里去，请皇太后不必多疑！”太后道：“你去传董福祥来，我要问他的话。”

荣禄出传董福祥，随教了他一番的话。董福祥入见，奏道：“臣无他能，不过凭着愚忠，为国家杀戮洋人罢了。”刚毅奏道：“董福祥忠诚勇猛，大学士徐桐很赏其人，徐桐曾对奴才道：‘他日强我中国，必是福祥也。’”太后听了，恍然道：“我几乎忘记了，徐桐是有年纪的人，见识总高一等，这件事理应跟他商量商量。”随命太监宣徐桐程刻入朝。

太后因徐桐年老，不叫他入枢府，国有大事，总是特旨咨询他的。少顷，徐桐入见。太后问他，徐桐奏道：“这是天灭洋人，天意不可违，人心不可失。”太后于是决计招抚义和团，派刚毅前往察视。载漪奏保毓贤为山西巡抚，太后准奏。毓贤大喜过望，即日走马到任。招了数十名义和团，充做卫队。一到任，就向两司道：“义和团魁首，共有两个，一个是鉴帅，一个是我。”两司不敢辩驳，唯唯而已。

此时拳民听得毓贤做了山西抚台，如蚁附膻，如蝇逐臭，成群结队，都赶到山西来。大同、朔州、五台、太原、徐沟、榆次、汾州、平定，蔓延几遍。平阳府教堂被毁，府县详报到院，公文里头，称做“团匪”。毓贤大怒，狠狠痛斥了一顿。从此郡县承风，莫敢诋为“拳匪”了。毓贤叫打造钢刀数百柄，分赐拳童。义和团的大师兄，出入抚署，俨若贵宾。拳民焚烧教堂，营官将往施救，毓贤传出令箭：谁要救火，军法从事。自己登高观看，大喜道：“这是天意。这是天意。”传令抚缥兵弁，守住四城门，禁止教士出入。又叫把教士老幼，都押往铁路公所，派兵看守。

过了两日，毓贤高坐堂皇，喝令兵士，把铁路公所的英国教士男女老幼三十余人，服役仆人二十余人，提到署中，一齐枭首示众，剖心弃尸，积如丘山。又驱法国天主堂教女二百余人到桑棉局，逼他们背教，都不肯听从，喝令斩为首二人，用盆盛了血，叫诸女喝下。有十六个人，争着喝下，连呼这是：“天主救世的血，天主救世的血。”毓贤大怒，叫把十六个人缚了，悬在高的地方。再逼其余诸人背教，众人都不旨从，都喊“天主救我，天主救我”。兵士选了几十个面貌俏丽的，掠去为妻，其余尽都斩掉。毓贤喜道：“今日才大快人心！”山西地方，自从有了这位阎王抚台，教民不能安枕矣。暂且按下。

且说赵舒翘、何乃莹奉旨驰往涿州，一路行程，遇见奇形怪状的人，很是不少。都是红衣红裤，跳跃狂喊，手里都握着刀。胸前都佩着小黄纸画像，那像有首无足锐指，头的四周有光，耳际腰间，都作狗牙诘屈状。心以下书字一行道：“云凉佛前心，玄火神后心。”并且处处设坛，满树旗帜，那旗上都写着“坎字拳张”、“坎字拳曹”各种字样。百姓家没一家不上供，那供品是清水一盂，馒头五只，青铜钱数文，秫秸一把，上面满贴着红纸。市中家家冶铁铸刀，炉火冲霄，叮叮之声，日夜不绝。

赵、何两人，很是不解，忙去拜会地方绅士询问。原来这一带地方，都归天津府属。津郡拳民，始于静海县属之独流镇，称为“天下第一坛”，为首是张德成，曹福田。德成是白沟河人，操舟为业，往来玉河、西河一带地方。福田是静海县人，本是个游勇，为吸鸦片吸了个精穷。义和拳传到独流镇,有几个孩子,方在习拳,德成瞧了好笑。众人问他,德成道:“我知道这是神拳,岂是轻易能够习练的!”众人问他你会么?德成道:“怎么不会?”说着,随取一秫秸,以黄纸掷于地上,说道:“你们拿得起么?”众人忙着去抢,说也奇怪,这秫秸黄纸,通只不到三两重的东西,三五个壮夫,竟然拿不它起来。众人惊道:“我们都有一二百斤气力,这点子东西,怎么竟会这么的重?”德成道:“这就叫神拳呢!”说着,轻轻向地上取起,向众人道:“只要把此秫秸一挥,十里外的敌人,脑袋顷刻坠下。”众人齐都下拜,齐说:“真是神师,真是神师!”遂把德成拥入一家大宅子里去设坛,称为天下第一坛。远近拳民,争来附和。德成在独流镇,声雄势甚,各处拳民遥受节制的,也很不少。曹福田是德成的下属,称为“署涂静津一带义和神团”。德成一日向团众道:“我适才睡时,元神赴天津紫竹林,瞧见洋人正在解剖妇女,取秽物涂抹楼上,压神团的法术呢。”众人听了,无不愤怒。

一日,又言元神赴敌,盗得洋炮机管,炮不燃矣。再率领拳徒,周行镇外三匝,以杖画地,向众人道:“这一周是铁城,这一周是铜域,这一周是土城,洋人就是来,也不能越过了。”德成又把闭火神咒,遍张通衢。其辞道:“北方洞门开,洞中请出铁佛来,铁佛坐在铁连台,铁盔铁甲铁壁塞,闭住炮火不能来。”声言一诵此咒,枪炮顷刻皆废。又令居民焚香叩头,叩头时光,各用拇指紧捏中指,男用左手,女用右手,声言是避火诀。所以赵何两人途中遇见无数拳民呢。

当下拜会了地方绅士,问知一切,就召拳首张德成、曹福田至,谕以朝廷德意,叫他们解散。张德成道:“咱们粗愚无知,只晓得尽忠报国。偏偏聂提台帮助洋人,专跟我们做对。我们因为铁路电线,都是洋人之物,动手拆毁。前儿拆毁廊坊的铁轨,聂提台竟派兵来,打死了许多弟兄。现在朝廷要我们解散,我们也不敢违旨。只是聂提台在这里做官,我们心里终是不服。最好恳求恩典,把聂提台革掉了,我们立刻就解散。这一段下情,恳求两位大人转奏朝廷。”赵舒翘再三谕意,张、曹两拳首执定不依。舒翘向乃莹道:“这事可难了。”

忽报刚中堂至,赵、何两人,忙着出接。刚毅道:“办理得如何了?”赵舒翘道:“再三谕意,他们执定不从,我们简直没有法子了。”刚毅笑道:“这是你们办理不善之故。只要瞧我,片言开导,包你就没事了。”赵舒翘道:“中堂海才,我们如何能及?我们只好跟着中堂学办呢!”嘴里这么说,心里也很是不服。欲知刚毅如何解散义和团,且听下回分解。

第一〇七回 义和团大闹天津卫 聂提督殉难八里台

话说刚毅且不传拳首谕意，先问赵舒翘道：“你瞧义和团，是义民，还是匪从？”赵舒翘道：“讲到同仇敌忾，果然是义民，只是旨意叫解散，做臣子的，只好遵旨办理。”刚毅道：“你也知道他是义民，既然知道了，就不应这么难为人家。朝廷也不过是遮人耳目的举动，你竟这么认真起来，岂不误会了意思。上年奉旨南下，我在南京，瞧见刘坤一所办的储才学堂，大有洋气，很瞧不上眼，我就叫他闭掉了。做了你时，只怕又要请旨了。所说便宜行事，做臣子的只要于朝廷有益，不妨从权办理。”赵舒翘连声应是。

刚毅随传入张德成、曹福田道：“你们扶清灭洋，朝廷也知道你们忠诚。洋人这么强横，天怒人怨，照理自应灭掉，你们办的本不错。聂军跟你们做对，由我传令叫他退去。你们的忠诚，我替你奏达朝廷。我的奏章一上，朝晚就有恩旨到来。”张曹两首，万分感激，连连叩头道：“中堂圣明，真是屋里头跑出了太阳，无微不至！我们全仗中堂栽培。”刚毅又温言抚慰了几句，拳首退去。刚毅随即上奏，力言团民忠勇有神术，此果倚以灭夷，夷必无幸。舒翘、乃莹也上了一个保荐的折子。

不多几日，密旨到来，叫刚毅导拳民入京。义和团奉了旨，蜂烝蚁聚，都赶到京里来了。旬日之间，至者数万。城里城外，坛场设了个遍。供着洪钧老祖、关帝、赵子龙、二郎神、周仓、马超、黄忠、尉迟敬德、秦叔宝、杨继业、李存孝、常遇春、胡大海、姜太公、梨山老母、九天玄女、西楚霸王、梅山七弟兄、纪献唐、祈相国等各位神圣。

王公贵人，争着崇奉。大学士徐桐，尚书崇绮等，信仰尤笃。神圣下降，都在夜间，所以每到薄暮，拳民十百成群，呼啸周衢，叫百姓烧香，香烟蔽城，结为黑雾。入夜则通城惨惨如有鬼气。大师兄出来，合市的人，都向东南跪拜。谁要非笑，就有性命之忧。拳民扬言欲得一龙二虎头，一龙是指德宗，因为他变法效法外洋的缘故。二虎，一指庆亲王奕劻，一指李伯相。因为庆王当着总理衙门差使，李伯相素有通番的恶名。徐桐特撰一联，赠与大师兄，其词道：

> 创千古未有奇闻，非左非邪。攻异端而正人心，忠孝节廉，只此精诚未泯；
> 为斯世少留佳话，一惊一喜。仗神威以寒夷胆，农工商贾，于今怨愤能消。

拳民这么猖獗，各国公使，无不人人自危。俄国公使照会总理衙门，声言他国将借乱事图不利于中国，俄与中国亲睦二百余年，不得不直言相告。总署得着照会，不敢上闻。俄使要觐见，朝廷偏又不准。

五月，朝旨派启秀、溥舆、那桐入总理衙门，又特命端王载漪为总理，一班排外仇洋的人，占住了外交总机关。外交的手腕，自然异常灵敏，作出来的事，自然出色惊人。一日，日本使馆的书记杉山彬，有事出永定门被董福祥的兵杀掉，尸身裂成数块，弃于路侧。拳民又把右安门一带的教民住宅,放火焚烧。又把教民,不论男女老幼,悉数杀掉。接着又烧顺治门内的教堂,城门昼闭,京中顿时大乱起来。刚毅、载漪,合疏请用团民。朝旨即命二人统率,于是拳势愈炽。正阳门外的商场,为京师最繁盛地方,拳众纵火焚烧四千余家,数百年精华尽矣。火延城阙,三日不灭。载漪倡言于朝,当派兵围攻使馆,尽歼洋人。太后召大学士六部九卿会议。

这日,太后中坐,德宗旁侍。旨下之后,诸臣相顾逡巡,莫敢先发。太后道:“载漪、刚毅,力主剿夷,你们看是如何?”吏部侍郎许景澄道:“皇太后明鉴,此事断断不可。中国与外国,结约数十年,民教相仇的事情,没一年没有,总不过赔偿而止。倘然攻杀外国使臣,违犯公法,必致召各国之兵,合而谋我。主张围攻使馆的,将置宗社生灵于何地?”太常寺卿袁昶道:“拳匪必不可恃,外衅必不可开。杀使臣,悖公法。如果皇太后听了妄人之奏,中国定要灭亡。”袁太常声音本极宏亮,此时动了气,辞令激昂,声震殿瓦。太后怒目而视,向左右道:“你们瞧瞧,袁昶那个样子,明明是跟我寻气。”袁昶碰头道:“微臣何爱于洋人?实为着国家存亡,愿皇太后明鉴!”太常寺少卿张亭嘉道:“拳匪妖言惑众,圣王所必诛,恳求皇太后赶速下旨痛剿!”亭嘉语杂闽音,太后听了,不很明了,不去理他。仓场侍郎长萃在亭嘉背后,开言道:“这是义民。奴才从通州来,通州没有义民,早就不保了。”载漪、载濂均言长萃的话,是人心不可失。德宗至是,再不能耐,开言道:“人心何足恃?多不过扰乱罢了。士大夫喜欢谈兵,朝鲜这一役,朝议大家主战,究竟一败涂地。现在各国之强,十倍日本,倘然开衅,必无幸全。”载漪道:“董福祥猛悍善战,剿回大著劳绩,夷虏何患不平!”德宗道:“福祥骄骞难驭,各国器械犀利,士马精强,非回部可比。”德宗自遭幽闭之后,每见臣工,不过循例两三言,绝不谈及政治。这日独峻切发言,也知道启衅必致亡国呢。侍讲朱祖谋班次在最后,也力言福祥无赖,万不可用。太后厉声道:“你说董福祥无赖不可用,谁是可用的?你且说来!”祖谋道:“若必命将,依臣所见,还是山东巡抚袁世凯。拳匪乱民,必不可用。”载漪大声叱詈,太后也不禁止。德宗默然,廷臣皆散。

刚毅回到家里,叫人请了义和团大师兄来,问他东交民巷各国使馆,几日可攻下?大师兄道:“洋人不用解法,一日便能攻下。只怕他们用秽物呢,神将见了秽物是不能近的。”刚毅道:“这也不妨,我叫董福祥助你就是了”大师兄道:“有了董军门帮助就好了。”于是刚毅下令义和团与武卫军协攻使馆,人人拼命,个个争先,敌忾同仇,大有灭此朝食的气概。刚毅高坐城楼观战,笑向左右道:“使馆破,夷人无噍类矣,天下当从此太平”。赵舒翘起为言道:“自从康有为倡乱,天下扰扰,中堂起而芟夷之。皇上病失天下心,幸继统有人。定策之功,中堂为第一。”刚毅大喜。此时光怪陆离的义和团,皆禹步仗剑,口中念念有辞。前排的团众,齐声诵咒道:“左青龙,右白虎,云凉佛前心,玄火神后心,先请天王将,后请黑煞神。”一边诵,一边直冲向使馆去。不意使馆卫兵,排枪利害,诵声未绝,早都中弹而毙。那督兵的大师兄,瞧见团众毙命,忙转向东南方跪伏,默默诵咒。诵毕,突然站起,大声呼杀,围众齐声助喊,其声动天。大师兄又焚香抛掷空中,请了列朝神圣,诸天仙佛,万法齐施,千弩并发。似这么仙凡合力,何难一举荡平?不意这几座使馆,竟是铜墙铁壁,再也攻它不下。暂且按下。

却说直隶总督裕禄，默会端刚意旨，也就崇奉起义和团来。恰恰有四个道员，结伴去津，舟过独流镇，拳众拦住欲杀，四人皆叩头乞命。拳众把他们牵赴神坛，听德成审讯。德成审得是大员，忙释去其缚，延之上坐，叫他们转达总督，请饷二十万，自任灭洋之责。四人应允，立刻上书裕禄。裕禄于是檄召德成，德成不理。裕禄公文，雪片似的来。德成怒道："我又不是官吏，总督的威严，如何好施到我面上来？"裕禄闻之，连忙谢过，忙叫人备了八人轿，前去迎接。迎到衙门，开中门接入，用敌体之礼相见。特设盛筵，与他接风。酒至半酣，德成忽然睡去，呼之不应。一会子欠身而起，袖出铁炮机管数事。裕禄问他这些东西，何处得来的？德成道："我元神出去，从敌人那里窃来的，敌人的炮都废掉了。"裕禄听了，深为敬礼。德成出入督署，宛如大宾。裕禄上章保荐，称其年力正强，志趣向上。又替他屡报战功，得赏头品顶戴，花翎黄马褂。

曹福田听得张德成得了意，便也赶到天津来。一到天津，就登上城楼，询问租界在何处？土人告诉他在东南方，他就伏地向东南叩首。好一会，起立道："洋楼烧起来了。"果然东方烟起，众人无不悚然。其实是河东民居恰好被焚呢。福田进了城，商民跪地迎接。福田在马上叫他们起立，说道："无须跪得，无须跪得。"听得城中拳坛出令，叫阖郡持白斋，下谕："无须无须，我也饮酒食肉的。"听得洋货店多被焚毁，也说："无须。洋货入中国已久，商民何罪？"津民因此信奉得更加虔诚。福田室中悬挂的神像，是关帝、赵子龙、二郎神、周仓。另供一个木牌，写着圣上杨老师。

此时各国得着中国惊耗，已纷纷派兵来华援救，津城风声鹤唳，一夕数惊。福田道："不要紧，有我在此。"随下令整队开赴前敌，马前执事，是洋铁造的鼓吹大螺，红旗上大书"曹"字，侧书"扶清灭洋天神天将义和神团"。福田眼戴大墨晶眼镜，口衔卷纸烟，身穿长衣，腰系红带，脚登缎靴，背负快枪，腰挟手枪，手中持着一枝秫秆，跨着高头劣马，笑语足人，随往观战。

行至马家口，忽道："前面有地雷，不可前进，不可前进。"绕道而归。又令商民预备蒲包数千只，麻绳数千条。有人问他干什么的，福田道："麻绳捆缚洋人，蒲包是蒙他脑袋的。"福田不敢跟洋人开仗，不过整日大吹其牛。排齐队伍，周行街市，遇见武卫军，拿住杀却，以报落岱一战之仇。原来聂士成奉了相机剿抚之命，率军到落岱，瞧见三千拳众，正在拆毁廊坊铁轨，谕禁不止，下令开枪射击。拳民死掉不少，大恨士成，哭告裕禄，裕禄饬士成回军芦台。士成到天津，路中遇着拳民，拳民持刀直奔马首，士成避入督署。裕禄替他缓颊，才得没事。所以拳民遇见了武卫军，就缚去杀掉。荣禄深虑聂军激变，驰书慰问，大旨说："贵军服制颇类西人，遂致寻衅。团民志在报国，愿稍假借。"士成慷慨复书道："拳匪害民，必致贻祸国家。某为直隶提督，境内有匪，不能剿，如职任何？若以剿匪受大戮，必不敢辞！"部下将士，都替他扼腕叹息。士成向部下道："吾无死所矣。"部将劝道："咱们不如避向保定去罢。"士成喟然叹道："战死疆场，原是我的本分，特患不得其名。并且举我几年来辛苦练成的精锐，误供凶暴，投诸一烬，真乃可惜。现在国衅既开，天津首当其冲，我奉朝命镇守兹土，我两目没有闭，必要伸我职守，不许外国兵踏到这块地上来。但是尽我的力量，如何挡的住八国联军？我是死定的了，只是这么样死，我的眼珠子，终是不瞑的。"于是率领部卒，退至杨村驻守,遏住洋兵的来路。不过一日光景,洋兵前锋,已及杨村。聂军拼命鏖战,洋兵伤掉不少。洋将知道聂士成是劲敌,知难而退,退了回去。裕禄把此役都算做拳民之功,保曹福田得赏了头品顶戴、花翎、黄马褂,福田愈益威福自恣。

此时津郡绅商深虑开战之后,全城糜烂,求见裕禄,力请议和。裕禄道:“求我是没中用的,这事由曹大师兄作主,我替你转商曹大师兄罢。”众绅商道:“全仗鼎力。”裕禄派人请福田到署,述明绅商之意。福田道:“这如何使得?我奉了玉帝敕命,率领天兵天将,杀尽洋人。我如何敢逆天命?”众绅商哀恳道:“望大师兄瞧全城生灵分上,高抬贵手!”福田怒道:“难道要我不听玉帝的话,倒听你们的话么?真是反了!来人,把这一起不知轻重的混账东西,捆出去斫了。”众人叩头哀求,裕禄也替他说情。福田道:“且瞧裕帅分上,暂饶你们的狗命,去吧。”众绅商道:“大师兄既然不准议和,恳求恩典,别择一块战地如何?”福田道:“别择战地,倒可以办到,只要把租界归了我。”

正在为难,忽报张大师兄到,裕禄忙着出迎。一时迎入,张德成见了众绅商,指问他们是做什么的?众人重行哀请,德成道:“听你们语,也很可怜,此事总可以商量。”福田执意不肯。众人道:“大师兄慈悲慈悲吧,商民生命,很不少呢。”福田道:“干我甚事,死的都是劫数里头人。我扫荡洋人之后,还要狠狠杀戮不孝不仁不义的人,完此劫数呢。”说着,听得炮声轰天。军弁入报,大队洋兵,跟聂军开仗了。

此时炮声隆隆,枪声猎猎。军探络绎入报,称说战得异常剧烈。原来聂士成因内扼于端、刚,外迫于裕禄,穷无所之,早怀了个必死之志。每逢开仗,总是亲自陷阵。五月十八这日,接着大沽失守之信,知道津城必难坚守,拔队移守紫竹林。日本兵先到,聂军一阵,杀的他大败,死者累累。英、法、俄、德等联军继至,士成督兵苦战。所谓一人拼命,万夫莫当,洋兵被毁的,盈千累万。力战正酣,军弁走报:“军门大人不好了,家里老太太、太太、小姐,都被拳民掳去了。”士成闻报,心如刀割,连忙分军往逐。部下新练军一营,多通拳匪的,瞧见聂军追拳民急紧,大呼聂军反了,齐伙儿开枪横击。士成正与联军剧战,没暇还攻拳民。驰马突阵,直战至八里台,部将知道他是拼死,忙着挟辔挽回。士成怒目道:“谁留我,我就斩谁!”说着,举刀力斫。部将道:“军门既愿尽忠,我们都愿相从。”士成道:“你们快退到别处去,稍留吾精锐,以备他时国家一用。”部众终不忍弃,大呼驰突。忽一榴弹飞至,士成中弹,肠裂而死。部将夺尸奔回,拳民见了,忙来抢夺。恰好洋兵追上,纷纷逃散,忠骸才得保全。败兵入城,裕禄得报大惊,一面把聂士成死事,奏闻朝廷;一面忙请大师兄入署商议。曹、张两大师兄,都说不要紧,我们自有办法。裕禄道:“兵临城下,有办法,快请施行罢,迟了恐不及了!”张德成道:“怕什么?现在海乾神师作法,海口已经起了一条沙,横亘百里。北门外仙船里头,黄莲生母三仙姑、九仙姑都在那里,受伤的兵丁,已被生母用仙药医好。河东的民房,因为藏匿奸细,都已烧掉。洋兵虽众,何能到此?”裕禄信以为真。

不意才守得三日,洋兵大炮攻城。张德成、曹福田各挟了重资,逃出城外去了。所有拳众,都脱去了红衣,撕去了符咒,手执大日本顺民,大英国顺民,大法国顺民,大俄国顺民,大德国顺民等旗号,争着跪接洋兵了。那些红灯照,也都脱去红衣,逃入娼寮当婊子去了。黄莲生母与三仙姑，被人缚送都统衙门，正法完案。九仙姑投水而死。张德成逃至王家口地方，向盐商索取供张。盐商派了一肩两人轿子去。德成怒道："我在天津，制台用八人轿迎接我，我还不肯常去呢！你是什么东西，胆敢这么亵渎神明么？"盐商没法，假了关帝庙的神轿来迎他，迎到家中，特设盛筵请他。德成装模作样，说菜做的不洁净，推席而起，破口大骂。盐商不能堪，村人愤甚，一拥而入，擒住德成，都说咱们拿刀斫他，瞧他能够避刀剑不能。德成到此地步，居然也会屈尊降贵，伏地叩头，呼饶不止。众人不听，一阵乱刀，斫为肉酱。曹福田易装逃出之后，不曾闯什么祸，冬间私回静海县境。众人呼擒拿，已经逃去。直到次年正月，潜归故里，被里人缚送到官，受了个凌迟之罪。最奇怪不过，他那无边法术，到此竟然不灵。欲知后事如何，且听下回再讲。

第一〇八回　救国难慷慨劾群凶　战列强涕泪告先庙

说话天津已陷，联军因京津铁路已断，停顿未进。惊报传入北京，皇太后召见大学士六部九卿，重议和战大计。诸臣毕集，皇太后道："皇上意在和，不欲跟夷人开战。你们有意见，可与皇上讲罢。"德宗道："我国积弱至此，费粮饷练成的兵，尚且不能够一战，用几个乱民，侥幸求胜，哪里靠的住？"载漪道："义民摅忠愤以卫国家，不因这个机会，用他报雪国耻，倒把他当做乱民，用法诛戮，人心一失，将不可以为国。"德宗道："乱民都是乌合之众，各国兵精器利，哪里挡的住？奈何把民命视为儿戏？"太后怕载漪辩穷，目顾户部尚书立山道："你看如何？"这立山从部员做到尚书，当着好几年内务府大臣，侵蚀内帑，致富千万，为人心计精工，很得太后的宠任。现在问他，原要他帮助载漪，不意他不懂意旨，回奏道："拳民虽没什么不是，但是他的法术，都不很有效。"载漪愤然道："用他的心罢了，何必问验不验呢？立山必跟夷人私通，竟敢在朝中强辩。请皇太后派立山去退夷兵，夷人定然答应的。"立山道："第一个主张开战是端王爷，端王爷应该去。奴才主张的是和议，又素来不习洋务，不足胜任。"载漪道："立山是汉奸，请皇太后立付典刑！"太后道："原不过是商量，既是你们意见不合，过一天再谈罢。"随命那桐、许景澄，前往杨村，说敌兵不要入京。命立山同了兵部尚书徐用仪，内阁学士联元，到各国使馆，叫他不要调兵来，洋兵入京，邦交就要决裂。

那、许两人，出京没有几多路，就遇着了拳民，那桐逃了回来，景澄几乎丧命。次日又开御前会议，载漪力请围攻使馆，杀尽使臣。太后准奏，才欲下诏，联元力言不可，倘然使臣不保，他日洋兵入城，鸡犬皆尽矣。载漪怒道："联元才从使馆回来，怀了贰心了，罪应正法。"太后大怒，立命牵出斩首，左右力救而罢。大学士王文韶道："中国自甲午以后，财尽兵单。现在遍与各国启衅，众寡强弱，显然不侔，将何以善后？愿皇太后三思！"太后大怒而起，拍着桌子骂道："你所讲的话，我都听的熟了，你替夷人做说客么？"德宗执住许景澄手泣语道："一人死不足惜，如天下何？"景澄牵住帝衣而泣。太后怒叱道："许景澄无礼！"

罢朝之后，载漪因立山的住宅，逼近西什库教堂，拳民围攻使馆教堂，久不能下，载漪疑是立山掘通地道，暗中接济，叫拳民搜他的家。拳民见他家资富厚，掠了个尽。又把立山拥入端王府，载漪叫付诏狱，随即请旨杀掉，又叫人把联元也杀了。原来这两人的死都有特别缘故，立山因养心殿严冬窗破，德宗嫌冷，擅糊了纸。太后大怒，先把德宗大骂一顿，再召见立山，连批其颊，祸且不测。李莲英素厚立山，大呼道："立山滚出！"立山省悟，因仰跌地上，翻转数回而出，太后心里终惦着他。又因与载漪同嫖一妓，妓女偏与立山要好，载漪因此就公报私仇。联元为恶了老师崇绮，为崇绮所密劾，故二人都不能免。太常寺卿袁昶，连上两疏，力言拳匪宜剿，使臣不当杀。太后都置之不理。至是叹道："时事如此，中国不可为矣！"许景澄道："咱们不如痛痛切切再上一疏，太后圣明，或者能够悔悟，也未可知。”袁昶道：“这也只好凭天命罢！”于是两人联衔上一疏，其辞道：

窃自拳匪肇乱，甫经月余，神京震动，四海响应，兵连祸结，牵动全球。为千古未有之奇事，必酿成千古未有之奇灾。昔咸丰年间之发匪，负隅十余年，蹂躏十数省。上溯嘉庆年间之川陕教匪，沦陷四省，窃据三四载。考之方略，见当时兴师振旅，竭中原全力，仅乃克之。至今视之，则前数者皆手足之疾，未若拳匪为腹心之疾也。

盖发捻教匪之乱，上自朝廷，下至闾阎，莫不知其为匪。而今之拳匪，竟有身为大员，谬视为义民，不肯以匪目之；亦有知其匪不敢以匪加之者。无识至此，不特为各国所仇，且为各国所笑。查拳乱之始，非有枪炮之坚利，战阵之训练，从以“扶清灭洋”四字，召号不逞之徒，乌合肇事。若得一牧令将弁之能者，荡平之而有余。前山东巡抚毓贤，养痈于先；直隶总督裕禄，礼迎于后，给以战具，附虎以翼。“扶清灭洋”四字，试问从何解说？谓国家二百余年，深恩厚泽，浃于人心。食毛践土者，思效力驰驱以答覆载之德，斯可矣。

若谓国家多事，时局艰难，草野之民，具有大力，能扶危而为安，曰扶之而先倾之，其心不可问，其言尤可诛！臣等虽不肖，亦知洋人窟穴内地，诚非中国之利。然必修明内政，慎重邦交，观衅而动，择各国之易与者，一震威权，用雪积愤。设当外寇入犯时，有能奋发忠义，为灭此朝食之谋，臣等无论其力量何如，更不敢不服其气慨！今朝廷方与各国讲信修睦，忽创灭洋之说，是为横挑边衅，以天下为戏。且所灭之洋，指在中国之洋人而言。抑括五洲各国之洋人而言，仅灭在中国之洋人，不若禁其续至。若尽求五洲各国，则洋人之多于华人，奚啻十倍？其能尽与否，不待智者而知之。

不料毓贤、裕禄，为封疆大员，识不及此。裕禄且招揽拳匪头目，待如上宾。乡里无赖棍徒，聚众千百人，持“义和团”三字名贴，即可身入衙署，与该督分庭抗礼，不亦轻朝廷而羞当世之士耶？静海县之拳匪张德成、曹福田、韩以礼、文霸之、王德成等，皆平日武断乡曲，蔑视短官，聚众滋事之棍徒，为地方巨害，其名久著，土人莫不知之。即京师之人，亦莫不知之。该督公然入朝奏报，加以考语，为录用地步，欺妄君上，莫此为甚！又裕禄奏称五月二十夜戌刻，洋人索取大沽炮台屯兵。提督罗荣光，坚却不允。相持至丑刻，洋人竟先开炮攻取，该提督竭力抵御，击坏洋人停泊轮船二艘。二十二日，紫竹林洋兵，分路出战，吾军随处截堵。义和团民纷起助战，合力痛击，焚毁租界洋房不少。臣询由津避难来京之人，佥谓击沉洋船，焚毁洋房，实无其事。而吾军及拳匪被洋兵轰毙者，不下数万人，异口同声，决非谣传之讹。甚有谓二十八日，洋人攻击大沽炮台，系裕禄令拳匪攻紫竹林，先行挑衅等语。此说或者众怨攸归，未可尽信。而诳报军情，竟与提督董福祥，诈称使馆洋人，焚杀尽净，如出一辙。董福祥本系甘肃土匪，穷迫投诚，随营效力，积有微劳，蒙朝廷不次之擢，得有今职。应何等束身自爱，仰酬厚恩！乃比匪为奸，行同寇贼。其狂悖之状，不但辜负天恩，益恐狼子野心，或生他患。裕禄历任兼圻，非董福祥武员可比，而竟愦愦乃尔，令人不可思议！要皆希合在廷诸臣谬见，误为吾皇太后、皇上圣意所在，遂各倒行逆施，肆无忌惮，是皆在廷诸臣欺饰锢蔽，有以召之也。大学士徐桐，素性糊涂，罔识利害。军机大臣协办大学士刚毅，比奸阿匪，顽固性成。军机大臣礼部尚书启秀，谬执己见，愚而自用。军机大臣刑部尚书赵舒翘，居心狡狯，工于逢迎。当拳匪入京师时，仰蒙召见王公以下内外臣工，垂询剿抚之策，臣等有以团民非义民，不可恃以御敌，无故不可轻与各国开衅之说进者。徐桐、刚毅等竟敢于皇太后、皇上前，面斥为逆说。夫使十万横磨剑，果足制敌，臣等凡有血气，何尝不愿聚彼族而歼旃？否则自误以误国，其逆恐不在臣等也。

五月间，刚毅、赵舒翘奉旨前往涿州，解散拳匪。该匪勒令跪香，语多诬枉。赵舒翘明知其妄，语其跟随人等，则叹息痛恨。终以刚毅信有神术，不敢立异，仅出示数百纸，含糊了事，以业经解散复命。既解散矣，何以群匪如毛，不胜猕薙似此？任意妄奏，朝廷盍一责诘之乎？近日天津被陷，洋兵节节内逼，曾无拳匪能以邪术阻令前进。诚恐旬月之间，势将直扑京师。万一九庙震惊，兆民涂炭，尔时作何景象？臣等设想及之，悲来填膺。而徐桐、刚毅等，谈笑漏舟之中，晏然自得，一若仍以拳匪可作长可之恃，盈廷拳惘，如醉如痴。亲而天潢贵胄，尊而师保枢密，大半尊奉拳匪，神而明之。甚至王公府第，亦设有拳坛。拳匪愚矣，更以愚徐桐、刚毅等；徐桐、刚毅等愚矣，更以愚王公。是徐桐、刚毅等实为酿祸之枢纽！若非皇太后、皇上，立将首先袒护拳匪之大臣，明正其罪，上伸国法，恐朝臣佥为拳匪所惑！外臣之希合者，接踵而起。又不止毓贤、裕禄数人！国家三百年宗社，将任谬妄诸臣，轻信拳匪，为孤注之一掷，何以仰答列祖在天之灵？臣等愚谓时至今日，间不容发，非痛剿拳匪，无词以止洋兵；非诛袒护拳匪之大臣，不足以剿拳匪。拳匪初起时，何尝敢抗旨辱宜，毁坏官物？亦何尝敢持械焚劫，杀戮平民？自徐桐、刚毅等称为义民，拳匪之势益张，愚民之惑滋甚，无赖之聚愈众。使毓贤去岁能勋，该匪断不致蔓延至直隶；使今春裕禄能认真防堵，该匪亦不至闯入京师；使徐桐、刚毅等不加以义民之称，该匪尚不敢大肆其焚掠杀戳之惨。推原祸首，罪有攸归。应请旨将徐桐、刚救、启秀、赵舒翘、裕禄、毓贤、董福祥，先治以重典，其余袒护拳匪，与徐桐、刚毅等谬妄相若者，一律治以应得之罪，不得援议贵议亲为之末灭。庶各国恍然于从前纵匪肇衅，皆谬妄诸臣所为，并非国家本意，弃仇寻好，宗社无恙。然后诛臣等以谢徐桐、刚毅诸臣。臣等虽死，当含笑入地。无任流涕具陈，不胜痛愤惶之迫至。

此疏上后，载漪、刚毅等，愈把许、袁两人，痛恨入骨。此时太后已经决意主战，下诏褒拳民为“义民”，发给内帑十万两。载漪府里也设了神坛，晨夕虔拜。都城里头，历乱如麻，拳民到处焚劫，火光蔽天，日夜不息。车夫小工，弃业从之。近邑无赖，纷趋都下。数十万人，横行都市。夙所不快，无不指为教民，全家皆尽。杀人刀矛并下，肢体分裂，连未匝月的婴儿，也难幸免。京官纷纷挈眷逃避，道梗不通，走匿僻乡，也往往遇劫，死于此役的，何止十余万人。真乃千古未有之浩劫也。太后在宫中，设了一座神坛，召见义和团大师兄，慰劳有加。士大夫见太后如此，馅谀干进，无不以拳民为奇货。知府曾廉，编修王龙文，特献三策，乞载漪代奏，攻东交民巷，尽杀使臣，上策也；废旧约，令夷人就我范围，中策也；若始战终和，与衔璧舆榇何异？载漪得书，大喜道：“这才是公论。”御史徐道焜奏言：“洪钧老祖，已命五龙守大沽，夷船当尽没。”御史陈嘉言：“自云得关壮缪帛书，言夷当自灭。”编修萧荣爵言：“夷狄无君父二千余年，天将假手义民尽灭之，时不可失。”曾廉、王龙文、彭清藜，御史刘家模，先后上书：“义民所至，秋毫无犯，宜诏令按户搜杀以绝乱源”。郎中左绍佐，请追戮郭嵩焘、丁日昌之尸，以谢天下。主事万秉镒，谓曾国藩办天津教案，所杀十六人，请议恤。侍郎长麟，前因附于德宗，为太后罢斥，久废于家，至是，请率义民当前敌。太后鉴其心虔，竟然弃瑕录用。

当时上书言神怪者，何止百数？王公邸第，百司廨署，拳民都设有神坛，其名叫做“保护”。朝廷下诏，叫各省焚烧教堂，杀戮教民。疆臣接到此旨，尽都惊惶失措，都拍电到广东问李伯相，因李伯相此时正做着两广总督呢。伯相毅然复电道：“这是乱命，粤不奉诏。”于是各省大吏，决定划保东南之策。由江督刘坤一，与上海各国领事立约，共保东南半壁。一面电奏朝廷，力言乱民不可用，邪术不可信，兵衅不可开。具衔者粤督李鸿章，江督刘坤一，鄂督张之洞，川督奎俊，闽督许应骙，福州将军善联，巡视长江李秉衡，苏抚鹿传霖，皖抚王之春，鄂抚于荫霖，湘抚俞廉三，粤抚德寿，共计十二个人。同时山东巡抚袁公，也上章极谏。

这种不死之药，送给肠胃已绝之人，如何能受？皇太后下旨，派载勋、刚毅，总统义和团，把义和团与官军一般看待，但是拳民专杀自如，载勋、刚毅，都不敢问。都统庆恒一家十三口，都被拳民杀掉。载漪素与庆恒要好，也不能庇护他。侍郎胡燏芬，学士黄思永，通永道沈能虎，都为喜谈洋务，被拳民所窘。燏芬亏得逃的快，不曾受着苦。沈能虎用贿买了一条命。黄思永下了刑部狱。编修杜本崇，检讨洪汝源，主事杨芾，都被拳民指为教民，被伤几死。太后又命各国使臣入总理衙门议事，德国钦使克林德先行。载漪叫虎神营兵士埋伏在路上，趁冷不防，一齐动手，把克林德杀死。徐桐、崇绮闻报大喜，以手加额道：“夷酋诛，中国强矣！”随合保董福祥攻打东交民巷使馆。太后下旨召见，问几日可以攻克？福祥道：“仰仗太后洪福，五日必能攻破。”太后道：“杀尽了洋人，我必要大大封赏你。”福祥谢恩出朝，随率武卫军一万，攻打使馆。炮声隆隆，日夜不绝。拳民披发禹步，升屋而号者数万，声动天地。无奈使馆的墙亘，都是塞门德做的，再也攻不破，武卫军死者千人。于是武卫军与拳民混合了，恣意劫掠。贝子溥伦，大学士孙家鼐、徐桐，尚书陈学棻，阁学贻谷，副都御史曾广銮，太常卿陈邦瑞，都被劫掠，仅以身免。徐桐、贻谷，都是附和拳民的，也不能够幸免。溥伦等告诉荣禄，荣禄也无法可制。民居市廛，焚掠一空。尚书启秀又奏称："使臣不除，必为后患。五台僧普济，有神兵十万，请召他来会歼逆夷。"曾廉、王龙文请用决水灌城之法，引玉泉山水灌使馆，洋人定遭淹毙。又奏保妖僧普法与余蛮子、周汉三人，称为"三贤"。御史蒋式芬，请戮李鸿章、张之洞、刘坤一。载漪又为拳党论功，得封武职者数十人。种种乱政，笔难尽述。

端王载漪每出，扈从数百骑，拟于乘舆，出入大清门，呵斥公卿，无敢较者。载漪命军机章京连文冲拟了一道宣战的诏书，颁行中外，其辞道：

> 我朝二百数十年，深仁厚泽。凡远人来中国者，列祖列宗，罔不待以怀柔。迨道光、咸丰年间，俯准彼等互市，并乞在我国传教。朝廷以其劝人为善，勉允所请。初亦就我范围，讵三十年来，恃我国仁厚，一意拊循，乃益肆枭张。欺凌我国家，侵犯我土地，蹂躏我人民，勒索我财物。朝廷稍加迁就，彼等负其凶横，日甚一日，无所不至。小则欺压平民，大则侮慢神圣。我国赤子，仇怒郁结，人人欲得而甘心，此义勇焚烧教堂屠杀教民所由来也。朝廷仍不开衅如前保护者，恐伤我人民耳。故再降旨申禁，保卫使馆，加恤教民。故前日有拳民教民，皆我赤子之谕。原为民教解释宿嫌，朝廷柔服远人，至矣尽矣。乃彼等不知感激，反肆要挟。昨日复公然有杜士立照会，令我退出大沽口炮台，归彼看管，否则以力袭取。危词恫吓，意在肆其猖獗，震动畿辅。平日交邻之道，我未尝失礼于彼。彼自称教化之国，乃无礼横行，专恃兵坚器利，自取决裂如此乎！朕临御将三十年，待百姓如子孙，百姓亦载朕如天帝。况慈圣中兴宇宙，恩德所被，浃髓沦肌。祖宗凭依，神只感格，人人忠愤，旷代所无。朕今涕泪以告先庙，慷慨以誓师徒，与其苟且图存，贻羞万古，孰若大张挞伐，一决雌雄。连日召见大小臣工，询谋佥同。近畿及山东等省，义民同日不期而集者，不下数十万。至于五尺童子，亦能执干戈以卫社稷。彼尚诈谋，我恃天理。彼凭悍力，我恃人心。无论国我忠信甲胄，礼义干橹，人人敢死。即土地广有二十余省，人民多至四百余兆，何难翦彼凶焰，张国之威？其有同仇敌忾，陷阵冲锋，抑或仗义捐资，助益镶项。朝廷不惜破格懋赏，奖励忠勋！苟其自外生成，临阵退缩，甘心从逆，竟作汉奸，即刻严诛，决无宽待！尔普天臣庶，其各怀忠义之心，共泄神人之愤，朕有厚望焉。

不知诏书颁发之后，能否以一服八，且听下回分解。

第一〇九回　玉陨香消珍妃坠井　素衣豆粥车驾西巡

话说宣战之诏既颁，特派载漪、徐桐、崇绮、奕劻四人专主兵事。行文各省，征兵征饷，羽书络绎，海内骚然。奕劻心知其误，枝梧其间，不设一谋半策。大学士荣禄，听得洋兵势盛，不免胆怯心惊，私问王文韶道："夔翁，风声很不好，万一果然有了什么，火焰昆冈，玉石俱焚，你我不都被这班妄人葬送了么？"王文韶道："你老人家是太后亲戚，你的话太后还能够听，何不乘间奏知太后呢？"荣禄道："这话有理，我且试着瞧是了。"随即入宫朝见太后，密切陈奏。太后因是荣禄的话，倒也不曾驳掉。随命下旨保护教士，及各国商民，杀杉山彬、克林德者，议抵罪。

载漪大怒，不肯视事。太后强叫他起来，办理朝政。恰好李秉衡从江南回京，入宁寿宫朝见太后，极力主战。且言："义民可用，机不可失，当以兵法部勒之。"太后道："你既然主张开战，那李鸿章等公奏上，为甚有你的名字？背了我主和，见了我主战，前后如出两人，这是什么缘故？"秉衡道："那是张之洞与臣加入的，臣原没有知道呢。"太后道："南中民心如何？"秉衡道："百姓也很恨洋人，无奈官场竭力的禁阻，百姓都恨不能到北边来相助。再不料刘坤一等受恩深重，倒不及百姓的忠义！"太后道："这里许景澄、袁昶，参劾徐桐、刚毅，各人的见解不同，倒也不能怪他不忠。"李秉衡道："许景澄、袁昶，真是大奸臣！南中不奉朝旨，也是他二人串出来的。"太后道："何以见得？"秉衡道："臣出京时光，端王爷叫臣沿途搜捕奸谍。臣在清江浦地方，拿住两个奸细，都是从京里来的。搜出两封书信，一封是许景澄致刘坤一的。一封是袁昶致盛宣怀的。很骂着端王爷、刚中堂，还有好些说及太后的话，微臣不敢奏闻。"太后忙问："说我什么话，不要紧，你讲给我听是了。"李秉衡道："他们说太后糊涂，受人之愚。"太后大怒道："我这么精明强干，他还敢骂我糊涂么？可恼的很！老实说，此番的事，都是我的主意，载漪等不过照着我意思行罢了。"这日秉衡在宫，足足奏对了一整日。

次日，载漪请旨拿捕许景澄、袁昶，太后准奏。许、袁就此入狱。景澄问袁昶道："贼臣当道，我知道终不能免。"袁昶道："这种时势，还是死了干净。省得目睹洋兵入京，宗社沦亡。瞧着亡国的惨状，救又不能救，忍又不能忍，那时的难过，比死还要苦十倍呢！"景澄道："我也不是怕死，只恨死了于国家没有补益，这一死不是白死么？并且我经手的事情，都没有交代清楚，叫接手的人，如何办理？"随向狱吏要了笔墨，把铁路、学堂办理情形，款存何处，详细开列明白。才过得两日，降下上谕：

> 吏部左侍郎许景澄，太常寺卿袁昶，屡次被人参奏，声名恶劣。平日办理洋务，各存私心，每遇召见时，任意妄奏，莠言乱政。且语多离间，有不忍言者，实属大不敬。许景澄、袁昶，均着即行正法，以昭炯戒！钦此。

端、刚、赵、董等，见了此旨，无不额手称贺。徐桐道："这种无父无君的东西，死有余辜。"王龙文道："给汉奸做一个榜样，从今以后，没有妄君的人了。"徐桐替儿子要了一个监斩差使，说道："让他瞧了，也爽快爽快！"许、袁两人从刑部狱中提出，押赴菜市口，拳民塞途聚观，拍掌大笑。景澄、袁昶，都衣冠坐轿，从容赴市。到了刑场，监斩官刑部侍郎徐承煜喝令役人："快把犯官衣冠剥去。"景澄道："且慢，咱们虽奉旨正法，不曾奉旨革职。并且犯官就刑，例得衣冠。你做了这么年数的官，难道还没有知道么？"承煜听了，很是不好意思。袁昶道："咱们两人死固无恨，但是为了什么罪，受这么的大辟，请你告诉我们知道。"承煜怒叱道："这是什么地方，还容你辩驳？你的罪你自己知道，还要我讲么？"袁昶笑道："你何必如此作态？我们两人死了之后，自有公论。洋兵不日攻破京城，尔父子断无生理，我们在地下恭候着是了。"临刑时光，神色不变。一时斩讫复命。

端、刚余怒未息，许、袁两家闻知，不敢前往收尸，七月天气，很容易腐烂的。次日，兵部尚书徐用仪行经菜市，见双忠遗骸，暴露在地，不禁凄然涕下，急行市棺收殡了。有人报知载漪、刚毅，端、刚二人深为恼恨，暗嗾拳民杀到他家里。可怜徐用仪，只因收殓了双忠，被拳民乱刀戕掉。后人遂称许、袁、徐三人为浙之"三忠"。南中张文襄之洞，赋七绝三章，吊袁太常。

其一云：

八国联兵竟叩关，知君却敌补青天。
千秋人痛晁家令，曾为君王策万全。

其二云：

民言吴守治无双，士道文翁教此邦。
黔首青衿各私祭，年年万泪咽中江。

其三云：

西江魔派不堪吟，北宋新奇是雅音。
双井半山君一手，伤哉斜日广陵琴。

三忠既歿，顽固诸臣，气焰愈高十丈。太后命李秉衡总统张春发、陈泽霖、万本华、夏辛酉四军，出京剿夷。此时拳民攻扑东交民巷、西什库教堂。因为教民也结群自卫，拳民竟也得不着什么便宜。俗语说的好，东家受了亏，西家去翻本。拳民见教民利害，就每日到城外去掳掠村民，送到庄王载勋那里，说是教民。载勋请旨，交付刑部押赴市曹斩首，号呼受戮，前后何止数百人！

一日，接着惊报，说洋兵已至北仓。马玉昆力战三昼夜，战不过洋兵，大败至杨村，已不复成军了。北仓已经失守，裕禄自戕身亡。荣禄入宫，奏知太后。太后惊得两泪双流，泣问左右如何是好？众人因新诛许、袁，谁还敢多讲？异口同声，都说恭候皇太后圣裁！太后急得没法，转问荣禄道："好孩子，还是你想个法子罢，我急得没了主意了。"荣禄道："奴才原主张是和议，但是现在时光，和也太晚了。"太后道："急来抱佛脚，没法儿的事，现在也只好和了。"随下旨停攻使馆，一面派总理衙门章京文瑞送西瓜到使馆去。又派桂春、陈夔龙去见各国公使，甘愿护送使臣到天津。使臣不肯行，复书措词甚慢。又命李鸿章为全权大臣，催他入京议和。总理衙门电致各国驻使，叫向各国议和。病急乱投医，忙到个发昏章第十一。御史彭述特献一计："请俟使臣出京时，遍张旗帜，作为疑兵，数百里皆满。夷人瞧见中国兵马，这么众多，自然可以不战自退。"

这日，李秉衡带兵出京。请了三千义和团做护卫，都持着引魂幡，混天大旗，雷火扇，阴阳瓶，九连环，如意钩，火牌，飞剑，名叫"八宝"。满望旗开得胜，马到成功，不意前锋张春发、万本华，才到河西邬，开了一仗，死掉大半。尸身氽在潞河中，潞水为之不流。御史王廷相，也溺死在里头。陈泽霖从武清地方移营过去，听得炮声，全军皆溃，秉衡逃了通州去。败报传入都城，载漪、刚毅，隐住不奏。辅国公载澜，奏请速斩荣禄、王文韶，太后不许。载澜又命董福祥、余虎恩急攻使馆，武卫军、虎神营、神机营，诸军皆会，摇旗喊呐，百道进攻。载澜亲自督战，誓必踏平使馆，杀尽使臣。此时载漪见风声日紧，急谋弑帝。作事不密，被御医姚宝生所泄，于是下宝生于狱，要把他杀掉灭口。又请杀奕劻、荣禄、王文韶、廖寿恒、那桐。太后道："伤戮也太利害了，过几天再商量罢。"

载漪强奏不已，正在为难，忽见一人匆匆奔入，气急败坏的道："不好了，洋兵立刻就到了。通州已经失守，李秉衡殉了难了。"太后大惊而哭，顾廷臣道："闹到这个地步，咱们娘儿两个靠谁，你们竟不能够相救么？"廷臣面面相觑，不作一语。庆王奕劻道："依奴才愚见，还是遣王文韶、赵舒翘到使馆去。"文韶道："臣年已老，恐不能够胜任。"舒翘道："臣资望浅，不如文韶，并且拙于口才，不能力争。"荣禄道："不如先给一封信，探探他们意思。"太后道："就这么办，很好！荣哥儿，你干一干罢！"于是荣禄写了一封信，派总理章京舒文，送往使馆，约定明日午时，遣大臣相见。

这时光，董福祥攻扑使馆，督战正力。瞧见舒文，就要拿住斫掉。舒文口称有旨，才得免祸。忽报各国联军，日、英、美三国兵为左军，法、俄、德、奥、意五国兵为右军，共计四万余人，浩浩荡荡，杀奔前来了。接着，又报日本兵已到，离东直门外五里，扎下营寨了，俄国兵扎营在东便门外三里，英、美两国兵，屯在通州河南岸，距城只有七里。又报法兵也到，驻在东城十里外。

此时两宫已有西狩之志，密饬荣禄预备车辆。二十日这一天，召见王大臣五回。一回少一回，到了末次，只有王文韶、刚毅、赵舒翘三人。太后道："现在只剩你们三个人，其余都自己顾自己去了，不再管我娘儿两个了，你们应跟着我走。"又顾王文韶道："你这么大年纪，还要你长途受苦，我心中很不安，你坐着轿子慢慢来。他们两人年轻，可以骑着马跟我。"德宗也向文韶道："你是必要来的。"忽报回部援兵已入东便门，大事不要紧了。太后诧道："回部怎么会派兵来援？"李莲英在旁道："老佛爷洪福，也许是董福祥调来的呢。"忽一个太监慌张入报："洋兵已经入城。日本兵攻破东直、朝阳二门，英兵攻破广渠门。”太后道：“回部援兵怎么样了？”那太监道：“那是人家误认的，就是俄国的哥萨克兵呢。”原来董福祥听得洋兵到城外，忙叫其他将督攻使馆，自己率兵杀出广渠门。正遇着英兵，开枪攻击，杀了个大败仗。时已日暮，北风紧急，炮声震天，风雨暴至，两军暂行休战。到二十日黎明，北京城破。洋兵从广渠、朝阳、东便三门杀入，禁军皆溃。董福祥逃出彰仪门，纵兵大掠而西，辎重弃掉不少。城里头巡城御史彭述，还忙着张贴告示，大吹其牛，盛称我军大捷，洋兵已退向天津去了。

当下太后听了太监之报，知道洋兵已经入城，哭向德宗道：“大势去了，咱们候在这里，白送掉性命，快快走罢！”德宗也大哭，太后道：“早一刻是一刻，哭一会子，又不会好的。”德宗道：“咱们走了，宫里这些人怎么样呢？”原来德宗有两个妃子，一个叫瑾妃，一个叫珍妃。瑾妃性情婉娈，珍妃性颇急切。彼时宫中婪索无厌，凡问安、听戏、赏物，都有费用。两妃本是姊妹，德宗宠着瑾妃，常常津贴，珍妃不能耐。一日，叩宫求见太后，极陈宫中使用浩繁，种种扰害，语意之间，颇侵及太监。太后下旨，瑾妃、珍妃，近来习尚浮华，屡有乞请，均降为贵人。太后虽把她们降级，德宗却格外的怜爱，格外的宠信。珍妃幼时，在家中念书，请的师傅是江西名士文廷式，师生之间，感情极好。庚寅年，文廷式以第二名及第。珍妃在德宗前，屡屡道及，德宗默记于心。甲午大考翰詹，德宗亲把廷式卷子授给阅卷大臣，拔置第一，擢为侍读学士，充日讲官。辽东事急，廷式合了朝臣联衔上疏，请用恭亲王主军国事。太后素不喜恭王所为，不肯允准。德宗力请起用恭王，太监就在太后前，构上了蜚语，谮说珍妃干预外廷事情。太后大怒，喝把珍妃笞责宫杖五十，囚于三所，每日仅通饮食。妃兄礼部侍郎志锐，充发了乌里雅苏台去。瑾、珍两妃，生系同胞，居系同宫，所以格外友爱，曾叫画苑给了《红楼梦》大观园图，交于内廷臣工题诗。后人有诗道：

石头旧记寓言奇，传信传疑想像之。
绘得大观园一幅，征题先进侍臣诗。

珍妃既被囚禁，瑾妃也悒悒寡欢。现在太后要出狩，德宗就为舍不得这两个妃子呢。太后早知道他意思，随道：“来人，快把三所那人召来见我。”内廷总管崔某遵旨往召，一时召到，叩见太后。太后道：“洋兵来了，我原要带了你避难去，无奈拳众如蚁，土匪如蚁，你这么个年轻小媳妇，倘然遭污怎么样呢？我看还是死了干净。”珍妃唬得面无人色，不住的碰头乞命。德宗也跪下求恩。太后见了没好气，喝道：“几曾见这种不孝顺孩子，临了这么的急难，还尽护着宫里的人？本来呢，我也不要定治她死。现在为你这个样子，偏要把她治死，给那不孝顺的孩子做个榜样！”太后虽然这么说，不过是唬唬德宗的意思，不意崔总管不等到太后降旨，就把珍妃牵去，裹了毡单，推向井中去了。

后人有诗叹道：

赵家姊妹共承恩，娇小偏归永巷门。
宫井不波风露冷，哀蝉落叶夜招魂。

恽毓鼎学士也赋诗道：

金井一叶堕，凄凉瑶殿旁。
残枝未零落，映日有辉光。
沟水空流恨，霓裳与断肠。
何如泽畔草，犹得宿鸳鸯。

珍妃既殁，德宗悲不自胜。太后道："傻孩子，尽哭做什么，你要哭死我么？咱们走罢！"此时太后穿着蓝布夏衣，髻也没有梳栉；德宗穿着黑纱长衣，黑布战裙，卧具都没有携。太后与德宗，各坐了一乘骡车，王公内侍，都步行跟随。驾出西直门，炮声不绝，马玉昆率兵护驾。随扈诸臣，陆续赶上，是端王载漪，庆王奕劻，肃王耆善，蒙古王那彦图，贝子公爵数人，刚毅、赵舒翘、溥兴等。

夕阳西下，恰恰行抵贯市。太后与德宗，不食已经一日矣。百姓献上麦豆，争着掬食，须臾而尽。天已昏黑，气候渐寒，求卧具不得，村妇献上布被，才洗了还没有晾干呢。忽报甘肃布政使岑春煊率兵来此勤王，求见太后。太后道："快唤他进来。"一时引入，太后见了春煊，不禁垂下泪来。春煊也觉惨然，召对了几句话，随命他扈从出巡。太后仓皇出走，惊悸异常，得着春煊，心稍安矣。一夕，宿在破庙中，春煊怀刀，直立庙门之外，彻夜逡巡。太后梦中忽地惊呼，春煊朗声应道："臣岑春煊在此保驾。"春煊于危难之中，竭诚扈从，直到西安。太后感激的很，泣谓春煊道："倘得复国，必不敢忘你的德。"此是后话。

当下太后宿了一夜，次日传旨贯市富商姓李的，叫他预备驼轿三乘。这李商人，世代保票为业，开着东光裕驼行，北道行旅，没有一个不投他的。李商人贡献驼轿，不领赏金。于是太后坐了一乘。皇后坐了一乘，德宗与贝子溥伦，同坐一乘。随扈兵弁，无所得食，说不得只好沿途掳掠。

这日，行抵居庸关。延庆州知州秦奎良迎驾，献上食品。人多食少，不能遍及，奎良很是惶惧。太后倒用好言抚慰他。太后改乘了奎良的轿子再行。二十四日，行抵怀来，才得安居乐业。后人有诗叹道：

宫车晓出凤城隈，豆粥芜蒌往事哀。
玉镜牙篦浑忘却，慈帏今夜驻怀来。

怀来县知县吴永听得驾至，仓皇出迎，跪在大堂之侧。太后入居吴夫人室，皇后住在他子妇房里，德宗住在签押房。刚才坐定，忽然太后在房里拍着桌子大闹起来。李总管满面怒容的出来，喝道："多大的知县，敢这么大样！老佛爷恼的了不得，问你要命不要命？"吴永听说，唬得三魂丢二，六魄剩一。欲知太后为何事发恼，且听下回再讲。

第一一〇回　瓦统帅入居仪鸾殿　怀尚书清道北京城

话说吴永听得太后发恼，吃一大惊，忙入上房叩问，原来皇太后是饿极了才恼呢。因为出京三日，只吃得三个鸡子。吴永赶忙叫厨房做了点心，送入上房去。太后已经饿慌，也不管点心粗细，足足吃了三大碗，吃的喷鼻香。吃毕之后，才启奁自取篦梳梳栉。吴夫人瞧不过，跪奏道："臣妾替皇太后梳栉如何？"太后道："我的儿，难为你了。"吴夫人随替太后梳栉。这位吴夫人，是曾袭侯纪泽的女公子。梳毕头，太后唤进德宗，叫书了朱谕，立升吴永为通永道，着往东南各省催饷糈，就命典吏摄了县印。吴永谢了恩，随送进燕席，并汉装女衣。德宗与大阿哥，也都有衣服。两宫出京三日，到此才得易衣安食。

二十五日，降旨言不得已西幸之故，派荣禄、徐桐、崇绮留京办事，迅筹办法。其实徐、崇两人，早已蒙难身亡，太后还没有知道呢。二十六日，下诏罪己，令各省保护教民。二十七日，抵宣化府城，驻跸四日。抵大同府，驻跸总兵衙门，又住了四日，时已八月初十也。续派留京办事各员，其余都叫赶赴行在。十三日，过雁门关。十五日，驻忻州，才得换乘黄轿。十七日，抵太原省城，驻跸巡抚署，陈设周备，都是高宗巡幸五台时的旧物。江苏巡抚鹿传霖带了六千兵勤王，因为京师已陷，绕道由河南到太原。见了太后，奏称联军将掠保定，追驾西来，太原万不可居，力请西幸西安。于是下诏闰八月初八日西行。江督刘坤一联了东南督抚电阻，称说陕西贫瘠，逼近强俄；甘肃尤为回教所萃。内讧外患，在在堪虞。如谓陕西地险，可阻联军，则我能往寇亦能往。山川之险，既不可恃，偏安之厂，亦不能幸成。京师根本重地，不可轻弃。各国曾请退兵，不占土地。回銮决无他变，万不可局促偏安，为闭关自守之计。措词虽然恳挚，无奈太后终怕联军逼迫，仍决西行。初八日，启跸。二十六日，至潼关，用锦舟渡河。九月初四日，车驾至西安，改巡抚署为行宫，仪制略备。两宫由蒲津渡河，入潼关时光，妇孺跪迎道左，咸捧果物上献。太后为之停舆，亲取一二，并以银牌赐百姓。后人有诗咏道：

九月蒲津官渡寒，翠旗夹道万民欢。
冰梨火柿家家献，手赐银牌带笑看。

太后念岑春煊护驾之功，立授他为陕西巡抚。此时公廷草创，德宗穿着布袍，王公大臣，都穿的布服，很有卫文公大布之衣大帛之冠气象。太后胃痛时作，夜不成寐。每见臣工，辄凄然涕下。各省纷进方物，皇太后常拿来赏给群下，御膳费日只二百金。太后向岑春煊道："从前在京师，膳费数倍于此，现在也总算省极了。"未几，京师送来两宫器服，荣禄恰也赶到。于是命荣禄、王文韶仍筦枢要，授鹿传霖为尚书，同入枢府，制度愈备。两侍兵卫，日扰民间。大修戏园，诸臣娱乐如太平时。长安城外的八仙庵，是唐朝兴庆宫故址。皇太后排了銮驾，亲往礼佛，瞧见庵中牡丹盛开，那绿色的尤为佳美，太后不胜赞叹。太监随折了几枝，携归行宫，供于胆瓶里头。后人有诗咏道：

芬敷欧碧八仙庵，移贮铜瓶景泰蓝。
一御金根瞻佛座，华鬘云影护经龛。

此时长安恰遭大旱，皇太后特派大臣上太白山祷雨，果然获着甘霖。御制申谢文，泐石山巅。碑首全题皇太后徽号，前代碑文，从无此例。后人有诗叹道：

太白参天灵气钟，穹碑丽藻竖层峰。
差同玉简投龙璧，不似金轮咏石淙。

德宗痛定思痛，每见贡物到行在，必对之垂涕。各省协款，解抵秦中，已有五百余万。每解款至，内监需索尤苛。诸臣渐趋行在，百物渐集，西安愈兴盛矣。暂行按下。

却说各国联军，攻破北京。俄军由东便门入，日军由东直、朝阳二门入，英军由广渠门入，德法诸军，陆续俱入，都到使馆解围。法军攻扑顺治门，英军在大清门排炮两尊，夹助攻击。法军径攻西华门，日军也到，遂解北京之围，于是联军径入宫门。日军先入，法军继之，经过三桥，都高竖起法国旗号。法总兵据守了煤山，俄英两总兵，就据了旁边两座庙。联军诸帅，协定分理区域。由朝阳门至宫城，画一直线，俄法占了东边，英美占了西边，日本占在北面，各设了民政厅，管理民事。军队巡查街道，搜杀拳民，办理得十分认真。城内外民居市廛，被拳民焚掉者，已有十之三四。现在又经联军大大抢掠了一回，差不多是十室九空。从前袒护义和拳之家，受伤更烈。珍玩器物，都被掠尽。不便匿藏的东西，也被贱值售掉。妇女生怕受辱，争着自缢而死。凤冠补服之尸，触目皆是。有吊得长久，项断尸坠者。孑遗之民，多于门首插起某国顺民旗号，求外人保护而已。

臣工之殉难者，如尚书崇绮，奔至保定，在莲池书院里，仰药而死。皖抚福润，全家自尽。他的母亲，已经年愈九十，哀痛过甚，一恸而绝。祭酒王懿荣，夫妇子妇，合家子投井而死。主事王铁珊，祭酒熙元，及满官其余人，皆及于难。这一役，满人死者，共有数千。宗室庶吉士寿富，有文学，尚气节，是侍郎宝廷的儿子，阁学联元的女婿。联元被戮，家属匿在寿富家里。联军入京，寿富与其弟富寿，仰药未死。其两妹与婢，都自尽了。寿富赋绝命诗二首，自缢而死。富寿从容理诸尸，然后自缢。其绝命诗道：

兖衮诸王胆气粗，竟轻一掷丧鸿图。
请看国破家亡后，到底书生是丈夫。
薰莸相杂恨东林，党祸牵连竟陆沉。
今日海枯见白石，两年重谤不伤心。

只有大学士徐桐，虽也以身殉国，却是惨遭家庭变故。徐桐瞧见京城失守，皇遽失措。他的儿子承煜问曰："大人庇护拳匪，夷人到了，必定要不免。怕失大臣的体统，何不殉了国，孩儿也要追随于地下。"徐桐听了，立刻投缳而死。承煜弃尸逃走，恰恰碰见了日本军，鹞鹰抓小鸡似的抓了去。启秀也被日军擒住，两人本是同志，住在一处，倒也不觉着寂寞，同拘在顺天府衙门里。

这时光，德皇通电各国，请以德军司令瓦德西为联军统帅。俄皇说德使被戕为大辱，愿推德将，各国无不赞成。瓦德西做了统帅，传令把仪鸾殿，改做联军统帅府。整队入宫，见了穆宗瑜妃，犹致敬礼。殿宇器品，戒勿毁掠。闲杂人等，毋许擅入禁门。每日照例进膳，妃嫔等手兴棉衣，叫太监赍送秦中。后人有诗叹道：

甘泉烽燧逼严城，禁掖传筹夜不禁。
承直膳房依例进，寒衣纫就寄西京。

大乱才平，积尸满道。统帅府传出军令：着联军将弁，分段清道，以重卫生。联军奉到此令，就骗逼华人，负尸出城。达官贵人，几几没一个不被驱策。稍稍违忤，立刻皮鞭奉敬。有时掠了东西，载运没有牲口，也就屈尊华官，代为骡马。肃王善耆、御史陈璧等，都被迫着当那担粪运石的苦差。礼部尚书怀塔布，也是太后的姻属，被联军拿住了，先做搬运尸军的高贵生活。等到尸身搬干净，联军见他做事勤奋，材堪驱策，不忍弃诸无用，于是就叫他负纤拉车。执御的洋人，常把鞭子挞他的背。怀塔布回首斜睨而笑，口称："老爷别打，横竖这路，是我跑衙门跑熟的，包管不错。"瞧他样子，很是扬扬自得呢。侍郎李昭炜宅子里，有一孩子掷石打伤了一个洋兵，洋兵立把昭炜拿到营里，狠狠拷打了一顿，驱逐出外。昭炜晕倒在玉河桥下，于式枚在贤良寺，听到了忙着赶去，才把他救醒。

城外焰光、灵光两寺，是翠微山八寺中最著名者。此时拳民余众，匿在两寺内。无所得食，迫令近村富人韩某，出金万两。哀求请减，非但不许，竟把他斫掉。韩妻拟到衙门控告，有人告诉她道："不如径入城到洋人那里控去。"韩妻到洋人那里控告了，果然兵队就到。拳众还高卧未知呢，听得枪声，仓皇出御，悉数被杀。只可怜两座庄严佛寺，一煞那间，竟化成数堆瓦砾。此时寺观庙宇，凡是设过拳坛的，无不被毁。四库书藏本，也被洋兵搬来，当作垫子。那二寸厚的《永乐大典》，承拿去垫椋军用品呢！

瓦德西因华洋感情不洽，特聘华绅，备为顾问。一时应聘的人，倒也不少。内中最有才具的，要算着湖南人姓沈名荩字愚溪的。沈荩上了一个条陈，称说满清搜罗人才，全在八股试贴，将相悉从这里头拔取的。瓦德西大为赞成，亲临金台书院，考试诸生。示期悬榜如昔，文题是"以不教民战"，诗题是："飞旆入秦中。"试日，人数溢额，瓦为之评判甲乙。考得奖金的，都忻忻有喜色。这沈荩虽有才具，一朝权在手，未免助桀为虐，借刀杀人，因此巨官大族，愈益提心吊胆。

不意忽地来了一个女界明星，化作群官救主，竟把碧眼紫髯的八国联军统帅，玩诸股掌，颠之倒之，无不如意。你道是谁？看官且慢着急，待在下慢慢讲来。

此人是个妓女，今名曹梦兰，昔名傅彩云，是个艳绝古今名噪东西的美人儿。生得面如瓜子，色若桃花，两条欲蹙不蹙的蛾眉，一双似开非开的凤眼，体态风流，丰姿绰约。原籍本是苏州，依着姊氏，悬牌沪上。恰好某学士丁忧回来，一见倾心，就以重金置为篷室，带到京里，宠爱得性命儿相似。后来学士持节使英，万里鲸天，鸳鸯并载，竟把她当做公使夫人。到了英国，一般的入宫朝觐，英国女皇维多利亚爱她风流倜傥，竟把她视同女友，称之为“东方第一美人”。彼时英皇年垂八十，雄长欧洲，尊无与匹，偏许彩云出入椒庭，与之抗礼。曾与英皇并坐照相，时论无不称荣。某学士任满回国，住在北京地方。彩云却跟仆人阿福好上了，奸生一女。某学士大发雷霆，立把阿福撵出府完结。从此待到彩云，也没有从前要好了。这一年，学士得了一病，竟然夭亡。彩云原与他仆私通，至是遂为夫妇。不多几时，私蓄用尽，所欢也死去，仍致回到上海买笑，改名叫赛金花。苏人公檄驱逐，遂转徙到天津来，改名曹梦兰。据说某学士未第时光，在烟台地方，替人司笔札，与妓女爱珠有啮臂盟。时当大比，学士行囊羞涩，本拟不去了。爱珠竭力劝驾，赆他二百金，临别嘱道：“苟得富贵，千万别忘记我！”学士指日矢天，誓不背负。从此爱珠捐弃故业，位听好音。学士以一甲一名，大魁天下，负心忘恩，竟不迎妓。绣鞋有入梦之时，破镜无再圆之日。于是跋涉千里，叩邸求见。学士遣人赠以五百金，麾之使去。爱珠冤愤莫诉，三尺红罗，了却残生性命，魂归离恨，劫转平康，就投了个花容月貌的傅彩云了。樊云门先生有《彩云曲》，其词道：

姑苏男子多美人，姑苏女子如琼英。水上桃花如性格，湖中秋藕比聪明。自从西子湖船住，女贞尽化垂杨树。可怜宰相尚吴棉，何论红红兼素素？山塘女伴访春申，名字偷来五色云。楼上玉人吹玉管，渡头桃叶倚桃根。约略鸦鬟十三四，未遣金刀破瓜字。歌舞常先菊部头，钩梳早入妆楼记。北门学士素衣人，暂踏球场访玉真。直为丽华轻故剑，况兼苏小是乡亲。海棠聘后寒梅喜，侍中居外明诗礼。两见泷冈墓草青，鸳鸯弦上春风起。画鹢东乘海上潮，凤凰城里并吹箫。安排银鹿娱迟暮，打叠金貂护早朝。深宫欲得皇华使，才地客斋最清异。梦入天骄帐殿游，阏氏含笑听和议。博望仙槎万里通，霓旌难得彩鸾同。词赋环球知绣虎，钗钿横海照惊鸿。女君维亚乔松寿，夫入城阙花如绣。河上蛟盖尽外孙，虏中鹦鹉称天后。使节西持娄奉立，锦车冯嫽亦倾城。冕旒七毳瞻繁露，盘敦双龙赠宝星。双成雅得君王意，出入椒庭整环珮。妃主青禽时往来，初三下九同游戏。装束潜将西俗娇，语言总爱吴娃媚。侍食偏能餍海鲜，投书亦解翻英字。凤纸宣来镜殿寒，玻璃取影御床宽。谁知坤媪山河貌，只与杨枝一例看。

三年海外双飞俊，还朝未几相如病。香息常教韩寿闻，花枝每与秦宫并。春光漏泄柳条轻，郎主空嗔梁玉清。寿许丈夫驱便了，不教琴客别宜城。从此罗帐怨离索，云蓝小袖知语托。红闺何日放金鸡，玉貌一春锁铜雀。云雨巫山枉见猜，楚襄无意近阳台。拥衾总怨金龟婿，连臂犹歌赤凤来。玉棺昼下新宫启，转尘玉郎长已矣。春风肯坠缘珠楼，香径还思苧萝水。一点奴星亙玉台，樵青婉娈渔童美。繐帷犹挂郁金堂，飞去张梁双燕子。哪知薄命不犹人，御叔子南先后死。蓬巷难栽北里花，明珠忍换长安米。身是轻云再出山，琼枝又落平康里。绮罗丛里脱青衣，翡翠巢边梦朱邸。章台依旧柳鬖鬖，琴操禅心未许参。杏子衫痕学宫样，枇杷门榜换冰衔。

吁嗟乎，情天从古多绿孽，旧事烟台哪可说？微时管蒯得恩怜，贵后萱芳都弃掷。怨曲争传紫玉钗，春游未遇黄衫客。君既负人人负君，散灰扃户知何益？歌曲休歌金缕衣，卖花休卖马塍枝。彩云易散玻璃脆，此是香山悟道诗。

彩云在英京时光，瓦将军恰充着德使馆武随员，在伦敦公园中，曾经会过几面。一个慕他英雄气概，一个羡她放诞风流，四目偷窥，双心互印，两人都有了意思。此番瓦将军统帅来华，在他人铜驼荆棘，不胜兴亡之感。彩云则不胜欢喜，巴巴的进京，投刺求见。瓦德西欢喜得什么相似，接入仪銮殿，翦烛话旧，宠压一寨。那些大僚，得着此信，忙都钻天觅缝的求彩云说情。彩云并不托大，从容补救，救出大难的也很不少。偏是好心不得好报，事平之后，彩云为了养女的事，犯了官司。这班受恩深重的官僚，竟然坐视不救。樊云门先生，更有后《彩云曲》，其辞道：

纳宗昔御仪鸾殿，曾以宰官三召见。画栋珠帘谒御香，民床玉几开宫扇。明年西幸万人哀，桂观蜚廉委劫灰。虏骑乱穿驿道走，汉宫重见柏梁灾。白头宫监逢人说，庚子灾年秋七月。六龙一去万马来，柏林旧师称魁杰。红巾蚁附端郡王，擅杀德使董福祥。愤兵入城恣淫掠，董逃不获池鱼殃。瓦酋入据仪鸾座，凤城十家九家破。武夫好色胜贪财，桂殿秋清少眠卧。闻道平康有丽人，能操德语工德文。状元紫诰曾相假，英后珠施并写真。柏林当日人争看，依稀记得芙蓉面。隔越蓬山十二年，琼华岛畔邀相见。隔水疑通银汉槎，催妆还用天山箭。彩云此际泥秋衾，云雨巫山何处寻。忽报将军亲折简，自来花下问青禽。徐娘虽老犹风致，巧换西装称人意。百环螺髻满簪花，全匹鲛绡长拂地。鸦娘催上七香车，豹尾银枪两行侍。细马遥遵辇路来，鞾罗果踏金莲至。历乱宫帷飞野荒，鸡唐御座拥狐狸。将军携手瑶陛下，未上迷楼意已迷。骂贱翻嗤毛惜惜，入宫自诩李师师。言和言战纷纭久，乱杀平人及鸡狗。彩云一点菩提心，操纵夷獠在纤手。怯箧休探赤侧钱，操刀莫逼红颜妇。始信倾城哲妇言，强于辩士仪秦口。后来虐婢如虺蝮，此日能言赛鹦鹉。较量功罪相折除，侥幸他年免缳首。将军七十虬髯白，四十秋娘盛钗泽。普法战罢又今年，忱席行师老无力。女闾中有女登徒，笑捋虎须亲虎额。不随盘瓠卧花单，那得驯狐集会阙。谁知九庙神灵怒，夜半瑶台生紫雾。火马飞驰过凤楼，金蛇謟睒燔鸡树。此时锦帐双鸳鸯，皓躯惊起无襦裤。小家女记入抱对，夜度娘寻凿壤处。撞破烟楼闪电窗,釜鱼笼鸟求生路。一霎秦灰楚炬空,依然别馆离宫往。朝云暮雨秋复春,坐见珠盘和议成。一闻红海班师诒,可有青楼惜别情。从此茫茫隔云海,将军也有连波悔。君王神武不可欺,遥识军中妇人在。有罪无功损国威,金符铁券趣消太。息毁联邦虎将才,终为旧院娥眉累。蛾眉重落教坊司,已是琵琶弹破时。白门沦落归乡里,绿草依狱俱狱词。世人有情多不达,明明祸水褰裳涉。玉堂鹓鹭愆羽仪,碧海鲸鱼丧鳞甲。何限人间将相家,墙茨不扫伤门阀。乐府休歌杨柳枝,星家最忌桃花煞。今者株林一老妇,青裙来往春申浦。北门学士最关渠,西幸丛谈亦及汝。古人诗贵达事情,事有阙遗须拾补。不然落溷退红花,白发摩登何足数。

欲知后事如何,且听下回分解。

第一一一回　李伯相北上议和　唐才常南中起事

话说瓦德西统帅，自得了曹梦兰之后，政令宽大了好些，华官被释出的，不知凡几。忽报中国政府，已派庆亲王弈劻，肃毅伯李鸿章，并为全权，刘坤一，张之洞，会同办理。李鸿章已到大沽口了。原来拳乱剧烈时光，朝廷电召李伯相。到了六月里，德使克林德被戕，大沽炮台被洋兵攻陷，又召伯相为直隶总督。伯相都辞不至。总署电致各国驻使，向各国议和。法国外部声言："匪首未诛，端王等尚在枢府，言和不易。如果罢斥了端王等，剿捕拳匪，当可介各国议和。"德国外部声称："使臣被害，清帝无一言引咎，岂能遽及和议？"英国外部声言："驻华公使脱了险，当可复电。"美国外部要求："洋兵与华兵合救公使，可以开议。"

天津既陷，朝命李伯相为全权大臣。伯相到了上海，致电美国，情愿保护到天津，请联军不要入京。美国回电，声言公使不能通电，无可商之余地。伯相电请政府，叫护各公使到天津。政府派了桂春、陈夔龙保护公使。各公使因没有洋兵来护，不肯走。联军破了京师，俄皇声言使臣既然脱险，可以撤兵议和。美国也赞成此说。法奥德三国，却竭力反对。朝旨促伯相入都议和，伯相因兹事体大，不肯独立担当，电请加派王大臣会议。于是派庆亲王弈劻，并为全权，刘坤一、张之洞会同办理。伯相就由上海起身，乘轮驶向大沽口来。

当下联军将帅得着此信，忙开特别议会，商量对付之策。议定把伯相软禁在兵舰里头，等开议时光，再行开释。电告政府，各国政府都不肯答应。李伯相到了大沽，俄国提督派员来迎。美国提督也来拜谒，声言奉了政府命令，以公使之礼相待。伯相到塘沽俄营，谈论甚洽。联军此时，正在攻打北塘。俄将派兵队护送伯相到天津，住在海防公所里。法国开出六款：

> 一、惩办罪魁，由各国使臣指定；二、禁军械入；三、赔兵费暨诸损失；四、西兵常驻北京保卫使馆；五、毁大沽炮台；六、京津要处，西兵屯守。

各国尽都赞成。闰八月初六，行在下旨，革去肇祸诸王大臣，各国始允议和。英德协定四款：

> 一、中国商埠皆得通商，他处择开商埠，二国均得自由前往贸易；二、保全中国疆土，不取尺寸；三、如有援他故取中国土地者，英德两国别商保全两国之权利；四、通告全国，请各国赞议。

各国也都赞成，于是议和纲领，方才定当。各国使臣索阅庆亲王、李伯相的全权凭证，两全权电请行在，颁发敕书。一面拟了约稿，送交袖领公使。

闰八月十四日，朝旨添派荣禄为议和大臣。各公使因荣禄曾遣董福祥攻打使馆，拒不与议。李伯相忙叫荣禄不要来京。庆亲王名为全权，交涉事情，悉由伯相一个儿做主。他老人家片言不发，不过议成之后，照例签名罢了。各国索办罪魁，载漪、载勋、载澜、刚毅、赵舒翘、毓贤等数十人，伯相屡与辩护，瓦德西道："咱们所列的罪魁，都是第二等，为全中国的体面，第一等罪魁的名字，还没有提出呢！现在既然不答应，咱们可要开出第一等的来了。"德瓦西意思，是暗指着皇太后。伯相无奈，只得电告行在。磋议了数月，定出大纲十二款：

一、德国公使克林德被害，派亲王充专使谢罪，立碑于遇害地方；二、惩办罪魁，由各公使指出，被害城镇，五年内不得考试；三、日本书记被戕，须向日本谢罪；四、各国坟茔发掘之处，立碑雪耻；五、军火不得运入；六、赔偿各国人民损失；七、驻兵保卫使馆，中国人不得居界内；八、毁大沽炮台；九、京师至满道，择要屯西兵；十、人民肇乱罪其长官，不得借端开脱；十一、改通商条约；十二、改总署及觐见礼节。

这一回的和议，一是衅由我启，二是城下之盟，各国态度格外的强硬。李伯相与各国磋议，心力交瘁。偏偏行在政府，不谅苦衷，屡次传电授意驳辩。伯相因枢臣不明敌情，徒乱人意，把传来电报，随阅随毁掉，连幕僚都不及见呢。鄂督张之洞，也迭次传电干议。伯相笑道："不意香涛作官数十年，还这么的书生见识！"彼时各国持议甚坚，李伯相积劳成病，卒至不起。濒危之际，犹口授计划，秩然不紊。各国听得伯相逝世，都感怆不已，乃悉如伯相原议签约。

议和大纲十二章：

一、派醇亲王载沣，赴德充谢罪使。克林德牌坊，当即鸠工建造；二、惩办罪魁，端亲王载漪、辅国公载澜，斩监候，加恩贷死，戍新疆，永不释回。庄亲王载勋，尚书赵舒翘，左都御史英年，均赐死。尚书刚毅，大学士李秉衡，身死夺官。巡抚毓贤，尚书启秀，侍郎徐承煜，均正法。提督董福祥，革职。被害之尚书徐用仪、立山，侍郎许景澄，阁学联元，太常寺卿袁昶，均复官昭雪；三、派侍郎那桐赴日本谢罪；四、被掘坟茔，拨帑立碑；五、禁军火入口二年；六、偿款四皆五十兆两，年息四厘，分三十九年，本息清还。赔款由上海办理，以关税盐政作保；七、划崇文门大街以西，正阳门城垛，归使馆管理，留兵保护；八、大沽炮台削平；九、诸国驻防之处，为黄村、廊坊、杨村、天津、军粮城、塘沽、芦台、唐山、滦州、昌黎、秦皇岛、山海关；十、有违约事，罪其长官；十一、北河改善河道，各国派员兴修，岁费四十六万两，一半由中国支付，中国派员会修；十二、改总理各国事务衙门为外务部，班在六部之前。

十二章之后，又申明此约签押之后，除留防使馆兵队，约期撤兵。各国使臣，会同全权，晓谕士民，交还北京。

此约既定，罪魁诸臣，无不丧魂落魄，吉少凶多。端王载漪，自以罪孽深重，计当被戮，奉着发配极边之旨，大喜过望，忙问左右道："大阿哥有罪没有？"左右回说："没有听得什么。"载漪道："这回不干他事，他或者可以免祸呢！"于是兼程赶到配所去，深怕西人续请正法。那大阿哥在西安，每日带了太监，到戏院听戏。他老子戍边，他也毫无戚容。后来斥退出宫，跟随家属到了配所去。

赵舒翘已经革职留任，因各国恨憾不已，改为斩监候，囚在西安狱中。西安士民，联合数百人，为舒翘请命。枢臣奏闻，太后命释放回家，赐令自尽。军机拟就旨意，呈给太后。恰因他事，搁置未发，停府数日。忽有人问："赵舒翘事情，如何处置？太后怒道："此事还未办么？"日已向晦，使左右速宣旨，限今夕四点钟复命，派陕抚岑春煊前往监视。舒翘两个门生，恰好都在旁边。一个是前任提牢厅某君，就是杨锐、刘光第遇害时光，恳求赵舒翘说情的；一个是大同县知县张鹤龄。二人忙替赵具了衣冠，北面叩头，领旨谢恩毕，同到赵舒翘家中宣旨。舒翘还望必有后命，不肯服毒。他妻子向他道："君不要空望恩命了。咱们夫妇，生则同生，死则同死。"说着，送上生金，舒翘含泪咬牙，瞧着生金，向妻子道："不意我赵舒翘尽命今朝，我与你们从此永诀了！"说毕，挺直了脖子，硬吞下去。停了好一会子，不觉着什么，处分了一回家事，还是不死。更进鸦片烟，舒翘恨道："刚子良害我！刚子良害我！"吞了鸦片烟，精神倍长。时已夜半，春煊十分焦灼，再送进鹤顶血去，终无死法。春煊道："太后立等着复命，可叫我怎样呢？这明明是难为我了！"舒翘听说，大呼取汾酒来，连喝数巨觥，依然无恙。一个番役献计，不如用开加官法子，春煊点头称妙。这开加官法子，好生怕人，用黄蜡涂住耳目口鼻，再用汾酒石灰喷湿了厚纸，一层层封上脸去。当下众番役一齐动手，如法泡制，不意赵舒翘平日补品服的太多，精神充足，这会子竟难绝气。春煊见鸡声唱晓，天已将明，忙叫大家辛苦点子，用帛勒死了，好早早的复旨。赵舒翘听得，喊道："稍缓须臾，竟要死了。"依旧不死。春煊道："顾不得他了，快快动手罢！"于是缚住了手足，用汗巾勒住颈项，好半日才宛转就毙。

启秀、徐承煜，原被日军拘禁在顺天府衙门里。这日，奉到西安行在正法的旨意。庆王奕劻，知照日本军官。日军官置酒谓之饯别，酒至半酣，才传行在旨意。承煜色变，极声呼冤，并痛詈洋人不已。启秀从容如常，徐徐道："即此已邀圣恩矣！我深悔从前之谬误，现在也罢了。愿贵国助我中华，光复旧物，我死也瞑目的。"次日，刑部派员来提，日军官道："徐侍郎顽钝如故，启尚书心地明白，可惜他悟的太晚了。这二位都是贵国大官，已经代备了轿子，等候起行呢。"先到刑部衙门划到，然后衣冠至菜市口。启秀下舆小立，气度犹从容，监斩官出席，与之为礼。徐承煜早已晕去，昏不知人事。西人集视，拍了照方才就戮。

山西巡抚毓贤，自从天津失陷时光，上疏自请勤王，朝旨叫他统军入京。毓贤其实不愿意离去山西，阴叫晋民吁留。朝旨一再催促，不得已就道。临走，还向拳党道："教民罪大，尽你们处治，不要听地方官阻止。"七月里，才出山西地界，联军早已破了北京，途遇两宫。李伯相奉命议和，德皇要求惩办罪魁，伯相奏闻行在。闰八月，降旨毓贤开缺另候简用，以锡良代为晋抚。各国因罪魁没有惩办，不允议约。驻德使臣吕海寰，驻俄使臣杨儒，驻英使臣罗丰禄，驻美使臣伍廷芳，驻法使臣裕祥，驻日使臣李盛铎，合电请惩办罪魁：第一名李秉衡，第二名就是毓贤，并述各国坚决之意。李伯相与刘坤一、张之洞、盛宣怀，也先后电劾。得旨毓贤革职，配极边，永不释回。各国意犹不慊。十二月，得旨，毓贤遣发新疆，计已行抵甘肃，着即行正法，派何福堃监视行刑。甘督李廷箫接到此旨，持告毓贤。毓贤道："死原是我本分，执事可怎么样呢？"廷箫听了，就仰药而亡。原来李廷箫是由山西藩台升来的，在藩台任上，曾经附和毓贤，纵拳戕教，所以着急呢。廷箫死了，兰州士民，集众代毓贤请命。毓贤移书止之，并撰联自挽，其辞道：

臣罪当诛，臣志无他，念小子生死光明，不似终沉三字狱。
君恩我负，君忧谁解，愿诸公转旋补救，切须早慰两宫心。

毓贤有一个八十多岁的老母，留在太原，一妾随行，逼令自裁。正月初六日，何福堃到什字观，喊出毓贤，武员举刀就斫，伤颈未诛。毓贤连呼求速死，仆人怜之，奋臂相助，才结果了性命。只有董福祥因手掌兵权，不敢过分奈何他，只轻轻革了个职。偏是福祥不服气，移书荣禄，狠狠发了一番牢骚，其辞道：

祥负罪无状，仅获免官，手书慰问，感愧交并。然私怀无诉，不能不愤极仰天而痛哭也。祥辱隶麾旌，忝总戎任。军事听公指挥，固部将之分；亦敬公忠诚谋国，故竭驽力，排众谤以效驰驱。戊戌八月，公有非常之举。七月二十日，电命祥统所部入京师，实卫公也。拳民之变，屡奉钧谕，嘱抚李来中，命攻使馆。祥以兹事重大，犹尚迟疑。以公驱策，敢不承全？叠承面谕，围攻使馆，不妨开碍。祥犹以杀使臣为疑，公谓戮力攘夷，祸福同之。祥一武夫，本无知识，恃公在上，故效犬马之奔走耳。今公巍然执政，而祥被罪，窃大惑焉？夫祥之于公，力不可谓不尽矣。公行非常之事，祥犯义以从之；公抚拳民，祥因而用之；公欲攻使馆，祥弥月血战。今独归罪于祥，麾下士卒解散咸不甘心，多有议公反复者。祥惟知报国，已拚一死，而将士怨愤，恐不足以镇之，不敢不告。

首祸诸臣，既已办妥。又下特旨，昭雪殉难诸忠。略谓：

本年五月间，拳祸倡乱，势日鸱张。朝廷以剿抚两难，造次召见臣工，以期折衷一是。乃兵部尚书徐用仪，户部尚书立山，吏部左侍郎许景澄，内阁学士联元，大常寺正卿袁昶，经朕的再垂询，词意均涉两可。而首祸诸臣，遂乘机诬陷，文章参劾，致罹重辟。惟念徐用仪等宣力有年，平日办理交涉，亦能和衷,就着劳绩,应加恩徐用仪、立山、许景澄、联元、袁昶均着开复原官。钦此。

奖功罚罪,刑赏很是详明。暂且按下。

却说帝后蒙尘之际,南中起了一桩非常变故。湖北武备学堂,有一群学生,都是保皇党。为首的姓唐名叫才常,湖南浏阳人氏。暗设自立会,散放富有票,结合江湖会党,约期起事。海外党人,担任筹款事宜。唐才常真也了得,鄂中豪杰,都已召集;军械一切,都已预备。但等海外款到,立即竖旗起事。不意海外党人,偏偏委了一个倜傥非常之人,充作解饷人员。赍款十万,到了上海,花天酒地,纸醉金迷,一阵迷,竟迷的他忘了正经大事。唐才常在湖北,今天盼明天,明天盼后天,望眼欲穿,终似泥牛入海,影悉全无,任你急煞也没中用。本来定计,是三路同时起兵:一路是安徽的大通,一路是湖北的新堤,一路是湖北省城。三路得手,湖南党人,也齐起回应。中国从古到今,揭竿起事,总不过江湖亡命、椎埋之徒,既可就敌因粮,何妨沿江掳掠。现在举事的,却是爱国青年,救时豪杰。按着文明国军法,约束党人,民间一草一木,不准妄动。所以从前可以白手办事,现在却非钱不行。唐才常在湖北时候款子不来,招集的江湖会党,又都向自己索取粮饷,急得上天无路,入地无门。这日,正在学堂里,跟几个同志,商议出行方法,忽报张制军亲来查学,已到大门了。总办有谕,叫学生们站队出迎。唐才常大吃一惊。欲知后事如何,且听下回分解。

第一一二回　太后忆旧泪横流　少年浇花交好运

话说唐才常听说张制军来此查学，吃了一惊，慌忙跟随同学，出去迎接。只见那三寸丁谷树皮似的张制军，早出了轿一步步进来了。才常随众行礼，接到里头。张制军逐一点名，点到才常等十多个人，笑了一笑，随道："你们且站着，本部堂还有几句话要问你们呢。"才常等知道不妙。张制军点名毕，随把才常等带入密室，笑道："你们都是有志的青年，本部堂很是关爱。你们对着本部堂，不必当作地方大吏看，只当作自己家里的前辈看，有甚么话，只管讲，不必吞吞吐吐。本部堂听得你们要起兵勤王，有这件事没有？"唐才常听了，只不作声。张制军道："果然有这事，倒也是忠义的勾当，实说了并不难为你们。要不说呢，证据确凿，怕也由不得你们。"才常道："学生等安分读书，不知道勤王不勤王，制军从哪里得来的消息？"张制军道："昨日拿到会匪，问出口供，搜出富有票，知道你们在这里设立自立军呢。你们要不认，本部堂会提来质对的。到那时王法森严，要抵赖也不能了。本部堂为爱才起见，才好好地问你，你们总要知道好歹才是！"唐才常知道再不能隐了，索性侃侃而谈。称说朝臣之阘茸，政治之腐败，国亡之无日，吾党为救亡起见，思举义旗，扫除妖孽，洋洋洒洒，说上数千言。张制军也很动容，很愿超豁他。才常义不独生，甘愿与被拿的党人同死。张制军道："既是你执迷不悟，本部堂也没法，这叫做爱莫能助。"于是唐才常与先获的会党，一共二十余人，都办了死罪。大通、新堤两路人马，也先后败死。湖南党人，也被巡抚俞廉三捕斩了个干净。这件事发生之时，正两宫驾幸太原之日，业经表明，又要回说慈宫圣母了。

却说皇太后驻跸陕西抚署，很是闷闷。因房屋过于陈旧，潮湿异常。想到颐和园地址高爽，花木韶秀，不胜怆恻。一日，跟宫眷们翦烛话旧，说到伤心处，不禁涕泪横流。太后道："我自年小时节，到这会子，受的苦不知多多少少。髫龄时候，命就极苦，因为老子娘不很疼我，所度日子，没甚乐趣。姊姊要什么，老子娘总听她；我要什么，没有不遭呵叱的。等到选入了宫，不合长大得俏丽了，惹起众人的嫉妒。亏得生性还不算蠢笨，仗着聪明伶俐，弄到结果，究竟被我排去众难，获得胜利。我才进宫时光，先皇帝倒很欢喜我，十分的疼我，怜惜我，其余诸人，都不很顾盼。亏得我生了一个儿子，先皇帝的宠眷，总算没有灭过。怎奈从此以后，递交进了蹇运。先皇帝末年，忽然遘着重疾。洋兵恰又在那个时候，把圆明园一把火，烧了个干净，咱们避到热河去。这一番的苦，谅人家都已知道。你们想吧，我这么的年轻，先皇帝就背着我去了，儿子接着也跟了去。东太后的侄儿，人很坏，觊觎着帝位。他又不是皇族，论起理来，很是不当。想起那时节所身受，再没有难过似我的了。当先皇帝弥留时光，一切举动，他已经不很明白了。我携着他儿子的手，到他跟前，问他万岁爷病到这个样子，万一千秋万岁之后，谁该继承帝位？他竟不能够回答。其实为了变出意外，先皇帝与我，都不知所措。接着我又问他道：'这孩子原是万岁爷的儿子呢。'他听了这一句话，才张开双目，放出垂异的目光,注视着我道:‘继袭正统,自然是他。’我听了这句话,心中如释重负。语后未久,就升遐了。这几句话,是先皇帝最终的言语,虽然隔上这么许多年数,驾崩的情状,一想起还宛然在目呢,差不多就是昨日的事情。自从儿子做了皇帝,我想总可以过几年豫逸日子,不意他年才二十,又弃掉我去了。自此以后,身世全非,生平所巴望的荣华,因他死了,尽归湮灭。并且东太后与我,性情很不相能,时时龃龉,日日兴起困难。相处虽久,卒难言好,亏得儿子殁后五年,她也相继凋谢。光绪皇帝才只得三岁,就继承进来做我的儿子。这孩子生的太弱,多病多痛,瘦到个不成样子,虽然三岁了,还不能够步行呢。他的老子娘抚育他,辄不敢与他饮食。他的老子是醇亲王,你们早已知道,他的妈就是我的妹子,所以我抚养他一如己出。直到这会子,我为了他费尽了心,吃尽了苦,他还不曾健全。此外的险阻,都说不尽,你们也总知道,现在说也没中用。凡是我巴望的事,没有一桩不失望。”说到这里,不禁失声大哭起来。众宫眷见了,也无不心伤泪落。太后又道:“人家瞧我,好似做了皇太后,没一桩事情不愉快的。像方才讲给你们听的那些事,他们都不肯信的,并且我所受的苦,还不止此,只要一桩事办差了,我就为众矢之的。曾有御史上章劾我,亏得我旷达,不为物囿,不然,早被他们气死多时了!”

太后虽然悲愤,随扈诸臣,却依然歌舞升平,赓扬盛德,哪里有一点蒙难艰辛的样子?此时行在所下罪己的诏,求直言的诏,求人才的诏,变法的诏,严禁仇教排外的诏,重开经济特科的诏,各种除旧布新诏敕,雪片也似价降下。

正在除旧布新,忽又接到一个惊报:归绥道郑文钦,戕害掉洋员周尼思。太后怒道:“咱们这里没有办妥,他倒又闹出乱子来,不是要了我的命么?!洋人何等利害,偏又去惹他!要寻洋人的事,还是寻我的事好的多呢。”随传进军机大臣荣禄、王文韶,问他归绥的事情,该如何处置。荣禄道:“郑文钦太不解事!照奴才意见,恳求皇太后重重惩办他一下子,省得洋人张口,最好办他个革职永不叙用。”太后道:“太轻,太轻。”王文韶道:“充发极边,永不释回,如何?”太后道:“这种混账东西,没天良的逆种,办他个就地正法,已经是朝廷恩典了。”随命拟旨,郑文钦革职,就地正法;绥远将军永德,革职留任。又降谕旨惩处各省不能实力保护教士教民之地方官。

太后回到行宫,肚子里没好气。太监宫婢,知道太后脾气,都不敢招惹。伺候了一回,都悄悄地走开了。太后独个儿坐了一会子,忽然想起什么,一个人也不在眼前。抬头望窗外,见一个十八九岁的小子,执着浇花筒,在那里浇花,相离三五丈,望去不甚清晰。太后最喜欢青年子弟,凡满员子弟,在宫当差的,太后见了,很是仁慈,常与他们闲谈,殷勤询问,差不多慈母对着爱子一般。现在因仓卒出狩,满员子弟,不及随扈,行宫里都派着汉人子弟,仍按照宫中旧例,清晨入宫,傍晚出宫,不准私自过宿。当下太后瞧见了那浇花的少年,随敲着玻璃窗,喊问浇花的是谁。那少年抬头见是太后,慌忙丢下浇水筒,双膝跪下,高声唱名道:“小臣西安电报局学生蒋敬亭。”太监听得,忙趋人伺候。太后道:“浇花的那小子,倒很伶俐,好好的传他进来。”太监领旨出去,霎时间早把蒋敬亭引了进宫。倒也亏他,见了太后,摘去顶帽,碰了四个响头。碰毕头,戴上顶帽,低头跪着,听候询问。太后道:“你姓什么?叫什么?今年十几岁了?”蒋敬亭道："小臣姓蒋名敬亭，今年一十八岁。"太后道："你哪里人氏？"蒋敬亭道："小臣籍隶江苏。"太后道："在这里做什么呢？"蒋敬亭道："小臣在西安电报局充作学生。因奉了抚台的命，在这里当差。"太后道："你洋字识不识？"蒋敬亭道："略识几个，只恨不很精通。"太后道："你识得洋字最好，可常在我这里当差。"蒋敬亭道："那是太后恩典，小臣感激不尽！"太后道："我问你，你家里共有几多人？"蒋敬亭道："小臣上有老母，下有弱妹，连小臣共只三人。"太后道："没有兄弟么？"蒋敬亭道："门衰祚薄，小臣父母，只生得小臣兄妹二人。"太后见他举止从容，语言清朗，不禁大喜，随命太监赐了他一杯茶。又亲自动手，寻出了许多珍宝首饰，分为两包，向蒋敬亭道："我很欢喜你，你可以天天到我这里来当差，也不必尊我皇太后，只叫我一声老祖宗就是了。我这里自己人都叫我老祖宗的，就是万岁爷，我也只许他叫我老祖宗呢。这两包首饰，你拿回家去。这一包，赏给你妈的；那一包赏给你妹子的。忘了问你，你妹子多大岁数了？"蒋敬亭回奏："小臣妹子，一十三岁了。"太后道："可惜太小，不然，我倒也要见见她呢。"蒋敬亭谢恩而出，只觉着地软如绵，身轻似燕，脚下异常松快，跑出行宫，直向总办公馆跑来。

此时两宫驻跸，百事草创，电报局总办，正住在芦棚里。蒋敬亭跑到，不暇叫门，一脚踢进门去。总办正同几个朋友，在里头叉麻雀，见他蓦然奔入，都吃一惊。总办道："这小子敢是疯了，为什么轻狂到这个样子！"蒋敬亭要说话，欢喜极了，一句也说不出，张着嘴，只是笑。总办道："哎哟，果真疯了。快叫人带他出去。"蒋敬亭指着两个包道："什么疯，请你瞧瞧！请你瞧瞧！"总办解开一瞧，见都是珍宝首饰，忙问这是哪里来的？蒋敬亭道："告诉不得你。"随指手划脚，演述了一遍。总办笑向众友道："这小子交着好运了，怪不得快活得这个样子。"从此蒋敬亭天天入宫当差，太后非常之宠爱。后来两宫回銮，銮驾到了开封，太后忽地想起蒋敬亭来，传出旨意，叫快找蒋敬亭。刚刚蒋敬亭不在这里，地方大吏赶忙打电报到西安，找这一个人。西安大吏派了百十来个人，四出找寻，好容易找到了，捧凤凰蛋似的捧到开封，才没了事。这是后话。

当下太后日以眼泪洗面，听说联军占了北京，分兵近畿各属，剿捕拳民。南至正定，北至张家口，东至山海关，都在联军权力范围以内。又与锡良、升允等军，时起冲突。刘光才驻扎在井陉，联军拟由获鹿进攻。太后闻知，忙叫刘光才一军，退扎山西境内。又命销毁各部署案卷，裁汰书吏。叫各省清厘例行文籍，仿照部章，删繁就简；各衙门书吏差役，分别裁汰裁革，不准假以事权。又命整顿翰林院，课编检以上各官以政治之学。特授醇亲王载沣为头等专使大臣，赴德国谢罪。大学士那桐为专使大臣，赴日本谢罪。叫出使各国的大臣，访察游学生，咨送回华，听候考试录用。自明年为始，乡会试等，均试策论，不准用八股文程式，停止武生童考试及武科乡会试。饬各省筹建武备学堂，将各省原有各营严行裁汰，并精选若干营，分为常备续备巡警等军。各省所有书院，省城改为大学堂；各府及直隶州，改为中学堂；州县改为小学堂，并多设蒙养学堂；改总理各国事务衙门为外务部，派奕劻为总理，王文韶为会办大臣，瞿鸿玑为尚书，徐寿朋、联芳为左右侍郎。每改一令，举一政，蒋敬亭倒总先期知道。虽说口齿谨慎,究竟年轻性燥,朋侪谈话,时时泄漏出一二语来。

这日,电报局总办同了本府,正在私谈国政,恰恰蒋敬亭走来。本府道:“只要问他是了,他在宫里头出入,比我们总明白点子。”总办道:“敬亭,现在朝廷锐行新政,都是康有为的法子,看来康、梁两人都要遇着恩赦了。”敬亭道:“康梁遇赦,怕不见得呢。皇太后性情,最恨是提起她过失。戊戌政变这件事,明知是自己办差,却再也不肯认过。现在无端的恩赦康梁,不是没人找她的过失,倒自己先提出来么?”总办道:“照你说来,康、梁永没有恩赦的日子了?”敬亭道:“那也不敢说,只是这会子也提不及此。”本府道:“山东抚台袁公,怎么迁擢得这么快?”敬亭道:“那都是李文忠公保荐之力。文忠临殁,日授于式枚草遗疏,声称环顾宇内人才,无出袁某右者,并力请回銮,保外人无他,所以就擢袁公为直隶总督。”三个人闲谈了一会子,也就散了。

此时内外臣工,纷请回銮。四月二十一日,谕言和局已定,经谕令内务府大臣扫除宫禁,本欲即日回銮,惟溽暑难于跋涉,俟秋凉再行回銮,定于七月十九日,由河南直隶一带回京。不意一到七月初一,陕抚升允,奏称关中炎热,大雨泥深。豫抚松寿,又奏河骤发,跸骑冲毁,请展期回銮。于是又改了八月二十四日启跸,蠲所过地方本年钱粮。到了这日,两宫启跸,千乘万骑,同时启行,地方官备办供张,谨敬迎送,不似出狩时光的狼狈了。那班太监仗着太后声势,呼叱守令,勒索费用,一路威严,谁敢违拗!驾入河南界,不知到了哪一县,偏偏这地方,是个苦缺。这知县为人,又很忠厚。前站太监赶到,勒索千金,知县哀声央告,太监不听,喝令小太监动手,凡厨房中所备的御膳,只管丢出去喂狗。看他喊苦不喊苦,有钱没有钱?小太监都是年轻好事的,巴不得一声,抢进厨房,七手八脚,一顿乱翻乱掷。吃的吃了,摔的摔了,一霎时早已哄了个精光,呼啸一声,都去了。知县瞧了,又是心疼又是急,忙叫仆人收拾没摔尽的菜并那家伙。正在忙乱,跟班飞报两宫驾到,知县赶忙出迎。只见驾前太监飞马传旨:快备饭,老佛爷饿的慌。知县大惊失色。欲知后事如何,且听下回分解。

第一一三回　高道士踵门谒管学　裕小姐奉诏觐慈宫

话说知县见突然驾到，传旨备饭，慌得没做道理处。此时銮驾已到，就在县署驻了跸，一叠连声传摆饭。瘠地贫区，这几席御膳，五六日前，派了干役，到邻县去采办成功的，好容易整治了，被太监一阵乱掀腾，铲了个精光。这会子，急就章，哪里做的出好菜蔬？太后本已饿了，原想一到就有得吃的，不意候了许久，才送入两桌菜来。虽不是粗鱼大肉，精致的菜却一味都没有，简直不能够下箸。皱了皱眉，叫太监传旨，问知县，有可口的菜，取三四样来，我也不用这许多。太监领旨出来，叫到知县，狠狠骂了一顿，随道："老佛爷恼的了不得，这种菜蔬，怎么送进来？别说人吃，咱们宫里头连喂狗的，还好的多呢。"知县唬得作揖央告，甚至磕头哀求。太监道："我不知道，你有本领自己向老佛爷说去。我奉了旨出来，没有菜蔬，如何回老佛爷？"知县道："委实地方贫瘠，没处采办。恳求婉转上奏，求太后原谅，将就点子，小臣感激不尽！"太监听说，顿时板了脸道："好好，多大的知县，敢叫老佛爷将就？我就这么复奏，你听候旨意罢！"说着，大踏步入内，便添了一篇话，告诉太后道："这知县好大的架子！奴婢传老佛爷旨意，说老佛爷有了年纪的人，这些粗鱼大肉，很是嚼不烂，烦你换几样精致菜蔬去。"他倒火刺刺的道：'劝她省事点子罢，别尽挑这样那样了。问她逃难时光，为什么不带着精致菜蔬走路，要吃那绿豆粥儿？现在有了肥鱼大肉，偏又嫌腻了。'还有好些不中听的话，奴婢不敢奏闻。"太后气得脸色都变青了，喝道："有这么的事？快叉出去斫了。把这没王法混账羔子的家属，全都拿下，听候旨意。"太监应了一声"是"，忙要出去传旨，德宗拦住道："且慢。"随奏太后道："老祖宗明鉴，谅一个小小知县，哪里敢这么放肆？再者咱们为了饮食之微，就斩知县，传到外国去，也要叫洋人笑话呢！"央恳了好一会，太后的气，渐渐平过来，才把这知县革职完结。

次日启跸，驾幸开封。这年太后万寿典礼，就在开封举行。在开封住上二十多天。十一月初四日，自开封启銮，行抵顺德府，直隶总督袁公迎驾。十六日启行，袁公扈跸，恭亲王溥伟等，自京赴正定府接驾。二十四日，两宫乘火车回京。西人数百，都高登城墙，瞻仰仪卫。文武官僚，军队人等，皆肃跪道旁。英奥两国马队，都肃队出迎。各国公使暨夫人，都出来观看。太后遥与为礼，西人都脱帽答礼，太后复行一揖，才乘舆回宫。

贝阙依然，珠宫无恙，只不过仪鸾殿因被联军统帅僭居，失了火，烧成一堆瓦砾。太后见了，不免感叹一番。进了宫，忙入密室，瞧视所藏珍宝。这是西狩临行时节密藏的，亏得没有失掉，大喜过望。忽太监进报，退居在别宫的先朝嫔御，听得老佛爷回宫，都来叩贺。太后道："难为她们大远的诚心，说我知道，不必进来了。每人赏给十两银子，回宫去罢。"一时欢声雷动，老嫔御都领了赏去了。原来这班老嫔御，每月分例至薄，不足自给，往往作针黹，令太监鬻于市肆以自给，所以《清宫词》有道：

分例无多月赐缗，何如乞巧问针神。
宫奴携向前门卖，刺绣盘龙一色新。

太后回京后第一新政，是赏奕劻亲王双俸，荣禄、王文韶、刘坤一、张之洞、袁世凯等，有赏双眼花翎的，有赏官衔的，为他们议和及共保东南疆土的功劳。总理衙门已经改建了外务部，又因外交事情繁不过，特地添设左右丞左右参议等缺。又饬定学堂选举鼓励章程，凡由学堂毕业考取合格者，给予贡生举人进士等名称。这几桩事情在路上早已算定，所以一进宫就传出旨意去。此时留京太监总管崔某率领各执事太监，前来叩见。太后见了崔总管，忽地心有所感，随道："上年出狩时光，我说珍妃遭乱，不如死了干净。原不过是一句话，何尝真要她死？崔某遂把她推入井中。现在我瞧见了崔某，心里还怦怦动呢。"崔总管叩头求恩，太后道："我惦着你那桩事，很是寒心，如何还敢叫你伺候？"崔某知道不能挽回，只得退出宫去听候旨意。太后下旨追赠珍妃贵妃位号，并以"随扈不及，殉难宫中"宣告天下，一面命把崔总管撵出宫门。太后自西狩回宫，日与军机大臣商议要政。举行的新政，如派王文韶充督办路矿大臣；瞿鸿玑充会办大臣，张翼帮同办理。关内外铁路，改派袁世凯接收督办，派张百熙为管学大臣；特准满汉通姻；命各出使大臣查取各国通行律例，责成袁世凯、刘坤一、张之洞，慎选熟悉中西律例者，保送来京，听候简派；两馆编纂；将詹事府归并翰林院并裁撤河东河道总督缺等，不一而足。

如今且说管学大臣张百熙，时两宫西狩长安，召见行在，慷慨陈时事，即力请兴学。这会子受了管学大臣的恩命，就与门人沈兆祉商议兴学事宜。沈兆祉道："老师的意思要怎么样？中国的学务还是咸同季年开始的，彼时曾文正李文忠知道西法必当慕效，奏设了制造局，随设立船政水师学堂。当时的士论，谓西国之长，在兵强器利，故设学仅止于此。就是光绪初年设立的同文馆，也不过培植些翻译人才。从同文馆出身的，就是翻译，也从不曾有过上等人才。中日战后，士大夫渐渐奋发言自强，康有为上书请变法，遂及兴学。梁启超为侍郎李端棻草奏，请立大学堂于京师，御史王鹏运也上疏，请立大学堂，奉旨允行。其时恭亲王与刚中堂不喜新政，缓着没有办。戊戌年，朝廷举行新政，促拟大学堂章程。枢臣不知所措，遣人叫梁启超属草。拟了八十多条章程，大致取法日本。那时管学大臣是孙中堂，就以景山下马神庙四公主府为大学堂，请张元济做总办，元济不肯，改延黄绍箕。绍箕又放了试差，于是请念诚格做总办，朱祖谋、李家驹做提调，刘可毅、骆成骧等为教员，美国教士丁韪良为总教习，实权都在丁韪良手里。教学课程，管学大臣不能过问。此刻老师被了恩命，总要大大整顿一番才是。老师究竟持何宗旨？"张百熙道："丁韪良原是个教士，办学究竟不是传教。我想第一办法，先辞掉丁教士。"沈兆祉异常钦佩，师徒两个斟酌了一会子，定出个办法来，把华俄道胜银行积存的东清铁路息银作为大学经费，奏请拨充；借虎坊桥官书局为筹备所，且待校址修好，再行开办。

当下张百熙就把丁韪良辞退，不意美国公使不肯答应，交涉了许久，卒被索了一大注款子去。张百熙因桐城吴汝纶是当世人望，遂以直隶州奏请加五品卿衔，充大学堂总教习，汝纶坚辞不起。百熙具衣冠诣汝纶，伏拜地下道：“吾为全国求人师，当为全国生徒拜请也。先生不出，如中国何？”汝纶感他诚挚，勉起应诏。于是奏派于式枚为总办，李家驹、赵从蕃为副，汪诒书、蒋式瑆、三多、荣勋、绍英等，分任提调，张鹤龄为副总教习。又设编译书局，以李希圣为编局总纂，王式通、孙宝瑄、罗惇曧、韩朴存、桂填等为副。严复为译局总办，林纾、严璩、曾宗巩、魏易等为副。

这时光，张百熙大权在握，挥霍指示，无不如意。虽然费尽精神，却筹划得十分整齐，一般守旧人物，见了他这么行为，未免妒羡交加，遂致蜚语纷起。荣禄、鹿传霖、瞿鸿玑，都竭力地阻止。百熙方在丰台地方，购地一千三百亩，备建七科大学。经这阻力，不得不因陋就简，葺了马神庙大学，仅立师范、仕学两馆。又因总教习吴汝纶为学务体大，先到日本去考察。偏偏荣禄不放心，派了荣勋、绍英与他作伴；偏偏荣勋与汝纶，又龃龉起来。到了日本，留日学生，偏又倾仰汝纶。驻日公使蔡钧，未免怀妒意了。偏偏吴敬恒、孙揆均等为送学生入成城学校事，与蔡钧大起冲突，相率罢学。汝纶偏偏喜事，竭力地调停。蔡钧就把过失，尽诿在汝纶身上。荣禄大恼，庆亲王当众宣言，说吴汝纶该明正典刑。亏得肃亲王耆善力持反对，才得没事。然而张百熙却很没有面子，异常郁郁。

这日，沈兆祉来谒，谈及人才，不胜抚膺叹息。兆祉道：“好叫老师得知，昨天有一友人来拜，谈及中俄交涉，痛心疾首，喟然而叹道：‘吾闻出于幽谷，迁于乔木，未闻下乔木而入幽谷。现在咱们的外交，适成了个下乔入幽景象，如何还会胜利？’门生问他缘故，友人道：‘不记得道、咸年间，京师设有抚夷局，泰西各国，咱们概把他当夷人看待，居高临下，这不是迁于乔木么？等到圆明园被焚，抚夷局消灭了，设了个总理各国事务衙门，虽然不敢夷视各国，犹有居中驭外的雄心。拳匪乱后，总理衙门变了外务部，于是，从前居高临下居中驭外的余威，扫地尽了，不是下乔木么？现在索性喧宾夺主，真是入幽谷了，可叹不可叹？’门生告诉他，从前的抚夷局、总理衙门，乃是自大之过。现在的外务部，主宾数体，才是正当办法，他还不信呢。老师，这一个友人，还在军机处当差，却这么的见识。人才如此，国事怎么会有起色？”

百熙正欲答话，忽门房递进一个名帖，报说白云观高道士来拜。百熙皱眉道：“这高道士竟然找到我这里来了，谁有暇跟他麻烦？”随向门房道：“回过他我不在家，以后他来，不必报我知道，回掉了就是。”沈兆祉道：“这高道士是谁？”张百熙道：“这高道士就是白云观的老道，也算神仙中人，也算政治中人。白云观供的是长春真人，正月十九日，真人诞辰，都中达官贵人，命妇闺媛，都赶去拈香。礼拜真人的，必然参拜高道士。讲究应酬的人，遂以是日为高道士生辰。拜时或答或不答，答拜的交情总不过如此。或是名位不甚显著的，如果直受他拜，不答一礼，顶礼的人，倒引为荣耀。”沈兆祉道：“一个老道，如何有这么的势力？”张百熙道：“听说他与太监李莲英，拜过把子的。前天有一个人，在白云观里头跟高道士谈天，恰巧有一个道士的熟人，来探消息，道士向他道：‘昨有某君嘱托我，叫我替他设法，谋一个海关道。我向他说，且慢，现在上头方征捐于官，海关缺太肥，监司秩太贵，嘱望过奢，恐怕所得不足以应上求，很犯不着呢。’那人道：‘敝友客君，以知县分发山东，听得师爷跟中丞有旧，意欲恳求一封八行书栽培可以么？’道士欣然道：‘这事很便当，中丞新有书来，懒未及复。复的时候，附上几句就是了。’又有人在南城酒肆，遇见道士，谈次，道士语一人道：‘某侍郎的女公子，明儿出阁，我几乎忘记了。恰巧前儿侍郎夫人来谈及，匆匆不及备奁物，只好把箧中所藏李总管给的缎子二端，是大内品物，李总管也是上头赐给他的，还有两件珍物，也是御赐给李总管，李总管转送我的送给她了。’你想罢，一个老道，为了交通内监，士大夫就这么夤缘奔竞，走他的门路，可耻不可耻？”沈兆祉道：“门生想起来了，杨梅竹斜街万福居酒肆，善治鸡丁一品。烹割之术，听得说是一个什么高道士所秘授，出名叫做高鸡丁，想来就是这个老道了。怪不得华俄道胜银行的理事璞科第，常跟这老道在万福居喝酒，想来是利用他了。”正在谈话，忽仆人入报：“卸任驻法钦使裕庚的两位小姐，奉旨入宫朝见太后了。”百熙笑道：“裕庚的两位小姐，久旅外邦，必然周知世界大势。此番入宫，或者于新政，不毋稍补。”

原来，裕庚，字朗西，满州镶白旗人。由军功得封公爵。出使日本，又使法国。生有子女五人，三小姐闺名叫德菱，五小姐闺名叫龙菱，都生得玲珑透彻，俊秀非凡。在法国任上，一行公事，几位公子小姐，很帮着忙呢。当下裕钦差由法京巴黎乘坐安南船回国，先在上海耽搁了几天，换船到天津，改乘火车抵京，订好公馆，裕钦差因途中劳瘁，请了四个月的假。这日，庆亲王振贝子爷儿两个来拜，口传太后旨意，明儿六点钟召见裕太太并两位小姐，着在颐和园陛见。领了意旨，裕太太就向庆亲王道：“在外国住久了，穿惯了西装，没有配身的旗服，可怎么样呢？”庆王道：“这一节已经奏明，太后也很愿太太小姐西服觐见，不必拘定旗装，因为要瞧瞧咱们旗人着西装，到底怎么样。”

庆王父子去后，裕太太娘儿三个，满志踌躇，斟酌着穿什么衣服，戴什么帽子。裕太太道：“你们姊妹同样打扮惯了的，此番觐见，总也要穿同色的衣服。”龙菱道：“咱们就穿了那浅蓝鹅绒外褂罢。这颜色我倒很相称，姊姊总也相称的。姊姊，你看如何？”德菱道：“咱们先别乱定主见，开了箱子挑，什么颜色相称，就穿什么。”裕太太道：“还是三丫头的主见是。”于是娘儿三个，开箱子挑选，偏偏德菱挑中了一件红色鹅绒外褂，龙菱不愿意穿，裕太太也说红衣服不很好看。德菱笑道：“妹妹年轻，不知道也还罢了，怎么妈也这么说起来？我又不是图自己好看。因念太后有年纪的人，必是喜欢吉利颜色，穿着红色衣服，无非讨她欢喜是了。”裕太太听了，很为称赞，说德菱想的周到。于是选定两位小姐是红鹅绒外褂，红帽子，翠羽为饰，红鞋红袜，看去宛似两尊红观音。裕太太是海青色长衣，缘以紫色鹅绒，黑绒帽子，白羽为饰。挑定了衣服，裕太太道：“咱们早点子歇息罢。从这里到颐和园，路有三十六里，坐轿子去，要三个钟头才到，早晨六点钟召见，半夜三点钟就要动身了。”当下天没有黑，就歇息了。不意睡得早了，姊妹两人，再也睡不去。想到太后的尊严，不免心存惊惶；想到宫廷景象，见所未见，得以一扩眼界，不觉又欢喜起来。

半夜两点钟，合家子忙着起身，洗脸梳妆。吃过点心，家人禀称轿子早已预备了。于是娘儿三个上了轿，四人抬着，左右两人，各扶着轿杠。因为路远，用了两班轿夫。三肩轿子，共有二十四名轿夫，每肩轿子前，有顶马一骑，领班一名，轿后跟马两匹，再有骡车三辆，专供轿夫休息的。一行四十五人，九匹马，三辆车，取径出城，直向颐和园进发。

霎时，行抵城门，只见城门洞开，城门官禀称："奉王爷谕，开着门，专伺候太太小姐出城。"出了城，天还没有亮。德菱在轿子里，思潮起伏，心想：太后不知是何等样人？对于咱们，待情不知怎么样？听得人说，像我们的地位，可以有留居宫中之望。果然能够如此，或者尽我们的力，可以劝太后改革政治，裨益中国倒很不浅呢。想到这里，愉快异常。忽睹一缕红光，远见天际，知道今日天气，必然大佳。天既渐明，百物可辨，渐见红色宫墙，闪隐目前，随山上下，墙岭屋顶，都覆着青黄瓦，映着阳光，绚烂宛如画图。正在赏览，已抵一村，家人禀称："这里是海淀，离宫门只有四里了，太太小姐，可要歇歇更衣？"裕太太便命歇歇再走。欲知后事如何，且听下回分解。

第一一四回　亲香颊慈宫宠慧女　颁珍馔圣后念勋臣

话说海淀的庄农人家，那些村童庄妇，见了裕太太、德菱、龙菱的人品衣服，几疑天人下降。村童相告语道："此等贵妇，是要进宫去做皇后的。"裕太太等听了，付之一笑，也不同他计较。坐了一会子，喝了一口茶，吃了点子点心，上轿重行。霎时，经过一座牌坊，刻镂很是精美。过了牌楼，已望见宫门。相离不过百步远近，但见三座宫门，都幽在宫墙里头。正门很大，左右二角门略小。正门紧闭，知非太后进出，不轻易开的。离宫门五十步，有两所房屋，满驻着禁卫军。宫门处站着十来个翎顶辉煌的官员，言语喧哗，不知在议论着什么。

轿子抵左角门歇下，即见有人入门呼道："到了，到了。"裕太太等下了轿，就有两个四等太监出来迎接，后面跟着十个小太监，手持廿尺高十尺长的黄丝帘，围轿作幕，此乃太后特恩，被赐者非常荣幸。两太监很是恭敬，肃迎裕太太等入门。门内是一座广院，平铺白石，约有三百尺见方，院中花坛极多，植着古松。松树上悬挂着许多鸟笼，内养各色雀鸟。后面是红墙，三座门也与外面的差不多。两边廊房十二间，就是朝房。广院中官员很多，都穿着公服，正在忙什么。见了裕太太等，立即肃静无哗。两太监引裕太太等进一间廿尺见方的屋子里，屋中摆着红木枱椅，椅上都铺着红垫，窗上都挂着丝帘。不到五分钟，就有一个衣服华丽的太监，进来道："太后有谕，召裕太太及两位小姐，在东宫陛见。"两太监即跪下代应道："是。"娘儿三个跟着太监从左门进去，到一广院。院北是仁寿殿，两边房屋，也都轩昂壮丽。太监导人东侧一室中，陈例着紫檀桌椅，雕刻得很是工细，上铺蓝缎垫褥，四壁都悬着蓝绒壁衣，挂着自鸣钟十四架，式样各各不同。旋有两个宫婢出来道："老佛爷正梳妆呢，请太太小姐稍候片时是了。"此后太监来者，络绎不绝，送牛奶，送各种杂物，约有二十多件，都是太后赏赐的。接着又赐三个嵌珠金戒指。

一时，太监总管李莲英至，穿着二品公服，红顶孔雀翎，虽然满面皱纹，老丑不堪，举止倒很翩翩。笑向裕太太道："老佛爷就要召见了。"又取出三个玉戒指道："老佛爷赐裕太太及两位小姐的。"娘儿三个拜领了。李总管才去，就有两位宫眷走来，都是庆王的女儿。这两位郡主，一见裕太太等，就问太监道："她们会讲中国话不会？"太监道："她们原是中国人，会讲数国方言，中国话本来知道的。"两位郡主，不胜骇诧，相语道："很奇怪的事，怎么她们也会讲中国话？"随道："太后候你们进见呢。"裕太太等随着，经过三个院落，到一大殿，刻镂得精美无伦。四面廊里，都悬着明角灯，灯上罩着红丝，垂着红缨，红缨之下，都系有宝玉。左右配殿，刻镂也很工致，挂的灯也差不多。才走到殿门口，又遇见一个妇人，装束与庆王郡主相似，不过头上戴有一枝金凤凰。这妇人笑容可掬，与裕太太等握手相见，很是殷勤。询问他人，才知就是德宗皇后。皇后道："太后特叫我来迎接你们呢！"裕太太未及答话，就听得殿中大声道："快进来陛见。”

裕太太率同二女，肃容趋入，见太后端然上坐，忙着通名行礼。太后早含笑起立，相与握手。太后道：“裕太太，你用什么法子教育你子女？真奇怪的事，她们久居外洋，我是知道的，怎么讲的话，竟与我一般无二，并且模样儿又这么的俏丽？”裕太太道：“她老子管教得很严，先教她们中国文字，然后再学别的，并且督责的很勤。”太后道：“我很喜欢她老子这么的教养。”说着，挽了德菱的手，细瞧她面庞，含笑亲她的两颊，向裕太太道：“我很愿这两个孩子晨夕伴着我呢！”德菱听了，异常欢喜。太后又询问所穿的巴黎衣服，德菱一一回奏。太后道：“我这里不很瞧见西装，你们不必更换中国装，我也可以常瞧瞧呢！”

此时太后身旁，站着一个目光炯炯的少年男子，太后道：“我引你们见光绪皇帝。”随指少年道：“你们叫他万岁爷，叫我做老祖宗就是。”裕太太等遵旨，次第与德宗握手相见。德宗虽也带笑应酬着，举止之间，未免含着忸怩态度。忽见李总管跪奏：“舆已备了。”太后笑向德菱道：“你们跟我朝堂去罢！”说毕，随举步走出殿来。众人随着出外，到殿廊里，瞧太后上了露舆，八名太监抬着，两个扶轿的，左边是李总管，右边的也是个很体面的太监。舆前四名五品太监，舆后十二名六品太监，手里都执着衣服鞋袜脂粉梳刷镜奁烟袋等物。两个老妈子，四个宫婢，也都拿着东西。末后一太监，还负着一只黄椅。德宗在舆的右边随行，皇后与诸宫眷，在舆的左边随行。

一会子到了朝堂，这座朝堂，很是辉煌壮丽，长有二百尺，广有一百五十尺。帝后宝座，设在暖阁里。暖阁系檀木所制，上雕凤穿牡丹花样，精美无双，长有二十尺，宽有十八尺。四边都有二尺高的矮栏杆围着，雕镂得十分细致。只有二门，可容一人出入，门前有阶六级。暖阁之后，张着小屏风。小屏风前，就是宝座。太后居中，德宗居左。太后宝座两旁，有翣两个，下端是黑檀的，上插孔雀羽，成为扇形。宝座前设一长案，一切铺饰，都是黄鹅绒的。小屏风后，还有一个极大的刻木屏风，长有二十尺，高有十尺，雕纹也很精致。

太后将登宝座，嘱皇后与诸宫眷立于屏风后。宫眷中有一个叫四格格的，是庆王的女儿，青年守寡，太后很是怜爱她。当下四格格问德菱道：“你在外洋生长，我听得人说，凡往外洋的，必要喝他们的水，喝了之后，就要忘掉故土。你会讲外国语，是跟他们学的，还是喝了水会的？”德菱道：“你哥哥载振，往伦敦贺英皇爱德华加冕，道经巴黎，我也曾遇见过。彼时咱们老人家也得着请柬，我本可以同行的。后来会了云南交涉事情紧急，没有到。”四格格忽问道：“英国也有主子么？我想起来，咱们太后是世界的主子呢，英国不该再有主子了！”四格格之姊，是皇后的弟妇，为人倒很敏慧，听了乃妹的妙论，不禁失笑。皇后听不过，向四格格道：“你怎么这么的蠢！我知道外洋诸国，都有主子，并且有几国还是共和政体的，美国就是共和政体之一。对于吾邦，也很友爱。可惜中国人到美国去的，都是下等社会，他们只道华人都是这个样子。我很愿贵族满人，也到他们那里去，叫他们知道咱们的真象。”

说着时太后已经退朝了。太后道：“朝事结了，咱们去听戏罢！今儿天气很好，步行去罢！”于是太后独行于前，众人跟随于后，这是宫里头的规矩。途中，太后时把所爱的地方与东西，指示宫眷，又叫德菱等并肩行走，这原是非常特恩呢。太后所爱之物，无非是花草禽鸟狗马之类。太后极爱一犬，犬名叫海獭，异常驯良。离朝堂不远，有一广院，院之两旁，有两个很大的花篮，是用天然木植编制成功的，足有一十五尺高，满覆着紫藤花。篮编得极其精美，太后非常怜爱，花含苞时光，必然集众欣赏。由广院入循廊，沿着山坡，弯弯曲曲，走了好一会，始达剧场。剧场的建筑，非常奇异，凡楼五层，面临空场。戏台共有三层，连级而上，第三层是专贮布景巴子戏衣的。第一层一如寻常戏台，第二层式如庙寺，专演鬼神戏剧的。剧场两旁，翼以长屋，外面护以长廊，这是专备各大臣被召听戏之所。剧场对面，三间房屋，是专备太后听戏的。高悬扁额，书着“颐乐殿”三字，房屋高约十尺，与戏台相平。室外置有活动玻璃窗，夏天换上绿纱帘，两间是备起坐的。右侧一间，是备休息的。休息室里头设有一长榻，可以随便坐卧。众宫眷跟随太后，入了休息室，戏即开幕。第一出是《蟠桃会》，热闹异常，唱的曲却是梆子腔。后人有诗叹道：

泼寒妓伎奏升平，南府新开散序成。
不是曲终悲伴侣，似嫌激征杂秦声。

太后坐在榻上，众宫眷侍立两旁。太后问德菱道：“戏中情节，你知道么？”德菱回奏知道的，太后很是欢喜。因又指示戏里头布景，都是独出心裁，想了法子，叫太监绘画的。谈了一会子，忽然道：“今儿你们来了，我心里一欢喜，谈得高兴，竟忘记叫他们开饭了。你饿么？你在外国时光，有中国东西吃没有？想家不想？叫我离国这么的长久，早想家想的了不得！不过你在外洋，那也不能够怪你，因为我派裕庚出使巴黎之故，现在我倒也没有懊悔。你想罢，你现在可以帮助我的很不少，并且可叫外国人知道满洲妇女里头，也有会操西语同他们一般的。”太后说话时，众太监早把三只长桌，移向太后面前，上面遮了一块很精美的白台布。并有许多太监，各携食盒，在院中静候。食盒都是木制的，漆成黄色，每盒可容四个小盘。桌子摆好，院中太监，列作双行，直到那边小门外，站成一条人甬道，食盒送进，互相递接，直递到房门口，房里有衣履清洁的太监四个，接来置于案上。盘都是黄色的，上面覆着银盖，也有绘画青龙及寿字的。食品共有一百五十种，列成三长行。大盘排在前列，其次是碟子，其次是小盘。布置既毕，有两个宫眷，各携一个黄盒进来，就有太监移两个小桌子到太后跟前，摆上食盒，启去盖儿，内有无数的精巧小盘，盛着各种糖果：糖莲子，核桃仁，以及各样及时瓜果。太后先食糖果，又赐给裕太太等，嘱她们不妨多食，这东西味儿很好呢。

食毕，宫眷收了食盒去。又进来两个太监，前一个捧着一个金盖白玉茶杯，杯下托着金茶托。后面的捧一银盆，内有玉杯两个，一个盛着金银花，一个盛着玫瑰。两太监走到太后跟前，齐齐跪下。太后揭去金茶盖，取三五朵金银花，置在茶里，徐徐喝着。一边喝，一边告诉裕太太等：我怎么样的爱花，花的味和在茶里，味儿怎么的美，你们试尝尝，我知道你们总也喜欢的。随叫太监赐茶与裕太太等。茶毕，即命吃饭。太监早把菜碗盖儿揭去，随叫裕太太等立在旁边伴食。太后道：“往常听戏，总是皇帝陪我吃饭。今儿因新客在座，皇帝是怕羞的，我不叫他在这里了，就你们陪着我吃罢！”裕太太等忙叩头谢恩，才执了银箸吃饭。太后道：“你们站着吃饭，我心里头很是抱歉。但是祖宗的规矩，我也不能够违拗，就是皇帝也不能够在我跟前坐呢！我知道外国人知道了，定然要批评我。所以宫里头规矩，我很不愿外国人知道。你瞧我在外国人跟前，举止要大大的不同呢，我很不愿他们知道咱们真象。”

一时饭毕，太后起立道：“咱们且到那边去坐坐，好让皇后与宫眷等吃饭。他们吃饭，总在我吃了之后呢。”于是裕太太等，跟随太后到中间里，依旧听戏。德菱立在门口，瞧皇后等吃饭。只是众人环案而立，毫无声息。

此时太后歇中觉了，比及睡醒，天已将暮。太后向裕太太等道：“天已不早，你们进城，还有许多路，不留你们了。”随命太监，取出赐物，却是八个黄盒，里面置的，无非是饼饵水果之属。太后道：“裕太太，你家去告诉裕庚，叫他好好的将息着，我赐他的药，叫他尽管服，不要紧。盒内的果饼，叫他也尽管吃。”裕太太率同二女，忙跪下谢恩。太后道：“裕太太，我很爱你两位小姐，很愿她们进宫做我的宫眷。”娘儿三个听了，又跪下谢恩。太后道：“你们几时来？来的时候，只消带几套衣服是了，其余应用各物，当一一替你们置备。我先引你们去瞧瞧房间，我想就叫你们住在仁寿宫右侧那三间屋里。我住在仁寿宫，咱们娘儿亲近些。”裕太太等跟随太后到那三间屋内瞧时，果然十分轩爽，向外悬着库猎笺扁额，上书“大圆宝镜”四字，却是太后御笔。四壁挂几幅立轴，写着“龙虎松鹤”等字，也是御笔。后人有诗道：

库笺滑笏擗窠书，龙虎盘拏势卷舒。
朝罢重修惟礼佛，大圆宝镜映雕疏。

太后道：“房间做在这里好不好？”裕太太等齐声称好。太后道：“你们两日里就搬过来，能够不能够？”裕太太口称遵旨。于是别了太后皇后及诸宫眷，依然坐轿而返。欲知回家之后，更有何事，且看下回分解。

第一一五回　仁寿殿勃夫人入觐　慈宁宫裕小姐辞差

话说裕太太等三肩轿子，离了颐和园，取径回家。因为站了一整天，身子异常疲惫，满望到家歇息。不意才到家中，家人迎着报称："太后派人赐来贡缎每人四匹，共计十二匹，天使等候多时了！"裕太太等惊异不止，慌忙下轿，进入厅中。见六名太监，端着赐物，静候在那里。裕太太等忙亲手接了赐物，供在居中，叩头谢了恩。向太监道："烦天使上奏老佛爷，咱们娘儿叠被厚恩，复蒙赏赐缎匹，感激得无可言说！"随取出十两一封六封银子，送与六位天使。太监接了银子道了谢，欢天喜地去了。

裕太太等进房，瞧裕庚病势，不过是舟船劳顿，受了点子寒，并无大碍。随把觐见情形，并太后趣召入宫的事说了一遍。裕庚道："天恩这么高厚，你们尽管入宫去，我是不要紧的。"裕太太道："虽然懿旨难违，我总惦着你，可怎样？"裕庚道："究竟路离得不多，有什么事，我叫人知照你是了。"

过了两天，裕太太等就入宫去了。一到宫里，娘儿三个，面见太后。先叩谢了前日之赐。太后道："今儿忙的了不得，俄使夫人勃兰康要来觐见。她这回来，携有俄皇阖家影片，是俄皇的赠品。德菱，我要问你，你会俄国话不会？"德菱回奏不会说，并奏称俄人会讲法语的很多。太后听了，很是欢喜。回向一宫眷道："你为什么不会说俄语呢？我横竖是不懂的。"这宫眷听了，红着脸一语不发。太后见裕太太等都穿着短裙，正欲询问。裕太太奏道："没有知道俄使夫人要觐见，都穿了短裙。现在倒又要更换了。"太后道："为什么要更衣？我瞧你穿了长衣，样子同尾巴一般，拿现在的比较起来，好看多了。你第一回入宫，我很是好笑。"德菱正欲奏明其故，太后道："穿了长衣，想比了短衣，尊严一点子，是不是？"德菱应道："诚如圣谕！"太后道："你速换佳丽的来。"裕太太等遵旨退出。霎时换好，冉冉而来，走得春云出岫相似。

德菱、龙菱，都穿着水红绉纱外褂，饰着普鲁士线带。裕太太穿着灰白色绉纱外褂，上绣黑玫瑰花，领衣及衣带，都略带灰青色。太后一见，脱口呼道："真是三个拖长尾巴的仙女。"随问道："你们牵了衣走路，乏么？装束果然都丽，但是我总不欢喜那尾巴。衣裳有尾巴，最是没讲究。我知道外国人见了你们这么打扮，总道是我的意思。其实我不过要外人瞧见你们西装，使她们知道我于此道，本非茫然。我敢说来的西妇，穿的衣服，从没有你们这么的美。我也不信西人有华人这么的富，因为她们戴的珠宝很少。有人告诉我，我在世界君后中，是珠宝最多之人。现在我还常常收集呢。"说着，随把衣扣上悬的那颗明珠，示给裕太太等道："似这么大的明珠，洋人怕就不见得拿的出！"裕太太等瞧那珠时，足有鸡子般大小，宝光四射，果然是无价奇珍。裕太太等赞美了两句。此时太后穿着黄色缎外衣，上绣蜀葵寿字，饰以金边。两手上满套着手钏、戒指、金护指等物。

急听得"铛铛铛"，自鸣钟报时十一下，太监入报勃兰康夫人到了。太后道："龙菱，你快到朝房迎她去。德菱，咱们仁寿殿去罢！”龙菱应着去了，太后随到仁寿殿升坐暖阁。德宗也到。太后中座，德宗左坐，德菱站在右旁充翻译。一时龙菱引着勃兰康夫人进来，直到暖阁前，与太后为礼。德菱趋下，导之入暖阁。太后起与握手，勃兰康夫人随献上俄皇所赠之影片。太后含笑致谢，措词异常佳妙，德菱译为法语，勃兰康夫人很是满意。太后道：“德菱，你引她见见万岁爷。”德菱遵旨。德宗早已起立，与勃兰康夫人握手，并问俄皇好。觐见礼毕，太后即下座，引勃兰康夫人入寝宫，赐她坐下，相与晤谈。谈了十余分钟，德菱又引她见皇后。

太监出传懿旨，赐勃夫人宫中午饭。德菱就引客入餐室，见台上罩着洁白的台布。台上除常用器具之外，有金龙菜单托盘，有蟠桃式的碟子，内装着杏仁瓜子之类，箸之外，又置着刀叉。德菱问太监：“今儿赐宴，备的是满席还是汉席？”太监道：“老佛爷吩咐是满席呢。”原来满席各人都有专菜，差不多就是西人的大餐。当下宾主就了坐，太监送进菜来，无非是鱼翅燕窝布丁之类。众宫眷福晋陪着勃夫人，食方及半，忽一太监进来道：“老佛爷召见德菱姑娘。”德菱唬了一跳，只道太监们在太后跟前搬了口舌，没奈何，只得跟着过去。不意太后倒满面笑容的道：“我因想起一句话要问你，外国妇女到宫里来的，从没有见过像勃兰康夫人这么端庄美丽。有几个妇女，品态很不好，不过我不要议论她罢了。她们总以咱们是华人，一无所知，很是瞧不起。殊不知我于此等地方，很是留意。他们自许为学识高文化美，这么的行为，令人不能无疑！他们常常说我们野蛮，我想我们的野蛮，比了他们的文明好的多呢！”讲了好一回话，取出一块极美的绿色宝玉，叫德菱赠与勃兰康夫人。德菱接了宝玉，出传太后恩命。勃夫人受了，要见太后面谢。德菱又引她进来，坐了一回，起身告辞。

德菱送出朝堂，等候勃夫人上了轿，方才回来，回奏太后。太后询问勃兰康夫人谈些什么？我赠她的宝玉，她欢喜不欢喜？咱们的满菜，她吃的惯吃不惯？德菱一一照实回奏。太后道：“德菱，你的翻译真好！讲的外国话，又清脆，又纯熟。我虽然不懂西语，像你这么圆转，我也知道的。我不知你怎么样学会的。从今而后，我总不叫你离开我左右。有时西妇带了译人进宫，译人的华语，我竟然听他不懂，总是用意思猜度的。现在有了你，我就便当了许多。我心里非常的欢喜。这一辈子，我总不叫你离去我一时半刻。我还要替你办亲事呢，但是此刻不愿意跟你讲明，往后你自会知道的。”谈了一回，又道：“今儿事情多，乏了，歇歇去罢！”德菱遵旨，请了晚安，回房而去。共是四间大房间，一间厅房，娘儿三个占了三间，第四间是仆妇住的。太后怕他们不认识路径，叫一个太监陪着走路。那太监自称姓李，并言太后特派四名小太监，伺候太太小姐。倘然他们不服使唤，尽管告诉我知道，我会得责罚他们。走了好一回，才到房里。

李太监指着东边那所屋道：“这就是太后寝宫，咱们就从那边来的。”德菱道：“奇了，既是相距这么近，为甚步行时光，又那么远呢？”李太监道：“这座屋子略为小些，在万岁爷寝宫左边，原有一条路，可以从这里到老佛爷寝宫，已经被老佛爷断绝。这里头缘故，不能够告诉你们。”顿了一顿，又道：“三小姐，这屋子该东向不该面湖。”德菱道：“面湖风景很好，我倒很欢喜。”李太监笑道：“稍过几时，你自然会有新闻听得，自然会知道这地方不佳呢。”德菱听了，很为惊诧。李太监道：“万岁爷寝宫，就在咱们所住的后面,很大,与老佛爷寝宫差不多。从这里望去,可以瞧见院中之树。”李太监指着德宗寝宫后的一所居屋道:“这就是皇后寝宫,宫旁两所宅子,是皇妃的寝宫,这两座宫,本有道路可通的,老佛爷封闭了。因此帝后,不经过太后跟前,不能往来。”德菱听了,非常惊诧。原来那位皇后是皇太后的侄女,皇太后因自己西宫出身,必要侄女儿做德宫皇后。把皇后嫁了过来,不意德宗专意珍妃,皇后那里,不过碍着太后面子,勉强敷衍而已。一日,不知为了桩什么事,两口子拌起嘴来,德宗亲把皇后头发揪住,夺她的簪掷碎。这支簪是乾隆朝遗物,皇后到皇太后跟前诉苦,皇太后也不说什么,只叫把这一条路径砌断。从此之后,帝后往来,就不得自由了。当下德菱向李太监道:“我乏的很,很想歇息呢!”李太监听了,随即告辞退去。

德菱进入自己房里,刚才坐下,又有几个太监送进晚餐来。说是太后叫送来的,你们千万别做客,爱吃什么尽管吃。娘儿三个略吃了点子,随即卸装就寝。正要睡下,李太监又至,嘱道:“太太小姐们,宫中规矩,朝晨五点钟,总要起身了,晏不得的。”又叮嘱小太监,叫他朝晨叩窗声唤。偏是生地方,偏是睡不熟,娘儿三个复去翻来,再也睡不去。等到成眠,忽为叩窗声惊醒,问他何事?太监道:“回小姐,五点钟了。”德菱听说,连忙起身穿衣,叫太监开了窗。一望时,太阳未起,天上的深红色,反照湖中,湖波不扬,万籁俱寂。远见牡丹山上各种牡丹,随风摇摆,风景很是美丽。

此时裕太太与龙菱,也都穿戴齐备。于是同往太后寝宫,见皇后皇妃与众宫眷,已经都在廊下坐着。娘儿三个与皇后请了晨安,谈了几句应酬话。皇后起身道:“是时候了,咱们进去罢!”大众随着入内。到寝宫门口,遇见庆王的四格格,与太后的侄媳袁大奶奶,正忙乱着预备太后用物呢。皇后道:“你们快进去帮助太后穿着。”裕太太等步入寝宫,见太后和衣拥被而卧,赶着呼道:“老祖宗吉祥!”太后含笑问道:“你们生地方,晚间睡着,安适不安适?”裕太太等回奏很安适。太后道:“早餐吃了没有?”回奏没有,太后听说,立刻叱责李太监,为什么不送朝餐去?”随道:“你们别作客,要什么,自己吩咐他们就是。”说着时,已坐起身来穿衣。太后虽然和衣而睡,每日必要更换衣服,一时衣服穿毕,下床靸着拖鞋,到窗前来梳洗。太后笑向裕太太道:“我的卧床,很不愿宫婢太监们铺叠,因为他们脏不过,我总叫宫眷们做的。”说到这里,回顾德菱姊妹道:“你们别谓宫眷操着贱役,须知像我这么年纪,也可充得你祖母。稍有服役,碍了什么?再者值班时光,不过叫你们监视一会子,原有人动手的,又不要你们亲事操作。”德菱姊妹,连声应是。

太后道:“德菱,我要你帮助的事很多。我叫你做宫里领袖,有西妇来朝见,你可以做我的翻译,一切事情,都由你布置。并且我的珠宝,也要你掌管。繁重的事,你都可以不必管。龙菱呢,拣一个她会管的职叫她管。四格格、袁大奶奶,并你姊妹两个,共是四人,各事可以协商办理。至你们对于她们,也不必过分谦虚。她们待你们,有无礼之处,尽管告诉我知道。”德菱笑着奏道:“老祖宗恩典,赏我这么重要耳缺,只是我年纪轻,见识有限,一时半刻,万一办差了什么,岂不倒辜负了恩典?恳请收回成命,情愿退处宫眷之末,悉心惕励,学着办事!”太后不等她说完,笑喝道:“快不要说了,你怎么谦虚到这个样子?即此一端,就可以见得你敏慧过人了。旗人妇女里,竟有完美如你的，诚足令我惊异！你虽然长远没在本国，这种小节去处，还这么明白，你这个人真聪明真好！现在我叫你办，你且试办着。如果办得不好，我必要骂你，再叫她人替你呢。”德菱谢恩受职，监视众太监铺叠完毕，见太后还在梳头呢。宫中发髻，平分两把，名叫叉子头。垂于后面的，名叫燕尾，因太后欢喜高髻，所以梳得格外高耸。后人有诗道：

凤髻盘云两道齐，珠光钗影护蝤蛴。
城中何止高于尺，叉子平分燕尾低。

梳洗完毕，太后引德菱到珠宝室，指示她珠宝所在。这一间屋里，三面都是架子，架子上满积着檀木盒子，盒上各标黄签，写着所藏之物。太后指着右边一行盒子道："此中珠宝，都是我日用所需的，闲了一一开给你瞧。这里共有三千多盒子，余外的藏在别室，我得了暇，也要给你瞧呢。"德菱应着。太后道："可惜你不识字！不然，我把物单与你，俾你签注。"德菱闻言，惊诧不已，回奏道："我虽非士子，然尝学问，也能够写读。倘然赐我物单，我也可以试着学习呢。"太后道："很奇怪，你第一天来，就有人告诉我，说你一字不识！不过谁向我说，我却忘记了。午后有暇，我准把物单给你。你且替我把第一行内五个盒子取来！"德菱遵旨取到。太后开出第一盒，内藏着极美的牡丹花，是珊瑚与宝玉制成的，花瓣是珊瑚的，花叶是宝玉的，用细铜丝连缀成功的，太后取来簪于右侧，又开一盒，内盛一蝴蝶，这是太后所心裁，也是珊瑚宝玉连缀成功的。此外两盒，无非是手钏、戒指等类，形式各别，精巧异常。两个镶明珠的金钏，两个镶宝玉的金钏，两端系着金链，链末垂着宝玉。末一个盒，藏的是珠缨。太后拣了一副梅花形的，悬在外衣钮扣上。穿着才毕，德宗穿了礼服进来，向太后叩头道："亲爸爸吉祥！"德菱见了德宗，倒为难起来，该行礼不该行礼，没有人说过；继思多礼总比缺礼为妙，恰好德宗为了什么事走出厅堂去，德菱趋出行礼。不意太后也在这时候出来，目顾德菱，意思之间，很不为然。德菱见了，后悔不迭。

此时小太监捧上多个黄盒，放在左偏案上。太后就案而坐，太监揭开黄盒，将盒内黄纸封，一一呈于太后。太后用牙刀揭开，一一浏览，才知就是大小臣工的封奏。此时德宗立于案侧，太后瞧过，递与德宗。瞧毕，依旧纳于黄盒内。览奏方竟，太监总管跪奏："驾已备齐。"于是登驾上朝，众宫眷依旧隐身屏风之后。德菱偷眼窥探，见太后料理事情毕，即回顾德宗，问此举当否，德宗总是应声称是。退朝下来，太后道："我很想散步呢！"于是卸去头饰，戴上小花，更换了轻便衣服，率同众宫眷，徐步游行，赏览园景，随行随语，快乐异常。霎时经过一广院，到一游廊，廊濒湖滨，作"之"字形，长的了不得，廊之全体，刻镂均极精丽。天花板上，悉悬电灯。由此廊到万寿山佛香阁，为路无多。当日废端王福晋入宫伺候，常亲挽太后篌舆，登山拜佛。后人有诗叹道：

千步庙前竦碧岑，佛香阁畔恣登临。
长衣窣地盘旋上，亲挽篌舆有福金。

行尽长廊，是一所大理石筑造的旱船，雕刻得十分巧妙，可惜大半已经损坏。进了旱船，太后道："你们瞧窗上的彩色玻璃，与这美丽的图画，都是庚子年被西兵坏掉的。我不愿意修理，为是留着做个纪念呢！"大监跪奏，御舟已备，老佛爷可要登舟游览？太后道："咱们渡湖，到西岸去吃饭罢！"于是大众登舟。共有五舟，太后舟居首，皇后舟居次，再次是太监舟，再次是宫婢舟，再次就是餐船。日光烂灿，水波不扬，湖景很是明媚。

渡过太湖，弃舟乘轿，直登万寿山颠。到清风阁，方才开饭。一时饭毕，太后忽问德菱道："昨儿勃兰康夫人，还有什么话？她到底快活不快活？你瞧外国人敬爱我么？据我想来，总不见得会敬爱我，怕她们还惦着庚子年拳匪那桩事。至于说这件乱子，由我守旧所致，我也并不在意。不过说中国必要用了西法才好，我总不明白这个理。我问你，曾有西妇跟你说过我形容暴厉不曾？"德菱道："没有。西人除赞美之外，没有说过别的话。"太后笑道："西人见了你，自然这么说。说你主子良善，不过要你听着快活。究竟我的见闻，比你广一点子，现在我也不能再为这个烦恼。不过中国穷到这个样子，我真恨极！虽然在我身旁的人，常把列强友爱中国的话慰我，我终不很信，终望中国有强盛的一日才好！"德菱等忙用其他话劝慰，又谈了一回别的事。太后道："德菱，我有一个新鲜玩意儿，你瞧了懂不懂？"随引她入一室，见方桌上铺着一张升官图一般的图。太后坐下道："你瞧瞧！不懂，我指示你。"德菱遵旨，随瞧随读道："此戏名八仙过海。八仙之名，为吕仙、张仙、钟仙、蓝仙、韩仙、及铁仙，此七仙者俱男，仅一荷仙为女。至图上所绘者，则中国地图也。另有象牙竿八对，径约寸半，厚约二分半，上镌八仙之名。此戏可由八人为之，或四人各执两仙，以当八人焉。图之中置一磁盆，以六骰掷其中，而计其点之数。如四人戏此，先以一人掷骰，计其点之数若干，其点之最多者，为三十六，倘有得三十六点者，则其所执之仙，当至杭州，而游览其风景焉。如执吕仙者有三十六点，乃以吕仙置于杭州，再掷一次，以视其列一仙之所在。故四人戏者，人掷两次。若八人则人掷一次。其点不同，则其所至之地亦不同。数点之法，则取其成双者，由一双至于三双。最小之点，为双一双二双三。苟有掷得者，则当流配而出局焉。其仙之游行图中，而先至皇宫者则胜。"德菱念毕，目视太后，欲知皇太后发甚议论，且听下回分解。

第一一六回　祈甘霖太后祷后土　宴外宾公主作主人

话说太后见德菱念得熟烂如流，异常欢喜，开言道："你这么聪明，真出人意料之外！这种玩意，原是乾隆朝的《群仙庆寿图》，经我独出新裁，重行增订的。曾教过三个宫眷，叫她们学习，艰难的很。教了许久，终是不会。到后，我也没精神教她们了。"后人有诗道：

别开博局恣清娱，尺幅群仙庆寿图。
传记旁征翻旧谱，拜恩得似近臣无。

太后道："咱们入局试玩一会子。"于是裕太太、德菱、龙菱陪着太后，四个人玩起来。太后很是顺利，玩到终局。太后异常高兴，赏了德菱两方绣花手帕。乘轿回宫，德菱等跟进寝宫，太后要登床歇午，向德菱等道："你们去歇歇罢，这会子用不着你们呢！"德菱退回房中，正欲更衣休息，忽报客至，进来三人：两个是宫眷，一个少女名叫长寿的，只有十六七年纪。互请了安，彼此坐下闲谈。一宫眷问德菱乏么，并问你爱慈禧究竟怎么样。德菱道："似老祖宗这么可亲的人，我简直没有遇见过。虽我进宫得没有几时，敬爱她的心，已经很真挚。"宫眷听了，只与长寿互视而笑。一宫眷又问你喜欢住这里不喜欢，德菱道："我很喜欢久居在此，并当竭力服侍太后。因我入宫未久，太后待我已经这么仁爱。我就牺牲吾身，服侍主子，也是分内事呢。"宫眷笑道："我很可怜你！任你如何勤慎，终是没中用。现在且把各事告诉你知道，你知道了也可以防备防备。"德菱道："凡我该做的事，我总尽心竭力做去，想来总不至再有艰困。"宫眷笑道："这是不相干的，太后就要寻你过失了！"德菱道："老祖宗和蔼如此，心又很慈善，料来不至于跟孤立无助的女子找寻过失！咱们原是臣民，老祖宗要什么，只好听她的恩命。"宫眷道："你果然不会知道的，这里的黑暗，你还毫无闻知。一切悲惨苦难，不是身经阅历，哪里想的到！我知道你得侍了慈禧，必然非常欣慰，并且以宫眷自荣。其实你是新来，日月没为久长，现在待你，总算很慈善。只要你住的久长，她心中自然嫌腻。那时节，你就知道她行为了。咱们日子是久了，宫闱生涯，知道的很是详细。李莲英在太后跟前执掌宫中事权，你总也知道，咱们没一个人不怕他的！他假装着不能感诱老祖宗似的，其实一切惩治，没一样不由他议定的。所以咱们犯了过失，总挽他开脱，他总推托不肯。老祖宗很没有长性，今儿爱这个，明儿爱那个，爱起来宛如活宝，恨起来宛如仇敌，存心深不过。品评起人来，总是不得当的。咱们宫里，就是皇后也很怕李莲英。"才要说下去，忽一太监踉跄奔入，报道："老祖宗醒了。"宫眷听报，起立道："咱们去瞧太后了。"德菱也忙入寝宫，瞧太后。太后忽地想起跳舞的事，叫德菱、龙菱跳舞了一回。

话休絮繁，从此裕太太娘儿三个，每日哄着太后，消遣宫中日月。德宗见德菱姊妹，娴习英法语言，便背了太后，央德菱教英文。即此一端，已足知德宗热心西法了。

这年京师久旱不雨，太后异常忧闷，每晨下朝，皆至佛前祈祷，又叫萨满太太日夜虔心代祷。原来大清虽然并吞华夏二百多年，却还沿着满洲旧俗，坤宁宫里，供奉着胡神，听说就是后土之神。特设女官一员，食三品俸，名叫萨满太太，每日清晨，恭代皇后礼神。萨满身故，传媳不传女，因为她的经咒，不肯轻易授人呢。后人有诗道：

坤宁宫里拜南膜，萨满名称译语殊。
世袭竟同三品俸，曼珠旧俗亦崇巫。

不意祈祷了十日，依然风和日丽，天淡云闲。太后闷甚，终日一无所命，且未与人交谈一语，阖宫人等，无不衷怀惴惴。德菱私问王太监："天不降雨，太后为甚这么忧闷？咱们原觉着天气很佳呢。"王太监道："老祖宗实为了贫困的农人烦闷，因为长远没雨，田里头的谷就要枯槁。"正说着，一太监入报老佛爷降旨，北京城中禁屠三日。一时，又一太监到各房传旨，叫各人各自沐浴，并洗涤牙齿。明儿老佛爷同万岁爷，都要入禁城某寺行礼呢。万岁爷身上，已悬了斋戒玉牌了。

一宵无话。次日，太后绝早起身，摈除珠宝，不事修饰，浑身上下，都穿着素服。众宫眷陪着到一厅堂，只见一太监，手持大柳枝，向太后跪下。太后摘取一枝，簪于头上。皇后与宫眷，依次摘取。德宗也摘一枝插冠上。太后又命太监宫婢人等各自摘取插戴。一时各人头上，青鬖鬖柳叶招展，列成一行，宛似杨柳岸相前。李总管跪奏太后道："宫前厅堂中，备齐一切，等候行礼了。"太后率领众人，步行而前。到了那里，见一只大方桌上，置有黄纸一方，玉版一块，内盛银朱，当墨用的，还有大笔两支，两边置两个大瓷瓶，内中也满插着柳枝。太后的黄缎外褂，置在方桌南面。当地一个大炭盆，兽炭烧得通红。太后手取檀香，投于炭盆，宫眷也帮着添香。太后跪下，众宫眷齐都跪下，跪成一条长行。太后口诵祷词，众人随着叩头。共诵祷词三遍，叩头也是三次。

这日朝罢，太后就命驾回禁城。

太后驾出宫门时，德宗与皇后及诸宫眷，均跪于道左。銮驾行过，才各自觅舆乘坐。驾行时，卤簿甚众，驾前都是卫队，四位亲王，骑着马，居在驾的左右。驾后四五十名太监，骑马从行，都穿着礼服。皇帝、皇后的驾，与太后的是一个颜色，妃嫔的就深黄色了，宫眷都是红色。途中只在万寿寺，歇息片时。行抵禁城，为时甚早。到了宫中，穆宗帝之瑜皇贵妃，前来请安。这瑜皇贵妃，能画墨兰山水，自题小诗，署款称"懒梦山人"。后人有诗道：

懒梦山人冰雪姿，婕妤宠幸冠当时。
焚香绣佛应多暇，自绘林峦缀小诗。

禁城中除祷天求雨之外，别无他事可纪。四月初六朝晨，天上始见乌云。德菱瞧见，忙趋寝宫，奏闻太后。不意已有抢先的人，早早奏知了。太后笑道："把这好消息报知我的，你还不是第一个呢！我知道你们必是人人要做第一个。今儿我乏的很，还要睡一会子。待我起身时光，叫人唤你。"德菱退出，往找皇后，见众宫眷都在皇后那里。此时庭院已湿，未几雨大至，檐溜铮铩，直至上灯，还没有止。太后欢喜异常，要替裕太太等更易旗装，叫太监记了尺寸，亲检历书，择定本月十八日更衣。这雨直下了三日三夜，太后传旨驾返颐和园。

这一年，适开第次游园会，遍邀各国公使眷属，来园游览。于是在园中陈设玻璃橱种种，内摆珍奇绣货花卉等物。这许多东西，是预备赠与来宾的。所邀诸客，是美公使康格夫人，美参赞韦廉夫人，西班牙公使佳瑟夫人并她的女公子，日本公使尤吉德夫人并她使馆中的妇人，葡萄牙代理公使阿尔密得夫人，法参赞勘利夫人并她的士官妻子，英参赞瑟生夫人，德使馆妇人两名，并那海关关吏的妇人。这日，太后穿着孔雀绿绣凤凰的外褂，众宫眷也都穿戴华丽，预备接见外宾。一时，太监奏报客至，太后率同德宗，临朝受觐。只见庆亲王引着日耳曼公使杜扬氏及各使馆翻译同了各女宾上殿，由杜扬氏代陈颂辞，译成华语，达之庆王，由庆王转达德宗。德宗答以华语，由译人译告杜扬。于是杜扬趋至暖阁，与太后德宗握手行礼。其余诸宾，次第趋进，各自呼名，觐见太后。觐见既毕，庆王引杜扬并各翻译员，至别宫茶点。命荣寿公主代作主人，陪众女宾茶点。这荣寿公主，原是忠恭亲王郡主，文宗帝爱她聪慧，屡欲抚为己女。同治初元，封为固伦公主，恩遇异常优渥。额驸志端卒后，公主子麟光，以先代世职袭公爵。太后因他年纪太轻，不肯赏给差使。后人有诗叹道：

求郎不徇馆陶情，汤沐频颁视所生。
异敌今同长公主，连云甲第峙东城。

当下公主代作主人，陪宾客用过茶点吃过饭，在园中周览了一遍，诸宾才兴辞而去。德菱入奏太后，太后道："西妇的脚，怎么这么的大？鞋的样子船似的，瞧她们走路很为可笑，我简直不能够称赞她！她们皮肤虽白，却有一层白毛被着，你瞧美不美呢？"德菱道："法国妇女里头，倒也有很标致的。"太后道："且不必论她面貌怎么美丽，只是她们的眼睛作绿色，很不秀媚，瞧去好似猫睛呢！"太后生性，最恨西法。裕太太母女换了旗装之后，太后愈益疼爱。

偏偏五月二十六日，庆王又奏太后，美使康格夫人来请私觐，乞示时日。太后又上了心事，私问裕太太："康格夫人要见我，不知有什么事？"裕太太道："或者有人要见老祖宗，特地挽康格夫人居间，也说不定。"太后道："不对。凡要入宫的，必然先呈名单。倘是常例朝觐，我也不很置意。现在偏是私觐，我很不愿人有所询问。你们总也知道，西人虽也和蔼恭敬，论到礼仪，总不能与我们相比！中国俗尚是最好不过的，终我之身，不愿有所变更。你想他们所奉的甚么基督教，毁掉高曾祖考的神主，中国人民为了几个教士，弄得家破人亡的，不知几多？他们惯诱惑年轻男女信他的教，我就为这个缘故,心中很是不适。明儿美使夫人设有请索,我必然回她,凡事必与宰臣商议,我不能作主。我虽做了太后,绝不敢违背国法。像日使尤西德夫人,我很欢喜她,人既和善,也从没有呆笨的疑问,日本原与我们相近,进化之悬殊,还不很远。去年有一个牧师夫人,也是康格夫人带来的,劝我在宫中开一个女学堂,当时我没工夫驳她,回她容再商议。你们试想,宫中设了学堂,到哪里去找学生呢?"

说到这里,不禁大笑,众人也都陪着笑。太后道:"我知道你们总要好笑的。康格夫人很和善,美国人待到中国,也很友爱。庚子那年,很感他的情,但是我总不喜他的教士。李莲英告诉我,说教士在这里的,常把药给华人吃。吃了他的药,自然甘愿从他的教。他们又取贫苦人家孩子去,抉掉双目,作为药剂。"德菱听不过了,告诉太后,说这话很是不确。我见过教士很多,处心几乎没一个不慈善,有很愿辅助贫民的。并告诉太后,教士的待孤儿,如何庇之居屋,如何给之衣食,如何身入内地,取瞽儿并民间残弃之儿女,抚育教养。又述他们的学校,如何完备,辅助贫民的法子,如何善美。太后笑道:"你的话我原是很相信,不过教士为什么不在本国干种种善举呢?"德菱于是又把湖北地方两桩教案,详细奏知太后。太后道:"他们拯济贫民,救人苦难,也是真的,像佛祖的舍肉喂饥禽。只是他们肯弃掉这里,到别国去,我心里才愿意。咱们还是信咱们自己的宗教。你知道拳匪这桩乱子怎么起的呢?中国的教民,实是不能辞咎。拳匪受虐已久,趁这当儿报复,原是下等社会常有的事。不过举动太暴,并且烧掉北京居室,藉此致富。中国教民,原是百姓里头最坏不过的,乡民的土地财产,他们常常夺为己有。洋教士偏又出庇头佑,拘到了县中,都是直立不跪,不服王法,时时侮辱官长。我知道百姓信教的很多,但大吏富绅,我知道总没有信教的。"

说到这里,忽回头四顾,低声道:"康有为曾劝皇帝吃教呢!但我这一辈子,我总不使有一个人信他。至于西洋政治中,我也有欣羡的,如海陆军机械之类。不过论到文化,总是中国最好。拳匪的乱事,人家总道是政府与拳匪联络,其实不然。发难时光,我迭降谕旨,派兵剿捕。无奈势已燎原,不可收拾。彼时我决意不出宫门,这么大年纪,死生早置之度外。端王那公,竭力劝我逃难。我再告诉你们,那时候,奴婢待我虐的很。走的时候,竟然没一个人肯跟我作伴。并且迁都的话,宫里还没有提及,他们已经赶早相率避去。不去的几个,站在我身旁,瞧我的动作。我问他们道:情愿同去的同去,不情愿同去的,各自去罢。我的话才说罢,站在身旁的已经没有几个了。只有太监十七名,老婢两名,婢女一名,就是长寿。他们都说无论如何,必跟我在一块。我的太监共有三千,不俟我点验,走的垂尽。内中还有很坏的坏人,胆敢当了我面,把我平日所爱的宝瓶掷碎,知道我要赶路,不能惩办他了。我成日涕泣,在太祖太宗前,叩头祷告。跟我的人,也随着祷告。至于家里头人,只有皇后一个儿跟我。有一个戚族,我平日非常疼他,要什么,总依他的。临了难,竟然不随我去。咱们走后七日,我差一太监回去,瞧见这一个戚族,仍旧在北京。他问太监,外国兵追赶不赶?太后被杀掉没有?他的初意,以为我必被洋兵杀掉,所以这么的问。后来他赶来途中,告诉我分离如何怅惘,如何惦念,且言且泣。我叫他不必讲话,你的话我终不信。你想我这么大年纪,还受这么的苦,你现在听了,也总怜我的,行了一个多月,才到西安。等到二十八年回京,差不多换了个世界。宫里头陈设,不是坏掉,就是失掉。我日夜拜祷的白玉佛,也被他坏掉手指。外国人竟有僭坐了我的宝座,拍照去的!”德菱等听了,也很叹喟。欲知后事如何,且听下回分解。

第一一七回　绘御容德菱代太后　争东北日本挑强俄

话说次日早朝，庆王奏称美国海军大将伊文斯同他的夫人并偕行诸人，要觐见太后。美国公使特请分两回朝见，并称昨日所陈康格夫人自请私觐的事，实是传闻之误。太后退朝，笑向宫眷道："昨儿不是向你们说既请朝觐必有缘故么？我很愿见见美国的海军大将并他的夫人。"随吩咐德菱道："你领了众人，把各样东西，整理整理。我房间里东西，都换掉了。咱们的起居状况，总不要他们知道。"于是阖宫的人顿时忙乱起来，所有珍宝玩器，悉行换掉。太后又叫太监在厅堂中铺下地毯，忙乱了一夜，粗粗完备。

次日，美海军大将偕了公使入觐。又次日，伊文斯夫人同了公使夫人等入觐。都留了饭，领他们周览了各处，欢喜而去。不过康格夫人入觐时，带了一个女画士克姑娘来。偏偏克姑娘多事，要与太后画一肖像，送到圣路易博览会去。偏偏太后从来未出宫闱，不知道摄影绘像的事。守着满洲旧例，帝后的像，总要龙驭上宾之后，才能绘画。听了克姑娘的要求，大吃一惊。又因克姑娘是外国人，未便一言回绝，含含糊糊，应了她一句与宰臣商议了再谈。女宾去后，太后向德菱道："奇怪的很，康格夫人怎么发起此念？怎么叫做绘像，你知道么？"德菱道："那也很便当，老祖宗只消每日端坐几点钟就是了。"太后听了，面现惊异之色，急问端坐做什么？德菱道："坐得端正，画士才能够临绘。"太后道："照这样子，待她画成，我要老了，谁耐烦？"德菱道："我在巴黎时光，也曾叫克女士画过一个。"太后听说，忙叫人去取来。一面问德菱道："为什么必要我坐，难道他人不能替代么？"德菱道："这是老祖宗的像，他人如何代得？"太后道："坐的时候，每次服饰同不同呢？"德菱道："必要同的。"太后道："中国画家，像见一面，即能挥毫而成，很不费事。外国有本领的画师，也总这么着的。"德菱把中西画法不同的缘故，详细奏明。太后道："女画师性情如何？会华语不会？"德菱道："克女士为人很是端正，不过不会中国话。"太后道："不会华语好极了，我就怕她会华语。宫人大半喜欢闲谈，留她在宫里头，或者把我不愿意叫人知道的事说与她听。"德菱道："那是必无的事。克女士既然不会华语，宫中除了咱们娘儿三个，又没有懂外国话的人，这一层似乎不必虑得。"太后道："不见得靠得住，她在宫里住的久了，怕也要学会几句呢！那也虑不得许多，咱们现在且商议如何布置。外国女子居留宫内，向无此列，并且总要叫人防守她。叫谁呢？你就是能够。晚上又叫谁陪她睡觉呢？"一边说，一边绕室行走，沉思半晌，忽然笑道："得了得了，我会得监禁她同犯人一般，还使她一点没有觉着。这全赖你娘儿三个，替我谨慎办理。我想叫她住在醇亲王府里，你朝晨与她同来，晚上跟她同睡，总可以万无一失了。"

说着，太监已把德菱画像携至。太后接来凝神细瞧，大笑道："画真有趣，很像油画呢。这么的画，简直不曾见过，肖的很。中国画师，画不到这么的神情。只是画上的衣服怪的很，为什么两臂与脖子都赤着呢？我听得外国妇女的衣服没袖没领，还料不到竟有画上这么的恶劣！你为什么也穿这个？我知道你总羞见人呢，以后再不要穿这个了。我瞧见了很是诧异，把这种算做文明，真乃怪事！你偶然穿一回，还是常常穿的呢？岂是在男子跟前，也穿这个么？”德菱道：“这是寻常晚衣，每逢着盛宴跳舞会才穿呢。”太后笑道：“这更不堪了！外国事事不如中国。中国妇女在男子跟前，手腕都不肯露出，外国竟这么的袒胸赤臂！皇帝常言变法，照此看来，还不如我守旧好的多呢！

次日，庆亲王面奏，克姑娘请示开绘日期。太后叫取历本拣选吉日，拣了闰五月二十日戌时开绘。德菱知道傍晚时光，克姑娘必不肯开绘。于是把此意婉告太后，磋商再四，才改了朝晨十点钟。隔了一日，太后到德菱房里，瞧见了她的摄影肖像，异常欣羡，开言道：“可惜不能招市上拍照的入宫拍照。”裕太太于是奏称，裕庚的儿子，现在宫里当差，照相的事情，也曾研究过，老祖宗如果招他照相，或能满意，也未可知。原来裕庚两个儿子，都在宫里当差，一个管着颐和园电灯处事务，一个管着太后御用小火轮。原来颐和园中有船坞一所，琢石而成，在仁寿殿西南，与万寿山相对，旧名宝莲航，亦名石舫。光绪中，昆明湖中，始置小轮船二艘。又在园外东南隅，设电气房专司园中电灯。所以后有诗叹道：

> 殿西船坞对山椒，画鹢飞轮似御飙。
> 万炬通明传电气，春波潋滟绣漪桥。

当下太后召裕庚的儿子进来，问他几时好拍照？回奏等家去取了拍照家伙来，随时可以拍照。次日取到，拍了好多张照，朝服便衣，各式都有，结末又拍了一张渔家装束乘坐小艇的照。后人有诗赞道：

> 翔鸾飞舰掉湖波，天上嬉娱乐事多。
> 不爱内家妆束贵，居然雨笠与烟蓑。

到了二十日这天，太后才早朝，克女士已携了画具进宫了。退朝回宫，克女士望见太后，按着欧洲觐见君后之礼，急忙趋前吻手。太后只道她要来咬指头儿，唬了一跳。当下敷衍了几句应酬话，随更换衣服，从事绘画。起初几日，也还高兴。到后来渐渐懒怠了，坐不到十分钟，就要歇息。克女士没奈何，只得先绘宝座与屏风。这原是仰体上意迁就的举动，不意太后异想天开，向德菱道：“我想克女士既能绘宝座与屏风，我的衣饰，她总也能够绘画，不必我亲临了。”德菱道：“这怕不能么，衣服首饰，总要有人穿戴了才能绘画。”太后道：“这个很容易，你可以穿我的衣服，代我坐着。”德菱道：“怕画士不答应呢！”太后道：“那不要紧，画起面庞来，我自己坐就是了。”于是德菱每日代替太后，默坐四点钟，直至绘成才罢。后人有诗道：

> 朱丹绣罽大秦妆，鳀壑人来海宴堂。
> 高坐璇宫亲赐宴，写真更召克姑娘。

这海宴堂是仪鸾殿改建的,全殿都是西式,殿内陈设的,也都是西洋器具,专备召见外宾,这也是德菱的翊赞。当时克女士肖像绘成之后,陛辞而去。太后问德菱道:“克姑娘可曾问起拳匪的事情不曾?”德菱道:“从没有提及过。彼时她在巴黎,乱事始末,大概不很知道呢。”太后道:“我很不愿提及此事,并不愿外人把此事询问我臣民。间时我自己忖量,我实是妇女中最明智的,他人鲜能及我!英后维多利亚,她的历史,我也曾瞧过译本,觉着她关系的重要,经历的忧患,还不到我一半呢。我的生涯,今方未艾,未来的事,没一个人猜的着。我或者要大反故常,做出奇特举动,惊醒外人耳目,也说不定。英吉利是列强中头一国,但是并非维多利亚一人之力。他们国会里头的英杰,时常帮助她,凡百施行,总拣善的做,英后不过画诺而已。咱们中国人民有到四百兆,统靠我一个儿。军机虽可备我咨询,他们只不过监察着。重要的事都须我一个儿决断,皇帝是一点知识没有的。我一辈子事情,从没有失败过,但是从不曾梦见拳匪的害人,会这么利害!综计我一生事情,不过这一桩是大谬误。初乱时光,我很该严降谕旨,禁他蔓布。无奈载漪、载澜,坚称拳匪降自上天,为是荡清国耻,剪除外人。他们所谓外人,就是教士。我生平最恨的是教士,所以这时光,未尝稍置可否,也不过要坐观成败呢。不意他们举动太暴,载漪竟然领了拳匪头儿入颐和园,聚集了众太监,验看他头上,有没有十字。那头儿道:‘这个十字,你们不会瞧见,只有我找的着,知道他是基督教。’载漪入宫见我,拳民头儿候在宫门口,查着两个信教的太监,问我如何处置?我听了大恼,立谕载漪,没经有我答应,如何擅准拳匪入宫?载漪奏称这一个头儿,法术极大,能把外人悉数戮尽,并且得着诸神呵护,不怕西人炮火。并称亲见一匪用手枪击射他匪,已经打中,一点子损伤都没有。随请将两个入教的太监付与匪魁,我允准了他。后来听得这两个太监,即在离此不远的地方斩首呢。次日,匪魁又随载漪、载澜入宫,叫太监都焚香跪迎,表明不曾信从基督教,又叫太监们练习拳术。过不到几时,太监都弃掉公服,穿着拳匪的衣服,一个个红衫黄裤,红布缠头,载澜且贡一套与我。此时军机领袖荣禄,恰恰请着假,我每日总派太监去瞧他。这日,太监回来,告诉我荣禄已愈,预备明儿入宫陛见,我听了很欢喜。次日,荣禄入见,奏对之际,面呈忧色,他说拳匪实是叛徒,不过要百姓帮他杀戮外人,至其结果,实不足为朝廷之福。我就问他如何处置?他说待与载漪商量了,总有办法。到了次日,载漪来见,称说为了拳匪的事,与荣禄大大冲突,并称北京居人,没一个不是拳匪,如果要禁止,必把北京人尽数屠掉才好,就是宫廷也不能免。又说拳匪已经选定日子,尽杀各国使臣,董福祥也答应率兵帮助,放火烧掉使馆。我听了万分焦灼,知道大乱即在目前,立召荣禄商议。荣禄叫我立刻下诏,宣称拳匪罪状,叫人民切勿轻信。并谕九门提督,驱逐匪徒。载漪听了大怒,奏称此谕果出,拳匪必然入宫行逆。我彼时没了主见,只得任他们去干吧。一日,载漪、载澜又要我降谕拳匪,尽戮使馆中人。我没有答应,他竟矫诏而行,致使外兵逼近都城,咱们娘儿仓皇西狩。这都是我优柔寡断,所以闹下这么大乱子。”说着时,不禁大哭。众宫眷见太后伤心,也都陪着下泪。这一夜,很是不欢。

不意次日上朝,又得着一个很忧愁的消息,却是日俄两国宣战的事情。原来日俄两国,积嫌已久。甲午年中日这一役,李伯相赴日议和,原有辽东半岛割隶日本之议。

彼时俄人为了自己在远东的利益约了德法两强国，索还辽东。果然行得好心有好报，丙申年俄皇加冕，中国李伯相前往庆贺，就在俄京订了几条密约，把东三省权利，尽送给俄国，山东的胶州湾，也带在里头。偏偏事机不巧，山东地方出了一桩教案，杀掉两位德国教士，德人就派兵占据了胶州湾。俄人因我背了密约，强租旅顺大连湾以相抵制，又约满洲铁路，可以直筑到旅顺。庚子年义和拳之乱，俄国乘机进兵，占据了东三省。北京议约，俄人又把东三省提出另议。喧宾夺主，年复一年。癸卯年三月十一日，原是《辛丑合约》第二次撤兵期，俄人非但不撤，还增了无数的兵马，筑造兵房，斩伐林木，为久驻之计。我国行文责问，俄人以七事相要：

> 一、满洲不开商埠；二、俄人全占满洲佳矿；三、俄人管满洲卫生事宜；四、俄人助练兵；五、牛庄关田俄人管理；六、中俄共设商务衙门；七、俄人全占满洲铁路。

我国政府，为了急于收地，就拟应允一二条。不意各省官绅士庶，纷陈利害，力持不可。英美日三国，也劝我国政府，勿允俄人之请。偏偏俄人得寸进尺，招抚胡匪，派兵入龙严浦，又占据了奉天官署，并令华民遇着俄国庆节，尽揭俄旗。八月，俄人要求奉天将军增祺将满洲地租，详细报告，并将牛庄税关及厘金局，让与俄人管理。俄皇又特命阿力克塞夫为远东总督，凡远东事宜，均令与该督直接商办。政府闻之，甚有震骇，叫驻俄钦使询闻俄外部。俄人冷然道："这是俄国政策，何劳贵国询问？"从此之后，凡为了远东事宜，政府电询俄外部，总是搁置不答，总推说已经简放远东总督，给与全权，凡百事宜，均可往商。此时俄人又占据了三道江头，于是西自旅顺大连湾，东沿鸭绿江上流，越长白山以抵豆满江上流相近之珲春，沿途筑电线，驻守备兵，包括东三省，与朝鲜境划绝，以阻日本势力之侵入。又在奉天设立衙署，办理路矿及在满洲工业等事。牛庄街巷，悉改新名。派哥萨克兵六千至盛京，又派兵驻伊黎各地，大肆东封，实逼处此。中国兵微将寡，奈何他不得。

东邻日本，见此情形，竟然大动义愤，跟俄人大大不答应，于是日俄两国，遂有协商的事情。先在俄都，后在日京，经几次之会议，日木外务省大臣小村氏，与俄使罗笙男爵会议，开出协商条件，计共五条：

> 一、彼此允将中国高丽之主权，悉行保全；二、彼此又允各国在中国高丽工商之利益，彼此均沾；三、日本在高丽独一之利权，与俄国在东三省之铁路利权，彼此均须明认。又互相申明，俄日两国有权可以保护以上所列利权，但不得与第一款所载之宗旨，有所违背；四、俄国须明认日本有特别之权，以劝谏帮助高丽，使彼国维新，将政府改良；五、俄国须允不阻高丽铁路推广至东三省南方，以期与中国开外铁路相连。

俄使急赴旅顺，与远东总督阿氏协议。彼时日俄交涉，在圣彼得堡，有俄外部大臣蓝斯道夫伯爵与日使栗野氏之会议；在东京，有小村氏与俄使罗笙男爵之会议。十月八日，是俄人第三次撤兵期，依旧恃蛮不撤。协商已经五次，依旧不得要领。俄人的答复，绝不提及满洲，不过在朝鲜方面，稍示退让。日外相面访俄使，声言俄国的答复，不惬日本政府心，务请重行答复。于是俄人遂布告各国道："日本名为协商，实是挑战。日政府闻知，忙着分电辩诬。俄皇又特开极东委员会，俄皇自为议长，商议答复日本之要索。驻俄日使奉本国政府训令，屡促俄人，速行答复。日政府宣称日本候俄国复书，以西历一月三日为期。如期不至，再展限七日。再不答，日本就要在清韩方面，自由行动了。此时两国征兵发饷，准备战事，极形忙碌，所以皇太后非常愁闷。

这日，早朝既毕，太后告知宫眷等："俄日两国，怕旦夕要启衅，心中很是忧闷。虽然两国的事情，跟中国是不相干，虑的是在中国境内开仗，无论谁胜谁败，于中国终有不利呢！"宫眷们听了，也不很注意。不意次日，太监总管奏称，今儿点卯，走失太监五十人。众人听了，很是惊讶。过了一日，又报走失太监百人。太后恍然道："我知道了，他们必是听了我的话，以为俄日将有战事，怕再见义和团的乱了，才相率逃避呢！"照例太监逃走，必派骒骑四出拿捕，捕到了必然按律惩治。此番，太后传谕，不必拿捕。又过了两日，一个太后素所亲信的某太监，又不知去向。太后大怒道："不意这个奴才，竟这么无良心！我平日待他，何等优渥，竟博得他如是的报答！乱机甫萌，丢掉我走了。"说着，很是懊丧。从这日之后，太监逃走的，几乎无日无之。太后于是决计移居禁城，俟至来春，再作计议。

此时俄日惊耗，日甚一日。宫中诸人，渐为震恐。一日，太后召集宫人，谕令："勿自惊扰，果然有变，与咱们是不相干的，决然不会波及。咱们有祖宗保佑，决不会有什么意外。从今而后，我也不愿再有人提起俄日事情呢。"又叫宫眷们各在祖宗神牌前虔诚祷告，叩求保祐。太后虽说不愿人再提此事，心里却很愿知道外间消息。一日，与德菱等无意中谈及，德菱道："这个很容易，只消购几份西报，并一份露透特约电，外边的事情，天天能够知道。"太后大喜，就叫裕庚出面，购了几份西报并露透电，每日转送到宫中来，由德菱译呈御览。一日，德菱译出一段新闻，却是已经决裂的惊信。不知太后瞧见之后，有何议论，且听下回分解。

第一一八回　旅顺口俄将丧师　东京城日皇宣战

话说德菱译呈一段新闻是：

一千九百零四年二月八号，即华历癸卯十二月二十三日也，是日为俄水师提督夫人之诞辰，俄舰各武官齐登岸赴跳舞会。提督司塔君开樽宴客，宾主酬酢，甚欢乐也。及晚，且留观剧。孰意惊天动地倒海翻山之一极惨酷极激烈之大事，即乘此嘉宾宴乐时而爆发乎！噫，夫岂在席诸人所料哉！时俄舰之泊旅顺口者，均列于港口东北，与炮台相倚，计分三行：一鱼雷艇，二大战舰，三巡洋舰，戒备颇严密。晚十一点钟，炮台守将见鱼雷艇数艘入港，即发暗号问自何而来。来舰以俄国暗号答曰：余等从青泥洼来。于是台将遂放心，许其入港。呜呼！此果自青泥洼来之俄国舰乎？乃自佐世保来之日本舰也。惟日舰如何能知俄军暗号，则不可得知矣。

日本中将东乡平八郎于二十二日，亲率全舰队，轴轳相衔，自佐世保起程，至仁川，另派舰队使抵挡在仁川之俄舰瓦利耶克及哥烈芝二艘。然后并力齐行，直向旅顺口进发。是行也，共计统带三人，战舰十六艘，水雷驱逐舰数艘，内一等战斗舰：朝日、三笠、初濑、敷岛、富士、八岛等六艘，少将梨羽是起统带之；巡洋舰：千岁、高砂、笠置、吉野等四艘，少将出羽氏统带之；装甲巡洋舰：出云、磐手、吾妻、入云，浅间、常磐等六艘，少将三须宗太郎统带之；水雷驱逐舰则村雨、早鸟、白云、朝潮等，言最著也。

日舰既抵旅顺，离俄舰六英里而阵。其水雷队即发鱼雷射俄舰，俄人还炮相击。斯时也，弹丸雨飞，炮声雷震，海波腾涌，如喷泉，如沸水，其酷烈之情形，实非笔墨所能形容者。而俄国之武弁，尚在提督行辕宴饮也。闻斯惊报，立即归船，而俄舰之阵形已乱。先是日本水雷舰于炮战正酣时，潜行至旅顺港口黄金山之麓，以待俄船狼狈之时机。既而果有俄舰二艘，自战地逃出，盖图窜入港口，以避日本之水雷也。孰意适与水雷艇相遇，日艇即趁势放保武鱼形水雷以射其胴腹。俄战斗舰沙里维茨立即沉下，佛里维仙亦相继沉下，于是旅顺之港口遂阻塞。港口既阻塞，俄舰之败归者不能入内，而日舰并力猛攻，不少暂缓，故俄帕拉达舰与一不知名之运兵船，均遭鱼雷击坏。是战役共有三十分钟之久。俄舰与战者，为沙里维茨，载重一万三千一百十一吨，载炮六十八尊；帕拉达载重六千六百三十吨，载炮三十四尊；佛里维仙载重一万二千七百吨，载炮六十五尊；亚斯哥载重六千一百吨，载炮三十六尊；努维克载重三千二百吨，载炮十九尊；雪巴斯托波载重一万零九百六十吨，载炮五十尊；石脱罗帕夫洛斯克载重一万零九百六十吨，载炮五十尊，而沙里维茨，佛里维仙，与一不知名之运兵船，均遭沉没。拉帕达亦受伤搁浅。日本舰队，则无一损伤。

战时炮弹四飞，波及甚广，岸上房屋被毁者几居大半。城中大扰乱，居民多奔山上以避炮火。城内与船岙，均受重伤。有三炮弹落于东港内，幸并未伤物。又有一弹透过船岙外之运兵船，幸该炮弹并未炸裂。城内被炮弹所击之孔甚多，有宽至十五尺者，有深至六七尺者。门窗之玻璃，尽被震坏。各路及码头上，均煤斤四散，幸尚未着火，否则其祸不可问矣。

二十四日午前八点半钟，日本巡洋舰三艘，往来游弋。俄舰遂将水手之行李，悉推入水中，预备开战。日舰忽退去。九点钟，日本全舰队并立于黄金山下，离俄舰仅三英里，即行开炮。相战约四十五分钟，俄人复大败。是役也，俄舰之被轰沉者一，击坏者六。而日本亦失掉鱼雷船一艘，为俄舰努威捕去，但俄人进入船内，早不见有一日人矣。

是役也，努威舰在港中两面奔驰，以乱日人之耳目。当该船进港时，沿路各船，大声申贺，且奏俄国国乐及总督之乐。

俄水师提督司塔之坐船伦佛罗伏司，离出港口，欲逐一受伤之日船，越数点钟即返，且有一大孔于船之左首。

是役之猛烈，较二十三日之战为尤甚。有众多之商船，多被波及，中国怡和洋行之商轮科仑比亚受创为最剧。云：

盖战时科仑比亚船适在战场中，故船身四周之海水，宛如沸汤。船上各舱，全行毁坏。船面落有许多之碎弹，总机器师佛来君面色变黑，缘炮弹在前炸裂故也。两次合计，俄舰之被击坏及轰沉者，共八艘，其他亦均受微伤。故巍巍数十艘之雄舰，至是而完全无缺者，已不及十艘矣。

是日岸上巡捕往各洋人之屋内，掷下一纸。此纸之字，译之则系令于二十四点钟内，速离旅顺，且令不去者，须自备粮食。因恐防守兵之食物不敷也。

越日晨，俄人设法将沙里维茨等数船设法救起，移进港内，然苦无修理之处。因旅顺口之船岙大小，不能容装大舰。而建于石上之七百五十尺之大船岙，则尚未竣工也。

开平矿务局之商轮名富平者，于战时亦寄泊此港内。战既毕，船主葛来方欲启轮，而俄人传令至，令船主将数公文签字，方可出口。船主允之，于是遂签字。计签字之公文共二纸：一令不能将旅顺实情泄漏于外；一令船中只可积三日粮。

船主既签字，遂吹管开轮，驶出西港。方至港口，即被守口俄舰突以二寸径之炮弹，连发三次，正中船首，毁物极多，并伤华人搭客五名，一女子击去一腿，一男子击去一手，又一人其背击去一段，余二人伤亦甚重。富平既被击，即驶回内港。俄统带遮告船主曰："此乃误举，余甚不乐。君船可出海"云云。

同时有西平商轮亦遭厄难。西平者，开平矿务局商船也，于十二月二十四日夜十二点钟，由秦皇岛之上海，路经旅顺，忽被俄舰所捕。拘禁七日，始行释放。

太后瞧毕，向德菱道："不意俄国地大兵强，竟会败的。"德菱道："眼前瞧来，果然是日本胜。但是战事还只开始呢，日子久了，究不知谁强谁弱？"太后道："两国大小，差到好些呢！"德菱道："按了疆域人口国力一切，日本如何比得上俄国！日本疆域，通只一亿六万一千一百七十九方里；俄国有到八兆六亿六万零三百九十五方里。日本人口，通只四十四兆八亿零五千九百三十七人；俄国有到一百四十一兆人。日本陆军，平时只一亿五万，战时也只六亿人；俄国陆军平时已有一兆一亿人，战时竟有四兆六亿人。日本海军只一亿七万零七百六十七吨；俄国有到四亿六万六千六百十五吨。"太后道："差的这么大，还敢战，日本真也有胆！这两国虽然都是友邦，只是我倒偏着日本。俄国要是胜了，咱们中国怕要不得了呢！德菱，你瞧瞧，报纸上别地方还有开仗的事情没有？"德菱听说，重行翻阅，又译出一段，却是朝鲜仁川港水战事情，忙呈与太后。太后接来瞧时，只见上面写的是：

二月八号晚，俄使罗笙往晤日公爵高毛而拉。语次，日公爵曰："日俄交谊，现已断绝。"罗闻斯言，即询曰："然则两国其将开战矣乎？"曰："未也。"不意罗笙辞别日公爵后，不多时，外间传言日军已在旅顺口及高丽海滨与俄开战矣。此俄日两国决裂情形也。兹特舍日本而述高丽之事，二月九号早上七点钟时，法舰帕思高、英舰搭尔卜、意舰哀尔巴、美舰佛斯彪等之统带接到日水师提督瓜生之公函，内开俄舰瓦里亚克与哥烈芝，不于十二点钟之前驶出利物浦港，日本水军将于下午四点钟时，即在港内攻击俄舰云云。法舰统带商南君接该函后，以为俄日尚未宣战，而日水师提督如此作为，深为诧异。爰偕意舰统带某君，诣英舰搭尔卜，与该舰统带会商一切后，拟定一公信送交日水师提督，与彼据理相争，力辩其妄。当是时也，俄舰瓦里亚克之统带，尚未接到日水师提督之公函。至十点半钟时，始由驻利物浦之日领事，将日水师提督之信，饬人送至俄舰。瓦里亚克统带接信后，始知日水师提督之用意，遂往晤英法意各兵舰之统带，恳其陪送出海。嗣因各统带告以不可，瓦里亚克之统带，遂当众宣言曰："吾等之命休矣，然总当前往。"于是遂与英法意三兵舰之统带，行相抱礼而别。归舰召集兵士，告之曰："吾等将与日军开战矣。"众齐答曰："唯。"于是俄舰遂起碇，当起碇之前，船中军乐大作，始奏本国之乐，继奏法国之乐与英国之乐，以及意国之乐，以示友好之意。及驶出港口时，各国兵舰中人，皆同声喝采，遥伸敬意。出港后，不意与日战舰六艘、鱼雷船八艘相遇，遂开战。人皆以为俄舰二艘不多时必为日舰击沉也，不意俄舰竟能与日舰相持一点钟之久。是役也，俄舰瓦里亚克船面所有之炮位等，悉被日舰击毁，是以该舰不能还炮相击。卒有一开花炮击中该船之舵,遂不能行驶自如。统带睹此危险之情形,遂用他法将船驶回利物浦。奈因转掉不捷,途中又被日炮击中三次,均在水线之下。及竭力驶回利物浦后,经法舰帕思高之统带商南君,将受伤及未受伤之兵士设法救起。内有四十五名,身受重伤,立刻抬至法舰。有三人从俄舰抬至法规时,在途中已因伤毙命。有三人当晚即死。又有二人至遇救后第二日,因医药罔效而毙。至俄舰瓦里亚克,因受伤过重,且该船水线之下,被日炮击成洞穴,是以五点钟后,即行沉没。据该舰上人所述,与日军始行接战时,该舰之后面,被弹药所中,即已燃火,甚属危险。又闻该船舰桥之上,血肉模糊,不忍逼视,所有倒卧在船面之尸身,或手足不全,或有首无足,或有足无首,其凄惨之状,有不可以言语形容者。有一年轻之兵官,在船面手执路程表,指挥一切,忽被流弹所中,化为乌有,仅存一手,而路程表仍执在手中。噫,惨矣!又闻交战时,有兵士四人,侍立在统带之左右,忽有炮弹飞至,一人登时击毙,二人被击受伤,而该统带幸未击中,然亦有一炮弹飞过太阳穴云。

当俄舰瓦里亚克与日舰相战时,俄舰哥烈芝相距仅二百米,而竟无一炮弹击中,此诚奇事。是以该舰中人,并无一人受伤。嗣因该舰统带料日舰必来攻,爰计议将船自行炸裂,以免被日人获得。遂定计将火药线双双接连,置放在两处火药房内,俟火药线燃到时,自行爆裂。闻该舰水手等人登岸,不及数分钟,即轰一声,两处火药房,果同时炸裂。日水师提督瓜生君接英法意兵舰各统带之公信后,不即答复。越数日,始行回答一函,内开事已如此,夫复何言云云。

太后瞧毕,不置可否。次日,报纸送到,德菱照例翻译。太后问:“有新消息没有?”德菱道:“两国国皇,都宣布了战书了。”太后催她速译,德菱随把日皇战书,先行译出。恰好太监送进糖果,太后道:“你念给我听罢!”太后一边吃,德菱一边念,只听她念道:

我日本皇室之莅兹大位,自昔一姓相传,以迄于今。兹朕特行宣告于我忠勇之日本国民,今朕与俄宣战,并命海陆两军尽其能力,与彼国决裂。又命各官员均尽其职分权力,以期在各国公法界限之内,获全国之所注意者。朕以万国之交谊,甚关紧要,故朕之用意,常望本国得有和平之进步,以使与各国之交谊,益加辑睦。而期远东得有太平,又使本国日后不损万国之权利。各官已遵照朕意,各尽其职。故与各国之交谊,益行增厚。不幸今与俄开战,非朕之素望也。高丽土地一事,于本国甚关紧要,不独因与彼国素有交谊。且高丽之存亡与否,与本国之安危,大有关系。但俄国不依亲允中国之约言,及对列强之许诺,而犹占东三省,且在彼地益厚其根据,意在永远占据。俄既蚕食东三省,则中国土地定难保全,故远东和平之望,益加消灭。

朕欲以协商之法，办妥此等问题，期得永远和平。故各官奉朕之命，将各款送交俄国，又约六月内与俄时相会议。乃俄于所开各款，并不见允，且屡屡延期，以使此事莫结。一面借口于和平，一面增备海陆各军，以图遂其所欲。朕知俄国并无和平之意，彼将我政府所开各议推诿，高丽甚为危险，我国权利亦有所损。盖至是而和平协商一事，终不能成，故今放胆以兵力从事。朕甚望我国民之忠勇，不日即得永远之和平，以大光我邦家也。

太后听了，正欲问话，忽报庆亲王有要事面奏，恳请召见。太后唬了一跳，立刻召见，问他有什么事。庆王奏道："奴才接到密电一道，是胡维德拍来的。他说俄国已遭遇与日本接仗的危机，俄政府很是忧闷。此时中国如果严催他撤兵，俄国必与中国订结极容易的协商，能够实行撤兵，罢掉干戈，和平克复满洲，也说不定。"太后道："你瞧办得到办不到？"庆王道："奴才毫无把握，恳求训示！"太后道："交涉起来，俄国未必是听。再者现在开仗当口，咱们再不要扰进去。"庆王道："奴才还要恳求圣训。俄日两国开仗，咱们果然没力量管他，但是东三省是中国疆土，兴京盛京，祖宗陵寝所在。两国兵马，在那里放炮开仗，咱们竟然一声儿没言语，听他们扰去不成？"太后道："祖宗陵寝，那是最要紧不过的，万万不能稍有震惊。"庆王道："奴才也是这么想。只是兵争当口，又未便派兵去守陵，可怎么样？"太后道："一时间也想不出什么主见，还是探问探问各省疆吏罢！"庆王遵旨，随命领袖章京拟了稿，用密码拍发出去。不到两日，河南、江苏两巡抚回电到来，力请严守中立。庆王照实复奏，太后道："陵寝能够不要紧么？"庆王道："奴才想来，俄日两国，与我朝素敦睦谊，谅不致惊及陵寝。"太后道："既然如此，你就下去拟稿罢。"一时拟上，太后瞧过，随即颁发出去。其辞道：

日俄两国，失和用兵。朝廷轸念彼此均系友邦，应按局外中立之例办理。着各省将军督抚，通饬所属文武，并晓谕军民人等，一体钦遵，以笃邦交而维大局，勿得疏误，将此通谕知之。钦此。

又命律法官拟定官训四条，南北洋大臣拟定条款十三条，颁发各省。其辞如下：

律法官所拟之官训：

一、现在日俄两国争战之际，凡战国之战舰，均禁止泊用中国水道辖境各口，或停泊为争战起见，或为布置一切战务，并禁止。如甲战国之战、商各舰出口后，其泊在中国水辖境内或泊舰之处，乙战国之战舰不准追踪前去，必须候过至少二十四点钟后，方准开行。

二、一经晓谕之后，如有战舰进中国水道辖境口岸或停舰之所，此项战舰，应令自进口之时起，于二十四点钟之内离开出洋。除非遇风潮，或因缺食物，或因修理。凡遇此等事情，如逾二十四点钟之限，该口之官长，应饬令迅速开去。除仅敷即时需用食物外，不准多带食物等件。接济此种舰只，如因修理而来，一经修毕，不准在中国辖境水面逗留逾二十四点钟之限。

三、凡战国之战舰，不准在中国各口岸及水道辖境内，多备食物接济。只准向华民购办，以敷及时需用之食物等件，为舰上水手人等之急需。如购煤斤，只准接济仅敷回本国至近之口岸，不准多备。

四、两战国之战舰，不准以捕获之战利敌舰或商舰，进中国水境。

南北洋所发之告示：

——由北京至山海关，各国留驻兵队，以保海道通畅，系按光绪二十七年七月二十五日，即西历一千九百零一年九月初七日各国和约办理。现仍应遵守此约原有宗旨，不得干涉此次变局之事。

——凡寄居本国局外境内之他国人，如有私行接济两战国禁货，有碍本国局外之责者，应有地方官设法禁止。或知照该管领事等官，分别究办。中国官民，应一律禁止有碍局外事情，如后开各项：

——本国人民，不得干预战事，暨往充兵役。

——民间舰只，不得往投战国，或应招前往办理缉捕转运各职司。

——不得将舰只租卖于战国，或代为安装军火，或代为布置。

——不得代战国购办禁货，或在境内制造禁货，运销战国之外海军。所有禁货，如后列各项：一、炮弹、铅丸、火药及各项军械；二、硝黄及制造火药各种材料；三、可充战用之舰只及其材料；四、关涉讼事之公文。

——不得代战国载运将弁兵卒。

——不得以款项借给战国。

——舰只非避风患，不得擅入战国所封之口岸。

——舰只驶入战疆，不得抗拒战国兵舰之搜查。

——不得为战国探报军情。

一、除战国各种舰只，在中国口岸购办行舰必需之物，应遵守另列各专条外，不得售粮食煤炭于战国。

——所有未尽事宜，随时查看情形，参酌公法，候饬遵行。

欲知宣布中立之后，外交上有何影响，且听下回分解。

第一一九回　大清国颁诏守中立　小朝廷忍耻订同盟

话说中立诏书颁布之后，不到几日，就接到驻日杨钦使电报。报称日外部来文，言满洲事情，贵国虽守局外，然务须严防遵界，勿以幸可免战，遂懈防守。庆王奏知太后，太后立下旨意：命马玉昆带兵十营驻山海关，郭殿辅带四营驻张家口。复饬东南各省疆吏派劲旅北上，拱卫神京。东南疆吏，接到此旨，不敢怠慢。湖广督臣遣中协吴元恺率练军二十营入卫，两江督臣饬人分投湘皖招募新军。政府王大臣又派直隶旗兵五营，驻关外锦州，淮军三营驻新民厅，常备军六营驻山海关，武卫、自强二军驻北京、天津、通州。马玉昆的兵，叫他专守朝阳、热河一带。又叫驻日钦使照会日本外部道：

日俄失和，朝廷以两国共为友邦，重以亲交，依局外中立之例处置。已通饬各省一体遵守，且严饬地方官保护商民教徒。惟盛京及兴京，以陵寝宫殿所在，故当令该将军任敬谨守护之责。于东三省之城池官衙，人命财产，两国皆不得损伤。原有之中国军队，彼此各不相犯。于辽河以西，俄兵撤退之地，由北洋大臣派兵驻扎。各省及边境内外蒙古，遵照局外中立之例处办，两军队毫不得侵越。若闯入境界内时，中国当拦阻之，不得视为失和平者。但满洲之地，有外国驻扎军队未撤退之地方，恐中国之力，有所未逮，难实行局外中立之例。然东三省之疆土权利，不论两国胜败，仍归中国自主，不得占据。

未几，日本外部答道：

日本政府于贵国内希望和平，严防扰乱。除俄国所占领之地方外，总于贵国范围内，苟非俄国有特别之举动者，敝国决当认定贵国之中立。日本军队于战场固守交战法规，不许滥破财产。于盛京及兴京之陵寝宫殿，并各地方所在之贵国官衙，原非俄国所为者，可无损伤，贵国政府可以相信。又于战斗地域内有关于贵国之官民，在军事上当允之限，日本军队于其身体财产，必当十分保护。惟于该官民帮助我国之敌及与之厚遇时，日本政府须保留临机必要之权利。我国与俄国至旗鼓相见时，非出于征略之目的，为防护我正当之权利及利益耳。若战争之经过，牺牲中国，占领土地，决非日本政府之意。又至于贵领域中当兵马之冲，有所措置，一依军事上之必需，非敢损贵国之主权。祈贵国政府笃信之！

杨钦差即把日人回文，电告政府。政府知道满洲境地，难以全作局外中立，遂与奉天官吏商定战地界限规则九条，颁布中外。其文是：

——日俄二国倘在奉省地面开仗，拟即旨定战地。两国开战及驻扎之军队，只能在战地限内，不得逾指定战地界限之外。

——西自盖平县所属之熊岳城，中间所历之黑峪、龙潭、洪家堡、老岭、一面山、沙里塞、双庙子以东，至安东县街止，由东至西，所历以上各地名，分为南北界限，限以南至海止，其中之金州、复州、熊岳三城，及安东县街为指定战地。抑或西至海岸起，东至鸭绿江岸止，南自海岸起，北行至五十里止，为指定战地。两国开战后，凡战地县内之村屯城镇，免遭兵祸。

——两国开衅，无论胜负，军队俱不得冲突窜入指定战地界限以外之地。如有侵及限外之地，杀伤人民，烧毁房屋，抢掠财物，以及一切损失，应由越限之国认赔。其战败之军队，及受伤人等，无论行抵何处，我既守局外，一概不能收留。

——此次指定战地限内之地，但供两国战时之用。如胜负已分，军事已竣，所有指定战地，两国兵队，均各随时退出，不得占据。

——两国宣战以后，所有指定战地限内，除日俄两国外，其余无论何国兵队，不得任意进入。并届时无论何国官民一切人等，如欲赴指定地方者，均应照章向华官请领护照，及沿途华官呈验，方准前往。其不应前往之人，仍由华官查禁。

人民财产，不免冲突。倘有损失，照公法应由战败之国认赔。如有无故杀伤人民，烧毁房屋，抢掠财物，何国所行之事，应由何国认赔。两国开战，我既守局外，所有界限以北之城市，应由我自行派兵防守，两国军队，不得冲突。其在界限以南，即指令战地限内，安东、复州、熊岳各村屯，向有之巡捕队，仍照旧驻扎，两国不得阻拦，并不得收我军械。如两国定期开战，以上各巡捕队，均行调回各该城内驻扎。至省城外地面兵少，亦当酌调一二营弹压，以免惊扰，俄人亦不得阻拦，收我军械。

——两国征调军队，有必须由指定战地限外地方经过者，不得逗留久住。粮食柴草一切日用之物，须该国军队，自行备办携带，以符我守局外之例。

——我既守局外，两国开战以前，开战以后，均不得招募华民匪类，充当军队。

——如有匪徒窃，发在战地限外者，归华队剿捕；其在战地限内者，与何国兵队相近，即由何国剿捕。惟均不得越界以免别滋事端。

——两国如已订定开战，须将日期及在何处开战，预先知照华官，出示晓谕，俾人民知避。

战域限定之后，不意又兴起一件意外的交涉。上海黄浦江中泊有一艘俄国战舰名叫“满洲”的,原是战局未开以前来的。现在朝廷宣布了中立,限定了战域,日本人就来责问:“俄国兵舰,为甚泊在中立港里?”上海道急忙电请南洋大臣发令,勒“满洲”船退去。南洋大臣因事关重大,电告外务部,请为作主。外务部照会俄使,俄使答道:“东三省马贼鸱张,破坏铁路,俄政府还没有问罪中国,中国受了日本的煽动,倒要叫无害于中立的‘满洲’船退去,实不可解。并且‘满洲’船泊在上海,只为保护俄国商民。”外务部不能坚持主见,向日使道:“‘满洲’船停泊时光,日俄还未开衅,所以中国未便用兵力迫他退去。”日使坚不允道:“俄舰不退,日本也当派兵舰驻上海。日后如酿衅端,中国当任其责。”外务部没奈何,复跟俄使婉商,请该舰卸去军械,俄使不肯答应。于是日本径派“秋津”兵舰驻沪,又续派“和泉”“须磨”二舰到来,与俄舰同泊一港,很有不相容之势。上海士商,大为震骇。日使知照政府道:“俄舰如果不退,日本必然进师轰击。”俄使不得已,才允卸去军械。为了这一艘兵舰,十余日里头,上海道,日领事,俄领事,俄舰统带,南洋大臣,外务部,俄公使,日公使,俄总督,日本外部,俄国外部,彼此电文,往来如织。交涉办妥,沪道电禀外务部,外务部奏闻太后。太后道:“中国究竟是独立国,不过国势弱了点子!不意为这一条小小兵舰,竟就费了这许多唇舌。”

这日,直隶总督袁世凯觐见,太后问他,对于俄日战事,有何意见?袁公奏称:“两国虽已构兵,决不致牵涉中国。不过战事既定之后,满洲地方,不免要多事。”太后道:“那我也知道,因为两军战在中国境内呢。最好的法子,只有严守中立。中日这一役,国力已竭,不能再以干戈相见。现在当严谕各官员,慎勿干与此事,以免外人有所藉口。”袁公奏称:“太后所见极是,臣等自当仰总上意,竭力维持。”太后道:“你瞧战事结果,谁胜谁败?”袁公道:“事很难决,或者日本能够胜呢。”太后道:“日本果然胜了,我的忧心倒是可以稍释一二,就怕是不能够。俄国地广兵众,胜败两个字,还不易说呢。”袁公道:“胜败利钝,诚难逆睹,太后的谕是。”太后道:“中国如果不得已与别国开仗,恐怕没有立足之地了。咱们武备废弛,都没有预备,既无海军,又没有训练的陆军。老实讲一句,简直是没一点子自卫力。”说着,不胜叹息。袁公安慰太后道:“照目下情形,中国似乎不必虑有战祸,因各国跟咱们都很要好。”太后道:“中国总该自醒,力行各种新政,只是不知从何处人手呢?总要望中国在世界列强中得占一优胜位置。”

一时,袁公退去。太后复召见军机大臣,告以方才与袁公所谈的话。军机大臣都竭力赞助,并且对于国防等事,各抒意见,很发了一番议论。某亲王且主张变法不变服,太后甚韪其议,慷慨激昂,很议论了一回。退朝之后,也就丢过不提了。

这日,退朝回宫,德菱已把战事新闻译出了。太后问有什么新鲜消息?德菱道:“朝鲜的中立,被日本逼迫取消了。驻韩俄使与使署护军,都已回国。日韩两国又订了新约章六条。”太后道:“有这等事?取来我瞧。”德菱呈上译稿,太后接到手,只见上写着:

大日本国特命全权公使林权助大韩国暂署外部大臣李址熔各奉妥宜委任订定专条如下:

第一条，为日韩两国睦谊永敦，并俾东方平和之局弥臻巩固起见，韩国政府推诚相信于日本国政府。至于改善国政事宜，可听日本国政府赞襄施行。

第二条，日本国政府顾念日韩两国邦交辑睦，应担保韩国宫廷得获升平又安。

第三条，日本政府确实担保韩国自主及疆域完全。

第四条，倘因被日韩以外之国侵扰，或因韩国民乱，以致有韩国宫廷不得相安，或韩国疆域难期完全之虞，则日本国政府视其情形若何，应立即措施扼要之法。遇有此项事宜，在韩国政府理宜极力予以辅助，俾便日本国政府措施一切，并在日本国政府随时酌看情形，可得占领军略上扼要之地，以期事在必成。

第五条，凡与本专条宗旨不相符合之约，非将来彼此允诺，两国政府不得与日韩以外之国有所商定。

第六条，至与本专条相涉之细目，日本国全权大臣与韩国外部大臣随时酌看情形，会同妥商订定。

明治三十七年二月二十三日

光武八年二月二十三日

太后瞧毕，向德菱道："《马关条约》的第一条，不是要我国认朝鲜为完全无缺独立自主的国家么？这会子，怎么又不许他中立呢？"德菱道："日本要吞灭朝鲜，已经久了。甲午以前，跟中国争夺，甲午以后，跟俄国争夺。此番开仗，名是为东三省，其实仍旧为朝鲜呢。开战之前，日人火急完竣京釜铁路工程。十日工夫，日军已占领韩疆全部，如何还能够中立呢？"太后道："朝鲜的事，究竟是别国，咱们可以不必管他。只是强邻如此行为，泰西各强国，竟然一句话也不说，中国也很寒心呢！"德菱道："中国总还不至于呢！"太后道："打仗当口，讲甚么理？我想这里离东三省太近，还是西安地方安逸一点子。"不意才说了这么一句话，连英美德三国都已传遍。英美德三国公使通告中国政府道："已经约令日俄，一体遵行，所有两国的军旅，概不得侵入中国边境。"并请安慰两宫，不必因日俄开战，遽行动摇，以致大局有碍。德皇也电请两宫切勿西巡，各公使又请明宣上谕，示朝廷必不西幸。太后很是为难。恰好御史汪凤池上疏诤谏，其辞道：

窃维俄日近日情形，已将决裂，战事即在目前。我虽例守局外，而事后无论谁胜谁负，中国必受其亏。臣愚以为两害照形取其轻，因应得宜，其害或可略减。若举动一不慎，则人心惶骇，非常之变必生。盖外患内乱，势恒相因，使根本之地一有动摇，则全局瓦解，不可收拾。是在我皇太后皇上持以镇定而已。何以言之？英之窥卫藏及沿江一带；法之窥滇越；德之窥山东。处心积虑，匪伊朝夕。其所以迟徊视望者，皆因互相牵制，不敢轻发难端。若今日俄日战衅已开，胜负稍分，必有出任调停，当不令其旷日持久。设因东方俶扰，震及京师，或以西巡之说，上渎圣聪，误听其言，必至群情涣散，土匪会匪，势将乘机煽乱。而列强亦必因之各逞所欲，则大局不堪设想矣！臣愚以为我皇太后皇上庙谟宏远，必能明见及此。惟求明谕沿江沿海各将军督抚，慎固封圻，保护商埠教堂，以免节外生枝。力持镇静，不为浮言所动。宗社幸甚！天下幸甚！臣为时局艰迫起见，不胜惶悚待命之至！

太后见了此折，遂命军机拟旨，大加申饬，以示朝廷绝无西巡之意：

御史汪凤池奏密陈大计一折，据称此次日俄开战，设因东方俶扰，或以西巡之说，上渎圣聪，若误听其言，必至人心惶骇，群情涣散等语。现在日俄两国失和，并非与中国开衅。京师内外，照常安堵，何至有巡幸之举？该御史辄以此等无据之辞，轻率奏陈，实属不明事理。汪凤池着传旨申饬。嗣后如有妄造谣言、淆惑众听者，着步军统领衙门顺天府五城御史一体严拿惩办，以靖人心。钦此。

这几日，太后在宫中，除了战事外，绝口不谈他事。每日上朝，除了召见军机之外，又特召各路统兵将帅，询问一切国防事情。不过各将帅平日服官在外，于朝觐仪注，不很明白。见了太后，未免手足无措。宫眷们从屏风后窥见了，都要失笑。至于奏对之语，更是没意识。有一日，太后问某提督，语及"海军的窳劣，实因咱们没有训练海军的士官所致。"某提督回奏："中国人民比了各国为众，讲到战船，咱们有内江炮船无数，还有招商局好多的商轮，大可用以临阵。"太后听了，即喝某提督退下。随向左右道："中国人民果然不少，但是大半都跟此人一般的见识，于国家有甚裨益呢！"某提督喝退之后，朝臣尽都窃笑。太后道："这有甚好笑？不过叫这种人居在海陆军要职上，深为可恼呢。"

此时年关伊迩，宫里头人上自宫眷，下至太监，日日忙乱，预备着度岁。太后亲自翻阅历书，选择吉日，叫太监各处扫尘。把壁上所有各物，悉数取下，重事检点。一切器用物件，无不细加拂拭。太后的首饰，也都一一拭擦。又预备名单，凡皇族内眷及满臣妇女，得参与除夕礼者，都一一列名其上。太后又命替宫眷们特制新冬服，一概自白狐皮出锋。祀灶制糕，忙乱异常。太后又握笔醮墨，亲书斗方福寿各字。又叫能书的宫眷及翰林官员，帮着书写，预备新岁颁赏各大臣的。各省将军督抚大臣，专差贡献新年礼品，络绎而至。收到之后，须先呈于太后过目。合意的留着备用，不合意的，就叫交给管内库的太监收了。贡品中小件器具、古玩宝石、绸缎衣服，无物不具，无色不有。光是太后合意的，已经堆积了数室。内中要算直督贡的黄缎袍，用各色宝石珍珠缀成芍药花，用翡翠缀成花叶，光彩耀目。可惜分量过重，穿了不很舒服。粤督贡的珍珠四袋，每袋数千粒，体圆光足，也是希世之珍。欲知度岁而后，有何要政，且听下回分解。

第一二〇回　蒋式瑆上疏劾庆王　唐绍仪奉诏议藏约

话说除夕这一日，太后绝早起身，先到诸佛跟前拈过香，然后再祭先祖。祭祀完毕，太监入报客至，却是荣寿公主、醇王福晋、洵贝勒福晋、涛贝勒福晋、恭王福晋、庆王福晋、郡主等五十余人，都是入宫行除夕礼的。除夕礼的意思，是在新年之前向太后辞岁呢。诸贵女觐见了太后，各归私室，略事休息。午后两点钟，太后盛服临朝。诸贵女群集朝堂，各依了爵位，排班行礼。由皇后领袖，叩头称颂。太后温颜相答，各赐红缎平金荷包一个，荷包内各贮着金钱。这是满洲旧俗，预备新年之后，叫各人从事储藏，以供雨旸不时之用。

是晚，举行守岁典礼，音乐大作，嬉笑为欢，由夜达旦，没一个睡觉的。太后同将宫眷双陆为戏。到半夜时光，众太监携进一个大铜盆，满满一盆火炭。太后折取所备的冬青枝叶，掷在火里，众宫眷跟着丢掷，随又加掷松香，这也是博取吉祥的意思。彼时众宫眷除陪侍太后玩双陆外，分为两班，一班做元旦饼，一班剥莲子。因为元旦日，阖宫的人，都不吃饭，都餐着元旦饼呢。天将破晓，太后才回寝宫歇息，众宫眷也各回房装束。

此时各种水果，都已齐备。那是预早叫太监出去采办的，专为贡献太后庆祝新年之用。天色大明，宫眷们都携了水果，到太后寝宫恭献。那些水果，都寓有庆祝意思，如苹果是祝平安，橄榄是颂永年，莲子是贺福利之类。走入寝宫，见太后已醒，记人贡上水果。太后笑道："生受你们，愿你们今年各个添福。"又问你们晚上睡过没有。大家都回说没有睡。太后道："大除夕原该不睡才是。我原也不要睡，不过略略休息。不意年纪大了，精神不济，竟然蒙眬睡去。"说着，早起身下床，太监过来替她梳头。众宫眷俟她梳好了头，才向她行礼，庆祝新年。又到皇帝皇后那里行过礼，才随了太后听戏。

这日，太后非常高兴，听罢了戏，又叫众太监取进乐器，大敲年锣鼓。太后又亲自唱歌，宫眷太监，无不附和。只德宗一个儿面现戚容，毫无喜色。因此宫监等背后议论，说他长了一岁，愈益傻了，不知他伤心人别有怀抱呢。

初二这日，太后绝早至朝堂祀财神，众宫眷均陪侍行礼。从元旦到元宵，宫里头除了玩牌掷骰之外，一无所事。不过正月初十，是皇后千秋，除了太后、皇帝，众人都向皇后祝寿。元宵这一夜，宫中各处都悬上花灯。只见颐和园中，香烟缭绕，花影缤纷，处处灯光相映，时时细乐声喧。说不尽繁华热闹，富贵风流。各宫的太监，又各争奇斗巧，制出各种绢灯，如狮子灯、龙灯、虎灯、麒麟灯、兔子灯、马灯、凤凰灯、锦鸡灯、仙鹤灯以及各式花灯之类，都穿着五彩衣，掮灯串舞，分行成字，凡数十变。有"太平万岁""万寿无疆"诸字，用黄绫册子书成字样，陈在御案之上，以供太后御览。后人有诗赞道：

百宝华灯密炬红，太平万岁字当中。
换衣试作回身舞，可似幽州浑脱工。

花灯之后，又到迎春堂看烟火。烟火放出，是历史中的各种故事，各式风景，以及葡萄紫藤等花形。种种幻状，极为可观，并于此时燃放爆竹数万。太后很为高兴，诸宫眷无不和兴，一时欢声雷动。这放烟火，乾隆年间，原定于燕九日，在圆明园“山高水长”殿内举行的。所以后人有诗叹道：

寂寞山高与水长，银花火树不成行。
迎春别启新堂宇，燕九年年乐未央。

元宵既过，太后一如平日，依旧临朝理事。不意有一个不知趣的御史，姓蒋，名式瑆，上了一个参折，参的是军机领袖庆亲王。所参款子很利害，什么招权纳贿，鬻爵卖官，该亲王存放汇丰银行私款，已有数百万之巨，请即派员查办等语。原来庆亲王奕劻，自做了军机领袖大臣之后，北京大小官员，没一个不奔走他的门路。官吏入邸求见的，总要先纳了门包，司阍的才肯替他通报。所以庆邸司阍的，倒也发了十多万的财。并且王府里从老福晋起，没一个不是要钱的。

有一个京员以一万金庄票贿庆王爷，庆王许他调与优差。该票已送入府中，经老福晋收下了。一日，庆王向京员索款，那京员回说已经送入府中。庆王怒道：“这差事，你也去找府里要？”那京员唬极，长跪请罪。庆王道：“这款你全送她用，难道我就不用了？”那京员大悟，再送了一万金，明儿公事就到手了。庆王为了这一桩事，很不直老福晋所为。一日，向老福晋道：“外面都说咱们府里要钱，要是这样胡闹，国家大事，如何能办？”老福晋蹙然道：“瞧现在的局面，若不积下些钱，将来如何是好？”庆王顿足道：“你好糊涂！将来大局如果不好，咱们不比平常百姓，难道有钱就会好了不成？”老福晋愤然道：“我只知道有钱就好，不管什么大局好不好？我不糊涂，你才糊涂！我不胡闹，你才胡闹！”庆王竟然奈何她不得。

这日，庆王正在内室，跟几位侧福晋麻雀消遣，忽报李总管到。庆王忙着出迎，见李总管已笑着进来。请过安，庆王道：“总管倒有暇到这里来坐坐！”李总管道：“奴才一来是请请王爷福晋安。二来有一件事要回王爷。”庆王忙问何事？李总管道：“今儿老佛爷瞧见一个折子，恼得了不得。奴才探得这一个折子，很关系着王爷。”庆王道：“参了我不成？是谁呢？”李总管道：“甚么款子，奴才也不很仔细。不过知道动折的那个御史，姓蒋，名叫式瑆。”庆王沉吟道：“蒋式瑆，是谁呢？不记得了。”李总管道：“这种卑官小职，王爷自然是不认得。”庆王道：“奇怪很了！人都不认得，跟我有什么冤仇，竟然动折参我？”李总管道：“这种没道理的书呆子，哪里配讲恩仇？他不过要借着王爷，轰出他自己的名儿呢！必是穷的要饿死，他想在家饿着也是死，冒犯了王爷，也不过是个死，才敢这么干的呢。”庆王道：“我是最好客的，要是好好的跟我商量，周济他一百二百银子，倒也不算什么。越是这个样子，我越要跟他斗一斗气呢。”李总管道："依奴才主见，这种狗一般的人，王爷也不犯着为他呕气。"谈了一回，李总管起身兴辞。庆王托他太后跟前，疏通疏通，又托他探听参折的底子。

次日，李总管又来，送到抄录的参折底子。庆王阅过，沉吟半晌，想了一个办法。当下就入宫见太后，自请查办。太后温言慰谕，随把蒋式瑆传旨申饬，并着回原衙门行走。清制，传旨申饬的事，京官由太监宣旨，外官由督抚代宣。太监得着此差，却是秀好的美差。被申饬的人，须预先纳贿，宣旨时光，才得免詈。不然，太监叫他跪聆宣令，随即破口辱詈，状至不堪。现在蒋式瑆是个穷翰林，奉了传旨申饬的谕，哪里有钱行贿？这日，奉派的王太监，又是李总管心腹人。李总管嘱咐道："这蒋式瑆是庆王爷最恨不过的人，今儿传旨，别到他家去，到都察院衙门去，当了众人的面，狠狠羞辱他一场。"王太监应诺，随到都察院，派人去传蒋御史。

众人与王太监应酬，王太监仰着脸，不大理人。一时蒋御史到，王太监摆出钦差架子，喝道："有旨申饬蒋式瑆，蒋式瑆跪下听宣！"蒋式瑆跪下，王太监顿足大骂道："混账忘八蛋，不知抬举，干出这种乱子来。你们姓蒋的原都不是好人，出到蒋式瑆这忘八更要坏。坏透的忘八，滚下去！"蒋式瑆叩头起身，面无人色。王太监骂够了，扬长自去。蒋式瑆向众御史道："士可杀，不可辱！我初不料国家有此恶例！"众人见他如此，未免兔死狐悲，物伤其类，倒都替他惋惜。蒋式瑆遵着圣旨，自回原衙门去了。

此时俄日战争消息，愈益紧急，无论宫廷衙署，谈的无非是辽阳战事。一日，忽报日本东乡司令官，率领战舰数艘，水雷艇数艘，护着木质废舰五艘，是天津丸、武信丸、报国丸、武扬丸、仁川丸，满载了砖石，齐向旅顺进发，要塞断旅顺港口，把数十艘巍巍俄舰，闭置在港里呢。不意被守炮台俄将知道，连发巨炮，把废船悉数击沉。又报俄日两军，在鸭绿江地方大战，俄兵打了个大败仗，九连城、凤凰城都被日军占据了。不多几时，又得着日军在奉天大孤山上陆占据金州的惊信。太后异常忧懑，每日率了宫眷，在佛前祈祷。德菱依旧逐日把西报中战电，译呈太后。

这日，恰见报上载有新闻一则，是康有为已由巴达维亚行抵新加坡的事。德菱只道这一段新闻，太后必然注意的，一并译出。不意太后见了，勃然大怒。德菱很是惶惧，太后道："你不要怕，我又不是恼你！你方才译出的康有为，实是扰乱中国的罪魁祸首。皇帝没有遇见康逆时光，列祖列宗的遗训，遵守得非常谨慎。自从引进了康逆，遂发念要变法了，并且还要汲引耶稣教于中国。你想罢，耶稣教是没祖宗的。他眼珠子里，既没了祖宗，哪里再会有娘？彼时康逆曾调唆皇帝，叫把军队围困颐和园，把我幽在里头，他们好把各种新政放胆做去。亏得荣禄、袁世凯都很忠心，早早报信于我，才得破他的计划。我那时气的什么儿是的，忙赶到禁城，询问皇帝。皇帝自知错了，求我再行垂帘。没奈何，劳碌到如今。我再懂不出那外国政府，为甚定要保护中国的国事犯，不许咱们惩治自己臣庶呢？"德菱见太后烦恼，只得把别事来劝解。

此时日军愈战愈近，大石桥，营口，牛庄，析木城，海城等地方，都被日军占据。太后惕于外祸，竭力举办了几桩新政。一桩是颁行商律的公司律，一桩是裁撤粤海、淮安两关监督，所遗政事，即着总督兼管。云南、湖北两巡抚，也被裁去。又命铁良往江苏等省查勘财政武备事宜。准直督袁公之奏，试办直隶公债票。准江监端方、御史周树模之奏，裁去漕运总督，改为江淮巡抚。设立得没有几个月，又裁撤了改为江北提督。又特设八省膏捐总局，派柯逢时管理八省土膏统捐事宜。派商约大臣吕海寰与葡使白朗谷续定中葡商约二十款。又因光绪十六年，中英订立的藏印条约八款，十九年，通商、游牧、交涉三款，议订了九条，并续款三条，为了藏人争执，久未照行。上年，英将荣赫鹏带兵入藏。本年六月里，杀到拉萨，达赖喇嘛逃了库伦去，英人与番众立约十款。朝廷为西藏是中国属地，力阻画押，特派唐绍仪从印度入藏查办。查办完毕，就与英国所派全权大臣，将条约酌量改订。

这年冬底，俄国旅顺守将因援绝粮尽，降了日本。奉天省城，也被日兵所占。波罗的海舰队，又在日本海里，被日本海军歼灭了个尽。俄国到此地步，也只好派员议和了。不意俄日两国在美国朴茨茅斯城议和之后，竟然勾起中国一个立宪大问题来。为了这个立宪大问题，扰的上下沸腾，江翻海倒，竟把大清朝列祖列宗沐雨栉风力征经营的锦绣江山，就此丧掉。有分教：假立宪引起真共和，革命军产出新中国。欲知端的，且待下回书中，再行讲演。

第一二一回　安重根暗杀伊藤公　李完用手定合邦约

话说日俄两国弃去新仇，重寻旧好，在美国朴茨茅斯地方，缔结媾和条约。那条约的第二条，写明俄国政府，承认日本国之在朝鲜有政治上军事上及经济上卓绝之利益，日本政府在朝鲜认为必要时执指导保护及监理之措，俄国不阻碍干涉之。这一条条约，分明是俄国承认朝鲜为日本属邦。世界各国，英国是日本同盟国，美国素来不喜多事；其余各国，见日本强盛，也都不肯结间冤家。与日本争夺朝鲜的，就只中俄两国。中国自甲午战败之后，自保不暇。俄国既然杀败，日本竟可安心乐意，享受朝鲜半岛，再不必担惊受怕了。

这一回开战之初，日本逼迫朝鲜订立了日韩国防同盟条约，朝鲜就宣言将从前所结的《俄韩条约》，悉行摧弃。韩俄的关系，就此断绝。日皇一面派侯爵伊藤博文为皇室专使，到韩京慰问韩皇。韩皇也派宗室李址熔到东京，为报聘大使。日人接待李址熔，很是有礼。此时朝鲜政治势力，已渐渐都归到日本人手里了。日本陆军少佐野津镇雄为朝鲜军部顾问，前驻韩公使加藤增雄为朝鲜宫内顾问兼农工商顾问，大藏省参事官目贺种太郎为朝鲜财政顾问，文学博士币原坦为朝鲜学政参与官，内务省参事丸山重俊为朝鲜警务顾问。各部政治，都由顾问官发纵指示，大臣伴食而已。

日人又派陆军大将长谷川好道为驻韩军司令官，兼管其警察权之一部，命各地领事受理韩民词讼，又将韩国通信机关全部收归日本管理，又订章韩国沿岸航行自由契约。韩人宋秉畯、李容九，又在韩京汉城，组织一进会，标举赞助日本为第一政纲。这宋秉唆曾以国事犯罪，遁迹于日本。及至日俄交战，因充作日军向导才回来的。此时宋李两人发起了一进会，风起水涌，不数月工夫，全国早都回应，会众倒有数十万。这都是日俄两国和约未订时的情形。

等到朴茨茅斯和约宣布之后，日本就派伊藤博文为遣韩大使，进谒韩皇，譬陈利害。隔不上几天，日使林权助与朝鲜外务大臣，就缔结成日韩新协约，明定韩国为日本保护国，把外交权先行收去。韩民得着此信，汹汹抗争，一进会会员偏偏的首先赞助。日本遂颁统监府及理事厅制，任命伊藤为韩国统监，通告各国公使，以本年年内撤归。韩国派驻外国各使，亦于年内一律召还。

光绪三十二年正月，伊藤统监至汉城，入统监府视事。老英雄究竟利害，一到府中，就颁教严宫中府中之别，禁杂流出入宫禁，政界稍形肃清。一到次年，仿照日本官制，设立新内阁，对于统监而负责任，以李完用为总理大臣。

却说光绪三十三年七月里，朝鲜半岛中，又兴起一个绝大风潮来。这一年，荷兰海牙地方，突然出现三位韩皇代表：一位叫李相窝，一位叫李玮钟，一位叫李俊。三位代表，在海牙地方，要求参列万国和平会议。隔不多日，又有用了美国人之名，发电报于各国大报馆，称说韩皇现在见幽于日本之警察，竟与囚徒相似，日夜以眼泪洗面。这一个电报发现之后，日人愤怒异常。韩人见了，无不惶骇失色。

韩皇钦派特使到统监邸，辩明密使的事情，与自己不相关涉。韩廷各大臣，更唬得面无人色，连日谒见统监，各自辩不与闻密使之事，并刺探统监如何处置此事。统监伊藤博文始终缄默，不发一言半语。各大臣又特开御前会议，询问韩皇有无派遣密使之事。韩皇不答。迁延旬日，不得解决。韩内阁于是决议乞韩皇让位以谢日本，韩皇大怒不听。日本特遣外务大臣林董为特使到汉城。次日，韩皇召见统监伊藤，誓日指天，申明并未派遣密使，说词很为哀切。伊藤不措一词，默要而已。韩皇见势不佳，只得道："朕躬立行让位如何？"伊藤毅然道："此非外臣所宜言，外臣不敢知也。"伊藤退朝之后，韩大臣入宫会议。直议至夜分，韩皇才下诏禅位于皇太子。

次日为韩历光武十二年七月十八日，韩太子即皇帝位，改元隆熙，尊皇帝为太皇帝，立太皇帝幼子英亲王为皇太子。八月一日新皇下诏解散韩国军队。当太皇帝让位时光，韩臣惴惴，赞成恐后，独有宫内大臣朴泳孝不肯画诺。

这朴泳孝二十年前，曾以倡议改革得罪太皇帝，逃到日本去，朝鲜人目为日本党的。伊藤雅重其人，等到身任统监，立把他荐授显职，泳孝辞不肯就。让位前数日，这朴泳孝忽然诣阙乞召见，遂自请为宫内大臣。难作时光，宫内大臣朴泳孝严守宫门，不肯放一人入来，护持玺绶不舍。太皇帝至此，才知道他是忠臣。太皇帝让位之后，韩京蠢蠢有暴动，日人说是泳孝所煽惑，把他收入牢狱。

八月十一日，统监伊藤博文归至日本，日人环拥呼万岁，宛如欢迎凯旋将军一班的仪节。伊藤觐见日皇，奏请日本皇太子遨游韩国，以交欢韩国皇室，镇抚韩国人民。旋又请增设副统监，保举曾弥荒助充当此职。到了十月里，曾弥封了副统监之职，伊藤统监就清闲了许多。十一月二十日，韩皇遂命皇太子到日本留学，特授伊藤太子太傅，旋晋为太师，叫他调护太子。从此之后，伊藤太师日与韩太子同出同进，宛如保姆一般。

这位伊藤统监，治理韩国的功绩，不过在驯扰韩皇，操纵韩吏，所以从表面上看来，倒也不觉着什么。那最大的事业，就是设立东洋拓殖会社，创立韩国中央银行。全韩生计机关，尽握在日本人手里。到了宣统元年，伊藤辞去统监之职，即升副统监曾弥代为统监。日皇降旨，特命伊藤为韩太子辅育长。

到那年十月，那伊藤以私人资格游历中国满洲。二十四日，抵哈尔宾驿。韩人安重根，乘间狙击，连发三枪，绝世英雄伊藤博文，就此气绝身亡。这安重根，是耶酥教徒，曾经游学美国，秉性忠纯，志行高洁。就逮之后，日人鞫问他，直认不讳。问他为甚不逃？安重根笑道："吾为光复军一将官，义不可逃！"问他何欲？安重根道："吾已经歼掉吾仇，吾事已毕，一死外无他求也！"时贤梁任公特撰《秋风断藤曲》以吊之，其辞曰：

秋茄吹落关山月，驿路青燐照红雪。大国痛归先轸元，遗民泣溅威公血。遗民哀哀箕子孙，筚路褴褛开三韩。避世已忘秦甲子，右文还见汉衣冠。鲲鳍激波海若走，四方美人东马首。汉阳诸姬无二三，胸中云梦吞八九。其时海上三神山，剑仙畸客时往还。陈抟初醒千年梦，陶侃难偷一日闲。中有一仙擅猞变，术如赤松学曼倩。移得瑶池灵草来，种将东海桑田遍。楼台弹指已庄严，年少如卿固不廉。脱颖锥宁安旧橐，发硎刀拟试新铦。呜呼箕子帝左右，听庳不恤充如褎。天外愁云尽楚歌，帐中乐事犹醇酒。逼阳自幸僻在戎，虞公更怯晋吾宗。谓将牺玉待二境，岂有雀角穿重墉。频年一郑斗晋楚，两姑这间难为妇。宁闻鹬蚌利渔人，空余鱼肉荐刀俎。大鸡铩冠小鸡雄，追啄虫蚁如转蓬。事去已夷陈九县，名高还拥翼诸宗。北门沉沉扃严钥，卧榻宁容鼾声作。赵赀方留太子丹，许疆旋戍公孙获。皤皤国老定远侯，东方千骑来上头。腰悬相印作都统，手搏雕虎接飞猱。狙公赋茅恩高厚，督我如父煦如母。谁言兖树靡西柯，坐见齐封作东亩。我泽如春彼黍难，新亭风景使人疑。人民城郭犹今日，文武衣冠异昔时。笑啼不敢奈何帝，问客何能寡人祭。秦廷未返申子车，汉官先拥上皇彗。十万城中旭日旗，最怜沉醉太平时，蔡人呼舞迎裴度，宛马侵驰狎贰师。不识时务谁家子，乃学范文祈速死。岁里穷追豫让桥，千金深袭夫人七。黄沙卷地风怒号，黑龙江外雪如刀。流血五步大事毕，狂笑一声山月高。前路马声声特特，天边望气皆成墨。阁门已失武元衡，博浪始惊仓海客。万人攒首看荆卿，从容对薄如平生。男儿死耳安足道，国耻未雪名何成？独漉漉水水深浊，似水年年恨相续。咄哉勿谓秦无人，行矣应知蜂有毒。盖世功名老国殇，冥冥风雨送归樯。九重撤乐宾襄老，士女空闾哭武乡。千秋恩怨谁能讼，两贤各有泰山重。尘路思承晏子鞭，芳邻拟穴要篱家。一曲悲歌动鬼神，殷殷霜叶照黄昏。侧身西望泪如雨，空见危楼袖手人。

这安重根惟恐韩国危亡，不惜牺牲一身，以救国家之急，真可称为绝世英雄。不意更有一位英雄，惟恐韩国不亡，逞他悬河利口，竭力鼓吹，催送韩国国命。这一位英雄是谁？就是一进会首领宋秉畯宋老先生。

这宋秉畯，原是李完用内阁的阁员，身任农商务部大臣。因为去年七月里，秉畯与完用，为了一件什么事，意见不合，两个儿龃龉起来。秉畯翩然辞职，遂到日本去作奸漫游。一进会会长李容九遂于此时进京，给种种秘密运动。安重根手刺伊藤后九日，李容九就率领会员三十万连署，行一桩惊天动地的事情：到韩国政府及统监府两处，进呈日韩和邦请愿书，统监曾弥荒助拒不收受。此时韩国各郡，合邦论已经风起水涌。宋秉畯逍遥日本，不知在干点子什么，李容九与众会员，则分头赶往各郡演说，称道合邦之利。声言合邦得成，我韩民自今遂为一等国民了。韩民信从的，日多一日。一进会的声势，就日盛一日。

看官，日本并韩之谋，远发自丰臣秀吉；近发自西乡隆盛。君臣上下，四十年来，哪一时，哪一刻，不把此事萦回在心曲里？即自统监政治既建之后，也为了名实不相应之故，种种却顾，不得骋志而行。日人心里很是厌苦，很欲抉掉这一层藩篱。几位维新元老如山县有朋、伊藤博文、井上馨等，为了此事，与时相桂太郎及其阁僚，不知密议了几多回，终被国际道德横相阻隔，没法子周旋。从前日本人向韩国人讲的话，向中国人讲的话，向俄人讲的话，向世界万国人讲的话，总是扶持朝鲜独立咧，保全他的领土咧，尊重他的主权……所以合并的事情，日人虽怀此志，简直羞出诸口。

现在天幸发起的恰是韩人，可以避去此层困难，宛似一姓代兴，法尧禅舜，必有先朝耆旧，手撰九锡文，劝晋表，为太平之点缀。照理日人自应欢天喜地，不知怎么彼时，日本的舆论，倒反寂然。全国报纸，不过节录一进会之请愿书，有时叙述他们游说各地的情形，为简单之记事而已，从不一置论其可否。全国各报，都是如此。就是各处集会演说，亦从不曾提及过合并事的。好像这一件事情，于日人毫不相关似的。一到五月中，统监曾弥荒助忽然上书告病。日皇乃命陆军大臣寺内正毅为统监，前递信大臣山县伊三郎为副统监。七月十五日，新统监寺内入汉城。日惟从事交际，优游若无事，韩廷大臣亦惟循例酬酢。而绝大的合邦问题，已于尊俎之间，暗暗解决了。

八月十六日，韩国首相李完用借慰唁东京洪水之名，特谒统监府，与寺内统监会晤，合并协约的内容，遂于此时议决。这位李完用相国，当闵妃遭难时光，亲奉韩皇人俄使馆，跟日本为难，是著名的亲俄党。等到日本置设统监府后，倒大为伊藤统监所赏识，身为韩相，前后四年。寺内统监到任后，举国咸知大变即在目前，完用的亲友，都劝他避位，不犯着身当兹冲。完用夷然道："我结怨于民已久，现在要避去卖国恶名，如何能够？托庇日本，还可以苟全性命。"寺内正毅在李完用签订之后，立刻电告日本政府。十月八日，日本政府开临时内阁会议。二十二日，开临时枢密院会议，决议于二十五日公布日韩合邦条约。韩政府忽以十月之二十八日，为韩皇即位满四年之期，请开纪念祝贺，然后发表，日人允准。到了这日，韩廷大宴群臣，热闹繁华，宛然升平景象。日本统监寺内也按照外臣仪注，随班拜舞。纪念祝典举行之次日，即发布日韩两国并合之条约。其文曰：

> 日本国皇帝陛下及韩国皇帝陛下，欲顾两国间之特殊亲密的关系，增进相互之幸福，永久确保东洋之平和。为达此目的，确信不如举韩国并合于日本，爰两国间决议缔结并合条约。为此，日本国皇帝陛下，命统监子爵寺内正毅；韩国皇帝陛下，命总理大臣李完用，为全权委员，会同协定后，协定左之诸条：
>
> 第一条　韩国皇帝陛下，将关于韩国全部一切之统治权，完全永久让与日本国皇帝陛下。
>
> 第二条　日本国皇帝陛下，受诺前条所揭之让与，且承诺将韩国全然并合于日本帝国。
>
> 第三条　日本国皇帝陛下，约令韩国皇帝陛下，太皇帝陛下，皇太子殿下，并其后妃及其后裔，各各应于其地位，而事有相当之尊称威严及名誉，且供给以充分保持之岁费。
>
> 第四条　日本国皇帝陛下，约对于前条以外之韩国皇族及其后裔，使各各享有相当之名誉及待遇，且供给以维持之必要之资金。

第五条　日本国皇帝陛下，对于有勋功之韩人，认为宜特表彰者，授以荣爵，且给以恩金。

第六条　日本国政府因前记并合之结果，全然担荷韩国之施政，凡韩人遵守该地所施行之法规者，其身体及财产，充分保护之，且图增进其福利。

第七条　日本国政府对于韩人之诚意忠实，以尊重新制度而有相当之资格者，在事情所得许之限界内，可登庸之，设为在韩国内之帝国官吏。

第八条　本条约经日本国皇帝陛下，及韩国皇帝陛下之裁可，自公布之日施行之。

明治四十三年八月廿二日　统监子爵　寺内正毅

隆熙四年八月廿二日　内阁总理大臣　李完用

从此三千年古国，世界上就不复有他的影踪了。时贤梁任公先生，有朝鲜哀词二十四首：

时运有代谢，人天无限悲。
哀哀箕子祀，恻恻黍离诗。
授楚天方醉，存邢事尽疑。
苍茫看浩劫，绝域泪空垂。

自昔四夷守，惟闻我人扬。
玄菟开汉郡，圭冕廓明疆。
高庙初膺录，东藩首揖裳。
山川不改旧，怀古倍凄惶。
卅五年前事，抢攘启祸门。
衅钟秦客贱，拥篲汉公尊。
比户无安堵，西邻有责言。
谁令一星火，熠耀竟燎原。

（朝鲜之祸，起于前王李熙之父大院君罡应熙，即后此之太皇帝，今次日本封为李太王者也。系出支孽，罡应熙结托女谒遂入继大统，乃自专政，大戮耶稣教徒万余人，兼及外国传教师。且税敛烦苛，民不聊生，法美皆尝兴师问罪，以吾为之解纷，得无事。）

王迹何年熄，人臣有外交。
楼兰方贰汉，郑伯不朝周。
歃血迎蕃使，攻心误庙谋。
岂闻典属国，空自责包茅。

（光绪元年，朝鲜与日本结条约，其第一条有朝鲜为自主之邦，与日本平等等语。非徒大悖国法法理，即与我国经义中“人臣无外交”之训亦不相容。当时政府不察，贸然听之，实为后此中日战役之祸胎。及战事将起，我交涉文牍尚云朝鲜为中国属国，天下所共知；朝鲜为自主之邦，亦天下所共知。持义矛盾，腾笑全球）。

上相能忧国，持筹亦苦辛。
护羌驰校尉，讯丑献陪臣。
势逼成争郑，谋疏失悬陈。
六州谁铸错，愁绝问苍旻。

（光绪八年，李文忠以兵袭朝鲜，俘大院君以归，命吴武壮率师驻汉城。其时日本内忧正剧。必不敢与我启衅，我之兵力实足以收朝鲜为郡县，则祸机可永绝。计不出此，而光绪十一年与日本结《天津条约》。反有此出兵互相知照之语，朝鲜遂成中日公保之邦，自兹益多事矣。）

个婪滔上国，亦怒命元戎。
嘶马关山黑，翻鲸海水红。
伐谋怯蜂虿，养士付沙虫。
痛绝殽函路，秦师不复东。

（甲午败后，我遂撤汉城戍兵，认朝鲜为独立平等国。）

奇福无端至，天贻受命符。
夜郎能自大，帝号若为娱。
誓庙丝纶诰，交邻玉帛图。
千秋万岁寿，朝野正欢虞。

（乙未和议成，朝鲜以独立宣告万国，自称皇帝，乃誓太庙，作大诰，以李成桂篡位之岁为开国纪元。）

古有殷忧启，时危亦可乘。
岂无忧曲突，其奈锻甘陵。
瓜蔓抄何酷，蝗蝻录竟成。
非贤谁与立，流涕说亡征。

（朝鲜二十年来，屡兴党狱，前后以国事获罪捕逃于外者百余人，锢于狱者六百余人,虽流品不齐。要之多爱国之士。)

蚍龙腾陆起,燕雀处堂安。
恩泽倾丁傅,萧墙阋范栾。
烂羊名器贱,使鹤国防单。
刻骨诛求尽,民生亦苦艰。

(朝鲜二十年来,外戚擅政,世族相轧,女子小人杂进宫禁,政以贿成,民穷财尽。)

梃击何公案,娥眉泣马嵬。
召戎有贵胄,靖难乏长才。
南内理荆棘,行人庇葛藟。
旄丘琐尾子,早晚好归来。

(光绪二十一年,日本公使三浦梧楼与朝鲜宫中失势者相结,露刃入宫,戕其妃闵氏,朝皇走避俄使馆,数月乃出。)

振海风将至,轩然乍起澜。
有鸱吓腐鼠,得虎卫穷山。
赢负成负注,笑啼兼二难。
息肩何日是,长夜正漫漫。

(自中日战役后,至日俄战役十年间,朝鲜为日俄竞争之鹄,国中亦分日党、俄党。)

旅雁悲胡越,连鸡斗赵秦。
诸侯兵在壁,四海水扬尘。
地险崇赵尽,天骄受命新。
捧盘载书定,良会最酸辛。

(日俄战起,日军首自仁川上陆,旋破俄海军于黄海,围攻旅顺,即与朝鲜缔日韩议定书,朝鲜主权之一部移于日本矣)。

干戈渐苏息,俎尊转频繁。
得主通东道,劳师管北门。
指囷邻谊事,守府主权尊。

微管吾安托，深深再造恩。

（菩孜玛士约既定，俄人认日本在朝鲜有宗主权，日人遂置统监于汉城，筦其内政，且以一师团戍焉。又使第一银行贷巨金与朝鲜，与政府助之清理财政。日人自谓此战专以保朝鲜独立为主，千古之宗战也。）

覆水谁能挽，王风已不雄。
军容烧越甲，疆理易齐封。
持节皇华落，讥关夜士空。
多艰何足道，东泾太匆匆。

（日本既置统监，以次解散朝鲜军队，撤退来往使节，将皇室土地收诸国库，筦其警察权、裁判权。）

闻说葵丘会，声容盛海涯。
由来兴废绝，应不汝疵瑕。
好事无皇戍，陈情负子家。
噬脐更安及，前事剩堪嗟。

（朝皇派秘使求援于荷京之万国平和会，列强目笑存之。）

已怜同缚虎，况复漏多鱼。
否德传于子，多凶疚在余。
列戟移兴庆，腾书慑石渠。
宫娥垂泪对，此别意何如。

（海牙密使事发，日人迫韩皇退位，禅于其子，号之曰太皇帝。）

甘载逋亡客，归来马角生。
急应求烛武，今始识真卿。
具位徒观变，勤王不好名。
空闻宋谢朏，挟玺卧前楹。

（韩太皇让位之前一月，始赦还国事犯朴泳孝，任以害内大臣。变起盈廷，诺诺伺纨监颜色。独泳孝佩宫内大臣印绶，随扈前皇，不肯交出，卒辞职。泳孝为人心术如何不敢知，兹举殊见气骨也。）

三韩众十兆，吾见两男儿。
殉卫肝应纳，椎秦气不衰。
山河枯泪眼，风雨闷灵旗。
精卫千年恨，沉沉更语谁。

（韩亡之前一年，韩义民安重根狙击前统监伊藤博文于哈尔滨，毙之，旋被逮，从容就死。韩亡后三日，忠清南道金山郡守洪奭源仰药而死。）

末劫兴人妖，行尸愧鬼雄。
党争牛李剧，容悦赵胡工。
卖国原无价，书名更策功。
覆巢安得卵，嗟尔可怜虫。

（合并之举，日人虽处心积虑已久，而发之者实为朝鲜之一进会。一进会者，假政党之名，欲以猎官者也。主之者为宋秉畯、李容九，会员十余万人，与现内阁李完用一派不相能献媚日本，欲取代之。李完用派赤工谀固宠，一进会不得逞，乃倡合并论，宁同归于尽。今兹事成，一进会首领及在内阁员皆欣欣然拜爵新朝矣。所谓“国家将亡，必有妖孽”，此辈是也。）

地老天荒日，图穷匕见时。
猿虫消并尽，牛马应何辞。
涛咽仁川水，云埋太极旗。
只应旧时月，曾照汉官仪。

乘传降王去，伤离应黯然。
行津花自发，故国月长圆。
幸免牵机药，遑论少府钱。
飞鸟啄大屋，留取后人怜。

（日本既并朝鲜，将朝皇降爵为王，安置东京，给以岁费，而籍其皇室财产。）

昔有死社稷，今闻药祸殃。
赐酺百户酒，建极万年觞。
公合名安乐，人疑别肺肠。
由来国自伐，不信有天亡。

（合并协约以阳历九月二十四曰议定画诺，韩人以二十八日为今皇即位四年纪念日，请行祝典后乃发表，日人许之。是日，举国悬旗称庆，翌日则国旗与皇冕同时澌灭矣。而韩民方谓自今进为一等国民，欣欣相告。)

弱肉宜强食，谁尤只自嗟。
几人争逐鹿，是处避攵蛇。
殷鉴何当远，周行亦匪赊。
哀哀告我后，覆辙视前车。

稿饿还忧国，奇愁欲问天。
仓流观物化，孤愤托诗篇。
梦断潮空咽，神伤月悄然。
劳歌杂涕泪，今夕是何年？

欲知日韩合并之后，于中国有何影响，且听下回分解。

第一二二回　掷炸弹惊走五大臣　议立宪气倒老中堂

话说日本在朝鲜设置统监之日，正中国派遣尚其亨、李盛铎、载泽、戴鸿慈、端方前往各国考察政治之年。此时文明潮流，弥漫全球。中国政府各大臣知道，专制独裁，断不能容留今世，于是一面停止乡会试及各省岁科考试，一面考试出洋学生。张之洞督办粤汉铁路，铁良、徐世昌会办练兵事宜。又奏请派遣载泽、戴鸿慈、徐世昌、端方分赴东西洋各国，考求一切政治。

四位大臣没有动身，又派续绍英为出洋考察政治大臣。五位大臣才待出洋，在北京正阳门车站上，受了个大大的惊吓。这日，五位大臣衣冠齐楚，受着亲友的欢送，堪堪行到马站，忽地轰然一声巨响，满车站烟硝气宛似妖云恶雾。五位大臣里早倒地了两个，是载泽、绍英，亏得受的都是微伤，将息两天就都好了，那刺客倒被炸得当场毙命。

事后调查，才知刺客是革命党人，姓吴，名樾，字孟侠，皖北相城人氏，在两江旅保小学充当教员。跟五大臣并无私仇，就为了民族主义，积极排满，密谋暗杀，连这一回已经是三次。两次谋刺铁良、那桐，没有成功。此回目的正达，身已先殉，这都是后话。

当下车站上只听得有人怪喊："了不得，炸弹！炸弹！"那余外的三位大臣，九魂十八魄不知吓掉了多少！说不得，只好重改行期。后来徐世昌、绍英两个不愿出洋，清政府只得改派了尚其亨、李盛铎。五大臣放洋到欧州，周游列国，吸受了好些文明新鲜空气。回国之后，便联衔上了一个很恳切的奏请宣布立宪折，其辞道：

窃臣等伏读谕旨，特派亲贵大臣分赴东西各国考求政治。本年八月二十日，敛奉上谕，前有旨派载泽等分赴各国，考察政治。该大臣等各至一国，着各该驻使大臣会同博采，悉心考证，以资详密。钦此。伏维我皇太后、皇上励精图治，奋发为雄。薄海臣民，固已庆鸿业之有基，冀幸福于无既；而海国士夫，亦以我将立宪，自今伊始，必将日强，争相走告。臣等耳闻目见，无不觉忭庆逾恒。

窃维宪法者，所以安宇内，御外侮，固邦基，而保人民者也。滥觞于英伦，踵行于法美，近百年间，环球诸君主国，无不次第举行。窃迹前事，大抵弱小之国，立宪恒先。瑞典处北海，逼强俄，则先立。葡萄牙见迫于西则次之。比利时、荷兰，壤地偏小，介居两大国则次之。日本僻在东瀛，通市之初，外患内讧，国脉如缕，则次之。而俄罗斯跨欧亚之地，处贫嵎之势，兵力素强，得以安常习故，不与风向为转移。乃近以辽沈战事，水陆交困，国中有识之士，聚众请求，今亦立布宪法矣。最强之国，所以立宪最后者，其受外来之震撼轻，故其动本国之感情缓。而强大如俄，犹激动于东方战败，计无复之,不得不出于立宪,以冀挽回国势。观于今日,国无强弱,无大小,先后一揆,全出宪法一途。天下大计,居可知矣。且夫立宪政体,利于君,利于民,而独不便于庶官者也。考各国宪法,皆有君位尊严无对,君统万世不易,君权神圣不可侵犯诸条。而凡安乐尊荣之典,君得独享其成;艰巨疑难之事,君不必独肩其责。民间之利,则租税得平均也,讼狱得控诉也,下情得上达也,身命财产得保护也,地方政事得参预补救也。此之数者皆公共之利权,而受治于法律范围之下。至臣工则自首揆以至乡官,或特简,或公推,无不有一定之责成。听上下之监督,其贪墨疲冗败常溺职者,上得而罢斥之,下得而攻退之。东西诸国大军大政,更易内阁,解散国会,习为常事。而指视所集,从未及于国君,此宪法利君利民不便庶官之说也。而诸国臣工方以致君泽民,视为义务,未闻有以一己之私,阻挠至计者。我国东邻强日,北界强俄,欧美诸邦,环伺逼处,岌岌然不可终日。言外交,则民气不可为后援;言内政,则官常不足资治理;言练兵,则少敌忾同仇之志;言理财,则有剜肉补疮之虞。循是以往,再阅五年,日本之元气已复,俄国之宪政已成,法国之铁道已通,英国之藏情已熟,美国之属岛已治,德国之海力已充。棼然交集,有触即发!安危机关,岂待蓍蔡?臣等反复衡量,百忧交集!窃以为环球大势如彼,宪法可行如此,保邦致治,非此末由!惟是大律大法,必须预示指归。而后趋向有准,开风气之先,肃纲纪之始。有万不可缓,宜先举行者三事:一曰宣示宗旨。日本初行新政,祭天誓诰,内外肃然。宜略仿可意,将朝廷立宪大纲,列为条款,誊黄刊贴,使全国臣民奉公治事,一以宪法意义为宗,不得稍有违悖。二曰布地方自治之制。今州县辖境,大逾千里,小亦数百里,以异省之人,任牧民之职,庶务丛集,更调频仍,欲臻上理,戛乎其难。各国郡邑辖境,以户口计,其大者亦仅当小县之半。乡官恒数十人,必由郡邑会议公举,如周官乡大夫之制。庶官任其责,议会董其成有休戚相关之情,无扞格不入之苦,是以事无不举,民安其业。宜取各国地方自治制度,择其尤便者,酌订专书,著为令典,克日颁发各省都抚,分别照行,限期蒇事。三曰定集会、言请、出版之律。集会、言请、出版三者,诸国所许民间之自由,而民间亦以得自由为幸福。然集会受警察之稽察,报章听官吏之检视,实有种种防维之法。非若我国空悬禁令,转得法外之自由。与其漫无限制,益生厉阶,何如胜以章程,咸纳轨物?宜采取英德日本诸君主国现行条例,编为集会律,言论律,出版律,迅即颁行,以一趋向而定民志。以上三者,实宪政之津髓,而富强之纲纽。

臣等待罪海外,见闻较切,受恩深重,缄默难安,用敢不避斧诛,合词吁恳。伏愿我皇太后、皇上宸衷独断,特降纶音,期以五年改行立宪政体。一面饬下考察政治大臣,与英德日本诸君主国宪政名家,详询博访,斟酌至当,合拟稿本,进呈御览,并请特简通达时事公忠体国之亲贤大臣,开馆编辑大清帝国宪法,颁行天下;一面将臣等所陈三端,预为施行,以树基础。从此南针有定，歧路不迷。我圣清国祚垂于无穷，皇太后皇上鸿名施于万世！群黎益行忠爱，外人立息觊觎。宗社幸甚！天下幸甚！臣等不胜屏营战栗之至！谨奏。

两宫览奏之后，立刻召见考政大臣垂询一切。这时候，李盛铎已赴驻比钦差新任。只有镇国公载泽，尚书戴鸿慈，布政司使尚其亨，总督端方四个人在京。当下泽公爷召见了两次，端大臣召见了三次，戴、尚两大臣，各召见了一次。四位大臣，皆痛陈中国不立宪之害，及立宪后之利。两宫不禁动容，面降纶音，说只要办妥，深宫初无成见。

这个消息，传布开来，顽固诸臣都唬了一大跳，于是想出种种法子来阻挠。有的设为疑似之词，有的故作异同之论。这个说立宪有妨君主大权，那个又说立宪利汉不利满。偏是两宫圣明，不为浮言所惑，谕令考政大臣，详晰指陈，冀备采择。泽公爷于是又上一折，敷陈大计，其辞是：

“窃奴才前次回京，曾具一折，吁恳改行立宪政体，以定人心而维国势。仰旨两次召见，垂询本末，并谕以朝廷原无成见，至诚择善，大知用中，奴才不胜欣感！旬日以来，夙夜筹虑，以为宪法之行，利于国，利于民，而最不利于官。若非公忠谋国之臣，化私心，破成见，则必有多为之说，以荧惑圣听者。盖宪法既立，在外各督抚，在内诸大臣，其权必不如往日之重，其利必不如往日之优。于是设为疑似之词，故作异同之论，以阻挠于无形。彼其心非有所爱于朝廷也，保一己私权而已，护一己之私利而已！顾其立言则必曰防损主权，不知君主立宪，大意在于尊崇国体，巩固君权，并无损之可言。

以日本宪法考之，证以伊藤侯爵之所指陈，穗积博士之所讲说，君主统治大权，凡十七条：一曰裁可法律、公布法律、执行法律由君主；一曰召集议会、开会、闭会、停会及解散议会由君主；一曰以紧急勒令代法律由君主；一曰发布命令由君主；一曰任官、免官由君主；一曰统帅海陆军由君主；一曰编制海陆军常备兵额由君主；一曰宣战、讲和、缔约由君主；一曰宣告戒严由君主；一曰授与爵位、勋章及其他荣典由君主；一曰大赦特赦、减刑及复权由君主；一曰战时及国家事变非常施行由君主；一曰贵族院组织由君主；一曰议会展期由君主；一曰议会临时召集由君主；一曰财政上必要紧急处分由君主；一曰宪法改正发议由君主。以此言之，凡国之内政、外交、军备、财政、赏罚黜陟、生杀予夺，以及操纵议会，君主皆有权以统治之。论其君权之完全严密，而无有丝毫下移，盖有过于中国者矣。

以今日之时势言之，立宪之利，有最重要者三端：一曰皇位永固。立宪之国，君主神圣不可侵犯，故于行政不负责任，由大臣代负之。即偶有行政失宜，或议会与之反对，或议院弹劾，不过政府各大臣辞职，别立一新政府而已。故相位旦夕可迁，君位万世不改。大利一；一曰外患渐轻。今日外人之侮我，虽由我国势之弱，亦由我政体之殊。故谓为专制，谓为半开化，而不以同等之国相待。一旦改行宪政，则鄙我者转而敬我，将变其侵略之政策，为平和之邦交。大利二；一曰内乱可弥。海滨洋界，会党纵横，甚者倡为革命之说。顾其所以煽惑人心者，则曰政体专务压制，官皆民贼，吏尽贪人，民为鱼肉，无以聊生，故从之者众。今改行宪政，则世界所称公平之正理，文明之极轨。彼虽欲民言而无词可籍，欲倡乱而人不肯从。无事缉捕搜拿，自然冰消瓦解。大利三。立宪之利如此，及时行之，何嫌何疑？而或有谓程度不足者，不知今日宣布立宪，不过明示宗旨，为立宪之预备。至于实行之期，原可宽立年限。日本于明治十四年宣布宪政，二十二年始开国会，已然之效，可仿而行也。且中国必待有完全之程度，而后颁布立宪明诏。窃恐于预备期内，其知识未完者，固待陶熔；其知识已启者，先生觖望，激成异端邪说，紊乱法纪。盖人民之进于高尚，共涨率不能同时一致。惟先宣布立宪明文，树之风声，庶心思可以定一，耳目无或他歧。既有以维临望治之人，心即所以养成受治之人格。是今日宜宣布立宪明诏，不可以程度不到为之阻挠也。

又或有为满汉之说者，以为宪政既行，于满人利益有损耳。奴才至愚，以为今日之情形，与国初入关时有异，当时官缺分立满汉，各省置设驻防者，以中国时有反侧，故驾驭亦用微权。今寰宇涵濡圣泽近三百年，从前粤捻回之乱，定戡之功，将帅兵卒皆汉人居多，更无界限之可言。近年以来，皇太后、皇上迭布纶音，谕满汉联姻，裁海关，裁织造，副都统并用汉人。普天之下，歌颂同声。在圣德如地如天，安有私覆私载？方今列强逼迫，合中国全体之力，向不足以御之，岂有四海一家，自分畛域之理？至于计较满汉之差缺，竞争权力之多寡，则所见甚卑，不知大体者也！夫择贤而任，择能而使，古今中外，此理大同。使满人果贤，何患推选之不至，登进之无门？如其不肖，则亦宜在摒弃之列。且官无倖进，正可激励人才，使之向上，获益更多！此举为盛衰兴废所关。苦守一隅之见，为拘挛之语，不为国家建万年久长之祚，而为满人谋一身一家之私，则亦不权轻重不审大小之甚矣！在忠于谋国者，决不出此！奴才亦属宗支，休戚之事，与国共之。使茫无所见，万不敢于重大之事，鲁莽陈言！

诚以遍观各国，激刺在心，若不竭尽其愚，实属辜负天恩，无以对皇太后、皇上！伏乞圣明独断，决于几先，不为众论所移，不为浮言所动。实宗社无疆之休，天下生民之幸！事关大计，可否一由宸衷，乞无露奴才此奏！奴才不胜忧懑迫切！谨奏。

两宫览奏，大为感动。恰好端方端大臣也具奏陈请。端大臣可不比泽公爷，先后共上了三个折子。第一个折，是历陈各国宪法；第二个折，是痛言必须立宪；第三个折，是恳请详定官制。而枢臣中，如瞿鸿机，奏请参酌新旧二政，定制颁行。荣庆奏请保存旧制，参以新意。徐世昌请采用地方自治制，以为立宪预备。两宫见枢臣与考政大臣，意见渐归一致，于是决计举行立宪。降旨命廷臣会议，并派醇亲王载沣、军机大臣政务处大臣大学士既直隶总督袁世凯等,公同阅看考政大臣回京奏陈各折件,请旨办理。

七月初八这一日,各大臣开第一次宪政会议。因为泽公爷与戴、端两大臣的折文过长,传阅才毕,天已傍晚,不及开议而散。次日是七月初九,军机大臣退值之后,即与诸王大臣齐至外务部公所会议。庆亲王奕劻,论行辈是最老,论年纪是最高,论爵秩是最尊,当下首先发言道:“瞧泽公及戴、端两大臣的折子,历陈各国宪政之善,设宪法一立,全国之人,皆受治于法,没有什么差别,既同享权利,即各尽义务。并且说立宪国的君主。虽然权力略有限制,那威荣倒有增无减。这么看来,立宪这一桩事情,是的确有利无弊的了。近来全国新党的议论,中外各报的指陈,海外留学各生的盼望,都在这一桩事情上。我国自古以来,朝廷大政,咸以人民的趋向为趋向。现在举国趋向都在这一桩上,足见目下最该措施的事情,就只这一桩是要紧。倘必舍此他图,即是拂逆民意,即是舍安趋危,避福就祸。照我的意思,似该决定立宪,赶快宣布。下可以顺民心,上可以副圣意。”这言未毕,只见汉大臣中,一声咳嗽,站起一位鬓眉皓白的老人来。那人向奕劻道:“老王爷受恩深重,怎么也说出这种话来?老王爷可不比那些年轻没阅历的人,奇怪极了!”奕劻道:“此乃奉旨会议的事,老中堂既有高见,不妨说出来,我们大家领教领教!”那人气极了,一时回答不出。众人都道:“孙中堂政躬要紧,休要气坏了!”欲知此人是谁,且听下回分解。

第一二三回　颁明诏圣君筹宪政　定官制贤相话沧桑

话说这位气坏的汉大臣，就是孙家鼐孙老中堂。当下孙家鼐道："你们别道我外教，立宪这一件事情，我也略略研究过一番。那立宪国的法，与君主国全异。所以异的地方，不在形迹上，是在宗旨上。宗旨一变，一切用人行政之道，无不尽变。譬如重心一移动，全体的质点，就都要改变方向了。此种大变动，行在国力强盛时光，尚不免有骚动之忧，现在国势衰弱到如此地步，照我看来，变得太急太骤，怕就渐骚然不靖之象，似该先革掉丛弊太甚诸事，等到政体清明，渐渐的变更，也不算晚。"徐世昌立起道："孙中堂，逐渐变更的法子，已经行了多年，一点子没有成效，就为国民的观念不变，他的精神也无从而变。只有大大的变革，才能够发起全国精神呢。"孙家鼐道："照老哥这么说，必是国民的程度，渐已能及，才能够这么办。只是现在时光，国民能实在知道立宪利益的，不过千百人中之一；至于能够知道立宪之所以然，又知道为之之道的，恐怕不过万中一人罢了。上头虽然颁布宪法，百姓都懑然不知。就这么办去，不但无益，倒适为厉阶，仍宜谨慎点子的好。"徐世昌还未回答，汉大臣中，早又站起一个人来。众人瞧时，乃是管学大臣张百熙张尚书。只见张尚书道："孙中堂的话，说得何尝不是！但是国民程度，全在上头的人劝导。现在上头的人，没法子提高他的程度，倒说等候国民程度高了，才立宪法，这是永不能必的事。照我个人意见，以为与其等候他程度高了立宪，不如先预备立宪，再慢慢的施诱导，使国民得渐几于立宪国民程度好的多呢！"满大臣中又站起一人，乃是荣尚书荣庆，发出反对的议论道："我非不深知立宪政体之美，但是吾国政体宽大，渐流弛紊。为今之制，极该整饬纪纲，综核名实，立居中驭外之规，定上下相维之制。行过数年之后，官吏尽知奉法，人民咸称便利，然后徐议立宪也未晚。如果不察中外国势之异，徒徇立宪的好名儿，势必至执政者无权。那一班神奸巨蠹，倒得栖息其间，日引月长，为祸非小。此事关及国家安危，还请诸位从长计较。"瞿鸿机接口道："惟其如是，所以都说预备立宪，不是说立即立宪，荣尚书可以放心。"尚书铁良道："我听得各国的立宪，都由国民要求了才成功。要求得利害的，甚至于暴动。日本虽然未至于暴动，那要求却也很利害的。国民能够要求，是已深知立宪之善，知为国家分担义务。现在未经国民要求，倒要先给他权柄，那班国民不懂事，反以分担义务为苦，便怎么呢？"众人听了，都不作声。

直隶总督袁世凯袁公再也耐不住了，当下立起道："天下事势，何常之有？从前欧洲人民，积受压力，又有爱国思想，所以出于暴动以求权利。我国则不然，朝廷既崇尚宽大，又没有外力相迫，人民处于不识不知之天，绝不知有当兵纳税的义务。所以各国的立宪，因民之有知识而使民有权；我国因差民以有权之故而知有当尽之义务。事理之顺逆不同，预备之法，亦不能同。总以使民知识渐开，不迷所向，为吾辈莫大之责任。这是吾辈所当共勉的。"铁良道："照此说来，预备立宪之后，该设立内阁，厘定官制，明定权限，整理种种机关。且须以全力开国民的知识，溥及普通教育，派人分至各地演说，使各处绅士商民知识略相平等才好呢！”袁公道：“岂特如是而已？数千年相沿的政体，一旦欲大变其面目，那各种问题，势必相连而及。譬如一座老屋，当没有议及修改时光，任它飘摇，倒也似乎尚可支援；等到议及修改，一经动工拆卸，那朽腐的梁柱，摧坏的粉壁，纷纷发现，以致多费工作。改政之道，也是如此。现在就以所知的事讲起来，如京城各省的措置，蒙古、西藏的统辖，钱币的划一，赋税的改政，漕运的停止，这种事情，都是极委曲，极繁重，都该于立宪以前，逐渐办妥，办起来真是日不暇给呢！”铁良道：“我还有一个疑团，现在地方官所严惩的，共有四等人，是劣绅、劣衿、土豪、讼棍。凡百州县几尽被若辈盘踞，再没有人起而与争。现在如果预备立宪，势必首先讲求自治。那么这一班人且公然握地方的命脉，那不就糟了么？”袁公道：“这又何足为患？只消多选循良之吏，发到各省去做地方官，专以扶植善类为事。使公直的得各伸其志；奸匿的无由施其技。如是始可为地方自治的基础。”瞿鸿机道：“这么说仍当以讲求吏治为第一要义，旧法新法，原无二致的。”醇亲王载沣道：“众位的高论，都是很有道理的。我看立宪这一桩事，既然如此繁重，人民程度能及与否，又在难必之数，那就不能不多留时日，为预备地步了。时光已经不早，讲了这大半天，也该散了。明儿召见，咱们就把预备立宪的主见，回奏两宫，众位看是如何？”于是诸王大臣，又商议了一会子，意见大相同略。次日，入朝面奏。到了七月十三日，朝廷就颁下预备可立的上谕，其辞道：

朕钦奉慈禧端佑康颐昭预庄诚寿恭钦献崇熙皇太后懿旨，我朝自开国以来，列圣相承，谟烈昭垂，无不因时损益，着为审典。现在各国交通，政治法度，皆有彼此相因之势，而我国政令，日久相仍，日处阽危，忧患迫切。非广求知识，更订法制，上无以承祖宗缔造之心，下无以慰臣庶治平之望。是以前简派大臣分赴各国，考察政治。现载泽等回国陈奏，皆以国势不振，实由于上下相睽，内外隔阂，官不知所以保民，民不知所以护国。而各国之所以富强者，实由于实行宪法，取决公论，君民一体，呼吸相通，博采众长，明定权限，以及筹备财用，经划政务无不公之于黎庶。又兼各国相师，变通尽利，政通民和，有由来矣。时处今日，惟有及时详晰甄核，仿行宪政，大权统于朝廷，庶政公诸舆论，以立国家万年有道之基。但目前规制未备，民智未开，若操切从事，徒饰空文，何以对国民而昭大信？故廓清积弊，明定责成，必从官制入手。亟应先将官制分别议定，次第更张，并将各项法律详慎厘订。而又广兴教育，清理财政，整顿武备，普设巡警，使绅民明悉国政，以预备立宪基础。着内外臣工切实振兴，力求成效。俟数年后规模粗具，查看情形，参用各国成法，妥议立宪实行期限，再行宣布天下。视进步之迟速，定期限之远近。着各省将军督抚晓谕士庶人等，发愤为学，各明忠君爱国之义，合群进化之理，勿以私见害公益，勿以小忿败大谋。尊崇秩序，保守和平，以预备立宪国民之资格，有厚望焉。将此通谕知之。钦此！

这一道明诏颁布之后，全国人民有欢忭的，有恐惧的，也有发言讥刺的。欢忭的是庆幸从此后得为立宪国国民了；恐惧的是怕人民程度不及，将来反多事故；发言讥刺的，是逆料政府决不会有好事情干出来，立宪并无颁限，一纸空文，无非是骗人勾当。人民虽是这个样子，朝廷上却把此事瞧得异常郑重。颁发诏书的次日，即派镇国公载泽，大学士世续、那桐、荣庆，贝子载振，尚书奎竣、铁良、张百熙；戴鸿慈、葛宝华、徐世昌、陆润庠、寿耆，直隶总督袁世凯，公同编纂京朝官制。并着外省总督端方、张之洞、升允、铁良、周馥、岑春煊各派司道大员到京，随同参议。又派庆亲王奕劻，大学士瞿鸿机、孙家鼐，总司核定。

各位编制大臣奉到旨意，即于十六日，在颐和园里头，开第一次会议，议出了办法。于是就在恭王府朗润园里头，设立编制馆，以府尹孙宝琦、京卿杨士琦为提调，金邦平、张一麐、曹汝霖、汪荣宝为起草课委员，陆宗舆、邓邦述、熙彦为评议课委员，吴廷燮、郭曾炘、黄端祖为考定课委员，周树模、钱能训为审定课委员。此外京曹须议的，吏部衙门，有长顺、刘元弼；户部衙门，有李经野、程利川、林景贤、傅兰泰；财政处，有陈遹声；礼部衙门，有瑞绪、刘果、聂献琛；兵部衙门，有王维翰、庆蕃；练兵处，有哈汉章、良弼、王士珍、朱彭寿；刑部衙门，有曾鉴、胡彤恩；工部衙门，有郭庆华、潘慎修。各疆臣所派，两江是荆光典，俞明震；两湖是陈夔麟、曾广熔；两广是于式枚，四川是刘学廉、徐樾，陕甘是熙麟。

编制各大臣于未曾动手编制之前，先会衔奏陈厘定官制宗旨，大略五条：第一，此次厘定官制，遵旨为立宪预备，应参仿君主立宪国官制厘定，先就行政司法各官，以次编改。此外凡与司法行政无甚关系各署，一律照旧。第二，此次立定官制，总使官无尸位，事有专司，以期各有责成，尽心职守。第三，现在议院遽难成立，先就行政、司法厘定，当采用君主立宪国制度，以合大权统于朝廷之谕旨。第四，钦差官、阁部院大臣、京卿以上各官，作为特简官，阁部院所属三四品人员，作为请简官；阁部院五至七品人员，作为奏补官；八九品人员，作为委用官。第五，厘定官制之后，原衙门人员，不无更动或至闲散，拟在京另设集贤资政各院，妥筹位置，分别量移，优予俸禄。

旨意下来，着即按照陆续筹集，详加编定。起草课各委员奉到此旨，顿时就忙起来，终日伏案埋头，精心编撰。不多几日，京朝官制草案，早都撰拟脱稿。由评议课委员评议过，再由考定课委员加以考核。审定课委员悉心审定，才敢呈由编制大臣，经各编制大臣一律署诺，然后送往总司核定处删改具奏。

总核官制大臣庆亲王奕劻，瞿中堂鸿机，孙中堂家鼐，三个儿接到草案，不敢怠慢，打足精神，逐案逐案的瞧阅。见所拟官制，大抵依据端方等原奏，斟酌而成。为首是内阁，设总理大臣一人，左右副大臣二人。各部尚书，均为内阁政务大臣、参知政事。下设提调一，副提调一，置五局，是制诰局，庸勋局，编制局，统计局，印铸局。那武官考试处，就附设在庸勋局里头。各部督设尚书、左右侍郎各一人。只外务部仍设管部大臣一人，下设承政厅、参议厅及参事、郎中主事、七品小京官、录事等员。视各部事务之繁简，以定额缺之多寡，是为各部通则。凡陆海军部、吏部以外各部，都是这么办法。各部的名称次第，首为外务部；次为民政部，即以巡警部改设，并将步军统领衙门所掌事务,及户礼工三部所掌有关民政各事并入;次为财政部,以户部财政处改设;次为陆军部,以兵部练兵处及太仆寺裁并改设;次为海军部,暂归陆军部办理;次为法部,以刑部改设,并以户部现审处所掌事务并入;次为学部,仍从旧制;次为农工商部,以商部工部归并设立;次为交通部;次为理藩部,以理藩院改设;次为吏部。此外并改政务处为资政院,升礼部为典礼院,改大理寺为大理院,都察院仍如旧制。又设集贤院、审计院、行政裁判院,及军咨府等,共计十一部七院一府。

三位总核大臣瞧过之后,互相筹议。孙家鼐道:"内阁本是闲曹,经这么一改,冷署变成繁缺了。"瞿鸿机道:"世变沧桑,何常之有?我朝入关之始,官制虽缘明朝旧制,以六部管行政,丙阁司票拟,且升大学士为正一品,但是彼时总枢机参密,勿的大半是天潢亲贵,丰沛故人。政柄操在武夫手里,虽有阁臣,不过黼黻承平罢了。海宁陈之遴,溧阳陈名夏,且为了弄权植党,死的死,窜的窜。号为硕甫名臣的杜文端、冯文毅诸公,都不过仰亲贵鼻息,伴食中书过一辈子是了,天下安危,与他一毫都不相涉。等到圣祖以冲龄嗣位,那时候满汉之间,稍稍相习。辅政四贵臣,又皆因专横恣肆,不克令终。三藩之变,天下几危,内发晁错之谋,外奏郭李之绩的,又都出于汉臣。为了这么,汉大臣渐获信作。圣祖又留意文学,高江村、李昆山辈,皆以儒臣翰苑,与闻机密。世宗嗣服,承累洽重熙之后,挟雷霆万钧之威,旋乾转坤,与天下更始,悉化轸域之见。满汉才杰,并蒙委任。把内阁政柄,移入军机处。鄂文端、张文和两公,并直枢府。那时候,一人独运于上,非惟汉大臣无所短长,就是满洲亲贵,也孜孜救过不暇。植党弄权,更非敢所设想了。高宗御极,强张两相,并受顾命,翊赞枢廷。鄂以儒臣登宰辅,矢志公忠。当时承平日久,满洲世族,渐流矜夸,鄂相深为恨嫉,所以引用的多是汉族寒素之士,一时物望咸归。那不得志的满人,夸毗无实的汉人,便都趋向桐城门下,朝士遂分为鄂张两党。鄂相早卒,鄂党遂归失败。张相为人,小廉曲谨,内结主知,而时以微词马下,测人主喜怒,以后于文襄和致斋,都承他的衣钵。嘉庆道光两朝,台阁风气,以不办一事为持重,不听一言为老成,雍容揖攘,百事就此丛脞了。本朝初制亲藩,不得与闻政事,雍正时光怡贤亲王辅政,出自特典,又作别论。嘉庆亲政,成哲亲王领军机大臣,那是为仁宗方在谅阍,仿古时冢宰听政之制。且当大奸初夷,籍以镇定人心,所以甫及百日就出去的。自从文宗弃天下,穆宗方在冲幼,恭亲王遂以议政王人领枢廷,政局为之一变。直到于今,沿而未革。"孙家鼐道:"不必说了,这不过都是用人行政,微有出入,官制究未曾大改。现在这么,是把从前制度,根本推翻了。"奕劻道:"推翻也罢,不是推翻也罢,那都是没要紧的事。我看这草案拟的还不很妥当,大家商量商量,怎么改它一下子!"瞿孙两人齐说王爷所见极是。奕劻道:"依我主见,好好的礼部,何必改称典礼院?那行政裁判院、集贤院,添设得更没有道理。就是财政部、交通部,名儿题得也不雅致,你们视是如何?"瞿相道:"这部名果然太不雅。"于是公同筹议了一会子,改财政部为度支部,交通部为邮传部,典礼院仍为礼部,删去行政裁判、集贤两院。次日会衔上奏,其辞道:

窃臣等伏读七月十三日上谕,时处今日,惟有及时详晰甄核,仿行宪政,廓清积弊，明定责成必从官制入手，亟应先将官制，分别议定，次第更张等因。钦此。又伏读十四日上谕，咋已有旨宣示为急为立宪之预备，饬令先行厘定官制。事关重要，必当酌古准今，折衷至当，纤悉无遗。着派载泽等公同编纂，悉加厘定，深仰吾皇太后、皇上变宜民之至意，率士臣庶感颂同声，实中国转弱为强之关键。兹事体大，臣等仰禀圣谟，总司核定，断不敢草率从事，亦不敢敷衍塞责。月余以来，准厘定官制大臣载泽等陆续送到草案，臣等悉心详核，反复商确，间有未协，次第更定，京内务官，现已竣事。

窃维此次改定官制，既为预备立宪之基，自以所定官制与宪政相近为要义。为立宪国官制，立法、行政、司法三权并峙，各有专属，相辅而行。其意、美法良，则谕旨所谓廓清积弊，明定责成，两言尽之矣。盖今日积弊之难清，实由于责成之不定，推究厥故，三端：一则权限之不分。以行政官而兼有立法权则必有藉行政之名义，创为不平之法律，而末协舆情。以行政官而兼有司法权，则必有徇平时之爱憎，变更一定之法律，以意为出入。以司法官而有兼有立法权，则必有谋听断之便利，制为严峻之法律，以肆行武健，而法律浸失其本意。举人民之权利生命，遂妨害于无形。此许限不分责成之不能定者一也；一则职任之不明。政以分职而理，谋以专任而成。今则一堂而有六官，是数人共一职也，其半为冗员可知。一人而历官各部，是一人更数职也，其必有专长可见。数人分一任，则筑室道谋，弊在玩时。一人兼数差，则日不暇给，弊在废事。是故贤者累于牵制，不肖者安于推诿。是职任不明责成之不能定者二也；一则名实之不副。名为吏部，但司签掣以事，并有铨衡之权。名为户部，但司出纳之事，并无统计之权。名为礼部，但司典仪之事，并无礼教之权。名为兵部，但司录营兵籍武职升转之事，并无统御之权。是名实不副，责成之不能定者三也。故臣等厘定官制，谨遵谕旨，上稽本朝法度之精，旁参列邦规制之善为主义。而尤以清积弊，定责成，渐图宪政成立为指归。

首分权以定限。立法、行政、司法三者，除立法当属议院，今日尚难实行，拟暂设资政院以为预备外，行政之事，则专属之。内阁、各部大臣，内阁有总理大臣，各部尚书亦为内阁政务大臣，故分之为各部，合之皆为政府，而情无隔阂。入则参阁议，出则各治部务，而事可贯通。如是则中央集权之势成，政策统一之效著。司法之权，则专属之法部，以大理院任审判，而法部监督之，均与行政官相对峙，而不为所节制。此三权分立之梗概也。此外有资政院以持公论，有都察院以任纠弹，有审计院以查滥费，亦皆独立，不为内阁所节制，而转能监督阁臣，此分权定限之大要也。

次分职以专任。分职之法，凡用有各衙门，与行政无关系者，自可切于事情。首外务部，次吏部，次民政部，次度支部，次礼部，次学部，次陆军部，次法部，次农工商部，次邮传部，次理藩部。专任之法，内阁各大臣同负责任。除外务部载在公约，其余均不得兼充繁重差缺。各部尚书只设一人，侍郎只设二人，皆归一律。至新设之丞参，事权不明，尚多窒碍，故特设承政厅，使左右丞任一部总汇之事。设参议厅，使左右参议任一部谋议之事。其郎中、员外郎、主事以下，视事务之繁简，定额缺之多寡。要使责有专归，官无滥设，此分职专任之大要也。次正名以核实，巡警为民政之一端，氦正名为民政部。度支部以财政处、税务处并入。兵部徒拥虚名，拟正名为陆军部，以练兵处太仆寺并入，而海军部暂隶焉。既设陆军部，则练兵处之军令司，宜正名为军咨府，以握全国军政之要枢。刑部为司法之行政衙门，徒名曰刑，义有未尽，拟正名为法部。商部本兼农工，拟正名为农工商部，理藩院拟正名为理藩部。太常、光禄、鸿胪三寺，同为执礼之官，拟并入礼部。工部所掌，半已分隶他部，拟改为邮传部，而以轮路邮电佐入。此正名核实之大要也。若是则责成既已明定，积弊庶可廓清。宪政规模，实肇于此。如以议院甫有萌芽，骤难成立，所以监行政者，尚未完全。或改今日军机大臣为办理政务大臣，各部尚书均为参预政务大臣，大学士仍留办内阁事务，虽名称略异，而规制则同。行政机关，屹然已定。宪政官制，确有始基矣。抑臣等更有请者，制法固求其尽善，徒法不能以自行，必能有办事之精神，而后有改良之功效。要在大小臣工，顾名思义，视国如家，无自私自利之心，有任劳任怨之实，各修职事，共济艰难。庶仰副两宫孜孜图治之怀，下慰薄海喁喁向风之望。是则臣等与有责成，尤不胜惶悚执幸者也。是否有当，伏候圣明裁择，乾断施行。谨将官制清单二十四件，缮呈御览，恭候训示。谨奏。

欲知官制草案奏上之后，是否批准，且听下回分解。

第一二四回　张尚书反对新官制　南昌令身戕天主堂

话说庆亲王奕劻等，把核定新拟京朝官制呈上之后，不到几天，就奉到两道上谕。第一道是宣示官制，比较原案，已经大有变动。那最要紧的内阁，竟然作为罢谕。次第先后，也都大大移动。朝臣见了，无不诧为怪事。只见那道上谕的文是：

> 朕钦奉慈禧端佑康颐昭豫庄诚寿恭钦献崇熙皇太后懿旨，前经降旨宣示立宪之预备，饬令先行厘定官制，特派载泽等公同编纂，悉心妥订；并派庆亲王奕劻等总司核定，候旨遵行。兹据该王大臣等将编纂原案详核定拟，一并缮单具奏。披览之余，权衡裁择，因特明白宣谕。仰惟列圣成宪昭垂，法良意美，设官分职，莫不因时制宜。今昔情形既有不同，自应变通，尽利其要旨，惟在专责成清积弊，求实事，去浮文，期于厘百工而熙庶绩。军机处为行政总汇，雍正年间，本由内阁分设，取其近接内廷，每日入值承旨办事，较为密速，相承至今，尚无流弊，自毋庸遍改，内阁军机处一切现制，着照旧行。其各部尚书，均着充参预政务大臣，辅班值日。听候召对。外务部、吏部均着照旧。巡警为民政之一端，着改为民政部。户部着改为度支部，以财政处并入。礼部着以太常、光禄、鸿胪三寺并入。学部仍旧。兵部着改为陆军部，以练兵处、太仆寺并入，应行设立之海军部，及军咨府，未设以前，均暂归陆军部办理。刑部着改为法部，责任司法。大理寺着改为大理院，专掌审判。工部着并入商部。改为农工商部。轮船、铁路、电线、邮政，应设专司，着名为邮传部。理藩院着改为理藩部。除外务部堂官员缺照旧外，各部堂官，均设尚书一员，侍郎二员，不分满汉。都察院在指陈阙失，伸理冤滞，着改为都御史一员，副都御史二员。六科给事中，着改为给事中，与御史各员缺均暂如旧。其应行增设者，资政院为博采群言，审计院为核查经费，均着以次设立。其余宗人府、内阁、翰林院、钦天监、銮仪卫、内务府、太医院、各旗营侍卫处步军统领衙门、顺天府仓场衙门均毋庸更改。原拟各部院等衙门职掌事宜，及员司各缺，仍着各该堂官自行核议，悉心妥筹，会同军机大臣奏明办理。此次斟酌损益，原为立宪始基，实行预备。如有未尽合宜之处，仍着体察情形，随时修改，循序渐进，以臻至善。总之，时局艰危，事机迫切，非定上下共守之法，不足以起衰颓；非通君民一体之情，不足以申疾苦。所有新简及原派大臣，责无旁贷，惟当顾名思义，协力同心，尽去偏私，直任劳怨。务使志无不通，政无不举。庶几他日颁行宪法，成效可期。倘仍视为具文，因循不振，则是上负朝廷，下负国民，不能为尔等宽也，将此通论知之！钦此。

那第二道上谕，是叫编纂官制大臣编订各直省官制，而于州县官一项，尤为特别注意。上谕的文是：

> 朕钦奉慈禧端佑康颐昭豫庄诚寿恭钦献崇熙皇太后懿旨，此次厘定官制，据该王大臣等将部院各衙门详核定拟，业经分别降旨施行。其各直省官制，着即陆续编订，仍妥核具奏。方今重困，皆因庶政未修，州县本亲民之官，乃往往隔阂。诸事废弛，闾阎利病，漠不关心。甚至官亲幕友，肆为侵欺。门丁书差，取于鱼肉。吏治安得不坏？民氛何由而伸？言念及此，深堪痛恨！兹当改定官制，州县各官，关系尤要。现在国民资格尚有未及，地方自治，一时难以递行。究应如何酌核办理？先行预备，或增设佐治员缺，并审定办事权限，严防流弊，务通下情。着会商务省督抚，一并妥为筹议。必求斟酌尽善，候旨遵行。朝廷设官分职，皆以为民。总期兴养立教，乐业安居。庶几播民和而维邦本，用副怀保群黎，孜孜图治之至意！钦此。

内阁官制，忽地推翻，大小臣工，无不诧为怪事。那关心最切的，就要算着几位编纂大臣。当下张百熙往见泽公爷，谈及此事，异常愤懑。张百熙道："新官制的精神，全在内阁。内阁不设立，旁的官，恁你改他一百改，也没中用。公爷想吧，现在的军机，虽然名为政府，其实不过如将帅的营务处，督抚的文案，只有奉行之责，毫无决断之资。所以不肖的人当了，弄权殖货倒有余；贤人当了，扶危定倾倒不足。论他的成绩，还不如前明六部长官，倒能得自行其志。现在偏偏的这么，考察吧，编纂吧，改革吧，都不过干热闹儿的事，倒哄得人白快活了一会子。"载泽道："这件事，好生奇怪！前儿召见，上头没一字提及改动，还奖了我好多话。怎么临了儿就变了？谁使的的鬼计，倒要细细调查他一调查。"

原来自明诏编纂官制，京师政界，顿时大起恐惶。那班闲曹冷署，自知必在淘汰之列，倒也不过如此。独那冲繁要缺，几位肠肥脑满的干员，热衷富贵，深恐一朝大权旁落，自己脚根就要站不住，于是使出灵敏手腕，竭力的运动。不知怎么，竟被他走着了高道士一条门路，由高道士转求四格格。四格格是皇太后宠爱的人，十句话倒有五七句听信。于是就在深宫里，造膝密陈，旁边又有李总管竭力帮忙。皇太后对于新政，原本不很喜欢，只因迫于时势，又碍不过各大臣的奏请，做一个立宪面子罢了。所以才有这参酌新旧的官制发表。载泽等又如何会知道呢？

当下调查了几天，哪里有个影踪？！只好暂时丢开手，且编纂外省官制。会议了几回，定出两个办法。因为外官不比京曹，事事与督抚有密切关系，于是先把大纲，电商务督抚。大致说是：

> 亲民之职，古今中外，皆所最重。我朝承明制，管官官多，管民官少，州县以上，府道司院，层层钤制。而以州县一人，萃地方百务于其身，又无分曹为佐，遂至假手幕宾，寄权胥役，坏吏治酿祸乱，皆由于此。今拟仿汉唐县分

数级之制，分地方为三等，甲等叫府，乙等曰州，丙等曰县。现设知府，解所属州县，专治附郭县事，仍称知府，从四品。其原设首县，即行裁撤。直隶州知州，直隶厅抚民同知，均不管属县，与散州知州统称知州，正五品。直隶厅抚民通判及知县，统称知县，从五品。每府州县各设六品至九品官，分掌财赋、巡警、教育、监狱、农工商及庶务，同集一署办公。别设地方审判厅置审判官，受理诉讼；并画府州县各分数区，每区设谳局一所，置审判官，受理细故诉讼。不服者，方准上控于地方审判厅。每府州县各设议事会，由民选举议员，公议本府州县应办之事，并设董事会，由人民选举会员，辅助地方官办理议事会所议决之事。俟府州县议事会及董事会成立后，再推广设城乡镇各议事会、董事会及城镇乡长等自治机关。以上均受地方之官监督，仍留各巡道，监督各府州县。宜体察情形，并按地方广陕，属县多寡，酌量增减，并分置曹佐，由各省督抚酌量推行。至省城院司各官，现拟有两层办法。仿国朝各边将军衙署，分设户、礼、兵、刑、工各司，粮饷各处办法。合院司所掌于一省，名之曰行省衙门，督抚总理本衙门政务，略如各部尚书。藩臬二司，略如各部丞。其下参酌京部官制，合并藩臬以外司道局所，分设各司酌设官，略如参议者领之。以下分设各曹，置五品至九品官分掌之。每日督抚率同属官，定时入署，事关急速者，即可决议施行；疑难者，亦可悉心商榷，一稿同画，不必彼此移送申详。各府州县公牍，直达于省，由省径行府州县。每省各设高等审判厅，置审判官受理上控案件。行政司法，各有专职。文牍简一，机关灵通，于立宪国官制，最为相近。是为第一层办法；其次则以督抚经管外务，军政，兼监督一切行政、司法。以布政使专管民政，兼管农工商。以按察使专管司法上之行政，监督高等审判厅。另设财政司，专管财政，兼管交通事务。秩视运司，均酌设属官，佐理一切。此外学监粮关河司，仍旧制。以上司道，均按主管事务，禀承督抚办理，并监督各该局以专责成而清权限。此为第二层办法。

此电去后，不到一个月，各督抚复电陆续到来，主张第一层办法的是滇督岑春煊，晋抚恩寿，奉天将军赵尔巽，湘抚岑春煊，疆抚联魁，赣抚吴重熹，黑龙江将军程德全，吉林将军达桂。主张第二层办法的是秦抚曹鸿勋，川督锡良，苏抚陈夔龙，调任黔抚庞鸿书。依违第一、第二者之间的，是卸任黔抚林绍年，粤督周馥，署黔抚兴禄，鲁抚杨士骧，皖抚恩铭，浙抚张曾敭，汴抚张人骏，署闽督崇善，新授闽督丁振铎。全行反对的是陕督升允，鄂督张之洞。编纂大臣见鄂督张之洞也全行反对，又不禁诧异起来了。当下载泽道："你们瞧瞧，张之洞也来反对咱们了，真是奇怪不过的事。别人反对我都不怪，香涛素负开通盛名，平日极力主张新政。现在编纂官制，是为预备立宪的基础，国家转弱为强，都在这一件事情上，关系何等重大，他倒偏又反对来了！"葛宝华道："南皮尚书脾气，素来是恃才傲物，或者为此番编纂的事，没有派及他，特地的负气，也说不定。"陆润庠道："香涛脾气本来古怪，况且他跟政府原有意见的，自然不赞成新制了。"

载泽问道："香涛与政府有何意见？"陆润庠道："就为闰四月里南昌那桩教案。"

原来，江西南昌法国天主堂有一个教士，名叫王安之的，为了一桩什么教案，跟南昌县知县江召棠办交涉，会议了好多回，不得要领。本年正月二十九日，又邀江知县到天主堂议事。王安之自恃是法国人，法强华弱，未免事事恫吓。偏这江知县，又是个强项令，一步都不肯让，意见大为不合。不知如何，两方面争论起来，江知县的咽喉，竟然受了大创，抬回县署，血流不止，医治罔效，就此创重身亡。南昌人民大动公愤，众口一辞，都说王教士手戕江知县，一齐动手，把一座庄严天主堂，毁成一片瓦砾。那位教士王安之，只一顿精拳头，早打了个稀烂。法领事得知此事，立刻电告驻京法使。法使立与外部交涉。外部奏闻朝廷，天颜震怒，下旨先把江西巡抚胡廷干撤了任，特派梁敦彦偕同法使署人员，驰往江西查办。一面电询鄂督张之洞对于此案意见，并着他就近派员查办。彼时张尚书密电政府道：

查江令因伤致命情节，据道府县亲见，该令手书数纸，均谓王安之逼令自刎一刀，复有两人执手用刀剪连戳咽喉两下等情。现又向江令家属索出江令手书一纸，文云意是"逼我自刎，我怕痛不致死，他有三人，两拉手腕，一在颈上割有两下"。皆大字。又小字云"痛二次，方知加割两次，欲我死无对证"等语。前后语意均同。据中国仵作医生查验，皆供据"洗冤录"，确系被人杀死，并非自刎。据美医证书云："整齐之横伤在咽喉，靠喉结之处。又一伤，伤口参差不齐，将喉结前面从中一直分开。"又云："整齐之横伤，是用利器所割，其余之伤，非用利器。"又云："第一伤用力轻，第二伤用力重"等语。此系用刀自刎以后，又被人用剪戳伤之确据。何则？剪利于刺，不利于割，故伤口参差不齐。自刎故力轻，人戳故力重也。一法官医福庚具画押凭单云："伤口系在颈之中间，嗓核之上，开作扁形，约横宽三寸，系用利器所割无疑。"又云："有第二伤口，系直式，与第一伤口作之纵横，亦系用利器所割，此口亦可容指"等语。此系刀伤之后，又受剪伤之确据也。又云："至于两伤是否同时，虽非同时，亦相距不多时耳。"此为直伤，显系在教堂所受之确据也。两洋医皆谓系两伤，一横伤，一直伤，惟美医则谓直伤较重。既系横、直两伤，后伤又重，是江令实死于加功，不由于自刎，确有可凭矣。即前有自刎一伤，亦由王安之威逼所致。惟当时江令仆从茶房，均被教堂拦阻，不准许入内，究竟如何加功，如何威逼，外人皆不得知。此时欲寻证人，非将教堂司事刘宗尧，帮工艾老三，仆人胡恩赐三人提案研讯不可。且江令受伤在刘宗尧房内，其手书内既云他有三人，两拉手腕，又屡提刘先生，是刘宗尧尤为案内要证。昨嘱赣抚电达浔道商之郎主教，速送三人到南昌讯问，并力认保护，断不刑讯。郎主教意不敢交，殊属不解。窃思伤凭医官，案凭见证，洋医既断为两伤，后伤较重，然则后伤是何人所为，前伤因何事起兴，不凭证人，何以定案？查法官医验伤凭单，系法参赞临行时始行交出，故当日刘、艾、胡三人到省，未能细问。今既据有法官医凭单，自应传案货证。大约江西教民则皆曰自刎，平民则皆曰被杀，然询访在江西之英美各教士，多有归咎于王安之者，足见公道在人。法人欲保教堂名誉，故以全力争此一节。乃关交涉，故难澈究，然而国体所关，民心所系，彼从不认加功，我亦决不能断为自刎，即至万不得已之时，存疑较胜武断。至于威逼情节，更断断不能抹杀。或谓江令伤本可不死，因焚毁教堂后，有某人逼之自死，尤属莠民诬罔之言。查江令才具素优，官声最好，其新昌教案，保全一县性命，弥祸定乱，其功不小。此次被害，亦由于为民力争，虽重伤惨痛之际，其手书皆谆谆以救民保民为念。故江令死后，江西士民同声悲痛，愤不可遏。新昌、上高两县百姓来省痛哭吊祭者，何止数万人？在法人恃强偏执，办理自不免棘手，惟无论如何议结，总不能归咎江令。虽不能责抵偿于外人，尚可存公论于中国，俾日后可为江令奏请优结恤典，以励爱民捐躯之良吏。庶足以存国体而服民心，且免教焰日张，日后更难保护。密电上陈，请代奏。

在张尚书以为这一件事，衅非我启，总不至十分吃亏。不意交涉终结，又花了一大注抚恤费赔偿银。那中法新定南昌教案善后合同，法教士一面，偏又半个错字都不耽。其文是：

为立合同事，近因南昌滋事，杀毙法人，焚毁教堂学堂一案，大法国大清国政府，均愿将此案公平议结，以期两国交谊益敦和好，已经商定各派委员会同办理。大法国钦差特派三等参赞官世袭子爵花翎头品顶戴端贵，大清国外务部奏派直隶津海关道花翎三品顶戴梁敦彦，前往南昌详细查明南昌县知县江召棠身故缘由。本年正月二十九日，南昌县知县江召棠到天主堂，与法教士王安之商议旧案，彼此意见不合，以至江令愤急自刎。乃因该令自刎之举，传有毁谤法教士之讹，以致出有二月初三日暴动之事，中国国家已将有罪之人惩办。兹将外务部与驻京法国钦差议定各条，开列于左，免致嗣后彼此或生异词。

第一条　应给被害教习五人家属抚恤银四万两，另作一万两，作为后来新教习等川资经费之用，其款应以库平色兑交驻沪法国总领事收领。

第二条　新昌等旧案及南昌新案所有被毁教堂、学堂、养济院等处，及教内之人房屋并一切物件，总共赔偿银二十万两整，交由教堂提款，偿补各教案内之人之损失，作为一律了结。

第三条　第二条所载库平库色银二十万两，分为十次交付，每三个月为一期，二万两交由法国主教，在九江收领。

第四条　所有被毁教堂各红契，应由地方官从速补给，营业执照，并在南昌县城内借予教堂房屋一所，以待教士盖有房屋，即行迁移。

第五条　江西巡抚应行从速出示晓谕，其告示底稿，已经外务部与法国驻京钦差会订。

以上五条，分缮华文、法文各四份，其一存外务部，一存驻京法使公署，一存江西巡抚衙门，一存九江天主堂。

大法钦差驻扎中国全权大臣佩带荣光四等宝星巴押

大清钦命外务部左侍郎联　押

大学士外务部会办大臣那　押

协办大学士外务部尚书大臣瞿　押

外务部右侍郎唐　押

西历一千九百零六年六月二十号

大清光绪三十二年闰四月二十九日　印

张尚书见了这个合同，对于政府诸公，很不满意，驰书戚友，每以丧权辱国为言。所以这会子陆润庠引及此。当下载泽笑道："那是不相干的。还是葛老的话讲得有理，明明为编纂差使不曾派及他，有心跟我们生意见罢了。反对由他反对，编纂还是编纂，我们尽干我们的事，脱了稿奏上去，且看上头旨意罢。"

葛、陆两人听了，也就无话。欲知后事如何，且听下回分解。

第一二五回　改藏约星使得优差　剿发匪女子明大义

话说中国自预备立宪之后，各项新政积极进行，大有一日千里之势。乃东西列强，偏于此时缔结协约，草蛇灰线，马迹蛛丝，偏又与吾国息息相通。如英日两国，缔结攻守同盟条约；那日法协约中，竟有“尊重在中国经营商业之机会均等主义”，又有“接近于两缔约国有主权、保护权、占领权之领域之大清帝国诸地方”；日俄协约中，有“两缔约国各允认中国之自主及其领土之完全与夫各国在中国商工事业之机会均等主义”；英俄协约中，有“两国对于西藏均明认中国之主权并互尊其领土之完全”。种种关涉我的条文，一时难以悉举。因此外交界上，顿时添起无数烦恼，生出无数枝节。那几桩外交事件中，要算《藏印条约》最为棘手。其余如改订修濬黄浦河道条款等，都不十分困难。就是《中日新约》，为了日俄重订和约，凡俄国在奉天南部权利，尽让于日本。日本派遣小村寿太郎到北京，开议满洲条约，奕劻、瞿鸿玑、袁世凯三位全权大臣，磋商了三五回，倒也易于就范。至于德人归我胶州海关，日本归我营口，更是容易办理。独有这《藏印条约》，自光绪三十年，派遣唐绍仪为议约全权大臣，磋商到今，首尾三年，依旧毫无眉目。

原来西藏矿藏丰富，地势险峻，素称为世界金库。却说西藏政俗，与内地大不相同。驻藏大臣衙门在前藏，署内办事处共有四个：一是大书房，一是满人房，一是汉人房，一是廓尔喀房。粮台共有五座：是前藏，后藏，拉利，靖西，绰木多（即昌图）。这五座粮台缺，要算靖西这一缺为最优。四座大寺：是来因寺，锡拉寺，白凤寺，甘定寺，每寺僧徒，皆有七千余人。藏中七月麦熟，地瘠民贫，然万山皆是宝矿，僧徒坐食，不务生计，即如锡拉寺，距离使署，不过十里，寺后金沙成块，寺僧为了风水攸关，筑墙封住，不准开采。可怜藏人白有着金矿，啼饥号寒，却穷到个赤精！西藏的税关，真是稽而不征，大有三代风气。一座亚东关，是光绪甲午年三月二十六日设立的，距哲孟雄的大吉岭，八十五英里。距靖西粮台，十四中里。这一座关，不过稽查印藏进出口货，并不征抽货税。藏中亲民之官，尽属番官，例须官家子弟方能入选，所以百姓永远不得为官。至于喇嘛，汉人也能入选，不过要削发为僧罢了。西藏的兵制，旧时驻守的汉兵，多半娶番女为室，或吸鸦片，都已老惫不堪负枪。本地番兵，有三千名，以郎卡子人为最强悍，惟兵之子孙只能当兵，弊与印度相同。西藏的风俗，凡平民，一家有了兄弟，往往即有两兄弟削发为喇嘛，据称一做了喇嘛，就可以不忧衣食，民人见了，必然加意尊敬，称他为孤叔。这孤叔是西藏的尊称，犹之内地的称老爷。不过既然做了喇嘛，就不得娶妻生子，但是喇嘛只忌酒色，不戒荤腥，又与内地僧徒略异。

藏人婚礼，迎娶新妇，用马不用轿，又盛行一妻多夫之制，女权极重。男子对于女子，有顺受而无抗违。譬如兄弟三人共娶一妻，那所生子女，须都归给长兄。子女长大，视亲生之父，与侄之视叔无异，犹之姨娘所生子女，只认适母为母亲，称生母依旧只称得姨娘。一妻多夫风俗,与一夫多妻之风俗,恰好是个反比例。那兄弟共一妻的,如大兄进房,房门前必系白巾一条作标记,次弟见了,即不入内。次弟进房,也是如此。那丧礼也与内地不同,人死之后,有水葬、火葬、天葬之别。

藏人极喜烧香,所以贩售香烛的生涯极盛。藏人深恶洋货,用洋货的甚少。从前出疆到印度等处的藏人,往往不准回藏,是怕他做奸细呢,近来风气也渐渐开通了。藏番最尊重中原人,自从英兵入藏后,也有轻视中朝之意了。藏钱银色最低,每元重一钱三分、一钱五分不等,钱质甚轻,西藏市肆,都剪开来分用的。藏斗名叫尅,因为斗字的番音,系妇人之讳,藏俗重女,故称斗为尅,有十八斤一尅,有三十二斤一尅。

西藏边境,有一个廓尔喀国,也是中朝属邦。廓人性极强悍,钢刀最精。廓王新从英国游学归来,颇有自强思想,拥有劲兵十余万,为西藏之外蔽。前年廓王曾咨请驻藏大臣,挑选博通中学之儒生三五人,到廓教授廓人,以开通边域风气。驻藏大臣置之不理。藏印的道路,由印京加尔各答下午五点钟火车,至九点钟,渡恒河,再上火车,翌晨六点钟,至西里古里。由是上山路,换小火车,计从西里古里至大吉岭,五十一英里,盘旋而上,凡退车层累而升者二十余处。一路均有道里表,计至大吉岭埠,已高出地面七千四百零七尺。从这里往西藏,八十五英里,就是亚东关,路程极迟不过七天。如果不上大吉岭,径由西里古里往布坦入藏亦可,路程不相上下。不过由该处启程,只有马匹乘骑,行李须用牛输送,不如大吉岭地方,有人力车与马较为稳便呢。从亚关至靖西粮台十四里。从靖西粮台到江孜,六百零五里。从江孜到前藏,六百里。总计自大吉岭至前藏,共一千三百零四里。从前藏印分界,原在藏属哲孟雄国之卑谷里镇,该处在西里古里之南,相距只十九英里。八九十年前,被英人划入印界。接着英人与哲孟雄开衅,索大吉岭开埠,每年租价一万二千卢比,大吉岭于是始辟地兴种茶树。光绪十六年,英兵慑服哲孟雄人,钦差大臣升泰奉命划界,而哲孟雄尽入于英。于是藏地遂改由分水流一带山顶为界。哲孟雄划入英国之后,大吉岭租金已经不给,只月给卢比五百于哲王,并把该王留在甘度地方做安乐公了。时贤康有为,挈女同璧女士,邀游哲国,曾晤哲王,曾作长歌寄慨。其词道:

我游哲孟雄,其王迎道周。
珊顶而袴褶,脚鞾腰带钩。
从官并冠袍,雉尾拥刀矛。
森森汉官仪,惊喜入我眸。
延我入其宫,莽莽依荒丘。
极望少人家,徒见峰峦稠。
冈颠飐大旗,金顶抗崇楼。
列室耀金章,梵文画幡旒。
正殿设中坐,拜伏多群酋。
南子出握手,霞帔珮琳璆。
凤冠珠垒垒,中华妆尚留。

设儿饮我酒，从官跪献酬。
赠我二吴经，酒筩与茶瓯。
百器皆华物，侧恻我心愀。
世谱存藏僧，受封实藩侯。
环疆二千里，虎节镇山州。
南与布丹国，拱卫要荒悠。
惜我不能卫，强英遂录收。
今为保护国，忽忽十四秋。
给俸仅月千，贫困等拘囚。
英主顷加冕，迫令朝贺愁。
遣子聊自代，欲遁不自由。
见我上国客，悱恻情尚遒。
解带以赠王，聊用慰绸缪。
颇闻布丹人，望救心百忧。
岂知瑶池饮，王母醉云讴。
煌煌典属业，日日蹙边陲。

这几年来，大吉岭商埠日益繁盛，藏人前往谋生的，不下二千人。英人经营入藏之路，日益完备，沿途均有兵站，预备旅行的人住宿。比于内地出关的巴塘、里塘，道路崎岖，驿递须经百日，而又盗贼炽昌，相去真是霄坏呢。癸卯甲辰之间，印度政府派英将荣赫鹏带领工兵二千，英兵三千，印兵八千，廓尔喀兵三千，联军入藏，直抵拉萨。达赖喇嘛唬得逃了库伦去。荣赫鹏追胁藏番，订约十条，认西藏为被保护国。此时我国驻藏大臣是有泰直。这位有泰大臣，真是个宝，平日内政外交，一切都不管，只知道任用仆役当统领，谋书吏并渔色番女等事情。似这么迅雷不及掩耳的非常大变，叫他如何料理得下？朝廷闻之大惊，立电有泰，叫他与英人严重交涉，力阻画押。继见有泰不中用，特派唐绍仪由印入藏查办，即命他为全权大臣，将条约酌量改订。

唐绍仪到了西藏，与英员开议，反复辩论，再四磋商，无奈英员辞意坚决，再也不甘退让。交涉首尾三年，依然毫无眉目。不意强人还遇强人手，俄罗斯人见英人如此举动，心下很是不甘，急起直追，也派侦探大队遍游藏中，勘矿的勘矿，测量的测量，更派马队数千，深入拉萨，伺隙而动，图掣英人之肘。朝廷更命张荫棠由印入藏查办事件，扰了个江翻海倒，英人始肯平和解决。于是唐绍仪与英使萨道义订立藏印正约，虽然失些利权，总算还不至十分吃亏。当下唐绍仪就把办理藏约事情，拜折奏闻朝廷。朝廷很为嘉许，下旨派唐绍仪为税务会办大臣，以酬其劳。

这日，又降一道恩旨，是赏给岑春煊太子少保衔，李经义、丁槐等，都给与奖叙。这与外交是不相干的。原来广西地方，游土各匪，四起勾合，南泗、镇色、柳庆、思浔、太平、恩顺等属，无地不匪，岑春煊自光绪三十九年五月到广东，即带兵赴广西浔柳督师，遴选文武，分头剿办，八月身还广东。这时光，镇太、泗色、思南各路，已经渐告平靖，先后擒斩匪首黄五肥等数十人。三十年五月，柳州兵变，柳庆土匪又同时蜂起。春煊派遣龙济光、王芝祥、陆荣廷等分路攻剿，擒斩万余人，始告肃清。奏报到京，恰与藏约告成差不多时光，所以恩命同日降下。

从来说上行下效，捷于影响，内外大小臣工，见朝廷办理新政，十分认真，谁敢偷懒延宕！此时京畿各营，一律都振刷精神，改练洋操。这洋操可不比别的事，第一，各兵士须改穿陆军部新定制服，以壮观瞻。穿了新制服，脑后拖辫，很是不雅，因此，各统领都叫兵士把发辫藏在军帽里。发多辫大的，便叫他削去一半，改良做小辫。

彼时京营有一个目兵，奉了主帅之谕，将脑后长发，削去一半，以便藏辫帽中。这目兵就回家，跟他老婆商议。他老婆道："这件事情，很容易办。"一边说，一边早取剪刀在手，趁他不防，左手提起辫子，右手只尽力一绞，早齐根儿绞掉了。目兵大怒道："你这个样子，坑了我了，如何好见主帅？吃一顿军棍不算，怕还要革出营呢。"他老婆笑道："不要紧，恁主帅如此利害，再不会为了剪辫革掉你粮的。"目兵道："你是妇人家，镇日坐在炕上，外面的事情，哪里知道？前儿我跟两个营里朋友，在大栅栏厚德福酒馆喝酒，瞧见隔座这一席上，有一个四十余岁的老先生，跟着三五个少年，坐在一块儿大谈阔论。那班少年谈及外洋各报纸，笑咱们的发辫是豚尾，遇见了总提在手里玩笑，所以咱们都把发辫剪去。老先生这时光已有八分醉意，一时性起，大呼堂倌拿小刀来。我瞧在旁边，错疑他要自尽，倒唬了一跳。哪里知道他取到小刀，向脑后只一抹，把一条花白的发辫，齐根儿割掉，合座的人，全都拍掌呼万岁。"他老婆听到这里，接口道："该该！这是很文明的事。"那目兵道："还说文明呢，就吃这文明，害了他一辈子。"他老婆道："何至于此？"那目兵道："次日我在顺治门外上斜街，又遇见了这位老先生，见他垂头丧气，很是不高兴。打听旁人，才知他为了剪辫，把一个很优的优馆失掉了。原来这位先生，在某部郎家里设帐，昨夜酒后回宅，学生见他脑后蓬然，不禁失笑。老先生大怒，喝住了学生。不意部郎家人，早把先生剪辫这件事，当作新闻般讲开来。某部郎大不为然，即于次晨，具了衣冠赴塾，正色向先生道：'我功名是从旧学得来的，不知新学为何物？老夫子既然喜讲新学，是与我意见不合，小儿也不敢再行请教了。'这位先生只得检点行李，垂头丧气而去。现在我这个样子，不是要我跟这位老先生一般么？"他老婆笑道："不要紧，我写一张字儿给你，呈给主帅瞧了，包在我身上，总不会革你这一名粮。"这目兵素来佩服他老婆的能耐，只得答应了。次日到营，陈明缘故，呈上字纸，却是两首新诗。第一首是：

堂堂丈夫，表表人物，心存国耻，何惜发贼？况此豚尾，藏垢纳污，研究卫生，须急剪除。

置身军界，更宜早图，振刷精神，讲求经武。妾虽女流，颇识时务，目睹时局，不可固执。

夫为国民，岂同碌碌？拔去凶邪，方称职守。切肤之患，安肯与久？若留孽种，贻羞外族。故假斧斤，为君一斩，堂哉皇哉！此举非忽。至理所在，其谁曰不？

第二首是：

落手惊将短鬓搔，三千发匪黯然销。愿为天下除烦恼，都付并州快剪刀。

主帅见了，一笑置之，果然并不见斥。欲知后事如何，且听下回分解。

第一二六回　争路约制府运机谋　办卫生警员闹笑柄

话说这一年是光绪三十二年丙午，国务最为繁重，宣示预备立宪，改革官制，改订藏约，前回书中，都已叙明。更有一个绝大的铁路风潮，各处的绅商，为了此事，开会演说，不知费掉几多唇舌？各省的疆吏，为了此事，函电交驰，不知费掉几多心思！弄到结果，天可怜见，心思唇舌，总算没有白费，依然达到收回自办的目的，只不过又花了一大注冤钱。当下两湖总督张之洞，因收回粤汉铁路自办的事，办理完结，拜折奏陈，其辞道：

窃臣于上年二月间，访闻承办粤汉铁路之美国合兴公司，并未知会中国，私将公司底股三分之二，售与比国公司，董事亦大半易置比人。查比与法通，法又与俄合。京汉铁路，已由比法两国合办，若粤汉铁路再入其手，则中国南北干路地权，全归比法等国掌握之中。与俄人所起东三省铁路，钩连一气，既扼我之吭背，复贯我之心腹。而借款本息太巨，年期过久，限满后断无赎回之望，其为中国大患。殆有不忍言者。臣探询既确，焦灼万分，立即电致湘省官绅，并致铁路总公司大臣盛宣怀，痛言利害，竭力争持，以合兴无端违背合同，亟应据理责言，废弃前约。自臣创此议后，湘鄂粤三省绅民渐次传播，始知有粤汉路约不善之说。议论推敲，群思补救。无如合兴公司既异常狡执，美国富商复遣合兴之党柏士，来华运动，自称系华丰公司，愿借给中国巨资，助我与合兴废约，而另立合同，将此路归其承办。其实华丰无异合兴，然而术诡言甘，于是被其煽惑者，忽倡以美接美之说。众议纷纭，大为所动。臣以合兴公司违约失信，覆辙在前，若仍听以美接美，是直以移花接木之计，愚弄中国，一切权利仍落他人之手。中国丝毫不能收回，与所以筹议废约之故，自相矛盾。遂电沪力阻其议，柏士因亲至京师，介其公使，向外务部要求。外务部函令来鄂就臣商办，其驻汉美领事，复多方为之游说。臣面告以此约必废，无可商议！柏士到沪后，复三次来函，揽办路款，均经臣严词驳拒，坚不允行。由是袒美者咸嗒然失望，而怨谤纷来，阻挠百出，筹议废约之事，益形棘手矣。

迨上年十一月初三日，臣承准军机大臣，字寄光绪三十年十月十一日，奉上谕御史黄昌年请挽回路政一折，“粤汉铁路，关系紧要，现在合兴公司正议废约，应即另筹接办，着张之洞悉心核议，妥筹办理，以挽利权。原折着抄给阅看，将此谕令知之，钦此”。臣自奉明旨，责有专归，乃益抱定宗旨，不敢为异说所摇。然为难之处，不一其端。臣初意以为盛宣怀为与合兴公司订约原议之人，系铃解铃，贯资一手，故开诚布公，往复电商，深冀其相助为理。不意筹商累月，盛宣怀屡因宿疾缠绵，困卧不能办事。正当吃紧之际，臣去电兼旬，杳不得复，偶有病间答复，而精神未能贯注，终不得此事要领。此时盛宣怀病势甚剧，屡濒危殆，无怪其然。而湘中官绅之派赴上海者，一则主张订借美款，几为柏士所愚；一则径自聘用律师，直令赴美，与合兴涉讼。均经臣飞电力阻追回。其事乃已，群议纷歧，轻举妄动，几误大局。此其为难者一也。臣以事机危迫，稍纵即逝，不得已始径电出使美国大臣梁诚密商办法。该大臣复称中国废约之说，喧腾报纸，美公司已预为之地，由彼富商摩根，将此国股票，重债收回一千二百分，以争事权仍在美国之手。即与合同不背，不能再言废约。美政府极力袒护，屡饬其驻京使臣柔克义，向外部干涉，声言美政府断不允废此约。合兴总办惠惕尔，因出使大臣梁诚，持正力争，辩诘甚紧，遂拟撇开梁诚，自行来沪，设法把持此事。经臣闻知，切电上海总公司，转告惠惕尔彼即来华，无论改何办法，臣断不承认，嘱其飞电阻回。此其为难者二也。臣往复与驻美使臣梁诚电商，直言废约，或致有碍国家交涉。改为赎约，则仅商务往来，事出和平，彼政府自无从干涉。该大臣因就此意与合兴公司反复磋商，彼延前美国兵部大臣路提，前美国按察司英格澜为主谋。梁诚乃延聘前美国外部大臣福士达，铁路专门律师良信等，与之抗议。路提以美国国体，东方商务，种种关碍为词，语意坚决。福士达等再三辩诘，始认原定合同之疏漏，合兴办事之含混，允听中国政府修改合同，收回权柄，由美国政府担保，永不转替，而赎约则坚不允许。经出使大臣梁诚，痛切开导，力陈三省之舆情，中朝之意旨，微臣之定见，大局之利害，路提等甫允开议售让办法。而合兴索价浮冒，初开七百万金圆，继又索公司酬劳二十五万金圆，借票余利四十余万金圆，利息在外。经与驳减，彼即以股东未曾议定，经月迁延，不允遽决。比主复遣其亲信至纽约，极力阻止，事几中变。此其为难者三也。迨复议定赎路全价六百七十五万金圆，另给利息，甫将革约彼此签字，而比政府竟电美外部强行干涉，比主复面晤摩根，唆使悔议，并介美总统之友美国上议绅比治迟转告美总统，力翻此案。美总统适接其驻华使臣柔克义电，误会我政府无意废约，且疑臣与出使美国大臣梁诚，非均政府授权经理之人，遂欲挑剔废约两字，借端以废草约，危机顿迫，几几功败垂成。臣于七月十三日电奏内，已详晰陈明。此其为难者四也。幸荷圣明昭鉴，俯准施行。外务部亦悉力主持，一再照会美使，声明臣与梁诚，实有办理此事之权。美总统尚知慎重邦交，转而允许，其事乃定。而湘鄂粤三省绅民，骤欲筹此六七百万金圆，约华银千余万两，断断无此力量。假使款不应手，非但立误事机，抑且贻羞中外。此其为难者五也。臣自奉旨筹议粤汉路事，即屡次分电湘粤官绅，公议切实筹款之法。嗣准两广督臣岑春煊十二月十一日来电云，此事必须备有赎路的款，方能争论。而粤绅涣散，倡议者无钱，有钱者不管。绅力断不足恃，官力则艰窘已极，更无担任如此大宗之力。且果使废约，立须巨款应付，即有别项筹款之策，亦缓不济急。愚以为宜由鄂湘粤合借洋款若干万，分年匀摊，认还此款，借成约废，即以赎路。不废，立时付还，虚糜利息，亦尚有限等语。而湘绅商电亦无立筹巨款之策。臣体察湘鄂粤三省情形，既属相同，不得已始定借款之议。一面电商湖南抚臣，转询湘省各绅。湖南抚臣复电云，与诸绅熟商，均应遵办。遍加询访，惟英领事所开利息较轻，借款交付实磅，不须折扣，惟于粤省别有要索利益之事。臣婉辞推谢，致借款之议，久悬不定。迨本年八月初二日，猝然接到出使美国大臣梁诚电，合兴股东已将草约批准，第一期款美金二百九万八百零六圆，应于西历九月七号即八月初九日在纽约交兑，计期已近，务请合三省全力迅即筹足。于西九月七号以前电汇到美，免致变局等语。臣电致梁诚，恳其展期十日，以便赶筹。复电云，第一期款商缓十日，福上达谓前遵尊电，将赎款备齐，悔约索价各节，警告摩根，正约六号签押与否，视此期交款为从违，若再生变，万无挽回，务祈如期电汇等语。盖合兴之意，料知中国贫窘，断不能于旬日间猝筹数百万巨款，故其总股东于草约定后，已将三个月，多方推宕，延不批准，此事成否未定，以致筹不能筹，借不敢借，直至届期前七日，始电告中国，批准立索交款，若款不能集，则此约全翻，转将讥我无款自误。此谋至狡至毒，蔑以加矣！其时英领事先期赴庐山避暑，臣逆料急而相求，要求必甚，且议订合同，亦须兼旬以外，而应付合兴之款，若愆期一日，全局俱翻。当此之时，既不能乞援于外洋，复不能求助于他省，以关系中国南疆全局之大，举特旨饬办之要政。议论两年，全球皆知，若徒以无款之故，竟致不能收回，自弃草约，不惟利权永弃，而且令各国讥笑中国办事者，皆空言无实之人，以后一切邦交，种种窒碍。此七日之中，臣忧煎万状，绕室徬徨，此事结局如何，竟不敢预料。此其为难者六也。幸湖北官钱局，信义素著，尚为各国银行所信，臣召集司道恳切筹商，均以大局利害所关，同心担任。立即一面饬官钱局设法担保，先同汇丰银行，息借银三百万两，官钱局凑集银二十三万两，竟如期电汇已到美国，实非臣意料所及。当即将赎路正合同，电由军机大臣代奏，请旨画押钦奉俞允。一面电招英领事回汉，商订借约。英领事见臣处第一期付款，已能暂行自借应付，而赎路事关系大局，亦愿助成盛举，于是前所要求者，不再提及，合同条款，悉照光绪二十六年八月，湖北因保护长江，筹备饷需，向汇丰银行息借五十万两成案办理，业经将合同咨明外务部在案。此项借款，于铁路权利，固丝毫未尝有所假借也。借款既定，应付合兴第二期款，遂于中历九月十二日，全数交清。合兴即于是日，分电沪粤两处公司洋人，将在沪存储之图表册籍，在粤已修之铁路，及机车房栈一切备用材料，悉数点交中国委员接收。经臣派员分别接收清楚。查此次合兴所订售路合同，载明中国政府，可将合兴公司在中国所有产业，已成铁路材料，测电图表，开矿特权，以及在中国所有权利，无论明指暗包，一概全行收管等语。玩开矿特权，及明指暗包之言，可知从前所失权利之大，实无穷尽，今幸得全数赎回，从此永断葛藤，消弥巨患，此皆仰赖朝廷之威德，及枢部诸臣同心匡助，三省绅民协力图维，出使大臣梁诚才识兼优，忠实为国，规划辩论，妙协机宜，故此事克底于成。现已议定修路之款，由三省官绅合力筹集，决不再借洋款，惟款由本省绅民集股，只能各筹各款，各修各路，大纲必归划一，而办法不能尽同，与他处铁路之借款兴办者，迥不相侔。绅民办事，全赖地方官相助为理，似须责成本省督抚，督饬司道及地方官既绅士商民，因地制宜，设法筹办。庶情形不致隔膜，工程亦免延搁。谨奏。

皇太后览奏之后，笑向德宗道："闹了这许多时光，总算办妥了，张之洞倒也有点子能耐。现在苏杭甬铁路草约，已经撤废；日本人在奉天造的新奉铁路，也经袁世凯赎转；粤绅办的新宁铁路，也已动工。这会子这一条干路，又争回了自办。从此后铁路上再没有洋人势力了，不知要免去多少是非口舌呢。"德宗照例应了两个"是"字。皇太后又随后翻起两个折子，一瞧时，都是奏复奉旨交议御史赵启霖统筹禁烟事宜的。设立总局一折，分别议准的事：一个是度支部奏复奉旨交议御史赵启霖禁烟期于实行一折，统筹禁烟事宜及土药税仍旧办理的事。太后瞧过，并不发言，提起朱笔，批了两句"照所请，钦此"的话，随向德宗道："这么办好么？"德宗照例答了句"甚好"。原来两宫振精刷神，办理新政，已于八月中，降旨严禁鸦片，定限十年以内，将洋药土药之害，一律革除净尽，所以才有这么的折奏。当下民政、度支两部，奉到朱批，各自分头办去。

且说这民政部管理着内务，事务最为纷繁，又因部署新立，各项人员都系生手，既无旧例可援，仅有新章堪守，办理各政，就不免时闹笑柄。即如卫生巡警的成绩，已足令人喷饭。

一日，北京西城粉子胡同某姓宅里，死了一个妇人。这妇人死的缘故，为是难产。卫生巡警见有死人，照例原该干涉，为的是怕有时疫等症有碍众共卫生之事。当下卫生巡警见粉子胡同有了死人，忙来询问缘故。该宅主人照实回明。巡警饬他收殓，这都是官样文章的事。不意这巡警出去之后，忽又回来询问，这死的是妇人还是姑娘？该宅主人啐道："是你们家的姑娘！"是一桩笑柄。还有崇文门外高家营丁姓，死了一个人，报知南营参将衙门，领有收殓执照。忽有巡警到来，问他为甚不报本区警局？丁姓回言，已经报知参署，领有执照。巡警又道："这一回就这么，以后如果再死人，须到本区来报告。"丁姓怒骂道："以后即死掉你一家人。"这又是一桩笑柄。又一日，警厅忽发奇想，取缔担粪夫子，饬五城内粪厂，悉移向五城之外，并且抽收粪捐。粪夫为了城外道远，已不乐从，又听得抽捐之信，于是相率罢工。五城内大小住宅，粪无所出，积秽不堪，警厅没法奈何。某相府为了此事，特地遣丁片请厅官除粪，厮闹不休，经多人解劝始免。这一年，东三省盛传鼠疫，各省都设法预防。京师系首善之区，防备得格外认真。顺天府即在民政部里领得防治鼠疫费三万两，设立局所，选派医员，约耗三千余两；购办药水，置备器具，约耗千余两。不意比户查稽，病死的人，很是不多，拟把所存余款，用到各州县。据检疫员报告，仅三河境内一二家有疫，其余各处，均无传染。局长检点药物，十存八九，蹙额道："这么大的地方，怎么竟没有病人，奇怪不奇怪？"新政初行,种种笑话,诸如此类,不一而足。暂且按下。

却说中国疆域之大,人才之众,频遭外侮,厄苛屡政,官吏酣歌恒舞,人民梦死醉生。偏有一个绝大怪物,震雷一声,天地开张,睡狮奋吼,百兽震恐,从这夜气沉沉当儿放出一线光明,把睡熟的人全都惊醒。你道是什么?就是革命党,就是革命党主张的民族主义。这一个主义,从个人起点,渐渐浸透到社会,渐渐蔓延到全国,到这会子声势之大,气慨之雄,简直是不可比拟!各省优秀分子,云合雾集,在日本东京地方,组织一个革命同盟会,凡兴中会、华兴会、三合会等各革命团体,联合同盟,一致进行。

这日,革命同盟会开成立大会,五湖四海英雄,三江八闽豪杰,无不齐集。先由会长孙文报告各革命团体合并手续,次由副会长黄兴演说合并缘由。这孙文,号逸仙,广东香山人氏。初入兴中会,潜谋革命。乙未十月,谋在广州地方起事,作事不密,被官军侦知,急遁海外。会员陆皓东等都送掉性命,死在官军手里。孙文逃至英京伦敦,被驻英公使袭照瑗捕住,经英政府出场干涉,才得释放。黄兴,字克强,湖南长沙人氏。庚子年与陈天华、宋教仁等创设华兴会,定期十月中,在长沙举事。不意九月十五日,机关已经破露,于是不得不逃到日本来。

当下孙、黄两豪杰报告才毕,就见会员中一个少年英雄,跳上演坛来。众会员瞧见这个少年英雄,顿时掌声如雷,都说:"伯先又有伟论发挥了。"原来这少年姓赵,名声,字伯先,江苏丹徒人氏。南洋陆师学堂第一次毕业生,曾做江南陆军三十三标统带。一日,带了兵士,遨游山水,猝诣故明孝陵,问众军士道:"你们知道这一座皇陵中,是哪一朝皇帝?"那军人中有曾受过教育的,略能道出一二。赵声就起立演说,详述明末清初历史,满人如何淫暴,杀掠如何惨酷,慷慨激昂,声泪俱下,军人全都感动,无不泣下沾襟。这一件事情,被制台知道了,要把赵声大大治罪。怎奈查无实据,只得把他撤差完结。部下军士感他平日恩义,都有依依不舍之态,临行话别,无不红晕于眼。赵声撤掉差使,举动很是自由,遨游南北,物色英杰,为革命实行之预备。在北京时光,与吴樾异常投机,离京之后,吴樾遗书赵声,有"某为其易,君为其难"之句。赵声赠诗吴樾,吴复书称:"每一诵之,则心为之一酸,泪为之一出。"其诗是:

淮南自古多英杰,山水而今尚有灵。
相见尘襟一萧洒,晚风吹雨太行青。
双擎白眼看天下,偶遇知音一放歌。
杯酒发挥豪气露,笑声如带哭声多。
一腔热血千行泪,慷慨淋漓为我言。
大好头颅拼一掷,太空追扰国民魂。
临时握手莫咨嗟,小别千年一刹那。
再见却知何处是,茫茫血海怒翻花。

又有《登越王台》一首,其辞是:

七雄兼并真无谓，刘项纷争只自残。
独向天南开版籍，能将文化服夷蛮。
公真镬铄威名古，我尚飘零姓氏惭。
今日登楼凭北望，中原云雾正漫漫。

又有《乙酉初度寄友》一首，其辞是：

百年已过四分一，事业茫茫未可知。
差幸头颅犹我戴，聊持肝胆与君期。
欲存天职宁辞苦，梦想人权亦太痴。
再以十年事天下，得归当卧大江湄。

当下赵声朗声演说，无非是勉励同志，消除意气，积极进行的话，听者掌声如雷。赵声说罢，接着又跳上一个少年来，只听众人都道："狮眼儿林大将军上台了。"果见那少年虎头狮眼，气宇不凡。原来此公姓林名文，字广尘，一名时埉，福建福州闽县人氏。他的祖爷爷，就是当代赫赫有名的云南抚台林鸿年林大中丞。林文虽是世家子弟，却丝毫没有纨袴习气，生得聪明颖悟，气度偏又恢廓，性情偏又恬淡，生平以武侯、渊明自况，尝制一水晶小章，文曰："进为诸葛退渊明"。接物待人，却偏又豪迈爽侠，丰仪清雅，躯干修伟，两目精光射人，人皆称他为"林大将军"；又因他书法遒劲，党中人戏称他："林将军狮子眼扁担子"，他因自号为"狮眼儿"。自幼失恃，赖姊氏鞠育长成，年二十一，奉姊命东渡留学。初入成城学校，后进日本大学法科，悉心穷研国际公法及国法学，至于私法，即摈不屑学，道："此种刀笔吏事情，不是吾辈所当急的。"治阳明学、禅学，很有心得。他的老姊，嫁与沈葆桢为媳，万里奇书，常嘱他励志勉学。林文到东之后，见国事日非，深愤政府无状，遂决计舍身救国，投入革命党。党魁孙文很是器重他，林文在党里头，跟党员汪兆铭号精卫的，胡衍鸿号汉民的，倪炳章号映典的，黄兴号克强的，赵声号伯先的，最为要好。尝向诸友道："我若不幸，未及报国而死，负吾良姊了。"奔走国事余暇，喜为诗歌，其诗有散见于香港《中国日报》者，如：

落叶闻归雁，江声起暮鸦。
秋风千万户，不见汉人家。
仆本伤心者，登临夕照斜。
何堪更回首，坠作自由花。

故国河山远，秋风鼓角残。
登临悲岁促，涕泪向人难。
路尽天应近，江空月自寒。
不辞随落叶，分散去漫漫。

极目中原事，干戈久未安。
豺狼充道路，刀俎尽衣冠。
大地秦关险，秋风易水寒。
雪花歌一曲，听罢泪漫漫。

秦始河山百二重，而今无地觅尧封。
郑洪义举斜阳冷，葛岳奇才碧水空。
人事何曾哀乐尽，野花依旧寂寥红。
鱼龙残夜谁能啸，只此伤心万古同。

男儿埋没与君何，我亦伤心哭逝波。
李杜文章嗟莫及，蔺廉肝胆喜相磨。
西方有梦归犹急，北斗无声泪更多。
太息江东豪杰尽，糟糠无复铸夷齐。

年逾弱冠，不言婚娶，或问他为甚久不言娶，林文正色道："瓜分之祸，旦夕立至，尊严祖国，行见丘墟，亲爱同胞，将即于奴，岂志士授室时耶？"当日林文跳上演坛，向众人道："革命的事情，尚实行不尚空谈。自吾党组织到今，日日以革命鼓吹，日日以革命号召，究竟真实干过了几回？在明白的人呢，果然知道我们持重，不肯轻举妄动；不明白的人，只道我们挂着虚牌子哄人，就难免要说我们坏话。这件事跟革命进行的前途，很有关碍。现在难得各党合并，革命的势力，顿时雄壮了许多，不如趁这当儿，切切实实干一回儿，一可以争回已失的名誉，二可以唤醒内地同胞的立宪痴梦。诸君以为如何？"

话声才绝，早见众中又跳起一个少年来。众人都喊道："遁初起立，又有惊人议论发表了。"原来起立的那位少年，姓宋，名教仁，字遁初，一号桃源渔父，湖南桃源人氏。天资俊伟，志愿不凡。十二岁丧父，家境很是清贫。刻苦好学，年未弱冠，文名已经大著。癸卯年，在武昌文普通学堂肄业，即抱改革大志。这时光，只有二十二岁呢。甲辰年八月里，回到湖南，与黄克强、刘揆一等，组织华兴会，推举黄克强为总理，共分五路，教仁自己主持常德一路。又与同志胡经武在湖北地方，设立机关，名叫科学补习所，以与湘中遥应，大集同志，定议十月十日起义。不意才到九月十五日，机关已经破露，教仁从常德走长沙，知道武昌学校已将己名除掉，于是逃到上海，乘邮船到日本，入东京宏文学校，又入早稻田大学。乙巳年，创办《二十世纪之支那》杂志，鼓吹革命。孙文从欧洲到日本，会合各省革命同志，组织同盟会，宋教仁也很出力呢。欲知宋教仁何时起立，有何惊人议论，且听下回分解。

第一二七回　振贝子私娶杨翠喜　赵启霖疏劾庆亲王

话说宋教仁步上演坛，各会员异常注目，只见他从容不迫的道："今儿这个伟举，党会同盟，万人一致，今后于革命进行上，不必说自然增起无上便利。但是这么一个大团体，没有个机关报，终是个缺点。兄弟的意思，拟把《二十世纪之支那》，归给同盟会，作为机关报，未知众位以为如何？"众人齐声赞成。当下众豪杰又商议了一会子，议决克期举事，分头进行，有赴安南的，有赴香港的，有赴长江一带的。

宋教仁见同志都在南方运动，北方尚未着手，于是投袂奋起，同了党员白逾桓、吴崐并日人末永节起程赴东三省，以便设立辽东支部，运动马贼，占据奉天，以与南方回应。不意才到半途，就得着江西萍乡会党失败的消息。原来赴长江一带的革命党，到了湖南浏阳县，就竖旗起事。萍乡矿工，事前早受了运动，这会子便如铜山东倾，洛钟西应，都起来相应。无奈军火缺乏，人手稀少，凭你气壮如山，只不过如电光石火，现了一现，依旧被官军扑灭了。白白使长江一带的党人，被官军拿捕了去，丧命的丧命，监禁的监禁。如江督端方派探在扬州地方，拿获党人杨恢、李发根、廖子良，并搜出炸弹八枚，制造炸药药料多件。又获到孙毓筠、权道涵、段沄三个。审讯完结，杨恢送掉了性命，权道涵、段沄永远监禁，孙毓筠等三人，各受了监禁五年判决。江西官场，获到陈祥友等二十五名，都送了性命。湖北有曹玉英等七人，湖南有禹之谟等九人，都先后遭难。

这个恶消息，传入宋教仁耳中，教仁并不在意，向同行的人道："管他，咱们尽干咱们的。"行到辽东，筹定计划，便在碱厂地方，秘密招兵，忽地机关破露，白逾桓被官军捉了去。宋教仁没奈何，只得且自回东，图谋再会。

且说江西官场剿平了萍乡会党，立即飞章入告。皇太后深为诧异，向军机大臣道："古怪极了！朝廷已经降旨预备立宪，这一起乱党还要革命？做什么？"奕劻道："从前国中只有新旧两党，现在新党里又分出立宪派、革命派两派了。那起没王法的乱党，全是革命派人。"皇太后道："立宪派都是何等样人？有没有欢喜革命的？"奕劻道："立宪派大半是读书明理之士，不过见解太偏点子。喜欢革命？怕还不至于呢！"皇太后道："原来读书于国家，有这么的关系，我就知道对付革命的法子了。"奕劻应了一声"是"，也不敢细问。

不意退值之后，朝廷忽降下一道旨意，大旨说是孔子至圣，德配天地，万世师表，允宜升为大祀，以昭隆重。中外臣工见了此旨，无不疑心，以为正值预备立宪，新政进行，忙得不得开交时光，忽有这闹中取静、忙里偷闲的间着，朝廷举措，真是出人意外。他又哪里知道上头为此，也有不得已的苦衷呢！

时光迅速，转瞬又是新春。交了新春，朝廷更现出一番特别的新气象。整理庶政，改盛京将军为东三省总督，兼管三省将军事务。奉天、吉林、黑龙江，各设巡抚，以徐世昌为东三省总督，并授为钦差大臣，唐绍仪为奉天巡抚，朱家宝署吉林巡抚，段芝贵黑龙江巡抚。这一道旨意不打紧，不意又引起一桩极有趣味的公案来。

据说庆亲王奕劻的儿子贝子衔镇国将军载振，奉旨到东三省查办事件。公毕回京，路过天津，道员段芝贵夤缘迎合，购了一个绝色美人杨翠喜，献给载振。这杨翠喜是天津著名歌妓，原是直隶北通州人氏。十二岁时光，她老子娘带了她到天津，恰遇着义和拳之乱，于是避难到庐台。兵乱世界，无可谋生，她老子娘穷得要饿死，就把她卖给了土棍陈某。等到联军攻破天津，义和拳四散，商民渐渐走集，陈某挈翠喜至津，住在城中白家胡同，与邻人杨茂尊，一时话得投机，就将翠喜转售于杨某。

彼时津沽间声伎，颇称一时之盛。有一个叫陈国璧的，买了两个女孩子，一个叫翠凤，一个叫翠红，在上天仙戏园演戏，赚的包银很不少。杨茂尊异常眼热，就叫翠喜跟着陈家两个女孩子学戏，专演花旦。究竟心灵智巧，不多几时，《拾玉镯》《珍珠衫》《卖胭脂》等几出著名戏，早唱得声容毕肖。十四岁，在侯家后协盛茶园登台，未几受大观之聘，声价顿时一振。津门豪客，多替她揄扬，说是女伶魁首。十八岁，到天侧园演唱，月得包银八百元，声名愈益高了，为的是她唱得一口好梆子，生的偏又千娇百媚。

段芝贵在贝子爷跟前送了这么一个大人情，又从天津商会王作霖处，筹措十万金，为庆亲王寿礼，仗着这点子人情勋绩，就得不次超升，升署为黑龙江巡抚。偏有个好事的什么河南道监察御史赵启霖，据实纠参，折内话头很是利害，有"疆臣夤绿视贵，物议沸腾"等语。两宫览折异常震怒，下旨御史赵启霖奏参载振各节，有无其事，均应彻查。着派醇亲王载沣、大学士孙家鼐确切查明，务期水落石出，据实复奏。一面降旨，段芝贵着撤去布政使衔，毋庸署理黑龙江巡抚。这段芝贵也算他倒运，已经到手的巡抚，平白地被人参掉。过不多几天，两钦差复奏上来，把这件事洗刷得干干净净，于是参人的赵御史，可就糟了！

这日，奉到上谕：

> 前据御史赵启霖奏参新设疆臣"夤缘视贵"一折，当经派令醇亲王载沣、大学士孙家鼐，确查具奏。兹据奏称："派员前往天津，详细访查。现据查明，杨翠喜实为王益孙即王锡英买作使女，现在家内服役。王作霖既王贤宾，充商务局总办，与段芝贵并无往来，实无措款十万金之事。调查账簿，亦无此款。均各取具亲供甘结"等语。该御史于亲贵重臣名节所关，并不详加访查，辄以毫无根据之词，率行入奏，任意污蔑，实属咎有应得。赵启霖着即行革职，以示惩儆，朝廷赏罚黜陟，一秉大公。现当时事多艰，方冀博采群言，以通壅蔽。凡有言责诸臣，于用人行政之得失，国计民生之利病，皆当恳切直陈。但不得摭拾浮词，淆乱观听，致启结党倾轧之渐。嗣后如有挟私参劾，肆意诬罔者，一经查出，定予从重惩办！钦此。

赵启霖落职之后，全台顿时大哗。振贝子内不自安，也具疏辞职，略称：

臣系出天潢，夙叨门荫，诵诗不达，乃专对而使四方，恩宠有加，遂破格而跻九列。倏因时事艰难之会，本无资劳才望可言，卒因更事之无多，遂至人言之交集。虽水落石出，圣明无不烛之私而地厚天高。踏蹋有难安之隐，所虑因循恋栈，贻衰亲后顾之忧，岂惟庸懦无能，负两圣知人之哲，不可为子，不可为人。再四思维，惟有仰恳天恩，开去一切差缺，愿从此闭门思过，得长享光天化日之优容。倘他时晚盖前愆，或尚有坠露轻尘之报称。

文词斐然，说得很是婉曲微妙。

德宗降旨道：

朕钦奉皇太后懿旨，载振奏历陈下悃，恳请开去各项差缺一折。载振自在内廷当差以来，素称谨慎，朝廷以其才识稳练，特简商部尚书，并补御前大臣。兹据奏陈，请开差缺，情辞恳挚，出于至诚。并据亲王奕劻面奏，再三吁恳，具见谦恭抑畏之忱，不得不勉如所请。载振着开去御前大臣，领侍卫内大臣，农工商部尚书等缺及一切差使，以示曲体。现在时事多艰，载振年富力强，正当力图报效，仍应随时留心政治，以资躯策，有厚望焉。钦此。

参人的，被参的，不论谁是谁非，尽都革职开缺，朝廷办理此案，已经至公无私。不意御史台那班都老爷，偏是不识窍，御史赵炳麟、都御史陆宝忠，先后陈奏，宽容台谏好似有意跟朝廷闹意见似的。

这日，上头又明降谕旨道：

朕钦奉皇太后懿旨，昨据陆宝忠奏，言官参劾失当，心实无他一折；本日御史赵炳麟奏请宽容台折一谏。御史赵启霖，诬蔑亲贵重臣，既经查明失实，自当予以惩儆。台谏以言为职，有关心政治，直言敢谏者，朝廷亦深嘉许。惟赏罚之权，操之自上，岂能因臣下一语，即予加恩，至所虑阻塞言路？前降御旨，业已明白宣示，凡有言责诸臣，务各殚诚献替，尽言无隐，以副朝廷孜孜求治之至意。钦此。

照谕旨看来，载振这一桩公案是冤枉的。其实年轻人喜欢女色，也是人情之常，何况他系出天潢，身居要职，终日在这富贵繁华队里，又怎么能够志虑澄清呢！当下载振开去了差缺，无精打采，回到邸中，想找兄弟载搏谈谈。太监回称：“二爷又往黄三家去了。”载振道：“谁是黄三？我不认识。”那太监回头瞧了一瞧，似乎防人听见似的，然后低声回道：“奴才起初也不很仔细，后来因二爷连着三五日不回家，怕老爷问着，可怎么回复呢？私问跟二爷的小太监，才知有一个洋行买办黄三，是浙江人，跟二爷很是要好，引诱二爷逛窑子。现在索性把个窑姐儿娶了来，寄在黄三家里。二爷天天便都在那里。”载振道：“怪道呢，好多天不见他，原来瞒了我在那里乐呀。黄三家在哪里，谅你总知道。”那太监道:“听说在苏州胡同,奴才却没有去过。”载振道:“好好这孩子这么干,被老子知道,又要找一顿骂了。”

原来载振的兄弟载搏,也是个风流人物,举止豪华,却比乃兄胜起数倍。偏有个商界交际能手黄三,不知用什么手段,结上了二爷,万般凑趣,万般讨好。一日,载搏在黄三家喝酒,停杯慨叹道:“自从万人迷嫁后,这北京城里,再没有好姐儿了。”黄三道:“依我看来,万人迷也平常得很。”载搏道:“你的眼界,未免太高了! 直到如今,俗谚还称‘六部三司官,大荣小那端老四;九城五名妓,双凤二姐万人迷。’荣铨、那桐、端方倒也不必去说他,那大金凤,小金凤,都是窑姐儿中很有声名的。大姐二姐都姓魏,应酬工夫,是再没有说的了。南城百顺班的万人迷,最为了得。听说这万迷原是某副都统的丫头,为了私通仆人,被主人撵出。那时万人迷向那仆人道:‘坐食定然饿死,你我当各谋生计。听说百顺班的掌班,人很良善,我就要依他去了。’她就卖身到百顺,得价四百金。把百金给了那仆人,以三百金装饰了房间。数日间万人迷之名就大噪。有一个内务部郎中姓海的,为了万人迷,倾家荡产,弄得精穷,到了除夕,被债主逼不过,没奈何,逃到百顺班躲债。万人迷询知其故,就出金替他料理债务,并购田产,姓海的感她恩义,就把她娶了家去。这件事京城里哪一个不知道? 你倒又说他平常了。”黄三道:“二爷求的是美人,并不是要她的钱。万人迷从前我也见过,模样儿很是平平。”载搏道:“模样儿俊的眼前有么?”黄三道:“怎么没有? 二爷要见,我就可以同你去。”载搏道:“别又是鬼话!”黄三道:“谁敢谎二爷? 包在我身上,给二爷一个妙人儿。”载搏道:“叫什么名字,说出来先给我听听。”黄三道:“不必问得,横竖见了自会知道。”说到这里,随喊了一声:“来”,一个当使的掀帘进来,黄三也不待载搏开口,吩咐道:“给二爷套车,把我的车也预备了。”当差应着出去,一时二人坐上车,展轮启行,不多一回就到了。

黄三打前引道,踏进门就笑着道:“我可替你们引进一位贵人来了!”随见二名侍婢,簇拥着一个二十来岁南边打扮的美人儿,自内姗姗而出。载搏见了,眼前顿时觉着一亮。黄三指着美人,向载搏道:“二爷,她叫苏宝宝,二爷瞧是如何?”载搏喜得只是笑。苏宝宝笑盈盈的道:“请房里头坐罢!”于是三人都进了房。黄二向苏宝宝道:“这是庆亲王爷的三王子,当代贵人,你只称他二爷就是了。”随回头道:“倘然我保荐的还不错,就恳求二爷,赏我一席酒!”

原来这苏宝宝,又名情天楼,江苏上海浦东人氏,姊妹三人,宝宝是排行第二。幼时黄毛蓬首,骏稚蠢笨,很是不济。乃姊名叫媛媛,在上海鼎丰里县牌作妓,恣睢放浪,跳荡不羁,极喜妍戏子马夫,因此市井恶习,沾染极深。每赴客召,昂头大步,目无余人。嫖客与窑中姊妹,都称她做“老英雄”。宝宝依姊为活,瞧见姊氏风头如此之健,心中异常艳羡,于是举止动作,无不模拟姊氏,私语婢媪:“他日倘能与阿姊共张艳帜,使人家都说弱妹也不弱,就遂了我的愿了。”

到了十四五岁,出跳得竟与姊氏一般美丽,并且生有媚骨,极善修饰。当她一曲清歌柔声作态时光,人家都说为媛媛所不及。媛媛有一个恩相好任少爷,是任道台的公子,生得十分漂亮。宝宝情窦初开,未免心存爱慕,眉稍眼角,就不觉时时流露。任公子原是偷香老手，两个儿都有了心，不知如何，竟被他得着了机会，各遂了心愿。谁料这件秘密事，竟被乃姊侦知了，顿时大发雷霆，把宝宝痛殴了一顿，并与任公子绝交。宝宝受了挫折之后，发愤为雄，向她妈道："孩儿已经长大，情愿自立门户，阿姊会干的事，孩儿也会干。依人赖家，究竟不是终局的事。"她妈见她这么有志气，也深嘉许，就替她卜日悬牌，出应觞致。才只一个多月，"苏宝宝"三个字，就轰遍沪江花界了。

话虽如此，但是她的宗旨，却是向不犹人的，专喜美貌精壮男子，臃肿蹒跚的达官臣商，恁你挥金如土，从不肯轻交一语。她尝向人道："咱们做生意，须有擒贼先擒王的气概，如果时运未到，还不如自择面首，乐意逞心一会子。"做窑姐儿抱定了这么的宗旨，生意如何会发达？加之行为放荡，喜妍伶人，先昵春桂、某伶，次及新剧场某伶，尤悦花旦周蕙芳。一日，不知为了什么缘故，被周伶毒打了一顿，不能再做生意，住在鸿兴里私宅养伤。宝宝寂处无聊，就妍识了一个匠人的儿子机器炮。这机器炮偏是悭吝，一钱如命，不到三日就绝交。宝宝愈益侘寂，经她妈百方譬喻，再出来操淫业，改名叫"情天楼"，生意依旧不振，债台百级，屏挡无术。

这个当儿，恰好老妓梁溪李寓从北京回来。李寓索契宝宝，遂怂恿宝宝的妈，说此儿终必贵显，不如叫她北京去。在南边一辈子，白埋没了她这副才貌。于是措金一千二百，替她偿还了夙愿，携之北上。天赐良缘，今儿认识了载搏，彼此心投意合，即夕定情。次日，载搏就令黄三于原价一千二百金外，另加千金，即叫李寓携之登车，载往苏州胡同黄三宅内暂住。欲知后事如何，且听下回分解。

第一二八回　瞿鸿玑多言遭严谴　谭鑫培奉旨吸乌烟

话说载搏娶了苏宝宝过门，不庸说得，自然是燕尔新婚，缠绵恩爱。偏是报馆多事，消息也真灵，才只三五天，北京各报馆，竟一家家都把此事揭载出来，满城风雨，哄动一时。奕劻大怒，立刻把载搏喊来严责，并叫撵出去，不准再入我的门儿。载搏力辩是外边谣言，儿子再没干过这种事，老爷尽可查访。左右也替他尽力掩饰，弈劻道："此刻我不管，倘有什么参案发现，我再与你计较！"载搏大惧，于是把苏宝宝匿在西河沿客栈里，报纸上又揭载了。改匿到城北某宅去，又揭载了。这办报的人真是鬼，凭你如何秘密，他立刻就会知道。载搏走投无路，恐蹈乃兄振大爷覆辙，连累老爷，只得忍痛割爱，暂避风潮，商之好友刘十。这刘十是乐亭著名富户，与载搏为嫖友，十分密切。当下代为划策，允将苏宝宝暂寄刘宅居住。刘就命他的侄儿某迎苏宝宝于城北某宅，乘京奉快车赴乐亭，载搏亲送她登车。宝宝盈盈含泪，载搏也泣下沾襟，异常哀感。看是这么恩爱，年轻公子，究竟有何常性？见红爱红，见绿爱绿，不多几时，载搏又娶了个名妓洪宝宝。乃兄载振也为搏南妓谢珊珊，被御史张元奇所参。时人有诗叹道：

翠钿宝镜订三生，贝阙珠宫大有情。
色不误人人自误，真成难弟与难兄。
竹林清韵久沉廖，又过衡门赋广骚。
转绿回黄成底事，误人毕竟是钱刀。
红巾旧事说洪杨，惨戮中原亦可伤。
一样误人家国事，血腥新化口脂香。
娇痴儿女豪华客，佳话千秋大可传。
吹皱一池春水绿，误人多少好因缘。

庆亲王父子，数被参劾，而蒂固根深，终难动他分毫。后来御史江春霖，又因直隶总督陈夔龙，为奕劻之干女婿，安徽巡抚朱家宝之子朱纶为载振之干儿，上疏参劾。朝旨以牵涉琐事，罗织多人，肆意诬蔑，有妨大局，着全国原衙门行走、御史陈田、赵炳麟、胡思敬等奏请收回成命。究竟有何效力？时人又有诗道：

公然满汉一家人，干女干儿色色新。
也当朱陈通嫁聚，本来云贵是乡亲。
莺声呖呖呼爷日，豚子依依念母辰。
一种风情谁识得，问君何苦问前恩。

一堂两世作干爷，喜气重重出一家。
照例自然称格格，请安应不唤爸爸。
歧王宅里开新样，江令归来有旧衔。
儿自弄璋翁弄瓦，寄生草对寄生花。

又有人把“儿自弄璋翁弄瓦”，对了一句“兄曾偎翠弟偎红”，成为绝对，传诵一时呢。此系后话。

却说军机大臣中，两宫眷注最隆的，共只两人：一个是庆亲王奕劻，一个是大学士瞿鸿玑，恩宠优渥，常常独承召对。瞿相国是湖南人，偏偏这参劾庆王的御史赵启霖，也是湖南人，这回的事情，奕劻心中，就不免疑及瞿相所授意，跟瞿相就有了个心，瞿相却仍懵然不觉。也是合当有事，这日，奕劻因身子不大好，请了个病假，瞿鸿玑一人入对。议政既毕，皇太后忽蹙然道：“奕劻又病了么？他有什么病？不过为钱财忙碌罢了！七十岁的人，有数百万银子家资，也可以罢手了，还这么营营不已，做什么呢？”瞿鸿玑应了几个“是”，退值回家。

家人闲谈，无意间就把太后的话，告诉了他夫人。恰好中书汪康年，人前来闲谈，瞿夫人就把庆王眷遇已衰，上头这么这么的话告诉了汪夫人。汪夫人回家，告知汪康年。汪康年又告知曾广铨。这曾广铨也是湖南人，是中兴名臣曾国藩之后，现官某部部丞，充着伦敦《太晤士报》访事。本年二月里，邮传部尚书张百熙因病出缺，调四川总督岑春煊为邮传部尚书。岑春煊一到部，即劾罢侍郎朱宝奎。曾广铨运动瞿鸿玑，谋为邮传部侍郎。瞿鸿玑已经应允，奕劻力持不可。又求为府尹，也被奕劻所阻。原来朱宝奎是奕劻的心腹，连岑春煊都为了此事，被调了两广去，曾广铨因此很恨奕劻。

当下得了此信，立刻做了一段新闻，邮寄伦敦报馆。事有凑巧，这时光，恰有某国新使入觐皇太后。太后召各国公使夫人入宫赐宴，酒至半酣，英使夫人忽问太后说：“贵国才报庆亲王将要退出军机，确么？”太后愕然道：“哪里有此事？这句话你又从何处得听来呢？”英使夫人道：“因瞧《太晤士报》，才知道的。”太后急问报上怎么说？英使夫人道：“不过说太后嫌他衰老，并太会贪财。”太后笑道：“这是报馆的讹传。我何尝说过这种话？”宴罢之后，太后暗忖此言怎么外国报馆都会知道？后来想起数日前曾与瞿鸿玑说过，必是瞿鸿玑泄漏出去的，不然，外国报馆怎么会知道呢！想到这里，不禁大怒，遂立召奕劻幼女四格格入宫，向之道：“你老子衰年好货，深负我恩！我念他年老，未忍加谴。现在竟被瞿鸿玑告诉外国人，载在报纸为各国所腾笑，国体何在？你家去向你老子说，叫他嗣后须格外小心！”四格格遵旨告诫奕劻。奕劻听了，把瞿鸿玑更恨得牙痒痒地，必要设法撵他出军机。

这个意思，被载振知道了，私语他的幕僚，慕僚传说出来，却又引起一个非常人物。此老姓洪，名述祖，字荫芝，江苏阳湖人氏，是洪北江先生的曾孙。少即弛跅不羁，好为大言，自诩有纵横才略，习英文极精。中法之役，述祖在台湾刘铭传幕中治军书，处分兵事，襄助外交，深为刘铭传倚任。中法和约告成，台防解严，铭传就派他到法将那里，商议赎回兵轮事情。因为战事当儿，闽中派遣援台输送饷械的两艘兵轮，为法军所虏，所以派他去议赎。他得此差,就乘势发财,多所侵蚀。

刘铭传闻知大怒,急用令箭召回,把他绑赴军前正法,经同寅诸人跪求,才得改为监禁。脱狱之后,即在上海为担文律师翻译,既而复捐知县,到湖北候补。岑春煊任湖北江汉关道,委洪述祖为汉口清丈局坐办,又为了勾通洋人,盗印地契,酿出重大交涉。鄂督张之洞恨极,拟把他立行正法,经赵凤昌发电求救,说述祖是洪北江后裔,张之洞听了,遂把他驱逐出境,从宽免究。述祖两次逃生,遂到京里来想法子,恰值李经方奉命出使英国,洪述祖百计夤缘,得派充了个随员。李经方临走,到瞿鸿玑那里辞行,鸿玑询及参随人员姓名,经方就把名单呈上,瞿鸿玑瞧到洪述祖名字,皱眉道:"荒谬绝伦如此公,如何好同他外洋去?万一生事,不但腾笑外人,还要贻老哥一辈子的累!"李经方没法,回来就辞掉洪述祖。述祖询问中道弃捐之故,经方初时不答,后来吃他问不过,只得道:"不是我不肯用你,瞿中堂不答应,我也没法儿呢。"述祖于是衔瞿刺骨,日伺其短。现在得着了这个机会,快活得什么相似,连夜就去见侍讲学士恽毓鼎。

这位恽学士也与瞿鸿玑不怎么的,立刻草奏,参劾瞿鸿玑四款大罪:一是授意言官,二是结纳外援,三是交通报馆,四是引用私人。参折既上,皇太后异常震怒,命军机拟旨斥革,立即驱逐出京。奕劻极力赞同,铁良独持不可,道:"瞿鸿玑身任枢密,官至参知,今以一小臣之言,遽加严谴大臣,岂不人人自危!请派员密查,果有证据,革掉他也未晚。"皇太后见说得有理,也就答应了。遂派孙家鼐、铁良秘密查办。

铁良密语孙家鼐道:"瞿某一人不足惜,吾公当为国体计算!"孙钦使答应了,等到查复奏上,化大为小,改轻了许多。原奏第一款,本是指赵启霖参劾庆王的事,却改为上年赵曾奏请以明儒王船山入祀文庙,为瞿所授意。第二款外援,原是指英国,却改为与外省各督抚私书往来,指为结纳。第三款报馆,原是指《太晤士》,却改为汪康年的《中外日报》。第四款引用私人,本是指曾广铨,却改为余肇康。皇太后也不欲穷究其事,下旨命瞿鸿玑开缺回籍,了这一段公案。

却说中国此时,虽说预备立宪,其实各项政务,别说一般国民不得预闻,就是君临全国的德宗皇帝,佐理庶政的军机大臣,哪里有丝毫权柄?一切杀伐决断,都由皇太后一个儿专主。这位女中"尧舜",精神饱满,才气过人,不要说别的,单就食量而讲,已经可骇的很。一日,德宗进来请安,太后正在食汤圆,问你吃过了没有?德宗不敢说已食,跪对道"尚未。"太后即赐他吃了几个,问饱了没有?不敢说已饱,又对到"尚未",乃更赐食。如是数次,腹胀不能尽食,乃把汤圆私藏在衣袖里。等到回宫,满袖汤圆,已经淋漓尽致了。要换小衫,偏偏私服都被太后搜了去,此时无衫可换,只好忍耐着。后经太监设法把外间的小衫取进,才得更换。

贝子溥伦有一回见太后,也遇太后进食,所受之窘,一如德宗。回到家里,满腹气塞,大病到四十余日。更有一事,足证太后精神之好。城内某牙医家,一日,忽来一人,说有人患了牙疾,需要延治。说罢未久,外面店堂里即有见一个穿青绸袍子的人,独自坐着,面色惨黑,痛苦之状,目不忍见,口齿上血液溢霖,津津不已。牙医替他如法镶配,胸中以为是个宫中太监,并不问他是谁,治毕而出。次日,导引之人又来,说昨儿镶的牙齿极好,已经没有痛苦了,叫我谢你老人家一个荷包,四两银子。牙医受了,再三称谢。又次日，忽然有一人仓皇来访，说："你前儿曾经入宫镶过牙么？导引的是我哥哥，今已因此获祸，被老佛爷扑杀了，尸骨掷露，无钱买棺，奈何？"说罢大哭，才知牙痛的就是当今天子，乃系被太后所打脱，太后恼此监私引医生替天子除痛，所以特地扑杀他。

德宗在朝，不得与臣工交话，近支王公，也无敢私自晋谒。帝乃久喑思语，密置一小箱在南书房中，私与胞弟醇亲王通信。小箱的钥匙，德宗与醇王各佩一个，外人不得启开，书信中大抵言外边琐屑之事，无非供笔谈解闷而已。不意也为太后所知，怒而禁止，从此连笔谈的自由也剥夺了。

你想太后饶这么事烦，还不肯轻易放过一步半步，精神之好，不问可知。政余之暇，偏还要搓麻雀，偏还要听戏。时常召集诸王福晋、格格入宫斗雀。庆王府两位格格，承恩尤多。每遇雀牌临发时，必有宫婢侍在太后背后，悄悄作势，暗示侍赌的人，遇到太后手中有中发白诸对时，侍赌的人必赶速打出以足成之。太后成了牌，必出席庆贺，输了钱也必叩头求太后赏收，等到累负博进，无可得赏，就可以跪求司道美缺，得十倍之利了。

太后喜欢听戏，南府班子，又大半不堪入耳，所以每次演剧，总是外召的多。宫例，每选内侍，择俊敏的先进太后，次及皇帝，次及杂务，拣最下的才叫他学戏，名叫南府。自外供府的，名叫外学。供奉诸监年米食一百四十余石，给月俸数金而已。逢着朔望，须入宫当差。遇到忌日，则以次推下。每演一次，统赏约共三千余金。南府诸优，艺皆驽劣，惟侍奉诸监，倒有佳的。即如李莲英之小生，诸外学都称他师傅的。宫中旧例，正月初一初二初三三日，召外面伶人入宫进演。现在为太后喜欢听戏，就不拘旧例，随时进召了。

进召的都是京师著名角儿，如小叫天王瑶卿、杨小楼等。这几位供奉中，却要算叫天儿，尤为名震一时，风靡万众。京城有谚语，叫做"有额皆书垿，无腔不是谭"，上句指都中煤铺米庄饭馆等处等额，皆有王垿二字，下句说都中王公走卒，皆喜学谭鑫培声调。原来小叫天，一名叫天儿，姓谭，名鑫培，湖北人氏，以善用汉调变易京调得名。他的演剧，规模声容，卓越一时。髫年入梨园，起初以武生著名，后唱须生，私淑程长庚，更参以余三胜，于是登峰造极，执戏界之牛耳。谭鑫培的声调，能以韵胜，苍凉恳挚，奇正相生，令人如读汉魏六朝文字，出乎自然。古峭棱厉，可为千古绝唱，洵非余子所能几及。戏单一贴，九城震动，都人尊之为"谭贝勒"，每遇万寿节，钦召入宫演戏，赏赐无算。太后甚赏谭所唱《连营寨》，另制白衣白甲白徽，为关张持服。谭鑫培为昭烈帝誓师，及训话关兴、张苞，声泪俱下，太后异常击节，恩旨谭鑫培着赏食三品俸。时人有诗叹道：

梨园子弟貌如仙，一曲琵琶万锦缠。
新领度支三品俸，江南羞杀李龟年。

这日，是端阳佳节，皇太后高兴，召集懿亲大臣，赐宴颐和园，命人召谭鑫培等一班名角入宫演剧。一时杨小楼等别个戏子都到,只有谭鑫培未到。太后性急,叫人去催,依然抗旨。太后怒道:“叫天儿不过是个戏子罢了!架子这么的大,连我的旨意都敢违抗起来,那还了得!着内务府赶速出牌去传,问他脖子上长有几个脑袋儿?问明了赶速回我的话!”太监才待去传旨,只见一位亲王大臣跪倒求恩,口称:“老祖宗息怒,谅谭鑫培断不敢如此放肆,其中才有别情,恳恩即由臣亲自去传他!”说毕,碰头不已。太后瞧时,这求恩的就是新授民政部尚书肃亲王善耆。

原来善耆也是嗜戏成癖,曾从谭鑫培学戏,尝与花旦杨小朵合演《翠屏山》,善耆扮石秀,小朵扮潘巧云,演到巧云峻词斥逐石秀之时,石秀抗辩不屈,巧云厉声呵道:“你今天就是王爷,也得给我滚出!”听戏的人皆相顾失色,杨伶谈笑自若,扮石秀的善耆,更是乐不可支。谭鑫培尝语人道:“我死后得我传者,惟肃王爷一人而已。”所以现在见太后要办谭伶,就替他跪下哀求。皇太后道:“不庸这么费事,戏子原是隶属内务府内,叫内务府按法惩治就结了。”善耆再四哀求,太后方才允准。

善耆立刻驱车到谭鑫培家里,谭鑫培出来迎接。善耆道:“你真大胆,老佛爷恼得什么相似,亏我求了下来,快同我一起走!”谭鑫培道:“王爷,你是极圣明的,什么事瞒的过你!谅我一个戏子,哪里敢抗旨?只因我犯有一个毛病,不敢进宫是真的。”善耆道:“奇了!好好的又有什么病呢?就是有病也不妨据实陈明,佛爷是极慈悲,极肯体恤下情的。”谭鑫培道:“现在明诏禁烟,王爷们都在戒烟,我是有瘾的人,不吸足乌烟,再不能够唱戏。我要应召,势必至携带烟具入宫,那是我犯禁的事,如何使得!有这么一层为难,戏子所以未敢遵旨。王爷,你听我讲的错了没有?”肃王道:“你的话也是实情,我替你据实奏明,请旨定夺是了!”当下善耆回奏太后,太后笑道:“我当是什么?原来不过为了吸烟的事,那又碍什么,叫他尽管入宫抽吸就是了,只要他戏唱的好,我还派两个太监替他装烟呢!”善耆告知谭伶,谭伶大喜过望。从此后烟禁虽严,谭鑫培奉旨吸烟,再没有人敢来查禁了。欲知后事如何,且听下回分解。

第一二九回　徐锡麟暗杀恩巡抚　陆征祥抗议海牙城

话说潭鑫培携烟带具入宫，吸足了鸦片，登台演剧，精神百倍。听戏的众宫眷，众王公，无不暗暗称妙，皇太后更是叹赏不已，吩咐内监放赏。正这纷华靡丽当儿，忽见一个太监匆匆送入一封安徽布政司使电奏的警报来。太后阅未终篇，早惊得面如土色，赶忙停止戏剧，召集军机会议。

原来是安徽巡抚恩铭，在操场阅操，突被道员徐锡麟，用手枪击毙。徐锡麟同他的羽党陈伯平等，均被官兵当场拿获。审过一堂，徐锡麟供称："浙江绍兴人，与同志创设光复会，图谋革命，此番举事，实欲推翻清国，重造新邦，跟恩铭并无私怨"等语。藩臬两司，会衔电奏，请示办法。当下军机大臣奕劻、载沣、孙家鼐、鹿传霖、铁良，闻知此事，都各骇然。皇太后道："司道大员里都混有革命党，以后事情，如何好办？"孙家鼐道："可见新学人才靠不住，以后朝廷对于这一辈人，留意一点子是了。"皇太后道："以后事情，到了以后再说。眼前如何办理？"奕劻道："依奴才看来，徐锡麟既是绍兴人，那绍兴原籍，想来总还有余党，斩草不除根，逢春将复发，赶快给一个电浙抚，叫他派员会同绍兴府知府贵福，狠狠搜一搜，免得留有后患。该逆徐锡麟，却叫皖吏尽法惩治，不必拘泥新刑法。"皇太后道："此种凶徒，原讲不得文明体制，但是眼前正值修订法律当儿，未便明降谕旨。不然，又要惹言官们饶舌了。"奕劻道："这个奴才知道。"随拟了两道密旨，拍发去讫。

不多几天，皖浙两省，均有复到京。皖省报的是徐锡麟已开膛摘心，尽法惩治，余党也已正法监禁，分别治罪。浙省报的是，革命女首秋瑾，系徐羽党，经知府贵福，拿获正法，该女首临刑，索笔赋诗，吟有"秋雨秋风愁煞人"之句等语。奕劻喜道："从今后，汉人可也不敢再言革命，满人可以高枕无忧了！"太后闻知，也很喜欢。不意就为这皖浙两案，株连惨酷，几乎把位列头等的堂堂中国，抑居到三等国去。

原来这一年，牙兰国都城海荷，开第二次保和大会，赴会者四十五国，是中国、日本国、德国、美国、奥国、法国、英国、俄国、意国、西班牙国、牙兰国、土耳其国、阿根廷国、比利时国、巴西国、智利国、丹麦国、希腊国、墨西哥国、挪威国、葡萄牙国、罗马尼亚国、瑞典国、瑞士国、布加利亚国、波斯国、塞尔维亚国、暹罗国、玻利非亚国、哥伦比亚国、古巴国、涂米尼刚国、厄瓜多拉国、危地马拉国、海地国、卢克森堡国、门的内哥国、巴拿马国、巴拉圭国、萨白多尔国、秘鲁国、乌拉圭国、委内瑞拉国、尼加拉瓜国，还有一国未详。

这四十五国各派代表到海牙与议，光绪三十三年五月初四日即在海牙地方举行开会典礼，四十五国代表，没一个不到，济济跄跄，异常兴盛。次日，第二次开会，议的是设委员会四个，每一个委员会，得由各国代表一二员，列席与议，逆计毕会时光，已在九月中旬。第三次开会，由各代表议决，以七年为期，当于一千九百十四年举行，各国如有提议事件，须先于二年前发表议题，集员探讨，以便会议时易使于解决。中国所派代表，是前任驻荷使臣陆征祥为正代表，现任驻荷使臣钱恂，特聘美国前外部大臣福士达为副代表，陆军部奏派丁士源为武代表，合了陆征祥所调的陈君箓，共是四位。

这日会众公举俄代表纳立道夫为正会长，荷兰、塞尔维亚、希腊、波斯、智利代表各一人为副会长。荷兰外部大臣为名誉会长。因为会议都用法国文字，所以于总书记外，公举副书记四人，是法随员两个，比随员两个，续增二人，一个是德随员，一个是中国陈君箓。当下中国代表陆征祥宣言："凡遇提议事件，虽经议准，揆诸情势，如果碍难遵从，得有权不置可否；应议事件，有要旨为众所未见的，得有权陈议，或请更正。那未能即决的问题，有自行节制之权。惟为多数赞成的，自当表同情也。"各国代表听了，都没有异议。

这日，会场中呈出三个异彩，一个是韩国派遣亲王等三人为代表，至会上书，力陈日本侵削主权，吁求公断，并诘问此次通请各国，为甚独遗韩国？欲谒正会长俄代表。俄代表不肯见，称说须得荷政府的介绍，才能够相见。韩代表又言一千九百零五年的《日韩条约》，未经韩皇及内阁签押，不能作准。旋又拟往纽约，求美总统帮忙。胡闹了一会子，没人理他，也就罢了。一是俄国翘奇省人民，公举代表，至会上书，备陈俄国的虐政，称说自从一千七百三十年，归俄保护，俄遂占有其地一千八百年，全收翘民公私产业，限制翘民置产，不得过一百迈当，翘民惟为译员，不得与闻政治，高年硕望的，辄无辜发配到西伯利亚去，冻死的无算。俄人用兵力压制显背前约，恳请责以遵照约章，复我独立自主。措辞虽然哀切，那待亡之国与亡国之民，均已丧失国家资格，会中自然没暇管他闲账了。一是古巴政府派无政府党领袖意大利人菲哈和为代表，这菲哈和曾经做过驻古意使参赞，后来为了出版事情，监禁过罗马半年，现在为古巴国代表，奉命赴会。会中大哗，以无政府主义为政府所不容，议不接待，于是菲哈和乘兴而来，不能不败兴而去。

从此日日开会，日日会议，互相提出，互相辩驳，舌剑唇枪，直是好看煞人。议决各重大事件，如设立国际平和裁判所问题，经数强国代表提议，凡有三十兆人民以上之国，得举裁判员一人。不足三十兆人民之国，得联合数国举合一人，旋又从美代表之议，裁判员定额十五员，用英俄德法奥意美日本公举，中国与西班牙，各举一人。议员每国四人，常川莅会，余如限制军备问题，宣战问题，设立高等捕获品检查所问题，设立占领裁判所问题，交战国海陆军队事项，中立国之权利义务，红十字会及病院船事项，海上私有财产事项等各种问题，有立时议决的，也有存而不论的，情状不一。

中国代表陆征祥，见与本国没甚关系之事，一恁他们争论，并不插言致辩。要是关及了中国利害，挺身抗议，辩论不屈。即如各代表提议的平和裁判所，各国均派四人，常川驻会，以便与闻会事。预会的有到四十五国，员额却只定得十七人，以十二年为一任期，或一国独任一期，或数国共任一期，英美德法俄奥意日本八国，都列在头等，都各独任一期，其余皆是共任，十年四年二年一年不等。众代表都说中国法律最敝，有开膛摘心之惨，抑居三等，任期仅许四年。陆征祥挺身抗议，说中国向列头等，可将前此摊费股数为证，否则万难遵从，该仍照旧办理。理直气壮，会众也倒颇韪其言。陆征祥旋电政府，请及早预备应派人员，庶不致以胜任无人，借才异国；修正法律，亦宜限期实行，以免各国借口。

北京政府接到此电，立刻牒告各国驻使，转请各国政府公认，按照头等国办理。旋准法代表复称，中国既照头等国摊费，自应照头等国接待，所派公断员，亦应以十二年为期。政府立即电复陆征祥，嘱向会中声明。会众偏又节外生枝，说中国兵舰朽坏，难保平和。复由陆代表电请政府，速加整顿。会众又讥中国武代表丁士源越分妄为，诸多不合，请陆代表严为诰诫饬遵军纪。一一谨尊台命，才得没事。

一波才平，一波又起，英美代表又提议增订公断条款，末一条，有“凡关于领事裁判权的事项，概须举出，得请裁判”等语。陆代表据理力争说：“此事载诸四十五国公约，永以公道平等为宗旨，倘不删除，我必全款反对。”会长俄代表没奈何，只得将陆代表所陈，付众公决。决议完结，赞成的是德、美、俄、奥、意等三十六国，反对的是英法二国，不置可否的，葡班瑞典瑞士日本等国。幸得多数赞成，遂将该款删除，造成铁案。当陆代表直摘其隐时，英代表力为解释，说该款系专指土耳其、摩洛哥而言，中国万勿误会。陆代表不为所动，美代表见中英两代表相持不下，旋允收回。英代表还不肯答应。陆代表仍坚持，不肯稍让，称该条款大背本会宗旨，会长俄代表才提出个请众公决的解和法儿。自五月初四开会，至九月十三闭会，中国代表抗议，要算这一次最利害呢。

闭会之后，即由驻荷钦使钱恂电请政府，派陆征祥，及美员福士达，为保和会国际平和裁判所公断员，随即上疏，奏报保和会各国议旨，并吁请考订法律，预备下次预会情形。其辞道：

> 窃臣奉命兼充保和会议员，该会于五月初五日开始，臣即会同专使臣陆征祥赴会预议。顷于九月十三日，会务告竣。所有会务订约情形，由臣陆征祥专折奏报。臣维和会关乎全球国际，谨就数月来在会闻见所得，与夫愚虑所及者，为我皇太后皇上缕晰陈之。
>
> 查此会西文名为第二次和会，盖别于光绪二十五年第一次和会而言。初会议创自俄，故俄为会主。今届议创自美，而俄不甘让，仍为会主。各国虽不免退后有言，而交谊攸关，亦勉为承认。初次赴会者二十六国，今增至四十五国，可谓盛矣。臣亲接各国所派议员，大率以国际法律学为首选，而海陆军学辅之。聆其所陈说辩论，立意本非等寻常，发言尤不肯轻让，无非各自顾本国情势，以趋利而避害。然国派不同，国力又异，故恒有提议经日，或甲是而乙非，或乙赞而丙否，词锋横厉，满座动容，徒以各有主权，不受牵制，卒至所议中辍，空悬虚愿者有之。此和衷商议之难言，而意见齐一之尤非易事也。初次和会，本以限制军备为名，今届英国亦首以为言，追议及此端，率皆相顾失笑，盖各国方竞强之不已，又谁肯自戢其雄心？且所议种种问题，皆关于海陆战事，推其意不过定以法律，姑示准绳，使知战时残酷行为为近世文明所不取，故弱者不可侵犯，弱者责令赔偿，以冀稍有范围，俾事后据以评断。然且恃强者胜，不强则理虽直而其势恒处于穷。至不幸而果遇兵戎，仓卒之间，必谓事事遵守条约，即各议员设身自处，恐亦徒有此理想而

已。说者谓初次和会毕，而有英特之役，有日俄之役；今届和会方始，而有日韩之事，有法摩之事。虽谓天下未尝一日无兵争可也。此减少军备之难期，而消弭战祸之不可信也。英美素持和平主义者也，今修改国际裁判约，英有关于治外法权不得请判之条，美有支配裁判员任期区别国等之议。至于万国捕获审判所一约，附列派员任期表，又指明英德法美意奥日俄为八大国，其余皆目为小国可知矣。夫国无大小，强弱焉耳。强弱之别，视其国之政教法律海陆军务大端之完缺如何，在会中列表比较，固无可遁饰。故无论何国，一预公会，即不啻自表其国之列于何等。而彼数大国者，又不免恃其权力之大，借法律以制人而自便。有时欲有所发议，则互相鼓说以动人，有时欲有排议，则隐为牵制以立异。故南美之数小国如巴西、如阿根廷之议员，素以法学著称者，常对众宣读意见书，洋洋数千言，与各大国辩论。至谓此会名为保和，实类挑战，虽言之过激，然据公法以立言，卒亦无以难之。以此见强弱等差之难泯，而外交竞争之日益加剧也。

臣外顾全局，内顾本国，倘非从以上所谓政教法律海陆各大端提挈纲领，力求实际，则下次和会，彼列强又不知现何种对我之法。夫分言之则曰政教，曰海陆括言之则法律实无所不包，所谓纲领是也。法律不仅在文字，在乎人民之学术，尤在乎朝廷之精神。臣闻各国政府距今会一年前，自俄政府通文颁出后，已早选员在各本国研究各种法律，以专备临时应付。故凡在会发议决议，具有灼见真知，而操纵无不如志。今会中拟于西历一千九百十四年，当为光绪四十年，举行第三次和会，而先于一千九百十二年，即我光绪三十八年，发表议题，集员探讨，以便会议时易于解决，各国均已允从。臣深幸有此数年天然期限，为我国参订法律，研究国际之难得机会。拟请由部臣，一面将此次会议已成交之条约，及未成文之议论，速行刊布，广征内外臣工新学后进之意见。何者有利可行，何者有害宜避，使达于部，而部臣综核而研究，以之期洞悉窾要。一面预备深通中国旧学之法律家，会同深通列国情势之外交家，辅以兼通中外文字之新学家，组成一研究会，专事内订国律，以间执彼口；外采彼律，以期协公理。修律之实行，在是；预会之预备，亦在是；人才之培植，亦在是。务于光绪三十七年以前，俾国法、国际法均确有眉目，然后于光绪三十八年第三次和会，议题发表时，与各国抗衡印证。如是则光绪四十年之会，乃不至虚预。倘届时我国法律果臻完备，人才果足应用，如日本今日在会之事事侪于强大，岂非我国家莫大之幸福！惟此数年之岁月易逝，而参订研究之关系极大，应如何预备开始，使内外合力考订之处，伏候圣明饬下外务都、内阁会议、政务处暨考察宪政大臣、各出使大臣等，详晰妥议，奏复施行！臣身列和会，见外情之迫切，为先事之绸缪，戆直陈词，不胜悚息屏营之至！谨奏。

欲知此疏上奏之后，朝廷是否感动，且听下回再讲。

第一三〇回　镇南关小动干戈　二辰丸大启交涉

话说钱钦使奏折到京，太后瞧了，心中也很感动，立召军机各大臣，商议了一回，如何能够损上益下，如何能够转弱为强。无奈各大臣唯唯诺诺，没一个慷慨陈辞的，恁"女尧舜"如何利害，一个儿终是孤立无助，空议了几回，只好暂且搁过。

一日，广西传来警电，报称："革命党起事，党魁孙文黄兴等率同悍党，由越南进攻镇南关，我军猝不及备，右辅山炮台三座，致被革党夺去，现在调集将士痛加剿办"等语。太后道："革命党屡扑屡起，真是朝廷心腹之害！起初不过几个没天地的青年，摇笔弄舌，在报纸上胡言乱语。到上海发现万福华刺王子春的案子，我就知道该逆党的势力不小。后来京师重地，发现吴樾炸击五大臣事情。官场里头，发现徐锡麟枪击恩抚事情，更是不可轻视。赶忙预备立宪，筹办新政，指望挽救一二，谁料效力全无。萍乡的革命，堪堪荡平，这会子镇南关又起事了。满朝大臣，没一个可靠的人。他们只知道享荣华富贵过太平日子，把国家大事，朝廷要政，都推卸在我一个儿身上。可怜我使碎了心，依然无济于事。"说到伤心处，不禁滴下泪来。随命内监传军机大臣议事。

一时军机大臣奕劻、鹿传霖、载沣等都到。太后就把广西抚臣的电奏，给众人瞧阅。鹿、载两军机因奕劻是军机领袖，未便先对。只见奕劻道："革命党虽然凶悍，右辅山炮台三座，同时失守，该省军备疏暇，不问可知。该巡抚似难辞咎，照奴才意思，似宜责成该抚，赶快克复！"太后道："那是当然的事，不必再说。我想革命党这么猖獗，断不能责备桂抚一人，就能了事。大家想想还有什么好法子，可以消弭这场大祸？我看革命党的声势，很是不能轻视呢！"载沣道："诚如圣谕。革命党声势真不小，奴才探得各处党会，异流同趋，现在都已归合为一了，不比从前，先是几个青年学子，一味孩子气，没甚势力。"太后惊问："你说的会党，是不是匪党呢？"载沣道："怎么不是！广东的三点会、三合会，山东的大刀会、小刀会，东三省的红胡子，湖南四川的哥老会，长江一带的青红两帮，都归结了一起。"太后大惊道："这还了得！青红帮的利害，我是知道的！"

原来这青红两帮，都是著名匪徒团结成功的绝大大团体。青帮中大半是兵勇、差役、流氓一类人；红帮中大半是强盗、盐枭、光蛋一类人。彼中人称为青红不分家，所以每欲入红帮的，必须先入青帮，就是作奸犯科，红帮也比青帮利害。

当乾隆年间，苗蛮作乱，高宗帝屡次遣将出师，屡次被挫，无法扑灭。于是张挂黄榜，招贤平蛮。忽有一个僧人名叫罗祖的，揭榜应招。到了边地上，并不选将挑兵，只建了一座高台，礼忏拜佛，挟着不生不灭大慈大悲的意旨，居然劝退苗蛮。高宗闻之大喜，意欲将罗祖召进京师，加赐法号。罗祖不愿受封，仍旧留居边地修养。

彼时有姓翁的、姓钱的、姓潘的三个人敬慕罗祖大名，结伴前往求道。见了罗祖，道达诚意，罗祖不应，三人掬诚固求。罗祖被缠不过，折苇为航，渡江逃避。三人赶忙乘船追赶，直到如今，那地方就唤做了芦苇江。当下翁、钱、潘三人直追到杭州武陵门外哑巴桥左近，忽见一山挡路，那座山却有一个山洞，罗祖直奔山洞，竟然蛇行而入。三人心想跟随入洞，怎奈洞口奇狭，不能容身。回到洞顶，俯察四周，怕的就是这个洞是穿山洞，罗祖从这里进去，从那边出来。瞧了一遍，见并无第二个山洞，知道罗祖仍在洞中，三人都放了心，于是长跪洞外，掬诚恳求。

经历三日三夜，粒米不食，滴水不饮，忽见洞中出来一个童子，向三人道："你们都为求道而来，现在奉罗祖法谕，我们须跪至红雪齐腰，芦穿膝盖，方能与罗祖有师徒之分。"三人听罢大骇，暗忖世界上断没有天飞红雪庐穿膝盖之事，明知道是罗祖决绝的表示，于是膝行而前，哀恳童子，入告祖师，俯鉴我们热忱，推恩准予收录。童子点头而入，又经历了数昼夜，消息沉沉，依然杳无希望。时正腊月上旬，严寒侵入肌骨，这三个人并不曾多带得衣服，跪在阴森萧瑟的山洞口，偏偏的六出花飞，天降大雪，不觉都冻僵得了。

等到将近五更，积雪已逾一尺，亏得一到天明，晴光大放，雪止风和，三人得着了暖气，悠悠醒转，忽见身旁的积雪，红白相间，颜色非常鲜艳，不禁大喜过望道："感谢皇天，红雪齐腰的法谕，已经验了！罗祖就要收我们了。"且住，雪色红艳，难道果是三人至诚格天么？原来三人为了寒极无衣，不得已，摘取田间稻草，裹在身上挡寒，稻中之谷，恰巧坠在发际，雪后树头飞鸟没处觅食，遥见三人发际遗有谷粒，争下喙食，皮破血流，白雪顿时变成红色。三人一来为冻得僵了，二来为一心注在罗祖身上，所以毫未觉着。当下大喜过望，忽觉两腿麻木，站起身来瞧时，见地面上突出的芦根，已经钻入膝盖，膝盖上也流出血来，染得地下的雪愈益红了。三人都不禁感极而泣，相语道："芦穿膝盖的话又应了！"道言未绝，山洞中走出一人，正是罗祖。罗祖道："孺子真可教，来随我入洞学道。"说也奇怪，跟着罗祖，这山下竟然并不狭小。三人到了洞中，日从罗祖学习修养，一住数月。

一日，罗祖忽语三人道："今日，皇家又在悬挂黄榜，征求天下奇人侠士了，为的却是运粮事情。就为出路不太平，运粮船只，屡遭寇劫，运粮官员，屡典王章，所以钦悬黄榜，招致贤能，你们三人，可赶快下山，揭榜应招。倘然路途遇险，我自前来相助。前程远大，万勿迟疑！"三人拜聆之下，颇觉依恋不舍，罗祖拂袖驱逐，始各下山进京。直到现在，那山脚下还有座潘安庙，内塑罗祖神像，青帮弟兄过路的，必尽入庙礼拜，此系后话。

当下翁、钱、潘三人行到京师，才知已隔人世三十余年！问旁人时，果然悬有黄榜，于是如法揭榜，钦准三人各招徒弟一千三百二十六人，合带运粮船一千九百九十只零半，于是三人就立起一个总帮来，名叫江淮四帮。又把总帮分为三房，是翁大房，钱二房，潘三房，支分派别，各有师承，不相混杂。说也奇怪，当时这翁、钱、潘三人出任运粮之后，果然盗风尽息，粮户不惊。朝廷异常嘉要，立召三人入京，赐以官爵，许之立谱，广招徒弟，报效皇家。从此，三人就公立一堂，题名叫做"潘安堂"，各自招收徒弟，徒弟收徒子，徒子收徒孙，声势日大。于是又公议立一个总名，就是："青帮"两字。青帮中人称罗祖为直祖，称翁、钱、潘三人为三位主爷，主爷大约就是祖师的意义。

当下翁、钱、潘三人设立了潘安堂之后，就开堂放布，招收徒弟，并立有十大帮规，二十四个字辈，范围徒众。那十大帮规是：一、不欺师灭祖；二、不搅乱帮规；三、不藐视前人；四、不江湖乱道；五、不扒灰放笼；六、不引水带线；七、不奸盗邪淫；八、须有福同享；九、须有难同当；十、须仁义礼智信。二十四个字辈是："圆明心理大通悟觉普门开放万象依归罗祖真传佛法玄妙"，一字一代，宛然是人家家谱上的字辈。更有一桩惊人处，就是帮中人偶有违犯帮规的，不讲情面，立斩不贷。潘安堂设立之后，翁、钱二人，也各次第立堂。姓翁的立的就叫翁佑堂，姓钱的立的就叫钱保堂。又组织六部：一是引见部，二是传道部，三是掌布部，四是用印部，五是司礼部，六是监察部。部设一师，分任办事。帮中又特编秘密口号，为帮中人相遇问答之用。这秘密口号，名叫"春点"。春点中，如入帮叫"进门槛"，帮外叫"空子"叫"洋盘"。称师傅为"老头子"，徒弟为"徒肯"，又叫"一生"。同门兄弟叫"同参弟兄"，名折梢为"斤头"，出首为"引水"，充作线人为"带线"等类，种种名号，不一而足。

凡遇有入帮的，那最初手续，就是由引见师带领"空子"求见"老头子"，接见之后，先将姓名籍贯住址职业履历等，询问明白。然后由传道师把帮中规例，详细讲给他听，并询问是否真心入帮"空子"回说是真心，再由引见师与他约定开堂日期。因为每开一回堂，费用不赀，所以必须俟有十余人或数十人，才开一次呢。

到了开堂那天，仍由引见师带领众人入堂，各出拜师金为"老头子"寿，然后焚起全堂香烛，中供翁、钱、潘三位主爷牌位，由引见师带领行三跪九叩礼。礼毕，设誓谨守营规。誓毕，再至"老头子"前行礼，各徒弟然后再行互见礼。老头子开言道："众多徒弟，今日既入本帮，以后须严守规戒，至于同参弟兄，亦须以义相投，不得自相妒忌，外面如有'斤头'等类，须得先行通知于我，待我酌量而行，不准冒昧从事！"告诫既毕，乃令掌布师分发票布，布上书明姓氏年岁履历字辈等项，复令掌印师用了印，分授各徒，作为永久入帮之凭证。那收徒典礼中，更有第一回收的徒，名叫开山门徒弟；末一回收的徒，名叫关山门徒弟。这两等徒弟师傅都另眼看待，师傅有事，可以代师行使职权，这便是青帮大略情形。

太后没有进宫时候，太后的老子，用一个跟班，是进过门槛的。一夜，酒后狂言，泄漏了帮规，并露出了一个春点折子，犯了帮规第四条江湖乱道之罪，次日就失踪了。后来查知是被帮中人惨毙的，所以这会子太后听到青红帮，就大惊失色。

当下鹿传霖奏道："依愚臣看来，会匪帮匪，大半是无知识的人，不很可惧，怕的就是各省绅商士庶，并学校的学生，附和革命，那才是国家大害呢！即如今回镇南关之事，如果没有上流人在里头发纵指示，这班党徒，如何就会有那么利害？"奕劻道："近来民气果然太嚣张了！明仗着朝廷宽厚，不十分计较他，遇到内外政事辄敢藉口立宪，相率干预，一唱百和，肆意簧鼓，甚至纠集煽惑，构酿巨患。鹿传霖的话，倒也不可不防。"太后道："那都是立宪的不好。想来海外各立宪国，都是这个样子的了？"说到这里，便举目瞧了载沣一眼，唬得载沣连忙回奏道："欧洲各君主立宪国，率皆大权统于朝廷，庶政公诸舆论，至于施行庶政，裁决舆论，仍自朝廷主张。那民间集会结社，与一切言论著作，莫不有法律为之范围，各国也从没有以破坏纲纪干犯名义为立宪的。"太后道:“照你说来,现在的乱民,谬说蜂起,淆乱黑白,下凌上替,纲纪荡然,就在欧洲,也断难姑容的了?”载沣应了一个“是”。奕劻道:“奴才还有一件事要回老祖宗,现在学风很是败坏,士习很是浇漓,各处学生,动思踰越范围,干预外事,有侮辱官师的,有抗违教令的,有悖弃圣教、擅改课程的。也有变易衣冠武断乡曲的。甚至本省大吏,拒而不纳,国家要政,任意要求,动辄捏写学堂全体空名,电达枢部,不考事理,肆口诋谌。此种举动,也与革命不无密切相关。”太后道:“这么罢,赶快发一道电旨给桂抚,责成他将右辅山炮台克复,孙文、黄兴等几个著名匪徒,休放走了。一面拟旨严禁学生干预政治,并各地开会演说等事。拟了稿呈我瞧过再发!”军机大臣遵旨办理去讫,太后又与奕劻商议了几桩大事。

当下颁旨广东省复设水陆两提督缺,又因江浙两省党会充斥,枭匪滋扰,命提督姜桂题统兵驰赴浙江,办理剿抚枭匪事宜。派江苏布政使瑞澄办苏松太杭嘉湖缉捕清乡事宜。提足精神,办事各政。隔不上几时,广西革命党果然雾解冰消,右辅山炮台,全都克复了。

不意才过新年,广东地方,又酿起一件绝大的交涉案子,却是日本轮船名叫二辰丸的,满载了军火,计有枪支九十四箱,子弹四十箱,私运进广东洋面,意图接济民党,重兴革命。偏偏机事不密,被官府侦着了,立派军舰出口,把二辰丸缉获扣住。日本人因粤海军人员擅自卸去二辰丸上的日本国旗,借这大题目,跟中国大大不答应。中国虽然理直气壮,朝野一心,究竟积弱之邦如何好与强国对抗?强国的后盾是兵力,弱国光不过是辩论,恁你妙舌生莲,瞧见了巍巍铁舰,森森钢炮,不由你不忍气吞声,忍错完结。这一件二辰丸案子,交涉终局,依旧是“赔款服礼”四个字。

二辰丸交涉才终,云南省河口、南溪等处革命党又起事了,为首的依旧是黄兴。从越南海防地方进兵,直捣河口。一面分兵攻蛮耗、开化、蒙自等处,夺占炮台,声势十分利害。究竟乌合之众,不敌节制之师,官军一出马,三五仗就把革军打散,所失地方,尽都收复。奏报到京,皇太后私念革命党屡仆屡起,都因满汉沾恩太不均匀之故,于是降旨加恩咸丰同治以来功臣子孙。一面颁布咨议局章程,着各省督抚迅速举办,实力奉行,自奉到章程之日起,限一年内一律办齐。一到八月里,更把宪法大纲,及议院法、选举法要领,并议院未开以前逐年应行筹备事宜,刊刻誊黄颁给京内外各衙门,悬挂堂上,责成依限举办。似此切实整顿,总可消弭巨患。欲知果否太平,且听下回分解。

第一三一回　变出非常亲王监国　入承大统两帝兼祧

话说这一年是光绪三十四年，戊申，北京城里，举行一桩非常大典礼，富贵繁华，花的钱真是如泥如水。原来上年英兵入藏，达赖喇嘛避至库伦，等到唐绍仪入藏，跟英人改订过藏印条约，达赖还至西宁，便就上表中朝，恳请入朝。这会子经两宫批准，许他来北京觐见。一面命地方官盛备供帐，优为接待。光是这供帐一项，已经花掉了百余万国帑。达赖将次到京，就命亲王大臣驰往迎劳。到京之后赐居在雍和宫，加封他为"诚顺赞化西天大善自在佛"，恩遇异常优渥。京师居民争欲瞻仰达赖慈容，纷至沓来，几乎万人空巷。

看官，大多人聚集之处，最易兴起谣言；而遇到非常举动，谣言尤易发生。最奇怪不过，是谣言发生之后，偏偏应有奇验，好似起谣的人倒有先见之明似的。这个道理，照心理学家讲来，就叫暗示之作用。

当下达赖到京之后，京里头就兴起一个谣言，先由茶坊酒肆，继至巷议街谈，万口同声，都说两大势不并立，每遇达赖或是班禅进京，不是喇嘛圆寂，就是至尊驾崩。历举康、雍、乾三朝故事为证。如康熙朝班禅入朝，在京出痘身亡；雍正朝，达赖来京，恰遇世宗宴驾；嘉庆朝班禅入觐，又值上皇驾崩等事。口讲指画，猖言无忌。并说今回达赖在京，佛驾与圣驾，不知谁是福大？真也奇怪，此种谣言传有半月光景，宫中忽然传出圣躬不豫的消息。自有了这个消息后，谣言更是利害。有人说七月二十一日，眼见一个大星从西北飞来，掠过屋檐，其声如雷，尾长数十丈，光烁烁照庭宇，至东南而陨。于是都市喧传坠的就是紫微星，预兆很是不祥。

此时宫中传出太后懿旨，征召京外名医，入宫给皇帝诊治，形状很是忙乱。偏是应征各医士，从宫中请脉出来，偏又说皇上六脉平和，毫无痛状。又说请脉时光，皇上把双手仰置御案，默无一言。案间另有一纸，书写的都是病状。如果叩问他病情，就要发怒；倘然指为虚损，怒的尤为利害。

十月初十这一日，是太后万寿令节，德宗率同百僚往贺太后万寿。清晨，侍班官先集于薰风门外，眼见德宗自南海步行而来，跨进德昌门，扶着太监肩头，把两足起落作势，好似舒活筋骨，为拜跪地步似的。忽见一个太监，出传懿旨，皇帝卧病在床，万寿节着免率百官行礼。众文武立即遵旨辍班，瞧德宗时，早已掩面大恸了，扶了太监回宫去了。原来太后此时也正病泻呢，太后身体很坚实，初时也不以为意，泻得日子久了，精神异常委顿。

这日，不知是谁，在太后耳边，说上几句德宗的坏话，说万岁爷得着老佛爷病的消息，脸上很有喜色。太后怒道："他望我死！我偏不肯先他死！"此话传出后，都中更兴起一个太后如遭不幸皇帝不独生的谣言来。

十月十六日，尚书溥良自东陵复命，直隶提学使傅增湘陛辞。太后为着德宗有病，未便入宫召见，遂驾临瀛台，陪德宗就在瀛台召溥良傅增湘入见，只话得三两语，就挥令退去。溥、傅二人退朝出外，即告诉人家道："太后精神很疲倦，皇上颜色也很黯澹。"都人因此知道帝后的病，都很不轻。过了两天，是十八日，忽传太后传旨着庆亲王奕劻往普陀峪吉地察视寿宫去了。这普陀峪是太后自己预备的陵地。不意十九这一日，各禁门忽然增置兵卫，稽查出入，伺察非常，十分严密。有许多阉人从东华门出来净发，昌言圣驾已崩。都人愈益恐惧，说皇上如果大行，太后定然保不住。不意静候一日，宫中寂无举动。

二十日，庆亲王奕劻忽地匆匆返京。一到京城，不及回邸，就入宫叩见太后。太后立命草诏，立醇亲王长子搏仪为大阿哥，承继穆宗皇帝，并着醇亲王载沣监国，摄行政事。奕劻奏请于诏书中加入"兼祧大行皇帝"一语，太后听了，默不作声，脸上颇有怒容。奕劻跪地力请，碰头不已，太后才点头应允，于是始传出醇王监国之谕。

二十一日，皇后始至瀛台寝宫省德宗，一进门就哭倒在地。原来见德宗直挺挺睡在龙床上，不知何时气绝矣！大哭而出，奔告太后。太后病已垂危，听了此信，长叹而已。随把吉祥轿载了帝尸，畀出西苑门，入西华门，抬向乾清宫去。这吉祥轿，形似御辇而长，专备载大行的，差不多就是古时的辒辌车。

当下皇后被发，众太监执香哭随，跟着吉祥轿，悲悲戚戚，才抵乾清宫，忽有一个太监形色仓皇的奔进来，口称："老佛爷不好了！"皇后得着此信，顾不得帝尸，率同诸阉，踉跄奔回西苑瞧太后去了。一时总管李莲英到来，瞧见帝尸委在殿中，语小太监道："老佛爷就要出事了，不如先殓了罢！"于是草草殓了，纳在梓宫里。彼时礼臣持了殓祭仪注入东华门，守门的不放他进来。等到回到部里，具好文书，再到乾清门时，殓事已经完毕多时了。按照旧例，皇帝即位数年，即营寿兆，德宗帝御宇三十四年，竟没一个人敢议及的。这会子鼎湖既升，才有旨命贝子溥伦卜地。西陵附近旧有绝龙峪，太后曾经指给醇贤亲王为寝园，后来不知如何作为罢论。现在仓卒之间，吉壤一时难择，因陋就简，就把绝龙峪改名"九龙峪"。有人说"九龙"之名很是不祥，因为自世祖至德宗，恰恰是九世，疑于终数，于是改名金龙峪，上尊号叫崇陵。这是后话。

当下德宗大行之后，大阿哥溥仪入承大统，为嗣皇帝，醇亲王载沣为监国摄政王，摄行大政，尊皇太后为太皇太后。兼祧母后为皇太后。这位皇太后，也是叶赫那拉氏，是慈禧太后的内侄女。慈禧太后因为自己是西宫出身，美中终觉不足，所以必要把侄女配给德宗为后。德宗迫于太后慈命，不敢不允，但是夫妻之间，恩情终觉平常。

德宗的宠妃珍妃，庚子年出狩时，又被太后坠井处死。回銮之后，困处瀛台，心常郁郁，夫妻间更不免时占脱幅。一日两口子不知为了何故争论起来，德宗一时大怒，亲把皇后的发簪掷碎。此簪是乾隆朝遗物，乃是无价之珍，皇后遭此大辱，气愤不过，走到太后跟前诉苦。太后也无多语，但叫她移居在自己别室里。从此皇后与皇帝分宫各处，几同离异，镇日无事，不过以翰墨自遣而已。皇后的父亲，是承恩公桂祥。桂祥父子，未尝学问。皇后久侍慈禧太后，喜学草书，尊为皇太后之后，曾以草法书擗窠匾联，自署斋名为"延春阁"。时人有诗道：

岂有诸兄笔砚供，翻从草圣学鸾龙。
延春阁上澄心纸，钗股分明染墨浓。

大内御花园之东，有一个土阜，为了舆地家说过不宜建筑，一竟废弃着。慈禧后逝世后，太后命兴修水殿。四围濬池，引玉泉山水环绕之。殿上窗棂承尘金铺，无不嵌以玻璃。太后自题匾额叫“灵沼轩”，俗呼为“水晶宫”。时人有诗道：

御花园近石廊西，灵沼轩头榜字题。
引得玉泉三百解，光明世界现琉璃。

这都是后话。

当下太后入宫，到太皇太后病榻之前，见太皇太后不过是一时晕去。少刻醒来，两眼瞧着众人，意思之间，是要见新皇帝。太后命人抱进嗣皇帝，就榻前叩见太皇太后。太皇太后见了新皇帝，脸上颇现欣慰之色。这夜，太皇太后也就大行了。时人有诗道：

玉座珠帘五十春，临朝三度抱冲人。
扶床一见雏孙拜，定省仪鸾仅隔晨。

当下国家迭出大丧，人心异常忧惧，即由监国摄政王做主，择定十一月辛卯日，举行嗣皇帝即位典礼，即在明年为宣统元年。

到了这日，满汉文武百官，齐集殿陛，各按着班次，遵照仪注，叩见新皇帝。正这济济跄跄当儿，忽然御殿中发出一股悲哀声音，把众文武都唬了一大跳。留神听时，这悲哀声音，正从宝座上新皇帝金口中发出来的。举目偷窥，只见新皇帝号陶大哭，涕泪满面，把头上戴的小小皇冠，都掀向肩上去了。原来新皇帝才只四岁，还没有断乳，平时不离保傅之手，现在骤然间叫他高居宝座，践祚为皇，那班花白胡髭的亲贵大臣，又都向他趋跄飏拜，怎么不唬的大哭？老子摄政王虽然扶抱着，却因不敢正当宝座，偏在一边，抱的很不舒服。哭了之后，又没人哄骗，所以哭的愈益悲哀。这原是极平常事情，不意散朝之后，都人又起了一个谣言，说新皇帝登极哭泣，大是不祥之兆。都人好谣，暂且不表。

却说新皇帝登极而后，第一件新政，就是恭上大行皇帝尊谥，皇太后徽号。大行皇帝的尊谥是：“同天崇运大中至正经文纬武仁孝睿暗端俭宽勤景皇帝”，庙号叫“德宗”，陵叫“崇陵”；皇太后徽号是叫“隆裕皇太后”。一面颁行监国摄政王礼节，定谕旨由军机大臣署名之制；设立变通旗制处，派溥伦、载泽等专司其事；另编禁卫军，由摄政王亲自统辖；命载涛、毓朗、铁良充专司训练禁卫军大臣，专事训练；因庆亲王奕劻功高德茂，加恩以亲王世袭罔替。

当帝、后大行，举国皇皇当儿，安徽省又起了一桩革命大案。驻在安庆的马炮营队官名叫熊成基的，乘着秋操起事。亏得城中得信早，严为戒备，革军不能入城。又被兵舰上开炮夹攻，熊成基只得率众向西北桐城、枞阳一带退了去。官兵乘胜追袭，革军逐渐溃散。这一回革命，又成了昙花一现。熊成基后来在哈尔滨地方被捕，死于吉林。

当下隆裕皇太后受了徽号之后，力自谦抑，虽然太皇太后遗诏中有“军国大事，摄政王当秉承后意办理”之语，太后却除了调护新皇帝之外，他事一概不管。即有时摄政王举办之事，太后心不谓然，也不过密召入宫申斥几句罢了。不意太后虽然如此谦让，太后宫中的太监小德张，却已纳贿揽权，气焰薰灼，大有步武皮硝李之势也。可知小人实是难养呢。

大内有佛殿数座，久已旷废，慈禧太后当国时也没有提议修理，小德张乃怂恿隆裕太后拨款兴修，报销至二百多万。内务府大臣奎乐章，知道报销的太不实在，上章自请处分。太后为此事经手的是小德张，默然不问。小德张又请款修理英华殿，预备太后礼佛。这英华殿在寿安宫之北，还是前明所建，殿中有菩提树七株，采撷菩提子为念珠，宫中自皇太后以下，都来拈香。时人有诗道：

英华殿群旧时基，七树菩提贯若桑。
岁岁园官来进奉，黄绦百八缀牟尼。

后来隆裕太后服阕，照例须换青轿改坐黄轿，制轿费至七十多万，也是小德张经手的。此外如大行太皇太后奉安时之纸扎人马、殿陛銮驾等物，报销到一百多万银子。中元竟恭造的大法船一只，长有十八丈有奇，宽至二丈，船上楼殿亭榭，陈设悉备，侍从篙工数十人，高与人等，都是穿真衣的。其余殿陛阴森，神佛巍坐，旁立鬼判，状极狰狞。中竖十丈高桅，悬一黄缎巨帆，上写着“普渡中元”四个大字，更有无数红灯，围绕船外，在东华门沙滩地方焚化，这一项报销也有数十万，都是小德张一个儿经手。

总管李莲英，自太皇太后大行后，隔不上几时，也就病死了。宫中发见了一大注藏金，据说就是李总管遗下的。小德张要据为已有，太监李义春不肯答应，两个儿先是争论，继至扭殴，结下了大仇。群阉都代李义春危险，果然隔不上一月，就有景运门值班大臣，查见太监李义春潜入中和殿，窃取隔扇上铜什件之事，奏交大理院审办。经刑科四庭讯明，查太监混入西华门内，至中和殿行窃铜什件等物，律无治罪专条，拟依偷窃大内乘舆服物者，绞立决例，减一等，拟流三千里，交顺天府尹定地，发往配所，收入习艺所，工作十年，限满释放。奉旨依议。即此一端，就可以知小德张的势焰了。

民国成立后，清室移居颐和园，大内所存珍宝，由妃嫔阉监辈瓜分。小德张分得慈禧后珠履一双，此履四围均以极大珍珠镶镂，系武进盛宫保所进献，从前购办时，并宫门费耗去七十万银子。小德张持出来求售，索价五十万元，有某英人还价二十万元，小德张以所差太多，还不肯脱手。不过此时树倒猢狲散，小德张也颇谨饬改过了。这都是后话。

当下小德张仗着太后声势，招权纳贿，畅所欲为，朝中大臣也颇有与他联络通声气的，小德张乘间在太后跟前，也颇持朝臣短长，太后面子上总是不置可否。有时暗暗嘉纳，却就要召摄政王进宫问话了。一日，小德张入侍太后，闲谈中间，又说及了朝臣，小德张道："现在军机大臣里，只有外务部尚书袁世凯很是靠不住。前儿崔半仙在他家里算命，推到袁世凯年庚，说是贵不可言，大有九五之望。袁世凯非但不斥骂崔瞎子，倒反赏了他二十两银子。即此一端，他的不臣之心就可见了。王爷大人忠厚，这件事太后倒不能不斟酌一二。"太后道："没有的话。袁世凯是老祖宗识拔的人，老祖宗何等圣明！要果真是叛逆，哪里逃的过老祖宗两个眼珠子？再者王爷虽然年轻，欠阅历，却还有庆亲王等一班老臣呢！"小德张道："他果能如是最好。只是老佛爷从前，也吃那厮蒙蒙蔽了。戊戌年颐和园告变的事，倘不是那厮主张，先万岁爷也绝不会吃这许多年的苦。庚子拳匪之乱，也绝不会起了。明是那厮蓄意挑拨，老佛爷母子有了恶感，好备自己于中取利。现当主少国疑当儿，袁世凯在朝，恐非宫廷之福。太后想罢，一个人至亲骨肉莫如弟兄，外人不知的事，自己弟兄总无有不知的。现在奴才抄着袁世凯兄弟给他的一封信，太后一瞧就知道了。"说毕呈上。太后接来瞧时，只见上面写的是：

四兄大人尊鉴：

兄弟不同德，自古有之，历历可考者，大舜，周公，柳下惠，司马牛是也。圣贤尚有兄弟之变，况平人乎？诵《棠棣》之诗，即必陨泪，弟宁无兄弟之感哉！《诗》云：'兄弟阋于墙，外御其侮，况有良朋，蒸也无戎。'此乃常人、常事、常情。若夫关于君父大义，兄弟亦相济，难也。盖德同即相济，德异即相背。大舜，圣人也；周公，亦圣人也。舜之容象，周公之诛管蔡，舜与象，骨肉私亲无必诛之理。管蔡乃国家公罪，周公以大义灭亲，不妨也。吾家数代忠良，累世清廉，至兄而大失德。二十年来，兄所为之事，均背先母之约，朝中弹劾兄者，四百余折，痛言兄之过恶。兄抚心自问，上何以对国家？下何以对先祖？母亲在世日，谆谆告戒吾兄，而兄置若罔闻，将置慈训于何地乎？兄能忠君孝亲，则吾兄也；不能忠君孝亲，非吾兄也。弟避兄归里，于兹二十年。前十年尚或通信，后十年片纸皆绝。今关乎国家之政，先祖之祀，不能不以大义相责！兄显达后，一人烹鼎，数人啜汁。然弟独处僻壤，始终未敢问津。兄总督也，弟匹夫也，兄固不加爱于弟，弟亦不敢妄邀吾兄之爱。弟挑灯织履，次晨市之助饔，虽然清苦，犹荣于显达。为人指责曰：某人之爱弟也！某人之爪牙也！弟实不取焉！弟视大义如山岳，等富贵于浮云！惟谨守父母之遗训，甘学孟节，老于林下。己亥春，弟曾亲上供护理河南巡抚景月汀中丞，祈转禀荣相曰：'朝中无人能制兄者，恐将来尾大难掉，莫若解其兵权，调京供职。'正所以保存功臣之后，其言昭昭，如在目前！今日而后，愿苍天有功，先祖有灵，兄能痛改前非，忠贞报国，则先祖幸甚！阖族幸甚！临笺泪挥，书不尽言。

欲知隆裕太后有何举动，且听下回分解。

第一三二回　患足疾项城归隐　依宪法皇帝亲戎

话说隆裕太后瞧毕之后，毫不在意，把小德张抄的信搁过一边，半语不发。忽一个太监入奏摄政王进来请安，现在宫门候旨。太后道："宣他来。"太监应着出去。一时宣入，行过礼，摄政王回道："崇陵工程，自应恭照惠陵规制，已派载洵等驰赴西陵金龙峪地方相度形势，察看规模。景皇帝梓宫奉移山陵，先拟暂安在西陵梁格庄行宫。暂安日期，已由钦天监选定，是宣统元年三月十二日。照理皇上自该亲往恭送，但是皇上尚在冲龄，衔哀远出，似非所宜，这件事还请太后旨意。"太后道："暂安梁格庄，究不比永远奉安！那时我去了就是。皇帝太小，不必同行。崇陵动土吉期可曾选定？"摄政王先应了一个"是"，然后回道："动土吉期，已着钦天监于二月十五日以前选择了。"太后道："景皇帝神牌升祔典礼，是不是俟山陵永安奉安后，再事举行？"摄政王道："臣已计算过，梓宫暂安梁格庄，距永远奉安之期，为时尚远。倘必俟永安山陵后，才行升祔，岁月稽迟，实不足以昭诚敬，现在拟一个通融办法，先将神牌祔升于奉先殿里，俟将来永远奉安礼成之后，再行升祔太庙，景皇帝神库牌，已命奉先殿神库择吉恭制了。"太后道："这么办很好。你此回把陵差委了载洵，载洵年纪太轻，须要嘱咐他诸事小心，工程须慎重验看，经费须核实报销，知道么？"摄政王应了两个"是"。太后道："我问你一句话，袁世凯近来做事如何？有人说他心怀叵测，你也有所闻见么？"摄政王道："袁世凯胆大妄为，心术很不正大。"太后道："心术不正的人，须早早防他一步！"摄政王应了两个"是"。见太后没甚吩咐了，才退出宫来。并不回邸，径赴军机处，见各大军机均已退值，仅有几个章京，还在那里伺候。摄政王随命贴身太监，把慈禧太后留中的各奏折取来阅看。

一时取到，翻阅了几个，没甚要领，忽见一个是军机大臣外务部尚书袁世凯奏请联美的密折，不禁聚精会神，一行一行瞧去。只见上面说的是："今专使抵美之日，星轺莅止，东邻气象，顿然改观，北美合众国之邦交，益加亲密。美国大总统复招我专使，告以拟派遣大使使驻中华，确认我为完全自由之国，尊重我完全自主之权。美国先提倡此议，各国当无不遵守之，此实假我以图强之机也。凡稍识时务者，莫不庆外交之发达，喜前途之有望，在我断无拒绝之理。且美国当庚子之乱，对于各国，宣布保我主权，而不得利我土地。及日俄战争，又通告各国尊重我主权，限定战斗区域。前月，日美互换照会，仍多方援助，美之为我谋者，亦可谓力顾大局矣。兹复拟派遵大使，宣示各国，认我为大国，尊我有完全自主之权。我若拒而不受，或受而不答，是自以为非大国也，是自认为无完全自主之权也。五洲士庶，其谓我何？如遣派大使，有宜先考究者四端：一曰权限。各国近世之通例，大使权限与公使无异，所颁敕书，均请旨遵行，商承外务部办理。即特派专办一事之全权大使，亦须请旨批准，从无专擅之例；一曰礼节。大使呈递国书，应经一等官用列车迎之，中国已以黄绊轿待公使矣，大使虽得招宴国君，然许赴与否，仍由国君自定。国君须派员答拜大使，此等礼节，无伤国体；一曰使才。中国历任使节，多非专门，近来陆续遴选人才，渐趋一轨，大使责任较重，选择尤不可不精，必须心地纯正，优于中外学问。又阅历较富，职望较崇，明白中外大势，谙熟本国之政治习尚者，方为合格；一曰经费。各出使经费，近年尚有贮蓄，将来实行加税，收入增多，如先遣驻美大使，每年不过增费四五万金，将来陆续派遣日英法德俄五国，常年经费，仅须用三十万金内外，现存经费，大约可敷。至大使馆建造费，当另筹之"等语。

原来庚子拳乱赔款，北美合众国持"亲善"主义，决议减收退还。驻美钦使伍廷芳报告美外部询问该款退还后如何使用，如何接收，应否分期递减？于是袁世凯奏请特简唐绍仪为专使，致谢美国。唐绍仪到了美国，公事貌毕之后，往谒新选大总统塔夫脱。塔氏道："此回专使来美致谢，具见盛情，且另有一番美意，我美全国人民为之感动，所可喜者，中美邦交，当由此益加亲密。且现任大总统对待中国的政策，与余同一宗旨，所望中国力求治理，数十年后，成为全球最强之国，美国自当尽力协助。倘有谋不利于中国的，余当设法阻止，以助中国之发达。余以明年三月接任，政策注重外交，中国所派的公使，较各国尤为重要。余意拟彼此改派大使，未审贵国意见如何？"唐绍仪立即电告外务部。袁世凯于是密建联美之策，乘间独对，痛陈外交情状。慈禧太后甚韪其议。这件事军机各大臣，除庆亲王外都不曾知道，摄政王本也略有所风闻，所以奉到太后面谕，立刻就调阅密折，果见此种国家大事，竟不与枢密商酌，其大胆妄为、目无同列可见！当下摄政王手执朱笔，正欲拟旨，忽太监递上一个奏折来，揭开瞧时，却是袁世凯因现患足疾，请假十日的事。摄政王笑道："巧极了！"遂用朱笔书了一道旨意，道：

> 军机大臣外务部尚书袁世凯，夙蒙先朝擢用。朕登极之后，复与殊赏，正以其才可用，使效驰驱，不意袁世凯现患足疾，步履维艰，难胜职任。袁世凯着即开缺，回籍养疴，以示朝廷体恤之意。钦此。

这一道旨意发出之后，便降旨命那相在军机大臣上学习行走，命梁敦彦署理外务部尚书。似此疾雷劲雨，凭你一世之雄，也难先期防备！袁世凯究竟高人一等，接到此旨，毫无恚怒状态，入朝谢了恩，立刻携眷南行，回到河南故里，辟别墅于彰德府北门外洹上村，莳花种竹，垒石浚池，题额叫"养寿园"。尝同二三知己，酌酒赋诗，逍遥其间。世凯自题别号叫"容庵"，其诗是：

> 曾来此地作劳人，满目林泉气象新，
> 墙外太行横碧障，门前洹水喜为邻。
> 风烟万里苍茫绕，波浪千层激荡频，
> 寄语长安诸旧侣，素衣早浣帝京尘。
>
> 背郭园成别有天，盘飧尊酒共群贤，

移山绕岸遮苔径，汲水盈池放钓船。
满院莳花媚风日，十年树木拂云烟，
劝君莫负春光好，带醉楼头抱月眠。

连天雨雪玉兰开，琼树瑶林掩翠苔，
数点飞鸿迷处所，一行猎马疾归来。
袁安踪迹流风缈，裴度心期忍事灰，
二月春寒花信晚，且随野鹤去寻梅。

人生难得到仙洲，咫尺桃源任我求，
白首论交想鲍叔，赤松未遇愧留侯。
远天风雨三春老，大地江河几派流，
日暮浮云莫君问，愿闻强饭侣初不。

昨夜听春雨，披蓑踏翠苔。
人来花已谢，借问为谁开？

楼小能客膝，檐高老树齐。
开轩平北斗，番觉太行低。

世凯又尝同乃兄世廉，弄小舟，听莺观鱼。世廉披蓑垂纶，世凯持篙立船尾，故为淡泊自甘不求闻达的态度，其实沉机观变，没一刻忘情政海呢。暂时按下。

却说军机处自退出了袁公，便少了个揽权喜事之人，气象顿时变为沉寂。因为领袖大臣奕劻，上了年纪，不喜多事。世续素性好静不好动。张之洞少了袁公个好伴党，便不能够奋发有为。鹿传霖素来是看风使帆惯了的，大众既多沉静，自己也未便多言。那桐是新进晚辈，更不敢越分妄为。所以这年年底，政府中竟无新奇事迹可纪。

次年就是宣统元年己酉岁，才开得新年，就有御史谢远涵奏参邮传部尚书陈璧“虚縻国币徇私纳贿”等款，内有“陈璧于订借洋款，秘密分润，开设粮行，公行贿赂”等语。监国摄政王立派大学士孙家鼐、那桐秉公查办。孙、那两相，不敢怠慢，便就不动声色，按款密查。不多几日，早已查明复奏，大旨说是：“陈璧于订借洋款，秘密分润，开设粮行，公行贿赂各节，虽属啧有烦言，究未指有确据。惟开支用款，颇多縻费，前后所调各员，不免冒滥”等一派都是出脱的话。监国大怒，立降上谕道：

方今时事艰难，该尚书责任綦重，自应整躬率属，于用人理财力求实际。现据查明各节，实属有负委任，邮传部尚书陈璧着交部严加议处。邮传部员外郎金恭寿，候补小京官王守爵，卑鄙猥琐，迹近营私，均着均行革职。民政部员外郎丁惟忠以曾经被参，奉旨撤差人员，未至数年，复卧今职，较前尤招物议，着即行革职，永不叙用。余着照所议办理，该部知道。钦此。

过不到两日，吏部议复上来，请将陈璧即行革职。监国准奏，旋命徐世昌补授邮传部尚书。

此时监国摄政王励精图治，每日朝晨五时即进养心殿，批阅章奏，无论是否紧要，总要从头至尾，瞧完卷才歇。八时，召见枢臣，并京外臣工，还苦日不暇给。谕令内监奏事处，每日将本日所进章奏，送至公所，以便随时详细批阅。又因前在军机任内，素知各省与军机处往来电报，皆关机密要政，特谕每日调取军机处全份电报，详细浏览。倘在未臻妥善之处，次日，军机入值时，必再三垂询，指示办法。

这日，召见军机，商议了好些要政，先与军机大臣谈论用人的事，监国道："现在时事艰难，需才佐治，在朝廷原不惜重禄劝士，破格用人。奈京外各衙门，近来于缕办要政，奏调人员，请加经费，都未能综核名实。有以微员而膺不次之擢，也有以一人而兼多处之差，究竟所荐的未必皆奇特之士，所用的实不免奔竞之人。近年新设衙门，新建省分，往往多坐此弊，冒滥虚么，真是恶习！你们想想可有甚好法子，可以除掉此弊？"奕劻道："此种恶习，一时断难革除尽净！挽救之法，只有着各部院堂官，各省督抚，嗣后需用人员，不论是奏调，是咨调，均先由吏部切实考核，官阶履历，件件相符，再准发往。那兼差支薪的事，也责由该管长官，切实裁汰。各衙门官员薪费，并着核实厘定，不准漫无限止。如果实心办去，未始不可挽救一二。"监国点头嘉许，随命拟旨实行。张之洞奏道："修订法律，大臣奏呈的刑案草案，当经宪政编查馆分咨内外各衙门讨论参考。现在学部及直隶、两广、安徽各督抚，先后奏请将中国旧律与新律详慎互校，再行妥订。也经奉旨令修律大臣会同法部详慎斟酌，修改删并，奏明办理。但是上年所颁立宪筹备事宜，新刑律限于本年核定，来年颁布，事关宪政，似不容稍事缓图，恳旨催促修律大臣会同法部迅遵前旨，克日修妥进呈。"监国道："此事我已再四思维，中国素重纲常，故于干犯名义之条，立法特为严重。现在寰海大通，国际每多交涉，原不宜墨守故常，但只可采彼所长，益我所短。若将数千年圣帝明王兢兢保守的伦常大义，悉数弃掉，那就与修律本旨离的太远了！"张之洞应了两个"是"。随拟上谕稿进呈，监国览过，也就钤章发出，众军机大臣都各签了名。

看官，颁布上谕，须由摄政王钤章，军机大臣签名，这是监国以来的新例。监国又命拟旨宣示朝廷一定实行预备立宪，军大臣退值之后，监国传谕召见筹办海军王大臣。一时召人，却是善耆、载泽、铁良、萨镇冰四个，各接仪注见过礼，先询问了几句筹备情形，由萨镇冰一个儿回奏，监国颇为嘉许。随面谕道："重兴海军，重在宽筹的款，经费既定，其余各事，均可依次设置。其中以常年经费，尤为要著。汝于海军上阅历素深，且于南北洋一切情形，尤为熟习，究竟各省水师与现议海军，如何通并，也应预定，俾将来成立起海军始基来，得免疏虞。务当与肃亲王等悉心筹画，据实奏闻，别负朝廷的倚任！"

筹办海军大臣退后，即召见各部尚书，面谕农工商部尚书道："各省现设的农务局及农官等，必与农民时相接洽，才能研究地质土宜，以及种植培养灌溉各法，逐渐改良，于农业前途，始得实收效果。那么农务人员，务以朴实为主，绝不容有官场习气，要有了官场习气，小民畏避他都不暇，如何还能够求农事进步呢？嗣后各省农官，如有犯以上情弊的，即当严加惩处！”又谕外务部尚书道：“近来办理外交人员，每以易丛民怨为虑，但果能不损主权，何来訾议？倘一味将就了事，就是百姓不说什么，遗祸也很不小！”召对完毕，天已近午，监国方才命驾回邸。

贤王当国，万象维新，朝野臣民，无不额手称庆。偏偏有一个不识时务的强项总督，谔言惊世，飞电痛陈立宪利弊，并以一官相拼。此臣是谁？原来却是陕甘总督升允。监国大怒，立命军机拟旨道：

前以预备立宪，系奉先朝明谕，朕御极后复行，申谕内外大小臣工，共体此意，翊赞新猷，毋得摭拾浮言，淆乱聪明。乃陕甘总督升允，前奏请来京面陈事宜，当经电谕尽可由折电奏陈，原以新政繁巨，不厌详求，内外大臣如有所见，不妨随时条陈，以资采择。兹据该督奏陈立宪利弊，并即恳请开缺，迹近负气，殊属非是。本应予以严惩，姑念该员外任封圻，尚无大过，着照所请即行开缺。钦此。

时宣统元年五月初六日也。到了五月廿八日，又特定皇帝自为海陆军大元帅之制，特降朱谕道：

前经宪政编查馆奏定宪法大纲，内载“统率陆海军之权，操之自上”等语，已奉先朝旨颁行，朕今钦遵遗训，兹特明白宣示，即依宪法大纲内所载，朕为大清帝国统率陆海军大元帅，并敬符我太祖太宗肇其鸿业亲总六师之制，以振我军人尚武图强之心。并着先行专设军咨处，赞佐朕躬，通筹全国陆海各军事宜，即着贝勒毓朗管理军咨处事务。惟朕现在冲龄典学之时，尚未亲裁大政，所有朕躬亲任大清帝国统率陆海军大元帅之一切权任事宜，于未亲政以前，暂由监国摄政王代理，以合宪法。至一切应如何定拟筹办事宜，即着军咨处随时妥酌奏请施行。将此通谕臣民知之。钦此。

欲知后事如何，且听下回分解。

第一三三回　汪兆铭行刺被捕　孙洪伊请愿未成

话说这一年新旧政务，忙乱异常。孝钦后，德宗帝梓宫两次奉安，神牌两次升祔。此外新政中如筹备海陆军，派遣载洵、萨镇冰巡视沿江沿海各省武备，旋至欧洲各国考察海军；颁行资政院章程，各省咨议局开议，降谕诰诫议员及各督抚，江苏创办南洋劝业会，特派张人骏为会长；颁行清理财政处各项章程，定出丁忧人员，无论满汉，一律离任守制的新章；申谕禁烟办法；钦准地方自治；又命载振往日本，戴鸿慈往俄国，答谢派遣专使来送梓宫的盛意。

在外交上，新订的条款，就是与日本交涉的五大案。日本在东三省地方，因安奉铁路改筑的事情，自由行动，交涉几至决裂，经外务部费尽心机，才并吉长借款契约等五大案，一齐议结。又有两起查办案子：一起是查办督办津浦铁路大臣吕海寰，为失察局员李德顺营私舞弊，开去差使；一起是查办直隶总督端方，为恭送孝钦后梓宫当儿，令人在隆裕皇太后行宫外摄影，恣意任性，不知大体，下部议革职。那大员里头，却又凋谢了张之洞、孙家鼐两位，都各赠官赐谥，备极荣哀。

一年易过，又是新春。这一年是宣统二年岁次庚戌，不意正月里就出了两件大乱子，监国异常忧闷。一件是广东新军与巡警交斗，革命党乘机起事事情。先是军二标与警兵口解起衅，继因统带官不准放假，一标营兵首先斗闹，统带官刘雨沛唬得躲避了开去。营兵见统带逃走，胆子更大，哄闹得更为利害。革命党倪映典就乘机煽惑各员，希图起事，当众昌言，不如下一个根本解决的爽快办法，推翻满清，一劳永逸。防军得了信，立时挟枪驰至，开枪轰击。战斗多时，新军大受夷伤，被格毙二十八名，捕获正法十一名。先后捕去党人四十余名，官军方面，也伤掉一标一营队官胡思深，二营队官宋殿魁，二标二营队官李铮来，并军士多名。这一次革命，又遭失败。一件是川兵入藏，达赖喇嘛遁入了印度去。当下监国与众军机大臣商议了一会子，命拟旨把广东新军各官分别斥革惩办；一面降旨革去西藏达赖喇嘛名号。其辞道：

> 西藏达赖喇嘛阿旺罗布藏吐布丹甲错济寨汪曲却勒朗结，夙荷先朝恩遇，至优极渥！该达赖具有天良，应如何虔修经典，恪守前规，以期传衍黄教。乃自执掌商上事务以来，骄奢淫佚，暴戾恣睢，为前此所未有！甚且跋扈妄为，擅违朝命，虐用藏众，轻起衅端。光绪三十六年六月间，乘乱潜逃，经驻藏大臣以该达赖声名狼藉，据实纠参，奉旨暂行革去名号，迨达赖行抵库伦，折回西宁，朝廷念其远道驰驱，冀其自新悛改，饬由地方官随时存问照料。前年来京展觐，赐加封号，锡赉骈藩，并于起程回藏时，派员护送。该达赖虽沿途逗留，需索骚扰，无不量予优容，曲示体恤，宽既往而策将来，用意至为深厚！此次川兵入藏，专为弹压地方，保护开埠，藏人本无庸疑虑。讵

该达赖回藏后布散流言，借端抗阻，诬诋大臣，停止供给，叠经剀切开导，置若罔闻。前据联豫等电奏，川兵甫抵拉萨，该达赖未经报明，即于正月初三日夜内潜出，不知何往，当经谕令该大臣设法追回，妥为安置，迄今尚无下落。掌理教务，何可迭次擅离？且查该达赖反复狡诈，自外生成，实属上负国恩，下辜众望，不足为各呼图克图之领袖！阿旺罗布藏吐布丹甲错济寨汪曲却勒朗结，着即革去达赖喇嘛名号，以示惩处！嗣后无论逃往何处，及是否回藏，均视与齐民无异。并着驻藏大臣迅即访寻灵异幼子人，缮写名笺，照案入于金瓶掣定，作为前代达赖喇嘛之真正呼毕勒罕，奏请施恩，俾克传经延世，以重教务。朝廷彰喜瘅恶，一秉大公，凡尔藏中僧俗皆吾赤子，自此次降谕之后，其合遵守法度，共保治安，毋负朕绥靖边疆维持黄教之至意！钦此。

这两件事情，方才办妥，山西湖南两省的警报又至。山西是交城、文水两县人民为了禁烟的事暴动；湖南是长沙饥民为了米贵的事暴动，焚毁巡抚衙门及教堂、学堂。山西为的是黑饭；湖南为的是白饭，都不过是口腹细故。监国览过电奏，分别降旨办讫，两处官吏都受了很大的处分。

在监国办理庶政，总算忧勤惕厉，对得过国家，对得过人民。不意，国民中偏还有人跟他大大不答应，定要把他置诸于死地。此人姓汪，名兆铭，字精卫，是革命党中著名人物。谋建共和，志存暗杀，携带炸弹来京，想把摄政王炸为墨粉，借这一炸之威，警醒国人立宪迷梦。机事不密，被官吏拿捕了去。这汪精卫真也利害，到了法庭，侃侃直供，一字不讳。究竟预备立宪时代，似这么政治重犯，只判了个永远监禁之罪。

人民救国，志愿偏是不同；方法也偏是不同。有用暗杀革命等激烈手段的，也有用伏阙上书等稳健手段的。不能说用激烈手段是救国，用稳健手段便不是救国，此话从何说起？原来直隶各省咨议局议员孙洪伊等，上年冬季，已经联名上书，请愿速开国会。彼时监国谕以俟将来九年预备业已完全，国民教育普及，然后毅然降旨，定期召集议院。孙洪伊因请愿未成，未肯就此罢手，驰书各省，再事进行。到了此刻，联合了各省旗籍各代表，为第二次的请愿。其辞道：

窃上年冬间，某等伏阙上书，吁请速开国会。蒙温旨慰请敦勉，跪读之下，感激涕零！某等同具天良，苟时势尚可支持，救国尚有他策，亦安忍渎于陈君父之前，致重贻宵旰之累？惟是细绎朝旨，于宪政期于必立，国会期在必开。其所以审慎图维者，实因筹备之未完全，国民程度之未划一，且谓资政院可为国会之基础，故仍期以九年。然某等之所以谓国会不可不即开者，亦正因筹备之不完全，国民程度之不齐一，资政院之性质，尚未明了耳。今谨将其理由，为我皇上缕陈之。

一曰欲宪政筹备之完全，不可不即开国会也。夫有国会然后可以举行宪政，无国会则所谓筹备皆空言。此言骤闻之，似近于激，然证以近两年来之政治，实不为诬。内而各部，外而各省，其筹备宪政，大率真诚之意少，敷衍之意多。观其报告，灿若春华；按其实际，渺如风影。两年之情形如此，推之九年可知！所以然者，因无国会以立于其旁，则人民与官僚声气隔阂，其始也；则行政官不能借重全国人之研究，以决定其施政方针，其继也；则因无国会以编订法律法规，一切政治无所遵守，其终也。因无国会以为法律上之纠问，则行政官所负之责任，究属有名而无实，有始而无终。夫朝廷之所以三令五申，皆促筹备宪政者，岂非出于治国安民之至诚？若如今日官僚之奉行不力，则国家因筹备宪政，而较之前日财力更困，元气更伤！是吾国日日言筹备，而宪政之利未收，害已先著也。且考各国宪政之成立，惟英国由于自然之发达；其余各国，大率模仿英国，并无所谓筹备之时期，而不闻各国以此致败者。良由立宪制度，首重机关完备。去其一而取其一，则运用不灵，反以取祸。惟模仿其全体，则有百利而无一害。人之几经参酌而后得者，而吾国可以顷刻吸收之。稍涉游移，即危国本！夫吾国今日为宪政萌芽时代，即今国会组织，未尽适宜，亦应属有之情实。而国会一日不成立，即筹备一日不完全，此必然之势。然则吾国惟其欲筹备宪政，亦当速开国会也。

一曰欲国民程度之划一，不可不即开国会也。夫国会者，所以演进国民之程度。若不开国会，即人民程度，永无增进之日。今以欧美人民之程度，衡吾国民，诚见其不及。若以吾民之程度，参与吾之国会，何遽见其低？夫一国各有特别之历史政治风化，即各有其肆应之能力。既不能强彼以就此，更何容抑己以扬人？且国会制度者，非尽人而参与国政之谓也。世界无行普通，选举之国家，必有限制之资格。吾国资政院、咨议局之选举，即系此种限制制度也。于千万人民中，择其少数有程度者，畀以选举权；又于千百人民中，择其少数有程度者，畀以被选权。国家既限制之于前，而犹谓其程度不足，是矛盾其法令也。况国会将来被选之议员，其大半必系曾有官职有资望者，并非纯系齐民。不过因其为人民所选出，而混称之，曰人民而已。例如现在各省咨议局之议员，以在籍之职员为最多。其在本籍为士绅为人民；在他省即为官吏。前既受朝廷之录用，后更邀乡议之推崇，其程度岂反逊于泛泛之官吏乎？其次则以其有新智者为多，此种人才，朝廷近来亦常破格录用，各部院各新政衙署，无不纷纷调用，委以重权，岂一旦置之国会中，即虑其程度之不足耶？故以议员概视为人民，因人民程度不及，而并谓议员程度不足者，吾侪小人，不乐闻也！至各全体议员中，虽不无少数之滥竽，然宪政者多数取决之政治也。少数人程度不足，于事何伤？即如全国官吏又岂能人人称职乎？夫专制国之人才，专投身于官吏；立宪国之人才，则分布于朝野。欧美各国，无不如此。若以专制国衡鉴人才之法，施之于立宪国，则所失多矣！且求智识程度之划一者，为多数国民言之，其收效在于二十年后之教育；求智识程度之较高者，为少数国民言之，其发端在于现在之政治。谓中国亟宜择民间之优秀者，许其参政。其多数之国民，一面普及之以教育，一面陶熔之以政治，庶几并行而不悖。若待人民程度之划一，而始开国会，是无其时！然则吾国今日，惟其欲培养国民之程度，亦当速开国会也。

一曰资政院不能代国会之用也。夫资政院，为上下两院之基础，近于各国一院之制。然细察其性质，又与国会迥殊。君主不负责任为立宪齐拥戴元首之良法，而资政院与大臣有争执时，则恭候圣裁。道仍以君主当责任之冲，而大臣逸出于责任以外，行政官不兼议员，亦立宪国之良法。而资政院议员，则有各部院司员，是仍为行政立法混合之机关。况总裁副总裁，较之议员品秩特崇，尤与行政部院之常属无殊。夫国家颁一法令，立一机关，先视其组织之若何，权限之若何，而后效力，因之而生差异。今资政院之组织与权限皆不相融洽，既不利于人民，复不利于官吏！窃恐开院后，将酿成朝野两派之冲突，行政官吏无所适从，冰霜所兆，识者忧之！故朝廷既欲实行立宪，必自罢资政院而开国会始。按以上所陈各节，实与去年冬间所颁之谕旨，精神隐合，想在圣明洞鉴之中！抑某等更有请者，方今国中舆论混淆，多有不悉朝廷股殷图治之苦衷，而怀觖望。或争路争矿，或拒借外款，或攻击官僚，亦恒有走于狂热昧于事实之弊。甚或主持舆论者，亦以偏激挑拨之惯技，邀誉于社会。而社会靡然从风，而涵濡于浇漓之舆论中，而不能自拔。众喙争鸣，公理湮晦，不独朝廷荧其听视，即士大夫亦几几不敢与闻国事。危象至此，亦由于无国会以统一舆论、训练舆论之故也。盖专制国无人民参与政治之机关，故舆论散布于社会。立宪国有之，故舆论汇归于国会。舆论散布于社会，故无统一无训练，其是非淆乱宜也。舆论汇归于国会，则主持舆论者，事事受法律之节制，有一定之轨线。是以定国家之大计，供政府之采纳。至如国会以外之人民，因有国会耸立于国中，有百千议员参与国政，有确定之责任内阁，彼自不能横倡浮议，鼓动风波。观各国当未立宪之时，舆论披猖。既立宪之后，民安，职守，即可知此会中之妙用。夫天下有道，庶人不议者，因盛世无可议之由。若国会既开，庶人亦可不议，因有议员代表庶人议政也。吾国近来当道见国中民气稍激，深恐开国会之后，人民据有机关，更难遏抑。此种谬见，恰与世界治理相反。夫英法两国，前日人民要求立宪之时，革命大起，岁无宁日。日本人民当明治初年，亦屡次几成革命。今日英法日本之人民，其皆各守法令，各尽职务。何也？国体已定，民心已安，乱机无由生耳。倘吾国能步趋各国之成规，急以国会范围民心，则国家安荣，翘起可待！万一再因循不决，则民情日郁，恐日后虽欲定立宪二字，收拾民心，已无及矣！某等观近今来各省兵变民变之事，至十数起。天下骚然，遇事发难，虽一时暂归于扑灭，终有铤而走险之时！朝廷若无雷霆之举动，以昭苏薄海之生机，恐人心一去不复回，国运已倾而莫挽！大势滔滔，何堪设想？近来人民窃窃私议，课吾国历代倾覆之危机，与世界各国灭亡之原因，吾国今日，皆已备具，恐国事从此已矣！某等骤聆之，痛恨此种不祥之言。而一转念间，神魂又未免为所搅乱，觉前途一切之惨豫，时悬悬于梦寐中。故今日不得不妄陈圣听，伏愿我皇上念祖宗付托之重，体先帝求治之怀，祛屏浮言，从速颁布国会之诏，以国家之安危，与四万万共之！则某等冒犯忌讳，身膏斧钺，亦所甘心！国家幸甚！宗祖幸甚！

监国览过之后，也颇动容，因事情重大，随批交会议政务处会议。

五月十八这一日，各大臣齐集会议政务处，先由军机大臣那桐开言道："今儿是议请愿国会的事情，须将折子请诸公一阅。众人都应了一遍"是"。候了许久，却并不见有折子取出，一时庆王奕劻驾到，众人迎着。奕劻一进门，就道："我来迟了一步，你们会议得怎么样了？"那桐道："本该请诸公阅折子，因王爷没有到，未曾交出。"奕劻即命将折子交阅。传阅未半，奕劻道："我家里有事，要先走一步。此事该如何办理，且俟众位议过了，再复奏吧！"众人都应了一遍"是"。奕劻才待动身，忽见一人越众而出道："王爷且慢，章京还有话告禀！"奕劻住了脚瞧时，见这发言的乃是新派在军机大臣上学习行走的吴侍郎吴郁生，随道："侍郎有何见教？"吴郁生道："立宪之举，原是朝廷旷荡洪恩，国会该早开，该迟开，上头自有权衡，岂容臣民妄渎？所以章京已把谕旨稿底拟就，呈请王爷示下。"说着，就靴统里摸出张字儿来，奕劻也不用手来接，笑道："大见很不错，请交给肃王爷等斟酌就是。恕我家里有事，不及领教了！"说毕，头也不回，向外去了。吴郁生一个没意思，两颊上顿时觉得热辣辣的，只得把稿底交给肃亲王善耆。众人见吴郁生这么没眼色，不禁都暗暗好笑。当下善耆接来瞧时，见上写着：

据都察院奏代递咨议局议员孙洪伊等，并直省旗籍各代表等，呈请速开国会一折，披览均悉。速开议院一事，上年十二月间，据直隶各省谘议局议员等联名呈请，已经明白宣谕，俟九年预备完全，国民程度普及，必毅然降旨，定期召集。朝廷慎重图维之意，无非愿我臣民勿骛虚名而隳实效。本年复经宪政编查馆奏派妥员分起前赴各省，按照筹备清单，认真考核，并饬各省将筹备事宜应需之示，详加预算。本日复面询各衙门行政大臣，询谋佥同，皆奏称按期次第筹备一切尚未完全等语。朕仰承先朝付托之重，俯念臣民呼吁之殷，夙夜孜孜，深愿宪政早一日成立，即早纾一日忧劳，亦何所靳于议院耶？惟思国家至重，宪政至繁，缓急先后之间，为治乱安危所系。论议院之地位，在宪法中只为参预立法之一机关耳。其与议院相辅相成之事，何一不关重要，非尽汉院所能参预？而谓议院一开，即足竟全功而臻郅治，古今中外，亦无此理。况以我国幅员之广，近今财政之艰，屡值地方偏灾兼虞，匪徒滋事，皆于宪政前途，不无阻碍。而朝廷按期责效，并未尝稍任松懈。宵旰急切图治之心，当为薄海臣民所共谅！本年九月即届资政院开院之期，业已降旨选定议员，先期集会。如能上下一心，共图治理，不惟立议院之基础，兼以养议院之精神！朕赞述前谟，定以仍俟九年筹备完全，再行降旨定期召集议院。尔等忠爱之心，朕所深悉，惟兹事体大，宜有秩序，宣谕甚明，毋得再行渎请！兹特通行谕令知之。钦此。

欲知善耆瞧过之后，有何话道，且听下回分解。

第一三四回　摄政王爷借外债　革命党人争救国

话道善耆瞧过之后，不发一语，便把稿底交给各大臣传阅。各大臣异口同声，都称好极。善耆却开言道："蔚若，你过来，我跟你商量！"吴郁生见善耆呼他表字，忙应了一声，抢步过来，静候吩咐。善耆指着"询谋佥同"一句道："此句好宜删去！今儿的事，并未曾询谋，似乎不能共分此谤，尊意以为然否？"吴郁生连声"是是"，接着道："章京卤莽，一时想不到，亏得王爷提醒了我！"随要笔来把"询谋佥同"四个字抹去了，改为"亦皆奏称按期次第筹备，一切尚未完全"等语。又呈给善耆，善耆不说什么。众大臣又谈了一会子天，方才散去。

却说善耆自会议政务处坐车回家，回到家里，见门口歇着好些轿马，门上奴才上来回道："有客拜王爷，候了许久了。"善耆道："谁？有名帖没有？"门上道："有有。"说着呈上，却是四张新式洋纸小名片，接来一瞧，原来就是这几位请愿国会的各省代表。皱眉道："我就为这件事，在会议政务处，已经累的很乏，他们偏倒又找上我来了！也罢，且见见再讲。"随问在哪儿？门上道："在东偏厅。"善耆听了，衣裳也不换，径向东偏厅来。一个太监先进去关照王爷到，四位代表听了，连忙肃容起立，恪恭伺候。此时善耆已经跨进门槛，四代表赶忙抢步行礼，善耆还礼相见。见毕之后，各自归坐。四代表正要逞他莲花妙舌，忽见善耆除下大帽，向案上一掷，提起嗓子，高唱起"先帝爷白帝城来"，四代表相顾诧愕。善耆笑道："诸位不要这么，咱们都是好朋友，你们也不说是代表，我也不说是王爷，横竖咱们乐一晌儿就得了。"说毕又唱起来，四代表没法可想，只得坐了一回，告辞自去。

到了二十一日，召见奏复，众大臣同声奏称筹备尚未完全，监国命军机拟稿，吴郁生早有夙稿，立刻呈上，监国瞧阅一过，随取朱笔，在"为治乱安危所系"底下，添上十个字，是"壮往则有悔，虑深则获全"。这一道旨意一颁布，各省人民大大的失望。有续派代表进京，作第三次请愿的；有电请代表留京坚请的。各监督及资政院也奏请钦颁宪法，组织内阁，速开国会。监国知道人心倾向立宪，热度已达极点，于是降旨命缩改于宣统五年实行开设议院，并将官制先行厘订，预即组织内阁，编订宪法。旋派溥伦、载泽充纂拟宪大臣，一面命各省代表即日散归。偏偏东三省代表还不肯退，日至各军机王大臣家，痛哭请愿，忍饥忍饿，百折不回。奕劻等几位老军机，竟被他们扰得没奈何，只得请旨命民政部步军统领衙门将东三省要求速开国会代表，送回原籍，并令各督抚开导弹压，如有违抗，查拿严办。这都是后话。

这一年朝廷新政，除缩改立宪预备年限外，不过是颁行现行刑律；颁行币制则例，以库平银七钱二分为圆是主币，圆角分厘，各以十进，永为定例。又令内外文武满汉诸臣，奏事件，一律称臣；裁去奉天巡抚缺、各省交涉使；改四川盐茶道为盐运使，并设奉天盐运使；改筹办海军处为海军部，以载洵为海军大臣，谭学卫为副大臣；裁撤陆军部尚书侍郎等缺,改组陆军大臣、副大臣各一员,以荫昌为陆军大臣、寿勋为副大臣;裁撤近畿督练公所,命近畿陆军,均归陆军部直接管辖等几桩大政。此外如英皇加冕,派遣载振为专使,前往伦敦祝贺;谕饬各督抚慎选牧令;谕饬各部院堂官各省督抚,严治贪官污吏;并饬贵戚及内外大臣,敦品励行,整躬率属等。或有为而言,或有感而发,都不过是寻常政务。

最奇怪不过,是开缺江西提学使、浙路总理,汤寿潜原是商办公司公举的总理,却因他发电军机处,痛诋邮传部侍郎盛宣怀,降旨革职,并不准干预路事。商铺用人,却要朝廷横来管账!还有一件,是资政院奏劾军机大臣,命毋庸议,将团体会议的事,与御史单衔上奏之事,等量齐观。至于山东莱阳、海阳县人民为了抵抗苛税暴动;四川定乡兵变,窜陷云南中甸;云南大姚县人民暴动,县城失守等几桩乱事,官军一到,立刻剿平,更可置诸不论不议之列。话虽如此,这一年总算平安过去。

一过腊月,可就是宣统三年了。新年元旦,监国摄政王照例到隆裕太后宫中叩贺新禧。贺毕出宫,御殿躬受满汉文武诸臣朝贺,趋跄飏拜,诚敬喬皇,一派升平景象。看官,大清朝自从世祖章皇帝入关到今,历朝皇帝,坐在这载殿上,躬受群臣元旦朝贺,已经二百六十八次。这日,循例朝贺,也别无新奇事迹可记。

上半个月,各衙都还封印,停办公事,所以奏章稀少,监国很是清闲。一到下半月,可就不能自在了,第一桩棘手事情,就是办理英兵占据片马的事。此事的起源,是为中英滇缅界务,久未解决。上年秋间,英国突然派兵进驻片马,云贵总督及去南绅民,屡请力争。监国遂谕外务部,命驻英使臣刘玉麟,赶快与英政府交涉。又申谕各省停止刑讯。二三两个月,朝廷奋发有为,办理了几桩可惊政治。四川省的德格、春科、高日三个土司,均令改土归流,特设边北道、登发府等官;并改巴塘、打箭炉为巴安、康定二府,特设一个康安道;裁撤驻藏帮办大臣,改设左右参赞。这还是小事。

二月尽头,邮传部尚书盛宣怀,奏借日本正金银行款日钱一千万元,订立合同。三月中旬,度支部尚书载泽,又奏借英法美德四国银行款一千万镑,增加人民负担。按照资政院院章,虽该交院会议,但事关国家财政,朝廷自有权衡,天王圣明,政府万能,渺小议员,也何敢妄行请议!所以彼时虽有一二没眼色的大臣,密请交院议奏,监国一笑置之,毫不在意。

不意三月初十这一天,广东忽然来一电报,奏称广州将军孚琦,因至城外瞧飞艇,被革命党温生财刺毙。举朝震骇,知这革命党在广东地方,势力很是不小。连夜召集军机会议了一会子,立电粤督张鸣岐,叫他严为防备。

原来革命党自丙午年在日本东京组织同盟会之后,声势骤增,各省各埠以及南洋各岛,海外各邦,凡是华人足迹所至之地,无不立有同盟会支部。黄兴两次大举,一回是钦州,一回是河口,都因预备未周,遭了失败。宣统二年正月广州之役又败,党人谭人凤、李肇甫、居正、张懋龙、宋教仁等大会于日本东京同盟会本部,商议整顿事宜。宋教仁对于革命大举方略,主张革命地点,该居中不该偏僻;革命时期,该缩短不该延长;战争地域,该狭小不该扩大。深究国中形势,洞悉用兵精微。一话说得众党员同声赞可,欢呼如雷。于是谭人凤身赴香港,要会见黄兴、赵声,告诉他宋教仁的计划。

原来赵声自那年江南撤差之后，遨游南北，物色人才，无非为实行革命之预备。偏遇粤省大吏慕名来聘，赵声将计就计，遂又做了粤省新军标统。就任未久，即有钦廉之乱，大吏飞调赵声带兵前往迎敌。赵声遵令到了那里，见通只十余个革命党员。其余声势汹涌的，大半是土人，为了抗捐的事，戕官毁署，骤看去似乎十分利害。赵声知道事情是不成的，不欲伤害党人，趋前抚慰道："诸君事未可为，土人之气易馁，怕不很可靠呢！"党人闻言感动，顿时散去。土党失所依恃，也各分道窜去。自谓建此大功，必得上官信任，不意奏凯回来，就得友人报信，说有人告发你私通革党，上头很起疑，怕就要来查办了。赵声一得此信，连夜乘轮到香港，跳出了虎穴龙潭。大吏见他弃职潜逃，私通革党之事更确，于是悬红五万金，密派侦探严缉到底何尝缉着？

当下谭人凤到了香港，会见黄兴、赵声，说出宋教仁的计划。黄兴跌足道："可惜来迟了一步，此间已经准备再举攻省城，如何好临时变呢？"谭人凤道："本来想是从长计较，既经决定了，那就不必说了，现在办得怎么样了？"黄兴道："各地同志，我已发信去知照，一俟到齐，即定期大举。"谭人凤道："那么居、宋两君，也该赶快去知照他。现在居正已回武昌，宋教仁也到了上海《民立报》去。"黄兴才待回答，倘见一人大笑而入道："好了，石屏到了，又多一个帮手了。"谭人凤回头，见进来的正是老同志林文林广尘，同志相见，握手询问，喜溢眉宇。谭人凤道："广尘德望，为三林第一，福建同志，无不听他的指挥。此番大事，闽省同志，只要叫他写信去。"林文笑道："不势石屏费心，我早已发了好多封信了。"

彼此询问了一回别后情形，赵声道："故人相见，不可不痛饮一醉，白坐着很沉闷。"于是四人同步出外，才走得三五步，就听背后有人道："那不是石屏么？几时到的？"四人住步回头，见这招呼的是个独臂少年，原来此人姓喻，名培伦，字云纪，四川资州人氏。系出世家，聪颖绝代，十余龄即通群经大略，学为声律对偶之文，辄有惊人奇句，老师宿儒，无不啧啧称道。他偏厌恶科举，欲把帖括弃掉。年十七，来日本留学，入中学普通科，三年毕业优等，复入千叶专门医药学校，得补着官费。此时留学界嵚奇大落之士，云合雾集，争先签名入同盟会，喻培伦隶暗杀部。所以肄业医药，专习研究炸弹。彼时革命党中，著名制造炸弹专家，要算着黄复嘉。复嘉的炸弹，从梁慕光学来。慕光也是一时人杰，惠州失败后，逃来横滨。他的炸弹学，自德意志人那里学来的。喻培伦因制造不慎，药品爆发，负创昏绝数日，在医院中卧了一月开来，方才痊愈，但是一条臂膊，就此残废了。旋因东京市厘幅辏，日警窥伺綦密，练习很是不便。同了复嘉潜居荒山中，精心研究，有时以摄影邮示同志，虽纤簿片楮，闪烁飞腾，现出星电喷射之象，令人目眩神惑，神乎技矣。上年汪兆铭、黄复嘉北上京师，拟刺监国摄政王，喻培伦竟力制造，满拟继续进行，缺了药料，于是偕某女士到日本购药。等到摒挡就绪，行抵天津，兆铭、复嘉都已被捉将官里了。缇骑四出，严缉同党。喻培伦与某女士才登日轮，追捕的已经踵至。船长告诉他这两个是安分留学生，才得没事。到了东京，偏偏东京各新闻，都有汪、黄同党逸东的记载，驻日公使疑而大索。查着喻培伦废课綦久，很有嫌疑。遂一面扣费除名，一面请日警缉捕。培伦知道东京站脚不住，于是就走了香港来。

当下谭人凤与喻培伦彼此招呼，叙谈别后情形。赵声道："咱们馆子里去谈罢！"

于是一行五人，进了一家大餐馆，西崽引着，走过第三号餐室，听得里面一阵笑声，却是熟人声音。赵声道："谁在这里？我进去瞧一瞧！"说着，推门而入，随见他回出来招手道："石屏，进来进来，我跟你介绍两个朋友。"

谭人凤等跟着进去，见里面共是三个人，两个都有四十上下年纪，一个却只二十多岁，那动静举止，瞧去都似工界人物。就听赵声介绍道："这位就是谭石屏先生。"三人听了，就抱拳致敬，表示诚恳。赵声又向谭人凤道："此位是黄鹤鸣君，那位是韦云卿君。"又指少年道："这一位是杜凤书君。都是同志中的实行家。"谭人凤抢步上前，执住黄、韦二人的手，发出极恳挚的语言道："吾党有三君，真是中国前途莫大之幸福！"三人一闻此语，直感得满眶热泪，几乎奔突而出。

原来这黄鹤鸣，名叫养皋，广东南海大涡村人氏。父兄早故，家中只存个老母。自幼失于教育，性情放纵不羁，在羊城联泰机器厂学习机器工艺，毕业后终日赋闲，在城中作拷家过活。辛丑年，星洲机器厂聘他作车匠，他在星洲地方，又学得神打之术，聚徒教授，所入甚丰。除养亲之外，只知纵情花酒，国家种族，世界大势等事情，他脑里头简直影踪都没有。后来交着了益友杜凤书，经凤书苦口开导，告诉他中外强弱之理由，满汉民族之消长，革命为救国第一善法等种种大义。他听了如黄粱陡醒，顿悟前非，于是尽将神打器具毁去，涤瑕荡垢，竟如蚀后的日月，光明灿烂，前后判若两人了。签名入革之后，更得同志启迪，知识愈增，诚也愈挚。每逢党中筹办要事，他必竞力捐输，不稍吝惜。这年，他在星洲接着黄兴的信，跃然起舞道："吾责可尽，吾志可偿了！"是夕与杜钰兴字凤书的，密室谈心，竟谈了一夜。即于次日束装先返，抵港之后，与同志相得甚欢，办事精慎勤劬，不知劳瘁。党人无不叹服。

那韦云卿是广西永淳县人，年已三十八岁，生平寡言笑，喜怒不形于色，貌仅中人。非久与相处，不知他怀报国之志也。天性尚武，好驰马试剑，投军广西提督苏元春帐下，初列先锋队，继擢哨弁，殊为苏所器重。苏提台因罪戍新疆，云卿携妻子返里，得闻民族主义之说，顷刻感悟，勃然起道："今儿才知前此是误入歧途，妄杀同种，真乃罪无可逭，不可不赶快立功自赎。"于是束装抵河内，觅知己介绍，投身革命党。钦州之役，党军破防城，攻灵山，云卿出力最多。镇南关、河口等役，云卿均冲锋陷阵，勇武绝伦。党军解散之后，留寓在河内。偏值法人搜索党人，异常紧急，云卿避地海防，竟被拘入狱。递解到新加坡，又被保皇党构陷入狱，被禁七十日。出狱后，即抵暹罗，寓在阅书报社内。上年夏季里，偕旅暹同志为云南之后，中途遇阻，折回暹京曼谷，仍寓在阅书报社。此番接着港中来信，知道即日大举，遂与同志买舟来港。

那少年姓杜，名钰兴，字凤书，广东南海甘焦乡人氏，年才二十二岁，天性阔达，毫无町畦，幼颇嗜学，厄于经济，只得至香港深水埔船澳学习机器工艺。十九岁，南渡石叻，藉工艺自活。时于稠人聚谈中，得悉中国外交失败情状，愤气填胸，辄不禁握拳透爪，衔血喷沫，欲舍身排外。既而渐读新书，与各种民族主义报纸，恍悟中国所以致弱之由。而民族主义真理，也贯彻明了。于是锐志推倒清政府，光复故物。一面签名革党，一面驰书岳家，直白宗旨，求将聘妻善处，函中即有"霍去病匈奴未灭何以家为"之语。杜钰兴寓在兴洲维艺寄庐，瞧见同业多半吸食鸦片，知识又很幼稚，于是极力开导，苦口婆心，不厌不倦，首倡不设烟具以祛积弊，广储书报以增见闻。众人感其热诚，无不乐从。钰兴在荷瓦士机器厂工作时，见该厂规则，有工人凡欲辞工，必先于两星期前报告，否则难取佣值，很是束缚自由，立与黄养皋磋商，要求厂主革除，几经挫折，疲神耗费，卒达目的。星洲亚细亚火油公司新发明一种汗火水罐汽机，荷瓦士厂包办他的工程，厂主就全委给与杜钰兴，所入虽丰，心志何尝少变！此番接到香港来信，因黄养皋深谙羊城地势，派他先回国，布置一切。未几接着养皋信，言时机已熟，克期大举。钰兴喜得眉飞色舞道："这是我平生之愿，汉族男儿所当为的事情！"立即向厂主辞工，束装回香港来。欲知后事如何，且听下回分解。

第一三五回　广尘留柬招靖庵　意洞回闽纠同志

话说黄兴、赵声、林文、谭人凤、喻培伦、黄养皋、韦云卿、杜钰兴八位豪杰，在大餐馆中，披肝露胆，畅谈一切，真乃人生极痛快之事。从此之后，各地同志，每日多有到来。

次日到的，又有两位非常之士。一位福建闽县人，姓林，名觉民，字意洞，自号天外生，年仅二十五岁。生有至性，事亲尽孝，姿秉极慧，读书一览成诵，美丰仪，意致潇洒，襟度旷达，终日未尝有戚容。均与童稚嬉戏，又善诙谐，苟遇知己，雅谑间作，常致一座倾倒。十五岁入闽高等学堂，感于时事，倡言革命救国。年十九成婚，伉俪甚笃。逾年举一子，明慧韵秀，酷肖乃父。觉民尝向人道："吾妻性癖、好尚与我绝同，天真烂漫，真是奇女子！"特著《原爱论》，阐发男女爱情之真理，刊载于某杂志，读者击节称赏。二十岁，以优等卒业。次年赴东留学，入庆应大学文科，专攻哲学，好读俄文豪托尔斯泰书，兼娴英德两国语文，治周秦诸子学尤精。时光绪三十三年也。值国事日急，友朋聚首，相向涕零。觉民独慷慨言道："国危如此，男儿死耳，奈何效新亭对泣？吾辈自命壮士，当仗剑而起，解决根本问题！累卵之危，庶何挽救？嗟乎！血性男子，宁忍坐视第二次亡国之惨状？"众人听了，都很起敬。觉民在闽，与陈与燊齐名，人家都称他做林陈，在日本与林文、林尹民同就一庐，情若兄弟，并知名当世，号为"三林"。人家称林文为大林，觉民为中林，尹民为小林，那是论年序齿，并不关乎品学。

此番林文接得黄兴、赵声来书，知道将图大举，于是众议以广尘赴港主粤事，意洞回闽谋响应，留方声洞于东京，代林文为会长。方声洞大大不肯答应，向众人道："诸君不许我同死么？我纵不才，习医数载，自信颇不落人后。此回起义，军医必不可缺。那么追随诸君之后，也有微长可取。且我的志愿，也要在枪林弹雨中，为国授命。现在有了死所，奈何不使我去？况事败诸君尽死，我能够独生么？留我何益？"这发话的人，也是党中著名人物，姓方，名声洞，字子明，年才二十六岁，福建侯官人氏。自幼警敏，事父极孝。生得姿貌魁秀，双眸炯炯，饶有胆略，果毅多力，在党中以才勇称。性坚定，尚奇节，重然诺，见义必为，临机辄断，音声清朗，当众辩难，倾动一座。友朋有过，必严辞面责。遇人危难疾病，必殷殷护视。立身简素，鄙远浮华，自奉极薄，行必徒步，居无求安，饰罕纨绮，餐常粗粝。诸友多豪放，见他这么行为，都当面非笑他。声洞道："君等瞧我果然是守钱虏么？特念劳能习苦，俭可养廉，吾辈志吞满虏，来日艰难，正未有艾。这会子不自勖励，他日何能与士卒忍饥劳涉险阻呢？"众始叹服。十七岁东渡，入成城学校肄业。彼时成城为中国陆军学生之普通学养成所，声洞进成城，喜不自胜，自信他年必能为国家树立。恰值强俄驻师满洲，边境骚然，神州鼎沸。东京留学生愤懑已极，遂有义勇队之组织，旋改名军国民教育会。入会决死的，多至五百余人。声洞争先签名，勤自磨练，愿碎身作战场雄鬼。后经解散，声洞悲愤欲绝，热血如沸，逢人便痛论国事，说不是一刀两断，颠覆满政府，以建共和，吾人终无安枕之日！识者韪之。寻遇母丧，星夜驰归，伏地号哭，哀动路人。遂滞闽，而雄心不死。度革命事业，惟军界发难，最易收效，于是寤寐不忘学武，欲入福州武备学堂，以事不果。乃出家藏新旧各种书籍，创立“阅书报社”。十九岁再度东入成城学校，不意沧桑变速，成城已改为普通中学了，大为失望，乃变计入千叶医学校，坚苦力学，成绩绝佳。二十三岁暑假时归国结婚，夫人极贤淑，假满乃挚眷返东，同居千叶，并习医。翌年举一子。声洞虽勤于学，未尝一日忘国事。此番得着港信，见众人推己代为会长，违了素志，所以慷慨陈辞，绝对不肯承认。当下众人道：“不是这么说，方君学德为人所瞻仰，雅望夙著，此举若败，感动的人必多，留君在此，所以为种子呢。现在不留一大才的为种子，万一不幸，全军覆没。他日卷土重来，各省豪杰，云集义旗之下，岂可使我福建无一席地呢？今日留君，为君堪当重任。”遂挥涕而别。

林文因林尹民还在闽度岁未到，于是留柬招之。大林小林，同舟抵港。黄兴异常欢喜，口称：“无论何事，运筹帷幄，不可无意洞。”遂罢福州响应之议。林文道：“闽中同志极多，可派意洞回去召募。”赵声大赞此说。林觉民义不容辞，立刻挟资乘船赴闽。到了福州，不及回家，先去投拜好友冯超骧。这冯超骧，字郁庄，初名敬，年二十九岁，先世原是福建郡人氏，徙居侯官，世以武功著称。超骧状貌魁武，躯干雄伟，腰带盈围，目光如电，力能御奔马，意略纵横，神采俊迈，真是将门将种。福州旗民素来横暴，有经过旗地的，辄遭侮辱，人虽切齿，终以势力不敌，不敢与较。超骧时年虽幼，听到此事，忿火填胸，挥拳而起，誓为报复。一日，见有强悍旗民数人出城，超骧部勒群儿，趁其不备，一鼓上前，擒住了曳至大泽中，攒殴几毙。由是奇节侠名，声闻遐迩。超骧读书绝慧，善属文，长篇巨制，操笔立就，书法奇崛如其人。十余岁入邑庠，父老深器重之。会值庚子之乱，国势岌岌，超骧慨然道：“昂藏七尺驱，生此国破家亡之日。要当赴战场，执锐杀敌。倘能立马昆仑，扬国威武，固是幸事！不幸玉碎，也是男儿分内之事！何能伊唔作书痴寒酸态，坐待外人奴我？”自是绝意科举，弱冠赴金陵，入南洋水师学堂习海军。彼时风气初开，学生都以高谈革命为识时务，实则于学理时势，茫然不知。惟为新潮流所戟刺，一似不谈革命，即不算文明似的。超骧大愤，痛责数众人道：“革命乃是诛残伐罪救民水火的大事，公等果有此志，很该蓄之于心，待时而动，奈何视同儿戏，把此事只当作口头禅呢？”这时光，赵声在陆师学堂肄业，闻到冯超骧之名，亟来拜访，一见语合，二人逐结为至友。超骧寻以病旋闽，未及卒业，家况极贫，夫妇同栖破屋中，拥败絮，食糠豆，甚且终日不举火，乃竟不以为忧！尝向人道：“丈夫耻才不如人，贫何足念？宋武帝、明太祖岂不是赤手徒步的英雄么？”后偕陈更新字铸三的，趋闽口长门，入要塞炮术学堂，每试辄裒然高列。与铸三互相切磋，砥行砺学，夙夜精勤，声誉益著。去岁同卒业，入都经部试，铸三列第一，超骧列第四，皆得协军校，超骧于是就职于闽口炮台。

当下林觉民径投冯宅，超骧出见，执手询问，亲热异常。才待坐下密谈，家人出报：“老太爷不好了！”超骧顾不得有客，性急慌忙地奔了进去，好半天不见动静。觉民正在不解，见超骧自内奔出，满头急的都是汗珠儿，向自己道：“意洞，你此番是不是同子明一起来的？”觉民道：“子明没有回来。”超骧急道：“他偏没有来，要怎么样？我们老人家，病势很利害！子明医道是极高明的，偏又不在眼前！意洞，你瞧我这件事怎么办？”林觉民失惊道：“真不巧了！”超骧道：“可真是不巧呢，家君体气素弱，此番病势又凶险。”觉民知道他是误会，随道：“郁庄，我有要事，停会子跟你再谈。现在先跟你打听一个人，你知道铸三在家里没有？”超骧道：“陈铸三广西去了，还是正月动身的呢。”觉民道：“刘元栋呢？”超骧道：“闻元栋正在组织民团呢。我因老人家病了，多日没有出外。”觉民道：“我且到外面去走走再来。”说着，举步出外，心下忖道：“偏有这么巧事，郁庄老子病重，眼见得郁庄是不能出门的了。铸三偏又不在家，咳！似铸三这么才干，此回的事，如何罢得他？”

原来这陈更新，字铸三，也是侯官人氏。性极颖慧，读书敏悟如素习，丰姿英秀，齿白如贝，修眉入画，目有精光。身轻矫尤负殊力，善击剑，精马术，发枪百不失一。意气纵横，雄略过人，尝自比吴桓王。有人向他道：“君仪表如此，成固追踪伯符，败亦不失与史坚如称为双绝！”更新大笑。十一岁，入省垣某高等小学肄业，与愈心、少若共笔砚，雅相契重，久之遂成刎颈交。愈心诸人，都是闽中杰出之士，聪明早已卓绝侪辈，不意更新年齿虽然最稚，学课倒又驾而上之，试必第一，因此人都举之为神童。稍长，读明季清初历史，涕泗交集，顿萌光复之志。及读卢梭《民约论》并各处新学说，遂悟平等自由之主义。此时不惟深仇异类，且鄙厌一切贵族，然以仪节自持，未尝放纵，但密与至友愈心、少若，歃血指心，泣而相誓罢了。十六岁以全班第一卒业，随即渡东，入九段体育会，昼习马术步操，夜习数学及英日两国语文。日夜精勤，不数月操日语已很娴熟。既而以学资不继，不得已旋闽。在城南某小学堂，当了一年教员。深知非计，再趋长门，入炮术学堂。更新自幼定婚，女既及笄，岳家敦促殊亟。十九岁，乃请假迎娶，琴瑟甚笃。逾年得举一子。二十一岁，以最优等第一卒业，入都赴试，得协军校。旋闽之后，应某体育会聘，教授数月，心终郁郁。于是弃而他愿，到广西访友去了。所以现在林觉民怀想不置。

当下觉民出了冯宅，信步行去，才穿过两条街，忽听有人招呼，举头瞧时，正是同志刘元栋。原来这刘元栋，是闽中革命实行家，《马关条约》订后，闽中大起谣言，说政府已把福建换还辽东。元栋语同党道：“可以起事了！”有人告诉他时机未至，他就自誓道：“试一遭再看，如果不成，刀锯斧镬我一个儿领受是了！”为官吏所觉，偕了党人，仓卒逃遁。没有带得钱，途中断了粮，饿得要死，他就典衣市饼，分饷同人。同人见他忍着饥寒，很是不忍，竞力阻止他。元栋笑道：“诸君可以有为，权起轻重得失来，还是冻死我合算！我辈都是图大事的人，何必拘此！”后来同志悯其质美未学，资助他入福州普通学校。未几，因事出学，投身社会，专谋公益事。到了今年，因外祸益亟，他更奔走呼号，专心组织民团之事。当下觉民喜道：“我正要到你家里，恰好遇见了。”元栋道：“此间不是讲话之所，到肩宇家去谈罢，肩宇家离此不远呢。”觉民道：“肩宇已投入新军炮营，如何又在家里呢？”元栋道：“肩宇定期在营，与兵卒亲爱如手足，操练之外，兼服挑水等役，也毫不叫苦。不意上月下旬，从梯架跌下，竟跌的大伤，现在在家里医治呢。”觉民道：“我们快瞧瞧他去！”元栋指道：“就在那里。”二人急步迅行，一瞬眼就到了。推门入内，觉民高喊：“肩宇，肩宇。”就见一条大汉，络着右手出来，一见觉民，乐的他急忙抢步，弯左手将觉民抱住道：“我的爷，你怎么此刻才到？”觉民见他这个样子，笑道：“你是鲁男子呢，如何也疯狂到如此地步？”

原来此公姓刘，名六湖，字肩宇，意气豪迈，自幼以明祖汉高自诩。入闽县高等小学，渐知时局，立志铁血解决时局。于是投考陆军武备学堂、保定陆军学堂，皆不得入。贫困无聊，只得一面课蒙自给，一面兼入官立法政学堂。恰遇讲武堂第三期招生，于是弃法政，入讲武。讲武开不多时，就为经费支绌停办，没奈何，只得重学法政。听得保定招考禁卫军，忙忙赶去，又以外省人见摈。这时候，闽省新军炮营，也恰恰募兵，六湖急忙赶回，总算得偿了志愿。当他北上时光，有人戒他京沪花柳的事情，他笑道：“我是鲁男子，怕什么？”所以觉民这回戏呼他做“鲁男子”呢。当下元栋、六湖齐问觉民来意。觉民就把东京同志都到了香港，不日大举的话，从头至尾，说了一遍。二刘喜得只是跳跃，都道：“今回定可出同胞于水火，咱们的志愿得偿了！”觉民道：“偏有不巧的事，郁庄老子病了，父子情关天性，我也不能过于强他。”元栋道：“郁庄老子素明大义，我知道他决不阻止郁庄的。”觉民道：“话虽如此，但是人谁无父？人家老子病着，我们终难强劝人家的。”二刘听了，也无别法。六湖道：“意洞此来，总还有几天耽搁，事不宜迟，我要与元栋先走一步了，元栋同意么？”元栋道：“谁不同意？只是你手伤还没有大愈呢。”六湖道：“我听到此事，快活极了，哪里还觉着手伤？”觉民十分钦佩，随将盘川给了二刘。临别道：“我且回郁庄家瞧瞧情形，如果他不能走，我一二日也要走了。”

当下觉民又去瞧了两个同志，回到冯宅，天已黄昏时候。见超骧依然愁眉锁眼，觉民道：“尊翁病势怎么样？”超骧道：“不大好呢！”两人挑灯密谈，超骧忽然有感，忍痛道：“我意已决，革命是公事，父病是私事，我爱父之心，何尝不百倍常人？但是这会子，极该舍私从公，宁受负父大罪，我不能失此千载一时机，做一辈子亡国奴呢！”觉民道：“移孝作忠，古人行的极多。老伯明达，我知道他决不阻止我兄。”超骧道：“容我入与父别，明日即与兄同行。”说着，入内去了。觉民一个儿坐着，独自筹划，闽中同志，留东的几人，在港的几人，此番同行的几人；到了那边，作何布置，是否够于分派……正在计算，忽见一人满面流涕，淹泣而出。觉民惊视，正是冯超骧。只见他道：“我父圣明，我真不肖！我禀告赴港的事，父亲向我道：‘努力为国，勿以吾为念！你在家也替不得我痛苦，你妻又贤孝，有人服侍我，你放心去是了。’意洞，我想父病不能侍奉，我还可以为子么？出与妻别，吾妻又道：‘君请放心去，万一不幸，三月而后，苟无音耗，我当投环相从于地下！’我回她：“这事断断不可，家中上有老病之父，下有幼弟，我死罪已不可道，卿当为我侍父育弟！’意洞，你想有妻如此，不能俯育，我还可以为夫么？”觉民听了，也很凄恻，只得把话来宽慰。

次日，超骧与家人，涕泪而别。行抵码头，二刘等早已俱在。握手相见，一时下落轮船才待启碇，忽一个邻人来报郁庄老子去世，是八点钟气绝的，他夫人寄言，叫他不必回家。超骧听了，大叫一声，跌倒在地。众人瞧时，也早晕了过去。欲知冯超骧性命如何，且听下回分解。

第一三六回　温生才孤行误事　黄克强冒险蹈危

话说冯超骧得着父亲去世凶耗，哭晕在地，经林觉民等救苏，呕血不止道："父死我必不生。此去即幸而得捷，事成之后，吾当自刎以谢吾父！"此时舟已启行，机声轧轧，众同志都来劝解。林觉民道："此举倘遭大败，死的人既多，必能感动同胞。今日同胞，非不知革命为救国惟一手段，特畏首畏尾，不能割断家庭情爱罢了！现在我即以我论，家中也有着龙钟老父，庶母幼弟，少妇稚儿，乃竟勇往直前，一瞑不视，究竟我心肺也在摧割，肝肠也在寸断！就使木石，也当为我坠泪，何况人呢！推想诸君家族情况，莫不略同，所以说吾辈死义而后，同胞还不醒，我是决不信的！使吾同胞一旦尽奋而起，克复神州，重兴祖国，那么吾辈虽死之日，犹生之年，还有什么遗憾？"超骧见他说得有理，也就停止悲泣，举动如恒了。

在路无语。这日，船抵香港，见诸同事多系旧友，相见甚欢。次日，又到两位志士，一位是福建侯官人，姓陈，名可钧，字希吾，一字少若，年二十四岁，生得白皙风流，目如秋水，性格和平，气度闲雅。同辈恨官吏刺骨，尝切齿相谓："他日必使此辈无孑遗。"他独排众议道："此辈虽穷凶极恶，究竟也是同胞呢。特家庭失教于前，利禄迷之于后，遂致披猖不可收拾。该择其尤恶的诛掉，余当令其自新，返其本性，洗心革面而趋于善！"众人因他赋性仁厚，常戏呼他为"佛"。但是他外柔内刚，志意甚壮，尝拊几叹道："丈夫生世，不可与草木同腐，要当为国家雪大耻，横尸战场呢！"生平言不妄发，每当稠人广坐，众论激昂，他独唯唯，不置可否。退谓所亲道："我察此辈，不过逢场作戏，阳为愤慨之状，欺人罢了，不是出于自然的。他日一握政权，阻挠吾党行事的，就是此辈。跟他们倡和，必误大局！"少入侯官高等小学，与愈心、铸三同学，后随从父官秦。光绪三十年，东渡入宏文学院普通科，未旬日即有留学生取缔规则事，匆匆束装旋里。翌年事平，复东渡入原校。卒业后，赴试第一高等学校，初已获取，及检体格，忽黜落。乃入正则英语学校，研究泰西文学。嗣后每年皆赴试第一高等，前后计四次，及第过三次，都以体弱被黜。有人劝他改试他校，他答道："志向已定，未可遽易。朝志此而夕志彼，随机浮沉，吾是不屑的！"原来他矢志欲入帝国大学工科，须经第一高等的阶段，所以屡蹶屡起。去年谋赴德留学，已有端绪，重又不果。可钧于愈心为族叔，少又同学，所以交谊最厚，愈心于国事每有忧喜，必来告知可钧。汪兆铭入都行刺未成，可钧大愤，即在室内密贮炸弹手枪，预备继续进行。举措谨慎，同党的人都没有知道。此番接到港中来信，即去知照族侄陈愈心。

这陈愈心，名与桑，闽县人氏，却与可钧同庚，一般都是二十四岁，是海军提督萨镇冰的外甥。生得大口隆准，目光炯炯，相貌很是奇伟。幼失怙恃，伶仃孤苦，却偏又聪明伶俐，读书过目成诵，下笔千言立就。负气节，重然诺，目空一世，惟推崇林广尘、陈更新及可钧三个，肯听从约束。很极慕汪精卫，欲继其志。十五六岁时，闽人曾以某国事，开各界全体大会，研商办法。莅会的大半是巨绅硕儒，极一时之盛。与桑由万众丛中挺身而出，称代表学界意见，特来献策。一座皆惊，嗤之以鼻。与桑毫不在意，摄衣升坛，痛论时局，辞气慷慨，涕泪交下。听讲的人，虽冥顽老朽，莫不激扬，由是渐渐知名。二十一岁，渡东，入早稻田大学法科。他母舅萨提督很重其人，按月资给二十五金。他在东京，戒酒远色，终日闭户读书，研究法理。每有所得，辄欣然忘食，甚至举动谈笑，悉含有法律气味，因此人都戏呼之为法律家。去岁得着汪兆铭在北京被擒之信，大为感动，于是磨盾草檄，日夜进行，凡乡人同志中所有组织规模，及一切法令，都由他一手定出。与桑更有一长，就是演说。每当众论纷纭会场扰攘之时，只要他奋然而起，大声疾呼，说出极简明的几句话，问题立刻解决。所以与桑与铸三、少若，都是并世齐名的。

当下可钧会晤了与桑，表明来意。与桑道："此信我也接到。我想今回的事，咱们须破釜沉舟地做去，先把各人所有器物，悉数变卖，充作路费；毁书焚稿，绝掉退顾之心。老叔赞成么？"可钧道："很好。"爷儿两个正在讲话，忽一人突入道："你们这么要好，真不愧是一家人！"与桑回头，见是方声洞，随道："子明，你回去不回去？"声洞道："怎么不回去！"与桑道："我们想明儿走。"声洞道："迟一天可以不可以？"与桑道："你要后儿走么？"声洞道："我还要到各机关去辞职呢，明儿断乎不及。"兴荣道："我们候你一日是了。"原来方声洞此时身兼四职，除党中会长之外，又为同乡会议事部长，又为学校总代表，又为某某会代表。当下声洞先到使署学校告了假，又向某某会、同乡会辞职，然后致书同盟会东京本部，辞去会长一职，略称：警电纷至，中国亡在旦夕！所希望者，吾党此举耳！不幸而败，精锐全歼，吾党必不能久振，而中国且随以亡矣！则是此举非关于吾党盛衰，直系中国存亡也！

到了这日，可钧、与桑、声洞还同了几个同志，齐伙儿出发。临行，声洞笑顾与桑道："从前开会追悼吴樾、徐锡麟诸烈士时，君祭文中有句道：'壮志未酬，公等衔哀于泉下；国仇必报，吾辈继起于方来'。所谓来者，成为现在矣，岂不快哉！"舟抵香港，同志相见，见福建人独多，声洞喜道："此可恢复吾闽明季时代的名誉了。"可钧道："咱们闽人，久蒙怯懦两字的坏名声，自有革命风潮以来，没一个死义的，我等深滋愧恧。现在发愤起誓，以数十闽人膏血染遍神州，以谢各省同胞，且为吾全闽先导。"林文大喜道："子明的话，正合我意。吾辈书生，将略原非所长，当左挟炸弹，右执短枪为前躯，使会党持刀执剑为后劲。事即不成，我弟兄同时并死一地，亦可无憾！若幸而成功，广州既得，分军为二：一以克强，一以伯先，为总司令长，我当偕君等率乡人隶克强麾下为前锋，席卷天下，直捣逆巢，枭逆酋之首，诛尽贪官污吏。远为祖宗复仇，近为万民雪愤！待民国既建，神州恢复之后，彼时不患无英雄学者，为国宣力。我等当弃官远遁，结茅西湖之畔，领略风光，诗酒谈笑于明月清风之夜，宁不快哉！但我辈行军，慎勿戮及无辜，自残同种。即彼满人，舍觉罗氏外，亦仅当诛其抗我者。虽彼入关之时，害及妇孺，吾辈身受文明教育，决不可效之也！"众人听了，欢声雷震，无不感奋，精神百倍。陈与燊道："吾闽同志，还有两位虎将没有到。"众人争问是谁，与燊道："一位是侯官陈铸三陈大将军。"众人齐道："着着！此回大举，果然不能够少他。"与燊道："还有一员虎将，就是闽县林靖庵林大元帅。"众人道："靖庵技击冠绝吾党，武艺将略，又为留学界第一,他不到,此举便觉减许多精彩。”与桑道:“铸三那里,待我发一电报去邀他。靖庵家庭,可不比别人,很不便通信。”随向林文道:“广尘,你可有法子?”林文道:“我也知道他家庭很多窒碍,所以特在东京留柬知照。他如果到东,见了我的信,定会赶来的。”说着时,又有两个同志报到,却是从安庆来的。一个姓宋,名玉琳,字建侯,是安徽怀远人;一个姓石,名庆宽,字经武,是安徽寿州人。

这宋玉琳也是安徽一个神童,十五岁应童子试,以第一名入泮。十九岁娶妻,伉俪极笃。未九十日而妻死。明年父又死。侘傺无聊,遂纵情鸦片。感诤友之呵斥,矍然憬悟,痛自刻苦。戊申年,在某标充当书记,与炮营正目范传甲为刎颈交。这范传甲是寿州人,为人坚苦沉鸷,居皖十年,谋大举如一日,不甚有人知道他。传甲容貌蔼然,接物待人,异常和气,因此皖军一混成协数千人,没一个不认识传甲的。传甲与徐锡麟交情极深,自徐败后,传甲痛饮沉醉,登龙山之巅,北向长号,誓尽其志,以报死友。及与宋玉琳相识,大喜道:“亡友徐锡麟后一人也。”遂深相结纳。这年马炮营之变,都是他两人的计划。传甲以熊成基能得众,推之为长,事败,传甲谋刺余某某,未成被逮。有狱卒某很敬重传甲的为人,释掉他的缚道:“你去!有罪,我自担当。”传甲慨然道:“现在不幸事败,吾党死者累累,传甲义不容独活。既蒙相爱,请与君约,二句钟为限,我摒挡家事讫,当来就死。”狱卒应允,传甲竟如约归狱。临刑缚赴校场,扬扬如平时。彼时宋玉琳未被株连,杂在人从中嗷然失声而哭。传甲怒之以目道:“我死是不得已,你做什么?”玉琳遂逡巡遁去,旁人只道他们是弟兄呢。庚戌秋,玉琳复来安庆,谋有所举,不遂,恐被侦探见疑,报名应试优拔,寓在安庆同安旅舍。此回接到香港来信,他就偕了石经武星夜赶来,跨进办事部,恰好与桑说要发电去催铸三呢。于是众同志相见过了,议了一回,便就各自分头办事去讫。

从此之后,日日都有同志到来,如广东开平人姓李名群,字雁南的;广东惠州人姓罗名钟霍,号节军的;广东清远人姓李名文楷,字芬的;广东开平人姓劳名肇明的;广东嘉应州人姓林名常拔,号修明的;广东南海人姓周名华,号铁梅的;广东东安人姓李名晚的;广东嘉应州人姓饶名黼庭,号竟夫的;四川大足人姓姚名国樑,号少峰的;吴川县人姓庞名雄,字甦汉的;南海县人姓梁名纬的;四川广安州人姓陈名汝环的;还有张国魂、陈国华、李汉英、王子才、陈云仙等,陆续到来,记不胜记。

这日,忽报陈更新到。众人大喜,陈与桑更是喜出望外,跳起身来出接。还未举步,早见一个丰姿秀美精彩奕然的陈更新飞舞而入。与桑急行上前,握住更新手道:“铸三,想杀我也!”原来更新接到电报,立刻动身,在轮船中无意间遇见了几个老同志,密切谈心,忽然有感,更新发叹道:“我结缡三年,妻甚贤淑,并能与余同艰苦,家况虽然萧条,沽酒同酌,形影相依,自谓此乐不让古贤。此行脱遭不幸,如果膝下无儿呢,吾妻定以死殉。偏偏的襁褓有儿,家中又贫得寸地都无,人情浇薄,戚好哪里靠得住?我死不足惜,孤儿寡妇托谁呢?”语毕,容色惨然,泪落如豆,襟袖尽湿。同志也代为酸心,相对饮泣。既而更新跃起道:“大丈夫视死如归!如何倒做出寻常儿女态来?只要同胞知道吾辈今日一片心就是了!”因而破涕为笑。

当下更新与与桑相见之后,便与众同志相见,询问大举之一期定了没有。与桑道："人还没有齐。"更新道："等谁？"与燊道："人多呢，靖庵、遁初都没有到。"过不多两日，林尹民、宋教仁都到了。尹民来自东京，教仁来自上海，两人不约而同。尹民一进门，就责备林文道："为甚不打电报招我？只作'速来'二字，吾家必不见疑。现在万一弗及，事情成功，人皆当先，我独落后，不能展吾生平怀抱，岂非恨事！如果失败，良友尽死，剩我一个儿活着，有什么趣味？"

原来林尹民，字靖庵，自号无我，福建闽县人。党人称之为新中国陆军大元帅。尹民年只二十五岁，自小倜傥有大志，英姿飒爽，风骨伟岸，目瞬如电。生有神力，未冠，能举石三百斤。学少林技五年，尽得此中奥秘。为人沉鸷寡言，怒而长啸，声震屋瓦。素善饮，醉后捶胸哭母，极其悲痛。己酉冬，罹热病几殆。愈后，亲友切谏之，遂绝酒不复饮。有巡役某，自负多力，悍厉不法，作横乡里。尹民黑夜袖刀狙伏檐际，三更向尽，役夜巡过其前，尹民瞥然疾下，数其罪，拔刃拟之。役见刃光如雪，悚然屈拜于地，口呼"大王饶命"。尹民大笑，释而戒之道："趣改过自新。不然，大王定不饶你！"由是凶锋大敛矣。从父宦浙江，挈尹民至任所，令入学堂。彼时林文在浙，与尹民同校，独相友善。林文长二岁，尹民事之如兄。林文为人宁静和谨，驯若木鸡；尹民赳赳桓桓，猛同乳虎。人家见他们性尚不同，亲爱有逾骨肉，都暗暗的奇诧。尹民最是敏慧，虽然终日嬉戏，功课常冠全班，屡试皆第一，从父很是器重。等到林文到了日本，尹民块然无侣，悒悒不欢，从父向他道："趣为文言志，文章佳，我也叫你日本去。"尹民喜甚，退而为文，援笔立成，甚可观。从父深为嗟异，立命他东渡。入成城学校，武艺冠全校，当者辟易。二十三岁卒业，新例自费生禁入陆军，不得已改入第一高等医科。每于课暇，研究中外新旧各种兵书，冥心独索，辄有所得，于是遂通军略。去岁新军事败，倪炳章号映典的死于此役，林文极为悼恸，六月，由港返东，血泪犹存睫。尹民大为感动，力求入党，乡人同志，无不鼓掌相庆。众人见尹民字体雄迈古劲，大类岳武穆、戚南塘，称举不止。尹民笑道："是戋戋者宁足道？功业能肖二公才无愧呢！"中宵月明，辄起舞运剑如飞。尝向人道："凡事只当问其当为不当为，不可计其能为不能为。如以不能为而不为，就是薄志弱行的人呢！吾侪当引以为诫！"父欲替他完娶，尹民百计婉却，私谓所亲道："今日不是我辈授命时光么！纵有美眷，犹当忍泪勿顾，况犹未娶，自觅苦恼做什么？脱有不幸，怎么处置人家？"去腊奉父命旋闽度岁，今春到东，见乡人同志差不多已全体赴粤，阅过林文留柬，知道事在旦夕，喜溢眉宇，惟恐不及，急忙束装回国。舟次，读《岳鄂王集》，顾谓友人道："武穆在天，见我辈如此办事，定然含笑许可的。"到了香港，与同志相见，握手妄言，相视而笑。

当下黄兴、赵声、林文等见众同志业已到齐，于是特地组织实行部，内中又分五部。命宋教仁继陈炯明而任编制部部长。进攻省城的事，举赵声为战时总司令。一面把各省同志及敢死之士，编制为敢死队，陆续赴省。此时广州城里，也已组织了三五处机关。一处是小东营朝议第内；一处是新城谢恩里；一处是莲塘街吴公馆。新城谢恩里粮台，是饶黼庭、廖勉二人主持。莲塘街吴公馆机关，是姚国梁主持。密运军火，定期四月初一日起事。各党人摩拳擦掌，等待厮杀。同志相见，目逆而笑。多谓官吏醉生梦死，霹雳一声，当失魂魄，广州指顾可得。独陈可钧面现愁容，向林文、林觉民、冯超骧道:“彼张鸣岐、李准诸人,虽才能不足,而权谋有余。自古道:‘蜂虿有毒,未可轻视’,吾党人数既多,良莠不一,倘师期泄露,吾辈原不惜死,如国事何?”林文等听了,很称他临事而惧,思虑周到。

这里同盟会诸杰,遣兵派将,密密布置,色色周备,但等时期一到,立即起手举事。不意那边偏有一个单独进行的温生才,趁广州将军孚琦观飞艇当儿,排众直前,把孚将军一阵手枪,打了三五个透明窟穴,血流如注,归向妈妈家去了。官场大为震骇,急筹防备之策,派遣侦探,严密查缉。同盟会可就受他大累了。

三月十七日,官军在省港轮船,搜获洋枪十支,药弹三百余颗。二十日,缉私兵轮缉获私盐船,船中藏炸药弹子无烟枪等百余箱,此外在地中起获的很多,省中谣言殊甚。粤督张鸣岐,调钦廉兵及各兵轮到省防备,又令旗兵运大炮上城,督练公所加发枪弹,颁给巡警。各路巡防营,纷纷到省听遣。一面令新军验缴军械,调离城外,防备得十分严紧。三月二十五日晚,冯超骧、林文、林觉民、陈可钧等由港入省。

廿八日,回香港,特开紧急会议。有人主张官军防备严密,不如且自罢后,等防备松懈了再起事。喻培伦起驳道:“此种巽懦行为,我极不赞成。照我意思,非惟不可退,且进攻不可稍延寸晷。官吏既然知道了我们,势必闭城大索,须臾之间,尽都受缚,咱们还是束手待缚么。”黄兴道:“云纪的话,很是明快。解散不成功,不解散也是不成功。再者此回花掉经费如许之多,倘不见诸实行,人怀疑忌,此后运动更难!不如提前举办,徼倖一试。”众人都道:“既来广东,不能空回。”于是议定提前起事,议出战略,布置共分五路:一股扑攻制台衙门,及水师行台;一股劫飞来庙军械库;一股出南门堵住入援的官军;一股由清风桥进逼旗界;一股在观首山左右,窥督练公所。议毕,分队出发。忽见一人道:“这么痛快的事,如何独遗下了我?我也要去。”众人瞧时,这发言的正是陈与桑。众人忙都劝阻,都说,君体素弱,不宜赴行阵,林文与陈更新,劝阻尤力,与桑不听道:“事若不成,诸兄尽死,我义难独生!如果幸而成功,广州一得,基础既立,痛快极矣!如此盛事,奈何使我作壁上观呢?”众人没法,只得同他一齐到省。

不意才到小东营朝议第机关部,就接着警报,说谢恩里三十八号机关破获,总粮台饶黼庭被擒,并起出收支册等紧要文件。一时又报同党八人被获。黄兴踩脚道:“事机这么紧急,只好立刻就动手了。”于是知会党众,四点钟聚齐,分头奋往攻扑。当下党众各在臂上缠了白布毛巾,作为暗记,身藏炸弹,手执无烟枪弹,由林文口吹喇叭,奋步当先。黄兴、陈与桑、陈更新、刘六湖、刘元栋、林尹民、方声洞、陈可钧、冯超骧、林觉民等为第一队,韦云卿、劳肇明、周华、黄养皋、杜钰兴等为第二队,齐向制台衙门进发。霎时,炸弹声震如雷,枪弹雨集。

林文冲锋突阵,意气弥厉。不意官场早有防备,才一转瞬,李准的先锋队已到。林文奋身招呼,高呼:“同胞,我等皆是汉人,当同心协力,共除异族,恢复汉疆,不当自相残杀!”话声未绝,一弹飞来,正中脑部,盖骨破碎,脑浆狂涌而仆。陈更新奋勇争先,枪无虚发,手殪管带金振邦,及哨弁目兵等数十人,防兵悉遁。乃与同志入署,遍搜张鸣岐不得,情知中计,即在楼上放了一把火,杀出外面。水师已围数重,回顾同志,仅余陈与桑等三人了。这一惊非同小可!欲知陈更新性命如何,且听下回分解。

第一三七回　广州英豪遭厄运　黄花雄鬼泣秋风

话说陈更新自内杀出，回顾同志，只剩三人。原来林尹民轰攻督署，瞋目大呼，所向披靡，力杀有二十余人。及见林文中弹阵亡，益不堪其愤，暗哑跳荡，目几突出，睛光如炬，掷弹发枪而前，摧陷官军如拉朽。身被数十创，遍体为赤，气益奋，战益疾，怒吼如雷，声动天地，官军无不惊仆。卒以飞弹中脑，遂至殉国身亡。

冯超骧从外杀入，不见张鸣岐影踪，重又杀出，见水师兵已围了个满，于是纵弹横扫，官军弃械四窜，尸骸相枕。超骧身被多创，鲜血倾溢，犹左弹右枪，力战不已。胸中十数弹，尚屹立握枪而战，面又中一弹，始蓦然仆倒。

刘元栋奋力酣战，血渍面目，几不可辨识。呼他名字，就见他仰首瞧视。见了同党，还以拇指相示，好似说死系吾志，诸君勉图大事似的，一时也中弹而死。

喻培伦因抛掷炸弹过近，碎身而死。林觉民怒目奋击，所向风靡。忽然飞弹洞腰，跌倒在地，纵声一呼，忍痛跃起，复杀多人，又被数创，鲜血暴注，始被擒获了去。

宋玉琳、石经武也被擒住。杜钰兴也力战身亡。陈可钧奋弹冲荡，也被官军活捉了去。余人阵亡的阵亡，被获的被获。所以陈更新杀出，回顾同志，只剩得陈与燊、方声洞和自己三人了。

更新艺术素精，眼明手捷，乘暇冲击，力杀多人。遍体满溅鲜血，而己身不被大创。但见官军丛中，一个红人儿往来激荡，来去如风，没一个人敢等闲近他。直至四月初三日，已经三昼夜失眠绝食，目红如血，官军知道他是革军首领，围了三重。更新弹尽药穷，奋身疾战，神疲力尽，始被擒住。官吏见是美少年，向他道："你年纪很小，为甚倡乱？自找杀身之祸。"更新叱道："我起义以惊醒同胞迷梦，什么叫猖乱？杀身成仁，古圣明训，似你们这种鼠辈，何知大义？既被拿住，快快杀我！"解到狱中，见陈与燊、方声洞等都已在狱。

原来陈与燊跟随更新、声洞杀出，飞弹中了左目，血下如雨，襟裳尽赤，犹忍痛勿顾。死战不已，力尽见囚。方声洞见水师兵围住陈更新厮杀，知道聚在一处，定然全遭覆没，遂攘臂大呼，冲围而出。恰好遇着黄兴，黄兴道："子明，咱们快去助攻督练公所罢！"只见水师兵蜂拥赶来，人数很不少。声洞且战且走。行至双门底，又与黄兴相失，身被数创，战斗益力，敌人来的愈多，四面环攻。声洞怒眦欲裂，亏得身子矫捷，挥弹突击，杀掉哨弁兵勇等三十余人。背负刃伤，胸中弹丸，血流遍体而气不稍衰。弹尽丸穷，卒以力战殉国。

这一役，人人奋勇，无不以一当百，而要算方声洞、林尹民、陈更新三人，尤为绝伦超群。尹民力可撼山，气慨盖世，可惜脑部中弹，犹未能尽力杀敌。独声洞、更新所杀最多，官弁兵士，伤在两人手内的，足有百人内外。此外在莲塘街口堵截官兵的一股，由姚国梁为首，也因众寡不敌，被官兵击毙的击毙，拿获的拿获。其余攻扑督练公所、水师行台并劫飞来庙军械库的三股,也全遭失败。

官军奏凯而回,先后拿获宋玉琳、韦云卿、饶黼庭、姚国姚国梁、李海书、陈可钧、陈汝环、梁纬、罗坤、庞雄、陈与燊、林觉民等,即在水提衙门委员问供。众英豪侃侃而谈,没一个稍露弱态。等到提问着林觉民,觉民见委员多半是粤人,恐他们不能全解国语,乃操英语问各位懂否?接着张鸣岐、李准出与问答,尹民慷慨发言,畅论世界大势,各国时事。李准乃命开去缭扣,与之坐位,给以笔墨。尹民信笔一挥,立尽两纸,洋洋数千言,书至激烈处,解衣磅礴,以手捶胸,一若不忍复写似的。写毕一纸,李准即持奉张鸣岐阅视。再写第二张,将次写毕,忽然欲唾,恐污地重又忍住。李准亲持痰盂近前,才唾。给以烟茶,均起立鞠躬为礼。写毕,又在堂上演说,说到时局悲观,捶胸顿足,力劝各官献身为国,革除暴政,建立共和,能使将来国家安强,人民奠枕,那么我们虽死犹生了!官吏听了,也有感叹的。问到陈可钧,有讥他白面书生,何苦为逆,自残其生的!可钧怒喝道:“你说此举为壮士辱么?事纵不成,也可警醒同胞!你们官场利欲熏心,血液已冷,何足语此?”问供已毕,众英豪从容就义。事后善堂董事收敛英骸,共计七十二具,葬在大东门外黄花岗地方。此系后话。

却说乱事初起时光,张制台传出令箭,斩一革党首级,赏银币百元。于是无辫商民无辜受戮的,不知凡几!诛戮没辫子最出力的,就要算着李准部下的防勇。住家商铺因乱遭抢的,更是不能计算。防勇分赃,每人有到数百余元。偏偏革党举动文明,绝无扰累,因此革党这一回失败,倒买得全国人民的怜悯,增高人心的信用。

闰六月十九日,水提李准在双门底地方遇刺受伤,粤人无不暗暗称快,就是老大的证据。更有一桩不幸中之幸事,就是黄兴仓促举事,香港同志,未及知照,不曾一网打尽。赵声、胡汉民、宋教仁于三十日晨抵省,知道事已失败,即由原船回港。赵声愤恨成疾,不思寝食,后忽患腹痛,日本医生诊他是肺炎,喝了药水也不见效,转延英医,说他是肠痈症,须施刀圭,可望速愈。赵声因急于远行,不允刀割。延至四月中旬,炎病益剧,几至发狂,众人遂把他送入雅利氏医院割治,体弱痈成,可怜开割也难救治。延至二十日,一瞑不视,长眠去了。此时黄兴也从万死一生中逃出,已在医院养伤。同志精锐,挫折殆尽,叫寻常人当了此境,早已灰心失望。同盟会党人,都是天生英豪,经一回失败,即多一回阅历,增一回知识,勤也不怠,积极进行。勇往直前之气,比了从前,还要高起数倍。

当下由宋教仁建议,革命须当切实准备,共有上中下三策。上策是中央革命,该联络北方军队,以东三省为后援,一举而占北京,然后号令全国。如葡、土已事。此为最善的善法;中策该在长江流域举事,那各省也须同时大举,一边破坏,一边建设,设立政府之后,随即举兵北伐。此为次策;下策不过在边隅地方动手,设立秘密机关于外国领地,进据边隅,以为根据,然后徐图进取,那根据地或是东三省,或是云南,或是两广。此为下策。众人筹议一回,都说上策运动稍难,下策已经行之而败,且足引起外人干涉,酿成分裂之祸,决计采用中策,实行中策之准备。于是解散香港机关,即在上海地方,立一个总机关,即为同盟会中部总机关,于本年闰六月成立,内设立五个总务干事,就是宋教仁、谭人凤、杨甫生、陈英士、潘祖彝五人担任。在长江流域,遍立分会,准备大举。谭人凤因事赴都，就叫他乘便组织北京分会。叫居正到湖北，联合共进会与文学社，立为湖北分会。派曾杰、焦大峰设立湖南分会，派范鸿仙、郑赞丞设立安徽分会。这几个分会，皆直属于上海总机关，主持长江流域连络军队事情。东京本部吴永删、张懋隆将回四川，路过上海，宋教仁就叫他在川中设立分会，运动军队，与长江下游相联络。陕西地方，派井勿幕联络军队，设立分会。

机关略备，宋教仁随即筹备战略。以湖北地处中国中部，宜首倡义，但是武昌为四战之地，粮饷不济，定出一俟湖北举事，即令湘蜀同时回应，以解上游之困，而为鄂中后援。又以京汉铁路交通南北，敌军易于输运，定出武昌既举之后，即派兵驻守武胜关，使敌兵不得南下。一面令秦晋同时举事，出兵断京汉铁路，以分敌势。又惧湖北一动，下流阻塞，将使运输不利，定出长江下游，同时于南京举事，并封锁长江海口，使敌军海军舰队势成孤立，以乘机劫取。计划既定，立即密函通告各机关，叫他们依计行事。谁知同盟会准备革命，事事积极进行；清政府准备亡国，也事事积极进行。这就叫相反而成，不谋而合。

原来朝廷自颁预备立宪而后，一切举措，极喜与国民好恶背驰。如本年三月，组织皇族内阁，各直省咨议局议员等抱忠君爱国之隐，为披肝沥胆之词，特恳都察院代奏，请明降谕旨，于皇族外另简大臣，组织责任内阁，以符君主立宪公例。谁知降下这么一道圣旨："黜陟百司，系君上大权，乃该议员等一再陈请，议论渐近嚣张，日久恐滋流弊，朝廷用人，审时度势，一秉大公，尔臣民等均当懔遵钦定宪法大纲，不得率行干请以符君主立宪本旨。"各议员见了此旨，连声叫苦，没法奈何。

未几，政府宣示铁路政策，干路均归国有，支路准商民量力酌行。从前批准铁路各案，一律取消，如有抵抗，即照违制论罪。皇族内阁这一个铁路国有政策，本着后四国借款合同。这个合同订自本年四月里，借英、美、德、法四国及日本银行款子。借的时候，说是改定币制，振兴实业的，据合同所载，失权滋多，后患方始。奈政府偏喜挟借款以自重，委大权于外人！

这一个政策才一发表，川粤湘鄂四省士民，已如晴空忽遭霹雳，惊得手足无措，失色奔走，大声呼号，希望朝廷矜悯愚忱，稍施补救于万一。偏遇皇族内阁的几位王大臣，没暇来理睬，悍然行他箝制舆论压服民气的利害手段，定出收回办法：鄂湘路照本给还；粤路仅准发还六成，其余四成，只给无利股票；川路实用之款，给以国家保利股票，余款或准附股，或另兴办实业，也由上谕规定。至川省路股为乔树楠、施典章等所经手亏倒的，政府又既不承认。同时北京资政院奏请开临时会议，议决借款、预算两事。又不批准。

当川粤湘鄂争路风潮激烈之时，朝廷以端方极负时望，降旨派充督办粤汉川汉铁路大臣。并命将川汉租股一律停止，为釜底抽薪之计。湖南巡抚杨文鼎代咨议局奏称湘路力能自办，不甘借债。署四川总督王人文代咨议局奏称铁路改为国有，请饬暂缓接收。均奉严旨申饬。四省士民究竟安分的多，知道力争商办，必蒙反抗朝旨的恶名，迟回审顾，不敢遽示决裂。所以本年六月而后，各省争路风潮，倒又暂现静息之象。

不意政府积极进行，又有使川路总理李稷勋效忠于政府的新计划，于是川事又紧急起来了。这李稷勋,是川汉铁路的驻宜总理,自从铁路国有政策颁布之后,李稷勋就具呈邮传部,称说该路既收归国有,应俟将从前支出各款,妥定归结办法。期始由官局订接收,恐非仓卒所能完竣。嗣后关于工程材料及工程司去留各项事宜,应如何办理,统候裁夺。

政府见他这么知情识趣,很是嘉许。李稷勋旋又京谒,见进邮传部大臣盛宣怀,面商宜归工程照常办理,每月工项,仍由川款开支。邮传部因以宜归路工,责成李稷勋悉心主持,即由邮部咨行川督,转饬川路总公司,遵照办理。这一角公文行到川中,川中人士顿时又激起一个绝大风潮来。川人以李稷勋并无总公司之知会,股东会之议决,四川总督之命令,擅自达部;邮传部也不问股东愿否,辄定宜归工程仍由川款开支,因具呈四川总督,恳请代奏严劾邮传部。一面刊发传单,通告全川,商人罢市,学生罢课。一切厘税杂捐,概行不纳,扣抵股息。时系宣统三年七月初一日也。

罢市罢课风潮,愈酿愈烈,自成都倡首,渐及各属。先是川绅组织保路同志会,护督王人文推为主持,并通饬各州县一律保护,保路同志会遂赖以成立。此番罢市罢课之举,也由保路同志会决议实行的。彼时全川景象,宛似新年元旦。不过元旦发现的是股活泼气,此刻发现的是股愁惨气。否泰不同,苦乐自异!加之商民于罢市罢课之外,更家家供着德宗景皇帝神牌,齐声举哀,一片惨气象。不异巫峡猿啼,华亭鹤唳!将军玉昆、总督赵尔丰等,瞧见这个样子,简直瞧不入眼,于是联衔电京,请将川路暂归商办,将借款修路一事,俟资政院开议时,提交议决。奉到电旨,有"妥慎办理开诚劝导"之语,以为大事化小,小事化无,才在指顾间了。不意事到临头,朝旨忽又中变。原来督办铁路大臣端方,钦承简命之后,即于六月初九日抵武昌,建行台于平湖门外,勘路召匠,定期九月初一日兴工。这会子忽闻朝旨,电令赵尔丰"妥慎办理,开诚劝导",很有转圜之意,于自己饭碗,不无有碍。遂拟稿电奏,特劾王人文、赵尔丰庸懦无能。朝旨命端方督兵入川,又钦派粤鄂蜀湘四督抚为铁路会办大臣。赵尔丰默窥朝廷意旨,知道无意转圜,究竟职官难得,民命可轻,于是渐易他为民请命的初意,变成取媚政府的巧谋。

可怜四川人民,哪里知道?自七月初一到今,无日不在奔走呼吁之中,罢市罢课,停税停捐,同时更有人散布自保商榷书。七月十五这一日,铁路公司特开股东会。赵尔丰忽然开列名单,派一员差官来传股东会会长,及保路同志会各部长,共十九人,到制台衙门议事,口称北京有好消息,立待磋商。众人不知是计,当下就有五个人应允前往,是咨议局局长蒲殿俊、罗纶,股东会会长颜楷、张澜,同志会会长邓孝可。谁料这五个人才跨出股东会门口,无数兵士警察,擎枪拥护,如获大盗。众人见了,无不骇愤,于是相率随行,跟入制台衙门去瞧一个究竟。欲知蒲殿俊等此去是凶是吉,且俟下回书中,再行演讲。

第一三八回　争路权川人哭帝　变国体武昌起义

却说蒲殿俊、罗纶、颜楷、张澜、邓孝可五人，被兵拥护到总督衙门，抬头瞧时，不觉猛吃一惊，只见卫队兵弁，雁翅般排开，从丹墀起直到二门，站得刀斩斧截，都穿着新式制服，掮着新式快枪。堂上满站着文武差官，文差官是翎顶补服；武差官是制服辉煌，勋章耀眼。但见四川总督赵尔丰，堂皇高坐，尊严得天神一般，威风凛凛，杀气腾腾。五人行到丹墀住步，那差官抢步上堂，高声喝报："谋逆犯人蒲殿俊、罗纶、颜楷、张澜、邓孝可传到。"

赵尔丰叫带上来，五人上堂。赵尔丰大声呵斥道："你们既做了本省绅商，极该奉公守法，乃胆敢聚众谋逆，倡言自保，明恃朝廷预备立宪，政令宽大，没人来查办，本部堂还要不管时，将来势成燎原，可就补救不及了。本部堂既做此官，可就不能专讨你们的好。你们不知王法久了，今儿就给你们点子王法尝尝，也可敬戒敬戒别的顽民！"说到这里，就沉下脸，喝令绑去斩首。

蒲殿俊辩道："制军说我等谋逆，有何凭据？"赵尔丰掷下一纸道："你们自去瞧来。倡言自保，那不是谋逆老大证据么？你们十九人都列有姓名，难道是本部堂诬了你们不成？"五人瞧时，都叫得苦，原来抛下的正是自保商榷书，当刊发散布时，再想不到赵尔丰要拿来罗织的，当下顿口无言。

此时堂上堂下环观的，足有三五百人，听得蒲殿俊等五人，要立刻斩首，一齐跪下，叩头求恩，异口同声，声震屋瓦。将军玉昆闻知此事，怕赵尔丰激变，飞轿到辕，力为劝说，蒲、罗等始获贷死，由将军带去拘管。

这时光，成都士民数千人，络绎奔赴督署，焚香环跪，头上部顶着德宗景皇帝神牌，痛哭哀求，惨声动天地，口口声声请释放蒲、罗等五人。赵尔丰大怒，命卫军统领田征葵下令开枪。可怜赤手空拳的小百姓，怎当得无情军火？枪声起处，死者如墙仆地，只得纷纷退出。彼时大雨如注，川民都在泥泞中，冒雨号哭，偏这铁石心肠的赵制台一不做，二不休，缇骑四出，捕到的罪犯，骈肩接踵，真是不计其数。一面电奏朝廷，称说逆党勾结为乱，有人散布自保商榷书，意图独立。

七月二十日，有旨四川逆党勾结为乱，饬赵尔丰分别剿抚，并饬端方赶速带队入川。不多几时，鄂督瑞澄又电奏成都城外有乱党数万人，四面攻扑，势甚危急。各府州县亦复有乱党煽惑鼓动。朝廷大惊，乃于二十三日，降旨起用岑春煊，着他会同赵尔丰办理剿抚事宜。一面抽调邻省兵队，纷纷赴援，如临大敌。此时督办铁路大臣端方，已率领第三十一、第三十二两标兵士，自武昌出发，驻师宜昌，等候消息。岑春煊到了武昌，与瑞澄识论不合，称病乞归。恰好赵尔丰奏报剿办得手，于是朝旨许春煊回上海。这一个七月，总算平安过去。

一到八月初九日，两湖总督瑞澄，忽接到外务部密电，及江汉关转呈的英美两国照会，都说革党黄兴联络党人，潜伏长江，私运军火，约期十五、十六日，在武昌省城竖旗起事，并有串通三十标步兵同时策应之举。湖北政界，顿时又惶恐起来。

原来湖北政界，自本年四月初旬，就接到政府密令，内称浙闽皖江鄂等省，均有党人潜伏，并由牛庄私运军火，直入长江，饬即加意防范。总督瑞澄立刻会集军警各界，筹商防备事宜。事有凑巧，恰好这时候省垣龙神宫，发作一桩查获枪械的案子。文武官吏，更唬得手足无措，寝食不安。

其实龙神宫枪械，乃系年久废弃之物，革党有了，也不很适用。怎奈官场震于革党之名，惩于广州之役，相惊伯有，一发现旧军械，早已浑身战栗，哪里还有心思去研究？当下议出戒严办法，陆军第八镇统制张彪，分布军队，按段梭巡。巡警道黄祖徽，也饬武汉各区区长区官巡官，昼夜更番，与军队联络一气，认真查缉，凡遇空屋庙宇旅馆，尤该特别注意。

四月初八日，张彪通传陆军人员，自管带以上，齐集镇司令处会议，严防军人通匪，办法异常秘密，并颁布戒严令八条：一、各标营自管带以下各官员，非有特别事故不准随便外出。二、各队目兵武器服装，须准备整齐，且不得擅离棚所，听命调遣。三、各标军需官，各将枪支子弹，检查清楚，一俟命下，即行发给施行。四、各标营行军等项，即须捆载准备。五、各标统带以上各员，每日到镇部一次，听候本统制询商要机。六、营门往来信件须由司令官交由值日官协助同检查，除家信外一律拆看，方准送交受信人。七、营门来宾，除非父兄探问者，一概不准入营。八、无论何时，一有令下，即刻举动施行。同时，二十一混成协统黎元洪，十五协统王得胜，十六协统邓成拔，这三位协统会商以各营操场中，每于夜深时，常有兵士三五成群，朋座偶语，瞧见有人经过，即停声结舌，此中情景，不无可疑。除派宪兵侦探外，特各饬所部，嗣后无论何时，均宜在棚内谈叙，掌号息灯之后，即不许彼此往来。倘有外来宾客，入棚密谈的，准各该队什伍长监听，以防莠言煽惑。且饬各营设告密箱一具，以便军人告密。

瑞澄又以宜昌为通商大埠，华洋杂处，川陕昆连，电饬荆宜道荆州府转饬驻宜水陆巡防，严密防范。又以汉口为各国租界，革党易于藏匿，特多派侦探前往伺察，防范周密，自四月到今，从未曾有一刻的暇息。不意你防备得愈严，革命的风潮倒愈紧。

这日，接到外务部密电，及江汉关转呈英美两国的照会。瑞澄大惊失色，立刻传集文武大小官吏，商议加严防范之法。议毕出辕，统制张彪立刻电饬马队八标标统喻化龙，派他星夜带队到制台衙门内大堂驻防。

到了中秋这一日，防备得更是严密。瑞澄于午后三时，由电话传集铁参议、张统制、黎统领、巡警道等，在署内会议厅，筹议会防事宜后，复开秘密谈判，一点钟始散。到晚六点钟，即饬关东、西南两辕门，马队八标、一标右队兵士，移在辕门内驻扎。并派特别警察队兵二十名驻扎于督院西墙外防守。巡警道王月庄饬省垣城外上下区既汉镇的警务公所，各派巡警，分赴武汉各码头，严谕轮划一律到夜八点钟停渡。并饬省垣各区转饬各城门警于晚七点钟时候，即行关闭城门。关城之后，虽有手持凭照称赴某处公干的，亦须问明暗号才开。

统制张彪特饬四十一标一营兵士于晚七点钟分巡宾阳门外一带；混成协统黎元洪

也亲率本协步兵分巡武胜门城外，及塘角沿江一带；督练公所军事参议官铁忠，以武胜门外沿江一带，虽经派有炮船巡防。然恐力太薄弱，特饬湖隼雷艇，开往大堤口驻防，并饬湖隼雷艇，开往大堤口对岸汉阳兵工厂前下碇驻防。督署一二三四正及五福堂既会议厅，办公房，概用特别警察队营兵，各荷枪弹巡防，至二门、头门，均有陆军步队一营，彻夜驻扎。

署内办公人等，无论员司夫役，均由某庶务员颁给火印腰牌，无此不得任意出入。臬司马吉樟，恐有劫牢反狱事情，除饬各级审厅看守，责所成所官率同法警防范外，至模范监狱，乃全省罪犯守法之所，非别监可比，立命右路巡防队拨弁兵一队，在该狱前后守卫。武昌府候审所也有陆军分发少数目兵驻扎。对江的汉阳兵工厂，乃系全省枪弹总汇之所，地位异常重要，一面由瑞督特派湖隼雷艇停泊在该厂横堤外江，不住的梭巡密查；一面凡该厂总办王寿昌移请混成协就近拨马队营兵前往驻扎。

一到晚上八时，即将各药弹枪炮的存储室，一律封锁。至次晨八时，开工才开，钥匙归总办亲自佩带。员司不得在厂接见亲友，如有紧要事件，由总办跟丁代达。汉阳铁厂，本与兵工厂相通，自从谣言发布之后，铁路提调章道台下令把与工厂相通的西总门关闭，无论何人，不准出入，并加派警兵荷枪梭巡。总交代一句，武汉两地，差不多已布设下天罗地网。只可怜商店居民，遇此佳节，帐也不敢归，月也不敢赏，就耽惊受怕。直待到了十七日，瞧见没事，才放了几分心。

不意十八日晚上九点钟，荆襄巡防队统领陈得龙，电禀督院，称在汉口英国租界，拿获革党二名，立时派队护解到督院。询其行踪，自认革党不讳。一名刘汝夔，一名邱和尚，都是留日学生。是晚十一点钟，统制张彪在司令处查防，突有炮队退任正目姓邓的，驰报有革党密居小朝街八十二号、八十五号、九十二号。张彪立刻回明总督瑞澄，带同巡防兵督院卫兵数十名，到九十二号内，拿获党人八名；八十二号、八十五号内拿获二十七名，内有女党员龙韵兰一名，及弹药多箱，军械数十件。一并解交督院，听候发落。

这一大伙党人中，有一个姓彭名楚藩的，是陆军宪兵队的什长，被护兵当场认出，立交参议官铁忠审明，绑赴东辕门外斩决。翌晨文武大员在督院会审，又斩决三名。当搜捕小朝街之时，一面遣兵至雄楚楼北桥，高等小学堂间壁洋房内，只见灯烛辉煌，正在印刷告示，缮写册籍。军警冒了他们的口号，将门赚开，蓦然入内，拿获五人，有数人上屋走脱。

黄土陂千家街地方，某小杂货店内，忽有炸弹爆烈，轰然一声，震动数里。军队闻声赶至，见有一人，面目焦黑双睛拼出，倒地呻吟，系自行试弹轰坏的。询明为杨宏胜，又搜出炸弹十余个，双筒手枪数杆，马刀十余柄。汉口俄租界宝善里内，有寓居鄂人四个，内中带有三个没辫子的。十八日，先有二人外出，忽闻炸烈声，火光冲屋而出，当有俄巡捕至寓查问，在内二人也乘间逸去。旋经捕头查勘，知为革党。立即电知洋务公所吴令恺元到寓搜查，当起获炸弹手枪旗帜印信札文底册钞票汇票函件甚多。正查点当儿，有二人自外归来，立被俄巡捕拘送捕房。问明姓名，一个叫秦礼明，一个叫龚霞初。吴恺元面禀关道齐耀珊，电禀督院。瑞督立刻照会俄领事，并饬吴恺元会同夏口厅王国铎，将人赃一并解送巡警道。又在附近拿获二十名，一同押赴督辕。

这夜，制台衙门内发现炸药一箱，立时严查，见教练队兵士二人形迹可疑，讯明希图炸署不讳，即在署前将二人正法。八月十八这一夜，发端已不止一处，被捕已不止一人，那么革命党的经营，不是一朝一夕，不问可知了。

看官，武昌地方原有新军一万六千人，合组为步队、马队、炮队三种，悉归张彪统辖。兵士与统帅，感情极坏，差不多没一个不怨望长官的。自从端方入川，抽调了两标去，兵力顿弱。戒严而后，对待兵士之法，更益严厉。加之瑞澄、张彪，骄惰成性，以为逆谋已破，可无大患，欣欣有得色。并疑新军都是革命党，欲严行查缉，如有形迹可疑之兵士，即以军法从事。瑞澄尝笑问张彪道："尔军队中有多少革命党？"张彪道："大约有十中之三。"瑞澄道："那么只消着十中之七去拿十中之三来，事便可了。"这一句玩话，在瑞澄以为不要紧，不意传入了新军耳中，顿时骚乱起来。新军都说："咱们既被了嫌疑，朝晚是个死。变亦死，不变亦死"。一传十，十传百，秘密传布，军心浮动，变在顷刻。可叹醉生梦死的瑞澄，还大逞淫威，恣行杀戮。

十九日晨，在督辕斩决革党数人，一面下令严密搜捕。电奏到京，朝旨嘉奖。一到下午九点钟，工程第八营左队营中，突有炸弹声、喧躁声同时猝起，以"同心协力"四字为暗号，各兵士掣下肩章，左右两臂都系上白布。有三个军官出来阻挡，是督队宫阮发荣，右队队官黄坤荣，排长张文涛，被众兵士立时枪击毙命，后队队官罗子青降顺。此外步队二十九、三十两标，杀毙管带二人，排长二人，队官一人。驻守在楚望台的旗兵，也被杀了三十余人。各兵中互相击毙的，不计其数。

九时半，趋火药库，劫取子弹。此时十五协兵士，已均带足子弹，齐集在大操场等候，即与工兵联合动手。该协统领王得胜飞电张彪，张彪慌得没做道理处，连喊："糟了！糟了！"私由后营逃回公馆。该协各官也均逃散，这叫做"闭门推出窗前月，吩咐梅花自主张"。

却说工兵等趋到火药库，杀毙守库兵士，大开库门，把库中子弹火药，悉数运到蛇山下关马厂咨议局旁。随则大呼趋督署。督署本有马队防护，互击约五十分钟，马队见工兵势盛，亦与联合，营官有逃去的，有降顺的。

自十时半，炮队八标，即在蛇山高处高观山上，架起大炮三尊，正对着督署。到四点钟时候，装开花钢弹，轰毁督署头门，及督练公所一间，藩署号房二间，并王府口乾记衣庄、不夜茶楼等邻近二十余家。隆隆之声，直至十一时始停。这时光，蛇山军队驻扎已满，旗帜一新，改为众星抱日形。咨议局前，也竖有新旗。测绘学校学生，陆军小学学生，皆荷枪从革命。

总督瑞澄，藩司连甲，统制张彪，这一班威风凛凛的文武大员，早已逃得影踪都没有，民军遂占领了武昌。且住，武昌兵警很不少，防备很严密，省城中岗位密如蛛网，就说新军全变，那警兵与宪兵不会早早报警的么？原来革党起事之先，射人射马，擒贼擒王，先把岗位毁掉，警兵杀掉，然后分头进行。以三十二、二十九两标四正队内，分二十九标一正队至四十一标会合，取子弹合攻督署。其余三正队，扑灭本标旗人后，直至督署会合。以八镇工程两正队占领楚望台、中和门，随时分占保安门与望山门。俟炮队进城后会合。随即绕城，直攻督署。以三十一与四十一两标之八支队会合。就四十一标子弹，至集合点，与本部会员，进取镇司令处，直攻督署。以混成炮工辎进武胜门，炮队占凤凰山，余扑藩署后，以半至武昌府汉阳门，绕占平湘、文昌，至督署会合。由藩署分支者，随占领官钱局及储钱局，以此作财政处粮台。以八标炮队三营，督队进中和门。二营向火药库取火弹，一营在半路接应，子弹到手，以一半运送进城，余一二营，分扎白河洲保安门外一带，以防军舰。以三十二标三支队，掩护炮标二营，进取子药库后，随时进城，会合本部。话虽如此，革军果然得手，武昌果然光复。

但是从十八日下午九时到十九日上午十二时，还没有得着首领。蛇无头不行。湖北军界，聚集会议，都有只说二十一混成协统领黎元洪字宋卿的，曾经留学外洋，从事中东战役，军事上的知识极富，经验极宏，并且为人谨厚，赋性和平，极堪主持至计。众谋佥同，于是齐伙儿趋向黎元洪寓所来，要求其担任中华民国鄂军大都督。欲知黎元洪是否应允，且听下回分解。

第一三九回　瓦解土崩人心去　宣誓告庙命难知

话说民军各将领，决议拥戴二十一混成协统领黎元洪为鄂军大都督，于是齐伙儿趋至黎营，询问卫队，回说黎统领没有在营。众人不信，合围搜索，搜到里头，果见有一人穿着便衣，避匿在室后，正是黄陂黎元洪黎宋卿先生。那搜着的喊道："得了，统领在这儿了。"众人都齐走入，顿时挤了一屋子。黎元洪道："诸君意欲何为？"众人都道："民军起义，光复故土，现在武昌已经得手，我们议定请统领出来做都督，同襄盛举，共制新邦。"黎元洪见众人手里都执着武器，万一不从，立即身首异处，遂慨然道："元洪也是汉族一分子，既承众位推举，我就出来尽一回儿义务！"众人听了。喜的狂呼："民军万岁"，"都督万岁"，"中国万岁"起来。一将恭进白巾，黎元洪接来扎在臂上，随传令卫队都扎上了白巾，把营中龙旗除掉，升起众星抱日的新军旗来。众将校拥护黎都督出营上马，巡视各处。革命军都列队举枪致敬。但听得一派军乐悠扬，接着便是健儿齐声高唱兴汉军歌，道：

地发杀机，中原大陆蛟龙起。好男儿，濯手整乾坤，拔剑斫断胡天云，复我皇汉，完我自由，家国两尊荣，乐利蒸蒸。世界大和平，中外禔福，乐无垠。好男儿，撑起双肩，肩此任。

黎都督见这一副新气象，心里一乐，精神也就振将起来。彼时革命军已在蛇山上，增设大炮十五架，藩库、官钱局、储蓄银行、度支公所、财政处等处所，也都派兵看守。黎都督特派马兵飞马传令革命各军不准在城内放炮，免伤平民。黎都督到了咨议局，即命人把议员汤化龙、夏寿康、张国溶等，及臬台马吉樟、江夏县李会麟，请来会议要务。一时都到。黎都督要求咨议局协助革命军，并为筹饷兼办文牍。咨议局议员都是稳健派，未曾冒险答应，只答应了暂借该局房屋为革命军总司令部。当下咨议局提出三件事情，要求黎都督：一，不得酿成国际交涉；二，不得骚扰商民；三，须划定战斗线，免使生灵涂炭。黎都督都答应了。随挽文华书院的美国教习，转商于美领事。美领事商之英领事，领事团都很赞成。遂由美国领事为证，允不以江面及武昌附近为战场。

彼时瑞澄逃在楚豫炮舰上，开炮向武昌城攻击，美兵舰就出来干涉。

看官，武昌的形势，原与汉阳、汉口鼎峙而成。光复武昌，势成孤立，何况汉阳兵工厂，藏储枪炮子弹很富，可资应用，所以民军光复武昌之后，立遣精兵渡江，径至兵工厂，声称系张彪派来保护兵工厂的。厂中信以为真，竭诚招待，民军分守要地，仍令照常工作。直到瑞澄派人到厂领取枪弹，民军抗不遵发，厂中人员始悟为革命党，纷纷窜走，总办王寿昌逃往上海去了。民军仍旧开厂，广招工人，昼夜赶制，并优给工资。铁厂与兵工厂毗连，也被民军占领了。恰值总办李一琴自京回厂，民军就迫令照常办事。

汉阳知府遁匿无踪，不劳一炮，不血一刃，占领了汉阳。不意汉口土匪，得着武汉民军起义消息，就在汉口华界纵火劫掠，干那趁乱发财勾当。汉口绅商急忙到武昌求救，黎都督立遣数百人过江，商同保安会，一面救火，一面拿人，汉口重又平安。

此时民军已在武昌组织军政府，军政府的主治官是都督。都督府中分为四部：是司令部，军务部，参谋部，政事部，每部各有部长。部长之下，又分为各课各局，置有课长局长，条理井然。汉口既定，夏口厅王国铎不知去向，军政府乃推《大江报》主笔詹大悲为军政分府，驻守汉口。

汉口沿江为各国租界，租界上各领事见民军举动文明，力任保护外人生命财产，凡武昌外人率领了妇孺住汉口等地者，军政府派人护持，绝无危险发生，于是外人顿加钦佩。领事团乃宣告汉口租界严守中立，行文官、革两军主将，无论何方面，如将炮火损害租界，当赔偿银一亿七千万两。一面英法日本各国，均将驻在中国各港的军舰，陆续调赴汉口，约有二十余艘，公推日舰司令官川岛为联合军总司令官，组织各国军舰陆战队，专任保护外人生命财产。同时武昌军政府出示安民，并派人沿街晓谕居民，不迁徙，饬城门照常启闭，商铺照常贸易，禁止高抬物价，发行军用钞票。将武昌、汉阳、汉口三处的交通机关，如电报、邮政、轮船、铁路等，官办的收没，商办的租借。内政、外交、军政、财政、交通、司法，仓促间灿然大备，俨然一个敌国。

警报到京，举朝失色，立刻降旨，令军谘府陆军部迅派陆军两镇，陆续开拔赴鄂。陆军大臣荫昌，着督兵迅速前往。所有湖北各军及赴援军队，均归节制调遣。此时荫昌的参谋易乃谦等，自八月二十一日起，由京汉铁路运往汉口之兵，不下二万余人。河南、湖南援军各两营，江西、江苏援军各一营，合之张彪残兵及防营等，为数总有三万五千人。那陆续征调赴援的，还不在其内。

陆军之外，更有海军。八月二十一日，降旨令海军部，加派兵轮，饬萨镇冰督率前进。并饬程允和率长江水师，即日赴援。于是海军部电饬萨镇冰乘楚有炮舰，并率建威、建安、楚豫、楚泰各炮舰，湖隼、湖鹰、湖鹗、及辰宿诸雷艇，开驶战地。陆军用到陆军大臣，海军用到海军提督，为了一隅之变，即倾全国之师，政府诸公，也不敢以寻常变乱瞧民军了。又下旨革瑞澄、张彪职，仍令瑞澄署理总督，带罪图功。并停止秋操，又命各省缓裁绿营巡防队。皇恩虽然浩荡，无奈瑞制台已经唬破了胆，早附了隆和轮船，逃向上海去了。

闲言少叙。却说北军南下，皆由京汉火车运送。车辆不敷，就把京奉、京张之车移来补凑。自从八月二十一日起，分队进发，统带官马继增率第二十二标为前队。二十四日，抵汉口江岸，萨镇冰带领舰队到汉，除楚有兵舰作为旗舰外，要算建安、建威两舰为中坚。从此各军陆续南来，吴占元率第三协全军驰抵滠口，陆军大臣荫昌，驻军在信阳州，以为后援。于是两方面的战端愈逼愈近，就不能够免了。

这一日是八月二十六日，下午十二点钟，民军奉令出发，约有步兵一标之数，布列在车站附近。张彪军约有两营，占据在刘家庙。民军先放一排枪，官军死伤了数十人，随即退。民军并不追击。彼此收队回营。次日，上午九点钟，两军在刘家庙地方，重又开战。官军一方面，张彪所统残军，与河南军会合，约有一镇之众。民军也出炮队步队一镇，与之对垒。第七标、第九标都在里头，军事参谋官胡汉民亲自督战。

这胡汉民也是同盟会中有数人物，军事学识很是精深。官军列阵向前，民军蛇行以进，愈接愈近。河南兵来势甚锐，民军稍退。河南兵方欲再进，民军阵中发声轰然，突开一炮，接着连珠炮续续开放，千雷万霆，震得天地都翕翕欲动，轰坏火车头一辆，河南兵大受夷伤，哗然溃走。直到下午二点钟，民军始收队。这一仗，剧战四小时之久，官军死伤三千余人。民军也死伤三四百人。

当官军初次退走，避入火车，开机飞奔，适有铁厂工人站在旁边，见官军行得已远，倡议拆掉铁路，阻挡官军来路，一齐动手，立时毁掉铁路十余丈。忽见官军飞驰而回，不知路已拆毁，大军顿时翻倒。民军乘势力击，又有奇兵一支来助，官军方始大败。

午后四点钟，两军续战，官军驻在平地，民军屯在山上，彼此轰击。刘家庙江心中兵舰楚同、楚有、楚泰、楚谦、建安、建威等，同时开炮助战，民军还击。炮火相攻，炮声如雷，子弹如雹，约有二小时，两军始停。官军伤亡极多，民军有一炮击中江元炮舰，舰受重伤，遂失战斗力，官军退走三十余里。次日再战，各舰就遁避九江去了。

二十八日黎明，两军复为第三次之开战。民军出步队一营，炮队一营，马队一营，并精兵五千，敢死队一千，相战只一点钟，官军早又退散。民军夺获营垒一座，得所遗火药六车，快枪千余支，子弹数十箱，白米二千余包，银洋十四箱，新式皮靴军装号衣皮带及一切军用器物，不可胜数。二十九日下午三点半钟，两军出队又战，民军猛力进逼，官军猛力后退，从头道桥二道桥直逼至三道桥，官兵四散无踪。民军获着机关炮一尊及军械无算。遂乘火车进至刘家庙驻扎，时已钟鸣六下矣。

三十日，民军复与官军在三道桥一带交战，节节进攻，越过三道桥，直入滠口。滠口地方官军大集，约有一万五千多人，民军共只二千多人，相战颇剧。战到结果，官军投降民军的约有三千多人。这是第五次的战情。

官、民两军虽只开得五回仗，胜败的影响，却受的极大。黄州府、武昌县、沔阳州、宜昌府、沙市、新堤，无不纷纷响应。这还是在本省的。八月三十日，湖南长沙民军起义，推焦昱为都督，陈作新为副都督。一交九月，形势更是不好了，江西、陕西、贵州、四川等省各冲要府县，无不竖旗独立。大清帝国，成了个瓦解土崩之势。中华民国军政府蓬蓬勃勃，势力逐日膨胀，几乎一日千里。鄂军政府撰述檄文，声罪致讨，传布四海。其文是：

中华开国四千六百零九年八月日，中华民国军政府檄曰：

夫《春秋》大九世之仇，《小雅》重宗邦之义，况以神明华胄匍匐犬羊之下？盗憎主人，横逆交逼，此诚不可一朝居也。维我皇汉遗裔，奕叶久昌，祖德宗功，光被四表。降及有明，遭家不造，蕞尔东胡，曾不介意，遂因缘祸乱，盗我神器，奴我种人者，二百六十有七年！凶德相仍，累世暴殄。庙堂皆豕鹿之奔，四有野豺狼之叹。群兽嘻嘻，羌无远虑，慢藏诲盗，遂开门揖让，裂弃土疆，以苟延旦夕之命。久假不归，重以破弃，是非特逆胡之死罪，亦汉族之奇羞也！幕府奉兹大义，顾瞻山河，秣马厉兵，日思放逐，徒以大势未集，忍辱至今。亦复屡遣偏师，兼选义士，飙驰搏击，呼我汉风，此诚我侠士雄夫所为郁郁久居者也。天夺其魄，牝鸡司晨，块然胡雏，冒昧居摄，遂使群小俱进，黩乱朝野，斗聚金璧，以官为市。强敌见而生心，小民望而蹙额。犬羊之性，好食言而肥。则复有伪收铁道之举，丧权误国，劫夺在民。愤毒之气，郁为云雷由鄂湘粤而川，扶摇大风，卷地俱起。土崩之势已成，横流之决，可翘足而俟！此真逆胡授命之秋，汉族复兴之会也！幕府总摄几宜，恭行天罚。惧义师所指，或未达悉；致疑畏之徒，过事惶惑，僻远诸彦，莫知奋起。辄先以独立之义，布告我国人曰：在昔虏运方盛，则实以野人生活，弯弓而斗，睒目添舌，习为豺狼，是以索伦凶声，播越远近。入关之初，即择其强梁，遍据要津。而令吾民输粟转金，豢其丑类，以制我诸夏。传世九叶，则放诞淫侈。逾二百载，夤缘苟偷，以袭取高位。枯骨盈廷，人为行尸，故太平之战，功在汉贼。甲午之役，九庙俱震。近益岌岌，祖宗之地，北削于俄，南夺于日，庙堂阒寂，卿相嘻嘻。近贵以善贾能为，大臣以卖国相长。本根已斩，枝叶瞀乱，虎皮蒙马，聊有外形。举而蹴之，若拉枯朽，是虏之必败者一。昔三桂启关，汉家始覆，福酋定鼎，益因缘汉贼，为之佐命。稍浴汉风，遂事羁縻。维时中邦，大势已去，义士窜伏，迂儒小生，勿能自固。遂被逼协，反颜事仇，渐化腥膻，遂忘大义合薰于蕕。以逆为正，孑孑贪夫，时效小忠。虏遂宴然高踞，骄吸民脂，浸淫二百年。汉族义师，屡蹶不起。爰及洪王，几复汉土，亦以曾胡左李，以本族之彦，倒行逆施，遂使虏危而复安。久留不去，此实孝孙之已醉，非胡逆之可长也。方今大义日明，人心思汉，觥觥硕士，烈烈雄夫，莫不敬天爱祖，高其节义。虽有搢绅，已污伪命。以彼官邪，皆舆金辇，因货就利，鄙薄骄虚，毋任艰巨，虏实不竞。汉臣复匮，盲人瞎马，相与徘徊，是虏之必败者二。邦国迁移，动在英豪，成于众志，故杰士奋臂，风云异气。人心解体，变乱则起，十稔以还，吾族巨子，断脰决腹者，已踵相接。徒以民习其常，毋能大起。虏遂劫持其间，因以苟容。迁延至今，乃以立宪改官，诈伪无信；借债收路，重陷吾民。星星之火，乘风燎原。川湘鄂粤之间，编户齐民奔走呼号，山欲响震。一夫备臂，万姓影从。颓波横流，败舟航之。是虏之必败者三。昔我皇祖黄帝，肇造中夏，奄有九有。唐虞继世，三王奋迹，则文化彬彬，独步宇内；煌煌史册，逾四千年。博大宽仁，民德久著。衡之西欧，则逊其条理已耳。先觉之民，神圣之胄，智慧优渥，宜高踞土疆，折冲宇宙。乃锐降其种，低首下心，以为人役，背先不孝，丧国无勇，失身不义，潜德幽光，望古遥集。瞻我生身，吊景惭魂。返性则明，知耻则勇，孝子不匮，永锡尔类。则汉族之当兴者一。大道之行，天下为公，国有至尊，是曰人权。平等自由，乐天归命，以生为体，以法为界，以和为德，以众为量。一人横行，谥曰独夫，凉彼武王，遂有典刑。满虏僭窃，更益骄恣，分道驻防，坐食齐民，厚禄高官，皆分子姓。协肩谄笑，武断朝堂，国土国权，断送唯意。束我言论，遏我大群，扰我闾阎，诬我善良，锄我秀士，夺我民业，囚我代表，杀我议员。天地晦盲，民声销沉。牧野洋洋，檀车煌煌，复我自由，还我家邦。则汉族之当兴者二。海水飞腾，雄强参会，弱国孱种，夷为犬豕。民有群德，朝有英彦，威能达旁，乃竞争而存耳。维我中华，厄于逆虏，根本参差，国力遂靡。

虏更无状，鱼馁肉败，腥闻四布。遂引群敌，乘间抵隙，边境要区，割削尽去，附背扼吭，及其祖庙。卧榻之侧，鼾声四起，耳目蔀覆，手足縶维。遂使我汉土，堂奥尽失，民气痿痹，将破碎颠连，转餍封豕。不去庆父，鲁难未已。廓而清之，骏雄良材，握手俱见。万几肃穆，群敌销声。则汉族之当兴者三。维我四方猛士，天下豪雄，既审斯义，宣各率子弟，乘时跃起，云集回应。无小无大，尽去其害，执讯获丑，以奏肤功。维我伯叔兄弟，诸姑姊妹，既审斯义，宜失其决心，合其大群，坚忍其德，绵绵其力，进战退守，与猛士俱。维尔失节士夫，被逼军人，尔有生身，尔亦汉族，既审斯义，宜有反悔，宜速迁善，宜常怀本根，思其远祖，宜倒尔戈矛，毋逆义师，毋作奸细。维尔胡人，尔在汉土，尔为囚徒，既审斯义，宜知天命，宜返尔部落，或变尔形性，愿化齐民，尔则无罪，尔乃获赦宥。幕府则与四方俊杰，为兹要约曰：自州县以下，其各击杀虏吏，易以选民，保境为治。又每州县，兴师一旅，会其同仇，以专征伐，击城虏吏，肃清省会，共和为政。幕府则大选将士，亲率六师，黎庭扫穴，以复我中夏，建立民国。幕府则又为军中之约曰：凡在汉胡，苟被逼胁，但已事降服，皆大赦勿有所问；其在俘囚，若变形革面，愿归农牧，亦大赦勿有所问；其有挟众称戈，稍抗颜行，杀无赦！为间谍，杀无赦！故违军法，杀无赦！以此布告天下，如律令！

民军声势这么利害，清政府几位国务大臣早都慌了手脚，你瞧我，我瞧你，一筹莫展。监国也愁眉双锁，连开了好多回御前会议，议出一个刚柔并用的救急妙法。在刚的一面，起用袁世凯为湖广总督，岑春煊为四川总督，均督办剿抚事宜；又以端方署四川总督，撤去王人文川滇边务大臣，以赵尔丰代之。在柔的一面，以违法行私，贻误大局，革邮传大臣盛宣怀职；命赵尔丰释放因路被捕士绅，并将王人文、赵尔丰交内阁议处，道员田徽葵等革职充发烟瘴地。一面又命资政院开院，朝廷下诏罪已。允资政院之请，取消内阁暂行章程，不以亲贵充国务大臣。并允将宪法交资政院协赞，谕开党禁，抚各省士民历年伏阙上书痛哭请求的款项。一朝浩荡皇恩，全都允许。

不意帝德愈宽，民顽愈烈，浙江、江苏、山西、广西、云南、安徽、广东、福建等省，相继独立，各举都督，组织军政府。偏偏政府大臣倚为左右手的军人，第二十镇统制张绍会，第三镇统制卢永祥，第六镇统制吴禄贞等，又联衔奏请改革政治。政府知道人心尽去，苟且敷衍，决不能够挽救危局，只得忍痛令资政院讨论宪法草案。资政院各议员趁这千载一时机会，仰首舒眉，精心讨论。不多几天，早拟出十九信条，奏请宣誓太庙，布告生民。其文是：

一、大清帝国之皇统，万世不易；
二、皇帝神圣不可侵犯；
三、皇帝之权，以宪法规定者为限；
四、皇帝继承之顺序，于宪法规定之；

五、宪法由资政院起草议决，皇帝颁布之；

六、宪法改正提案之权，属于国会；

七、上院议员，由国民于法定特别资格中公选之；

八、总理大臣由国会公选，皇帝任命之。其他国务大臣，由国务总理大臣推举，皇帝任命之。皇族不得为总理及其他国务大臣并各省行政官；

九、总理大臣受国会之弹劾时，非解散国会，即为总理大臣辞职。但一次内阁，不得为两次国会之解散；

十、皇帝直接统率海陆军。但对内使用时，须依国会议决之待别条件；

十一、不得以命令代法律。但除紧急命令外，以执行法律及法律所委任者为限；

十二、国际条约，非经国会之议决，不得缔结。但宣战讲和，不在国会开会期内，得由国会追认之；

十三、官制官规，以法律定之；

十四、本年度之预算，未经国会议决，不得适用前年度预算。又预算案内规定之岁出预算所无者，不得为非常财政之处分；

十五、皇室经费之制定及增减，依国会之议决；

十六、皇帝大典，不得与宪法相抵触；

十七、国务院裁判机关，由两院组织之；

十八、国会之议决事项，皇帝宣布之；

十九、第八、第九、第十、第十二、第十三、第十四、第十五、第十六各条，国会未开以前，资政院适用之。

朝廷立即批准，降旨道："资政院议决宪法十九条，朕详细披阅全文，实属重要。应择日宣誓太庙，颁布信条，昭示天下。将来议定宪法，即以此为标准。"时势紧急，一日万变。监国急于收拾人心，择定十月初六日，祭告宗庙，举行宣誓大典。到了这日，监国率领亲贵文武各大臣到太庙中，焚香点烛，叩头设誓道：

维宣统三年十月六日，监国摄政王载沣，摄行祀事，谨告于诸先帝之灵曰：

惟我太祖高皇帝以来，列祖列宗，贻谋宏远，迄今垂三百年矣。溥仪继承大统，用人行政，诸所未宜。以致上下睽违，民情难达。旬日之间，寰区纷扰，深恐颠覆我累世相传之统绪。兹经资政院会议，广采列邦最良宪法，依亲贵不与政事之规制，先裁决重大信条十九条，其余紧急事项，一律记入宪法，迅速编纂，且速开国会，以确定立宪政体。敢誓于我列祖列宗之前。

欲知宣誓告庙而后，果然能否挽回危局，且听下回分解。

第一四〇回　降懿旨清帝卸政　定优待权归民国

话说监国宣誓告庙，颁布十九信条，总算沥胆披肝，与民更始。无奈人心已去，天命难知，各省宣告独立，接踵而起。偏偏袁世凯、岑春煊又都不肯就职，上表力辞。监国只得重降谕旨，授袁世凯为钦差大臣，节制各军。以冯国璋总统第一军，段祺瑞统第二军，随召荫昌回京。奕劻、载泽、邹嘉来等，知道此番乱事不易收拾，都觍便在监国前，自请罢斥。监国允准之后，即命袁世凯为内阁总理大臣。袁世凯偏还称宿疾未瘳，请缓赴任。

这时光民军气焰，已经如火燎原，蔓延全国。清政府急得要死，连电催促，袁世凯才提出四条意见书：一、要国会成立之期，缩短一年；二、要确定责任内阁；三、处置此次附从革命之人，务取宽大；四，解除结社集会的禁令。还请预筹兵费若干。监国尽都允许，袁世凯才由彰德南下。行抵漫口，即拍电北京政府，请停止进兵，为永久和平计划，与民军开始谈判，如果谈判不成，当亲赴武昌，直接交涉。监国屡以急电召袁，叫他迅速来京，组织内阁，以冀挽回大局。袁世凯于是率兵两大队，威仪堂堂，登车就道。

到了北京，进谒隆裕皇太后及摄政王，仍以“菲才不克胜任”为辞，温旨不许，始入觐谢恩。动手组织新内阁，以梁敦彦为外务大臣，赵秉钧为民政大臣，严修为度支大臣，唐景崇为学务大臣，王士珍为陆军大臣，萨镇冰为海军大臣，沈家本为司法大臣，张謇为农工商大臣，杨士琦为邮传大臣，达寿为理藩大臣，并以胡维德等为副大臣。袁世凯就任之后，即通电各省道：“贵州既经宣布独立，将来对于中央政府，是否遵奉命令？”此时除直隶、河南、东三省外，都各宣言独立，不受北京政府节制。不过武汉与南京，是以兵戎相见的，山东是由巡抚孙宝琦奏请独立的。其余都用平和手段，组织军政府，推举都督。现在袁世凯的电报打到，各省都一笑置之，并不答复。袁世凯也束手无策，举朝大惊。于是监国自请退位归藩，隆裕太后准如所请。特降懿旨道：

据监国摄政王面奏，摄政以来，于兹三载。用人行政，多悖舆情。立宪徒托空言，弊窦依然层积。人心瓦解，国势土崩。以一人措置失当之故，致全国生灵，咸罹惨祸，追悔无及！若复拥获大权，不思退避，则既失国民之信用，虽摄行国政，将来必难收效，政治无望改良。泣请辞退监国摄政王之位，不再干预政治等情。予深处宫闱，未亲大政。惟自武汉事起，各省回应，兵连祸结，友邦商业，亦受影响。急宜察内外之情形，定安国之至计。监国摄政王宽厚谨慎，虽有求治之意，然应变无术，以至受人蒙蔽，贻害民生，自当准如所请，免去摄政王之位。所以，监国摄政王印玺，即行销毁。仍以醇亲王爵号，退归邸第，不再预政。每年赏给俸银五万两，由皇室经费内开支。此后用人行政，均责成内阁总理大臣，负担责任，诏谕用皇帝御玺。臣工觐见，予率导皇帝行之。皇帝尚在冲龄，保护圣躬，应有专责，着授世续、徐世昌为太保，尽心护卫。现在四方多难，国势阽危。诸王公等，谊关休戚，务宜体念时艰，确守家法，束身自爱，无越范围。诸大臣膺此重任，尤当力矢公忠，破除痼弊，共谋国利民福。凡我国民，须知朝廷不私君权，抚育黎庶，尚其严守秩序，各安生业，以免纷争割裂之危，而期和平大同之治！钦此。

监国退归藩府，民军势益飞扬。原来独立各省，初时还不相联属，这会子由上海军政府提倡，采用共和政体。共和政治之组织，主张由独立省份，各派代表，到上海开大会。一时十六省派出代表四十九人，有到武昌的，有到上海的，议定中国采统一制，立责任内阁，设政府于武昌。恰值清军总司令冯国璋攻克了汉阳，民军总司令徐绍桢攻克了南京。形势变迁，于是就把临时政府移到了南京来。

袁世凯闻报大惊，建议与民军正式议和，乃奏派唐绍仪为全权大臣，杨士琦、严修为参赞大臣，南下议和。唐全权接奉朝旨，即率同杨、严两参赞，及随员三十三人，从北京出发，乘火车到汉口，渡江晤黎元洪，交会意见。议了两天，民军政府主张以上海为议和地点，于是唐全权又乘轮船到上海来。

此时民军方面，公举伍廷芳博士为议和全权委员，英日俄德法美领事同为证人，在上海英租界市政厅中，两全权会议了五次。伍全权主张清帝退位，重组共和政府，汉满共享太平。唐全权因兹事体大，请示北京政府。不多几日，接到回电，说中国应作何种政体，已由内阁会议，拟用平和解决方法，召集国民会议议决施行。两全权会议了五次，磋商得才有头绪，忽然北京政界，多数反对。唐绍仪遂电达袁世凯，辞退全权大臣一职，于是议和的事，乃由袁世凯与伍廷芳用电报直接讨论，往返数十通，依然不得要领。

彼时革命党首领孙文，突自美国归来，民军气焰，腾高十丈。各省代表举出孙文为大总统，已在南京就任。民军方面，主张清帝不退位，即不复议和。议和谈判，几致决裂。那革命党中的暗杀团，又陆续来京，总理以下诸要人，多为刺客所狙击。情形这么危险，于是袁世凯一再奏请辞职，退居闲地。

宫廷大为惊惶，皇太后特派专使，到袁世凯邸第，传达温谕，并封他一等侯爵位。袁世凯膺兹荣命，上表固辞。偏偏京津两地，又有人组织共和促进会。政府倚赖的北军各将领，又联名奏请宣布共和政体。人心瓦解，国势土崩。仰瞻庙堂，不过见黯淡愁云，惨蔽天日而已。

于是隆裕太后特旨召集皇族，会议退让皇位之事。众王公都不置否，独恭亲王溥伟反对最力。散会之后，仍请独见。太后怒道："国家没有事的时候，被他们闹得如此之糟！今日糟得这宗地步，他们又来闹了，我是不愿意见他们的。"随命召见内阁，内阁诸臣进见，照例问了几句话。海军大臣谭学衡独奏道："德宗景皇帝首创宪政，功德在民，其志未终，隐恨而没。现在太后赞成共和，上足继德宗遗志，直是流芳万世的事。"太后慨然道："我也知道天下是公产，并非满洲私物。但满洲既已遗传二百余载，我只求德宗陵寝可以修造，皇室地位不至坠落，倒也无恨！至于皇帝虽小，将来大事自有我担责任。”遂命颁发谕旨道：

朕钦奉隆裕太后懿旨，前因民军起事，各省回应，九夏沸腾，生灵涂炭，特命袁世凯遣员与民军代表讨论大局，议开国会，公决政体。两月以来，尚无确当办法，南北睽隔，彼此相持。商辍于途，士露于野，徒以国体一日不决，故民生一日不安。今全国人民心理，多倾向共和，南中各省既倡议于前，北方诸将亦主张于后，人心所向，天命可知！予亦何忍因一姓之尊荣，拂兆人之好恶？是用外观大势，内审舆情，特率皇帝将统治权公诸全国。定为共和立宪政体，近慰海内厌乱望治之心，远协古圣天下为公之义。袁世凯前经资政院选举为总理大臣，当兹新旧代谢之际，宜有南北统一之方，即由袁世凯以全权组织临时共和政府，与民军协商统一办法。总期人民安堵，海宇又安，仍合汉满蒙回藏五族，完全领土，为一大中华民国。予与皇帝得以退处宽闲，优游岁月，长受国民之优礼，亲见郅治之告成，岂不懿欤？！钦此。

退位谕旨颁布之后，袁世凯立即销假入朝，会议一切大事。当日又降一旨道：

朕钦奉隆裕皇太后懿旨，前据岑春煊、袁树勋、陆征祥等，既统兵大员之段祺瑞等，电请速定共和国体，以免生灵涂炭等语。现在时局艰危，四民失业，朝廷亦何忍因一姓之尊荣，贻万民以祸害？惟是宗庙陵寝，关系重要，以及皇室之优礼，皇族之保全，八旗之生计，蒙古回藏之待遇，均应预为妥计。着授袁世凯以全权，研究一切办法，先行迅速与民军商酌条件，奏明请旨。钦此。

袁世凯署名。

袁世凯钦奉了谕旨，不敢怠慢，与民军伍代表往复电商，再三研究，议出优待皇室八条，待遇皇族四条，待遇满蒙回藏七条，上奏朝廷，请旨定夺。奉到上谕道：

朕钦奉隆裕太后懿旨，前以大局阽危，兆民困苦，特饬内阁与民军商酌优待皇室各条件，以期和平解决。兹据复奏，民军所开优礼条件，于宗室陵寝，永远奉祀，先皇陵制如旧妥修各节，均已一律担承。皇帝但卸政权，不废尊号，并议定优待皇室八条，待遇皇族四条，待遇满蒙回藏七条，览奏尚为周致。特行宣示皇族既满蒙回藏人等，此后务当化除畛域，共保治安，重睹世界之升平，胥享共和之幸福。予实有厚望焉！钦此（甲）。

关于大清皇帝辞位之后优待之条件，今因大清皇帝宣布赞成共和国体，中华民国于大清皇帝辞位之后，优待条件如下：

第一款，大清皇帝辞位之后，尊号仍存不废，中华民国以待各外国君主之礼相待；

第二款，大清皇帝辞位之后，岁用四百万元，此款由中华民国拨用；

第三款，大清皇帝辞位之后，暂居宫禁，日后移居颐和园，侍卫人等照常留用；

第四款，大清皇帝辞位之后，其宗庙陵寝，永远奉祀，由中华民国酌设卫兵，妥慎保护；

第五款，德宗崇陵，未完工程，如制妥修，其奉安典礼，仍如旧制，所有实用经费，均由中华民国支出；

第六款，以前宫内所用各项执事人员，可照常留用，惟以后不得再招阉人；

第七款，大清皇帝辞位之后，其原有之私产，由中华民国特别保护；

第八款，原有之禁卫军，归中华民国陆军部编制额数，俸饷各仍其旧（乙）。

关于清皇族待遇之条件：

一、清王公世爵概仍其旧；

二、清皇族对于中华民国国家之公权及私权，与国民同等；

三、清皇族一体保护；

四、清皇族免当兵之义务（丙）。

关于满蒙回藏各民族赞同共和，中华民国所有待遇如下：

一、与汉人平等；

二、保护其原有之私产；

三、王公世爵，概仍其旧；

四、王公中有生计过苦者，设法代筹生计；

五、先筹八旗生计，于未筹定之前，八旗兵弁俸饷，照常支放；

六、从前营业居住等限制，一律销除，各州县听其自由入籍；

七、满蒙回藏原有之宗教，听其自由信仰。

以上条件，列于正式公文，由两方代表，照会各国驻京公使，转达各该政府。

又恐京内外臣民，有未谅朝廷苦衷的，重又降旨申明道：

朕钦奉隆裕皇太后懿旨，古之君天下者，重在保全民命，不忍以养人者害人。现将新定国体，无非欲先弥大乱，期保乂安。若拂逆多数之民心，启无穷之战祸，则大局决裂，残杀相寻，势必演成种族之惨痛。将至九庙震惊，兆民荼毒，后祸何忍复言？两害相形，惟取其轻者。正朝廷审时观变，恫瘝宋吾民之苦衷。凡尔京外臣民，务当善体此意，为全局熟权利害，勿得挟虚矫之意气，逞偏激之空言，致国与民两受其害。着民政部步军统领姜桂题、冯国璋等，严密防范，恳切开导，俾皆晓然于朝廷应天顺人、大公无私之意。至国家设官分职，以为民极，内列阁府部院，外建督抚司道，所以康保群黎，非为一人一家而设。尔京外大小各官，慨念时艰，慎供职守。应即责成各长官，敦切诫劝，毋旷官守，用副夙昔爱抚庶民之至意！钦此。宣统三年十二月二十五日。

盖用御宝，内阁总理袁世凯署名，国务大臣署名。

从此清朝遂亡。自顺治入关，至宣统逊位，计凡二百六十八年。这位隆裕太后自从共和宣布后，寂居宫禁，少与外人相接。次年冬间，忽然患一膨胀病，医药罔效而殁。临终时叫侍者抱皇帝至，指之而言道："太小，你们不要难为他。"民国政府遵照优待条件，襄办大丧，上尊谥道孝定景皇后。《清史演义》终。